Buch

In sechs Jahren langer Detektivarbeit hat Marek Halter die Spur seiner Vorfahren durch die Geschichte zurückverfolgt. Mit den Mitteln der Fiktion hat er sie noch einmal zum Leben erweckt. Dabei ist ein Buch entstanden, das sich nur schwer in herkömmliche Gattungen einordnen läßt. Es ist eine Familiensaga und zugleich eine monumentale kulturhistorische Reportage; es erzählt von der Diaspora des jüdischen Volkes, seiner Lebensart und seiner Weisheit und gleichzeitig dokumentiert es den Werdegang und die Vielfalt der europäischen Zivilisation.

»Schwer zu sagen, wie dieses Buch zu qualifizieren ist: ungeheuer, phantastisch, zeitlos, kolossal oder einfach: notwendig.«
Paris Match

»Ein Buch, das einen nicht losläßt ... Halter schreibt wie ein Journalist; dieser Verzicht auf jede stilistische Effekthascherei verleiht seinem Werk den Charme der Einfachheit.«
Le Canard Enchainé

Autor

Marek Halter wurde 1936 in Polen geboren; sein Vater war Drucker, seine Mutter schrieb jiddische Lyrik. 1950 kam Marek Halter nach Paris, wurde Schüler des Pantomimen Marcel Marceau und begann zu malen (Ausstellungen in Paris, Buenos Aires, New York und Tel Aviv). Kurz nach Ausbruch des Sechs-Tage-Krieges gründete er 1967 das Internationale Komitee für den Frieden im Nahen Osten und versuchte zwischen Israel und seinen arabischen Nachbarn einen Dialog in Gang zu setzen. Es folgten weitere politische Aktionen; als unermüdlicher Aktivist in Sachen Menschenrechte engagiert er sich gegen jegliche Form des Totalitarismus, initiiert Aktionen gegen die Militärdiktaturen in Chile und Argentinien, gegen die sowjetische Besetzung Afghanistans und setzt sich für die Freiheit Andrej Sacharows ein.

MAREK HALTER

ABRAHAM

WEGE DER ERINNERUNG

ROMAN

GOLDMANN VERLAG

Aus dem Französischen übertragen von Widulind Clerc-Erle

Made in Germany · 4/87 · 1. Auflage
Taschenbuchausgabe mit Genehmigung des Kübler & Akselrad Verlages

Umschlaggestaltung: Design Team München
Umschlagfoto: The Image Bank, München
Satz: Typobauer, Ostfildern
Druck: Elsnerdruck Berlin
Verlagsnummer: 8653
ST/Herstellung: Sebastian Strohmaier
ISBN 3-442-08653-1

Meinen Eltern gewidmet:
meiner Mutter,
der Jiddisch-Dichterin Perl Halter,
meinem Vater,
dem Drucker Salomon Halter
Sohn eines Druckers und Enkel
eines Druckers
und so seit Generationen,
weil sie in mir
die Erinnerung an Abraham wachgehalten haben.

Für freundliche Hilfe dankt die Übersetzerin
Herrn Fischl Libermann,
Lehrbeauftragter für Jiddisch an der Universität Frankfurt.

Erster Teil

I

Jerusalem
Die Wege des Exils

Abraham der Schreiber erwachte. Wie immer lag er reglos mit offenen Augen und erwartete den Tag. Der anbrechende Morgen in Jerusalem ist eine Verheißung, die einem das Herz füllt, und Abraham suchte darin jedesmal unbewußt das Zeichen, daß es mit den Dingen der Erde und des Himmels seine Richtigkeit hatte. Im Osten begann es, am Rand der Wüste, mit einem unruhigen Flakkern in der tiefdunklen Nacht, und die Sterne verblaßten plötzlich. Dann ging alles sehr rasch. Das Licht stieg auf wie ein Meer, Welle um Welle, breitete zuerst sanfte Farben, dann quarzfarbene Helligkeit aus, entzündete die ockerfarbenen Mauern, die silberblauen Olivenbäume, die weißen Terrassen. Die Esel und Hähne schrien, die Fliegen flüchteten sich in den Schatten der Häuser, während auf dem Vorhof des Tempels zwanzig Leviten das Nikanor-Tor in den schweren Angeln drehten. Der Aufprall der bronzenen Flügel auf die Mauer hallte lange in der Stadt nach. Erst dann erhob sich Abraham der Schreiber, glücklich wie nach einem Gebet.

Aber an diesem Tag, dem neunten des Monats *Aw** im Jahre 3830[1] nach der Schöpfung der Welt durch den Ewigen – gepriesen sei sein Name –, konnte Abraham der Schreiber das Nikanor-Tor nicht hören: nach drei Monaten der Belagerung hatten die römischen Legionen Antonia erobert, die Burg, die im Norden dem Tempeleingang vorgebaut ist. Auch die Hähne und Esel konnte er nicht mehr hören: die Belagerten hatten sie vor Hunger längst geschlachtet.

Abraham bewegte sich nicht. Solange er sich nicht in den Ablauf

* Der Leser findet am Ende dieses Bandes ein Verzeichnis der Worte, die im Text kursiv gesetzt sind.

[1] 31. August 70 n. Chr.

der Dinge einordnete, konnte er noch glauben, daß der Hunger, die Angst, der Krieg Teil eines nicht ganz abgeschlossenen Traums waren, wie diese gelben Hunde, die des Morgens noch am Rand der Dörfer verweilen und die der geschäftige Tag wieder in die Wüste verbannt.

Aber der Morgen kam, und aus dem Lager der Römer drangen die gewohnten Hörnerklänge. Bald würden die großen Katapulte wieder ihre Steine gegen die Festungsmauern schleudern, die Legionäre die Sturmböcke mit dem eisernen Widderkopf in die Tore rammen, man würde die Rufe der Soldaten, den Aufprall von Metall hören . . . Wie lange konnte die kleine Schar der Juden, die noch zum Kampf taugte, den besten Legionen des Kaiserreichs standhalten? Würden die Römer die Stadt heute einnehmen?

Abraham der Schreiber hörte, wie sich neben ihm der leichte Atem von Judith, seinem Weib, veränderte. Er vertrieb die Reste der Nacht aus seinem Herzen:

»Judith«, sagte er, »wir werden Jerusalem heute verlassen, wenn es noch nicht zu spät ist.«

»Gott möge uns beistehen«, erwiderte sie.

»Amen.«

Er stand auf. Er hatte Hunger und fühlte sich schwach. Er schob den Vorhang beiseite, der den Raum teilte. Elias und Gamaliel, seine beiden Söhne, schliefen, und Abraham dankte Gott – gepriesen sei sein Name – für diese Unbekümmertheit, die er den Kindern schenkt.

Er ging hinaus auf den kleinen Hof. Das harte Licht des Morgens blendete ihn. Er kniff die Augen zusammen, während er zum Tempel hinüberschaute, dessen goldene Dachspieße in den Himmel eingerammt schienen. Abraham war ein junger, hochgewachsener Mann, von dunkler Hautfarbe und mit dichtem Bart. Wie sein Vater und vor ihm sein Großvater übte er im Tempel den Beruf des Schreibers aus. »Das Wissen ist die Quelle allen Lebens«, sagten die Weisen, und sein Leben schien unerschöpflich.

Er vergewisserte sich, daß er allein war, bückte sich und nahm einen losen Stein aus der Mauer. Dort hatte er aus Angst vor Räubern und Halbverhungerten seinen Schatz versteckt: ein Leinensäckchen mit ein paar Handvoll Gerstenkörnern. Er nahm es und gab es Judith. Die Kinder schliefen immer noch.

Er wusch sich die Hände in dem steinernen Waschtrog in der Fensternische und hüllte sich in den Gebetsmantel. Dann band er sich den Gebetsriemen um den Kopf und den linken Arm und sprach mit leiser Stimme das *Schachrit*, das Morgengebet: »Mein Gott! Die Seele, die Du mir gegeben hast, ist rein. Du hast sie mir gebildet, Du hast sie mir eingehaucht, und Du bewahrst sie in mir, und Du wirst sie einst von mir nehmen, und Du wirst sie mir in Zukunft wiedergeben . . . Gepriesen seist Du, Herr, der den toten Körpern die Seelen wiedergibt . . .«

Abraham bat Gott, sich nicht noch einmal von seiner Stadt abzuwenden, der alten Stadt der Propheten und Könige, als laute Rufe ihn aus seiner Andacht rissen:

»Der Tempel brennt! Abraham, der Tempel brennt!«

Es waren Samuel und Jonas, seine Nachbarn, die Töpfer, die plötzlich vor ihm standen. Abraham legte hastig seine Gebetsriemen ab. Judith stürzte auf ihn zu:

»Geh nicht hin!«

»Aber Judith, es ist der Tempel!«

Er sah die angsterfüllten Züge seiner Frau:

»Fürchte nichts«, sagte er. »Beim Ewigen, fürchte nichts! Behalt die Kinder im Haus.«

Die drei Männer verließen den Raum und traten auf die Straße. Dort saß der alte Joseph aus Galiläa auf seiner Terrasse, den Kopf mit Asche bestreut, und betete, während sein Oberkörper auf und nieder ging. Er unterbrach sich:

»Das Feuer«, rief er mit schrecklicher Stimme, »die Flammen, das göttliche Strafgericht!«

Er hob langsam die Augen zum Himmel: »Schwer hat Jerusalem gesündigt, drum ist die Stadt zum Abscheu geworden.«

»Gott segne dich, Joseph«, sagte Abraham der Schreiber.

»Er täte besser daran, die Stadt zu retten«, erwiderte der Alte und fuhr in seinem Gebet fort.

Die Straßen füllten sich mit Menschen, die alle zum Tempel liefen. Eine schreckliche Schar graugesichtiger Phantome mit aufgetriebenen Bäuchen: viele von ihnen waren Dorfbewohner, die in die heilige Stadt gekommen waren, um dort das Osterfest zu feiern. Sie mußten dann bleiben, weil die Zeloten sie zur Verteidigung der Stadt verpflichtet hatten. Sie waren die ersten, die Hunger litten. Nachdem sie alle Hunde, alle Blätter und Wurzeln verzehrt hatten, schlugen sie sich jetzt um ein bißchen Leder von einem Brustschild oder den Riemen einer Sandale. Ja, man erzählte sich sogar, eine Frau habe ihr eigenes Kind gegessen.

Da das Gesetz es verbot, die Toten innerhalb der Mauern Jerusalems zu begraben, verwesten die Leichen auf den Straßen, in den Gassen und Tälern. Der Gestank war grauenvoll, der Anblick herzzerreißend: manche von denen, die dort faulten, waren Verwandte oder Freunde.

Rauchwolken zogen über den Tempel. Auf der Brücke, die über das Käsemachertal führte, versammelte sich die Menge der Juden und drängte wutentbrannt gegen das mit Erz beschlagene Tor des Vorhofs der Heiden. »Der Tempel brennt«, riefen sie, »Weh uns! Weh uns!«

Plötzlich gab das schwere Tor nach. Abraham der Schreiber wurde von seinen Freunden, den Töpfern, getrennt und auf den Vorhof mitgerissen. Trotz des Gedränges der Menge ließ er die dreischiffige königliche Säulenhalle zu seiner Rechten und näherte sich dem Tor, das zum Vorhof der Israeliten führte. Bevor die Römer die Burg Antonia genommen hatten, war er jeden Tag hier durchgegangen. Aber ihre Soldaten standen mit gezogenen Schwertern oben auf den Stufen, um den Zugang zur Festung zu verwehren, die Fremde nicht betreten durften: »Wer dabei getroffen wird, verfällt dem Tod«, besagte sogar eine griechische Aufschrift. Ja, die Ordnung der Welt war umgestürzt. Es waren die Heiden, die den Juden den Zugang zum Tempel versperrten! Über den Mauern stiegen in den fast weißen Himmel die Rauchwolken auf, die von unersetzlichen Schriftrollen, heiligen Vorhängen, kostbaren Hölzern genährt wurden.

Die Verzweiflung der Menge war so groß, daß sie in ihrem Ansturm die römische Wache mitriß. Sie drängte sich zur Vorhalle gegenüber dem großen Brandopferaltar, der – seit die Römer sich in der Festung Antonia festgesetzt hatten – verlassen war. In dichter Reihe standen die Legionäre vor dem Heiligtum und dem Allerheiligsten, um ihre Kameraden zu schützen, die versuchten, den goldenen Weinstock, der von dem Zederngebälk der Vorhalle herabhing, den Flammen zu entreißen. Sie ernteten die Reben des Herrn, Israels Symbol! Die vier vergoldeten hölzernen Flügeltüren, der Eingang des Heiligtums – zwanzig Ellen[2] hoch und zehn breit – waren bereits aus ihren Angeln gerissen. Besser war es, nicht daran zu denken, was diese Heiden – ihre Knochen mögen verfaulen! – aus dem siebenarmigen goldenen Leuchter gemacht hatten und wie sie mit dem Tisch für die Schaubrote umgegangen waren.

Von der vorwärtsdrängenden Menge wurden die Juden der ersten Reihen in die Schwerter der Legionäre gestoßen. Abraham der Schreiber versuchte, gegen den Strom zu kämpfen, um in den Vorhof der Frauen zu gelangen. Er hob sogar die Fäuste gegen einen Trupp Zeloten, die ihren Anführer verloren hatten und aufs Geratewohl den Durchgang versperrten. Chaos, Geschrei und Geruch nach verbranntem Fleisch, Knistern der lodernden Flammen ... Abraham weinte vor Wut und Mitleid.

Dabei hatte er den ersten Aufstand mit unterstützt, vier Jahre zuvor, als der Landpfleger Gessius Florus den Obermarkt geplündert hatte und den Tempelschatz rauben wollte. Und als die Römer dreitausend Juden in den Straßen Jerusalems niedermetzelten, hatte er es für rechtmäßig gehalten, daß das Volk sich erhob, die Burg Antonia einnahm und die römische Besatzung totschlug. Es war eben Krieg. Die Juden hatten zur Verteidigung ihres Landes aufgerufen und den General Cestius Gallus geschlagen, während Elasar und seine Zeloten die Festung Massada am Toten Meer eroberten. Abraham erinnerte sich an die großen Augenblicke des Jubels, in den sie damals alle eingestimmt hatten. Oh, nicht daß er, Abraham der Schreiber, ein kriegerischer Mensch war, aber er empfand die Besetzung Jerusalems durch die Römer als eine Beleidigung des Ewigen, gepriesen sei sein Name.

Dann hatte Nero Vespasian und dessen Sohn Titus geschickt, die Galiläa unterwarfen und die Belagerung Jerusalems vorbereiteten. Kurz darauf war Nero gestorben, und die syrische Armee hatte Vespasian zum Kaiser ausgerufen.

Diesen wundersamen Aufschub hatten die Juden nicht genutzt.

[2] Eine Elle entspricht etwa 50 Zentimetern.

Als Titus Jerusalem erneut belagerte, waren sie untereinander so zerspalten, daß sich drei Parteien die Herrschaft der Stadt streitig machten. Als die Priester sich weigerten, die drei Lämmer und den Ochsen zu opfern, die der Kaiser täglich dem Tempel zum Weihgeschenk machte, hatte Abraham der Schreiber Beifall geklatscht. Als die Zeloten die römischen Archive auf den Scheiterhaufen warfen und so die Listen der Steuerpflichtigen und die Schuldscheine der armen Leute vernichteten, war Abraham vor Freude um das Feuer getanzt. Und er war ganz überrascht gewesen, als er merkte, daß sein Lehrer, Rabbi Jochanan ben Sakkai, nicht die Begeisterung der kleinen Leute teilte. Er erinnerte sich noch gut an das Streitgespräch zwischen dem alten Rabbi und dem fanatischen Elasar, dem Sohn Simons, in der Säulenhalle des Tempels:

»Ihr kämpft für Steine, Sand und Räucherwerk«, hatte der Greis erklärt. »Wenn die *Thora* ihren Platz im Tempel verliert, wird er wie ein leeres Gemäuer zusammenstürzen.«

»Aber, Rabbi, wir kämpfen doch um die Thora! Um sie zu retten, leisten wir den Römern, ihren Göttern und ihren Gesetzen Widerstand!«

»Hättest du die Propheten gelesen, so wüßtest du, daß die Barmherzigkeit Stärke verleiht und nicht das Opfer. Man muß nicht töten oder sich töten lassen, um den Gesetzen zu gehorchen.«

»Aber Rabbi, wie anders als mit den Waffen sollen wir die Thora verteidigen, wenn selbst die Hohenpriester von Rom ernannt und ihre heiligen Gewänder von Soldaten verwahrt werden? Diese Leute hassen und verachten uns, ihre Götzenbilder verunstalten die Stadt . . . Wie können wir unter diesen Bedingungen des Namens Israel gedenken? Wie die großen Taten des Ewigen verherrlichen? Wo sollen wir die Thora verehren?«

»Die Thora, Elasar, wurde uns in der Wüste gegeben. Dort, wo sie herrscht, dort steht der Tempel.«

»Selbst auf fremder Erde?«

»Selbst auf fremder Erde.«

»Wie willst du sie unter die Völker tragen? Wie inmitten von Sklaven bewahren, die nur davon träumen, Fleisch und Brot ihrer Herren zu teilen?«

»Durch das Studium, Elasar, Sohn des Simon. Durch die Lehre.«

Lautes Murmeln begleitete den Dialog, die Zuhörer waren hin- und hergerissen von den Argumenten, schlugen sich bald auf die eine, bald auf die andere Seite im Verlauf dieses Wortgefechts, so wie bei jenen kühnen Streitgesprächen, die die Schriftgelehrten miteinander zu führen pflegten, zur Kurzweil und Erbauung aller. Aber diesmal ging es um eine grundlegende Frage.

»Die Römer«, hatte der alte Rabbi ihnen eröffnet, »haben mir erlaubt, in Jabne eine Akademie zu gründen.«

»In Jabne? In diesem Dorf? Einen schönen Ort hast du dir da ausgesucht, Rabbi, für den Ewigen, seine Thora und sein Volk!«

Der Zelote hatte seinen Dolch gezogen:

»Tu was du willst, Rabbi«, hatte er entgegnet, »geh nach Jabne. Aber nach dir wird niemand mehr Jerusalem verlassen, es sei denn als Toter.«

Das war am Anfang der Belagerung gewesen. Rabbi Jochanan ben Sakkai hatte die Stadt in einem Sarg versteckt verlassen, den seine Schüler trugen. Abraham der Schreiber, der einen Augenblick gezögert hatte, zog es vor zu bleiben: er konnte einfach nicht glauben, daß der heiligen Stadt Unheil wiederfahren konnte, und außerdem mußte schließlich einer dableiben, um Zeugnis von dem abzulegen, was sich in diesen Tagen ereignete, und das war seine Aufgabe auf Erden.

Er war also geblieben und verzeichnete in seinen Schriftrollen, was er von den Ereignissen wußte.

Titus lagerte mit dem größten Teil seiner Armee auf dem Berg Skopos, während die X. Legion, die aus Jericho kam, den Ölberg besetzt hielt. Er hatte alle Bäume nördlich der Stadt fällen, Wurfmaschinen und Wandeltürme bauen lassen. Aber die Juden verteidigten sich so erbittert, daß Titus die ganze Stadt mit einer Mauer umgab, um die Bevölkerung durch Hungersnot zu bezwingen. Kaum zwei Monate später eroberte er die Festung Antonia, und die Priester konnten dem Ewigen die vorgeschriebenen Opfer nicht mehr darbringen. Und noch einen Monat später setzte ein römischer Soldat den Tempel in Brand . . .

Jetzt loderten alle Gebäude des Tempels. Steinblöcke brachen auseinander, Säulen stürzten ein, brennende Balken fielen auf die von Panik ergriffene Menge. Schließlich begannen die Dächer sich zu öffnen oder langsam zusammenzusinken wie untergehende Schiffe und rissen die mit in die Glut, die dort oben Schutz gesucht hatten, um den römischen Soldaten zu entkommen. Ein grausiges Schauspiel.

Die Juden versuchten jetzt, auf die freien Flächen der Vorhöfe zu gelangen, fielen dort auf die Knie, zerrissen ihre Kleider und schlugen sich an die Brust, um den Ewigen um Gnade anzuflehen. Die römischen Bogenschützen nahmen sie sich bald zur Zielscheibe und ließen einen Hagel von Pfeilen auf sie niederregnen. Und die Menge brach auseinander, dehnte sich wie schmelzendes Metall, zerstreute sich, schloß sich wieder zusammen, als sei es notwendig, zusammenzubleiben und so zu bezeugen, daß Waffen nie den Geist zerstören können. Ihre Leichen bedeckten die steinernen Fliesen, und das Volk Israel, rot von seinem Blut, todesmatt und verstört, den feindlichen Geschossen ausgeliefert, endlich besiegt, wich zurück zu den Toren. Die Römer bliesen in ihre Hörner.

Tote, Ruinen. Fassungslos starrte Abraham auf das, was der zweite Tempel gewesen war. ›Gott hat uns verlassen‹, dachte er, ›Gott hat uns verlassen.‹ Ein junger Mann neben ihm weinte leise. Er ergriff seinen Arm, zwang ihn, sich umzudrehen und zog ihn mit sich fort zum Großen Tor. Er überquerte mit ihm wieder die Brücke über den Xystus, dann überließ er ihn sich selbst und schlug den Weg zum Obermarkt ein, der gespenstisch leer wirkte.

Als er in die Töpferstraße einbog, sank die Sonne bereits. Mit schmutzigen, zerrissenen Kleidern, versengten Augenbrauen, Staub-, Schweiß- und Tränenspuren im Gesicht und mit vom vielen Schreien wunder Kehle kam er nach Haus. In dem kühlen Halbdunkel entdeckte er schließlich die reglosen Silhouetten seiner Frau und seiner Söhne.

»Gott«, setzte er an . . .

Er wollte sagen, daß Gott sein Volk verlassen habe, aber er unterbrach sich, um die Kinder nicht zu beunruhigen:

»Gott stellt sein Volk auf die Probe . . . Der Tempel brennt.«

»Du bist ganz schmutzig«, sagte Elias, der ältere seiner Söhne.

»Brechen wir auf?«

»Erst, wenn es Nacht geworden ist.«

Abraham der Schreiber spürte plötzlich das ganze Gewicht seiner

Müdigkeit und Schwäche. Schwerfällig ließ er sich auf der Steinbank nieder.

»Und wann wird es Nacht?« fragte hartnäckig Elias.

»Im Sommer«, erwiderte Abraham, »sind die Tage länger ...«

»Warum sind im Sommer die Tage länger?«

Judith wollte eingreifen, aber Abraham entgegnete:

»Weil der Schöpfer es so beschlossen hat.«

»Warum hat der Schöpfer es so beschlossen?«

»Was uns verborgen ist, Elias, sollten wir nicht zu ergründen versuchen.«

Judith reichte ihm in einem Napf einen Rest dünner Gerstensuppe. Während er aß, stand sie neben ihm, einen Wasserkrug in der Hand.

»Wir haben nichts mehr«, sagte sie, als er fertig gegessen hatte.

Abraham ließ seinen Blick durch den Raum mit den weißgekalkten Wänden schweifen: Dieses Haus zu verlassen, in dem er immer gelebt hatte, war für ihn so, als ließe er sein Leben hinter sich. Er stand auf und ging zu dem Gestell aus Feigenbaumholz, in dem seine Papyrus-Rollen lagen. Er griff eine heraus und rollte sie auf. Es war eine Rede, die Agrippa, von Rom ernannter König von Judäa, ein paar Jahre vorher an das am Xystus versammelte Volk gerichtet hatte: »Ihr allein«, las Abraham, »lehnt euch dagegen auf, die Sklaven derer zu sein, denen die Welt untertan ist. Aber wie wollt ihr kämpfen? Wo sind die Schätze, mit denen ihr euren Feldzug bestreiten wollt?«

Der Schreiber erinnerte sich an die Schwester des Königs von Judäa, Berenike, die die Geliebte von Titus war. Sie hatte sich für die Zeremonie nach jüdischer Art gekleidet, mit einer langen purpurnen Tunika und einem Turban. Ihr gegenüber stand das Volk, das langsam die Wut in sich hochsteigen fühlte ...

›Es stimmt‹, dachte Abraham, ›wir waren nur ein zusammengewürfelter Haufen, eine Armee von Bauern, mit Dolchen und Steinschleudern bewaffnet. Und doch haben wir vier Jahre lang der unbesiegbaren, kaiserlichen Kriegsmacht standgehalten, ihren Generälen, ihren ruhmreichen Legionen, ihren Kriegsmaschinen ... Vier Jahre lang ...‹ Er setzte sich wieder auf die Bank. In diesem Augenblick erkannte er, daß für sein Volk die Zeit der Verlassenheit, des Elends und der Trauer angebrochen war.

Als es schließlich Nacht war, überwand Abraham der Schreiber seine Schwäche: »Mit Gottes Hilfe«, sagte er, »wollen wir aufbrechen.«

Ohne den Mond war die Nacht tiefblau. Das Sternenlicht reichte aus, um sich zurechtzufinden. Abraham und die Seinen hielten sich an den Händen. Abraham trug seine Schriftrollen in einem Leinensack, den er über die Schulter geworfen hatte, und Judith hatte ihrer beiden Hab und Gut in einem Tuch verstaut und die Enden verknotet.

Über dem Tempel war der Himmel noch immer gerötet, und der Wind bedeckte die Menschen und Dinge mit der teuren Asche des Vergangenen. Verstohlene Schatten huschten durch die Gassen. ›Wahrscheinlich‹, dachte Abraham, ›Juden wie wir, die beschlossen haben, Jerusalem zu verlassen.‹ Er hatte sich für den Weg durch das Töpfertor entschieden, das normalerweise nicht bewacht wurde, weil es in eine Schlucht führte.

Die vier, der Mann voraus, die Frau und die Kinder hinterher, gingen die Gassen hinunter zum südlichen Teil der Königsmauer. Sie kamen zu einem großen, dunklen viereckigen Platz, von dem aus eine Treppe an den Fuß der Mauer führte. Dort blieben sie einen Augenblick stehen, um in die Nacht zu lauschen. Verwirrt von all den Eindrücken fing der kleine Gamaliel an zu weinen. Judith nahm ihn auf den Arm, wiegte und tröstete ihn. Um zu zeigen, daß er schon groß war, erinnerte Elias seinen kleinen Bruder an die Geschichte von dem Walfisch und dem Fuchs: »Wir kommen bald zurück, Gamaliel, das weißt du doch.«

»Auf einem weißen Esel?«

Abraham unterbrach ihn:

»Wir müssen weiter«, sagte er.

»Gott schütze uns«, murmelte Judith.

»Amen.«

Um leichter laufen zu können, schlang die junge Frau nach Männerart den Saum ihrer Tunika um den Gürtel.

Sie gingen durch das Töpfertor und drückten sich in den Schatten der Mauer, bis ihre Augen sich an das Dunkel gewöhnt hatten und den Weg fanden. Es war ein schmaler Ziegenpfad, teils lehmig, teils in den Fels gehauen, den die Schäfer gelegentlich benutzten. Er führte zum Tyropöon, der Schlucht, die die Stadt teilt und deren Bett sich flußabwärts mit den Tälern von Hinnom und Kidron vereinigt, um jenseits der Wüste von Judäa in das Tote Meer zu münden.

Es schien ihnen, als seien sie rings von Schatten bedroht, aber sie mußten dennoch weiter. Abraham sicherte jeden seiner Schritte. Er spürte, wie sich Elias' Hand in der seinen verkrampfte. ›Es ist Jerusalem, das Gott für seine Sünden straft‹, dachte er, ›und nicht mich, Abraham den Schreiber . . . Ich habe nie seinen Namen beleidigt . . .‹ Endlich hatten sie die Talmulde erreicht. Abraham drückte seine Frau an sich, strich erleichtert seinen Söhnen über das Haar: Der schwierigste Teil lag hinter ihnen.

»Gepriesen seist Du«, rezitierte er, »ewiger Gott unserer Väter, Gott Abrahams und Gott Jakobs . . . Allerhöchster Gott . . . Schöpfer aller Dinge . . . Meine Güte und meine Burg, mein Schutz und mein Erretter . . . Sei gepriesen, o Ewiger!«

Sie machten sich wieder auf den Weg. Jetzt erst, während sie weiter gingen, wurden sie gewahr, wie tief die Schlucht war, in deren Wände greuliche Schattenfiguren gemeißelt schienen. Abraham trug jetzt Gamaliel auf seinen Schultern, und er spürte, daß das Kind einschlief. Er selbst war vor Müdigkeit wie benommen, aber er sagte sich, daß einem ohne Müdigkeit kein Heil zuteil wird. Von Zeit zu Zeit drehte er sich um. Je mehr sie sich von Jerusalem entfernten, desto röter erschien ihnen der Himmel über der Stadt.

Kurz vor dem Morgen wurde es kalt, aber sie durften auf keinen Fall stehen bleiben. Der kleine Elias schlief im Gehen, wie die alten Esel. Endlich erreichten sie den Weg, der nach Hebron führte. Der Morgen graute, und erst jetzt rasteten sie ein wenig. Gamaliel wachte auf und bat weinend um etwas zu essen. Judith holte aus ihren Schätzen ein paar Gerstenkörner und teilte sie zwischen ihrem Mann und den Kindern.

Abraham war erschöpft, und als eine römische Patrouille hinter einer Wegbiegung auftauchte, konnte er nicht schnell genug reagieren. Sollten sie fliehen? Abwarten? Sich hinter den Büschen verstekken? Aber es war schon zu spät. Der Trupp Legionäre, die mit ihren Helmen und Panzern etwas Unerbittliches hatten, näherte sich.

Abraham stand auf. Es gab keinen Ausweg.

Die Patrouille blieb ein paar Schritte von ihnen entfernt stehen. Der Dekurio trat auf ihn zu: »Wer bist du?« fragte er Abraham.

Er sprach hebräisch, und Abraham antwortete auf hebräisch:

»Ich bin Abraham, Sohn des Salomon, von Beruf Schreiber, und dies sind meine Frau und meine beiden Söhne.«

»Wohin geht ihr?«

»Nach Beth-Zacharia.«

»Woher kommt ihr?«

»Aus Beer-Scheba, in Galiläa.«

Der Dekurio war ein hochgewachsener Mann mit pockennarbigem Gesicht und rauher Stimme. Er deutete auf die Schriftrollen in dem Leinensack:

»Was trägst du da?«

»Ich bin Schreiber. Mein Handwerk ist schreiben.«

»Zeig her.«

»Aber . . .«

Der Gedanke, sich von seinen Schriftrollen zu trennen, war Abraham unerträglich, und er rührte sich nicht. Einer der römischen Soldaten sagte etwas, und die anderen lachten.

»Hast du gehört?« fragte der Dekurio. »Sie sagen, wenn du deinen Sack nicht hergeben willst, begnügen sie sich auch mit deiner Frau . . .«

Abraham war wie versteinert; ihm erschien das alles wie ein gräßlicher Alptraum. Er hörte die Stimme des Dekurio wie von weit her:

»Packt ihn!«

Sie rochen nach Leder und Soldatenschweiß. Abraham wollte sich wehren, aber schon nach den ersten Schlägen verlor er das Bewußtsein.

Als er die Augen wieder öffnete, sah er verschwommen über sich die tränenüberströmten Gesichter von Gamaliel und Elias. Er versuchte sich aufzurichten. Ein stechender Schmerz im Nacken ließ ihn wieder zurücksinken. In seiner Kehle spürte er einen Blutgeschmack. Er rollte sich auf die Seite, konnte sich auf allen vieren aufrichten und stand dann mühsam auf. Der Dekurio trat zu ihm:

»Ihr Juden«, sagte er, »seid schon komische Leute!«

»Wo ist meine Frau?« fragte Abraham mit einer Stimme, die er selbst nicht wiedererkannte.

»Da, Schreiber«, entgegnete der Offizier, »hast du deine Schriftrollen wieder.«

Er warf Abraham den Sack mit den Rollen vor die Füße und fügte hinzu:

»Deine Frau ist tot, aber wir haben sie nicht umgebracht. Sie hat sich selbst den Tod gegeben. Bei allen Göttern, frag deine Kinder!«

Seine Soldaten standen verlegen hinter ihm.

»Vorwärts, Soldaten des Cäsar!« befahl der Dekurio.

Bevor er mit seinen Männern weitermarschierte, drehte er sich noch einmal zu Abraham um:

»Es ist Krieg, Jude, es ist Krieg!«

Er reichte Elias zwei Brotfladen und ging davon.

Zwischen den Büschen am Wegrand sah Abraham die hellen Umrisse eines Körpers auf dem Boden und stolperte darauf zu. Judith lag mit nacktem Bauch und durchgeschnittener Kehle zwischen Steinen und wilden Gräsern.

»Ribono schel olam!« murmelte Abraham. »Herrscher aller Welten! Warum?«

Er fiel neben Judith auf die Knie, schloß ihr die Augen und zog ihre Tunika herunter.

Die goldhelle Sonne stieg am Himmel auf. Hinter ihm, über Jerusalem, trieben noch immer einzelne Rauchwolken.

Abraham drehte sich zu seinen Kindern um. Sie hielten sich an der Hand und sahen ihn an. Elias hatte die Brotfladen des Römers zu den Papyrusrollen gelegt.

»Wir wollen sie begraben«, sagte Abraham leise.

Trotz seiner Schwäche nahm er Judiths Körper in seine Arme und trug ihn ein Stück weiter weg, wo sich im Fels ein Spalt öffnete. Er legte ihn hinein, bedeckte ihn mit seinem Gebetsmantel, kratzte ein bißchen ockerfarbene Erde zusammen und warf sie auf das Grab. Dann legten die Kinder und er Steine auf diesen Körper, der ein Teil ihrer selbst gewesen war, bis der Felsspalt völlig verschlossen war: So würde Judith wenigstens vor den wilden Tieren sicher sein. Er wandte sich an Elias:

»Erinnerst du dich noch an das *Kaddisch*, das Gebet, das ich dich gelehrt habe, als Großvater gestorben ist?«

»Ist sie jetzt zu Großvater gegangen?« fragte Elias.

»Eure Mutter ist in den Scheol eingegangen, meine Söhne, das Reich der Toten. Es ist ein Ort des Dunkels und des Schweigens, an dem selbst der göttliche Zorn sie nicht mehr erreichen kann.«

»Wer unter dem Schirm des Höchsten sitzt und unter dem Schatten des Allmächtigen bleibt . . .«, rezitierten sie gemeinsam, und Abraham der Schreiber konnte jetzt seine Tränen nicht länger zurückhalten.

Als er sich wieder gefaßt hatte, trocknete er seine Augen, zog seine blutbefleckte Tunika zurecht und zerriß sie mit einer raschen Bewegung an der Schulter, zum Zeichen der Trauer. Er gab seinen Kindern die beiden Brotfladen, die der Römer ihnen dagelassen hatte; er selbst nahm nichts davon. Der Morgen war inzwischen weit fortgeschritten. Die Luft flimmerte über den Bergen von Judäa. Mit ihren goldfarbenen Felsreliefs erschien die Wüste wie ein riesiger Tempel, reglos und unzerstörbar wie der Gott Israels.

Sie machten sich auf den Weg. Jeder Schritt entfernte sie sowohl von Judith als auch von Jerusalem und zerriß ihnen das Herz. Bald schon mußte Abraham den kleinen Gamaliel wieder auf den Schultern tragen, und Elias nahm ihm die Papyrusrollen ab. Gegen Mittag trafen sie Flüchtlinge, die aus Galiläa kamen, und schlossen sich dem Zug der Frauen, Kinder und Greise an. Während einer Rast, die sie im Schatten eines Akazienbaums hielten, fragte man sie, woher sie kämen:

»Aus Jerusalem«, erwiderte Abraham.

Die erschöpften, ausgemergelten Gesichter wandten sich ihm zu:

»Hält Jerusalem noch stand?« fragte ein alter Mann.

»Ja.«

»Und der Tempel?«

»Der Tempel brennt.«

»Die Römer seien verflucht.«

»Und wie seid ihr entkommen?« fragte ein anderer.

»Mit Gottes Hilfe.«

Eine Frau mit harten Zügen, die ihrem Säugling die Brust gab, erkundigte sich:

»Du trägst Trauer?«

»Meine Frau«, sagte Abraham und seine Stimme brach.

»Die Römer?«

»Ja.«

»Sie seien verflucht.«

Die Frau trug eine mit rotem Staub bedeckte Tunika, die an ihrem schweißnassen Körper klebte. Ihre sehr weiße Brust wirkte fast blau. Sie spuckte dreimal in den Sand.

»Wo geht ihr hin?« fragte Abraham.

»Wo sollen wir schon hingehen?« antwortete der alte Mann. »Es wird sich schon ein Land finden, das uns aufnimmt ... Vielleicht Ägypten.«

Die Frau, die das Kind säugte, lachte bitter auf:

»Wir sind aus Ägypten ausgezogen, und wir kehren nach Ägypten zurück. Sklaven!«

Sie vertrieb die Fliegen, die sich auf die Augen ihres Kindes setzten.

Abraham hatte einen Onkel in Ägypten, einen Bruder seines Vaters, der Esra hieß und in Alexandria wohnte, einer Stadt, in der, so hatte man ihm erzählt, ebenso viele Juden lebten wie in Jerusalem.

Als sie sich wieder auf den Weg machten – sie hofften, noch vor dem Abend einen Brunnen zu finden –, tauchte aus einer Staubwolke eine berittene Patrouille auf. Der kommandierende Offizier befahl ihnen stehenzubleiben.

»Wohin des Wegs, Juden?« fragte er und musterte jeden einzelnen der Flüchtlinge.

Niemand antwortete. Er blieb vor Abraham stehen und sah ihn prüfend an:

»Was hast du unter diesen Greisen zu suchen? Ist dieses Kind dein Sohn? Was trägt er in dem Sack?«

»Ich bin Schreiber«, erwiderte Abraham. »Diese Rollen enthalten einen Bericht über die jüngsten Ereignisse von meiner Hand.«

»Bist du sicher, daß es sich nicht vielmehr um Kriegsaufrufe gegen die Römer handelt?«

»Lies doch selbst.«

»Ich spreche ein bißchen deine Sprache«, entgegnete der Offizier, »aber ich kann die Schrift nicht lesen. Du kommst mit uns.«

Elias und Gamaliel wurden auf Pferde gehoben. Abraham mußte bis zum Lager der Legionäre, das sie am Abend erreichten, nebenher laufen. Er war schließlich so erschöpft und verzweifelt, daß er spürte, wie sein Leben sich von ihm entfernte; nur die Kinder hielten ihn davor zurück, seinen Körper zu verlassen. Im Lager gab man ihm Wasser, und ein wenig später brachte man ihm Brotfladen und eine Schüssel Hammelragout, die er mit seinen Söhnen teilte. Die Schriftrollen hatte man ihm genommen.

Noch bevor die Nacht anbrach, schlief er auf der Erde ein. Er hielt seine beiden Söhne in den Armen und dachte dabei an sein Weib Judith. Er brachte es nicht über sich, sich einzugestehen, daß sie an eben diesem Morgen gestorben war.

Wie in Jerusalem erwachte er vor Morgengrauen. Der Geruch des Lagers erinnerte ihn daran, wo er war und was sich am Tag zuvor zugetragen hatte. ›Was habe ich Gott angetan, daß er mich verläßt?‹ dachte er. Sein Herz war aus Asche. Er wandte sich nach Jerusalem und suchte nach dem roten Feuerschein, aber der Himmel war leer.

Als es im Lager lebendig wurde – Flüche, Rufen, Scheppern von Metall, Verteilen von Reisig für das morgendliche Feuer –, brachte man Abraham eine Art Bohnensuppe. Er betrachtete die in Reih und Glied aufgeschlagenen Zelte, die angekoppelten Pferde, die rings um das Lager postierten Wachen und fragte sich, wie sie, die Juden von Jerusalem, hatten glauben können, dieses Imperium, diese Armee zu besiegen. Was für Narren sie gewesen waren!

Später am Morgen holte man ihn und führte ihn in einen großen Pavillon, den des Generals Placidus, der gerade dabei war, sich die Zeit mit ein paar jungen Leuten in kurzen Tuniken, die Schulter und Knie freiließen, zu vertreiben. Abraham, der Elias und Gamaliel an der Hand führte, wurde dem General gemeldet. Der musterte sie aufmerksam und rief seinen Übersetzer:

»Dein Sohn haßt mich«, sagte er. »Wenn seine Blicke mich töten könnten . . .«

»Römische Soldaten haben gestern seine Mutter vergewaltigt und umgebracht«, erwiderte Abraham, und wieder brach seine Stimme.

»Dann mußt du mich also auch hassen.«

»Herr, ich trage keinen Haß in meinem Herzen, nur Mitleid.«

»Mitleid?«

»Wie sollte man nicht Mitleid mit Menschen haben, die sich schändlicher aufführen als Tiere der Wüste und töten, ohne daß sie wie diese der Hunger dazu treibt.«

»Du verzeihst also?«

»Gott allein verzeiht, wenn die Zeit gekommen ist.«

»Bei den Göttern des Olymp, du gefällst mir, Jude! . . . Mein Übersetzer hat deine Berichte gelesen, er sagt, daß du genau beobachtest und gut schreibst . . . Unsere Legion braucht einen Schreiber, der von ihren Schlachten und Siegen erzählt . . . Ich nehme dich in meinen Dienst, Jude, du wirst der Schreiber der tapfersten Legion des Kaiserreichs werden.«

»Wenn mein Herr es erlaubt«, beeilte sich Abraham zu sagen, »möchte ich lieber meinen Weg fortsetzen.«

Als der Übersetzer seine Antwort wiedergegeben hatte, taten die jungen Leute lautstark ihre Überraschung kund. Placidus brachte sie zum Schweigen und wandte sich an Abraham: »Wohin willst du gehen?«

»Nach Alexandria, so Gott will.«

Der Römer sah Abraham und seine beiden Söhne lange an: »Hör zu, Jude«, sagte er. »In den nächsten Tagen wird in Joppe[3] ein Schiff nach Alexandria auslaufen. Wenn du es so willst, magst du mit an Bord gehen. Aber wenn du dich zu bleiben entschließt, so wisse, daß General Placidus sich glücklich schätzen wird, dich in seinem Dienst zu haben. Denk gut darüber nach, Schreiber!«

Knapp zwei Wochen später schifften sich Abraham, Elias und Gamaliel auf einer Trireme ein, die Sklaven und Geschenke für Tiberius-Alexander, Freund Cäsars und Gouverneur von Ägypten, geladen hatte. Abraham hatte General Placidus all seine Schriften überlassen müssen, und als er den Fuß auf die staubigen Kais von Alexandria setzte, wurde ihm zum ersten Mal in seinem Leben bewußt, was Exil ist.

[3] Heute: Jaffa (A. d. Ü.)

Über neunzehn Jahrhunderte und achtzig Generationen hinweg ist Abraham der Schreiber mein Vorfahr, und seine Geschichte ist meine Geschichte.

Es war, glaube ich, nach dem Tod meiner Mutter, als ich begann, die einzelnen Teile dieser Geschichte zusammenzutragen; wahrscheinlich ging es für mich damals darum, mich weniger allein auf dieser Erde zu fühlen.

Mir scheint, als habe ich auf den Spuren Abrahams und seiner Nachkommen alle Straßen der Welt durchwandert oder zumindest beinahe. Ich habe Verzeichnisse aufgestellt, Namen, Daten und Ereignisse miteinander verknüpft, mir überall dort, wo die Meinen gelebt haben, Landschaften, Farben von Steinen und Himmeln, Gerüche, Gesichter, Melodien, Akzente zu eigen gemacht, ich habe mir von Abenteuern erzählen lassen, Legenden nachgespürt, dem Schweigen gelauscht – und viel geträumt.

Dann habe ich zu schreiben angefangen. Doch trotz all dieser Karteikarten und Unterlagen fehlte mir etwas, und unbewußt spürte ich, daß es das Wesentliche war. Ich beschloß also, nach Jerusalem zurückzukehren, dorthin, wo alles begonnen hatte. Es war im Winter 1977. Da ich nach nichts Bestimmtem auf der Suche war, trieb ich ein paar Tage lang ziellos durch die Straßen, fragte mich, wie oft schon, was eigentlich das Geheimnis dieser Stadt ausmacht. Gewiß, statt der tausend Goldspieße, die sich einst auf dem Dach des Tempels erhoben, um die Vögel daran zu hindern, sich daraufzusetzen und es zu beschmutzen, ragten jetzt die Fernsehantennen in den Himmel; und dennoch – es bleibt ein seltsames Gefühl von Dauer, ja, Ewigkeit.

Wie von Ewigkeit her sind auch diese Silhouetten, diese Rufe, diese schwarzen Ziegen auf den kahlen Hügelrücken. Man brauchte sich nicht weit von der Hauptstraße nach Tel-Aviv zu entfernen, um den Geruch nach Wollfett und saurer Milch in den Beduinenzelten wiederzufinden. Eines Nachmittags, als ich in der Altstadt war, überraschte mich ein heftiger Regenguß. Ich suchte unter einem Torbogen Schutz. Ein alter Mann steuerte fast zur gleichen Zeit darauf zu. Er trug einen schwarzen Kaftan und einen Streimel auf dem

Kopf, hatte zwei lange Pajes und einen weißen Bart. Er schüttelte sich:

»Je stärker der Regen, desto kürzer«, sagte er auf jiddisch. »Kommen Sie ins Trockene.«

Ich folgte ihm durch einen langen Flur, der in einen großen, fast leeren Raum führte: In der Mitte ein langer Weichholztisch und schmale Bänke – eine Bibelschule, eine Talmud-Thora.

»Setzen Sie sich«, sagte der alte Mann.

Ich zog eine Bank heran. Er setzte sich mir gegenüber.

»Wo kommt der Jude her?« fragte er.

»Aus Paris.«

»Und vorher?«

»Aus Warschau.«

»Ich auch, aber das ist lange her, sehr lange. Wie heißen Sie?«

»Halter.«

»Und Ihr Vater?«

»Salomon.«

»Lebt er noch?«

»Nein.«

»Gott hab ihn selig. Was hat er in Polen gemacht?«

»Er war Drucker.«

»Und Ihr Großvater?«

»Drucker und Verleger.«

»Und Ihr Urgroßvater?«

»Drucker und Verleger.«

»Eine gute Familie. Wie hieß der Verlag?«

»Nach dem Namen meines Großvaters, Meir-Ikhiel Halter.«

Der alte Mann wiederholte mehrmals den Namen: »Halter, Halter ...« Dann bat er mich, ihn zu entschuldigen und verließ den Raum. Eine niedrige Decke, eine Birne an einer Schnur, ein lackierter Schrank, vollgestopft mit Gebetsbüchern. An der Wand hinter einem mit Fliegendreck beschmutzten Glas ein Landschaftsbild von Jerusalem. Was hatte ich bloß hier zu suchen?

Der alte Mann kam nach einer geraumen Zeit zurück. Er schien verärgert:

»Dabei bin ich ganz sicher«, sagte er, »daß ich ein Buch aus dem Halter-Verlag habe. Ich finde es bestimmt. Sie müssen wiederkommen.«

Ich sagte ihm, daß ich am nächsten Tag nach Paris zurückfliegen müßte.

»Gut«, sagte er, »dann ein andermal.«

Er hieß Rab Chaim. Ich war schon so vielen seinesgleichen begegnet, daß ich ihn vergaß und zurückflog. Ich hatte nichts Neues entdeckt. Aber vielleicht gab es auch gar nichts zu entdecken, und es kam mir nur darauf an, lauter Gründe zu erfinden, um mich um dieses Buch zu drücken, das gerade entstand.

Trotzdem machte ich mich wieder an die Arbeit.

2

Alexandria
Der grosse Aufstand

Onkel Esra besaß ein Lager – man nannte es die Apotheke, die »Boutique« – am Hafen von Alexandria, wo er, je nach Marktlage, Getreide, Öl oder Parfüm kaufte und verkaufte.

Er war ein älterer, weißhaariger, korpulenter Mann, der sich nach Art der Römer kleidete, wie fast jeder in Alexandria. Er nahm Abraham und seine beiden Söhne auf und dankte dem Himmel dafür, daß er ihm die Gelegenheit bot, Gutes zu tun. Er brachte sie bei sich unter, in einem großen Haus an der Grenze zum Delta-Viertel gegenüber den königlichen Gärten, und dank seiner Beziehungen konnte er Abraham bald eine Stelle als Schreiber beim Sanhedrin von Alexandria verschaffen und Elias, den Älteren, in einem Lehrhaus, *Beth Hamedrasch,* unterbringen, das von einem berühmten Schriftgelehrten, Rabbi Schabtai, geleitet wurde.

Aber Alexandria, eine wohlhabende, kosmopolitische Stadt, deren lange, parallellaufende Alleen, die von Kanopos zum Nildelta führten, von Straßen gekreuzt wurden, die von der Küste bis ans Meer hinunterreichten, blieb für Abraham eine fremdartige Welt, in der er nicht seinen Platz fand. Er verstand diese Juden nicht, die sich ohne zu murren den Steuergesetzen und Verboten aller Art fügten – schließlich machten sie die Hälfte der Bevölkerung von Alexandria aus.

»Wie kann man denn überhaupt weiterleben«, hatte er eines Tages Onkel Esra gefragt, »seinen Geschäften nachgehen und sich vergnügen, wenn Jerusalem zerstört ist?«

»Wir vergessen es nicht«, entgegnete Esra, »aber die Juden haben andere Mittel als die Gewalt, um der Gewalt zu begegnen . . .«

Und der alte weißhaarige Mann schenkte ihm Süßwein ein und redete von der Thora.

Aber Abraham der Schreiber blieb untröstlich. Seine Kinder

sprachen jetzt griechisch und Latein besser als hebräisch, und für ihn war das wie ein zusätzlicher Verrat. Und als Gamaliel schließlich soweit war, bei Onkel Esra in der »Apotheke« mitzuarbeiten, fand Abraham keinen Grund mehr zu leben. Er wurde von Tag zu Tag schwächer. Die Ärzte, die Esra kommen ließ, fragten sich vergebens, welch geheimnisvolles Übel den Schreiber befallen hatte: Sie begriffen nicht, daß Abraham aus Kummer starb.

Er hinterließ seinen Söhnen nur ein Tintenfaß, ein paar sorgfältig gespitzte Federn aus Schilfrohr und eine Rolle aus schönem Papyrus, auf die er, zum ersten Jahrestag der Zerstörung des Tempels, geschrieben hatte: »Sei gepriesen, ewiger Gott und Gott unserer Väter. Du hast Dich von uns, die wir gesündigt haben, abgewandt. Du hast uns verlassen. Die Welt, die Du für uns geschaffen hast, lebt weiter, und wir, für die Du sie geschaffen hast, vergehen. Du hast Dein Antlitz mit dem Schleier des Vergessens bedeckt und Deine Lippen mit dem Schweigen des Mitleids versiegelt. Du hast uns Deinen Blick und Deinen Odem entzogen. Der Name Deines Volkes, Israel, Kämpfer Gottes, ward aus dem Himmel der Auserwählten getilgt, und die Erde speit ihn aus, aber wir bleiben Dein Volk, Kämpfer Gottes, und das Zeichen des Bundes ist in uns eingebrannt. Unser Gedächtnis ist der Aufenthalt Deines Gesetzes. Durch den Buchstaben und das Wort, durch Gebet und Fasten bewahren wir uns die Furcht und die Liebe Deiner Gebote und geben sie weiter. Und damit niemand meines Stammes Deinen Namen in der Bitternis des Exils verleugnet, damit niemand am Tag der Versöhnung vergessen werde, schreibe ich gleich wie ein Gebet die Namen meiner Söhne in diese Rolle und wünsche, daß sie nach meinem Tod bewahrt und weitergeführt werde von meinen Nachkommen, von Generation zu Generation, bis zum Tag Deiner Versöhnung.

An diesem neunten Tag des Monats Aw, ein Jahr nach der Zerstörung Jerusalems, zerreiße ich mein Gewand zum Zeichen der Trauer. Möge bis zu dem Tag, an dem die gespaltenen Steine des Tempels sich wieder zusammenfügen, die Anrufung dieser Namen, die ich hier aufgezeichnet habe, und die andere nach mir aufzeichnen werden, das Schweigen brechen und Deinen geschändeten Namen wiederherstellen. Heilig, heilig, heilig ist der ewig lebende Gott. Amen.«

Es gab kein Klagen und keine Tränen, als er starb; in Wirklichkeit war Abraham der Schreiber an dem Tag gestorben, an dem er Jerusalem und seine teure Judith verloren hatte. Die Zeit verging.

Mit fünfzehn Jahren heiratete Gamaliel seine Cousine Sarah, ein hübsches, rundliches Mädchen, die ihm fünfzehn Kinder gebar, von denen, dem Ewigen sei Dank, vier in der Liebe ihrer Eltern aufwuchsen; der ersten seiner Töchter gab Gamaliel den Namen Judith.

Viele der Juden, die nach der Zerstörung Jerusalems in Scharen aus Judäa gekommen waren, hatten sich in kleinen Dörfern am Nilufer niedergelassen, zwischen der Thebais und dem Delta; sie lebten bescheiden, bestellten ihre Gärten, gingen fischen, machten nicht von sich reden und dachten nicht mehr an eine Rückkehr. Andere hatten es vorgezogen, nach Alexandria zu gehen, einem mächtigen und militanten Zentrum des Judaismus, was erneut die alte Feindseligkeit der Griechen schürte. Sie verlangten von Rom, die Zahl der Juden in der Stadt zu reduzieren und die Religionsfreiheit aufzuheben, die die kaiserliche Gunst den Juden hier seit langem gewährte. Aber der damalige Kaiser, Trajan, dachte nicht daran, einen neuen judäischen Krieg zu entfachen, nachdem der alte ihm jahrelang seine besten Legionen entzogen hatte. Er begnügte sich damit, auf ein Gleichgewicht zwischen den beiden Gemeinschaften hinzuwirken, die sich gegenseitig eine leidenschaftliche Mischung aus Bewunderung, Verachtung und Furcht entgegenbrachten und tausend Vorwände fanden, um aufeinander loszugehen und sich auch gelegentlich in einer dunklen Gasse die Kehle durchzuschneiden.

Gamaliel war bei allen Kämpfen dabei. Er war ein rastloser Mann, der niemanden fürchtete. Die grausame Erinnerung an den verstümmelten Körper seiner Mutter hielt den brennenden Haß gegen die Römer in ihm wach, der sich hier auf die Griechen übertrug, die mit ihrer Arroganz und ihrer Angewohnheit, das Kaiserreich für sich einzuspannen, auch leicht zu hassen waren. Seit dem Tode Onkel Esras führte er die »Apotheke« allein, aber dieses Mehr an Arbeit und Verantwortung ließ ihn nicht ruhiger werden. Selbst die inständigen Bitten seiner Frau Sarah, seine Pflichten als Familienvater oder das nahende Alter vermochten daran nichts zu ändern. Er blieb der Anstifter aller Verschwörungen gegen Rom und war bei allen Anschlägen gegen die Griechen mit dabei. Er war unverbesserlich.

In diesem Jahr 3874[4] nach der Schöpfung der Welt durch den Ewigen – gepriesen sei sein Name –, vierundvierzig Jahre nach der Zerstörung des Tempels, verheiratete Gamaliel, Sohn Abrahams des Schreibers, seinen letzten Sohn, Absalom. Er war sein Liebling: Er glich ihm in Körper, Gesichtszügen und Charakter, obgleich er, ein Erbteil seiner Mutter, auch Augenblicke der Stille und der Träume kannte. Er heiratete Aurelia, ein junges Mädchen mit sanften Augen. Die Hochzeit, die in den Hochsommer fiel, war eine einzige Kette von Freuden gewesen. Man feierte gerade den siebten und letzten Tag der Festlichkeiten. Im Garten, in dem die Schatten allmählich länger wurden, dösten die vom Wein schläfrigen Gäste in der grünberankten Laube oder im Schatten der Palmen vor sich hin. Ihre leichten Gewänder waren hellblaue, safrangelbe oder purpurne Punkte im hellen Licht. Ein paar große, schwarzweiße Ibisse stolzierten feierlich rings um die Tische des Banketts und hielten mit ihren kleinen runden Augen Ausschau nach ein paar Krümeln, die sie aufpicken konnten. Die Frauen plauderten neben dem Brotofen, freuten sich dieser wie jeder neuen Heirat und waren bereits eifrig dabei, die nächste zu stiften.

Gamaliel gesellte sich zu den Gästen, die schwerfällig aufstanden, um ihm noch einmal die üblichen Wünsche darzubringen:

»*Massel tov,* Gamaliel, *massel tov*«, sagten sie, »alles Gute! ... Freude und Glück über dich und das ganze Haus Israel! ... Und möge man bald in den Städten Judäas und den Straßen Jerusalems die Stimmen der Heiterkeit, die Stimmen des Glücks, die Stimmen des jungen Gatten und seiner jungen Frau vernehmen! ...«

Gamaliel schob sie sacht beiseite und trat vor die Jungvermählten, Absalom und Aurelia. Er sah sie einen Augenblick lang ernst an, dann legte er ihnen die Hände auf den Kopf, segnete sie und sagte: »Ewiger Gott, mach dieses Paar, das sich liebt, glücklich, wie Du das erste Geschöpf im Garten Eden bei der Erschaffung der

[4] 114 n. Chr.

Welt glücklich gemacht hast ... Sei gepriesen, Du Ewiger, der Du den jungen Gatten und die junge Gattin glücklich machst ...«

Aurelia, die den Turban der verheirateten Frauen trug, senkte die Augen. Absalom beugte sich herunter, um die Hand seines Vaters zu küssen. Die Gäste klatschten. Gamaliel gab den Musikern ein Zeichen, mit dem Spielen zu beginnen. Dann begab er sich ins Haus, wo ein paar Männer auf den Ruhebänken lagen, miteinander plauderten und Honigwein mit Pfeffer tranken, den ihnen die Sklaven in Cyamus-Kelchen[5], breiten, lederartigen Krebsschalen, servierten. Er suchte vergebens seinen Bruder Elias, als Esri, sein alter nubischer Diener, ihm einen Gast meldete.

»Wo ist er?« fragte Gamaliel.

Esri, der an die Verschwörungen seines Herrn gewöhnt war, hatte gelernt, die heimlichen Besucher zu erkennen und diesen in einen kleinen Schuppen geführt, damit die Gäste ihn nicht bemerkten.

Gamaliel ging zu ihm. Ein etwa vierzigjähriger, großer, kräftiger rothaariger Mann mit lustigen Augen ging auf ihn zu und umarmte ihn:

»Jonathan!« rief Gamaliel.

»*Massel tov!* ... Viel Glück! Ich habe gehört, du hast deinen Sohn verheiratet.«

Er ließ seine weite, gelb-schwarz-gestreifte Toga zu Boden fallen. An seiner dunkleren Haut, dem Staub an seinen Sandalen und an der Lässigkeit, die sein ganzer Körper ausdrückte, erkannte man den Kundschafter.

»Woher kommst du denn diesmal, Jonathan?« fragte Gamaliel.

Sein Besucher trat näher und senkte die Stimme:

»Aus Kyrene.«

»Aus Kyrene? Wie geht es den Freunden?«

»Sie sind besorgt, mein guter Gamaliel. Wir sind noch nicht bereit für einen Aufstand, aber das Volk wird ungeduldig ... Stell dir vor, in Kyrene wirft sich schon wieder einer zum Messias auf ... Ein gewisser Lucuas ... Ein Schwärmer, der durch die Straßen läuft und den Weltuntergang prophezeit sowie Jerusalems

[5] Eine Art Flohkrebs (A. d. Ü.)

baldige Wiederaufrichtung . . . Dieser Narr kann jederzeit einen Aufruhr anzetteln.«

»Na und? Machen wir's uns doch zunutze!«

»Beim Ewigen, Gamaliel, du weißt genau, daß es noch zu früh ist.«

»Es ist nie zu früh. Und wenn dein Lucuas uns dabei hilft, um so besser.«

»Gamaliel«, seufzte Jonathan, »du änderst dich auch nie.«

Das war ein alter Streitpunkt zwischen den beiden Männern, dem Aufwiegler und dem bedächtig Planenden. Vom Garten her hörte man Lautenklänge.

Gamaliel drückte den Arm seines Freundes:

»Ich muß wieder zurück zu meinen Gästen«, sagte er, »aber wir werden das alles noch besprechen. Bei Neumond wollen wir eine Versammlung mit dem Abgesandten der Gemeinden von Memphis, Elephantine, Athribis, Faijum und sogar Zypern abhalten. Sag mir, wo ich dich finde, und ich nehme dich mit.«

»Du findest mich bei den Weibern«, erwiderte Jonathan, »hinter dem Tempel des Pompejus.«

»Schone deine Kräfte, Jonathan, wir brauchen dich noch.«

Sie lachten beide und schlugen sich auf die Schulter.

Als er Jonathan hinausbegleitete, stieß Gamaliel fast mit seinem Bruder Elias zusammen.

»Ich hab' dich schon gesucht«, sagte er. »Hast du die Schriftrolle?«

Elias trug eine elegante, golddurchwirkte Tunika; das kurze, schwarze, nach griechischer Art gelockte Haar betonte die Feinheit seiner Gesichtszüge, aber auch die ersten Falten. Doch Gamaliel entging es nicht, wie sehr unter der weltläufigen Maske des hellenisierten Juden jeden Tag ein wenig mehr die Melancholie dessen zutage trat, der in der Fremde lebt.

Er antwortete seinem Bruder nicht, sondern fragte:

»Wer ist dieser Mann, der dich eben besucht hat?«

»Welcher Mann?«

»Dieser rotbärtige Fremde. Gamaliel, es wird Zeit, daß du mit diesem Intrigenspiel aufhörst . . .«

Sein Bruder entrüstete sich:

»Interessiert sich dein Freund, der Statthalter, für meine bescheidenen Geschäfte?«

Seit dem Tod Abrahams des Schreibers waren die Wege der beiden Brüder weit auseinandergegangen. Der fleißige, nachdenkliche Elias war Rabbi Schabtais Lieblingsschüler gewesen, der an ihm die bemerkenswerte Fähigkeit schätzte, Ungerechtigkeit auch dort zu erkennen, wo er, der alte Lehrer, lieber nur den normalen Lauf der Welt sah und das Wirken des göttlichen Willens. Die Fragen, die Elias ihm stellte, und die Antworten, die er ihm gab, schlossen jede Banalität oder Gefälligkeit aus, und er war ihm dafür dankbar.

Eines Tages hatte Rabbi Schabtai, gerührt wie am ersten Schultag, Elias in dessen Zimmer ganz in der Nähe vom *Beth-Din* aufgesucht und ihm vorgeschlagen, seine einzige Tochter, Myriam, zu heiraten. Elias war einverstanden gewesen, und die Hochzeit wurde ein paar Monate später gefeiert. Das junge Paar hatte sich in einem Haus außerhalb des Judenviertels, in der Gegend von Neapolis, niedergelassen. Kurz darauf wurde Elias zum Schreiber an der großen Synagoge von Alexandria berufen, die mit ihren Gärten und Bogengängen so unermeßlich groß war, daß die Gläubigen, die im Gebetsraum neben der Tür standen, die Stimme des *Chasan* nicht hören konnten. Deshalb schwang der *Schamasch* jedesmal, wenn die Menge Amen zu antworten hatte, von einem Podest herunter ein Fähnchen.

Den größten Teil seiner Zeit widmete Elias dem Studium. Immer öfter suchte man seinen Rat und versäumte es nicht, ihn zu den wichtigsten Beratungen der Juden einzuladen: Sollte man zum Beispiel auf einen judenfeindlichen Text antworten, den der Dichter Juvenal geschrieben hatte? Rabbi Schabtai glaubte nicht daran, daß eine Diskussion mit den Feinden der Juden der Mühe wert sei, denn, so sagte er, sie würden sowieso ihre Meinung nicht ändern. Allein der Ruf eines solchen Streitgesprächs trüge noch dazu bei, ihre Thesen zu verbreiten. Elias war nicht dieser Meinung. Er dachte, wie Jakob Adantios, man solle sich nie weigern zu diskutieren, da das Wort eine nicht zu unterschätzende Macht besäße: »Und außerdem«, fügte er hinzu, »reden bedeutet auch Zeugnis ablegen, und ist das nicht unsere, der Weisen und Schreiber, Aufgabe?«

»Unsere einzige Pflicht ist es«, hatte Rabbi Schabtai geantwortet,

»vor Gott Zeugnis abzulegen.«

»Aber gerade um des Ewigen – gepriesen sei sein Name – und seiner Gesetze willen müssen wir vor den Menschen Zeugnis ablegen.«

Jemand hatte Beifall geklatscht, und zum ersten Mal war der alte Mann ungehalten geworden:

»Wovon willst du Zeugnis ablegen? Willst du zur Erbauung zukünftiger Generationen von den Streitereien mit unseren Feinden berichten, ihnen von unseren Gebrechen erzählen und wie das Wetter war? Ihnen beschreiben, wie die Synagoge von Alexandria von außen aussah?«

Er hatte jetzt die Lacher auf seiner Seite, aber Elias hatte ihm ernsthaft geantwortet:

»Ich hab' darüber noch nicht nachgedacht, Rabbi, aber du hast recht. Jemand sollte sich die Mühe machen, unsere Synagoge zu beschreiben. Auch das wäre ein Zeugnis . . .«

»Hast du vielleicht Angst, sie könnte sich in Luft auflösen?«

»Auch der Tempel wurde zerstört.«

Und als er an diesem Abend nach Hause kam, nahm er eine Rolle aus feinstem Papyrus, löste ein Tintentäfelchen auf und begann: »Und die Kinder Israels, die nach Alexandria in Ägypten gekommen waren, ließen sich dort nieder. Sie bauten eine Synagoge, wie man ihresgleichen noch nie gesehen hatte, seit Israel unter die Völker zerstreut ist . . .«

Ihrer beider Art, die Fragen des Exils zu sehen, war ganz und gar entgegengesetzt, und Elias hatte nicht das Gefühl, einen Verrat zu begehen, wenn er sich zu den Einladungen des römischen Statthalters Marcus Ritulius Lupus begab, bei denen man über Dichtkunst und Philosophie redete – und er mehr als einmal Informationen bekommen hatte, die Gamaliel wohl zu nutzen wußte.

»Mein Freund, der Statthalter, wie du sagst, hätte dich schon zehnmal verhaften lassen können.«

»Und warum hat er es dann nicht getan?«

»Wahrscheinlich, weil er es vorzieht zu wissen, wer und wo seine Feinde sind.«

Gamaliel besänftigte sich wieder. Sie hatten diese Szene schon so oft gespielt, daß sie ihn nicht mehr amüsierte. Er beugte sich zu Elias vor:

»Du hast nichts erfahren?«

»Nichts Neues, mein Bruder.«

»Komm, wir wollen die Familie zusammenrufen.«

Der Abendwind hatte sich erhoben und wehte ihnen den Duft der Kräuter, Blüten und Früchte zu. Die Luft war lau, man fühlte sich wohl, verteilte Glückwünsche, und doch lag über den Dingen und den Menschen eine Art Melancholie.

In dem großen Balkonzimmer im zweiten Stock nahmen Gamaliel und Elias die Schriftrolle aus der Truhe, die ihr Vater Abraham einst begonnen hatte und die seine Nachkommen nach seinem Willen fortführen sollten. In den Lampen knisterte das Kokosnußöl; ihr Licht warf einen unruhigen, flackernden Schein auf die Wände der Aschenamphoren und Glasgefäße, die Gamaliel sammelte und deren Herstellung das Geheimnis der Handwerker von Alexandria war. Durch das Balkonfenster sah man in regelmäßigen Abständen weit über dem Meer einen Stern aufleuchten und verlöschen: Der riesige Leuchtturm aus grauem und rosa Granit, der sich vierhundert Fuß hoch über der Insel Pharos erhob.

Als die Familie und die Freunde versammelt waren, bedeckte Gamaliel sein Haupt mit dem Gebetsmantel und beugte sich über die Papyrusrolle mit dem Eifer eines Gelehrten, der die Thora studiert: »Sei gepriesen«, las er andächtig, »ewiger Gott und Gott unserer Väter . . .«

So las er, mit dem Finger den Zeilen folgend, was gewissermaßen das Testament Abrahams des Schreibers gewesen war und dem Elias sorgfältig die neuen Namen der Familie hinzugefügt hatte: »Abraham, Sohn Salomons des Leviten, wohnte in Jerusalem, und der Name seiner Frau war Judith. Elias war sein erstgeborener Sohn und wurde Schreiber wie sein Vater: Gamaliel war der Name seines Zweitgeborenen.

Elias zeugte Simon, Thermutorion und Esra. Der Name seiner Frau war Myriam. Sie wohnten in Alexandria, im Exil. Gamaliel zeugte Theodoros, Judith, Rachel und Absalom. Der Name seiner Frau war Sarah. Sie wohnten in Alexandria, im Exil . . .«

Es folgten die Namen der Schwiegertöchter, Schwiegersöhne

und Enkel – viele Abrahams, Judiths und Absaloms –, die Gamaliel wie die Worte eines Gebets aufsagte, und es war wohl auch eines. Als er schließlich schwieg, nachdem er mit bewegter Stimme gelesen hatte, Absalom habe Aurelia zum Weib genommen, hörte man in der Stille von weither eine Schiffsglocke. Sie sahen hinaus aufs Meer. Und eigentlich waren Gamaliels Worte wie das Zeichen des Leuchtturms von Alexandria: eine Mahnung, sich nicht im Dunkel der Welt zu verlieren.

In diesem Monat fiel der Neumond auf einen *Sabbat*. Sobald der erste Stern am Himmel sichtbar wurde, verließen die Juden in den verschiedenen Vierteln Alexandrias ihre Häuser, um sich in den zahlreichen Synagogen der Stadt zu versammeln. Frisch gewaschen, parfümiert, in ihre Fest-Tuniken gehüllt, den Gebetsmantel über dem Arm, drängten sie sich auf den Straßen, wo noch die kleinen Leute, Lastenträger, Maultiertreiber oder Wasserverkäufer, bei der Arbeit waren.

»Diese Juden sind anscheinend so reich«, riefen sie ihnen zu, »daß sie noch früher als wir müßiggehen.«

»Ihre Sklaven arbeiten auch nicht . . .«

»Jahwe ist der Gott der Sklaven!«

Aber es war Sabbat, und die Juden vermieden es zu antworten. Gamaliel pflegte in die große Synagoge zu gehen, einmal weil Elias dort beschäftigt war und zum anderen, weil sich hier alle trafen, die eine Neuigkeit verbreiten wollten, und alle, die auf der Durchreise waren oder gerade zurückkehrten. Nach Sitte und Ordnung teilten die Gläubigen sich in berufsständische Gruppen auf. Ihre Plätze rings um den Almemor[6] waren so angeordnet, daß sie ein Sechseck bildeten. Die siebzig Ältesten des Obergerichts saßen auf vergoldeten Stühlen gegenüber dem heiligen Schrein, der die Schriftrolle enthielt.

Die Gebete wurden auf griechisch gelesen, nach der Übersetzung der Septuaginta: Siebzig Weise, die je zu zweit in voneinander getrennten Zellen auf der Insel Pharos eingeschlossen waren, hatten

[6] Eine Art Podium für die Thoravorlesungen usw. (A. d. Ü.)

von dem hebräischen Text der Thora fünfunddreißig Übersetzungen geschaffen, die wunderbarerweise Wort für Wort übereinstimmten. Dennoch sprach Gamaliel dieser Version den Charakter des Heiligen ganz und gar ab: Die griechische Thora sei keine Thora. Auch über dieses Thema hatten Gamaliel und Elias oft gestritten. Für Elias war der Judaismus eine Art Philosophie und die Thora eine Morallehre, die für die Gläubigen aller Religionen gültig seien. »Sei still«, entrüstete sich Gamaliel, »die Thora ist die Thora. Sie ist das Gesetz, das der Ewige seinem auserwählten Volk gegeben hat, und die zu ihm gehören wollen, müssen sie als Ganzes ehren, so wie das Lamm ganz im Mutterschoß liegt! . . . Und das in der Sprache Gottes, die das Hebräisch unserer Väter ist.«

Und so bewegte er auch kaum die Lippen bei den Gesängen, die auf griechisch von allen Gläubigen wiederholt wurden: »Denn von Zion wird das Gesetz ausgehen und des Herrn Wort aus Jerusalem . . .« An diesem Tag hatte er sowieso kaum einen Kopf für Gebete: Gleich nach dem Gottesdienst mußte er zu der Versammlung der Aufständischen draußen in den Sümpfen gehen. Er wollte seinen Sohn Absalom mitnehmen; Jonathan, den er benachrichtigt hatte, sollte auf ihn am Seeufer warten.

Der Schamasch schwenkte ein letztes Mal seine Fahne, und die Gläubigen antworteten: »Amen.« In der Synagoge ging es jetzt ebenso lebhaft zu wie in einem Wald nach dem Regen. Bänke wurden zurückgestoßen, Füße scharrten, man lachte, man rief sich gegenseitig laut zu, die Gläubigen standen auf, und mit schiefsitzender Kappe unter dem Gebetsmantel stürzten sie im allgemeinen Tumult aufeinander zu, um sich zu grüßen, zu beglückwünschen, sich ihre Freude über diesen neuen Mond, diesen neuen Monat, diese neue Woche zu versichern, die Gott ihnen wie dem ganzen Haus Israel in seiner Güte schenkte.

Gamaliel und Absalom verließen unauffällig die Bank der Kaufleute und bahnten sich einen Weg durch die Menge, um in Elias' Schreibzimmer zu gelangen. Von dort konnten sie durch den Feigenbaumwald auf die Straße nach Kanopos und zum See hinunterkommen. Elias umarmte seinen Bruder und seinen Neffen. Er sah besorgt aus, und so leise, daß es sonst niemand hören konnte, flüsterte er ihnen zu, er habe an eben diesem Nachmittag mit einem

Reisenden gesprochen, der direkt aus Rom mit einer wichtigen Nachricht gekommen sei: Trajan träume davon, es Alexander gleichzutun und bereite sich darauf vor, ein Weltreich zu erobern . . .

»Viel Glück dabei«, erwiderte Gamaliel. »Dann läßt er uns wenigstens in Ruhe.«

»Im Gegenteil! Er will sich nicht auch noch um das sorgen müssen, was in seinem Rücken passiert. Deshalb hat er seinen Statthaltern befohlen, unerbittlich alle Verschwörungen und alle Aufstände, ob belanglos oder nicht, zu unterdrücken.«

Gamaliel legte seinem Bruder die Hand auf den Arm:

»Warum sagst du das mir?«

Die beiden Brüder lächelten sich zu; sie mochten so verschiedene, ja entgegengesetzte Meinungen wie möglich haben, sie waren vor allem Brüder. Dann trennten sie sich.

Acht Stadien[7] vom Meer entfernt, an der Stadtgrenze zwischen den Mauern und den fruchtbaren Feldern des Deltas, sammelte sich in einem riesigen Becken ein Teil der Wasser des Nils und bildete einen See, umgeben von einem Sumpfgebiet, in dem sich Rinnsale durch die üppig wuchernde tropische Vegetation schlängelten. Hier war das Reich der Straßenräuber von Alexandria, die auf den sich immer wieder neu bildenden Inseln in baufälligen Hütten lebten oder, wenn sie besser dran waren, in größeren Katen wohnten. Kein Polizist wagte sich in diese unentwirrbare schwankende Stadt aus Schilf und Sumpfpflanzen, in denen die Flohkrebse lebten: Das schwarze Wasser des Sees, munkelte man, schloß sich rasch über den Neugierigen.

Gamaliel und Absalom erreichten einen schlüpfrigen Pfad. Seit geraumer Zeit hatten sie das Gefühl, daß jemand sie beobachtete, und sie entschlossen sich, stehenzubleiben.

»Wer da?« fragte eine rauhe Stimme in der Nacht.

»Freunde!« erwiderte Gamaliel.

Eine dunkle Gestalt tauchte auf und hob eine Laterne, deren Schein ein furchterregendes Gesicht erkennen ließ. Der Mann trat näher und warf einen forschenden Blick auf Gamaliel und Absalom:

[7] Etwa 125 Schritte (A. d. Ü.)

»Der Ewige möge euch schützen«, sagte er.

»Amen.«

»Folgt mir. Nehmt euch in acht, daß ihr nicht ausrutscht. Euer Freund Jonathan ist schon da.«

Sie drangen tiefer in dieses Wasserreich ein, scheuchten große Vögel auf, die erschrocken mit den Flügeln schlagend aufflogen und sich nur wenig weiter wieder niederließen. Gamaliel, der von den Mücken geplagt wurde, dem der durchdringende Geruch nach verfaulenden Pflanzen fast Übelkeit verursachte und der jedesmal zusammenfuhr, wenn ein Frosch zwischen seinen Beinen aufsprang, sah mit Erleichterung, daß sie an einem einfachen Bootssteg angekommen waren, wo eine Barke auf sie wartete. Jonathan grüßte sie schon von weitem. Ungeschickt stieg Gamaliel in das Boot, das gefährlich zu schaukeln begann, als er seinen Freund umarmen wollte. Nein, dieses sumpfige Wasserloch war ihm wirklich ein Greuel.

»Friede sei mit uns«, sagte er.

»Amen«, entgegnete Jonathan.

Der Mann, der sie begleitet hatte – ein Fischer? Ein Räuber? – griff nach einer langen Stange und stieß das Boot vom Steg ab. Es glitt auf einem der zahlreichen Wasserarme zwischen zwei hohen Schilfmauern, die sich manchmal wie ein Tunnel über ihnen schlossen, durch den See. Gamaliel, dem nicht sehr wohl in seiner Haut war, sah mit Überraschung, als das Dunkel sich etwas aufhellte, daß sein Sohn Absalom ganz ruhig und entspannt dasaß, als sei er an diese Sumpflandschaft gewöhnt.

Endlich legte die Barke an dem Bootssteg einer kleinen Insel an, auf der eine Hütte stand. Etwa zehn Männer erwarteten sie; sie saßen im Kreis auf dem Boden aus festgestampfter Erde rings um eine Blendlaterne und eine Räucherpfanne, in der Kräuter brannten, deren Duft die Insekten vertrieb. Das schwache Licht grub tiefe Schatten in die Gesichter.

Artemion war da, der Anführer der Aufständischen auf Zypern, Julianus, Kopf der Revolte in Judäa, Eleasar aus Nisibis in Mesopotamien, der Abgesandte der Gemeinden in Parthien, Ruben aus Arsinoe in der Cyrenaika, Esra Alexander aus Nysa in Kappadokien und der alte Simon aus Memphis. Auch Asaria war da, Sohn des

Zadok, der aus dem weitentfernten, fast unabhängigen Königreich der Juden von Nehardea in Babylonien kam; Rabbi Josef, Sohn des Anias aus Tarsus in Kilikien. Und schließlich der tapfere Gamalielus aus Syrien sowie Jakob Domitian aus Clysma am Roten Meer . . .

Sie kannten sich untereinander, weil sie sich schon bei anderen Versammlungen dieser Art getroffen hatten. Als Gamaliel, Absalom und Jonathan zu ihnen traten, erhoben sich alle. Man grüßte sich, umarmte sich. Gamaliel wurde es warm ums Herz. Da man in Alexandria war, fiel ihm heute die Aufgabe zu, die Versammlung zu leiten:

»Sei gepriesen, ewiger Gott, König der Welt, der Du uns das Leben gegeben hast, uns gesund erhalten und uns in Deiner Gnade bis hierher geführt hast.«

»Amen«, erwiderten die anderen.

Man setzte sich wieder auf den Boden. Ein Mann in einer Fischertunika stellte in die Mitte des Kreises eine Schale mit Früchten und zog sich zurück.

»Meine Freunde«, sagte Gamaliel, »es möge jeder der Reihe nach das Wort ergreifen.«

Artemion, der aus Zypern kam, hob den Arm. Er trug eine Kapuze aus braunem Tuch, die ihm bis über die Augen ging und die er mit seiner ringgeschmückten Hand zurückschob.

»Der Ewige, Herr der Welten, möge unseren Geist und unsere Schritte lenken«, sagte er. »Wir treffen uns nun bereits zum dritten Mal, meine Brüder, und es ist an der Zeit, daß bei diesen Begegnungen auch etwas herauskommt. Worte ersetzen nicht die Tat!«

Beifälliges Murmeln antwortete ihm von allen Seiten.

»Der Kaiser Trajan hält sich im Norden auf«, fuhr Artemion fort, »und zwar in Antiochien. Er will sich über Armenien und Parthien den Weg nach Indien erkämpfen. Seine besten Generäle folgen ihm. Seine tapfersten Legionen haben sich in Marsch gesetzt, um zu ihm zu stoßen. Hinter ihm ist das Terrain frei. Das ist unsere Chance!«

Noch beifälligeres Murmeln. Artemion schob erneut seine Kapuze aus der Stirn:

»Wir auf Zypern sind bereit. Wir haben eine Miliz aufgestellt, und Piraten, die unserer Sache treu ergeben sind, haben zwei mit Waffen beladene römische Schiffe gekapert . . .«

Er war ganz schön stolz auf sich, dieser Artemion. Er wartete, bis die begeisterten Rufe verstummt waren, bevor er fortfuhr: »Meine Freunde, es gibt eine Zeit für den Frieden und eine Zeit für den Krieg. Die Zeit für den Krieg ist gekommen. Mit der Hilfe des Ewigen sollten wir jetzt einen Zeitpunkt für den Aufstand festsetzen.«

Er hockte sich wieder auf die Erde, nahm eine Dattel aus der Schale, spuckte den Kern aus und wischte sich die Finger an seinem Bart.

Gamaliel gab einem jungen Mann ein Zeichen, der es auf seinem Platz nicht mehr aushielt und sogleich aufsprang:

»Sprich, Eleasar!«

»Es stimmt«, sagte Eleasar, »ich komme gerade aus Antiochien. Die Römer haben die Stadt in ein Heerlager verwandelt. Sie bereiten sich darauf vor, dort ihr Winterquartier zu nehmen. Von überall her ziehen sich dort die Legionen zusammen, ich selbst bin mehreren begegnet ...«

»Und die Juden?« fragte Gamaliel.

»In Nisibis haben wir eine bewaffnete Bürgerwehr, ebenso wie im übrigen Babylonien ... Aber die Ältesten des Sanhedrins von Antiochien sind auf seiten der Römer ...«

Eleasars magerer Körper schien sich je nach den Nachrichten, die er überbrachte, zu verkrampfen oder zu entspannen.

»Ist das alles?« fragte Gamaliel.

»Man hat mich beauftragt, euch zu sagen, daß wir den vereinigten römischen Armeen nicht lange standhalten werden, wenn nicht gleichzeitig in Judäa, Ägypten, der Cyrenaika und Zypern der Aufstand losbricht ... Wir verlassen uns auf euch, daß ihr Rom zwingt, die Front im Norden aufzulösen ...«

Ein Mann mit blondem Haar und flammendem Blick hob die Faust: »Bei *Elohim*, dem Gott der Rache«, rief er mit der heiseren Stimme eines Volksredners, »dazu sind wir ja da!«

Er war ein Judäer, dessen Vater, ein Held im judäischen Krieg, mit den Trophäen des Titus nach Rom geschleppt und dort während der Siegesfeier gekreuzigt worden war. Er hieß Julianus und bereitete den Aufstand in Judäa vor. Gamaliel liebte sein heftiges Wesen und die Art, in der er sprach. Jonathan war ihm gegenüber mißtrauisch: »Wenn man den Bogen überspannt, bricht er«, sagte er.

Julianus reckte sich:

»Jetzt müssen die Reden ein Ende haben, die Beschwörungen bei Neumond, die Versammlungen, bei denen nur gebetet wird, und das ewige Abbrennen von Räucherwerk! . . . Die Zeit ist abgelaufen! . . . Jetzt ist der Tag des Aufstands!«

Seine Stimme, seine Worte brannten wie Feuer. Er wußte um ihre Macht. Wer ihm länger zuhörte, wäre wohl auch bereit gewesen, blindlings zu den Waffen zu greifen.

»Die Wüste rings um die Hügel von Jerusalem«, fuhr er fort, »werden unsere Hände zu einem blühenden Garten machen. Der zerstörte Tempel ruft uns zur Rache! . . . Hört auf, euch über Roms Ungerechtigkeiten zu beklagen: Sie sind nur allzu selbstverständlich. Laßt ab von eurer Illusion, daß ein Jude frei unter Heiden leben kann. Nirgendwo wird man euch achten, bevor das Königreich Judäa nicht wieder in seine Rechte eingesetzt ist, bevor der Tempel nicht in alter Pracht auferstanden und für die Ewigkeit gebaut ist!«

Er begann, sich an seinen eigenen Worten zu berauschen. Jonathan, der ihn kannte, machte eine ungeduldige Handbewegung. Julianus unterbrach sich und wandte sich theatralisch an Jonathan:

»Wolltest du etwas sagen, Jonathan?«

»Ja, ich wollte sagen, daß das Wort nur der Schatten der Tat ist . . .«

Julianus rief die anderen zu Zeugen an:

»Habt ihr das gehört! Für ihn ist es immer zu früh, man muß warten, und wenn man gewartet hat, muß man immer noch warten! Und da steht er und will uns etwas von Taten erzählen!«

»Beruhige dich, Julianus«, sagte Jonathan.

»Der Zorn ist ein schlechter Ratgeber«, gab Gamaliel zu bedenken. »Fahr fort, Julianus.«

»Ich möchte Jonathan fragen«, rief Julianus, »ob er nicht auch denkt, daß wir jetzt, sofort, in dieser Stunde losschlagen sollten, jetzt, da es die Römer am wenigsten erwarten?«

»Ich denke, ein Aufstand wie der unsere sollte sorgfältig vorbereitet werden, damit er nicht ein für allemal erstickt wird.«

»Man kann nicht auf glühenden Kohlen laufen, ohne sich die Füße zu verbrennen.«

»Ich fürchte mich nicht, mir die Füße zu verbrennen, aber es ist noch zu früh. Wir sind noch nicht bereit.«

»Zu früh, zu früh ... Du redest wie ein griechisches Klageweib!«

Jonathan erhob sich mit einem Satz, sprang über die Schale mit den Früchten und packte Julianus an seiner Tunika:

»Ich sollte dich zertreten wie einen Wurm, du Sohn der Wüste! Ausgeburt eines Heiden! Zur Zeit der wahren Propheten hätte man so ein Großmaul wie dich gesteinigt!«

Gamaliel trat zwischen die beiden Männer:

»Beruhige dich, Jonathan, beruhige dich.«

Aber Jonathan war weiß vor Zorn:

»Ich bin der einzige unter euch, der die Waffen gegen Rom ergriffen hat, der einzige, der zum Tode verurteilt wurde, und ihr nennt mich ein Klageweib!«

Alle waren inzwischen aufgestanden und sprachen durcheinander. Gamaliel brauchte eine ganze Weile, bis er die Ordnung wieder hergestellt hatte. Jonathan und Julianus sahen noch immer so aus, als wollten sie aufeinander losgehen. Da lachte Jonathan plötzlich:

»Es tut mir leid«, sagte er.

»Mir auch«, antwortete Julianus ohne zu zögern. »Vor allem wegen meiner Tunika.«

Die beiden Männer umarmten sich, und jeder nahm wieder seinen Platz ein. Gamaliel nutzte die Gelegenheit, um eine Lehre aus dem Zwischenfall zu ziehen:

»Es gibt unter uns Männer«, sagte er, »die noch heute zu den Waffen greifen wollen und andere, die es vernünftiger finden zu warten, bis wir noch besser gerüstet sind. Aber es darf nicht sein, daß der Krieg der Juden gegen die Römer wie vor der Zerstörung des Tempels zugleich zu einem Krieg unter Juden wird!«

Alle nickten beifällig. Die Stimmung war jetzt gelöst, und man reichte die Schale mit den Früchten herum.

»Julianus«, fuhr Gamaliel fort, »hat recht, wenn er sagt, daß wir ohne die Wiederherstellung des Tempels überall Fremde bleiben ... Aber er hat unrecht, wenn er glaubt, daß Rom uns nicht mißtraut. Mein Bruder Elias hat mir erst heute abend berichtet, die Statthalter hätten den Befehl erhalten, jeden Aufruhr im Keim zu ersticken. Das aber nur nebenbei. Selbst wenn die Demütigungen, die man unserem Volk zufügt, nicht allzu unerträglich sind, wir müssen kämpfen. Und was jetzt not tut ist, daß wir uns über unser Vorgehen einigen und einen Zeitpunkt festsetzen . . . Sicherlich müssen wir noch bis zum Frühjahr warten . . .«

»So lange . . .«, rief Julianus.

»Aber«, warf der alte Simon aus Memphis ein, »wenn die Legionen schon im Norden stehen, müssen wir doch jetzt . . .«

Erneuter Tumult, erneutes Stimmengewirr. Absalom schaute auf das dunkelblaue Viereck der Nacht im Fenster. Er saß ganz hinten, nicht im Kreis wie die anderen. Er kannte diese Hütte: Gelegentlich war er mit einer jungen Ägypterin, Nefer, der Schwester des Mannes, der Onkel Elias seinen Papyrus lieferte, hierhergekommen. Beide hatten eine unbekümmerte Liebe füreinander empfunden, eine heftige Zärtlichkeit, die ohne Zukunft war, weil sie einander nicht heiraten konnten. Nefer war in diesen Sümpfen zu Hause, und manchmal, wenn sie beisammen waren, schien es Absalom, als hielte er eins dieser Geschöpfe unserer Träume in den Armen, von denen die Fischerlegenden erzählen. Seit seiner Heirat mit Aurelia hatte er sie nicht wieder gesehen.

Absalom betrachtete seinen Vater, der im Halbdunkel gestikulierte, und dachte an Nefer. Die Diskussion spielte sich für ihn in weiter Ferne ab. Kaum drangen die Worte an sein Ohr. Wenn jemand ihn nach seiner Meinung fragte, war er überrascht und stammelte verlegen, er wüßte es nicht.

Ihm schien, daß diese Männer mit ihren Reden viel Zeit vertrödelten, aber er begriff auch, daß der Aufstand ihre Leidenschaft war, der brennende Mittelpunkt ihres Lebens – all diese Versammlungen, diese Wege, diese Zweifel, diese Gefahren, dieses Mißtrauen und diese Hoffnungen, die immer wieder in Frage gestellt wurden. Er spürte eine Sehnsucht nach Jerusalem, die um so heftiger war, weil er im Exil geboren war, aber wenn er jetzt seinen Vater ansah, fragte er sich, wie diese Handvoll bejahrter Juden die Legionen Roms besiegen wollte . . . Er, Absalom, konnte sich die Zerstreuung der Juden in der Welt und die Stärke ihrer Armee einfach nicht vorstellen. Wahrscheinlich gab es keinen anderen Weg als den Gamaliels, Jonathans, Julianus' und der anderen: den Aufruhr zu predigen, geduldig Waffen zusammenzutragen, heimliche Bürgerwehren aufzustellen, immer stärkere Bande zwischen den jüdischen Gemeinden zu schaffen, die manchmal große Entfernungen trennten, auf günstige Zeichen zu lauern und den geeignetsten Augenblick abzuwarten, um zuzuschlagen, um gemeinsam zuzuschlagen, um den Feind an der Gurgel zu packen und nicht mehr loszulassen ... Aber, beim Ewigen, was für ein langer Weg!

Das Viereck im Fenster färbte sich violett. »Wir müssen die Legionen einzeln angreifen«, sagte eine Stimme, »bevor sie sich in Antiochien neu gruppieren ...« »Es wird höchste Zeit«, bemerkte ein anderer, »daß wir den Griechen ihren Hochmut austreiben, den Ägyptern ihre Verachtung heimzahlen ...« Julianus›heisere Stimme zitierte Josua und rief zur Zerstörung aller heidnischen Tempel auf ... Der Aufstand, schlugen wieder andere vor, sollte im ganzen Imperium am Jahrestag der Zerstörung des Tempels ausbrechen, damit er für alle Ewigkeit der Tag der Rache würde ... Jonathan wiederholte, daß man erst in einem Jahr gerüstet sein und Julianus, daß man keinen Monat mehr warten könne ...

Als man sich endlich einig wurde, war es fast Tag: Der große Aufstand der Juden sollte im ganzen römischen Kaiserreich am 27. Tag des Monats *Adar*, zwischen *Purim* und Ostern im Jahr 3876[8] nach der Schöpfung der Welt durch den Ewigen – gepriesen sei sein Name – beginnen.

Es blieb ein Winter, um sich vorzubereiten. Man hielt es für unnötig, noch einmal eine Versammlung wie diese zu planen.

Als sie voneinander schieden, umarmten sich die Männer mit noch größerer Wärme als sonst. Diesmal hatten sie das Schicksal in Gang gesetzt.

Wie auf dem Heimweg ging Absalom in Begleitung seines Vaters und Jonathans mit hinunter zum Seeufer. Aber als sie an dem kleinen Steg angekommen waren, sagte er plötzlich:

»Ich komme nicht mit euch zurück ...«

Und, an seinen Vater gewandt:

[8] Der 2. April 116 n. Chr.

»Sag Aurelia Bescheid, daß ich später heimkomme.«

Gamaliel zog die dichten grauen Augenbrauen zusammen, aber er stellte keine Fragen. Jonathan lachte schallend:

»Laß dich nicht im Herzen nach ihrer Schönheit gelüsten«, sagte er, »und laß dich nicht fangen durch ihre Augen.«

Er stieß ihm verständnisvoll in die Seite. Absalom wartete, bis sie unter dem Schilfgewölbe verschwunden waren; dann ging er am Ufer weiter.

Die kleine, aus Lehm, Zweigen, Blättern und Algen gebaute Hütte lag versteckt hinter einer Tamariskenhecke. Absalom sah sie noch nicht, aber in dem stillen, morgendlichen Wasser nahm er schon ihren Widerschein wahr. Er näherte sich mit klopfendem Herzen.

Nefer kniete auf ihrem mit gelbem Leinen bezogenen Lager und war mit der Pflege ihrer Hände beschäftigt, als Absalom über die Schwelle trat. Er blieb schweigend stehen, als fürchte er, eine Bewegung, ein Wort, selbst das allzu starke Klopfen seines Herzens könne die wundersame Harmonie dieses Anblicks zerstören: die langsamen, sicheren Bewegungen, die glatte braune Haut dieses jungen Körpers, das Rauschen im Schilf, das goldene Licht des Morgens ...

Nefer sah ihn an, als hätte sie auf ihn gewartet.

»Mein Geliebter«, sagte sie.

Absalom ging auf sie zu. Die heilige Schrift verdammt den Ehebruch, und für den, der eine Fremde begehrt, gibt es keine Gnade. Aber seit er Nefer getroffen, seit er ihre zarte sanfte Haut berührt hatte, erlag er immer wieder diesem Verlangen, das die Griechen besingen und die Juden für Sünde halten. Er hatte Nefer nicht wieder gesehen, seit er Aurelia geheiratet hatte, und erst jetzt wurde ihm bewußt, wie sehr sie ihm gefehlt hatte.

»Mein Geliebter ...«

Sie umarmten sich. »Meine innig Geliebte«, sagte er, »meine Melodie, mein Gesang, mein Psalm ... Meine Vernunft, meine Richtschnur ...«

»Ich bete zu Anubis«, entgegnete sie, »er möge diese Stunden nicht enden lassen.«

Aber der Morgen verging schnell. Ein Kranichschwarm zog

schreiend über den Sumpf, und Absalom sagte:

»Ich muß gehen.«

»Was beschäftigt dich so? Deine Frau oder der Aufstand der Juden?«

»Wer hat dir etwas von diesem Aufstand gesagt?«

»Alle Welt weiß es«, entgegnete sie. »Paß auf dich auf, mein Geliebter. Ich hoffe, deine Frau macht dich glücklich.«

»Ich komme wieder.«

Es war schon später Nachmittag, als Absalom in die Stadt zurückkehrte. Es war ein Feiertag. Man hatte den Göttern gehuldigt, und die letzten Festzüge lösten sich in Gelächter und Wein auf. Hier und dort hüpften halbnackte Griechen, Tänzer mit unanständigen Masken oder betrunkene Musiker im Kreis um die letzten blumengeschmückten Wagen, und halbwilde Hunde stritten sich knurrend um die Reste der den Götzenbildern geopferten Tiere.

Absalom haßte diese heidnischen Feste, diese Horden von Göttern, die keinen Ehebruch, kein Verbrechen ausließen, diese Götzenbilder, die überall standen, an den Straßenecken, auf den Plätzen, vor den Toren der Tempel, auf der Schwelle der Häuser. Ein Glück noch, daß die Juden nicht verpflichtet waren, sie zu grüßen, dachte Absalom. Er beeilte sich, nach Hause zu kommen.

Im Stadteil Neapolis rollte ihm ein blumengeschmückter Wagen entgegen, der das Bild eines riesigen triumphierenden Phallus trug, an dessen Ende ein goldener Stern befestigt war. Er wich in eine Seitenstraße aus, überquerte den Gewürzmarkt und sah, ein wenig weiter, wie Sklaven Käfige mit Perlhühnern, Fasanen, Pfauen und Affen auf zweirädrige Karren luden.

Auf der Straße nach Kanopos begegnete ihm zufällig sein Onkel Elias.

»Gehst du in die Apotheke?« fragte ihn dieser.

»Ja, kommst du gerade von dort?«

»Nein, ich gehe in den Palast. Grüß deinen Vater von mir.«

»Gibt der Statthalter ein Fest?«

»Ich bin eingeladen.«

»Friede sei mit dir, mein Onkel. Aber nimm dich in acht: Zwischen irdenem Topf und Kohlebecken gibt es kein Bündnis.«

Elias sah Absalom noch eine Weile nach. Er mochte ihn gern,

aber es gelang ihm nicht, ein wirklich gutes Verhältnis zu ihm zu finden. Immer fühlte er sich versucht, vor seinem Neffen die Beziehungen zu rechtfertigen, die er mit den Römern unterhielt, und Absalom mokierte sich mit der Überheblichkeit der Jugend über ihn.

Im Palast empfing man Elias mit der Ehrerbietung, die man einem auserwählten Gast schuldet, und führte ihn in die von alten Zedern gesäumte Allee, in die der Statthalter Marcus Ritulius Lupus seine Ruhebank aus massivem Silber hatte bringen lassen, um die Kühle des anbrechenden Abends zu genießen. Der Statthalter bedeutete Elias näher zu treten:

»Da bist du ja endlich, Grammateus[9]! Ich fing schon an, mich zu langweilen . . .«

Marcus Ritulius Lupus war ein etwa fünfzigjähriger, großer, massiger Mann mit langsamen Bewegungen, aber feinsinnigen Geistes. Als Statthalter von Ägypten und Alexandria hatte er sich bemüht, zu den wichtigsten Volksstämmen gute Beziehungen herzustellen. Die Griechen freilich schienen ihm ihrer Vorfahren unwürdig, die Ägypter hielt er für Barbaren, die Araber für hinterhältig und grausam und die Juden für ein Volk von Fanatikern und Aufrührern. Und doch glaubte er manchmal, bei letzteren einige der Tugenden wiederzuentdecken, die einst die Römer beseelt und befähigt hatten, die Welt zu erobern. Ja, er fragte sich, ob nicht sie sich den Sinn für jenes karge Leben in der Liebe Gottes bewahrt hatten, das ihnen von ihren Vätern, Bauern, Priestern und Kriegern, überliefert worden war. Und so hatte er auch eines Tages zehn der geachtetsten Mitglieder der *Gerusia* zu sich berufen, des höchsten Rates der jüdischen Gemeinde. Die Greise hatten sich im Palast eingefunden, ein wohleinstudiertes Lächeln auf den Lippen und mit bewußt ausdruckslosem Blick. Sie waren fast übertrieben bemüht, auf alle Fragen des Statthalters über ihre Religion und ihre Geschichte so ausweichend wie möglich zu antworten: Für sie hatten die Römer den Tempel zerstört und waren Feinde. Marcus Ritulius Lupus war es bald leid geworden und hatte sie fortgeschickt.

Seitdem führte er seine gelehrten Gespräche mit Elias. Dieser

9 Lat.: Schreiber, Schriftführer (A. d. Ü.)

Jude gefiel ihm; er wußte die Kunst und Kultur der Heiden zu schätzen und blieb doch seinem Gott und der Weisheit seines Volkes treu. Er hatte weder etwas mit jenen reichen, unterwürfigen und heuchlerischen Kaufleuten gemein, noch mit jenen feindseligen Alten, deren schrecklich stummes Wesen Krieg verhieß.

Er freute sich, Elias gerade an diesem Abend zu sehen; denn er war ziemlich abgespannt. Schon bei Morgengrauen war er aufgestanden, um bei der Opferzeremonie im Serapistempel dabei zu sein. Anschließend hatte er sich im Theater die Aufführung eines Dramas zu Ehren Trajans ansehen müssen, und die nicht enden wollende Prozession der Götter von Alexandria, die mit einem Gladiatorenkampf endete, hatte ihn vollends erschöpft. Nun erwartete er sich von Elias sein Lieblingsvergnügen, das geistige Streitgespräch. Er hatte sich eine Falle ausgedacht und war gespannt, wie der Jude sich aus der Affäre ziehen würde:

»Bist du zu den Prozessionen gegangen?« fragte er.

»Nein«, antwortete Elias, »das weißt du doch.«

Der Statthalter kniff vor Wohlbehagen die Augen zusammen:

»Ihr müßt ein stolzes Volk sein, ihr Juden, daß ihr euch einbildet, das Pantheon sei Jahwes unwürdig.«

Die Hofleute traten näher, als gelte es, einen Gladiatorenkampf zu verfolgen, dessen Sieger bereits feststand. Elias, überrascht über diese etwas abrupte Art der Einleitung, entgegnete ausweichend:

»Hält Müdigkeit dich wohl umfangen, o Marcus Ritulius Lupus, daß Streit du mit mir suchst?«

»Seneca!« rief der Statthalter, glücklich wie ein Kind, das Zitat erkannt zu haben. Die Hofleute verneigten sich, und der Statthalter wandte sich, Zustimmung heischend, an sie:

»Mein Freund Elias ist der einzige Jude, von den Säulen des Herkules[10] bis zu den Grenzen der Arsakiden, der unsere lateinischen Dichter auswendig kennt.«

Er strahlte vor Stolz, als käme ihm dieses Verdienst zu. »Du bist zu gütig, Marcus Ritulius Lupus«, entgegnete Elias. »Selbst wenn ich sie auswendig könnte, wäre ich sicher nicht der einzige.«

[10] Im Altertum Name der beiden an der Meerenge von Gibraltar gelegenen Vorgebirge (A. d. Ü.)

In ihrem Spiel war es nun an ihm, den nächsten Zug zu tun.

»Aber du«, fragte er, »kennst du die Juden?«

Der Statthalter richtete sich auf, und ein Sklave schob ihm ein Kissen in den Rücken.

»Ein guter Beamter«, sagte er, »muß sich bemühen, seine Untergebenen zu kennen . . .«

Er lud Elias ein, sich ihm zu Füßen auf das silberne Lager zu setzen und fuhr fort:

»Ich kenne die Juden und ihre Gedanken, mein guter Grammateus, und bei allem Respekt, den ich dir schulde, mir scheinen sie keineswegs neu. Ihr predigt das Fasten, die Enthaltsamkeit, die Barmherzigkeit. Aber predigen das nicht die griechischen Zyniker auch? Preisen die Stoiker nicht wie ihr die Tugend? Jeder unserer Philosophen lehrt das, was man bei euren Propheten liest, und jede unserer Gottheiten verkündet die Gesetze Jahwes . . . Beim Herkules, Elias, warum beharrt dein Volk auf seiner Auserwähltheit?«

Der Statthalter sprach mit sicherer, weittragender Stimme. Die Hofleute nickten beifällig. Eine Harfenspielerin aus Korinth legte ihr Instrument aus der Hand. Da die Nacht jetzt anbrach, gingen Sklaven mit Fackeln umher, um die Insekten zu vertreiben.

»Ich weiß«, fuhr der Statthalter fort, »du wirst jetzt deinen Messias ins Feld führen . . . Aber was hältst du von diesen Christen, für die der Messias schon gekommen ist? Ist es nicht vielleicht der gleiche? Dieser Jesus war doch wohl ein Jude?«

»Ich glaube«, sagte Elias, »daß der Messias erst kommen wird, wenn die Menschen ihn verdient haben . . .«

»Denk doch mal nach, Grammateus! Wenn die Menschen ihn erst einmal verdient haben, ist seine Ankunft doch nicht mehr nötig.«

»Aber nein«, entgegnete Elias heftig, »aber nein, Marcus Ritulius Lupus! Die Gebote dienen dazu, das Gute und das Böse zu erkennen, aber der Messias wird uns zur Unschuld führen, jener Unschuld, die wir im Garten Eden verloren haben!«

Mit einer Handbewegung befahl der Statthalter, ihnen Wein zu bringen. Er schien plötzlich besorgt:

»Glaubst du, daß diese Juden, die im ganzen Imperium Unruhe stiften«, sagte er, »die davon reden, Rom zu besiegen und Jerusalem in all seiner Pracht wieder aufzubauen, die Ankunft ihres Messias vorbereiten?«

Eine kleine Gruppe von Männern kam durch die Zedernallee auf sie zu. Unter ihnen ein Centurio, den Helm unter dem Arm. Ein Offizier der Palastwache stellte ihn vor:

»Marcellus Venitius, Bote des Kaisers, der aus Antiochien kommt.«

Der Centurio hob den rechten Arm:

»Heil und Ehre dem edlen Statthalter Ägyptens und Alexandrias!«

Der Statthalter wandte sich an Elias:

»Es tut mir leid, Grammateus, ich muß dich verlassen . . . Komm wieder, wann immer du willst, unsere Gespräche beflügeln meinen Geist . . .«

Er beugte sich näher zu ihm:

»Ich hoffe sehr, daß die Juden nichts unternehmen werden, um die Ankunft ihres Messias zu beschleunigen . . . Die Götter mögen dich beschützen!«

Elias verweilte noch ein wenig in den Gärten, wo die Gäste langsam umherschlenderten, miteinander plauderten, einen Augenblick vor dem kleinen, von Statuen umgebenen Amphitheater stehen blieben, in dem Schauspieler mit Masken im Licht der Fackeln die Geschichte von einem betrogenen Ehemann aufführten. Er fragte sich, ob der Statthalter ihm eine Nachricht hatte zuspielen wollen, die für Gamaliel bestimmt war, und er kam zu dem Ergebnis, daß dies wohl so sei.

Daheim angekommen zündete Elias eine Öllampe an, stellte sie vor sein Schreibgerät, nahm eine Schriftrolle und löste eine Tintentafel auf.

»Mein Bruder«, schrieb er, »ich weiß nichts von deinen Geheimnissen und will auch nichts davon wissen, aber ich komme gerade vom Statthalter. Nimm dich in acht. Seine Polizei ist nicht untätig, und er steht in Verbindung mit dem Kaiser . . .«

Und er gab die Worte des Marcus Ritulius Lupus wieder. Als er geendet hatte, versiegelte er die Rolle mit einem roten Wachsstempel und ließ sie unverzüglich durch seinen treuen Diener überbringen.

Gamaliel kam es so vor, als nehme dieser Winter kein Ende. Aus dem verhangenen Himmel ging ein endloser lauer Regen nieder, und die Leute wagten sich nicht mehr auf die verschlammten Straßen. Gamaliel, dessen Geschäfte blühten, verließ kaum mehr die »Apotheke«; er nutzte diese Zeit, in der der Hafen stillag, um ein wenig Ordnung zu schaffen. Er hatte neue Käufe abgeschlossen und erwartete zum Frühjahr größere Lieferungen. Er war überzeugt davon, daß diese Karawanen und Schiffe, die ihm die bestellten Waren liefern sollten, auch das Mißtrauen des Statthalters zerstreuen würden. Ein echter Geschäftsmann würde um eines unsicheren Aufstands willen nicht das Risiko eingehen, daß vor seinen Augen Säcke voller Gewürze ihr Aroma verlören oder Ballen indischer Seide verschimmelten . . .

Und doch informierten ihn die Reisenden regelmäßig über die Vorbereitungen zum Aufstand. In Kyrene hatte Jonathan den »König Lucuas« überreden können, seinen Plan, eine Armee der Armen aufzustellen, um gen Jerusalem zu marschieren, noch etwas hinauszuschieben. Inzwischen hielt sich Jonathan wahrscheinlich in Rom auf, um sich dort der Unterstützung der jüdischen Gemeinde zu versichern. Gamaliel wartete ungeduldig auf das Nachlassen der Stürme und die Rückkehr seines Freundes auf der »Isis«, dem Schiff, das zwischen Rom und Alexandria verkehrte. In der Zwischenzeit kümmerte er sich um die Lieferungen in die Gebiete an der Donau, dem Rhein oder dem Bosporus – und wurde nicht müde, die Waffen zu zählen, die unter den Granitblöcken aus Oberägypten oder hinter den Kisten mit Gummiarabikum versteckt waren. Andere Waffen lagerten bereits in den Werkstätten und Geschäften des Delta-Viertels, in Edfu und Rhakotis neben dem Isistempel im Zentrum der Stadt.

Aber die schönste Nachricht in diesem Winter war die von einem Erdbeben in Antiochien: die Hälfte der Stadt zerstört und Kaiser Trajan schwer verletzt. Wie sollte man darin nicht ein Zeichen sehen, das der Ewige seinem Volk sandte? Zumal bekannt geworden war, daß sich die Legionen bei der Belagerung von Hatra allmählich aufrieben und die Generale Hadrian und Quietus kostbare Zeit damit verloren, über eine mögliche Nachfolge des Kaisers zu streiten . . .

Jonathan kehrte endlich aus Rom zurück. Er war sehr beeindruckt von dem sicheren Auftreten und der Bedeutung der jüdischen Gemeinschaft: die jüdischen Römer, die bis ins Saburana-Viertel im Herzen der Stadt ihren Geschäften nachgehen durften, waren in elf Gemeinden aufgeteilt; sie unterhielten gute Beziehungen zu den Heiden, die gelehrten Juden standen bei Senatoren im Dienst, jüdische Ärzte berieten die kaiserliche Familie . . .

»Schön, aber werden sie uns helfen?« fragte Gamaliel unvermittelt.

»Sie sind nicht wie wir, Gamaliel . . . Unbeständig, leichtblütig, leidenschaftlich . . . Die römischen Juden haben eine andere Art Ernst . . . Sie bewundern die Wendigkeit der leichten Schiffe, aber ihre Ware vertrauen sie nur den schweren an . . .« – »Antworte: Werden sie uns helfen?«

»Ich fürchte nein, mein Freund . . . Es sei denn, indem sie vielleicht die Überlebenden aufnehmen, falls wir scheitern sollten . . . Gott bewahre uns davor!«

»Gott bewahre uns davor! Beim Ewigen, Jonathan, fängst du an zu zweifeln?«

»Der Zweifel ist ein gutes Heilmittel.«

»Aber Jonathan, bald ist der Frühling da . . . Es ist keine Zeit mehr zu zweifeln; du mußt im übrigen gleich nach Syene[11] am Nilufer reisen, die Juden wollen dort eine Bürgerwehr aufstellen . . . Außerdem werde ich bald wieder Großvater . . . Absalom und Aurelia . . . Ein gutes Zeichen . . .«

Die Heilige Schrift verwendet einen einzigen Ausdruck sowohl für »Geschichte« als auch für »Niederkunft«. Die Zeiten waren wie Aurelia schwer von einer unendlichen Verheißung.

Jonathan reiste gen Süden ab. In der Stadt ging das Gerücht, daß die Juden etwas gegen die Obrigkeit im Schild führten. Gamaliel widmete sich ganz und gar der Arbeit in der »Apotheke«, was durchaus angebracht war, denn die ersten Frühjahrskarawanen kamen an; es interessierte ihn allerdings weniger das Geschäft – alle Fasern seines Herzens fieberten dem Ausbruch des Aufstandes entgegen –, als keinen Verdacht zu erregen.

[11] Heute: Assuan (A. d. Ü.)

In diesen Tagen ließ ein reicher Reeder aus Zypern, Apollonios, mit dem Gamaliel seit zwanzig Jahren in Geschäftsverbindung stand, der Stadt ein Schauspiel im alten alexandrinischen Theater auf dem Brucheionhügel aufführen. Gamaliel wollte die Einladung nicht ablehnen.

Fünfzehntausend Zuschauer drängten sich ungeduldig auf den Stufen und strömten einen beißenden Geruch aus, in dem sich Parfüm, Schweiß und der Gestank nach ranzigem Fett mischten; sie beschimpften sich, rempelten sich gegenseitig an, stritten sich um einen besseren Platz oder einfach nur aus Lust am Schreien und Raufen. Gamaliel und Absalom machten sich ganz klein; sie wußten, in diesem von der sengenden Sonne aufgeheizten Trichter, in dem der Wind sich fing, konnte jeder Zwischenfall zu einer regelrechten Schlacht ausarten und die Polizeitruppen auf den Plan rufen. Die Zuschauer waren in Korporationen aufgeteilt, und die Juden, die man als eine Korporation für sich ansah, hatten ihre Plätze fast ganz oben im westlichen Teil des Theaters, so daß sie ihrem Viertel, dem Delta, gegenüber saßen, aber keinen Blick aufs Meer hatten.

Endlich nahm das Orchester seinen Platz ein, und die Musiker stimmten die Zithern und die Flöten. Dann erschienen die Priester der verschiedenen Heiligtümer, die das Volk kannte und mit erhobenen Armen grüßte. Ihnen folgten die mit Schmuck behängten Kurtisanen; unter lautem Beifall und Vivat-Rufen nahmen sie neben den Würdenträgern in goldbestickten Mänteln auf den unteren Stufen Platz. Dann verkündeten Trompetenstöße die Ankunft des Statthalters Marcus Ritulius Lupus; als er auf dem Ebenholzsessel, der für ihn am Rand des Orchesters reserviert war, Platz nahm, ertönten erneut die Trompeten. Ein Schwarm von Beamten war in seinem Gefolge, die einen nach römischer, die anderen nach griechischer Art gekleidet; sie nahmen ihre Plätze auf den Stufen ein: Es konnte beginnen.

Bei den ersten Tönen der grellen, lebhaften Musik sprangen die Mimen auf die Bühne. Sie spielten mit ihrem ganzen Körper, nutzten alle Möglichkeiten ihrer Kunst, um die Abenteuer der Helden und Götter darzustellen: Das begeisterte Publikum applaudierte und feuerte die Spieler an.

Als die Sonne den Horizont erreicht hatte, heizten die Komödianten das Spiel noch mehr an. Das war so Sitte, und man wartete auf diesen Höhepunkt. Ihre Gestik wurde immer obszöner, sie mimten Achill, wie er als Frau verkleidet mit den Töchtern des Lykomedes schäkert, Pasiphae, wie sie sich dem Stier hingibt. Die Menge tobte. Gamaliel wandte den Blick ab: Für einen frommen Juden vollzieht sich die Liebe schweigend und im Dunkeln.

Plötzlich deutete ein Schauspieler, den Kopf mit einem schwarzweiß-gestreiften Schal bedeckt, auf sein Geschlecht und ahmte mit den Fingern den Schnitt einer Schere nach. Dröhnendes Lachen kam von den Stufen. »Beschnitten!« schrie jemand. »Beschnitten! Beschnitten!« echote die Menge, ganz außer sich vor Vergnügen.

»Hier sind die Juden!« schrie eine Stimme hinter Gamaliels Rükken. Absalom legte seinem Vater die Hand auf den Arm:

»Laß, Vater, bleib ruhig!«

»Beschnittene! Ohne Götter! Feinde der Menschheit! . . . Jahwe ist der Gott der Schweine!«

Plötzlich lachte niemand mehr. Das ganze Theater drehte sich zu den Reihen der Juden um, und die Schauspieler versuchten vergebens, die Aufmerksamkeit der Zuschauer wieder auf sich zu lenken.

»Juden auf die Bühne!« schrie eine Stimme, in die sogleich tausend andere einfielen.

Absalom spürte, wie sich der Arm seines Vaters unter seiner Hand spannte. Plötzlich richtete Gamaliel sich auf:

»Ihr Heiden!« schrie er so laut er konnte. »Seid verflucht!«

Pfiffe, unflätige Beleidigungen. Die ersten Steine wurden von den höchsten Reihen heruntergeworfen. Die Juden standen jetzt dicht beisammen, sie mußten sich nach allen Seiten hin wehren. Absalom erhielt einen Stoß in den Nacken und fing an, wild um sich zu schlagen. Ein Koloß ließ seinen Knüppel auf Gamaliels Schulter niedersausen, der laut stöhnte, sich aber sofort wieder aufrichtete und mit einem wilden Schrei seinen Gegner packte, ihn emporhob wie ein Fliegengewicht, ihn zu Boden schleuderte und ihm das Gesicht mit Faustschlägen bearbeitete. Er schlug immer noch zu, als ihn ein Stein an der Schläfe traf. Er fiel auf den Körper des anderen. Gamaliel würde den großen Aufstand der Juden nie erleben.

»Vater, Vater!«

Absalom versuchte vergebens, zu seinem Vater zu gelangen.

Hände hielten ihn fest, zerrissen seine Tunika, zerkratzten seine Haut.

Plötzlich tönten Trompeten. Die Menge erstarrte. Ein Trupp Soldaten stürmte in die Arena. Auf ihren stählernen Schwertern brach sich das letzte Licht des Tages.

»Die Römer schützen die Juden! . . . Tod den Juden! Tod den Juden!«

Die Menge knurrte jetzt wie ein gefährliches Tier. Der alte Instinkt des Todes hatte sie in seinen Bann geschlagen. Es bedurfte der ganzen Ruhe und Entschlossenheit der römischen Soldaten, um die Juden von den anderen zu trennen und sie mit den Verwundeten und Gamaliels Leiche aus dem Theater zu bringen.

Am gleichen Abend stürmten ein paar tausend junge Juden die Straßen der Stadt. Mit Knüppeln bewaffnet machten sie Jagd auf die Heiden, zerstörten die Götzenbilder und plünderten die Tempel. In der Nacht steckten sie den Nemesistempel und andere Gebäude zwischen dem Sonnentor und dem des Mondes in Brand. Die Alexandriner bekamen Angst: Nie hatten sie die Juden in Zorn gesehen. Die einen verbarrikadierten sich in ihren Häusern, andere flüchteten in die öffentlichen Gebäude, die von der Garde des Statthalters und der städtischen Bürgerwehr bewacht wurden, andere wieder verließen die Stadt in Richtung der kleinen Ortschaften im Delta.

Die Führer der wichtigsten jüdischen Korporationen versammelten sich noch in der Nacht im Haus von Gamaliel, dessen Leiche im Balkonzimmer im ersten Stock, umgeben vom Rabbi und der Familie, aufgebahrt war. Das Geschrei der Klageweiber war bis in den Garten hinunter zu hören, der von Fackeln erleuchtet war. »Was sollen wir tun?« fragte Sabatius der Fischer. Sie saßen rings um drei Öllampen in einem winzigen Raum im Erdgeschoß.

»Wir müssen unsere Lager öffnen und unsere Bürgerwehr bewaffnen«, entschied besonnen Alfia Soteris der Weber.

»Beim Ewigen!« rief Tobi der Bauer. »Seid ihr euch klar darüber, daß wir damit den großen Aufstand gefährden?«

»Tobi hat recht«, gab Jeroboam der Bäcker zu bedenken, »es sind nur noch drei Wochen bis zu dem vereinbarten Tag. Wir stehen allein gegen die Römer und Griechen. Wir haben überhaupt keine Chance!«

»Wenn wir die Stadt nicht vor Morgengrauen einnehmen«, unterbrach ihn Alfia Soteris barsch, »gehen morgen die Heiden den Juden an die Kehle.«

Man wandte sich an Absalom. Er war jung, aber der Tod seines Vaters verlieh seiner Meinung Gewicht. Absalom dachte, daß der Weber recht hatte. Die Juden konnten sich nur im Schutze der Nacht in den Straßen halten. Bei Anbruch des Tages würde ganz sicher die griechische Bürgerwehr anrücken und die Jagd auf die Juden beginnen . . . Er fragte sich, was sein Vater gesagt hätte . . . ›Mein Vater ist tot‹, dachte er, und Bilder seines Lebens drängten sich in sein Bewußtsein; Gamaliel, der die Schriftrolle der Familie vorlas, Aurelia, die einem Knaben das Leben gab, Nefer auf Knien, ihr dunkler, glatter Körper auf dem gelben Leintuch . . .

Von weitem hörte man Geschrei. Durch das Fenster sah man, wie rote Flammen nicht weit vom Meer entfernt aufstiegen: »Das ist der Poseidontempel«, sagte Absalom.

Er wandte sich an einen seiner Freunde, Akiba, einen hochgewachsenen, jungen Mann mit ruhigem Blick unter einer schwarzen Haarflut:

»Akiba, sieh einmal nach, was vorgeht, und komm rasch zurück.«

Akiba ging. Die Männer schwiegen einen Augenblick lang, dann schlug einer von ihnen vor, auf den Balkon hinauszugehen. Vom Garten bis hinein in das Zimmer, in dem die Leiche Gamaliels lag, herrschte ein ständiges Kommen und Gehen. Leute traten herein, standen einen Augenblick in Andacht versunken, erzählten die unglaublichsten Dinge; die römische Flotte im Hafen sei gesunken, die jüdische Nekropole von den Griechen geschändet, die große Synagoge in Brand gesetzt, die Ältesten der Gerusia würden auf der Agora ausgepeitscht . . . Wie Strohfackeln schleuderten sie diese Nachrichten den anderen entgegen und verschwanden alsbald wieder mit stolzgeschwellter Brust.

Vom Balkon aus sah das Delta-Viertel so belebt aus wie am hellen Tag. Aufgeregte Stimmen schrien durch die Nacht. In den Fenstern brannten Fackeln. Absalom dachte an seinen Sohn und auch an seinen Vater. Der Tod, das Leben, ein geheimnisvolles Gleichgewicht.

Endlich kam Akiba zurück. Er hatte seine Tunika bis über die

Schenkel hochgeschlagen und keuchte laut.

»Und?« drängte ihn Absalom.

»Gott sei gelobt! Wir halten die Stadt!«

Und trotz der aufgebahrten Leiche Gamaliels – aber wie wäre er glücklich darüber gewesen! – antwortete ihm ein Schrei der Begeisterung. Man fiel sich vor Freude in die Arme.

»Erzähl! Erzähl!«

»Von hier aus«, sagte Akiba, »hab' ich die Straße nach Kanopos eingeschlagen. Man hätte meinen können, alle Juden von Alexandria seien auf der Straße. In der Nähe des Gymnasiums hab' ich die Leichen von griechischen Polizisten gesehen, die man mit Steinen und Knüppeln umgebracht hat. So rasch ich konnte bin ich zum Serapistempel weitergelaufen. Ein Teil des Daches ist über den Heiden zusammengestürzt, die dort ihren Gott feierten. Dann bin ich zum Museum hinuntergegangen. Junge Leute haben die Cesarenbüsten auf die Straße geworfen. Etwas weiter hab' ich Joseph den Hinkefuß getroffen. Er behauptet, die Römer seien überall in die Flucht geschlagen.«

»Und das Theater?« fragte Alfia Soteris der Weber.

»Die Juden verbrennen dort die römischen Standarten und Insignien.«

»Und der Statthalter?«

»Joseph der Hinkefuß meint, er habe sich mit zwei Legionärskohorten in seinen Palast zurückgezogen.«

»Und die Synagoge?«

»Die Synagoge? Von der komme ich gerade. Ich bin durch den Feigenbaumwald gegangen . . .«

»Sie brennt also nicht?«

»Ich sag' euch doch, daß ich eben noch dort war. Nein, sie brennt nicht; die Juden strömen in Scharen hin und verlangen Waffen.«

Absalom dachte an seinen Vater.

»Ich meine, wir sollten die Waffen verteilen«, sagte er.

Die anderen nickten einer nach dem anderen – was getan ist, braucht nicht mehr getan zu werden, und man war bereits zu weit gegangen, um noch zurückweichen zu können. Alfia Soteris, Tobi und Jeroboam übernahmen es, die Waffenkisten zu öffnen, die schon seit langem in den Geschäften und Lagerhallen versteckt waren. Sabatius der Fischer würde unterdessen die Wurfspieße, Schleudern, Bogen und Schilde verteilen, die Gamaliel im hintersten Eck seiner »Apotheke« verschlossen hatte.

Als alle gegangen waren, machten sich Absalom, seine Familie und der Rabbi auf den Weg zu den Katakomben, um Gamaliel, den Sohn Abrahams, zu bestatten.

Die Stadt war wie von einer schrecklichen Raserei ergriffen. Als die Sonne aufging, sahen sich die Juden erstaunt, glücklich, voller Stolz und Selbstbewußtsein an. An diesem Tag des Jahres 3876 nach der Schöpfung der Welt durch den Ewigen – gepriesen sei sein Name – erhoben sich die Söhne Israels zum zweiten Mal zum Krieg gegen Rom.

An dieser Stelle meiner Geschichte hätte ich die Eroberung Alexandrias durch die Juden beschreiben sollen. Man hätte gelesen, wie die jüdischen Fischer den Hafen besetzten, die jüdischen Fleischer das Gymnasium belagerten, die jüdischen Bäcker den Palast des Statthalters angriffen, kurz, wie das jüdische Volk in Waffen sich gegen die römische Allmacht erhob. Ich hatte den Kopf voller Bilder: Die römische Garde entwaffnet und gefangengenommen, die griechische Bürgerwehr auf der Flucht, die öffentlichen Gebäude eines nach dem anderen besetzt – »Das Gymnasium ist in unserer Hand!« hätte ein Bote verkünden können, mit den gleichen Worten, die 1967 der israelische General Motta Gur ausrief, als er vor der Klagemauer stand: »Har habait bejadenu! *Der Tempelberg ist in unserer Hand!«*

Schlacht und Schlächtereien. Die Aufständischen kämpften an allen Fronten gleichzeitig, begeistert, wild und unermüdlich. Und ich, der Mann des Friedens, den diese Schar der Unerschrockenen mit sich fortriß, spürte, wie ich unwillkürlich diesem Fieber erlag. Mir wurde bewußt, daß man in diesen Augenblicken gleichzeitig lachen und weinen, aus dem Krieg eine Art Fest machen kann. Ich verstand es wohl, aber ich konnte es nicht niederschreiben.

Bleibt zu berichten, daß Alexandria in drei Tagen erobert wurde und anschließend betrunkene junge Juden sich einen Spaß daraus machten, im Zirkus griechische und römische Gefangene miteinander kämpfen zu lassen. Und es bleibt auch zu berichten, daß am vierten Tag sich vom Mareotis-See her die dritte römische Legion näherte, gefolgt von fünf Kohorten in Reih und Glied, und diese wieder gefolgt von unzähligen Hilfstruppen – Tausende und Abertausende von Männern, glitzernd in Rüstung und Waffen, die einer gefährlichen, in dem riesigen verbrannten Lehmbecken gegenüber den Karmuz-Katakomben zusammengerollten Schlange glichen.

In ein paar Tagen überwanden die römischen Legionäre mit Hilfe der Griechen in der Stadt die heftige Gegenwehr der Juden. Das Edfu-Viertel wurde verwüstet, das Delta teilweise zerstört und die große Synagoge von

Alexandria in Brand gesteckt. Der Statthalter Marcus Ritulius Lupus versammelte die Juden, die überlebt hatten in den Trümmern ihres Viertels, und teilte ihnen zur Sicherheit die sechshundert Mann Fußvolk und hundertzwanzig Reiter einer Kohorte zu.

Der große Aufstand der Juden gegen Rom griff dennoch auf das ganze römische Ostreich über. Zwei Wochen nach Ostern nahm Jonathan an der Spitze einer riesigen Armee Theben im südlichen Niltal ein, und flußabwärts ziehend eroberte er in der Ebene Panopolis, Hermopolis und Memphis ... Zur gleichen Zeit besetzte der »König Lucuas« in der Cyrenaika Ptolemais, Kyrene und Barka, befreite alle jüdischen Sklaven und setzte sich in Marsch nach Judäa. Auf Zypern zündete Artemion die Hauptstadt an, bemächtigte sich der Häfen von Amathus und Paphos und ließ sie befestigen ... Im Tal des Euphrat brachen trotz der Nähe der Kaisertruppen vielerorts Unruhen aus. Die Stadt Nisibis in Babylonien geriet in die Hand der Aufständischen ... Kurze Zeit darauf schlugen Julianus und seine Judäer eine römische Armee in der Ebene von Jesreel in die Flucht ...

Überall ermordeten die Rebellen die Griechen und Römer, gelegentlich mit Unterstützung der einheimischen Bevölkerung. Die Reisenden berichteten gräßliche Dinge: Die Juden, erzählten sie, äßen das Fleisch ihrer Opfer, machten sich Gürtel aus ihren Eingeweiden, bestrichen sich mit ihrem Blut und bekleideten sich mit ihrer Haut ...

Sie, die Juden, glaubten, die Zeit sei gekommen, daß die Prophezeiungen Esras und Baruchs sich erfüllten. Die Synagogen hallten wider von der inbrünstigen Lektüre der Verse: »Denn Dein Feind hat Dich verfolgt, und Du wirst sehen in Kürze sein Verderben, und auf seinen Hals wirst Du treten.« »Denn wie die Welt über Deinen Fall gejauchzt und über Dein Verderben sich gefreut hat, also soll sie betrübt sein, wenn sie verwüstet wird.« »Der Messias wird kommen, wenn die Bösen in einem Feuer brennen und niemand sich ihrer erbarmt.« Und damit alles sich erfülle, hatten die Juden kein Erbarmen mit denen, die Jerusalem zerstört und sein Volk zerstreut hatten.

Trajan, erst ungläubig, dann wütend, mußte seinen Feldzug auf Alexanders Spuren verschieben. Er befahl dem General Lucius Quietus, einem ehrgeizigen und grausamen Mauren, die Juden von Babylonien und Mesopotamien bis zum letzten auszurotten. Er berief den siegreichen General Marcius Turbo aus der Bretagne ab und betraute ihn damit, in der Cyrenaika und

Ägypten Frieden zu schaffen.

Man kennt die Geschichte: Die Juden kämpften noch ein gutes Jahr lang, auf den Meeren wie in der Wüste Libyens, sie wehrten sich erbittert gegen die Übermacht der römischen Armeen und wurden schließlich doch besiegt und ausgerottet. Jonathan und Lucuas wurden in Ketten gelegt und in einem Eisenkäfig zur Schau gestellt, bevor sie in Alexandria, auf dem Brucheion-Hügel vor dem Theater, gekreuzigt wurden. »Einzig ist Gott!« rief Jonathan, als er starb. Auf Zypern wurde der Anführer der Aufständischen, Artemion, enthauptet, sein Körper wurde zerstückelt und den Haien zum Fraß vorgeworfen. Ein Gesetz verbannte die Juden für immer von der Insel und untersagte es ihnen, selbst bei Schiffbruch, dort zu landen . . .

Kaiser Trajan, der stets kränklich gewesen war, starb entmutigt und verbittert in der Einsicht, sich mit Alexander dem Großen nie messen zu können, inmitten von Intrigen und Verschwörungen am 21. Tag des Monats Kislew *im Jahr 3877*[12] *an der kilikischen Küste. Die Juden bejubelten seinen Tod, ernannten diesen Tag zum* Jom Trianus, *dem »Trajans-Tag«, und erhoben ihn zu einem Halbfest.*

Der neue Kaiser, Publius Aelius Hadrianus, erklärte den judäischen Krieg für beendet. Um die Juden für sich zu gewinnen, erlaubte er ihnen, den Tempel an seinem alten Platz wieder aufzubauen und begnadigte Julianus, den Anführer des Aufstands in Judäa.

In Alexandria wurde Marcus Ritulius Lupus, den die Griechen für zu judenfreundlich hielten, von einem gewissen Quintus Ramnius Martialis abgelöst, der viele jüdische Familien nach Rom verbannte.

Der große Aufstand war zu Ende. Und auch mit dem bewaffneten Widerstand war es so gut wie vorbei. Mit jenen Waffen, die die Juden nur noch hier und da erhoben, jenseits aller Hoffnung . . .

Der Schriftgelehrte Jochanan ben Sakkai hatte recht behalten: Das Gesetz wurde zur einzigen Waffe des Volkes Israel. Siegen heißt überdauern.

[12] 117 n. Chr.

3

Rom
Arsinoe ist tot

Absalom verließ, all sein Hab und Gut zurücklassend, Alexandria zum letzten Zeitpunkt, den der Statthalter gesetzt hatte: am Neumondstag des Monats *Tewet* 3879[13]. Er ging nach Rom, das der neue Statthalter einigen jüdischen Familien aus Alexandria zum Aufenthaltsort bestimmt hatte.

Er mochte die römische Hauptstadt nicht, ihre langen, regnerischen Winter, ihren unerträglichen Lärm, den Fäulnisgeruch in den Gassen, in denen sich der Unflat häufte. Man sagte von Rom, es sei die meistbevölkerte Stadt der Welt, und man zählte fünfzehntausend Juden darin, die sich auf elf Gemeinden verteilten, von denen jede eine Schule besaß, eine Synagoge und Gemeinschaftseinrichtungen. Fünf dieser Synagogen standen in Trastevere, einem ehemaligen Brachland auf dem rechten Tiberufer, das Kaiser Augustus zwei Jahrhunderte zuvor von Prostituierten und Straßendieben gesäubert hatte, um es zum vierzehnten Stadtteil von Rom zu machen.

Dort hatte sich auch die alexandrinische Gemeinde niedergelassen, die weiterhin Griechisch sprach, nach den Sitten und Gesetzen des Orients lebte und betete und die Erinnerung an die ferne weiße Stadt mit den Wohlgerüchen der Wüste und der Wellen eifersüchtig in sich wach hielt.

Oh, wie oft riefen sie sich ihren großen Aufstand ins Gedächtnis zurück!

Absalom war, nachdem er seinen Vater der Sitte gemäß bestattet hatte, nach Hause zurückgekehrt, um die *Schiwa* zu vollenden, die vorgeschriebenen sieben Trauertage. Er saß auf dem Boden in dem Balkonzimmer, in dem Gamaliel sich für gewöhnlich aufgehalten hatte, und versuchte zu beten, aber er hörte den Lärm, der von den

[13] 118 n. Chr.

königlichen Gärten hinaufdrang, und sein Herz schlug vor Freude – das war für Gamaliel den Unbeugsamen, für Gamaliel den Unerschrockenen das schönste aller Gebete.

Onkel Elias war hereingekommen und hatte sich neben Absalom gesetzt. Seine Augen waren rotgerändert und sein Bart zwei Tage alt. Er schaute traurig zum Fenster hin, wo zwei dichte Rauchsäulen wie Pfeiler den Himmel zu stützen schienen. Er wirkte gramgebeugt.

»Hör zu«, hatte Absalom gesagt, »heute abend wird den Juden die Stadt gehören.«

»Was für ein Wahnsinn«, hatte Elias der Schreiber gemurmelt. Er hatte sich zu Absalom umgedreht:

»Wenn der Ewige eines seiner Geschöpfe strafen will, nimmt er ihm die Vernunft . . . Ihr seid bereit, den Legionären die Stirn zu bieten?«

»Dem ganzen Reich, wenn es sein muß, mein Onkel.«

»Willst du unbedingt sterben?«

»Nein, mein Onkel, aber ich habe keine Angst. Es steht geschrieben, daß der Ewige Jerusalem durch das Feuer vernichtet hat und daß er es durch das Feuer neu errichten wird. Wenn das sein Wille ist, werden wir siegen.«

»Absalom, verwechselst du nicht etwa Jerusalem und diese griechische Stadt?«

»Diese griechische Stadt ist meine Stadt, Onkel, denn ich bin hier geboren. Aber Jerusalem ist auch meine Stadt, weil ich Jude bin. Muß man denn immer zwischen Vater und Mutter wählen?«

In diesem Augenblick war Akiba eingetreten, um Absalom zu holen. Man brauchte seinen Rat. Elias war aufgestanden und hatte seinen Neffen am Ärmel gefaßt:

»Du willst doch nicht das Haus verlassen? Die Schiwa ist noch nicht zu Ende.«

»Ich weiß, mein Onkel, aber das Gesetz erlaubt es, sie zu unterbrechen, wenn es darum geht, Menschenleben zu retten.«

»Menschenleben zu retten? Ihr werdet alle zugrunde gehen!«

»Gewiß werden manche von uns sterben, mein Onkel, aber mit der Hilfe des Ewigen, so hoffen wir, werden es so wenig wie möglich sein . . .«

Auf der Straße hatte Absalom, wie die Sitte es gebot, Sand in seine Sandalen gestreut, damit sein Körper mit der Erde in Verbindung blieb, in der sein Vater ruhte, und war Akiba gefolgt.

Drei Tage des Kampfs und des Triumphs, drei Tage Herzklopfen und unauslöschliche Erinnerung – wie eine Narbe.

Absalom hatte seinen ägyptischen Freund Pasis, Nefers Bruder, gebeten, seine Frau und seinen neugeborenen Sohn, Adar, bei sich aufzunehmen. Da er sie in Sicherheit wußte, hatte er sich im Kampf freier gefühlt, und, zugegeben, in der Hitze dieser Tage war es sogar geschehen, daß er im Glückstaumel des Sieges alles vergessen hatte.

Dann waren die Römer gekommen, und angesichts der kriegsgeübten, waffengewandten und wohlausgerüsteten Berufssoldaten wogen die Begeisterung und die Tapferkeit der Juden nicht viel. Absalom hatte einsehen müssen, daß das Gesetz des Krieges unabänderlich und wohl für Gott die Zeit noch nicht gekommen war, den Menschen seinen Messias zu schicken und seine Feinde zu vernichten. Doch die Rache der Griechen, die das Edfu-Viertel und das Delta verwüsteten und plünderten, hatte ihn mit Bitterkeit und Trauer erfüllt, so ungerecht erschien sie ihm: Mit Messern, Äxten und Knüppeln bewaffnet hatten sie Greise, Frauen und Kinder verfolgt, sich ein Spiel daraus gemacht, sie an einem Fuß zu fesseln und durch die Straßen zu schleifen; sie hatten sich an ihren Schreien ergötzt, ihre Haut geschunden, ihr Fleisch zerstückelt . . . Den Ohnmächtigen bleibt nur Entsetzen und Verzweiflung . . . Akiba hatte behauptet, die Juden hätten sich in ihrem Feind getäuscht und es wäre klüger gewesen, sich mit den Griechen statt mit den Römern anzulegen . . .

Akiba, der arme, teure Akiba, hatte selbst sein Leben lassen müssen. Absalom und er hatten sich in einer Katakombe versteckt und dort die Nacht verbracht, um nicht den römischen Patrouillen in die Hände zu fallen. Am nächsten Tag hatten sie dann versucht, sich ins ägyptische Viertel durchzuschlagen. Sie waren über einen pistazienbewachsenen Hügel gekrochen, geduckt durch den Feigenbaumwald gelaufen und schließlich zum Platz der Götter, an der Kreuzung der Straße nach Kanopos und dem Dromos[14], gelangt.

[14] Säulengeschmückte Hauptstraße des alten Alexandrias (A. d. Ü.)

Dort, am Brunnen, wo die riesigen Statuen der Athene, der Demeter, der Elpis und des Harpokrates standen, waren sie von ein paar jungen Griechen überrascht worden:

»Beschnittene!« hatte einer gerufen.

Absalom und Akiba waren um ihr Leben gerannt. Aber ein gutgezielter Stein hatte Akiba getroffen . . . Absaloms Gewissen würde nie zur Ruhe kommen. Er selbst hatte darauf bestanden, daß sie ihr Versteck verließen.

In Rom waren ihm noch zwei Kinder geboren worden. Eine Tochter, Arsinoe, und ein zweiter Sohn, Amnon. Er hatte hart arbeiten müssen, vor allem, nachdem sein Weib Aurelia an einem bösen Fieber gestorben war. Er hatte als Wagenlenker gearbeitet, als Sänftenträger und Torhüter . . . Ein reicher jüdischer Kaufmann, ein früherer Geschäftsfreund seines Vaters, hatte ihn schließlich mit der Aufsicht über seine Warenlager in Ostia betraut und später mit dem Vertrieb seiner Waren auf den Märkten von Rom.

So waren die Jahre dahingegangen. Absalom hatte sich seit kurzem am Flußhafen niedergelassen, gegenüber dem Trigemina-Tor, und bewohnte, wie die reichen Römer, das Erdgeschoß des dreistöckigen Hauses, in dem es fließendes Wasser und Latrinen gab. Adar war inzwischen fast siebzehn, Arsinoe fünfzehn und Amnon vierzehn Jahre alt. Sie sprachen griechisch und Latein und hatten nicht viel übrig für das Heimweh ihres Vaters. Arsinoe war ein hübsches junges Mädchen mit milchweißer Haut, rabenschwarzem Haar und grüngelben Augen, die an Resedablüten erinnerten. Absalom war ihr sehr zugetan und hatte es durchaus nicht eilig, einen Mann für sie zu finden.

Eine Woche nach Ostern fuhr er, von Ostia kommend, tiberaufwärts in einem mit Melonen beladenen Boot und schaute zum Ufer hinüber, wo Sklaven im Schatten der Sträucher Schutz vor der sengenden Sonne gesucht hatten und sich ausruhten. Plötzlich erkannte er in einiger Entfernung die Gestalt seines Sohnes Adar, der ihm entgegenlief und mit den Armen winkte, er möge sich beeilen.

Absalom befahl den Ruderern, auf das Ufer zuzusteuern, und Adar sprang ganz atemlos ins Boot.

»Was gibt es, Adar?«

»Arsinoe, Vater.«

»Was ist mit ihr?«

»Sie ist bei den Christen, Vater.«

Adar senkte den Kopf. Er schämte sich, als sei er selbst dafür verantwortlich. Ohne lange Umschweife eröffnete er seinem Vater, daß Arsinoe seit einiger Zeit mit Claudius, einem Fährmann, befreundet war, der im Verdacht stand, der Sekte der Christen anzugehören. Und jetzt war Arsinoe seit zwei Tagen verschwunden und, Adar hatte sich vergewissert, Claudius ebenfalls.

Vergebens befragte Absalom Arsinoes Freundinnen, Myriam und die Tochter des Archisynagogos, Simplicia: Sie wußten von nichts. Er lief mit Adar zu Claudius dem Fährmann. Sie mußten über die Sibliciusbrücke gehen, eine der fünf Tiberbrücken, und in eins der schmalen Gäßchen einbiegen, die zum Hügelrücken der Velia hinaufführen. Nach dem glühendheißen Tag kam jetzt wieder Leben in die Stadt, die Händler öffneten ihre Geschäfte und boten lautstark ihre Waren feil. Bei Claudius trafen Absalom und Adar nur einen einäugigen, durchtriebenen Alten, der so tat, als sei er taub, um nicht antworten zu müssen. »Bei Jupiter«, wiederholte er ein ums andere Mal, »redet lauter!«

Sie kehrten nach Hause zurück, wo der Archisynagogos Julianus, Simplicias Vater, bereits auf sie wartete:

»Der Allmächtige möge dich beschützen, Absalom«, begrüßte Julianus sie.

Er war groß und breitschultrig und trug einen dichten grauen Bart. Als wäre er hier zu Hause, schlug er seinen langen, ärmellosen Mantel zurück, setzte sich auf eine Ruhebank und forderte Absalom auf, das gleiche zu tun.

»Es regnet nicht bei unseren Nachbarn, ohne daß wir alle mit den Füßen im Wasser stehen«, erklärte er ohne Umschweife. »Deine Tochter ist verschwunden, einige sagen, sie sei Christin geworden. Um das herauszubekommen, müssen wir sie finden. Dann ist es immer noch Zeit, sie zu strafen . . . oder sie zu trösten.«

Der Archisynagogos schwieg, zupfte an seinem Bart und sah Absalom ernst an: »In dieser Barbarenstadt«, fuhr er fort, »ist die Polizei selbst zu sehr mit den Verbrechern verbündet, um Verbrecher zu suchen. Der Rat der Synagoge hat zehn Männer ausgewählt, die dir helfen werden.

»Aber Rabbi . . .« Julianus stand auf, bedeutete ihm mit einer Handbewegung, daß er ihm keinen Dank schulde:

»Was der Biene nützlich ist, mein Sohn, ist es auch für die Wabe.«

Und schon an der Tür, fügte er hinzu:

»Das Herz des Menschen sinnt über seinen Weg nach, aber der Ewige führt seine Schritte. Wir erwarten dich morgen abend zur Sabbatfeier.«

Einer der Söhne von Abbas dem Schmied hatte in der Taverne der Vier Schwestern unweit des Circus Maximus gehört, daß die Christen an diesem Sabbatabend eine Versammlung in den Katakomben abhalten wollten. Ein gewisser Amnias, ein Müller, der dort saß, wollte hingehen. Abbas' Sohn war dem Müller nachgegangen, um zu erfahren, wo er wohnte.

Der Archisynagogos erlaubte Absalom und Adar zu versuchen, den Christen heimlich in die Katakomben zu folgen, aber er bat sie, nichts zu unternehmen, was der Gemeinde schaden könne. Sobald sich der erste Stern zeigte, sollten ein paar junge Leute unauffällig um die Katakomben streichen und versuchen, den richtigen Eingang zu entdecken oder das Losungswort zu erlauschen.

Und so geschah es. Als Absalom und Adar an diesem Abend von zu Hause fortgingen, war es bereits Nacht. Sie trugen weite Galliermäntel mit Kapuzen, und jeder von ihnen hatte ein Messer. Adar, eine Laterne in der Hand, ging voran. Sie bogen in die Via Appia ein, gingen durch das alte Capena-Tor hindurch, hielten sich dann dicht an der zerfallenen Servius-Tullius-Mauer und erreichten schließlich das Tor, das auf von wilden Feigenbäumen bewachsene Hügel führte, auf denen hier und da Sandgruben ausgehoben waren.

Absalom erinnerte sich plötzlich an den Tag, an dem er mit seinem Vater in das alte Theater von Alexandria gegangen war, den Tag, an dem die Griechen Gamaliel getötet hatten. Heute war er der alte Mann, und er fragte sich, ob sein Sohn nicht allein von diesem nächtlichen Abenteuer zurückkehren würde. Vor sich sah er im Lichtschein der Laterne Adars breite Schultern, aber an diesem Tag war jeder Stolz von ihm abgefallen: Der Zweifel, in den ihn Arsinoe gestürzt hatte, nagte an ihm, schnürte ihm das Herz zusammen.

Plötzlich tauchte, nicht weit von den Vigna Ramdanini, dem Judenfriedhof, eine schattenhafte Gestalt vor ihnen auf, die rasch näher kam. Es war der Sohn von Joseph, dem Sänftenträger:

»Alles in Ordnung«, flüsterte er. »Wir haben das Losungswort. Folgt mir bis zum Eingang.«

»Wie heißt es?« fragte Absalom.

»Die einen fragen ›Wer bist du?‹ und die anderen antworten ›Ich bin dein Bruder‹.«

»Hast du es selbst gehört?«

»Nein, das war Abner. Aber ich habe es ausprobiert.«

Erstaunt sah Absalom dem Jungen ins Gesicht: Seine Augen glänzten sogar im Dunkeln, und diese brüderliche Freundschaft gab ihm wieder Mut.

Sie kamen an den Eingang der Katakomben und warteten im Schatten der Mauer auf Neuankömmlinge. Adar hatte seine Laterne gelöscht. Die Nachtluft war schwer von dem Duft nach Kräutern und Blumen. Endlich näherten sich drei Gestalten. Absalom ergriff den Arm seines Sohnes. Sie folgten ihnen, gingen durch einen Friedhof, der von zwei Zypressenalleen gesäumt war, und gelangten an eine Tür, die schmal war wie ein Mauerspalt. Man konnte nur einzeln hindurchgehen.

Zwei Männer standen da im schwachen Lichtschein einer Blendlaterne. Sie konnten ihnen nicht ausweichen.

»Wer bist du?« fragte einer Absalom leise.

»Ich bin dein Bruder«, erwiderte Absalom.

Der Mann legte ihm freundschaftlich den Arm auf die Schulter und ließ ihn vorbei.

»Wer bist du?« fragte der andere Mann Adar.

Adar starb fast vor Angst. Am liebsten hätte er auf dem Absatz kehrt gemacht, wäre nach Hause zurückgerannt, hätte die Tür hinter sich zugeschlossen und sich schlafen gelegt.

»Wer bist du?« wiederholte die Stimme, diesmal etwas eindringlicher.

»Ich bin sein Sohn«, sagte Adar und deutete auf Absaloms Rükken.

»Kennst du das Losungswort nicht?«

Adar nahm all seine Kraft zusammen. Das Losungswort?

»Ich bin dein Bruder«, sagte er.

Man ließ ihn durch. Vor ihnen lag ein schmaler Gang, der in regelmäßigen Abständen von rauchigen Fackeln erhellt wurde, die im Mauerwerk befestigt waren. Links und rechts des Ganges waren in das weiche Tuffgestein Grabstellen gehauen, und sie kamen durch Kammern, in denen Sarkophage und Gedenksteine dicht nebeneinander standen.

Die Versammlung – man hörte sie schon, bevor man sie sah – fand in einem Raum statt, der größer war als die anderen. Das sehr viel hellere Licht hier fiel auf eine Schar von etwa hundert Männern, Frauen und Kindern. Die Wände schmückten lebhafte Malereien, die meist Märtyrer darstellten oder ein Lamm vor einem Kreuz. Ein Zeichen kehrte sehr oft wieder, es mochte das Geheimzeichen der Sekte sein: ein Fisch. Vor der Gemeinde stand ein Mann in einem weißen Gewand.

»Werft ihr eure Sünde von euch ab?« fragte er.

»Ich werfe sie ab«, erwiderten die Gläubigen einstimmig.

»Werft ihr von euch ab, was euch zum Bösen führt?«

»Ich werfe es von mir ab.«

»Glaubt ihr an den allmächtigen Vater, Schöpfer des Himmels und der Erden?«

»Ich glaube.«

»Glaubt ihr an Jesus Christus, seinen eingeborenen Sohn, unseren Herrn, der für uns am Kreuz gestorben ist, begraben wurde und wieder auferstanden ist von den Toten und zur Rechten des Vaters sitzt?«

»Ich glaube.«

»Glaubt ihr an die Vergebung der Sünden, an die Wiederauferstehung des Fleisches und ein ewiges Leben?«

»Ich glaube.«

Absalom suchte unter den ins Gebet versunkenen Gestalten die seiner Tochter zu erkennen und ihre Stimme unter den vielfältigen Stimmen, die in dem Steingewölbe widerhallten, herauszuhören. Man brachte jetzt Brot und Wein, und die Gemeinde erhob sich. Der weißgekleidete Mann ihnen gegenüber sagte mit lauter Stimme:

»Und indem sie aßen in der Nacht, da er verraten ward und aus freien Stücken seine Passion auf sich nahm, nahm Jesus das Brot, dankte, brach's, gab es den Jüngern und sprach:

›Nehmet hin und esset, das ist mein Leib, der für euch gegeben wird, solches tut zu meinem Gedächtnis.‹ So nahm er auch den Kelch nach dem Abendmahl, dankte, gab ihnen den und sprach: ›Trinket alle daraus, dieser Kelch ist das Neue Testament in meinem Blut, das für euch vergossen wird zur Vergebung eurer Sünden. Solches tut, sooft ihr es trinket, zu meinem Gedächtnis.‹«

Diener gingen jetzt durch die Reihen und verteilten das Brot und den Wein. Absalom fühlte sich durch die Feierlichkeit und die Andacht des Augenblicks angerührt, aber der Gedanke, seine Tochter könne an diesem Ritus teilnehmen, erfüllte ihn mit Abscheu.

Der weißgekleidete Mann sagte jetzt:

»Dir allerheiligste Dreieinigkeit, Vater, Sohn und Heiliger Geist, sei Preis, Dank und Anbetung von Ewigkeit zu Ewigkeit.«

»Amen«, erwiderten die Gläubigen.

In diesem Augenblick zog Adar seinen Vater am Arm. Er deutete verstohlen in eine Ecke des Saales, wo gerade die standen, die Brot und Wein verteilten. Hände streckten sich ihnen entgegen, Köpfe hoben sich.

»Arsinoe!« rief plötzlich Absalom. »Arsinoe! Ich bin's, dein Vater!« Sofort drehten sich alle zu Absalom um, und einige entschlossen aussehende Männer umringten ihn. Sollte er kämpfen? Er sah sich wieder zusammen mit seinem Vater, wie sie gegen die Griechen im Theater von Alexandria gekämpft hatten.

»Ich bin der Vater dieses jungen Mädchens«, sagte er, »ich bin gekommen, sie zu holen.«

Und er rief wieder:

»Arsinoe!«

Der weißgekleidete Mann, der die Zeremonie geleitet hatte, war auf ihn zugetreten. Er hatte tiefliegende Augen und zwei scharfe Falten um den Mund:

»Arsinoe ist tot, Jude. Maria ist geboren. Wir haben sie getauft, sie hat das neue Leben der Kinder Gottes empfangen.«

Ohne daß sie sich Arsinoe hätten nähern können, wurden Absalom und Adar hinausgedrängt.

Nach Haus zurückgekehrt hielt Absalom die Schiwa ein, als sei seine Tochter wirklich tot. Nach den sieben Tagen der Trauer machte er sich wieder an die Arbeit, aber er war nie wieder der gleiche. Er redete wenig, verbrachte viel mehr Zeit als früher in der Synagoge und ließ sich am Hafen oft von seinem jüngsten Sohn, Amnon, vertreten, den er aus Ostia hatte zurückkommen lassen, wo er bei dem berühmten Rabbi Eleasar studierte.

Er schien sich für nichts mehr zu interessieren, und selbst die Kunde eines neuen Aufstands der Juden in Judäa ließ ihn gleichgültig.

Entgegen den Versprechungen, die er am Anfang seiner Regierungszeit gemacht hatte, verbot Kaiser Aelius Hadrian den Juden, den Tempel wieder aufzubauen; Jerusalem war zu einer neuen Stadt geworden, Aelia Capitolina. Und es fand sich wieder ein Jude, der gegen den Verrat und die Lüge aufstand. Dieser hieß Bar Kosiba; ein einflußreicher Rabbi, Akiba, hatte ihm den Namen Bar Kochba gegeben, »Sohn des Sterns«, und ihn damit als Messias bezeichnet, denn von ihm steht geschrieben: »Es wird ein Stern aus Jakob aufgehen.« Man erzählte sich, daß er von denen, die an seiner Seite kämpfen wollten, verlangte, daß sie sich einen Finger abhackten, um ihren Mut zu beweisen.

Dem Ruf Bar Kochbas folgend erhoben sich Zehntausende von Männern wieder einmal gegen Rom. An ihrem Mut und ihrem Glauben scheiterten die vereinten Armeen des Ostreichs. Im Jahre 3892[15] nach der Schöpfung der Welt standen ihnen Judäa, Samaria und Galiläa offen, wo sie bald die unumschränkten Herren waren und das jüdische Reich wieder errichteten.

In Rom wurden die Juden zum Gegenstand immer häufigerer Äußerungen von Feindseligkeit. Sie zogen sich ganz zurück und beteten in den Synagogen mit Eifer für das Heil Israels. Amnon wollte sich Bar Kochbas Armeen anschließen, aber sein Vater Absalom verbot es ihm, ohne eine Erklärung dafür zu geben. Der Archisynagogos Julianus sagte ihm eines Tages:

»Du hast dich sehr verändert, Absalom. Dein Sohn ist weniger getroffen durch deine Weigerung, ihn fortgehen zu lassen, als durch

[15] 132 n. Chr.

dein Schweigen . . . Nimm dich in acht, Absalom, die Seele bildet sich nach unseren Gewohnheiten, und so, wie wir leben, denken wir am Ende auch . . .«

Trotzdem änderte sich Absalom nicht. Erst als Bar Kochba durch eine neue römische Armee schließlich besiegt wurde, begann er wieder zu reden. Im Monat Aw des Jahres 3895, auf den Monat genau fünfundsechzig Jahre nach der Zerstörung des Tempels durch Titus, fiel die letzte jüdische Festung, Bethar, Kaiser Hadrian selbst in die Hände. Als die Kunde davon nach Rom drang, weinte Absalom. Er lud seinen Sohn Amnon ein, mit ihm spazierenzugehen und nahm ihn mit an den Tiber, um in Richtung der Flußwerften zu laufen. Er stützte sich von Zeit zu Zeit auf die Schulter seines Sohnes. Es roch nach Schlick und Teer. Beide sahen eine Weile zu, wie Zimmerleute an Schiffsrümpfen arbeiteten, bis Absalom plötzlich sagte:

»Es ist besser, mein Sohn, nicht an dem Aufstand teilgenommen zu haben, als zu denen zu gehören, die der Krieg zu Besiegten gemacht hat.«

»Aber wenn niemand kämpft . . .«

»Hör mir zu, Amnon . . . Die Besiegten verlieren oft auch die Hoffnung, und es ist die Hoffnung, die uns, die Juden, in Zukunft am Leben erhalten wird.«

Amnon war überrascht von der Feierlichkeit der Worte seines Vaters. Er begriff den Grund dafür noch am selben Abend, als Absalom seine beiden Söhne kommen ließ – Adar, Schreiber an der Synagoge, war inzwischen verheiratet und selbst Vater – und ihnen mitteilte, daß er nach Alexandria zurückkehren wollte:

»Ihr braucht mich nicht mehr. Folgt gewissenhaft den Gesetzen der Thora und erzieht eure Kinder in der Furcht des Ewigen . . . Erinnert euch daran, daß jeder Baum, der keine guten Früchte trägt, abgehackt und ins Feuer geworfen wird . . .«

»Vater«, fragte Adar, »denkst du an unsere Schwester?«

»Ich weiß nicht, von wem ihr sprecht.«

Er verließ Rom mit leerem Herzen und leeren Händen.

Von Judäa berichtete man, es habe sich in eine Wüste verwandelt. Die Ebene Jesreel verödete, und die Raubtiere herrschten in Samaria. Den Überlebenden des Krieges verbot Kaiser Hadrian die Beschneidung, die Einhaltung des Sabbats und das Studium der Schriften. Jude zu sein im Land der Juden wurde mit dem Tod bestraft. In seiner Erbitterung ging Hadrian sogar so weit, daß er den Namen »Judäa« durch den »Palästinas« ersetzen ließ, nach dem Namen eines Stammes, der früher die Gegend rings um Askalon bewohnt hatte, die Philister!

Der Tod Hadrians war eine Erlösung für alle Juden, die von dem Monat *Tamus* im Jahre 3898 an nie mehr seinen Namen aussprachen, ohne ihn mit diesem Fluch zu begleiten: »Möge Gott seine Knochen zu Staub zermalmen.«

Am ersten Morgen des Osterfestes im Jahre 3913[15a] übergab ein Weinhändler aus Alexandria, der zu Geschäftsbesuch in Rom weilte, Adar eines jener langen Holzkästchen, die schwarz gefärbt und mit Schnitzereien von Vögeln und Rindern geschmückt sind, den Lieblingsdarstellungen der Ägypter. Innen fand Adar drei Papyrusrollen. Eine enthielt einen langen Brief seines Vaters Absalom:

»An meine Söhne Adar und Amnon, die der Ewige in seinem heiligen Schutz erhalten möge.

Mein Körper fängt an, mich zu vergessen, ich bin alt und müde. Der Mensch ist so leicht wie eine Wolke; wenn ein Windhauch ihn anrührt, vergeht er. Niemand weiß, wieviel Zeit der, der den wahren Sinn der Dinge weiß, mir auf dieser Erde noch zugemessen hat, aber ich könnte mich nicht ruhigen Gewissens zum Wächter des Scheol aufmachen, ohne Euch ein letztes Mal zu segnen.

Ich muß Euch berichten, daß der Ewige Onkel Elias – seine Seele ruhe in Frieden – zu sich gerufen hat, mit dem ich früher so manche Auseinandersetzungen hatte. Seine beiden Söhne Jutus und Jakob können ihm nicht das Wasser reichen. Mein Bruder Theodoros, der noch immer so selbstgefällig ist, lebt mit seinen fünf erwachsenen Kindern im Hause unseres Vaters Gamaliel – Gott sei seiner Seele gnädig – im Delta-Viertel. Alexandria, die weiße, helle und zärtliche, ist noch immer meinem Herzen teuer. Leider hat jemand den Römern meinen Aufenthalt verraten. Ich mußte die Stadt verlassen

[15a] 153 n. Chr.

und habe mich in Memphis niedergelassen, wohin mir Nefer, die Schwester meines ägyptischen Freundes Pasis, gefolgt ist. Sie und er haben damals während der schrecklichen Tage des großen Aufstandes Deine Mutter – ihre Seele ruhe in Frieden – und Dich, Adar, in Deiner Wiege bei sich aufgenommen. Wie Ruth die Moabitin hat sich Nefer zu unserem Glauben bekannt. Wir haben uns vereint. Ein Sohn wurde uns geboren, wir haben ihn Abraham genannt. Wenn eines Tages der Herr der Welten ihn Euren Weg kreuzen läßt, liebt ihn, es ist Euer Bruder.

Im vergangenen Jahr sind meine Füße über das Land meiner Väter gegangen. Fünfzehn Jahre sind seit dem Aufstand vergangen, und das Land scheint für immer der Trauer und Verlassenheit anheimgefallen. Am neunten Tag des Monats Aw, dem Jahrestag der Zerstörung des Tempels, konnte ich die Erlaubnis benutzen, die den Juden – einmal im Jahr – gewährt wird, nach Jerusalem zu gehen. Mit unzähligen Männern und Frauen, die aus allen Ländern des Kaiserreichs kamen, stieg ich singend die kahlen Hügel Judäas hinauf.

Und während ich mit ihnen vor der einzigen Mauer des Heiligtums weinte, die noch steht, habe ich mich gefragt, ob unsere Aufstände, der meines Großvaters Abraham, meines Vaters Gamaliel, den ich dann selbst mit weitergeführt habe, und schließlich der von Bar Kochba, der beste Weg zu unserer Befreiung waren. Vielleicht bedeuten unsere Niederlagen, daß der Ewige den Bund erst erneuern wird, wenn sein Volk bereit ist, wieder sein Gesetz zu achten.

Nachdem Rab Akiba den Märtyrertod gestorben war, ließen sich seine Schüler in Uscha nieder, einem Dorf in Galiläa, um das Studium des Gesetzes von der Barmherzigkeit, Gerechtigkeit und Liebe fortzuführen und die Lehren der Tradition, die von den Vätern auf die Söhne überkommen sind, zu sammeln und zu kommentieren.

Ich habe zwei Monde dort verbracht und jenen *Tanaim*, den Lehrern, zugehört; diese Augenblicke zählen zu den glücklichsten meines Lebens. Rabbi Meir war dort und Rabbi Simeon bar Jochai, Rabbi Jehuda ben Ilai und Rabbi Jose ben Chalafta, Rabbi Elieser ben Jakob, Rabbi Jochanan aus Alexandria, Rabbi Nechemja . . .

Es sind sieben, und sie sind groß unter den Großen. Die Festung, die sie erbauen, wird niemand zerstören können, weder die Armeen der Heiden noch die Lügen der Christen. Wer könnte einen unsichtbaren Tempel zerstören?

Wenn dieser Brief in Eure Hände gelangt, meine Söhne, werde ich vielleicht nicht mehr auf dieser Erde weilen. Beweint mich nicht. Versammelt Euch nur um die Rolle, die ich Euch in demselben Kästchen mitschicke. Sie enthält die Geschichte unserer Familie, aufgeschrieben nach dem Willen meines Großvaters Abraham. Mein Onkel Elias hat sie bis zu seinem Tode geführt, aber seine beiden vom Wind geblähten, arroganten Söhne – Gott möge ihnen verzeihen – interessieren sich nur für die Eitelkeit dieser Welt. Lest sie laut vor, vervollständigt sie, und wenn für Euch die Stunde gekommen ist, die Euch der Ewige, Gott Abrahams, Isaaks und Jakobs bestimmt, dann gebt sie an Eure Kinder weiter.«

Adar schnürte es die Kehle zusammen; er mußte einen Augenblick innehalten, bevor er weiterlesen konnte:

»Von den 32 000 Sesterzen, die ich heute besitze und einzig mit meiner Arbeit und Mühe verdient habe, hinterlasse ich 12 000 der Synagoge von Memphis für die Armen, 10 000 meinem Weib Nefer und unserem Sohn Abraham. Die restlichen 10 000 wird man Euch übergeben. Laßt sie Früchte tragen und vergeßt nicht, Euren Gewinn mit den Bedürftigen zu teilen. Die Welt hat nur Bestand durch das Studium der Thora und die Barmherzigkeit. Der Ewige möge Eure Schritte leiten. Heilig, heilig, heilig ist sein Name. Amen.«

4

Alexandria
Esras Haus

»Möge ... die Anrufung dieser Namen, die ich hier aufgezeichnet habe und die andere nach mir aufzeichnen werden, das Schweigen brechen und Deinen geschändeten Namen wiederherstellen. Heilig, heilig, heilig ist der ewiglebende Gott. Amen.«

Sieben Generationen waren vergangen, seit Adar, Absaloms älterer Sohn, das, was man jetzt in der Familie »Abrahams Rolle« nannte, übernommen und fortgeführt hatte. Man schrieb das Jahr 4013[16] nach der Schöpfung der Welt durch den Ewigen – gepriesen sei sein Name –, und Gadias las feierlich inmitten seiner Familie die Reihe der Namen derer, die ihm in dieser Welt vorangegangen waren und von denen er abstammte. Abraham ... Esther ... Theodoros ... Die Namen und das, was sie an unwägbaren Botschaften enthielten, schwebten einen Augenblick lang im Halbdunkel und senkten sich langsam in das Gedächtnis der Kinder, die mit großen ernsten Augen aufsahen ...

Gadias, der Patriarch der Nachkommenschaft Abrahams des Schreibers, hatte nämlich beschlossen, Rom zu verlassen. Gewiß, von Generation zu Generation war die Familie nicht nur zahlreicher, sondern auch wohlhabender geworden, trotz der sporadischen Verfolgungen und Epidemien. Aber die Christen wurden immer übermächtiger: Tausende von Goten hatte man gerade in die Bürgerwehr einberufen, und Kaiser Constantin hatte Rom verlassen, um Byzanz zur Hauptstadt des Reiches zu machen. In Wirklichkeit wäre keiner dieser Gründe ausreichend gewesen, hätte es nicht Gadias an seinem Lebensabend als seinen Auftrag empfunden, als ihm persönlich auferlegte Pflicht, diesem römischen Exil, das in seinen Augen keinen Sinn hatte, ein Ende zu machen. Da Jerusalem noch

[16] 253 n. Chr.

immer – außer an einem Tag im Jahr – für die Juden verboten war, würde man eben nach Alexandria zurückkehren. Er legte bedächtig Abrahams Rolle in das schwarze Holzkästchen zurück und übergab es seinem ältesten Sohn Joseph, den man den »Hinkefuß« nannte, weil eines seiner Beine kürzer war als das andere.

In Alexandria fand die Familie »Esras altes Haus« wieder, wie man es nannte, ein inzwischen heruntergekommenes Gebäude am Rand des Delta-Viertels, das der alexandrinische Zweig der Familie nur noch als Warenlager benutzte.

Der fleißige und ernsthafte Joseph fand bald einen Platz als Schreiber in der Synagoge seines Viertels und sogar, entgegen den Befürchtungen seines Vaters, eine Braut, die Tochter des Juweliers Lucius Tsophar, Deborah.

Nachdem die Seinen alle gut versorgt waren, starb Gadias, als gebe es für ihn, nachdem alles, was er wollte, erreicht war, keinen Grund mehr, länger zu leben.

Joseph der Hinkefuß und Deborah hatten zwei Kinder, Judith und Abraham, lebten bescheiden und glücklich und waren zufrieden. Ihr Leben wäre so glatt gewesen wie der Meeresstrand am frühen Morgen, hätte der Ewige nicht Alexandria mit der schlimmsten seiner Plagen, der Pest, geschlagen.

Elend und Verzweiflung herrschten in der Stadt. Man konnte nicht alle Toten begraben, und so stapelten sie sich auf den Plätzen und in den Tempeln. Freiwillige ließen sich teuer bezahlen, um sie auf die Schiffe zu laden und weit entfernt von der Küste zu versenken. Aber es gab nicht genügend Schiffe und nicht einmal genügend Freiwillige. Der Gestank drang in die Häuser, trotz der Vorhänge und Räucherpfannen.

In »Esras Haus« wurde eine Schwester Josephs, Myriam, als erste von der Pest befallen und starb innerhalb weniger Tage, gefolgt von ihrem Sohn Appius Jakob. Bald darauf entdeckte auch Judith die häßlichen schwarzen Flecken auf ihrer Haut. Da rief Joseph der Hinkefuß seinen Sohn und übergab ihm einen Beutel:

»Das sind all unsere Ersparnisse«, sagte er. »Nimm das erste Schiff. Fahr wohin auch immer. Wenigstens einer von uns muß überleben.«

»Aber Vater, wir sind Schreiber, wir müssen Zeugnis ablegen.«

»Zeugnis ablegen! Die erste Pflicht dessen, der Zeugnis ablegen will, ist zunächst einmal überleben. Geh und paß auf dich auf ... Versuch Caesarea zu erreichen, und von dort aus geh zu Fuß oder mit dem Esel weiter nach Tiberias. Wenn du an der Talmud-Akademie studieren willst, gebe ich dir ein Empfehlungsschreiben für Rabbi Jochanan mit. Er ist der bekannteste der *Amoraim* ... Hör zu, mein Sohn, sollte es geschehen, daß der Ewige mir nicht mehr die Freude läßt, dich wiederzusehen, so wisse, daß du Abrahams Rolle bei David findest, dem Schamasch der Synagoge ... Da, sieh her ...«

Joseph entrollte den Papyrus.

»Siehst du, mein Sohn, das war Salomon, der Rabbi der Synagoge im Delta- Viertel. Er war ein Weiser, ich habe dir oft von ihm erzählt. Er zeugte Myriam, Hannah und Abraham ...

Und das war Jakob, der eine Reise nach Rom machte. Er zeugte David.

Und Abraham, Sohn des Salomon, zeugte Esra und Judith.

Und Esra zeugte Joseph, Rebekka, Sarah und Enoch.

Enoch war der erste unserer Familie, der unter der Herrschaft des Kaisers Caracalla den Stand eines römischen Bürgers erhielt. Er zeugte Judith und Theodoros. Gadias zeugte Myriam, deine Tante – Gott hab sie selig – und mich Joseph, deinen Vater.

Siehst du, diese Zeile habe ich selbst geschrieben: Joseph der Hinkefuß heiratete Deborah, und sie hatten zwei Kinder, Judith und Abraham. Der Allmächtige möge euch ein langes Leben schenken, Gesundheit und nach dem Wunsch unseres Urahns Abraham, dessen Namen du trägst, ein verständiges Herz, um Gut und Böse zu unterscheiden.«

Weinend umarmten sich Vater und Sohn. Während Abraham seine Abreise vorbereitete, ging Joseph zu seiner Tochter und betete. Es sei ihr, als verzehre sie ein inneres Feuer, klagte sie ihm. Judith starb einen Tag nach der Abreise ihres Bruders. Und Joseph, das Herz voller Tränen, machte sich auf die Suche nach jemandem, der sie beerdigte. Ihm als Leviten war es durch das Gesetz verboten. Es gab immer weniger Totengräber und immer mehr Arbeit für sie, und er hatte nicht mehr das nötige Geld, um die Wahnwitzigen zu bezahlen, die sich zu bereichern suchten und dabei in Kauf nahmen, sich selbst anzustecken. Schließlich, nachdem er lange durch die Straßen geirrt war – ein langer Schritt, ein kurzer Schritt –, vorbei an Leichen, die den schwarzweißen Geiern zum Fraß dalagen, traf er einen ägyptischen Bauern, der seine tote Tochter auf dem Rücken trug. Joseph der Hinkefuß erklärte ihm so gut er konnte, auch er wolle seine Tochter begraben. Der Mann legte seine schreckliche Last ab, begleitete Joseph ohne ein Wort zu sagen nach Hause, nahm Judith wie seine eigene Tochter auf die Schulter und schlug den Weg zu den Katakomben ein. Joseph, der nicht wußte, wie er ihm danken sollte, sah sich aufmerksam das Gesicht dieses barmherzigen Menschen an. Es war das Gesicht eines Armen, häßlich, vor der Zeit gealtert, und Joseph entdeckte darin voller Grausen die Spuren der Pest. Der Mann, der immer noch kein Wort gesagt hatte, lächelte mühsam und wandte sich ab. Erschüttert stammelte Joseph, er werde zum Ewigen für seine Tochter und ihn selbst beten.

Endlich konnte Abraham im Dunst der Hitze von weitem Tiberias sehen. Seit seiner Ankunft in Palästina war ihm, als ob sein Herz im Rhythmus der Trommeln der Prophetin Deborah schlug: »Ich, ja ich will singen dem Herrn!« Die Ebene Jesreel, der Berg Thabor, Meggido: Endlich nahmen all die Namen Gestalt und Farbe an, und selbst der Staub des Weges, selbst die Hitze und selbst die Fliegen, alles schien ihm wunderbar und vertraut zugleich.

Trotz ihrer griechischen Schachbrett-Architektur und dem Palast mit den Säulenhallen, der die Stadt überragte, war Tiberias die erste wirklich jüdische Stadt, die Abraham sah. Auf den Straßen, am Ufer des Sees Genezareth sah man mehr junge Juden, die, einen Gebetsmantel über den Schultern, diese oder jene Stelle aus der *Mischna* diskutierten, als Römer oder Griechen. Man sprach vorwiegend hebräisch oder aramäisch.

Abraham ließ sich die *Jeschiba* des Jochanan ben Nappacha zeigen. Im Hof eines großen Gebäudes mit einem breiten Balkon wurde er sofort von einer Schar Schüler umringt:

»Wer bist du? Woher kommst du? Willst du studieren?«

»Ich bin Abraham, Sohn Josephs des Leviten, und komme aus Alexandria.«

Jemand rief:

»Habt ihr gehört, ein Jude, der aus Alexandria kommt!«

Der Kreis wurde größer, man drängte sich um Abraham:

»Stimmt es, daß es keine Überlebenden gibt? Wie bist du denn der Pest entkommen? Wie lange hat deine Reise gedauert? Bist du gut in Mischna? Willst du lange in Tiberias bleiben?«

Zwar verwirrt und überrascht, war Abraham doch gleichzeitig zutiefst glücklich: Jeder dieser jungen Neugierigen hätte er selbst sein können, hier war er zu Hause. So gut er es vermochte, antwortete er auf alle Fragen, dann führte man ihn zu Rabbi Jochanan.

Mit seinen schönen, regelmäßigen Gesichtszügen, seinem Lokkenkopf, den blauen Augen und seiner großen schlanken Gestalt glich Rabbi Jochanan eher einem römischen Centurio und hatte wenig gemein mit den Rabbinern, die Abraham in Alexandria gekannt hatte. Aber er war noch überraschter, als Rabbi Jochanan, nachdem er den Empfehlungsbrief von Joseph dem Hinkefuß gelesen hatte, ausrief:

»Du bist der Sohn Josephs ben Jochanan aus Alexandria? Ich freue mich sehr, dich unter uns zu haben. Ich habe große Achtung vor deinem Vater. Wir haben mehrere Briefe gewechselt, und aus jedem der seinen habe ich etwas gelernt.«

Er suchte in den Regalen, entrollte einen Papyrus:

»Da, nimm diesen zum Beispiel. Dein Vater zitiert einen Vers aus dem Exodus: ›Die Fremdlinge sollt ihr nicht unterdrücken; denn ihr wisset um der Fremdlinge Herz, dieweil ihr auch seid Fremdlinge in Ägyptenland gewesen.‹ Frage: Kann man diesen Satz auch auf die anwenden, die heute wieder Fremdlinge in Ägypten sind? Ja, antwortete dein Vater, denn die Tatsache, daß man selbst unterdrückt ist, hindert den Menschen nicht daran, sich auf Kosten eines anderen, der noch schwächer ist als man selbst, behaupten zu wollen. Folgerung: Man muß sich an diesen Satz aus dem Exodus zu jeder Zeit und an jedem Ort erinnern.«

Abraham war verblüfft. Sein Vater hatte ihm nie von dieser Korrespondenz erzählt, die er mit Rabbi Jochanan geführt hatte. Und der Respekt, den einer der bekanntesten Amoraim für Joseph den Hinkefuß empfand, erfüllte dessen Sohn mit Stolz.

»Sei willkommen unter uns«, schloß Rabbi Jochanan.

Die Klasse bestand aus etwa einhundert Schülern, die auf siebenundzwanzig Bänke verteilt waren; den Bankreihen gegenüber erhob sich ein Podest, zu dessen beiden Seiten vier Assistenten saßen, die *Meturgemim*. Auf einem Platz auf der Seite, der etwas niedriger war als der Rabbi Jochanans, saß ein anderer Rabbi, Rabbi Simeon ben Laquisch.

Abraham wurde in die dreizehnte Reihe gesetzt, neben einen schmächtigen Jungen mit einem spitzen Gesicht wie ein Windspiel, Juda. Er fand sehr rasch einen Freund, Elchanan, der ihm ein Zimmer bei einer Fischerfamilie nicht weit vom Hafen besorgte. Frühmorgens, nach dem Morgengebet, schaute er den Booten nach, die auf die See hinausfuhren, und dann, während die Sonne über dem Wasser aufging, durchquerte er mit einem Herzen voller Glück die Stadt, um sich zur Jeschiba zu begeben.

An diesem Morgen begrüßte Rabbi Jochanan wie gewohnt seine Schüler, dann schlug er ihnen ein Thema zum Nachdenken vor: »Der Mensch braucht Gott.«

Rabbi Laquisch schüttelte sofort den Kopf und entgegnete:

»Nein, Gott braucht den Menschen.«

»Der Vers aus der Genesis«, erwiderte Rabbi Jochanan, »scheint aber das zu bestätigen, was ich soeben behauptet habe: ›Der Gott, der mein Hirte gewesen ist mein Leben lang . . .‹ Die Schafe brauchen den Hirten.«

»In dem gleichen Vers«, warf Rabbi Laquisch sogleich ein, »findet sich die Bestätigung meiner These: ›Der Gott, vor dem meine Väter, Abraham und Isaak, gewandelt haben . . .‹ Der König braucht Herolde, die ihm vorangehen und ihm einen Weg bereiten.«

Nachdem die beiden Thesen noch einmal wiederholt worden waren, forderte man die Schüler auf, sich dazu zu äußern.

»Ich glaube, daß Rabbi Jochanan recht hat«, sagte Juda, Abrahams Nachbar, »denn es steht im Deuteronomium: ›Es ist kein Gott wie der Gott Israels, der im Himmel sitzt zu deiner Hilfe.‹«

»Das ist eine schlechte Auslegung«, protestierte Rabbi Laquisch, »es heißt nicht zu deiner Hilfe, sondern mit deiner Hilfe.«

»Was ist denn deine Ansicht, Abraham ben Joseph?« fragte Rabbi Jochanan.

Es war das erste Mal seit den zwei Wochen, die er jetzt in der Jeschiba war, daß ihm eine Frage gestellt wurde. Mit klopfendem

Herzen stand er auf. Er wußte genau, was er sagen wollte, aber er fürchtete, er brächte es nicht fertig, das auch auszudrücken. Er räusperte sich, trat von einem Bein auf das andere und begann schließlich:

»Ich glaube«, sagte er und erkannte seine eigene Stimme nicht wieder, »daß ihr beide recht habt, denn im Psalm steht geschrieben: ›Du hast ihn zum Herren gemacht über Deiner Hände Werk; alles hast Du unter seine Füße getan.‹ Das bedeutet, daß Gott die Menschen braucht, um seine Werke zu lenken, daß aber der Mensch auch Gott braucht, ohne den er kein Mensch wäre.«

Er räusperte sich noch einmal und fügte hinzu:

»Aber ich irre mich vielleicht, Rabbi.«

Rabbi Jochanan lächelte:

»Fahr fort«, sagte er. »Warum wäre der Mensch ohne Gott kein Mensch mehr?«

»Solange der Mensch Gott erkennt und seine Gesetze achtet, ist er anders und stärker als alle Tiere, und deshalb mag Gott wohl des Menschen bedürfen. Der Ewige hat ja auch zu Noah gesagt: ›Furcht und Schrecken vor euch sei über alle Tiere auf Erden . . . In eure Hände seien sie gegeben.‹ Deshalb klagt Kain auch nach seinem Verbrechen: ›So wird mir's gehen, daß mich totschlage, wer mich findet‹, denn nur wenn der Mensch in der Gestalt eines Tieres erscheint, können die Tiere ihn beherrschen.«

Rabbi Jochanan lächelte erneut und zupfte befriedigt an seinem Bart. Die Schüler klatschten Beifall. Das war ein großer Tag für Abraham ben Joseph.

Sein Glück wäre während dieser ganzen Zeit vollkommen gewesen, hätte er Nachricht von seinem Vater gehabt. Man hatte inzwischen von dem Ende der Pest in Alexandria erfahren, aber man wußte nicht, wer gestorben war oder wer noch lebte. Abraham träumte oft von seinem Vater. Er sah ihn durch die leeren Straßen einer Stadt gehen – ein kurzer Schritt, ein langer Schritt. Er war überzeugt davon, daß diese Stadt Jerusalem war. Wie konnte man diesen Traum deuten?

Nach etwa sechs Monaten des Lernens und Studierens in der Jeschiba begann er daran zu denken, daß er nach Alexandria zurückkehren mußte. Aber, selbst wenn er es sich nicht einzugestehen wagte, ein anderer Grund als das Studium hielt ihn in Tiberias zurück: ein junges Mädchen, das er gelegentlich des Morgens traf, manchmal allein, manchmal in Begleitung einer Frau, die seine Mutter sein konnte. Er hatte beobachtet, daß die beiden Frauen einem Fischer, der anschließend wieder hinausfuhr, einen Proviantkorb brachten. Die jüngere war rothaarig, aber das war so ungefähr alles, was er von ihr wußte, außer, daß er sie nicht ansehen konnte, ohne auf ganz wundersame Art gerührt zu sein.

Eines Tages traf er sie am Hafen; sie saß auf einem Berg von Netzen. Sie war allein und sah einem Boot nach – wahrscheinlich dem ihres Vaters. Plötzlich stand er neben ihr, ohne daß er recht wußte wie, trat von einem Bein auf das andere, wie an dem Tag, als ihn Rabbi Jochanan gefragt hatte, und spürte wie sein Mund immer trockener wurde. Ein Blick aus grünen Augen traf ihn, und sie brach in Lachen aus. Kein spöttisches Lachen, vor dem man am liebsten in den Erdboden versinken möchte, ein Lachen, bei dem Abraham sich sofort zu Hause fühlte.

»Ich heiße Sarah«, sagte sie.

»Und ich Abraham.«

»Dann haben wir viel nachzuholen«, erwiderte sie ruhig.

In Wirklichkeit kannte sie Abraham schon; sie beobachtete ihn seit längerem: Sie war die Schwester von Abrahams bestem Freund in der Jeschiba, Elchanan.

Rabbi Jochanan persönlich traute sie in der Synagoge der Oberstadt. Da Abraham es eilig hatte, seinem Vater, von dem er mit ganzer Seele hoffte, er möge noch am Leben sein, seine Frau vorzustellen, beschlossen sie, gleich nach *Schawuot* nach Alexandria abzureisen.

Die Stadt selbst war nicht verändert, aber man fand nicht eine einzige Familie, die die Pest verschont hatte. In den Augen der Überlebenden geisterte noch der Schrecken, so daß man sich fragte, wie die Bäume, die Vögel, die Blumen, die Steine Alexandrias dem Unheil entgangen waren.

Joseph der Hinkefuß lebte noch und auch die alte griechische Dienerin Ptolomea. Anläßlich der Heimkehr seines Sohnes und zu Sarahs Ehren gab er einen Empfang, bei dem Abraham gebeten wurde, von seiner Reise zu erzählen und ein paar Beispiele der neuen Mischna-Kommentare zu geben. Joseph hörte schweigend zu, aber er verlor nicht eins der Worte seines Sohnes, und jeder konnte sehen, wie stolz er auf ihn war.

Abraham und Sarah ließen sich nun, wie schon so viele vor ihnen, in »Esras Haus« nieder. Sarah meinte, die Risse in den Wänden des großen Gebäudes machten seinen besonderen Reiz aus. »Dieses Haus ist so voller Geschichten, daß es ganz aus den Fugen gerät.« Sie lachten alle beide, aber Abraham schwor sich, sobald er ein bißchen Geld übrig hätte, die nötigsten Reparaturen ausführen zu lassen.

Kurze Zeit darauf war für Joseph den Hinkefuß das Ende seiner Tage gekommen. Er legte sich nieder, ohne ein Bedauern, ohne eine Klage, und wartete auf den Tod. Sein Sohn Abraham wachte getreulich am Sterbelager – sein Vater war in seinem Leben so oft allein gewesen, daß er es zumindest in diesem schrecklichen Augenblick nicht sein sollte.

Den Blick auf das Gesicht seines Vaters gerichtet, erinnerte Abraham sich, wie Joseph nach dem Tod der Mutter, Deborah, Judith und ihn an der Hand genommen hatte und ein ganzes Stück mit ihnen am Meer entlang gelaufen war, fast bis zum Leuchtturm:

»Seht ihr«, hatte er die Kinder gefragt, »dieses Licht, das aufblinkt und wieder verlöscht?«

»Ja.«

»Es ist wie das Leben . . .«

Da hatte die noch ganz kleine Judith geantwortet:

»Also kommt Mama wieder.«

Joseph war so überrascht gewesen, daß er ein kurzes Lachen nicht unterdrücken konnte. Und dieses Lachen unter Tränen, dieses Lachen jenseits von Zorn und Bitterkeit, dieses Lachen, das keinem anderen vergleichbar war, hörte Abraham jetzt wieder, als er auf das kalte, glatte Gesicht seines Vaters hinuntersah. Plötzlich begriff er, daß Joseph der Hinkefuß gestorben war – würdig und bescheiden, wie er immer gelebt hatte.

Nachdem er die sieben Trauertage eingehalten hatte, suchte Abraham im Haus nach Abrahams Rolle, fragte die Nachbarn, ging zum Schamasch: Vergebens, das schwarze Holzkästchen schien verschwunden zu sein. So sehr der Tod des Vaters ihm trotz seiner Trauer der Lauf der Dinge zu sein schien, so sehr kränkte ihn das Verschwinden der Rolle wie ein Verrat, wie eine Ungerechtigkeit. Da er sich nicht vorstellen konnte, daß Joseph der Hinkefuß leichtfertig damit umgegangen war, fand er keine Erklärung.

Erst als ein Jahr später sein Sohn geboren wurde, begriff er alles. Da kam nämlich die Dienerin Ptolomea mit einem Paket zu ihm, das sie an ihre Brust drückte:

»Dein Vater, Gott hab ihn selig«, sagte sie und wagte erst jetzt wieder, ihm in die Augen zu schauen, »hat mich gebeten, dir dies bei der Geburt deines ersten Kindes zu übergeben.«

Es war Abrahams Rolle.

»Dank dir, Ptolomea.«

Gern hätte Abraham die alte Dienerin umarmt, aber sie hatte sich bereits umgedreht und fügte nur noch hinzu:

»Er war ein guter Mensch.«

Noch am selben Abend entrollte Abraham nach dem Gebet den Papyrus und las ihn feierlich von Anfang bis zu Ende seiner Frau und seinem schlafenden Sohn vor. Dann fügte er mit jener feinen und klaren Schrift hinzu, die ihn Joseph gelehrt hatte: »Abraham heiratete Sarah. Sie zeugten . . .«
Sarah hatte darauf bestanden, daß ihr Sohn Esra heiße, nach dem Namen des Hauses.

In der Nacht blinkte der Leuchtturm von Alexandria – Tod, Leben, Tod, Leben . . .

Esra hatte zwei Brüder, Jonathan und Salomon, mit denen er sich nicht besonders gut verstand. Der eine war Goldschmied, der andere Tischler, und nichts schien ihnen wichtiger zu sein als Ehre und Wohlstand ihrer Gilden. Esra selbst war Schreiber geworden und lehrte Hebräisch in einer kleinen Schule in der Nähe der Synagoge. Er heiratete die Mutter eines seiner Schüler, eine junge Witwe, Myriam, die ihm fünf Kinder schenkte: Judith, Ruth, Johanna, Theodoros und Jakob.

Jakob, der Jüngste, war ein schwieriger, undisziplinierter, rauflustiger kleiner Bursche. Er lernte sehr rasch, und da es ihn langweilte, wenn die anderen Schüler Lektionen wiederholten, die er schon konnte, schwänzte er die Schule, um mit einer Bande griechischer Jungen im Hafenviertel zwischen den Lagerhäusern und den grobschlächtigen Fischern herumzustromern. Eines Tages verletzte er bei einer bösen Rauferei einen jungen Christen, Clement, am Auge, und wie so häufig, wurden die beiden Gegner Freunde; sie saßen oft zusammen am Hafen und sahen zu, wie Schiffe aus fernen Ländern und schwer von Geheimnissen anlegten.

Die Christen wurden zur damaligen Zeit wegen des wachsenden Erfolgs ihrer Religion gerade wieder verfolgt, aber nie sprachen Jakob und Clement über das, was sie hätte trennen können. Myriam machte sich wegen dieser Freundschaft Sorgen um ihren Jüngsten, ihren Liebling. Esra jedoch schien ihm nur deshalb Vorhaltungen zu machen, weil seine Ältesten es von ihm erwarteten.

Eines Tages brach in der ganzen Stadt eine große Christenjagd aus. Jakob stand, mehr aus Neugier, in der Menge betrunkener Legionäre, Griechen und Libyer, die »Tod den Christen« schrien. Er dachte daran, seinen Freund Clement schützen zu müssen, aber wie betäubt von dem Geschrei und den Kämpfen, fasziniert von der Entfesselung dieser Gewalttätigkeit, konnte er sich der Masse nicht mehr entziehen. Und so wurde er mitgezogen bis zum Theater, wo er von den obersten Stufen aus sah, wie man einen alten weißhaarigen Mann niederknien ließ. Man schrie ihm Spott- und Schimpfworte zu, und plötzlich blitzte eine Klinge auf – ein Strom von Blut ergoß sich aus dem Körper, während der Kopf in den gelben Sand rollte.

Jakob rannte nach Hause zurück. Die Familie war schon zum Abendessen versammelt. Seine Mutter beunruhigte seine Blässe, aber er sagte keinen Ton. Er konnte nicht schlafen; statt des weißhaarigen Christen sah er seinen Freund Clement vor sich, und an dem in den Sand rollenden Kopf erkannte er neben dem Auge die Narbe der Verletzung, die er ihm zugefügt hatte.

Schon bei Morgengrauen verließ er das Haus und machte sich auf die Suche nach Clement, den er den ganzen Tag über nicht gesehen hatte. Aber in der Wohnung seines Freundes war niemand, und die mißtrauischen Nachbarn wußten von nichts. Waren Clement und seine Eltern umgekommen? Waren sie weggezogen? Natürlich dachte Jakob gleich an das Schlimmste.

Bevor er wegging, sprach er im Hof mit einem Mädchen, das er schon am Hafen gesehen hatte. Nein, sie wüßte auch nicht, was aus Clement geworden war, aber er war gerührt, daß sie überhaupt mit ihm sprechen wollte. Sie hieß Lydia, und ihr schmächtiger Körper, der in einer blauen Tunika steckte, ihr schmales Gesicht mit den allzu großen Augen und der langen Nase erinnerte ihn an Zeichnungen, mit denen die griechischen Töpfer von Alexandria ihre Vasen schmückten.

Sie sahen sich am Hafen wieder. Jetzt war sie es, die tagelang zusammen mit ihm auf die Schiffe wartete. Lydias Vater war tot, und die Mutter hatte viel Mühe, die ganze Kinderschar zu ernähren. So manchen Tag gab es nichts zu essen, und Jakob nahm sie ein wenig unter seinen Schutz, wobei er auch nicht zögerte, von Zeit zu Zeit einen Brotfladen oder ein paar Datteln bei den Händlern des Viertels für sie zu stehlen.

Lydias Familie war christlich, aber die Mutter sagte, der Tod des Vaters sei ein Beweis, daß Christus nicht so mächtig sei, wie man behauptete. Lydia allerdings war fasziniert von der Idee, daß Gott auf die Erde hinabgestiegen sei, um die Menschen zu erlösen. Vielleicht hätte sie sich auch entschlossen, sich taufen zu lassen, wenn Jakob sie nicht davon abgehalten hätte. Er, der von den häuslichen Warnungen vor den Christen, diesen Söhnen des Irrglaubens, ganz und gar durchdrungen war, konnte es doch nicht zulassen, daß sie auf Abwege geriet. Er hatte Clement nicht gerettet. Wenigstens würde er Lydia retten. Und mit dem schrecklichen Ernst seiner dreizehn Jahre erklärte er ihr, sie müsse Jüdin werden, dann könnten sie heiraten und bis zum Ende aller Zeiten miteinander leben.

Oh, welch langer, bitterer Weg! Jakob brachte Lydia in die Synagoge, wo der Rabbi sich unter großem Widerstand schließlich einverstanden erklärte, Lydia in den Schriften zu unterweisen, vorausgesetzt, Jakob unterrichte seine Eltern von seinem Vorhaben. Esra wurde bitterböse, Myriam weinte, Jakobs Brüder und Schwestern zeigten ihm die kalte Schulter: »Gibt es denn kein jüdisches Mädchen, das gut genug für dich ist?« Nie, so erklärten sie, würden sie eine Christin in ihrer Familie dulden. Sie zeigten sich alle so feindselig, daß Jakob beschloß, ein paar Tage lang zu verschwinden, um ihnen begreiflich zu machen, daß sie ihn verlieren würden, wenn sie Lydia nicht akzeptierten.

Zwei Jahre Unterricht brauchte es, bis für Lydia der Tag der Zeremonie gekommen war, zwei Jahre Mißtrauen und Widerstand; eine härtere Probezeit hätte der Rabbi sich kaum ausdenken können – vor allem, da in der Zwischenzeit das Christentum, dem Lydia den Rücken kehrte, offizielle Religion im ganzen Kaiserreich geworden war.

Endlich, nachdem alle Bedingungen erfüllt waren, die das Gesetz vorschreibt, wurde Lydia vor drei Rabbiner geführt, die in ihren weißen Gebetsmänteln dasaßen:

»Wie heißt du?«

»Lydia, ich bin die Tochter des Kaufmanns Apollonius, der vor drei Jahren gestorben ist.«

»Welches ist dein Begehr?«

»Ich will Jüdin werden.«

»Weißt du nicht, daß das Volk Israels heute verachtet ist, in der Fremde lebt und unablässig von Prüfungen heimgesucht wird?«

»Ja, das weiß ich.«

»Du kannst es dir noch überlegen.«

»Es ist alles überlegt. Ich bin bereit, euren Glauben und eure Gebote zu empfangen und alle Leiden auf mich zu nehmen, die das jüdische Volk heute zu erdulden hat.«

Die drei bärtigen Köpfe neigten sich, und nacheinander setzten die drei Rabbiner ihr das Wesentliche der Gebote der Schrift auseinander, vom einfachsten bis zum schwierigsten, sowie die Folgen der Übertretung.

Als sie geendet hatten, fragten sie sie, ob sie noch immer Jüdin werden wolle.

»Ja, Rabbi«, sagte sie.

»Schön, also dann *Massel tov*, alles Gute!«

Am nächsten Tag wurde sie durch das rituelle Bad in Regenwasser gereinigt, dann empfing sie ihren neuen Vornamen, Ruth. Jakob, der draußen gewartet hatte, ergriff ihre Hand und führte sie zu seinen Eltern. Er trat als erster ein und bedeutete ihr, ihm zu folgen. Die ganze Familie war versammelt, Eltern, Schwestern und Brüder, alle mit verschlossenen Gesichtern.

»Das ist Ruth«, sagte Jakob.

»Sei willkommen, Ruth«, mußte Esra wohl oder übel antworten.

Sie heirateten noch im Herbst desselben Jahres. Beide waren erst fünfzehn Jahre alt und wohnten in einem Zimmer über einem Lager. Ihr erster Sohn wurde tot geboren, und Jakobs Schwestern konnten sich einen Triumph nicht verkneifen. Der zweite war ein prächtiges Kind, und sie gaben ihm den Namen Aaron. Durch ihn wurde Ruth erst richtig von der Familie angenommen. Zum darauffolgenden Osterfest lud Esra seine Brüder, den Tischler und den Goldschmied, ein, den *Seder* bei ihnen zu verbringen. An diesem Abend spürte Jakob zum ersten Mal seit dem Tag, an dem er den Christen in der Arena hatte sterben sehen, daß eine schreckliche Last von ihm genommen war.

Übrigens verbrachte man fast den ganzen Abend damit, von den Christen zu reden. Natürlich auch wegen Ruth, aber vor allem, weil sie immer einflußreicher wurden.

»Selten können die«, sagte Esra, »die erst einmal an die Macht gekommen sind, der Versuchung widerstehen, ihre Gedanken allen aufzuzwingen . . . Die Christen sind da nicht anders . . .«

»Aber«, erwiderte Salomon der Tischler in seinem festtäglichen Gewand, »die Christen beherrschen bereits die ganze Stadt, und es ist uns bisher nichts geschehen. Warum sollte sich die Situation ändern? Sie haben die Macht, beten zu ihrem Gott, nehmen die Steuern ein, was wollen sie mehr? Uns umbringen? Die Christen töten keine Juden!«

Esra runzelte die Stirn:

»Und wenn die Christen trotz allem die Juden umbrächten? . . .«

Alle schwiegen eine Weile; dann las Esra, weil er der Älteste und in seinem eigenen Hause war, einen Abschnitt aus der Oster-*Haggada*: »Knechte sind wir gewesen dem Pharao in Ägypten, aber der Ewige, unser Gott, hat uns herausgeführt von dort mit starker Hand und ausgestrecktem Arm. Und hätte der Heilige – gepriesen sei sein Name – unsere Väter nicht aus Ägypten geführt, so wären wahrscheinlich wir, unsere Kinder und Kindeskinder auf ewig den Ägyptern dienstbar. Und wären wir auch alle weise, alle vernünftig, alle Kenner der Thora, so bliebe es dennoch unsere Pflicht, die Geschichte des Auszuges aus Ägypten zu erzählen. Und je mehr man davon erzählt, desto lobenswerter ist es.«

Esra ließ jeden über den Abschnitt nachdenken, dann fügte er hinzu:

»Die Geschichte ist uns eine Lehre, und deshalb, denke ich, sollten wir weiterhin sowohl hoffen wie fürchten . . .«

Sie verbrachten die Festtage im Gebet, dann holte Esra feierlich Abrahams Rolle hervor und schrieb, von den Seinen umgeben: »Heute, am siebzehnten Tag des Monats *Nissan* im Jahre 4075[17] nach der Schöpfung der Welt durch den Ewigen – gepriesen sei sein Name – bete ich, Esra, Sohn Abrahams des Leviten, zum Allmächtigen, er möge mein Volk und die Meinen von dem Unheil verschonen, das die Zukunft für uns bereit zu halten scheint. Möge er es fügen, daß meine Furcht vergebens und meine Angst unnütz sind. Amen.«

Und, mit einem Funkeln im Blick, das ebenso gut spöttisch wie zärtlich sein konnte, fügte er hinzu: »Jakob heiratete Ruth und zeugte Samuel, den Totgeborenen, und Aaron.«

Und Aaron zeugte wiederum einen Jakob,

und Jakob zeugte Abraham-Alexander, Sulamith und Rebekka, und Abraham- Alexander zeugte Saul, Judith, Ruth und Esra,

und Saul zeugte Salomon . . .«

Saul und Salomon, Vater und Sohn, saßen nebeneinander und hatten vor sich auf dem Tisch die alte Papyrusrolle liegen, in der die Namen der Vorfahren aufgezeichnet waren. Salomon, der letzte der Reihe, sah seinen eigenen Namen nach so vielen anderen stehen und war tief beeindruckt: Es war, als gehöre er bereits der Ewigkeit an.

»Du bist dran«, sagte Saul.

Salomon löste ein wenig Tinte auf, probierte die Feder am Holz des Tisches aus und schrieb dann: »Und Salomon zeugte Elias und Gamaliel.«

Draußen heulte die Menge und versuchte, die Juden zu bekehren oder umzubringen, während die beiden Männer im Halbdunkel von »Esras altem Haus« versuchten, ihr Überleben zu sichern.

Esra, ihr Vorfahr, hatte recht gehabt, als er vor hundert Jahren

[17] 315 n. Chr.

das Schlimmste fürchtete. Jetzt war es eingetroffen. Seit Wochen liefen Priester durch die Stadt und predigten gegen die Juden. Die Alexandriner, die stets zu einem Krawall bereit waren, hatten sich rasch aufhetzen lassen, vor allem, nachdem der Bischof Kyrillos sich geweigert hatte, einer Vorladung des Statthalters Orest zu folgen, dem er vorwarf, eine jüdische Mutter zu haben und sich von Philoxenes aushalten zu lassen, »einem Juden, reich an Gold, Silber, Dienern und Herden« . . . Der Statthalter hatte Soldaten vor die Synagogen stellen lassen, aber was nutzte das schon, wenn der Bischof selbst zum Verbrechen aufrief und sich öffentlich wunderte, daß »die Juden, diese Verbrecher, die Christus, den Sohn des lebenden Gottes, gekreuzigt haben, reicher als die Christen sind . . .«

Dann begannen die Priester, die jüdischen Familien aufzusuchen, und versprachen denen, die sich bekehren lassen wollten, es würde ihnen nichts geschehen. Das Haus des Philoxenes wurde in Brand gesteckt, Joseph ben Obadia, ein junger Rabbi der Synagoge von Kanopos, wurde ermordet . . . Das Unglück nahm seinen Lauf . . .

Saul stützte die Ellbogen auf den Tisch und legte sein weißhaariges Haupt auf die dunkel geäderten Hände. Er wäre so gern in Frieden im Kreis der Seinen alt geworden . . . Er hatte sogar ein paar Monate zuvor umfangreiche Arbeiten vornehmen lassen, um »Esras Haus« zu renovieren, und jetzt fragte er sich, ob er nicht besser getan hätte, dieses Geld zu sparen, um seiner Familie die Flucht zu ermöglichen.

Salomon las, was Esra hundert Jahre zuvor geschrieben hatte. Er wußte nicht, was er seinem Vater zum Trost hätte sagen sollen.

»Was können wir schon gegen die Macht der Kirche und den Haß der Menge ausrichten?«

Salomon hatte keine Antwort. Ausharren? Fliehen? Er fügte lediglich unter den Namen seiner Kinder hinzu: »Der Ewige – gepriesen sei sein Name – erbarme sich ihrer.«

Und er schrieb das Datum dazu, denn das schien ihm auch wichtig: »4174[18] nach der Schöpfung der Welt.«

Vor dem Caesareum hatten junge Leute einen Scheiterhaufen angezündet und warfen die Papyrusrollen hinein, die sie aus den

[18] 414 n. Chr.

Synagogen der Stadt geholt hatten; die Soldaten des Statthalters Orest waren vertrieben, es herrschte keine Ordnung mehr in Alexandria. Banden streiften durch die Straßen, berauschten sich an ihrem eigenen Kampfgeschrei, am Schweiß, an der Sonne. In der Nähe des Gymnasiums lief eine Frau mit einem Säugling über die Straße; jemand sah sie und rief: »Eine Jüdin!« Sogleich packte man sie, die Menge verschlang sie gleichsam und ließ sie dann tot in ihrem Blut auf dem Boden liegen, neben ihr das Kind mit gespaltenem Schädel. Blut, Feuer und Angst stachelten die wahnwitzige Menge auf. Die kleine Synagoge im Delta-Viertel unweit von »Esras Haus« wurde in Brand gesteckt, und die Umstehenden klatschten, als die, die sich zu einem letzten Gebet dort hingeflüchtet hatten, wie brennende Fackeln aus den Fenstern sprangen . . . In einem anderen Stadtteil fesselte man Greise, die sich geweigert hatten, Christen zu werden, an die Pompejus-Säule und schnitt ihnen mit dem Messer Kreuze auf die Brust. Während das Blut auf die Marmorplatten tropfte, tanzte die Menge um sie herum . . .

An diesem Tag wurden etwa hundert Juden getötet, bevor die Legion in die Stadt einrückte – aber was würde morgen sein?

Die Nacht war schon hereingebrochen, als jemand an die Tür von »Esras Haus« klopfte. Salomon und seine Frau Myriam zuckten zusammen. Salomon hob langsam den Kopf, ohne sich von seinem Platz zu rühren. Myriam faßte ihn am Ärmel seiner Leinentunika:

»Geh nicht, Salomon! Mach nicht auf!«

Es klopfte wieder – leise Schläge, und doch so laut wie das Pochen des Herzens. Dann hörten sie Onkel Esras heisere Stimme:

»Macht auf, ich bin's.«

Esra berichtete: Zwei seiner Freunde waren gesteinigt worden, Aristobulus und Eleasar der Schmied, die beiden Söhne des Rabbi Enoch . . . Er hatte gehört, daß Bischof Kyrillos den Juden sechs Tage Zeit gebe, um sich zu bekehren oder ins Exil zu gehen . . . Am siebten Tag würde man die, die geblieben waren, umbringen . . . Aber die wichtigste Neuigkeit war, daß ein jüdischer Fischer, der Johanna, Esras Tochter, versprochen war, sich am nächsten Tag nach Karthago einschiffen wollte, wo er Vettern hatte und es der jüdischen Gemeinschaft wohl erging:

»Er ist bereit, uns mitzunehmen, aber wir müssen zwanzigtausend Sesterzen aufbringen, um den Hafen verlassen zu können.«

Die Entscheidung fortzugehen, fiel also sozusagen von selbst, und man verbrachte die Nacht damit, das Geld aufzutreiben – der Onkel verkaufte sein Haus einem Nachbarn, jeder kratzte sein Erspartes zusammen. Saul, der sich weigerte, »Esras Haus« zu verkaufen – »wir brauchen schließlich ein Dach über dem Kopf, wenn wir zurückkehren«, sagte er –, bedauerte bitter das Geld für die Reparaturen. Ihm fiel es am schwersten fortzugehen. Im letzten Augenblick wurde ihm begreiflich gemacht, daß es die Pflicht eines jeden Juden ist, Menschenleben zu retten . . . Salomon kümmerte sich um das schwarze Holzkästchen, in dem die Erinnerung der Familie ruhte.

Das Heck des Schiffes schmückte ein Gänsekopf, und es roch stark nach Fisch. Niemand aus der Familie war je aufs Meer hinausgefahren, und Saul, der Spaßvogel, fragte laut, als er auf die rohen Holzbohlen an Deck trat, ob es nicht weniger gefährlich sei, in Alexandria zu bleiben.

Die Sonne stand schon hoch am Himmel, als Amarantius befahl, das große Segel zu hissen. Das Schiff, vom Südwind getrieben, verließ den Hafen zwischen Diabathra und dem Leuchtturm. Die weiße Stadt, die sich zu entfernen schien, war in rosa Dunst getaucht. Sie konnten ihre Blicke nicht von ihr wenden.

Salomon legte seinem Vater die Hand auf die Schulter. Saul seufzte, und ohne sich umzudrehen, murmelte er mit der Stimme eines alten Mannes:

»Siehst du, es ist leichter als ich gedacht hätte . . .«

Aber als nur noch grüne Wellen den Horizont bildeten, legte Saul seinen weißhaarigen Kopf auf die Schulter seines Sohnes und schluchzte wie ein Kind.

5

Hippone
Elias und Dschemila

Sie nahmen den Duft nach Orangenblüten und Jasmin bereits wahr, bevor sie an Land gegangen waren, und die Vögel flogen um das Schiff, als hießen sie die Neuankömmlinge an Afrikas Küste willkommen. Saul, der älteste der Flüchtlinge, sein Bruder Esra und zum Schluß der Fischer Amarantius beteten, daß mit der Hilfe Gottes dieses neue Exil für ihre Familien nicht zu bitter sein möge.

Karthago war eine prachtvolle Stadt. Die Römer hatten Wert darauf gelegt, daß sie riesig, monumental, unvergeßlich sei, um denen, die sie besiegt hatten, zu imponieren. Statt einer Stadtmauer umgab sie ein Gürtel von Gärten, Villen, Olivenhainen und Weinbergen. Kaum hatte man den Fuß an Land gesetzt, wurde man mitgerissen von einem Menschengewimmel, in dem sich alle Rassen und Sprachen mischten – man sprach lateinisch und griechisch, aber auch die Sprache der Berber und punisch, das ein wenig wie das Hebräische klang. Mit seiner heißen, schweren Luft, diesem Wirbel von Rassen, Sitten und Religionen war Karthago ein neues Babel, und Saul erkannte sehr bald an der feucht- warmen Luft und der Schamlosigkeit der Blicke, daß Sonne, Meer und Geschichte sich vereint hatten, um aus Karthago eine Stätte jener Fleischeslust zu machen, die die Juden als schreckliche Versuchung und eine der schlimmsten Sünden betrachten.

Amarantius wußte nicht einmal, ob seine Vettern noch am Leben waren, aber die kleinen Leute am Hafen nahmen sich rasch der Flüchtlinge an und brachten sie ins Judenviertel, wo Amarantius bald seine weitentfernte Familie fand: David, Schamasch einer kleinen Synagoge, und Monika, eine Witwe, die zusammen mit ihren erwachsenen Kindern mit Getreide und Öl handelte.

Während der ersten Tage riß sich die jüdische Gemeinde um die

Neuankömmlinge, lud sie zum Essen ein, zum Schlafen, zum Beten. Alle Gelegenheiten waren recht, um die Neugier zu befriedigen: Wie sieht denn Alexandria aus? Stimmt es, daß in Ägypten die Christen die Juden verfolgen? Und wie konntet ihr euch retten? Wieviel kostet in Alexandria ein Scheffel Oliven? David der Schamasch blies sogar den *Schofar* in der Synagoge, damit die »Schläfer« erführen, welch ein Unglück die Brüder in Alexandria getroffen hatte, und der Rabbi zitierte den Propheten Amos: »Wie sollte das Volk nicht erwachen, wenn der Schofar in der Stadt ertönt?«

So verging das *Rosch-ha-Schana*-Fest. Die Kinder waren begeistert, liefen vom Byrsa-Hügel bis zum großen Platz am Hafen durch die von Statuen und Säulen gesäumten Alleen der riesigen Stadt und verweilten besonders gern am Forum, wo sie sich die Skiapoden[19]-Mosaiken ansahen: Sagenhafte Ungeheuer, Menschen ohne Kopf, manchmal auch nur mit einem Bein und einem Fuß, einem Riesenfuß, unter dem sie sich vor der Sonne schützten, indem sie sich auf den Rücken legten . . .

Aber diese Zeit des Müßigganges konnte nicht ewig dauern. Eines Tages nahm Monika, Amarantius' Cousine, ihre Freunde mit zu einem reichen Händler, Mattos, der in Karthago mehrere Geschäfte besaß und in Hippone[20] einen Handel eröffnen wollte:

»Das ist eine Gelegenheit für dich«, sagte Monika zu Esra. »Mattos investiert das Geld, du arbeitest für ihn, und ihr teilt euch den Gewinn. Versuch ihm zu gefallen.«

Esra war von vornherein mit allem einverstanden gewesen, noch bevor er Mattos getroffen hatte und überhaupt wußte, wo Hippone eigentlich lag. Der Händler Mattos war einer jener unglaublich dicken Männer, die sich in ihren Fettfalten verstecken, aber einen durchdringenden Blick besitzen. Ohne viel Fragen zu stellen, erklärte sich Mattos mit einem Versuch einverstanden:

»Hippone ist eine hübsche Stadt«, sagte er mit sanfter Stimme, als ob das allein ausreichte, um die ganze Familie zu überzeugen, ihr Bündel zu schnüren.

[19] Schattenfüßler (A. d. Ü.)

[20] Das alte Hippo-Regius oder Bona, heute Annaba.

Amarantius nahm sie alle wieder an Bord, und so gelangten sie, die Küste entlangsegelnd, nach Hippone. Es war wirklich eine hübsche Stadt, die nach Osten hin geschützt in einer kleinen Bucht lag.

Esra suchte sogleich einen gewissen Sertius auf, einen Geschäftsfreund des Händlers Mattos, der den Auftrag hatte, sie unterzubringen. Das Geschäft befand sich unter den Arkaden, an einer Ecke des Marktplatzes. Es bestand aus einem großen, quadratischen Raum mit einer Steintheke, die zur Straße hinausging, und einem ganz neuen Pondetarium: einer Steinplatte, auf der man die Maße und Gewichte aufhängte.

Sie fanden eine Wohnung in einem hohen, schmalen Haus am Rande des Judenviertels in der Nähe der Stadtmauer, die den Seybouse, einen breiten Fluß, überragte. Da sich im Erdgeschoß ein Holzlager befand, das einem christlichen Bäcker gehörte, richtete Esra sich mit den Seinen im ersten Stock ein – Johanna war untröstlich, weil sie von Publius getrennt war, der wieder nach Karthago zurückkehren mußte –, während Saul, Salomon, Myriam und die Kinder Elias und Gamaliel den zweiten Stock bezogen.

Für wie lange ließ man sich hier nieder? Bis zur nächsten Verfolgung? Bis zum Ende aller Zeiten?

Wie in Karthago wurden sie von der jüdischen Gemeinde freundschaftlich und voller Neugier empfangen. Rabbi Joseph hieß Saul und Salomon nicht ohne Rührung willkommen – tief beeindruckt von den Kenntnissen des alten Saul stellte er ihn in der Synagoge als den Weisen der Weisen vor, einen Gerechten und großen Kenner der Mischna, der wie einst Moses aus Ägypten gekommen sei . . .

Rabbi Joseph war ein Mann langsamer Bewegungen und bedächtiger Worte, der vergebens seit Jahren den Stadtrat um die Erlaubnis bat, seine Synagoge vergrößern zu dürfen, ein ziemlich düsteres, von Zypressen umgebenes, quadratisches Gebäude oberhalb der nach frischem Brot duftenden Straße der Bäcker. Es war der Kampf seines Lebens geworden, und er war überglücklich, Salomon die Sorge zu überlassen, den Kindern des Viertels Schreiben und Lesen beizubringen: Auf diese Weise konnte er sich ganz der Aufgabe widmen, die Ädilen[21] zu überreden.

[21] Römische Beamte, denen u. a. das Bauwesen unterstand (A. d. Ü.)

Und so richteten sie sich nach und nach ein. Während Salomon unterrichtete, machte Esra die ersten Einkäufe. Aber da er gezwungen war, sich bei Zwischenhändlern einzudecken und obendrein auf ein gerüttelt Maß an Mißtrauen stieß, das seine Konkurrenten gesät hatten, kam er nicht auf seine Kosten. Er fragte deshalb Sertius um Rat, der ebenso gesprächig wie Mattos schweigsam war:

»Das Öl«, sagte er, »muß man dort kaufen, wo es aus der Presse kommt, und das Korn, wo man es erntet. Und wo erntet man es, wirst du mich jetzt fragen. Ganz einfach, bei den Bauern. Und wo sind die Bauern?«

Nach diesem Frage- und Antwortspiel erfuhr Esra von Sertius, das beste sei, zwei Karren zu mieten und zum Markt nach Cirta[22] oder noch besser, bis nach Thamugadi[23] zu fahren, das noch weiter ablag und wo die Preise konkurrenzlos waren: »Sogar Juden kommen dorthin, Berber, die zum Gott Israels beten.«

»Ist es weit?« fragte Esra, der sich in seinem Alter nicht mehr vorstellen konnte, die Landstraßen entlangzuziehen.

»Weit, weit, das hängt davon ab, was du unter weit verstehst, ob du schnell gehst oder nicht, ob dich unterwegs Räuber anfallen, ob du rasch wieder zurückkommen willst oder nicht . . .«

Und schließlich sagte er, als hätten sie sich nach langem Handeln auf einen Preis geeinigt:

»Ein Monat hin und zurück, einverstanden?«

Man beschloß also, mit zwei Wagen zum Frühjahrsmarkt nach Thamugadi in den südlichen Bergen zu fahren. Alexander, einer von Esras Söhnen, und Elias, Salomons Ältester, sollten die Reise zusammen mit drei Männern machen, die ihnen Mattos empfohlen hatte.

Salomon hatte sehr bald viele Schüler. Die Kinder mochten die Art, in der er die Geschichten aus der Heiligen Schrift erzählte und wie er sie in einer gelegentlich sehr persönlichen Art kommentierte. So erklärte er zum Beispiel, einst habe es sehr viele Götter gegeben und dies sei der Grund, weshalb man *»Elohim«* im Plural sagte, denn es habe mehrere Götter gebraucht, um dem Schöpfer der Welt

[22] Das späte Constantin
[23] Heute: Timgad bei Batna.

– gepriesen sei sein Name –, der sie alle in sich vereine, seine Bedeutung zu geben.

Rabbi Joseph war nicht immer mit Salomons Kommentaren einverstanden, aber da er von Tag zu Tag mehr Schüler in seine Schule und mehr Gläubige in die Synagoge zog, nahm er dies zum Argument beim Stadtrat, um noch dringlicher um seine Erlaubnis zu bitten:

»Unsere Synagoge«, klagte er, »wird von Tag zu Tag kleiner.«

Aber offenbar amüsierte man sich nur über Rabbi Josephs Hartnäckigkeit: Man verweigerte ihm beharrlich diese umstrittene Erlaubnis, während man der Synagoge der vornehmen Viertel zwischen Meer und Hügel jede nur denkbare Unterstützung zuteil werden ließ.

Gamaliel, der rasch erwachsen wurde, unterstützte seinen Vater bald in der Schule der Synagoge. Er las vor und korrigierte die Diktate; sein ganzes Leben lang erinnerte er sich an jene glückliche Zeit, die er mit dem Unterrichten der Kinder verbrachte; stille Stunden, die nur unterbrochen wurden, wenn die Bäcker der Straße geräuschvoll das Brot aus dem Ofen holten. Da er eine Begabung für das Schreiben hatte, beschäftigte Rabbi Joseph ihn bald als Schreiber; so wurde die Familientradition aufrechterhalten.

Eines Sonntags waren Salomon und Gamaliel gerade auf dem Nachhauseweg. Es war schon spät, und sie beeilten sich, denn sie wußten, daß sich die Christen an diesem Tag, an dem Geschäfte und Vergnügungen für sie verboten waren, langweilten und oft die Gelegenheit ergriffen, Juden oder Heiden zu provozieren.

Doch diesmal entkamen Salomon und Gamaliel ihnen nicht. Eine Schar junger Leute versperrte ihnen plötzlich den Weg: »Na, ihr Juden«, sagte einer von ihnen, »wohin so eilig?«

Salomon ging weiter, als seien die anderen für ihn Luft.

Einer der jungen Burschen, ein großer mit breitem Gesicht, hielt ihn auf:

»Aha, Jude, man ist wohl stolz? Man redet nicht mit Christen?«

Und plötzlich packte er Salomon mit einer heftigen Bewegung vorn an seinem Kleid, während er ihm einen Faustschlag mitten ins Gesicht versetzte. Das Blut schoß Salomon aus der Nase, und die Übeltäter verdrückten sich.

Gamaliel sah zu, wie sein Vater sich am nächsten Brunnen wusch. Er liebte ihn sehr, und das nicht nur, weil er sein Vater, sondern auch, weil er ein sanfter, freundlicher Mensch war, der sich stets um andere sorgte. Gamaliel fand, er hätte an seiner Stelle kämpfen, ihn zumindest verteidigen müssen; aber er hatte nichts getan, hatte es einfach geschehen lassen. Auch diese Szene vergaß er nie.

Im Frühjahr brachen Alexander, Elias und ihre drei Begleiter nach Thamugadi im Südwesten auf. Sie waren mit Proviant versehen und den dringenden mütterlichen Ermahnungen, die von »paß auf, daß du dich nicht erkältest« bis zu »wenn Räuber euch angreifen, gebt ihnen alles, was ihr habt« gingen. Man warnte sie vor Löwen und wilden Hunden, und am Ende wußten sie nicht, ob sie diese mehr fürchten sollten als die »Circumcellionen«, wie man jene Räuberbanden, Männer und Frauen, nannte, häretische Christen, die Furcht und Schrecken in den Landstrichen verbreiteten, die von den orthodoxen Christen beherrscht waren: Sie raubten, brandschatzten und vergewaltigten. »Deo laudes! Zu Gottes Lob!« war ihr Kriegsruf.

»Diesmal nützt es uns vielleicht, daß wir Juden sind«, sagte Elias, um sich selbst Mut zu machen.

Denn an diesem frühen Morgen, als sie die Maultiere vor die Karren spannten, waren die beiden Vettern eher kleinlaut. Was für ein Abenteuer, ihr junges Leben auf fernen Straßen aufs Spiel zu setzen! Hinter Hippone folgten sie eine Zeitlang einem säulengeschmückten, gepflasterten Weg: die Militärstraße, die geradeaus nach Thagaste und Theveste[24] oder, wenn man rechts abbog, was sie bald taten, nach Thamugadi und Lambaesis führte: In der Nähe von Siedlungen war sie breit, gepflastert, aber während des restlichen Weges steinig. Der jüngste von Mattos' Männern, Optat, ging voran und führte den großen Wagen, in dem sie die Ölkrüge verstaut hatten. Manchmal mußten sie zur Seite an den Straßenrand ausweichen, um in einer ockerfarbenen Staubwolke einen Boten der kaiserlichen Post vorbeizulassen.

Sie gewöhnten sich rasch an den Rhythmus der Tage, an die Begegnungen, an die langen Wegstrecken, deren Eintönigkeit nur

[24] Heute: Souk-ahras und Tebessa.

durch das Quietschen der Radachsen unterbrochen wurde. Manchmal sangen sie, manchmal erzählten sie sich Geschichten, wahre oder erfundene: »Hast du schon mal was mit einer Frau gehabt?« »Wer? Ich?« – »Ja, du!« Oder sie redeten endlos über einen kleinen Zwischenfall während der Reise, ein besonderes Merkmal der Landschaft. Nach den reichen Ebenen und den bewaldeten Tälern kamen sie jetzt durch ein nacktes Tafelland mit niedrigem mageren Gestrüpp, auf dem wilde Esel weideten, die vor ihnen davonliefen. In weiter Ferne zeichneten sich die unwirklichen Bergketten ab. Es kam ihnen so vor, als sei der Himmel höher als anderswo und die Luft reiner.

Wenn sie nicht das Glück hatten, abends in einer Karawanserei übernachten zu können – sie konnten die Launen der Maultiere und damit die Länge der Wegstrecke nicht im voraus bestimmen –, hielten sie abwechselnd Wache, allein unter den weißen, kalten Sternen. Es schien ihnen, als hätten sie bald die ganze Erde durchmessen. Manchmal begegneten ihnen römische Patrouillen, und dann fragten sie sich, was die Römer wohl für einen Vorteil davon hatten, diese Wüste unter ihrer Verwaltung zu halten. Sie hatten gehört, daß Alarichs Wandalen Rom erobert und verwüstet hatten. In Hippone sagte man, das Reich löse sich langsam auf und in Afrika würde es sich noch am längsten halten.

Endlich tauchte Thamugadi in einem weißen und ockerfarbenen Hitzeschleier auf und zeichnete sich von dem Blauviolett der Berge ab, die den Horizont begrenzten. Verblüfft entdeckten die beiden Vettern eine richtige römische Stadt, schachbrettartig angeordnet, die breite, säulengeschmückte Alleen durchzogen und die einen Zirkus, ein Theater, einen Triumphbogen und im Norden ein monumentales Tor besaß, durch das sie hindurchgingen.

Der Markt mit seinem Gewimmel von Käufern, Verkäufern und Neugierigen, dem Geschrei und den Tierlauten, seinen Jongleuren, Tänzern und Sklavenhändlern stand in vollkommenem Gegensatz zu dem Pomp der Architektur, und Alexander und Elias fühlten sich hier gleich wie zu Hause.

An diesem Tag hatten sie keine Zeit mehr, ihre Einkäufe zu tätigen, aber nachdem sie einen Platz zum Übernachten gefunden hatten, wollten sie die Stadt noch ein wenig erkunden. Vor dem

Markt lagerten Herden von Kamelen und schwarzen Ziegen, die von dunkelhäutigen Kindern bewacht wurden. Nicht weit entfernt standen die Zelte der Nomaden, die Datteln oder Öl verkauften.

»Sind das die jüdischen Berber?« fragte Alexander Optat.

»Nicht alle Berber sind Juden«, erwiderte Optat. »Frag sie doch mal.«

Optat und die beiden Vettern gingen auf ein paar junge Mädchen zu, die an einem Brunnen warteten, bis die Reihe an ihnen war. Sie gingen barfuß, trugen gestreifte Kleider, und einige von ihnen waren blond. Als die jungen Burschen auf sie zutraten, fingen sie alle gleichzeitig an zu schwatzen und zu kichern.

»Mein Freund möchte euch fragen«, sagte Optat auf punisch, »ob ihr Juden seid?«

Die Mädchen lachten noch lauter und schoben dann eine von ihnen vor:

»Wir glauben an einen einzigen Gott, den Gott Israels«, antwortete diese.

»Also seid ihr Juden.«

Alexander hatte es fast triumphierend festgestellt, als sei das sozusagen sein Verdienst, und warf sich vor dem jungen Mädchen in Pose. Dieses senkte verlegen die Augen. Tausend blonde Zöpfchen umgaben sein fast schwarzes Gesicht, und sein weites Kleid war von einem viereckigen Leinentuch bedeckt, dessen Zipfel über die Schultern hochgeschlagen waren. Der Wind preßte den Stoff gegen seinen schmächtigen, aber gelenkigen und zähen Körper. Elias, der reglos hinter Optat und Alexander stand, war wie vom Blitz getroffen.

»Wie heißt du?«

»Dschemila.«

»Ich heiße Alexander und mein Freund Optat.«

Dschemila hob ihre langen Wimpern und sah Elias an, der glaubte, den Boden unter seinen Füßen zu verlieren.

»Und du?« fragte sie.

Sie hatte goldfarbene Augen, und Elias wußte schon, daß er ohne sie nicht leben konnte. Er wollte seinen Namen sagen, aber zu seiner großen Verwirrung hörte er, wie er erwiderte:

»Dschemila.«

Die Mädchen und die Jungen, alle Umstehenden brachen in lautes Gelächter aus, und er rannte davon. Am nächsten Tag machten sie die Runde über den Markt, nahmen mit den Händlern Kontakt auf und fingen an zu rechnen: Das Öl war hier halb so teuer wie in Hippone bei den Großhändlern.

An diesem Tag sah Elias Dschemila nicht, und er war todtraurig. Am nächsten Tag, dem Sabbat, sah er sie von der Stadtmauer aus: Sie stand zwischen Zelten, inmitten ihrer Familie, die an diesem Tag nicht arbeitete. Sie waren also wirklich Juden. Komische Juden, diese Nomaden unter freiem Himmel, mit ihren Kamelen und Ziegen. Nie hätte Elias so etwas für möglich gehalten. Und während er oben von der Stadtmauer aus seine Geliebte beobachtete, schien ihm, als blicke sie in seine Richtung . . .

Am Sonntag schlossen Alexander, Elias und Optat ihre Geschäfte ab. Sie kauften vorwiegend bei den jüdischen Berbern, deren Oberhaupt, Thabet, Dschemilas Vater war; er machte ihnen besonders günstige Preise.

Am Abend richtete Elias es so ein, daß er allein am Fuß der Stadtmauer entlangschlenderte. Und wie zufällig begegnete er Dschemila, die mit einem Krug auf dem Kopf vom Brunnen kam.

»Morgen müssen wir wieder fort«, sagte er.

»Also dann, leb wohl.«

Sie ging weiter und sah beharrlich geradeaus.

»Warum bleibst du nicht einen Augenblick stehen?«

»Weil meine Mutter auf dieses Wasser wartet. Und weil du wieder fortgehst und wir uns nicht wiedersehen.«

Elias war verzweifelt.

»Ich werde dich nicht vergessen«, sagte er. »Ich komme wieder.«

Er ging neben ihr.

»Kann ich dir helfen?« fragte er. »Soll ich den Krug tragen?«

»Nein, das ist Frauenarbeit. Wir sind auch schon da. Laß mich jetzt gehen.«

Sie drehte sich aber doch zu ihm um und sagte fast herausfordernd:

»Zum Herbstmarkt bin ich wieder hier. Dann werden wir ja sehen, ob du mich nicht vergessen hast.«

In der Nacht kam ein Sandsturm auf, und sie konnten sich drei

Tage lang nicht auf den Weg nach Hippone machen. Als der Himmel endlich wieder klar war, lag der Markt verlassen da, und die Zelte der Berber unterhalb der Stadtmauer waren verschwunden. Vergebens wandte Elias den Blick nach Süden, wo das Land dieser geheimnisvollen Juden lag. Der Wind hatte alle Spuren verweht. Es war niemand mehr da, und für Elias hatte diese herrliche Landschaft nur etwas unendlich Trostloses.

Das Leben in Hippone ging seinen Gang, und Ägypten verschwamm immer mehr wie eine Kindheitserinnerung – selbst Myriam verbrachte nicht mehr ihre Zeit damit, ständig Vergleiche anzustellen. Johanna, Esras Tochter, und Publius, der Sohn des Fischers Amarantius, heirateten endlich, aber kurz darauf kam Amarantius eines Tages vom Fischen nicht mehr zurück. Gamaliel machte der Tochter von Rabbi Noe aus dem Viertel der reichen Villen schöne Augen, worüber dieser, ein bedeutender Mann, nicht besonders glücklich schien.

Eines Tages ließ der Bischof von Hippone, Augustin, Rabbi Joseph fragen, ob er ihm in einem Wortstreit anläßlich einer neuen Bibelübersetzung helfen wolle. Rabbi Josephs erste Reaktion war, abzulehnen, aber dann dachte er, daß er vielleicht mit Unterstützung des Bischofs die Erlaubnis zur Vergrößerung seiner Synagoge bekäme. Er bat den alten Saul, ihn zu begleiten.

Der Bischof, ein hochgelehrter und geachteter Mann, hielt jeden Tag im Secretarium der Basilika oder im Säulengang des Hofes neben der Kirche Audienz ab und versuchte, die zahlreichen Händel, die seine streitsüchtigen Schutzbefohlenen miteinander ausfochten, zu schlichten.

Zu dieser Zeit war Augustin sicherlich schon über fünfundsechzig Jahre alt; er war von schwächlicher Gesundheit, aber von geradezu überwältigender Aktivität: Er predigte, schrieb, unterhielt eine enorme Korrespondenz, widmete sich der Meditation und der Exegese mit unermüdlichem Eifer. Er hatte leidenschaftlich gegen die verschiedenen Formen der Ketzerei gekämpft, die die Christenheit spalteten. Das Ansehen, das er sich dabei erworben hatte, machte ihn zu einem der erlauchten Geister seiner Zeit.

Er zögerte nicht, Beziehungen zu den Juden aufzunehmen und lehrte seine Priester, ihnen mit Liebe und Demut zu begegnen: »Wir sollten uns nicht«, so sagte er, »überheblich gegen die abgeknickten Zweige vom Baume Christi wenden . . .«

Rabbi Joseph und Saul wußten nicht so recht, wie sie seine Bitte deuten sollten, und so begaben sie sich nicht ohne Mißtrauen zum Secretarium der Basilika Major.

Als sie ankamen, schien der Bischof gerade der Banalität der Rechtshändel, die man ihm unterbreitete, und der Streitsucht der Parteien mehr als überdrüssig zu sein.

»Mir scheint«, sagte er, »daß ihr geradezu versessen auf Prozesse seid, obgleich es sich dabei nur um Zeitverschwendung handelt und um eine stete Quelle des Verdrusses! . . . Da ist es noch tausendmal besser, eurem Gegner das zu geben, was er verlangt, als so eure Zeit zu vergeuden und eure Seelenruhe aufs Spiel zu setzen.«

»Willst du der Ungerechtigkeit Vorschub leisten?« fragte der Kläger, an den er sich gewandt hatte.

Der Bischof wischte mit einer energischen Handbewegung seinen Einwand beiseite:

»Du weißt genau, jeder Dieb wird am Ende stets von einem noch größeren Dieb bestohlen.«

Man meldete ihm die Ankunft von Rabbi Joseph und Saul, und er befahl, sie sogleich zu ihm zu führen. Er begrüßte sie voller Herzlichkeit:

»Seid willkommen«, sagte er. »Der allmächtige Gott möge euch beide segnen.«

»Amen«, erwiderte Rabbi Joseph.

Augustin, der froh war, sich von seiner Audienz erholen zu können, erklärte ihnen, ein Eremit aus Bethlehem, Hieronymus, habe eine neue Bibelübersetzung angefangen, die hier und da von der Version der Septuaginta abweiche. Aber er selbst, Augustin, hieße nicht alle Neuschöpfungen des Hieronymus gut, und sie unterhielten deswegen einen eifrigen Briefwechsel. Im Augenblick ginge es für sie um das Problem, was das für eine Pflanze sei, *Kikayon* auf hebräisch, in deren Schatten der Prophet Jonas ruhte.

»Ihr kennt diese Stelle, nicht wahr?« fragte er.

Die beiden Juden nickten. Sie sahen sich an, und Saul erwiderte:

»Ich weiß nicht, was Rabbi Joseph denkt«, sagte er, »aber meiner Meinung nach bezeichnet Kikayon einen Rizinusbaum.«

Augustin triumphierte:

»Hieronymus behauptet, es sei Efeu.«

»Ich denke auch, daß es sich um einen Rizinusbaum handelt«, bestätigte Rab Joseph. »Aber ich schlage vor, diese Frage den Rabbinern von Oea in Tripolitanien zu stellen. Sie sind sehr viel klüger als wir.«

»Gut«, sagte Augustin, »schreib ihnen und bring mir rasch den Brief, damit ich ihn der kaiserlichen Post anvertrauen kann.«

Bevor er sich wieder seinen streitbaren Parteien widmete, erkundigte er sich freundschaftlich, ob er etwas für sie tun könne, und Rabbi Joseph, der vor Aufregung stotterte, erzählte ihm von seiner zu kleinen Synagoge und den abschlägigen Bescheiden der Ädilen. Der Bischof versprach, seinen Einfluß geltend zu machen und fügte lächelnd hinzu:

»Wenn du deine Synagoge vergrößerst, werde ich eine neue Kirche bauen müssen, sonst werden mir meine Gläubigen untreu . . .«

Ein paar Wochen später bekam Rabbi Joseph endlich seine Erlaubnis und Augustin die Antwort der Rabbiner von Oea: Es handelte sich tatsächlich um einen Rizinusbaum – was dem Bischof von Hippone und seinen jüdischen Übersetzern von seiten des Hieronymus die spöttische Bezeichnung »Cucurbitrarii«[25] eintrug.

Natürlich heirateten Elias und Dschemila. Es gab sogar zwei Hochzeiten: Die erste in Hippone, die man sieben Tage lang feierte – Bischof Augustin ließ einen Früchtekorb überbringen –, und die zweite im darauffolgenden Frühjahr in Thumar im Auresgebirge. Hunderte von Dscheruahs waren aus den benachbarten Zeltlagern gekommen, und die Zeremonie, eine Mischung jüdischer und heidnischer Riten, hatte den alten Saul entsetzt.

Esra, der im Geschäft bleiben mußte, konnte nicht die lange Reise nach Thumar machen, aber Saul, Salomon, Myriam und Gamaliel hatten es sich nicht nehmen lassen, ihren Enkel, Sohn und Bruder in diesen einsamen Landstrich, wo er in Zukunft leben wollte, zu begleiten. Thabet hatte sie mit dem entsprechenden Zeremoniell und großer Ehrerbietung empfangen, aber als die Feiertage vorüber

[25] Von Cucurbita (lat.) = Der Kürbis
Arbitarius (lat.) = der Schiedsrichter (A. d. Ü.)

und die Zeit dafür gekommen war, gab er den Befehl zur Herdenwanderung; eines Morgens brachen die Dscheruahs mit ihren Tieren auf und ließen nur die Alten, Kranken und die Familie aus Hippone in den Zelten zurück . . .

Und als sie in dem Gebirge mit den steilen roten und schwarzen Felswänden die Schar der Kamele, Ziegen und Esel verschwinden sahen, gefolgt von den hin und her laufenden Familien, die die Kinder zusammenzuhalten versuchten, sahen Salomon und Myriam sich an, wie um sich zu versichern, daß dies alles ein Traum sei: Oder war es Wirklichkeit, daß ihr Sohn in Zukunft dieser Welt angehörte? Erst als sie wieder zurück in Hippone waren, gestanden sie sich ein, daß es kein Traum gewesen war. Und sie bedauerten es auch nicht: Elias und Dschemila schienen glücklich miteinander zu sein.

Ich mußte nach Jerusalem fliegen, wo ich eine Ausstellung hatte. Zwischen dem Aufhängen der Bilder und den Gesprächen mit den Kritikern blieb mir ein wenig Zeit, und ich kam auf die Idee, den alten Rabbi zu besuchen, dem ich an einem Regentag begegnet war und der meinte, er habe ein Buch aus dem Verlag meines Großvaters.

Ich traf ihn so wieder, wie ich ihn verlassen hatte, zeitlos, mit dem Streimel, den Schläfenlocken, dem schwarzen, abgewetzten Kaftan. Er erkannte mich ohne Zögern wieder: »Seien Sie gegrüßt!« sagte er, »setzen Sie sich. Es ist höchste Zeit, daß Sie kommen.«

Er bemerkte, daß ich an sein hohes Alter dachte, und reagierte mit einem heiteren Glucksen:

»Oh, mir geht es ausgezeichnet. Nur mit dem Viertel steht es nicht zum Besten.«

Die Israelis hatten in der Tat umfangreiche Sanierungsarbeiten begonnen, und ich hatte Mühe gehabt, die Straße wiederzuerkennen.

Er griff, ohne zu zögern, zwischen den Gebetsbüchern nach einem kartonierten Buch mit einem roten, vor Feuchtigkeit bräunlich gewordenen Einband. Es stand da, er brauchte nur die Hand auszustrecken, als hätte Rab Chaim jeden Tag seit meinem Besuch bei ihm vor einem Jahr auf mich gewartet.

»Geben Sie acht«, sagte er, »es ist vom Alter brüchig geworden.«

Er zögerte, es mir anzuvertrauen.

»Es sind Talmud-Kommentare. Man verliert nie seine Zeit, wenn man Talmud-Kommentare liest, aber Sie werden auch einen Brief darin finden.«

»Einen Brief?«

»Einen Brief Ihres Urgroßvaters.«

Er legte das Buch auf den Tisch, öffnete es, wie man einen Tabernakel öffnet, und nahm ein einmal gefaltetes Blatt Papier heraus, das mit schönen, schrägen Schriftzügen bedeckt war, deren Tinte stellenweise verblaßt war.

»Sehen Sie«, sagte er ganz aufgeregt, »können Sie das lesen?«

Er entfaltete den Brief auf dem Tisch und las ihn mir feierlich vor, wobei er mit dem Zeigefinger den Zeilen folgte:

»Meinem teuren, tugendhaften und weisen Bruder, Rab Schlomo Levi, Chasan an der Synagoge von Whitechapel, möge ihm ein langes Leben beschieden sein!

Diese wenigen Zeilen, um Dir zu sagen, daß ich, Gott sei gedankt, bei guter Gesundheit und zufrieden bin. Möge der allmächtige Gott geben, daß wir voneinander stets nur Angenehmes und gute Nachrichten hören, möge er uns Heil und Trost zuteil werden lassen. Amen.

Vor ein paar Tagen habe ich erfahren, daß wir mit dem berühmten Rabbi aus Gora verwandt sind. Er heißt Ichte-Meir Alter. Das ›H‹ unseres Namens soll von den Franzosen hinzugefügt worden sein, als es unseren Großeltern erlaubt wurde, einen Personenstand zu führen. Du weißt, daß sie zur Zeit Napoleons einige Zeit in Straßburg gelebt haben. Einer unserer Vorfahren, Samuel ... (unleserlich) nach Polen. Ist das nicht eine interessante Neuigkeit? Ich habe vor, bald einmal nach Gora zu reisen, um dem Rabbi davon zu berichten. Möge ihm ein langes Leben beschieden sein! Erinnerst Du Dich an unsere Familiengeschichten aus Cordoba, die Großonkel Rab Abraham uns erzählte? Und die aus Narbonne? Und die (unleserlich) Briefe und Erinnerungen, durch die ich etwas über jene Zeit erfahren kann. Wenn der Ewige es so fügt, werde ich Dir in meinem nächsten Brief ausführlich von meinen Nachforschungen berichten.

Inzwischen gebe Gott Dir Gesundheit. Grüß Deine liebe Frau, Deinen Schwiegervater, Deine Schwiegermutter und die Kinder von mir. Herzlichst!

Dein Bruder
Meir-Ikhiel.«

Dieser Brief verriet mir nicht viel, aber ich mußte erst die einzelnen Elemente anhand der Karteikarten, die in Paris geblieben waren, miteinander in Verbindung bringen. Ich bat Rab Chaim um den Brief, aber er wollte sich nicht davon trennen. Ich konnte ihn gerade noch überreden, mich zu einer kleinen Schreibwarenhandlung in der Nähe des King-David-Hotels zu begleiten, wo eine junge Jemenitin den Brief fotokopierte. Ich versprach Rab Chaim wiederzukommen, um ihm von meinen Fortschritten zu erzählen, und dankte ihm von Herzen. Wie viele alte Leute mochte er es nicht, daß man von ihm ging, und er ließ durchblicken, daß er vielleicht noch andere Bücher besäße, die mein Urgroßvater gedruckt hatte.

Am selben Abend war ich mit Professor Dov Sadan von der Universität Jerusalem verabredet. Trotz seines Vornamens – Dov heißt auf hebräisch Bär – war er klein und lebhaft, hielt es nie lange an einem Fleck aus und sah unter seinem weißen Haarkranz wie eine Trickaufnahme von Ben Gurion aus. Seine Frau brachte uns Kaffee und Käsekuchen – ein israelischer Brauch. Ich zeigte ihm die Fotokopie des Briefes meines Urgroßvaters. Dov Sadan kletterte von seinem Hocker herunter und gestikulierte mit den kurzen Armen:

»Ihr Urgroßvater hat sich geirrt«, sagte er. »Alter ist kein Name, und das ›H‹ stammt nicht aus der napoleonischen Zeit. Auf deutsch heißt Halter der Hirte, der Schäfer, aber die Juden haben in Deutschland nie Schafe gehütet, und mir scheint, man muß Halter deshalb mit ›Hüter des Volkes und seiner Gesetze‹ übersetzen.«

»Und warum ist Alter kein Name?«

»Eine gute Frage. Alter leitet sich im Deutschen von ›alt‹ ab. Im Mittelalter gab man einem kranken Kind den Namen ›Alt‹, um den Todesengel zu täuschen. Wenn dieser dann kam, um das Kind zu holen, sagten die, die neben der Wiege standen: ›Warum kommst du, um dies Geschöpf zu holen? Es ist alt, es nützt dir nichts. Laß es in Frieden seine Tage beenden . . .‹

»Und das funktionierte?«

»Offenbar ja. Alle Tricks funktionieren irgendwann einmal.«

»Aber Dov«, sagte ich, »ich hatte Vorfahren, die Hirten waren.«

Er kletterte wieder auf seinen Hocker, schob die Brille auf die Stirn und sah mich an, als wolle er herausfinden, ob ich mich über ihn lustig mache oder nicht.

»Hirten, Sie meinen wirklich Hüter von Herden?«

Und mit beiden Händen füllte er den Raum mit Schafen und Ziegen.

»Ja«, erwiderte ich. »Meine Familie hatte sogar Kamele. Das war im Auresgebirge. Mein Vorfahr Elias hatte gerade Dschemila geheiratet . . .«

6

Hippone
Unter dem Gesetz der Wandalen

Das römische Kaiserreich lag im Sterben. Unruhen aller Art erschütterten das Imperium, das seine letzte Kraft schwinden sah und von den Schlägen, die die Kirche hinzunehmen hatte, noch zusätzlich geschwächt wurde. Bonifacius, Graf von Afrika und Feldherr der römischen Armeen, war ein treubrüchiger Soldat, der das Land auf eigene Rechnung plünderte. Die letzte Verkörperung des römischen Gedankens, soweit er sich mit dem Christentum deckte, war Augustin, der alte Bischof von Hippone, der mit zweiundsiebzig Jahren darum bat, sich mehr den Studien widmen zu dürfen.

Aber in diesem Augenblick traten die Wandalen auf den Plan. Sie hatten Rom geplündert, waren durch Gallien gezogen, in Spanien eingefallen, und ihre Horden sammelten sich nun vor den Herkulessäulen[26]. Für viele Räuberbanden von weniger großer Bedeutung war das wie ein Signal. Die alten Circumcellionen, die Wanderprediger, die Nomaden aus dem Süden und die Mauren aus dem Atlasgebirge wechselten einander ab, um dem römischen Reich den letzten Schlag zu versetzen. Der Graf von Afrika rief in seiner Not die Wandalen zu Hilfe: Er soll sogar ihrem Führer, Geiserich, angeblich vorgeschlagen haben, Afrika mit ihm zu teilen.

Die Horde der Wandalen brach in das Land ein und raubte Numidien aus. »Einst blühende und dichtbesiedelte Landstriche«, schrieb Bischof Augustin, »sind in Wüsteneien verwandelt.«

Es wurde geplündert, gemordet, zerstört. Die Bevölkerung floh wie eine Viehherde vor dem Feuer und suchte den Schutz der befestigten Städte, die jedoch eine nach der anderen fielen.

Zu dieser Zeit starb in Hippone der alte Saul, mehr vor Trauer als

[26] Im Altertum der Name der an der Meerenge von Gibraltar gelegenen Vorgebirge (A. d. Ü.)

an Altersschwäche. Salomon wurde mit einem Mal zum Vater, zur Autorität, zum Haupt der Familie, und er trug schwer an dieser Last. Während der sieben Tage der Schiwa dachte er an seinen eigenen Sohn, oben, in den violetten Bergen, mit seinen Kamelen und Dattelbäumen, und als die Schiwa beendet war, sagte er den Seinen, die einzige Möglichkeit, den Wandalen zu entkommen, sei, Hippone zu verlassen und bei Elias Schutz zu suchen.

Esra, dessen Geschäft nicht zuletzt wegen der Flüchtlinge blühte, zog es vor, in Hippone zu bleiben. Salomon machte sich also mit seiner Frau Myriam, seinem zweiten Sohn Gamaliel und seiner Schwiegertochter Monika auf den Weg. Nach langem Zögern beschloß er, Abrahams Rolle mitzunehmen: Er trug von nun an die Verantwortung für die Erinnerung der Familie, und die Gefahren der Flucht schienen ihm weniger groß als die einer Stadt, die der Plünderung und Verwüstung ausgesetzt war.

In diesem Augenblick warf der Graf von Afrika, Bonifacius, sich nach einem neuerlichen Gesinnungswechsel zum Verteidiger der Kirche und des Imperiums auf und verschanzte sich in Hippone. Salomon und die Seinen hatten gerade noch Zeit, ihr Bündel zu schnüren. Bevor sie aufbrachen, zitierte Salomon Jeremias:

»Wer darf denn sagen, daß solches geschehe ohne des Herrn Befehl, und daß nicht Böses und Gutes komme aus dem Munde des Allerhöchsten?«

Thumar war ein Dorf, das an eine Felswand gebaut war und oberhalb des Tales lag, durch das das Leben floß: ein Bach, der eine Oase mit Datteln- und Tamarindenbäumen bewässerte. In Thamugadi hatte Salomon einen Führer genommen, und sie hatten sich unterwegs kaum aufgehalten. Aber als sie am Fuß des Gebirges, in dem Thumar lag, ankamen, erwartete sie bereits der ganze Stamm der Dscheruahs mit Thabet an der Spitze und Elias und Dschemila mit ihrem Neugeborenen, Telilan. Die Frauen stießen Willkommensschreie aus, die Männer schlugen auf kleine Trommeln, und die Kinder rannten ganz aufgeregt im Staub umher: Solche Ereignisse waren selten.

Als Elias seinen Eltern und seinem Bruder gegenüberstand, ihre Stadtkleidung und ihre feinen Gesichtszüge musterte, begriff er, wie anders er geworden war. Er bemühte sich, ihnen die Eingewöhnung zu erleichtern. Thabet wies ihnen drei Würfel aus braunem Lehm zu, deren Eingang die einzige Öffnung bildete, und sie richteten sich mehr schlecht als recht darin ein. Eine alte Frau, Thabets Mutter, brachte ihnen jeden Morgen Brotfladen, ein bißchen saure Milch und Datteln.

Thabet behandelte die Familie seines Schwiegersohnes mit großer Ehrerbietung, aber er wachte auch darüber, daß durch die Anwesenheit der Juden aus der Stadt sich keine der Sitten und Gebräuche des Stammes änderte. Als der Winter kam, ein harter, weißer und windstiller Winter, schlug Salomon vor, die Kinder und die Erwachsenen, die es interessierte, Hebräisch und die Thora zu lehren. Thabet hatte nichts dagegen; er selbst ließ keine einzige der Stunden aus: Sicherlich ging es ihm dabei weniger um eine Überwachung des Unterrichts als darum, nicht das Risiko einzugehen, eines Tages weniger zu wissen als die, die ihm untertan waren. Seine Furcht war nicht ganz ungerechtfertigt: die Dscheruahs, beeindruckt von Salomons Weisheit, fingen an, ihm Fragen zu stellen, ihn um Rat zu bitten und sogar sein Urteil einzuholen, um ihre Streitigkeiten beizulegen.

Elias warnte seinen Vater:

»Thabet wird denken, du willst ihn um seine Macht bringen. Du solltest mit ihm reden.«

Salomon stattete dem Chef der jüdischen Berber einen Besuch ab.

»Der Ewige – gepriesen sei sein Name – möge dich beschützen«, sagte Salomon. Thabet, der vor einem glimmenden Reisigfeuer saß, ließ eine Kette aus Amberkugeln durch die Finger wandern.

»Amen«, erwiderte er.

»Ich wollte mit dir reden, Thabet.«

»Rede!«

»Unsere Kinder sind verheiratet und haben einen Sohn, Gott schenke ihm ein langes Leben.«

»Amen.«

»Du und die Deinen, ihr habt uns aufgenommen und beherbergt. Ich danke dir dafür.«

»Ihr seid uns willkommen.«

Thabet wahrte eine gewisse Zurückhaltung.

»Ich möchte nicht, daß du glaubst, wir seien für immer hier.«

»Warum sagst du das?«

»Damit du weißt, daß ich dir keinen Schaden zufügen will.«

Thabet betrachtete reglos die Amberkugeln, die durch seine Hände glitten.

»Du bestimmst in Thumar«, fügte Salomon hinzu.

»Mir brauchst du das nicht zu sagen, Salomon. Sondern denen, die dir zuhören, um klüger zu werden als ich.«

Kaum war der Winter vorbei, brach der Stamm zusammen mit den Herden in das Tal auf. Im Dorf blieben nur Salomon und die Seinen, ein paar Frauen und Alte, die sich um die Pflege der Dattelbäume kümmerten. Salomon hatte den Eindruck, über ein verlassenes Königreich zu herrschen. Myriam lernte, jene schwarzen Zelte zu weben, die Wind und Regen abhalten, Gamaliel studierte eifrig die Thora – seine Frau Monika erwartete ein Kind.

Die Wandalen waren bis zum Fuß des Gebirges vorgedrungen, aber dann wieder umgekehrt: Sie hatten in den Städten Besseres zu tun. Übrigens schienen sie es offenbar nur auf die Christen abgesehen zu haben und suchten die Unterstützung der Heiden, Donatisten und Juden. Salomon, der voller Begeisterung daran gedacht hatte, eine Schule für alle Dscheruah-Kinder einzurichten, hatte seinen Traum vergessen. Jetzt, da die Gefahr vorüber zu sein schien, konnte er an die Rückkehr denken, aber man mußte noch warten, bis Monika ihr Kind zur Welt gebracht hatte.

Als der Stamm zurückkam – er tauchte unter lautem Geblöke, Gemecker, Gebell, Glockengebimmel und dem Geschrei der Frauen in einer Staubwolke auf –, verstand Salomon plötzlich, über einen Felsvorsprung gebeugt, die Warmherzigkeit der Begrüßung dieser fernen Völkerstämme: Auch er hätte fast in die Hände geklatscht. Thabet und Elias sahen ernst aus, und Dschemila vermied seinen Blick.

Elias nahm seinen Vater beiseite:

»Ich glaube, es ist besser, ihr brecht jetzt auf.«

Salomon war wie vor den Kopf gestoßen:

»Ich wollte dich begrüßen, und du heißt mich fortgehen«, bemerkte er voller Bitterkeit.

»Vater, uns sind Schafe eingegangen, ohne erkennbaren Grund,

Quellen sind zum ersten Mal versiegt ... Die Weisen sagen, daß deine Gegenwart die Götter erzürnt.«

»Die Götter? Welche Götter? Ich kenne nur einen einzigen Gott, den Ewigen, gesegnet sei sein Name.«

»Die Dscheruahs glauben an den Gott Israels. Sie sagen, er sei der Gott aller Götter, aber Gurzil gibt es auch, und Tanit ... Sie sind es, die gegen dich erzürnt sind, weil du die Kinder Hebräisch und die Thora lehren willst ...«

Salomon war entsetzt:

»Elias«, rief er, »du, mein Sohn, du willst mir doch nicht sagen, daß du an diesen Gurzil glaubst!«

»Ich glaube an den Gott Israels mit meiner ganzen Seele und all meinen Kräften ... Aber ... aber, Vater, es ist wahr, daß unsere Schafe auf unerklärliche Weise eingegangen sind.«

Salomon ging zu Thabet, der auf ihn zu warten schien: »Thabet«, sagte er, »ich danke dir für deine Gastfreundschaft, aber wir haben von den Wandalen nichts mehr zu fürchten, und Monikas Kind ist geboren ...«

Er zweifelte keinen Augenblick daran, daß Thabet, um Salomon nicht allzusehr zu kränken, Elias um dieses Gespräch gebeten hatte, aber dem Oberhaupt, das seine Amberkette durch die Finger wandern ließ, war nichts anzumerken.

»Ihr wollt uns verlassen?« fragte er. »Das ist sicherlich das Beste für uns alle. Ich mochte dich gern und war oft eifersüchtig auf dein Wissen, aber ich bin ein Dscheruah, und der Sohn deines Sohnes und meiner Tochter ist Jude und Berber wie ich, wie mein Vater Amri und mein Großvater Mellag. Spuren lesen zu können, Dattelbäume zu pflegen und Lämmer aufzuziehen ist für uns wichtiger als Lesen und Schreiben. Ihr verlaßt uns, und wir sind betrübt darüber, so ist das Leben, und man muß es hinnehmen.«

Thabet gab ihnen einen Führer bis Thamugadi mit. Salomon drehte sich noch oft zu den violetten Bergen um, wo er einen Teil seiner selbst ließ: einen Sohn und einen Enkel. Würde er sie wiedersehen? Gamaliel war froh, wieder in die Stadt zurückzukehren, Myriam hatte beim Abschied von Elias geweint, aber Fulvia, Monikas Tochter, ihr Quäken und ihr erstes Lächeln nahmen sie genügend in Anspruch. Salomon drehte sich um, bis der Horizont weit hinter ihm zu einem dunklen Strich geworden war.

In Thamugadi wurden sie von den Wandalen aufgehalten. Sie waren groß, hatten langes blondes oder rotes Haar und trugen enganliegende Tuniken aus Tierhaut, die mit Nägelköpfen verziert waren. Untereinander sprachen sie eine harte abgehackte Sprache, in der Salomon keinen einzigen bekannten Laut entdecken konnte.

Der Übersetzer, der Salomon und die Seinen befragte, sagte, daß die Juden von den Wandalen nichts zu fürchten hätten und wünschte ihnen gute Heimkehr. Salomon traute seinen Ohren nicht: Seit wann waren die Barbaren so zuvorkommend gegenüber den Juden? Er wußte wohl, daß in der Haltung der neuen Herrscher ein Teil Berechnung mitspielte, aber trotzdem ...

Das königliche Hippone war nicht mehr wiederzuerkennen: Eingestürzte Stadtmauern, herausgerissene Pflastersteine, geborstene Abwasserkanäle, zerstörte Häuser ... Man hatte noch nicht damit angefangen, die Ruinen wieder aufzubauen ... Esra, Salomons Bruder, war tot, und sein Sohn Alexander, der sehr gealtert war, führte jetzt das Geschäft von Mattos. Er erzählte ihnen von der Belagerung und Eroberung der Stadt, und daß der alte Bischof Augustin gestorben sei.

Die Wandalen hatten an der Verwaltung der Stadt und den bürgerlichen Gesetzen nichts geändert, und nach und nach ging das Leben so weiter wie vorher. Rabbi Joseph führte die Arbeiten an seiner Synagoge weiter, während Rabbi Noe, dessen Kräfte langsam schwanden, Gamaliel zu seinem Nachfolger an der Synagoge im Villen-Viertel machte. Zum ersten Mal, seit sie verheiratet waren, fühlten sich Salomon und Myriam allein. Gewiß, zu den Feiertagen oder manchmal an einem Sabbatabend besuchten sie Monika und die Kinder – Gamaliel und sie hatten jetzt drei – oder ihr Neffe Alexander, aber das änderte nichts daran, daß sie sich einsam fühlten und erleben mußten, wie von den Bekannten ihres Alters einer nach dem anderen hinwegstarb. So vergeht die Zeit, so vergeht das Leben, und so will es die Ordnung der Dinge.

Salomon öffnet die Augen. Es ist noch Nacht. Er will sich bewegen, aber ein heftiger Schmerz greift nach seinem Herzen. Ist es ein Schmerz oder die Angst vor einem Schmerz? Wenn es ein Schmerz ist, ruft er am besten Myriam; wenn es Angst ist . . . Arme Myriam, sie ist noch viel kränker als er . . . Er bemüht sich, im Dunkel die Umrisse des Zimmers zu erkennen, er atmet vorsichtig, in kürzeren Abständen und beruhigt sich langsam wieder . . . Nein, diesmal wird er wohl noch nicht tot aufwachen, wie sein Vater manchmal scherzhaft sagte . . . Er sieht seinen Vater, Saul, wieder, in der Nacht, in der sie Alexandria verlassen haben. Das ist . . . das ist ein ganzes Leben her . . . Der Tag bricht wohl bald an. »Ich danke Dir, ewiglebender Gott, daß Du mir in Deiner Liebe meine Seele wiedergeschenkt hast; groß ist Deine Treue.« Das sind die Worte des Morgengebets, das die Menschen sagen sollen, um dem Ewigen – gepriesen sei sein Name – zu danken, daß er sie nach dem Schlaf der Nacht wieder ins Leben zurückgeführt hat. Aber Salomon weiß nicht, ob er wirklich wach ist. Er hat die Augen offen, aber er sieht nichts. »Tu Buße am Tag vor deinem Tod«, hat Rabbi Eleasar gesagt. Aber wie kann der Mensch den Tag seines Todes kennen? Deshalb haben die Weisen auch hinzugefügt: »Darum tu Buße an jedem Tag deines Lebens . . .« Salomon hat den Eindruck, daß er viel zu heftig atmet, daß irgendetwas in ihm reißt. Ist das der Tod? Er denkt an seine Söhne, Gamaliel und Elias, die beide so verschieden sind. Aber gute Söhne, jeder auf seine Art. Er hat Elias seit seinem Aufenthalt damals im Auresgebirge nicht wiedergesehen. Das war vor mehr als fünfundzwanzig Jahren, als die Wandalen Hippone belagerten. Sein Sohn Elias hat sicher schon weißes Haar. Jedes Jahr, wenn in Thamugadi großer Markt ist, läßt ihnen Elias durch die Reisenden die Neuigkeiten des Stammes zukommen – er hat wieder ein Kind bekommen, Telilan hat sich mit einem jüdischen Berbermädchen, Tiski, verheiratet . . . Aber nie hat er gesagt, daß er schon weißes Haar hat. Mein Gott, was bleibt mir noch, wenn mein Sohn weißes Haar hat? Salomon, ganz unter uns, sag die Wahrheit: Warst du wirklich und von Herzen damit einverstanden, daß dein Sohn Elias diese Tochter der Wüste heiratet? War nicht dein staunendes Unverständnis damals der Beweis dafür, daß du Thabet und seinen Stamm mit ihren heidnischen Göttern und ihrer sauren Milch als Fremde angesehen hast? Ich weiß es nicht mehr, bei meinem Leben, ich weiß es nicht mehr, aber ich habe nichts getan, um diese Heirat zu verhindern oder meinen Sohn bei mir zu behalten . . . Salomon kämpft mit sich selbst. Er weiß, daß ihm etwas Schreckliches geschieht, aber er akzeptiert es noch nicht. Trotzdem möchte er gern im reinen mit den Dingen seines Lebens sein . . . Und da taucht jetzt das Bild von Livia vor ihm auf, der zweiten von Gamaliels Töchtern, die eines Tages mit einem syrischen Kaufmann auf und davon gegangen ist. Nach einiger Zeit hatten sie erfahren, daß sie in Karthago unter den Prostituierten am Hafen lebte. Gamaliel wollte sie nach Hause zurückholen, aber erinnere dich, Salomon, du, der Patriarch, du hast ihn daran gehindert und über sie das Totengebet gesprochen . . . Salomon weint, über sie, über sich selbst, über das Elend und die Ehre, Salomon weint lange, heiße Tränen. Er hat vergessen, weshalb er so unerbittlich gewesen ist. Die Worte des Propheten Hesekiel fallen ihm ein: »Meinst du, daß ich Gefallen habe am Tode des Gottlosen, spricht der Herr, und nicht vielmehr, daß er sich bekehre von seinem Wesen und lebe?« Salomon bittet Gott, Livia, Gamaliel und Monika aus tiefstem Herzen um Verzeihung – aber wer ist wohl frei von Fehlern . . .? Er war übrigens einmal nach Karthago gegangen. Damals, als sie von jüdischen Fischern erfahren hatten, daß der Wandalenkönig Geiserich mit seinen Kriegstrophäen dort landen würde, zu denen auch die heiligen Geräte gehörten, die die Römer aus dem Tempel von Jerusalem geraubt hatten. Die Neuigkeit hatte sich im ganzen Land verbreitet, und als Geiserich landete und seine Trophäen zur Schau stellte, um seine Macht zu beweisen, standen da Hunderte, Tausende von Juden, die aus ganz Numidien und der Bysacena zusammengeströmt waren, und fielen auf die Knie, als man ihnen den siebenarmigen Leuchter zeigte . . . Der eitle Barbar hatte die Huldigung auf sich bezogen . . . Salomon muß unwillkürlich lächeln. Er sieht die nubischen Sklaven wieder, wie sie den großen Leuchter und die heiligen Gefäße tragen, in die hebräische Buchstaben eingraviert sind . . . Welche Wendung des Schicksals! Salomon ist voller Dankbarkeit für den Ewigen und seine unerforschlichen Fügungen . . . Zeugnis ablegen . . . Dieser Leuchter, den sie der Menge von Karthago zeigten, war ein Zeugnis . . . Aber mit einem Mal verfließen die Bilder ineinander . . . Die violetten Berge von Thumar . . . Das Schiff von Amarantius . . . Hier . . . Da . . . Salomon spürt, daß der Schmerz jetzt dicht an seinem Herzen sitzt und nur auf seine

Zeit wartet, um sich in ihm festzukrallen . . . Er wird seine Frau rufen, seine teure Myriam, sie wird ihn zu beruhigen wissen . . . Aber sein Arm ist so schwer . . . Er wird rufen . . . Warum ist der Tag noch nicht angebrochen? Er ruft so laut er kann, aber hat er auch nur einen Seufzer ausgestoßen?

Myriam überlebte Salomon nur um ein paar Tage. Ihr Atem muß wohl der gleiche gewesen sein. Gamaliel schrieb an den Rabbi der kleinen Synagoge von Thamugadi, damit er bei Gelegenheit Elias eine Nachricht zukommen lasse – man fand nicht alle Tage Reisende, die sich in diese einsame Gegend aufmachten. Und doch, kaum hatte er die Nachricht abgesandt, da tauchten bei Gamaliel zwei Nomaden auf, die jene gestreiften Kleider trugen, die er einst im Auresgebirge gesehen hatte und jetzt wiedererkannte. Er grüßte sie und dachte, daß sie zum Stamm seines Bruders gehören müßten.

»Friede sei mit dir«, sagte der Ältere und legte die Hand auf sein Herz.

Er war ein hochgewachsener, dürrer Mann mit jenem etwas abwesenden, etwas hochfahrenden Blick, der bei den Wüstenbewohnern Ausdruck der Mißachtung der Bedürfnisse ihres Körpers ist.

»Friede sei mit euch«, entgegnete Gamaliel.

Und plötzlich erkannte er Elias. Die beiden Brüder fielen einander in die Arme, dann stellte Elias seinen Sohn Telilan vor, der ebenso hochgewachsen und schmal und so blond wie Dschemila war:

»Als du ihn das letzte Mal gesehen hast«, sagte er, »lag er noch an der Brust seiner Mutter. Jetzt ist er unser Oberhaupt und hat selbst drei Kinder.«

»Gott segne sie.«

»Amen«, erwiderte Telilan.

Gamaliel fragte, wie der Rabbi von Thamugadi ihnen so rasch die Kunde von Salomons Tod hatte überbringen lassen können. Aber Elias antwortete, nicht der Rabbi habe sie benachrichtigt, sondern sie hätten es auf andere Weise erfahren:

»Die Neuigkeiten«, sagte er, »wandern rascher als die Menschen.«

Mehr sagte er nicht darüber. Sie gingen beide zum Friedhof und sprachen gemeinsam das Totengebet. Sie fühlten sich einander näher, als sie es je gewesen waren.

»Eines Tages«, sagte plötzlich Gamaliel, »war ich dabei, wie mein Vater von einem Christen geschlagen wurde. Ich war schon groß und habe ihn nicht verteidigt . . .«

»Und ich«, sagte Elias, »war schon seit langem erwachsen und verheiratet, als ich es zuließ, daß Thabet ihn aus Thumar vertrieb . . . Aber unsere Reue ist vergebens, sie kann die Schande nicht auslöschen.«

»So laß uns beten, daß unsere Söhne uns nicht vergessen.«

Gamaliel war überrascht zu sehen, was aus seinem Bruder geworden war. Seine Stimme, seine Art sich zu geben, seine Bewegungen: alles an ihm war so schlicht und einfach wie nur möglich geworden.

Sie gingen zu Gamaliel nach Hause zurück und betrachteten lange Abrahams Rolle, die Salomon sorgsam weitergeführt und – wohl weil er auf eine zahlreiche Nachkommenschaft hoffte – großzügig verlängert hatte. Lange Zeit saßen sie so nebeneinander und beugten sich über das, was ihr Vater ihr »Zeugnis« nannte.

»Können deine Kinder schreiben?« fragte Gamaliel.

»Die meinen ja, aber nicht die Kinder meiner Kinder.«

»Wie wollt ihr dann wissen, wer ihr seid?«

»Jedem seine Erinnerung«, sagte Elias. »Auch die Schritte im Sand schreiben die Geschichte der Menschen.«

Er drückte den Arm seines Bruders:

»Und du bist doch da, um zu schreiben.«

Währenddessen stellte Gamaliels ältester Sohn, David, der auch Schreiber war, der Familie den berühmten Berbervetter Telilan vor. Sie starrten mit ungenierter Neugier diesen sagenhaften Berbervetter an – um so mehr als er gerade Nachfolger seines Großvaters Thabet und damit Oberhaupt der Dscheruahs geworden war. Und der Berbervetter, dieser komische Jude, aß höflich den Honigkuchen, an dem er sich den Magen verdarb, und die Datteln, die von seinen Bäumen kamen. Er war so würdevoll und gleichzeitig zurückhaltend, daß David ihm ganz spontan ein paar Tage später beim Abschied sagte, er werde ihm fehlen.

»Komm und besuch uns«, schlug Telilan vor.

»Es ist zu weit.«

»Nichts ist zu weit, wenn man Zeit hat.«

»Das ist es gerade, ich habe keine Zeit. Ich muß jeden Tag schreiben, um Geld zu verdienen.«

»Wieviel zahlt man dir?«

»Fünfundzwanzig Denar für hundert Zeilen.«

»Ist das viel?«

»Das ist nicht viel, aber mir reicht es.«

Gamaliel und David sahen Elias und Telilan noch lange nach, die sehr gerade, mit weitausholenden, gleichmäßigen Schritten davongingen, ohne sich umzudrehen.

Hippone erholte sich nicht mehr von dem Ansturm der Wandalen. Wie seine Stadtmauer hatte es auch seine heitere Sorglosigkeit verloren und jenes empfindliche Gleichgewicht, das es den verschiedenen Gemeinschaften ermöglichte, Seite an Seite friedlich zu leben. Zwischen den Wandalen und Konstantinopel herrschte ständig Krieg, den mal die eine, mal die andere Seite anzettelte, so daß man sich nicht mehr die Zeit nahm, etwas aufzubauen oder neu zu pflanzen.

Unter diesen Bedingungen gingen die Geschäfte nicht besonders gut, und Alexander, der ein korpulenter und resignierter Mann geworden war, wartete vergeblich auf Kunden in seinem Geschäft an der Ecke des Marktplatzes. David dagegen hatte mehr Arbeit als genug: Er schrieb ständig Verträge, Vergleiche, Schuldanerkenntnisse – je schwieriger die Situation wurde, desto mehr suchten sich die Geschäftsleute abzusichern.

David hatte seinen Sohn Abraham nach Karthago geschickt, um bei einem Rabbiner, Rabbi Joseph, zu lernen und ihn gleichzeitig zu unterstützen. Manchmal tat es ihm leid, daß er ihn nicht zu Haus behalten hatte: Es gab genug Arbeit für zwei, und der Gedanke, fern von seinen Kindern und Enkeln alt zu werden, betrübte ihn. »Sag ihm doch, er soll zurückkommen«, bat ihn seine Frau Julia mehr als einmal, sie vergaß dabei allerdings, daß Abraham dort verheiratet war und vier Kinder hatte.

Gott weiß, wie oft David über Pläne und unerfüllte Wünsche nachsann, während er Verträge abschrieb. Seine Hand, so sagte er, kenne den Weg der Worte und lasse ihm den Kopf frei.

Dann starb sein Vater Gamaliel und wenig später sein Onkel Elias – Telilan hatte es ihm ohne Kommentar durch den Schreiber von Thamugadi mitteilen lassen; er fügte nur wie zum Ausgleich hinzu, daß ihm eine neue Tochter geboren sei, Jahia. David dachte oft an Telilan. So sind Söhne zu Vätern geworden, sagte er sich. Er fragte sich, ob sein Berbervetter seit dem Tod seines Vaters wie er diese Leere in der Brust spüre. Und es geschah sogar ein paarmal, daß er wie früher so oft seine Schritte zu Gamaliels Haus lenkte, bevor er sich daran erinnerte, daß sein Vater dort nicht mehr war. Herz und Körper wurden ihm schwer, bevor er umkehrte.

Kurz nach Gamaliels Tod begannen in Hippone wieder die Verfolgungen gegen die Christen. Die Wandalen verboten ihnen den Zutritt zu ihren Kirchen, und die wütenden Christen veranstalteten zum Blumenfest einen großen Zug durch die Stadt. Sie kamen bis vor die Basilika. Dort griffen Wandalen zu Pferde mit ausgestreckten Lanzen ihren Zug an. Es gab Tote, und wie eine Warnung des Himmels ging ein Hagelschauer über die Stadt nieder.

Aufgebracht machten die Wandalen mehrere Tage lang Jagd auf die Christen, wobei sie die Heiden und Juden geflissentlich verschonten.

Wie alle Juden in Hippone schlossen sich David der Schreiber und seine Frau Julia im Hause ein. An diesem Abend sprach David gerade das *Maariw*-Gebet zu Schawuot, als es heftig an die Tür klopfte. Erschrocken sahen sie sich an.

»Aufmachen«, rief eine Stimme. Weder David noch Julia waren bis zu diesem Tag je als Juden angegriffen oder verfolgt worden, aber diese Schläge gegen die Tür weckten eine Erinnerung, die älter war als sie selbst. David stand schließlich auf, aber schon sprang die Tür aus den Angeln. Fackeln, Schatten, Gesichter, Stimmen. Ein Dutzend Lanzen richteten sich auf seine Brust. Die Wandalen sahen den Gebetsmantel über Davids Schultern:

»Juden?« fragte einer von ihnen.

»Ja.«

»Habt ihr hier Christen versteckt?«

»Nein.«

David hatte Angst. Wie kann man sich schuldig fühlen, ohne es zu sein?

Die Soldaten gingen wieder, nachdem sie einen Blick in das Nebenzimmer geworfen hatten. Sie hörten, wie sie bei den Nachbarn klopften, die auch Juden waren.

David brachte so gut es ging die Tür wieder in Ordnung. Er und Julia saßen noch eine ganze Weile beieinander und lauschten in die Nacht hinaus – mehr oder weniger weit entfernt hörte man Hufegetrappel und Schreie. Dann ging Julia zu Bett, und David zündete eine Lampe an, um noch ein paar Verträge aufzusetzen. Er würde doch nicht schlafen können, und Schreiben war seine Zuflucht.

Er löste ein Tintentäfelchen auf, spitzte die Feder, probierte sie aus. Wie er diese Gesten liebte, den Tintengeruch, das Kratzen des Kiels auf dem Papyrus. Und wie er den Anblick der beschriebenen Blätter liebte, die eines nach dem anderen durch seine Kunst entstanden, und die Vorstellung von Menschen, Handelsware, Ländereien . . . David der Schreiber liebte seinen Beruf.

Er schrieb das Datum: das Jahr 488 des christlichen Zeitalters, dann vertiefte er sich in die Arbeit. Es war ein Vertrag auf lateinisch. »Gerichtet an Marcus, Sohn des Quintus, Bürger von Hippo Regius, von Aurelius, Sohn des Sectus. Wir, die Käufer, beabsichtigen aus freien Stücken von dir, dem Verkäufer . . .«

Er hörte ein leises Geräusch von der Tür her und glaubte, sie nicht wieder richtig eingehängt zu haben. Er stand auf. Die Tür öffnete sich langsam einen Spalt breit, er sah eine Hand, einen Ärmel aus blauem Stoff, das verzweifelte Gesicht einer Frau. »Mein Gott«, sagte er zu sich selbst, »hilf mir.« Als die Frau sah, daß er sich nicht rührte und sie nicht bedrohte, faßte sie sich ein Herz, trat ein und drückte die Tür hinter sich zu:

»Sie haben meinen Bruder umgebracht«, sagte sie gehetzt. »Ich weiß nicht, wo mein Mann ist . . . Ich bin Christin . . .«

Nie hatte David eine solche Furcht gekannt. Es schien ihm, als wiche alles Blut aus seinem Körper. Er hätte nicht einmal fliehen können. Und doch war seine erste Reaktion, der Frau zu bedeuten, leise zu sprechen: Julia schlief im Zimmer nebenan.

Die Frau sah mit einem scheuen Blick aus blauen Augen das weiße Papyrusblatt an, auf das der Schein der Tonlampe fiel:

»Stör ich dich?« fragte sie.

Daß sie ihn in seiner Arbeit aufhielt, war nicht weiter schlimm. Aber allein ihre Gegenwart in seinem Haus brachte ihn, seine Frau, ja die ganze Gemeinde in Gefahr: Wenn man erfuhr, daß die Juden Christen schützen! Aber ihm selbst fast unbewußt sagte er:

»Setz dich. Ruh dich aus.«

Er deutete auf eine Strohmatte in einer Ecke des Raums, und sie setzte sich hin. David hatte den Eindruck, in ein ganz unglaubliches Abenteuer verwickelt zu sein. Er dachte an die Christen, an die Wandalen, an sein Weib Julia, und sein Herz schlug in seiner Brust, als müßte es zerspringen.

»Ich muß noch ein wenig arbeiten«, sagte er, statt sie hinauszuwerfen.

Er setzte sich wieder vor seinen Kaufvertrag.

Seine Hand schrieb, aber sein Verstand bat den Ewigen, daß die Frau wieder gehen möge.

»Hab keine Angst, ich laß dich arbeiten«, sagte sie. »Was machst du da?«

»Ich bereite einen Kaufvertrag über ein Stück Land vor.«

»Glaubst du, daß die Wandalen noch lange in Hippone bleiben?«

»Allein der Ewige – gepriesen sei sein Name – weiß es.«

Die Christin hatte sich ein wenig beruhigt. Ihre gefalteten Hände lagen jetzt auf ihren Knien. Hatte sie Kinder? David zitierte lautlos die Verse Hiobs: »Wenn mein Herz um ein Weib sich betören ließ und ich lauerte an der Tür meines Nächsten, so müsse mein Weib einem andern mahlen, und Fremden sei sie preisgegeben! . . .« Er bemühte sich weiter zu schreiben: » . . . das Land von zehn Morgen, das gelegen ist . . .«

Ihm schien, als höre er ein Geräusch von der Straße, und einen Augenblick lang lauschte er angespannt. Nein, nichts. Als er seinen Vertrag beendet hatte, begann er einen neuen. Warum hatte er nicht den Mut, diese Frau vor die Tür zu setzen? Bestimmt stürzte sie ihn ins Unglück. Er bat den Allerhöchsten um ein Zeichen, aber der Allerhöchste antwortete nicht. Und sie blieb ernst und reglos sitzen und schaute auf ihn. Plötzlich wurde ihm bewußt, daß er sie begehrte, und sein Herz begann wieder laut zu klopfen. Vielleicht ließ sich das alles durch die Nacht erklären, durch die Gefahr, die beide teilten, oder war es der Geruch ihrer Haut, er wußte es nicht.

Gegen Morgen hatte er seine Arbeit beendet und unterschrieb den Vertrag: »Ich, David, Sohn des Gamaliel, bezeuge, daß ich dies für Marcellus, Sohn des Cornelius, aufgesetzt habe, da er des Schreibens unkundig ist.« Er legte seine Feder beiseite und richtete sich auf, um den Rücken zu entspannen.

Da erhob sich die Christin, warf einen Blick auf den fertigen Vertrag, ergriff völlig unvermittelt Davids rechte Hand und küßte sie. Er bekam Angst und stand auf:

»Ich muß Öl nachfüllen«, stammelte er überstürzt und zog seine Hand zurück. Er nahm die Lampe aus gebranntem Ton und ging hinüber in das Zimmer, in dem Julia schlief und wo der Ölkrug stand. Seine Frau atmete ruhig; sie lag auf der Seite, die Hand unter das Gesicht geschoben und mit einem grauen Schleier über dem Haar. Er schaute voller Zärtlichkeit auf sie herab – auch auf ihre Falten: Er kannte sie alle, hatte gesehen, wie sie sich im Lauf der Zeit, die sie miteinander lebten, eingegraben hatten – die Zeit hinterläßt ihre Spuren in der Haut wie das Wasser im Fels. Er nahm den Krug und ging hinüber in das andere Zimmer; mit geschäftiger Miene stellte er den Krug und die Lampe ab. Und erst in diesem Augenblick sah er, daß die Frau gegangen war. Draußen hörte man wieder den Lärm von raschen Schritten, Rufe. David blieb mitten im Zimmer stehen, reglos mit hängenden Armen, wie ausgelaugt. Dort, wo die Lippen der Frau sie berührt hatten, brannte seine Hand.

»David, Sohn des Gamaliel, zeugte Abraham und Rebekka.
Abraham zeugte Hannah, Myriam, Aurelia und Salomon.
Salomon . . .«

7

Hippone
Nomos der Rothaarige

». . . Salomon zeugte Sarah, Ruth und Jonathan.

Sarah und Ruth wurden in dem schrecklichen Jahr 4295[27] nach der Schöpfung der Welt durch den Ewigen – gepriesen sei sein Name – zwangsgetauft. Möge ihre Erinnerung in der Familie und im Schoß des Hauses Israels bleiben!

Jonathan zeugte Enoch und Elias.

Elias zeugte David, Nomos, Judith und Salomon.«

Es war im Monat Tamus des Jahres 4373[28], und Elias, der Vater, las seinen Kindern, die sich um ihn versammelt hatten, feierlich die Namen ihrer Vorfahren vor. Sein Großvater Salomon und sein Vater Jonathan hatten ihm Abrahams Rolle weitergegeben und ihn dabei ermahnt, den Brauch zu achten und die Namen seiner Kinder darin zu verzeichnen, aber sie hatten nie daraus vorgelesen. Elias jedoch hatte entdeckt, daß sein Vorfahr Abraham, der Schreiber aus Jerusalem, ausdrücklich geschrieben hatte: »Möge . . . die Anrufung dieser Namen, die ich hier aufgezeichnet habe und die andere nach mir aufzeichnen werden, das Schweigen brechen und Deinen geschändeten Namen wiederherstellen.« Es ging also auch um die »Anrufung« der Namen, und Elias, einer jener gewissenhaften, trockenen Männer, die ihre Erfüllung in der peinlich genauen Befolgung der Liturgie sehen, hatte nach und nach die Lesung von Abrahams Rolle mit einem ganzen Zeremoniell umgeben.

Aus Anlaß eines Todes, einer Geburt, einer *Bar-Mizwa-Feier* oder einer Hochzeit versammelte er die ganze Familie bei sich in der großen blauen Säulenhalle; wie beim Gebet standen die Männer rechts, die Frauen links. Er selbst, den Gebetsmantel über dem

[27] 535 n. Chr.
[28] 613 n. Chr.

Kopf, vergewisserte sich, daß jeder an seinem Platz war und begann mit der lauten, singenden Stimme eines Chasan die Lesung.

Diesmal war kein Toter zu beweinen, keine Geburt zu feiern, aber die Stunde war ernst. Eine Welle von jüdischen Flüchtlingen aus Spanien überschwemmte Hippone und Karthago. Und was man ihnen angetan hatte, war umso beunruhigender, als ihre Geschichte wie ein Olivenkern dem anderen der der Juden aus Numidien glich. Was dort geschehen war, konnte sich durchaus hier wiederholen.

Solange nämlich die Westgoten, nachdem sie Spanien erobert hatten, der arianischen Lehre treu geblieben waren, hatten sie die Juden im großen und ganzen in Ruhe gelassen. Aber jetzt, nachdem ihre Führer die Autorität des Papstes anerkannten, versuchten sie hartnäckig, auch die Juden zu bekehren. Angefangen hatte es damit, daß man die Kinder aus ihren Familien nahm, um sie in christliche Schulen zu schicken. Dann schonte man auch die Eltern nicht mehr: Ein gewisser Amarius, Bischof von Toledo, hatte sogar zwei Rabbiner, Joseph und Nephtali, zwangsgetauft.

In Hippone hing das Schicksal der Juden in ähnlicher Weise vom Ausgang der Schlachten ab, die die byzantinischen Armeen gegen die Wandalen schlugen. Als Justinian, der Kaiser von Konstantinopel, die Wandalen aus Afrika vertrieben hatte – ebenso wie die Ostgoten aus Italien und die Westgoten aus einem Teil Spaniens –, hatte er ein Dekret gegen die Juden erlassen und die Synagogen konfisziert. Das Dekret hatte man später wieder rückgängig gemacht, aber längst nicht alle Synagogen den Gläubigen zurückgegeben.

Die Flucht der »Spanier« – *Sephardim* – und der Beschluß des Rates der Gemeinde, jede Familie möge einen dieser Flüchtlinge bei sich aufnehmen, waren für Elias alarmierend genug, um die Familie um Abrahams Rolle zu versammeln. Sein Bruder Enoch war da mit seiner Frau und seinem Sohn Aaron, auch seine Tochter Judith mit ihren Kindern und schließlich sein Sohn Nomos, der Schreiber, der sich bescheiden im Hintergrund hielt. Dabei konnte ihn gewiß keiner übersehen: Nicht nur, daß Nomos groß, breitschultrig und von einnehmendem Äußeren war, er war rothaarig, schrecklich und auf wundersame Weise rothaarig. Elias, der sich dieses Phänomen nicht erklären konnte – nie hatte man so etwas in der Familie gesehen –, war fast bereit zu glauben, daß das Schicksal Nomos so gezeichnet hatte. War Myriam, seine Frau, nicht am Tag nach ihrer Hochzeit gestorben? Und weigerte Nomos sich nicht seit inzwischen fast fünfzehn Jahren, sich wieder zu verheiraten? Dabei ist es, nach dem Spruch der Weisen, »nicht gut, daß der Mensch allein lebe«, aber alle frommen Ermahnungen seines Vaters konnten Nomos offenbar nicht beeindrucken:

»Hör auf, mich verheiraten zu wollen, Vater«, pflegte er zu erwidern, »deine anderen Kinder haben dir eine zahlreiche Nachkommenschaft gesichert. Was mich betrifft, so hat der Ewige – gepriesen sei sein Name – meiner Wahl seinen Segen versagt. Aber er wird mir gewiß seinen Willen noch offenbaren.«

Als das Testament Abrahams und die Namen seiner Nachkommen gelesen waren, verlängerte die Sonne bereits die Schatten. Es war Zeit, das *Mincha*, das Nachmittagsgebet zu sprechen:

»Ich will Dich erheben, mein Gott und König,
und Deinen Namen preisen immer und ewig . . .«

Die Spanier hatten sich in Meirs Synagoge in der Unterstadt versammelt. Sie saßen auf ihren Bündeln oder standen mit hängenden Armen herum, fühlten sich fremd und unsicher, fern von allem Vertrauten, und wenn sie sich auch neugierig umschauten, rührten sie sich in ihrer Kümmernis kaum vom Fleck: Man hatte ihnen gesagt, sie sollten warten.

Schließlich nahmen die Schreiber ihre Namen auf, und freiwillige Helfer verteilten sie unter die Familien. Für die letzten mußten die Schreiber sorgen. Und so fiel es Nomos zu, in seiner bescheidenen Behausung eine von Kopf bis Fuß schwarz gekleidete Frau mit strengen Zügen aufzunehmen. In ihrer Begleitung war eine junge Nichte: rabenschwarzes Haar, tiefblaue Augen und eine fast durchsichtig schimmernde Haut. Von diesem Tag an blieb Nomos, statt in der Synagoge zu arbeiten, zu Hause, um dort die Thora abzuschreiben. Er richtete sich im Hinterzimmer ein, das auf den Innenhof hinausging, wo die Spanierinnen einen verschlossenen Brunnen wieder in Gang gebracht hatten. Er saß an seinem Tisch und lauschte den entfernten Stimmen der Frauen und dem Plätschern des Brunnens wie einer wundersamen Musik.

In seiner Umgebung verfolgte man diese Änderung seiner Lebensgewohnheiten mit Interesse:

»Deine Fremde ist ein bißchen sonderbar«, bemerkte sein Freund Paulus, der Schreiber wie er, aber Christ war.

»Warum sonderbar?«

»Ich weiß nicht . . . Sie wirkt so zerbrechlich . . . Du brauchst eine Frau, Nomos, keinen Engel!«

»Sie ist so . . . so . . .«

»Jetzt fängst du schon an zu stottern! Bischof Augustin hat gesagt, man solle gründlich nachdenken, bevor man sich eine Fessel um die Füße legt.«

Eine Fessel! Jeder sah, daß Nomos und Aster nicht mehr ohne einander sein konnten, aber sie wagten kaum, sich anzuschauen. Sie war sechzehn und er fast vierzig Jahre alt, doch was sie verband, war nichts anderes als, überwältigend und besänftigend zugleich, der geheimnisvolle Zwang der Liebe.

Aber in der Gemeinde begann man zu reden, und Elias bat Nomos und Aster zu heiraten. Die Hochzeit fand also statt. Und ein Jahr später konnte Nomos einen neuen Namen in das Familienbuch eintragen, den ihres ersten Kindes: Abraham.

Im Monat Tamus erreichte sie ein Brief, den der öffentliche Schreiber von Thamugadi im Auftrag von Tasir, dem Berbervetter, geschrieben hatte, ein Brief in holprigem Latein mit zum Teil hebräischen Worten wie »Ben«, was »Sohn«, oder »Schana«, was »Jahr« heißt:

»An unseren Vetter im Hippo-Regia Elias ben Jonathan ben Esra ben Salomon von Tasir, Sohn von Chakija und Damija, Enkel von Abraham und Dija, im Jahre 4373[28] nach der Schöpfung der Welt durch den Ewigen – gepriesen sei sein Name.

Wir teilen Dir mit, daß in unserem Land dank Jahwes und Gurzils Hilfe alle bei guter Gesundheit sind. Wir hoffen, daß es Dir und den Deinen gut geht und daß Ihr uns die Daten der jüdischen

[28] 613 n. Chr.

Festtage für das kommende Schana schicken könnt. In zwei Monden werden wir uns zum Markt von Thamugadi aufmachen. Der Ewige hat mir einen neuen Ben und eine Dattelernte geschenkt, wie selbst mein Vater sie noch nie erlebt hat. Wahrscheinlich hat er in seiner großen Gerechtigkeit die des letzten Schanas ausgleichen wollen, die wegen all unserer Sünden so schlecht war. Er sei dafür gesegnet! Wem auch immer Ihr Euren Brief übergebt, er wird mich auf dem Markt finden. Jeder kennt Tasir ben Chakija, das Oberhaupt der Dscheruahs. Möge Gott der Heere Euch segnen! Euer Vetter Tasir ben Chakija ben Abraham.«

Aster, deren ganze Familie mit Ausnahme ihrer Tante von den Westgoten umgebracht worden war, hatte voller Dankbarkeit die Onkel, Vettern, Neffen und Nichten von Nomos als ihre Familie angenommen, und sie fand diese neuen Berberverwandten höchst interessant. »Kennst du sie?« fragte sie ihren Mann. »Wie sind sie gekleidet? Wer ist dieser Gurzil? Und von welchem Land redet er?«

Nomos erklärte ihr, die Berber hätten ein paar Jahre zuvor die Unabhängigkeit ihres Landes, des Auresgebirges, erklärt. Seither lägen sie ständig im Krieg mit der offiziellen Regierung Numidiens, ganz gleich, ob die Wandalen oder Byzantiner gerade an der Macht seien; er wisse allerdings nicht, wie die Berber vom Stamm seines Vetters gekleidet seien und Gurzil sei ein heidnischer Gott . . .

»Aber dann sind es ja keine richtigen Juden!«

»Sie befolgen die Gesetze der Thora, aber sie leben so weit von allem entfernt, daß sie wahrscheinlich glauben, sie brauchten einen zusätzlichen Schutzherrn . . .«

Aster schwieg einen Augenblick, als ob sie im Traum bereits in den Wüstenbergen sei. Gerührt von ihrer Jugend, sah Nomos sie an. Plötzlich schien sie zu erwachen:

»Nomos«, sagte sie, »ich würde den Vetter Tasir so gern besuchen!«

Und das Erstaunlichste ist, daß Nomos der Schreiber, der nie Hippone verlassen, ja nicht einmal die Brücke über die Seybouse überquert hatte, nicht einen Augenblick lang daran dachte, sich der Laune seiner jungen Frau zu widersetzen. Kaum daß er ein paar Einwände erhob, die ihm die Vernunft diktierte; aber sie wischte sie mit einer Handbewegung beiseite. Das Kind? Ihre Tante würde es während der Zeit versorgen. Die Gefahren der Reise? Was geschehen soll, geschieht immer. Die Anstrengung? Nie werden wir jünger und widerstandsfähiger sein als jetzt ... Und was seine Aufträge betraf, so würde sein Freund Paulus gern die dringendste Arbeit übernehmen ...

Sie brachen im Herbst auf, verfolgt von den gerührten oder mißbilligenden Blicken der Familie und der Nachbarn. Nomos hatte sich von Onkel Enoch den einzigen Karren ausgeliehen, dessen Räder nicht einmal den gleichen Durchmesser hatten. »Er hinkt beim Fahren«, sagte Aster. Übrigens brach erst ein Rad, dann das andere, und die behelfsmäßig ausgeführten Reparaturen überstanden die schwierige Wegstrecke nicht. Sie setzten die Reise mit zwei Eseln fort, und Nomos ging meist zu Fuß.

Aster interessierte alles, was sie sah, was sie hörte: die hochmütigen Kamelherden, die Kanäle, die sich wie blaue Adern wasserspendend durch die Ebene schlängelten, ja, selbst die Staubwirbel, die sie an die sich blitzschnell drehenden Tänzerinnen von Cordoba erinnerten ... Sie wurde plötzlich ernst, wenn sie an halb ausgebrannten Gebäuden vorbei kamen, an verlassenen Feldern, die das Unkraut überwucherte.

Sie schliefen in den Herbergen oder was von ihnen übrig war. »Da, seht«, sagte ihnen eines Abends ein Wirt, »diesen Flügel haben die Wandalen niedergebrannt und den da die Legionäre. Jedem das seine.« Nach und nach gewöhnten sie sich an das Leben auf der Straße, bekamen Appetit und Farbe. Dabei war das Essen nicht besonders abwechslungsreich; Datteln und Gerstenbrot und manchmal ein wenig Milch, aber das wichtigste war schließlich, daß sie vorankamen.

Endlich näherten sie sich dem Land der roten Berge, und Aster glaubte, in die Gegend von Cordoba oder Illiberis[29] zurückgekehrt zu sein. Als sie endlich in Thamugadi waren, nahmen sie sich kaum die Zeit, in eine Herberge einzukehren, um sich zu erfrischen und ihre Esel dort zu lassen. Aster war so ungeduldig und freute sich wie ein Kind über alles!

Es war auch Zeit, daß sie ankamen: Ein oder zwei Tage später

[29] Granada

und der Markt wäre zu Ende gewesen. Die Menge der Verkäufer, der Käufer und Schaulustigen wurde von einer Art unbeweglicher Bewegung getrieben, wie das Meer oder wie jene großen Wanderdünen, die still zu stehen scheinen. Sie ließen sich einfach mittreiben, hier und da wurden sie von Talismanverkäufern, Wasserträgern oder Bettlern aufgehalten ...

Der Sertius-Markt, zu dem man von der Straße her über eine kleine Treppe gelangte, war von einer Steinmauer mit einer Reihe von Fenstern umgeben, auf deren Gesimsen Dutzende von Eidechsen schliefen. Innen waren zwei halbkreisförmige, mit hellen Steinen gepflasterte Höfe. Ringsherum unter den Arkaden lag ein Stand neben dem anderen, und man stolperte fast über die Waren. Auf dem größeren Innenhof herrschte ein unbeschreibliches Menschengewimmel: Hier wurden Früchte verkauft, Felle, Ölkrüge, Schmuck, gegrillte Wassermelonenkerne, Gewürze, in Öl Gebackenes ... In einer Ecke waren Marktschreier bemüht, die Menge beiseite zu schieben, um zwei schwarze Böcke, die von ihren Eigentümern an der Kette gehalten wurden, miteinander kämpfen zu lassen; woanders drehte sich eine Nubierin zum Klang der Zimbeln und Tamburine in einem Kreis von Zuschauern, die in die Hände klatschten ...

Plötzlich griff Aster nach Nomos' Arm. Sie deutete auf einen Mann in gestreiften Kleidern, der nicht weit von ihnen vor einem großen Korb mit Datteln saß:

»Bestimmt ist das unser Vetter«, sagte sie.

Nomos ging auf den Mann zu und fragte ihn, ob er Tasir sei. Dieser spuckte einen Dattelkern in den Staub und schüttelte nur den Kopf.

Keineswegs entmutigt steuerte Aster bereits auf einen anderen »Vetter« zu, der, in ein weißes Kleid gehüllt, Ziegenfelle an einen feilschenden Legionär verkaufte. Nomos und Aster näherten sich.

»Drei Felle für zehn Sesterzen«, bot der Legionär.

»Drei für zehn? Bei Gurzil und dem Widder, du ruinierst mich!«

»Einundzwanzig Sesterzen, das ist mein letzter Preis. Sieben für ein Fell!«

»Ich gebe dir vier pro Fell, mehr sind sie nicht wert.«

»Schön, nimm sie für siebzehn und ich geh' nach Hause.«

»Fünfzehn!«

»Sechzehn!«

Nomos war sicher, daß der Verkäufer nicht sein Vetter war, aber als der Legionär bezahlt hatte und mit seinen Fellen davonging, fragte er ihn trotzdem, ob er Tasir sei. Der Mann zählte seine Münzen.

»Tasir? Nein, ich bin nicht Tasir, aber ihr findet ihn dort hinten auf dem Dattelmarkt.«

Sein Blick fiel auf Aster, die trotz ihrer Bräune noch immer etwas Durchsichtiges und Zerbrechliches an sich hatte, und er sagte zu ihr:

»Da, such dir ein Fell aus. Ich schenk' es dir.«

Er zwinkerte beiden zu:

»Wir machen prächtige Geschäfte mit den Legionären, und da muß man den Göttern danken . . .«

Am Eingang des Dattelmarktes saß eine Frau mit tätowiertem Gesicht und einem orangefarbenen Schal über den Haaren; sie verkaufte Ringe und Armbänder, die sie an den Fingern und den Handgelenken trug. Sie kannte Tasir: Sie waren miteinander verwandt. »Wir auch«, sagte Nomos. Sie sah ihn und Aster neugierig an:

»Seid ihr die jüdischen Verwandten aus Hippone? Ich hab' nicht geglaubt, daß es euch wirklich gibt.«

Sie führte sie außerhalb der Stadtmauer zum Zeltlager der Dscheruah-Berber, und während die Kinder die Fremden sogleich belagerten, trat sie in das größte Zelt ein. Ein Mann kam heraus, groß, bärtig, mit kurzgeschnittenem braunem Haar und tiefblauen Augen in einem Gesicht wie aus gebranntem Ton:

»Willkommen«, sagte er und breitete die Arme aus. »Ich habe euch erwartet. Der Ewige sei gesegnet, daß er euch bis hierher geführt hat.«

Im Zelt saßen mehrere Männer auf Teppichen. Als die Fremden eintraten, standen sie auf, begrüßten sie und zogen sich dann zurück.

»Habt ihr Hunger oder Durst?« fragte Tasir. »Setzt euch . . .« Er sprach punisch.

»Du bist Nomos der Rothaarige, nicht wahr? Wie geht es deinem

Vater Elias?«

»Ja, ich bin Nomos. Meinem Vater geht es gut, und er grüßt dich . . . Aber woher weißt du das?«

»Ich kann nicht schreiben, aber ich vermag zu hören . . .«

Eine Frau brachte Wasser und Datteln:

»Meine Schwester Dija«, stellte er vor. »Meine Frau Sura ist in Thumar geblieben . . . Es wird ihr sehr leid tun . . . Wie geht es unseren Brüdern in Hippone?«

»Die Christen dulden sie, aber sie akzeptieren sie nicht.«

»Wenige von denen, die Gerechtigkeit predigen, leben in der Gerechtigkeit.«

Nomos, der auf dem Boden saß, fühlte sich in der Gegenwart seines Vetters Tasir erstaunlich wohl.

»Auf griechisch«, erklärte er, »heißt ›Gerechtigkeit‹ ›elemosyne‹, das bedeutet Mitleid, Bedauern, während man auf hebräisch ›Zedek‹ sagt, Gerechtigkeit, Barmherzigkeit.«

Tasir ließ sich die Worte wiederholen und dachte lange nach:

»Ich würde keine Gerechtigkeit wollen«, sagte er schließlich, »die nur Mitleid ist.«

Aster entging nichts von ihrer Unterhaltung und der Umgebung. Aufmerksam sah sie von dem Berber auf ihren Mann und suchte nach einer Ähnlichkeit.

»Im Gebirge«, fuhr Tasir fort, »bin ich der Oberste. Die Tradition will, daß ich die Befehle gebe und Recht spreche. Wie alle Menschen kann ich mich irren, aber so ist es nun mal . . .«

»Triffst du deine Entscheidungen allein?«

»Der Rat der Weisen kann seine Meinung dazu sagen, aber ich bin ihr Ältester, und den respektieren die Menschen.«

»Gerechtigkeit gibt es nur«, sagte Nomos, »in der Furcht vor dem Gesetz und nicht in der Furcht vor seinen Hütern.«

»Bei uns sind Gesetz und Gott eines, und da wir viele Götter haben und jeder Gott sein Gesetz hat, entscheidet das Oberhaupt des Stammes . . . Da, nimm ein Stück Ölgebackenes.«

Der Tag neigte sich. Auf der Schwelle des Zeltes stand neugierig eine ganze Kinderschar.

»Bevor wir in die Herberge zurückkehren«, sagte Nomos, »will ich dir eine Geschichte erzählen. Ein Oberster, ein König, errichtete eines Tages einen Palast. Alles darin war nur ein Trugbild: die Türen, die Fenster, die Säle und die hohe Mauer, die ihn umgab. Von diesem Schein-Palast aus regierte er über sein Volk. Wie du dir vorstellen kannst, kamen die Unzufriedenen und Elenden zum Palast und wollten um Gerechtigkeit bitten, aber sie blieben vor den Toren stehen, weil sie Angst hatten, sie zu öffnen. Eines Tages bekam ein Minister Mitleid mit diesen Leuten, die um den Palast irrten und nicht einzutreten wagten. Er sagte ihnen, daß sie in Wirklichkeit nichts von der Gerechtigkeit trennte, daß die Tore, die Mauer, die Türschlösser und sogar der Palast nur Blendwerk seien . . .«

Nomos schwieg.

»Und?« fragte Tasir. »Was geschah dann?«

»Das sagt die Geschichte nicht.«

Tasir lächelte, dann bemerkte er etwas verlegen:

»Deine Geschichte ist schön und richtig. Aber wenn ich sie in Thumar erzähle, würde ich aufhören, der Oberste zu sein.«

Noch jahrelang sprachen Nomos und Aster von dieser Reise und schmückten sie im Lauf der Zeit immer mehr aus – wie das mit Reiseerinnerungen häufig geschieht. Jedes Jahr ließen die Vettern aus dem Auresgebirge ihnen einen Brief überbringen, in dem sie ihnen die Neuigkeiten berichteten und nach den Daten der Feiertage fragten, und jedes Jahr antwortete Nomos.

Zwanzig Jahr später – Nomos der Rothaarige war inzwischen grauhaarig, aber Aster hatte noch immer jenes Leuchten im Gesicht – brachte ein besonderer Anlaß sie dazu, wieder einmal über Thamugadi und Thumar zu reden. Eines Abends war Nomos gerade dabei, die Psalmen Davids für den Kaufmann Nechemja, den Sohn von Janus, einem der *Parnassim* der Gemeinde von Rusicade, abzuschreiben. Er gab sich dabei besondere Mühe, einmal, weil er die Psalmen Davids liebte und zum anderen, weil er stolz war, diesen Auftrag aus einer so weit entfernten Stadt erhalten zu haben. Seine Frau und seine beiden Söhne schliefen schon lange, und er schrieb immer noch. Plötzlich klopfte es an die Tür, und eine Stimme rief:

»Nomos! Nomos! Ich bin's, Paulus, mach auf!«

Er ging und öffnete. Sein Freund war ganz außer sich. »Komm

herein, Paulus«, sagte Nomos. »Setz dich, was führt dich so spät zu mir?«

»Du solltest eher sagen, so früh, es ist bald Morgen.«

»Für eine schlechte Nachricht ist es immer zu früh. Laß dir Zeit.«

»Du hast recht. Segnungen und Plagen, sagt Bischof Augustin, sind ineinander verwoben; die eine zu empfangen heißt auch, die andere anzunehmen.«

Paulus begutachtete Nomos' Arbeit, doch dann brach es aus ihm heraus:

»Nomos, ich weiß nicht, wie ich es dir sagen soll, aber der Kaiser Heraklius hat ein Dekret erlassen, daß die Juden sich bekehren sollen.«

Nomos antwortete nicht. Paulus fuhr fort:

»Die Führer der jüdischen Gemeinden werden bald nach Karthago gerufen werden. In diesem Augenblick sind Sendboten auf allen Straßen des Reichs unterwegs, um die Neuigkeit zu verbreiten.«

»Also bleiben uns noch ein paar Tage«, entgegnete Nomos.

»Was willst du tun?«

»Danke, mein Freund, danke. Ich weiß es noch nicht.«

Paulus ging, und Nomos setzte sich kreidebleich wieder an den Tisch und fuhr mit seiner Arbeit fort. Als der Morgen graute, legte er Radiermesser und Feder beiseite, und die Stirn auf die Arme gelegt, schlief er einen Augenblick ein. Als er erwachte, ging gerade die Sonne auf. Nomos bedeckte den Kopf mit dem Gebetsmantel, wandte sich nach Jerusalem und betete mit klarer Stimme: »Mein Gott! Die Seele, die Du mir gegeben hast, ist rein. Du hast sie mir gebildet, Du hast sie mir eingehaucht, und Du bewahrst sie in mir, und Du wirst sie einst von mir nehmen, und Du wirst sie mir in Zukunft wiedergeben. Solange die Seele in mir ist, danke ich Dir, Herr, mein Gott, und Gott meiner Väter . . .«

Dann rief er seine Frau und seine Söhne und eröffnete ihnen den Befehl des Kaisers von Konstantinopel.

»Verflucht sei sein Name«, rief Aster.

Abraham war inzwischen einundzwanzig Jahre alt, er sollte im Herbst heiraten; sein jüngerer Bruder, Maxim, der zwei Jahre jünger war, wollte bei Rabbi Jochanan in Karthago studieren.

»Laß uns das Land verlassen«, schlug Abraham vor.

»Und wohin sollen wir gehen?« fragte sein Bruder.

»Ich weiß nicht . . . Nach Rom, nach Gallien . . . Es muß doch wohl ein Land in der Welt für uns geben.«

»Warum nicht nach Babylonien«, schlug Maxim vor. »Ich hab' gehört, daß es bei den Parthern berühmte Lehrhäuser gibt.«

Aster hatte plötzlich eine Idee und unterbrach ihn:

»Nomos«, rief sie, »erinnerst du dich an unsere Reise nach Thamugadi? Und wenn wir zu unseren Berbervettern gingen?«

Nomos schüttelte den Kopf:

»Ich glaube«, erwiderte er mit sowohl entschlossener als auch unendlich trauriger Stimme, »ich glaube, daß man nicht ewig auf der Flucht sein kann. Unsere Vorfahren sind aus Jerusalem geflohen, sie sind aus Alexandria geflohen . . . Es wird Zeit, daß wir lernen zu bleiben.«

»Aber wie sollen wir uns verteidigen?«

Aster, in deren helle Augen Furcht trat, sah abwechselnd von ihrem Mann auf ihre Söhne:

»Wir haben es nicht gelernt zu kämpfen . . . Und wir haben keine Waffen . . .«

»Wir haben eine Waffe, die sich immer bewährt hat«, erwiderte Nomos mit fester Stimme. »Das Wort. Mit dem Wort hat der Ewige – gepriesen sei sein Name – die Welt geschaffen.«

Und Nomos zog in den Krieg. Er ging in die Häuser der Juden, verbrachte seine Zeit auf den Märkten und öffentlichen Plätzen, sagte, die Juden könnten nicht ihr Leben lang auf der Flucht sein, und jeder habe das Recht, an seinen Gott zu glauben . . .

Die Christen erinnerte er an die Zeit, als sie selbst von den arianischen Wandalen verfolgt wurden . . . Den Juden versuchte er klarzumachen, daß man eine solidarische und entschlossene Bevölkerung nicht mit Gewalt bekehren kann . . . Spione folgten ihm, merkten sich jedes seiner Worte und hinterbrachten sie eilends den Regierenden. »Nimm dich in acht«, riet ihm sein christlicher Freund Paulus, aber Nomos erwiderte, daß einer schließlich das tun müsse, was er tat, und das sagen müsse, was er sagte. Rabbi Josua, der Archisynagogos von Hippone, hatte den Befehl erhalten, die Gemeinde auf die Konvertierung vorzubereiten und bemühte sich, Zeit zu gewinnen.

David, Nomos' älterer Bruder, der das Geschäft an der Ecke des Marktplatzes übernommen hatte, begriff sehr wohl, was Nomos wollte, aber er verweigerte ihm seine Hilfe: Im Geschäft muß man Rücksicht auf die Kundschaft nehmen. Und man ging ihm bereits aus dem Weg, grüßte ihn nicht mehr.

An diesem Morgen sah David, als er den hölzernen Riegel hob, mit dem er die Tür seines Ladens verschloß, daß Joseph der Fleischer auf dem Weg zu ihm war:

»Der Ewige – gepriesen sei sein Name – möge uns beschützen«, sagte David.

Joseph entgegnete aufgebracht:

»Sogar der Ewige – gepriesen sei sein Name – wird uns nicht mehr schützen können, wenn dein Bruder sich weiter für einen Propheten hält! Seinetwegen können wir nicht einmal mehr *koscheres* Fleisch verkaufen!«

Er sah sich vorsichtig um und senkte die Stimme:

»Wir Juden sind an Verfolgungen gewöhnt. Wir wissen genau, daß auch diese unangenehme Zeit einmal vorübergeht . . . In ein paar Monaten ist alles vergessen . . . (Unter seinen dichten weißen Augenbrauen rollte er drohend mit den Augen.) . . . Vorausgesetzt, daß dein Nomos nicht die Christen weiter aufhetzt!«

Er beugte sich zu David, wie um ihm das Geheimnis eines langen Lebens anzuvertrauen:

»Glaub mir, wir dürfen uns nur nicht bemerkbar machen, müssen sozusagen unsichtbar werden . . .«

In diesem Augenblick hörte man Schreie, das Geräusch rascher Schritte und das Zuklappen von Fensterläden. Joseph beeilte sich, in sein Geschäft an der Ecke des Marktplatzes zu kommen. David wollte gerade die Läden wieder schließen, als er seine Frau Sarah und seinen Sohn Simon herbeilaufen sah:

»David«, sagte sie, »wir müssen uns verstecken. Die Jagd beginnt. Sie suchen die Juden.«

David schob Sarah und Simon in eine Ecke des Ladens hinter die Ölkrüge und vergewisserte sich, daß alles verschlossen war. Er fragte sich, wo wohl Nomos blieb. Zwischen den Ritzen der Läden konnte er einen Teil des Platzes sehen, auf den jetzt die Leute strömten und sich um die Volksverhetzer scharten, die in solchen

Augenblicken immer auf den Plan treten. Plötzlich ertönte der erste Schrei, ein gräßlicher Schrei vor Angst, Schmerz und Entsetzen, und das war wie ein Signal.

Die Christen stürzten sich auf die Juden, die keine Zeit mehr gehabt hatten, sich zu verstecken oder in ihren Läden einzuschließen. Regale wurden umgestürzt, die Ware zertreten. Durch die Ritzen konnte David sehen, wie die Menge die Holzläden vor Josephs Fleischerei aus den Angeln riß und unter lautem Geschrei riesige Fleischstücke mitten auf den Platz warf. In seinem begrenzten Blickfeld beobachtete er, wie Leute hin und her liefen, einige mit Knüppeln, ja, einer sogar mit einer Axt bewaffnet, aber er wußte nicht, was insgesamt vorging. Er hörte, wie man gegen die Tür seines Nachbarn, des Gemüsehändlers Flinius, Sohn des Isaak, schlug, und ihm war, als gälten diese laut widerhallenden Schläge ihm selbst.

»David«, rief Sarah, »was ist?«

»Sst, seid still.«

Dann erschütterten die gleichen Schläge wie bei Flinius seine eigenen Holzläden. Er schloß die Augen.

Plötzlich hörte man laute Rufe:

»Die Legion, die Legion!«

Der Platz leerte sich ebenso rasch wie er sich gefüllt hatte. Als die Soldaten auftauchten, waren nur noch ein paar Hunde übriggeblieben, die Josephs koscheres Fleisch fraßen, und ein paar Juden mit zerrissenen Kleidern, die sich so gut es ging davonschleppten. David trat auf die Straße. Auf Flinius' und seine Ladentür hatte man Stoffpuppen genagelt.

Die Soldaten kamen mitten am Tag, um Nomos den Rothaarigen zu verhaften. Er war nicht überrascht, daß man ihn abholte, aber er wunderte sich, daß es nicht bei Morgengrauen war. »Die meisten Verhaftungen finden bei Morgengrauen statt«, hatte ihm einmal sein Vater – Friede seiner Seele – gesagt, »damit weder das Gewissen der einen Zeit hat zu erwachen noch der Mut der anderen zu erstarken.«

Aster, die ihn nicht allein lassen wollte, hängte sich mit aller Kraft an ihn – die Soldaten mußten sie schlagen, damit sie losließ. Kurz darauf entwischte sie ihren Söhnen und rannte hinter Nomos her, der mit gefesselten Händen zwischen zwei Reitern ging. Aber Abraham und Maxim konnten sie wieder einholen und brachten die verzweifelt Schluchzende nach Haus.

Nomos wurde nach Karthago geführt. Ein endloser Weg: Staub, Hitze und Durst. Aber was ihm wohl am meisten zu schaffen machte, mehr noch als seine wunden Handgelenke und seine blutenden Füße, war, daß niemand auf die Straße kam, als man ihn fortbrachte, keiner seiner Nachbarn aus der Kirchgasse oder der Flußstraße, an deren Ecke er wohnte, keiner von denen, die er seit mehr als fünfzig Jahren kannte. Oh, nicht, daß er etwa dachte, sie müßten ihn befreien, aber wenigstens ihn grüßen, ihm sagen, daß sie ihn nicht vergessen würden, daß man seinen Namen im Gedächtnis behalten und für ihn beten würde, er möge in der Stunde des Schreckens keine Angst haben, wenn es wirklich soweit käme, daß man . . . Aber es war niemand da, ob Christ oder Jude, und sein Weg war umso mühseliger.

»Was hat der Mensch für Gewinn von all seiner Mühe, die er hat unter der Sonne?« fragt der Prediger.

Er lief lange Zeit, ohne sich dessen überhaupt noch bewußt zu werden, und verkroch sich in seinen Schmerz. Als man ihn in Karthago in ein Kellerloch warf, nahm er dankbar das Dunkel und die Feuchtigkeit wahr, bevor er in den Schlaf hinüberglitt. Als er erwachte, fühlte er sich sehr allein und mutlos. Ganz in der Nähe weinte jemand. »Denn Du wirst meine Seele nicht dem Tode lassen und nicht zugeben, daß Dein Heiliger verwese. Du tust mir kund den Weg zum Leben; vor Dir ist Freude, die Fülle und liebliches Wesen zu Deiner Rechten ewiglich«, betete er.

Zwei teilnahmslose Soldaten holten ihn ab und führten ihn durch lange Gänge mit feuchten Mauern und hohen grauen Steinstufen bis zu einem Gewölbesaal, in dem drei Richter saßen. Sie trugen zwei Tuniken übereinander: die obere war mit Stickereien verziert und an den Seiten geschlitzt, so daß man die zweite, scharlachrote, sehen konnte.

Der Richter in der Mitte beschuldigte Nomos, ein Feind Gottes zu sein, denn anders ließen sich seine Reden gegen die Autorität der Kirche nicht erklären. Nomos erwiderte, er respektiere Kirche und christlichen Glauben, aber er verlange auch, daß die Kirche seinen eigenen Glauben achte. Man hörte seinen Antworten nicht einmal zu. Er könne sein Leben retten, sagte man ihm, wenn er sich bekehren lasse.

»Welchen Wert kann es für euch haben, wenn ihr mich zwingt zu konvertieren?« fragte Nomos. »Ist der Glaube nicht eine Offenbarung? Glaubt ihr, daß ...«

Man brachte ihn zum Schweigen. Ein anderer Richter ergriff jetzt das Wort, sagte ihm, das Gericht würde Nachsicht zeigen, wenn Nomos ihnen die Namen seiner Komplizen verriete. Da hob er die Hand. Plötzlich sehr interessiert beugte der Richter sich nach vorn.

»Wer gibt dir die Befehle? Wer ist dein Anführer? Sag uns seinen Namen!«

»Der Ewige – gepriesen sei sein Name – der Gott Israels!«

Und Nomos wurde bewußt, daß man im Angesicht des Todes auch lachen kann. Der oberste Richter, jener in der Mitte, verlas ein paar Formeln. Nomos hörte sie nicht mehr. Er wußte, daß er sterben würde und dachte an seinen Vater, der immer zu sagen pflegte: »Um eines Wunders teilhaftig zu werden, muß man es verdienen.« Er dachte an seinen Vater und bedauerte, daß er nicht im Kreis der Familie Abrahams Rolle gelesen hatte, bevor ihn die Soldaten verhafteten. Aber seine Söhne waren gute Söhne, und sie würden die Tradition fortführen.

Als dieses Scheingericht zu Ende war, bat Nomos um das Wort:

»Christlicher Richter«, sagte er, »vergiß nicht die Forderungen der Menschlichkeit!«

Wieder brachte man ihn zum Schweigen. Diesmal freute er sich darüber: Der Satz stammte von Bischof Augustin. Und jetzt wußte er auch, daß man im Angesicht des Todes heiter sein konnte.

Als er wieder allein in seinem Verlies lag, weinte er bitterlich über Aster, seine Söhne und sich selbst. Dann versuchte er, sich zu fassen, und da er nicht wissen konnte, ob es Morgen oder Abend war, entschloß er sich zum Abendgebet: »Herr, von Dir kommen uns Hilfe und Heil.«

Er schlief ein, ohne es zu merken, und als er erwachte, wußte er, daß man im Angesicht des Todes müde sein, Hunger haben und frieren konnte.

Endlich kamen sie, ihn zu holen. Er stand mit seinen verletzten Füßen auf. Er zitterte. »Er wird den Tod verschlingen ewiglich«, zitierte er, »und der Herr wird die Tränen von allen Gesichtern abwischen.«

Sie gingen durch einen anderen Gang aus grauem Mauergestein, und er kam in einen kleinen Hof. Der Morgen brach gerade an. Er mußte niederknien und den Nacken beugen. Beten, beten – aber wie betet man? Er sah, wie sich die Füße des Scharfrichters in den staubigen Boden stemmten.

»Der Ewige ist Gott!« hatte er noch Zeit zu rufen.

Der Gouverneur von Karthago diktierte an diesem Morgen zwei Botschaften. Die eine war an die Einwohner von Hippone gerichtet, die andere an den Kaiser. Beide besagten, der Anführer der Häretiker, ein gewisser Nomos, Sohn des Elias, genannt Nomos der Rothaarige, sei enthauptet worden. Der Bekehrung der Juden, wie der Kaiser sie angeordnet hatte, stünde nichts mehr im Wege.

8

Hippone
Abrahams Zeugnis

Heute, am 28. Tag des Monats Tamus im Jahre 4393[30] nach der Schöpfung der Welt durch den Ewigen – gepriesen sei sein Name – will ich, Abraham, Sohn des Nomos, Sohn des Elias, Sohn des Jonathan, beginnen, die Geschichte meines Lebens aufzuzeichnen, damit sie meinen Kindern und Kindeskindern eine Lehre sein möge.

Gestern früh hat mich Maxim, mein Bruder, in der Bibliothek abgeholt und ist mit mir durch die Straße des Bischofspalastes zum Hafen hinuntergegangen. Hier und da hörte man Rufe gegen die Juden; aber niemand hat uns aufgehalten. Am Kai haben junge Christen ein riesiges Kreuz errichtet. Die Menge, die dort versammelt war, sah hinaus aufs Meer, wo ein Schiff in Flammen stand. Das Segel, das um den Mast gerollt war, brannte wie eine Fackel. Dann brach der Mast in der Mitte auseinander und fiel auf das Deck herab.

Man sah, wie drei Männer ins Wasser sprangen und schwimmend den Damm erreichten. Aber die Menge ließ sie nicht an Land kommen und stieß sie immer wieder zurück ins Meer: »Ins Wasser mit den Juden«, riefen sie. Andere wollten sie ergreifen und ans Kreuz schlagen.

Da sahen Maxim und ich unseren Vater in der Menge. Er wirkte noch größer als sonst und bahnte sich einen Weg bis zu der Stelle, wo die Männer versuchten, aufs Trockne zu kommen. Er wandte dem Meer den Rücken zu und hob die Arme. Die Menge verstummte.

»Hat Christus nicht die Barmherzigkeit gepredigt?« fragte er mit lauter Stimme . . . »Und habt ihr Christen denn schon die Verfol-

[30] 633 n. Chr.

gung vergessen, die ihr vor nicht allzulanger Zeit selbst erduldet habt?«

Der Wind trug seine Wort weit. Mir stiegen Tränen in die Augen.

Nachdem die erste Überraschung vorbei war, rief ein Christ: »Was will dieser Jude? Mit welchem Recht redet er von Christus?«

»Mit dem Recht eines Menschen unter Menschen!«

Es gab einen Augenblick des Zögerns, dann hielt ein Fischer den Schiffsbrüchigen einen Angelstock hin und zog sie an Land. Mein Bruder Maxim wollte auf unseren Vater zugehen, aber ich hielt ihn zurück. Ich dachte, es wäre ihm wohl lieber gewesen, wir hätten ihn nicht gesehen. Als Kind habe ich ihn eines Tages überrascht, wie er in einem mit geteertem Tuch ausgeschlagenen Bottich ein Bad nahm. »Warum hast du Haare auf der Brust?« habe ich ihn gefragt. »Onkel David hat keine.« – »Laß jedem seine Nacktheit, mein Sohn«, hat er mir geantwortet.

Mein Vater kam kurz nach uns nach Hause und sagte nichts. Er wusch sich und sprach das Gebet. Meine Mutter stellte ihm Milch und Brotfladen hin. Da stürmten die Soldaten ins Haus und ergriffen ihn.

Unsere Mutter wollte ihm folgen, und wir mußten sie zurückhalten, damit die Soldaten sie nicht mit ihren Lanzen verletzten. Unser Vater, der mit gefesselten Händen zwischen zwei Reitern zu Pferde ging, wandte sich an der Ecke der Kirchgasse, unserer Straße, noch einmal um, dann sahen wir ihn nicht mehr.

Heute, am 29. Tag des Monats Tamus, kam der Christ Paulus als erster, um etwas Neues zu erfahren; immerhin hat er zwei Tage gewartet. Dann besuchte uns Rabbi Meir. Sie waren die ersten seit der Verhaftung unseres Vaters, die mit uns gesprochen haben. »Richtet nicht«, sagte oft unser Vater, »denn ihr kennt die Gründe nicht.« Trotzdem sind sie Feiglinge.

17. Tag des Monats *Aw*. Wir haben erfahren, daß unser Vater Nomos tot ist. Nach langem Nachdenken habe ich in Abrahams Rolle geschrieben: »Nomos ließ sich zum Ruhm des Ewigen – gepriesen sei sein Name – und zur Ehre des Volkes Israel im Jahre 4393 nach der Schöpfung der Welt enthaupten.«

18. Tag des Monats *Aw*. Rabbi Josua, der Archisynagogos von Hippone, ist gekommen, um uns seine Trauer und seine Dankbarkeit (das sind seine eigenen Worte) auszudrücken. Nach dem, was er aus Karthago gehört hat, soll das Dekret des Heraklius in Afrika nicht angewandt werden. »Nomos hat die Gemeinde gerettet«, erklärte Rabbi Josua feierlich. »Er wird als ein Märtyrer in unsere Geschichte eingehen. Er war ein Gerechter, vergeßt das nie.«

21. Tag des Monats *Aw*. Ich bin Schreiber an der Synagoge des Villen-Viertels geworden und gerade dabei, alle Aufträge auszuführen, die noch mein Vater erhalten hat. Im Augenblick fertige ich eine Kopie der Thora an, die für die Synagoge von Theveste bestimmt ist.

2. Tag des Monats *Elul*. Ein Kameltreiber aus Thamugadi hat uns einen Brief unseres Berbervetters, Meruan, überbracht. Wie gewöhnlich bittet er uns um die Daten des jüdischen Kalenders für das kommende Jahr. Auch er hat gehört, daß berittene Heerscharen Tripolitanien verlassen haben und sich der Bysacena nähern: »Die Berber«, schreibt er, »bereiten sich auf den Krieg vor.« Warum sollten die Araber für sie eine größere Gefahr bedeuten als die Wandalen? Im Gegenteil, für uns, die Juden, sind der Kaiser und die Kirche der Feind. Wenn Gott es so will, könnten die Araber uns von ihnen befreien. Mich würde es nicht überraschen, wenn junge Juden, die ich kenne, ihnen die Tore von Hippone öffnen würden.

27. Tag des Monats *Elul*. In zwei Tagen feiern wir das neue Jahr, das erste, das wir ohne unseren Vater beginnen müssen. Wir konnten nicht erreichen, daß man uns seine Leiche übergibt, die wir nach den Gesetzen Israels auf dem Friedhof von Hippone begraben wollten. Unsere Mutter weint nicht mehr, aber das Leuchten ist aus ihrem Gesicht gewichen. Sie scheint sehr entfernt von uns zu leben.

27. Tag des Monats *Tischri* im Jahre 4395[31] nach der Schöpfung der Welt durch den Ewigen – gepriesen sei sein Name. Zwei Jahre sind vergangen seit dem Tod unseres Vaters. Das Leben geht weiter.

[31] 635 n. Chr.

Morgen feiere ich meine Hochzeit mit Claudia. »Ein Geschlecht vergeht, das andere kommt; die Erde bleibt aber ewiglich«, wie der Prediger schreibt.

7. Tag des Monats *Cheschwan* im Jahre 4396 nach der Schöpfung der Welt durch den Ewigen – gepriesen sei sein Name. Claudia hat eine Tochter geboren, die wir Myriam genannt haben. Ich hoffe, unser nächstes Kind wird ein Junge.

3. Tag des Monats *Kislew*. Unsere Mutter, Aster, ist nicht mehr. Der Ewige – gepriesen sei sein Name – sei ihrer Seele gnädig. Trotz meines Alters habe ich das Gefühl, verwaist zu sein.

8. Tag des Monats *Tewet* im Jahre 4397 nach der Schöpfung der Welt durch den Ewigen – gepriesen sei sein Name. Ein Trauertag: Claudia hat einen Sohn geboren, der gleich darauf starb. Wir wollten ihn Esra nennen. Warum mein Gott, warum?

9. Tag des Monats *Tewet* im Jahre 4398 nach der Schöpfung der Welt durch den Ewigen – gepriesen sei sein Name. Fast ein Jahr nach Esras Tod hat Claudia einen zweiten Sohn geboren. Dieser lebt, gedankt sei Gott, und wir haben ihn Chananja genannt.

13. Tag des Monats *Elul* im Jahre 4407 nach der Schöpfung der Welt durch den Ewigen – gepriesen sei sein Name. Die Araber haben den byzantinischen Legionen eine gewaltige Niederlage zugefügt. Der Kaiser, der Patriarch Gregorius, wurde getötet. In Hippone behaupten sogar einige, der ewige Gott der Heerscharen habe den Tod meines Vaters gerächt. Die Araber, so behaupten sie, seien nur ein Werkzeug in der Hand des Allmächtigen, um die mit dem Schwert zu zeichnen, die in der Ungerechtigkeit leben. Jetzt, da die verrinnende Zeit ihnen geholfen hat, ihre Feigheit zu vergessen, entdecken sie plötzlich, daß »Nomos« auf griechisch »Gesetz« bedeutet, und sie rühmen meinen Vater, den, so sagen sie, der Höchste ausersehen habe, sie daran zu erinnern, die Thora zu ehren.

26. Tag des Monats *Elul*. Die Araber haben die Bysacena verlassen, nachdem man ihnen eine Entschädigung von dreihundert Goldtalenten gezahlt hat. Sie sind nach Tripolitanien zurückgekehrt.

27. Tag des Monats *Elul*. Kaum haben die Araber uns den Rücken gekehrt, da beschuldigen die Christen uns, ihre Komplizen zu sein. Chananja ist von Kindern auf der Straße verprügelt worden.

11. Tag des Monats *Nissan* im Jahre 4430 nach der Schöpfung der Welt durch den Ewigen – gepriesen sei sein Name. Es ist bald *Pessach*. Seit nun dreiundzwanzig Jahren habe ich aufgehört zu schreiben. Die täglichen Sorgen und meine Arbeit haben mich von meinem Plan abgehalten. Ich finde diesen Bericht nicht so lehrreich, wie ich es mir gewünscht hätte. Ich bin ein ziemlich armseliger Zeuge gewesen. Aber vielleicht werden meine Kindeskinder zufällig doch einmal diese Zeilen lesen?

Ich weiß nicht, was morgen sein wird. Man baut nicht mehr in Stein, wie es unsere Väter taten. Diese rasch hochgezogenen Lehmbauten fallen beim ersten Regen in sich zusammen. Ob wohl bald wieder im Osten die Erde unter den Hufen der kleinen Pferde erbeben wird, die diese unerschrockenen Araber züchten? Werden sie im Namen eines neuen Glaubens Afrika überrennen? Ich weiß nur, Menschen sind eben Menschen; sie ändern sich nicht. Denn das ist das Schicksal dieser Welt, wie es vom Ewigen – gepriesen sei sein Name – vorgezeichnet ist.

Ich selbst werde diese neue Welt, die anbricht, kaum noch erleben. Ich bin alt. Meine Tochter Myriam wird bald Großmutter. Mein Sohn Chananja geht auf sein 35. Jahr zu. Er ist Schreiber wie ich, wie es mein Vater und mein Großvater waren. Er setzt die Reihe fort. Aber sein ältester Sohn, Nathan, will lieber Schmied werden, statt zu studieren, um Waffen für die kämpfenden Juden zu schmieden. Dabei haben wir weder eine Armee noch Kämpfer. »Wir haben keine Kämpfer, weil es keine Waffen gibt«, sagt er. Er ist dreizehn Jahre alt. Aber sein Bruder Joseph wird unsere Tradition fortsetzen. Mit seinen elf Jahren kennt er schon mehrere Kommentare auswendig.

Claudia ist leidend. Ich frage mich, wer von uns beiden der erste sein wird, den der Ewige – gepriesen sei sein Name – zu sich ruft. Ich wäre es gern, wenn ich nicht fürchtete, sie allein zu lassen.

Während die Christen – Byzantiner, Wandalen oder Westgoten – an die Macht kommen und die verfolgen, die nicht zum selben Gott wie sie beten, ziehen an uns die Bilder der Väter und Söhne vorbei, von denen die ersteren ihren Nachkommen eine Erinnerung mit der entsprechenden Gebrauchsanweisung hinterlassen . . .

Ist meine Geschichte also vielleicht durch die Jahrhunderte immer die gleiche Geschichte? Gewiß, ich habe mich entschlossen, den wuchernden Stammbaum zu vereinfachen und nur den Zweig der Familie zu verfolgen, der Abrahams Rolle aufbewahrte; und man kommt in einer Erzählung dieser Art auch nicht umhin, die zu bevorzugen, »die etwas erleben«.

Aber wenn auch in mir all diese Eliasse und Gamaliels leben, dieser Nomos der Rothaarige, dieser Telilan der Berber oder dieser Abraham, der so untröstlich darüber ist, ein schlechter Zeuge gewesen zu sein, so leben in mir auch all jene Namenlosen, Gemüseverkäufer oder Tischler, deren Schicksale so faltenlos sind, daß man glauben könnte, sie fielen dem schweigenden Vergessen anheim.

Ich denke an diesen Nathan, den ältesten Sohn Chananjas und den Urenkel von Nomos. In einem Alter, in dem die Kinder noch träumen, wollte er Schmied werden, um die Juden zu bewaffnen. Nichts konnte ihn in seinem Plan beirren, und während sein jüngerer Bruder Joseph studierte und so die Familientradition fortführte, wurde er also Schmied. Die Juden griffen damals aber nicht zu den Waffen, und so vergaß Nathan seinen Traum und schmiedete für die neuen Herren Afrikas, die Muselmanen.

Diese waren in der Tat zurückgekehrt und diesmal, um zu bleiben. Nur die Berber, angeführt von einer Frau, der Kahina, einer Dscheruah, wie meine Vorfahren aus Thumar, versuchten, ihnen Widerstand zu leisten. Aus spärlichen Berichten des arabischen Historikers Ibn Khaldun und ein paar Legenden wissen wir, daß diese Königin nach langen Kriegsjahren von einem jungen Muselmanen, den sie aufgenommen hatte, verraten wurde. Schwer verwundet bat sie kurz vor ihrem Tod ihr Volk, sich zum Islam zu bekennen, sicherlich, um es vor der drohenden Vernichtung zu bewahren. Ich hatte daran gedacht, die erstaunlichen Züge dieser Kahina nachzuzeichnen und, wo die Dokumente mir fehlten, die Phantasie spielen zu lassen. Aber ich habe es aufgegeben, so übermächtig wurde ihre Gestalt. Meine Personen sind nicht die Helden der Geschichte: Sie sind manchmal ihre namenlosen Handlanger, stets aber ihre Zeugen.

Die Araber schickten sich gerade an, zunächst der Küste entlang gen Westen vorzudringen und dann nach Spanien überzusetzen. Zwei Jahre lang waren sie am Widerstand der christlichen Westgoten unter König Witiza gescheitert, der sich mit der Stadt Ceuta einen afrikanischen Stützpunkt gesichert hatte. Aber dieser Witiza, der einem Herzog von Cordoba die Augen hatte ausstechen lassen, war inzwischen von dessen Sohn Roderich seinerseits geblendet und des Throns beraubt worden. Dieser ernannte sich selbst zum König, und unter anderen Missetaten entführte er Florinda, die Tochter des Grafen Julian, des Gouverneurs von Andalusien und Ceuta: derselbe, der den Arabern an der afrikanischen Küste die Stirn bot. Roderich schaffte sich einen Feind nach dem anderen. Graf Julian, die Familie des ehemaligen Königs Witiza und der Erzbischof von Toledo, Oppas, taten sich zusammen und baten die Araber, sie von ihrem neuen Herrn zu befreien: Dafür, so versprachen sie, würden sie Ceuta nicht verteidigen.

Um deren Ansiedlung in Spanien zu fördern, beschlossen die Araber, einige Juden mitzunehmen. Sie verpflichteten sich ihnen gegenüber, die von den Westgoten konfiszierten Synagogen an die Gemeinden zurückzugeben.

Unter den Juden, die sich nach Spanien auf den Weg machen, befinden sich auch zwei der Meinen, Daniel und Abner, die gerade zweiundzwanzig und zwanzig Jahre alt sind. Es sind die Söhne Josephs des Rabbiners. Aber nicht zu Hause, sondern bei Nathan dem Schmied, unter Funkenstieben und dem Hämmern des Ambosses haben sie Ibrahim ibn Chakija, einen etwa dreißigjährigen, mit dem Islam verbündeten Berberfürsten kennengelernt, der seinen entfernten Vettern anbot, ihn zu begleiten. Wir werden also Hippone zusammen mit Tarik ibn Sijad verlassen – auch einem Berber –, dem Anführer des Riesenheers, das auszog, den christlichen Westen zu erobern, jenes Hippone, in das wir drei Jahrhunderte zuvor mit dem alten Saul, seinem Bruder Esra und seinem Sohn Salomon gekommen waren.

P. S. Und wenn Abrahams Rolle eines Tages einem Brand, einem Raub zum Opfer fiele? Wenn ein einziger versagte? Ich wundere mich, daß keiner dieser Schreiber, dieser so geduldigen, weisen Männer, die die Gefahren, denen sie ausgesetzt waren, so genau kannten und so bemüht waren, das Empfangene weiterzugeben, daran dachte, sie abzuschreiben. Dabei sagt der Prediger: »So ist's ja besser zwei denn eins.«

9

Toledo
Emir Tariks Jude

Rabbi Joseph, ein Urenkel von Nomos, hatte die ganze Familie zusammengerufen: Von seinem Bruder Nathan dem Schmied bis hin zu Simon dem Narren, der nie etwas anderes getan hatte, als eine Schnur zu knoten und wieder zu entknoten und dabei endlose Monologe zu brabbeln. Man feierte an diesem Tag Daniels und Abners Aufbruch nach Spanien. »Was man nicht verhindern kann«, sagte sich ihr Vater, der Rabbiner, »darein sollte man sich schicken.«

Ihre Mutter Hannah, die einen weißen Schleier über dem Haar trug, schenkte einen dicken, süßen Wein ein, den die jüdischen Weinbauern von Cirta zu bereiten pflegten. Einerseits unglücklich, daß ihre Söhne sie verließen, andererseits glücklich, daß die Familie wieder einmal beisammen war, lächelte Hannah mit Trauer im Herzen. Daniel und Abner wären am liebsten schon weit weg gewesen. Aber der Abschied wollte kein Ende nehmen.

Die Männer unterhielten sich über das alltägliche Leben, die Preise, ihr Verhältnis zu den Arabern. Der Gouverneur von Afrika, Musa ibn Nusair, hatte eine Garnison in Hippone zurückgelassen und Karthago zu seinem Sitz gewählt. Der Rat der Stadt war der gleiche geblieben – nur ein paar seiner Mitglieder hatten es für ratsam gehalten, zum Islam überzutreten. Das Geld hatte sich geändert – die neuen Münzen, die Dinare, trugen kein Bild mehr – und die Steuern: Man mußte jetzt zwei zahlen, eine Grundsteuer, den *Charadj*, und eine Kopfsteuer, die *Dschisja*. Aber die Geschäfte gingen wieder gut, und manche scheuten sich nicht, diese Sieger zu feiern, die niemanden zwangen, Muselman zu werden.

Ibrahim ibn Chakija, der sich gern mit seinem »Vetter«, Nathan dem Schmied, unterhielt, hatte ihn eines Tages gefragt, ob er sich nicht bekehren wolle:

»Wozu?« hatte Nathan geantwortet. »Bin ich deshalb ein besserer

Schmied? Ein besserer Vater, ein besserer Gatte?«

»Du wärst ein besserer Mensch.«

»Die Christen haben mir das gleiche Lied gesungen. Und gab es unter ihnen keine Sünder, keine Räuber, keine Lügner? Den Vater meines Großvaters hat man enthauptet, weil er sich weigerte, Christ zu werden. Und mein Vater Chananja – Friede ihren Seelen – sagte, es solle jeder bleiben, was er ist und achten, was die anderen sind.«

»Der Islam achtet die anderen Religionen. ›Die Mauren, die Juden, die Sabäer und die Christen‹, so steht es geschrieben, ›die, die an Gott glauben, an das Jüngste Gericht und fromme Werke tun, brauchen sich nicht zu fürchten, denn ihre Hoffnung wird nicht zuschanden werden.‹«

Allerdings ging bereits ein Gerücht umher, daß die Christen, die sich weigerten überzutreten, möglicherweise des Landes verwiesen würden. Die Männer, die gerade bei Rabbi Joseph zusammensaßen, sahen das Schlimmste voraus: »Man verspricht den Juden immer«, sagten sie, »sie in Frieden zu lassen, aber die Erfahrung lehrt, wenn man nicht mit ihnen anfängt, dann endet man mit ihnen: jedenfalls vergißt man sie nie.«

Daniel und Abner, die in Gedanken schon weit weg waren, fanden diese Worte reichlich übertrieben. Gewiß, der Vetter Ibrahim war Maure geworden, aber von den Seinen hatte man doch nicht das zu fürchten, was man jahrhundertelang unter den römischen Kaisern erduldet hatte: »Ein Vetter ist ein Vetter«, sagten sie. Beide verließen sie das Elternhaus ohne Furcht: der eine, Daniel, weil er fromm war und sein Leben in Gottes Hand legte, der andere, Abner, weil er stark und lebhaft war und gern kämpfte. Mit ihrem dunklen Teint und ihrem krausen Haar ähnelten sie sich sehr, und niemand, der sie sah, wäre auf den Gedanken gekommen, daß sie so verschieden waren.

Endlich erschien ihr Vater; er hielt in seinen Händen Abrahams Rolle wie eine Opfergabe. Alle standen auf und verstummten.

»Dem Ewigen sei Dank«, sagte Joseph, »daß wir uns heute hier versammeln dürfen. Möge er uns allen sowie dem ganzen Volke Israels Gesundheit und langes Leben schenken.«

»Amen«, erwiderte die Familie einstimmig.

Man führte die Gläser an die Lippen. Rabbi Joseph fuhr feierlich und ein wenig hölzern fort:

»Zweimal hat der Ewige den Menschen gerufen: Das erste Mal hat er sich an Adam gewandt, das zweite Mal an Mose. An Adam, weil er gesündigt hat, an Mose, weil er ihn geliebt hat. Das bedeutet, daß Elohim uns braucht, seien wir nun unschuldig wie Mose oder schuldig wie Adam, denn der Tadel ist flüchtig, der Ruf jedoch bleibt. In Spanien will die Gemeinde neu aus der Asche entstehen, und sie braucht Menschen, um ihr dabei zu helfen . . . Daniel und Abner sind diesem Ruf gefolgt. Sie wollen den Weg, der für unsere Urahnin Aster ins Exil führte, zurückgehen und, so Gott will, an einer unserer Quellen neu beginnen . . .«

Rabbi Joseph, der sonst sehr hochmütig wirkte, schmerzte der Abschied von seinen beiden jüngsten Söhnen offenbar sehr. Seine Stimme klang ganz verändert, als er fortfuhr:

»Möge der Ewige, der barmherzige Gott, sie auf ihren Wegen begleiten, sie vor den Anfeindungen der Menschen und der Verirrung des Herzens schützen, zum Ruhm des Volkes Israel und . . . und . . .«

Wäre nicht Abrahams Rolle gewesen, hätte er sich vielleicht das Gesicht mit den Händen bedeckt. Und fast flüsternd vollendete er seinen Satz:

» . . . und für mich, ihren Vater. Amen.«

»Amen«, antwortete die Familie bewegt.

Rabbi Joseph faßte sich wieder, unterdrückte seine Rührung und deutete jetzt auf Abrahams Rolle:

»Dies hier, ihr kennt sie alle, ist die Geschichte derer, ohne die wir nicht wären. Ich bitte meine Söhne, nicht zu vergessen, was unser Urahn Abraham, Sohn des Salomon, in Alexandria am achtzehnten des Monats Tamus im Jahre 3833 nach der Schöpfung der Welt durch den Ewigen – gepriesen sei sein Name – geschrieben hat. Er betete für seine Söhne wie ich für die meinen bete, der Allmächtige möge ihnen ein verständiges Herz schenken, damit sie Gut und Böse voneinander scheiden.«

»Amen«, erwiderte die Familie.

Rabbi Joseph übergab jedem seiner Söhne einen Gebetsmantel.

Er war den Tränen sehr nahe; plötzlich drehte er sich um und verließ das Zimmer.

Was für ein Abenteuer, was für ein Schauspiel, wenn eine Armee sich in Marsch setzt! Eine ganze Nacht hatte es gedauert, bis die verschiedenen Armeeverbände sich aus der Umgebung, wo sie Quartier bezogen hatten, gesammelt und ihre Marschordnung eingenommen hatten: An der Spitze die grünen Fahnen des Islams mit den leichten Truppen der Vorhut, gefolgt von den Lanzenträgern auf ihren gepanzerten Pferden. Dicht hinter ihnen ritt der Anführer der Armee – der *Emir* – mit seinen Offizieren, seinen Ratgebern und Vertrauten unter Trommelklang und wehenden Bannern. Dann kam die Truppe der Araber, Reiter und Fußvolk, nach ihnen die übergetretenen Berber, die den größten Teil der Armee ausmachten; sie rückten nach Stämmen vor, jeder einzelne angeführt von seinem Fürsten und seiner Standarte. Ihnen wiederum folgten die Kamelherden und die Karren der Hilfstrupps: Marketender, Wagenbauer, Schreiner, Köche, die von einer Nachhut gedeckt wurden. Wie glücklich und stolz sahen diese Krieger aus, wenn sie sich nach dem Gebet erhoben, aufs Pferd stiegen und aufrecht im Licht des Morgens aufbrachen, um die Welt zu erobern. Nicht der Schatten von Furcht: Allah war mit ihnen!

Ganz Hippone war auf den Beinen, als das riesige Heer in stolzer, herausfordernder Parade durch die Stadt und zum Westtor hinauszog. Plötzlich brach die Sonne durch und entriß den Schatten die Seide der Fahnen, das Metall der Waffen, das glänzende Fell der Pferde und das polierte Leder des prächtigen Zaumzeugs . . . Lauter Trommelwirbel . . . Selbst die zurückhaltendsten Zuschauer konnten sich einer gewissen Ergriffenheit nicht erwehren. Und so standen sie noch lange, die Bürger von Hippone, und sahen dem letzten Zug nach – wie überall rannte eine Schar von Frauen, Kindern und Bettlern der Armee, die bald am Horizont verschwunden war, hinterher . . . Daniel und Abner gehörten mit anderen jüdischen Ratgebern zum Gefolge von Ibrahim ibn Chakija, einem der Offiziere des Emirs Tarik ibn Sijad. Alles, was sie sahen, erstaunte, ja begeisterte sie. Inmitten dieser Armee, dieser tapferen Krieger, fühlten sie sich unbesiegbar, und Abner, der jüngere und hitzigere, wäre wohl auch gern bewaffnet gewesen. Nur seine kreuzlahmen Glieder, die ihn tagelang plagten, konnten seinen Eifer etwas dämpfen: Als der Entschluß der beiden Brüder, mit der Armee zu ziehen, feststand, waren sie zwar aufs Pferd gestiegen, aber mit diesen langen Tagen im Sattel, die nur von den fünf Gebeten des Islams unterbrochen wurden: as-Subh, az-Zuhr, al-Asr, al-Maghreb und al-Isha, hatten sie nicht gerechnet.

Sitifis, Icosium, Caesarea, Cartenna . . . Rechts das Meer, links die Wüste, der Himmel über ihnen und das endlose Land: Wie viele junge Leute sahen unsere beiden Juden durch diesen Aufbruch in die Ferne ihre Sehnsucht nach Abenteuern gestillt, und um nichts in der Welt wären sie wieder umgekehrt. Wie viele andere brannten sie bereits vor Ungeduld.

Endlich waren sie in Ceuta, das von den feindlichen Soldaten geräumt war und dessen Bevölkerung ihnen willfährig entgegen kam. Sie zeigten ihnen die berühmten felsigen Vorgebirge – Abyla auf der einen Seite, Calpe auf der anderen –, die man die Herkulessäulen nannte und zwischen denen die Meere sich vereinen. Ihnen gegenüber, im blauen Dunst, konnte man die Küste Spaniens ahnen. Es war Abend, und die Armee, die zum Stehen gekommen war, stieß einen durchdringenden Schrei aus. Daniel und Abner fielen in diesen furchtbaren Laut ein, der ihnen das Blut stocken ließ und begriffen erst nachher, daß es ein Kriegsschrei war.

In dieser Nacht schliefen sie nicht. In dem Augenblick, in dem sie ihren Fuß auf einen anderen Kontinent setzen, wenden sich die Menschen nach dem um, was ihr Leben gewesen ist: Würden sie zurückkehren? Lange schlugen die Trommeln und weckten in den Herzen der Krieger eine düstere Leidenschaft, Flamme und Asche zugleich, die sie härter und gieriger für den Kampf werden ließ.

Daniel und Abner mußten sich der Tatsache beugen: Eine Armee ist keine Karawane von Händlern; ihr Ziel ist der Krieg, der Raub, die Beute, das Lösegeld, und ihr Ruhm bemißt sich nach der Zahl der Opfer. Während des langen Weges an Afrikas Küste entlang hatten sie ihren Vetter Ibrahim besser kennengelernt und eines Tages auch mit Abscheu erlebt, wie er befahl, einem seiner Männer, der des Diebstahls überführt war, die rechte Hand abzuhacken: »So befiehlt es das Gesetz«, hatte er erklärt, »und eine Armee, die nicht ihr eigenes Gesetz befolgt, hat keinerlei Aussicht, Schlachten zu gewinnen.«

»Und wenn dieser Mann doch unschuldig ist?« – »Das Wichtigste ist der Zusammenhalt der Armee.« – »Ein Mensch ist unersetzlich«, hatte Daniel eingewandt.

»Der Sieg auch, Vetter, du wirst sehen.«

Manchmal bekamen die beiden Brüder Ibrahim mehrere Tage lang nicht zu Gesicht, manchmal kam er, um mit ihnen auszureiten; er saß – eine gelenkige, schmale Gestalt – auf seinem grauen Pferd und erzählte von dem Auresgebirge, den großen Oasen und den schwarzen Zelten. Einmal brachte er sie zu Tarik ibn Sijad in dessen prächtiges Zelt. Der Emir bedeutete ihnen, auf den Teppichen Platz zu nehmen, unterhielt sich mit ihnen über den Aufbau der jüdischen Gemeinden und fragte sie, ob sie ihn bei der Verwaltung der Städte, die fast ausschließlich christlich waren, unterstützen könnten.

Es waren noch andere jüdische Ratgeber anwesend, von denen Daniel und Abner einige kannten. Im Verlauf des Gesprächs entdeckten sie, daß sie alle in ihrer Familie einen Vorfahren hatten, der aus Spanien kam: Für jeden von ihnen war dies sozusagen eine Wallfahrt in Städte und Landstriche, von denen sie nichts als den Namen kannten – Cordoba, Toledo, Hispalis[32] . . . Keiner von ihnen hätte sagen können, ob er wieder nach Hippone zurückkehrte.

»*Allahhu akbar!* Allah ist groß!« riefen die Soldaten des Islams, als sie den Fuß auf die spanische Küste setzten. Zum Ruhm ihres Anführers gaben sie dem kahlen Vorgebirge, das die Meerenge überragt, den Namen Dschebel Tarik[33] und zogen in Algeciras ein.

Dort suchten zwei Männer in geheimer Mission des Grafen Julian den Emir Tarik auf: Der Graf ließ sie wissen, er wolle in der großen Schlacht der Westgoten gegen die Mauren die arabische Armee unterstützen. Er schlug vor, er würde sich wie gewöhnlich an König Roderichs rechter Seite halten. Wenn die Araber als erste angriffen, würde er zurückweichen und auf diese Weise wäre Roderichs Flanke ungedeckt . . .

[32] Sevilla

[33] Das spätere Gibraltar

»Warum will er sich eigentlich an König Roderich rächen?« fragte der Emir.

»Weil der König die Tochter des Grafen vergewaltigt hat.«

Tarik konnte sich ein Lächeln nicht verkneifen: Ein Land wegen einer Frau zu verlieren!

Andere Sendboten, dieses Mal Juden, erwarteten die Anführer der arabischen Armee, um ihnen zu versichern, sie würden die Tore von Cordoba, Toledo und Malaga offen finden; alle zwangsgetauften Juden, fügten sie hinzu, hofften sehr, daß die Araber ihr Versprechen halten und die Synagogen wieder öffnen würden.

»Laßt uns erst einmal die Schlacht gewinnen«, erwiderte Tarik.

Die Schlacht fand in der Xeres-Ebene statt, zwischen einem ockerfarbenen, von Oliven umgebenen Dorf und dem Rio Guadalete.

Die Westgoten hatten ihre Wagen in dem Olivenhain gelassen und standen in dichter Reihe vor den Hügeln. Sie bildeten eine undurchdringliche, dichte schwarze Wand, deren einzige Lichtflecke ihre roten Schilde waren. Sie wirkte wie ein tragisches, unwandelbares Element der Landschaft, eine Mauer, eine Grenze – nur ein Wahnwitziger konnte sie zu durchbrechen versuchen.

Während sein Spähtrupp und die Vorhut den Fluß durchquerten, richtete Tarik ibn Sijad diesseits des Flusses auf einem kahlen, von ein paar schwarzen Zypressen bewachsenen Hügel sein Zelt auf. Er ließ die Armee der Westgoten nicht aus den Augen. Vielleicht versuchte er, König Roderich zu entdecken – dort, wo das Haupt war, mußte er zuschlagen. Oder witterte er mit dem Instinkt des Wüstenjägers, daß das Versprechen des Grafen Julian eine Falle war?

Seine Ratgeber hielten sich in der Nähe auf. Daniel und Abner sahen, wie die arabische Armee langsam den Fluß durchquerte. Hier die Bogenschützen, dort die leichten Reiterschaften mit den Lanzenwerfern. Ihre Blicke folgten Ibrahim und seinen Berbern mit den blauen Turbanen; sie hatten an diesem Morgen ihre Verwandlung im Angesicht der nahenden Schlacht miterlebt und begriffen, daß es im Grunde genommen zwei Kämpfe gibt: den der gesamten Armee, der mit einem Sieg oder einer Niederlage endet, und den jedes einzelnen Kriegers, an dessen Ende Tod oder Leben stehen. Sie sahen, wie Ibrahim sich entfernte, und unwillkürlich bewegten sich ihre Lippen zum Gebet. Gewiß, er war zum moslemischen Glauben übergetreten, aber vorher war er Jude gewesen, er war als Jude geboren, und bestimmt steckte in ihm noch etwas Jüdisches . . . Der ewige Gott Israels hatte ihn vielleicht noch nicht völlig aus dem Buch des Lebens gelöscht . . .

Und plötzlich sah man, wie die dichte Mauer der Feinde sich in Marsch setzte. Die Westgoten hatten den Augenblick abgewartet, in dem die arabische Armee, nachdem sie den Fluß durchquert hatte, ihre Stellungen suchen mußte. Sie hofften, sie zu überraschen, bevor sie zum Angriff bereit war. Und ihr ungeheurer Ansturm erschütterte die Erde. Die Mauer rückte unerbittlich, lückenlos voran und wirbelte eine riesige Wolke aus ockerfarbenem Staub auf.

Daniel und Abner schlossen die Augen, überzeugt davon, daß die schmalgliedrigen Berber auf ihren leichten Pferden ganz einfach unter den tausend schweren Hufen zermalmt würden. Furcht ergriff jede Faser ihres Körpers. Als sie wagten, wieder aufzuschauen, wurde ihnen klar, daß die Araber dem Ansturm ausgewichen waren. Sie hatten weder das Gewicht noch Neigung oder Temperament zu einem solchen Büffelkampf, Stirn gegen Stirn. Sie waren rasch, geschickt und grausam, schlugen dort zu, wo man es am wenigsten erwartete, wirbelten herum, täuschten Flucht vor, kamen wieder zurück . . . Die Reiterverbände wichen plötzlich zur Seite und gaben den Weg frei für die Bogenschützen in drei dichten Reihen, die einen Hagel von Pfeilen schossen . . . Eine tödliche Wolke . . . Reiterlose Pferde liefen wiehernd davon . . . Der Klang von Eisen gegen Eisen . . . Rufe, Stöhnen, Schreie . . . Tariks Legionen ließen den Westgoten keine Zeit, um sich neu zu formieren. Dieses Chaos von Männern und Pferden kam ihnen durchaus zustatten.

Und plötzlich galoppierten Ibrahim und seine Berber wie ein einziger Mann, mit einem einzigen Kriegsruf auf Graf Julians Armee zu. Und, wie vereinbart, wich die Armee des Grafen Julian zurück und ließ König Roderichs Flanke ohne Deckung. Dort stand er, der König der Westgoten, in seinem berühmten Elfenbeinwagen, neben ihm seine persönliche Wache auf großen Schimmeln. Als Tarik ihn sah, winkte er seinen Männern, sprang in den Sattel und galoppierte den Hügel hinunter.

Daniel und Abner beobachteten, wie er den Fluß durchquerte.

Und wohl aus einem Instinkt heraus, wichen seine Krieger vor ihm beiseite, so daß er durch eine Art Gasse ritt, die sich vor ihm und seinem Pferd öffnete . . . Die Schlacht war jetzt in vollem Gange, und die Araber umzingelten die Westgoten . . . Man begriff nichts mehr von diesem wütenden Schlachtengetümmel, es sei denn, daß der Besiegte sich so bald von seiner Niederlage nicht erholen würde. Es war ein Kampf auf Biegen und Brechen.

Roderichs Armee leistete noch lange Widerstand, wie jene großen Tiere, die ein Raubtier an der Gurgel gepackt hat, und erst am Abend gab sie todesmatt auf . . . Die, die noch konnten, flohen . . . Die anderen wurden unter Freudengeheul niedergemetzelt . . . Für die Krieger gab es reiche Beute . . .

Daniel und Abner, die so erschöpft waren, als hätten sie selbst gekämpft, gingen hinunter zum Fluß. In den Wellen schwammen Leichen, und Blutspuren lösten sich langsam im klaren und frischen Wasser auf. Hunderte und Aberhunderte Tote und Verletzte bedeckten die Erde. Auf dem Schlachtfeld kniete die Armee der Sieger nieder, um das Abendgebet zu sprechen – Allah akbar!

Ibrahim ibn Chakija war tödlich verwundet worden. Er würde nicht mehr in seine Berge zurückkehren. Er bat seine jüdischen Vettern zu sich. Man hatte ihn, mit anderen verletzten Offizieren, in die Nähe von Tariks Zelt gebracht. Daniel und Abner näherten sich seinem Lager. Ibrahims Gewand war blutbefleckt, und sein Gesicht wirkte noch magerer als sonst.

Er konnte kaum noch sprechen:

»Allah möge euch schützen! Der Gott Israels möge euch schützen!«

Er schloß eine ganze Weile die Augen, aber er atmete noch schwach. Daniel schämte sich mit einem Mal über die Begeisterung, die ihn erfüllt hatte, als er sah, wie Ibrahim mit erhobener Waffe auf die feindlichen Reihen zustürmte, wo sie am dichtesten waren.

»Vettern!« flüsterte Ibrahim. »Beschützt unseren Emir Tarik . . . Beratet ihn . . . Mißtraut denen, die ihn umgeben . . . Es sind Schakale . . .«

Nach einer Pause fuhr Ibrahim der Berber fort: »Seid stolz auf mich . . . Ich habe König Roderich den ersten Schlag versetzt . . .«

Ibrahim starb noch in der Nacht und wurde bei Morgengrauen begraben. Später wurden Daniel und Abner zum Zelt des Emirs gerufen, vor dem sich die Boten drängten. *»Salem aleikum«,* sagte Tarik.

»Aleikum-es-salem«, erwiderten sie.

»Es ist ein großer Sieg«, sagte der Emir, »aber ein Tag der Trauer. Wir haben eine Welt gewonnen und einen Freund verloren, möge Allah ihm gnädig sein! . . . Versteht ihr, was ich sage?«

Dank ihrer Hebräisch- und Aramäischkenntnisse hatten die Brüder verhältnismäßig leicht das Umgangsarabisch gelernt.

»Morgen«, fuhr Tarik fort, »brechen wir nach Norden auf. Die feindliche Armee ist zerstreut, zahlreiche Adlige suchen unser Bündnis, und die jüdischen Gemeinden erwarten uns überall als ihre Befreier. Jetzt ist es an euch, eure Aufgabe zu übernehmen: Ihr sollt zwischen ihnen und uns die Verbindung herstellen und ihnen helfen, die Verwaltung der Städte zu übernehmen. Bis Musa ibn Nusair zu uns stößt, haben wir nicht genug Männer, um Krieg zu führen und gleichzeitig zu regieren . . . Welche Stadt zieht ihr vor? Toledo? Cordoba?«

»Unsere Familie stammt zum Teil aus Cordoba«, erwiderte Daniel, »aber wohin gehst du?«

»Ich? Ich gehe nach Toledo. Roderich ist verschwunden. Man hat nur sein Pferd und einen seiner Silberstiefel gefunden . . . Aber Toledo war seine Hauptstadt, und ich will Toledo einnehmen.«

»Also werden wir dir folgen, Emir.«

Tarik, auf den mehrere Besucher warteten, wurde ungeduldig: »Warum?« fragte er unwillig.

»Weil das der letzte Wille deines treuen Offiziers, unseres Vetters Ibrahim ibn Chakija, war.«

Tarik verlor jetzt die Geduld. Er deutete nacheinander auf die beiden Brüder:

»Du«, sagte er zu Abner, »du kommst mit mir . . . Und du gehst mit Mugeis el-Rumi nach Cordoba . . . Ma es-salama.«

Cordoba ergab sich kampflos. Es war eine große, stille und angenehme Stadt, mit ihren Palästen und Plätzen, einer großen römischen Brücke über dem Guadalquivir. Aber daneben gab es ein

Gewirr von kleinen Gäßchen mit weißgekalkten Häusern, Gärten, die nach Blumen und Früchten dufteten, Innenhöfe, in denen im Halbschatten die Brunnen plätscherten.

Daniel fühlte sich hier sofort zu Hause; er fand sogar das Haus wieder, in dem Aster, die Frau seines Urahns Nomos, gewohnt hatte. Seine erste Aufgabe war, die zwangsgetauften Juden wissen zu lassen, daß sie zu ihrer Religion zurückkehren und wieder in die Synagogen gehen konnten. Die Juden und die Christen wurden unter das Statut der *Dhimmis*, das heißt, Schützlinge des Islams, gestellt. Daniel wurde empfangen, als hätte er selbst, ausgestattet mit göttlicher Stärke, die Feinde besiegt. Seine Sorgen begannen, als die Juden wieder einige ihrer ehemaligen Güter in Besitz nehmen durften. Diese waren nun schon seit Generationen in fremder Hand gewesen, und es fehlte nicht an Anlässen zu Streitigkeiten. Daniel bemühte sich stets, Geduld und Gerechtigkeit zu üben, bevor er dem Gouverneur vortrug, was ihm das Richtige schien. Er machte sich zahlreiche Freunde und zahlreiche Feinde, aber das ist wahrscheinlich das Schicksal einflußreicher Ratgeber.

Die Juden lebten zwischen der Kathedrale – die in eine Moschee umgewandelt worden war – und dem Fluß. Man nannte das Viertel der *Medina* »El Jahudi«, die »Stadt der Juden«. Daniel wohnte in einem der Nebengebäude des prächtigen Palastes, in dem früher die westgotischen Herren residiert hatten, und den man jetzt *Alcazar* nannte. Er hatte einen langen Brief nach Hippone geschrieben und ihn einem der Boten der Armee anvertraut; aber er konnte nicht wissen, ob er angekommen war oder zumindest je ankommen würde. Er dachte manchmal an seine Familie, an seinen Vater, der in seiner Würde immer etwas steif wirkte, an seine Mutter, deren Zärtlichkeit stets den Ausgleich geschaffen hatte, an Simon den Narren und seine Schnur, an Nathan den Schmied ... Es schien ihm ein anderes Leben zu sein ...

Von seiner granitenen Felshöhe herab spiegelte sich das halbleere Toledo in den rotbraunen, trägen Wassern des Tajo. Als nach kurzen, aber heftigen Kämpfen der Emir Tarik einzog, floh ein Teil der Bevölkerung, und die Stadt öffnete ihm die Tore. Die Sieger erbeuteten den Schatz der westgotischen Könige, zu dem unter anderem der berühmte »Tisch des Königs Salomon« gehörte, den angeblich Titus von Jerusalem nach Rom und die Goten von Rom nach Toledo gebracht hatten: Er war aus massivem Gold und Silber, mit Korallen und Perlen verziert und trug die zwölf Sternzeichen in Smaragden.

Wie Cordoba fand die Stadt rasch wieder ihr Gleichgewicht. Man baute Moscheen, öffnete die Synagogen, und die Juden kehrten zur Religion ihrer Väter zurück. Wie sein Bruder Daniel stellte Abner die Verbindung zwischen der wiedererstarkten Gemeinde und den maurischen Herren her. Jeden Abend begab er sich in die größte der Synagogen, die wieder dem Gottesdienst dienten. Sie war zum Treffpunkt der Gemeinde geworden. Er war inzwischen eine einflußreiche Persönlichkeit, man suchte seinen Rat und hofierte ihn. Er hatte ein sicheres Urteil. Aber er gefiel sich allzusehr darin, seine Eitelkeit zu befriedigen, und mit seinen zwanzig Jahren ließ er sich von allen Verlockungen blenden – er hatte schon einmal umziehen müssen, um seinen zahlreichen Eroberungen zu entrinnen ... Er lebte in den Tag hinein, wie in einem Rausch, aber ohne Freude. Er mochte Toledo nicht, seine grauen Steinmauern unter dem verhangenen Himmel, seine Treppen und steilen Gassen, durch die das Schmutzwasser hinunter in den Tajo floß ... Er wußte aber sehr wohl, daß er hier nicht alt werden würde.

Bald ging die Kunde, daß sich Musa ibn Nusair, der Gesandte des Kalifen, auf dem Weg nach Spanien befand. Er war ein launischer, hochfahrender Herr, der auf Tariks militärischen Ruhm eifersüchtig war, und die Beziehungen zwischen den beiden Männern waren stets schwierig und eher schlecht gewesen.

»Weißt du«, fragte der Emir Tarik Abner eines Tages, »wer auf dem Weg nach Toledo ist?«

»Ja, Emir, alle Welt spricht darüber.«

»Was sagt man?«

»Man sagt, du solltest auf der Hut sein.«

»Warum?«

»Weil man eifersüchtigen Männern stets mißtrauen sollte.«

Tarik fühlte sich in dem Palast mit seinen Marmorsäulen ebenso zu Hause wie unter seinem Zelt.

»Und wenn ich Musa den Schatz übergeben würde«, fragte er,

»damit er selbst ihn dem Kalifen bringt?«

»Du würdest ihm das Vergnügen rauben, ihn dir zu nehmen.«

Tarik lachte schallend und fragte:

»Was rätst du mir denn?«

»An deiner Stelle, Emir, würde ich ihm zwar den Schatz der Westgoten übergeben, aber ein Stück behalten, damit er nicht behaupten kann, er habe selbst die Stadt eingenommen ... Einen der Füße von Salomons Tisch zum Beispiel ...«

Tarik lächelte:

»Ibrahim – Allah sei ihm gnädig – hat sich nicht in dir getäuscht. Chukran, danke!«

Jetzt war die Reihe an Abner, ihm von seinen Sorgen zu berichten. Die Steuern wurden von einem Juden eingenommen, einem gewissen José ibn Esra, Roderichs ehemaligem Schatzmeister, der damals auch zum Christentum übergetreten war. Als die Araber kamen, war er wieder Jude geworden, hatte sein Amt behalten und waltete ohne Erbarmen: Obgleich das Gesetz sie davon befreite, ließ er selbst die Krüppel die achtundvierzig Dinare zahlen, die die Bürger von Toledo jeden Monat entrichten mußten. Abner wünschte, daß man ihn ersetzte:

»Warum denn?« fragte Tarik. »Er tut doch seine Arbeit.«

»Aber er ist Jude, Emir.«

»Na und? Bist du nicht auch Jude?«

»Emir, wenn ein Jude ein schmutziges Geschäft besorgt, fordert er rasch eine gewisse Feindseligkeit heraus, die sich jeden Augenblick gegen die Gemeinde richten kann.«

»Ich glaube, Abner, daß die Steuereinnehmer nie besonders beliebt sind, ob nun Jude oder nicht.«

Abner zog sich zurück, aber er war sicher, daß er recht hatte: Die Gepflogenheiten dieses José ibn Esra stellten eine Gefahr für Tarik dar. Er beschloß, ihn aufzusuchen.

José ibn Esra bewohnte ein großes, strenges und schmuckloses Haus, dem nur die hochflorigen Teppiche Wärme verliehen. Er selbst war ein etwa vierzigjähriger, hagerer Mann, der sich sehr aufrecht hielt, mit grauem Haar und schwarzen Augenbrauen, was seinem Blick eine eigenartige Härte verlieh. Er war Witwer und hatte nach dem Tod seiner Frau seine Tochter nach Murcia zu seiner

Schwester geschickt.

Er empfing Abner in einem Raum, in dem lediglich ein Marmortisch stand; der Korb mit Früchten darauf schien in seiner Farbigkeit alles Licht der beiden breiten Flügeltüren auf sich zu vereinen.

»Willkommen in meinem Haus, Ratgeber. Wie gefällt dir unsere Stadt?«

»Sehr gut«, erwiderte Abner befangen.

»Weißt du, daß Toledo von dem hebräischen Wort ›Toldot‹, Stammfolge, kommt?«

»Nein, das wußte ich nicht.«

»Man sagt, am 4. Tag der Schöpfung, als der Ewige – gepriesen sei sein Name – die Sonne schuf, stellte er sie über Toledo. Deshalb ist unsere Stadt die am hellsten erleuchtete der Welt.«

Abner erkannte plötzlich, daß dieser Mann ihn nicht anhören würde. Nichts auf der Welt konnte ihn von seiner Art, Macht auszuüben, abbringen.

»Hattest du mir etwas Wichtiges mitzuteilen?« fragte dieser. »Nein ... Ja ... Eigentlich wollte ich dir nur sagen ... ›Wo nicht Rat ist, da geht das Volk unter‹, José ...«

»Du zitierst die Sprüche, junger Ratgeber. Du kennst die Heilige Schrift, das ist lobenswert. Aber kennst du auch den nächsten Satz? ›Wo aber viel Ratgeber sind, da geht es wohl zu ...‹ Auf Wiedersehen, ich wünsche dir noch einen schönen Aufenthalt in Toledo.«

Wütend und gedemütigt kehrte Abner nach Hause zurück, und er war mehr denn je überzeugt davon, daß José ibn Esra der Anlaß zu einem Volksaufstand sein würde.

In Cordoba wurde Daniel währenddessen ebenfalls zu einem Ratgeber, dessen Urteil man schätzte. Aber im Unterschied zu seinem Bruder Abner nahm er seine Aufgabe mit Bescheidenheit wahr, und das erfüllte ihn mit solcher Genugtuung, daß er glücklich war und sich mehr nicht wünschte.

Etwa um die gleiche Zeit heiratete er. Er pflegte regelmäßig auf den Markt zu gehen, die fliegenden Händler zu beobachten, die Straßensänger, die Zauberkünstler, die Schattenspieler: An der Stimmung auf dem Markt konnte er ablesen, wie es der Stadt ging. Er hörte zu, redete mit dem einen oder anderen, erkundigte sich nach den Geschäften, den Vorräten, den Steuern . . . Man kannte ihn, aber man antwortete ihm deshalb, weil man sein freundliches Wesen schätzte.

An diesem Tag also sah er vor der Kaiserija[34] einem alten Juden und einer jungen, dunkelhaarigen Frau zu, die Körbe, Schalen und Hüte flochten; es faszinierte ihn, wie schnell und geschickt ihre Finger das Stroh flochten. Er unterhielt sich mit ihnen und entdeckte bald, daß der alte Korbmacher Nephtali ebenfalls von Rabbi Kalonymos abstammte, dem Vater jener Aster, seiner eigenen Urahnin. Plötzlich schien es ihm, daß jetzt seine Reise ihre Rechtfertigung fand: Es war, als hätte er die beiden Ränder einer zerrissenen Zeit wieder zusammengefügt. Und sozusagen völlig selbstverständlich heiratete er Dulcia, Nephtalis Tochter – stand es nicht geschrieben, daß jeder Jude sich eines Tages verheiraten und seine Familie gründen solle? Sie zogen in das ehemalige Haus von Kalonymos; sein Amt als Ratgeber des Palastes ermöglichte ihm, es zu mieten. Er schrieb einen zweiten Brief nach Hippone und lud seine Eltern nach Cordoba ein – wenn sie kommen wollten.

Abner fand wenig Geschmack an seinem Leben voller Vergnügungen, aber er brachte es auch nicht fertig, es aufzugeben. Was sollte er sonst tun? Studieren? Danach stand ihm nicht der Sinn. Sich verheiraten? Mehr als ein Vater hatte ihm seine Tochter angeboten, aber dazu war noch Zeit. Die Verwaltung der Stadt machte keine Probleme mehr, und Tarik suchte nicht mehr oft seinen Rat. Manchmal verspürte er den Wunsch, Toledo zu verlassen. Doch wohin sollte er gehen. Er wußte es nicht; aber er war in dem Alter und der Stimmung, in denen man glaubt, es genüge schon, wegzugehen.

Da begegnete ihm bei einem Empfang im Palast die Tochter des Steuereinnehmers José ibn Esra. Sie war dunkelhaarig und schmal wie ihr Vater, und ihr Schleier konnte nicht verbergen, daß sie ziemlich hübsch war. Kaum hatte er erfahren, wer sie war, begann er, sie zu hofieren:

»Ich wußte nicht«, sagte er, »daß unser Schatzmeister eine so

[34] Städtisches Lagerhaus (A. d. Ü.)

hübsche Tochter hat.« – »Hübsch? Was siehst du denn von mir?«

In ihrer Stimme lagen Lachen und Herausforderung zugleich.

»Ich kann dich vielleicht nicht mit meinen Augen sehen, aber mit meinem Herzen.«

»Danke. Du verstehst dich auf's Reden, Ratgeber.«

Sie deutete eine ironische Verbeugung an, dann wandte sie sich ab und verschwand. Den ganzen Abend lang suchte er sie vergebens. Als er schließlich nach Hause ging – und diesmal allein –, fand er keinen Schlaf und konnte kaum den Morgen erwarten, um sich nach ihr zu erkundigen. Sie hieß Rachel, erfuhr er, und er hatte sie nur deshalb bisher nicht gesehen, weil sie seit dem Tod ihrer Mutter bei ihrer Tante in Murcia gelebt hatte.

»Rachel«, flüsterte er. »Rachel!« Für ihn war das der schönste Name der Welt geworden. Und er würde nicht ruhen, bis Rachel die Seine würde. Er müßte sie heiraten? Er würde es mit Vergnügen tun. Ja, er wünschte sich nichts sehnlicher, als sie zu heiraten. Gleich morgen würde er zu José ibn Esra gehen und ihn um die Hand seiner Tochter bitten . . . Aber er tat es nicht. Dieser José ibn Esra machte ihm angst. Und bedauerlicherweise hatte Abner nicht mehr genug Einsicht, um zu begreifen, daß er Rachel in erster Linie dazu benutzte, sich für die Demütigung zu rächen, die ihr Vater ihm zugefügt hatte.

Er sah Rachel öfter wieder, verstand es, ihre Aufmerksamkeit zu erregen. Bis zu dem Tag, an dem José ibn Esra persönlich Abner ganz überraschend aufsuchte. Er ließ seinen düsteren Blick durch den Raum wandern, als wolle er den Preis der Pelze und Wandteppiche schätzen:

»Du hast ein sehr schönes Haus«, sagte er.

»Setz dich«, erwiderte Abner.

»Nein, denn ich werde nicht lange bleiben. Siehst du, Ratgeber, ich weiß, daß du beim Emir Tarik gegen mich gesprochen hast. Die Art, wie ich die Steuern einnehme, behauptest du, schade den Juden. Den Haß, den man mir entgegenbringt, würde man eines Tages allen entgegenbringen. Wer bist du denn eigentlich, Ratgeber? Doch nichts weiter als ein Dhimmi, den die Herrschenden im Augenblick dulden! Du bist jung, intelligent und ehrgeizig, aber deine Zukunft hängt von der eines Berberfürsten ab – den Gott beschützen möge. Es ist nämlich der große Fehler der Juden, an den Frieden zu glauben, wenn der Feind nur Atem holt. Für uns gibt es keinen Frieden, Ratgeber. Also laß mich das sein, was ich bin und das tun, was ich tue.«

Die Lektion, die er empfing, ließ Abner erröten. Er fühlte sich so gedemütigt wie das erste Mal und wußte nicht, was er antworten sollte. Dieser Mann durchschaute ihn durch und durch:

»Es interessiert mich nicht, was du dagegen vorzubringen hast«, fuhr José ibn Esra fort. »Übrigens bin ich gekommen, um dir etwas anderes zu sagen: Rachel, meine Tochter, ist das einzige Wesen auf der Welt, an dem ich hänge. Laß sie in Ruhe.«

Er drehte sich um:

»Du brauchst mich nicht zu begleiten. Ich kenne den Weg.«

An diesem Tag verließ Abner nicht das Haus. Er entdeckte ein unbekanntes Gefühl in seinem Herzen: den Haß. Ja, er mußte sogar unwillkürlich an jene ruchlosen Mörder denken, die man mit ein paar Dinaren entlohnte, um sich eines Feindes zu entledigen. Abner schämte sich seiner Gedanken und weinte bittere Tränen. Sollte er besser die Stadt verlassen?

Sicherlich hätte er das getan, wenn Tarik ihm nicht insgeheim einen der Füße von Salomons Tisch hätte überbringen lassen: Der Gouverneur von Afrika, Musa ibn Nusair, stand dicht vor der Stadt, und Abners Rat eingedenk traf der Emir seine Vorsichtsmaßnahmen.

Und er hatte gut daran getan. Kaum war Musa angekommen, da begann er auch gleich, so ungefähr alles zu kritisieren, was Tarik bisher unternommen hatte, wunderte sich, daß es so viele Dhimmis in der Stadtverwaltung gab, bemäkelte, daß die Moscheen dort und nicht da errichtet worden waren, fand, daß die Stadt stank . . .

Am Tag nach seiner Ankunft übergab ihm Tarik anläßlich eines großen Festes zu Ehren des Gouverneurs den größten Teil des Schatzes der westgotischen Könige, darunter auch Salomons Tisch – an dem der vierte Fuß fehlte. Aber Musa nahm den Schatz entgegen, als hätte er ihn konfisziert, enthob Tarik seines Amtes, ließ ihn auspeitschen und ins Gefängnis werfen.

Kaum war Toledo aus der ersten Betäubung erwacht, reagierte es prompt: Von einem Tag auf den anderen wandte man sich von

Tariks Vertrauten und Ratgebern ab. Man grüßte Abner noch von weitem, aber man redete nicht mehr mit ihm und lud ihn nicht mehr ein; kein Vater trug ihm mehr seine Tochter zur Frau an. Er ging in den Gassen der Stadt oder am Ufer des Tajo spazieren, ohne wie sonst von Bittstellern oder Schwätzern belagert zu werden. Für Abner bedeutete diese neue Freiheit Einsamkeit. Er hätte gern seinen Bruder in Cordoba besucht, aber er verfügte über den Beweis, daß nicht Musa den Schatz der Goten erobert hatte, und seine Treue Tarik gegenüber zwang ihn abzuwarten, was mit ihm geschah.

Eines Tages suchte ihn eine Dienerin auf, um ihm zu sagen, daß ihre Herrin ihn zu sehen wünsche.

»Und wer ist deine Herrin?«

»Die, die Ihr nicht mehr treffen dürft.«

Unter tausend Vorsichtsmaßnahmen führte sie ihn in ein Haus, in dem Rachel ihn auf Kissen vor dem Kamin liegend erwartete. Offenbar hatte sie nicht einen Augenblick lang an seinem Kommen gezweifelt.

»Du wolltest mich sehen?« fragte er mit klopfendem Herzen.

Nie war sie so bezaubernd gewesen. In ihren Augen tanzten Flammen – vielleicht der Widerschein des Feuers, aber vielleicht auch Stolz, Herausforderung oder sogar Liebe, wer weiß? Sie antwortete nicht. Verlegen fragte er noch einmal:

»Warum wolltest du mich sehen?«

»Mein Vater hat es mir verboten«, sagte sie. »Findest du nicht, daß das Grund genug ist?«

Sie sahen sich oft wieder, und jetzt hatten ihre Begegnungen andere Gründe als José ibn Esras Verbot. Vielleicht liebten sie sich, oder vielleicht liebte sich nur ihre Haut? Jedenfalls konnten sie ohne einander nicht sein.

Als der Winter zu Ende ging, kamen Sendboten aus Damaskus mit Anweisungen des Kalifen Walid. Erzürnt über Musas Verhalten befahl der Kalif ihm, Tarik ibn Sijad freizulassen und mit ihm gemeinsam die Eroberung Spaniens fortzusetzen. Tarik durfte das Gefängnis verlassen, aber Musa weigerte sich, mit ihm als Kampfgenossen aufzubrechen. Während der Berberfürst den Ebro entlangzog, Tortosa einnahm und bis nach Murcia vorstieß, schlug Musa ibn Nusair den Weg nach Norden und Galicien ein. Kalif Walid, den man eiligst davon in Kenntnis setzte, war außer sich und befahl die beiden Männer zu sich nach Damaskus. Bevor er abreiste, machte Tarik kurz halt in Toledo: Abner übergab ihm den Fuß von Salomons Tisch und wünschte ihm Glück:

»*Inschallah!* Ich hoffe, daß wir uns bald wiedersehen«, entgegnete der frühere Emir. »Allah möge dich beschützen.«

Nur Rachel hielt jetzt Abner noch in Toledo zurück. Sie sahen sich immer häufiger und vergaßen manchmal die Vorsichtsmaßnahmen, die sie sich zur Regel gemacht hatten. Eines Abends, als er nach Hause zurückkehrte und eilig durch die dunklen Straßen lief, umringten Abner plötzlich drei Männer. Er kannte sie: Sie standen in José ibn Esras Diensten, um die Steuer aus den Armen zu pressen.

Diesmal verlangten sie kein Geld. Sie begnügten sich damit, ihn auf den Kopf, den Bauch und den Rücken zu schlagen. Abner fiel zuerst auf die Knie, dann rollte er in den Schmutzwasserbach, der die abschüssigen Gassen hinunterfloß.

Die morgendliche Kühle weckte ihn. Er konnte kaum atmen. Grimmige Schmerzen durchbohrten ihn wie Pfeile. Mit letzter Willenskraft schleppte er sich wie ein altes, lendenlahmes Tier auf allen vieren unter einen schützenden Busch. Er sah, daß er am Ufer des Tajo war; also mußten sie ihn von der Stadtmauer hinuntergeworfen haben. Nicht weit von ihm rollten sich große schwarze Rinder in einem Staub, der aussah wie Asche.

An diesem Tag blieb er unter dem Busch, um wieder zu Kräften zu kommen. Am nächsten versuchte er, sich aufzurichten und wankte bis zu der alten römischen Brücke, die er taumelnd überquerte. So verließ er Toledo, ohne sich umzudrehen. Nur um den Gebetsmantel tat es ihm leid, den ihm sein Vater einst in Hippone gegeben hatte.

10

CORDOBA
FRIEDLICHE OSTERN

Auf dem Weg von Toledo nach Cordoba büßte Abner für alle vergangenen und künftigen Sünden. Er war kein von allen umschmeichelter Ratgeber mehr; nichts war ihm geblieben. Er war ein armer Mensch, mit verwundetem Körper und verwundetem Herzen, der sich von einem Horizont zum anderen schleppte und bitteres Gras kaute. Wenn ich überlebe, so dachte er, werde ich nie mehr der sein, der ich war.

Er überlebte. Cordoba erschien ihm als die gastlichste aller Städte, und Dulcia, Daniels Frau, kümmerte sich um ihn wie um ihren Erstgeborenen. Abner hatte ihnen erzählt, er sei Banditen in die Hände gefallen, die ihn ausgeraubt und geschlagen hätten. Während er sich ausruhte, brachte ihm Dulcia jede Stunde einen Becher Kräutertee. In einem wohligen Halbschlaf hörte er die Stimme seines Bruders, die ihn abwechselnd einschläferte und weckte:

»Weißt du, daß in zwei Wochen Pessach ist? Erinnerst du dich an unseren letzten gemeinsamen Seder in Hippone? Wer hätte damals gedacht, daß wir eines Tages nach Spanien kämen? Unerforschlich ist das Schicksal, das der Ewige – gepriesen sei sein Name – den Menschen bestimmt! . . . Wenn du erst wieder bei Kräften bist, zeige ich dir Cordoba. Eine prächtige Stadt! Die Medina im Zentrum hat allein sieben Tore! Und der *Rabat*, die Vorstadt, zählt einundzwanzig Viertel! Der Guadalquivir ist dreimal so breit wie die Seybouse . . . Erinnerst du dich an die Seybouse unserer Kindheit? Das Wetter hier ist so mild wie in Hippone . . . Die Juden fühlen sich in Cordoba wohl. In weniger als einem Jahr wurden im Judenviertel fünf Synagogen und zwei Lehrhäuser gebaut. Der Wali Hossein schätzt uns als seine Ratgeber. ›Tretet als Beschützer, nicht als Eroberer auf‹, haben wir ihm empfohlen. Die Mauren haben nämlich nicht genug Soldaten, um alle eroberten Städte zu verwalten. Und Wali Hossein hat uns verstanden: Der Erzbischof wird regelmäßig im Palast empfangen. Weißt du, daß diese Araber gebildet sind? Ich habe unter ihnen bemerkenswerte Männer getroffen, die Philon von Alexandria ebenso gut kennen wie ich und weit mehr von Medizin oder Naturwissenschaften verstehen. Ich habe durch einen Boten den Exilarch[35] in Babylonien gebeten, uns die *Mischna* und die *Gemara* zukommen zu lassen. Hast du in Toledo auch gehört, daß die christlichen Könige ihre Armeen in Septimanien zusammenziehen, um die Araber wieder zu vertreiben? Wie lange werden die Juden noch die Ratgeber der Fürsten bleiben? Aber du willst vielleicht schlafen, Abner. Ich sehe, ich ermüde dich mit meinen Geschichten. Ruh dich aus. Ich werde Dulcia bitten, dir einen Kräutertee zu bringen.«

Zu Daniels und Abners Überraschung und Freude traf drei Tage vor Ostern ihre Familie aus Hippone in Cordoba ein: ihr Vater Rabbi Joseph, ihre Mutter Hannah, ihr ältester Bruder Jeroboam mit seiner Frau Ruth und ihren beiden Kindern Asariah und Rachel. Sie waren mit einer der Karawanen gekommen, die seit der Eroberung ein- oder zweimal im Jahr den Weg zwischen Karthago und Spanien zurücklegten. All ihr Hab und Gut befand sich in einer Truhe – vorwiegend Papyrusrollen und Pergamente. Sie hatten ihr Haus in Hippone unter der Obhut Nathans des Schmieds zurückgelassen, zumindest so lange, bis sie entschieden hatten, ob sie zurückkehren würden oder nicht. Joseph und Hannah sahen mit großer Freude, daß Daniel Ratgeber des Wali geworden und Vater eines Sohnes war. Aber Joseph war es schon zufrieden, überhaupt rechtzeitig zu Pessach angekommen zu sein.

Natürlich übernahm er während des Festes die Pflichten des Hausvaters. Alle hatten sich um ihn versammelt, auch Dulcias Vater, Nephtali, ihre beiden Brüder Jaco und Phatri, letzterer mit seiner Frau Artemisia. Im Schein der Kerzen leuchtete sein Gesicht

[35] Fürst des Exils und Führer des babylonischen Judentums, ein angeblicher Nachkomme aus dem Stamm Davids, der die jüdischen Gemeinden des Imperiums verwaltete.

vor Freude, und Abner wurde ganz gerührt, als sein Vater, dessen Haar und Bart weiß geworden war, die rituellen Handlungen vornahm und dazu die Worte sprach:

»Dies ist«, sagte er und deckte dabei den *Matzen* auf, »das Brot des Leidens, das unsere Väter in Ägypten gegessen haben. Wer immer Hunger hat, komme und esse! Wer immer in Not ist, komme und feiere Pessach mit uns! Dieses Jahr hier, nächstes Jahr im Lande Israel! Dieses Jahr Knechte, nächstes Jahr Freie!«

»Amen.«

Und Asariah, Jeroboams Sohn, stellte die erste rituelle Frage:

»Worin unterscheidet sich dieser Abend von den anderen Abenden?«

Abner lächelte. Jahrelang war es an ihm, dem Benjamin, gewesen, die Pessachfragen zu stellen, und er kannte die Antwort auswendig: »Weil er uns ins Gedächtnis rufen soll, was Gott für uns getan hat, als wir aus Ägypten auszogen ...« An seine Kindheit anknüpfend, schien es Abner, als knüpfe er zugleich über seine Abenteuer in Toledo hinweg an den besten Teil seiner selbst an.

Rabbi Joseph führte seinen Kelch an die Lippen und zitierte: »Gesegnet seist Du, Herr und Gott der Welten, der Du uns und unsere Väter aus Ägyptenland geführt und uns bis zu dieser Nacht geleitet hast, da wir die ungesäuerten Brote und die bitteren Kräuter essen. Halte Deine schützende Hand über uns, Herr unser Gott und Gott unserer Väter, daß wir auch das nächste Pessachfest erleben dürfen. Mögen wir es in Frieden feiern und mögest Du uns die Freude vergönnen, die Wiedererrichtung Deiner Stadt und die Wiedereinsetzung des Tempels zu sehen.«

»Amen.«

Kurze Zeit darauf lernte Abner anläßlich eines Empfangs beim *Kadi*, zu dem Daniel ihn mitgenommen hatte, einen wohlhabenden Christen kennen, der Luxusstoffe herstellte und ihn einlud, seine Werkstätten zu besichtigen. Er hieß Rosemundo, hatte ein rundliches Gesicht, eine ebenso rundliche Gestalt und bewegte sich gemächlich. Trotz seines Glaubens lebte er nach Art der Araber und kleidete sich wie sie.

Bei Rosemundo bewunderte Abner Brokat- und Seidenstoffe, interessierte sich für ihre Herstellung, ihre Verarbeitung und ihren

Verkauf, so daß der Kaufmann ihm vorschlug, sein Partner zu werden. Abner bat Daniel, für ihn zweihundert Dinare zu leihen und schlug Rosemundo vor, nicht nur die Wände und die Menschen zu bekleiden, sondern auch die Pferde. Bei der Vorliebe der arabischen Herren für Prunk und Paraden glaubte er hier einen wichtigen Markt gefunden zu haben. Dem Wali Hossein schenkten sie ihren ersten Brokatsattel und eine mit Goldfäden genähte, seidene Pferdedecke. Sie hatten das Glück, daß beides dem Wali gefiel, und schon war eine Mode daraus geworden: Alle reichen Reiter von Cordoba wollten ihre Pferde auf die gleiche Art schmücken. Ein paar Monate später bekamen Rosemundo und Abner schon Aufträge aus Hispalis und Saragossa.

Etwa zur gleichen Zeit erhielt man Nachricht über Tarik und Musa ibn Nusair, die vor dem Kalifen in Damaskus erscheinen mußten. Musa hatte natürlich nicht versäumt, dem Kalifen den Schatz der Goten zum Geschenk zu machen und behauptet, er selbst habe ihn dem Feind entrissen. Für Tarik war es jedoch ein Leichtes, den fehlenden Fuß von Salomons Tisch vorzuzeigen und so die Wahrheit wieder herzustellen. Musa mußte eine erhebliche Buße zahlen und wurde zu seiner Schande einen Tag lang auf einem öffentlichen Platz zur Schau gestellt.

Abner, der nie mehr nach Toledo zurückgekehrt war, überlegte sich einen Augenblick, ob er es nicht doch tun sollte, einzig und allein um des Vergnügens willen, die Bücklinge derer zu sehen, die ihm den Rücken zugedreht hatten, als Tarik ins Gefängnis geworfen wurde. Aber – vielleicht fürchtete er immer noch den Steuereinnehmer, vielleicht auch dessen Tochter – er gab diesen Gedanken rasch auf. In Cordoba hatte er viel zu tun. Nachdem er das Darlehen zurückgezahlt hatte, kaufte er kurz darauf zur Überraschung seiner Familie eine kleine Mühle, in der er färbende Blätter und Pflanzensamen mahlen ließ, um neue Farben zu erfinden und auf ihre Verwendbarkeit zu prüfen. Er verbrachte dort fast seine ganze Zeit. Und auch darin hatte er Erfolg, und bald kaufte ganz »El-Andalus« die pastellblaue Seide aus der kleinen Faktorei von Cordoba.

»Du arbeitest zu viel, mein Sohn«, sagte sein Vater eines Tages zu ihm. »Du denkst an nichts anderes mehr als an deine Farben. Ich hoffe, du vergißt nicht die Thora?«

»Mach dir keine Sorgen, mein Vater. Ich vergesse sie nicht.«

»Ich weiß, ich weiß. Aber warum gönnst du dir nicht mal ein bißchen Ruhe und gründest eine Familie wie dein Bruder Daniel, der bald zum zweiten Mal Vater wird? Du hast Geld genug . . .«

»Du weißt doch, daß Geld mich nicht interessiert . . .«

Abner hatte gerade einem gewissen Jakob von Tortosa, der sich bemühte, jüdische Sklaven zurückzukaufen, ein kleines Vermögen gespendet. Was ihn an seinen Geschäften interessierte, war zu erfinden, zu spielen, zu gewinnen. In Hippone hatte er bei seinem Schwager Esra im Geschäft mitgeholfen, und seine ersten Käufe – ein paar Krüge Öl, ein paar Scheffel Gerste – waren ein aufregendes Erlebnis für ihn gewesen: Wie erriet man die Gedanken des Verkäufers, begegnete seinen Schachzügen, handelte noch flinker und schlauer als der, den man eigentlich für ebenso flink und schlau halten mußte? Im Grunde genommen konnte man schon beim Kauf oder Verkauf eines Kruges Öl erkennen, wer man wirklich war. Abner erinnerte sich an den alten Joad, den Besitzer mehrerer Läden auf dem Marktplatz von Hippone; es hieß von ihm, er sei in seinen Geschäften unschlagbar. Er lebte aber sehr bescheiden mit seiner Frau und seiner von Geburt stummen Tochter in einem kleinen Häuschen außerhalb der Stadt und spendete alles Geld, das er verdiente, der Gemeinde für ihre frommen Werke. Als man sich wunderte, weshalb er noch arbeitete, ohne dazu gezwungen zu sein, erwiderte er, die wahre Befriedigung bestehe darin, etwas zu tun, wozu einen nichts zwinge, und sei es auch etwas Überflüssiges.

»Erinnere dich an den Prediger, mein Sohn«, sagte Rabbi Joseph: »Da ich aber ansah alle meine Werke, die meine Hand getan hatte, und die Mühe, die ich gehabt hatte, siehe, da war es alles eitel und Haschen nach Wind und kein Gewinn unter der Sonne.«

»Der das geschrieben hat, war ein verbitterter alter Mann.«

»Gib acht, daß du nicht selbst alt wirst«, seufzte Joseph, »bevor du eine Familie gründest . . .«

Diesen Wunsch, Kinder zu haben, verspürte Abner unwillkürlich, als Dulcia seinem Bruder den zweiten Sohn gebar. Rabbi Joseph betrachtete das schlafende Neugeborene mit solcher Andacht, daß Abner ganz betroffen wurde. Rabbi Joseph, überrascht, als erwache er aus einem Traum, murmelte:

»Der Ewige möge ihm die Heimsuchungen der Wüste ersparen.«

»Amen«, erwiderte Abner.

Eine Woche später erwartete die ganze Familie den neugeborenen Salomon in der Synagoge des Judenviertels von Cordoba. Und als seine Patin Sarah, Rabbi Jochanans Frau, mit ihm auf dem Arm eintrat, grüßten sie alle mit einem lauten »*Baruch haba*! Willkommen.« Nicht nur die Familie war da, auch die Freunde waren gekommen, die Schüler der Talmud-Thora, in der Daniel lehrte, die Parnassim der Gemeinde . . . Alle Welt war stolz auf die neue Synagoge, und voller Befriedigung las man die Psalmen, die unten an den Wänden eingraviert waren, oder die Inschrift in arabischen Lettern auf dem Tragstein, der den maurischen Bogen stützte: »Dem ewigen, allmächtigen Herrscher.«

Rabbi Joseph leitete die Zeremonie. Er streckte die Arme nach dem Neugeborenen aus:

»Ein Prinz ist geboren für die Stadt der Juden. Er besiegelt den Bund mit dem Ewigen, gepriesen sei sein Name.«

Er nahm den kleinen Salomon und legte ihn in das weiße Seidenkissen auf dem Schoß seines Paten, Juda el-Karoui, eines mit Daniel befreundeten Schreibers. Der *Mohel* deckte den kleinen Körper auf: »Gesegnet sei der, der die Beschneidung vorschreibt«, sagte er. Mit zwei Fingern der linken Hand zog er vorsichtig die zarte Haut des kindlichen Gliedes vor und schnitt mit sicherer Hand die Vorhaut ab.

Daniel dankte »dem, der uns aufgefordert hat, das Kind in den Bund Abrahams, unseres Vaters, aufzunehmen«, und die versammelte Gemeinde erwiderte im Chor: »So wie er in den Bund aufgenommen wurde, möge er aufwachsen für die Thora, die *Chuppa* und die guten Werke.«

Das Kind weinte. Rabbi Joseph beugte sich mit seinem weißen Bart zu ihm hinunter und sagte mit sanfter Stimme:

»Wir haben deinen Körper mit dem unauslöschlichen Siegel des Bundes mit dem Schöpfer der Welten gezeichnet. Dieses Zeichen sollst du nicht nur auf deinem Körper tragen, sondern es soll dich stets daran erinnern, daß du unvollkommen geschaffen wurdest, auf daß du dich selbst vervollkommnest.«

Das Kind hörte auf zu weinen, als dächte es über das nach, was sein Großvater gesagt hatte.

Am Abend dieses Festes, als die Gäste gegangen waren, standen noch Rabbi Joseph, seine Frau und ihre drei Söhne im Innenhof neben dem Brunnen. Die Kinder schliefen schon. Der Duft der Blumen belebte sich wieder durch die Kühle der nahenden Nacht. Alle schwiegen. Dann hörte man die Stimme von Rabbi Joseph: »Die Tage des Menschen sind wie ein Schatten«, sagte er.

Aber statt in dem Psalm fortzufahren, sang er halblaut ein jüdisches Lied über die Zeit, die schnell vergeht. Seine Stimme tönte in der Stille und brach gelegentlich ab, wohl um jene Melancholie auszudrücken, die man für gewöhnlich verschweigt, wenn es Tag ist und die Kinder zuhören.

Abner begriff an diesem Abend, daß er seinen Vater wenig kannte. Er war verwundert, daß dieser Mann des Pflichtgefühls und des Gebets so genau das auszudrücken vermochte, was er, der Sohn, empfand, und er folgte ihm mit echter Anteilnahme, als Rabbi Joseph vorschlug, Abrahams Rolle zu öffnen.

Dulcia brachte einen Leuchter:

»Komm näher mit dem Licht, meine Tochter«, sagte er.

Und als hätte er Abners Stimmung erraten, winkte er ihn zu sich: »Du kannst mir ein bißchen helfen.«

Gemeinsam rollten sie den Papyrus auf. Das Licht der Lampe fiel auf die langen Reihen der Namen, Abraham, Gamaliel, Sarah und Ruth, David, Nomos, Judith . . . Als entrisse es sie für einen Augenblick den Schatten der Ewigkeit . . . Rabbi Joseph las nicht daraus vor. Er achtete nur darauf, daß Abner seinen eigenen Namen hinter denen seiner Brüder und Schwestern aufgezeichnet sah, dann rollte er den Papyrus wieder zusammen: »Herr«, zitierte er, »der Du unsere Zuflucht warst von Generation zu Generation . . .«

Abner empfand plötzlich den Trost und die Stärke, die darin lagen, Teil einer solchen Kette zu sein und gleichzeitig das Verlangen, sie auch selbst fortzusetzen – und zum ersten Mal war er nicht unwillig darüber.

Sein Schicksal hätte sich an diesem Abend entscheiden können – er, der Stoffhändler von Cordoba, heiratete, bekam Kinder, die an Alter und Weisheit zunahmen, während er selbst friedlich seinem

Ende entgegenging –, hätte er nicht von José ibn Esras Tod in Toledo erfahren.

Der Steuereinnehmer hatte sich so viele Feinde gemacht, seine Amtsführung, seine Unerbittlichkeit hatten ihm so viel Haß und Groll eingetragen, daß kam, was kommen mußte: Einige seiner Opfer hatten einen regelrechten Aufstand entfacht, waren in sein Haus eingedrungen und hatten alles verwüstet. José ibn Esra hatte gerade noch Zeit gehabt, sich im Keller zu verstecken, wo er sich das Gesicht schwärzte, um denen zu entkommen, die »den Juden« suchten. Aber er entkam ihnen nicht. Unter bösen Schimpfworten schlugen sie ihn tot und nagelten seinen Körper an eines der Stadttore. Der Wali hatte sofort die Berber einer benachbarten Garnison in die Stadt einrücken lassen. Das hatte genügt, um die Ruhe wieder herzustellen. Aber es gab keine einzige jüdische Familie in der ganzen Gegend, die nicht in Angst gewesen war.

Kaum hatte er davon erfahren, wußte Abner, daß er nach Toledo zurückgehen würde. Während der ganzen Zeit hatte er Rachel nicht vergessen, auch wenn er sich gelegentlich an ihr Gesicht nicht mehr genau erinnern konnte, obwohl er drei Jahre zuvor seinen Kopf verwettet hätte, daß das nie geschehen werde.

Also brach er auf. Er wollte sich, so sagte er, neue Ideen holen, neue Märkte erschließen. Inzwischen würde sich sein Bruder Jeroboam zusammen mit Rosemundo um die Geschäfte kümmern.

Toledo hatte sich nicht verändert – immer noch beherrschte es streng und stolz von seinem Felsen aus die trostlose Landschaft. Abner kam zusammen mit einer Karawane von Händlern in die Stadt und suchte in ihrer Begleitung einen *Funduk* auf, wo man ihn nicht erkennen würde. Er war überzeugt, nicht einmal über die Straße gehen zu können, ohne daß man ihn grüßte und in ihm den berühmten, glänzenden jüdischen Ratgeber feierte, dem Emir Tarik den Sieg über seinen Feind Musa ibn Nusair verdankte. Allerdings merkte er sehr bald, daß Toledo ihn schlichtweg vergessen hatte. Er war darüber erleichtert und enttäuscht zugleich.

Um die Neuigkeiten zu erfahren, besuchte er seinen früheren Diener Alfonso, der sogleich, als er seiner ansichtig wurde, auf die Knie fiel; aber vielleicht auch nur deshalb, weil er glaubte, einen Geist vor sich zu sehen.

Alfonso berichtete ihm, Tarik habe aus Damaskus eigens einen Boten geschickt, um Abner zu danken und ihn seiner Freundschaft zu versichern. Rachel, José ibn Esras Tochter, sei verheiratet und habe ein Kind. Dann öffnete der alte Diener eine Truhe und nahm daraus den Gebetsmantel, den Abner damals, als er aus Toledo floh, zurückgelassen hatte.

Die Dinge seien nicht mehr so wie früher, klagte Alfonso. Er erzählte, Musas Sohn, Abdel Aziz, habe die schöne Egilona, die Witwe des Gotenkönigs Roderich, geheiratet. Der Kalif habe ihn daraufhin beschuldigt, sich mit den Christen zu verbünden und ihm den Kopf abschlagen lassen . . .

Abner wollte gerade gehen, als der alte Mann, den Blick senkend, hinzufügte, Rachel habe ihren Sohn Abner genannt.

Abner dankte Alfonso und schenkte ihm den kostbaren Stoff, den er eigentlich für Rachel bestimmt hatte: »Gib es deiner Tochter«, sagte er, »oder deiner Enkelin. Wenn er dir gefällt, bete für mich.«

Gleich am nächsten Tag verließ er Toledo. Er folgte der Karawane von Händlern, mit der er gekommen war. Sie gehörte einem gewissen Jakob el-Bedscher, dessen Gewerbe es war, die Reisen der Kaufleute von einer Stadt zur anderen zu organisieren. Sie kamen nur langsam voran, mit den fünf täglichen Etappen, die die Gebete verlangten. Ihr nächstes Ziel war Saragossa, dann sollte es weitergehen bis nach El-Arbuna, Narbonne. Von dort aus, so hieß es, reisten die jüdischen Händler nach Indien oder China wie die Toledaner nach Cordoba.

»An meinen Vater, Rabbi Joseph von Hippone, meine Mutter, meine Brüder. Der Ewige – gepriesen sei sein Name – schenke ihnen ein langes Leben.

Zunächst möchte ich Euch mitteilen, daß ich bei guter Gesundheit bin und hoffe, daß Ihr es auch seid. Ich bin ein bißchen magerer geworden, und meine Haut ist von der Sonne gebräunt. Als ich Toledo verließ, habe ich mich einer Karawane von Händlern angeschlossen und einen Freund gefunden, Ambros, einen Juden, der Christ und sogar Mönch geworden ist. Er war es leid, gestand er mir, Gott zu fürchten, ohne seiner Liebe sicher zu sein, und fand es ungerecht, verfolgt zu werden, ohne wenigstens etwas dafür zu erhalten, während die christliche Religion, die auf der Liebe und der Vergebung beruht, die siegreiche ist. Wie Ihr Euch vorstellen könnt, habe ich protestiert, aber der Weg war lang. Wir beschlossen bald, die Karawane zu verlassen, die wir zu langsam fanden, und ich kaufte zwei Maultiere.

In der Nähe von Jaën zeigte Ambros mir einen Friedhof, der voller Kindergräber war, die den siebenarmigen Leuchter trugen. Der Mönch erzählte mir, der Herr über diesen Landflecken habe geträumt, die Beschnittenen würden seinen Sohn töten. Er hatte zwar weder Sohn noch Tochter, aber als er erwachte, ließ er alle jüdischen Kinder unter dreizehn Jahren zusammentreiben und enthaupten. Zur Strafe haben die arabischen Befehlshaber die Häuser seines Gutes zerstört und seine Felder verwüstet; ihn selbst, den Herren, haben sie als Sklaven nach Afrika geschickt. Den Leuchter haben sie auf die Grabsteine der jüdischen Kinder gemeißelt, denn jeder soll nach seinem Glauben geehrt werden.

Unterwegs wurden wir von Banditen angegriffen, die uns unsere Maultiere und alles, was wir besaßen, nahmen. Aber, gesegnet sei der Ewige, sie haben uns am Leben gelassen. So kamen wir schließlich in das Kloster meines Freundes Ambros, nicht weit von Saragossa, wo ich den Mönchen erklären mußte, daß die Juden das Gesetz nicht um der Belohnung willen achten, sondern einfach, um Menschen zu sein.

Und so schreibe ich Euch also diese Zeilen aus einem christlichen Kloster. Ich gebe diesen Brief den Mönchen, die ihn Euch bei ihrer nächsten Reise nach Cordoba zukommen lassen werden. Ich selbst will nach Barcelona und von dort aus die Küste entlang bis nach Septimanien weiterreisen. Ich hoffe, daß Jeroboam und Rosemundo sich gut verstehen, daß Moses und Salomon gewachsen sind und daß der Ewige – gepriesen sei sein Name – es uns vergönnt, uns in einer blühenden und friedlichen Welt wiederzusehen.

Euer Sohn und Bruder Abner, geschrieben am letzten Tag des Monats Cheschwan im Jahre 4480[36] nach der Schöpfung der Welt durch den Ewigen – gepriesen sei sein Name – bei der Stadt Saragossa in Spanien.«

[36] 720 n. Chr.

11

Narbonne
Abner der Afrikaner

Narbonne war die Hauptstadt von Septimanien, die die Araber, als es mit ihrem Expansionsdrang schon zu Ende ging, von den Goten erobert hatten. Ihre Anwesenheit war kaum zu spüren: der Wali, eine Garnison. Für Abner war das Wichtigste, daß er hier das Meer wiederfand. Er ging am Hafen spazieren und erkannte die Gerüche und Geräusche seiner Kindheit in Hippone wieder. Ihm wurde bewußt, wie sehr er in Toledo und Cordoba das Flattern der Segel und die Verheißung der Ferne vermißt hatte.

In Narbonne schifften sich übrigens wirklich viele Händler nach Farama ein. Von dort reisten sie mit Kamelkarawanen weiter nach Kulsum[37] am Roten Meer, von wo aus sie mit Schiffen nach Janbo el Bar und Dschiddah fuhren. Von da ging es weiter in den Sindh, nach Indien und China . . . Wenn sie zurückkamen, brachten sie aus dem Orient Moschus, Aloe, Kampfer und unbekannte Gewürze mit, die sie sowohl dem Kaiser von Konstantinopel als auch den Frankenherrschern verkauften. Abner dachte sofort daran, Partner des einen oder anderen dieser Händler zu werden. Aber zunächst einmal mußte er sich in Narbonne niederlassen und von den Bürgern angenommen werden.

Denn wenn man auch seine Brokate und seine Stoffe mit den unverwechselbaren Farben kannte, so blieb er doch der »Stoffhändler aus Cordoba«, ein Fremder. Rabbi Bonjuzas, eine einflußreiche Persönlichkeit in der Gemeinde von Narbonne, hatte sich eines Tages wie zufällig mit ihm sowohl über seine Tochter Dossa unterhalten, die im heiratsfähigen Alter sei, als auch über seine Schwierigkeiten, das nötige Geld zur Vergrößerung der Écoles-Vieilles[38] auf-

[37] Auch Clysma genannt, in der Nähe des heutigen Suez (A. d. Ü.)
[38] Alte Lehrhäuser (A. d. Ü.)

zubringen. Abner begriff sehr rasch die Situation: Eine Heirat mit der Tochter des Rabbiners würde ihn zum anerkannten Mitglied der Gemeinde machen, und außerdem wäre damit der Wunsch seines Vaters erfüllt, er möge eine Familie gründen. Seine letzten Zweifel schwanden, als er Dossa sah: Sie war bezaubernd. Er heiratete sie also, oder, genauer gesagt, er heiratete in die Familie Bonjuzas ein, die aus einer Unzahl von Onkeln und Vettern, einer zweiten Tochter und einem Sohn, Capdepin, einem Sklavenhändler, bestand.

Mit der ersten Karawane nach Cordoba teilte er seinem Vater seine Hochzeit mit und bat seinen Bruder Jeroboam, ihm das nötige Geld zu schicken, um eine Mühle und eine Werkstatt in Narbonne einzurichten, die nach dem spanischen Vorbild arbeiten sollten. Bald verdiente er so viel, daß Rabbi Bonjuzas den Bau eines rituellen Badehauses und ein Heim für die Alten neben der Synagoge und der Schule planen konnte. Außerdem wurde Abner der Partner von zwei Rhadaniten[39], die für zwei oder drei Jahre in den Orient reisten; sie hießen Joab und Bonisac, und wenn man sie ansah, verstand man sofort, weshalb sie unzertrennlich waren: Der eine war klein, dick und traurig, der andere groß, mager und fröhlich; der eine verkaufte gern, der andere kaufte lieber; der eine kannte Sprachen, die der andere nicht sprach . . . Bei ihrer nächsten Reise sollten sie Stoffe mitnehmen, die von Abner in Narbonne hergestellt waren.

Aber Abners großartiger Erfolg war nur ein scheinbarer. Die Juden von Narbonne lebten hier schon so lange, jeder an seinem angestammten Platz, daß die Gemeinde auch weiterhin diesen Juden aus Afrika, der mit den Mauren gekommen war, voller Mißtrauen betrachtete: Wer sich so großzügig zeigte, konnte das nur aus Eigennutz tun. Man grüßte ihn, man schätzte sein Geschick, Geld zu verdienen, aber man hielt sich zurück, während man im Gegenteil seinen Schwager Capdepin, den Sklavenhändler, überall wie einen

39 Ausdruck unbekannten Ursprungs. Er bezeichnet die jüdischen Kaufleute, die im 8. und 9. Jahrhundert zwischen der westlichen Welt und dem Orient Handel trieben.

Sohn oder einen Bruder empfing. Rabbi Bonjuzas machte sich in seiner Begeisterung, endlich seine alten Träume verwirklichen zu können, Abners mißliche Situation nicht klar. Er beurteilte den Baum nach seinen Früchten: Dossa hatte einen Sohn, Vidal, und die Arbeiten an den Écoles-Vieilles machten Fortschritte. Und Dossa selbst, die schöne, ironische Dossa, war mit ihrem Bruder vertrauter als mit diesem kraushaarigen Gatten, den sie manchmal »unseren Afrikaner« nannte, wie um seine Fremdheit zu betonen. Nie erkundigte sie sich nach seiner Arbeit, seinen Plänen, seinen Erfolgen. Wenn Abner das Gespräch darauf brachte, merkte er wohl, daß sie ihm nicht zuhörte. Und nie hatte sie ihren Fuß in jene berühmte Werkstatt gesetzt, in der man, nach einhelliger Meinung, die schönsten und teuersten Stoffe von Narbonne webte.

Und so geschah, was geschehen mußte. Eines Tages kam eine junge Frau, eine Christin, die Arbeit suchte, in die Mühle: ihr Mann war gestorben und hatte sie mit ihrer Mutter und zwei Kindern allein gelassen. Was Abner zuerst an ihr auffiel, trotz ihrer häßlichen Tunika, waren zwei prächtige, birnenförmige Brüste. Abner hatte sich angestrengt für diese Brüste, hatte Geschichten erzählt und sich von seiner besten Seite gezeigt. Sie hieß Angevina, und statt ihr Arbeit zu geben, brachte er sie mit ihrer Mutter und ihren beiden Söhnen in einem kleinen Haus unter, das sehr günstig in der Rue de la Paterte lag, so daß er sie unbemerkt besuchen konnte.

Sein Leben mit Angevina verlief bald in geregelten Bahnen. Oft kam er morgens zu ihr, bevor ihn seine Geschäfte an den Hafen oder in die Mühle riefen. Sie brachte ihm heiße Milch mit Honig, sie liebten sich und anschließend unterhielten sie sich über alles und nichts, er stets voller Pläne, sie voller Fragen. Sie nannte ihn zärtlich »meinen Juden«, und das Bild von ihm, das sich in ihren Augen spiegelte, war voller Zärtlichkeit und Bewunderung: Sie täuschte sich nämlich keineswegs über die Gründe seiner Anhänglichkeit. Er suchte bei ihr alles, was er nicht bei seiner Frau fand – Aufmerksamkeit und Zärtlichkeit.

Abner erinnerte sich an seine Zusammenkünfte mit Rachel in Toledo, die man eines Tages wohl beobachtet hatte, und wurde noch vorsichtiger. Aber in Narbonne wie in all diesen südlichen Städten, in denen sich das Leben auf der Straße abspielt, kamen leicht Gerüchte auf. Bald sprach jeder von dem Unglück der Tochter des Rabbi Bonjuzas. Gewarnt von einem Blinden am Hafen, dem er oft Almosen gab, beschloß Abner, Angevina ein paar Tage lang nicht zu sehen. Er nutzte die Zeit, um nach Lunel zu reisen, wo, wie er erfahren hatte, eine Walkmühle zu kaufen war. Seine Frau Dossa stand kurz vor der Niederkunft, und er hatte sich vorgenommen, vor dem Sabbat wieder zurück zu sein. Aber von seinen Geschäften aufgehalten, verspätete er sich um einen Tag.

Er langte in Narbonne zur Zeit der Siesta an; da die Straßen leer waren, begab er sich geradewegs in die Rue de la Paterte zu Angevina: Aber seine Geliebte war nicht da.

»Wo ist Angevina?« fragte er ihre Mutter.

Erstaunt und besorgt entgegnete sie:

»Angevina? Ist sie denn nicht bei dir?«

Abner blieb fast das Herz stehen. Nach vielen Fragen erfuhr er von der alten unglücklichen Frau, zwei Männer seien gekommen, um Angevina in seinem Auftrag abzuholen, weil er sie mit nach Lunel nehmen wolle.

»Wie sie sich gefreut hat!« fügte die Mutter hinzu. »Wie sie sich gefreut hat.«

»Wer? Wer waren diese Männer? Kanntest du sie? Wie sahen sie aus?«

Angevinas Mutter verfiel jetzt wie alle armen Leute, die an Ungerechtigkeit und Unglück gewohnt sind, in einen Zustand tiefer Resignation.

»Dabei hab' ich es ihr gesagt«, wiederholte sie unablässig, »es war zu schön ... Vor den Juden muß man sich in acht nehmen ... Sie bringen Unglück ...«

Abner rannte weg und ging nach Hause.

»Du kommst ziemlich spät«, bemerkte Dossa.

Sie lag zu Bett, hatte die Hände auf den Bauch gelegt, und eine Dienerin befeuchtete ihr die Schläfen mit Essigwasser.

»Ich habe die Mühle schließlich doch gekauft«, sagte er, »und wurde in Lunel über den Sabbat festgehalten.«

Die Züge seiner Frau verzerrten sich plötzlich:

»Die Wehen haben begonnen«, sagte sie und atmete tief ein. Sie warf ihm einen forschenden Blick zu, fürchtete dann aber offenbar, er könne ihn bemerkt haben und begann mit ihm zu reden, wie sie es noch nie getan hatte:

»Es muß ein Junge sein ... Solche Schmerzen hat man nur bei Jungen ... Du bist ziemlich blaß, mein Gemahl ... Bist du krank? Tut es dir leid, daß du diese Mühle gekauft hast? Ich hab' es dir schon oft gesagt, du arbeitest viel zuviel und machst tausend Dinge gleichzeitig ... Genügt dir denn das nicht, was du hast? ... Du drehst dich um, Abner? Wo gehst du hin, mein Gemahl? Du hast mir noch nicht einmal erzählt, wie deine Reise nach Lunel war ... Abner, ich schenke dir einen zweiten Sohn und du verläßt mich?«

Abner wußte nicht, ob seine Frau sich über ihn lustig machte oder kurz vor ihrer Niederkunft etwa doch seine Nähe brauchte.

Ohne ihr zu antworten, verließ er das Zimmer, ging um das Belzève-Viertel herum und dann durch die Rue Aludière bis hinunter zum Hafen. Er suchte seinen blinden Bettler, Gozolas. Zwei *Marakibs*, große Frachtschiffe, die aus Afrika kamen, waren gerade gelandet; Sklaven trugen Säcke mit Getreide und Baumwolle an Land, die andere Sklaven sogleich auf Maultiere luden: Die Karawane sollte bis nach Toledo ziehen, wo die Baumwolle auf Schiffe gebracht wurde, die die Garonne hinunter und an der Küste entlang nach England und Irland segelten. Es herrschte ein ziemliches Gedränge, und Abner, der sonst gern dem Plätschern der Wellen lauschte und dem Treiben der kleinen Leute am Hafen zusah, hatte Mühe, nicht umgerannt zu werden, während er noch immer auf der Suche nach Gozolas war.

Gozolas selbst war es, der ihn fand:

»Sei gegrüßt«, sagte er, »Abner, Sohn des Joseph.«

Der blinde Greis beherrschte jene Kunst vollkommen: Jeden einzelnen an seiner Stimme, seinem Schritt und sogar, wie er behauptete, am Rascheln seines Kleides zu erkennen. Die Eitelkeit der Menschen, sagte er, und ihre Befriedigung, von einem blinden alten Mann wiedererkannt zu werden, sind so groß, daß mir das stets ein reichliches Almosen einbringt.

»Gozolas«, sagte Abner, »ich bin froh, dich zu treffen. Ich brauche dich.«

»Ich weiß schon, was du wissen willst, Abner ben Joseph.«

»Also, dann sag mir, was du weißt.«

Er suchte in seinem Kleid nach einer Münze, aber der Alte wehrte ab:

»Du kannst mir ein andermal wieder etwas geben. Was ich dir zu sagen habe, ist für dich schmerzlich, und es wird dir um dein Geld leid tun.«

»Mein Schmerz geht nur mich etwas an. Also rede endlich.«

Der Blinde schüttelte sein greises Haupt:

»Die Menschen können nicht rasch genug von ihrem Unglück erfahren und bedauern dann sogleich, davon gehört zu haben.«

Gozolas erzählte Abner, wie Angevina mit Gewalt auf ein Sklavenschiff gebracht worden sei, das gleich darauf die Anker gelichtet habe.

Abner schwieg. Gozolas fügte hinzu:

»Frag mich nicht nach dem Namen des Sklavenhändlers. Ich habe keine Feinde hier . . . Überleg dir gut, was du tun willst, Abner ben Joseph, überleg es dir gut . . .«

Und mit dem Stock auf das Pflaster schlagend, seine toten Augen auf einen unsichtbaren Stern am Himmel gerichtet, entfernte er sich.

Abner hatte verstanden, was Gozolas ihm verschweigen wollte. Sein Herz war wie aus Eis vor Traurigkeit und Verachtung. Er ging geradewegs zu seinem Schwager Capdepin, der im Belzève-Viertel ein schönes Haus direkt über dem Hafen und dem Fluß bewohnte.

Capdepin empfing ihn, als sei er der Wali persönlich:

»Baruch haba! Sei willkommen!«

Er war groß und ähnelte mit seinen regelmäßigen Zügen seiner Schwester; er hatte die gleiche herablassende, stets auf den gebührenden Abstand bedachte Art wie sie. Diesmal jedoch kam er ihm höchst freundlich entgegen und stellte zwei Silberbecher auf den Tisch:

»Setz dich, Schwager. Kann ich dir etwas anbieten?«

Abner starrte ihn an, als hätte er ihn noch nie gesehen. Und der andere wurde unter seinem Blick verlegen, seine Redseligkeit ließ ihn diesmal im Stich.

»Und meine Schwester?« fragte er stockend. »Wie geht es meiner Schwester? Ist das Kind schon geboren?«

»Capdepin«, sagte Abner, »ich hasse dich. Ich hasse dich für das, was du getan hast, und ich verachte dich für das, was du bist. Ich hasse dich, ich hasse dich!«

Abners Worte klangen wie Peitschenhiebe; er suchte den anderen in seinem Innersten zu treffen, ihn zu verletzen und zu strafen.

Capdepin war zurückgewichen, aber jetzt goß er sich mit gespieltem Gleichmut Sirup in seinen Becher.

»Schwager«, sagte er, »ich lasse mich in meinem Haus nicht beleidigen. Nur eines will ich dir sagen. Was ich getan habe, habe ich getan, weil die Familie es so beschlossen hat . . . Ganz Narbonne hat sich über uns lustig gemacht! Seit Monaten demütigst du uns mit dieser Frau, jetzt komm nicht und wirf uns vor, wir hätten uns nicht recht verhalten! . . . Ich will ja gern zugeben, daß mein Gewerbe nicht so edel ist wie deins. Aber die Thora verbietet es nicht. Sie zählt sogar die Rechte der Sklaven auf: Sie sollen wie Mitglieder der Familie behandelt werden und die Sabbatruhe einhalten . . . Sie können ihre Herren beerben, wenn diese ohne direkte Nachkommen sterben . . . Wer einen Sklaven totschlägt, wird nicht anders bestraft, als hätte er einen freien Mann umgebracht . . . Wer seinen Knecht oder seine Magd schlägt mit einem Stabe, daß sie sterben unter seinen Händen, der soll darum bestraft werden, steht im Exodus.«

Capdepin hatte recht. Ein Menschenhändler, der sein Gewerbe versah, wie es sich gehörte, konnte durchaus ein ruhiges Gewissen haben.

»Die Thora verbietet die Sklaverei nicht«, wiederholte Capdepin.

Und er fügte hinzu, bevor er seinen Becher leerte:

»Dagegen verurteilt sie den Ehebruch. Du siehst, mein teurer Schwager, wenn einer von uns beiden dem anderen Vorwürfe machen kann . . .«

Abner war außer sich vor Zorn:

»Sei still!« befahl er. »Erzähl mir nichts von der Thora. Ich überlasse es dem Ewigen, dem Gott der Gerechtigkeit und der Rache, dich zu richten. Aber was die Gesetze dieser Stadt anbelangt, so weiß ich, daß sie verbieten, freie Menschen wie Sklaven zu verkaufen. Und wenn der Händler Jude ist . . .«

Er drehte sich auf dem Absatz um und rannte die Treppe hinunter.

Als er auf die Straße trat, sah er gerade noch, wie Gozolas um die

Ecke bog. »Überleg es dir gut!« hatte ihm der Blinde geraten. Vielleicht war er eigens gekommen, um sich dessen zu versichern.

Abner machte ein paar Schritte, aber seine Beine zitterten vor Erregung und Wut derart, daß er sich auf die Schwelle eines benachbarten Hauses setzen mußte. Dort fand ihn sein Diener Schemaja, der ganz außer Atem war: »Ich such' dich überall, Herr . . . Es ist ein Sohn! Massel tov! Massel tov! Alles Gute!«

Das Neugeborene erhielt den Namen Sabrono. Ein paar Tage später versammelte sich die ganze Familie zur *Britmilla* in der Synagoge, auch Capdepin. Niemand schien je etwas von Angevina gehört zu haben, und da Abner selbst nichts unternahm – einen Juden anzuklagen bedeutete, die ganze Gemeinde in Gefahr zu bringen –, wuchs bald Gras über die ganze Angelegenheit. Abner kehrte noch einmal in die Rue de la Paterte zurück, um Angevinas Mutter für die Kinder eine reichgefüllte Börse zu übergeben. Er strich noch eine Weile um das Haus herum, wie ein Hund auf der Suche nach seinem verschwundenen Herrn, und ging dann hinunter zum Hafen. Dort gab er dem blinden Gozolas ein Almosen, schlenderte den Kai entlang, sah einem Fischer zu, der den Rumpf seines Bootes mit Teer abdichtete und lauschte dem Lied eines anderen:

Sträfling auf der Galeere
zählt der Tage Weh . . .
Drei Monate fahr' ich zur See,
wünscht', daß ich heim schon wäre . . .

Er stieg hinauf bis zur Brücke über die Aude, dann ging er nach Hause zurück und schrieb an seinen Bruder Daniel. Ohne Angevina fühlte er sich in Narbonne einsam. Er sehnte sich nach der Nähe und Wärme seiner Familie. Doch bevor er seinen Brief mit der nächsten Karawane, die etwa alle zwei Monate von Narbonne aus nach Saragossa, Toledo, Cordoba und Hispalis aufbrach, mitschikken konnte, übergab ihm ein befreundeter Kaufmann einen Brief von Daniel. Er teilte ihm den Tod von Rabbi Joseph mit und den ihrer Mutter Hannah, die ihm ein paar Tage später gefolgt war; sie hatte wohl die Trennung von dem, den sie seit ihrer Heirat in Hippone vor mehr als fünfzig Jahren nicht einen einzigen Tag verlassen hatte, nicht überwunden. Daniel fügte hinzu, er habe sein Amt als Ratgeber des Wali niederlegen müssen, nachdem einige maurische Beamte dagegen protestiert hatten, daß die Dhimmis in der Stadtverwaltung allzu zahlreich vertreten seien. Was das Geschäft anging, so konnte es nicht besser gehen, und Jeroboam plante eine Erweiterung des Betriebs, wenn er, Abner, damit einverstanden sei.

Abner las den Brief mehrmals, wie um zwischen den Zeilen und den Worten irgend einen verborgenen Sinn zu entdecken. Aber nein, es stand nichts anderes darin, als was er gelesen hatte: Seine Eltern waren tot, und das Leben ging weiter. Er weinte. Dann bat er seinen Diener Schemaja, seinen Kunden und Gehilfen mitzuteilen, daß er Trauer trage und begab sich eilends in die Synagoge.

Es war später Vormittag, und die Sonne stand hoch. In der Synagoge beteten zwei oder drei Juden. ›Nicht einmal ein *Minjan*‹, dachte er. Er sprach den Kaddisch. »Geheiligt und gepriesen sei der Name des Herrn, der ein neues Reich schaffen und die Toten auferwecken wird. Es bleibe aufgerichtet seine Herrschaft heute und solange das Haus Israel sein wird, jetzt und immerdar.« Den Rest des Tages verbrachte er damit, halblaut die Verse zu singen, die Rabbi Joseph ihn gelehrt und die er zum letzten Mal am Abend der Britmilla seines Neffen in Cordoba gehört hatte. Als sich der Tag neigte und sich die Synagoge zum Abendgebet füllte, erhob er seine Stimme mit den anderen, dann ging er zurück nach Hause. Dossa bezeugte ihm ihr Mitgefühl, aber in ihrer Gegenwart spürte er seine Einsamkeit doppelt. Er schrieb einen neuen Brief an seinen Bruder und lud ihn ein, sich in Narbonne niederzulassen.

Daniel kam erst zwei Jahre später, am Anfang des Jahres 4485[40] nach der Schöpfung der Welt durch den Ewigen – gepriesen sei sein Name – mit seiner Frau Dulcia und ihren inzwischen schon fast erwachsenen Kindern Moses und Salomon.

Überrascht stellte Abner fest, daß sein Bruder schon fast graues Haar hatte: Mit seinen siebenunddreißig Jahren war Daniel nur um

[40] 725 n. Chr.

zwei Jahre älter als er. Das Leben vergeht. Man muß sich eilen, das zu tun, was man noch zu tun hat, dachte er. Aber seit Angevina verschwunden war, schien der beste Teil seiner selbst, der heiterste, lebendigste, für immer tot zu sein. Er ließ die Geschäfte einfach laufen, kämpfte nicht mehr, unternahm nichts mehr, träumte nicht mehr. Ob nun fünfunddreißig Jahre oder siebzig . . .

Aufgrund seines Wissens und seiner Bescheidenheit sah die Gemeinde von Narbonne Daniel bald als einen der Ihren an. Der alte Rabbi Bonjuzas empfahl ihn überall, stellte ihn sogar dem Wali und dem Bischof vor, zu dem er ausgezeichnete Beziehungen hatte. Daniel, dem es in Narbonne gefiel, kam bald auf die Idee, eine Talmud-Thora einzurichten:

»Keine Gemeinde«, sagte er eines Abends zu seinem Bruder, »kann auf die göttliche Gegenwart verzichten, aber diese Gegenwart äußert sich nicht durch Trübsinn, Trägheit, Vergnügen, Geschwätz oder Eitelkeiten, sondern durch die gottgefällige Freude an frommen Werken und das Studium der Thora.«

Rabbi Bonjuzas unterstützte den Plan einer Talmud-Thora, und Abner versprach, die Bauarbeiten für das künftige Lehrhaus zu übernehmen. Der Rat der Gemeinde erklärte sein Einverständnis, nachdem er Daniel vorgeladen hatte, um von ihm einige gelehrte Kommentare zu hören.

Abner war froh darüber, daß sich Daniel und seine Familie in Narbonne niederließen. Für achtundvierzig Dirhams im Jahr besorgte er ihnen ein geräumiges Haus in der Rue du Coyran unweit der Aude, zwischen dem Belzère-Viertel und dem Fischweiher. Fast die ganze Straße gehörte einem Goten, Dalmas de Vinassan, mit dem er geschäftlich zu tun hatte.

Zum ersten Sabbat in ihrem neuen Heim luden Daniel und Dulcia Abner und Dossa ein. Nach dem Essen blieben die beiden Brüder noch einen Augenblick allein am Tisch sitzen. Sie sahen sich ohne ein Wort zu sagen an, und plötzlich waren die Jahre der Trennung ausgelöscht – sie waren Kinder und würden gleich zur Seybouse-Brücke hinunterlaufen . . . Schließlich fragte Daniel:

»Woran denkst du?«

»An dasselbe wie du.«

»Und wenn wir Jeroboam bitten würden zu kommen?«

Mit der nächsten Karawane aus Cordoba kam Jeroboam nach Narbonne. Er war allein. Daniel und Abner zeigten ihm die Stadt von ihrer vorteilhaftesten Seite. Sie hätten es gern gesehen, wenn er geblieben wäre. Aber Jeroboam zögerte: Sein Partner Rosemundo in Cordoba, der allmählich in die Jahre kam, wollte aufhören zu arbeiten, und seine Söhne waren bereit, ihren Anteil an dem Betrieb zu verkaufen. Jeroboam war nicht abgeneigt, ihn zu erwerben: Er sah sich schon an der Spitze des ganzen Geschäfts. Wegen des einsetzenden Hochwassers mußte Jeroboam seine Abreise und seine Antwort verschieben. Er verbrachte Ostern in Narbonne, und Dossa, für die die Anwesenheit der drei Brüder eine willkommene Abwechslung war, schlug vor, den Seder in ihrem Haus zu feiern.

Onkel, Vettern, Schwägerinnen, Kinder jeden Alters: An diesem Abend waren es zweiundsechzig, die im großen Saal des Erdgeschosses um die Tische mit den weißen, goldgestickten Decken saßen. Sie hörten dem kleinen Vidal zu, wie er seinem Großvater, Rabbi Bonjuzas, die vier Fragen stellte, lauschten der Ostergeschichte und tranken auf das Leben – *Lechaim!*

Nach dem Essen, als die Kinder schlafen gegangen waren, sangen die Männer Psalmen. Die Melodien waren in Narbonne nicht dieselben wie in Cordoba, deshalb ging es auch nicht ohne einige Verwirrung dabei ab:

»Wir Juden«, bemerkte Daniel, »sind ein eigenartiges Volk; wir sind über die ganze Welt verstreut, wir singen alle dieselben Worte, aber nicht immer dasselbe Lied.«

Rabbi Bonjuzas, der auf Daniel so stolz war, als wäre er sein Sohn oder sein Schüler, ließ nie eine Gelegenheit aus, um ihn vor den Gästen zum Reden zu bringen. »Daniel«, sagte er, »wiederhol uns doch noch einmal diesen berühmten *Midrasch* über die bösen Neigungen.«

Daniel leistete ihm nur allzugern Folge: Alle Gelegenheiten waren gut, um das Wort Gottes und die Kommentare der Weisen Israels zu verbreiten.

»Rabbi Jochanan«, sagte er, »lehrt uns, daß eines künftigen Tages der Ewige die böse Neigung ergreifen und sie im Angesicht der Gerechten und Ungerechten ausrotten wird. Den Gerechten wird dieser Trieb vorkommen wie ein hoher Berg, den Ungerechten wie ein dünnes Haar. Die einen wie die anderen werden Tränen vergießen: Die Gerechten, weil sie sich fragen, wie sie diesen schwindelerregenden Fels haben besiegen können, die Gottlosen, weil sie nicht begreifen, daß sie dieses winzigen Fadens nicht Herr geworden sind.«

Als er schwieg, dachten alle nach. Man hörte, wie das Öl in den Lampen knisterte. Rabbi Bonjuzas war das alles noch nicht genug. Zur Erbauung aller wollte er das Wissen, die Meditation, die Erinnerung preisen:

»In der Familie unserer afrikanischen Freunde«, erklärte er, »gibt es eine Chronik der Generationen seit der Zerstörung des Tempels, die jeweils vom Vater auf den Sohn vererbt wird, und Daniel führt die Tradition fort. Nicht wahr, Daniel?«

»Gewiß, Rabbi, aber . . .«

»Ihr lest sie gemeinsam bei den wichtigen Anlässen des Lebens vor, nicht wahr?«

»Ja, Rabbi.«

»Daniel, handelt es sich nicht auch heute um einen wichtigen Anlaß?«

Daniel mußte rasch nach Hause gehen, um Abrahams Rolle zu holen. Bei dem Gedanken, sie vor diesen Fremden vorzulesen, war ihm nicht ganz wohl zumute. Aber handelte es sich nicht schließlich um die Familie der Frau seines Bruders?

»Bei uns«, sagte er, »lesen wir sie im Stehen.«

Rabbi Bonjuzas stützte seine dunkelgeäderten Hände auf das weiße Tischtuch, um aufzustehen, und man rückte die Bänke zurück, während Daniel den Papyrus aufrollte. Seine Brüder Abner und Jeroboam stellten sich neben ihn.

»Abraham«, begann Daniel, »Sohn Salomons des Leviten, wohnte in Jerusalem, und der Name seiner Frau war Judith.

Elias war sein erstgeborener Sohn und wurde Schreiber wie sein Vater.

Gamaliel war der Name seines Zweitgeborenen.

Elias zeugte . . .«

Abner beobachtete all diese Fremden, die mit ernstem Gesicht den Namen und Daten lauschten, und ihm wurde bewußt, daß

Abrahams Rolle mehr war als nur eine Familiengeschichte. Es war die ganze jüdische Erinnerung. Esra, Judith, Gamaliel, Nomos ... Die Namen bedeuteten nicht viel ... Das Wesentliche war diese Kontinuität, die sie ausdrückten und die bewirkte, daß zweiundsechzig Juden aus Narbonne die jahrhundertealte Geschichte der Juden aus Alexandria, Hippone und Cordoba als die ihre empfanden.

Jeroboam reiste schließlich doch ab. »So bleibt wenigstens einer aus der Familie in Cordoba, um das Grab unserer Eltern zu ehren«, sagte er. In Wirklichkeit konnte er nicht der Versuchung widerstehen, allein die Werkstatt und die Mühle zu übernehmen. Jedem sein Schicksal.

Daniel hatte großen Erfolg mit der Talmud-Thora, die er leitete. Einer seiner eifrigsten Schüler war sein Sohn Moses, und er wurde nicht müde, dem Ewigen – gepriesen sei sein Name – dafür zu danken.

Abner reiste nicht mehr, hatte keine Pläne mehr. Skeptisch und voller Bitterkeit beobachtete er das ehrgeizige Treiben der Welt, und wenn er jetzt den Prediger wieder las, verstand er die Stimme dessen, den er einst einen verbitterten Greis genannt hatte: »Siehe, da war es alles eitel und Haschen nach Wind.«

Er weigerte sich noch immer, mit Capdepin dem Sklavenhändler ein Wort zu wechseln, und wenn ihm auch noch eine Tochter geboren wurde, die er nach dem Namen seiner Mutter Hannah nannte, so war doch seine Frau Dossa für ihn wie eine Fremde, und er wunderte sich, daß ihre Leben so miteinander verwoben waren.

Die einzigen Ereignisse, die noch sein Interesse weckten, waren die kriegerischen Auseinandersetzungen, die die Völker aufeinanderprallen ließen. Sie erinnerten ihn jedes Mal an die Schlacht von Xerez und an seinen Berbervetter Ibrahim, wie er in die feindlichen Reihen einbrach.

Die Araber, die in Spanien fest Fuß gefaßt hatten, wurden an den Grenzen Septimaniens ständig bedroht, besonders von dem Herzog von Aquitanien, Eudes, der abwechselnd Bundesgenosse oder Feind war. Inzwischen stand ein neuer Emir, Abd al-Rachman, an der Spitze eines gewaltigen Heeres, und ihm fiel die Aufgabe zu, den Krieg weiterzuführen. Er warf Herzog Eudes bis zur Dordogne zurück, und Eudes bat einen seiner Gegner, den neuen Herrscher der Franken, Karl, Sohn Pippins von Heristall, um Hilfe.

Flüchtige Soldaten der Truppen von Abd al-Rachman, die nach Narbonne kamen, brachten die Nachricht von der Niederlage der Araber bei Poitiers. Abd al-Rachman war tot, und von der stolzen Armee war nichts mehr übrig geblieben. Der Wali von Narbonne ließ die Mauern der Stadt verstärken: Selten nur begnügen sich die Siegreichen mit einem Sieg, und so mußte man sich wohl auf einen Angriff der Franken vorbereiten.

Karl Martell und seine Soldaten standen denn auch bald vor den Toren und begannen die Belagerung; überzeugt davon, daß allein ihr Kriegsruhm die Stadt zur Übergabe bewegen würde.

»Der Franke ist ein Dummkopf«, murrte Abner. »Narbonne ist keine Stadt zum Belagern. Es wickelt seinen Handel und seine Versorgung über das Meer ab. Worauf hofft er? Daß der Wali Angst bekommt? Daß jemand Verrat übt und die Tore öffnet? Er hindert nur die Juden daran, zum Friedhof auf dem Judenberg zu gehen.«

Die Belagerung war so wirkungslos, daß Abners ältester Sohn, Vidal, der nach Cordoba zu seinem Onkel Jeroboam reisen sollte, um sich mit dem Betrieb vertraut zu machen, nichts an seinen Plänen änderte. Nur daß er, statt den Landweg mit der Karawane zu wählen, das Schiff bis Barcelona nahm.

Abner verabschiedete sich von seinem Sohn, als sollte er ihn nie wiedersehen und legte ihm ein Wort des Predigers ans Herz: »Alles, was dir vor Handen kommt zu tun, das tue frisch; denn bei den Toten, dahin du fährst, ist weder Werk, Kunst, Vernunft noch Weisheit.«

Vater und Sohn sahen sich nicht wieder. Abner wurde krank und legte sich zu Bett. Nach ein paar Tagen verließ ihn das Fieber, aber er blieb weiter liegen. Es schien, als hielte ihn das Leben nicht mehr fest. Kaum, daß er sich von seinem jüngeren Sohn, Sabrono, noch von der Belagerung berichten ließ. Sonst schwieg er. Er wußte, er würde bald mit den Dingen dieser Welt abgeschlossen haben. Ganz in sich selbst gekehrt, gedachte er seiner beiden unheilbaren Wunden: Rachel und Angevina. Es gab nichts zu tun und nichts zu sagen. Nur das Bedauern blieb.

Eine Woche vor Rosch-ha-Schana kam Sabrono ganz aufgeregt nach Hause, um seinem Vater zu berichten: die Franken unter Karl Martell hätten die Belagerung aufgehoben.

»Der Weg zum Judenberg ist also frei«, erwiderte Abner lediglich.

Am nächsten Tag fand man ihn tot in seinem Bett.

12

Narbonne
Der jüdische König

Die Franken kamen wieder. Und zwar im Jahre 4512[41] nach der Schöpfung der Welt durch den Ewigen – gepriesen sei sein Name –, und ihr Anführer war nicht mehr der Hausmeier Karl Martell, sondern einer seiner Söhne, Pippin, der sich gerade mit Unterstützung des Papstes in Soissons zum König hatte wählen lassen.

Als sie vor den Toren der Stadt erschienen, feierten die Juden gerade den zweiten Tag des Purimfestes, das an eine Episode aus der Zeit des persischen Exils erinnern soll: Der alte Mardochai, der sich geweigert hatte, vor dem Günstling des Königs Ahasveros, Haman, auf die Knie zu fallen, war auf dessen Betreiben zum Tode verurteilt worden und mit ihm das ganze jüdische Volk. Da war Esther, Mardochais Nichte und des Königs Gemahlin, für sie eingetreten. Sie hatte gefastet, gebetet und schließlich mit der Hilfe des Höchsten Ahasveros von Hamans Falschheit überzeugt. Haman und seine Söhne wurden gehängt und zuvor gezwungen, das Pferd des in Purpur gekleideten alten Mardochais am Zügel durch die Stadt zu führen.

Seitdem feierten die Juden jedes Jahr im Monat Adar das Purimfest – das Fest der Lose[42]: Die Kinder trugen Masken und waren als Ahasveros, Esther und Mardochai verkleidet, sie tanzten durch die Straßen und riefen den Namen Hamans, während sie Stöcke oder Steine gegeneinander schlugen.

In diesem Jahr war das Fest kaum zu Ende, als die Armee der ungeschlachten kriegerischen Franken vor Narbonne auftauchte und in Reih und Glied aufmarschierte, als würde allein die Parade genügen, um Menschen und Mauern zu stürzen. Die Juden mußten

[41] 752 n. Chr.

[42] Pur = auf Hebräisch das Los (A. d. Ü.)

zwangsläufig in diesem Zusammentreffen ein Zeichen sehen: Wenn Israel sich unter den Schutz des Ewigen, den Gott der Waffen, stellte, würde ihre Not sich in Fröhlichkeit verwandeln und die Schreie der Angst in Freudentränen.

Der Rat der Gemeinde versammelte sich sogleich und beschloß, ein Fastentag würde genügen, denn die Mehrzahl der Parnassim war fest davon überzeugt, daß Pippin die Belagerung – so wie sein Vater zwölf Jahre zuvor – bald aufheben würde, wenn er ihre Nutzlosigkeit einsah. Im übrigen ließ der Wali, mit dem sie auf gutem Fuß standen, ihnen sagen, sie sollten sich nicht beunruhigen.

Aber die fränkische Armee hatte sich vor der Stadt offenbar für die Ewigkeit eingerichtet. Weder die trostlosen Winterregen noch die Last der glühenden Sommer, die Langeweile der ereignislosen Tage konnten sie in ihrem Entschluß erschüttern. Narbonne versorgte sich zwar vom Meer her, aber es war von den Städten im Innern des Landes abgeschnitten. Anfangs hielt man diesen Zustand für erträglich, aber ein Jahr verging, ein anderes und noch ein anderes . . . Die Bürger von Narbonne hatten den Eindruck, auf einer Insel zu leben . . .

König Pippin hatte sie wissen lassen, er sei entschlossen, Narbonne in Besitz zu nehmen, und nichts werde ihn davon abhalten. Als schließlich beide Seiten begriffen, daß sie mit Warten nichts ausrichteten, schickte der Gotengraf Milon einen seiner Ratgeber, Miletius, nach Narbonne, der den Auftrag hatte, zusammen mit den Juden einen Weg zu suchen, um dieser Situation ein Ende zu bereiten. Mit anderen Worten: waren die jüdischen und christlichen Bürger bereit, Narbonne den Franken auszuliefern?

Man schrieb damals das Jahr 758 n. Chr. Rabbi Bonjuzas war tot, ebenso wie Daniel der Weise. Dossa war eine alte Frau . . . Daniels und Abners Kinder hatten selbst schon Söhne und Töchter . . . »Eine Generation geht, eine andere Generation kommt . . .« Moses, Daniels Sohn, war mit seinen fünfundvierzig Jahren der älteste dieser Generation, die Afrika nie gekannt hatte: Er war wie sein Bruder Salomon in Cordoba, Abners und Dossas Kinder waren in Narbonne geboren.

Er war Schreiber, ein weiser, gottesfürchtiger Mann – ihm hatte die Familie Abrahams Rolle anvertraut, damit er sie fortführe und weitergebe –, er gehörte zum Rat der Gemeinde, und in dieser Eigenschaft bat er an jenem Tag seinen Bruder Salomon und seine beiden Vettern, Vidal und Sabrono, zu sich.

»Der Rat«, sagte er, »muß heute abend entscheiden, welche Antwort wir den Goten geben. Sind wir mit den Goten gegen die Araber? Mit den Arabern gegen die Franken? Aufgrund unserer Stellung in der Stadt spielen wir eine Rolle, die vielleicht entscheidend ist. Und deshalb dürfen wir uns nicht irren.«

Die vier Männer wurden ernst.

»Ich möchte versuchen«, fuhr Moses fort, »gemeinsam mit euch zu entscheiden, was ich heute abend im Rat vorschlage.«

Der rundliche, fast bartlose, listig blickende Sabrono, der die Mühle von Casal leitete, hob die Hand:

»Da gibt es zwei Dinge zu bedenken«, sagte er.

Die drei anderen lachten schallend: Sabrono hatte die Angewohnheit, jedes Problem in zwei Teile zu zerlegen. Er war keineswegs beleidigt, lachte sogar gutmütig mit und kam dann auf seine Überlegung zurück:

»Eins ist ganz offenkundig: Bis zu diesem Tag hatten wir nie einen Anlaß, uns über die Araber zu beklagen. Andererseits läßt sich nicht leugnen, für sie sind wir nur Dhimmis, unter ihrem Schutz Stehende.«

»Also?« fragte Moses.

»Also schlage ich vor, von diesen beiden Gegebenheiten ausgehend die Situation in Ruhe zu untersuchen.«

Neues Gelächter.

»Das bringt uns sehr viel weiter«, sagte Vidal schließlich unter Lachen. »Danke, mein Bruder, ganz ausgezeichnet.«

Salomon der Schreiner wischte sich mit seinen großen kräftigen Händen die Tränen aus den Augen:

»Was Sabrono getan hat, ist ganz gut: Er hat uns zum Lachen gebracht. Jetzt können wir diskutieren, ohne uns gleich zu erregen.«

»Wer beginnt?« fragte Moses.

Es war kalt, der Nordwind fegte über die Stadt, und man konnte hören, wie er um die Häuserecken pfiff, durch die Gassen heulte und wie ein Schmiedebalg durch die Laubengänge keuchte. Dieser schreckliche Wind dauerte für gewöhnlich sechs oder neun Tage, und Moses dachte, daß sich alles zum Guten oder Schlechten gewandt haben würde, wenn er aufhörte.

Sein Blick wanderte von seinem Bruder zu seinen Vettern. Alle vier hatten sie Jahre gemeinsamer Erinnerungen hinter sich, Erlebnisse, die sie geteilt hatten, eine Verständnisinnigkeit ohne viel Worte, und selbst wenn sich im Verlauf der Jahre ihre Charaktere gefestigt hatten, so glaubte Moses doch, daß ihre Antworten mehr oder weniger der seinen gleichen würden: Er hatte gründlich nachgedacht und war zu dem Ergebnis gekommen, daß die Juden von Narbonne diese Mauren, die sie nie verfolgt oder auch nur bedroht hatten, nicht verraten konnten, um sich mit den Goten zu verbünden, die einst die Juden zwangsgetauft hatten. Das war ein einfaches Gebot der Gerechtigkeit.

Vidal hob die Hand. Er war ein großer, hagerer Mann mit hervorstehenden Backenknochen und hatte die gleichen grauen Augen wie seine Mutter Dossa.

»Wenn ich für mich persönlich etwas zu entscheiden habe«, begann er, »ordne ich die Vorteile auf der rechten, die Nachteile auf der linken Seite ein. Haben wir in unserem Fall ein Interesse daran, weiterhin von den Mauren abzuhängen? Einerseits, das ist richtig, haben sie uns nicht schlecht behandelt. Aber andererseits haben sie uns keine oder nur sehr wenige Absatzmärkte in Spanien geboten, und während der ganzen letzten Jahre wurden sie jedesmal, wenn sie gegen die Franken kämpften, geschlagen . . . Wenn wir uns dagegen mit den Franken verbünden, stehen uns nicht nur Aquitanien und die Provence für den Handel offen, sondern alle Länder im Norden mit ihren großen Städten und bisher fast unbekannten Landstrichen. Und wir sichern uns den Schutz der stärksten Armeen . . . Wenn wir unseren Interessen folgen wollen, glaube ich, gibt es nur einen Weg.«

»Du schlägst also vor«, fragte Moses, »daß wir uns den Franken ergeben?«

Er konnte kaum glauben, was er gehört hatte.

»Ja«, erwiderte Vidal, »und je rascher dies geschieht, desto besser. Vorausgesetzt natürlich, daß wir nicht sagen, wir ergeben uns. Nein, wir erleichtern lediglich den Franken den Einzug in Narbonne und zwar gegen die Zusicherung gewisser Vorteile.«

»Je schneller desto besser«, bekräftigte Sabrono, »das glaube ich auch. Die Araber sind uneins, und Omaijaden und Abbasiden bekriegen sich untereinander. Eines Tages werden wir zwischen ihnen wählen müssen. Und welches Lager wir auch immer wählen, wir können uns nur die Hälfte der arabischen Macht nutzbar machen . . .«

Seine rundlichen Hände tanzten durch die Luft wie die eines Taschenspielers.

Der Schreiner Salomon hingegen legte die seinen flach auf den Tisch:

»Ich sehe nicht so weit wie Sabrono«, äußerte er sich jetzt. »Aber eines weiß ich, wenn wir nicht auf seiten der Goten sind, wenn sie die Stadttore den Franken öffnen, dann sind wir gegen sie und obendrein noch gegen die Franken.«

»Aber wenn wir den Arabern treu bleiben«, sagte Moses, »und ihnen helfen, die Stadtmauern zu verteidigen, können die Franken Narbonne nicht einnehmen.«

Er war bestürzt. Nicht einen einzigen Augenblick hätte er gedacht, daß man in seiner eigenen Familie derart den Eigennutz, die Berechnung und die Furcht allen anderen Erwägungen, wie dem gegebenen Wort, der gemeinsamen Vergangenheit, der Erfahrung der miteinander geteilten Jahre, voranstellte . . . Es gab, so dachte Moses, eine Verwandtschaft zwischen den Söhnen Israels und den Söhnen Ismaels, eine Kindheit in der Wüste, ein gemeinsames Erbe aus Landschaften, Licht und Gebräuchen, während diese großen blonden Barbaren, diese Schweinefleischesser, die in den Wäldern aufgewachsen waren, ihnen ganz und gar fremd waren. Aber wie konnte man das alles ausdrücken?

»Ihr wißt sehr wohl«, sagte er, »daß die Christen stets die Juden verfolgt haben. Daß die Goten uns bekehren wollten!«

»Das sind vergangene Geschichten«, entgegnete Vidal. »Wir leben schließlich heute.«

Moses, der etwas kurzsichtig war, kniff die Augen zusammen, um die Gesichter seines Bruders und seiner Vettern zu erforschen, und es schien ihm, als hätten sie sich verändert, als seien sie nicht mehr die, die er kannte. Wie konnte ein Jude, so fragte er sich, die

Vergangenheit einfach beiseite schieben? Er war in seinem Innersten überzeugt davon, daß sie die Entscheidung, die sie trafen, in gleichem Maß ihren Vorfahren wie ihren Enkelkindern gegenüber zu verantworten hatten.

»Gehört Narbonne denn euch«, fragte er, »daß ihr so über die Stadt verfügt?«

Was er sagte, hatte wenig mit dem zu tun, was er eigentlich ausdrücken wollte. Irgend etwas in dieser Situation war ihm völlig unbegreiflich.

»Willst du vielleicht abwarten, bis andere für uns die Entscheidung treffen?«

Vidals Stimme klang schroff, fast feindlich, und Moses begriff, daß es keinen Zweck hatte, mit ihm zu diskutieren: Von diesem Mann würde nichts übrig bleiben, wenn man das Gerüst von Banalitäten, das ihn zusammenhielt, einriß.

»Ich weiß nicht«, sagte Moses, »ich dachte . . .«

Die Auseinandersetzung dauerte den ganzen Nachmittag, und alles wurde ins Feld geführt, alle guten und alle schlechten Gründe, deren sich die Menschen bedienen, wenn sie sich zugleich um ihre Interessen und um ihr Seelenheil sorgen.

Der Abend brach an, als Moses schließlich zusammenfaßte:

»Ich werde also dem Rat vorschlagen, daß wir uns mit den Goten verbünden, um Narbonne den Franken zu übergeben, vorausgesetzt, König Pippin verpflichtet sich, unsere Selbstverwaltung, unsere Gesetze, unsere Religion zu achten und garantiert uns das Recht, Güter, Ländereien und Häuser zu vererblichem Eigentum zu besitzen . . . Ist das so recht?«

»Meiner Ansicht nach ja«, sagte Sabrono. »Aber du mußt noch die Mühlen hinzufügen.«

»Ja, einverstanden«, erwiderte Vidal.

»Und ich ebenfalls«, sagte schließlich Salomon der Schreiner.

»Der Ewige – gepriesen sei sein Name – möge euch helfen, eine gute Entscheidung zu treffen.«

»Amen«, erwiderte Moses.

Als sie auf die Straße traten, riß der Wind ihnen fast die Tür aus den Händen. Sie zogen ihre Kapuzen über die Stirn, rannten gebückt über die Straße, um sich in den Windschatten einer Mauer zu stellen, und trennten sich dort. Moses ging allein zur Synagoge, wo sich der Rat versammelte.

Sie stimmten alle darin überein, daß die Juden in den Verhandlungen eine wichtige Rolle spielten: Wenn sie sich auf die Seite der Araber stellten, so war dies zweifellos ausreichend, um Pippin jede Hoffnung zu nehmen, die Stadt in absehbarer Zeit zu erobern. Nach leidenschaftlichen Auseinandersetzungen kamen sie zu einer ähnlichen Entscheidung wie der, die Moses gegen sein Gewissen im Namen seiner Vettern und seines Bruders vorgeschlagen hatte: Ja, beschloß der Rat, man werde den Goten helfen, die Tore zu öffnen und die Garnison in Schach zu halten, während die Franken in die Stadt eindrangen. Vorausgesetzt natürlich, daß Pippin die Forderungen der Parnassim erfüllte. Drei Ratgeber sollten gleich am nächsten Morgen in Pippins Lager gehen, um sich ihre Unterstützung abhandeln zu lassen.

Um das Gefühl von Treuelosigkeit, das ihn befallen hatte, ein wenig zu mildern, bat Moses, man möge den Wali über ihre Schritte informieren:

»Da ihr der Meinung seid, er habe sowieso keine Chance zu siegen«, versuchte er sie zu überreden, »sollten wir ihn unterrichten, damit er nicht seine Leute um nichts und wieder nichts in den Tod schickt. Vielleicht wäre es für ihn das beste, sich nach Spanien zurückzuziehen.«

Er redete so lange auf sie ein, bis der Rat seinen Vorschlag schließlich billigte: So hatten die Parnassim nicht nur die Genugtuung, auf der richtigen Seite zu stehen, sondern auch das schöne Gefühl, ein reines Gewissen zu behalten. Und natürlich beauftragte man Moses damit, am nächsten Tag den Gouverneur in seinem Palast aufzusuchen, wobei man ihm übrigens nicht das Gefährliche seines Unternehmens verhehlte.

Die Nacht war klar: Dieser teuflische Wind hatte den Himmel leergefegt, und die Sterne blitzten wie am ersten Schöpfungstag. Moses ging nach Hause und berichtete seiner Frau, die ihn voller Ungeduld erwartet hatte, von den Verhandlungen. Er habe recht daran getan, versicherte sie ihm, nach den Lehren der Schrift zu handeln. Er bat sie, ihren Sohn Bonmacip zu wecken.

Bonmacip, Moses' einziger Sohn, war mit seinen achtzehn Jahren ein hochaufgeschossener junger Mann mit feinen Zügen und glattem, schwarzem Haar. Er war auch Schreiber und erstaunte durch seinen Blick, der zugleich unschuldig und ernst war.

»Mein Sohn«, sagte Moses. »Ich muß morgen den Wali aufsuchen. Wenn der Ewige – gepriesen sei sein Name – beschließt, den Juden des Rats eine Lektion zu erteilen und ich nicht mehr zurückkehre, sollst du meinen Platz in diesem Hause als Hüter unserer Erinnerung einnehmen.«

Er holte die Hülle aus Cordoba-Leder, in der man Abrahams Rolle seit einiger Zeit verwahrte, und nachdem sie ihren Gebetsmantel übergestreift hatten, lasen sie bewegt die Reihen der Namen, denen gelegentlich eine Bemerkung hinzugefügt war. Vielleicht wäre Bonmacip bald gezwungen, selbst ein paar Zeilen hinzuzufügen – so zu sterben bedeutet gewissermaßen weiterzuleben.

Am nächsten Morgen umarmte Moses die Seinen und begab sich zum Palast. Der Wind hatte nicht nachgelassen. Der Wali, der bereits ahnte, daß sich etwas zusammenbraute, empfing ihn sofort. Er war ein jähzorniger, ziemlich nachlässiger Beamter und verbittert darüber, daß die spanischen Mauren ihn seit sechs Jahren offenbar vergessen hatten.

Moses setzte ihm auseinander, daß die Belagerung schon allzulang gedauert hätte, daß man keine Hilfe erwarten könne und es wohl das beste sei, mit den Franken zu verhandeln – jedenfalls seien die Goten und die Juden entschlossen, dies zu tun.

Der Wali wurde blaß vor Wut, er schwor, lieber würde er Narbonne zerstören und seine Bürger umbringen, als an etwas so Schändliches wie eine Kapitulation zu denken.

»Ich werde Geiseln nehmen«, schrie er, »und ihnen eigenhändig den Hals abschneiden, wenn ihr mich verratet! Und du wirst der erste sein.«

Er ließ Moses in ein Verlies des Palastes werfen.

Was er nicht wußte, war, daß in der Zwischenzeit die Juden drei der Ihren in Pippins Lager geschickt hatten, um die Verhandlungen aufzunehmen. Als sie in der folgenden Nacht zurückkamen, berichteten sie, der König habe sie sehr freundlich empfangen, sich erkundigt, was sie zu bieten hätten und was sie dafür forderten. Jakob der Rhadanite habe daraufhin das Wort ergriffen: Die Juden von Narbonne würden den Goten helfen, die Franken in die Stadt und den Hafen einzulassen, sie würden in Zukunft den Franken den jährlichen Tribut von siebentausend Silbermark zahlen, den bisher die Araber bekommen hatten, und schließlich dem König ihr Wissen und ihre Erfahrung zur Verfügung stellen, die unbezahlbar seien.

Dafür hatte Pippin sich verpflichtet, den Wünschen der Juden bezüglich ihrer Rechte und Gesetze zu entsprechen. Er hatte von seinen Notaren und Schreibern den Vertrag mit allen Punkten abfassen lassen und sein lateinisches Siegel unter das Dokument gesetzt, das die Juden in Hebräisch unterschrieben hatten.

Und so überwältigten die Goten und die Juden in einer Februarnacht des Jahres 759 n. Chr. die arabische Wache und öffneten das westliche Tor, das man das Königstor nannte. Die fränkische Armee zog durch die Hauptstraße über den alten Marktplatz bis hinunter zur Aude. Am Morgen war Narbonne fast kampflos fränkisch geworden.

Die Juden befreiten eilends alle, die der Wali als Geiseln genommen hatte und führten sie im Triumphzug bis zur Synagoge. Unter ihnen befand sich auch Moses, dem einige Familien ostentativ den Rücken kehrten; sie warfen ihm vor, er habe das Leben ihrer Väter oder Brüder gefährdet, als er den Wali davon unterrichtete, was sie vorhatten. Moses antwortete nicht. Sein Herz zog sich vor Trauer zusammen. Er kniff die Augen zusammen und suchte in der Menge das Gesicht seines Sohnes, aber Bonmacip war nicht da.

Moses verließ die Synagoge und ging nach Hause. Er bemerkte, daß in der Nacht der Wind nachgelassen hatte: Sechs Tage lang hatte er durch die Straßen gefegt, und während dieser Zeit war die Stadt unter andere Herrschaft gekommen und die wahre Natur der Menschen offenbar geworden.

Bonmacip lag zu Bett, den Körper voller blauer Flecken und das Gesicht unförmig geschwollen: Man hatte ihn auf der Straße festgehalten und ihn mit Knüppeln geschlagen. Er wollte nicht sagen, wer es gewesen war, aber Moses verstand zumindest den Grund:

»Sie denken alle, ich hätte die Juden verraten«, sagte er.

»Ich nicht«, erwiderte Bonmacip. »Sie haben die Schrift verraten.«

»Hast du keine Angst gehabt?«

Mit seinen blutigen Lippen zitierte Bonmacip einen Psalm, und Moses stiegen dabei die Tränen in die Augen:

»Da mir angst war, rief ich den Herrn an und schrie zu meinem Gott; da erhörte er meine Stimme von seinem Tempel . . .«

Später erfuhr man jedoch, daß der Wali seinen Soldaten deshalb nicht den Befehl zum Angriff gegeben hatte, weil Moses' Worte ihm die Situation klargemacht und ihn zugleich entmutigt hatten: König Pippin gegenüber, der ihn befragte, gab er es selbst zu. Von einem Tag auf den anderen wurden Moses und seine Familie wieder von allen geachtet, ja, man pries, ohne schamrot zu werden, seinen Mut und seine Umsicht, und manch einer sagte ihm, wie leid es ihm tue, ihm nicht gefolgt zu sein oder Dinge gesagt zu haben, die er nicht wirklich dachte. Moses begnügte sich damit zu erwidern, man müsse den Ewigen loben – gepriesen sei sein Name –, der den Menschen seine Prüfungen schicke, damit sie die Hinfälligkeit ihres Urteils erkennen. Er dachte auch, aber das sagte er nicht, daß dieser rauhe Wind, der manchmal von den Bergen wehte, den Bürgern von Narbonne wohl gelegentlich den Kopf verdrehte.

Der Gote Milon wurde der erste Graf von Narbonne und prägte wie ein Herrscher Geld mit seinem Namen. Der alte Bischof Aribert erhielt für die Kirche den größten Teil der arabischen Besitzungen der Stadt. Was die Juden anbetraf, so hielt König Pippin Wort: Sie behielten ihren Besitz, Häuser, Mühlen, Salinen und sogar, trotz des Protests der Kirche, ihre Weinberge; sie erreichten auch die Anerkennung ihres Rates, dem ein *Nassi* vorsitzen sollte, der allein dem König gegenüber verantwortlich war.

Nach sechs Jahren der Isolierung knüpfte Narbonne wieder neue Beziehungen zu den übrigen Städten Septimaniens und Aquitaniens, beides Teile des großen Reiches, das der König ein paar Jahre später zwischen seinen beiden Söhnen, Karl und Karlmann, aufteilen mußte.

In der Stadt hatte sich das Leben kaum verändert. Man hörte zwar nicht mehr den *Muezzim* zum Gebet rufen, aber bald baute man Kirchen, von denen die Glocken der Christen läuteten. Die neuen Herren ließen den Juden ihre Selbstverwaltung, und Rabbi

Bondavin nutzte die Gelegenheit, um dem eindrucksvollen Gebäude der Écoles-Vieilles, für das Abner so viel Geld gespendet hatte, eine Bibliothek einzugliedern. Der Rabbi verfolgte die Bauarbeiten sehr aufmerksam, und seine Schüler sahen ihm höchst belustigt zu, wie er, kaum hatte er einen Augenblick Zeit, begeistert zur Kelle griff, um den Mörtel anzurühren.

Der Gemeinde konnte es also kaum besser gehen, bis nach Pippins Tod Papst Etienne Bischof Aribert die freundschaftliche Art der Beziehungen zwischen Juden und Christen vorwarf. Außerdem beanstandete er, daß die Juden ihren Besitz auf erbrechtlichem Wege weitergeben konnten, während doch der König, so sagte er, einen finanziellen Vorteil daraus ziehen könne, wenn man dies von seinem Einverständnis abhängig mache.

Es war also dringend notwendig, sich von den neuen Königen, Karl und Karlmann, die Privilegien bestätigen zu lassen, die Pippin ihnen gewährt hatte. Allerdings war jener Nassi, den der vom König unterschriebene Vertrag erwähnte, noch immer nicht gewählt. Man war sich im Rat weder über die Art der Wahl noch über den Umfang seiner Funktionen und seiner Machtbefugnisse einig geworden. Die Gemeinde ließ sich also noch immer von Abordnungen vertreten, deren Mitglieder oft die allgemeinen Belange vernachlässigten und lediglich ihre eigenen Interessen verfolgten.

Der Rat versammelte sich in den Écoles-Vieilles. Die Situation war höchst dramatisch: Wenn der Papst Gehör fand, verloren die Juden von Narbonne all ihren Besitz. Allerdings konnten sie nicht verlangen, daß man die Klauseln in dem Vertrag mit Pippin respektierte, solange sie selbst ihn nicht einmal ganz erfüllt hatten: Sie mußten also einen Nassi wählen.

»Ich schlage vor«, begann Moses vor dem Gebet, »daß wir diesmal wirklich unsere gewohnte Streiterei vergessen und uns einigen.«

Seit den nunmehr zehn Jahren, in denen die Franken über Narbonne herrschten, war sein Einfluß im Rat ständig gewachsen; sein Haar war inzwischen weiß, und er war fast blind: Er konnte nicht mehr schreiben und mußte einen Text ganz dicht vor seine Augen halten, um ihn entziffern zu können. Meist bat er seinen Sohn Bonmacip, ihm diese oder jene Stelle aus der Schrift vorzulesen, und es war ihm ein doppelter Trost, daß es die Stimme seines Sohnes war, die ihm Gottes Wort sagte.

»Die Existenz unserer Gemeinde hängt davon ab«, fuhr er fort.

Aber auch diesmal konnte man sich wieder nicht auf einen Nassi einigen. Jeder Vorschlag wurde sogleich mit einem Gegenvorschlag beantwortet. Da bat ein Neuankömmling in Narbonne, Rabbi Meir, Sohn des Isaak, der vor nicht allzulanger Zeit aus Arles gekommen war, um an der Schule zu unterrichten, unauffällig um das Wort. Er war ein hagerer alter Mann mit krummem Rücken und einem weißen Bart, der wie ein Eiszapfen abstand. Er hustete zweimal, wie es sich für einen Weisen schickte, zwang dann mit seiner kaum hörbaren Stimme die Versammlung zu schweigen und sagte: »Meiner Meinung nach wird der neue König der Franken euren Vertrag erneuern, wenn mindestens eine von drei Bedingungen erfüllt ist . . .«

Alle schwiegen gespannt. Rabbi Meir, offensichtlich höchst befriedigt darüber, fuhr fort:

»Die erste wäre, daß er sich durch die Verpflichtungen, die sein Vater eingegangen ist, gebunden fühlt . . . Es scheint mir wenig realistisch, damit zu rechnen . . . Die zweite wäre, daß er es für wichtiger hält, den Frieden mit den Juden in Narbonne nicht aufs Spiel zu setzen, als von ihnen Geld erpressen zu können . . . Aber auf das, was ein junger König für seine Interessen hält, kann man sicher nicht bauen . . . Die dritte . . .«

Er schwieg selbstgefällig, hustete wieder zweimal:

»Die dritte«, fuhr er fort, »ist der Respekt.«

»Der Respekt?« fragte Rabbi Bondavin, als höre er dieses Wort zum ersten Mal.

»Unsere Weisen lehren uns, daß man den, der reicher ist als man selbst, nicht mit Gold betören kann, und die Araber sagen, daß Könige nur mit Königen verhandeln. Finden wir also einen König.«

Diesmal redeten alle aufgeregt durcheinander.

»Einen König? Was für ein König? Und König wovon?«

Rabbi Meir wußte offensichtlich genau, worauf er hinaus wollte. Seine Stimme wurde noch leiser, und man hörte ihm um so aufmerksamer zu.

»Ihr habt doch von den Rivalitäten zwischen dem Exilarchen und den *Geonim* in Babylonien gehört . . .«

»Geonim« wurden die großen Gelehrten, die »mächtigen Herrscher« genannt, die den berühmten Akademien, wie zum Beispiel denen von Sura und Pumdedita, vorstanden. Einer dieser Geonim, Malka, hatte ein paar Jahre zuvor versucht, den herrschenden Exilarchen, Sakkai bar Achunai, durch einen anderen Nachkommen Davids, Natronai bar Habibai, einen Gelehrten von hohem Rang, zu ersetzen. Aber der Exilarch hatte die Pläne des *Gaon* hintertrieben; er wurde seines Amtes enthoben und starb kurz darauf. Natronai bar Habibai hatte Babylonien verlassen müssen.

»Und wißt ihr, Bürger von Narbonne, wo er sich jetzt aufhält?

Er ist in Cordoba und langweilt sich dort. Laden wir ihn also ein, herzukommen, bieten wir ihm an, ein Talmud-Lehrhaus zu leiten und . . .«

Rabbi Meir ließ seinen Blick über seine Zuhörer schweifen und schloß dann fast heiter:

». . . und rufen wir ihn zum König aus! So können wir dem Nachkommen König Pippins einen Nachkommen König Davids gegenüberstellen. Und wer von beiden verdiente wohl mehr Respekt?«

Fragen, Ausrufe, ein allgemeines Durcheinander. Rabbi Meir mit seinem abstehenden Spitzbart wirkte wie ein Jongleur, der den Beifall entgegennimmt.

»Und wenn er nicht kommen will?« fragte Rabbi Bondavin, der im Geist bereits die Baupläne des Lehrhauses zu entwerfen begann.

Der Antwort hatte niemand etwas entgegenzusetzen.

»Er wird kommen, wenn es der Wille des Ewigen ist!«

»Amen«, erwiderten die Mitglieder des Rates.

Natronai bar Habibai – er wurde auch Nakhir genannt, aus dem bei den Bürgern von Narbonne bald »Makhir«, auf hebräisch »der Wissende« wurde – kam auf einem Schiff mit seiner Familie, fünf seiner Schüler und Koffern voller Papyrusrollen und Pergamenten. Die Kinder rannten durch die Straßen, um die Bevölkerung zusammenzurufen, und als Natronai erschien, drängte sich eine gewaltige Menge am Hafen.

Er zeigte sich an Deck, aufrecht wie eine Zeder, ganz Majestät. Wie ein Kalif trug er einen Brokatturban und eine weite, goldgestickte weiße Samttunika, die an den Schultern mit einer kostbaren Spange zusammengehalten wurde. Statt einer Antwort auf die Begrüßungsrufe hob er nur die Arme, und zwei seiner Schüler stürzten eilig herbei, um ihn zu stützen. Eine ganze Weile blieb er so stehen, wie Moses in der Wüste zwischen Hur und Aaron.

Und so hatte Narbonne nun einen jüdischen König aus dem Stamme Davids. Kaum hatte er sich eingerichtet – man hatte ihn in einem Teil der Écoles-Vieilles- Gebäude untergebracht –, bat man ihn, sich zu König Karl[43] zu begeben. Er bereitete sich auf eine lange Reise vor, denn König Karl residierte in keiner bestimmten Stadt, hielt sowohl in Aachen als auch in Compiègne oder Attigny Hof, führte abwechselnd in der Lombardei, in Spanien und Germanien Krieg . . . Der jüdische König hatte gerade seine Vorbereitungen getroffen, als Graf Milon von König Karl die Weisung erhielt, den Vertrag zwischen den Juden von Narbonne und König Pippin in all seinen Punkten zu verlängern. Von den Drohungen des Papstes war keine Rede mehr.

»Da seht ihr, was der Respekt alles ausrichten kann«, triumphierte Rabbi Meir in aller Bescheidenheit. »Der Frankenkönig wollte dem Nachkommen Davids sogar die Mühe ersparen, sich auf den Weg zu machen.«

Natronai bar Habibai war ein alter, weiser und listiger Mann, dabei aber so gutmütig, daß er sehr viel mehr Schüler annahm, als das Lehrhaus fassen konnte und Moses Sohn Bonmacip bald eine Auswahl treffen mußte. Der Ruf des Makhirs hatte sich rasch im ganzen Abendland verbreitet, und es kamen junge Leute aus Lyon, Macon, Vienne, Arles und sogar aus Frankfurt, um in der Akademie von Narbonne zu studieren. Bonmacip stellte ihnen Fragen über die Thora und bemühte sich zu beurteilen, wer von ihnen am geeignetsten sei, des Makhirs Unterricht zum eigenen Vorteil zu folgen. Mehr als einmal kam es vor, daß er denen, die er wieder nach Hause schickte, etwas Proviant für die Reise mitgab, gelegentlich ein bißchen Geld – er hatte selbst nicht viel –, auf jeden Fall aber eine Kopie eines Talmud-Midraschs, damit sie nicht das demütigende Gefühl hatten, mit leeren Händen nach Hause zu kommen.

[43] Der spätere Kaiser Karl der Große

Die übrige Zeit verbrachte Bonmacip damit, die Kapitel der Mischna abzuschreiben, die Natronai aus Babylonien mitgebracht und, so ging die Rede, aus dem Gedächtnis vervollständigt hatte. Er war inzwischen verheiratet und hatte seinen ersten Sohn Abraham genannt.

Es war im Grunde eine glückliche Zeit für die Juden von Narbonne, die ihre Schulen erweitern und gleichzeitig ihre Handelsbeziehungen verstärken konnten. Allerdings stärkte Karl der Große, der sehr darauf bedacht war, geistige und weltliche Macht in seinem Reich zu vereinen, die Kirche und förderte das Christentum: Die Juden begriffen bald, daß es unter diesen Voraussetzungen besser war, sich möglichst unsichtbar zu machen.

Bevor Moses hochbetagt und völlig erblindet starb, hatte er seinem Sohn Bonmacip noch einmal ans Herz gelegt:

»Die Thora gehört auch den Christen, aber nicht der Talmud. Der Talmud ist unsere Festung, unsere Zuflucht, der Platz, der unsere Geschichte bewahrt. Und das ist auch der Grund, mein Sohn, weshalb die herrschende Kirche diesen unseren Zufluchtsort nicht dulden will. Merk dir das und gib es an deinen eigenen Sohn weiter.«

Abraham, Bonmacips Sohn, wurde auch Schreiber. Sie hatten die Gewohnheit, nebeneinander zu arbeiten, jeder vor seinem Pult. Gelegentlich hielten sie inne, um ein paar Worte miteinander zu wechseln, die Finger zu entspannen oder sich die Beine zu vertreten. Sie ähnelten sich so sehr, daß man sie manchmal für Brüder hielt.

»Heute morgen«, sagte deshalb eines Tages der Sohn zu seinem Vater, »hat mich jemand mit dir verwechselt.«

»Weißt du, was der Talmud sagt? Daß es vor Abraham kein Alter gab. Jeder, der Abraham sah, sagte: ›Das ist Isaak', und wer immer Isaak sah, sagte: ›Das ist Abraham.‹ Um dieser Verwirrung ein Ende zu setzen, bat Abraham den Himmel, ihm das Alter zu schenken. Und nichts anderes bedeutet auch der Vers der Genesis: ›Und er nahm ab . . .‹«

Sie arbeiteten einen Augenblick schweigend weiter, dann fragte Abraham:

»Vater, hättest du dir gewünscht, daß ich etwas anderes werde als ich bin?«

»Warum stellst du mir diese Frage?«

»Weil alle Welt sagt, wir seien uns ähnlich, aber vielleicht stimmt das gar nicht.«

Bonmacip legte das gespitzte Schilfrohr beiseite, mit dem er schrieb, reckte sich, um sich zu entspannen, und antwortete mit dem Vers der Sprüche:

»Mein Sohn, wenn dein Herz weise ist, so freut sich auch mein Herz . . .«

Er sah Abraham nachdenklich an und fügte hinzu: »Es kam schon vor, daß ich von einem anderen Leben träumte . . .

Ein Leben wie das deines Vetters Davin, Levis Sohn . . . Der zu sein, der aufbricht . . . Ein Reisender, ein Mann der Märkte und der fremden Wege, der Begegnungen, der durchgestandenen Gefahren . . . Andere Städte und andere Horizonte . . . Bagdad, Krakau, Samarkand, Kiew . . .«

Abraham sah ihn ganz erstaunt an. Es war das erste Mal, daß sein Vater so vertraut mit ihm sprach. Ihm gefiel es sehr gut hier als Schreiber, und er beneidete keineswegs die unsichere Existenz seines Vetters Davin.

»Keine Sorge, mein Sohn«, sagte Bonmacip der Schreiber. »Ich habe dabei nicht an dich, sondern an mich gedacht.«

Und über sein Pergament gebeugt, machte er sich wieder an die Arbeit.

13

Narbonne
Der Gesandte Karls des Grossen

Dieser abenteuerlustige Davin, von dessen Reisen der weise Bonmacip träumte, brauchte mit dem Alter seine Bequemlichkeit und konnte keine Kälte mehr vertragen. Jetzt gingen die jungen Leute auf Reisen. Und nur noch in seinen Geschichten schweifte er in die Ferne.

Seine Enkelkinder oder die Enkelkinder seiner Brüder oder Vettern ließen keine Gelegenheit aus, ihn die eine oder andere Episode aus seinem Leben als Kundschafter erzählen zu lassen. Im Winter geschah das am Kaminfeuer, im Sommer auf der Schwelle des Hauses, wo die Weinranken eine schattige Laube bildeten. Die Kinder umstanden ihn im Kreis und wußten schon, wie sie es anstellen mußten, um eine Geschichte zu hören: »Du, Großvater, Jakob – oder Esra oder Moses – will nicht glauben, daß . . .«

Diesmal war es ein Sabbatabend im Herbst. Davin hatte gerade den Segen über den Wein, das Symbol der Freude, gesprochen, dann über die Gewürze, die seine Frau Esther in einem Holzkästchen aufbewahrte und deren Duft den Atem der Tage festhalten sollte; und schließlich über das Feuer, um daran zu erinnern, daß es Licht ward, um so den Anfang der Woche zu bezeichnen. Esther stellte eine Karaffe süßen Weins und eine Schale mit Früchten auf den Tisch. Die Erwachsenen unterhielten sich ein wenig über das, was in der Welt vor sich ging, und fragten sich, wie alles wohl enden würde. Doch dann nutzten die Kinder eine längere Gesprächspause und belagerten Davin:

»Du, Großvater Davin«, begann der kleine Esra, der in Wirklichkeit Abrahams Enkel war, »Jakob will nicht glauben, daß der Kalif dich beauftragt hat, dem Kaiser Karl einen Olifant zu überbringen.«

Er merkte die Absicht nicht – oder tat zumindest so:

»Erst einmal«, sagte er, »war es nicht ein Olifant, sondern ein

Elefant . . . Aber das ist eine zu lange Geschichte . . .«

Die Kinder kannten das Ritual. Sie wußten schon seit langem, daß ein guter Erzähler gebeten sein will.

»Großvater Davin«, fragte jetzt die zarte, dunkelhaarige Abigail, »ist es wahr, daß ein Elefant nicht in unser Haus hineinpaßt?«

Davin lächelte und legte seine Hand auf Abigails Kopf:

»Das hängt davon ab, von welchem Haus und von welchem Elefanten du sprichst . . .«

»Von deinem, Großvater Davin, dem, den der Kalif dir geschenkt hat . . .«

»Eigentlich hat mir der Kalif den Elefanten nicht geschenkt, Abigail . . . Aber die Geschichte fängt viel früher an, als Isaak der Rhadanite und ich uns auf den Weg machten . . .«

Und jetzt erzählte Davin, wie Isaak und er, damals junge Kaufleute auf der Suche nach reichen Kunden, an den Hof König Karls gegangen waren, um die Waren anzubieten, die sie aus dem Orient mitgebracht hatten. Man hatte ihnen nicht nur alles, die kostbaren Seidenstoffe, die Gewürze, das Elfenbein, die Kästchen aus Sandelholz, abgekauft, sondern Karl der Große, von ihrer Anwesenheit informiert, hatte sie kommen lassen und gefragt, ob sie den Gesandten, der den Kalifen Harun al-Raschid aufsuchen sollte, nach Bagdad begleiten würden.

»Aber warum ihr, Großvater Davin?«

»Vielleicht, weil wir die Sprachen und die Straßen kannten, oder vielleicht auch nur, weil wir gerade an diesem Tag da waren und es der Wille des Ewigen war, gepriesen sei sein Name.«

»Also hast du Karl den Großen selbst gesehen, Großvater Davin, du hast mit ihm gesprochen?«

»Wie hätte ich ihn nicht sehen sollen! Alles an ihm ist groß, seine Gestalt, sein Bauch, seine Stimme, seine Nase, sein Appetit und sein Ehrgeiz . . .«

Großvater Davin schien diese sagenhafte Begegnung noch einmal zu erleben, und jetzt konnte ihn nichts mehr aufhalten. Er erzählte, wie sie von Aachen in Begleitung zweier wichtiger Gesandter, mehrerer Diener und einer wahren Karawane von Wagen, die Geschenke König Karls für den Kalifen enthielten, aufgebrochen waren.

»Was für eine Reise, meine lieben Kinder. Nichts blieb uns erspart. Weder Krankheit noch Wölfe, noch Piraten . . .«

Einer der beiden christlichen Gesandten war am Fieber gestorben und der andere in einen Hinterhalt geraten, den Räuber ihm gelegt hatten, und darin umgekommen. Sie selbst mußten vielerlei Abenteuer bestehen, wurden im Verlauf des Weges fast aller Geschenke für den Kalifen beraubt und erreichten Bagdad schließlich dank der Hilfe dessen, der die Gerechten nicht verläßt, nach zweieinhalb Jahren.

Harun al-Raschid empfing sie mit großem Gepränge, zeigte ihnen seine Paläste, ließ sie seine Schätze bewundern, damit sie Karl dem Großen berichten konnten, was sie alles gesehen hatten.

»Ist Bagdad größer als Narbonne, Großvater Davin?« – »Oh, Bagdad ist . . .«

Niemand konnte besser als Davin die Stadtmauer aus Ziegelsteinen mit den hundertdreiundsechzig Türmen beschreiben, die neuerbauten Paläste und Moscheen, die gepflasterten Straßen, die Gärten, die Bibliotheken, den Hof des Kalifen und den seiner Gemahlin Subaida . . . In seinen Augen, seinen Händen, seinen Worten tanzten die goldenen Geräte, die Emailarbeiten, die Jadegefäße, unbekannte Farben, sagenhafte Wunderdinge.

Da das Hochwasser die Straßen unpassierbar gemacht hatte, waren sie einen Winter bei Harun al-Raschid geblieben, der ihnen für den Kaiser zwölf mit Elfenbein eingelegte Truhen mit reichen Geschenken mitgab, unter anderem eine Uhr, die erste, die man je im Abendland gesehen hatte, die Schlüssel der Grabeskirche von Jerusalem und eine Reihe ausgewählter Schmuckstücke.

»Und der Elefant, Großvater Davin?«

Davin schlug sich an die Stirn:

»Wo hab' ich nur meine Gedanken? Ich habe Abdul Aziz vergessen!«

»Großvater Davin«, warf Abigail mit ihrer hellen Stimme ein, »nur gut, daß du ihn nicht unterwegs vergessen hast.«

»Abdul Aziz konnte man gar nicht vergessen, Abigail, glaub mir! Eigens für ihn führten wir unglaubliche Mengen an Wasser und Nahrung mit, und an den Tagen, an denen er zu faul war zu laufen, mußten wir warten.«

Dieser Elefant war in Davins Erzählungen zur Hauptperson geworden. Je nach seinen Zuhörern oder seiner Laune bedachte er ihn mit tausend Vorzügen oder tausend Fehlern oder dichtete ihm tausend Abenteuer an. Ein Elefant!

Endlich waren sie, nachdem sie mit Abdul Aziz durch viele Städte und Wüsten gezogen waren, in die Bysacena gekommen und hatten in Kairuan halt gemacht, von wo ihre Eskorte wieder nach Bagdad zurückkehren sollte. Da sie den langen Weg durch Spanien fürchteten, überredeten David und Isaak den Wali von Kairuan, er möge einen Boten zu Karl dem Großen schicken und ihn um ein Schiff und Geleitschutz bitten: Auf diese Weise konnten sie über Italien und die Alpen zurückkehren. Und so landeten sie in Portovenere, wo sie ein Beauftragter Karls des Großen, Erchimbar, erwartete, der für den Rest ihrer Reise verantwortlich war. Aber er konnte ein so großer Herr sein wie er wollte, er konnte Abdul Aziz nicht bewegen, durch den Schnee zu laufen, und so mußten sie noch einen Winter am Fuße der Alpen, in Vercellae, verbringen, bevor sie endlich nach Aachen zurückkehrten, das König Karl, der inzwischen Kaiser geworden war, zur Hauptstadt des Abendlandes gemacht hatte. Sechs Jahre hatte ihre Reise gedauert!

»Und was hat der Kaiser gesagt?«

»Er hat gesagt, den Juden sei es zu verdanken, daß jetzt eine Brücke zwischen der christlichen und der muselmanischen Welt geschlagen sei.«

»Und was hast du geantwortet?«

»Ich habe ihm geantwortet, das sei die Rolle, die der Ewige – gepriesen sei sein Name – uns zugewiesen habe, denn es stehe geschrieben, daß Israel Mittler sein solle zwischen den Völkern.«

»Und was ist aus Abdul Aziz geworden, Großvater Davin?«

»Ich weiß es nicht, meine Kinder. Aber auch er ist Teil der göttlichen Schöpfung, und ich will nicht etwas sagen, was nicht die reine Wahrheit wäre.«

Die Wahrheit war, und die kannte jeder, daß Davin aus Narbonne, Sohn des Levi, Enkel des Vidal, nie die Gesandten Karls des Großen begleitet hatte. Sein Freund Isaak der Rhadanite hatte diese Reise gemacht und ihm nach seiner Rückkehr von seinen Abenteuern berichtet. Davin hatte sein Leben lang bedauert, nicht selbst dabei gewesen zu sein, und jetzt, da er alt war, erzählte er immer wieder von der Reise nach Bagdad.

Vielleicht glaubte er inzwischen wirklich, Isaak begleitet zu haben. Gewiß, der Traum von einem Krapfen ist ein Traum, nicht ein Krapfen. Aber der Traum von einer Reise ist schon eine Reise.

14

Narbonne
Das Lied der Lieder

Daniel, der Schreiber und Weise, der mit der Armee der Araber von Hippone nach Cordoba und dann von Cordoba nach Narbonne gekommen war, hatte Moses gezeugt, Moses hatte Bonmacip gezeugt, und Bonmacip hatte Abraham gezeugt – die Söhne waren Schreiber wie ihre Väter.

Abraham, Sohn des Bonmacip, zeugte Esra, Abomar und Resplendina. In der Mitte seines Lebens kam ihm der Gedanke, den Weg seines Vorfahren Daniel zurückzuverfolgen, vielleicht, um den unerfüllten Traum seines Vaters Wirklichkeit werden zu lassen. In Cordoba suchte er Jeroboams Nachkommen auf, die immer noch die Manufaktur und die Mühle besaßen und einflußreiche Männer im Rat der Gemeinde waren. In Hippone hießen ihn die Ur-Ur-Enkel der Schwester von Rabbi Joseph willkommen, die das Geschäft an der Ecke des Marktplatzes führten. Aber die beeindruckendste Begegnung hatte er in Kairuan, einer Stadt, die von den Arabern gebaut worden war, um sie zu ihrer afrikanischen Hauptstadt zu machen: Ein entfernter Vetter, Nachkomme von Nathan dem Schmied, leitete dort eine Talmud-Akademie. An ihr fanden gerade lebhafte Auseinandersetzungen mit der Sekte der *Karäer* statt, die jede mündliche Tradition ablehnten, selbst wenn sie später aufgezeichnet worden war als der Talmud. Sie folgten nur dem geschriebenen Gesetz, der Thora. Die Streitgespräche waren höchst interessant, und Abraham blieb mehrere Monate in Kairuan. Er zog sich ein böses Fieber zu, das zwar verschwand, aber, kaum glaubte er sich genesen, wiederkehrte. Er wurde mit jedem Mal ein wenig schwächer, dachte an den Tod und beschloß, nach Narbonne zu den Seinen zurückzukehren.

Kaum war er zu Hause, legte er sich zu Tode erschöpft nieder. Voller Freude sah er seine Frau wieder, seine Söhne, Esra und

Abomar, seine Tochter Resplendina, seine Schwiegertochter Asturge, seine beiden Enkel Simon und Elias und seinen Freund Etienne, einen geistlichen Schreiber, mit dem er sich oft über die Heilige Schrift unterhielt. Er bat seinen Sohn, in Abrahams Rolle zu vermerken, daß er eine Pilgerfahrt nach Hippone gemacht habe. In Frieden mit allem und sich selbst, verlangte er nur noch, vielleicht weil er ihn in seiner Kindheit so gern getrunken hatte, nach einem Thymiantee mit Honig. Als seine Frau mit dem dampfenden Becher eintrat, lächelte er und gab seinen Geist auf.

An demselben Tag, Ende Januar des Jahres 814, erfuhr man in Narbonne vom Tode Karls des Großen. Von allen Kirchenglocken des Abendlandes, eine die andere rufend, tönte ein endloses Trauergeläute zu Ehren des alten Kaisers. Die Bürger der Stadt hielten in dem, womit sie gerade beschäftigt waren, inne, und wie von dem Verlust eines teuren Verwandten betroffen, versammelten sie sich auf den Plätzen und Märkten: Auch die Mächtigen sterben also . . .

Esras Schiwa wurde von diesem quälenden, unheimlichen Läuten begleitet, dem niemand entging. Er war sich nicht ganz klar darüber, ob er dieses Zusammentreffen für ein gutes oder schlechtes Zeichen halten sollte und nahm es schließlich für das, was es war: einen Zufall. Der geistliche Schreiber Etienne eilte, sobald die gemeinsamen Gebete für das Seelenheil Karls des Großen ihm ein wenig Zeit ließen, zu Esra und Abomar; sie sprachen miteinander über den Tod und das Leben, über den Willen Gottes und die mühsame Existenz des Menschen auf Erden. Sie vergaßen nicht, den Kaiser für sein Verdienst, daß Christen und Juden gemeinsam in Frieden und Achtung miteinander leben konnten, zu rühmen.

Aber, so fragten sie sich voller Besorgnis, was würde jetzt nach dem Tod Karls des Großen kommen? Ein paar Jahre zuvor hatte der Kaiser das Reich zwischen seine drei Söhne, Karl, Pippin und Ludwig aufgeteilt. Aber die beiden ersteren waren gestorben, und so blieb Ludwig, den man den Frommen nannte, der einzige Erbe, und seine Politik, die nur der Kirche diente, rechtfertigte bald Esras und Etiennes Befürchtungen.

Die Nachkommen von Sabrono, Abners Sohn, waren ohne Erben gestorben, und so fiel ein Teil ihrer Güter an Abrahams Kinder,

Esra, Abomar und Resplendina. Esra erhielt als Anteil die neue Mühle, die flußabwärts von der alten Brücke lag, mit dem Müllervorrecht – er konnte pro Sack eine Handvoll Mehl erheben – und dem Fischereirecht. Als Schreiber wußte er nicht viel mit ihr anzufangen, und so verpachtete er sie, bis sein Sohn Simon alt genug war, um sie zu übernehmen. Schon als Kind zeigte Simon eine wahre Leidenschaft für die Mühle, machte sich mit all ihren Winkeln, jedem Knarren und jedem Geruch vertraut. Mit zwölf Jahren konnte er schon mit dem schweren Mühlsteinhammer umgehen und Läufer- und Bodenstein neu schärfen. Mit vierzehn war er soweit, mit den Aufzugstangen die Stauwand mehr oder weniger weit hochzuziehen, entsprechend dem Übereinkommen mit den Müllern flußauf- und abwärts. Mit siebzehn übernahm er die Mühle und behielt nur noch zwei Knechte. Er heiratete, aber seine Frau starb bei der Geburt eines Sohnes, Vivas, den er selbst mit einer Dienerin erzog.

Er fing seinen Tag früh an und beendete ihn so spät, wie es die Bestimmungen gestatteten. Er lebte glücklich mit dem Geklapper des großen Schaufelrades und dem Mahlen der Mühlsteine. Seine Kunden mochten ihn, weil er seine Mühle liebte und nie mehr erhob, als ihm zustand. Beim geringsten Hochwasser konnte er nachts nicht schlafen, und ihm schien jedes Mal, als höre er die steinernen Fundamente auseinanderbrechen. Jeden Sonntag überprüfte er das Gebälk und die Mechanik, wachte darüber, daß sich die hölzernen Verbindungsstücke nicht abnutzten, und wenn er gar nichts mehr zu tun hatte, sah er zu, wie das grüne Wasser durch sein Haus floß.

Seine beiden Läufersteine waren für Weizen bestimmt, und nicht beide arbeiteten jeden Tag. Deshalb kam er auf die Idee, nur noch den feinergeschärften für Weizen zu benutzen und mit dem anderen, grobergeschärften, Gerste und sogar Saubohnen zu mahlen, mit denen man sich oft begnügen mußte, wenn der Winter zu Ende ging. Er unterhielt sich mit seinen Kunden darüber, die sich sehr interessiert zeigten, und so begann er, den Mühlbetrieb entsprechend umzustellen. Die einzige, die seine Pläne nicht billigte, war Bonadona, seine Freundin, eine junge Witwe, die Simon gern öfter und länger gesehen hätte. Aber Bonadonas Bruder, Benoît, ein

Berittener des Bischofs, der Simon gelegentlich half, unterstützte ihn in seinem Vorhaben, so daß es zwischen ihnen eine Art Spiel geworden war, zu raten, wer, ob die Frau oder die Mühle, über Simons Herz und seine Zeit den Sieg davontragen würde.

Eines Tages mußte Simon unter die Mühle tauchen, um ein paar Zweige zu entfernen, die das Gitter am Wasserzufluß verstopften. Er bemerkte, daß es sich um frischgeschnittene Zweige handelte und fragte sich, wer sie wohl verloren haben könne. Als er hinauf in sein Zimmer ging, das über der Mahlkammer lag, fiel ihm eine gewisse Unordnung auf, und er dachte, Bonadona sei da. Er suchte sie, fand sie aber nicht, und die Knechte versicherten ihm, sie hätten sie gar nicht gesehen. Am nächsten Tag kam ein Notar vom Bischofspalast und forderte ihn auf, den Kirchentribut zu zahlen, was er verweigerte:

»Die Juden zahlen der Synagoge den Tribut, den die Christen an die Kirche zahlen«, sagte er. »Außerdem entrichte ich noch einen Zehnten an den Vicomte, wozu ich nicht verpflichtet bin.«

Zwei Tage später kam Vincent, einer seiner Knechte, zu ihm, und um das laute Rollen der Mühlsteine zu übertönen, schrie er ihm zu, jemand warte draußen auf ihn. Simon trat unter das Vordach, wo die Wagen mit Korn abgeladen wurden. Zwei Wachen des Bischofs standen dort. Sie befahlen ihm, sie zu begleiten und fügten noch ausdrücklich hinzu, er solle die Urkunde, die seine Mühlenrechte auswies, mitnehmen. Er ging in sein Zimmer hinauf und suchte vergebens in der Eichentruhe danach, obwohl er sicher war, sie dort verwahrt zu haben. Er bat einen seiner Knechte, Bonadona Bescheid zu sagen, daß er in den Bischofspalast ginge und erklärte den Wachen, er finde seine Urkunde nicht.

Sie beschlossen, ihn trotzdem mitzunehmen, statt unverrichteter Dinge wieder umzukehren.

Sie gingen um die Saint-Jean-de-Jerusalem-Kirche herum und betraten den Bischofspalast, den Simon immer nur von außen gesehen hatte, wenn er auf der Straße nach Toulouse war. Sie gingen durch einen langen Flur, in dem Leute herumstanden und warteten; sie drehten sich neugierig nach ihm um: Simon, zwischen den beiden Wachen, weiß von der Mütze bis zu den Sandalen und mit Mehlstaub in seinem dichten schwarzen Bart, war ein nicht alltäglicher Anblick.

Man führte ihn in einen winzigen Raum, wo er auf einer einfachen Bank wartete, bis man ihn rief. Er fragte sich, warum er eigentlich wie ein Verbrecher hier saß. Vielleicht ging es um diesen Tribut, den zu zahlen er sich geweigert hatte? Er hätte mit seinem Vater oder dem Rat der Gemeinde darüber reden sollen. Hatte sein Knecht Vincent Bonadona angetroffen? Endlich rief man ihn herein.

Ein glatzköpfiger Mann, der hinter einem Tisch saß, hob den Kopf und gab seinem Schreiber, der mit der Feder in der Hand an seinem Pult stand, ein Zeichen.

»Bist du der Jude Simon, Sohn des Esra«, fragte er mit barscher Stimme, »Müller der Mühle, die die neue Mühle genannt wird?«

»Ja, ich bin Simon, Sohn des Esra.«

Der Geistliche sah ihn streng an:

»Hast du nicht die Urkunde, die das bestätigt?«

»Ich habe sie nicht gefunden. Ich bin in aller Eile gekommen.«

»Dann wirst du sie mir noch bringen. Und jetzt wirst du bei den fünf Büchern Moses schwören, daß du die Wahrheit sagst. Komm her.«

Der Geistliche deutete auf eine Rolle, die auf dem Tisch lag:

»Leg deine Hand dahin. Du schwörst bei Gott, dem Allmächtigen Vater, der gesagt hat: Ich bin der, der ist. Antworte: Ich schwöre.«

»Ich schwöre.«

»Du schwörst bei den zehn Geboten und bei den sieben Namen Gottes. Antworte: Ich schwöre.«

»Ich schwöre.«

»Du schwörst bei dem Vater, Elohim. Antworte: Ich schwöre.«

»Ich schwöre.«

»Du schwörst bei dem Gesetz, das Gott Moses gab. Antworte: Ich schwöre.«

»Ich schwöre.«

»Wisse, Simon, Sohn des Esra, wenn du falsch schwörst, werden böses Fieber, Verlust des Augenlichts und ewige Seelenpein dein Los sein . . . So, jetzt wollen wir einmal sehen. Der Steuereinnehmer des Bischofs hat mich informiert, daß du dich geweigert hast, den Kirchentribut zu zahlen, den alle Bürger dieses Landes schulden. Was hast du dazu zu sagen?«

In diesem Augenblick meldete die Wache an der Tür:

»Bischof Nibridius!«

Der Bischof war ein gebrechlich wirkender, fast durchsichtiger Greis, dessen gutmütiges Lächeln seine große Charakterstärke verbarg.

»Gaucelm«, sagte er mit seiner leisen Stimme, »was geht hier vor?«

Der Geistliche war aufgestanden. Vor Überraschung wurde nicht nur sein Gesicht, sondern auch sein Kopf dunkelrot.

»Es handelt sich um diesen Juden ... Er hat sich geweigert, den Tribut zu entrichten und behauptet, er habe seine Urkunde verlegt ... Und er ist unverschämt, wie alle Juden ...«

Bischof Nibridius wandte sich an Simon und bedeutete ihm zu antworten. Aber Simon, erstaunt darüber, daß man von ihm als Juden und nicht als Müller sprach, zitierte in seiner Verwirrung einen Vers aus der Schrift, den er oft von seinem Vater gehört hatte.

»Auf Gott hoffe ich und fürchte mich nicht; was können mir die Menschen tun?«

Gaucelm rief den Bischof zum Zeugen an:

»Da siehst du, dieser Jude ist ein Sohn der verworfenen Synagoge, den Menschen Gespött und Abscheu.«

Bischof Nibridius lächelte noch immer:

»Da erkenn' ich doch die Worte meines Freundes Agobard, des Bischofs von Lyon. Ich sehe, du hast auch seinen Brief erhalten. Schön, Gaucelm, wenn du diesen Katechismus praktizieren willst, ich hindere dich nicht, nach Lyon zu gehen. Was mich betrifft, so habe ich im Namen Jesu unseres Heilands und unseres barmherzigen Gottes den Juden unserer Stadt Wohlwollen versprochen, und ich werde nicht wortbrüchig werden.«

Der Bischof ging auf die Tür zu. Seine Füße berührten den Boden kaum.

»Du bist frei«, sagte er zu Simon, bevor er hinausging. »Möge Gott dich beschützen.«

Simon verließ den Raum, ohne den Geistlichen Gaucelm noch einmal anzuschauen. Bonadona und Benoît warteten im Gang auf ihn. Die junge Frau, von Vincent benachrichtigt, war sogleich zum Palast geeilt, um ihren Bruder zu verständigen, und Benoît, den sie zum Glück auch antraf, hatte daraufhin sofort bei Bischof Nibridius vorgesprochen.

Die Neuigkeit von diesem Zwischenfall verbreitete sich rasch in der Stadt und weckte in den Herzen der Juden fast vergessene Ängste. Noch am selben Abend versammelte sich der Rat der Gemeinde um den Nassi, Natronai, den Urenkel jenes berühmten Makhirs, den man den König der Juden nannte. Die Räte saßen in einem Gestühl mit geschnitzten Rücken- und Armlehnen. Der Nassi thronte unter einem blau-weißen Baldachin. Simon bekam vom Schamasch einen Schemel gegenüber dem Nassi zugewiesen.

Der Müller war von allen diesen weißen Bärten sehr eingeschüchtert. Er wagte kaum, zu seinem Onkel, dem Schreiber Elias, aufzusehen, der ein Protokoll anfertigen sollte und in dessen Gegenwart er sich sicherer fühlte. Der Nassi bat ihn, noch einmal zu erzählen, wie man von ihm den Kirchentribut gefordert und wie er entdeckt habe, daß seine Besitzurkunde verschwunden war. Was er bisher nicht verstanden hatte, klärte sich jetzt für ihn: Es handelte sich um nichts weniger als eine Verschwörung gegen die Juden, deren Betreiber in Narbonne hauptsächlich der Geistliche Gaucelm und deren erstes Opfer Simon geworden war: Wahrscheinlich, weil er außerhalb des Judenviertels wohnte und man in der Mühle aus- und eingehen konnte, wie man wollte –, da war es weiter nicht schwer gewesen, die Zweige in den Zufluß zu werfen und anschließend die Urkunde zu entwenden.

Die Seele dieser Verschwörung war jedoch, wie Bischof Nibridius es gesagt hatte und der Nassi jetzt den Räten bestätigte, der Erzbischof von Lyon, Agobard, der einen Brief gegen die Juden geschrieben und angefangen hatte, ihn zu verbreiten. Noch am gleichen Nachmittag hatte Bischof Nibridius ihn dem Nassi zukommen lassen. Nach einer ganzen Reihe von Beleidigungen bewies Erzbischof Agobard auf seine Weise, daß zwischen Kirche und Synagoge eine unüberbrückbare Kluft herrsche und forderte deshalb die Christen auf, jede Beziehung zu den Ungläubigen abzubrechen. Der Geistliche Gaucelm hatte wohl besonderen Eifer gezeigt, aber wahrscheinlich blieb er nicht der einzige.

Unter seinem schweren Turban aus blauem Brokat sah der Nassi Natronai zutiefst bekümmert aus.

»Ich frage mich«, sagte er, »wie oft es uns noch gegeben sein wird, Moses Segen zu singen: ›Zuflucht ist bei dem alten Gott und unter den ewigen Armen. Und er wird von dir her deinen Feind austreiben . . .‹«

»Wenn der Gottlose sich erhebt, verbirgt sich ein jeder«, zitierte seinerseits der Rabbi von Posquières. »Ich hoffe, wir werden uns nicht wieder verbergen müssen.«

Der Nassi fuhr sich über die Augen:

»Der Ewige«, sagte er, »läßt uns nur einmal sterben, aber er hat nicht bestimmt, wie oft wir ins Exil gehen müssen.«

»Aber Rabbi, wenn die Christen uns vertreiben«, warf Samuel aus Sales ein, ein imponierender, aufrechter alter Mann, »dann schaden sie sich selbst doch nicht weniger als uns. Wir haben doch unseren Platz in der Gemeinschaft . . .«

»Gewiß, Samuel, Sohn des Jakob, aber wenn die Menschen an andere dächten, während sie an sich selbst denken, und sich um sich selbst kümmerten, während sie glauben, sich um andere kümmern zu müssen, würden sie ihren Nächsten nie Schaden zufügen.«

Elias der Schreiber hörte so angestrengt zu, daß er seine Feder an seinem Bart abwischte und fragte:

»Aber was wird König Ludwig dazu sagen?«

Der Nassi hob die Hände:

»Von den Königen haben wir nichts zu fürchten, solange sie den Wunsch und die Kraft haben, unseren Rechten Geltung zu verschaffen. Aber Unglück über uns, wenn ihre Macht oder ihr Wille abnehmen. Dann werden kleine, ehrgeizige Fürsten sich unserer bedienen und uns unter den Trümmern unserer Gemeinden begraben, die Kirche wird uns der Menge zum Fraß vorwerfen, das Reich wird zerteilt und geplündert werden . . .«

Elias schrieb nichts mehr mit. Prophezeite der Nassi da nicht die Greuel am Ende der Zeiten?

Der Nassi stand auf und erflehte mit seiner weittragenden Stimme die Hilfe des Gottes Israels:

»Der Ewige möge uns unter dem Schatten seiner Flügel Zuflucht schenken, bis daß das Unglück vorüber gehe, er möge uns in seiner

Hütte wohnen lassen ewiglich und schützen vor den bösen Zungen. Gepriesen sei der Ewige.«

»Amen!« erwidert die Versammlung der Ratgeber einstimmig. Simon der Müller war vor Ergriffenheit ganz blaß.

In den folgenden Jahren entmachteten die drei Söhne Kaiser Ludwigs des Frommen ihren Vater und teilten das Reich Karls des Großen, indem sie sich wie die Hunde um ihre Beute rissen. Die Landesherrn nutzten das, um alte Streitigkeiten auszutragen. Der Graf von Toulouse heuerte eine arabische Armee aus Spanien an, um Septimanien zu zwingen, sich mit dem früheren König von Aquitanien, Pippin, zu verbünden. Kriege, Verwüstungen . . . In Narbonne brannten das Villeneuve-Viertel jenseits des Saint-Etienne-Tors und der Faubourg Saint-Paul. Felder und Weinberge verödeten, und dabei mußte man den Flüchtlingen aus den benachbarten Dörfern Obdach und Nahrung gewähren.

In Verdun schlossen die drei feindlichen Brüder einen Teilungsvertrag, und Septimanien fiel mit dem ganzen westlichen Teil des Reichs Karl dem Kahlen zu. Sollte man jetzt ihm Gehorsam schwören oder Untertan dieses Pippin von Aquitanien werden?

Um darüber zu beraten, rief Elias die Männer der Familie zu sich.

Es kamen Simon der Müller und sein Sohn Vivas, der inzwischen groß genug war, um in der Mühle mitzuarbeiten: Aber während Simon nur zwischen Schaufelrad und Mühle glücklich war, suchte Vivas lieber die Kunden auf, kümmerte sich um die Auslieferung, rechnete die Einkünfte ab und verwaltete das Fischereirecht. Auch Vetter Balid, Astrucs Sohn, der Goldschmied Vidal und dessen Sohn Asac waren da, ganz zu schweigen von den beiden Söhnen des Elias: Salomon und Comprat. Salomon war Schreiber wie sein Vater und schon sehr gelehrt; Comprat dagegen war nach Cordoba gereist, um dort zu lernen, wie man Pergamentbögen schnitt und band, um Bücher daraus zu machen, die handlicher als die langen Rollen waren. Auf seine Söhne war Elias sehr stolz, dagegen machte ihm der Charakter seiner Tochter Dulcia zu schaffen: Mit ihren vierzehn Jahren war sie neugierig, respektlos und aufsässig. Sie gab sich nicht mit ihrem Platz als Frau zufrieden, sondern wollte alles wissen, was die Jungen lernten.

Einmal überraschte er sie zufällig in seinem Arbeitszimmer, das nur ihm vorbehalten war: Sie war dabei, in seinen Rollen zu lesen. Elias war kein Mann, der leicht in Zorn geriet, und so hatte er sich damit begnügt, seiner Tochter den Text zu zeigen, den er einmal im Haus der Schreiber von Carcassonne kopiert hatte: »Mögen hier zusammenkommen, die die Worte der Heiligen Schrift wiedergeben, mögen sie sich hüten vor jedem frivolen Gedanken, aus Furcht, auch ihre Hand könne sich in Frivolität verlieren, mögen sie sich bemühen, die Arbeit, die sie auszuführen haben, recht zu tun, und möge ihre Feder nicht vom Weg abirren.«

»Warum«, fragte Elias seine Tochter, »bist du hier hineingegangen, ohne wenigstens um Erlaubnis zu bitten?«

Elias war ein weiser und geduldiger Mann. Aber Dulcia gegenüber fühlte er sich völlig wehrlos. Das Beste, so dachte er, was ein Mann von einer Frau erwarten konnte, war, daß sie ihm Kinder schenkte und der Schmuck seines Heimes war.

»Es gibt ein altes Sprichwort«, erwiderte er, »während Adam studierte, saß Eva am Webstuhl.«

Dulcia senkte die Augen, wie es sich schickte. Aber sie gehörte nicht zu denen, die eine Antwort schuldig blieben: »War nicht die Prophetin Mirjam immer dabei, wenn ihre Brüder Moses und Aaron beratschlagten?«

»Woher weißt du das?«

»Ich hab' es gelesen.«

»Wo?«

»Hier.«

»Dulcia, ich danke dem Ewigen – gepriesen sei sein Name –, daß er mir eine kluge Tochter geschenkt hat, aber dein Platz ist nicht in diesem Zimmer.«

Sie war wirklich klug: Sie bat ihren Vater um Verzeihung, zog ihre graue Haube über ihrem roten Zopf zurecht und ging hinaus.

An diesem Abend also, als sie alle beieinander waren, bat Elias den Ewigen, ihnen in ihrer Entscheidung zu helfen und eröffnete die Diskussion. Was sie alle nicht wußten und Elias nicht einmal vermutet hätte, war, daß seine Tochter Dulcia, das Ohr an die Türfüllung gepreßt, alles hörte, was sie sagten. Sie konnte die Stimmen genau erkennen – es war schon komisch, Stimmen zu hören und niemanden dabei zu sehen. »Für wen hält dieser Pippin sich?« fragte Samuel, Astrucs Sohn, mit seiner etwas näselnden Stimme. »Wir Juden haben die Gesetze zu achten« – das war die Stimme ihres Vaters Elias – »solange die Gesetze bestimmen, daß man auch uns zu achten hat . . .« Dulcia, ganz aufgeregt und hocherfreut, daß sie der Unterhaltung ohne weiteres folgen konnte, zog einen Hokker heran und machte es sich bequemer. » . . . Ihr vergeßt, was wir diesem Bodo zu verdanken haben.« Dulcia war vor Glück ganz außer sich: Das war die Stimme ihres Vetters Vivas, dem Auserwählten ihres Herzens, dem all ihre Gedanken und all ihre Träume galten. Es kam ihr so vor, als hätte sie ihn immer geliebt, schon seit sie ein kleines mageres und sommersprossiges Geschöpf war. Eines Tages – sie mochte damals zehn Jahre alt gewesen sein – hatte sie ihm gesagt, sie wolle mit ihm leben, er würde der Müller sein und sie die Müllerin. Er mit seinen damals fünfzehn Jahren hatte gutmütig darüber gelacht, und sie war böse geworden:

»Mach dich nicht über mich lustig, Vivas. Die Weisen sagen, wenn man sich über jemanden lustig macht, ist es, als ob man ihn töte.«

»Entschuldige, das wollte ich nicht.«

Sie hatte seine Hand ergriffen und einen Kuß darauf gedrückt, bevor sie über und über errötend davonrannte.

Seitdem war sie fast erwachsen geworden und merkte wohl, daß ihr Körper die Männer verwirrte. Wenn sich die Familie traf, hatte sie für nichts anderes Augen als für diesen Vivas, den sie ein für allemal gewählt hatte, und sie hatte den Eindruck, daß sie ihm auch nicht ganz gleichgültig sei. Sie war inzwischen im heiratsfähigen Alter, und wenn er das nicht von selber merkte, mußte sie es ihm wohl beibringen.

Was Liebe war, wußte sie genau. Sie hatte es in der Bibel gelesen. Und das Lied der Lieder kannte sie auswendig:

Wie schön bist du, meine Freundin, wie schön!
Deine Augen glänzen wie Tauben.
Wie schön bist du, mein Geliebter, wie hold!
Unser Lager ist grün . . .

Auf der anderen Seite der Tür hörte sie jetzt, wie man das Elend und die Verwüstung des Krieges beklagte.

»Die Schiffe bringen uns Seidenstoffe aus Spanien«, sagte Balid, Astrucs Sohn, »wir bleiben darauf sitzen, wir können sie nicht mehr verkaufen.«

»Wir werden bald die Gemeinde um Hilfe bitten müssen.« »Der Ewige – gepriesen sei sein Name – bewahre uns davor, betteln gehen zu müssen.«

»Aber die Hilfe der Gemeinde ist doch kein Almosen!«

Dulcia erkannte die Stimme ihres Vaters und auch die Art, wie er redete. Onkel Simon antwortete ihm:

»Ich weiß, Elias. Aber es ist nicht gerade angenehm für uns, von anderen abhängig zu sein.«

»Nicht von anderen«, betonte Elias, »nicht von anderen, Simon, sondern von uns selbst.«

Dulcia, immer noch mit dem Ohr an der Türfüllung, spürte, wie ihre Aufmerksamkeit allmählich nachließ. Sie dachte an Vivas – wann würde sie ihn wiedersehen? Eines Tages würde er kommen und sie mitnehmen. Er würde in ihr Zimmer treten und sagen, wie im Lied der Lieder:

Auf, meine Freundin,
meine Schöne, und komm!
Sieh nur, der Winter ist dahin;
vorüber, fort ist der Regen.
Die Blumen erscheinen im Lande,
Die Zeit des Singens ist da . . .

Sie kam auf eine etwas ausgefallene Idee: Wenn die Juden von Narbonne beschlössen, sich König Karl gegenüber loyal zu verhalten, müßten sie es ihn eigentlich wissen lassen. Und sie stellte sich vor, wie Vivas an den Hof ging und den König durch seine schöne Gestalt und sein liebenswürdiges Wesen beeindruckte. Gerade hörte sie auch Vivas Stimme.

Ich schlief, doch es wachte mein Herz,
horch, da klopft mein Geliebter:

»Tue mir auf, meine Schwester,
meine Freundin, mein Täubchen, meine Traute!
Denn mein Haupt ist voll Tau,
meine Locken voll Tropfen der Nacht.«
Mein Geliebter streckte die Hand durch die Luke in der Türe;
da wollte mein Herz in mir . . .

Dulcia schlief, wie man mit fünfzehn Jahren schläft und hörte nicht, wie die Männer im Zimmer nebenan aufstanden und sich verabschiedeten. Die Tür ging auf . . . Und sie standen wie vom Donner gerührt beim Anblick des jungen Mädchens, das, den Kopf auf der Schulter, mit einem kaum wahrnehmbaren zärtlichen Lächeln auf den Lippen schlief.

Im Halbschlaf hörte sie die Stimme ihres Auserwählten, aber es waren keine Worte aus dem Lied der Lieder: »Nein, mein Onkel, laß sie, ist das nicht auch unsere Schuld? Wir hätten sie dazubitten müssen. Ich bin sicher, sie hat ein verständiges Urteil.«

Von wem redete er denn? Sie hörte, wie ihr Vater barsch entgegnete: »Das ist nicht Sache von jungen Mädchen!«

Und plötzlich, der Atem blieb ihr fast weg, verstand sie ihn und erwachte. Alle standen im Halbkreis um sie herum, der Vater, die Onkel und Vettern, weiße Bärte und dunkle Bärte im gelblichen Licht einer Öllampe. Auch Vivas war da, er schien eher erheitert, und sie rannte davon – es war das zweite Mal, daß sie vor ihm davonrannte, und während sie den Kopf unter ihrem Kopfkissen begrub, schwor sie sich, es würde das letzte Mal sein.

Am nächsten Morgen, als Elias aus der Synagoge kam, rief er als erstes sofort seine Tochter zu sich.

»Darf ich eintreten, Vater?« fragte sie.

»Setz dich hierher, meine Tochter.«

Er schien nicht übermäßig erzürnt. Eher ernst.

»Ich habe nachgedacht, Dulcia, und ich bitte dich um Verzeihung. Du hast das gleiche Recht wie deine Brüder und Vettern zu wissen, was vor sich geht.«

»Aber Vater . . .«

»Und du hast auch das Recht wie sie zu lesen, nachzudenken und deinen Geist zu bilden . . . Es kam mir nie in den Sinn . . .«

»Aber Vater . . .«

»Gibt es etwas, was du gestern abend nicht verstanden hast oder was dir entgangen ist?«

»Ja. Wer ist dieser Bodo, von dem mein Vetter Vivas redete?«

»Bodo? Das war ein Diakon am Hofe König Ludwigs, der, nicht immer zum Besten der Juden, sehr einflußreich war. Und eines Tages beschloß ausgerechnet er, sich zum Judentum zu bekehren. Er nutzte eine Pilgerfahrt nach Rom, um sich den Bart und die Haare wachsen und sich beschneiden zu lassen, nahm den Namen Eleasar an, heiratete eine junge italienische Jüdin und zog mit ihr nach Saragossa.«

»Und was ist aus ihm geworden?«

»Was aus ihm geworden ist, weiß ich nicht. Aber der Erzbischof Amolon, der Nachfolger jenes berühmten Agobard – verflucht sei sein Name –, erfuhr von der Sache und schlug dem Konzil von Meaux vor, Maßnahmen gegen die Juden zu ergreifen. Gleichzeitig schrieb er an König Karl, um ihn um Unterstützung zu bitten.«

»Und was hat der König getan?«

»Noch nichts, denn der Ewige in seiner Güte schickt uns nie ein Übel, ohne daß es auch einen Ausweg gäbe. Über dem Krieg der drei Könige hat man Bodo vergessen.«

Dulcia schwieg einen Augenblick, dann fragte sie:

»Aber warum wollte dieser Bodo denn Jude werden, Vater?«

Elias lächelte nachdenklich, als sei dies eine komische Frage.

»Ich will dir eine Geschichte erzählen«, erwiderte er, »wie früher, als du noch klein warst. Die Weisen berichten, Nebusradan, der oberste Henker des Königs von Babylonien, Nebukadnezar, entdeckte eines Tages, daß das Blut des Propheten Sacharja im Tempel noch siedete. ›Was ist das für ein Blut?‹ fragte er. ›Das Opferblut‹, erwiderte man ihm. Von Zweifeln befallen ließ er sich das Opferblut bringen und stellte fest, daß beide nicht von der gleichen Farbe waren. ›Sagt mir, was hier vor sich geht, oder ich lasse euch aufs Rad flechten.‹ ›So höre‹, antworteten die Henker. ›Unter uns war ein Prophet, der uns unser schlechtes Leben vorwarf. Wir haben ihn getötet. Das ist jetzt schon viele Jahre her, und sein Blut hat sich noch immer nicht beruhigt.‹ ›Oh, ich werde es schon zu beruhigen wissen‹, erklärte Nebusradan. Er ließ die Mitglieder des großen

Sanhedrins kommen und ihnen über dem Blut Sacharjas die Kehle durchschneiden, aber es siedete noch immer. Er ließ Jünglingen und jungen Mädchen den Hals abschneiden, aber das Blut beruhigte sich nicht. ›Sacharja‹, rief er da, ›die Besten unter ihnen habe ich schon geopfert. Willst du, daß ich sie alle opfere?‹ Kaum hatte er diese Worte gesprochen, da beruhigte das Blut sich. Und Nebusradan begann nachzudenken: ›Wenn eine einzige menschliche Seele, die man zu Unrecht ums Leben brachte, so nach Rache schreit, was wird dann mit mir sein, dem Mörder von abertausend menschlichen Seelen?‹«

»Und?« fragte Dulcia.

»Da ergriff er die Flucht, schickte seiner Familie ein Testament und bekehrte sich zum jüdischen Glauben.«

Vater und Tochter hatten sich einander noch nie so nahe gefühlt, aber Elias unterdrückte seine Rührung:

»Abgesehen davon«, sagte er, »solltest du dich bei deinen Onkeln und Vettern entschuldigen. Es ist nicht schön zu spionieren.«

»Aber Vater, du hast mich ja nicht ausreden lassen . . . Ich wollte gar nicht spionieren . . . Ich wollte nur die Stimme meines Vetters Vivas hören . . .«

»Die Stimme deines Vetters?«

Elias sah sie erstaunt an: Bei Dulcia konnte man wirklich nie wissen, woran man war.

Elias hatte eine Weile gebraucht, um zu begreifen, daß seine Tochter im heiratsfähigen Alter war und auf niemand sonst gewartet hatte, sich einen Mann zu suchen.

Sobald der Frieden im Land wieder eingekehrt war, wurde die Hochzeit gefeiert. Das war am fünften Tag des Monats Elul im Jahre 4608[44] nach der Schöpfung der Welt durch den Ewigen – gepriesen sei sein Name. Salomon, der älteste von Dulcias Brüdern, entwarf selbst die *Ketuba*, und Comprat, ihr anderer Bruder, malte sie aus.

Es war ein herrlicher Sommer ohne Krieg, und die ganze Familie war von Herzen froh darüber.

[44] 848

15

Narbonne
Die vier Müller

Ein Jahr nach der Hochzeit von Vivas und Dulcia, im Oktober 849, kam König Karl der Kahle nach Narbonne, um sich der Treue Septimaniens zu vergewissern und die Privilegien zu bestätigen, die man ihm abgehandelt hatte. Simon und Vivas nutzten die Gelegenheit, um sich eine neue Urkunde aufsetzen zu lassen, die ihnen Recht und Besitz an der neuen Mühle bestätigte.

Mühlsteine drehen sich und die Zeit vergeht. Vivas und Dulcia hatten einen Sohn und zwei Töchter. Der Sohn, Abraham, übernahm die Mühle, heiratete und bekam vier Söhne, die von Kind auf unzertrennlich waren: Samuel, Moses mit einem flammendroten Haarschopf, Isaak, der nie einen Scherz ausließ, und der sanfte Levi. Samuel, der älteste, heiratete früh, aber das tat der Eintracht der vier Brüder keinen Abbruch.

Es war im Herbst des Jahres 900, als eines Abends ihr Vetter David, ein Enkel Salomons, des Bruders von Dulcia, zur Mühle gerannt kam. Seit er selbst Schreiber geworden war und an den Spielen der vier Brüder nicht mehr teilnahm, hatte man ihn nicht mehr so rennen sehen. Er mußte beim Laufen mit einer Hand seine Kappe festhalten. Der erste, der ihn sah, war Isaak, der schallend loslachte. »Sei still!« sagte sein rothaariger Bruder Moses. »Bestimmt hat er schlechte Nachrichten.«

Und kaum war David wieder zu Atem gekommen, da erfuhren die vier Brüder nicht nur eine schlechte Nachricht, sondern etwas ganz und gar Unglaubliches: Bischof Erifons hatte den König, Karl den Einfältigen, um eine Zuwendung für die Gemeinde von Saint-Quentin gebeten, und dieser hatte mir nichts dir nichts dem Bischof alle Mühlen flußabwärts von der alten Brücke zum Geschenk gemacht.

»Aber doch nicht etwa auch unsere«, rief Levi.

»Doch, Vetter. Alle Mühlen.«

»Aber sie gehört uns. Wir haben eine Urkunde, die vom König unterzeichnet ist.«

»Was ein König gewährt, kann er auch wieder zurücknehmen.«

»Und wie hast du das erfahren?« fragte Samuel David.

»Im Rat. Wir hatten gerade eine Versammlung, als der Bischof uns benachrichtigen ließ, wobei er den Nassi ausdrücklich bat, euch zur Besonnenheit zu mahnen. Er läßt euch bis Sankt Martin Zeit, die Mühle zu verlassen.«

Fast hätten die Brüder, die selbst immer zu einem Witz oder einem Streich aufgelegt waren, an einen bösen Scherz ihres Vetters geglaubt, wäre dieser Vetter nicht der ernste und vernünftige David gewesen. Als sie schließlich begriffen, daß sie sich tatsächlich als enteignet betrachten mußten, zogen sie ihre schönsten Sabbatkleider an, kämmten sich den Bart und begaben sich zum Nassi.

Der Nassi Kalonymos war ein sehr gelehrter Greis, dem mehr am Studium und den Kommentaren gelegen war als am Kampf, und sei er auch juristischer Art. Er konnte bloß wiederholen, daß niemand sich eines Besitzes bemächtigen darf, der legal erworben und vom König garantiert ist.

»Aber Nassi, der König hat doch uns . . .«

»Niemand darf sich seiner bemächtigen . . . Wenn die Worte noch einen Sinn haben . . . Niemand darf sich eines legal erworbenen Besitzes bemächtigen . . .«

Es war, als öffne sich der Boden unter ihren Füßen. Immerhin sagte er ihnen zu, das königliche und das kirchliche Gericht deswegen anzurufen. Er warnte die vier Müller vor jeder Gewalttätigkeit und versprach ihnen, sie zu unterrichten, sobald die Gerichte ein Urteil gesprochen hätten.

Als sie die Écoles-Vieilles verließen, stellten die Brüder fest, daß diese Geschichte ihr Begriffsvermögen überstieg. Sie gingen die Rue Aludière hinunter wie früher, als sie noch Kinder waren und am Hafen ein paar Altersgenossen suchten, mit denen sie sich prügeln konnten. Es regnete.

»Nur gut, daß wir gewaschen sind«, bemerkte Isaak. »Mit dem Mehl hätten wir sonst Krümel im Bart.«

Levi empörte sich:

»Man hat uns von unserem Besitz vertrieben, und du denkst an nichts anderes, als Witze zu reißen. Wie kannst du überhaupt noch lachen?«

»Es gibt eine Zeit zu lachen und eine Zeit zu weinen, kleiner Bruder.«

»Was sollen wir denn nun machen?«

»Kennst du die Worte des Psalmisten?« fragte der rothaarige Moses.

»Welche?«

»Denn sie gedachten, dir Übles zu tun und machten Anschläge, die sie nicht konnten ausführen.«

»Der Ewige – gepriesen sei sein Name – möge dich erhören.«

»Amen«, antworteten die drei Brüder wie aus einem Mund.

Sie beschlossen, sich nach La Fourche zu begeben, zu dem Herrn, in dessen Gerichtsbezirk sich die Mühle befand und dem sie regelmäßig den Zehnten zahlten.

Der Vicomte Francon war nach einem allzu reichlichen Essen bei einem Jagdbankett gestorben und hatte seiner Frau zwei Söhne, ein halbfertiges Schloß und eine Menge Schulden hinterlassen. Die Vicomtesse hatte ihre Söhne zu ihrem Vetter, dem Grafen von Toulouse, geschickt, damit sie dort das lernten, was junge Leute wissen mußten: bei Hof zu dienen, zu fechten, zu jagen und zu beten. Sie dagegen blieb allein und bemühte sich, die Schulden ihres Gatten zurückzuzahlen, der einer von denen gewesen war, die stets darauf aus sind, einen Heller aufzutreiben, um zwei draus zu machen und drei auszugeben.

Sie empfing die vier Müller sehr liebenswürdig. Sie kannte sie nicht, aber sie hatte ihren Vater gekannt: Als sie frisch verheiratet war und Francon ihr seinen Besitz gezeigt hatte, waren sie auch zu Abrahams Mühle gekommen. Die Vicomtesse Arsinde war nicht mehr sehr jung, aber mit ihren blauen Augen, ihrem dichten schwarzen Zopf, ihren regelmäßigen Gesichtszügen und ihren einfachen, aber mit Geschmack ausgesuchten Kleidern brauchte sie nicht jung zu sein, um schön zu erscheinen.

Nein, sagte sie, sie habe von dieser Schenkung des Königs an Bischof Erifons nichts gehört, aber es komme ihr sonderbar vor. Ob sie etwas für sie tun könne, fragten die Brüder, zumindest bezeugen, daß sie von ihnen regelmäßig den Zehnten erhalten und nie Grund zur Klage gehabt habe. Sie versprach, die Mitglieder ihres Gerichts einzuberufen, damit sie ein Urteil abgäben. Die Müller sollten zwei Tage später wiederkommen: Dann würde sie ihnen eine Kopie des Spruchs geben.

Zwei Tage später ging der junge Levi allein zum Schloß La Fourche, weil Samuel noch einmal beim Nassi vorsprechen mußte und Moses und Isaak in der Mühle arbeiteten. Die Vicomtesse begrüßte den jungen Müller sehr freundlich.

»Es steht gut für euch«, sagte sie. »Komm mit.«

Er folgte ihr in den großen Saal des Schlosses, in dem sie sich für gewöhnlich aufhielt: Truhen, Pelze und Bänke, die im rechten Winkel zum großen Kamin standen, ein Webstuhl und neben einem der beiden Fenster ein Pult, an dem ein Schreiber arbeitete.

»Siehst du«, sagte die Vicomtesse, »Gauthier schreibt gerade das Urteil ab.«

Levi trat zu ihm, um es zu lesen, aber der Text war lateinisch. Er konnte wohl seine Enttäuschung nicht verbergen, denn Arsinde fragte ihn belustigt:

»Möchtest du gern lesen lernen?«

Levi zuckte zusammen, als hätte sie ihn tief beleidigt.

»Ich kann lesen, Herrin! Aber nicht Latein. Die Sprache meiner Väter ist hebräisch.«

»Wo hast du das gelernt?«

»In der Schule. Dort lernen wir es alle.«

»Was liest du denn?«

»Die Heilige Schrift und die Kapitel der Mischna.«

»Und wie schreibt man hebräisch?«

Was für eine Frage! Er war ganz verblüfft, daß eine Frau wie sie nicht wußte, wie man hebräisch schreibt.

»Hebräisch schreibt man von rechts nach links«, erwiderte er, »also gerade umgekehrt wie Latein . . . Ich werde Euch einen Text bringen, da werdet Ihr sehen, wie schön die Schrift ist.«

Sie las ihm den Spruch der Rechtskundigen vor: Da eine königliche Urkunde das Eigentum an der Mühle dem Juden Simon, seinem Sohn Vivas und dessen Nachkommen garantierte, gehörte ihnen die Mühle; da niemand je gegen sie Klage erhoben hatte, da sie schuldenfrei waren und bis zu diesem Tag regelmäßig den lehnsherrlichen Zehnten entrichtet hatten, konnte nichts ihre Enteignung rechtfertigen. Der Text war von den zwölf Gerichtshaltern unterzeichnet, und der Schreiber setzte noch das Siegel darunter.

Levi wäre gern noch ein wenig im Schloß geblieben, aber er hatte es eilig, den Spruch des Gerichts seinen Brüdern zu bringen: »Ich danke Euch, Herrin«, sagte er. »Ihr seid gerecht.«

»Viel mehr kann ich nicht für euch tun«, sagte sie, »aber sag mir Bescheid, was aus der Sache wird.«

Levi versprach es.

Die Müller ließen von ihrem Vetter David noch eine Abschrift des Urteils machen und brachten das Original dem Nassi Kalonymos, der sogleich um eine Audienz beim Erzbischof nachsuchte.

Levi dachte sehr oft an die Vicomtesse. Eines Morgens, als er erwachte, hatte er eine Idee. Bei der ersten Gelegenheit ging er bei seinem Vetter David vorbei und nahm Abrahams Rolle mit, deren Hülle aus Cordobaleder er gut kannte. Mit klopfendem Herzen kehrte er zurück zur Mühle und versteckte sein Diebesgut in einem Winkel. Zum ersten Mal in seinem Leben verbarg er etwas vor seinen Brüdern. Er hatte zwar keine übertriebenen Gewissensbisse, aber er wagte nicht, sich vorzustellen, was geschehen würde, wenn man ihn erwischte.

Gleich am nächsten Tag schlug er vor, der Vicomtesse zwei Sack Mehl zum Dank für ihre Fürsprache zu bringen. Isaak lachte schallend, Moses und Samuel sahen sich gegenseitig an, und Levi fühlte sich ertappt. Aber das Wichtigste war, daß er nach La Fourche gehen konnte.

Als er, das Maultier am Zügel haltend, ankam, stand Arsinde oben auf der steinernen Freitreppe. Sie freute sich offenbar über seinen Besuch, dankte ihm für das Mehl und erkundigte sich, wie die Angelegenheit mit der Mühle stünde:

»Der Erzbischof«, erwiderte er, »soll sich mit dem Bischof treffen.«

Ihm blieben die Worte weg. Er war nicht gekommen, um mit ihr über den Bischof oder den Nassi zu reden.

»Herrin«, sagte er, »ich wollte Euch das da zeigen.«

Er zog Abrahams Rolle aus dem Leinensack, den er über der Schulter trug.

»Komm herein, Müller«, sagte sie.

Es war niemand in dem großen Saal, in dem es nach Rauch und Suppe roch. Levi ging zum Platz des Schreibers und legte die Rolle auf das Pult. Arsinde kam neugierig näher.

»Seit der Zerstörung des Tempels von Jerusalem durch Titus«, erklärte er, »zeichnen wir hier alle Geburten auf und alle wichtigen Ereignisse, die die Familie betreffen.«

Er war sich sehr wohl bewußt, daß Abrahams Rolle sehr viel mehr war als nur ein nüchternes Register, aber er wußte nicht, wie er es erklären sollte:

»Es ist . . . Es ist meine Geschichte seit neun Jahrhunderten«, sagte er schließlich. Er hatte den Eindruck, als sähe ihn Arsinde jetzt mit ganz anderen Augen an. Als verleihe ihm diese Familiengeschichte eine Art Adel. Sie beugte sich über den Papyrus: »Wie liest man denn hebräisch?« fragte sie.

Levi folgte mit dem Finger den Worten, damit sie es genau sehe und las langsam: » . . . damit-niemand-am-Tag-der-Versöhnung-vergessen-werde-, schreibe-ich- gleich-wie-ein-Gebet-die-Namen-meiner-Söhne-in-diese-Rolle . . .« Er zeigte ihr nacheinander die Buchstaben, *Aleph, Beth, Gimmel*, und sie bemühte sich lachend, sie in den einzelnen Zeilen wiederzuerkennen.

Sie beugten sich nebeneinander über die Rolle. Ihre Finger streiften sich, ihr Lachen war das gleiche, und bald berührten sich ihre Schultern. Die Herrin und der Müller waren von dem, was ihnen geschah, so verwirrt, daß sie auf das, was sie lasen, nicht mehr acht gaben. Das gleiche Verlangen erfaßte sie beide. Und seine linke Hand und ihre rechte Hand hatten sich schon längst gefunden, als sie noch nicht wagten, sich anzuschauen. Endlich kehrten sie einander das Gesicht zu. Und als die Herrin ihre Lippen auf die seinen drückte, glaubte Levi der Müller, daß der Boden unter ihm schwanke. Er dachte noch flüchtig daran, Abrahams Rolle wieder in die Hülle zu legen, weil er der Meinung war, im Angesicht eines heiligen Textes dürfe man es nicht an Ehrfurcht fehlen lassen. Aber es war schon zu spät, ein Strudel wie die, die durch die Mühle rauschten, wenn die Aude Hochwasser führte, riß sie mit sich fort.

Wer verriet sie? Eine Magd, ein Stallknecht im Schloß? Jedenfalls machte das Gerücht rasch die Runde an den Wäscheplätzen, auf den Märkten, in den Läden und bei denen, die am Brunnen und vor der Mühle warteten: »Die Vicomtesse und ein Müller, der ihr Sohn sein könnte . . . Es ist einer der Juden von der neuen Mühle . . . Nur einer, glaubt ihr das wirklich? Erinnert euch nur an die Ausschweifungen ihres seligen Gatten . . . Sagt mal, hat sie sich nicht auch von zwei Juden, Sabrona und Barala, tausend Sous geliehen, für die sie ihre Freilehen von Magric und Cuxac verpfändet hat? Mich würd's nicht wundern, wenn die Juden die Arme verhext hätten . . . Wie kann man es sich sonst erklären, daß eine Frau ihres Ranges so tief gesunken ist?«

Bald wußte man es auch in der Mühle. Und der unverbesserliche Isaak nannte seinen jungen Bruder nur noch den Vicomte Levi. Die anderen allerdings nahmen die Sache sehr ernst, vor allem, weil sie zur Unzeit kam: Die drei Gerichte von Narbonne – das königliche, kirchliche und lehnsherrliche – hatten nämlich endgültig die Enteignung Samuels und seiner Brüder für ungesetzlich erklärt. Auf das Ersuchen des Nassi hatte sich der Erzbischof eingeschaltet und den Bischof Erifons schließlich zur Vernunft gebracht: Gegen eine jährliche Spende von Mehl und Fischen für die Armen seiner Gemeinde gab er seinen Anspruch auf die neue Mühle auf. Und so war der Augenblick denkbar schlecht, um auf diese Weise aufzufallen.

Levi war bestürzt. Wie konnte sich ein Gutes in ein Böses verkehren? Denn was sie beide verband, die Herrin und ihn, war so überwältigend und zugleich so einfach, so wundersam, daß er nicht begriff, daß daraus Ärgernis und Schande erwachsen konnte. Die Augenblicke, die sie miteinander verbrachten, die Worte, die sie wechselten, die Lust, die sie miteinander teilten, das Einverständnis ihrer Haut machten sie so unendlich glücklich . . .

Und wenn sie ihn fragte: »Wirst du mich immer lieben?« und er darauf antwortete: »Werdet Ihr mich immer lieben?«, so bedeutete das: »Wir werden uns immer lieben.«

Wieder einmal kam Vetter David zur Mühle gerannt. Besorgt teilte er ihnen mit, der Erzbischof habe dem Nassi gegenüber von seiner Befürchtung gesprochen, die Geschichte könne in Gewalttätigkeiten zwischen den beiden Gemeinden enden. Ob es nicht möglich sei, den Verursacher dieser Unruhen zu entfernen? Es sollten nicht alle für die Sünde eines einzigen büßen.

»Sünde? Ich soll gesündigt haben?« empörte sich Levi. »Arsinde ist Witwe, und soviel ich weiß, bin ich frei.«

»Wir werfen dir nichts vor, mein Vetter, nicht einmal dein Abenteuer, das deine Jugend entschuldigt. Unsere Weisen sagen, der, der nie gesündigt hat, könne auch den tieferen Sinn der Gebote nicht erfassen. Weil die Sünde möglich ist, ist das Gesetz notwendig. Aber es handelt sich nicht um dich, mein Vetter, es handelt sich um uns alle. Der Nassi Kalonymos und der gesamte Rat, ebenso wie der Erzbischof, sind der Ansicht, daß du Narbonne für einige Zeit verlassen solltest. Besonders auch deshalb, weil die beiden Söhne der Vicomtesse von der ganzen Geschichte erfahren und aus Toulouse zurückkommen könnten, um Ordnung zu schaffen . . .«

Levi schien es, als legten sich ihm seine Mühlsteine aufs Herz. Er hörte kaum noch zu, als David von einem Empfehlungsschreiben des Nassi Kalonymos an seinen Vetter, den Rabbi Kalonymos bar Meschulam in Mainz am Rhein sprach. Am liebsten wäre er gestorben.

»Du sagst gar nichts, kleiner Bruder?«

»Was sollte ich sagen, Samuel?«

Levi verließ seine Brüder, setzte sich auf den flachen Stein unterhalb des Abflusses, dort, wo das Wasser sich wieder beruhigt, nachdem es tosend über die Schaufeln des großen Rades geflossen ist, und ließ die Beine herunterhängen. Die schwarzen Rücken der Forellen blitzten im klaren Wasser auf. Levi hätte am liebsten der Welt zugeschrien, daß er unglücklich sei und ihn niemand verstünde. Was konnte er tun? Er hatte von einer Stadt in Afrika, Kairuan, erzählen gehört, wo ein Teil seiner Familie lebte, und dachte plötzlich daran, mit Arsinde dort hinzugehen. Er war schon dabei, Pläne zu schmieden, als seine Brüder ihn riefen. Samuel, der älteste, der neben Rachel, seiner Frau, stand, legte seine starke Hand auf Levis Schulter:

»Du wirst gehen müssen, kleiner Bruder. Es ist besser so, für dich, für sie, für uns alle.«

Auf alles war Levi gefaßt gewesen, außer auf den Verrat seiner Brüder.

»Ja . . . Ihr wollt mich also gehen lassen?«

Samuel, Moses und Isaak sahen völlig unbeteiligt drein.

»Würdest du dich denn freuen, wenn ich mit dir ginge?« fragte Isaak wie beiläufig. »Na schön, dann komme ich mit.«

Levi starrte ihn verständnislos an.

»Das ist eigentlich eine Idee«, sagte jetzt der rothaarige Moses. »Ich würde auch ganz gern mal was anderes sehen.«

»Wenn das so ist«, fügte Samuel hinzu, »frag' ich mich, was ich hier noch soll.«

»Wenn ich euch nicht störe«, bemerkte Rachel als letzte, »würde ich gern mit euch kommen. Ein Weib darf seinen Mann nicht verlassen.«

Und plötzlich brach Isaak in schallendes Lachen aus, in das die anderen einstimmten. Levi wurde jetzt alles klar. Nein, sie würden ihn nicht seinem Schicksal überlassen. In ihrer brüderlichen Liebe, die stärker war als alles auf der Welt, hatten sie beschlossen, eher die Mühle zu verkaufen als ihn allein ziehen zu lassen. Die vier Brüder fielen sich in die Arme. Plötzlich stiegen Levi die Tränen in die Augen. Er verbarg sein Gesicht in Samuels Bart, und zum ersten Mal seit dem Tod ihres Vaters weinte er bitterlich.

Samuel, Moses, Isaak und Levi, die Söhne Abrahams, verkauften an Belchom, den Abbé von Saint-Paul, und an Guillaume den Leviten den Besitz, den sie von ihrem Vater ererbt hatten, das heißt, die Mühle mit allen Anlagen und den Nebengebäuden, das Fischereirecht, das Aquädukt samt dem dazugehörigen Land zum Preis von hundertfünfzig Sous in bar. Dann luden sie ihr Hab und Gut auf einen Wagen, spannten zwei Maultiere davor, versprachen David dem Schreiber, ihm bald Nachricht zu geben, und dem Meer den Rücken kehrend, schlugen sie den Weg nach Norden ein.

Levi hatte Arsinde nicht wieder gesehen und erst jetzt wurde ihm bewußt, daß er sie für immer verloren hatte.

16

Narbonne
Die Schrecken des Jahres 1000

Erst zwei Jahre später sollte David der Schreiber von einem der Brüder die Nachricht erhalten. Er hatte zwar inzwischen von einem Reisenden erfahren, die vier Müller hätten sich einer Gruppe von Kaufleuten angeschlossen, deren Wagenkolonne von einer jener Räuberbanden überfallen worden war, die die Wälder unsicher machten. Der Reisende hatte gesehen, wie sie sich zu verteidigen suchten – Levi, der Jüngste, habe wie ein Wilder gekämpft und tausendmal sein Leben aufs Spiel gesetzt, als läge ihm nichts mehr daran. Er selbst habe seine Geldbörse und seine Waren den Räubern gegeben, damit sie ihn laufen ließen; er wußte also nicht, wie der Kampf ausgegangen war. Seitdem hatte David nichts mehr von ihnen gehört. Jeden Tag betete er für seine Vettern.

Endlich, kurz bevor das *Chanukka*-Fest sich zum zweiten Mal seit ihrer Abreise jährte, erhielt er ein Schreiben, das Samuel, der älteste der vier Brüder, einem Schreiber von Troyes in der Champagne, wo er jetzt lebte, diktiert hatte: »Du weißt, mein teurer Vetter, daß ich nie gern geschrieben habe . . .« Samuel berichtete ihm, seine drei Brüder seien von den Räubern erschlagen worden, und Levi habe sich geopfert, um Rachel zu retten. Er selbst habe nur wie durch ein Wunder überlebt. Rachel und er seien schließlich nach Troyes gekommen, zerlumpt wie zwei Vagabunden. Die Gemeinde habe sie mit Großmut und Herzlichkeit aufgenommen und ihnen Obdach und Nahrung gewährt, bis er Arbeit in einer Mühle gefunden habe, deren Besitzer, ein älterer Mann, ohne Erben sei. Vielleicht könne er sie kaufen. Ein Sohn sei ihm inzwischen geboren, den er in Erinnerung an seinen jüngsten Bruder Levi genannt habe. Samuels Brief endete mit der Bitte, für das Seelenheil von Moses, Isaak und Levi zu beten. Er hatte noch hinzugefügt, Davids Amtskollege von Troyes habe, da dieser Brief an einen Schreiber gerichtet sei, nichts dafür genommen. »Aber mir wäre es lieber gewesen, ihn zu bezahlen und Dir erfreulichere Nachrichten geben zu können.«

Es war zum ersten Mal, daß der Tod so unvermittelt in Davids Leben trat, und er war davon zutiefst getroffen. Zum Chanukka-Fest lud er die ganze enge und entferntere Familie aus Narbonne zu sich, damit sie so viele wie möglich seien, um für die Vettern zu beten. Der Zufall der Schiffe und Wege fügte es, daß tatsächlich nicht wenige seiner Onkeln und Vettern auf der Durchreise waren: Moses und Judas, die ständig zwischen ihren Werkstätten von Cordoba und den Märkten Germaniens unterwegs waren, wo man ihre Seidenstoffe mehr und mehr schätzte; Esra, Judas' ältester Sohn, der ein paar Wochen zuvor aus Babylonien von dem Lehrhaus in Sura zurückgekehrt war, wohin er zusammen mit seinem spanischen Vetter Esra aus Cordoba gegangen war, um den Kampf des Weisen Saadja Gaon gegen die Karäer zu verfolgen; Asak, Davids ältester Sohn, der gerade aus Kairuan von einem Besuch bei den Vettern kam; es fehlten auch nicht Davids Schwestern, Mairona, und ihr Mann, der Salzsieder Bonisaac, der, der ständigen Streitereien mit dem Erzbischof, dem die Saline unterstellt war, überdrüssig, diese verkauft hatte, um sich in Metz mit einem seiner Brüder, der Geldverleiher war, zusammenzutun, sowie Meir, Sohn des Stoffhändlers Moses, der sich hatte überreden lassen, seine Abreise nach Palästina aufzuschieben, wo er sich niederlassen wollte und das, so verkündete er voller Eifer, die Juden nie hätten verlassen dürfen, um ins Exil zu gehen.

Sie waren also alle da, als David – vor allem den Kindern – von dem Sieg der Makkabäer über Antiochus Epiphanes erzählte und der Reinigung des Tempels, der durch die Heiden besudelt und durch das Wunder des Feuers wieder geweiht worden war. Dann zündete er die erste der acht Öllampen an und sprach den Segen:

»Du hast Dir einen großen und heiligen Namen gemacht in Deinen Landen und von alters her wie auch an diesem Tag für Dein Volk Israel Heil und Segen gewirkt . . .«

Und er fügte hinzu: »Dein Name sei geheiligt für alles, was Du in Deiner Barmherzigkeit und Gerechtigkeit beschließest. Vergiß nicht die, die sich heute hier versammelt haben, noch die, die Du in Dein ewiges Reich gerufen hast.«

Die kleine Flamme der ersten Lampe spiegelte sich in seinen Augen wider, in denen Frömmigkeit und Betrübnis zugleich standen. Er wollte die Namen der drei Vettern hinzufügen, aber es schnürte ihm die Kehle zu. All diese Blicke, die auf ihn gerichtet waren, machten ihn verlegen. Mit einer Handbewegung lud er die Umstehenden ein, an den Tisch heranzutreten, auf dem Wasserkrüge aus getriebenem Silber standen, und goß über ihre Hände nach Rosmarin duftendes Wasser. Er trocknete sie mit einem weißen Tuch, dann brach er das Brot, reichte jedem ein mit Salz überstreutes Stück und pries »den, der das Brot aus der Erde zieht.« Alle antworteten »Amen« und machten sich daran, dem Essen zuzusprechen.

Während man in den Schalen mit Knoblauch, Kümmel und Pfeffer gewürzte Gerstensuppe servierte, konnte David seine schmerzliche Trauer nicht überwinden. Inzwischen begannen die Reisenden Erinnerungen auszutauschen, von Begegnungen und Landschaften zu erzählen, aber er konnte seine Gedanken nicht von den vier Müllern lassen.

Der Kaufmann Judas erzählte, wie er in Cordoba Rabbi Hisdai ibn Schaprut, einen angesehenen Gelehrten, Arzt des Kalifen Abd el-Rachman und Oberster Zollbeamter, kennengelernt habe ... Esra dagegen fehlten die Worte, um den Palast des Exilarchen in Bagdad zu beschreiben, den jüdische Wachen schützten ... Meir, der auf dem Weg nach Palästina war, prophezeite jedoch den Niedergang Babyloniens: »Bald werden die Juden kein Zentrum mehr haben. Es bleibt nur noch Palästina oder die Zerstreuung ...«

Am anderen Ende des Tisches zog der frühere Salzsieder Bonisaac einen Schlußstrich unter zwanzig Jahre Arbeit in den Salinen. Durch seinen Bruder hatte er das Geld entdeckt: »Bisher«, so erklärte er mit dem Eifer des Neubekehrten, »habe ich eine Ware verkauft und mich nur für die Ware interessiert. In Zukunft werde ich es mit lebendigen Menschen zu tun haben, das Geld wird uns einander näher bringen, wird mir helfen, meinen Nächsten, den der leiht oder den, der ausgibt, kennenzulernen ... was sagt ihr? Sklave? Genau das Gegenteil. Ohne Geld verfügt der Herr über seinen Besitz, den Menschen. Mit Geld ist der Mensch gegen eine bestimmte, im beiderseitigen Einverständnis ausgehandelte Summe von seinen Verpflichtungen frei. Glaubt mir, das Geld ist ein Mittel zur Befreiung . . .«

Sarah reichte David ein Stück Fleisch auf einer dicken Scheibe Brot, und er zwang sich zu essen, damit sie sich nicht beunruhigte.

Jetzt ging die Rede um ein Schiff, das auf dem Weg nach Konstantinopel von der Flotte des Kalifen von Cordoba geentert und geplündert worden war. Nachdem man den Passagieren ihr Hab und Gut abgenommen hatte, wurden sie als Sklaven verkauft. Unter ihnen befanden sich vier angesehene Juden, Rechtsgelehrte, die in den Mittelmeergemeinden Geld für die Talmud-Akademien in Babylonien sammeln wollten. Die Neuigkeit verbreitete sich so rasch, daß in jedem Hafen, in dem die Sarazenen vor Anker gingen, eine Abordnung von Juden bereit stand, um einen Gelehrten freizukaufen. So zahlten die spanischen Juden das Lösegeld für Rabbi Mosche, die Juden aus Kairuan für Rabbi Hokhiel und die Juden aus Alexandria für Rabbi Schomriahu ben Elchanan. Nur der vierte blieb verschwunden.

»Saadja Gaon erklärt«, sagte Esra in seinem etwas lehrerhaften Ton, »daß der Höchste – gepriesen sei sein Name – keine Generation seines Volkes ohne einen Weisen läßt, den er erleuchtet und leitet, damit dieser seinerseits das Volk lehre und bilde und ihm so zu Wohlstand verhelfe.« Drei Gerettete und einer verloren: bei den vier Müllern war es genau umgekehrt gewesen, und David konnte sich des Gedankens nicht erwehren, daß in diesem Zusammentreffen eine Art Zeichen lag. Aber die Gerechtigkeit des Ewigen – gepriesen sei sein Name – ist unergründlich, und man mußte seine Ratschlüsse annehmen. Jetzt, nachdem das Fest seinen Höhepunkt erreicht hatte, Sarah süßen Wein einschenkte und Bonisaac noch einmal nach Fleisch verlangte, gab David seine Absicht, mit allen gemeinsam für den rothaarigen Moses, den immer lachenden Isaak und den »Vicomte Levi« zu beten, endgültig auf. Aber als sie alle gegangen waren und Sarah mit einer Dienerin den Tisch abräumte, rief er seine Söhne Asak und Eleasar.

Alle drei bedeckten sich mit dem Gebetsmantel, und David nahm Abrahams Rolle aus der Hülle. Er setzte sich an das Schreibpult, löste ein Tintentäfelchen auf, schnitt eine Feder zurecht und fügte hinter seinen eigenen Namen hinzu: »dessen Vettern Samuel, Moses, Isaak und Levi, Abrahams Söhne, Müller in Narbonne waren«. Es war David bewußt, daß er damit die Regel übertrat, nur direkte Nachkommen zu erwähnen. Aber er nahm es auf seine Verantwortung, die Namen derer, deren Leichen man wohl den Tieren des Waldes überlassen hatte, vor dem Vergessen, diesem anderen Tod, zu retten.

»Und David zeugte Asak und Eleasar.

Und Eleasar heiratete Sulamith und zeugte Esther, Bonina und Benjamin.

Und Benjamin heiratete Lea und zeugte Astruc, José, Sarah und Zippora.

Und Astruc heiratete Rachel und zeugte Vidal.«

Nachdem er, wie es sich für einen frommen Juden ziemt, im Kreis seiner Familie das Rosch-ha-Schana-Fest gefeiert hatte, das Neue Jahr, setzte der Schreiber Vidal zum ersten Mal die neue Jahreszahl unter einen Vertrag: 4760 nach der Schöpfung der Welt durch den Ewigen – gepriesen sei sein Name. Er stellte fest, daß dieses Jahr das tausendste nach der christlichen Zeitrechnung war und fragte sich, was es den Juden wohl bringen würde.

Ein Text dessen, was die Christen das »Neue Testament« nannten, verhieß nämlich nach tausendjähriger Zeit das Wüten Satans, schreckliche Plagen, den Kampf zwischen Gut und Böse und schließlich das Endgericht. Aber das Jahrtausend verging, und es gab nicht mehr und nicht weniger Hungersnot, Elend und Kriege als gewöhnlich. Seit Karl dem Großen war das christliche Abendland – Opfer sowohl der Zerstückelung des Reiches als auch fremder Eindringlinge – zu einem Dschungel geworden, in dem die Stärksten und Gewissenlosesten das Wort führten. Es dauerte einige Jahre, bis allen auch im hintersten Dorf zum Bewußtsein kam, daß jene tausend Jahre abgelaufen waren. Dann aber herrschten Furcht und Schrecken vor dem Ende der Welt und dem Jüngsten Gericht.

Überall sah man Zeichen: Ein Komet, der die Form eines Schwertes hatte, zog über den Himmel, ganze Regen von Sternschnuppen gingen hernieder, die Sonne wurde »von dem Mond verdeckt von der sechsten bis zur siebten Stunde und es war schrecklich«; der Papst Benedikt starb und auch Basileios, der Kaiser der Griechen; in Jerusalem zerstörte der Fatimiden-Kalif die Grabeskirche . . .

Überall, an den Kreuzwegen, auf den Märkten, den Vorplätzen standen eifernde Priester auf, die ein paar Verse aus der Offenbarung des Johannes zitierten und zur Buße riefen. Mit ihren flammenden Reden trugen sie den Wahnsinn in die Herzen der Menge. Und da man schließlich einen Schuldigen brauchte, fingen sie an, den Menschen einzureden, daß dieser wütende Satan vielleicht das Volk der Juden sei . . . Oder wenn es nicht die Juden selbst seien, trügen sie daran zumindest die Schuld . . . Sie hatten den Gottessohn gekreuzigt . . .

Noch schützte das Gesetz die Juden, und man hatte nicht das Recht, sie zu töten. Aber man vergaß nicht, daß sie Juden waren. So mußte in einigen Städten jedes Jahr am Karfreitag, um Christi Tod zu sühnen, ein Jude öffentlich vor der Kirchentür ins Gesicht geschlagen werden – einmal, in Toulouse, unterzog sich der Kaplan Hugues seiner Aufgabe mit solchem Eifer, daß er mit einem einzigen Schlag seiner eisenbehandschuhten Hand dem Opfer den Kopf zerschmetterte.

Als Vidal, der Schreiber von Narbonne, von diesen Vorfällen hörte, erklärte er seinem Sohn Bonjusef, der Ewige – gepriesen sei sein Name – wolle durch diese Prüfungen alle die, die über den Vergnügungen des Lebens das Studium der Thora vergäßen, daran erinnern, daß sie noch immer im Exil seien.

Als man in Orléans von der Zerstörung der Grabeskirche durch den Kalifen Hakim erfuhr, fragten sich die Christen, wie eine so abscheuliche Tat geschehen konnte. Sie bekamen es bald heraus. Ein gewisser Robert, Vagabund und Leibeigener, der aus einem Kloster entflohen war, behauptete, die Juden von Orléans hätten ihn bestochen, damit er ins Heilige Land gehe und dem Kalifen Hakim einen Brief überbringe. Und was stand in diesem Brief? Wenn er nicht bald die Grabeskirche niederreiße, würden die Christen des ganzen Abendlandes an diese Stätte pilgern und das Land verwüsten . . . Für seine Mühe wurde Robert allerdings nicht belohnt; er wurde verbrannt. Damals verließen viele Juden Orléans. Nicht weit davon entfernt, in Limoges, erließ Bischof Audoin ein Gesetz, das den

Juden auferlegte, entweder Christen zu werden oder die Stadt zu verlassen. Da viele sich dieser Wahl verweigerten, trieben die Wachen des Bischofs die ganze Gemeinde, Männer, Frauen und Kinder, vor der Kathedrale zusammen, um sie zwangszutaufen. Aber, so berichteten Zeugen, die Juden zogen es vor, sich den Tod zu geben, statt den Gott ihrer Väter zu verleugnen: Jeweils der älteste der Familie brachte seine Frau und seine Kinder um, bevor er selbst in den Tod ging. Vorher sangen sie mit so sanfter und so durchdringender, so unwirklicher Stimme, daß die anwesenden Christen zu zittern begannen: »Hüter Israels, hüte den Rest Deines Volkes, laß es nicht untergehen, Du, der Du da rufest ›*Schema Israel*‹.« Und sterbend fuhren sie darin fort: »Der Herr, unser Gott, ist ein einiger Herr«, so wie Rabbi Akiba zur Zeit Kaiser Hadrians gebetet hatte.

Als Vidal davon berichtet wurde, wußte er nicht, was er davon halten sollte. Es war Sommeranfang, die Sonne schien, es roch nach frischgeschnittenem Heu, und die Kinder flochten Kränze aus Margariten und Mohnblumen. Durch das offene Fenster hörte er die Stimmen der Talmud-Thora-Schüler. Wie weit war Narbonne von Orléans und Limoges entfernt!

Dennoch beschloß er, den Nassi Saul ben David Kalonymus aufzusuchen, um zu erfahren, wie er die Ereignisse von Limoges beurteile. Die Stadt war kaum von der Siesta erwacht, und da er fürchtete, zu früh zu kommen, ließ Vidal sich Zeit. Langsam ging er die Rue de la Fusterie im Judenviertel entlang, befühlte wie jedes Mal im Vorübergehen die Stoffe im Laden seines Vetters Salomon, Sohn des Stoffhändlers Chananja, hörte einen Augenblick zu, wie der benachbarte Goldschmied das Gold zu dünnen Blättchen schlug, und ging dann die Rue de l'Auderie hinunter, wo er sich seit mehr als zwanzig Jahren sein Pergament kaufte.

Auf der St. Zacharias-Insel gegenüber dem Palast des Vicomte ging er noch bei seinem Freund Joseph, Sohn des Bonjudas, vorbei, einem ausgezeichneten Talmud-Kenner, der das Haus der Almosen, ein jüdisches Armenhaus, leitete; er hatte dessen Sohn Enoch seine Tochter Esther versprochen. Anschließend begab er sich in die Synagoge, in der der Nassi sich um diese Zeit gewöhnlich aufhielt. Wie ein Gebet las er den Satz, der an der Giebelwand eingemeißelt war: WENN DER HIMMEL UND DIE HIMMEL DER HIM-

MEL DICH NICHT FASSEN KÖNNEN, UM WIEVIEL WENIGER DANN DIESES HAUS, DAS ICH GEBAUT HABE.

Der Nassi war noch ganz verschlafen. Er hatte ebenfalls von den Selbstmorden in Limoges gehört. Auch in Rouen, so sagte er, hätten sich gräßliche Dinge abgespielt, aber er warte noch auf eine Bestätigung, bevor er sich dazu äußere. Er fürchte jedoch, daß auch für sie schwierige Zeiten kämen, und leise wie zu sich selbst sang er: »Herr, hadere mit meinen Haderern; streite wider meine Bestreiter. Ergreife Schild und Waffen, und mache Dich auf, mir zu helfen! Zücke den Spieß, und schütze mich wider meine Verfolger! Sprich zu meiner Seele: Ich bin deine Hilfe!«

Dann bat er Vidal, zwei *Taqqanot* des Rabbi Gerschom aus Mainz abzuschreiben, die dieser ihm hatte zukommen lassen. Vidal ging zurück nach Hause. Meir-Ikhiel, der Sohn seines Sohnes Bonjusef, erwachte gerade in seiner Wiege und zwitscherte wie ein Vogel.

Vidal machte sich an die Arbeit. Die eine Taqqana befaßte sich mit den Rechten der Frau, die andere mit dem Verbot der Polygamie. Narbonne war wirklich weit entfernt von Limoges.

Nach Vidal und Bonjusef und so vielen anderen wurde auch Meir-Ikhiel Schreiber und wahrte die Familientradition. Wäre es nach ihm gegangen, hätte er sich lieber in der Welt umgesehen, aber er war der Älteste: Als sein Bruder geboren wurde, war er schon zehn Jahre alt und somit stand es fest – nicht er, sondern sein Bruder Asak ging auf Reisen.

Meir-Ikhiel heiratete Lia, deren Vater einen Laden mit Flechtwaren am Hafen besaß. Er hatte sie nicht wegen der Flechtwaren gewählt, sondern weil ihre Augen wie die einer Gazelle waren und er sie einmal singen gehört hatte. Es war zu der Zeit, als er oft den auslaufenden Schiffen nachsah, auf denen er nie fuhr.

Viele Schiffe waren seither ausgelaufen; Lia sang zwar nicht mehr so oft, aber sie hatte ihm drei Kinder geboren, deren Namen er in Abrahams Rolle schrieb: Sarah, Abrahahm, Jakob, und die, dem Allmächtigen sei Dank, an Alter und Weisheit zunahmen.

Auf Frankreichs Thron waren Hugo Kapet, Robert der Fromme, Heinrich und Philip aufeinander gefolgt, die zwar weniger mächtig waren als ihre großen Vasallen, sich aber bemühten, ihr Reich zu vergrößern, indem sie, je nach ihrem Charakter, kämpften, kauften oder betrogen. Der Herzog der Normandie Wilhelm der Eroberer dagegen zog aus, England zu unterwerfen. Die Ritter träumten von nichts anderem als dem Schlachtengetümmel, und beim erstbesten Aufruf schlossen sie sich in Armeen zusammen, die ein bißchen hier, ein bißchen dort Krieg führten – zum Beispiel in Spanien, wohin der Papst sie gegen die Truppen des Kalifen von Cordoba sandte.

In einer Nacht des Jahres 4830[45] nach der Schöpfung der Welt durch den Ewigen – gepriesen sei sein Name –, wachte Meir-Ikhiel plötzlich auf. Es war ihm, als habe er ein Geräusch auf der Straße gehört. Er stand vorsichtig auf, um Lia nicht zu beunruhigen, und schob den Vorhang am Fenster beiseite. Am anderen Ufer tauchten Lichter auf und verschwanden wieder: Fackeln, Standarten, eine Menschenmenge.

Meir-Ikhiel fror. Er zog seine Mütze etwas tiefer in die Stirn, warf eine Decke über sein Hemd aus grobem Leinen, zündete eine kleine Öllampe an und ging leise in das Zimmer nebenan: Sarah schlief, aber ihre Brüder Abraham und Jakob waren noch nicht zu Hause. Er blies die Lampe wieder aus, ging zurück an das Fenster und wartete, bis seine Augen sich an die Dunkelheit gewöhnt hatten. Ein leichter Nebel lag über der Stadt. Gedämpfte Rufe von Männern und das Wiehern von Pferden näherten sich von der Brücke her.

»Bist du es, Meir-Ikhiel?«

»Ja, Lia.«

»Du hast mich erschreckt. Warum stehst du am Fenster?«

»Soldaten kommen in die Stadt.«

»Mitten in der Nacht? Wer hat denn die Tore geöffnet?«

»Ich weiß es nicht.«

»Aber die Wachen, Meir-Ikhiel? Wo sind die Wachen?«

Lia hatte sich einen Schal über die Schultern geworfen, und schon auf das Schlimmste gefaßt, trat sie zu ihm.

»Bemannte Boote fahren die Aude hinunter«, sagte Meir-Ikhiel. »Ich höre Hufgetrappel . . . Pferde galoppieren durch die Straßen . . . Der allmächtige Schöpfer möge uns vor Unheil bewahren!«

[45] 1070 n. Chr.

Plötzlich begann Lia an allen Gliedern zu zittern:

»Die Kinder . . . Sind sie zu Hause?«

»Beruhige dich, Abraham und Jakob sind groß genug. Rabbi Josua hat sie wahrscheinlich nicht fortgelassen, mach dir keine Sorgen.«

Lia tastete sich in das Zimmer, in dem Sarah schlief.

Man hörte jetzt ganz genau das Geräusch von Schritten, Eisengerassel und sogar Rufe: Diese Männer versuchten nicht einmal, kein Aufsehen zu erregen.

Menschen rannten an ihrem Haus vorbei. Meir-Ikhiel befahl Lia, Sarah zu wecken: Sie sollten sich beide anziehen. Da klopfte es heftig an die Tür:

»Vater! Vater! Mach auf!«

Meir-Ikhiel schob den Holzriegel zurück.

Abraham und Jakob stürzten herein. Sie waren ganz außer Atem. Lia hatte solche Angst gehabt, daß sie einen Vorwurf nicht unterdrücken konnte:

»Ihr seid wirklich nicht vernünftig. Euer Vater war euretwegen sehr in Sorge.«

Abraham und Jakob erzählten, sie hätten in der Synagoge gerade Psalmen gelernt, als ein Bote des Vicomte Béranger gekommen sei und den Nassi gebeten habe, sich eiligst in den Palast zu begeben. Der Nassi sei sofort mitgegangen und schon kurz darauf zurückgekehrt: Ein Trupp christlicher Soldaten und Pilger auf dem Weg nach Spanien sei, entgegen den Vereinbarungen, in die Stadt eingedrungen, und man müsse sicherlich mit den üblichen Übergriffen rechnen; die Juden sollten zu Hause bleiben und sich einschließen, hatte der Vicomte geraten.

Daraufhin hatte der Nassi befohlen, alle, die noch in der Synagoge seien, sollten in das Judenviertel eilen und in allen Straßen Alarm schlagen.

»Wir haben Reiter in Schuppenpanzern gesehen und Pilger des Heiligen Jakob«, sagte Abraham.

»Sie sind durch die Vorstadt eingedrungen und haben die Brücke abgeriegelt«, fügte Jakob hinzu.

»Sie haben sich geteilt. Die einen sind durch das Papsttor hindurchgegangen, die anderen . . .«

»Sie haben uns verfolgt . . .«

In diesem Augenblick hörte man unweit des Hauses Stimmen auf der Straße. Eine Fackel tauchte am Fenster auf und verschwand wieder. Die Männer sprachen eine rauhe Sprache, die Meir-Ikhiel nicht verstand. Er vergewisserte sich, daß der Riegel an der Tür wieder vorgeschoben war. Er hatte solche Angst, daß ihm alle seine Glieder weh taten.

»Wir müssen beten«, sagte er leise.

Sie hörten, wie eine Frau fragte:

»Was wollt ihr?«

Es war Avelina, die Frau von Jean dem Miniaturmaler, ihrem Nachbarn. Es waren Christen, die mit Meir-Ikhiel und Lia stets im guten Einvernehmen gelebt hatten. Jetzt erschütterten heftige Schläge ihre Tür.

»Was wollt ihr denn dort?« fragte Avelina erneut.

»Jud! Jud!«

»Hier gibt es keinen Jud«, rief Avelina. »Da nehmt diese Münzen.«

Sie merkte wohl, daß die Männer sie nicht verstanden. »Ihr kaufen Kerze«, sagte sie, »Kerze, ihr verstehen? Ihr anzünden Kerze in Saint-Jacques . . . Santiago de Compostela . . .«

Offenbar hatten sie das Geld genommen, denn sie hörten auf, gegen die Tür zu hämmern, und ihre Stimmen entfernten sich.

»Möge der Ewige in seiner Barmherzigkeit nie Avelina und ihren Gatten vergessen«, stammelte Meir-Ikhiel, der zum ersten Mal in seinem Leben der Gewalt begegnete, mit tonloser Stimme. Als seine Söhne hinausgehen wollten, »um mal zu schauen«, verbot er es ihnen und ermahnte sie voller Ernst, sie täten besser daran, ihre Gebetsmäntel zu nehmen und mit ihm dem Allmächtigen zu danken. Die ganze Nacht hindurch hörte man Pferdegetrappel, Rufe, das Hämmern an Türen. Wer verfolgte wen?

Am Morgen lief schließlich ein Ausrufer durch die Straßen:

»Im Namen Bérangers, Vicomte von Narbonne, ihr könnt wieder herauskommen, brave Leute, die Stadt gehört euch.«

Rasch füllten sich die Straßen, Lia ging zu Avelina und fiel ihr weinend in die Arme. Nach und nach erfuhr man, daß der Papst die christlichen Ritter aufgefordert hatte, nach Spanien zu gehen, um gegen die Araber zu kämpfen. Ein Zug deutscher Pilger auf dem Weg nach Compostela hatte sich einer Truppe burgundischer Ritter angeschlossen. Bevor sie nach Narbonne kamen, hatten diese Männer Boten ausgeschickt, um zu fragen, ob die Stadt ihnen Lebensmittel verkaufen könne. Der Vicomte hatte sein Einverständnis erteilt, vorausgesetzt, daß sie sich außerhalb der Mauern hielten. Aber schon bald drang ein Teil der Männer auf der Suche nach »den Feinden Christi« in die »Burg«[46] ein. Die Pilger wollten die Juden bekehren, während die Soldaten ein paar Häuser der Rue Droite unweit des Heiligkreuzhospitals plünderten. Und dort ereigneten sich denn auch die schlimmsten Greuel: »Ich sah mit an«, sagte der Schamasch Jakob ben Chanan später, »wie Frauen an den Haaren zu den Taufbecken geschleift wurden, wie Familienväter, das Haupt bedeckt zum Zeichen der Trauer, ihre Söhne zur Taufe führten, damit die Christen sie nicht umbrachten. Mit meinen eigenen Augen habe ich diese gräßlichen Dinge gesehen, die man den Juden antat, und noch viele andere.« Und wäre es dem Vicomte Béranger an der Spitze seiner Wachsoldaten nicht gelungen, die Eindringlinge zu zerstreuen und sie so wieder aus der Stadt zu treiben, wäre wohl ganz Narbonne in Mitleidenschaft gezogen worden – der Papst sprach ihm später ausdrücklich seine Anerkennung aus, während er Erzbischof Giufred, der dies alles geduldet hatte, einen Verweis erteilte.

Dennoch waren sieben Juden umgebracht worden oder hatten sich selbst den Tod gegeben, um nicht getauft zu werden. Die Gemeinde pflegte die Verwundeten, nahm die Waisen auf, veranstaltete eine Sammlung, um die Schäden an Haus und Besitz zu beseitigen.

Dann begaben sich alle erwachsenen Männer in die Synagoge, wo sie zwei Tage fasteten und vor der Bundeslade beteten, die, wie am neunten Tag des Monats Aw, wenn die Juden der ganzen Welt die Zerstörung des Tempels beweinen, schwarz verhängt war.

Das Leben nahm zwar wieder seinen Lauf, aber die Juden von Narbonne trugen von nun an eine unheilbare Wunde im Herzen. Sie waren so lange Zeit hindurch von allem Unheil verschont geblie-

[46] Nach altem Sprachgebrauch bedeutet Burg (von lat. burgum) auch die Stadt

ben, daß sie schließlich selbst geglaubt hatten, vor dem, was die Juden so ziemlich überall in der Welt erduldeten, sicher zu sein. Übrigens verließen auch einige die Stadt.

Aber immerhin feierte man zwei Wochen später in Meir-Ikhiels Familie zwei Hochzeiten: Sarah, seine Tochter, heiratete den Schamasch Jakob ben Chanan und Esra, der Sohn seines Bruders Asak, die Tochter Astrucs de Florensac, Aufseher über einen großen Fischweiher. Aber in Erinnerung an die sieben Märtyrer verliefen die Festlichkeiten sehr still.

Jakob, der ein begeisterter Schreiber war, machte sich daran, den ganzen Teil von Abrahams Rolle, der sich auf Narbonne bezog, auf Pergament abzuschreiben, und sein Bruder Abraham, der Buchbinder war, schnitt das Pergament in gleich große Blätter, nähte sie zu Heften zusammen und schützte diese mit einem lederüberzogenen Holzeinband. Beide versteckten ihre Arbeit vor ihrem Vater: Sie wollten ihm dieses Buch zum tausendsten Jahrestag jenes neunten Tages des Monats Aw schenken, an dem, ein Jahr nach der Zerstörung des Tempels, Abraham der Schreiber die ersten Zeilen geschrieben hatte. Meir-Ikhiel, der sich bemühte, seine Rührung nicht zu zeigen, dankte seinen beiden Söhnen bewegt, sowohl für die Idee, die sie gehabt hatten, als auch für das Werk. Allein in seinem Zimmer sah er lange auf Abrahams Rolle herab. Tränen stiegen ihm in die Augen, ohne daß er selbst wußte, ob er über die Zerstörung des Tempels weinte, über die Treue seiner Kinder oder diese zehn Jahrhunderte des Exils, die nur durch die zehn Jahrhunderte der Erinnerung zu ertragen waren.

Diese Nacht, die er damit verbrachte, über das Schicksal der Menschen auf Erden nachzudenken, über das Unsichere ihrer Existenz, aber auch ihre unzerstörbare Fähigkeit zu überleben, brachte ihm inneren Frieden, Heiterkeit und Vertrauen in jenen allmächtigen Gott, der die Menschheit in seinen Händen hält. Und er wurde darin bestärkt, als er ein paar Monate später einen Brief von einem gewissen Jeremias bekam, Nachkomme jenes Müllers Samuel, den es nach Troyes in der Champagne verschlagen hatte. Dieser Jeremias, der schrieb, er habe »ein Geschäft mit einem Fenster zu Straße«, hatte dem Rabbi Salomon ben Isaak, der den Beinamen Raschi trug, von einem Familiendokument erzählt, dessen Geschichte in der Familie von Vater zu Sohn weitergegeben wurde, von dem man aber sonst nichts mehr wußte. Der Rabbi hatte sich interessiert gezeigt, und Jeremias fragte an, ob es nicht möglich sei, wenn diese Tradition noch immer bestehe, das Dokument nach Troyes bringen zu lassen.

Irgendein Kaufmann könne diese Aufgabe übernehmen. Am gleichen Abend las Meir-Ikhiel den Brief seiner Frau und seinen Kindern vor, und obgleich sein Entschluß schon feststand, fragte er sie nach ihrer Meinung.

»Ich finde«, sagte Jakob der Schreiber, »wir sollten uns von Abrahams Rolle nicht trennen.«

»Wenn ihr glaubt, man müßte sie Rabbi Salomon schicken«, warf Abraham ein, »kann ich sie ihm ja bringen. Ich war noch nie auf Reisen.«

Meir-Ikhiel wandte sich an Lia:

»Tu was du für richtig hältst, mein Gatte«, meinte sie. »Aber ich würde Abraham nicht gern allein auf fremden Wegen wissen.«

Zum ersten Mal seit jener schrecklichen Nacht lächelte Meir-Ikhiel:

»Ich werde es jedem von euch recht machen«, erwiderte er. »Wir werden uns weder von der Rolle noch von Abraham trennen . . .«

Er wartete bewußt einen Augenblick, bevor er fortfuhr: » . . . denn wir werden alle nach Troyes reisen.«

Der Nassi Todros riet ihnen nicht davon ab, im Gegenteil: Es sei ein großes Glück für sie, sagte er, diesem Raschi zu begegnen, den man bereits überall »Rabbenu«, das heißt, »unser Meister«, nannte, so groß war seine Gelehrsamkeit. Er riet ihnen, während des Monats Tamus aufzubrechen, so daß sie noch vor Rosch-ha- Schana nach Troyes kämen, und zwar am besten am 17. Tag des Monats Tamus: Denn auf hebräisch sind Zahlen und Buchstaben gleich, und siebzehn bedeutet gleichzeitig das Wort »Tov«, was soviel wie »gut« oder »wohl« heißt. Und brach man nicht unter solch guten Vorzeichen leichteren Herzens auf?

17

Troyes
Der Hinterhalt nach dem Buch Josua

Nîmes, Montpellier, Avignon, Lyon, Dijon . . . Welch eine Reise! Welch ein Abenteuer, wenn man nie aus Narbonne herausgekommen ist, so von Morgengrauen bis zum sinkenden Abend, unter Sonne und Regen, immer ferneren Horizonten entgegenzugehen. Als die erste Woche vorbei war und sie sich an die Unbequemlichkeiten und die Fährnisse des Weges gewöhnt hatten, begannen Meir-Ikhiel und die Seinen Geschmack daran zu finden, unterwegs zu sein, sich umzuschauen, Kälte und Hitze zu spüren, die Entfernungen abzuschätzen, zu erraten, wie das Wetter am nächsten Tag sein werde, zu beobachten, wie sich von einem Tal oder einem Hügelrücken zum anderen die Landschaften veränderten, die Farbe des Gesteins, die Bauweise der Häuser, die Kleidung der Leute, ihr Aussehen, ihre Sprache, ihre Nahrung. Kurz, sie begannen die Welt zu sehen.

Meir-Ikhiel wurde gewahr, daß all seine Kenntnisse wie die seines Vaters Bonjusef und die seiner Söhne Jakob und Abrahahm ihnen nur durch die Schriften vermittelt worden waren. Ihm erschien das plötzlich als eine Unzulänglichkeit. Denn in der Natur hatte die Offenbarung stattgefunden, bevor der Mensch sie durch Zeichen in Ton, auf Papyrus oder Pergament festhielt. War es ein Zufall, daß der Ewige – gepriesen sei sein Name – nicht Seßhafte aus den Städten gewählt hatte, um den Menschen sein Gesetz zu geben, sondern einen Nomadenstamm? Und hatte er den Nomaden das verheißene Land jenseits der Wüste gegeben, damit sie sich dort einschlössen oder um sich selbst treu zu bleiben? Rabbi Judas fragte: »Die für die Ewigkeit gebauten Häuser werden ihre Grabstätte sein, Tiberias nach dem Namen des Tiberius, Alexandria nach dem Namen Alexanders . . .«

Die Juden, sagte sich Meir-Ikhiel, sind ein Wandervolk, das auf dem Weg ist, wenn andere schlafen, wie die Hirten, die mit ihren Herden durch die Morgenstille der Städte ziehen. »Deine Knechte sind Leute, die mit Vieh umgehen, von ihrer Jugend auf bis heute, und ebenso wir beide wie unsere Väter«, steht in der Genesis geschrieben. Allerdings waren Leute wie Meir-Ikhiel Hirten von Herden aus Buchstaben und Wörtern . . .

Der Morgennebel – je weiter nördlicher sie kamen, desto herbstlicher wurde es –, das Gezwitscher der Vögel, der Geruch nach geschnittenem Gras oder Rauch, den ihnen der Wind zuwehte, der Geschmack eines Apfels, den sie unterwegs pflückten, waren für sie immer neue, beglückende Erlebnisse. Am Abend in den Herbergen, an den Brunnen, deren Wasser sie wie die Vagabunden schöpften, machten sie die erstaunlichsten Bekanntschaften. Von einem Geldwechsler erfuhren sie den Kurs der Pariser und Wiener Denare, des fränkischen Münzpfunds und der Gulden. Ein Pferdezüchter erklärte ihnen, in seinem Gewerbe habe sich alles verändert, seit man auf den Gedanken kam, das Sielengeschirr durch das feste Kumtgeschirr zu ersetzen: Die Pferde konnten jetzt schwerere Lasten auf längeren Strecken sowohl vor dem Pflug wie vor dem Wagen ziehen und ermüdeten längst nicht so leicht. Ein Stoffhändler zeigte ihnen anhand seiner Waren, wie man die Stoffe von Brügge, Troyes oder Lyon voneinander unterscheiden konnte. In Dijon erzählte ihnen ein Reisender aus Polen, daß sich dort mehrere tausend Juden niedergelassen hätten und unter dem Schutz des Fürsten Wladislaw, dessen Frau selbst Jüdin sei, trotz des rauhen Klimas sehr gut leben könnten . . .

Gewiß, all das ging nicht ohne einen gelegentlichen Schrecken ab, wenn sie in der Ferne Wölfe heulen hörten, wenn die Fährmänner ihnen dreimal soviel wie normal für das Überqueren eines Flusses abverlangten, wenn ein Trupp furchteinflößender Soldaten auftauchte oder Blitze am Himmel zuckten. Sie bemühten sich, möglichst die Gesellschaft von anderen zu suchen, und ließen sich für alle Fälle jeden Morgen den Weg erklären, so daß sie an den Kreuzungen nicht in die Irre gingen.

Nur selten fanden sie am Abend, wenn sie in ein Dorf oder eine Stadt kamen, nicht irgendeine jüdische Familie, die sie beherbergte. So gaben sie auch die Neuigkeiten von einer Gemeinde zur anderen weiter, und wenn man hörte, daß sie nach Troyes gingen, wurden sie oft gebeten, Raschi die eine oder andere Streitfrage zu stellen.

Zwei- oder dreimal überraschte sie die Nacht, und sie mußten im Wagen unter freiem Himmel schlafen. Sie wagten dann nicht, ein Feuer anzuzünden, damit man nicht auf sie aufmerksam wurde, so schutzlos und preisgegeben fühlten sie sich. Im großen und ganzen nahmen sie jedoch all diese Unbilden mit guter Laune auf sich und lachten über ihre Unerfahrenheit, ihren Sonnenbrand und den ungewohnten Hunger, den sie durch das Leben an der frischen Luft bekamen. An dem Morgen nach einer Nacht, in der sie vor Kälte fast gestorben wären, hielt Meir-Ikhiel die ganze Zeit den Mund fest geschlossen und gab keinen Ton von sich, bis die Sonne aufging. Dann erst brachte er die Lippen auseinander und zwar, um zu sagen, er hätte es nur deshalb nicht eher getan, weil ihm sonst womöglich die Zähne aus dem Mund gefallen wären . . . Lia und ihre Söhne staunten immer wieder, wie entspannt und sorglos ihr Gatte und Vater plötzlich war.

Sie stiegen nach Langres hinauf und dann wieder hinunter in die Ebene. Es war kalt. In Chaumont, wo sie die Nacht bei Rabbi Jesiel verbrachten, verließen sie die Reisenden, mit denen sie seit mehreren Tagen gemeinsam unterwegs gewesen waren und die in Richtung Metz weiterzogen. Troyes, so wurde ihnen gesagt, sei noch drei Tagesreisen weit entfernt.

Sie kamen bald in einen Wald, dessen Bäume so hoch waren, daß sie kaum das Licht der Sonne durchließen. Der Weg schlängelte sich zwischen Teichen hindurch: die abgefallenen Blätter verfaulten am Boden und erstickten das Geräusch ihrer Schritte. Nach und nach bemächtigte sich ihrer eine vage Unruhe. Selbst die Maultiere wurden nervös und richteten die Ohren auf. Etwas Unheimliches lag über diesem Wald.

Gerade als sie sich fragten, ob sie nicht besser warten sollten, bis sich ein paar Mitreisende fänden, schien der Wald plötzlich zu schweigen. Kein Ton, kein Vogelgezwitscher. Schweigen und Angst.

Und dann brach alles ganz plötzlich über sie herein. Unter ungeheurem Geschrei tauchten von nirgends und überall her Räuber auf, umringten sie, einer hielt die Maultiere am Zügel, ein anderer, mit einer Binsensense in der Hand, sprang von hinten auf den Wagen. Es waren Männer und Frauen, alle ärmlich gekleidet und auf die abenteuerlichste Weise bewaffnet: Dolche, Keulen, Feuerhaken. Einer der Räuber trug eine Tunika aus zerrissenem grünem Samt; drei Zwerge umgaben ihn wie eine Leibwache.

»Herr, mache Dich auf, überwältige ihn und demütige ihn; errette meine Seele von den Gottlosen mit Deinem Schwert«, zitierte Meir-Ikhiel laut in seiner Angst.

»He da, Tonsur, was redet der da?« fragte der Mann mit der grünen Tunika, offensichtlich der Anführer.

»Das ist hebräisch«, erwiderte der Angeredete, der zweifellos ein entlaufener Mönch war. »Es sind Juden.«

Und er spuckte zum Zeichen seiner Verachtung auf den Boden.

»Holt sie da runter«, befahl der Anführer.

Da sie nicht rasch genug gehorchten, wurden sie unsanft gepackt und vom Wagen geworfen. Meir-Ikhiel half Lia wieder aufzustehen. Sein Knie, das ein Messerstich verletzt hatte, tat ihm weh. Alle vier standen dicht beeinander. Wir werden nie nach Troyes kommen, dachte Meir-Ikhiel, und auch Narbonne nie wiedersehen.

Die drei Zwerge kletterten auf den Wagen, machten sich an der ersten Truhe zu schaffen und brachen das Schloß mit einer Zange auf. Es war die Truhe, die ihre Kleidung enthielt. Sie fingen auch sofort an, sich damit auszustaffieren, spielten unter dem ungeheuren Gelächter ihrer Spießgesellen in Gebetsmänteln und Unterhosen die Clowns und warfen, nachdem sie sich endlich genug amüsiert hatten, Röcke und Beinkleider hinunter. Als sie Lias Wäsche entdeckten, fand die Begeisterung kein Ende. Meir-Ikhiel schämte sich. Blut floß an seinem Bein hinunter.

»Jetzt die andere Truhe«, befahl der Anführer.

Das zweite Schloß wurde auf die gleiche Weise geöffnet. In dieser Truhe befand sich Abrahams Rolle zusammen mit Büchern und heiligen Texten, Schreibmaterial und allerlei Gerät zum Bücherbinden. Einer der Zwerge rollte ein Pergament auf, setzte eine wichtige Miene auf und tat so, als lese er:

»Edle Herren«, begann er mit schriller Stimme . . .

»Halt den Mund«, befahl der Anführer der Bande, »und leg alles wieder an seinen Platz!«

Dann wandte er sich an Meir-Ikhiel:

»Geld oder Leben, was ist dir lieber?«

Meir-Ikhiel schloß die Augen, ohne zu antworten.

»Durchsucht sie!« befahl der Mann in der grünen Tunika.

Meir-Ikhiel und die Seinen wurden sogleich von derben Händen gepackt, am ganzen Körper abgetastet, ihres Geldes, ihrer Reiseumhänge und sogar ihrer Schuhe beraubt. Die drei Zwerge führten einen grotesken Tanz um Lia auf und sangen dabei:

Jüdin zart und fein
willst du mein nicht sein?
Schön's Täub-Täubelein,
willst du mein nicht sein?
Jüdin zart und fein,
Schön's Täub-Täubelein . . .

»Wohin willst du?« fragte der Anführer Meir-Ikhiel.

»Nach Troyes.«

»Wenn dein Gott dich beschützt, wirst du schon noch hinkommen! Aber nimm dich vor den bösen Räubern in acht!«

Er lachte schallend, bevor er zwei Finger in den Mund steckte und einen durchdringenden Pfiff ausstieß. Die Bande lief zusammen, die Zwerge kletterten zurück auf den Wagen und ergriffen die Zügel.

Bald waren Meir-Ikhiel, seine Frau und seine beiden Söhne allein in diesem feindlichen, beängstigend großen, hohen, tiefen und einsamen Wald – warum bloß hatten sie Narbonne verlassen, wo sie sich sicher fühlen konnten?

Meir-Ikhiel weinte. Oh, nicht über sein blutendes Knie, nicht über den verlorenen Wagen und das Geld, das man ihm genommen hatte. Er weinte leise und bittere Tränen um Abrahams Rolle, die er nicht zu verteidigen und zu bewahren gewußt hatte. Ein schlechter Hirte, der seine Herde verliert! Er dachte an diese zehn Jahrhunderte seit Jerusalem, Alexandria, Hippone, Cordoba, Narbonne . . . Tausend Jahre der Treue, der Tradition, der Ehrfurcht, die einen Sieg über die Flüchtigkeit des Menschenlebens und über das Vergessen darstellten, tausend Jahre, die so in einem Wald der Champagne von gottloser Hand brutal unterbrochen wurden ...

Und Meir-Ikhiel weinte auch über alle Opfer von Gewalt und Ungerechtigkeit, über alle Opfer und über alle Henker, denn auch die waren gewiß zu bedauern, die gezwungen waren zu stehlen, zu vergewaltigen, zu demütigen ...

»Vater«, sagte Jakob, »wir dürfen uns nicht länger aufhalten.«

»Wir müssen sogleich aufbrechen«, bekräftige Abraham.

Meir-Ikhiel sah seine Söhne an. Welcher Trost, mein Gott, und welche Freude!

»Sagen wir dem Ewigen und Allmächtigen Dank«, sagte er und trocknete seine Tränen, »sagen wir ihm Dank, daß wir unser Leben gerettet haben.«

»Amen!«

Noch vor dem Abend holte sie ein Zug von Kaufleuten ein: Waadtländische Geldwechsler, Händler aus Lyon, Mailand und Neapel, die von zwölf bewaffneten Männern begleitet wurden. Unter ihnen war auch ein Jude aus Genua, Ansaldo, mit drei zweirädrigen Karren, der sich erbot, Meir-Ikhiel, seine Frau und seine Söhne mitzunehmen – sie waren erschöpft und ihre Füße bluteten. Man hörte sich ihren Bericht an, tröstete sie, gab ihnen zu trinken, etwas Warmes anzuziehen und hob sie auf die vollgepackten Karren:

»Keine Angst, die halten was aus«, sagte Ansaldo, »mit denen hab ich schon zweimal die Alpen überquert.«

Er war groß, dürr und geschwätzig, trug einen wollenen, mit Pelzschwänzen besetzten Umhang und eine schwarze Filzkappe, die ihm fast bis zu den buschigen Augenbrauen ging.

Die Wagenkolonne setzte sich in Bewegung. Ansaldo, der Meir-Ikhiel mit sich nach vorn genommen hatte, redete ohne Unterlaß, beklagte in einem Satz den Untergang des jüdischen Königreichs der Chasaren vor den Toren Chinas, um gleich darauf im nächsten von der Geburt seiner ersten Enkelin Ruth, der Tochter seines Sohnes Jakob aus Genua zu erzählen.

»Möge sie ein langes Leben haben«, wünschte Meir-Ikhiel und mußte dabei an das Sprichwort denken, daß eine gute Nachricht von weither wie Wasser für den Durstigen ist.

Die letzte Nacht, bevor sie nach Troyes kamen, verbrachten sie in

Vendeuvre. Während die Kaufleute in der Herberge abstiegen, wurden Meir-Ikhiel und seine Familie von Judas ben Abraham, einem der Schüler Raschis, aufgenommen, der wie sein Lehrer viel Zeit auf den Weinbau verwandte. Judas war erschüttert über den Verlust von Abrahams Rolle.

»Wir müssen etwas unternehmen«, sagte er, »wir müssen etwas unternehmen.«

Es war ein kleiner schmächtiger Mann mit einem sehr langen, rötlichen Bart, der es nie lange an einem Fleck aushielt.

»Denken wir einmal nach, Meir-Ikhiel«, sagte er. »Was können diese Banditen – verflucht mögen sie sein – mit hebräischen Texten anfangen? Wenn es Dummköpfe sind, bringen sie es fertig und verbrennen sie, weil sie es nicht besser wissen. Wenn es . . .«

»Einer von ihnen«, unterbrach ihn Abraham, »wurde von den anderen Tonsur genannt. Er ist wahrscheinlich ein ehemaliger Mönch.«

»Ausgezeichnet, es lebe die Tonsur«, frohlockte Judas . . . »Wenn das stimmt, wird der ehemalige Mönch den Wert der Beute sofort erkennen, und sie werden versuchen, einen guten Preis dafür zu erzielen . . .«

Judas hob die Hände, als sei für ihn jetzt alles klar:

»Und sie werden so sicher zu uns kommen wie die Flüsse zum Meer. Ich werde alle Gemeinden bis hin nach Ramerupt, Dampierre, Vitry und Meaux benachrichtigen . . .«

»Judas ben Abraham«, sagte Meir-Ikhiel, »du gibst mir wieder Hoffnung.«

»Meir-Ikhiel, Sohn des Bonjusef aus Narbonne, du solltest wissen, daß man nie die Hoffnung verlieren soll. Vertrau auf den Ewigen – gepriesen sei sein Name! Er bestraft die Gottlosen und schützt die Gerechten.«

Am nächsten Morgen übergab Judas ihm eine Börse, in der einige Münzen klingelten.

»Aber Rabbi . . .«

»Keine Widerrede, Meir-Ikhiel. Ich bin sicher, du gibst es mir bald wieder zurück. Bestimmt treffen wir uns bei Raschi. Er war es, der mich gelehrt hat, daß jeder, der mit eigenen Augen das Elend seines Nächsten sieht und ihm nicht zu Hilfe kommt, ebenso schuldig ist, als habe er selbst ihm Böses getan. Vielleicht solltet ihr wissen, Bürger aus Narbonne, damit ihr Raschi besser versteht, daß er jedes Mal auf den Vers aus dem Deuteronomium: ›Denn der Herr, dein Gott, ist ein barmherziger Gott‹, entgegnet: ›Mögen auch wir Barmherzigkeit üben.‹«

Troyes, dessen vier Stadtviertel in eine Schleife der Seine eingebettet lagen, war völlig anders als Narbonne. Das Licht war nicht das gleiche, und auch die Häuser und ihre Bewohner waren anders: Sie waren fast durchweg größer, von ruhigerem Temperament und heller Haut, und ihre Sprache klang langsamer und weicher.

Als sie in die Stadt kamen, standen der Herbstmarkt und zugleich die erste Weinlese unmittelbar bevor. Und da man die Ankunft des Grafen der Champagne erwartete, waren die Häuser mit bunten Tüchern und Fahnen geschmückt. In den Straßen herrschte, wie es an Vorabenden eines Festes so üblich ist, ein lebhaftes Treiben: Die, die ein wenig spät dran waren, beeilten sich, in den für sie reservierten Ständen der Markthallen ihre Waren auszustellen; die, die schon fertig waren, sahen sich bei der Konkurrenz um, tranken ein Glas und schwatzten.

Ansaldo führte Meir-Ikhiel und die Seinen in die Halle der Tuchhändler neben dem Handelsgerichtsgebäude, wo er einen seiner jüdischen Freunde traf, der sie selbst zu Jeremias' Geschäft brachte, das im Judenviertel zwischen dem Girouarde-Tor und dem Schloß des Grafen lag.

Jeremias, ein rundlicher, schwarzgelockter Mann von eher orientlischem Typ, empfing sie mit lauten Beteuerungen seiner Überraschung, die sich in ein ebenso lautes Wehgeschrei verwandelten, als er von dem Verschwinden der Rolle erfuhr, deretwegen er an Meir-Ikhiel geschrieben hatte:

»Es ist meine Schuld«, klagte er. »Es ist meine Schuld!«

Plötzlich hörte er auf zu jammern, vertraute Lia seiner Frau und sein Geschäft dem Gehilfen an und begab sich, als zöge er in den Krieg, mit Meir-Ikhiel und seinen Söhnen zu dem Marktherrn. Während sie sich einen Weg durch die überfüllten Gassen bahnten, erklärte er ihnen, daß die Kaufleute, um den Markt von Troyes für möglichst viele zum Anziehungspunkt zu machen, manchmal zusammenlegten, um die Opfer für ihre unterwegs gestohlene Ware zu entschädigen.

Aber Meir-Ikhiel war kein Kaufmann, und der Marktherr, ein großer, freundlicher Mann mit sanften blauen Augen, erklärte, er sei in dieser Sache nicht zuständig. Er ließ sich dennoch die Diebe beschreiben – die drei Zwerge waren charakteristisch genug –, aber er kannte sie nicht.

»Wie hoch schätzt du den Wert deiner Schriften?« fragte er Meir-Ikhiel in gedehntem Tonfall.

Als ob Abrahams Rolle einen Handelswert hätte! Für Meir-Ikhiel ging das alles ein wenig zu schnell, kam alles zu überraschend. Sein verletztes Knie tat ihm weh.

»Abrahams Rolle hat keinen Preis«, sagte er. »Es ist die Geschichte meiner Familie.«

»Also hat es einen Preis für dich.«

»Ja, aber auch für alle anderen Menschen.«

Der Marktherr öffnete seine gefalteten Hände und legte sie flach auf den mit grünem Samt bezogenen Tisch, wie um zu sagen, daß er von dieser Geschichte nichts weiter wissen wolle und anderes zu tun hätte. »Wenn ihr eure Räuber findet«, sagte er, »will ich mich gern mit ihnen beschäftigen. Aber ich kenne Jeremias. Eins laßt euch sagen, während des Weinfestes und der Markttage dulde ich nichts, was den öffentlichen Frieden stören könnte.«

Nach diesen Worten schloß er die Augen, was offensichtlich das Ende der Unterredung bedeutete.

Kaum hatten sie ihn verlassen, rieb Jeremias sich die Hände:

»Er läßt uns freie Hand bei der Suche nach den Dieben, er ist ein wahrer Freund! Kommt, wir wollen einen Schlachtplan machen!«

Der Schlachtplan bestand im großen und ganzen darin, von einem Verbündeten zum anderen zu eilen. Meir-Ikhiel, dem sein Knie doch sehr zu schaffen machte, blieb mit Lia und Jakob im Laden, während Abraham Jeremias begleitete. Zunächst einmal machten sie sich auf die Suche nach Moses, einem Vetter, der in der Jeschiba unterrichtete und Parnass im Rat der Gemeinde war; als sie ihn endlich trafen, versprach er, alles zu tun, um diese Rolle wiederzufinden, an der Raschi so interessiert war. Dann begaben sie sich zu einem anderen Vetter, einem Goldschmied, bei dem sie wieder einen anderen Vetter, einen Weinbauern aus Vitry trafen, der zum Fest nach Troyes gekommen war. Sie machten sich zwar noch auf die Suche nach anderen Verwandten oder Freunden, doch das war vergeblich: Wegen der Vorbereitungen zum Fest herrschte in der Stadt das reinste Chaos. Total erschöpft kehrten sie zurück:

»Eins ist sicher«, erklärte Jeremias, »unser Vetter Moses wird morgen alle Schüler der Jeschiba bitten, sich umzuhören, und noch heute abend wird er mit dem Rat sprechen.«

Am nächsten Morgen erschien Moses wie ein Verschwörer schon vor Anbruch des Tages. Der Rat, so berichtete er fast flüsternd, habe vorgeschlagen, sich an einen gewissen Josua, Kuntrass genannt, zu wenden: einen jüdischen Gauner, dessen Spezialität gerade in einem etwas anrüchigen Handel mit den verschiedensten Schriften lateinischen oder hebräischen Ursprungs bestand, mit falschen oder echten Dokumenten und beschriebenem Pergamentpapier, von dem man die Schrift abkratzte, um es als neu zu verkaufen. Man hatte ihn in Verdacht, für den Ankauf, die Fälschung und den Absatz seiner Ware arme Studenten aus Mainz oder Worms einzuspannen, die sich auf diese Weise ein bißchen Geld hinzuverdienen konnten . . . Ein sonderbarer Mensch . . . Er kannte das Buch Josua auswendig und zitierte es bei jeder passenden Gelegenheit . . . Der Rat, dem es nie gelungen war, diesen lästigen Kuntrass loszuwerden, sah jetzt die Gelegenheit gekommen, seine Talente zu nutzen, aber . . .

Moses sah sich nach allen Seiten um und flüsterte kaum hörbar:

»Aber man darf auf keinen Fall erfahren, daß die Idee vom Rat kommt. Denn wenn man in der Stadt erführe«, fügte er beschwörend hinzu, »daß der Rat der Gemeinde sich der Hilfe eines Diebes bedient, wäre es um unser Ansehen und unseren Einfluß geschehen.«

Kaum war er gegangen, erschien ein junger Mann mit zartem engelsgleichen Gesicht und gepflegten Kleidern:

»Ich heiße Josua«, sagte er mit sanfter Stimme, »aber man nennt mich Kuntrass. Vielleicht kann ich euch dabei helfen, die Truhe, die man euch geraubt hat, wiederzufinden.«

»Ich bete, daß der Ewige – gepriesen sei sein Name – dich erhört«, erwiderte Meir-Ikhiel.

Daß man Pergament abkratzte, damit man es für neu hielt, empörte ihn noch immer zutiefst. Gewiß, auch er kratzte gelegentlich einen Buchstaben oder ein Wort aus, um einen Text zu korrigieren. Aber seine Ehrfurcht vor allem Geschriebenen war so groß, daß er es nie ganz ausgelöscht hätte.

»Was hast du vor?« erkundigte sich Jeremias. »Können wir dir helfen?«

Josua, genannt Kuntrass, hob seine Hand und zitierte:

»Laß dir nicht grauen und entsetze dich nicht; denn der Herr, dein Gott, ist mit dir in allem, was du tun wirst.«

Und er fügte lächelnd hinzu:

»Josua eins Vers neun . . . Kann mich jemand begleiten, der ein bißchen Geld bei sich hat?«

Meir-Ikhiels Knie tat noch immer weh – es war jetzt sogar so schlimm, daß er den Fuß nicht mehr auf den Boden stellen konnte –, und so erbot sich erneut Abraham. Er nahm die Börse mit, die ihnen der Rabbi von Vendeuvre gegeben hatte.

»Ist das dein erster Besuch in der Stadt?« fragte Kuntrass ihn höflich. »Dann beurteile sie nicht nach dem, was du jetzt sehen wirst.«

»Der Ewige, so sagt der Talmud, hat uns eine Krankheit geschaffen, das Böse, aber er hat uns auch sogleich ein Mittel dagegen gegeben, das Gesetz.«

»Ich fürchte, heute haben wir es fast ausschließlich mit dem Bösen und nicht mit dem Gesetz zu tun.«

Sie gingen durch das Girouarde-Tor, das man auch das Judentor nannte, und drängten sich durch die Menschenmenge hindurch bis zu einem kleinen Platz mit einer Holzkirche, Saint Arbois. Die ersten Jongleure zeigten ihre Kunststücke, Marktschreier lockten Kunden an. Kuntrass ging auf den Steinbrunnen in der Mitte des Platzes zu. Er blieb vor einem großen, rotnasigen Spitzbuben stehen, der Arzneien verkaufte:

»Meine Kräuter«, rief er, »hab' ich mit eigener Hand drei Meilen von Jerusalem zwischen den Türmen von Abilant gepflückt, in dem Garten, in dem der Jude Corbias die dreißig Silberlinge schmiedete, um die Jesus verraten wurde . . . Sie heilen das gelbe und das schwarze Fieber, Krätze, Wassersucht und Pocken . . . Kauft, ihr

Leut, wollt gesund ihr sein, tut ihr's nicht, fährt euch der Tod ins Gebein!«

Kuntrass winkte dem Händler zu, um ihn auf sich aufmerksam zu machen:

»Hast du noch diese Heilkräuter gegen den Bauchfluß?«

»Soll es für dich sein?«

»Nein, für meine Mutter. Mir haben sie schon geholfen.«

»Ist es sehr schlimm bei ihr?«

»Ja.«

»Dann kostet es einen Sou.«

»Fünf Denare.«

»Na schön. Gib sie ihm, Abraham.«

Kuntrass hatte lauter als notwendig gesprochen und damit die Kauflustigen aus der Menge angelockt; jetzt trat er dicht an den Verkäufer heran, und Abraham hörte, wie sie miteinander flüsterten:

»Worum geht es, Kuntrass?«

»Man hat meinem Freund eine Truhe mit hebräischen Schriften gestohlen. Jemand wird versuchen, sie zu verkaufen.«

»Geh zu dem Jongleur mit den Affen.«

Kuntrass nahm die kleine Dose mit der Arznei. Der Verkäufer wandte sich wieder an die Umstehenden und rief:

»Da seht ihr, wie ich meine Kräuter und Salben verkaufe! Wer sie nimmt, der wird gesunden, und wer nicht, hat böse Stunden!«

Sie fanden den Jongleur mit den Affen hinter Notre-Dame-de Nonnains. Er lag unter einem Karren und war entweder schon betrunken oder vom Abend zuvor noch nicht nüchtern geworden. Zwei kleine, rotgekleidete Affen waren damit beschäftigt, ihre Flöhe zu knacken. Es sah fast so aus, als hielten sie Wache, denn jedesmal, wenn jemand näher kam, kreischten sie und fletschten die Zähne.

»Piaudu!« rief Kuntrass.

Piaudu schnarchte; eine lange, fettige graue Haarsträhne hing ihm über die Stirn. Kuntrass wollte ihn schütteln, aber die Affen fingen an zu spucken und schreiend herumzuhüpfen. Da fiel sein Blick auf den nahen Brunnen, an dem Frauen nach Wasser anstanden. Er nahm einen Eimer, füllte ihn und goß ihn über den Betrunkenen und seinen Tieren aus. Wütend sprang einer der Affen Abraham an und biß ihm in die Hand, während Piaudu sich mühsam aufrichtete und versuchte zu begreifen, was ihm geschah.

Kuntrass hockte sich neben ihn.

»Piaudu. Ich bin's Kuntrass, hör mir zu!«

Der Säufer wollte sich knurrend wieder hinlegen. Kuntrass hob eine Hand und zitierte: »Stehe auf! Warum liegst du also auf deinem Angesicht?« Er fügte die genaue Stelle hinzu: »Josua sieben Vers zehn«; dann beugte er sich höchst befriedigt wieder über den Jongleur:

»Piaudu, wenn du nicht zuhörst, hol' ich noch einen Eimer Wasser.«

»Kein Wasser! Kein Wasser! Wein so viel du willst, Kuntrass, aber kein Wasser!«

Er schüttelte den Kopf und fuhr sich benommen mit einer Hand über das Gesicht. Als seine beiden Affen sahen, daß er wach war, schmiegten sie sich dicht an ihn.

»Piaudu, ich suche hebräische Schriften, ich hab' gehört, jemand bietet in Troyes gerade welche an.«

»Hebräische?«

»Gib ihm ein paar Denare«, sagte Josua zu Abraham.

Abraham legte Piaudu fünf Denare in die schmutzige Hand. Der erinnerte sich plötzlich:

»Ach ja, hebräische! Jetzt fällt's mir ein . . . Schluckauf hat welche zu verkaufen . . .«

»Schluckauf? Der Raufbold?«

»Er ist den ganzen Tag über in der Taverne der Fleischer.«

Josua und Abraham ließen Piaudu, umgeben von seinen beiden Affen, auf der Erde sitzen. Am Brunnen wusch Abraham sich die Hand, auf der deutlich die Bißspuren des Tieres zu sehen waren. Gestern von Räubern überfallen, heute von einem Affen gebissen: Wahrhaftig, hinter den Toren von Narbonne begann das Abenteuer!

Josua erzählte Abraham, dieser Schluckauf sei ein brutaler Schläger, der sich an den Meistbietenden verkaufe, um für ihn zu kämpfen, wenn ein Richter beschloß, einen Fall durch den Zweikampf zu entscheiden. Er hatte noch nie gehört, daß er sich an Diebstählen beteiligte und schon gar nicht an denen von Pergamenten, aber offenbar waren die Räuber aus der Champagne fremd in der Stadt und wollten, indem sie sich die Dienste Schluckaufs erkauften, sichergehen, daß niemand sie zu betrügen wagte.

Bevor sie in die Straße der Fleischer einbogen, verabredeten sie, daß Josua zuerst in die Schenke gehen und Abraham sehen sollte, ob er einen seiner Angreifer wiedererkannte. Kuntrass ging ihm voran durch die Gasse, in der für die Festgelage des Abends noch eifrig geschlachtet wurde. Das dampfende Blut floß in die Gosse, an der sich die Hunde drängten. Der fade, Übelkeit erregende Geruch, die schmutzigen Witze der Metzger, die Todesschreie der Kälber, Schweine und Schafe, das Kreischen der Klingen auf den Schleifsteinen: Abraham hatte Mühe, die in ihm aufsteigende Übelkeit zu überwinden. Wie kam es nur, daß Josua so weit über diesem Schmutz und diesem Abschaum zu stehen schien?

Er sah, wie er, ohne sich umzudrehen, in die Herberge an der nächsten Ecke hineinging. Wie vereinbart ließ er ihm genügend Zeit, um Schluckauf zu finden, dann schlich er sich selbst hinein. In dem schmutzigen Halbdunkel schlugen ihm lautes Stimmengewirr und der Gestank nach Hering und saurem Wein entgegen. Er versteckte sich hinter einem Holzpfeiler. Als seine Augen sich an das Dämmerlicht gewöhnt hatten, ließ er seinen Blick über die Tische wandern. Im spärlichen Schein der Öllampen schlugen sich versoffene Gestalten die Bäuche voll, ließen die Becher kreisen und die Würfel rollen.

Kuntrass saß an einem Tisch einem rotblonden Riesen und einem anderen Mann gegenüber, den er sofort wiedererkannte: Tonsur, der Mönch aus dem Wald. Mit klopfendem Herzen verließ er die Herberge gleich wieder und wartete auf Kuntrass am Ende der Straße der Fleischer.

Kurze Zeit darauf kam dieser ihm mit befriedigter Miene nach, aber er sagte nur:

»Gehen wir zu deinem Vetter Jeremias. Wir dürfen keine Zeit verlieren.«

Die Nacht brach über das aus den Fugen geratene Troyes herein. Der Graf der Champagne war durch die Straßen seiner treuen Stadt geritten, hatte durch einen seiner Leute kleine Münzen über die

Menge regnen lassen und befohlen, den restlichen Wein vom letzten Jahr zu verteilen, da eine reiche Ernte zu erwarten war. Die Gelegenheiten zum Trinken waren sonst nicht allzu zahlreich, und die kleinen Leute hatten mehr als einmal auf die Gesundheit des Grafen angestoßen.

Die Kaufleute, die für den ersten Markttag gerüstet waren, vertrieben sich noch ein bißchen die Zeit. Die Straßenräuber und die leichten Mädchen waren die einzigen, die jetzt jetzt noch ihren Geschäften nachgingen. Nur in den Schenken und Kirchen brannte Licht. Ein paar weinselige Gestalten mit Fackeln schwankten durch die Gassen. Man konnte froh sein, wenn sie die Stadt nicht in Brand steckten.

Kuntrass, Abraham und Jakob betraten gemeinsam das Wirtshaus der Fleischer. Kuntrass hatte mit Absicht so lange gewartet und ihre Ungeduld beschwichtigen müssen: Der Wein sollte erst seine Wirkung getan haben, so erklärte er ihnen. Die Verwirrung sei ihr bester Verbündeter. Und wieder einmal hatte er mit erhobener Hand Josua zitiert: »Da stand die Sonne und der Mond still, bis daß sich das Volk an seinen Feinden rächte.«

Kuntrass hatte sein Gesicht nicht verdeckt, aber die beiden Brüder trugen eine Art Mönchskapuze, die sie weit ins Gesicht gezogen hatten. Schluckauf und Tonsur erwarteten sie bereits, und sie setzten sich an ihren Tisch. Der Wirt brachte ihnen Holzbecher und einen Weinkrug. Kuntrass schien gegenüber diesen muffigen, abgestandenen Gerüchen und dem Grölen der Besoffenen völlig unempfindlich zu sein.

»Gott sei mit dir, Schluckauf«, begrüßte er ihn freundlich.

»Und mit dir, Jude Kuntrass!«

»Ich habe meine Kunden mitgebracht. Hast du die Truhe?«

»Bist du hier, um zu stehlen oder um zu zahlen?«

»Ich bin in dieser Sache nur der Vermittler, Schluckauf. Ich soll mich nur vergewissern, daß die Truhe nicht leer ist.«

»Sie ist es nicht. Und ihre Börse?«

Abraham zog aus den Falten seiner langen Tunika eine pralle Geldbörse, die an seinem Gürtel befestigt war, zeigte sie einen Augenblick und versteckte sie dann wieder. Sein Bruder und er hatten noch immer ihre Gesichter verdeckt.

»Öffne die Truhe«, schlug Kuntrass vor, »dann öffnen sie ihre Börse.«

Schluckauf wandte sich um: »Heda, ihr, bringt die Truhe her!«

Die drei Zwerge aus dem Wald krochen unter dem Nachbartisch hervor, zogen, schoben und schleppten die Truhe herbei, die Abraham und Jakob sofort wiedererkannten. Aber während sie sich über sie beugten, zog Schluckauf mit einer raschen Bewegung ihre beiden Kapuzen gleichzeitig zurück. Erschrocken zeigte Tonsur mit dem Finger auf sie, und die Zwerge fingen an zu schreien. Abraham und Jakob stießen ihre Bank um und waren mit einem Satz an der Tür, während an einigen Tischen Männer aufsprangen, um sie festzuhalten.

Jakob ließ einen Ärmel in einer Hand, die ihn gepackt hatte, aber schließlich schlugen die beiden Brüder die Tür hinter sich zu und rannten die Straße der Fleischer hinunter. Wieviel mochten es sein, die hinter ihnen her waren und sie verfolgten? Zehn, vielleicht fünfzehn, die drei Zwerge nicht mitgezählt, wahrscheinlich die ganze Räuberbande mit dem Mann in der grünen Tunika an der Spitze. Schluckauf war auf der Schwelle stehengeblieben. Seine massige Gestalt füllte die ganze Tür sowohl in der Länge wie in der Breite aus. Er stolperte ein paar Schritte weiter und versuchte das Ganze zu begreifen.

Verfolger und Verfolgte überrannten alles, was sich ihnen in den Weg stellte und liefen hinunter zur Seine . . . Geradewegs in die sorgfältig vorbereitete Falle. Dort standen nämlich dicht an dicht die Studenten, die für Kuntrass arbeiteten und ein paar kräftige Weinbauern, die der Vetter aus Vitry zusammengetrommelt hatte. Für die Verfolger, die nicht rechtzeitig entkamen, endete die Geschichte in der Seine, die zu dieser Zeit recht kühl ist.

Natürlich hatte Josua Kapitel acht Vers drei bis neun Kuntrass auf den Gedanken dieses Hinterhalts gebracht: Damit Israel die Stadt Ai und seinen König besiegen konnte, hatte der Ewige – gepriesen sei sein Name – Josua, Sohn des Nun, zu einer List geraten: »Und Josua erwählte dreißigtausend streitbare Männer und sandte sie aus bei der Nacht und gebot ihnen und sprach: ›Sehet zu, ihr sollt der Hinterhalt sein hinter der Stadt . . .‹ Er hatte lediglich die Zahl der streitbaren Männer verringert und die Stadt durch die

Getreidehalle ersetzt. Alles übrige war ziemlich genau übernommen, abgesehen von einem zusätzlichen Detail: Er bat Jakob und Abraham, ihr Gesicht nicht zu zeigen. Er wußte genau, Schluckauf würde sehen wollen, mit wem er es zu tun hatte. Das wiederum war für die beiden Brüder der Anlaß zu fliehen und für die Räuberbande, sich an ihre Fersen zu heften – und die Truhe unbewacht zu lassen.

Als Abraham und Jakob in Jeremias' Geschäft zurückkehrten, hielt ihr Vater Meir-Ikhiel Abrahams Rolle in den Händen. Wie verabredet hatte Jeremias draußen vor dem Wirtshaus gewartet. Als er seine Vettern und hinter ihnen die ganze Räuberbande hinausstürzen sah, war er hineingegangen. Mit seinem engelsgleichen Lächeln hatte Kuntrass ihm die Truhe gezeigt:

»›So teilt nun den Raub eurer Feinde mit euren Brüdern‹, steht in Josua 22 Vers 8 geschrieben. Für dich die Schriften, die deinen Vetter interessieren, für mich das übrige. Dann ziehe jeder seines Wegs, zu den Hütten in dem Land seines Erbes.« Jeremias hatte die Lederhülle mit Abrahams Rolle und das einst von Abraham in Narbonne gebundene Buch wiedererkannt. Beides nahm er an sich und überließ die Truhe diesem geheimnisvollen Kuntrass.

Als Jeremias gerade die Schenke verließ, stürmte Schluckauf wutschnaubend hinein. In seiner riesigen Faust schwang er eine Keule. Jeremias hatte sich schleunigst aus dem Staub gemacht.

Kuntrass-Josua sahen sie weder in dieser Nacht noch am Morgen wieder. War er mit der Truhe geflohen?

Am Nachmittag befahl der Marktherr Jeremias zu sich in das Gerichtsgebäude. Der Mann mit den blassen Augen und den reglosen Lidern saß an demselben Platz, die Hände auf dem grünen Samtbezug des Tisches gefaltet, als hätte er sich seit ihrem letzten Besuch nicht gerührt. Mit seiner schleppenden Stimme fragte er Jeremias, ob er von einem Streit zwischen einer Bande von Straßenräubern und einer Gruppe von Juden in der vergangenen Nacht gehört habe . . . Drei Zwerge seien ertrunken, sagte er, und man habe in der Straße der Fleischer einen Juden mit eingeschlagenem Schädel gefunden, einen gewissen Kuntrass, auch Josua genannt, falls er sich nicht irre, einen stadtbekannten Dieb und Fälscher.

Jeremias wurde blaß und erwiderte, ein redlicher Kaufmann, der für sein Gewerbe zahle, habe am Abend vor dem Markt etwas anderes zu tun, als sich an solchen Orten des Lasters herumzutreiben. Übrigens, fügte er hinzu, habe er noch zu arbeiten und könne sich nicht lange aufhalten . . .

»Gesundheit und langes Leben«, schloß er. »Ich hoffe, daß niemand mehr den öffentlichen Frieden stören wird.«

»Möge dein Wunsch in Erfüllung gehen! Auch dir Gesundheit und langes Leben!«

Als Jeremias sich gerade umdrehen wollte, hielt ihn die ruhige Stimme des Marktherrn zurück:

»Du hast die Schriften gar nicht mehr erwähnt, die man deinen Vettern gestohlen hat. Haben sie sie wiedergefunden?«

»Stell dir vor, ja, dank dem Ewigen! Ich hab' vergessen, es dir zu sagen.«

»Der Ewige sei gelobt«, antwortete der Marktherr.

Jeremias ging einige Schritte auf die Tür zu, blieb dann aber stehen und drehte sich wieder um:

»Vielleicht sollten wir uns darum kümmern, diesen Juden mit dem eingeschlagenen Schädel zu bestatten? Auch Diebe haben ein Recht auf ein Grab.«

»Das scheint mir eine ausgezeichnete Idee zu sein. Ja, wirklich.«

Der Marktherr legte seine Hände flach auf den Tisch. Er senkte die Wimpern einmal über seinen blassen Augen: Es war alles gesagt, das Gespräch war beendet.

Salomon ben Isaak, genannt Raschi, genannt Schlomo Rabbenu – Salomon unser Meister –, las Abrahams Rolle und ließ seinen Oberkörper dabei auf und nieder gehen. Er war ein hochgewachsener, breitschultriger Mann mit grauen Augen, regelmäßigen Gesichtszügen und einem dichten, schwarzen Bart, der seine Wangen bis hoch zu den Schläfen bedeckte.

Er empfing seine Besucher bei sich zu Haus, in einem Raum, dessen Lehmwände mit Kalk geweißt waren. Auf den Regalen stapelten sich Pergamente und gebundene Bücher. Er saß hinter einem Tisch, der aus einer Weichholzplatte und zwei Schragen bestand. Das einzige Fenster ging hinaus auf einen sorgfältig gejäteten Weinberg, in dem sich das Laub schon herbstlich färbte.

Seine manchmal von weither kommenden Hörer setzten sich, so gut es ging, auf die Truhen und zwei Bänke. Die zuletzt Gekommenen blieben stehen, lehnten sich an die Wände oder lasen, über Raschis Schultern gebeugt, in den Schriften mit. Man kam und ging ohne große Förmlichkeit. Selbst die Anwesenheit so bedeutender Persönlichkeiten wie an diesem Tag Rabbi Isaak Halevi, der damals die Jeschiba in Worms leitete, oder Zera ben Abraham und Salomon ben Samson aus Vitry hinderte die drei kleinen Mädchen des Meisters nicht daran, herumzutollen, als seien sie allein mit ihrem Vater. Der entschuldigte sie mit einem Lächeln. Eine Frau kam herein und fragte nach dem *Kaschrut*. Der Bäcker von nebenan, ein Christ, brachte einen noch warmen Apfelkuchen, den Raschi aufschnitt und verteilte.

Meir-Ikhiel, der zwischen seinen beiden Söhnen saß, hatte sich das alles sehr viel feierlicher vorgestellt. Diese Einfachheit, diese wie Bauern gekleideten Gelehrten, dieses mit fränkischen Worten durchsetzte Hebräisch überraschten ihn so, daß er eigentlich enttäuscht war. Er erinnerte sich an den blauen Brokatturban und den Schmuck des Nassi aus Narbonne und dachte wehmütig an die klangvolle Sprache, den Farbenreichtum der südlichen Länder.

»Was für ein Zeugnis! Was für ein Zeugnis!« murmelte ab und zu Raschi, der sich wieder in Abrahams Rolle vertieft hatte. Als er fertig war, las er den letzten Eintrag laut vor:

». . . und Meir-Ikhiel heiratete Lia, und sie zeugten Sarah, Jakob und Abraham.« Er schwieg einen Augenblick lang nachdenklich. Alle sahen Meir-Ikhiel und seine Söhne an, als seien sie die Helden eines ungeheuren Abenteuers. Sie selbst fühlten nicht nur eine Art Privileg, sondern auch eine heilige Verantwortung auf sich ruhen.

Rabbi Salomon fuhr schließlich fort:

»Im *Midrasch Tanchuma* sagt Rabbi Izhak: ›Die Thora hätte mit dem 2. Buch Mosis beginnen müssen . . .!‹«

Seine Besucher waren verstummt und lauschten seiner sanften, singenden Stimme.

»Wißt ihr, womit jene Schrift beginnt, die unsere Freunde aus Narbonne Abrahams Rolle nennen? Mit einem Auszug. Wie Rabbi Izhak habe auch ich immer gedacht, unsere Geschichte, unsere Thora hätte mit dem Exodus beginnen müssen . . . Der Exodus ist der Kernpunkt aller Dinge, und aus dem Exodus wurde unsere erste *Mizwa* geboren, unser Bund mit dem Ewigen, gepriesen sei sein Name.«

Mit seiner rauhen Weinbauernhand strich er über den Papyrus, den einst Abraham der Schreiber so sorgfältig ausgewählt hatte. Er wandte sich an Meir-Ikhiel und seine beiden Söhne: »Was sagt ihr dazu?«

Meir-Ikhiel war zu schüchtern, und deshalb antwortete Jakob:

»Warum«, fragte er zurück, »fängt der *Chumasch* mit der Schöpfung an?«

»Dein Sohn, Meir-Ikhiel ben Bonjusef, hat da eine ausgezeichnete Frage gestellt. *Mataam*? Ja, warum wohl beginnt die Thora mit der Aufzählung dessen, was am ersten, zweiten, dritten oder sechsten Tag geschaffen wurde? Ganz einfach, wegen der anderen Völker, der *Gojim*, damit sie Israel keine Vorwürfe machen können; damit sie begreifen, daß sich die Geschichte, wenn sie auch nur von Israel, einem Volk, spricht, in Wirklichkeit auf die ganze Welt bezieht, auf die Welt, die der Herr – gepriesen sei sein Name – nach seinem Willen geschaffen hat.«

In diesem Augenblick wurde die Tür aufgerissen, und eine Stimme rief laut:

»Erhebt euch, Juden! Ich bringe euch eine Nachricht, eine gute Nachricht! Der Messias ist gekommen!«

»Keine Angst, das ist Mardochai«, erklärten die, die den armen Narren kannten, den anderen, die vor Schreck aufgesprungen waren.

»Friede sei mit dir«, sagte Rabbi Salomon.

Mardochai ging an einer Krücke, denn ihm fehlte ein Fuß: Räuber hatten ihn gefoltert, damit er ihnen verriet, wo seine Schätze versteckt waren. Er hatte nicht geredet, aus einem einfachen Grund: Man hatte ihn mit einem reichen Kaufmann verwechselt. Aber, weil er nicht sagen konnte, was er nicht wußte, verlor er den Verstand. Seinen verbrannten und zerquetschten Fuß mußte man ihm abnehmen. Seitdem suchte er den Messias.

»Der Messias ist gekommen!« wiederholte Mardochai. »Juden, erhebt euch! Ich bin dem Messias begegnet!«

Er setzte sich, das heißt, er ließ sich an der Wand neben der Tür auf den Boden gleiten.

»Bist du ihm wirklich begegnet?« fragte Raschi leise.

»Nein, ich habe ihn noch nicht gefunden, Salomon Rabbenu, aber ich werde ihn finden.«

Rabbi Salomon sah ihn eine Weile an, dann murmelte er:

»Er wird ihn finden, er wird ihn finden.«

Und wieder an Jakob gewandt, fragte er:

»Hat Jakob ben Meir-Ikhiel noch eine Frage?«

Die Geschichte dieses Meir-Ikhiel, Sohn des Bonjusef, bringt mich wieder auf mein Gespräch mit Professor Dov Sadan in Jerusalem, als ich nach dem Ursprung meines Namens, Alter oder Halter, suchte.

»Halter«, rief er ganz begeistert, »das ist ein Name, ein echter Name! Aber bei den Juden finden wir den Gebrauch von Familiennamen erst in jüngerer Zeit. Deshalb stellt man die Stammbäume mit Hilfe der Vornamen auf. Wie heißen Sie mit Vornamen?«

»Marek.«

»Ja, ich weiß. Aber auf hebräisch?«

»Meir-Ikhiel, wie mein Urgroßvater.«

Dov Sadan sprang von seinem Hocker:

»Das ist ein wichtiger Fingerzeig. Wir müssen nach den Halters und nach den Meir-Ikhiels suchen. Vielleicht führt uns der Zufall auf eine Fährte.«

»Noch einen Kaffee?« fragte seine Frau.

»Gern«, erwiderte ich.

Ich weiß nicht mehr, wie dann das Gespräch auf Kafka kam. Der Professor mochte ihn ganz und gar nicht und hielt ihn für gefährlich.

»Er ist zum Teil verantwortlich für unsere passive Haltung gegenüber dem aufkommenden Nazismus«, erklärte er, »weil er uns an den Gedanken gewöhnt hat, der Mensch könne sich in ein Tier verwandeln. Übrigens war sich Kafka durchaus der Gefahr bewußt, die sein Werk darstellte. Vergessen Sie nicht, auf seinem Totenbett hat er Max Brod gebeten, alle seine Manuskripte zu verbrennen.«

»Und Max Brod hat es nicht getan . . .«

»Stimmt, und das ist sehr bedauerlich.«

»Lieber Professor«, erwiderte ich, »Sie erinnern sich aber doch wohl, daß in der ›Verwandlung‹ das Tier nicht jenes mörderische Tier ist, von dem wir heute sprechen: Im Gegenteil, es ist ein fremdartiges Wesen, das durch seine Fremdheit zum Opfer wird; Opfer der Welt, der Gesellschaft, seiner eigenen

Familie. Wenn Sie jedoch behaupten wollen, unsere Fähigkeit zum Widerstand würde dadurch abgestumpft, daß wir uns an die Verwandlung der Menschen in Henker gewöhnten, nun, dann hätte ganz Europa vor dem Nazismus in die Knie gehen müssen. Ich glaube zwar wie Sie, Professor, an die Macht des Wortes. Aber kann man wirklich einem, wenn auch großartigen Schriftsteller, solchen Einfluß zuschreiben? Seine Werke waren vor dem Krieg fast unbekannt.«

Dov Sadan hörte mir nicht zu. Mit unruhigen Schritten ging er im Zimmer auf und ab, trank seinen Kaffee im Stehen, wühlte in seinen Taschen, nahm einen Aschenbecher, stellte ihn woanders wieder hin. Das hinderte ihn nicht daran, seine Gedanken weiter zu verfolgen.

»Eines Tages«, sagte er, »besuchte Martin Buber Max Brod auf der Durchreise in Prag. Wie gewöhnlich redete dieser von Kafka und schlug vor, ihm einen Abschnitt aus einem Manuskript vorzulesen. Aber kaum hatte er die Seite gefunden, die er suchte, wurde es im Zimmer stockfinster: ein Stromausfall. Und nicht nur in seinem Haus, sondern in ganz Prag. Als hätte Gott es verhindern wollen, daß dieses Manuskript gelesen wird.«

»Eine schöne Geschichte!« erwiderte ich.

»Schön und wahr!«

»Genügt es nicht, daß sie schön ist?«

»Sie ist zu schön, um erfunden zu sein. Aber verzeihen Sie, wir vergessen Ihre Vorfahren . . . Wissen Sie, ob die Halters Schriftsteller waren? Drukker, Verleger und Schriftsteller sind schließlich nicht so weit voneinander entfernt, und sie brauchen einander! Ich muß irgendwo ein Lexikon mit allen hebräischen Schriftstellern bis zum Anfang des Jahrhunderts haben.«

Er grinste wie über einen guten Witz:

»Ich habe all meine Archive der Universität von Jerusalem vermacht. Aber sie bekommen sie erst nach meinem Tod! Entschuldigen Sie mich.«

Er verschwand. Seine Frau unterhielt sich inzwischen mit mir, beklagte die Unordnung ihres Mannes, erzählte, jemand, der es aus dem Fernsehen wisse, habe ihr gesagt, man solle sich nicht wundern, wenn es diesen Winter in Jerusalem schneie. Sie fragte mich, ob ich noch Kaffee wolle und ging gerade hinaus, um ihn zu machen, als Dov mit einem Stapel kartonierter Bücher zurückkam. Als hätte er in der Lotterie gewonnen, setzte er ihn auf dem Tisch ab und rief:

»Da haben wir's.«

Er nahm einen dicken Band und begann darin zu blättern:

»Halter«, murmelte er, »Halter, Halter . . . Da!«

Genau in diesem Augenblick wurde es dunkel.

»Dov!« rief seine Frau aus der Küche.

»Mach eine Kerze an, Hannale!«

Ein gelbliches Licht erschien in der Türöffnung, das von unten einen Schein auf Hannah Sadan warf: »Entschuldigen Sie«, sagte sie. »Ich wollte den Kumkum für den Kaffee einschalten, und da . . .«

Der Kumkum Chaschmali ist eine elektrischer Kochtopf, der in keinem israelischen Haushalt fehlt.

»Die Sicherungen sind durchgebrannt«, meinte Dov.

Er kramte in einer Schublade und hielt mir neue Sicherungen hin:

»Sie sind doch größer als ich . . .«, sagte er.

Als das Licht wieder brannte, mußte ich plötzlich an Dovs Geschichte denken: ›Wirklich ein sonderbares Zusammentreffen!‹

Dov war bereits in das alphabetische Register vertieft. Ich schaute ihm über die Schulter. Mein Blick blieb an einem Halter hängen, und mit einem Mal spürte ich eine Art Angst: Es war, als erhielte ich mit diesem Halter, von dessen Existenz ich nicht einmal etwas ahnte, eine Botschaft aus der Tiefe der Zeiten. Ich erfuhr, daß er Mosche mit Vornamen hieß, in Piotrkow in Polen gelebt und mehrere Werke geschrieben hatte.

»Jetzt müssen wir woanders nach den Titeln und der Darstellung seiner Werke suchen«, sagte Dov.

Während Dov nach dem fraglichen Buch suchte, bot Hannah mir einen Miz Tapusim, *einen Orangensaft an. Sie wagte nicht, mir noch einen Kaffee zu kochen.*

Als Dov zurückkam, hatte er die richtige Seite bereits aufgeschlagen: Mosche Halter war der Verfasser von Talmud-Kommentaren und einer Trauerrede auf einen Rabbi Meir-Ikhiel aus Ostrowiec, Lifszic mit Namen.

Dov Sadan strahlte. Dieser Meir-Ikhiel wurde von seinen Chassidim, seinen Schülern, wie ein Heiliger verehrt. Er glaubte, der Mensch könne nicht leben, ohne zu sündigen. Deshalb fastete er zwanzig Jahre lang, damit er mit Gottes Gnade jeden Tag nur eine läßliche Sünde beging, statt sich vielleicht eines Tages einer Todsünde schuldig zu machen. Während all dieser Jahre nahm er als einzige Nahrung ein wenig Kaffee und jeden Morgen einen Zucker zu sich.

Rabbi Meir-Ikhiel aus Ostrowiec war mit einem anderen Rabbi verwandt, der, so sagte man, eine höhere Stufe zu Gott hin erreicht hatte. Er hieß ebenfalls Meir-Ikhiel und mit Nachnamen Halevi. Zwölf Jahre lang hatte er gefastet, bis er starb. Überzeugt davon, fasten allein, ohne zusätzliche Versuchung, sei des Gebets zum Allmächtigen nicht wert, lud er jeden Tag einen jungen Mann an seinen Tisch. Er bediente ihn selbst: »Iß, iß«, ermunterte er ihn, »iß, damit ich fasten und die Sünden meines Volkes auf mich nehmen kann. Es lebe in Frieden!«

Dov Sadan rieb sich die Hände: »Ein Halter und zwei bedeutende Meir-Ikhiels auf einen Schlag«, sagte er, »wenn das kein Erfolg ist! Jetzt müssen wir nur noch die Werke dieses Mosche Halter finden.«

»Dov«, unterbrach ihn Hannah entschlossen, »es ist spät. Du weißt, der Arzt hat gesagt . . .«

Ich flog damals zurück, ohne Dov Sadan noch einmal gesehen zu haben. Als ich das nächste Mal in Jerusalem war, erfuhr ich, er habe einen Lehrstuhl in den Vereinigten Staaten angenommen. Ich habe ihn seitdem nicht mehr getroffen, aber jedes Mal, wenn mir ein Meir-Ikhiel in meiner Geschichte begegnet oder das Licht ausgeht, denke ich an ihn. Das Komischste ist, daß Meir auf hebräisch »Licht« heißt.

Der erste Meir-Ikhiel meiner Geschichte, Sohn des Bonjusef und Schreiber aus Narbonne, beschloß schließlich, in Troyes zu bleiben. Einmal, weil seine Knieverletzung ihn noch lange am Gehen hinderte, zum anderen, weil die große Weisheit Raschis, dieses bäuerlichen Rabbis, ihn immer mehr beeindruckte. Er hoffte, zu seinem Schreiber ernannt zu werden.

Vetter Jeremias half ihm dabei, ein Haus zu finden. Es gehörte der Abtei von Saint-Loup und lag unterhalb des Schlosses in der Judengasse. Die Gemeinde half ihm bei der Einrichtung, und ein Onkel von Jeremias – auch ein Nachkomme des Müllers Samuel –, Bankier in Metz, eröffnete ihm einen Kredit, bis seine Söhne und er Arbeit fanden.

Aber in Troyes lief nichts so wie geplant. Raschi entschloß sich, Jakob das Amt zu übertragen, mit dem sein Vater gerechnet hatte. Meir-Ikhiel dagegen richtete auf das Ersuchen der Gemeinde hin – nicht ganz ohne Bitterkeit – eine Talmud- Thora für die Kleinen bei sich zu Hause ein. Abraham mußte das Bücherbinden aufgeben, denn die Gilden, die damals aufkamen, standen unter der Schutzherrschaft eines Heiligen, was die Juden von den handwerklichen Berufen ausschloß. Der Bankier in Metz bot ihm an, für ihn zu arbeiten, aber er zog es vor, Jeremias in seinem Wein- und Obsthandel zu helfen, um in Raschis Nähe zu bleiben.

Abraham war in die schöne Chava verliebt, die Tochter Zeras ibn Abraham. Aber alle Welt dachte, Zera und seine Tochter würden den erfolgreichen Jakob vorziehen, der zu einer bedeutenden Persönlichkeit in Raschis Umkreis geworden war. Auch diesmal hatte das Schicksal etwas anderes bestimmt. Ansaldo, der Stoffhändler aus Genua, kam wie gewöhnlich zur Herbstmesse, aber diesmal begleitete ihn seine Tochter, die bezaubernde Myriam. Er meinte dazu, sie solle etwas von der Welt sehen, aber das war wohl nicht der einzige Grund. Spätestens, als Myriam mit Jakob am Bändel wieder heimreiste, wurde das jedem klar. So konnte Ansaldo neben seinem Reichtum auch noch das Ansehen eines Schwiegersohnes für sich verbuchen, der einer der engsten Schüler von Rabbi Salomon ben Isaak aus Troyes gewesen war.

Nachdem Jakob weg war, bemerkte Raschi, daß Abraham zwar bescheidener als sein Bruder, aber nicht weniger gelehrt war und gab ihm den Titel eines Vorlesers in der Jeschiba, eine Aufgabe, die er sich mit seinem Freund Josef bar Simon teilte. Zur Erntezeit half er Salomon Rabbenu mit dem gleichen Eifer beim Treten der Trauben, dem Zuckern des Mostes und dem Abfüllen in die Fässer.

Der alte Zera suchte ihn auf und redete von Heiraten – steht es nicht geschrieben, daß der Mann ohne Frau glücklos, freudlos und ohne Segen lebt? Und so heiratete Abraham jene Chava, die eigentlich seinem Bruder zugedacht war, nachdem er schon dessen Platz bei Raschi eingenommen hatte.

Das waren glückliche Tage in Troyes. Aber damals schrieb man das Jahr 1072. Fünfundzwanzig Jahre später kam Papst Urban nach Clermont und rief dort zu dem auf, was man später den ersten Kreuzzug nannte. Für die Christen des Abendlandes wurde er zum Anlaß für die ersten großen Judenmorde. Ändert sich die Geschichte denn nie?

P.S. Abrahams Rolle ist noch immer in Meir-Ikhiels Besitz. Nach der Tradition bewahrt er sie bis zu seinem Tode auf. Er wird sie an Abraham weitergeben, denn Jakob hat, als er der schönen Myriam folgte, zugleich auf dieses Recht verzichtet.

Ich begreife immer noch nicht, warum man nicht schon längst, zumindest nach dem Diebstahl und der abenteuerlichen Wiederbeschaffung des Manuskripts, mehrere Kopien von Abrahams Rolle angefertigt hat. Dabei mußten doch gerade meine Vorfahren aus Troyes das Sprichwort aus ihrer Heimat kennen: »Die Ziegel, die vor dem Regen schützen, wurden an der Sonne getrocknet.«

18

Troyes
Peter der Einsiedler

Abraham war alt geworden, sein Rücken vom Schreiben krumm, sein Gesicht grau von den Nachtwachen und sein Körper abgemagert vom Fasten. Da Salomon Rabbenu ein paar Tage abwesend war, nutzte er die Zeit der Muße, um seinem Bruder Jakob zu schreiben, den er vor fünfundzwanzig Jahren, als er nach Genua gegangen war, zum letztenmal gesehen hatte.

»Mein teurer Bruder, Gott schütze Dich. Seit Dein Schwiegervater Ansaldo zu alt ist, um noch nach Troyes zu den Messen zu kommen, haben wir keine Nachricht mehr von Dir, aber ich hoffe von Herzen, daß Du und die Deinen bei guter Gesundheit seid. Gestern war der Todestag unseres Vaters, und wir haben eine *Ner-Sikaron*, ein Gedächtnislicht, angezündet. Die Zwillinge Meir und Esra werden bald einundzwanzig Jahre alt, und sie haben versprochen, am gleichen Tag zu heiraten. Aber wer kann noch von Freude sprechen? Du kannst Dir wohl denken, daß der Grund dieses Briefes nicht die Geschwätzigkeit ist. In meinem letzten teilte ich Dir unter Tränen den Tod unseres Vaters mit. Diesmal sind meine Augen verdorrt. ›Unsers Herzens Freude hat ein Ende; unser Reigen ist in Wehklagen verkehrt‹, rief der Prophet Jeremias.

Du weißt sicherlich, daß der Papst in Rom zu Anfang des Winters die Christen aufgerufen hat, nach Jerusalem zu ziehen, um das, was sie ihre heilige Stätte nennen, zu befreien. Du weißt auch, daß sein Ruf nicht ungehört blieb. Als uns klar wurde, welche Menschenmassen sich da in Bewegung setzten, begannen wir um unser Leben zu fürchten. Wir haben drei unserer Weisen zum Papst nach Limoges geschickt, wo er das Fest feierte, das die Christen Weihnachten nennen. Er hat sie empfangen wie es ihnen gebührt, und sie beruhigt: Sein Ruf richte sich nur an den Adel und die Ritterschaft, deren Armeen seien an Zucht und Ordnung gewöhnt, und wir hätten keinen Grund zur Sorge. Sein Legat, der Bischof von Puy, bat uns sogar, zur Versorgung dieser Armeen beizutragen, wenn sie durch Städte mit wohlhabenden jüdischen Gemeinden zögen. Trotzdem benachrichtigten wir unsere Brüder im Rheintal, durch das die Christen kommen mußten. Wir rieten ihnen, zu fasten, zu büßen und zu beten, um die Gefahr abzuwenden. Weißt Du, mein lieber Bruder, was sie uns geantwortet haben? Die Christen seien ihre Freunde, die Bischöfe schützten sie, und sie hätten nichts zu befürchten. Wir Unglücklichen, die wir nie an die Warnungen des Ewigen – gepriesen sei sein Name – glauben, die er uns in seiner Barmherzigkeit schickt!

Während die adligen Herren ihren Kreuzzug vorbereiteten, begann ein kleiner Mönch, der sich Peter der Einsiedler nennt, durch die Städte und Dörfer zu ziehen und zu predigen. Gott habe ihm einen Brief geschickt, Jerusalem könne nicht länger warten, und man müsse sich auf den Weg machen. Ich habe ihn mit eigenen Augen gesehen und seine Reden gehört, als er, gefolgt von einer wildgewordenen Menge, durch Troyes kam. Er ist klein, schmächtig und dunkelhaarig, geht selbst im tiefsten Winter barfuß und mit nackten Armen und ißt nur Brot. Wenn er redet, verlieren die Christen den Verstand. Sie reißen ihm einzelne Haare vom Kopf und nennen das Reliquien, sie verlassen Haus und Hof, nähen sich auf die Schulter ein rotes Kreuz aus Stoff, manche tätowieren sich sogar eines mitten auf die Stirn, und folgen ihm, ohne zu wissen, ob sie je zurückkehren werden. Dieser Peter hat uns um ein Schreiben gebeten, in dem wir bestätigen sollten, er habe unserer Stadt keinen Schaden zugefügt und den Juden nichts Böses angetan. Außerdem sollten wir die Gemeinde der *Aschkenasim* auffordern, sie mit Lebensmittel zu versorgen, wenn sie durch ihre Städte kämen. Wir haben es getan. Wir Unglücklichen!

Wie konnten wir nur vergessen, daß die aufgestachelte Menge immer auf die Juden losgeht. In Rouen in der Normandie hat es angefangen. Dort kamen die ersten Juden um – Gott sei ihren Seelen gnädig. Dann fiel es dem Herzog von Lothringen, Gottfried von Bouillon, plötzlich ein, sich zu fragen, warum man die Ungläubigen im Morgenland bekriegen soll, wenn man andere Ungläubige im eigenen Reich duldet. Die Gemeinden von Mainz und Worms haben ihm jede fünfhundert Silbermark geschickt, und der Kaiser hat all seinen Lehnsherrn befohlen, die Juden zu schützen. Wir Unglücklichen, die wir an diese Versprechungen glaubten!

Peter der Einsiedler und seine Anhänger sind im Frühjahr aufgebrochen, obgleich der Papst als Zeitpunkt den Hochsommer bestimmt hatte. Eifernde Mönche und Straßenräuber behaupteten, Gott oder der Papst habe sie gesandt, und folgten seinem Beispiel. Auch ihnen zog die mordlustige Menge nach. In Metz zwang eine dieser Banden die Juden, den Glauben unserer Väter aufzugeben. Die sich nicht taufen ließen, wurden umgebracht, so wie Rabbi Samuel, der Schatzmeister der Gemeinde, und mit ihm noch einundzwanzig andere.

Unser Vetter Abel, der Sohn des Bankiers Nephtali – vielleicht erinnerst Du Dich, als wir damals nach Troyes kamen, bot er mir an, bei ihm zu arbeiten –, wurde auch von dem unreinen Wasser der Christen geschändet. Aber Raschi hat diese Zwangstaufen für ungültig erklärt, ebenso wie der Kaiser. Man zwingt uns Unglückliche, unsere Väter zu verleugnen!

Was danach geschah, wirst Du noch erfahren, mein teurer Bruder. Wir haben aus Worms, Mainz und Armstadt Berichte erhalten. Unter Tränen und Wehklagen haben wir sie gelesen, und unter Tränen und Wehklagen habe ich sie abgeschrieben, um sie denen zu schicken, die vom Unglück verschont geblieben sind. Sie sollen es wissen und nichts davon vergessen. Bete und faste, mein teurer Bruder. Unglück über uns, die wir im Exil leben und noch immer die Sünden Israels büßen müssen.

Dies hier sind also die Berichte von Salomon bar Simon, Eleasar bar Nathan und einem Schreiber aus Darmstadt, der seinen Namen nicht genannt hat. Schließ Dich ein, mein teurer Bruder, und weine über Israel.«

Was wir hier zum Gedächtnis derer berichten, die im Namen des einzigen Gottes in den Tod gegangen sind, geschah im Jahre 4856[47]*, also im Tausendachtundzwanzigsten unseres Exils, im elften Jahr des zweihundertsechsundfünfzigsten Mondzyklus, in dem wir den Messias erwartet haben, wie Jere-*

[47] 1096

mias es prophezeit hat. Aber die erwartungsvolle Freude hat sich in Schmerz und Wehklagen verwandelt.

Auf den Aufruf des greulichen Papstes aus Rom, nach Jerusalem zu ziehen, machte sich eine wilde Horde von Franzosen und Deutschen auf den Weg nach Jerusalem zum Grab des gehenkten Bastards. Auf ihre Kleider nähten sie ein widerliches Zeichen, ein Kreuz. Satan hat sich zu ihnen gesellt, die zahlreicher waren als Sandkörner am Ufer des Meeres oder Heuschrecken auf der Erde. Ihre Stimmen waren die des Sturms und des Gewitters. Sie beschuldigten die Juden, Christus gekreuzigt zu haben und faßten haßerfüllt einen Plan: »Warum«, so sagten sie, »dulden wir die Ungläubigen hier und bekämpfen die anderen in fernen Ländern? An ihnen wollen wir uns zuerst rächen und sie ausrotten, wenn sie sich nicht bekehren lassen.«

Die Wilden kamen, eine Horde nach der anderen. Ihr Kriegsruf war, wer einen Juden tötet, dem werden all seine Sünden vergeben. Ein Graf, Dithmar, schwor, er würde nicht das Land verlassen, bevor er nicht mindestens einen Juden getötet hätte. Einige der Fürsten des Landes stellten sich auf seine Seite.

Die Unseren taten, was schon unsere Väter getan hatten. Sie beteten, taten Buße und übten sich in Mildtätigkeit. Sie verbargen sich im hintersten Zimmer ihrer Häuser und reinigten sich drei Tage lang durch Fasten, bis die Haut ihnen an den Knochen klebte und sie vertrocknet waren wie Holz. Aber der Vater blieb fern von ihnen in den Wolken, erhörte sie nicht und wandte sein Angesicht von ihnen. Seit langem war uns diese Strafe verheißen.

Worms, am zehnten Tag des *Ijar*[48]

Die Feinde haben eine Leiche ausgegraben, die seit dreißig Tagen in der Erde lag, sie durch die Stadt geschleift und der Menge gezeigt: »Da seht nur«, riefen sie, »seht, was die Juden mit unserem Nachbarn getan haben. Sie haben diesen Christen in Wasser gekocht und dieses Wasser in unsere Brunnen geschüttet, um uns zu vergiften!«

[48] Montag 5. Mai

Und die rasende Menge schrie: »Jetzt ist die Stunde gekommen, den Tod Christi zu rächen, den ihre Väter gekreuzigt haben. Diesmal darf uns niemand entkommen.«

In der Gemeinde von Worms gab es daraufhin zwei Parteien: Die einen blieben bei sich zu Haus, überzeugt, die Bürger der Stadt würden ihnen im Falle der Gefahr zur Seite stehen. Die anderen, weniger vertrauensseligen, flüchteten sich in das Palais des Bischofs Adalbert.

Am dreiundzwanzigsten Tag des Monats Ijar haben die Wölfe der Steppen alle, die in ihren Häusern geblieben waren, auch Greise und Kinder, hingemordet. Sie haben die Thora-Rollen genommen und sie mit Füßen getreten. Erst mordeten, dann plünderten sie.

Die Bürger der Stadt, denen diese ersten Opfer Hab und Gut gegeben hatten, damit sie sie schützten, haben sie verraten. Einige ließen sich lieber taufen, damit sie wenigstens ihre Brüder begraben und die Kinder befreien konnten, die die Wahnsinnigen ihnen weggenommen hatten, um sie in ihrer Religion zu erziehen.

Die ersten Toten waren von den Kreuzträgern völlig entkleidet worden. Die Juden, die sich in den Bischofssitz geflüchtet hatten, gaben den Überlebenden Kleider, damit sie die Toten bedeckten, und sie trösteten die, die in ihrer Not ihren Glauben verraten hatten.

Am ersten Tag des Monats *Siwan*[49] drangen die Wilden in das Bischofspalais ein. Die, die hier Schutz gesucht hatten, boten ihren Hals den Waffen der Angreifer dar, nahmen sich selbst das Leben oder töteten sich gegenseitig. So verhalf der eine seinem Bruder zum Tode, der andere seinen Eltern, seiner Frau oder seinen Kindern, der Verlobte seiner Braut, der Jungverheiratete seinem Weib, die Frau dem zärtlichen Geliebten. Alle nahmen ihr Unglück auf sich und starben mit dem Ruf: »Höre, Israel, der Herr, unser Gott, ist ein einiger Herr.«

Meschulam bar Isaak, ein junger Mann, wandte sich in Gegenwart seiner Frau Zippora an die anderen:

»Hört mich an, ihr alle, diesen Sohn hat Gott mir geschenkt,

[49] Sonntag 25. Mai

meine Frau Zippora hat ihn geboren, und sein Name ist Isaak. Ich will ihn opfern, wie einst Abraham seinen Sohn Isaak geopfert hat.«

Zippora fiel ihm in den Arm:

»Mein Herr, mein Herr, erschlag nicht meinen Sohn! Töte erst mich selbst, damit ich nicht mein Kind sterben sehe.«

Aber Meschulam blieb unerbittlich:

»Der, der ihn mir gab, möge ihn wieder zu sich nehmen«, sagte er.

Er nahm ein Messer, sprach den Segen über das Messer. Sein Sohn antwortete »Amen«, und er tötete ihn. Seine Frau schrie. Da nahm er sie bei der Hand, und sie verließen den Raum. Draußen wurden sie von den Wahnsinnigen ergriffen und umgebracht.

Einen anderen jungen Mann, Isaak, Sohn des Daniel, der sich nicht bekehren lassen wollte, zerrten sie mit einem Strick um den Hals durch den Unrat der Gassen bis zur Kirche. »Du kannst dich noch retten; willst du dich zum rechten Glauben bekehren?«

Aber er, halb erwürgt und unfähig zu sprechen, bedeutete ihnen, ihm die Kehle durchzuschneiden. Sie taten es.

Auch Rabbi Sincha, Sohn des Gelehrten Isaak, wollten sie zwingen, sich mit ihrem verfaulten Wasser zu besudeln: »Da, siehst du die Deinen, nackt und tot? Wenn Du Dich taufen läßt, bist Du gerettet.«

»Ich werde tun, was ihr verlangt«, erwiderte Sincha, »aber bringt mich zuerst zum Bischof.«

Man führte ihn ins Palais und hielt ihm vor einem Neffen des Bischofs und einigen Notabeln der Stadt eine Predigt. Da zog er ein Messer, und wie ein Löwe, der seine Beute anspringt, erstach er den Neffen des Bischofs und zwei andere Herren, bevor die Klinge in seiner Hand brach. Als die Notabeln sahen, daß er ohne Waffe war, warfen sie sich auf ihn und schlugen ihn tot.

Andere sagten, der Herr habe es so gewollt, und ließen sich töten, ohne Widerstand zu leisten, so wie jene Frau, Minna, die in der ganzen Stadt in großem Ansehen stand und bei den Honorationen verkehrte. Sie hatte sich in einen Keller geflüchtet.

Die Bürger der Stadt fanden sie dort und versuchten sie zu überzeugen:

»Du bist eine vernünftige Frau; gib zu, daß euer Gott euch nicht retten kann ... Sieh dir die Toten dort an, nackt liegen sie da, und niemand beerdigt sie.«

»Es sei fern von mir«, erwiderte sie, »den einzigen Gott zu verleugnen. Wenn ihr mich töten wollt, dann wartet nicht länger.« Und sie taten es.

Innerhalb von zwei Tagen wurden fast achthundert Juden ermordet und nackt begraben. Es gab nur sehr wenige, die sich taufen ließen.

Die anderen Gemeinden in Deutschland erfuhren bald von den Massakern in Worms. Ihre Hand erstarrte und ihr Herz wurde zu Wasser.

Am selben Tag, dem Tag des Neumonds, zogen die Horden des Grafen Emich – seine Knochen mögen zu Staub zermahlen werden – in die Stadt Mainz ein. Einige Christen wollten die Juden schützen, aber sie wurden von den Banditen umgebracht.

Graf Emich behauptete, ein Bote des Gehängten sei zu ihm gekommen und habe ihn, zum Beweis seiner Auserwähltheit, mit einem Mal gezeichnet. Er haßte alle Juden, verschonte weder den Säugling noch den kranken Greis und schlitzte den schwangeren Frauen den Bauch auf.

Während seine Truppen ihren Einzug hielten, erfuhren die Juden, daß Bischof Ruthard im Begriff sei, auf Reisen zu gehen. Die, die ihm Geld übergeben hatten, flehten ihn an zu bleiben. Er berief daraufhin die ganze Gemeinde in den Bischofspalast, und der Burggraf und er versprachen hoch und heilig: »Wir werden euch retten oder mit euch sterben.«

Die Gemeinde beschloß, Emich Geld – siebenhundert Pfund in Gold – sowie Empfehlungsbriefe an die anderen Gemeinden auf seinem Weg überbringen zu lassen. Aber es nützte nichts, und man verfuhr mit uns schlimmer als mit Sodom und Gomorrha.

Mainz, am dritten Tag des Monats Siwan[50], Tag der Finsternis. Die Juden hatten sich im Bischofspalast versammelt, als der Ewige im Zorn gegen sein Volk entflammte. Gegen Mittag erschien

[50] Dienstag, 27. Mai

der verruchte Emich – seine Knochen mögen verfaulen – mit seiner Armee vor dem Stadttor, das ihm widerstandslos geöffnet wurde.

»Da seht ihr«, sagten die Schändlichen, »das Tor ist von selbst aufgegangen. Ein Zeichen des Gekreuzigten, daß wir sein Blut an den Juden rächen sollen.«

Mit den Fahnenträgern an der Spitze zogen sie zum Bischofspalast und fanden – unseren Sünden sei's geklagt – Einlaß. Menachem, der Sohn von Rabbi David dem Leviten, sprach den Juden, die sich zum Kampf bereit machten, Mut zu:

»Ehrt den allmächtigen Gott und seinen schrecklichen Namen aus ganzem Herzen!«

Rabbi Kalonymos bar Meschulam führte die Kämpfenden an. Die Leute des Bischofs flohen als erste und mit ihnen der Bischof selbst. Die Juden standen allein dem Feind gegenüber. Rabbi Kalonymos und dreiundfünfzig der Seinen gelang es noch zu entkommen.

Als die Feinde in den Hof drangen, trat Rabbi Isaak bar Mosche vor sie. Er streckte ihnen den Hals entgegen, und sie schlugen ihm den Kopf ab.

Weh diesem Tag, an dem unsere Seelen von Todesangst erfüllt waren.

»Noch haben wir Zeit«, riefen die Juden im Innern des Palastes, »bringen wir uns selbst dem Ewigen zum Opfer dar. Wer unter uns ein Opferschwert besitzt, möge prüfen, ob es auch nicht schartig[51] ist. Dann mag er erst uns und dann sich selbst opfern.«

Die Juden im Hof hatten ihre Gebetsriemen und -mäntel angelegt. Sie sahen keinen Sinn darin, sich in den Palast zu flüchten, nur um noch eine Stunde länger zu leben. Bereit, dem Willen des Schöpfers zu gehorchen, setzten sie sich auf den Boden. Die Kreuzträger warfen sich auf sie.

Die an den Fenstern des Palastes standen und Zeugen des Martyriums der Gerechten wurden, beschlossen, sich gegenseitig den Tod zu geben. Sie waren sich nur nicht einig, wer als erster sterben sollte. Die Frauen warfen Münzen auf den Hof, um die Feinde aufzuhal-

[51] Nach dem Gesetz darf beim Opfern im Tempel sowie beim Schächten die Klinge keine schadhafte oder unreine Stelle aufweisen.

ten. Sie hofften, so genügend Zeit zu gewinnen, um selbst ihre Söhne und Töchter opfern zu können.

Im Hof zielten die letzten Überlebenden mit Steinen auf die Kreuzfahrer und verspotteten sie:

»Wißt ihr, woran ihr glaubt? Ihr glaubt an ein Wesen, das längst verfault ist, an einen stinkenden Leichnam!«

Rachel, die Tochter Isaaks bar Ascher, Jehudas Weib, eine fromme und rechtschaffene Frau, sagte zu ihren Freundinnen: »Ich habe vier Kinder, und ich will nicht, daß die Christen sie lebend finden, verschont sie nicht.«

Eine ihrer Freundinnen nahm das Opfermesser und schickte sich an, Isaak, Rachels jüngsten Sohn, einen hübschen Jungen, zu töten. Rachel schrie, schlug sich ins Gesicht und an die Brust: »Wo ist dein Mitleid, Herr?«

Sie flehte ihre Freundin an:

»Bei deinem Leben, töte Isaak nicht im Angesicht seines Bruders!«

Aber die Frau verschonte Isaak nicht, und Rachel fing mit ihren Ärmeln das Blut ihres Sohnes auf. Aaron brüllte vor Entsetzen:

»Mama, Mama, laß mich leben!«

Er rannte weg und versteckte sich unter einem Schrank. Bella und Matrona, die beiden Töchter Rachels, griffen selbst zum Messer, wetzten es, gaben es ihrer Mutter und beugten den Kopf. Rachel schnitt ihnen die Kehle durch, dann suchte sie nach ihrem letzten Kind:

»Aaron, wo hast du dich versteckt? Ich darf kein Mitleid mit dir haben und dich verschonen.«

Sie fand ihn, zog ihn am Fuß unter dem Schrank hervor und opferte ihn. Dann streckte sie sich auf dem Boden aus, die noch zuckenden Kinder neben sich. Als die Kreuzfahrer den Raum betraten, glaubten sie, sie verstecke einen Schatz unter ihren Ärmeln:

»Zeig schon das Geld, das du versteckt hast!«

Sie sahen die Kinder und töteten die Mutter. Als der Vater hinzukam und sein Weib und seine toten Kinder sah, stürzte er sich mit dem Bauch in sein Messer.

Auch den Hof des Burggrafen, in den sich einige Juden geflüchtet hatten, stürmten die Feinde. Sie brachten jeden um, den sie fanden. Mosche bar Chelbo, der zwei Söhne hatte, fragte diese:

»Meine Söhne, die Tore der Hölle und des Paradieses sind euch heute geöffnet. Wohin wollt ihr gehen?«

»Ins Paradies.«

Sie boten den Feinden den Hals und wurden alle drei getötet.

Die Schändlichen zerrissen eine Thora-Rolle. Fromme und reine Frauen, die dieses Sakrileg mit ansahen, schrien laut, um die Männer herbeizurufen. David, Sohn des Rabbis Menachem, rief:

»Brüder, zerreißt eure Kleider zu Ehren der Thora!«

Sie taten es sogleich. In diesem Augenblick drang einer mit dem Kreuz auf der Schulter in den Saal. Alle, Männer wie Frauen, sprangen auf und steinigten ihn zu Tode. Da kletterten die Feinde auf das Dach und rissen es ab. Unter denen im Saal war ein gewisser Jakob bar Sulam. Er stammte aus einer bescheidenen Familie und war der Sohn einer Nichtjüdin.

»Bisher habt ihr mich alle nicht sehr geachtet«, sagte er. »Da seht, was ich jetzt tue.«

Er nahm ein Messer, hielt es an seinen Hals und schnitt sich selbst im Namen des Ewigen die Kehle durch. Ein anderer, der alte Samuel bar Mardochai, rief:

»Seht, meine Brüder, was ich heute zu Ehren des Ewigen tue.«

Und er öffnete sich den Bauch mit seinem Messer, so daß seine Eingeweide heraushingen. Der Greis fiel zu Boden und starb für den einzigen Gott. Ein Bankier, Mar David bar Nathanael, hatte sich mit seiner Frau, seinen Kindern und seinen Dienstboten in ein Gehöft geflüchtet, das einem Priester gehörte. Aber auch hier spürten die Schändlichen sowie einige Bürger der Stadt sie auf.

»Du kannst noch deine Familie und deinen Besitz retten«, sagte der Priester zu ihm, »wenn du dich bekehrst.«

»Na schön, dann ruf nur die Kreuzträger dort unten. Sag, sie sollen kommen.«

Überzeugt, ihn bekehrt zu haben, rief der Priester das Volk herbei, das sich im Hof versammelt hatte, um ihm zuzuhören.

»Ihr seid die Ungläubigen!« drang da die Stimme des Juden aus dem Fenster. »Ihr glaubt an einen Gott, der sich zum Gespött gemacht hat, ich hingegen an Gott, den Allmächtigen, der über den Wolken thront. Ihm habe ich mich anvertraut bis hin zu diesem Tag, und ich werde es weiter tun, bis meine Seele von mir geht . . . Ich weiß mit Sicherheit, wenn ihr mich tötet, wird meine Seele im Paradies im Lichte des Lebens ruhen. Während ihr zu eurer ewigen Schande in den Abgrund der Verdammnis und der Fäulnis fahren werdet, zusammen mit eurem Gott, dem Sohn einer Metze!«

Die Kreuzfahrer stiegen am Haus hoch und brachten im Namen ihres Gehenkten ihn, seine Frau, seine Tochter, seinen Schwiegersohn, seine Dienerin und seine Leute um. Ihre Leichen warfen sie aus dem Fenster.

In einem anderen Haus wollten sie Samuel bar Nachman und die Seinen zwingen, sich mit ihrem stinkenden Wasser zu besudeln. Als sie sich weigerten, traten sie sie mit Füßen und schlugen sie tot.

Nach den Massakern haben die Unbeschnittenen die Juden ausgezogen und aus den Fenstern geworfen, auch die, in deren Körper noch Leben war. Den Sterbenden, die um etwas zu trinken baten, boten sie an, sie zu retten, wenn sie ihren Glauben wechselten. Aber die Sterbenden schüttelten den Kopf oder hoben abwehrend die Hände, worauf man ihnen den Rest gab.

An einem einzigen Tag[52] starben elfhundert Juden, große Gelehrte, Thora- Interpreten, gottesfürchtige und fromme Menschen. Die Bürger der Stadt haben sie beerdigt. Sie haben neun Gruben ausgehoben und nackt und übereinander die Männer und die Frauen, die Väter und die Söhne, die Herrinnen und die Dienerinnen hineingelegt. Aber immerhin haben sie sie bestattet.

Warum hat der Himmel sich nicht verdunkelt? Warum haben die Sterne nicht ihren Glanz verloren? Warum haben sich Sonne und Mond nicht verfinstert, als so viele Fromme ihr Leben ließen? Mögen die Verdienste derer, die aus Liebe und Treue ihr Leben hingegeben haben, für uns bei dem Höchsten sprechen, uns heimführen aus der Fremde, die Mauern Jerusalems wieder aufrichten und die zerstreuten Söhne Judas und Israels vereinen!

»Jetzt, mein lieber Bruder Jakob, weißt Du alles. Schreib diese Berichte ab, damit auch andere es erfahren und niemand es vergißt.

[52] Dienstag, 27. Mai

Denn wie Rabbi Akiba oder unser Urahn, Nomos der Rothaarige, haben die Märtyrer von Worms und Mainz sich geweigert, ihren Glauben preiszugeben. Ich glaube, mein Bruder, künftige Generationen werden sich wieder auf diese uralte Form des Widerstandes besinnen. Gott gebe, daß ihnen solche Prüfungen erspart bleiben!

Als ich von diesen schrecklichen Dingen las, habe ich mich gefragt, wie ich mich selbst in einer ähnlichen Situation verhalten hätte. Ich fand keine Antwort. Hätte ich meine Tochter und meine Söhne opfern können? Aber weiß man, wieviel Kraft uns der Herr der Welten in der Stunde verleiht, die er uns bestimmt hat?

Es wird bald Morgen, meine Finger sind steif und meine Augen tränen. Ich höre Stimmen aus dem Schlafzimmer: Meine Söhne stehen auf, denn das Leben geht weiter. Heute wollen wir in Salomons Weinberg weiterarbeiten. Es ist schwer zu beschreiben, wie sehr uns das tröstet. Gestern haben wir uns an jene Verse aus den Klageliedern des Jeremias erinnert: ›Aber Du, Herr, der Du ewiglich bleibest und Dein Thron für und für, warum willst Du unser so gar vergessen und uns lebenslang sogar verlassen? Bringe uns, Herr, wieder zu Dir, daß wir wieder heimkommen; erneure unsere Tage wie vor alters!‹

Ich bete, mein teurer Bruder, Du und ich, wir mögen jene Tage wie vor alters noch einmal erleben. Umarme die Deinen für Deinen Bruder, Abraham, Schreiber in Troyes.«

19

Troyes
Abrahams Urteil

In Troyes lief wirklich alles anders, als man hätte vermuten können. Abraham hatte befürchtet, auch hier würde das Land mit Blut getränkt und verwüstet sein wie im Rheintal, aber mit den Armeen, die in den fernen Orient weiterzogen, verschwanden auch die kreuzeschwingenden Mörder und Totschläger mit ihrem Ruf »Gott will es!«. Und so folgten ein paar Jahre der Ruhe und des Wohlstands.

Wenn des Morgens der Campanator – so nannte man in Troyes den Schamasch, der an die Gebetsstunde erinnert – viermal an die Türen der jüdischen Häuser klopfte, waren es nicht mehr Tage der Angst und des Schreckens, die anbrachen. Die tödliche Betrübnis, in der die Juden von Troyes gelebt hatten, wich allmählich wieder den alltäglichen Sorgen, Mühen und Streitigkeiten.

Esra und Meir, Abrahams und Chavas Zwillinge, hielten ihr Versprechen: Sie heirateten an demselben Tag zwei Cousinen, Rebekka und Judith, die eine blond, die andere schwarzhaarig. Meir wurde eine Tochter und Esra ein Sohn geboren, Anlaß zu der alten Streitfrage: War es besser, das Erstgeborene war ein Sohn oder eine Tochter? Oft hielt man es für einen Segen Gottes, wenn das junge Paar zuerst einen Sohn bekam, obgleich er mehr als eine Tochter dem bösen Blick ausgesetzt war. Andere dagegen wünschten sich zuerst eine Tochter, die sich später um ihre Brüder und Schwestern kümmern könnte. Raschi, der eines Tages Meir und Esra darüber diskutieren hörte, meinte, wenn das erste Kind eine Tochter sei, würde die Mutter später weniger beneidet, wenn sie Söhne bekam – und wäre deshalb weniger dem bösen Blick ausgesetzt.

Jedenfalls holte Jakob anläßlich der Geburt seines Enkels einen Krug Wein aus dem Keller und alle, Väter von Söhnen und Väter von Töchtern, tranken freudig Lechaim, auf das Leben.

Der Erzbischof von Reims, Manasses, ließ in den Kirchen die

Briefe verlesen, die ihm sein Freund Anselm von Ribemont schrieb, der auch das Kreuz genommen hatte. So konnte man der Armee der Christen von Konstantinopel nach Nikäa folgen, erlebte den Sieg über die Türken und die Belagerung Antiochias mit ... Dann kam die Nachricht vom Tod Anselms von Ribemont. Und so erfuhr man erst, als alle Glocken des christlichen Abendlandes gleichzeitig läuteten, daß die Kreuzfahrer ihr Ziel, Jerusalem, erreicht hatten. Die Christen liefen auf die Straßen, umarmten sich, zündeten Kerzen in den Kirchen an und sangen Danksagungslieder. An diesem Tag erlebte Abraham Raschi zum ersten Mal mißgelaunt: »Wenn die Christen dem heiligen Krieg der Muselmanen mit ihrem heiligen Krieg begegnen, schön, das ist ihre Sache ... Aber warum Jerusalem? Mataam? Gehört nicht das Land Israels zu allererst und vor allem dem Volk Israels?«

Mardochai der Narr stand auf, schwang seine Krücke und begann sich auf seinem einzigen Bein immer rascher zu drehen. Mit starrem Blick schrie er »Jerusalem, Jerusalem!«, bis er plötzlich erschöpft und keuchend zu Boden fiel:

»Jetzt muß er doch wohl ...«, stammelte er unter Freudentränen, »jetzt muß er doch wohl endlich kommen ... Endlich ...«

Abraham war es im Grunde genommen recht, daß die Christen in die Heilige Stadt eingezogen waren: Die Juden hatten sie schon seit langem verloren, was hatten also die Muselmanen dort zu suchen? Nach den Massakern der Ritter Gottfrieds von Bouillon gab es denn auch keine Überlebenden: weder Juden noch Muselmanen. Übrigens erhielt man kurz darauf die Kunde vom Tode Papst Urbans – und unter welchen Umständen er gestorben war: nämlich kurz nach der Eroberung Jerusalems, aber noch bevor die reitenden Boten eintrafen, um ihm die Nachricht zu bringen. Abraham sah darin ein Zeichen, das der Ewige den Juden sandte.

Nach und nach kehrten die siegreichen Krieger, mit Reliquien und Trophäen beladen und allerorts geehrt und gefeiert, zurück. An einem dieser Tage verschwand plötzlich Chava, Abrahams Weib, die fleißige und bescheidene Gefährtin seines Lebens. Abraham und seine Söhne suchten sie einen ganzen Tag und eine Nacht lang. Endlich fanden sie sie. Verstört und mit Erde beschmiert irrte sie durch den jüdischen Friedhof hinter dem Comporté-Tor. Sie redete mit den Toten. Als man sie nach Hause brachte, lächelte sie selig: Sie dachte, sie sei im Paradies. Sie verweigerte jede Nahrung, und eine Woche später starb sie.

»Der Herr hat's gegeben, der Herr hat's genommen«, sagte Rabbi Salomon, einen Vers Hiobs zitierend, zu Abraham.

Und als trüge er nicht schon schwer genug an seinem Schmerz, mußte Abraham bald erfahren, was sich die Klatschweiber an den Waschtrögen oder an den Brunnen erzählten: Diese arme Chava, so murmelten sie, sei eine *Strea* gewesen, sie habe die Macht gehabt, die Toten in ihren Gräbern zu wecken . . . Und andere fügten gleich noch hinzu, sie wüßten aus sicherer Quelle, daß diese arme Chava noch auf dem Sterbebett versucht habe, ihren Schwiegertöchtern die Haare auszureißen und ihr Blut auszusaugen . . . Bestimmt wäre Chava noch am Leben, wenn ihr das gelungen wäre . . .

Was tun, mein Gott? Beten, arbeiten, sein Herz der Bitternis und dem Haß verschließen . . . Der Allmächtige schickt seinen Dienern nicht grundlos seine Prüfungen . . . Die Zwillinge Esra und Meir stützten ihren Vater, so gut sie es vermochten. Aber die Jugend mit all ihren Plänen hat ein kurzes Gedächtnis, und Abraham war bald allein. Gewiß, sein Vetter Jeremias lud ihn oft ein und schlug ihm sogar vor, zu ihm zu ziehen. Doch Abraham, der als Fremder nach Troyes gekommen war, wollte sich nicht auch noch als Fremder bei Jeremias fühlen!

Er verbrachte all seine Nachmittage bei Raschi, den es mit seinen bald fünfundsechzig Jahren allmählich immer mehr anstrengte, seine *Gemara*-Kommentare selbst zu schreiben, deshalb diktierte er sie meistens Abraham.

Eines Nachmittags, als Abraham eintraf, lag er im Bett, was noch nie vorgekommen war. Seine Töchter und seine Schwiegersöhne sowie zwei besorgt blickende Ärzte in violettem Gewand mit Kapuze standen um sein Lager.

»Der Allmächtige schenke Salomon unserem Herrn ein langes Leben«, sagte Abraham.

Raschi hörte ihn und machte eine schwache Handbewegung: »Der Ewige – gepriesen sei sein Name – schenke Abraham ben Meir-Ikhiel Gesundheit«, murmelte er . . .

Seine Hand, die alte, von der Erde der Champagne rissig gewordene Weinbauernhand, suchte auf der Decke hin und her, als wolle sie zeigen, daß von ihr nicht mehr viel zu erwarten sei. Dann hob Salomon die Lider, und seine grauen Augen blickten zum Fenster hinaus:

»Kommt der Wind von Norden, Abraham? Schreib . . . Erinnerst du dich, es steht geschrieben, daß jeden Tag vier Winde wehen, und der von Norden sie alle begleitet, sonst könnte die Welt nicht eine Stunde lang bestehen . . . Füg noch hinzu, da der Nordwind weder besonders warm noch besonders kalt ist, dämpft er die anderen und macht sie erträglich.«

Er sprach nicht mehr viel, bevor er ein paar Tage später starb: Am zwanzigsten Tag des Monats Tamus im Jahre 4865[53] nach der Schöpfung der Welt durch den Ewigen – gepriesen sei sein Name. Es wunderte Abraham nicht, daß Raschi so vom Nordwind gesprochen hatte – im Hebräischen sind Wind und Geist dasselbe Wort, Rualch . . . Und er war vielleicht der einzige, der sich nicht wunderte, als auch Mardochai der Narr starb, über den Raschi sich nie lustig gemacht hatte. In seiner Verzweiflung, daß die Juden nicht auf ihn hörten, war Mardochai hinaus auf die Felder gegangen, um die Ankunft des Messias zu verkünden. Er hatte die Christen damit so aufgebracht, daß Knechte ihn mit Knüppeln vertrieben. Tödlich verletzt hatte er sich auf einen Weg geschleppt, wo ihn der Bauer Moses, Sohn des Benjamin, fand. Er lud ihn auf seinen Ackergaul, aber Mardochai starb, bevor sie nach Troyes kamen. Die Gemeinde beschloß trotz allem, für ein anständiges Begräbnis aufzukommen und ihm das letzte Geleit zu geben.

Abraham war erschüttert über diese Folge trauriger Ereignisse. So viele Tote, seit er nach Troyes gekommen war . . . Zuerst Kuntrass . . . Dann die drei Zwerge, die in der Seine ertrunken waren. Sein Vater . . . Seine Mutter . . . Chava . . . Raschi . . . Mardochai der Narr . . . Da er nicht wollte, daß seine Trauer auch auf seinen Kindern lastete, vergrub er sich in seine Einsamkeit. Nichts konnte ihn mehr ablenken. Seine Schwester war in Narbonne geblieben, sein Bruder nach Genua gezogen. Fühlten auch sie sich wie er so von allem abgeschnitten? Solange Raschi noch lebte, hatte er nie

[53] 1105

diese Angst gespürt, allein alt zu werden wie ein Fremder – als sei Rabbi Salomon nicht nur sein Herr, sondern auch seine Heimat gewesen.

Eines Morgens, als er erwachte, wurde ihm bewußt, daß er Heimweh nach Narbonne hatte, nach dem Geruch des Hafens, den Straßen seiner Kindheit, dem grellen Spiel der Sonne auf den Steinen. Er schloß die Augen und sah die schwarzen Zypressen rings um den Judenberg. Mit seinem Vater Meir-Ikhiel war er früher oft hinaufgestiegen, um am Grab seiner Vorfahren zu beten.

Am nächsten Sabbat teilte er seinen Kindern mit, er wolle nach Narbonne reisen, und fügte hinzu:

»Ich weiß nicht, ob ich je zurückkehren werde. Als wir nach Troyes kamen, dachten wir nicht daran, hierzubleiben. Der Ewige hat einmal entschieden, er wird sicher auch ein anderes Mal entscheiden.«

Seine einzige Sorge galt Abrahams Rolle. Er wollte sie nicht noch einmal in Gefahr bringen und hatte beschlossen, sie einem seiner Söhne zu lassen. Aber welchem? Sie waren beide fast gleich alt, beide Schreiber, beide verheiratet und beide fromme Juden. Äußerlich ähnelten sie sich, wie sich Zwillinge nur ähneln können. Anfangs verwechselten selbst ihre Frauen sie manchmal, bevor sie gelernt hatten, sie an bestimmten Merkmalen zu unterscheiden. Aber Meir verstand sich eher darauf zu blenden, war ehrgeiziger, vielleicht auch skrupelloser; Abraham hielt Esra für zuverlässiger, mehr den einfachen Dingen des Lebens zugewandt. In ihm erkannte er sich eher wieder, während Meir ihn an Jakob erinnerte, dem früher auch alles zugefallen war.

»Meine Söhne«, sagte er, »ich lasse euch Abrahams Rolle. Esra, glaubst du, du könntest die Verantwortung dafür tragen?«

»Es wäre eine Ehre für mich, Vater, wenn du mir das zutrautest. Aber Meir wäre vielleicht noch besser geeignet als ich.«

»Was meinst du, Meir?«

»Ich denke, Vater, ich bin dieser Aufgabe würdig. Meine Schrift ist ordentlicher als die meines Bruders.«

Abraham war bekümmert. Er hatte lange darüber nachgedacht, welches die beste Lösung sei.

»Die Rolle kommt euch beiden gleichermaßen zu«, sagte er. »Und um keinen von euch beiden zu kränken, werde ich sie teilen, so daß jeder von euch die Hälfte unserer Geschichte bekommt. Was haltet ihr davon?«

»Wenn Esra nichts dagegen hat«, entgegnete Meir rasch, »würde ich lieber den älteren Teil haben, den, der mit Jerusalem beginnt.«

»Wie denkst du darüber, Esra?« fragte Abraham.

»Ich glaube, es wäre nicht richtig, Abrahams Rolle zu teilen, Vater. Dann ist es mir noch lieber, daß mein Bruder sie ganz hat.«

Meir wurde plötzlich blaß. Er erkannte, daß er in die Falle gegangen war, in die Falle des weisen Salomon. Zwei Frauen hatten ein Kind geboren, das eine lebte, das andere war tot. Jede der beiden behauptete, das lebende Kind sei das ihre. Da schlug Salomon vor, es mit dem Schwert zu teilen. Nur die eine Mutter bat ihn, das Kind am Leben zu lassen und es lieber der anderen Frau zu geben. Meir hatte, besessen von seinem Ehrgeiz, die List nicht erkannt. Und voller Zerknirschung zitierte er das Buch der Könige:

»Da antwortete der König und sprach: Gebet dieser das Kind lebendig und tötet's nicht . . .«

»Du sagst es, mein Sohn. Ich bin nicht der König Salomon, aber was für ihn galt, gilt auch für mich. Esra wird Abrahams Rolle bewahren.«

Sie legten ihre Gebetsmäntel an, und Abraham las ein letztes Mal die Namen ihrer Vorfahren. Dann nahm er eine Feder, prüfte, ob sie gut geschnitten war, und fügte hinter seinem eigenen Namen hinzu: »der in Troyes in der Champagne Rabbi Salomon ben Isaak und Mardochai den Narren traf.«

Er reiste bei der ersten Gelegenheit ab: mit zwei Rabbinern, die aus Amsterdam kamen und auf dem Weg nach Cordoba waren, Judas ben Abraham und Moses ben Isaak. Sie hatten einen Wagen mit zwei Pferden und wollten nicht auf die hören, die sie vor dem Winter warnten. Der Tag, an dem sie Troyes verließen, war allerdings schön und trocken, ein richtiges Reisewetter. Ihr Führer Simon hatte den Weg festgelegt: Auxerre, Bourges, Chateauroux, Limoges, Périgueux und Bordeaux, wo sie zu tun hatten . . . Er zeichnete für Abraham in groben Umrissen eine Karte auf den staubigen Boden und sagte ihm, in Limoges oder Périgueux müsse er seine Begleiter verlassen, um nach Narbonne zu kommen.

Was für glückliche Tage verbrachten die drei unter der rauhen Plane des Wagens, in ihre Tierfelle gehüllt, Bart an Bart. Wie rasch verging ihnen die Zeit bei den Gesprächen über die Thora und den Gebeten des Tages. Wenn sie den Kopf hinausstreckten, sahen sie immer die gleiche, dunkle Waldlandschaft. Rasch schlossen sie die Plane wieder. Hier und da hörten sie die lauten Schläge der Holzfäller oder das weit entfernte Heulen eines Wolfs, der sein Rudel suchte. Wie viele Geschichten sie sich erzählten, Abraham, Moses und Judas. Nicht zu reden von den Kommentaren, die der eine oder andere am Rand einer heiligen Schrift entziffert hatte. Und wie sie sich gegenseitig die Worte der großen Rabbiner zuspielten, ihre Ermahnungen und Betrachtungen. Und sie wurden jedesmal etwas ungeduldig, wenn sie halten mußten, um sich um die Pferde zu kümmern oder das Wegegeld zu zahlen. In den Dörfern und Städten, durch die sie kamen, übernachteten sie meist bei den Ältesten der Gemeinde. Simon erkundigte sich dann eingehend nach der nächsten Wegstrecke.

In Limoges beschloß Abraham, seine neuen Freunde noch bis Périgueux zu begleiten. Aber dort mußte er sie wohl oder übel verlassen: Bordeaux lag nicht auf seinem Weg. Er sah noch lange dem schaukelnden Wagen nach und fühlte sich fast so allein wie nach Raschis Tod – Gott sei seiner Seele gnädig!

»Seid behütet bei eurem Fortgehen und bei eurer Ankunft«, rief er, aber der Wind verschluckte seine Worte.

Man hatte ihm gesagt, er müsse in Richtung Terrasson gehen, wo er die Vézère überqueren könne. Rasch merkte er, wie hilflos er in diesem fremden Land war, nicht einmal mit einem Esel oder wenigstens einem Hund an seiner Seite. Dennoch schritt er tüchtig aus, stützte sich dankbar auf den Stock, den Simon ihm geschenkt hatte, und hörte mit kindlicher Freude, wie seine Schritte auf dem gefrorenen Boden widerhallten. Sein ganzes Gepäck bestand aus einem Sack, den er über der Schulter trug: ein wenig Wäsche, ein unbeschriebenes Pergament, sein Schreibmaterial, ein Stück Brot, das ihm der Rabbi von Périgueux gegeben hatte, bei dem sie die letzte Nacht verbracht hatten und der ein Kenner und Verehrer von Raschis Kommentaren war.

Gegen Mittag sah er am Himmel einen Zug Wildgänse vorüberziehen und erinnerte sich daran, was man den Kindern erzählte: »Wenn es schneit, rupfen die Engel die Gänse im Paradies.« Kurz darauf begann es zu schneien. Abraham befand sich gerade in einem dürren Wald und beschleunigte seinen Schritt, weil er hier nirgendwo Schutz finden konnte.

Der Schnee fiel in immer dichteren Flocken. Abrahams Kappe, seine Schultern und sein Bart waren bald von Schnee bedeckt. Kaum daß er noch die Spur des Weges erkennen konnte. Es herrschte ein tiefes, beängstigendes Schweigen. Kein Laut, nicht einmal der Schrei eines Tieres.

Abraham, dessen Glieder vor Kälte starr wurden, beschloß, sein Brot zu teilen und die Hälfte zu essen. Er versuchte, sich an den Kommentar über das Brot zu erinnern. Aber ihm fiel nur das ein, was über das Brot am Morgen geschrieben stand, das dreizehn Eigenschaften hat: »Es schützt vor Hitze, vor Kälte, vor den bösen Geistern und den Dämonen. Es macht die Einfältigen klug. Es hilft denen, die die Thora lernen und denen, die sie lehren. Ihren Worten verleiht es Stärke. Es gibt dem, der es ißt, ein gutes Gedächtnis, sein Körper hat keinen schlechten Geruch, er ist seiner Frau zugetan und begehrt keine andere . . .« Zwei Eigenschaften fehlten noch.

Abraham dachte so angestrengt nach, daß er das gedämpfte Hufgetrappel hinter sich nicht hörte. Als eine Stimme ihn anrief, zuckte er überrascht zusammen:

»Wer da?«

»Zwölf, das Brot tötet die Bandwürmer«, stammelte Abraham in seinen schneebedeckten Bart, »dreizehn, es läßt uns die Liebe erfahren.«

Er sah jetzt neben sich zwei große, breitschultrige Reiter auf schwarzen Pferden. »Wohin gehst du?« fragte einer der Männer und schlug den Kragen seines Mantels herunter, der sein Gesicht verdeckte.

Er hatte die harten Züge eines Kriegers, und Abraham sah an seinem Sattelknopf ein Schwert hängen. Das Pferd des anderen Mannes trug das Gepäck. Offenbar ein Ritter und sein Knappe. »Ich bin auf dem Weg nach Terrasson«, erwiderte Abraham. »Von dort aus will ich weiter nach Narbonne, wenn der Allmächtige mich geleitet.«

»Dann hat sich einer von uns in diesem verdammten Schnee verirrt«, sagte der Ritter.

»Ich will nach Agen.«

In diesem Augenblick hörte man von weitem das Heulen eines Wolfes, dem ein anderer antwortete.

»Sie sind auf unserer Fährte«, sagte der Knappe.

»Kommst du mit uns?« fragte der Ritter. »Allein bist du verloren.«

Seit sie stillstanden, hüllte der Schnee sie ganz ein, und Abraham spürte, wie die Kälte in ihm hochstieg.

»Bist du ein Kreuzfahrer?« fragte er.

»Ich komme aus Jerusalem. Mein Name ist Raymond Pilet, und ich diene Raymond von Turenne.«

»Ich heiße Abraham, Sohn des Meir-Ikhiel, ich bin Schreiber und diene dem Ewigen, dem Gott Israels.«

Da die anderen nicht gleich zu ihren Waffen griffen, fügte Abraham hinzu:

»Ich bin Jude.«

»Mag sein, aber wenn du allein bleibst, wirst du nicht mehr lange Jude sein. Du bist alt, halb erstarrt vor Kälte und hast dich verirrt. Steig auf!«

Er streckte seinen mächtigen Arm aus, und Abraham spürte plötzlich, wie er vom Boden gehoben wurde. Er setzte sich hinter den Ritter, der mit der Zunge schnalzte. Das Pferd setzte sich in Bewegung, und beinahe wäre Abraham wieder hinuntergefallen. Der Knappe ritt voran.

Abraham überlegte, ob der Mann, hinter dessen breitem schützendem Rücken er saß, vielleicht auch Juden getötet hatte. Sollte er ihn danach fragen? Er tat es nicht. Dieser Schnee, der die Konturen der Dinge verwischte, nahm dem Augenblick jede Wirklichkeit. Er spürte nur den Geruch nach Leder und nasser Wolle und wie gut es ihm tat, sich auszuruhen.

Sie verließen den Wald. Ein eisiger Wind schlug ihnen jetzt entgegen, der die Schneeflocken in ihre Mantelkragen und unter ihre Ärmel wehte. Sie hörten wieder die Wölfe heulen, dann war es still.

Das Rudel folgte ihnen wohl in einiger Entfernung. Abraham fühlte sich in Sicherheit. Bald machte ihn der schaukelnde, gleichmäßige Gang des schweren Pferdes starr und benommen. Er biß die Zähne zusammen, um nicht einzuschlafen. Ihm fielen die Wölfe ein, und er drehte sich um. Der Schnee bedeckte schon ihre eigenen Spuren. Ihm wurde ganz schwindlig von dem dichten Flockenfall. Er schloß die Augen, sah sich als Kind in Narbonne, wie er in der Sonne die Straßen hinunter zum Hafen rannte . . . Später mit Raschi, in dem Weinberg hinter dem Haus . . .

»Es liegt Rauch in der Luft«, sagte der Knappe sehr viel später, als es schon fast Nacht war.

Die Pferde hatten es gewittert und bogen plötzlich vom Weg ab. In dem Schneesturm, der ihnen jede Sicht nahm, stießen sie auf ein paar dicht nebeneinander stehende Hütten.

»Ich weiß nicht, wohin unsere Pferde uns geführt haben«, sagte der Ritter Raymond Pilet, »aber ich denke, hier können wir bleiben.«

Da er keine Antwort bekam, drehte er sich um. Der alte Jude war nicht mehr da. Hinter ihnen bildete der Schnee eine weiße Mauer.

Der Ritter und der Knappe bekreuzigten sich.

20

Troyes
Esthers Sündenfall

Levi, Esras Sohn und Abrahams erster Enkel, hatte drei gute Freunde: Jakob, einen von Raschis Enkeln, Eliakim den Mageren und Absalom den Dicken. An dem Tag, an dem seine Heirat beschlossen wurde, lief er mit der Neuigkeit zuerst zu ihnen.

»Wer ist es denn?« fragte der neugierige Absalom.

»Esther, die Tochter Schemarias ben Jakob aus Ramerupt.«

»Ein hübsches Mädchen«, bemerkte Eliakim. »Und wann soll es sein?«

»Beim nächsten Vollmond.«

»Massel tov! Viel Glück! Das müssen wir feiern.«

»Kommst du mit, Jakob?«

»Ich muß noch lernen.«

»Das machst du doch dauernd.«

»Der Talmud ist ein weites Feld.«

»Du kennst ihn so gut wie die Straßen von Troyes!«

Jakob lachte über den Vergleich.

»Trotzdem, Massel tov!« sagte er und wandte sein schmales Gesicht seinem Freund Levi zu. »Ich hoffe, du hast es nicht so gemacht wie Isaak ben Oschaja!«

»Was ist denn mit ihm?«

»Das weißt du nicht?«

»Nein.«

»Isaak ben Oschaja wollte die Tochter des reichen Sir Morel aus England heiraten. Also ging er zu ihm und sagte ganz einfach: ›Ich möchte deine Tochter zur Frau.‹«

»Und, das war doch richtig?«

»Schon. Aber weil er nicht gesagt hatte, welche Tochter er wollte, die ältere oder die jüngere, wurde ihre Verlobung von den Rabbinern für nichtig erklärt.«

Levi lachte schallend:

»Esther ist die einzige Tochter.«

»Dann möge der, der unser Schicksal in Händen hält, dir Glück und Segen schenken.«

»Dir auch, Jakob. Bis Morgen.«

Levi war ein großer schmaler Junge mit fröhlichen schwarzen Augen und lockigem, wenn auch noch spärlichem Bart. Er lachte gern, amüsierte sich gern und freute sich bereits darauf, zusammen mit Eliakim und Absalom diesen ersten Karnevalstag zu feiern.

Zuerst gingen sie zum Saint-Arbois-Platz, wo Schauspieler gerade eine Bretterbühne aufstellten. Musiker stimmten ihre Instrumente.

»Hast du die eigens für deine Verlobte bestellt, Levi?« fragte Absalom im Scherz. Levi hatte keine Gelegenheit, ihm zu antworten. Eine Gruppe von Farandole[54]- Tänzern, die gerade vorbeikam, zog die drei bis zur Rue Maldanyon an der Stadtgrenze, nicht weit vom Bischofspalast, mit sich fort, wo sie sich unter Gekreisch und Gelächter auflöste. Maskierte Gestalten sangen Spottverse und riefen den Umstehenden gepfefferte Witze zu. Levi und seine Freunde gingen hinüber zum Bischofspalast, wo eine Prozession mit Kreuzen, Fackeln und Fahnen auftauchte, die von der Porte aux Cailles kam und in Richtung Hostel – Dieu weiterzog. Eine Schar von Neugierigen folgte ihnen, der sich Levi und seine Freunde anschlossen. Solch prächtige Umzüge sah man nicht alle Tage in der Stadt.

Mitten in der Prozession ging eine riesenhafte Gestalt in einem gestreiften Satinkleid. In einer Hand hielt sie eine zweischneidige Axt, mit der anderen zog sie einen mit Seidentüchern behangenen Elefanten hinter sich her. Auf seinem Rücken trug er ein nachgebildetes Schloß, in dem eine Dame in einem Chormantel und mit weißem Nonnenhäubchen saß. Auf den Plätzen und an den Kreuzungen blieb die Prozession stehen. Die Dame sang dann:

Die heilige Kirche bin ich, ach helft mir, liebe Leut!
Mein Ungemach beweint mit Tränen ohne Falschheit.

[54] Provenzalischer Rundtanz (A. d. Ü.)

»Warum bittet sie um Hilfe?« fragte Eliakim.

»Das siehst du doch«, erwiderte Levi. »Der Riese stellt die Sarazenen dar, die die Kirche unterjochen wollen.«

Ganz dicht hinter ihnen rief einer laut:

»Die Sarazenen und die Juden!«

Levi, Eliakim und Absalom erstarrten.

»Und die Juden«, wiederholte die Stimme. »Vergeßt nicht die Juden!«

Als Levi sich umdrehte, sah er eine Gestalt mit einer Vogelmaske. Da hob er die Faust und schlug zu: so lange, bis die Maske zerriß und zu Boden fiel. Darunter kam ein ganz gewöhnlicher Mann zum Vorschein, der ihn haßerfüllt ansah. Levi schlug noch einmal zu, mit all seiner Angst und all seiner Kraft. Seine Freunde versuchten, ihn zurückzuhalten, aber inzwischen waren andere hinzugekommen, und es gab ein allgemeines Handgemenge. Levi spürte, wie jemand ihn an den Füßen packte und über die Straße zog. Er sah eine Klinge aufblitzen und versuchte sich zu befreien. Plötzlich hörte er über sich eine helle, klare und wohltönende Stimme:

»Schwert gegen Schwert! Stell dich!«

Der Mann, der Levi bedrohte, trug eigentlich kein Schwert, sondern eine Art Dolch, und sein Verteidiger – ein eleganter, reichgekleideter Herr – eine in der Champagne unbekannte Waffe, halb Schwert und halb Dolch. Die beiden Männer stellten sich in Positur, aber sie wurden getrennt. Ein neuer Kreis von Farandole-Tänzern bildete sich und zog die Zuschauer hinter der Prozession mit sich fort.

»Die Plagen Ägyptens wünsch' ich ihnen an den Hals«, fluchte Eliakim. »Sie haben mir mein Wams zerrissen.«

»Und ich hab' Nasenbluten«, jammerte Absalom.

»Wisch dir das Blut ab und danke Gott, daß du noch am Leben bist«, bemerkte Levi. »Es hätte schlimm ausgehen können.«

»Wer kam dir eigentlich zur Hilfe?«

»Das war ich.«

Es gab jetzt kein Licht mehr, und man sah nicht viel, aber es war dieselbe Stimme, dieselbe Gestalt.

»Wer bist du?«

»Jakob von Ascoli.«

»Jude?«

»Und Bankier. Ich bin zum ersten Mal in Troyes.«

»Komm«, sagte Levi, »das müssen wir feiern.«

»Und deine Hochzeit«, fügte Absalom hinzu und wischte sich die Nase.

»Du heiratest?« fragte Jakob von Ascoli.

»Beim nächsten Vollmond.«

»Da bin ich noch in Troyes«, entgegnete Jakob von Ascoli. »Wenn du mich einlädst . . .«

»Du bist schon eingeladen.«

»Auch das müssen wir begießen.«

Sie gingen in die Taverne der Fleischer, in der Levi es nie versäumte, die Geschichte von Kuntrass, seinem Großvater Abraham, den drei Zwergen und der gestohlenen Papyrusrolle zu erzählen.

»Was für eine Papyrusrolle?«

»Ich erzähl's dir später.«

Vor der Taverne, unter dem Faßband, das als Wirtshausschild diente, lockte ein Mädchen die Passanten:

»Habt ihr Hunger? Hier könnt ihr essen! Habt ihr Durst? Hier könnt ihr trinken!«

Die vier betraten das Wirtshaus und setzten sich an einen Tisch, an dem drei Männer beim Würfelspiel saßen:

»Himmel!« rief einer von ihnen, »zwölf Augen!«

»Zweimal vier und einmal zwei, das macht nicht zwölf, sondern zehn!«

»Na schön, aber zehn ist auch nicht schlecht. Dann schüttelt mal und macht's besser!«

Der Wirt stellte ihnen einen Krug mit dunklem Wein und vier Becher hin.

Jakob von Ascoli vertrat italienische Alaunhändler. Alaun war ein Mittel, das man als Beize in der Textilherstellung verwandte und von dem die drei Studenten an der Jeschiba von Troyes noch nie etwas gehört hatten. Aber das Alaun interessierte Jakob von Ascoli auch nicht besonders. Seine Leidenschaft, erzählte er, gelte den Waffen, und er besitze eine ganz hübsche Sammlung. Allein in den letzten Tagen habe er eine Armbrust aus Horn gekauft, wie man sie in Montbéliard früher schnitzte, und eine andere aus Eibenholz, die aus Valenciennes stammte.

Er war sehr hellhäutig und nach der Mode der christlichen Edelleute glatt rasiert. Im ersten Augenblick wirkte sein Wesen bestechend. Aber die Art, wie er die griechischen und lateinischen Dichter zitierte, die er auswendig kannte, verriet eine gewisse Selbstgefälligkeit, ja Verachtung. Levi hatte die Geschichte seines Großvaters Abraham noch nicht erzählt, aber inzwischen war ihm auch die Lust dazu vergangen. Er hätte am liebsten die Einladung zu seiner Hochzeit wieder rückgängig gemacht. Aber was versprochen ist, ist versprochen.

Als an diesem Morgen der Campanator an die Tür klopfte – einmal, zweimal, noch einmal –, um an das Gebet zu erinnern, war Levi schon wach. Der Rabbi der großen Synagoge, Simon ben Samson, holte ihn selbst ab und begleitete ihn bis zu dem Haus des Ewigen. Verwandte und Freunde mit Kerzen in der Hand umringten ihn. Nachdem Levi vom Rabbi zur Thora ermahnt worden war, wartete er im Hof auf seine Verlobte.

Die Sonne schien, und Levi war ganz aufgeregt. Plötzlich ertönte Zithern-, Lauten- und Flötenmusik: Seine Verlobte kam. Sie war bezaubernd in ihrem weißen Mantel, und Levi dachte, was für ein Glück er doch habe.

Esther war von ihrer Familie umgeben. Esra, Levis Vater, und sein Freund Jakob nahmen ihn in ihre Mitte. Rabbi Simon ging ihnen voran, und so führten sie ihn seiner Verlobten zu. Jakob von Ascoli schritt zwischen Eliakim und Absalom hinter der Verlobten. Er trug ein farbenprächtiges Gewand mit einem Schwert im Gürtel und wirkte wie ein orientalischer Großwesir.

Levi nahm Esthers Hand. Die Verwandten und Freunde warfen ihnen Weizenkörner zu: »Glück und zahlreiche Nachkommenschaft!« riefen sie. Sie betraten die Synagoge. Das zukünftige Paar setzte sich unter einen Baldachin. Levi, der nach Sitte und Brauch seit dem Abend zuvor nichts mehr gegessen hatte, fühlte sich schwach. Vergebens versuchte er, sich an die Riten zu erinnern.

Jetzt gingen sie wieder hinaus in den Hof. Levi ließ sich einfach führen. Man brachte ihn nach Hause, kleidete ihn neu ein, damit er sich auch als ein neuer Mensch fühle, und zog ihm zum Zeichen der

Demut und der Buße eine Kapuze über den Kopf. Dann kehrten sie in die Synagoge zurück. Man sprach das *Schachrit*, das Morgengebet, ließ Levi auf das Podium steigen und streute Asche auf sein Haupt. Dann holte er, begleitet von den Gelehrten der Stadt, seine Verlobte, die mit verschleiertem Gesicht noch immer bei den Musikern im Hof wartete.

Was jetzt folgte, erlebte Levi nur wie durch einen Nebel. Er betrat mit Esther die Synagoge, wo sich bereits die ganze Gemeinde versammelt hatte. Esther ging an seiner rechten Seite, wie es im Psalm geschrieben steht. Vier Männer nahmen Levi die Kapuze ab und setzten sie der Verlobten auf. Rabbi Simon segnete den Wein, dann reichte er Esther und Levi den Kelch. Nach Sitte und Brauch warf dieser ihn gegen die nach Norden gerichtete Wand.

»Tov! Massel tov! Viel Glück!«

Er fühlte sich leicht, beschwingt und vollkommen glücklich. Er dachte an einen Satz aus dem *Midrasch Bereschit Rabba*:

»Niemand verläßt diese Welt, der auch nur die Hälfte seiner Wünsche verwirklicht hätte.« Aber Levi hatte keinen Wunsch mehr.

Sie zogen durch die Stadt und tanzten nach dem Klang der Tamburine. Die Leute wichen ihnen aus und machten ihnen die Mitte der Straße frei, damit sie nicht in den Rinnstein treten mußten, durch den der Unrat floß.

Levi stieß mit seinen Freunden an und mit den Freunden seiner Freunde; er trank auch Jakob von Ascoli zu. Er tanzte unermüdlich. Einmal, bei einem Reigen, tanzte Esther zwischen Jakob von Ascoli und ihm. Am Ende des Tanzes umarmte er seine Frau, und Jakob von Ascoli umarmte sie auch ... Levi kannte Esther nicht besonders gut – kaum daß sie ein paar verstohlene Küsse getauscht hatten –, aber das Leben lag ja noch vor ihnen.

»Wem ein tugendsam Weib beschert ist, die ist viel edler denn die köstlichsten Perlen. Ihres Mannes Herz darf sich auf sie verlassen«, sagte er zu ihr und zitierte aus den Sprüchen.

Er fand sie noch schöner als in seiner Erinnerung, aber auch abweisender, nachdenklicher.

Die Nacht ging ohne ihn zu Ende: Er schlief betrunken ein. Als er erwachte, brummte ihm der Schädel, und der Magen drehte sich ihm um. Er stand auf und ging taumelnd aus dem Zimmer. Seine

Mutter Rebekka stand am Herd.

»Wo ist Esther?« fragte Levi.

»Sie ist ausgegangen.«

»Ausgegangen? So früh?«

»Sie ist noch jung. Sie wollte wohl ihre Eltern besuchen.«

»Wie ist sie denn nach Ramerupt gekommen?«

»Chanosch der Nachbar mußte heute nach La Chapelle. Sicher hat er sie mitgenommen.«

»Wo ist Vater?«

»In der Jeschiba.«

Levi ging hinaus auf den Hof, füllte einen Eimer Wasser, benetzte sich gründlich Arme und Gesicht und schüttelte den Kopf, um die Folgen der Nacht zu vertreiben, dann ging er zurück in sein Zimmer, um das Morgengebet zu sprechen.

Am Abend war Esther noch immer nicht zurück, und Levi fing an, sich Sorgen zu machen.

»Warte doch, bis Chanosch zurückkommt«, sagte seine Mutter. »Bestimmt hat sie nicht den Weg zu Fuß gemacht.«

Ein Diener brachte ihm ein mit rotem Wachs versiegeltes Pergament: Jakob von Ascoli teilte ihm mit, er reise mit einer Gruppe waadtländischer Kaufleute nach Genf weiter. Er danke dem Ewigen, ihm begegnet zu sein und bitte ihn für das, was er ihm angetan habe, um Verzeihung. Levi, der mit seinen Gedanken ganz woanders war, verstand nicht, was Jakob damit sagen wollte. Auch mit dem folgenden Zitat konnte er nichts anfangen: »Da sprach David zu Nathan: ›Ich habe gesündigt wider den Herrn.‹ Nathan sprach zu David: ›So hat auch der Herr deine Sünde weggenommen; du wirst nicht sterben.‹«

Aufgeregt wartete Levi auf Chanoschs Rückkehr. Als er endlich das Quietschen der Räder hörte, stürzte er auf die Straße: der alte Mann war allein. Nein, er habe Esther nicht gesehen, weder am Morgen noch am Abend. Levi suchte die ganze Stadt ab, als ob seine Frau um diese Zeit spazierengehen könnte. Erst beim Abendgeläute kehrte er heim und weigerte sich, an dem Festessen teilzunehmen, das denn auch eher an eine Trauerfeier erinnerte. Er flüchtete in sein Zimmer.

Eine ganze Weile blieb er liegen und starrte in die Dunkelheit, lauschte auf jedes Geräusch. Er wußte zwar, daß Esther aus Ramerupt nicht vor dem nächsten Tag zurück sein konnte, aber jeder Laut ließ ihn zusammenzucken, schien ihm vertraut, bevor er ihm fremd, ja feindlich vorkam. Ihm fiel ein, daß die Hoffnung nicht zu den Geboten zählte, die Moses auf dem Berg Sinai empfangen hatte, denn sie schützte vor nichts, noch half sie einem; sie hinderte nur daran, das Übel zu erkennen.

Als sein Vater schlafen ging, stand Levi auf, um zu beten. Die abschüssige Straße lag dunkel und verlassen da. Die Alten sagten, dies sei die Stunde, in der die Toten sich in der Synagoge versammeln, um das *Chazot* zu sprechen und die Zerstörung des Tempels zu beweinen. Er erinnerte sich an den Tod seiner Großmutter Chava und ihn schauderte.

Er konnte weder beten noch schlafen. Unter all den Bildern, die auf ihn einstürmten, sah er plötzlich Esther wieder, wie sie zwischen Jakob von Ascoli und ihm tanzte und sie beide einen nach dem andern umarmte. Ein heftiger Zweifel beschlich sein Herz, und in der Dunkelheit sah er zwei schweißbedeckte Körper, die sich nackt umarmten. Er sprang aus dem Bett. Jetzt war ihm alles klar, auch Jakob von Ascolis Brief. Wie war es nur möglich?

Diese Nacht wollte nicht enden. Kaum hatte der Campanator an die Tür geklopft, stürzte Levi zu seinem Nachbarn Chanosch und lieh sich ein Pferd. Im raschen Galopp ritt er nach Ramerupt, und nicht einmal als er durch La Chapelle kam, ließ er die Zügel locker. Vielleicht hatte er sich doch geirrt, und Esther war ganz einfach bei ihrem Vater? Seinem Pferd stand Schaum vor dem Maul, als er endlich vor dem Haus von Schemaria, Sohn des Jakob abstieg. Und dann wußte er Bescheid: Nein, Esther war nicht da. Der arme Schemaria bewegte die Lippen wie ein Karpfen.

Levi machte sich wieder auf den Weg nach Troyes, aber mit seinem erschöpften Pferd kam er nur noch mühsam voran, und so beschloß er, in La Chapelle zu übernachten. Auf dem Kirchplatz waren Leute gerade dabei, einen Scheiterhaufen zu errichten, offenbar für den nächsten Morgen. Levi erhoffte sich nichts sehnlicher, als daß man Esther, sein treuloses und sündiges Weib, dort verbrenne. Und dieser Jakob, verflucht sei sein Name bis zur dreizehnten Generation! Mit rotglühenden Zangen möge man ihn foltern und seine Knochen zu Staub zermahlen!

In der Herberge fand er noch Platz in einem Zimmer mit vier Betten, schlang eine Schale Suppe hinunter und legte sich sofort schlafen. Er träumte, Esther ersticke an einem blutigen, um ihren Körper gewundenen Tuch. Er erwachte und konnte kaum atmen. Sollte Esther sterben? Genügte es nicht, daß sie für immer den Frieden ihrer Seele verlor und verdammt war, nach ihrem Tod mit nackten Füßen bis zum Ende der Zeiten umherzuirren? Nach Meinung Raschis war nicht Eva, sondern die Schlange die wirklich Schuldige in der Schöpfungsgeschichte, denn sie wußte, was sie tat. Und Levi schwor sich, wenn dieser Jakob von Ascoli ihm je in die Hände fiele, ihm seine Glieder einzeln auszureißen, damit er nie in das Paradies eingehen könne, ihn zu verbrennen und seine Asche auf die Felder auszustreuen. Seine Wut erschöpfte ihn schließlich, und er schlief wieder ein.

Die nahen Kirchenglocken weckten ihn auf. Er erinnerte sich, und sein Herz wurde zu Asche. Er ging hinunter, um Wasser zu holen, vollzog die Waschung und sprach das Gebet. Dann stieg er wieder hinauf in sein Zimmer und trat ans Fenster: Um den Scheiterhaufen auf dem Platz hatte sich bereits eine riesige Menge versammelt. Ein Mann in rotem Wams, offenbar der Henkermeister, gab seinen – weißgekleideten – Knechten wohl die letzten Befehle. Rings um den Pfahl in der Mitte waren sorgfältig Strohbündel, Reisig und Holzscheite aufeinander geschichtet. Levi dachte wieder daran, daß es vielleicht Esther sein könnte, die hier verbrannt wurde. Plötzlich ging ein Raunen durch die Menge: »Da ist sie!« In Levis Zimmer drängten sich jetzt die Leute am Fenster und versuchten hinauszuschauen.

Die Frau, die zwischen den Wachen ging, war nackt. Ihr langes schwarzes Haar fiel lose auf die Schultern. Sie wirkte mit ihrer blendend weißen Haut zwischen all den bunten Kleidern wie ein fremdartiges Geschöpf. Die Wachen führten sie zu einer Stelle des Scheiterhaufens, wo eine kurze Trittleiter stand. Sie stieg die paar Stufen hinauf und lehnte sich ohne Widerstand gegen den Pfahl. Diese Resignation war sehr viel beeindruckender als jedes Schreien, jeder Widerstand.

Die Henkersknechte zogen ihr ein geschwefeltes Hemd über, banden sie mit Stricken um den Hals und die Fußgelenke und mit einer Kette um den Leib am Pfahl fest. Seit sie nicht mehr nackt war, sah man besser ihr Gesicht mit den breiten Wangenknochen und dem halbgeöffneten Mund. Sie blickte starr geradeaus, über die Männer hinweg, die dort, wo sie hinaufgegangen war, Holz und Reisig aufschichteten. Ihr Haar wehte im Wind.

Ein Geistlicher mit breiter Tonsur trat jetzt an den Scheiterhaufen heran, entrollte ein Pergament und verlas das Urteil: »In Inquisitations-Sachen entgegen und wider . . . Laut ihrer Bekenntnis und geständiger Aussag . . . Gemeinschaft und Unzucht mit dem Teufel . . .« Die Menge schrie vor Abscheu auf, einige bekreuzigten sich, spuckten auf den Boden oder kreuzten die Finger, um den bösen Zauber zu bannen. »Dem weltlichen Richter zu extradieren sei«, fuhr der Mönch fort . . . »Mit dem Feuer lebendig zu Staub und Asche gebracht werden . . .« Die Menge klatschte Beifall. Einige riefen häßliche Schimpfworte zum Scheiterhaufen hinauf. Doch dann wurde es still angesichts des nahenden Todes.

Aus den blutlosen Lippen der Frau drang eine Klage, eine lange Klage, die einem das Blut stocken ließ. Levi hätte sich am liebsten die Ohren zugehalten. Von ganzer Seele bereute er jetzt, daß er beim Anblick des Scheiterhaufens an Esther gedacht hatte.

Der Henkermeister warf die erste Fackel in das Stroh. Sofort schoß eine hohe gelbe Flamme auf. Seine Knechte zündeten den Scheiterhaufen an allen vier Ecken an. Feuer, Rauch. Die Frau, jetzt rings von den Flammen umgeben, stand unbeweglich. Sie hatte den Kopf, soweit es die Stricke erlaubten, zurückgeworfen. Noch immer drang dieser lange, monotone, durch Mark und Bein gehende Klagelaut von ihren Lippen, nur durch tiefe Atemzüge unterbrochen. Levi am Fenster spürte auf seinem Gesicht die Hitze des Feuers.

Die Flammen schienen lebendig zu sein wie eine Herde roter und gelber, geschmeidiger wilder Tiere, die ihre Beute umkreisten. Und eines sprang die Frau jetzt an! Ihr Kleid fing Feuer. Da schrie die Frau laut auf, und mehr als einer der Zuschauer wandte sich ab.

Levi drehte es den Magen um. Mit den Ellenbogen bahnte er sich einen Weg, um vom Fenster wegzukommen, und lief die Treppe hinunter. Er rannte hinüber in den Stall und sattelte sein Pferd. Die

Frau schrie nicht mehr. Ein Geruch nach Schwefel und verbranntem Fleisch lag in der Luft. Es war vollkommen still. Levi entfernte sich im Galopp.

Esther war nicht zu Hause, und so mußte er sich wohl damit abfinden. Seine Freunde versuchten, ihn zu trösten:

»Du kannst den *Get*, die Scheidung, beantragen und dich wieder verheiraten«, schlug Eliakim der Magere vor. »Dem Ewigen sei Dank, es mangelt nicht an hübschen Mädchen in Troyes!«

»Und wenn sie zurückkommt?« fragte Jakob. »Was machst du dann?«

Levi schwieg. Er konnte sich nicht vorstellen, ob er ihr dann den Rücken zuwenden oder ihr um den Hals fallen würde.

»Du könntest sie bestrafen«, schlug Absalom vor.

Jakob ging ein paar Schritte auf Levi zu:

»Weißt du, weshalb der Schöpfer – gepriesen sei sein Name – sich beim ersten Sündenfall im Garten Eden an Adam wandte und ihn fragte: ›Wo bist du?‹, eine völlig unnütze Frage, denn er wußte ja, wo seine Geschöpfe waren. Er wollte, daß Adam ohne Furcht mit ihm redete, er suchte das Gespräch mit ihm.«

»Aber er hat ihn trotzdem aus dem Paradies vertrieben«, bemerkte Eliakim.

»Gewiß, aber erst, nachdem er ihm Gelegenheit zur Reue gegeben hatte.«

Eine Woche lang sprachen sie immer wieder alle Möglichkeiten durch. Sie arbeiteten zusammen in einem winzigen Zimmer, in dem die Möbel – zwei Schreibpulte, ein Tisch, zwei Bänke, Büchergestelle – mehr Platz einnahmen als sie selbst. An den Schreibpulten kopierten Levi und Eliakim stehend Raschis Kommentare. Absalom und Jakob studierten währenddessen fleißig die Bücher und Schriftrollen. Trotz seiner jungen Jahre versprach Jakob, es seinem Großvater, dem Raschi, einmal gleichzutun, und einige sprachen schon davon, ihn zum Oberhaupt der Akademie von Troyes zu berufen.

Er schlief manchmal bei Levi, solange er noch – allerdings mit nur mäßigem Eifer – nach einem Haus suchte, wo er seine Habseligkeiten und seine Bücher unterbringen konnte. Das meiste war nämlich noch in Ramerupt geblieben, und seine Gläubiger bestanden darauf, daß er nichts wegholte.

Eines Abends, vielleicht eine Woche nach der Hochzeit, kamen Jakob und Levi zusammen nach Hause. Es war ein regnerischer, warmer Sommertag. Kaum hatten sie die Tür geöffnet, wußten sie beide, daß Esther zurückgekommen war. Die ganze Familie stand um sie versammelt. Sie selbst, grau in einem grauen, regendurchnäßten Kleid, starrte reglos über die anderen hinweg ins Leere.

Als sie Levi sah, senkte sie den Kopf und sagte mit leiser, aber deutlicher Stimme:

»Ich habe gesündigt, ich habe gesündigt! Der Ewige möge mir vergeben und mein Gatte barmherzig sein!«

Den Blick zu Boden gesenkt ging sie mit steifen Schritten auf Levi zu und fiel vor ihm auf die Knie.

»Sie ist vorhin im strömenden Regen gekommen«, erklärte Esra seinem Sohn, »und sie wollte sich nicht von der Stelle rühren, ehe du da bist.«

Levi sah auf seine Frau hinunter, die wie ein Haufen abgelegter Kleider dalag und darauf wartete, ob er sie verstieße. Er dachte an die Frau auf dem Scheiterhaufen in La Chapelle und beugte sich zu ihr hinunter, um ihr übers Haar zu streichen. Da brach sie, vor Jammer und Glück zugleich, in heiße Tränen aus.

Jakob, der alles nachdenklich beobachtet hatte, erinnerte jetzt an die Worte des Raschis:

»Im Anfang gedachte der Ewige – gepriesen sei sein Name – die Welt nach unerbittlichen Gesetzen zu lenken, aber er sah, daß niemand davor Bestand haben konnte. Da gab er der Barmherzigkeit den Vorrang vor der Unerbittlichkeit.«

Levi sah zu seinem Freund hinüber, und ihre Blicke kreuzten sich. Er richtete sich wieder auf, aber Esther klammerte sich an seine Hand.

»Ich habe ihr verziehen«, sagte er. »Für das Leid, das sie mir angetan hat, ist sie bestraft genug. Aber dafür, daß sie sich gegenüber dem Ewigen – gepriesen sei sein Name – versündigt hat, wird sie Buße tun.«

»Welche Buße?« fragte Jakob leise.

»Das Wort, das uns hilft zu erkennen und zu verstehen und mit dem der Ewige die Welt geschaffen hat . . . Das muß den Gerechten vorbehalten bleiben, um dessentwillen, der da kommen wird . . .«

Tränen stiegen ihm in die Augen, aber er spürte alle Blicke auf sich gerichtet und fuhr fort:

»Deshalb soll Esther bis zum Fastentag des nächsten Kippur-Festes des Wortes beraubt sein. Ihre Ohren soll sie verschließen. Sie wird nicht sprechen und nicht hören. Sie wird unter uns und doch fern von uns sein wie eine Taubstumme . . . Sie wird von uns ausgeschlossen sein, aber mit uns im Gebet, das sie vor dem Angesicht des Ewigen – gepriesen sei sein Name – von ihren Sünden reinwaschen wird . . .«

»Amen, Amen!« erwiderte die Familie.

Esther küßte die Hand ihres Gatten. Ihr Vater, Schemaria ben Jakob, der den Namen seiner Tochter nicht mehr ausgesprochen hatte, seit sie verschwunden war, wollte sie in seine Arme nehmen, aber er fiel ohnmächtig zu Boden.

Jom Kippur verging mit seinen Bußzeremonien, aber Esther blieb stumm und taub, als sei ihre Stimme zusammen mit ihrer Sünde für immer in ihrem Körper eingeschlossen. Sie hatte eine Fehlgeburt, dann gebar sie ein totes Kind. Sie weinte nicht, denn noch war die Buße nicht zu Ende.

Levi half Jakob während dieser Zeit in der Akademie von Troyes, der es an Studenten nicht fehlte. Sie kamen aus Lyon, Blois, sogar aus Narbonne, aber auch aus Deutschland und Böhmen. Zu Hause erklärte er seinem Weib immer wieder, die Strafe habe nun ein Ende, die Zeit sei gekommen, wieder normal zu leben, und er wolle ein Kind. Sie blieb zwar nach wie vor in sich gekehrt, aber sie schenkte ihm den ersehnten Sohn: Im Herbst des Jahres 4884[55] nach der Schöpfung der Welt durch den Ewigen – gepriesen sei sein Name – wurde ihnen ein prächtiges, schreiendes und strampelndes Kind geboren, das Levi Elias nannte und hinter seinem eigenen Namen in Abrahams Rolle eintrug. Dann lief er eilends in die Synagoge, um dem, der das Leben schenkte, zu danken.

[55] 1124

21

Troyes
Der Jude mit dem Schwert

Elias, Levis und Esthers Sohn, wuchs auf im Schweigen seiner Mutter. Gewiß verstand sie es, zu ihrem Sohn mit ihren Augen und ihren Händen zu sprechen, mit der Nahrung, die sie ihm bereitete, den Kräutertees, die sie ihm kochte, wenn er Fieber hatte, aber nie sagte sie auch nur seinen Namen. Eines Tages war er alt genug, um zu verstehen, daß dieses Schweigen ein Schweigen der Sühne war. Er versuchte nicht, den Grund dafür zu erfahren, und niemand wagte es oder verstand, es ihm zu erklären – er hörte nie etwas von Jakob von Ascoli. Er gewann dadurch eine gewisse Härte des Charakters, eine Art düsteren Stolz, der ihn von den Männern, die man seit Generationen in der Familie kannte, unterschied. Mit achtzehn Jahren war er einer der ersten Juden, die ein Schwert trugen, was zumindest nicht verboten war. Er hatte schließlich allen Grund, an der Macht der Worte allein zu zweifeln.

»Wie wollt ihr euch denn verteidigen?« fragte er bei den Versammlungen der Juden, »wenn die Christen euch erneut bekehren wollen oder euch mit dem Tod bedrohen?«

Er war einundzwanzig Jahre alt, als der Sinn seiner Fragen allen offenbar wurde. Denn in diesem Jahr nahm der fromme König Ludwig von Frankreich das Kreuz, um mit Kaiser Konrad in das Heilige Land zu ziehen. Diesmal ging es nicht mehr darum, Jerusalem zu erobern, sondern es gegen die Angriffe der Muselmanen zu verteidigen.

Und wie einst fand sich auch diesmal jemand – Peter der Abt von Cluny –, der aufstand und rief: »Wozu sollen wir bis ans Ende der Welt ziehen, unsere tapferen Männer und unser Geld opfern, um die Sarazenen zu bekriegen, wenn wir unter uns andere Ungläubige dulden, die sich an Christus tausendmal mehr versündigt haben?« Es gab viele durch die Lande irrende Banden, die sogleich das Wort in die Tat umsetzten und auf die Juden losgingen.

So drang eines Tages in Ramerupt eine Gruppe von Pilgern in das Haus von Jakob, Raschis Enkel ein, der jetzt den Beinamen Rabbenu Tam, unser unbestechlicher Herr, trug. Sie plünderten und verwüsteten alles, zerrissen eine Thora-Rolle und führten ihn dann mit Gewalt hinaus auf ein Feld, beschimpften ihn und schlugen auf ihn ein: »Du bist der größte der Juden«, sagten sie, »an dir rächen wir den Gekreuzigten. Du sollst die fünf Wunden davontragen, die die Juden dem Heiland zugefügt haben.«

Rabbenu Tam hätte fast sein Leben gelassen. Aber der Ewige hatte Mitleid mit ihm. Er schickte ihm einen vornehmen Herrn über den Weg, den Rabbenu zu Hilfe rief und dem er ein Pferd im Wert von fünf Goldstücken versprach, wenn er ihn rettete. Da begann der Herr mit den Pilgern zu verhandeln: »Überlaßt ihn mir für heut, ich werde mit ihm sprechen. Vielleicht kann ich ihn überreden, sich zu bekehren. Sonst sollt ihr ihn morgen wiederhaben.« Rabbenu Tam wurde also gerettet. Aber er sprach nicht gern über dieses Abenteuer:

»Was bedeuten schon diese paar Wunden, verglichen mit all den Toten und den verwüsteten Gemeinden?«

Sein Bruder, Rabbi Samuel, dankte dem Herrn, der in seiner Gnade Rabbenu Tam beigestanden hatte, und lehrte die Studenten der Jeschiba, solange die Welt bestehe, schütze der Allmächtige – gepriesen sei sein Name – die Verfolgten: So bewahrte er Jakob vor Esaus Zorn, David vor dem mächtigen Goliath, Joseph vor seinen Brüdern und Moses vor den Ägyptern.

»Sie alle«, schloß er, »wurden von dem Ewigen gerettet, weil sie Verfolgte waren.«

Und Rabbi Samuel fuhr fort:

»Das Rind wird vom Löwen gejagt, die Ziege vom Panther, das Lamm vom Wolf: Doch der Ewige sagt, bringt mir kein Opfer mit den Tieren, die da jagen, sondern mit den Gejagten.«

Elias hob den Arm und bat um das Wort:

»Aber wo liegt da die Gerechtigkeit, Rabbi?«

Wie meistens auf seine Bemerkungen hin erhob sich lauter Protest. Rabbi Samuel beruhigte die Studenten und sagte:

»Nur die Unschuld ist der Liebe des Ewigen würdig.«

In Tsarfat[56] blieben die Juden von dieser neuen Armee der Kreuzfahrer weitgehend verschont. Wieder einmal litten die deutschen Gemeinden am meisten unter den durchziehenden »Soldaten Christi«. Die Ausschreitungen waren derart, daß Bernhard, der Abt von Clairvaux, der zu dem Kreuzzug aufgerufen hatte, in aller Eile nach Mainz reisen mußte, um Radulph, einen Mönch, der einen deutschen Pilgerzug anführte, zu bitten, die Judenverfolgungen einzustellen.

»Wir müssen lernen, uns selbst zu verteidigen«, wiederholte Elias immer wieder vor den Studenten und den Rabbinern in der Jeschiba.

»Nein«, erwiderte Rabbenu Tam dem Sohn seines Freundes Levi. »Nein, Elias. Um uns gegen die Übermacht der Völker erfolgreich zu verteidigen, sind wir einfach nicht zahlreich genug. Unsere Zukunft hängt vielmehr von unserer Einigkeit und unserer Achtung der Gesetze ab . . . Und es wäre besser, wenn wir endlich aufhören würden, uns bei den Gojim zu beklagen und unsere Streitigkeiten vor die Richter anderer Völker zu tragen. Das gibt ihnen nur das Gefühl, über uns Macht zu besitzen. Wir haben uns einzig und allein vor dem Ewigen, dem Gott Israels, zu verantworten und vor niemandem sonst. Das ist unsere Stärke.«

»Wie soll man diese Gebote aufstellen, sie bekanntmachen und unsere Brüder dazu bringen, sie einzuhalten?« fragte Elias.

»Wir müssen sie eben dazu zwingen«, erwiderte Rabbenu Tam.

»Und wie?« – »Durch den *Cherem*, den Bann.«

So wurde der Gedanke der ersten jüdischen Synode in Frankreich geboren, die vier Jahre später in Troyes mitten in der Messezeit abgehalten wurde. Während Berittene auf allen Straßen zwischen der Champagne und Flandern mit wichtigen Schriftstücken und Wechselbriefen unterwegs waren, sich die Waren in den Markthallen stapelten, in den Herbergen kaum noch Platz für die vielen Gäste war und man die unterschiedlichen Dialekte und Sprachen der Kaufleute aus Montpellier, Barcelona, Valence, Lerida, Genf, Ypern, Genua, aus der Picardie und der Auvergne hören konnte –,

[56] Auf hebräisch Frankreich (A. d. Ü.)

ausgerechnet zu dieser Zeit trafen hundertfünfzig Rabbiner in der Stadt ein, die bedeutendsten Vertreter der jüdischen Gemeinden des ganzen Landes.

Levi weinte vor Freude. Zwanzig Jahre zuvor hatte in Troyes ein Konzil stattgefunden, zu dem Bernhard von Clairvaux aufgerufen hatte. Diesmal war die Reihe an den Juden, ihre Einigkeit zu dokumentieren. Die Gelehrtesten unter ihnen sollten sich in gemeinsamer Arbeit auf einheitliche Richtlinien einigen und Verordnungen schaffen, die für alle Juden in Tsarfat gültig sein sollten. Selbst Elias war beeindruckt von der Macht, die diese hundertfünfzig Rabbiner verkörperten, auch wenn diese Macht keine kriegerische war und hundertfünfzig Mordgesellen genügt hätten, um ihnen die Köpfe abzuschlagen.

Nach einer Woche der Beratung gab die Synode ihre Beschlüsse bekannt, die Rabbenu Tam verkündete: »Wir, die Ältesten und Weisen aus Troyes und den umliegenden Orten, die Gelehrten aus Dijon und den umliegenden Orten, die Abgeordneten aus Auxerre, Sens und den benachbarten Dörfern, die Ältesten aus Orléans und den umliegenden Orten, unsere Brüder aus Chalon-sur-Saône, die Gelehrten aus den Ländern am Rhein, aus Paris und den benachbarten Orten, aus Melun und Etampes, die Abgeordneten aus der Normandie und den Küstenstädten, die Vertreter aus Anjou und Poitou, die Ältesten aus Lothringen, die größten Geister unserer Generation, haben uns zu gemeinsamer Beratung versammelt ... Wir haben das Folgende beschlossen, verordnet und verkündet ...«

Die Beschlüsse von Troyes wurden nicht nur von den Rabbinern, sondern auch von den Studenten der Jeschiba, den Kaufleuten, den Berittenen und den Reisenden von Gemeinde zu Gemeinde getragen. Und noch lange danach wurde in den Gerichten der jüdischen Gemeinde der hier ausgearbeitete Beschluß angewandt, der Gesetzeskraft hatte.

Die Grafen der Champagne störten sich nicht weiter daran, daß die Juden von Troyes an der Spitze einer Bewegung standen, die ganz eindeutig ihre Eigenständigkeit behauptete. Im Gegenteil, da es nun einmal die Juden gab, freuten sie sich darüber, daß die Akademie von Troyes eine der berühmtesten Frankreichs war und

Rabbenu Tam ebenso wie Raschi aus Troyes stammten. Die Champagne war ein Land, das für alle Geistesströmungen offen war. Clairvaux lag nicht weit von Troyes entfernt, und Abaelard hatte gerade ganz in der Nähe das Kloster von Paraklet gegründet, wo er die Dogmen der Kirche mit überlegener Dialektik kritisierte.

Elias mußte zwar einsehen, daß angesichts dieses Erfolgs sein Ruf nach den Waffen viel von seiner Überzeugungskraft verlor – aber er trennte sich trotzdem nicht von seinem Schwert, über das sich übrigens niemand mehr wunderte. Tagsüber ging er seinem Beruf als Schreiber nach, abends trainierte er zusammen mit ein paar rauhbeinigen Gesellen, die sich für die Turniere vorbereiteten. Da er nicht reich genug war, um sich ein Streitroß zu kaufen, bot er seine Dienste den Rittern an, die mehrere besaßen und immer jemanden suchten, der sie zum Kampf einritt. Man nannte ihn abwechselnd den »Schreiber« oder den »Juden«: Beides erschien ihnen gleich absonderlich, diesen stiernackigen Kämpen, deren einzige Leidenschaft es war, um den Preis zu kämpfen, um den Ruhm oder auch nur um den Ehrgeiz, stärker zu sein als der Gegner.

Oft kehrte Elias mit Verletzungen oder einer Verstauchung heim. Seine Mutter und später, als er verheiratet war, seine Frau mußten ihn dann mit Schlangenöl oder Arnikasalbe einreiben. Und jedesmal erklärte er ihnen, ohne Anstrengung könne man nichts erreichen, und er lerne immer etwas dazu.

»Die Feinde der Juden sollen sich nur in acht nehmen«, bemerkte eines Tages sein Vater, als Elias mit einer ausgerenkten Schulter heimkehrte.

Hatte er es spöttisch gemeint? Sicherlich, aber nicht ohne eine gewisse Zärtlichkeit und Bewunderung. Denn Levi verstand sehr gut, was sein Sohn wollte:

»Für diese Herren«, hatte Elias ihm oft auseinandergesetzt, »zählen nur die Kraft der Arme und Schenkel, die Geschicklichkeit, ein Streitroß zu führen, die Gleichgültigkeit gegenüber dem Schmerz und dem Tod. Und du kannst sicher sein, die, mit denen ich kämpfe, lernen, die Juden zu respektieren, selbst wenn ich es mit ein paar Tropfen Blut und lahmen Gliedern bezahlen muß.«

Seine Frau Bathschewa gebar ihm einen Sohn, den er in Erinnerung an Raschi Salomon nannte, denn er hatte durchaus auch Achtung vor dem Geist. Und als er älter und ruhiger wurde und nur noch selten zum Turnierplatz am Seineufer hinunterging, verwandte er seine Kenntnis des Rittertums, seine Treue zur jüdischen Tradition und seine Fertigkeit als Schreiber darauf, Ritterromane zu verfassen, deren Helden Gestalten aus der Heiligen Schrift waren. Einer seiner Romane fing wie folgt an:

»König David ließ den Ritter Joab zu sich rufen. ›Joab, mein Freund‹, sagte er zu ihm, ›die Söhne Ammons sammeln sich in der Stadt Rabba und rüsten zum Kampf. Führ du meine Armee an und schlag die Feinde in die Flucht.‹ – ›Sire‹, erwiderte der tapfere Joab, ›macht keine langen Worte. Im Vertrauen auf Gott werde ich diese Schlacht gewinnen!‹ . . .«

Als Elias vierzig Jahre alt war, starb sein Vater Levi, und solange sein Sohn Salomon noch zu jung war, um ihm zu helfen, mußte er die eingehenden Aufträge allein bewältigen; so hörte er wohl oder übel wie zehn Jahre zuvor mit dem Turnierspiel jetzt mit dem Romaneschreiben auf. Aber er trug noch immer ein Schwert, das, wenn es auch leichter als ein Kampfschwert war, doch nicht weniger Respekt einflößte.

Eines Tages bat Rabbenu Tam Elias, ihn zum Schloß zu begleiten: Der Graf der Champagne, Henri – der den Beinamen der Freizügige trug – lud ein- oder zweimal im Jahr die Weisen der Gemeinde zu sich. Seine Frau Marie und er beauftragten Dichter wie Chrétien, der aus Troyes stammte, und belohnten sie fürstlich für ihre Werke. Auch die Troubadoure erfreuten sich ihrer Gunst. Rabbenu Tam, inzwischen fast siebzig Jahre alt, war ein dürrer Greis mit immer noch regem Geist und Verstand. Der Graf der Champagne machte sich stets ein Vergnügen daraus, ihm Fragen zu stellen, die der Rabbenu so geschickt beantwortete, als hätte er ihre Doppeldeutigkeit gar nicht bemerkt.

Elias betrat zum erstenmal das Schloß, in dessen Schatten er geboren und aufgewachsen war. Er wäre am liebsten überall stehengeblieben, wo sie vorbeikamen: vor dem Hundezwinger, der Schmiede, den Ställen, den abgerichteten Falken, aber Rabbenu zog ihn jedesmal rasch weiter. Über eine in den Fels gehauene Treppe gelangten sie zum oberen Hof, der von dem mächtigen Turm überragt wurde.

Auf dem gepflasterten Schloßplatz ging es zu wie in einem Bienenstock. Elias war ganz geblendet von der kostbaren Kleidung all dieser edlen Herren und Damen: gold- und silberbestickte seltene Stoffe, mit Schmuck und Edelsteinen besetzt . . . Henri der Liberale begrüßte erfreut seine Juden und bat sie, sich bei ihm wie zu Hause zu fühlen. Seine Gattin, sagte er, sei noch mit einem Minnestreit beschäftigt und das Urteil noch nicht gesprochen. Er hatte inzwischen einige seiner Gäste zu sich gewinkt, die bald neugierig einen Kreis um sie bildeten, und sogleich stellte er Rabbenu Tam eine Frage, die er gewiß schon seit langem vorbereitet hatte:

»Saul«, sagte er, »hat weniger gesündigt als David. Und doch zog Gott David vor. Kennt unser teurer Rabbi den Grund dafür?«

Er kniff vor Schadenfreude die Augen zusammen, aber der alte Rabbi erwiderte mit nicht weniger großem Vergnügen:

»Eines Tages wurde König David gefangen genommen und nur gegen das Versprechen eines hohen Lösegelds wieder freigelassen. Aber statt das versprochene Geld zu bezahlen, kauften seine Diener dafür ein Stück Land, das sie David schenkten. Der jedoch schätzte seine Ehre höher ein als die schönsten aller Ländereien und tadelte seine Diener. Saul dagegen ließ sich nach seinem Sieg über die Amalekiter von der fetten Beute verlocken und raubte sie, obwohl Gott ihm befohlen hatte, alles zu vernichten. Das sind die Gründe für die Wahl des Ewigen, gepriesen sei sein Name.«

»Ehre und Vertrauen über alles«, entgegnete der Graf, höchstbefriedigt, daß Rabbenu Tam auch dieses Mal die rechte Antwort gefunden hatte.

»Man könnte fast meinen, der Rabbi habe Chrétiens Romane gelesen«, warf ein Mann in grünem Seidenwams mit spöttischem Ton ein.

»Ich weiß nicht, ob er meine Romane gelesen hat«, erwiderte sogleich der, der wohl Chrétien sein mußte – von eher schmächtiger Gestalt, trug er einen blauen, bestickten und an den Schultern mit Pelz besetzten Brokatmantel –, »aber es würde mich wundern, wenn er die Euren gelesen hätte, Gauthier.«

Der Graf legte Rabbenu Tam eine Hand auf den Arm und beugte sich zu ihm:

»Wie erklärt Ihr es euch, daß diese Männer, die zu unserer Erbauung höfische Romane schreiben, sich untereinander wie die Stallknechte benehmen? Und außerdem sind sie unzertrennlich!«

»In der Freundschaft«, erwiderte Rabbenu Tam, »muß es immer einen kleinen Platz für den Streit und im Streit einen anderen für die Versöhnung geben.«

Elias bewunderte den alten Rabbi, der sich, mit seinem krummen Rücken, seinem fahlen Gesicht, dem dünnen, weißen Bart, dem dunklen, fadenscheinigen Kleid so natürlich und ungezwungen inmitten von Reichtum, Jugend und Glanz bewegte. Er erinnerte sich an die häufigen Streitgespräche mit seinem Vater – Gott schenke seiner Seele Frieden – zwanzig Jahre zuvor: ob der Geist oder das Schwert mächtiger sind. Wie rasch das Leben verging.

Seit Rabbenu Tam und Elias gekommen waren, hatten sie die Troubadoure beobachtet, die sich über die Themen ihrer Lieder und die Gäste, die es während des Soupers zu ehren galt, einigten. Jetzt jedoch trug eine junge Frau das »Klagelied der Weberinnen« vor:

Weben Seide Tag um Tag,
Haben selbst kein Kleid,
Bleiben arm und bloß.
Und nie reicht der Lohn
Für ein wenig mehr zu essen,
Hunger bleibt und Durst . . .

Man hätte es vielleicht sonderbar finden können, solch ein Lied in all diesem Luxus zu hören, aber so war Henri der Liberale nun einmal, und inzwischen wunderte sich niemand mehr darüber. Nach den letzten Zeilen spendeten alle Beifall:

Wagen uns nicht auszuruhen,
Wenn wir müde sind,
Fürchten harte Straf.

Das junge Mädchen verneigte sich, ergriff eine Laute, zupfte einen Akkord und deutete auf den Verfasser des Liedes, Chrétien de Troyes, der eine bescheidene Miene aufsetzte.

Gauthier d'Arras ließ sich die Gelegenheit nicht entgehen:

»Unser großer Dichter läßt auch den Webstuhl zu Ehren kommen.«

Zwischen den beiden feindlichen Brüdern flammte der Streit wieder auf. Rabbenu Tam führte Elias zu den Gemächern des Grafen neben dem Schloßturm. Die große Tür öffnete sich auf einen riesigen Saal mit Wandteppichen, Jagdtrophäen und Fresken. In der Mitte hatte man ein Podium errichtet; dort fand gerade ein Minnegericht statt, das, wie sich Rabbenu Tam ausdrückte, Sonderbarste, was man sich vorstellen kann. Etwa ein Dutzend edler Frauen oder Schloßherrinnen pflegten sich regelmäßig zu versammeln und über eine Frage zu debattieren. Anschließend fällten sie ein Urteil. Die heutige Frage, so erklärte ihnen der Kanzler Haice de Plancy, lautete: Ist die Ehe der Feind der wahren Liebe? Aber die Verhandlung war bereits beendet, und Marie de Champagne wollte das Urteil verkünden.

In diesem Augenblick gesellte sich Gauthier d'Arras zu Jakob und Elias und fragte sie, ob sie mit Juden von Blois bekannt seien. Da er in der Gunst des Grafen Thibaud stehe, verbringe er dort die meiste Zeit. Rabbenu Tam erwiderte, er unterhalte einen Briefwechsel mit Rabbi Jechiel ben David. Ob der Rabbi wisse, erkundigte sich Gauthier, daß der Graf eine jüdische Geliebte, Polcelina, habe. Die Juden der Stadt, so behauptete er, zögen daraus so manchen Vorteil. Rabbenu Tam warf Elias einen skeptischen Blick zu. Gauthier redete unablässig weiter, fragte, warum die Juden, die doch so viel schrieben, nie einen Ritterroman verfaßt hätten. Rabbenu Tam unterbrach ihn und deutete auf Elias:

»Ihr irrt euch«, sagte er, »hier habt Ihr einen Autor vor Euch.«

Gauthier d'Arras war sprachlos. Elias gab zu, er habe zwar vor einigen Jahren Romane geschrieben, aber auf hebräisch. Sie seien nicht übersetzt.

Gräfin Marie sollte jetzt ihr Urteil verkünden, und man bat um Ruhe. Sie stand in einem blauen Samtgewand auf dem Podium, mit einem blitzenden Diadem auf ihrem mit Goldfäden zu langen Zöpfen geflochtenen Haar. Mit heller, fester Stimme verkündete sie die Entscheidung des Minnehofes:

»Wir alle, die hier anwesend sind, sind der unumstößlichen Meinung, daß zwischen Ehegatten die Liebe ihr Recht verwirkt. Die

Liebenden gewähren einander frei, ohne Verpflichtung und ohne Not alles, während die Gatten gebunden sind, dem anderen zu Willen zu sein. Dieses Urteil, das wir verkünden, nachdem wir mehrere Damen angehört haben, werde als unumstößliche dauernde Wahrheit anerkannt.«

Rabbenu Tam amüsierte sich sehr, aber nur Elias, der ihn kannte, bemerkte es. Übrigens gab der alte Rabbiner bald das Zeichen zum Aufbruch, denn aus religiösen Gründen konnten sie nicht an dem Festmahl mit Wildragout und verschiedenen Braten teilnehmen, dessen köstlicher Duft den Gästen bereits in die Nase stieg. Bevor Rabbenu Tam sich hastig verabschiedete, um der Sünde der Schlemmerei zu entgehen, fragte Gauthier d'Arras Elias, ob er mit einem seiner Romane nicht einmal nach Blois kommen könne. Elias erwiderte, das würde er gern tun.

»Ich werde Euch durch den Grafen einladen lassen«, versprach Gauthier.

Die Einladung kam ein Jahr später. Gauthier d'Arras erinnerte Elias an ihre Begegnung in Troyes und teilte ihm mit, der Graf von Blois, Thibaud, würde »den Juden mit dem Schwert« gern einmal kennenlernen.

Elias, der gerade einen seiner Romane, die ursprünglich auf hebräisch geschrieben waren, in achtfüßige französische Verse übertragen hatte, freute sich sehr darüber. Mit seinen achtzehn Jahren war sein Sohn Salomon vernünftig genug, um während seiner Abwesenheit die laufenden Arbeiten zu erledigen und sich um die drei Frauen im Haus zu kümmern, seine noch immer stumme Großmutter Esther, seine Mutter Bathschewa und seine Schwester Ruth. Elias kaufte von den Turnierreitern am Seineufer zu einem besonders günstigen Preis einen alten, abgehalfterten weißen Zelter und machte sich auf den Weg.

Während er so allein mit seinem Pferd, seinem Schwert und seinem Roman dahinritt, überkamen ihn sonderbare Zweifel. Er fragte sich, ob sein eigentliches Schicksal nicht gewesen wäre, einer jener Minnesänger oder Turnierkämpfer zu werden, die von Schlacht zu Schlacht zogen, von Schloß zu Schloß, von Herz zu Herz, und die ein so schlichtes, gefahrloses Leben zu Tode langweilen würde. Aber er vertrieb bald diese nutzlosen Träumereien aus seinem Herzen und ließ sich dafür zwischen Orléans und Blois von den leichten Früh- und Abendnebeln gefangennehmen, den schieferfarbenen, trägen Wassern der Loire. Wie weit erschien ihm Troyes! Er bedauerte es nicht, Schreiber zu sein, obwohl ihm bewußt wurde, daß aus ihm auch ein ganz anderer Elias hätte werden können. Er sagte sich, das Wichtigste sei der Kampf gegen Ungerechtigkeit und Vergessen, entweder mit dem Schwert oder mit der Feder.

Als er am Abend in Blois ankam, fand er es schon zu spät, um zum Schloß zu gehen, wo Gauthier d'Arras ihn bereits erwartete. Auch zu Rabbi Jechiel ben David, für den Rabbenu Tam ihm einige Schriften mitgegeben hatte, wollte er so spät nicht mehr gehen. So machte er sich auf den Weg zu den Brüdern Gabriel und Chedin ben Moses, Weinbauern, die früher in Troyes gelebt hatten und jetzt eine Meile von Blois entfernt einen ganzen Hügel bebauten. Man hatte ihn allerdings gewarnt, die Brüder seien gelegentlich etwas grob; außerdem würden sie ihren Gästen gern und ausgiebig ihre Weine kredenzen.

Die Tür war verschlossen, im Haus war es still. An einer kleinen Rauchwolke über dem Kamin sah man jedoch, daß jemand da sein mußte. Elias klopfte an die Tür, dann an den Fensterladen. Vergebens. Da rief er:

»Ich bin Elias, Sohn des Levi, und komme aus Troyes wie ihr. Wenn ihr mich hört, macht mir auf!«

Er spürte, wie ihn jemand durch einen Spalt beobachtete, dann hörte er, wie die schwere Holzstange zurückgeschoben wurde. Die Tür öffnete sich halb. Die beiden Brüder – zwei von der Sonne verbrannte, kurzbeinige und breitschultrige Bauern mit dem Gebetsmantel über dem Arm – baten Elias einzutreten. Er band sein Pferd an einem Ring neben der Tür fest und folgte den beiden Brüdern in das Halbdunkel des Hauses.

»Wenn du hier übernachten willst«, sagte einer der Brüder, »mußt du dein Pferd mit reinnehmen.«

»Aber wenn du für dein Leben fürchtest, gehst du besser gleich nach Troyes zurück.«

Man führte Elias im Dunkeln am Arm zu einer Bank. Er setzte

sich. Dann stellten sie ihm einen Becher hin – kühlen Weißwein, den er mit Vergnügen trank. Und erst jetzt berichteten ihm die beiden Brüder Gabriel und Chedin:

»Es ist wegen Polcelina . . .«

»Diese Hure!«

»Sie ist von Tours gekommen, um mit dem Grafen das Lager zu teilen . . .«

»Und jetzt rächt die Gräfin sich an allen Juden!«

»Wir Unglücklichen!«

Elias erinnerte sich, daß schon Gauthier d'Arras ihm von der jüdischen Geliebten des Grafen von Blois erzählt hatte – und er erinnerte sich auch an Rabbenu Tams zweifelnde Miene. Der alte Fuchs hatte recht behalten, und jetzt war das Unglück da. Die beiden Brüder erzählten ihm, was im einzelnen geschehen war. Inzwischen war es stockfinstere Nacht, und er konnte nicht einmal mehr ihre Gesichter sehen.

Folgendes hatte sich zugetragen: Zwei Tage zuvor hatte ein Diener des Schlosses unter Eid erklärt, er habe mit eigenen Augen gesehen, wie der Schreiner Isaak ben Eliasar mit seinem Esel hinunter zur Loire gegangen sei und die Leiche eines christlichen Jungen ins Wasser geworfen habe. Man hatte den Fluß abgesucht, aber nichts gefunden. Der Schreiner gab zu, seinen Esel an der Loire getränkt zu haben, aber alles andere leugnete er. Man hatte den Zeugen dem Gottesurteil unterworfen: Er wurde in ein Becken mit Weihwasser geworfen, tief genug, um darin zu ertrinken, wenn er gelogen hatte; da er aber an der Oberfläche geblieben war, lag seine Glaubwürdigkeit offen zutage. Rabbi Jechiel war zum Schloß gegangen, um den Schreiner zu verteidigen, aber man hatte ihn in den Kerker gesperrt. Man begann jetzt, alle Juden von Blois zu ergreifen und wollte sie zwangstaufen. Die, die sich weigerten, wurden ins Gefängnis geworfen. Die beiden Brüder waren nur deshalb bisher verschont geblieben, weil sie außerhalb der Stadt lebten und man vielleicht nicht an sie gedacht hatte.

»Und was wollt ihr tun, wenn sie euch zur Taufe zwingen?« fragte Elias.

»Wir haben noch nie unseren Wein mit Wasser gemischt«, entgegnete der eine . . .

»Sollen wir uns nun welchen auf den Kopf schütten lassen?« fuhr der andere fort.

»Und das alles wegen eines Weibstücks . . .«

»Dieser Hure!«

Elias besänftigte sie, erzählte ihnen, er kenne einflußreiche Leute bei Hof. Schon morgen wolle er hingehen und alle gefangenen Juden befreien lassen . . .

Als der Morgen graute, machte er sich auf den Weg. Das Schloß war noch herrschaftlicher als das von Troyes. Von dem Nebentor aus, wo er sich Gauthier d'Arras melden ließ, überblickte er den Fluß und die drei Vorstädte: Foix, Bourg-Moyen und Saint-Jean-en-Grève.

Gauthier d'Arras rieb sich noch den Schlaf aus den Augen. Als er Elias erkannte, wich er erschrocken zurück und erwiderte nur widerwillig seinen Gruß:

»Ihr kommt sehr ungelegen«, sagte er. »Kehrt lieber um, bevor sie Euch . . .«

»Ich will den Grafen sehen. Meldet ihm meine Ankunft.«

Gauthier d'Arras hob abwehrend die Arme:

»Gestern kam ein Jude, ein Kaufmann aus Orléans, und wollte ein Lösegeld anbieten. Fast hätte der Graf ihn zu den anderen ins Gefängnis geworfen. Glaubt mir, am besten, Ihr macht Euch rasch auf den Rückweg. Wenn sich alles beruhigt hat, werd' ich Euch wieder schreiben.«

Er drehte sich um und verschwand. ›Wie war es nur möglich, daß dieser Mensch Ritterromane schrieb‹, dachte Elias. Die morgendliche Luft war klar und trug ihm vertraute Geräusche und Gerüche zu. Alles schien friedlich und so wie immer zu sein, und Elias fragte sich, woran wohl die Juden in ihrem Kerker dachten, die man nur deshalb verfolgte, weil sie Juden waren. Hatten sie noch Hoffnung? – Am Tor hatten die Wachen wieder Haltung angenommen. Elias stieg auf sein Pferd und ritt davon. Er wollte darüber nachdenken, was zu tun sei. Die Situation war um so auswegloser, als der Graf sicherlich bereit war, die Verzeihung seiner Frau mit dem Tod der Juden zu erkaufen.

Er ritt hinunter zur Loire, dann beschloß er, zu den beiden Brüdern Gabriel und Chedin zurückzukehren. Sie aßen zusammen

Brot und etwas Ziegenkäse. Die Weinbauern verzichteten diesmal auf ihren Wein, was für sie die schlimmste Form des Fastens war. Dann beteten sie zu Gott dem Ewigen und Allmächtigen, er möge seine Hand ausstrecken und die Feinde Israels vernichten.

In diesem Augenblick klopfte ein kleiner, aufgeregter Mann an die Tür, er stellte sich als Baruch ben David, Kaufmann aus Orléans, vor. Er war es, der am Tag zuvor dem Grafen für die Freilassung der Gefangenen ein Lösegeld angeboten hatte. Inzwischen war bereits in seinem Auftrag ein Berittener unterwegs, um König Ludwig zu benachrichtigen. Einen anderen hatte er nach Paris zu Nathan ben Meschulam geschickt. Er sollte das nötige Geld aufbringen, falls der Graf sich doch noch überreden ließ.

Aber, so erzählte er ganz außer Atem, inzwischen habe man die Gefangenen aus dem Schloß gebracht und in einer Scheune nicht weit von der Loire in der Nähe von Saint-Jean-en-Grève eingeschlossen. Soldaten des Grafen bewachten sie. Aber Baruch ben David hatte das Schlimmste noch nicht gesagt: Die Gefangenen waren zum Feuertod verurteilt worden. Und es stand zu befürchten, daß der Graf, um sich den Scheiterhaufen zu ersparen, die Juden einfach der Menge ausliefern würde.

Was konnten Elias, der Kaufmann von Orléans und die beiden Weinbauern schon ausrichten? Sie hatten keine Zeit, um Hilfe zu holen, und allein konnten sie nichts unternehmen . . . Elias stand auf, rückte sein Waffengehänge zurecht, steckte sein Schwert in die Scheide und ging zur Tür.

»Spiel nicht den Tapferen«, sagte der Kaufmann von Orléans. »Sonst gibt es nur noch ein Opfer mehr.«

»Ich will bloß mal sehen«, erwiderte Elias.

Fast heiter strich er dem alten weißen Pferd über die Mähne und ritt dann hinunter zur Loire.

Schon von weitem hörte Elias die aufgeregte Menge. Die Bürger von Blois hatten sich vor dem Scheunentor versammelt. Die Soldaten des Grafen bewachten es – aber wie lange konnten sie sich noch gegen die Menge behaupten? War es überhaupt vereinbart, daß sie noch lange Widerstand leisteten?

Elias trieb sein Pferd in die Menge, die vor dem Zelter beiseite wich. Er ritt bis zur Wache und suchte den Befehlshabenden.

»Was geht hier vor?« fragte Elias. »Wen haltet ihr gefangen?«

»Juden.«

»Was haben sie getan?«

»Sie bringen christliche Kinder um und werfen ihre Leichen in die Loire.«

»Weißt du das so genau? Hast du es mit eigenen Augen gesehen?«

»Ich hab' es nicht gesehen, aber man hat sie deswegen verurteilt.«

In diesem Augenblick mischte sich ein großer, blonder junger Mann ein:

»Wer bist du denn überhaupt? Man hat dich noch nie hier gesehen.«

»Ich bin ein Gast des Grafen«, erwiderte Elias.

»Ich hab' dich heut morgen am Tor gesehen«, bemerkte ein anderer Soldat. »Der Sänger hat dich nicht reingelassen.«

Während die Wachen noch mit Elias verhandelten, brachten Männer heimlich Strohhaufen und Reisig herbei. Elias beobachtete es von seinem Pferd aus.

»Sie wollen die Scheune in Brand stecken«, sagte er zu den Wachen.

»Verfluchte Juden«, schrie der blonde Mann. »Judas! Verbrennt sie!«

»Los, Jeannot«, feuerte ihn die Menge an. »Red mit den Soldaten!«

»Jesusmörder!« kreischte Jeannot, und Elias sah, wie die Adern an seinem Hals schwollen.

»Jesusmörder!« wiederholte die Menge.

»Tierischer als die Tiere!«

»Seid vertilgt von der Erde!«

Man warf eine Fackel in den Strohhaufen, aus dem sofort die Flammen schlugen. Die Menge klatschte in die Hände, als hätte sie ein Freudenfeuer entzündet. Frauen drehten sich im Tanz. Man warf alles in das Feuer, was man fand: Holz, Tücher, Äste. Kinder schleuderten Steine. Ein paar Männer zogen sich sogar aus, um den Flammen neue Nahrung zu geben. Die Menge grölte.

Elias trieb plötzlich sein Pferd an, so daß die Wachen beiseite springen mußten und ritt bis vor das Scheunentor. Dort drehte er sich um:

»Mein Name«, rief er, »ist Elias ben Levi, ich bin Schreiber in Troyes in der Champagne.«

Seine Stimme brach vor Erregung:

»Ich bin auch Jude, und wenn diese Juden sterben müssen, dann sterbe ich mit ihnen.«

Er stieg vom Pferd, und während alle anderen wie versteinert dastanden, riß er das Scheunentor auf.

Das Feuer hatte inzwischen die Holzbretter ergriffen, und beißender Rauch stieg in dichten Schwaden auf.

»Tod den Juden!« rief Jeannot.

»Tod den Juden!« wiederholte die Menge.

Da tauchte wie ein rächender Engel in den Gewitterwolken aus dem dichten Rauch eine aufrechte Gestalt mit einem Schwert in der Hand auf. Gleichgültig gegenüber Feuer und Rauch trat sie auf den blonden Mann zu, hielt ihm das Schwert an den Hals und zog ihn mit in die brennende Scheune.

»Rettet Jeannot!« riefen einige.

Aber niemand rührte sich. Inzwischen drang aus dem Feuer ein sanfter, fast unwirklicher, unvergeßlicher Gesang, der die Menge zurückweichen ließ. Die Juden sangen.

Unter Funkenstieben stürzten plötzlich Dach und Gebälk in sich zusammen.

»Gott vergebe uns unsere Sünden!« sagte einer der Umstehenden. Die Menge bekreuzigte sich.

Rabbi Jakob ben Meir, Rabbenu Tam, verfügte, daß zum Andenken an den 20. des Monats Siwan 4931[57], dem Tag des Martyriums der Juden von Blois, alljährlich gefastet werden solle. In der Champagne und in Lothringen schloß man sich im übrigen den Geboten der Gemeinde von Tours an: Drei Monate lang sollten Hochzeiten nur im Familienkreis gefeiert werden, es sei denn, es fehlten Männer für den Minjan; niemand durfte Seidenkleider tragen, und die Männer hatten montags und donnerstags zu fasten. Ein unbekannter Sänger verfaßte das »Klagelied von Blois«, das die Schüler der Jeschibot von Stadt zu Stadt trugen:

57 27. Mai 1171

Und wie David gegen den schrecklichen Goliath
Stand er auf, allein, gegürtet mit dem Schwert,
Trotzte der Feinde Übermacht.
Starb als Märtyrer den Flammentod,
Um den Zorn des Ewigen zu versöhnen.
O Herr, laß uns Deine Herrlichkeit schauen!

Ein paar Jahre später fand man in der Loire Polcelinas Leiche. Niemand wußte, ob man sie hineingestoßen oder ob sie sich selbst ertränkt hatte.

22

Troyes
Und Saul wird zu Paul

Salomon, Sohn des Elias, zeugte Samuel, und dieser zeugte Saul, geboren in Troyes im Herbst des Jahres 4952 nach der Schöpfung der Welt durch den Ewigen – gepriesen sei sein Name – sowie Jochanan, Bathschewa, Esther und Myriam.

Saul, Elias' ältester Urenkel, hielt sich schon früh für erwachsen, erfahren und willensstark genug, um sich im Leben durchzuschlagen, ohne daß man ihm ständig das Beispiel dieses berühmten Urahns vorhielt. Wie oft hatte er sich anhören müssen, was Großvater Salomon, damals achtzehn Jahre alt, in Abrahams Rolle geschrieben hatte: »Er starb den Flammentod in Blois, um den Namen des Ewigen zu verherrlichen und zum Ruhm des Volkes Israels, das, wie das Herz in seinem Körper, der gesündeste und zugleich der kränkste Teil unter den Nationen ist. Der Allmächtige möge ihn zu sich nehmen!«

Man erzählte sich auch in der Familie, Elias' stumme Mutter habe die Sprache wiedergefunden, als sie vom Tod ihres Sohnes erfuhr: »Der Ewige straft mich in dem, was mir am teuersten ist, gepriesen sei sein Name«, soll sie gesagt haben, bevor sie, jede Nahrung verweigernd, vor Schwäche und Schmerz starb. Für Saul waren das alles düstere alte Geschichten, und der Friede, in dem die Juden lebten – seine Generation hatte nie etwas anderes erfahren –, rechtfertigte in seinen Augen keineswegs, daß man die Erinnerung an diesen Elias so verherrlichte. Sein Vater Samuel wünschte sich sehr, er möge einen seines Urahns würdigen Beruf ergreifen, aber er entschied sich anders. Trotz seiner Begabung für die Kommentare und trotz der Hoffnung, die die bekanntesten *Tosafisten* seiner Zeit, wie Isaak ben Joseph aus Corbeil oder Judas ben Joseph aus Paris, seine Lehrer, in ihn setzten, beschloß er plötzlich, das Studium abzubrechen. Er suchte seinen Vetter Ascher ben Moses, Bankier in

Metz, auf und schlug ihm vor, in Troyes eine Niederlassung seines Hauses zu gründen. Ascher ben Moses erklärte sich versuchsweise damit einverstanden, und Saul überließ es ohne Bedauern seinem jüngeren Bruder Jochanan, die Familientradition zu wahren.

Er stellte einen »Wechseltisch« an der Place au Change auf, zwischen zwei Geldverleihern, Ponce de Chaponnay aus Lyon und Tolomei aus Siena. Letzterer arbeitete vor allem mit den Klöstern zusammen, die ihm für die Darlehen, die sie von ihm erhielten, ihre Kultobjekte verpfändeten, kostbare Kreuze oder goldene Abendmahlskelche. Ponce aus Lyon dagegen hatte vorwiegend die Adligen aus der Umgebung zu Kunden und die Händler, die regelmäßig zu den Messen in die Champagne kamen. Die Kirche verbot zwar das Wechselgeschäft – niemand durfte mit Zins verleihen, denn damit ließ er die Zeit für sich arbeiten, und die Zeit gehört Gott allein –, aber weder Tolomei noch Ponce de Chaponnay nahmen das so genau.

Alix de Vergy, die Witwe des Herzogs Eudes, die zwar ein beträchtliches Einkommen hatte, aber auch auf ziemlich großem Fuß lebte, lieh sich von Ponce fünfhundert Pfund, die sie zur nächsten Messe zurückzahlen wollte. Aber nicht nur, daß sie den Termin nicht einhielt, sie verlangte auch noch ein zusätzliches Darlehen von tausend Silbermark, eine riesige Summe, die Ponce de Chaponnay ihr glatt verweigerte. Saul sah von seinem Wechseltisch aus die bestürzte und beschämte Miene der Herzogin. Er stand auf und bot ihr spontan seine Dienste an. Wieviel benötigte sie? Tausend Silbermark? Bis wann? Und welche Sicherheit konnte sie bieten?

Die Herzogin sah den eher bescheiden wirkenden Geldverleiher erstaunt an. Saul stellte sich vor:

»Ich bin Saul, Sohn des Schreibers Samuel«, sagte er. »Vetter des Bankiers Ascher ben Moses aus Metz, für den ich in Troyes arbeite.«

Die Herzogin war nur zu gern bereit, von einem Juden zu leihen, einmal, weil sie Geld brauchte, zum anderen wohl auch, um es dem Lyoner heimzuzahlen. Saul, der es eilig hatte, das Geschäft abzuschließen, ritt auf einem geliehenen Pferd so rasch er konnte nach Metz. Er vertrat bei dem Vetter seine Sache so gut, daß er, der bescheidene Wechsler, als Bankier zurückkehrte. Die Herzogin überließ ihm zu Zins und Sicherheit mehrere Freilehen zur Verwaltung und den Zehnten, den er von zwei Dörfern in der Nähe von Vitry erheben durfte. Ein glänzender Erfolg für einen, der bisher meist nur Gulden in Denare gewechselt hatte.

Aber statt sich darüber zu freuen, zeigte sich seine Familie mindestens so frostig wie damals, als er die Schulbank verlassen hatte. Verärgerung und Neid? Die Vettern, Onkel, Freunde und Nachbarn behandelten ihn, als habe er eine ansteckende Krankheit. Er zog es deshalb vor, das Rosch-ha-Schana-Fest in Metz bei Ascher ben Moses zu verbringen. Nur sein jüngerer Bruder Jochanan, der ihn sehr bewunderte, verstand die Gründe für diese zunehmende Entfremdung. Zwar lebte Saul noch mit seinen Eltern zusammen; er hatte sich jedoch von seinem ersten Verdienst eine Wohnung gemietet, in die er bald einziehen wollte.

An dem Tag, an dem die Herzogin den Rest ihrer Schuld begleichen sollte, suchte Alix de Vergys Hofdame Saul auf. Es war eine junge Frau mit klaren Gesichtszügen und einem blonden, hochgesteckten Zopf. Sie bat ihn um einen Zahlungsaufschub. Die Vernunft befahl Saul, ihn ihr zu verweigern oder eine zusätzliche Sicherheit zu fordern. Aber die junge Frau verwirrte ihn derart, daß er ja statt nein sagte und es nicht einmal bedauerte.

Sie hatten an diesem Tag nur ein paar Worte gewechselt, aber sie ging ihm nicht mehr aus dem Sinn. Zufällig sah er sie zum Fest der Unschuldigen Kinder wieder. Er folgte im Schneetreiben einem Trupp verkleideter Schauspieler, die auf dem Vorplatz der Saint-Etienne-Kirche ein Possenspiel aufführen wollten. Es war schon Nacht, und im Licht der Fackeln glitzerten die Schneeflocken. Es war einer jener Abende, an denen sich jeder festlich gestimmt fühlt. Er erkannte sie nicht gleich wieder. Sie trug einen Schleier über dem blonden Haar und einen langen, grünen Mantel, gefüttert und mit Borten besetzt.

»Was tut denn Ihr hier?« fragte sie lachend.

»Ich feiere gern . . .«

»Aber . . . Es ist doch ein christliches Fest!«

»Na und?! Wenn die anderen sich vergnügen, warum nicht auch ich?«

»Ihr seid ein komischer Jude!«

Vor der Saint-Etienne-Kirche war eine Holzbühne errichtet. Die

Zuschauer, die auf den Beginn des Spiels warteten, klatschten in die Hände und sangen. Bei einem Lied mußte jeder seinen Nachbarn am Arm nehmen, und die ganze lange Reihe schaukelte im Stehen nach beiden Seiten.

»Ich heiße Mathilde«, sagte sie. »Kommt, Saul.«

Sie nahm seinen Arm, und beide schlossen sich der Reihe an. Saul zitterte vor Aufregung und Glück. Sie hatte seinen Namen gesagt, also liebte sie ihn.

An dem einen Ende der Kette war das Schaukeln so heftig geworden, daß einige den Rhythmus verloren. Unter lautem Gelächter fielen die, die nicht so fest auf den Beinen standen, in den Schlamm. Saul konnte Mathilde im letzten Augenblick festhalten und zog sie an sich. Ihre Gesichter waren einander ganz nahe:

»Nicht doch«, sagte sie.

Trotzdem drückte er einen Augenblick lang seine Lippen auf die ihren. Das Fest um sie herum ging weiter. Sie befreite sich aus Sauls Umarmung:

»Ich muß nach Hause zurück.«

Lächelnd fügte sie hinzu:

»Auf Eurem Bart ist Schnee.«

Sie winkte ihm kurz zu, dann wandte sie sich zum Gehen.

Er sah sie einen ganzen Monat lang nicht. Eines Abends, als er bei Kerzenlicht den *Sefer Chassidim* las, klopfte es an die Tür. Es war Mathilde. Sie trug ein in blaues Tuch eingewickeltes Paket:

»Guten Abend, Saul«, sagte sie. »Die Herrin sucht ein sicheres Versteck für diese beiden Bücher, und da habe ich an Euch gedacht.«

»Zwei Bücher?«

»Sie sind von der Kirche verboten.«

Saul hätte alle Bücher der Welt darum gegeben, um Mathilde in seinen Arm nehmen zu können, aber er wickelte das Paket aus: Es waren die »Vorlesung über die Natur« und die »Metaphysik« von Aristoteles.

»Die Juden haben diese Bücher aus dem Arabischen übersetzt«, bemerkte er.

»Sind sie bei Euch denn nicht verboten?«

»Noch nicht. Aber Maimonides wird von einigen bereits angegriffen. Er war ein Gelehrter aus Cordoba, der versuchte, Glaube und Vernunft, Judentum und Aristoteles miteinander zu vereinbaren.«

»Und was last Ihr gerade, als ich Euch störte?«

»Ihr habt mich nicht gestört. Ich hab' ein Buch über das Geheimnis Gottes gelesen.«

Mathilde wunderte sich:

»Wer kann wohl das Geheimnis Gottes ergründen?«

»Die, die ihn fürchten, sagt das Buch.«

»Ich hoffe, Ihr erklärt es mir, Saul, aber ein andermal. Ich muß gehen.«

Saul nahm Mathildes Hände in die seinen. Sie errötete und sagte, sie habe mit ihrem Bruder, der Abbé an Notre-Dame-aux-Nonnains sei, über ihn gesprochen.

»Er würde Euch gern kennenlernen. Wärt Ihr damit einverstanden?«

Und damit war sie verschwunden.

Bald summte durch die Gemeinde – wie eine Fliege in der Flasche – das Gerücht, der Bankier Saul, ein Nachkomme des Märtyrers Elias, begebe sich regelmäßig in die Abtei Notre-Dame-aux-Nonnains, wo er mit Guyard, dem Abbé, lange Gespräche führe. Eines Tages stattete Jakob, der Rabbi, den man den Meister der Juden von Troyes nannte, Sauls Vater einen Besuch ab. Dieser fragte seinen Sohn daraufhin, ob das Gerücht stimme. Saul erwiderte, es sei wahr, aber er sehe darin nichts Böses und begebe sich auch nicht in Gefahr:

»Wer den Herrn fürchtet, der hat eine sichere Festung«, zitierte er.

»Mein Sohn«, fragte Samuel, »ist deine Gottesfurcht stark genug?«

»In Jesajas steht geschrieben: ›Die Sünder zu Zion sind erschrokken‹, was bedeutet, daß, wer die Sünde meidet, nichts zu fürchten hat, denn die *Schechinah* steht schützend vor ihm. Und ich habe nicht gesündigt, Vater.«

Samuel sah seinen Sohn betrübt an. Aus dem Kind Saul war ein kräftiger, breitschultriger Mann mit dichtem Bart geworden, dessen grüne Augen sich vor nichts zu scheuen schienen.

»Daß so viel Wissen verloren ist!« murmelte Samuel.

»Es ist nicht verloren, Vater, denn ich teile es anderen mit.«

»Wieviel Samen, der in die Erde gesenkt wird, gibt keine Frucht!«

Von diesem Tag an besuchte nur noch sein jüngerer Bruder Jochanan Saul. Er erzählte ihm die Neuigkeiten, die es in der Familie gab, zum Beispiel, daß Vetter Bonmacip und seine Tochter Sarah in Narbonne während eines Feldzugs der Christen des Nordens gegen die Christen des Südens umgekommen seien, oder daß sein Vater krank sei, aber seinen Besuch nicht wünsche.

Nicht ganz ein Jahr nach seinem letzten Gespräch mit seinem Vater, im Jahre 4974[58] nach der Schöpfung der Welt durch den Ewigen – gepriesen sei sein Name –, erzählte man in Troyes, Saul werde die Hofdame der Herzogin von Vergy heiraten und wolle in den Schoß der Heiligen Kirche aufgenommen werden. Jochanan, der sofort gerannt kam, versuchte vergeblich, Saul davon abzubringen. Samuel weinte, und die ganze Familie trauerte eine Woche lang. Es war eine schmerzliche Wunde.

Auf Bitten der Herzogin wurde Saul von Bischof Jean persönlich getauft, einem hageren, bleichen Mann mit hängenden Augenlidern, der mit spitzen Lippen sprach: »Paul« – das war Sauls neuer Name –, »was erwartest du von der Heiligen Kirche?«

»Den Glauben.«

»Paul, schwörst du dem Satan ab?«

»Ich schwöre ab.«

»Seinen Werken?«

»Ich schwöre ab.«

»Seinen Trugbildern?«

»Ich schwöre ab.«

Es war alles ganz einfach gewesen! Saul, der durch Mathildes Bruder, den Abbé, auf die Zeremonie gut vorbereitet worden war, hatte den Sinn jedes Wortes, jeder Geste, jedes Symbols der Handlung in seinem Innersten empfunden. Und voller Frömmigkeit Wasser und Salz seiner neuen Geburt entgegengenommen:

»Paul, ich taufe dich im Namen des Vaters, des Sohnes und des Heiligen Geistes.«

[58] 1214

Als Saul wieder aufschaute, begegnete er dem schmerzlichen Blick des riesigen Christus aus bemaltem Holz, der über dem Altar hing. Er dachte, daß er von nun an sein Kreuz tragen werde.

Am Anfang war es verhältnismäßig leicht. Er liebte Mathilde, Mathilde liebte ihn. Im Hochsommer erfuhr man von dem bedeutenden Sieg des Königs von Frankreich in Bouvines: Philippe, unterstützt von Truppen städtischer Bürgerwehren, hatte über Kaiser Otto, den König von England, den Grafen von Flandern und den Grafen von Boulogne triumphiert, die sich gegen ihn verbündet hatten. Dieses Ereignis gab Anlaß zu endlosen Diskussionen über die Rolle der Städte und Gemeinden, über die Art der künftigen Beziehungen zu Flandern und den Charakter dieses berechnenden und ehrgeizigen Königs. Und solange man die Zeit damit verbrachte, darüber zu streiten, ob der Sieg von Bouvines »gut für Juden« oder schlecht sei, lebten Saul und Mathilde in Frieden.

Guyard verschaffte seinem Schwager eine Stellung als Schreiber im Bischofspalais. Saul kam deshalb jeden Tag an der Judenstadt vorbei, wo er früheren Freunden und Nachbarn begegnete, die sich abwandten, wenn sie ihn sahen. Anfangs machte er sich einen Spaß daraus, sie zu grüßen, aber ihre stumme Feindseligkeit ärgerte, betrübte und empörte ihn. Am liebsten hätte er sie geschüttelt, sie gezwungen, ihm ins Gesicht zu sehen und festzustellen, daß er immer noch derselbe war, auch wenn er die Religion gewechselt hatte. Saul oder Paul, war er nicht Samuels Sohn, Salomons Enkel und der Urenkel des Märtyrers von Blois, Elias?

Mathilde gebar einen Sohn, Matthieu, der das schwarze Haar und die grünen Augen seines Vaters hatte. Jochanan war der einzige aus der Familie, der ihn – heimlich – besuchte. Saul haßte schließlich diese engstirnigen Juden, die nur in ihrer eigenen Welt lebten und ihm seine Heimatstadt unerträglich machten. Er sah auch Jochanan nur noch selten. Sein Leben verlief jetzt in anderen Bahnen. Seine Arbeit, seine Frau, sein Sohn, seine Freunde: Die Juden hatten keinen Platz mehr in seiner Welt.

Ein paar Jahre später reiste er mit seinem Schwager, dem Abbé, zum vierten Laterankonzil nach Rom.

Die einundsiebzig Erzbischöfe, vierhundertzehn Bischöfe und

achthundert Priester, die sich in Rom versammelt hatten, waren ein lebendes Zeugnis für die Macht der Kirche. Mit dem Eifer des Bekehrten begeisterte Saul sich an dem Anblick der purpurnen und weißen Gewänder, dem Glanz des Goldes im Chor der großen Kirche, und er folgte mit der gleichen Spannung den belanglosesten wie den leidenschaftlichsten Debatten. Plötzlich kam die Rede auf die Juden und jedes Wort traf ihn tief.

»In den Ländern, in denen sich die Christen von den Juden oder Sarazenen durch ihre Kleidung nicht unterscheiden«, sagte ein Bischof, »hat es Verbindungen zwischen Christen und Jüdinnen oder Sarazeninnen gegeben und umgekehrt. Damit solche Scheußlichkeiten in Zukunft nicht mehr mit bloßem Irrtum entschuldigt werden können, wäre es wünschenswert, daß die Juden beiderlei Geschlechts sich von den anderen Völkern durch ihre Kleidung unterscheiden . . .«

Der Vorschlag wurde angenommen: In Zukunft hatten die Juden die Rota zu tragen, ein kreisrundes Stück gelben Stoffs, das außen in Brusthöhe auf die Kleidung genäht werden sollte.

Saul brauchte Luft. Er verließ die Laterankirche und irrte den ganzen Nachmittag lang durch die Stadt. Er wußte aus Abrahams Rolle, daß mehrere seiner Vorfahren einst hier gelebt hatten. Er strich durch das Judenviertel im Schatten des Kolosseums und versuchte, sie sich vorzustellen. Er gab ihnen die Gesichter derer, die bereits die Neuigkeit erfahren hatten und aufgeregt gestikulierend und diskutierend auf die schmutzigen Gassen hinaustraten.

An diesem Tag, in diesem Augenblick beschloß er, mit diesen Juden nichts mehr gemein zu haben. Sein Schicksal war von nun an, im Gegensatz zu ihnen, die auf dieser engen Tiberinsel vegetierten, die Weite und Ungebundenheit. Während dieses kurzen römischen Abenteuers schüttelte Saul sozusagen sich selbst ab. Und Paul ging zurück in die Kirche, in der Guyard auf ihn wartete.

Die Rota war bald in der Languedoc, der Normandie und der Provence obligatorisch. In der Champagne dagegen war sie es noch nicht, auch nicht, als Paul und Mathilde zwanzig Jahre später an einer jener Winterepidemien starben, die ganze Städte entvölkerten.

Ihr Sohn Matthieu, inzwischen verheiratet und Vater dreier Söhne, übernahm Pauls Stellung als Schreiber im Bischofspalais. Er war ein wißbegieriger, offener Mann, der sich nie mit fertigen Wahrheiten zufrieden gab. Bei der ersten Auseinandersetzung, die er mit seinen Freunden hatte, ging es ausgerechnet um die Juden: Einige Flüchtlingsfamilien, die Herzog Johann der Rothaarige aus der Bretagne vertrieben hatte, waren nach Troyes gekommen. Matthieu fand es ungerecht, wie die Christen die Juden behandelten und sagte das auch. Er zitierte den Heiligen Augustin:

»Es ist das Buch der Juden, aus dem der Christ seinen Glauben schöpft.«

»Dieses Buch«, entgegnete man ihm, »haben die Juden für den Talmud aufgegeben. Wir sind seine wahren Erben.«

»Es ist noch nicht so lange her, seit Rabbi Salomon in eben dieser Stadt neue Kommentare zur Heiligen Schrift verfaßte . . .«

Man erinnerte sich jetzt wieder daran, daß Paul, Matthieus Vater, ein geborener Saul war, und daß der Apfel nie weit vom Stamm fällt. Seine Frau Marie machte ihm Vorhaltungen:

»Du hast drei Kinder und eine gute Stellung, warum mischst du dich in die Angelegenheiten dieser Fremden und machst dir nur Feinde?«

»Aber die Juden sind keine Fremden!«

»Sie sind aber auch nicht wie wir, Matthieu, das weißt du genau.«

»Marie, du vergißt, daß mein Vater Jude war.«

»Vielleicht, aber er ließ sich taufen, das ändert alles.«

Matthieu verzweifelte fast. Gelegentlich suchte er beim Bischof Eustache Trost und Unterstützung, wenn er wegen seiner Arbeit mit ihm zusammenkam. Aber trotz all seines Wohlwollens riet ihm auch der Bischof eines Tages, sich für die Juden nicht zu eifrig einzusetzen. Sie seien nun mal falsch und geldgierig, selbst wenn es Ausnahmen gebe.

Matthieu erwiderte mit einem Vers aus dem Evangelium:

»Denn mit welcherlei Gericht ihr richtet, werdet ihr gerichtet werden; und mit welcherlei Maß ihr messet, wird euch gemessen werden.«

»Nimm dich in acht, mein Sohn! Du weißt, daß die Mönche des Dominikus Jagd auf die Ketzer machen. Dein Verhalten und deine Worte könnten leicht falsch aufgefaßt werden.«

»Ja, soll ich denn den Sinn für Gerechtigkeit und die Nächstenliebe in mir ersticken? ›Liebet eure Feinde; segnet, die euch fluchen; tut wohl denen, die euch hassen . . . Und so ihr euch nur zu euren Brüdern freundlich tut, was tut ihr Sonderliches?‹«

Um Matthieu auf andere Gedanken zu bringen und ihn aus seiner wachsenden Vereinsamung zu reißen, schickte der Bischof ihn mit einem wichtigen Dokument nach Paris, das er dem Abt von Saint-Victor, Benoît, übergeben sollte. Er riet ihm, wenn seine Frau nichts dagegen hätte, ein paar Tage zu bleiben: Paris sei zum Treffpunkt der Studenten des ganzen Abendlands geworden, und ein Geist wie der seine käme dort sicherlich auf seine Kosten.

Was für eine Stadt und was für ein Leben! Matthieu wohnte in der Abtei Saint-Victor, ganz in der Nähe des Schulviertels auf dem linken Seineufer. Die Studenten drängten zu den Lektionen, die die Lehrer in den sieben Freien Künsten gaben, oder improvisierten Lehrgespräche auf den Wiesen am Flußufer außerhalb der Mauern, flußabwärts von den Gerbereien und den Färbereien. Es war Juni, das Wetter war herrlich, die kurzen Nächte ließen der Stadt nur eine kleine Ruhepause, bevor schon bei Morgengrauen das lebhafte Treiben weiterging. Die große Kathedrale, Notre-Dame geweiht, war praktisch fertig. Sowohl Schaulustige wie fromme Gläubige drängten sich auf ihrem Vorplatz: Das Spiel der Proportionen, das Himmelwärtsragende des Steins, das mit der neuen Technik der Strebepfeiler erreicht wurde, die riesigen Statuen, die Wasserspeier – ein Beitrag zum Ruhm Gottes und zum Glück der Gläubigen. Und wenn das Licht sich in dem einen oder anderen der großen Kirchenfenster brach, in einer der Rosetten, zwang es einen fast auf die Knie.

Er mußte jedoch an die Heimkehr denken, und Matthieu wollte sich schon auf den Weg nach Troyes machen, als die Rede ging, König Ludwig IX. ließe alle Talmud-Exemplare beschlagnahmen, die sich in seinem Herrschaftsgebiet befänden. Matthieu war bestürzt, er traute kaum seinen Ohren. Was konnte dieses Buch schon Gefährliches beinhalten? Und selbst wenn es Unwahrheiten enthielt, war es dann nicht besser, sie zu widerlegen? Die Bücher, so sagte man, sollten am nächsten Tag auf der Place de Grève verbrannt werden.

Er stand früh auf und sah, wie die Stadt erwachte. Die ersten

Boote der mächtigen Zunft der Schiffer wurden entladen. Die Bauern brachten Obst und Gemüse auf dem Rücken ihrer Esel, die Metzger schlachteten vor ihren Auslagen, die Bettler haschten schon nach den ersten Münzen – das erste Almosen bringe Glück, so versicherten sie, sowohl dem Geber wie dem Nehmer. Matthieu schlenderte durch das Viertel der Severins-Kirche; in der Rue Erembourg-de- Brie beobachtete er, wie die Buchbinder und Miniaturmaler ihre Geschäfte öffneten. Da bemerkte er, wie die Rue Saint-Jacques in Bewegung geriet.

Den Soldaten der Stadtwache, die man an ihrem Panzer und der gelben Tunika erkannte, folgten die mit Büchern beladenen Karren. »Schriften des Satans«, murmelte jemand neben ihm. Matthieu zählte sie, eine nach der anderen, als ob ihre Zahl so wichtig wäre. Fünfzehn . . . sechzehn . . . siebzehn . . . Er ließ sich von der Menge treiben, die den Karren über den Petit-Pont, das Grand Châtelet und durch das Outre-Grand-Pont-Viertel bis zur Place de Grève folgte.

Der Scheiterhaufen war schon errichtet. Im Handumdrehen füllte sich der Platz mit Schaulustigen, Bettlern und Taschendieben. Matthieu hatte ein paar Männer im Dialekt der Champagne reden hören und blieb ihnen auf den Fersen. Sie trugen zwar kein gelbes Zeichen, aber ihre niedergeschlagenen Mienen, ihre langen Bärte und ihre bekümmerten Reden ließen vermuten, daß sie Juden waren.

Bei den ersten Trompetenstößen wich die Menge beiseite, um die kirchlichen Würdenträger und die Vertreter des Königs durchzulassen. Von seinem Platz aus konnte Matthieu der Urteilsverlesung nicht folgen, aber er sah die ersten Flammen. Die Menge war längst nicht so gebannt wie wenn es sich um eine Hexenverbrennung handelte, und man hörte nur einzelne Rufe.

Als die Flammen hoch genug waren, warf man die Bücher aus dem ersten Karren hinein. Dichter schwarzer Rauch stieg von den brennenden Pergamenten hoch. Matthieu sah sich nach denen um, die er für Juden aus der Champagne hielt. Der eine biß die Zähne zusammen, ein anderer sprach leise ein Gebet. Der, der ihm am nächsten stand, weinte still.

»Warum weinst du?« fragte Matthieu.

Der Mann schnüffelte, wischte sich die Augen und sah Matthieu traurig an: »Ich bin Schreiber«, sagte er schließlich. »Jedes dieser Bücher stellt die Arbeit eines Menschenlebens dar.«

»Ich bin auch Schreiber«, erwiderte Matthieu. »Im Bischofspalast von Troyes in der Champagne.«

»Ich bin auch aus Troyes«, rief der andere, »der Ewige sei gelobt, daß sein Wille uns zusammenführt.«

Sobald eine Karre leer war, rollte man eine andere an den Scheiterhaufen, und die Schergen warfen ganze Arme voll Bücher in das Feuer. Die Seiten rollten sich wie vor Schmerz in der Glut. Schwarze Rauchsäulen verdunkelten den Himmel.

»Sein Name sei geheiligt und gepriesen überall in der Welt, die er geschaffen hat. Möge er . . .«

Der Mann betete leise. Offenbar war ihm bewußt, daß er von Matthieu nichts zu fürchten hatte.

»Du bist Jude, nicht wahr?« fragte Matthieu, als er geendet hatte.

»Mein Name ist Abraham, Sohn des Jochanan . . . Vor ein paar Tagen erfuhren wir, daß der König von Frankreich alle Talmud-Exemplare beschlagnahmt . . . In Troyes droht uns keine Gefahr, doch einige von uns wollten mit eigenen Augen sehen, ob der Ewige es duldet . . . Gewiß will er sein Volk erneut warnen . . .«

Seine regelmäßigen Gesichtszüge, sein dichter schwarzer Bart und die grünen Augen kamen Matthieu vertraut vor.

»Warum?« fragte Abraham, »warum? Warum ist der Mensch böse? Warum gehorcht er nicht den Gesetzen, und warum übt er so wenig Nächstenliebe? Warum?«

»Komm«, sagte Matthieu. »Ruf deine Freunde und laß uns nach Troyes zurückkehren.«

»Du hast recht. Der Ewige – gepriesen sei sein Name – möge uns verzeihen.«

Sie waren schon auf dem Weg, als Matthieu Abraham fragte:

»Wie hieß dein Großvater?«

»Samuel.«

»Meiner auch.«

Abraham schwieg eine ganze Weile, dann fragte er verlegen: »Du bist der Sohn dieses Sauls, der sich hat taufen lassen?«

»Ja, der bin ich, Vetter«, erwiderte Matthieu tief erschüttert.

In Troyes trugen die Juden Trauer, und einige hatten, obwohl sie nicht dazu verpflichtet waren, einen gelben Flecken auf ihr Kleid genäht. Die Christen waren über die Richtigkeit von König Ludwigs Entscheidung geteilter Meinung. Wenn im Talmud wirklich so abscheuliche Dinge über Jesus standen, gewiß, dann mußte man ihn verbrennen. Aber wenn sich der König getäuscht hatte und der Talmud in Wirklichkeit Gottes Wort enthielt, mußte man dann nicht den göttlichen Zorn fürchten?

Bei der ersten Gelegenheit sprach Matthieu mit Bischof Eustache darüber:

»Ist es denn sicher, daß der Talmud Angriffe gegen Christus und die Christen enthält?«

»Ja, Matthieu.«

»Woher weiß man das, mein Vater?«

»Vor etwa zwei Jahren fand auf Betreiben des Königs ein Streitgespräch zwischen vier Rabbinern und Eudes de Chateauroux sowie einem konvertierten Juden, Nicolas Donin, statt. Blanche von Kastilien führte selbst den Vorsitz.«

»Und was wurde da gesagt?«

»Soviel ich weiß, hat dieser Nicolas Donin die Rabbiner mit Leichtigkeit in die Enge getrieben.«

»Aber wurde wirklich bewiesen, daß der Talmud unseren Herrn und Heiland lästert?«

Der Bischof machte eine ungeduldige Handbewegung:

»Matthieu, in dieser Sache haben Männer ein Urteil gefällt, die mehr als du und ich davon verstehen. Ich begreife deinen Wunsch, den Unterdrückten beizustehen, aber wenn die Juden unterdrückt sind, so tragen sie auch selbst mit Schuld daran . . . Glaub mir, hör auf die Worte Christi: »Lasset sie fahren! Sie sind blinde Blindenleiter. Wenn aber ein Blinder den anderen leitet, so fallen sie beide in die Grube.«

Matthieu erwähnte den Talmud nicht mehr. Er arbeitete viel, verbrachte Stunden im Gebet in der Saint-Etienne-Kirche und las des Abends, wenn alles im Hause schlief, lange beim Licht einer Öllampe.

Eines Morgens liefen alle im Bischofspalast, die ihn sahen, in heller Aufregung davon. Er ging an seine Arbeit, als sei alles wie sonst, aber Bischof Eustache, dem man die Sache berichtet hatte, kam bald selbst in die Schreibstube: Matthieu trug eine gelbe Rota an seinem Wams.

»Wir, die Brüder vom Orden des seligen Dominikus, sind mit dem Fall Matthieu, Schreiber im Bischofspalais, befaßt. Er ist der Auflehnung gegen unsere Heilige Mutter Kirche schuldig.«

Die weißgekleideten Mönche saßen im Halbkreis um ihn herum. Ihre Mienen waren streng; sie drückten eine gewisse unerbittliche Geduld aus, die den Rächern Gottes eigen war. Ihre Stimmen hallten in dem hohen Steingewölbe wider.

»Wir halten jedoch dafür, daß die Kirche einen reuigen Sünder nicht verstoßen soll und ersuchen dich inständig, deine Irrtümer einzusehen, der greulichen Ketzerei abzuschwören und vor diesem Gericht die Namen derer zu nennen, die dich zur Sünde verführt haben, damit du dich vor der Strafe der weltlichen Macht und dem Ewigen Feuer rettest.«

Was sollte er antworten? Diese Männer, die im Namen Christi redeten, verrieten ihn: Sie hatten keine Liebe.

»Ich bin kein Ketzer«, erwiderte er lediglich.

»Hast du, ja oder nein, das Zeichen der Juden getragen?«

»Ich habe es getan.«

»Wer hat dich dazu überredet? Ein Jude?«

»Ja«, sagte er.

»Sag uns seinen Namen!«

»Jesus von Nazareth.«

Die schmalen Lippen des Inquisitors zitterten.

»Brüder«, fragte er, »was ist euer Urteil?«

»Gotteslästerung!« sagte eine Stimme zu seiner Rechten.

»Gotteslästerung!« eine Stimme zu seiner Linken.

»Gotteslästerung! Gotteslästerung!«

Ihre aufrechten Gestalten, reglos wie Steinfiguren, schienen plötzlich zu wachsen, zusammenzurücken. Matthieu erinnerte sich an die Worte des Bischofs Eustache: »Wenn sie dich vor Gericht stellen, kann ich nur noch für dich beten.« Die Angst schnürte ihm das Herz zu, aber er konnte schließlich nicht das Gegenteil von dem sagen, was er in seinem Innersten für wahr erkannt hatte.

Matthieu vermochte sich nicht zu rühren. Er hing, an Händen und Füßen gefesselt, mit dem Kopf nach unten wie ein Eimer an der Brunnenkette, und je nach den Befehlen des Inquisitors ließ man ihn ein Stück hinunter, bis er mit dem Kopf im Wasser war. Erst, wenn er fast erstickte, zog man ihn wieder hoch. Man wartete darauf, daß er redete, daß er jemanden denunzierte, dann würde man ihn losbinden. Als reichte ihnen ein Opfer nicht. Wie konnte Gott so grausame Dinge geschehen lassen? Es war die bitterste aller Prüfungen, die auch Christus erduldet hatte: »Eli, Eli«, hatte er vom Kreuz gerufen, »lama asabthani? Mein Gott, mein Gott, warum hast Du mich verlassen?«

Das Rasseln der abrollenden Kette, das Wasser, das von seinen Kleidern tropfte, sein Atem und sein Stöhnen, das von den Brunnenwänden widerhallte, aus deren Steinfugen, kaum sichtbar, Pflanzen wuchsen, all das verlor bald jede Realität.

»Herr«, betete Matthieu, »steh mir bei . . .« Wenn er jemanden verriete, irgend jemanden, wäre er gerettet. Er dachte an Abraham, seinen jüdischen Vetter, und an seine lautlosen Tränen auf der Place de Grève. Wenn er niemanden verriete, würde man ihn als Ketzer auf dem Scheiterhaufen verbrennen . . . Was für ein Aberwitz . . .

Man tauchte ihn einmal zuviel oder zu lange in das Brunnenwasser. Als man ihn wieder hochzog, hatte er aufgehört zu atmen. Man begrub ihn heimlich. Nur seine drei Söhne, seine Frau Marie und ein alter Priester von La Chapelle waren bei seiner Beerdigung dabei.

Abraham, von Marie benachrichtigt, folgte dem Sarg, ohne gesehen zu werden, und sprach den Kaddisch. Noch am gleichen Abend beschloß er mit seiner Frau und seinen Kindern, Troyes zu verlassen.

23

Strassburg
Das Geld der Juden

Abraham, sein Weib Nana und seine beiden Söhne Samuel und Nathan erreichten Straßburg Ende des Jahres 5002[59] nach der Schöpfung der Welt durch den Ewigen – gepriesen sei sein Name. Die Straßburger Gemeinde kümmerte sich um sie, bis sie Arbeit und eine Wohnung gefunden hatten.

Abraham war ein rechtschaffener, treuer und bescheidener Mann. Abgesehen von seiner Reise nach Paris kannte er keine anderen Abenteuer als die, von denen Abrahams Rolle berichtete, in der er von den Heimsuchungen seiner Vorfahren gelesen hatte. Es schien ihm, als er jetzt nach Straßburg kam, als erlebe er genau das gleiche, was andere Abrahams vor ihm empfunden haben mußten, als sie zum ersten Mal Alexandria, Hippone, Cordoba, Narbonne oder Troyes sahen: eine unbekannte Stadt, um deren Mauern man geht, ein Fluß, dessen Brücken man überquert, Sitten und Gebräuche, mit denen man sich vertraut macht, eine Sprache, die man lernen muß . . . Die einzige Sicherheit und der einzige Trost: die Geborgenheit und das alltägliche Leben im jüdischen Viertel, die Synagoge, in der man zu Hause war, die gemeinsamen Gebete . . . Und dann, während ein Monat auf den anderen folgte, das Leben weiterging und die Kinder größer wurden, war man schließlich einer von Alexandria, Cordoba oder Straßburg geworden – und niemand konnte am Dialekt der Enkel erkennen, daß man von woanders herkam.

Abraham fühlte sich wohl in Straßburg. Er lernte hier hilfsbereite, vernünftige Leute kennen, wurde als Schreiber an die Synagoge berufen und mietete ganz in der Nähe, in der Rue des Charpentiers, eine kleine Wohnung. Sein Weib Nana hingegen konnte

[59] 1242

nicht recht heimisch werden. Das Alemannische, das man in Straßburg sprach, blieb ihr fremd, und sie sehnte sich nach ihrer Familie, die in Troyes geblieben war. Zu Abrahams großem Kummer begann sie dahinzusiechen. Wurde ihm bewußt, daß sie beide bald sterben würden? Jedenfalls vervollständigte er Abrahams Rolle, ohne jemandem etwas davon zu sagen, nicht einmal seinen Söhnen.

Es war für ihn eine schwierige Aufgabe. Seine große Bescheidenheit verbot es ihm, in ein so kostbares Dokument etwas Überflüssiges zu schreiben. Sein eigenes Leben, so fand er, sei nicht von Bedeutung. Aber sein Pflichtgefühl siegte über seine Demut: Wie unzählige seiner Vorfahren, von denen in der Rolle nur die Namen überliefert waren, hatte er selbst zwar nichts Bedeutendes erlebt.

Aber er hielt es für wichtig, Zeugnis abzulegen vor dem Gewissen der Menschen. Und so schrieb er, nachdem er lange über die beste Formulierung nachgedacht hatte, mit fester Feder hinter seinen Namen: »Der Nathan und Samuel zeugte, wie sein Vater Schreiber in Troyes in der Champagne war, in Paris den Scheiterhaufen sah, auf dem Frankreichs König Ludwig IX. alle Talmud-Exemplare verbrennen ließ, deren er habhaft wurde, der nicht in einer Stadt bleiben wollte, in der ein Gerechter für seinen Glauben sterben mußte, und deshalb mit seiner Familie Troyes verließ, um sich in Straßburg niederzulassen und dort dem Ewigen – gepriesen sei sein Name – zu dienen.«

Er wunderte sich nicht, als Nana starb, wie eine Lampe verlischt. Und es wunderte auch niemanden, als er genau ein Jahr später aus dem Leben schied, ohne irgend jemandem zur Last zu fallen.

Zu der Zeit hatten seine beiden Söhne schon ihren Weg gewählt: Der jüngere, Nathan, wollte Schreiber werden, der ältere, Samuel, ging nach Metz, um sich mit dem Geldwesen vertraut zu machen. Ein paar Jahre später kam er zurück und ließ sich als Bankier in Straßburg nieder. Die beiden Brüder waren vom Wesen her sehr verschieden, aber die Erinnerung an ihre Eltern verband sie. Sie wußten, daß ihr Vater Troyes weniger aus Furcht verlassen hatte, als um seinem Gewissen zu folgen. Jedes Jahr zündeten sie voller Dankbarkeit eine Ner-Sikaron zum Gedächtnis ihrer Eltern an.

Zwanzig Jahre nach ihrer Ankunft in Straßburg stellte sich heraus, wie berechtigt ihre Dankbarkeit gewesen war. Von dem Kaufmann Lenit aus Offenburg erfuhren sie, ein Jude aus Troyes sei der Hostienschändung beschuldigt worden. Es war Meir, Sohn des Samson, des Goldschmieds im Judenviertel, den sie als Kind gekannt hatten. Er konnte gerade noch mit einem Lösegeld von fünfhundert Silbermark, das die Gemeinde in aller Eile gesammelt hatte, vor dem Scheiterhaufen gerettet werden.

Oh, nicht etwa, daß man in Straßburg so ganz und gar unangefochten lebte, aber, dem Himmel sei Dank, es war immer noch erträglich. Welcher Jude, wo immer in der Welt, blieb von allem verschont?

Samuel, der Bankier, fragte sich, was er selbst wohl tun würde, wenn man seinen Sohn Menachem der Hostienschändung beschuldigte. Seit dem frühen Morgen hatte er Kapital- und Zinsaufstellungen geprüft, die Kupfermarken auf dem Rechenbrett hin- und hergeschoben und die Zahlen untereinander auf ein Pergament geschrieben. Jetzt war er fertig, wischte seine Feder ab und dachte an seinen Sohn. Auf der Treppe waren hastige Schritte zu hören.

Es war Vogel, sein Gehilfe:

»Wir haben Besuch, Herr!« sagte Vogel ganz außer Atem. »Der Patrizier Reinbold Liebenzeller.«

»Was will er denn?«

»Ich vermute Geld, wie alle.«

Samuel zupfte nachdenklich an seinem Bart, kaute auf ein paar grauen Haarenden herum, die ihm zwischen die Lippen gekommen waren, und zog sein violettes Wams über dem grauen Untergewand zurecht.

»Laß ihn heraufkommen«, sagte er.

Reinbold Liebenzeller war ein großer, breitschultriger Mann mit einem stattlichen Bauch. Sein kastanienbraunes Haar quoll unter einer Kappe mit rotem Samtbesatz hervor – von dem gleichen Rot wie die Handschuhe, die er auf den Tisch warf. Trotz des warmen Wetters trug er einen pelzgefütterten Mantel. Er begrüßte Samuel mit einem breiten Lächeln, dann ließ er sich unaufgefordert auf die Bank fallen, die unter seinem Gewicht knarrte.

»Wir brauchen Euch, Samuel von Troyes, den ehrlichsten Bankier in der Stadt«, erklärte er in feierlichem Ton.

»Wir?«

»Wir, das heißt die Patrizier im Stadtrat: Henri Eichen, Burkart Spender, Berthold Ruses, Hugo Kuchenmeister . . .«

Samuel sah ihn überrascht an:

»Und was vermag ein armer Jude für die mächtigsten Bürger Straßburgs zu tun?«

»Wir brauchen Geld.«

»Geld? Ihr seid doch die reichsten Männer der Stadt!«

»Was wir haben, reicht uns nicht.«

»Euch fehlt also nur noch mein Geld?« seufzte Samuel. »Geld, Geld und noch mal Geld! Wo soll ich es hernehmen? Haben wir nicht schon dem Kaiser, dem Bischof und dem Stadtrat unsere Abgaben geleistet, ganz zu schweigen von den Zwangsdarlehen, die wir nie wiedersehen?«

»Gemach, gemach, Bankier. Hab ich Euch nicht immer alles zurückgezahlt, was Ihr mir geliehen habt?«

Samuel lehnte sich in seinen eichengeschnitzten Armstuhl zurück:

»Gewiß, Herr Liebenzeller, bei Euch hab' ich nichts verloren. Aber auch nichts verdient.«

»Die Zinsen, die ich Euch versprochen habe, bekommt Ihr noch.«

»Ich zweifle nicht an dem Wort eines Straßburger Patriziers. Aber ich bitte den Ewigen, daß ich nicht als bankrotter Mann sterbe, bevor sich dieses Wort erfüllt.«

Reinbold Liebenzeller lachte laut auf:

»Stets einen Witz parat, Jude! Bei Gott, das ist gut! Aber um dieses Geld bittet Euch jetzt der Rat, und der Rat ist mächtig genug, daß auch ein paar Vorteile für Euch dabei herausspringen.«

»Mächtig, mächtig . . .«, wiederholte Samuel. »Ich persönlich bezweifle das ja nicht, aber der neue Bischof scheint an die Macht des Rates nicht so recht zu glauben.«

Liebenzeller lächelte gequält.

»Ihr seid gut unterrichtet, Jude!«

Samuel hob wie beschwörend die Arme: »Unser Leben hängt davon ab . . .«

Der Patrizier wurde lebendig:

»Und deshalb werdet Ihr uns auch helfen. Denn wenn der Bischof und seine Kampfgenossen die Hand auf die Stadt legen, ist es mit Euren Privilegien vorbei.«

»Unseren Privilegien? Was für welchen?« rief Samuel erstaunt. »Wir dürfen nicht ein einziges Handwerk ausüben. Wir sind auf den Geldhandel beschränkt und werden von Euch um so mehr gehaßt, als Ihr uns dafür braucht. Von welchen Privilegien redet Ihr, Herr Liebenzeller? In Wirklichkeit haben wir doch nur Pflichten.«

Verlegen ließ der Patrizier seinen Blick über die düsteren, schweren Möbel und die Leuchter aus massivem Silber schweifen. Samuel räusperte sich:

»Weshalb braucht Ihr denn so dringend Geld?«

Liebenzellers breites Gesicht hellte sich auf:

»Ihr wollt uns also doch helfen?«

»Wenn ich kann, wenn ich kann . . .«

»Ihr könnt es. Das ist die Situation: Bischof Gauthier ist dabei, in der Nähe von Holtzheim eine Armee zusammenzuziehen. Mehrere Adlige unterstützen ihn, zum Beispiel Rudolph von Rapperschwyl[60] und Berthold von Sankt-Gallen, der Onkel des Bischofs. Wir sind entschlossen, uns dem Kampf zu stellen, aber wir brauchen Waffen und Soldaten, das heißt Geld.«

»Wieviel?«

»Zweitausend Silbermark, für die der Rat sich verbürgt.«

»Wenn Ihr gewinnt, aber wenn Ihr verliert?«

»Wir werden gewinnen.«

Reinbold Liebenzeller tat einen tiefen Atemzug:

»Ich ziehe selbst in die Schlacht.«

»Zweitausend Silbermark . . . Das ist viel Geld.«

»Ihr gehört doch zu einer Vereinigung der Geldhändler? Könnt Ihr Euch nicht an die wenden?«

»Das braucht seine Zeit.«

»Wie lange?«

»Zwei Wochen, vielleicht mehr.«

Der Patrizier rieb sich mit seiner ringgeschmückten Hand den

[60] Rapperswil (am Zürichsee) (A. d. Ü.)

breiten Nacken: »Das ist eine lange Zeit.«

Samuel öffnete den eisernen Kasten hinter sich, nahm ein Leinensäckchen heraus und legte es neben das Rechenbrett auf den Tisch.

»Nehmt schon einmal diese fünfhundert«, sagte er. »Den Rest werde ich Euch so bald wie möglich verschaffen.«

Reinbold Liebenzeller sprang auf:

»Ihr seid unser Retter.«

»Das hoffe ich auch«, entgegnete Samuel. »Denn, wenn der Bischof die Schlacht gewinnt . . .«

Er nahm ein Pergament, vergewisserte sich, daß die Feder nicht gesprungen war, tauchte sie in das Tintenfaß und reichte beides dem Notabeln:

»Wenn Ihr mir eine Quittung unterschreiben würdet.«

»Natürlich, natürlich! Auf den Namen des Rates, denk' ich.«

»Besser auf den Euren . . . Schließlich seid Ihr zu mir gekommen. Und ich hab' es lieber mit einem Mann zu tun, den ich kenne, als mit einer Institution, bei der man nie weiß, an wen man sich wenden soll.«

Als der Patrizier gegangen war, schloß Samuel die Quittung in seinen Geldkasten ein und bat Vogel, Menachem Bescheid zu sagen, er reise noch am gleichen Tag nach Metz. Dann setzte er seinen spitzen Hut, den Hamanhut, auf, den die deutschen Juden tragen mußten, und begab sich zunächst einmal zu seinem jüngeren Bruder Nathan, um ihn um Rat zu fragen.

Nathan der Schreiber wohnte in der Rue des Charpentiers, ganz in der Nähe des Gebäudes, das man das »Judenbad« nannte und zu dem auch die Synagoge gehörte. Er war ein magerer, asketisch wirkender Mann, dessen Gesicht von großen grünen Augen belebt wurde. Seine ganze Kraft und seine ganze Zeit widmete er dem Studium. Er war überrascht über den unangemeldeten Besuch seines Bruders:

»Der Ewige – gepriesen sei sein Name – geleite dich. Was bringst du, mein Bruder?«

»Neuigkeiten. Und ich brauche einen Rat.«

»Wenn ich dir helfen kann . . . Komm herein, setz dich.«

Samuel erzählte ihm von Reinbold Liebenzellers Besuch.

»Du brauchst doch gar keinen Rat«, bemerkte Nathan.

»Und warum?«

»Weil ein Rat vor dem Entschluß eingeholt wird und nicht danach. Dein Entschluß steht aber bereits fest. Wir können nur noch für den Sieg der Bürger über den Bischof beten. Wenn sie gewinnen, könnte ein Mann wie Liebenzeller, denke ich, für die Gemeinde ein wertvoller Verbündeter werden.«

»In wieviel Adlige haben wir schon die gleiche Hoffnung gesetzt.«

»Erinnere dich an die Schriften: Wieviel Münzen schlägt der Mensch mit einem einzigen Stempel. Und alle gleichen sich. Aber der Ewige – gepriesen sei sein Name – schlägt jeden Menschen mit dem Siegel Adams, und nicht einer ähnelt dem anderen. Und warum sind ihre Gesichter einander nicht gleich? Damit niemand, wenn er ein schönes Haus oder eine schöne Frau sieht, sagen kann: Das gehört mir.«

»Und doch morden alle, rauben und verfolgen uns«, entgegnete Samuel voller Bitterkeit.

»Stell dir vor, mein Bruder, die Menschen würden nicht alle von demselben Menschen abstammen und hätten nicht das Gefühl, wie Kain einen Brudermord zu begehen, wenn sie ihre Nächsten umbringen. Danken wir also dem Ewigen, der uns nach seinem Bild geschaffen hat. Danken wir ihm auch, daß er uns bisher in Straßburg vor der Verfolgung bewahrt hat. Sind wir nicht glücklicher dran als unsere Brüder in Paris, Troyes oder Mainz?«

Er stand auf, zog an den *Zizith*, den Schaufäden aus weißer Wolle, die an den Saum seines Kleides genäht waren, und fügte gutgelaunt hinzu:

»Weißt du, daß Rachel, die Frau meines Sohns Elias, kurz vor der Niederkunft steht? Es wird mein erster Enkel sein.«

»Und wenn's ein Mädchen wird?«

Samuel hatte noch keinen Enkel. Sein Ältester, Menachem, hatte gerade sein drittes Kind verloren, und sein Jüngster, Isaak, hatte nur zwei Töchter. Und wenn er sich das auch nicht so ganz eingestand, fand er es ungerecht, daß sein jüngerer Bruder hoffte, vor ihm einen Enkel – diesen Segen des Allerhöchsten – zu bekommen. Genau das geschah aber: Rachel gebar einen Sohn, Chaim, und

Samuel mußte noch zwei Jahre warten, bevor Bella, Menachems Frau, endlich auch einen Sohn bekam, einen hübschen Jungen, der für zwei trank und für vier schrie: Man nannte ihn Mosselin. Der Krieg zwischen dem Bischof und den Bürgern von Straßburg, die sich zum Teil mit Samuels Geld bewaffnen konnten, war noch nicht zu Ende. Der Winter hatte zwar die Schlachten verzögert, aber den Eifer der Kämpfenden nicht gedämpft.

An diesem Tag im März 1262 nach der christlichen Zeitrechnung, an dem Samuel ein Enkel geboren wurde, stieß Isaak, sein jüngerer Sohn, auf seinem Pferd zu der kleinen Truppe von Freiwilligen, die versuchen wollte, den Glockenturm von Mundelsheim zu stürmen, der der bischöflichen Armee als Beobachtungsstand diente. Von ihm aus konnten sie die Straße zwischen Hagenau und Straßburg kontrollieren. Samuel hatte versucht, seinen Sohn zurückzuhalten, aber auch die Juden mußten der Stadt Kämpfer stellen, und Isaak wollte nicht, daß man ihn für feige hielt.

Die Truppe bestand aus etwa hundert Männern, gefolgt von Zimmerleuten und Sappeuren[61]. Sobald die Späher auf dem Kirchturm sie sahen, schlugen sie Alarm. In allen Dörfern in der Ebene wurden die Glocken geläutet, um Reiterei und Fußvolk zusammenzurufen. Ein paar Männer, unter ihnen Isaak, erhielten den Befehl, umzukehren und den Rat zu verständigen, daß die bischöfliche Armee sich versammelte.

Seit zwei Jahren war es zehn, ja zwanzig Mal immer das gleiche gewesen: Bischof Gauthier, der auf dem Musau-Hügel stand, sah zu, wie die Truppen der Stadt ihre Fahnen auf den Anhöhen um Hausbergen aufpflanzten. Aber diesmal täuschte er sich: Er hatte angenommen, die gegnerische Armee wolle sich zurückziehen, obgleich sie nur einen Umweg machte, um nicht durch den Stadtgraben zwischen Ober- und Mittelhausbergen hindurch zu müssen. Er hoffte, sie von hinten überrennen zu können und stürmte an der Spitze seiner Reiterei los, ohne auf sein Fußvolk zu warten.

Aber die Bürger stellten sich. Es kam zur Schlacht, die in etwa gleichstand, bis die letzten Truppen der Stadt unter dem Befehl von Nicolas Zorn dem Älteren zur Unterstützung anritten. Das Fußvolk

[61] Zur technischen Truppe gehörig (A. d. Ü.)

des Bischofs spannte seine Bogen: Plötzlich verdunkelte sich der Himmel, und ein Pfeifen ging durch die Luft. »Pfeile!« schrie jemand neben Isaak. Die Reiter hoben ihre Schilde über die Köpfe. Isaak spürte einen brennenden Schmerz zwischen Schulter und Hals. Er tastete mit der Hand nach der Stelle: sie blutete. Ihm wurde schwarz vor Augen, und es kostete ihn Mühe, sich im Sattel zu halten.

Der Zimmermeister Berthold brachte ihn in die Stadt zurück. Seine Frau Mina verständigte den Arzt Süßkind und Samuel, der schon seit dem frühen Morgen mit anderen Männern der Gemeinde in der Synagoge betete. In der Zwischenzeit schnitt sie Isaaks Kleid rings um den Pfeil aus. Süßkind, der ständig vor sich hin sang, selbst wenn man mit ihm redete oder wenn er operierte, riß den Pfeil heraus, als existiere das Wort Schmerz für ihn nicht, schnitt die Wunde kreuzförmig ein und teilte einen Rest Pflaumenschnaps zwischen der Wunde und den blutlosen Lippen Isaaks, der halb ohnmächtig war.

»Wird er wieder gesund?« fragte Samuel.

»Wenn der Allmächtige es so will, ja.«

Am späten Abend kam Ellenhardt, Schatzmeister der Bauhütte Notre-Dame, den Reinbold Liebenzeller geschickt hatte: Er erkundigte sich nach Isaaks Verletzung und erzählte, wie sie den Bischof endlich doch besiegt hatten. Unter dem Schutz einiger Reiter hatte er fliehen können. Etwa sechzig Feinde, Reiter und Adlige, waren tot. Man hatte ihnen auf dem Schlachtfeld die Kleider ausgezogen.

Die Bürger von Straßburg hatten also gesiegt. Es war eine freie Stadt, in der Isaak gesundete und der kleine Mosselin aufwuchs.

Mosselin war neun Jahre alt, als er eines Abends nicht nach Hause kam. Das war noch nie vorgekommen, und seine Mutter machte sich Sorgen. Sie ließ nach ihrem Gatten Menachem schicken. Dieser lief hinüber zum Palast der Müllenheims, wo Mosselin oft mit dem gleichaltrigen kleinen Rudolph spielte. Die Müllenheims waren eine der mächtigsten Familien von Straßburg und im Rat sehr einflußreich; ihr Palast stand an der Ecke des Quai au Sable und der Rue des Ecrivains, etwa hundert Schritt vom Judenviertel entfernt.

Eines Tages war Rudolph seinem Kindermädchen entwischt – oder sie hatte nicht aufgepaßt – und in die Ill gefallen. Mosselin, der dort spielte, hatte ihm einen Stock, der ihm als Schwert diente, hingehalten und ihn so gerettet. Rudolphs Vater, Hugo Müllenheim, hatte voller Dankbarkeit geschworen, Mosselin sei, solange er lebe, in seinem Palast zu Hause. Und so ging das Kind oft zum Spielen dorthin. Aber Rudolphs Kindermädchen hatte es nie versäumt, es zum Abendessen rechtzeitig heimzuschicken. Im Palais sagte man Menachem, Mosselin sei zwar dagewesen, aber zur gewohnten Stunde wieder gegangen. Menachem kehrte nach Hause zurück. Mosselin war noch immer nicht da. Hugo Müllenheim, mit dem er sich jetzt besprach, stellte ihm ein Dutzend Leute zur Verfügung, um die Quais an der Ill und die dichtbewachsenen Uferböschungen abzusuchen. Dann rannte er hinüber in die Synagoge – er mußte sich beeilen, denn es wurde bald dunkel. Er traf dort ein paar junge Leute an, die bereit waren, ihm zu helfen. Die Männer, die zu alt waren, um draußen herumzulaufen, versprachen, für ihn zu beten. Samuel, der unter ihnen war, entschloß sich, so lange zu fasten, bis sein einziger Enkel zurückgekehrt sei.

Aber nichts geschah.

Weder an diesem Abend noch am nächsten Morgen. Und auch nicht am nächsten Abend. War er in die Ill gefallen? Aber hätten dann nicht die Gerber, Weber oder Färber seinen kleinen Körper in der Strömung entdecken müssen?

Bella verließ das Haus nicht mehr. Die Frauen der Familie und die Nachbarinnen kümmerten sich um sie. Menachem lief von einem Ort zum anderen, immer in der Hoffnung, daß Mosselin doch . . . Samuel fastete und betete . . . Nathan der Schreiber, Mosselins Großonkel, streifte zwei Tage lang durch die Straßen und die Märkte, wo die Weiber miteinander schwatzten und die Männer nach der Arbeit zusammenstanden. Überall, im Saint-Pierre-le-Vieux-Viertel, hinter dem Franziskanerkloster, in der Rue des Serruriers, in Under Metzingern, beschrieb er den Leuten den kleinen Mosselin. Bald hatten alle den Eindruck, den langaufgeschossenen kleinen Jungen mit den grünen Augen schon seit langem zu kennen, nur gesehen hatte ihn niemand.

Nathan verlor nicht den Mut, obwohl er nirgends etwas erfahren konnte: Gott verläßt die Suchenden nicht. Adam selbst wußte nicht, ob die Zeit seiner Mühen nach der Zeit des Menschen gerechnet würde oder der Gottes, vor dem ein Tag wie tausend Jahre ist.

Am dritten Tag kam ein Kind zu ihm ins Haus und bat ihn, ihm zu folgen. Es führte ihn zum Schlachthaus. Die Fleischer hatten hier im Freien, nur durch ein Wetterdach geschützt, ihre Auslagen. Nathan und das Kind gingen am Heringsbrune vorbei, hinunter bis zum alten römischen Graben, einer einzigen Kloake, in der sich der Unrat des ganzen Viertels sammelte. Hier drehte das Kind sich um und rannte davon.

Nathan blieb allein inmitten einer Wolke von Fliegen. Der Ort war nicht sehr vertrauenserweckend, aber er hatte keine Angst. Bald kam ein Metzgergeselle auf ihn zu, der sich die blutigen Hände an seiner fleckigen Schürze abwischte. An seinem Gürtel hingen mehrere Messer in ihrer Scheide. Es war ein Mann mit einem runden, blassen Gesicht. Er schaute sich um, ob auch niemand sie belauschte.

»Seid Ihr noch nie nach Albergrien gekommen?« fragte er mit heiserer Stimme. Als sei dies genug Höflichkeit, fügte er sogleich hinzu: »Ich weiß, wo das Kind ist. Wieviel zahlt Ihr mir dafür?«

»Es gibt keine gerechtere Belohnung als die Freude über eine gute Tat«, erwiderte Nathan. »Davon abgesehen, wieviel willst du?«

Er suchte in seinem Gürtel und zog drei Münzen heraus:

»Da, ein Heller, noch ein Heller und ein Silberpfennig . . . Mehr hab ich nicht bei mir.«

»Einverstanden.«

Nathan drängte ihn nicht. Fliegen setzten sich auf die blutige Schürze des Metzgers, der Graben stank wie die Pest, aber Nathan in seinem langen grauen Gewand schien vollkommen ruhig und geduldig.

»Einmal in der Woche«, sagte der Mann, »bringe ich das Fleisch in den Henkersturm. Heute morgen bin ich wie immer hingegangen, und da treff' ich am Wachtor den Priester von St. Martin, Gerhardt. Wir redeten ein bißchen miteinander, bis die Wache das Fallgatter hochgezogen hatte. Und da erzählt er mir, er solle hier ein jüdisches Kind taufen. Das ist alles.«

»Sei gesegnet, Fleischer, sei gesegnet!«

Mit langen Schritten lief Nathan davon. Sein Gewand aus grauem Tuch flatterte ihm um die Beine. Noch bevor er Samuel und Menachem Bescheid sagte, begab er sich zu Ellenhardt, dem Schatzmeister der Bauhütte Notre-Dame. Seit dieser sich damals nach der Schlacht gegen den Bischof nach Isaaks Verletzung erkundigt hatte, standen die beiden Männer in bestem Einvernehmen miteinander.

Ellenhardt wußte natürlich von Mosselins Verschwinden, aber an eine so finstere Tat wollte er einfach nicht glauben. Sie begaben sich sogleich auf die Suche nach dem Priester Gerhardt. Vor der St. Martins-Kapelle, wo Nathan auf Ellenhardt wartete, räumten die Wechsler ihre Tische fort. Als die Glocken zur Vesper läuteten, leerte sich der Platz mit einem Mal. Endlich kam Ellenhardt zurück. Er hatte offenbar etwas Wichtiges erfahren:

»Ich bin überzeugt davon, daß dieses Kind Euer Mosselin ist«, sagte er. »Und ich glaube auch zu wissen, warum er im Henkersturm ist . . .«

Er ergriff Nathans Arm:

»Euer Mosselin ist ein Freund des ältesten Müllenheim-Sohnes, nicht wahr?«

»Sie spielen oft im Palast zusammen«, bestätigte Nathan.

Ellenhardt nickte:

»Das ist es also. Wenn ein Kind, für das Ihr die Verantwortung habt, verschwindet, wer ist dann der Schuldige? Ihr, nicht wahr? Und wenn dieses Kind obendrein einer anderen Religion angehört, ist es doppelt so schlimm . . . Schön. Wer kann ein Interesse daran haben, den Müllenheims zu schaden? Wenn Ihr das wißt, wißt Ihr auch, wer Euren Mosselin entführt hat . . . Viel Glück, lieber Nathan. Der Allmächtige möge Euch beistehen.«

Nathan lief jetzt eiligst zu Samuel, wo die ganze Familie versammelt war. Samuel selbst saß in seinen Armsessel gelehnt, ohne sich zu rühren. Vor ihm auf dem Tisch lag Abrahams Rolle ausgebreitet: Nathan, der Schreiber führte sie weiter, aber Samuel verwahrte sie in seiner Kassette. Menachem und Bella, die neben ihm standen, waren blaß wie ein Leintuch.

»Sei gepriesen, Ewiger, mein Hort, auf den ich vertraue, mein Schild und mein Schutz! Mosselin lebt«, waren Nathans erste Worte.

Er erzählte, was sich inzwischen zugetragen hatte, bis hin zu Ellenhardts Überlegung: Wer konnte ein Interesse daran haben, die Familie Müllenheim in Verruf zu bringen? Die Antwort kannte er ebenso wie die anderen und ebenso gut wie Ellenhardt selbst. Jeder in der Stadt wußte es: die Familie Zorn. Die Müllenheims und die Zorns, die noch als Verbündete den Bischof besiegt hatten, waren sozusagen natürliche Feinde, wie zwei Wölfe in einem Rudel. Nicolas Zorn, der Patriarch, den man Zorn den Älteren nannte, war ein reizbarer, starrköpfiger alter Mann. Er ließ im Palast der Müllenheims spionieren, um alles herauszufinden, womit er dem Gegner schaden konnte. So hatte er sicherlich auch erfahren, daß der kleine Mosselin und Rudolph Müllenheim oft zusammen spielten. Im Stadtrat hatte er seinen Feinden bereits vorgeworfen, von jüdischem Geld abhängig zu sein. Nur ein so von Neid zerfressenes, krankhaftes Gehirn wie das seine konnte auf die aberwitzige Idee kommen, skrupellos den kleinen Mosselin zu benutzen, um seinen Gegnern zu schaden.

»Der Teufel hat den alten Zorn darauf gebracht«, sagte Nathan und drückte damit aus, was alle dachten.

»Was sollen wir nur tun?« fragte Menachem, den mit der Freude, seinen Sohn am Leben zu wissen, zugleich der Kummer erfüllte, nichts unternehmen zu können.

»Der heilige Gott – gepriesen sei sein Name – steh uns bei«, erwiderte Nathan, »aber ich weiß auch keinen Rat.«

Er wandte sich an Samuel, der die Lippen zusammenpreßte.

»Alle Möglichkeiten, die mir einfallen«, sagte schließlich der Bankier mit tonloser Stimme, »sind zweifelhaft und gefährlich. Den alten Zorn aufzusuchen, den Stadtrat mit der Sache zu befassen, die Müllenheims um Unterstützung zu bitten . . . Sie haben Mosselin als Geisel, das dürfen wir nicht vergessen . . . Ja, wenn sie ein Lösegeld von uns forderten . . . Aber Geld beschwichtigt nicht den Haß . . .«

»Aber wir können doch nicht einfach nichts tun«, rief Menachem.

Seine Frau Bella rang die Hände. Nathan, der eine Weile geschwiegen hatte, sagte jetzt mit dem Ausdruck tiefster Überzeugung:

»Mosselin wird uns heil und gesund zurückkehren.«

»Woher nimmst du deine Sicherheit?« fragte Menachem.
»Es ist mein fester Glaube.«

Als Hugo Müllenheim erfuhr, daß der alte Zorn Mosselin gefangen hielt, fühlte er sich in seiner Ehre getroffen und ließ von seinen Leuten, wie Samuel befürchtet hatte, den Henkersturm umstellen. Einer von ihnen traf mit seiner Armbrust eine von Zorns Wachen. Dieser ließ unverzüglich wissen, daß das Kind einen Angriff nicht überleben würde.

Samuel machte sich auf den Weg zu Reinbold Liebenzeller. Es war sein vierter Fastentag, und ihm war ein wenig schwindlig. Er wurde sofort empfangen. Der schwere, breitschultrige Patrizier stand mit dem Rücken vor einem riesigen Kamin, in dem ein Baumstamm glimmte. Er stand da, als könne ihn nichts umwerfen.

»Bei Gott!« rief er mit dröhnender Stimme. »Was soll ich denn tun? Im Rat stehen sich die beiden Parteien gegenüber. Zorn ist mein Freund und Müllenheim auch! Und Ihr, Jude, seid es nicht weniger. Hab' ich Euch je im Stich gelassen, seit wir uns kennen?«

»Nein, aber ich habe Euch schließlich auch noch nie um etwas gebeten.«

»Bei Gott, Jude, Euer Witz läßt Euch nie im Stich!«

»Reinbold Liebenzeller, ich möchte, daß Ihr den Rat versammelt.«

»Damit der Krieg im Saal losbricht?«

»Reinbold Liebenzeller, versammelt den Rat. Sagt, daß ich auf das Geld verzichte, das Ihr mir seit zehn Jahren schuldet, wenn mein Enkel uns noch heute zurückgegeben wird.«

Der Patrizier starrte ihn einen Augenblick sprachlos an:

»Ihr verzichtet auf die zweitausend Silbermark?«

»Ja.«

»Und auf die Zinsen seit zehn Jahren?«

»Ja.«

»Bei Gott, Jude, so hätt' ich Euch nicht eingeschätzt. Für zweitausend Mark brächten die Ratsherren sogar den Teufel zur Vernunft!«

Der Rat tagte den ganzen Nachmittag lang. In der Zwischenzeit bezogen Müllenheims Leute, mit Waffen und Munition versehen, vor den Gräben rings um den Henkersturm Stellung. Isaak lief von dem Turm zum Rat, vom Rat zum Turm. Müllenheims Männer hatten bereits eine Brücke hinüber zum Turm geschlagen, als zwei städtische Reiter auftauchten. Der eine blies die Trompete, der andere befahl im Namen des Rats der Stadt Straßburg, die Waffen niederzulegen.

Reinbold Liebenzeller stieg schwerfällig die Holztreppe hinauf. Samuel erhob sich, um ihn zu begrüßen, aber er behielt seinen spitzen Hut auf. Er fühlte sich sehr schwach; sein Gesicht war wie ausgehöhlt.

Der Patrizier schnaufte wie ein Ochse, aber er strahlte vor Selbstzufriedenheit.

»Ich habe Wort gehalten, bei Gott!« rief er und warf seine roten Handschuhe auf den Tisch. »Und glaubt mir, es war nicht leicht.«

Er ließ sich auf die Bank fallen, die unter seinem Gewicht knarrte.

»Wenn Ihr mich gehört hättet, teurer Samuel, wie ich von Eurem Enkel sprach!«

»Ihr habt vergessen, mich einzuladen, Herr Liebenzeller.«

Der Patrizier lachte schallend:

»Bei Gott, Jude, es fehlt Euch nicht an Witz!«

Er schlug sich kräftig auf die Schenkel, öffnete seinen grünen Samtmantel und fuhr fort:

»Wißt Ihr, was der alte Zorn den Müllenheims vorwarf?«

»Nein.«

»Sie machten sich die Nähe ihres Palastes zum Rathaus zunutze, um gegen ihn zu intrigieren. Und wißt Ihr, was wir beschlossen haben?«

»Nein.«

»Ein neues Rathaus zu bauen, das gleich weit von beiden Palästen entfernt ist. Und wißt Ihr, was der alte Zorn gefordert hat?«

»Nein.«

»Daß es zwei getrennte Treppenaufgänge darin gibt: der nach Norden hin für ihn, der nach Süden hin für die Müllenheims.«

Es wurde langsam dunkel im Zimmer. Einen Augenblick lang quälte Samuel der Hunger nicht mehr; er fühlte sich ganz leicht und in Frieden mit sich selbst. Kaum daß noch irgendwo in ihm das resignierte Wissen blieb, wie weit die Menschen davon entfernt waren, miteinander leben zu können.

»Und das Geld?« fragte er.

»Das Geld? Ach so, das Geld! Ja, also der Rat hat Euren Vorschlag angenommen.«

»Auch was die Zinsen betrifft?«

»Auch was die Zinsen betrifft. So war es doch ausgemacht.«

»Das ist wahr.«

»Seine Taufe wird für nichtig erklärt, da Ihr es so wünscht. Es hat also alles ein gutes Ende gefunden.« – »Das ist wahr.«

Reinbold Liebenzeller räusperte sich laut und spuckte in den Kamin. Er stand auf und schien den ganzen Raum auszufüllen:

»Ihr vergeßt doch nicht die Empfangsbestätigung, die ich Euch unterschrieben habe?«

Samuel drehte sich um, öffnete seinen Geldkasten, nahm das zusammengerollte, mit einer roten Schnur umwickelte Pergament heraus:

»Da ist sie, Herr Liebenzeller.«

Der Patrizier griff nach seinen Handschuhen.

»Was werdet Ihr jetzt tun?« fragte er.

»Das Abendgebet sprechen.«

24

Strassburg
Zipporas Sieg

Das Jahrhundert ging zu Ende, als sei das Weltende nahe. Man hörte zunächst von einem Buch, dem *»Sohar«*, das angeblich von Rabbi Simeon bar Jochai stammte, einem berühmten Schriftgelehrten des zweiten Jahrhunderts aus Galiläa, in dem viele jedoch eher das Werk eines gewissen Mose de Leon sahen, den ein entfernter Vetter von Samuel und Nathan vor nicht allzu langer Zeit in Cordoba getroffen hatte. Der »Sohar«, »Lichtglanz«, handelte von den Geheimnissen der Bibel, von dem verborgenen Sinn des Gesetzes und vor allem von der Erleuchtung. Das Buch entfachte sofort leidenschaftliche Diskussionen in allen jüdischen Gemeinden. In Straßburg erhielten diese Streitgespräche noch zusätzliche Nahrung durch einen reisenden Kaufmann, Moses aus Türkheim. Dieser wollte von einem jüdischen Pilger auf dem Rückweg von Jerusalem und Akka, wo er das große Lehrhaus des Rabbi Jechiel besucht hatte, erfahren haben, daß zahlreiche Zeichen auf die nahe Ankunft des Messias und die baldige Befreiung hindeuteten.

An solchen Zeichen fehlte es auch nicht im Abendland. In Troyes zum Beispiel beschuldigte man einen Juden, den Gutsherrn Isaak, einen jungen Christen getötet zu haben. »Ritualmord«, behaupteten die Dominikaner und verbrannten gleich dreizehn Juden dafür. Und in Straßburg rief Güttelin, die jüngste Tochter des Schamasch Löwe, ein einfältiges Wesen, das trotz seiner zwanzig Jahre kaum sprechen konnte, am Ende eines Sabbatgottesdienstes plötzlich aus: »Ihr Unglücklichen! Denkt an euer Seelenheil, bevor es zu spät ist!« Mit einer für sie ganz ungewöhnlichen Stimme und Überzeugungskraft erklärte sie, sie habe den Schofar gehört, der den Messias verkünde. Gleich am nächsten Tag drängten sich die Besucher vor Löwes Haus. Der setzte seine Tochter, geschmückt wie zu einer Hochzeit, in den Versammlungssaal neben der Synagoge. Dort befragte man sie wie ein Orakel und bat sie, ihre Hände auf Wunden zu legen – Löwe mußte sie schließlich von ein paar beherzten Männern beschützen lassen.

Der bucklige Hirtz, ein Bettler, der seit undenklichen Zeiten seinen Stammplatz vor der Tür zur Synagoge hatte, stand eines Tages auf, stürzte in den Versammlungssaal und schwor, auch er höre den Schofar zum Weltgericht blasen. Sogleich wurde er von den Anwesenden umringt. Er begann an allen Gliedern zu zittern und starrte auf die kahle Wand, auf der er, wie er sagte, den feurigen Wagen des Elias herabfahren sehe . . . Er zitterte immer heftiger und fiel dann besinnungslos zu Boden . . . Erst ein Eimer Wasser ließ ihn wieder zu sich kommen.

Etwa zur gleichen Zeit erfuhr man, Rabbi Meir aus Rothenburg, der geistige Führer der deutschen Juden, ein Schüler des Rabbi Jechiel aus Jerusalem, breche nach Palästina auf. Viele Familien beschlossen, ihm zu folgen und machten sich auf den Weg, so wie die Christen hundert Jahre zuvor hinter Peter dem Einsiedler hergezogen waren. Aber sie kamen nie nach Jerusalem: Rudolf von Habsburg, der seine Juden und den Gewinn, den er aus ihnen zog, nicht verlieren wollte, schickte ihnen bewaffnete Leute hinterher, die sie wieder zurückbrachten. Den Rabbi Meir, der sich widersetzte, ließ er – bis zu jenem Weltuntergang, den er prophezeite – in der Festung Ensisheim festsetzen, es sei denn, man zahle für ihn ein Lösegeld von tausendfünfhundert Silbermark. Die elsässischen Gemeinden wollten nicht untätig bleiben, und da der alte Bankier Samuel nicht mehr viel unternehmen konnte, veranstalteten sein Sohn Menachem und sein Enkel Mosselin eine Sammlung. Als das Geld zusammen war, erklärte Rabbi Meir jedoch, er wolle sich nicht freikaufen lassen, denn er hielte diesen Handel schlichtweg für eine Erpressung.

Währenddessen war der Schamasch Löwe auf die Idee gekommen, seine Tochter Güttelin mit dem buckligen Hirtz zu verheiraten. Auf diese Weise würden sich ihre Seherkräfte verdoppeln, so meinte er. Güttelin, die neuerdings fromme Lieder in Sprachen, die sie nie gelernt hatte, sang, war darüber höchsterfreut, und man feierte die Hochzeit eine Woche später. Dank einer Spende der Gemeinde konnte das junge Paar sich in einem kleinen Häuschen oberhalb der Judengasse niederlassen. Das Geld erwies sich als schlecht angelegt: Güttelin und Hirtz, die sich offenbar selbst genug waren, hatten von Stund an keine Visionen mehr.

Der alte Samuel, der in seinem eichenen Lehnstuhl immer krummer und hinfälliger wurde, war von all diesen Ereignissen tief erschüttert. Wie damals, nach Mosselins Entführung, legte er sich selbst zur Buße und Sühne eine Fastenzeit auf: »Wenn der Messias erscheint«, sagte er, »will ich gerüstet sein.«

Sein Bruder Nathan, dessen Gestalt so knorrig wie ein alter Olivenbaum geworden war und dessen dunkelgrüne Augen das einzige waren, was sich nicht verändert hatte, glaubte nicht an die baldige Ankunft des Messias:

»Der Messias kommt schließlich nicht heimlich«, brummte er. »Er wird in strahlendem Glanz erscheinen, und alle Welt wird ihn erkennen.«

Samuel ertrug das Fasten nicht lange. Bevor er starb, vertraute er seinem Sohn Menachem den Schlüssel zu der Kassette an und sagte zu ihm:

»Weißt du, mein Sohn, welches die erste Frage ist, die der Allmächtige beim Weltgericht uns stellt? Warst du ehrlich in deinen Geschäften? Vergiß nie, mein Sohn, daß Jerusalem zerstört wurde, weil es in seinen Mauern keine rechtschaffenen Menschen mehr gab.«

Sein Bruder Nathan konnte gerade noch mit zitternder Feder seinen Tod in Abrahams Rolle verzeichnen, bevor er selbst aus dieser Welt schied. Sie waren siebenundsiebzig und sechsundsiebzig Jahre alt geworden.

Zehn Jahre später war der Messias noch immer nicht erschienen. Der Ewige zeigte jedoch seinem Volk, daß er es nicht vergaß: Eine Feuersbrunst wütete in Straßburg und zerstörte die Krämer- und die Reibeisengasse, den Fischmarkt, den Gerbergraben und einen Teil der Laubengänge. Um Haaresbreite wäre auch die riesige Kirche, an der seit mehr als hundert Jahren gebaut wurde, ein Raub der Flammen geworden. Erwin aus Steinbach, sein Sohn und seine Tochter hatten gerade mit dem hohen, schlanken, in einer durchbrochenen Pyramide endenden Turm begonnen, der im Abendland nicht seinesgleichen haben sollte. Die Straßburger Christen hatten solche Angst um ihr Münster gehabt – das Gerüst war in Brand geraten –, daß sie sogleich die Feuersbrunst den Juden in die Schuhe schoben. Glücklicherweise war Rudolph Müllenheim, den Mosselin einst aus der Ill gerettet hatte, inzwischen eine einflußreiche Persönlichkeit im Stadtrat geworden und verlangte eine Untersuchung: Der Schuldige wurde entdeckt. Es war ein Reitknecht, der im Pferdestall der Herberge zum Kalkenkeller eine brennende Kerze vergessen hatte. Und so weinten zwar die Juden am Fastentag von *Tischa be Aw* im Jahr 5058[62] nach der Schöpfung der Welt über ihr Exil, aber sie dankten auch dem Ewigen – gepriesen sei sein Name –, dem Gott der Barmherzigkeit, daß er seine schützende Hand über sie hielt.

Mosselin hatte Zippora geheiratet, die ihm nacheinander drei Töchter gebar und, als Mosselin schon die Hoffnung verloren hatte, einen Sohn, den er in Erinnerung an seinen Großvater Samuel-Elias nannte.

Als sein Vater Menachem im Sterben lag, erhielt Mosselin seinerseits den Schlüssel zu Samuels Kassette. Nun saß er im ersten Stock in dem hohen Lehnstuhl hinter dem Tisch, in dem Samuel immer gesessen hatte. Die Zeit war günstig für die Bankiers. Der Rat hatte den Bau eines Grabens und einer Stadtmauer rings um die neuen Viertel beschlossen. Die Patrizier brauchten Geld, um es den Fürsten gleichzutun, die Handwerker, um den Patriziern nicht nachzustehen, und den Armen fehlte immer ein Pfennig bis zum nächsten Lohn. Das Geldgeschäft blühte also, und Mosselin stellte zwei Gehilfen ein.

Plötzlich ergoß sich ein Strom von Flüchtlingen über die Stadt: französische Juden, die von König Philip dem Schönen vertrieben worden waren. Er beschlagnahmte ihre Häuser und nahm das Geld, das man ihnen noch schuldete, für sich in Anspruch. Ein Teil der Vertriebenen ließ sich im Rheinland nieder, ein anderer in Spanien. Die Familie aus Narbonne ging teils nach Cordoba zu den spanischen Vettern, teils nach Nordafrika, zu den Verwandten in Hippone und Kairuan. Zwei Studenten begleiteten Rabbi Estori Parhi,

[62] 1298

einen Geographen, sogar bis zu den Ufern des Jordan. Die Familie aus Troyes suchte zunächst bei Mosselin und seinem Vetter Chaim dem Schreiber Zuflucht. Ihre Häuser füllten sich mit niedergeschlagenen Männern, weinenden Frauen und kreischenden Kindern, die über die Abwechslung höchst erfreut waren.

Die Parnassim beschlossen, die Gemeinde habe für die Flüchtlinge zu sorgen und ihnen Arbeit zu verschaffen. Die städtischen Steuern stiegen, da alle Abgaben sich nach der Anzahl der Juden berechneten und die Zahl derer, die zahlten, die gleiche geblieben war. Mosselin beklagte sich nicht: Dem Ewigen sei Dank, er verdiente genug.

Eines Tages erhielt er den Besuch des Zunftmeisters. Ammeister Wilhelm, ein Zimmermann, war ein rauhbeiniger Mann, den man mehr wegen seiner ungestümen Willenskraft als wegen seines Verhandlungsgeschicks gewählt hatte. Er stieg die Treppe hinauf, als sei sie eine Sturmleiter, so daß Cheimon, Mosselins Gehilfe, schon zögerte, ihn mit seinem Herrn allein zu lassen. Aber Mosselin lächelte, bot ihm einen Stuhl an und fragte den Zimmermann, was ihn zu ihm führe.

Der Ammeister schien einen Augenblick aus der Fassung zu geraten, weil er keinen Anlaß zum Kampf sah. Mit seinen knotigen Fingern umklammerte er die Stuhllehne:

»Bankier«, sagte er, »wir brauchen Euch!«

»Mich?«

»Das heißt, Euer Geld!«

»Das ist im allgemeinen der Grund, weshalb man mich aufsucht. Aber wer ist wir?«

»Die Handwerker.«

»Wozu brauchen die Handwerker Geld? Sind die Zünfte nicht reich genug?«

Wilhelm umklammerte die Stuhllehne etwas fester. Mosselin bemerkte, daß an diesem Mann alles kantig war: die Schultern, das Kinn, die Knie.

»Die Zünfte sind zwar reich«, erwiderte er mit mühsam beherrschter Stimme, »aber nicht reich genug, um den Patriziern die Stirn zu bieten.«

»Die Stirn bieten? Ihr wollt ihnen den Krieg erklären?«

»Nein, nicht den Krieg. Wir wollen nur, daß sie die Macht mit uns teilen.«

»Das wird nicht ohne Krieg abgehen.«

Der Ammeister Wilhelm sprang auf und beugte sich über den Tisch, hinter dem Mosselin mit übereinandergelegten Händen sehr gelassen saß.

»Das geht Euch nichts an, Jude!«

»Es wird trotzdem nicht ohne Krieg abgehen.«

Der Zunftmeister Wilhelm nahm ein Holzlineal, das auf dem Tisch lag, und zerbrach es mit einem Ruck, als handele es sich um eine Art Kraftprobe.

»Wollt Ihr uns nun das Geld leihen, das wir brauchen, ja oder nein?«

»Ja, aber . . .«

»Ihr könnt von mir für dieses Geld Sicherheiten verlangen, Jude, aber was wir damit tun, geht Euch nichts an.«

»Und was für Sicherheiten bietet Ihr?«

»Die Zunftbeiträge.«

»Wer unterschreibt die Quittung?«

»Ich.«

»Wieviel braucht Ihr?«

»Tausendfünfhundert Silbermark.«

»Das ist viel Geld. So viel habe ich nicht im Haus.«

»Ihr steht doch nicht allein da . . .«

»Das braucht seine Zeit.«

Im Grunde genommen, überlegte sich Mosselin in aller Ruhe, war sein Geschäft nicht gerade leicht. Er hatte genug Erfahrung, um zu wissen, daß zwar der Ablauf des Handels einem ganz bestimmten Schema folgte, aber am Ende der Rechnung war jeder Fall verschieden. Und ohne daß er die Schwierigkeiten, die er erwartete, genau hätte benennen können, wußte er schon, bei diesem Geschäft würde er nicht ungeschoren davonkommen.

»Wir haben aber keine Zeit«, bellte der Zimmermann.

Mosselin nahm ein Pergamentpapier, tauchte die Feder in die Tinte und stellte ein paar Zahlen zusammen. Er konnte den Zünften ein Darlehen nicht verweigern, aber er wollte ihnen auch nicht dabei helfen, gegen die Patrizier zu kämpfen, zu denen sein Freund Rudolph und der alte Liebenzeller gehörten, denen die Juden viel verdankten.

Auf einem anderen Blatt setzte er den Text einer Empfangsbestätigung auf: »Laßt die von Eurem Ammann unterschreiben und kommt heut abend wieder und unterzeichnet selbst. Dann kann ich Euch auch schon die Hälfte der Summe geben.«

Im Hinausgehen bemerkte der Ammeister, als sei es eine Drohung:

»Danke, Bankier. Es wird Euer Schaden nicht sein, wenn Ihr uns helft.«

Als der Zimmermann gegangen war, schloß Mosselin die Augen. Er fühlte sich plötzlich sehr abgespannt. Gewiß, die Patrizier verhielten sich gegenüber der Bevölkerung ungerecht und arrogant. Andererseits waren die Zünfte den Juden verschlossen . . . Aber wie sollte man zwischen denen wählen, die die Macht hatten, und denen, die sie vielleicht bald haben würden?

Wen sollte er um Rat fragen? Zippora, seine Frau, war auf dem Markt. Seine Gehilfen? Sie waren nicht fähig, seine Zweifel zu verstehen. Die Mitglieder des Rates der Gemeinde? Es waren zu viele, sie schwatzten endlos und konnten nichts für sich behalten. Er setzte seinen Hamanhut auf und ging die Treppe hinunter. Er begab sich zu seinem Vetter Chaim, Nathans Enkel. Der wußte zwar in Bankgeschäften nicht Bescheid, aber er kannte die heiligen Schriften, und Mosselin schätzte seinen Rat.

»Baruch haba! Willkommen«, sagte der Schreiber, als er ihn sah. Er führte ihn in ein winziges Zimmer unter dem Dach, in dem sich Bücher und Schriftrollen stapelten. Hier arbeitete er; es war sein Refugium, seine Festung. Mosselin war schon einmal dort oben gewesen, und Chaim hatte ihm bei dieser Gelegenheit Abrahams Rolle gezeigt, die er sorgfältig in einer Truhe zusammen mit anderen wertvollen Schriften aufbewahrte. Welcher Frieden, welche Geborgenheit! Einen Augenblick lang beneidete er Chaim. Dann erzählte er ihm von dem Anliegen der Handwerker und fragte ihn, was er tun solle. Chaim, dessen Gelehrtenhände stets in Bewegung waren, hatte die gleiche hohe Stirn wie sein Großvater und war ebenso hager. Er dachte nicht lange nach:

»Man muß beides tun.«

»Beides?«

»Dem Ammeister Wilhelm das Geld geben und Rudolph Müllenheim davon in Kenntnis setzen.«

»Hältst du das für . . . redlich gehandelt?«

Chaims Hände flatterten durch die Luft:

»Ich denke, unsere Situation ist recht betrüblich. Wir schulden zwar denen unsere Freundschaft, die uns die ihre bewiesen haben, aber wir müssen uns auch auf die Sintflut gefaßt machen, die über die Gemeinde hereinbrechen wird, wenn wir den Zünften unsere Hilfe verweigern und sie doch an die Macht kommen . . .«

»Die Sintflut?«

»Die Weisen berichten, daß Gott zu Noah sagte: ›Mache dir einen Kasten aus Zypressenholz!‹ Noah pflanzte Zypressen. ›Was willst du mit den Zypressen?‹ fragte man ihn. Und Noah antwortete: ›Der Ewige – gepriesen sei sein Name – wird eine Sintflut über die Welt kommen lassen, und er hat mir befohlen, einen Kasten zu bauen, damit ich mich und meine Familie darin in Sicherheit bringe.‹ Alle machten sich über ihn lustig. Aber er fuhr fort, seine Zypressen zu gießen. Als er fand, daß sie groß genug seien, fällte er sie und spaltete Holz. ›Was machst du da?‹ fragte man ihn erneut. Er wiederholte die Warnung, aber niemand achtete darauf. Und so beschloß Gott, alles, was Wesen hat, vom Erdboden zu vertilgen . . .«

»Aber Chaim, man wird uns vorwerfen, ein doppeltes Spiel zu betreiben . . .«

»Nein, nicht, wenn du den Zünften das Geld gibst und ich die Patrizier warne.«

»Ich finde das eine sonderbare Art, unseren Kasten zu bauen.«

Am Ende des Monats Mai im Jahre 1308 nach der christlichen Zeitrechnung, am Tag nach Himmelfahrt, stürmte ein Trupp bewaffneter Handwerker den Gasthof, in dem die Patrizier sich zusammengefunden hatten. Doch die erwarteten sie bereits. Die Schlacht dauerte die ganze Nacht lang. Sechzehn Handwerker wurden getötet. Danach kehrte wieder Ruhe in die Stadt ein. Mosselin und Chaim hatten sich inzwischen nicht wieder getroffen. Aber beim nächsten Kippur weinten sie beide bitterlich, als sie das rituelle Gebet sprachen: »Ewiger, unser Gott, vergib uns die Sünde, die wir wissentlich oder leichtfertig an Dir begangen haben, und die Sünde, die wir durch unsere Hartherzigkeit an Dir begangen haben.«

Vier Jahre später brach in Straßburg eine unbekannte Krankheit aus. Chaim erkrankte als einer der ersten. Seine Söhne Vifelin und Marx riefen Babel, einen Heilkundigen, der jedoch keinen Rat wußte. Nachbarn brachten Kräuter, die aus Palästina stammen sollten. Bayle, Chaims Frau, kochte einen Tee daraus und gab ihn ihrem Mann zu trinken. Er schluckte die heiße, gallenbittere Medizin und erbrach Blut. Bayle suchte in ihrer Verzweiflung Güttelin und Hirtz auf; obgleich sie schon seit langem keine Visionen mehr hatten, glaubte man noch immer, sie könnten Wunder wirken. Aber es gab kein Wunder. Mosselin, den Vifelin benachrichtigt hatte, begab sich in Begleitung eines Arztes, der in Paris studiert hatte, Philipp Baumhauer, zu seinem Bruder. Aber auch diesem war das Übel völlig unbekannt, und er konnte lediglich raten, die Luft im Krankenzimmer durch das Verbrennen duftender Essenzen zu reinigen.

Niemand konnte sich später erklären, wie eine Räucherpfanne hatte umstürzen und den Teppich in Brand setzen können. Als Mosselin kam, brannte das Haus schon. Vifelin und Marx trugen gerade die Leiche ihres Vaters heraus. Bayle weinte in den Armen der Nachbarsfrauen. Männer bildeten eine Kette und reichten einander Wassereimer.

Plötzlich dachte Mosselin an die Truhe mit den alten Schriften und Abrahams Rolle, die oben in der Dachkammer stand. Er sah sich nach Vifelin und Marx um, konnte sie aber nicht entdecken. Die Flammen züngelten an der Fachwerkfassade hoch. Er stürzte in das Haus und spürte die heiße Luft auf seinem Gesicht. Zwei Stufen auf einmal nehmend rannte er die Treppe hinauf. Das kleine Dachzimmer, Elfenbeinturm und Zufluchtsort, hatte sich nicht verändert; es roch noch immer nach Tinte und Pergament, und durch die Luke fiel das Licht des Himmels. Er packte die Truhe an einem Griff und wollte über die Treppe wieder hinuntergehen, doch das Feuer versperrte ihm den Weg. Er öffnete das kleine Dachfenster, hob die Truhe keuchend hoch, aber sie war zu breit, um durch das Fenster zu gehen. Die Hitze nahm ihm jetzt fast den Atem. Das Haus knarrte in allen Fugen, das Feuer knisterte. Sein Blick fiel auf einen Samtvorhang. Er riß ihn ab, warf die Manuskripte aus der Truhe hinein, band die Enden zusammen und warf das Bündel aus dem Fenster. Die Tür hatte bereits Feuer gefangen, als er auf das Dach kletterte.

Mosselin lebte noch sieben Jahre. Sieben Jahre, die er im Bett verbrachte, mit einem Körper, der wie totes Holz war, und vollkommen gesundem Geist. Wieder und wieder fragte er sich, ob Chaim und ihn nicht die Strafe des gerechten Gottes ereilt hatte.

Seine drei Töchter waren verheiratet, sein Sohn Samuel-Elias, der von allen Samueli genannt wurde, war bald zwanzig Jahre alt und studierte in der Jeschiba. Abends half er seiner Mutter Zippora bei der Überprüfung von Rechnungen und Bankunterlagen. Denn die zierliche, zurückhaltende Zippora hielt die Zügel des Hauses fest in der Hand, half ihrem kranken Mann, empfing die Kunden, traf ihre Entscheidungen rasch und sicher, und wenn sie Mosselin um Rat fragte, so wußte er sehr wohl, daß es nur aus Mitleid geschah.

Wie totes Holz. Nur seine Augen bewegten sich, aber was er damit ausdrücken wollte, verstand nur Zippora. Jeden Tag erzählte sie ihm, was draußen in der Welt vor sich ging. Ludwig, König von Frankreich, der Nachfolger Philips des Schönen – sein Name sei verflucht –, gestattete den Juden, nach Frankreich zurückzukehren. Er gab ihnen sogar ihre Häuser, ihre Synagogen und ihre Friedhöfe wieder, und zwar auf den Wunsch der kleinen Leute. Ein gewisser Geffroi hatte ein Lied dazu verfaßt, das Zippora ihrem Gatten aufsagte:

> Armer Mann klagt Weh und Ach.
> Der Jud, er hatt' ein Herz für seine Not,
> nahm ihm nicht das letzte Brot
> wie die Christen, welche Schmach . . .

Wie totes Holz. Eine Fliege setzte sich auf Mosselins Stirn. Er spürte, wie sie darauf auf und ab spazierte, es wurde für ihn zu einer Qual, aber er konnte nichts dagegen tun. »Warum muß ich dieses Elend erdulden?« fragte er sich. »Nicht einmal eine Fliege kann ich vertreiben.« Besser ein lebendiger Hund als ein toter Löwe, so stand es in den Sprüchen. Aber die das so leicht dahinredeten, wußten sie wohl, wie es ist, wenn man wie ein totes Stück Holz daliegt? Krämpfe erfaßten seine Eingeweide. Sie wurden immer heftiger, er konnte den Stuhl nicht zurückhalten. Jetzt mußte er warten, bis das Dienstmädchen kam und ihn wie einen Säugling wusch. Jedesmal eine neue Demütigung. Er schloß die Augen. Vielleicht, weil es draußen so schön war, wäre er jetzt gern gestorben.

Kaum hatte sie das Zimmer betreten, wußte Zippora, daß Mosselin tot war. Sie schrie auf und wurde ohnmächtig.

»Ich bin zu Euch gekommen, um Geld zu leihen«, sagte der Ammeister Ruhlmann Schwarber.

Zippora, zierlich und aufrecht, mit blassem Gesicht unter dem weißen Schleier, betrachtete den Mann, der ihr gegenüber auf der anderen Seite des Tisches stand. Ein Mann, an dem alles mittelmäßig, ausdruckslos, verwaschen war, bis auf die Augen, die wie zwei tiefblaue Kugeln waren. Im Augenblick wußte er nicht, wo er hinschauen sollte. Sie war daran gewöhnt. Mit einer Frau sprachen die Männer nicht gern über Geld.

»Das ist mein Geschäft«, sagte sie.

»Mein Vorgänger«, fuhr Ruhlmann Schwarber fort, »hat auch bei Euch Geld geliehen.«

»Das war vor dreiundzwanzig Jahren, Herr Schwarber. Und dieses Geld war Euch nicht sehr nützlich.«

»Wir haben es bis zum letzten Pfennig zurückgezahlt, nicht wahr?«

»Wieviel braucht Ihr?«

»Zweitausend . . . Zweitausend Silbermark.«

»Eine hübsche Summe. Euer Vorgänger hat nur tausendfünfhundert verlangt.«

Dieser Mann, dessen Augen so blau wie der Himmel waren, flößte Zippora Vertrauen ein. Vielleicht hatte er es erraten:

»Ihr seid die einzige, die uns rasch helfen kann.«

Sie zögerte nicht. Zwar hätte sie vorher gern noch ihren Sohn Samueli um Rat gefragt, aber sie sagte:

»Ihr bekommt Euer Geld, Herr Schwarber. Morgen abend. Bringt mir die Unterschriften des Ammans und des Meisters. Ich nehme an, Ihr bietet als Sicherheit die Zunftbeiträge?«

Ruhlmann Schwarber war tief beeindruckt. Diese Frau wußte, was sie wollte. Er zwinkerte mit den Augen wie eine Eule.

Kaum war er gegangen, als Samueli eintrat:

»Ich bin dem Ammeister begegnet«, sagte er. »Was wollte er?«

»Geld, wie immer.«

»Wollen sie wieder den Patriziern den Kampf ansagen?«

»Das vermute ich.«

»Müssen wir die Patrizier nicht warnen?«

»Warum sollten wir das tun? Liebenzeller und Rudolph Müllenheim sind tot – Gott sei ihrer Seele gnädig. Ihre Nachfolger kennen uns nicht einmal. Haben sie uns geholfen? Haben sie uns Gutes getan? Wir schulden ihnen nichts.«

»Und den Zünften?«

»Mein Sohn, ich glaube, die Zeit ist gekommen, in der die Zünfte die Macht übernehmen. Also laß uns einmal auf die Sieger setzen.«

Samueli hatte volles Vertrauen in das Urteil seiner Mutter.

»Sollen wir die Parnassim verständigen?«

»Nein. Sie würden nur reden. Aber sag Rabbi Gumbrecht Bescheid, nur bitte ihn um Stillschweigen.«

Sie machte eine kurze Handbewegung, wie um diese alltäglichen Sorgen zu verscheuchen, und fragte:

»Was macht dein Sohn Jakob?«

»Er bereitet sich auf seine Bar Mizwa vor, und der Rabbi ist sehr stolz auf ihn.«

Da lächelte Zippora mit einem Mal, und sie wirkte plötzlich fast hilflos und verletzlich: eine Großmutter.

Bevor Ruhlmann Schwarbers Handwerker in den Kampf zogen, ließ Herzog Ludwig von Bayern die Juden von Straßburg wissen, er nehme sie unter seinen persönlichen Schutz und sichere ihnen Rechte und Besitz gegen eine jährliche Steuer von sechzig Mark. Fast alle, die in der Gemeinde etwas zu sagen hatten, begrüßten das sehr: Jetzt haben wir doch, so sagten sie, weder von dem einen noch von dem anderen mehr etwas zu fürchten. Es sei denn, daß . . . Ein Jahr war noch nicht herum, da verkaufte der Herzog mir nichts dir nichts den Vertrag an seine Vasallen, die Grafen von Oettingen, für siebenhundert Silbermark, die sie sich von den Juden wieder holten.

Es herrschte noch immer das Gesetz des Stärkeren, Zynischeren und Ungerechteren, als sich am 20. Mai 1332 nach der christlichen Zeitrechnung die Patrizier des Stadtrates und ihre Familien zu einem Bankett im Garten der Ochsensteins in der Rue Brûlée trafen. Während des Festes entspann sich ein Streit zwischen zwei Männern, von denen der eine ein Anhänger der Zorns, der andere von der Partei der Müllenheims war. Von den Worten war es nicht weit zu Handgreiflichkeiten, und es endete mit den Schwertern. Als der Abend hereinbrach, war der Garten nicht mehr groß genug für die Kämpfenden. Sie erhielten von beiden Seiten Verstärkung, und man schlug sich jetzt schon in den Straßen des Viertels. Die ganze Stadt geriet in Aufruhr. Am frühen Morgen rückte weitere Unterstützung sowohl für die eine wie für die andere Partei an, die man in aller Eile aus den benachbarten Dörfern und Städten herbeigerufen hatte. Es herrschte Mord und Totschlag.

Als die Patrizier daran dachten, einmal Atem zu schöpfen, stellten sie fest, daß sich die Zunftmeister im Rathaus festgesetzt hatten und vom Stättemeister, dem Bürgermeister, Siegel, Fahne und Schlüssel der Stadt forderten. Und dieser neue Rat unter dem Vorsitz von Ruhlmann Schwarber, der das Amt des Bürgermeisters vorläufig versah, war es, der den Patriziern die Waffen abnahm und sie zum Frieden zwang.

Ein paar Wochen später, mitten im Sommer, unternahm es der Rat, eine neue Verfassung aufzusetzen. Er begann damit, die Patrizier, die den öffentlichen Frieden gestört hatten, aus Straßburg auszuweisen. Für die Bewohner der Stadt brach sozusagen ein neues Zeitalter an. Es war vorgesehen, daß sich jeder Gehör verschaffen konnte. Und als die Zünfte ihr Darlehen zum vorgesehenen Zeitpunkt zurückzahlen wollten, erließ Zippora ihnen die Zinsen. Offenbar war das ihre Art, zur Veränderung mit beizutragen.

Am Tag, an dem endlich der Rat die neue Verfassung bekanntgeben und Ruhlmann Schwarber seinen Platz dem neugewählten Bürgermeister – seinem jüngeren Bruder Berthold nämlich – überlassen sollte, wurde bekannt, daß jüdische Flüchtlinge die Stadt um Asyl baten: Sie stammten aus den Dörfern um Rufach herum. Jean Zimberlin und seine »Lederarme« verfolgten sie, hackten denen, deren sie habhaft werden konnten, die Köpfe ab, setzten die Häuser in

Brand und verwüsteten die Weinberge . . .

Diese »Lederarme«, so genannt, weil sie alle, wie ihr Chef, ein ledernes Armband trugen, waren ein Haufen gewissenloser Räuber. Aber denen, die die Juden umbringen, bestehlen oder vertreiben, fehlt es nie an Verbündeten und Rechtfertigungen. Der Haß auf die Juden ist ein Feuer, das unterschwellig glüht und das neu anzufachen der erstbeste Zimberlin imstande ist. In Straßburg wie auch anderswo fanden die Lederarme ihre Anhänger, und es bestand kein Zweifel, daß der neue Bürgermeister nach der Art beurteilt werden würde, wie er die Flüchtlingsfrage regelte.

Es war Winter. Die Nacht war schon seit langem hereingebrochen, als sich im Rat eine Mehrheit abzeichnete, die sich weigerte, die jüdischen Flüchtlinge aufzunehmen. Ruhlmann Schwarber nahm die Dunkelheit und den beginnenden Schneefall zum Vorwand, um die Diskussion abzubrechen. Die Flüchtlinge würden die Nacht draußen am Fuß der Stadtmauer verbringen, aber das war das geringere Übel. Er befahl, daß man ihnen warme Getränke austeile und ging mit seinen beiden Brüdern nach Hause.

Alle drei ähnelten sich sehr. Sie hatten die gleichen runden, weichen Gesichtszüge, die gleichen tiefdunklen großen Augen, nur mit dem Unterschied, daß der mittlere den ältesten um einen Kopf und der jüngste den mittleren wieder um einen Kopf überragte. Sie schüttelten den Schnee von ihren Mänteln und setzten sich an den brennenden Kamin, um über die Situation nachzudenken.

Der Morgen darauf war kalt und trübe. Es regnete nicht mehr, aber auf den Straßen hatte sich Glatteis gebildet. Die schwarzgekleideten Abordnungen der Zünfte mit den weißgekleideten Meistern an ihrer Spitze nahmen unter Fanfarenklängen ihre Plätze auf dem Vorplatz des Münsters ein, der von bewaffneter Miliz ringsherum abgeriegelt war. Vor dem Hauptportal war ein breites Podium mit einem rotweißen Baldachin – den Farben der Stadt Straßburg – errichtet. Hier waren die Plätze der Mitglieder des Magistrats, der Schöffen und der Vertreter des Adels. Die Glocke von Notre-Dame, die Ratsglocke, läutete. Dann trat ein ebenfalls rotweißgekleideter Amtsdiener an den Rand des Podiums:

»Ihr Herren Bürger«, sagte er mit lauter Stimme, »tretet näher und hört, im Namen Gottes . . .«

Ruhlmann Schwarber fror in seinem Wollumhang. Er warf einen Blick auf den Turm des Münsters, der noch nicht fertig war und dessen Stumpf von Wolken umgeben schien. Als die Reihe an ihn kam, verlas er den Text der neuen Verfassung, dann ließ er den neuen Bürgermeister, seinen Bruder Berthold, den Treueeid schwören, und die Menge wiederholte die Worte in feierlichem Ton. An sie gewandt beendete er seine Ansprache:

»Gott schenke euch Wohlstand, Glück und langes Leben!«

Noch am gleichen Tag gaben öffentliche Ausrufer den ersten Beschluß des neuen Rates und seines Stättemeisters bekannt: »Wir, Berthold Schwarber, der Bürgermeister, und die Ratsmitglieder geben kund und zu wissen, daß wir die deutschen Juden, die die Stadt um Asyl gebeten haben, unter unseren Schutz zu nehmen beabsichtigen. Sie sollen den gleichen Status erhalten wie die, die uns für fünf Jahre tausend Pfund zahlen, wenn sie sich verpflichten, uns eine jährliche Steuer . . .«

Das war die Lösung, die sich die drei Brüder ausgedacht hatten: Sie stellten die Sache so dar, als sei die Aufnahme der jüdischen Flüchtlinge eine Gelegenheit, einen Teil der Lasten und Ausgaben der Stadt von ihnen mittragen zu lassen.

Zippora, die alte Dame unter dem weißen Schleier, hatte verstanden: Die Schwarbers zahlten auf ihre Art die Zinsen zurück, auf die sie verzichtet hatte. Jean Zimberlin und seine »Lederarme« trieben weiter ihr Unwesen. Sie waren bis an die Tore Straßburgs gekommen und warfen den Handwerkern vor, die Juden zu schützen. Sie hatten geschworen, sich zu rächen. Auf Betreiben Berthold Schwarbers verpflichteten sich einige Städte, unter anderem Straßburg, Hagenau, Colmar, Schlettstadt, Oberehnheim, Mülhausen und Neuenburg, Jean Zimberlin und seine Anhänger sowie alle, die ihnen Unterschlupf gewährten, erbarmungslos zu verfolgen.

Ludwig von Bayern, der bereits sein »Recht« über die Juden verkauft hatte, nahm sie erneut unter seinen Schutz und forderte dafür von allen, Männern, Frauen und Kindern über zwölf Jahren, eine zusätzliche Abgabe von einem Gulden pro Jahr.

Etwa zu dieser Zeit wurde Vifelin, der Sohn von Chaim dem Schreiber, ein Opfer der Lederarm-Bande. Er war bald sechzig

Jahre alt und arbeitete nicht mehr, seit sein Enkel Abraham seinen Platz neben seinem Sohn Matis eingenommen hatte. Er war noch ein sehr lebhafter alter Mann mit buschigen Augenbrauen, der nur wenig Freude daran gefunden hatte, sein Leben am Schreibpult über Pergamente gebeugt zu verbringen. Deshalb ergriff er auch jetzt jede Gelegenheit, um auszugehen, Besuche zu machen und seine Tage zwischen dem Morgen- und Abendgebet anders als früher zu verbringen.

Eines Tages, als Abraham nach Hagenau reiten mußte, um Rabbi Meir einige Schriften zu überbringen, beschloß er, ihn zu begleiten. In der Nähe von Truchtersheim wurden sie von den »Lederarmen« überrascht. Abraham gab seinem Pferd die Sporen, und es gelang ihm, zu fliehen und in Straßburg Alarm zu schlagen.

Berthold Schwarber selbst führte die Truppe an, die nach Truchtersheim zog. Jean Zimberlin hatte ihn offen herausgefordert, indem er Straßburger Juden, die unter seinem Schutz standen, überfiel.

Noch bevor sie den Kirchturm von Truchtersheim sehen konnten, bemerkten seine Männer eine Rauchsäule am blassen Himmel über den dunklen Wäldern. Der Stättemeister ritt so rasch er konnte.

Sie hatten den Scheiterhaufen auf dem Kirchplatz errichtet. Die Flammen schlugen schon hoch, und je nachdem, wie der Wind stand, konnte man den Mann sehen, der an den Pfahl gebunden war. Berthold Schwarber und seine bewaffneten Männer drängten die Menge zurück und ritten auf den Scheiterhaufen zu, bis die Pferde scheuten. Die Hitze war unerträglich. Der Geruch nach verbranntem Fleisch stieg bereits auf, als eine mächtige Stimme aus den Flammen erscholl: »Seid verflucht! Möge der Ewige mit meiner Asche alle Plagen Ägyptens auf euch fallen lassen.«

Alle, die dastanden, wichen entsetzt zurück. Es begann zu regnen, aber es war zu spät.

Die Familie hielt die Schiwa. Die Nachbarn, die Parnassim und sogar die Juden aus den umliegenden Dörfern kamen, setzten sich auf die Erde, sprachen miteinander über den Verstorbenen und sangen Psalmen.

Matis hatte sein Kleid zum Zeichen der Trauer zerrisen und Asche auf sein Haupt gestreut, obgleich dieser alte Brauch nicht mehr geübt wurde. Am siebten Tag nahm er Abrahams Rolle aus der Truhe – die Papyrusblätter und das Buch –, legte es auf den Tisch und las vor der Familie, die aufgestanden war, während sein Oberkörper auf und ab ging: »Möge . . . die Anrufung dieser Namen, die ich hier aufgezeichnet habe und die andere nach mir aufzeichnen werden, das Schweigen brechen und Deinen geschändeten Namen wiederherstellen . . .«

Dann bat er seine Söhne Abraham und Moses, ihm zu helfen, die Schriften einzuwickeln und wieder an ihren Platz zurückzulegen. Sie trugen die Truhe in den Hof. Dort war unter einem Baum ein Loch gegraben.

»Diese Geschichte«, sagte Matis feierlich, »ist die unsere. Ich habe das Gefühl, daß für uns schwere Zeiten anbrechen werden. Nur der Schöpfer der Welten, der allmächtige Gott Israels, weiß, was das Schicksal für uns bereithält. Deshalb habe ich mich mit meinem Bruder Elias und meinem Onkel Samueli beraten und beschlossen, diese Truhe hier zu vergraben, damit unsere Vergangenheit nicht unseren Feinden von heute oder morgen ausgeliefert ist. Sollte ein Unglück geschehen – was Gott verhüten möge –, wißt ihr, wo die Truhe ist. Und es ist dann an euch, die Geschichte fortzusetzen.«

Er legte seinen Gebetsmantel um, band um seine Arme die Gebetsriemen und murmelte:

> O Gott, Du hast uns verstoßen und zerstreut,
> Du hast Dich erzürnt: Richte uns auf!

25

Strassburg
Der schwarze Tod

Sie kam aus dem Orient auf genuesischen Schiffen. *Sie* warf sterbende Mannschaften an die Küste, verfaulte Ladungen, in denen es von Ratten wimmelte. Überall, wo *sie* auftauchte, stand das Leben still – Haifa, Konstantinopel, Messina, Genua, Marseille . . . Nur *sie* stand nicht still. Nichts konnte *sie* aufhalten. Mit den »Lederarmen« war man fertig geworden. Man brauchte nur Entschlossenheit und die nötigen Mittel dazu. Sie waren zwar furchterregende Räuber, aber auch nicht mehr, eine Plage unter vielen anderen. Bei *ihr* war es etwas anderes. *Sie* fürchtete keine Miliz, keine Treibjagd, keinen Hinterhalt, nicht einmal die Gebete oder Zauberwerk. Man konnte sich verbarrikadieren, die Gräben zuschütten, die Zugbrücken hochziehen, die Fallgatter herunterlassen, die Läden schließen und die Fenster vermauern – nichts half.

Eines Tages war *sie* da und mit ihr das Grauen.

Es war an einem hellen Augustmorgen im Jahr 1343 der christlichen Zeitrechnung, als man in Straßburg *ihr* Zeichen an den Toten der vergangenen Nacht erkannte. Der Rat der Stadt ließ es auf allen Plätzen bekanntgeben, damit jeder die Maßnahmen treffen konnte, die er für nützlich hielt, und jeden verdächtigen Tod im Rathaus meldete.

Straßburg schwankte zwischen Resignation und Panik. Die rasch Entschlossenen packten ihr Hab und Gut auf Karren und flohen – vielleicht gerade dahin, wo auch *sie* lauerte. Andere, die nicht wußten, wohin, blieben zu Hause und schickten sich in Gottes Urteil. Matis wußte nicht, wie er sich entscheiden sollte. Er sah, wie sein Nachbar, der Bäcker Samuel aus Maursmünster, nach Rosheim zog, wo die Familie seiner Frau herstammte. Sollte er allein bestimmen? Die Mitglieder der Familie um Rat fragen, was eventuell einen

Zeitverlust bedeutete? Sein Sohn Moses, der kurz vor seiner Hochzeit mit Esther, der Tochter von Rabbi Samuel aus Weissenburg, stand, würde sich sicherlich weigern, die Stadt zu verlassen. Matis zögerte. Dann legte er über Kopf und Schultern seinen Gebetsmantel, als sei er ein Schild und lief zu Onkel Samueli, dem Bankier.

Matis war nicht der erste. In dem großen Zimmer, wo die Zahltische standen, umringten Samueli mit ernster Miene Tanten, Vettern und Kinder. Bleiben? Fortziehen? Schamasch Josua war tot, Tischler Levi und seine Frau und . . . Sie sprachen fast flüsternd . . . *Sie* strich durch die Stadt, man durfte *ihre* Aufmerksamkeit nicht erregen . . . Aber wohin gehen? Der kleine Elias, Abrahams Sohn, schlug plötzlich Benfeld vor, ganz einfach, weil er gern seinen Vetter Jakob wiedergesehen hätte, den Sohn des Fleischers Dyrel aus Benfeld, der die letzten Feiertage bei ihnen zu Hause verbracht hatte. Benfeld war eine gute Tagesreise weit entfernt, an der Straße nach Schlettstadt. Im Namen aller dankte Samueli dem allmächtigen Schöpfer, der, wie man wußte, seinen Willen gern durch den Mund der Unschuldigen bekannt gab.

Benfeld hatte zwei Zentren: den Marktplatz und die Kirche. Durch Dyrels Vermittlung konnte Samueli die Hälfte eines schmalen, hohen Hauses mieten: eine Küche, ein Zimmer mit Kamin und Kellerraum. Sie waren einunddreißig, die dort unterkommen mußten, aber es war besser als nichts. Der Eigentümer, Elward Mersvin, ein alter Griesgram und Mitglied des Stadtrats, kümmerte sich weder darum, ob sie Juden waren, noch woher sie kamen. Onkel Babel mit seiner Kinderschar fand Unterkunft bei dem Vetter Dyrel. Abraham, seine Mutter Lea und sein Weib Sarah hausten in dem Kellerraum zusammen mit seinem Bruder Moses, der sich wohl oder übel der väterlichen Autorität hatte beugen müssen.

In Benfeld hatte sich eine kleine jüdische Gemeinde in der Nähe des Marktplatzes niedergelassen. Es gab eine winzige Synagoge, einen Bäcker und einen Fleischer. Die anderen schienen von der Hand in den Mund zu leben; der eine handelte mit Trödel, der andere lieh sich hier ein paar Pfennig, um sie dort wieder zu verleihen, ein dritter ging von Haus zu Haus, um Karren zu reparieren, obwohl den Juden jede handwerkliche Tätigkeit untersagt war. Es war einfach so, daß die Juden von Benfeld ganz selbstverständlich mit dazu gehörten, und das einzige, worüber die Christen lachten, war ihr *Jiddisch*, diese Sprache, die aus hebräischen und deutschen Worten zusammengesetzt war.

Ob Juden oder Christen, die Bewohner von Benfeld verbrachten die meiste Zeit im Gebet. Einige junge Leute gaben sich ausgelassenen Tänzen hin, denn, wie sie sagten, der Frohsinn halte *sie* fern. Und tatsächlich kam *sie* auch nicht nach Benfeld. In Matzenheim, zwei Meilen entfernt, starben Dutzende von Menschen, aber *sie* ging nicht weiter.

Moses, Esthers Verlobter, kam fast um vor Schmerz und Sorge. Wie mochte es ihr ergangen sein? Es war, als habe man sein Herz geteilt. Weshalb nur hatte sein Vater das nicht verstehen wollen? Wenn ein Hahn krähte, ein Hund bellte, die Kirchenglocke des Morgens läutete, all diese Zeichen von Leben machten ihn unglücklich. Eines Morgens hielt er es nicht mehr aus. Er stieg vor Morgengrauen aus dem dunklen, feuchten Kellerraum hinauf, schlich sich in die Küche, wo er ein Stück Brot mitnahm, verließ auf Zehenspitzen das Haus, überquerte den noch leeren Marktplatz und blieb vor dem Stadttor stehen:

»Wer da?« fragte die Wache.

»Ich gehe nach Straßburg.«

»Wer durch das Tor hinausgeht, kommt nicht wieder herein, Freund!«

»Ich werde nicht zurückkommen.«

»Weißt du, was du sagst? Und weißt du, was du tust?«

»Ich werde nicht zurückkommen.«

»Gott sei mit dir.«

Der Mann trat zurück, betätigte den Hebel, der das Fallgatter hob. Moses verließ die Stadt. Hinter sich hörte er das dumpfe Geräusch des Fallgatters, das sich wieder senkte.

In Straßburg herrschte das Schweigen des Todes. Kein Hämmern aus den Schmieden, kein Lärm vom Marktplatz, keine Anpreisungen der Marktverkäufer, kein Grölen der Betrunkenen, keine lokkenden Rufe der Türsteher vor den Herbergen, nur das Läuten der Totenglocke, das Krächzen der Raben und das Rollen der mit Leichen beladenen Karren.

Moses kam in eine Stadt mit verlassenen, leeren Straßen, in denen die Fensterläden schlugen, und er begriff, daß *sie* allgegenwärtig war. In den schmalen Gassen stank es nach Urin und Erbrochenem. Unter der brütenden Sommerhitze schien die Zeit stillzustehen.

An der Ecke der Judenstraße und der Jungferngasse, wo Esther wohnte, begegnete Moses zwei Männern mit über das Gesicht gezogener Kapuze, die an die Türen klopften und fragten: »Sind hier Tote?« Sie beobachteten ihn durch den Sehschlitz in ihrer Kapuze, aber redeten ihn nicht an. Sie folgten ihm mit den Blicken, bis er in Esthers Haus verschwunden war.

Es war dunkel in der Wohnung; die Läden waren zugezogen. Es roch nach Weihrauch und Krankheit.

»Esther?« fragte er mit tonloser Stimme.

Er öffnete die Fensterläden.

Esther lag auf dem Küchenboden neben dem Tisch. Jemand hatte ihr langes schwarzes Haar abgeschnitten. Am Hals, direkt unter dem Ohr, bemerkte er sofort eine große, schwarze Beule. Sie atmete mühsam.

Moses fiel auf die Knie. Er wußte nicht, was er tun sollte und wagte nicht einmal, die Geliebte zu berühren. Mit der Hand vertrieb er eine Fliege von ihrem Gesicht. Dann fiel ihm ein, daß Moises' Sohn Simon Arzt war. Er hatte in Montpellier studiert und war mit Großvater Vifelin befreundet.

Er machte sich eilig auf den Weg. Vor dem Münster blieb er stehen und horchte. Er hörte Schreien, Gesänge, Stöhnen. Auf dem Vorplatz liefen ein paar Dutzend Leute mit nacktem Oberkörper unablässig im Kreise. Sie peitschten sich den Rücken bis aufs Blut, um Gottes Erbarmen zu erflehen. Als Moses näher kam, sah er, daß die Lederriemen ihrer Peitschen mit Eisenstücken besetzt waren. In weitem Kreis um sie herum standen Frauen und sangen:

> Heiland, hilf uns durch Dein Blut,
> das Du zu unserer Erlösung
> am Kreuz vergossen hast . . .

Moses bog gegenüber der Stadtmauer in die Rue du Perche ein. Simon der Arzt öffnete ihm. In seinem violetten Gewand mit der pelzbesetzten Kapuze und der Silberkordel als Gürtel sah er aus wie ein Geist.

Er konnte sich kaum auf den Beinen halten.

»Ach du bist es, Moses«, sagte er mit einer Stimme, die vor Erschöpfung fast tonlos war. »Was machst du hier, mein Kleiner?«

»Esther«, erwiderte Moses. »Sie ist krank.«

»Wir sind alle krank, mein Kleiner. Wir werden alle sterben.«

Er stolperte auf der Schwelle und hätte fast seinen spitzen Judenhut verloren. Über den Dächern tauchte gerade die purpurne Scheibe der Sonne auf. Er kniff die Augen zusammen und zitierte einen Vers des Jeremias:

»Ach, daß ich Wasser genug hätte in meinem Haupte und meine Augen Tränenquellen wären, daß ich Tag und Nacht beweinen möchte die Erschlagenen in meinem Volk.«

Er schien erst jetzt wieder Moses zu bemerken:

»Ach ja, du kommst wegen Esther.«

»Ich bitte dich, komm mit.«

»Zu spät, mein Kleiner. Der Ewige – gepriesen sei sein Name – möge mir verzeihen, ich bin so gut wie tot. Ich habe alles getan, alles versucht, alle wollte ich retten ... Aber der Herr über Leben und Tod wollte es nicht zulassen ... Da, sieh!« Er schlug seinen Kragen um. Moses erkannte die gleiche, gräßliche schwarze Beule, die er an Esther gesehen hatte.

»Geh, mein Kleiner, und bete für mich ... Wenn es Esther bestimmt ist, wieder gesund zu werden, wird es geschehen. Und wenn sie sterben soll, so wird sie sterben ... Wir vermögen nichts gegen Gottes Willen ...«

Moses eilte davon. Vor der Kathedrale lagen die Büßer jetzt in dem von ihrem Blut getränkten Staub. Wolken von Fliegen kreisten über ihren Wunden. Die Frauen sangen wie verzückt:

Mit Galle hat man dich getränkt,
vor Dir liegen wir auf der Erden!

Oberhalb der Judenstraße rollte ein von zwei Ochsen gezogener Leichenwagen vorbei, auf den Männer mit heruntergezogener Kapuze die Toten warfen. Von der Notre-Dame-Glocke ertönte das Totengeläut.

Esther war aufgewacht und lag jetzt auf dem Bett.

»Du bist es, Moses«, sagte sie, als hätte sie die ganze Zeit lang auf ihn gewartet.

»Ja, Esther. Möchtest du etwas? Wasser? Soll ich dir etwas erzählen?«

»Mein Vater wollte es nicht, daß ich mit dir gehe. Dabei sollten wir doch bald heiraten, Moses.«

Sie streckte die Hand nach ihm aus. Er nahm sie in die seine. Esthers Augen glänzten im Fieber. Sie zog Moses sanft zu sich und legte seine Hand auf ihre Brust. Er spürte eine ungeahnte Wärme.

»Komm zu mir«, sagte sie leise.

Er zögerte.

»Komm zu mir«, wiederholte sie.

Er nahm sie in seine Arme und spürte ihre heißen Lippen auf den seinen.

Moses hörte die Schläge an der Tür. Sie klangen wie das Klopfen seines Herzens. Vergeblich versuchte er sich aufzurichten.

»Im Namen des Bürgermeisters und des Rates der Stadt«, rief eine Stimme, »sind hier Tote?«

Moses wollte antworten. Er öffnete die Lippen, brachte aber keinen Ton heraus.

»Sind hier Tote?« wiederholte die Stimme.

Moses holte tief Atem: »Ja«, sagte er. »Ja.«

Zweiunddreißigtausend Menschen, so schätzt man, starben zwischen dem Beginn des Sommers und der Mitte des Winters. Zweiunddreißigtausend von der Pest gezeichnete Tote, die man ohne Zeremoniell und ohne Gebet in die Grube warf. Zweiunddreißigtausend, für die die Überlebenden jemanden zur Rechenschaft ziehen mußten. Da wurde dem damaligen Bürgermeister, Konrad Kuntz, ein Brief überbracht. Er las ihn zusammen mit seinen beiden Vertretern, Goffe Sturm und Peter Schwarber, dem jüngsten und einzigen Überlebenden der drei blauäugigen Brüder.

Der Brief war von dem Schultheißen der Stadt Bern unterzeichnet; Kopien davon waren nach Basel und Köln gegangen. Er habe den Beweis, so schrieb er, daß von jüdischen Gelehrten aus Sion, die sich in Toledo versammelt hatten, von langer Hand ein Komplott gegen die Christen vorbereitet worden sei. In Savoyen, und zwar in einer Stadt namens Chambéry am Fuße der Alpen, sei dieser Anschlag von den Juden Jakob Pascate, Fairatt, einem Rabbiner, und einem gewissen Aboget ins Werk gesetzt worden. Sie hätten ein Gift aus Krötenbeinen, Schlangenköpfen, Frauenhaaren und Löwensamen erfunden. Diese tintenschwarze, stinkende Flüssigkeit hätten sie einigen Leprakranken übergeben, damit sie die Brunnen vergifteten. In Bern hätten einige Juden unter der Folter gestanden.

Der Brief wurde von dem Bürgermeister Konrad Kuntz im Rat verlesen.

»Das ist doch absurd!« rief Peter Schwarber.

»Mag sein, aber es gibt keinen Rauch ohne Feuer«, entgegenete Hanselin Campser mit seiner schleppenden Stimme. »Es muß zumindest eine Untersuchung stattfinden.«

Er gehörte zu den Männern, die ihre Banalitäten und Allerweltsweisheiten geschickt zu verkaufen verstehen und auf diese Weise immer die Mehrheit hinter sich haben.

Peter Schwarber war fassungslos:

»Aber ihr wißt doch so gut wie ich, daß ebenso viele Juden wie Christen gestorben sind!«

»Das stimmt, es sind auch Juden gestorben. Aber es könnte ja sein, daß es sich dabei um eine List gehandelt hat.«

»Eine List?«

»Ich behaupte ja nicht, Herr Schwarber, es habe sich um eine List gehandelt. Aber um das festzustellen, brauchen wir eine Untersuchung. Wenn der Schultheiß von Bern recht hat, so ist dies sicherlich der beste Weg, jeden Verdacht zu zerstreuen. Wir dürfen uns über diese Anschuldigung nicht leichtfertig hinwegsetzen, bevor eine Untersuchung stattgefunden hat.«

»Bei Gott und allen Heiligen, das ist doch Wahnwitz!«

Nach einer längeren Debatte beschloß der Rat die Schließung des öffentlichen Brunnens und ersuchte die Überlebenden, ihr Wasser aus dem Fluß zu holen. Peter Schwarber glaubte noch, auf diese Weise könne man allen Hanselin Campers beweisen, daß sie unrecht hätten. Aber Hanselin Camper fiel es nicht schwer, die Bevölkerung in seinem Sinn zu beeinflussen: Hätte es einen anderen Grund für die Schließung des Brunnens geben können, als den, daß sein Wasser eben doch vergiftet war . . . Bereits am nächsten Tag stand die aufgebrachte Menge vor dem Rathaus, und man mußte den Juden raten, ihr Viertel nicht zu verlassen.

Freudlos verbrachten die Christen Weihnachten und Epiphanias. Die Bischöfe und Priester verlasen von der Kanzel den Text einer Bulle von Papst Klemens VI., der die Anschuldigungen gegen die Juden zurückwies. Wie mächtig mußten die Juden sein, so murmelte man, daß selbst der Papst sie unterstützte.

Samueli und Matis in Benfeld erhielten einen Brief von Peter Schwarber. Er teilte ihnen darin mit, wie besorgt er sei. »In Erinnerung an die Witib Zippora« beschwor er sie, Benfeld zu verlassen. Er schlug ihnen vor, zu einem seiner Vettern, Arnold, nach Barr am Rhein in der Nähe von Marckolsheim zu gehen. Sie könnten ihm in seinem Weinberg helfen und dort auf bessere Tage warten. Samueli und Matis zögerten nicht. Sie packten ihr Bündel und machten sich noch am selben Tag auf den Weg.

Sie hatten Benfeld noch nicht lange verlassen, als sich dort die entscheidenden Männer trafen, um darüber zu beraten, ob die Juden die Brunnen vergiftet hatten oder nicht. Trotz Peter Schwarbers Widerspruch empfahl die Versammlung die »Ausrottung aller Israeliten in den Städten und den Lehngütern des Oberrheins.«

Peter Schwarber, dem der Bürgermeister die Aufgabe überlassen hatte, die Juden zu verteidigen, wurde bei seiner Rückkehr ins Rathaus ausgepfiffen. »Jud Schwarber«, hörte er.

Der Rat hatte sich versammelt. Der Bürgermeister erteilte Hanselin Campser auf seine Bitte hin das Wort. Den Biedermann spielend, mit betrübter Miene und gerunzelter Stirn, wandte Hanselin Campser sich an Peter Schwarber und hob, zum Zeichen der Lauterkeit seiner Absichten, beide Hände hoch:

»Die Überlebenden dieser Stadt sind gegen Euch aufgebracht, Schwarber. Und gegen uns natürlich auch.«

Peter Schwarber versuchte, ruhig zu bleiben.

»Haben wir nicht den Juden von Straßburg ihre Sicherheit versprochen, solange sie sich an die Gesetze der Stadt halten?«

»Das stimmt«, gab der Ratsherr bereitwillig zu, »das stimmt. Aber zwischen diesem Versprechen und heute hat es Tausende von Toten gegeben. Keine Familie wurde verschont.«

»Ein Versprechen ist ein Versprechen.«

In diesem Augenblick hörte man von draußen lautes Stimmengewirr. Eine Wache kam herein und berichtete, eine Abordnung von Handwerkern bitte um Gehör. Der Bürgermeister Konrad Kuntz, der spürte, daß er der Situation nicht mehr Herr wurde, sah die Ratsherren fragend an, aber die senkten den Blick.

»Ich werde sie unten mit meinen Stellvertretern empfangen«, sagte er.

Der Sprecher der Handwerker, Jean Botschold, Zunftmeister der Fleischer, kam ihnen mit haßverzerrten Zügen entgegen:

»Der Rat schützt also die Juden«, bemerkte er bissig.

»Der Rat«, erwiderte der Stättemeister, »hat von den Juden Geld genommen, hat sich verpflichtet, sie zu schützen und ihnen diesen Schutz schriftlich zugesichert. Das werdet Ihr doch nicht vergessen haben, Meister Botschold.«

»Und der Beschluß des Benfelder Kongresses?«

»Es steht jeder Stadt frei, ihn anzunehmen oder abzulehnen, Meister Botschold. Genau darüber diskutieren wir im Augenblick.«

»Ihr habt euch an die Juden verkauft!« schrie plötzlich ein großer, magerer Mann, der hinter den anderen stand.

»Ruhe, Freunde, Ruhe!«

»Juden! Die Juden haben euch gekauft! Judas! Söhne des Satans!«

»Wachen!« rief der Bürgermeister.

Von den Hellebarden bedroht, verließen die Handwerker das Rathaus.

Der Stättemeister und seine beiden Stellvertreter gingen zurück in den Ratssaal. Die Zurückgebliebenen standen verlegen herum.

»Was ist denn hier los?« fragte der Bürgermeister.

Albert Hutten, ein Goldschmied, der für seine Mäßigung bekannt war, entgegnete mit unsicherer Stimme:

»Wir haben beschlossen, nach Hause zu gehen.«

»Nach Hause zu gehen? Ihr seid Mitglieder des Stadtrats. Man hat euch gewählt. Es ist eure Pflicht zu regieren. Also setzen wir uns und diskutieren wir weiter.«

Albert Hutten suchte mit den Blicken Hanselin Campser. Der kam ihm zu Hilfe: »Es ist unsere Pflicht, die Stadt zu regieren«, bekräftigte er. »Und Gott weiß, daß wir uns darum bemühen. Sie zu regieren, ja, nicht sie zu spalten.«

»Ihr wißt genau, daß das nicht unsere Absicht ist. Wir schützen unsere bedrohten Bürger.«

»Der Stättemeister möge mir verzeihen, aber um nichts in der Welt möchte ich an einem Krieg teilnehmen, in dem sich Christen um der Juden willen entzweien.«

Er ging hinaus und die anderen Ratsherren folgten ihm.

Konrad Kuntz, Goffe Sturm und Peter Schwarber blieben allein im Saal. Der Goldschmied Albert Hutten kam noch einmal zurück und bat sie:

»Versucht uns doch zu verstehen! Und nehmt es uns nicht übel ...«

Der Bürgermeister gab Befehl, die Wachen an den Eingängen zum Rathaus zu verstärken, dann beratschlagten die drei Männer, was nun zu tun sei. Das Rathaus war leicht zu verteidigen. Sollte man die Juden hier versammeln? Wieviel mochten es sein? Zweitausend? Dreitausend?

Peter Schwarber, der am Fenster stand, sah Bischof Berthold von Bucheck kommen, einen kleinen, lebhaften Mann mit langem weißen Haar. Er hielt sich nicht lange mit Förmlichkeiten auf:

»Ich bringe euch schlechte Nachrichten«, sagte er. »Die Patrizier und die Zünfte hetzen die Menge vor der Kathedrale auf. Sie wollen die Juden zur Rechenschaft ziehen. Sie haben mich um meinen Segen gebeten, den ich ihnen verweigert habe.«

»Wer waren die Sprecher?« fragte der Bürgermeister.

»Ich habe vor allem Nikolaus von Bulach und Gosso Engelbrecht gesehen. Sie redeten im Namen des Adels.«

»Ausgerechnet die beiden, die am meisten bei den jüdischen Bankiers geliehen haben!« bemerkte Peter Schwarber.

»Der Fleischer Jean Botschold war auch dabei«, fuhr der Bischof fort. »Als ich die Ratsherren ohne euch kommen sah, war mir alles klar. Ich hoffe, meine Gegenwart wird sie davon abhalten, das Rathaus zu stürmen. Deshalb bin ich auch gekommen.«

Der Stättemeister schüttelte ratlos den Kopf:

»Wenn sie das Rathaus stürmen . . .«

Er beendete seinen Satz nicht. Er wollte wohl sagen, das sei das Schlimmste, was geschehen könnte.

Noch am gleichen Abend umstellte die Menge das Rathaus. Die Wachen verteidigten es erbittert. Auch der Bischof kämpfte und wurde am Arm verwundet. Peter Schwarber erhielt einen Messerstich in den Schenkel.

Der Stadtrat wurde aufgelöst. Die neuen Ratsherren verurteilten Peter Schwarber unter dem Vorsitz von Nikolaus von Bulach, Gosso Engelbrecht und Jean Botschold, zogen sein Vermögen ein und verbannten ihn aus der Stadt.

Am Samstagmorgen, dem 14. Februar 1349 nach christlicher Zeitrechnung, als die Juden den Sabbat feierten, fielen die Straßburger Bürger über ihr Viertel her.

Fünfhundert Juden wurden an diesem Tag zwangsgetauft. Die anderen schleppte man zu ihrem Friedhof, zwischen der Stadtmauer und dem Quai du Faux- Rempart. Ein riesiger Scheiterhaufen wurde errichtet und die Juden von Straßburg bis auf den letzten verbrannt. Es waren annähernd zweitausend – der Allmächtige möge sie in sein Reich aufnehmen.

Es war am St. Valentinstag. *Sie* hatte die Stadt schon seit langem verlassen, aber schließlich mußte jemand für all diese Toten zahlen, für diese Angst, für diesen Geruch nach Urin und Erbrochenem, für dieses Grauen, das noch immer durch die Nächte derer geisterte, die diese Geißel Gottes, die schwarze Pest, erlebt hatten.

Am Ende einer Konferenz über die Menschenrechte in Paris trat eine Frau auf mich zu:

»Mein Mädchenname ist Halter«, stellte sie sich vor.

Wir hatten beide an diesem Abend keine Zeit, aber sie erzählte mir kurz, sie stamme aus dem Elsaß, sei katholisch und kenne auch noch andere Halters im Elsaß. Ihre Großmutter wisse sicher noch mehr über den Ursprung ihres – unseres – Namens.

Ich gab ihr meine Telefonnummer, und sie versprach, mich anzurufen. Kaum war sie in der Menge verschwunden, die auf den Boulevard hinausdrängte, bereute ich bereits, sie nicht zurückgehalten zu haben. Es war das erste Mal, daß der Zufall mich auf eine handfeste Spur führte, die vielleicht der Schlüssel zu meiner Geschichte war. Und statt diese junge Frau festzuhalten, sie nach ihrer Adresse, dem Namen ihres Geburtsorts und dem ihrer Großmutter zu fragen, ließ ich sie einfach gehen. Zwei Wochen vergingen, bevor meine katholische »Cousine« mich anrief. Sie hatte mit ihrer Großmutter gesprochen, die trotz ihrer zweiundachtzig Jahre noch ein gutes Gedächtnis hatte und behauptete, die Halters stammten aus Hagenau. Sie erinnerte sich, daß ein Teil der Familie zu Anfang des Jahrhunderts aus dem Elsaß nach Amerika ausgewandert war, während ein anderer sich in Straßburg und den umliegenden Dörfern niedergelassen hatte.

»Haben Sie Ihre Großmutter gefragt, ob sie jüdische Halters kennt?«

»Ihr waren keine bekannt, aber sie rät Ihnen, darüber mit Raymond Halter aus Hagenau zu sprechen.«

»Raymond Halter? Wer ist das? Was macht er?«

Sie lachte wie über einen guten Witz und erwiderte:

»Er ist Pfarrer.«

Gleich am nächsten Tag fuhr ich nach Straßburg. Meine »Cousine« hatte mir ein paar Telefonnummern gegeben und mir versichert, die elsässischen Telefonbücher seien voll von Halters.

Innerhalb von ein paar Tagen legte ich Hunderte von Kilometern zurück, traf Dutzende von Namensvettern: Geschäftsleute, Handwerker, Beamte, Bauern, ja sogar einen Gendarmen und einen Bahnwärter. Der Pfarrer Raymond befand sich auf einer Wallfahrt nach Lourdes. Alle, mit denen ich sprach, hörten sich meine Erklärungen mit schlecht verhohlenem Mißtrauen an. Selbst wenn sie nach einer Weile etwas zugänglicher wurden, so schwankten sie doch zwischen begreiflichem Familienstolz und der Sorge, in irgendeine jüdische Geschichte hineingezogen zu werden. Einer von ihnen jedoch, Emil Halter, der aus Bischheim stammte und den ich in einem Gasthof nicht weit von Hagenau traf, erzählte mir, sein vor fünf Jahren verstorbener Großvater habe des öfteren gesagt, »die Juden gehörten zur Familie«. Aber er wußte nicht so recht, was er damit hatte sagen wollen.

Meine anfängliche Begeisterung begann zu schwinden. Ich hatte einen Halter nach dem anderen aufgesucht, und nichts war dabei herausgekommen. Manchmal, wenn ich in Gasthöfen auf dem Land zusammen mit Vertretern zu Mittag aß, kam ich mir vor wie jemand, der ständig unterwegs ist und nicht weiß wohin. Kurz vor meiner Rückkehr nach Paris besuchte ich noch einen Halter, einen pensionierten Professor aus Straßburg. Er glaubte, aus einer jüdischen Familie zu stammen, die vor Jahrhunderten zum Katholizismus übergetreten sei. Er riet mir, den in den Archiven der jüdischen Gemeinden im Elsaß erwähnten Konvertierungen nachzugehen. Einer seiner Vettern – »aber er ist kein Halter«, sagte er fast entschuldigend – arbeite in den Oberrheinischen Archiven, und er wolle ihn von meinem Besuch unterrichten.

M. S. war ein Mann kurz vor der Pensionierung mit verträumtem Blick und bedächtigen Bewegungen. Wir hatten uns im Kammerzell gegenüber dem Münster verabredet. Er bestellte einen Weißwein. Meine Geschichte interessierte ihn, aber er ließ sich Zeit. Er sah einer hübschen Frau nach, die an unserem Tisch vorbeiging, drehte den Stiel seines Glases in der Hand und schaute fast liebevoll zum Münster hinüber.

»Vor siebenhundert Jahren«, sagte ich, »habe ich gesehen, wie der Turm gebaut wurde.«

M. S. sah mich aufmerksam an, ohne die geringste Überraschung zu zeigen.

»In welchem Jahr sind Sie Ihrer Meinung nach nach Straßburg gekommen?«

»1242.«

»Und woher kamen Sie?«

»Aus Troyes.«

»1242 hatte man mit dem Turm noch nicht angefangen«, bemerkte er, mich freundlich korrigierend. »Meister Erwin hat erst 1277 mit den Arbeiten begonnen.«

»Das stimmt«, erwiderte ich. »Sein Sohn Johannes und seine Tochter Sabine haben sie dann fortgeführt.«

Wir waren beide sehr stolz auf uns. M. S. trank seinen Weißwein aus. Seine Wangen waren so rosig geworden wie der Sandstein der Kathedrale.

»Nach dem Telefonanruf meines Vetters«, sagte er, »hab' ich ein bißchen nachgeforscht. Ich habe einen Halter Anfang des siebzehnten Jahrhunderts entdeckt. Er hieß Johannes und war Henker.«

Ich rief den Ober. M. S. bestellte noch ein Glas Weißwein. Ich stellte mir vor, wie es wohl aussähe, wenn er sich mit seinen bedächtigen Bewegungen eine Zigarette drehte.

»Rauchen Sie?« fragte ich.

»Nein, danke.«

»Glauben sie, daß dieser Johannes Halter ein Jude war?«

»Bestimmt nicht. Das war ein wichtiges Amt, von dem die Juden ausgeschlossen waren.«

Dann wechselte er plötzlich das Thema:

»Ich habe Sie schon mal im Fernsehen gesehen ... Waren Sie mal in der Judenstraße? Sie ist gleich um die Ecke. Dort steht noch ein Haus aus dem zwölften Jahrhundert. Es ist ganz leicht zu finden.«

Dann fragte er mich ganz unvermittelt:

»Wissen Sie, woher Ihr Name kommt?«

»Ich weiß, was Halter auf Deutsch bedeutet. In Jerusalem hat mir ein Professor erzählt, man hätte im Mittelalter die Schafhirten so genannt.«

M. S. lachte kurz auf:

»Das ist nicht ganz richtig. Die Halters im Elsaß haben die Register geführt und nicht die Schafe gehütet.«

Und so erfuhr ich, daß »der Halter« früher das Register des Dorfes verwaltete; es war eine ehrenamtliche Tätigkeit, die auch vererblich sein konnte. M. S. nahm an, daß sie nur die Juden betraf, denn für die Katholiken gab es das Kirchenregister, in dem Taufen, Eheschließungen und Todesfälle verzeichnet waren.

»Ich glaube, Sie haben recht«, fügte er nach einer Weile hinzu. »Hier sind Sie geboren.«

Er stand schwerfällig auf. Ich gab ihm meine Adresse, falls er etwas Neues entdecken sollte, und bedankte mich sehr. Mit langsamen Schritten ging er hinüber zum Münster.

Ich schlenderte durch die Judenstraße. Ich dachte an Chaim den Schreiber, an Vifelin, an Matis, an den kleinen Moses, der mit Esther zusammen starb. Ohne die Pest wäre auch er ein Halter geworden, nach seinem Vater Matis. War er ich? War ich er? An der Ecke der Rue des Charpentiers hielt ich unwillkürlich Ausschau nach dem blutigen Reigen der Flagellanten.

26

Strassburg
Die Juden werden geschröpft

Die Asche des Scheiterhaufens war kaum erkaltet, da beschloß der Rat der Stadt, die Juden für zweihundert Jahre aus Straßburg zu verbannen. Nur an zwei Tagen in der Woche und mit einem besonderen Passierschein durften sie sich in der Stadt aufhalten.

Samuel und Matis entschieden sich, nach Benfeld zurückzukehren, das wieder zu dem friedlichen Städtchen von früher geworden war. Sie konnten sogar das Haus des Ratsherren Elward Mersvin wieder mieten, und diesmal ganz. Jeden Morgen kamen hier die jüdischen Kinder von Benfeld zusammen, die Matis in der Thora unterrichtete. An den Tagen, an denen es ihnen erlaubt war, brachen Abraham und sein Großonkel Samueli schon vor Morgengrauen in ihrem Pferdewagen auf, um rechtzeitig in Straßburg zu sein. An der St. Nikolaus-Brücke passierten sie den Wachposten, dann schlenderten sie über den Fischmarkt und am Schlachthof vorbei – machten gelegentlich einen Umweg, um an ihrem alten Haus vorbeizugehen, in dem der Stadtrat ein altes Ehepaar untergebracht hatte – und kamen dann zum Martinsplatz. Dort stand, von einem Wassergraben umgeben, das Gebäude, in dem die städtischen Ämter untergebracht waren. Sie begrüßten die Wechsler, die schon hinter ihren Tischen standen: Lombarden, Flamen und Juden, von denen nur die letzteren, wie sie selbst, zwei Denare für ihren Passierschein plus zwei Schilling pro Pferd zahlen mußten. Sie stellten ihre Böcke auf und mußten dann nur noch die Kunden anlocken: Samueli gab Darlehen gegen Pfand, und Abraham bot seine Dienste als öffentlicher Schreiber an. Er setzte Verträge auf oder Wechselbriefe.

Man sprach kaum noch von der Pest oder dem Scheiterhaufen, es sei denn, um die Zeit davor oder danach zu bezeichnen. Aber diese Stadt, deren Bevölkerung fast zur Hälfte vom Schwarzen Tod hinweggerafft worden war, mußte wohl vergessen, um wieder leben zu können, Kinder in die Welt zu setzen und Pläne für die Zukunft zu machen.

Sarah, Abrahams Frau, stand kurz vor der Niederkunft: Es war ihr drittes Kind. Die Familie wartete gespannt auf die ersten Wehen. Nach so vielen Toten war jede Geburt wichtig: Auf das Leben mußte man bauen. Die Wehen setzten an einem Dienstag ein, was ein gutes Zeichen war. Im Kreise seiner Vettern, Onkel und Tanten verbrachte Abraham den Tag mit dem Singen von Psalmen. Lea, seine Mutter, zeichnete rings um Sarahs Bett einen Kreidekreis und schrieb an die vier Wände: Adam und Eva. Weiche, Lilith! sowie die Namen der drei Schutzengel: Sini, Sincini und Smangalof. Während die Frauen Wasser heiß machten und Tücher vorbereiteten, erklärte Matis, der künftige Großvater, den Kindern diesen Brauch:

»Nachdem Gott Adam geschaffen hatte, fand er es nicht gut, daß sein Geschöpf allein lebte. Deshalb schuf er ihm mit ein bißchen Lehm eine Gefährtin. Das war Lilith. Kaum war Lilith auf der Welt, da begann sie, mit Adam zu streiten. Aber als sie begriff, daß sie ihm nicht gewachsen war, sprach sie den unaussprechlichen Namen Gottes aus und erhob sich in die Lüfte.«

Mit offenem Mund und Kulleraugen lauschten die Kinder gespannt Matis' Erzählungen – selbst die, die die Geschichte schon kannten.

»Da wählte Gott drei Engel aus, Sini, Sincini und Smangalof«, fuhr der Großvater fort, »um Lilith wieder einzufangen. In der Mitte eines Flusses holten sie sie ein und befahlen ihr umzukehren. ›Laßt mich gehen‹, bat sie, ›denn ich bin geschaffen worden, um die Neugeborenen zu töten, acht Tage nach der Geburt, wenn es Knaben sind; zwanzig Tage danach, wenn es Mädchen sind . . .‹ Die Engel setzten ihr ein wenig härter zu; da sagte Lilith zu ihnen: ›Ich schwöre euch bei dem Namen des allmächtigen Gottes, daß ich jedesmal, wenn ich euch, euren Namen oder euer Bild auf einem Amulett sehe, das Kind, das ihr beschützt, verschonen werde.‹ Deshalb hat eure Großmutter Lea die Namen der drei Engel an die vier Wände geschrieben. Wenn das Kind geboren ist und Lilith kommt, wird sie es sehen und sich an ihr Versprechen erinnern.«

Sarah schenkte einem Sohn das Leben, den Abraham in Erinnerung an seinen Großvater, den die »Lederarme« verbrannt hatten, Vifelin nannte. Matis weinte vor Freude.

So forderte das Leben allmählich wieder seine Rechte, und die Menschen verankerten sich in ihm mit neuen Wurzeln. Samueli starb bald darauf, aber nur, weil sein Leben abgelaufen war. Abraham, der nicht gern den Weg allein nach Straßburg machte, ging nur noch selten in die Stadt. Als Stadtschreiber von Benfeld hatte er genügend zu tun, vor allem, weil er auch das Register der jüdischen Gemeinde führte: Geburten, Zuzüge, Abreisen, Todesfälle. Man nannte ihn Abraham den »Halter«. Matis, der nicht mehr sehr gut sah, schrieb fast nichts mehr.

Der kleine Vifelin war etwa zehn Jahre alt, als eines Tages zur Mittagszeit die Erde bebte. Es war kurz, heftig und eigentlich so unvorstellbar, daß man hätte glauben können, es sei nur ein Traum: Häuser, die in großen Staubwolken in sich zusammenstürzten, entwurzelte Bäume, Tiere, die vor Angst brüllten, ein Schwindelgefühl in allen Gliedern. Aber nein, die Trümmer blieben Trümmer, die Baumstämme wuchsen nicht wieder in die Erde ...

Abraham, der aus der Synagoge kam, hatte das Gefühl, die Straße krümme sich unter seinen Schritten, dann hörte er Schreie. Als er begriff, rannte er nach Hause. Wenigstens stand das Haus noch. Seine Frau erwartete ihn auf der Schwelle und rang die Hände:

»Gott sei gelobt«, rief sie, »da bist du!«

»Ist etwas geschehen?«

»Dein Vater, Abraham ...«

»Mein Vater?«

»Er stand mit den Kindern gerade am Backofen, als die Erde bebte. Plötzlich ist er umgefallen. Vielleicht ist es sein Herz ...«

»Ist er ...«

»Nein, er erwartet dich.«

Matis' breites Gesicht unter dem schlohweißen Haar war ganz ruhig. Er lächelte schwach, als sein Sohn eintrat, dann bat er, die Familie hereinzurufen und ihm Wasser zu bringen. Sarah stellte eine Schüssel mit lauwarmem Wasser neben ihn, er tauchte die Hände hinein, dann trocknete er sie sorgfältig mit dem großen weißen Handtuch, das ihm seine Frau reichte. Er winkte Abraham zu sich, der neben seinem Lager niederkniete. Matis legte seine Hand auf den Kopf seines Sohnes.

»Der Ewige möge sein Antlitz zu dir wenden«, flüsterte er und holte mühsam Atem, »und schenke dir Frieden! . . .Möge der Geist Gottes . . . auf dir ruhen . . ., mögest du in der Furcht Gottes leben . . . und an Weisheit und Verständnis zunehmen.«

Abraham stand auf; er war blaß geworden. Matis schloß die Augen, wie um noch einmal alle Kraft zu sammeln. Als er weitersprach, klang seine Stimme fest:

»Kommt alle näher . . . Bis zum heutigen Tag . . . habe ich mit der Hilfe des Ewigen . . . unsere Familiengeschichte fortgeführt . . . Ihr habt mir vertraut . . . als ich beschloß . . . die Rolle in unserem Garten in Straßburg . . . zu vergraben . . . Jetzt ist die Reihe an mir . . . euch zu vertrauen . . . Bewahrt sie!«

Als er ein paar Augenblicke später sanft starb, hatte er mit den irdischen Dingen abgeschlossen. Die anderen merkten es erst, als er nicht mehr atmete. Sein Sohn schloß ihm die Augen.

Dann stellte Abraham sich an das Schreibpult, skizzierte einen Plan ihres Gartens in Straßburg, in den er die Linde einzeichnete, unter der Matis – Gott sei seiner Seele gnädig – in weiser Voraussicht des Kommenden die Familienrolle vergraben hatte. Für den Fall, daß er selbst nicht mehr in ihr altes Haus zurückkehren könnte, veranlaßte Abraham seine beiden Söhne und seine Tochter, Alias, Vifelin und Myriam, sich den Plan einzuprägen. Sie mußten ihn selbst zeichnen und die Zahl der Schritte von der Tür bis zum Baum und vom Baum bis zu der vergrabenen Rolle so lange hersagen, bis sie nicht mehr stockten. Im Angesicht seines Vaters ließ er sich von seinen Kindern versprechen, diesen Plan an ihre eigenen Kinder weiterzugeben, falls das notwendig sei. Erst dann, als er sicher war, alles getan zu haben, um Abrahams Rolle zu bewahren, begann er, seinen Vater Matis zu beweinen.

Elias war zweiundzwanzig und Vifelin neunzehn Jahre alt, als eine neue Geißel das Elsaß verwüstete, das sich von der letzten kaum erholt hatte. Diesmal waren es die Raubritter und umherziehende Banden, Söldner, die sich für Frankreich und England geschlagen hatten und nach dem Friedensschluß ohne Verdienst und Arbeit waren. Diese Banden setzten sich aus Engländern, Bretonen, Franzosen, Galliern, Flamen und Deutschen zusammen, die sich ihre Anführer um ihrer Tapferkeit, ihrer Grausamkeit oder ihrer Habgier willen gewählt hatten. Nicht nur, daß sie raubten, nein, um den Schrecken, den sie verbreiteten, vollständig zu machen, brannten sie alles nieder, was sie nicht mitnehmen konnten, fällten Obstbäume und mordeten Kinder. Viele Dörfer, die nicht befestigt waren, leerten sich, kaum daß sie sich näherten.

Zwischen Zabern und Buchsweiler flohen ganze Familien wie vor einer Feuersbrunst. In Benfeld, wo an der Stadtmauer die Wachen verdoppelt worden waren, registrierte Abraham der »Halter« gewissenhaft die Namen aller durchreisenden Juden, die um ein Obdach oder auch nur eine Mahlzeit baten. Sie zahlten dafür mit den letzten Neuigkeiten: So erfuhr Abraham, daß Karl V., König in Frankreich, dem Rabbiner Matatiachu ben Joseph, einem Provenzalen, erlaubt hatte, eine Jeschiba in Paris zu gründen, daß dagegen in Kastilien nach dem Tode Don Pedros, dem Sohn von König Alfonso, und seines jüdischen Ministers Samuel ben Meir Halevi die Juden erneut verfolgt wurden.

Viele dieser Flüchtlinge, die Abraham gelegentlich beherbergte, waren auf dem Weg nach Polen, wo König Kasimir ihnen freundlich gesonnen sein sollte. Der Beweis? Er hatte vier Kinder von seiner jüdischen Mätresse, von denen die beiden Söhne katholisch und die beiden Mädchen jüdisch waren. Andere wollten sich in Italien niederlassen, wo, so versicherten sie, einige Städte in Piemont, wie Asti oder Montecalvo, sie mit offenen Armen empfingen. Manchmal bewogen diese Erzählungen ganze Familien oder einen jungen Mann, der auf Abenteuer und Abwechslung aus war, in die Ferne zu ziehen. So ging Jakob der Goldschmied, Onkel Samuelis Sohn, mit seiner Familie nach Polen, und Deyot und Simon, Abrahams Brüder, die Grabmale meißelten, nach Italien.

Bei denen, die in Benfeld blieben, wurde das Heimweh nach Straßburg immer stärker. Und so wurde, nach mancherlei Diskussionen innerhalb der Gemeinde, Abraham beauftragt, an den Rat der Stadt einen Brief zu schreiben, auf dessen Text man sich geeinigt hatte: »An die ehrwürdigen Herren und den Rat von Straßburg. Wir bieten Euch mit unseren Grüßen in aller Demut unsere Dienste an. Wir ersuchen Euch, Euren Groll gegen uns zu vergessen und es uns zu gestatten, wieder unter Euch zu leben, wie unsere Vorfahren zusammen mit den Euren gewohnt haben . . .« Abrahams Söhne, Elias und Vifelin, überbrachten den Brief.

Der Rat wandte sich an Heinrich von Salmatingen, den Finanzberater der Grafen von Oettingen, denen die Gemeinde von Benfeld gehörte: Waren sie damit einverstanden, daß ihre Juden nach Straßburg zogen? Heinrich von Salmatingen erwiderte: »Die Grafen von Oettingen widersetzten sich durchaus nicht der Abreise von Juden, vorausgesetzt, Straßburg garantiere den Grafen für die ersten zehn Jahre eine Rente von zehn Silbermark und nach dieser Zeit das Kapital.«

Nachdem der Handel abgeschlossen war, beschloß Straßburg, sechs Familien aufzunehmen, denen der gleiche Schutz zuteil werden sollte wie den übrigen Bürgern. Die sechs Familien waren namentlich benannt: Abraham der »Halter«, sein ältester Sohn Elias, der Wechsler war, Vifelin der Stadtschreiber, Manekint, Jakob, sein Schwager aus Speyer, sowie ein anderer Vifelin, Mannens Bruder aus Worms.

Abraham, Elias, Vifelin und die Ihren beluden also wieder einmal ihre Wagen mit ihrem Hab und Gut und machten sich auf den Weg nach Straßburg. Der alte Ratsherr Elward Mersvin, ihr Vermieter in Benfeld, lachte spöttisch, als er ihnen nachsah:

»Ich halt' euch das Haus frei«, rief er, »ihr seid bald wieder zurück!«

Der Rat der Stadt gestattete Abraham und seinen Söhnen, wieder in ihr altes Haus einzuziehen, allerdings gegen eine Erhöhung der Miete und eine zusätzliche Abgabe für ihr eigenes Mobiliar. Elias, der die Stadt als Kind verlassen hatte, und Vifelin, der in Benfeld geboren war, lernten, sich in den Straßen Straßburgs zurechtzufinden. Das Münster war fertig. Ein gewisser Hultz aus Köln hatte zwei Jahrhunderte, nachdem ein anderer Steinmetz den Plan entworfen hatten, den von Maßwerk durchbrochenen, spitzen Turm vollendet.

Niemand sprach mehr von dem großen Scheiterhaufen und ihrer Vertreibung. Ein paar Tage nach ihrem Einzug, als die Tage wieder ruhiger waren, entschieden sie, sie könnten jetzt gefahrlos Abrahams Rolle ausgraben. An einem Sabbatabend machten sie sich an die Arbeit. Abraham legte seinen Gebetsmantel um, und seine Söhne wechselten sich mit Schaufel und Hacke ab. Der Lindenbaum stand gerade in Blüte. Als ihre Schaufel gegen den Holzkasten stieß, waren sie so beeindruckt, daß sie ihr Leben lang die Erinnerung an Abrahams Rolle mit dem Duft der Linde verbanden.

Noch am gleichen Abend lasen sie die Rolle von Anfang bis Ende: »Abraham, Sohn Salomons des Leviten, wohnte in Jerusalem, und der Name seiner Frau war Judith. Elias war sein erstgeborener Sohn und wurde Schreiber wie sein Vater . . .« Anschließend schrieb Abraham hinter den Namen seines Vaters Matis: »Dem wir es zu verdanken haben, daß die Rolle und die Familie vor dem großen Scheiterhaufen im Jahre 5109[63] nach der Schöpfung der Welt durch den Ewigen – gepriesen sei sein Name – bewahrt wurde.« Er vergaß auch nicht den Namen seines Bruders Moses, »der starb, weil er nicht von seiner Verlobten Esther, der Tochter des Rabbi Samuel aus Weissenburg, getrennt sein wollte.« Und seinem eigenen Namen fügte er die seiner Kinder Myriam, Elias und Vifelin hinzu.

Abraham und seine Söhne waren sich dessen bewußt, daß sie nicht nur Matis' letzten Willen erfüllten, sondern auch ein Werk fortsetzten, dessen Grundstein älter war als der des Straßburger Münsters und das mit der Hilfe des Ewigen höher in den Himmel ragen würde als die Kreuzblume des Turmes.

Kurze Zeit darauf – Vifelin, der, kurz bevor er nach Straßburg kam, geheiratet hatte, war inzwischen Vater zweier Mädchen – tauchten die Raubritter wieder auf. Diesmal kamen sie aus Zabern und Belfort; ihr Anführer war Sire Enguerrand de Coucy. Dieser machte Erbansprüche nach seinem Urgroßvater Leopold II. von Österreich geltend und schickte deshalb seine Landsknechte aus, um ein paar Dutzend Dörfer im Sundgau zu plündern. Bei der Gelegenheit brachten sie gleich noch die Bevölkerung von Wattweiler um und brannten das Kloster Thann nieder. Auf dem Weg nach Straßburg nahmen sie Königshofen ein, doch dann liefen sie vergeblich gegen die Stadtmauern Sturm.

»Siehst du«, bemerkte Vifelin zu seinem Vater Abraham, »es trifft

[63] 1349

nicht nur die Juden!« – »Wie tröstlich!« entgegnete Abraham.

»Ich will nicht schadenfroh sein, daß jetzt die Christen an der Reihe sind, Vater, aber gib zu, wenn Esaus Söhne miteinander im Krieg liegen, haben die Juden ein wenig Ruhe.«

»Hast du denn nie bemerkt, mein Sohn, daß die Juden auf die eine oder andere Art die Zeche bezahlen, wenn die Christen sich bekämpfen?«

Genau das geschah auch diesmal wieder. Der Rat der Stadt beschloß nämlich, obwohl man über die neuesten Feuerwaffen verfügte, die Landsknechte Enguerrand de Coucys auszuzahlen, damit sie abzögen. Die vereinbarte Summe belief sich auf dreitausend Gulden, und der Rat beauftragte Abraham und mit ihm die jüdische Gemeinde von Straßburg, das Geld aufzubringen.

Die sechs Familien waren bestürzt. Mannekint und Jakob bedauerten ganz offen, Benfeld verlassen zu haben. Wo sollten sie die dreitausend Gulden herbekommen?

Elias der Wechsler hatte eine Idee. Er schlug vor, bei den Bürgern eine auf zwei Jahre befristete Anleihe aufzunehmen.

»Aber was für Sicherheiten kannst du für dieses Geld bieten?« fragte Abraham verwirrt, der von Geschäften nie etwas verstanden hatte.

»Unser Geld.«

»Aber wir haben doch keins!«

»Deshalb werden wir auch den Rat bitten, uns für zwei Jahre die fünfhundert Straßburger Pfund für unsere Miete zu stunden sowie die dreißig Mark, die wir pro Person dem Bischof und die zehn Mark, die wir den Herren von Oettingen zahlen müssen.«

Abraham überlegte: »Und wenn du nach den zwei Jahren das Darlehen mitsamt den Zinsen zurückgezahlt hast, mein Sohn, sag mir, woher willst du dann das Geld für die Stadt hernehmen?«

»Aber inzwischen haben wir doch auch Geld verdient! Mit dem Darlehen zahlen wir die dreitausend Gulden Lösegeld, während wir durch die ersparten Abgaben für zwei Jahre eine ganz hübsche Summe zusammenbekommen, die wir nur gut anlegen müssen.«

»Ich glaube nicht, daß ich alles so richtig verstehe, mein Sohn, aber wenn dein Plan gelingt, verdientest du eigentlich ein besseres Los als das eines armen Wechslers.«

»Der Ewige – gepriesen sei sein Name – erhöre dich, Vater.«

Der Rat billigte den Vorschlag, den ihm Elias unterbreitet hatte. Er verlangte nur, daß alle Mitglieder der jüdischen Gemeinde von Straßburg eine Verpflichtung unterzeichneten, die fraglichen Summen nach zwei Jahren, zum Martinstag des Jahres 1377 nach der christlichen Zeitrechnung, und die Zinsen bis Johannis desselben Jahres zurückzuzahlen.

Nachdem sie die dreitausend Gulden kassiert hatten, verließen Enguerrand de Coucys Landsknechte Straßburg und zogen weiter in die Schweiz, wo die Berner sie zusammenschlugen.

Um seine Zufriedenheit mit den Juden zu bekunden, billigte der Rat der Stadt den Zuzug eines Rabbiners nach Straßburg, eines gewissen Samuel von Schlettstadt, so genannt, weil sein Vater Rabbiner in Schlettstadt gewesen war. Nach und nach vergrößerte sich die Gemeinde, und der Rat erließ eine neue Verordnung, die Juden betreffend: »Der Meister und der Rat nehmen sie unter ihren Schutz und bestrafen jeden, der ihnen auf welche Art auch immer Übles tut. Sie selbst werden wie andere Bürger vor Gericht gestellt, wenn sie eines Vergehens oder Verbrechens bezichtigt werden . . .«

Abraham gab seine Schreibertätigkeit auf und eröffnete zu Hause eine Schule. Der »Halter« war jetzt sein Sohn Vifelin, der inzwischen drei Kinder hatte. Oh, nicht, daß man alles vergessen hätte! Aber es ließ sich damals in Straßburg so gut leben, daß man glauben konnte, die Heimsuchungen würden nun ein Ende nehmen.

Und als der Ratsherr Leopold Sturm, den Abraham als Kind gekannt hatte, ihm insgeheim mitteilte, der Rat habe vor, die Juden erneut aus Straßburg zu verbannen, traf es ihn wie ein Donnerschlag. »Warum?« klagte Abraham. »Warum bloß?« Intoleranz? Oder wollten sie sich, um den großen Scheiterhaufen endgültig vergessen zu können, ihres mahnenden schlechten Gewissens entledigen? Hatte man vor, die Juden erneut zahlen zu lassen, wenn sie zurückkehrten? Keiner dieser Gründe schien die Verbannung zu rechtfertigen. Aber man mußte wieder einmal hastig sein Bündel schnüren. Gerade hatte man die Bar Mizwa des kleinen Aaron, Vifelins jüngstem Sohn, gefeiert . . .

Als die Verbannung in den Straßen ausgerufen wurde, hatte die

Familie sich bereits vergewissert, daß ihr Haus in Benfeld immer noch leer stand und heimlich ein paar Möbel sowie Abrahams Rolle hingeschafft. Der Ratsherr Elward Mersvin war gestorben, aber sein Sohn, der bereits ebenso alt wirkte wie sein Vater, hatte es ihnen freigehalten: »Es ist das Haus der Juden«, pflegte er zu sagen. Die Familie hatte gut daran getan; denn zum Schluß konnten sie alle nur noch mit erhobenen Armen davonrennen, um sich vor den Schimpfworten, dem Spott und den Schlägen zu schützen. Abraham war ein gebrochener Mann. Er schrieb nicht mehr, ging nicht mehr aus, es sei denn, in die Synagoge. Wieder und wieder las er die Familiengeschichte, vielleicht um darin den Sinn seines Schicksals oder des Schicksals des jüdischen Volkes zu erkennen.

Eines Tages brachte der junge Aaron ein unbeschriebenes Blatt und reichte es ihm wortlos. Abraham betastete es, roch daran, prüfte sein Gewicht, die Dicke, die glatte Oberfläche. Das Material war ihm völlig unbekannt, weder Pergament noch Papyrus: Es war leicht, dünn und empfindlicher.

»Das kommt aus Troyes«, sagte Aaron, wie um ihn an etwas zu erinnern.

»Aus Troyes?« – »Man stellt es aus Leinenlumpen und alten Hanfstricken her.«

»Leinenlumpen? Mach dich nicht über mich lustig, Aaron. Schließlich bin ich dein Großvater. Es ist Zeit zum Gebet. Ich hab' keine Lust, mich mit solchem Unsinn abzugeben.«

Aaron spielte seinen letzten Trumpf aus, um Abraham endlich von seinen trüben Gedanken abzulenken: »Man nennt es Papier, Großvater.«

27

Benfeld
Ein gewisser Hans Gensfleisch

Als Aaron sich mit der hinkenden Guthil, der Tochter des Gasthofbesitzers Löwelin, verlobte, war das Papier noch eine Rarität.

Guthils Mißbildung, über die die Kinder im Dorf sich lustig machten, indem sie ihren Gang nachäfften, erfüllte Aarons Herz mit unendlicher Zärtlichkeit. Und so war er auch zutiefst glücklich, als der Chasan – denn in Benfeld gab es keinen Rabbi – in dem Ehevertrag die Höhe der Mitgift und die Geschenke, die sich die beiden Verlobten gegenseitig versprachen, festhielt. Dann zerbrach er einen Krug, um, wie es Brauch war, zu zeigen, »daß – ebenso wie dieser Krug sich nicht mehr flicken läßt – dieses Versprechen nicht gebrochen werden kann.« Danach nahm Aaron den Platz des Chasan ein, um sich vor den beiden Familien zu verpflichten, getreulich die Bestimmungen des Vertrages einzuhalten.

Für gewöhnlich dauerte die Verlobung kaum länger als ein Jahr. Aber die Hochzeit mußte verschoben werden, denn Abraham starb, still und friedlich, als er zum hundertsten oder vielleicht auch zum tausendsten Mal die Rolle aus Jerusalem las. Er hatte auf all seine Fragen noch immer keine Antwort gefunden.

Die Hochzeit wurde also erst im nächsten Frühjahr gefeiert. Das ganze Dorf nahm daran teil sowie die Juden aus den umliegenden Dörfern, die mit ihren heiratsfähigen Söhnen und Töchtern kamen. Seit der Pest und dem großen Scheiterhaufen feierte man Hochzeiten mit sehr viel größerer Anteilnahme als Beerdigungen, so wichtig erschien es allen, daß das Leben über den Tod siegte.

Das erste Kind ließ auf sich warten. Guthil wurde erst nach zwei Jahren schwanger und erlitt zuerst eine Fehlgeburt. Das zweite Kind, ein Mädchen, starb gleich am ersten Tag, das dritte, ein Sohn, am Tag nach seiner Britmilla. Das vierte und das fünfte wurden beide im Alter von einem und zwei Jahren von derselben Epidemie hinweggerafft.

Als Guthil zum sechsten Mal schwanger wurde, betete das ganze Dorf für sie. Ihr Vater fastete zwei Tage in der Woche, und Aaron tat Buße. Sie holten aus Hagenau Loser den *Schormer*, von dem es hieß, er könne die schlimmsten Dämonen beschwören. Er war ein kleiner Jude mit rundlichem Gesicht und sanfter Stimme. Zwei Tage lang rezitierte er in einem bestimmten Rhythmus die Zauberformeln. Dann hängte er Guthil eine Korallenkette um den Hals, um sie vor dem bösen Blick zu bewahren, und rief, so laut er konnte:

»Ich schorme, damit das Böse aus deinem Körper fährt und der Gott Israels das Kind, das du trägst, unter seinen Schutz nimmt.«

Am dritten Tag reiste er schon am frühen Morgen ab; er weigerte sich, Geld anzunehmen.

Das Kind wurde unter Schmerzen zu Sommeranfang geboren, zwei Tage vor Schawuot im Jahre 5178[64] nach der Schöpfung der Welt durch den Ewigen – gepriesen sei sein Name. Es überlebte den ersten Tag, die erste Woche, den ersten Monat. Man hatte ihm den Namen Gabriel gegeben. Es war ein schönes, freundliches Kind, und seinen Eltern erschien es wie ein lebendes Wunder.

Als Gabriel drei Jahre alt war, lehrte ihn sein Vater das *Aleph-Beth*, und nach seiner Bar Mizwa brachte er ihn nach Mainz zu dem berühmten Rabbiner Jakob ben Mosche Mölln, der den Beinamen Maharil trug. Der Rabbiner fand das Kind für sein Alter sehr verständig und nahm es als Schüler auf. Nach zwei Jahren schrieb Gabriel nach Benfeld, er wolle noch weitere zwei Jahre bleiben. Und als auch diese Zeit abgelaufen war, teilte er seinen Eltern mit, er würde gern noch etwas länger bei dem Maharil bleiben, dem er half, sein Buch, den Sefer Minhagim[65], zu kopieren. Während dieser Zeit zog ein Hirtenmädchen aus Lothringen im Namen Gottes gegen die Engländer in den Krieg, ließ den Dauphin zum König

64 1418

65 Buch der Bräuche. Sammlung verfaßt von Jacob Mosche Mölln, Maharil (Morenu Haraw Jakob Halevi) genannt, geboren 1360 in Mainz, gestorben 1427 in Worms. Der Maharil, ein bekannter Gelehrter, beschrieb in seinem Werk gewisse Sitten und Gebräuche der deutschen Juden seiner Zeit.

krönen und starb auf einem Scheiterhaufen in Rouen. Die Juden von Benfeld sahen darin wieder einmal den Beweis, daß, »wer einen Juden verbrennt, auch vor einem Goj nicht halt macht.«

Endlich kam Gabriel nach Benfeld zurück. Seine Mutter Guthil erkannte kaum ihr Kind in diesem braungebrannten, hochaufgeschossenen Mann mit den hellgrauen Augen wieder, auf dessen willensstarkem Kinn der erste Bart sproß. Unter seinem grünen Umhang trug er eine Bluse in dem gleichen Grün, die an den Handgelenken geschlossen war und vorne eine Reihe kleiner Knöpfe hatte – ein Geschenk des Maharil. Kurz und gut, die hinkende Guthil war von ihrem Sohn eher eingeschüchtert. Manchmal sah er, obgleich er sonst seinem Alter gemäß eher heiter, lebhaft und witzig war, ungewöhnlich ernst und streng drein, und zwischen seinen Augen bildete sich bereits eine Falte. Meist sagte er dann Dinge, die Guthil nicht so recht verstand, und sie dankte Gott für diesen gelehrten Sohn, der trotzdem die Seinen nicht verleugnete.

Er hatte schon einen solchen Ruf, daß man eigens zu ihm kam, um ihn die Gebete nach einer besonderen, vom Maharil verfaßten Melodie sprechen zu hören. Man bestellte bei ihm, oft von weit her, Kapitel aus den Psalmen oder die *Megilat Esther*, die er in seiner sorgfältigen Handschrift kopierte und mit Farben illuminierte, die er selbst aus Pflanzen gewann. Die Stunden des Tages reichten ihm meist nicht, denn er interessierte sich für vielerlei Dinge, insbesondere für neue Erfindungen.

Eines Tages hörte er von einer Papiermühle, die ein wenig außerhalb Straßburgs in der Nähe der Priorei von Grüneberg lag. Sobald er Zeit hatte, machte er sich auf den Weg dorthin. Die Mühle lag einsam, und der Mann, der auf einem Karren stand und Ballen mit Lumpen ablud, schien mißtrauisch:

»Was wollt Ihr?«

»Ich komme aus Benfeld«, erwiderte Gabriel. »Ich bin Schreiber . . . Ich habe schon Papier gesehen, aber es interessiert mich, wie es hergestellt wird.«

»Ihr seid kein Käufer?«

»Das hängt vom Preis ab.«

Der Mann wurde jetzt sichtlich umgänglicher:

»Dann tretet nur ein! Ich heiße Andres Heilman.«

»Und ich Gabriel, Sohn des Aaron, Schreiber und Halter in Benfeld.«

Sie betraten die Mühle. Das erste, was Gabriel überraschte, war der unangenehme Geruch und eine Art dumpfes Hämmern.

»Daran muß man sich gewöhnen«, sagte Andres Heilman. »Also, seht her. Hier werden die Hadern in schmale Streifen geschnitten, die man einweicht und im Keller lagert. Wir nennen das das Fäulen . . . Wenn die Hadern dann in Gärung übergegangen sind, wirft man sie in diesen mit Wasser gefüllten Trog, wo sie mit den nägelbesetzten Klopfhölzern dort geschlagen und zerkleinert werden . . .«

Gabriel sah von dem Wellbaum, der die Klopfhölzer bewegte, hinauf bis zum Mühlrad. Andres Heilman fuhr fort:

»Wenn der Mahlprozeß beendet ist, ist aus den fermentierten Lumpen dieser milchige Brei geworden. Das ist der Anfang des Papiers. Seht, so geht es dann weiter . . .«

Die Arbeiter ließen gerade ein wenig von dieser weißlichen Flüssigkeit in eine Form fließen, deren Boden aus einem Sieb bestand. Das Wasser tropfte ab. Die genügend festgewordene Masse strich man auf Filzunterlagen, die man übereinander stapelte und unter eine Presse legte.

»Da, seht«, erklärte Andres Heilman weiter. »Durch den Druck wird das restliche Wasser herausgepreßt. Und da habt Ihr bereits Euer Papier. Die Blätter sind jetzt fest genug, um in kleinen Bündeln dort in dem Raum, den wir den Auslegeraum nennen, zu trocknen . . . Glaubt mir, Papier hat Zukunft. Zweifelt Ihr daran? Seid Ihr nicht überzeugt?«

Gabriel hielt ein vollkommenes, fast weißes, glattes, dünnes Blatt in der Hand. »Doch«, erwiderte er, »ich bin überzeugt. Aber ich frage mich, ob wir Juden das Recht haben, es zu benutzen, um unsere heiligen Schriften zu übertragen.«

In diesem Augenblick trat ein kräftiger, etwa vierzigjähriger Mann mit breiten Schultern und breitem Gesicht ein, dessen wäßrigblaue Augen weit auseinanderstanden und mit denen er beim Reden ständig zwinkerte. Wie alle, die von einer Idee besessen sind, schien er eher abweisend. Er warf einen kurzen Blick auf Gabriels spitzen Hut und wandte sich ohne jede Begrüßung sofort an Andres Heilman:

»Ich muß mit dir reden, Andres.«

Heilman stellte Gabriel vor:

»Wir überlegen uns gerade, ob die Juden ihre heiligen Schriften auf Papier übertragen dürfen.«

Der Mann lachte kurz auf:

»Du glaubst da wohl an einen neuen Markt, Andres?«

Er wandte sich an Gabriel:

»Wer seid Ihr?«

»Ich heiße Gabriel und bin Schreiber in Benfeld. Ich habe in Mainz studiert.«

»Mainz? Da komm' ich selbst her. Was habt Ihr dort gemacht?«

»Ich habe bei Rabbi Jakob Mölln studiert und mich ein bißchen mit Farben und Tinte beschäftigt ... Auch mit dem Holzschnitt ...«

»Dem Holzschnitt?«

Der Mann schien zu bezweifeln, daß Gabriel wirklich etwas vom Holzschnitt verstand. Sicher war es auch ein bißchen Eitelkeit, die den jungen Mann jetzt dazu trieb, seinen Gesprächspartner beeindrucken zu wollen:

»Ich habe mich seit langem gefragt«, sagte er, »ob es nicht möglich ist, ein ganzes Buch in Holz zu schneiden und es dann in so vielen Exemplaren wie man will zu drucken ... Für mich war die einzige Schwierigkeit das Material. Pergament taugt dazu nicht ... Aber Papier, das ist genau das Richtige.«

Der Mann mit der roten Kappe schien interessiert, tat aber mehr als herablassend: »Glaubt mir, das Papier löst noch nicht alle Probleme. Das Schnitzen der Reliefbuchstaben in eine Holzplatte ist eine mehr als schwierige Arbeit, und die Resultate sind enttäuschend. Schon Jürgen Dritzehn hat sich darin versucht.«

Er kratzte sich mit seiner breiten Hand den Kopf unter seiner Kappe:

»Wenn diese Fragen Euch interessieren, kommt doch wieder. Ich bin oft hier. Andres und ich sind Partner. Ich heiße Hans Gensfleisch. Werdet Ihr Euch daran erinnern?«

Dieser Hans Gensfleisch hatte keinen guten Ruf. Er lebte allein mit seinem Diener Lorenz in einem abgelegenen Haus und war der

Partner eines gewissen Jürgen Dritzehn, eines Bürgers von Straßburg, der von sich behauptete, Goldschmied zu sein, aber zur »Stelzenzunft«, der Zunft der Künstler, gehörte. Man argwöhnte, er beschäftige sich mit irgendwelchen undurchsichtigen Experimenten. Als Gabriel abends am Familientisch von seinem Besuch erzählte, gab es keinen, der ihm nicht zur Vorsicht riet.

»Er soll versuchen, Gold herzustellen«, behauptete Löwelin, sein Schwiegervater. »Und Edelsteine«, fügte Aaron hinzu.

»Ich hab' auch etwas von Zauberei gehört«, bekräftigte Symunt, Guthils Bruder und entblößte dabei seine Wolfszähne.

Gabriel war enttäuscht. Er beobachtete diese Familienszene, die stets mißtrauischen Männer, seine Mutter, die vom Tisch zum Herd hinkte, die geschwärzte Decke, die feuchten Wände. Er kannte die Tugenden der Tradition und der Vorsicht; aber ebenso war ihm zutiefst bewußt, welche Grenzen die Konventionen, die Furcht vor dem Unbekannten, der Mangel an Wagemut setzten. Er liebte die Seinen, die Beharrlichkeit, mit der sie das fortführten, was sie waren und was sie wußten, aber er verspürte eine Art Verpflichtung in sich, seinen Horizont zu erweitern, Verbesserungen zu bewirken, selbst auf das Risiko von Abenteuern und Verirrungen hin.

Deshalb besuchte er auch trotz aller Warnungen seines Vaters eines Tages Hans Gensfleisch. Ein Haus am Waldrand, ein mürrischer Diener, der ihm den Eingang verwehrte, Hunde an der Kette und Tauben auf dem Dach. Der Goldschmied erkannte Gabriel wieder:

»Ach, ihr seid's. Wie habt Ihr erfahren, wo ich wohne?«

»Das weiß doch alle Welt.«

»Alle Welt?«

»Jedenfalls alle die, die behaupten, Ihr verstecktet Euch hier, um Gold herzustellen oder Zauberei zu betreiben.«

Hans Gensfleisch fuhr sich mit der Hand unter seine rote Kappe.

»Eines Tages wird es ein böses Ende nehmen«, brummte er . . . »Und Ihr, was glaubt Ihr?«

»Ein Mann, der sich für Papier und den Druck interessiert«, erwiderte Gabriel, »vergeudet sicher seine Zeit nicht mit Alchimie.«

Der Goldschmied zwinkerte kurz mit den Augen:

»Ihr sterbt sicherlich weniger unschuldig«, sagte er, »als Ihr es bei

Eurer Geburt wart. Kommt.«

Der ganze Raum schien nur aus dem riesigen Herd zu bestehen, neben dem eine Frau im Halbdunkel Erbsen verlas. Eine Treppe ging hinauf, eine andere hinunter. Sie nahmen die nach unten und kamen in einen Gewölbekeller, in dem Gabriel ein beißender Geruch entgegenschlug. Zwei Männer standen neben einem großen Kessel, der über der Glut hing und dem ein häßlicher, gelblicher Rauch entwich. Sie wandten ihre von der Hitze geröteten Gesichter Gabriel zu. Einer der beiden schien ziemlich ungehalten zu sein:

»Warum bringst du einen Juden her?« fragte er Hans Gensfleisch.

»Er kann uns vielleicht helfen«, erwiderte der Goldschmied.

»Laßt uns oben ein Bier trinken.«

Während die beiden Männer den Kessel von seinem Dreifuß nahmen und ihr Werkzeug weglegten, trat der Goldschmied zu einer Werkbank, auf der allerlei Holzschnitzgerät lag: Punzen, Stichel und Messerchen. Gensfleisch zeigte Gabriel eine geschnittene Holzplatte:

»Darüber haben wir doch letzthin gesprochen«, sagte er. »Man schwärzt die Lettern, dann legt man ein Blatt darauf, preßt beides zusammen, und die Buchstaben übertragen sich auf das Papier.«

Der Goldschmied zeigte ihm den Vorgang. Und Gabriel, ganz begeistert, das verwirklicht zu sehen, was er sich vorgestellt hatte, las:

»Scriptura Manent.«

»Geschriebenes bleibt bestehen«, übersetzte er.

Und, ganz spontan, fügte er hinzu: »Das ist der schönste Tag meines Lebens.«

»Kommt. Wir werden uns unterhalten.«

Sie stiegen wieder ins Erdgeschoß hinauf und setzten sich an den Tisch. Die Frau brachte ihnen große Bierkrüge. Sie hatte ihre Haube abgelegt, und im Licht der Öllampe schimmerte ihr blondes Haar, das in leichten Locken über ihr weitausgeschnittenes, blaues Kleid fiel. Man sah deutlich den Ansatz ihrer weißen Brüste. Gabriel bemerkte, daß ihr sein Blick nicht entgangen war. Sie schien nicht weiter verwirrt darüber – jedenfalls nicht so sehr wie er.

»Das ist Jürgen Dritzehn«, sagte Hans Gensfleisch. »Er mag die Juden nicht. Und das ist Hans Dünne. Wir sind Partner.«

Dritzehn wurde ungehalten:

»Du weißt sehr wohl, Gutenberg, es ist nicht so, daß ich die Juden nicht mag. Aber man verdächtigt uns schon der Zauberei, und wenn man jetzt auch noch einen Juden bei uns sieht . . .«

»Na schön, dann brennen wir alle gemeinsam«, entgegnete Gensfleisch.

Die Frau brach in ein perlendes Lachen aus, das sie hinter ihrer Hand verbarg. Dritzehn warf ihr einen vernichtenden Blick zu.

Gensfleisch legte seine breite, von Säure gefleckte Hand auf Gabriels Arm:

»Unser Freund wird uns erst einmal sagen, was ihn hier interessiert.«

»Wir sind Schreiber seit Generationen«, sagte er. »Mein Vater Aaron ist der Halter von Benfeld. Mein Urahn Abraham war Schreiber in Jerusalem . . . Ich habe in Mainz studiert und Thora-Rollen kopiert, eine Arbeit, für die die Tage nicht lang genug sind . . . Seit man Hunderte von Talmud-Exemplaren verbrannt hat, verbringen die Schreiber ihr Leben damit, die seltenen Werke, die man retten konnte, zu kopieren. Mein Vater arbeitet seit vier Jahren an demselben Buch . . . Deshalb habe ich mit Herrn Gensfleisch . . .«

»Alle Welt nennt mich Gutenberg.«

» . . .mit Herrn Gutenberg über die Möglichkeit gesprochen, auf der Grundlage eines einzigen Holzschnitts Texte zu vervielfältigen . . . Auf diese Weise könnte man die Schriften unter das Volk bringen.«

Die drei Männer warfen sich einen Blick des Einverständnisses zu.

»Euer Traum, junger Mann, ist auch der unsere. Aber der Holzschnitt ist nicht die Lösung. Ich bin da auf eine Idee gekommen, und meine Freunde hier helfen mir, sie vielleicht zu verwirklichen. Sie sind sowohl meine Geldgeber als auch meine Mitarbeiter. Wenn Ihr Euch zu uns gesellen wollt . . .«

»Als Geldgeber«, entgegnete Gabriel rasch, »bin ich wohl . . .«

»Schön, dann als Mitarbeiter.«

Sooft er konnte, sattelte Gabriel sein Pferd und ritt, trotz der ständigen Warnungen seines Vaters, nach Grüneberg. Manchmal waren alle dort, die drei Partner, der Diener Lorenz und seine Frau, manchmal auch nur die Frau. Gabriel hatte bemerkt, daß Gutenberg ihr sehr viel besser gefiel als ihr mürrischer Mann. Er hatte zwischen den beiden Blicke und Gesten beobachtet, die über die Art ihrer Beziehung keinen Zweifel ließen. Das hinderte ihn nicht daran, sie öfter als nötig anzuschauen: Im Gegenteil, jetzt war er sich wenigstens über die gegenseitigen Besitzansprüche im klaren. Manchmal schien ihm, sie beugte sich absichtlich weit nach vorn oder stiege besonders langsam die Kellertreppe hinauf, um ihn in eine Verwirrung zu versetzen, die ihr nicht verborgen bleiben konnte. Er kam sich vor wie ein Mann, der vor einem Abgrund steht und statt umzukehren Gott bittet, ihn nicht hineinfallen zu lassen.

Doch kaum hatte er sich an die Arbeit gemacht, zählte nichts anderes mehr für ihn.

Gutenberg hatte sich ausgedacht, geschmolzenes Metall in Hohlformen – sogenannte bewegliche Lettern – zu gießen. Wenn das Metall erst abgekühlt war, erhielt er auf diese Weise die Drucktypen, die man nur noch zu Wörtern zusammenzusetzen brauchte. Dann schwärzte man das Ganze und preßte das Papier darauf. Vom Prinzip her klang es einleuchtend. Das Problem war nur, ein Metall – oder eine Metallverbindung – zu finden, bei der die Lettern weder zerbrachen noch sich unter dem Druck der Presse verbogen. Daran arbeiteten sie im Keller, indem sie in einem immer wieder neuen Mischungsverhältnis Blei, Antimon und Zinn zusammenschmolzen. Das Antimon erhöhte die Härte der Metalle, denen man es zugab, machte es aber gleichzeitig spröder und brüchiger.

Gabriels Arbeit bestand darin, die Formen zu schneiden, die die Metallmatrize bildeten und in die man die geschmolzene Legierung goß. Er war mit Ernst und Eifer bei der Sache. Gutenberg, ein harter, ungerechter und leicht herablassender Mann, sparte mit Komplimenten, aber Gabriel sah wohl, daß er mit ihm zufrieden war.

1438 nach christlicher Zeitrechnung, zwei Wochen vor Weihnachten – ein Tag nach Channukka –, probierte man ein neues Mischungsverhältnis aus, das Hans Dünne genau notiert hatte. Schmelzen, gießen, erkalten, aus der Form nehmen: Wie oft schon hatten sie das gemacht. Gutenberg bat Gabriel, ihm die Worte, die er zusammengesetzt hatte, zurechtzurücken. Es waren, ihrem Brauch gemäß, immer dieselben: Scriptura manent. Das flüssige Metall wurde gegossen. Dann tranken sie ein Bier, während sie auf das Erkalten warteten. Immer die gleiche Hoffnung, die gleiche Spannung. Gabriel schob die gegossenen Lettern unter die Presse, sah sich das Blatt an, untersuchte das Metall, ließ ein neues Blatt auflegen . . .

Scriptura manent, scriptura manent, scriptura manent . . . Diesmal war die Legierung weder zu spröde noch zu weich, noch zu brüchig . . . Scriptura manent, scriptura manent . . . Zehnmal, hundertmal, zweihundertmal druckten sie diese beiden Worte, und dreihundertmal vergewisserte sich Gutenberg, daß die Wiedergabe einwandfrei war.

Endlich gab er sich mit den Versuchen zufrieden. Einen Augenblick lang schwiegen die vier Männer, dann warf Gutenberg mit einem lauten Freudenruf seine rote Kappe in die Luft. Hans Dünne begann von einem Bein auf das andere zu tanzen, Dritzehn setzte sich, ganz überwältigt von der Erregung. Gabriel traten Tränen in die Augen – die jedoch rasch getrocknet waren, als Lorenz' Frau sie alle nacheinander umarmte und er ein wenig länger als schicklich ihre festen Brüste spürte. Gutenberg hob seinen Bierkrug:

»Gelobt sei der Herr«, rief er. »Wir haben es geschafft!«

Gabriel nahm einen der dreihundert Abzüge und eilte damit zu seinem Vater. Aaron wiegte langsam den Kopf von links nach rechts. Er zweifelte nicht an Gutenbergs Erfolg, im Gegenteil. Aber dieser Erfolg stimmte ihn traurig:

»Schreiben«, sagte er schließlich, »ist eine Sache des Menschen, der Hand, des Auges. Es bedarf dazu einer ständigen Aufmerksamkeit, der Geduld und des Schönheitssinns . . .«

»Aber Vater, der Abzug entspricht doch dem Original, und das wurde von Menschen wie dir und mir hergestellt. Es ist nur eine Schrift ohne Feder, und man kann sehr viel mehr Exemplare herstellen.«

»Aber wozu denn?«

Gabriel hätte gern seinem Vater begreiflich gemacht, was für ein Fortschritt es war, dreihundert Kopien nach einem einzigen Original herstellen zu können.

»Verstehst du, Gabriel, unsere Arbeit, die Übertragung der Thora-Rollen, ist *Malechet hakodesch*, heilige Arbeit, und du weißt das noch viel besser als ich, denn du hast ja beim Maharil studiert – Gott bewahre ihn vor allem Bösen. Wir kümmern uns selbst um die Herstellung des Pergaments, wir bereiten unsere Tinte selbst zu, und jedesmal, wenn wir den geheiligten Namen Gottes niederschreiben, verharren wir einen Augenblick in Andacht, denken über den Sinn dieses Wortes nach, das wir mit der frisch eingetunkten Feder schreiben . . . All das, mein Sohn, wird es bei deinen Bleilettern und deiner Holzpresse nicht mehr geben.«

»Aber Vater, Papier ist doch von Menschen gemacht! Und nichts hindert einen daran, wenn man mit den Bleilettern den Namen des Ewigen – gepriesen sei sein Name – zusammenstellt, dies voller Andacht zu tun.«

»Und wie willst du auf deinem Papier einen Fehler auskratzen, wenn du ihn bei der Lektüre entdeckst?«

»Alle Schwierigkeiten des Handwerks werden durch das Handwerk auch gelöst werden.«

»Ich spreche nicht vom Handwerk, mein Sohn, sondern von der Aufgabe des Schreibers, unserer Aufgabe . . . Es ist ganz einfach, mein Sohn, sie fordert unsere ganze Treue, unser ganzes Leben: das Wort des Herrn zu übertragen und sein Gesetz zu verbreiten . . . Nichts anderes . . . Verstehst du: nichts anderes . . .«

»Aber Vater, der Drucker wird das gleiche tun können . . .«

»Unterbrich mich nicht, mein Sohn. Der Drucker wird das gleiche und noch sehr viel mehr tun können. Er wird das Gesetz schützen können, aber auch das Wort eines Wahnwitzigen. Und das in vielen Exemplaren! Denn diese Kunst des Druckens, von der du sprichst, mein Sohn, wird allen zu Diensten sein, den Gerechten wie den Ungerechten, den Frommen wie den Gottlosen. Und du kennst wie ich den Vers: ›Aber die Gottlosen sind wie ein ungestümes Meer, das nicht still sein kann . . .‹ Möge Gott geben, daß wir diese Erfindung nicht zu bereuen haben . . . Aber da kommt Isekin, es ist Zeit zum Gebet.«

Jürgen Dritzehns Herz war der Aufregung nicht gewachsen. Gutenbergs Partner starb zwei Wochen später, in der Weihnachtsnacht. Seine beiden Brüder, Klaus und Georg, wollten in dem Unternehmen seine Nachfolge antreten, aber Gutenberg weigerte sich. Daraufhin forderten sie fünfhundert Gulden, was sie für den Anteil ihres Bruders hielten. Gutenberg verweigerte auch dies: Der Vertrag zwischen Jürgen Dritzehn und ihm, so sagte er, sehe keine Erben vor. Die beiden Brüder machten ihm den Prozeß.

Gabriel war enttäuscht. Enttäuscht, daß eine Erfindung, mit deren Hilfe man das Wort des Ewigen – gepriesen sei sein Name – in Hunderten von Exemplaren verbreiten konnte, in Schikanen endete. Enttäuscht, daß ein Mann, der die Phantasie und die Geduld gehabt hatte, seine Idee zu verfolgen, sich derart kleinlich verhielt. Er verfolgte den Prozeß, war bei der Zeugenvernehmung dabei, bei dem Plädoyer des Anwalts und wunderte sich, daß die Justiz sich nur dafür interessierte, wieviel Gutenberg Jürgen Dritzehn schuldete – und nicht einen Augenblick berücksichtigte, was die Menschheit Hans Gensfleisch, genannt Gutenberg, schuldete. Schließlich verurteilte der alte Richter Cune Nope, Ratsherr der Stadt Straßburg, Gutenberg dazu, Georg und Klaus Dritzehn die Summe von fünfzehn Gulden zu zahlen, wonach »alle gegenseitigen Ansprüche aus der Nachfolge Jürgen Dritzehns, was das Unternehmen und das Gesellschaftsverhältnis angeht, erloschen sind.«

Kurz vor dem Ende des Prozesses verfehlte die hinkende Guthil, als sie in den Keller hinunterging, eine Treppenstufe und fiel auf einen Ölkrug, den sie holen wollte. Fast den ganzen Tag blieb sie dort liegen, ohne sich rühren zu können. Ihre Hilferufe verhallten ungehört, bis Aaron, besorgt über ihre Abwesenheit, sich auf die Suche machte. Er fand sie schließlich am Abend, brachte sie mit Hilfe von Gabriel hinauf; aber es ging ihr sehr schlecht. Sie starb wenige Tage später.

Kurze Zeit darauf zog Gutenberg wieder nach Mainz, ohne sich von denen, die ihm geholfen oder ihn unterstützt hatten, zu verabschieden. Gabriel überlegte einen Augenblick, ob er ihm folgen solle, zog es dann aber vor, noch eine Weile bei seinem Vater zu bleiben, dem es nicht gut ging. Der Tod seiner Frau hatte ihn aus der Bahn geworfen und altern lassen. Und das Gespräch mit Gabriel über die neuen Möglichkeiten, Texte zu vervielfältigen, hatte ihm die Lust am Schreiben genommen. Als hätte die Erfindung des Buchdrucks sein Handwerk als Schreiber, sein Leben und die Geschichte seiner Familie unnütz und vergeblich werden lassen. Er weigerte sich sogar, Guthils Tod in Abrahams Rolle zu verzeichnen. Er war zu einem verbitterten Greis geworden, ging kaum noch aus und verbrachte seine Tage im Gebet. Niemanden wunderte es, als er im nächsten Winter starb.

Während der Schiwa-Woche hatte Gabriel Muße, darüber nachzudenken, was aus seinem Leben werden sollte. Eigentlich hatte er nur einen Gedanken: sich Geld zu verschaffen, eine Presse zu kaufen, Druckerschwärze, Blei, Zinn, Antimon und Papier . . . Aber er hatte keine Lust, in Benfeld zu bleiben, wo ihn nichts mehr hielt außer dem Grab seiner Eltern. Nach Mainz zurückkehren? Er dachte daran, konnte sich aber nicht dazu entschließen. Da löste ein Wink des Schicksals alle Fragen: ein Brief, den ihm Jakob Aschkenasi, ein Talmud-Lehrer aus Cremona in Italien, überbrachte und der an »Aaron, Sohn des Vifelin, Halter in Benfeld« adressiert war. Er stammte von einem Vetter, einem gewissen Elias, dem Enkel jenes Deyot, der siebzig Jahre zuvor mit seinem Bruder nach Italien ausgewandert war. Er hatte sich in Soncino niedergelassen, wo er Grabsteine meißelte. Für die Juden, so schrieb er, ließe es sich dort unter dem Schutz des Herzogs von Mailand gut leben. Er erkundigte sich nach der Familie von Benfeld und ließ durchblicken, ohne daß er offen eine Einladung aussprach, daß die Gemeinde einen guten Schreiber nötig hätte, denn »die Eheverträge von Soncino sind nicht so gut geschrieben und nicht so schön ausgemalt wie die von Mantua«.

Gabriel sah in diesem Brief ein Zeichen des Himmels und beschloß, nach Soncino zu gehen – aber wo lag eigentlich Soncino? Die Familie akzeptierte seinen Entschluß. Obgleich es nach der Tradition ihm zufiel, Abrahams Rolle zu verwahren und weiterzuführen, bat man ihn, dieses Dokument nicht irgendwelchen Risiken und Abenteuern auszusetzen:

»Wir lassen es dir zukommen«, versprach Großonkel Judel, »sobald du dich mit der Hilfe des Ewigen – gepriesen sei sein Name –

irgendwo niedergelassen hast.«

Gabriel verließ Benfeld Ende Mai 1440 nach der christlichen Zeitrechnung. Er folgte der Straße am Rhein entlang in Richtung Basel und fühlte sich so leicht wie jene weißen Wolken, die ihn in Richtung Süden begleiteten.

Ich hatte gerade dieses Kapitel 27 beendet, im Verlauf dessen mein Held Gutenberg kennenlernt. Diesen meinen Urahn wollte ich symbolisch Abraham nennen, wie den ersten Schreiber unserer Geschichte. Da erhielt ich einen Brief des Straßburger Archivars M. S., den ich im Haus Kammerzell getroffen hatte. Ich erinnerte mich noch gut an diesen bedächtigen, verträumt blickenden Mann, der so zärtlich zu dem Münster aus rosa Sandstein hinübergeschaut hatte, und wunderte mich etwas über seine elegante, feine und wie gestochen wirkende Schrift. Er hatte, so schrieb er mir, die Spur eines jüdischen Stadtschreibers aus Benfeld namens Gabriel gefunden, aber das Datum unter dem von ihm aufgesetzten Kaufvertrag sei unleserlich.

Diese neue Gestalt tauchte gerade in dem Augenblick in Benfeld auf, in dem ich in meiner Geschichte das Elsaß verlassen wollte. Ich beschloß sogleich, das Kapitel 27 noch einmal durchzuarbeiten und dem Sohn von Aaron und der hinkenden Guthil den Namen Gabriel statt Abraham zu geben. Gabriel also trifft nun Gutenberg und läßt sich in Italien nieder. Ich durfte mir diesen authentischen Gabriel nicht entgehen lassen.

Da kam mir ein etwas verrückter Gedanke: Und wenn dieser Gabriel, den der Zufall mir über den Weg schickte, wirklich Gutenberg getroffen hatte? Ich schrieb sofort an meinen Straßburger Archivar und fragte ihn, ob seines Wissens noch Protokolle der zahlreichen Prozesse existierten, die Gutenbergs Partner und Gläubiger gegen ihn angestrengt hatten.

War diese Geschichte am Ende Wirklichkeit oder doch nur erfunden? Eine unbestimmte Angst erfüllte mich. Seit drei Jahren schon arbeitete ich an diesem Buch, und es war noch immer kein Ende abzusehen. Meiner Meinung nach frißt keine andere Tätigkeit die Zeit auf so unwiederbringliche Art wie das Schreiben. Ich stehe sehr früh auf, überlese einige Schriften, bekritzle einige Blätter, und schon ist es Nacht. Ich ruhe mich ein wenig aus, greife wieder zur Feder, entwerfe ein paar Situationen, ein paar Umrisse, eine neue Gestalt taucht auf, und es ist wieder Tag.

Die Schreiber früher lebten im Rhythmus der Zeit und verschwanden mit ihr. Der Traum des Schriftstellers heute ist, sich an den Ufern der Zeit aufzustellen und zu beobachten, wie sie vorüberzieht. Sein Ehrgeiz ist es, sie zu fixieren, sie sich anzueignen. Was für eine Beklemmung, all diese Zeit, die sich mir entzieht.

Meine Geschichte wurzelt in Jerusalem. Jedesmal, wenn ich mit meiner Geschichte nicht weiterkomme, zieht es mich, auf die eine oder andere Weise, nach Jerusalem. Diesmal habe ich mir die Aufzeichnungen einer sonderbaren Begegnung mit einem Rabbiner, Adin Szteinzaltz, Direktor des Instituts für Talmud-Publikationen, wieder durchgelesen. Am Telefon erzählte er mir, er wohne in einer kleinen Straße in der Nähe von Mischkenot Schaananim, *dem Gästehaus der Stadt, in dem ich damals untergebracht war.*

Es ist schon dunkel, obgleich es noch nicht einmal sechs Uhr abends ist. Das Viertel ist schlecht beleuchtet. Ich gehe um den Häuserblock herum, befrage mehrere Passanten: Keiner scheint den Namen dieser Straße zu kennen. Ein Briefträger zeigt mir schließlich den Weg, aber es ist nicht der richtige. Durch Zufall entdecke ich schließlich das Haus, ein Gebäude vom Anfang des Jahrhunderts. Der Rabbi wundert sich nicht über meine Verspätung: Es sei noch nie jemand rechtzeitig zu ihm gekommen, erklärt er mir.

Ich hatte mir einen älteren Mann vorgestellt, wahrscheinlich durch die Ideenassoziation Rabbi – Weisheit – Alter, und seine Jugend verblüffte mich. Sein Haar, seine Schläfenlocken, der spärliche Bart – alles an ihm war rothaarig. Er schien ein sehr sanfter, geduldiger Mann zu sein. Ich begann, ihm von meinem Buch zu erzählen – ich stand damals noch ganz am Anfang. Er hörte mir aufmerksam zu, brachte mich mit einer Handbewegung zum Verstummen und sagte: »Interessant, sehr interessant. Mir scheint, Kant hat irgendwo geschrieben . . . Ich will mal nachsehen.« Oder: »Warten Sie einen Augenblick. Was Sie da eben gesagt haben, erinnert mich an eine Geschichte von Joyce.« Er schlug nach und hatte recht.

Das Verwirrende an diesem Gespräch war, daß Rabbi Szteinzaltz, statt mir meine Fragen zu beantworten, sie zu analysieren suchte. Er griff nicht ein, sondern half mir nur, meinen Gedanken bis zum Ende zu entwickeln. »So, so, so«, sagte er und zupfte an seinem spärlichen Bart, »sehr interessant, was Sie da sagen. Wir wollen doch einmal sehen, wohin uns Ihre Überlegung führt.« Und dann brachte er mich mit unendlicher Freundlichkeit und unerbittlicher Logik soweit, bis ich feststellte, daß mein Gedankengang der falsche war. Ich entwickelte eine andere Theorie. »So, so, so«, sagte er, »interessant ...«

Um Mitternacht saßen wir immer noch da.

»Fassen wir einmal zusammen«, schlug Rabbi Szteinzaltz vor. »Sie wissen, daß sie von einer Familie jüdischer Drucker und Verleger abstammen, aber nicht, wie weit sie zurückreicht. Sie wissen nur, daß die älteste bekannte Druckerei Halter in Lublin oder Warschau war. Das ist eine wichtige Information. Sie müssen jetzt nur noch den Weg einiger jüdischer Druckergenerationen verfolgen, deren Existenz seit dem fünfzehnten Jahrhundert bekannt ist, und sehen, welche Familie sich in Lublin oder Warschau niedergelassen hat.«

Wie einfach das klang!

»Abgesehen davon kann man wohl annehmen, daß die ersten, die die Bedeutung des Buchdrucks erkannten, auf die eine oder andere Weise mit dem Schreiben zu tun hatten. Nun wissen wir, daß es auch Generationen von Schreibern gab, in denen die Technik des Schreibens und die nötigen Kenntnisse vom Vater auf den Sohn weitergegeben wurden. Sie müssen also nur noch eine Familie von Schreibern mit einer Familie von Druckern zusammenbringen, und zwar kurze Zeit nach Gutenbergs Erfindung.«

»Wenn das stimmt, was Sie sagen ...«

Rabbi Szteinzaltz schüttelte fast unmerklich den Kopf:

»Lieber Freund, nicht ich habe das gesagt. Sondern Sie. Ich höre Ihnen nur zu und formuliere die Lösungen – Ihre Lösungen.«

»Ich hätte also da einen Leitfaden ...«

»Lassen Sie ihn nicht los! Sonst könnten Sie sich in Ihrem Labyrinth verirren!« Rabbi Szteinzaltz lachte mich freundlich an.

Das war noch bevor ich die erste Zeile dieser Geschichte schrieb. Und jetzt war ich genau an die Stelle gekommen, wo die beiden Familien zusammentreffen konnten, die vor und die nach Gutenbergs Zeit.

Und wenn dieser Gabriel nun das fehlende Glied war? Ja, aber wenn er es nicht war? Würden dann meine beiden Geschichten sich im Unendlichen drehen, ohne sich je zu berühren, Weltraumschiffe auf verschiedenen Umlaufbahnen?

Während ich auf eine Antwort von M. S., dem Straßburger Archivar, wartete, begleitete ich meinen Helden – Gabriel also – von Benfeld auf seiner Reise nach Soncino, was zumindest nicht schaden konnte.

Und ich spann nach Art des Rabbi Szteinzaltz meine Gedanken weiter:

Gabriel kannte das Geheimnis, wie man Texte vervielfältigen konnte – sein Traum mußte es sein, selbst eine Druckerei aufzuziehen. Hatte er dazu die Mittel? Sicherlich nicht. Hatte er überhaupt das Recht dazu? Den Chroniken kann man entnehmen, daß es zu der Zeit weder im Elsaß noch in Frankreich oder Deutschland eine einzige jüdische Druckerei gab. Dagegen sind uns in Italien jüdische typographische Werkstätten seit 1475 christlicher Zeitrechnung in Reggio di Calabria und Pieve di Sacco bekannt, ein wenig später in Ferrara und Bologna und schließlich 1483 in Soncino. Und nur diese letztere wurde, nach allem, was man weiß, von Juden betrieben, die aus dem Rheinland kamen.

Es war also nur logisch, wie Rabbi Szteinzaltz sagen würde, daß Gabriel sich in dieser ockerfarbenen Stadt zwischen Cremona und Mailand niederließ.

P. S.: Ich kann nur bedauern, daß Aarons einziger Sohn so leichten Herzens ohne Abrahams Rolle aufbricht, für die allein er die Verantwortung hat. Mir scheint, er geht da etwas leichtfertig mit dreizehn Jahrhunderten Geschichte und treulicher Bewahrung um.

Warum gibt es immer noch nur ein einziges Exemplar dieser Rolle? Offenbar sollte es so sein. Ich werde das allerdings nie begreifen.

28

Benfeld – Soncino
Gabriele di Strasburgo

Gabriel war zu der Zeit zweiundzwanzig Jahre alt, und mehr als zehn Jahre hatte er dem Studium und der Lehre gewidmet. Zum ersten Mal seit langer Zeit fühlte er sich völlig sorglos, als er auf seinem Pferd von einem Horizont zum anderen ritt. Er vergaß sicherlich nicht, was er seinen Eltern, seinen Lehrern, dem Maharil oder Gutenberg schuldete; und gewiß verlor er auch nicht aus dem Gedächtnis, daß der, der etwas weiß, auch mehr Pflichten gegenüber dem hat, der nichts weiß; aber der Ernst des jungen Gelehrten wich bald der Neugier, der Begeisterung, dem Glück, in der Gegenwart zu leben, dem leichten Sinn des Reisenden ohne Gepäck.

Er mußte einen Umweg um Colmar machen, einer Stadt, aus der die Juden verbannt waren, seit man sie zu Unrecht beschuldigt hatte, den Häretiker Jan Hus unterstützt zu haben. Er kam am Sabbat in Basel an, wo er bei Bélé aus Freiburg Unterkunft fand, einem Wechsler, für den der Vetter Mennelin ihm ein Schreiben mitgegeben hatte. Am Ende des Sabbats zeigte Bélé ihm die Stadt oder vielmehr die beiden Stadthälften, die durch den Rhein getrennt und über eine große Holzbrücke miteinander verbunden waren. Er sah seinen ersten Uhrturm, hörte es acht Uhr schlagen und wartete ganz hingerissen so lange, bis es neun schlug . . .

Als sie am nächsten Abend aus der Synagoge kamen, in die Bélé und er zum Abendgebet gegangen waren, trafen sie zwei schmächtige Männer in weiten blauen Samtmänteln mit bauschigen Ärmeln, die rote Cappuccios trugen, eine Art Turban in Hutform, mit Kork verstärkt – sie sahen aus wie zwei Insekten, deren schimmernde Hülle für sie zu groß geworden war. Bélé begrüßte sie voller Ehrerbietung: Es waren Zinatano fu Musetto – auf deutsch Jonathan, Sohn des Moses – und sein Sohn Jekutiel, Bankiers aus Reggio, die geschäftehalber nach Basel gekommen waren und in zwei Tagen wieder zurückkehren wollten. Jekutiel zeigte sich sehr interessiert, als er hörte, daß »Gabriele« bei dem Maharil studiert hatte. Er kannte ganze Passagen des »Sefer Minhagim« auswendig, den Gabriel in Mainz kopiert hatte.

Vater und Sohn besprachen sich kurz, dann schlugen sie in ihrem südländischen Hebräisch vor, statt ihres gewohnten Weges über Bozen einen Umweg über den Gardasee nach Brescia und Cremona zu machen, eine »ganz entzückende Stadt mit einer reizenden kleinen Synagoge«. Von dort sei es keine Tagesreise mehr bis Soncino. Sie hofften, damit dem jungen Schreiber aus Benfeld, der zum ersten Mal die Alpen überquerte, einen Gefallen tun zu können.

Sie brachen also gemeinsam auf. Die beiden Bankiers, die von einem Schwarm von Dienstboten umgeben waren, erwiesen sich als bezaubernde, zuvorkommende und höfliche Begleiter, mit denen man sich keinen Augenblick langweilte. In Trient am Ufer der Etsch war die kleine jüdische Gemeinde mehr italienisch als deutsch, und Gabriel fühlte sich zum ersten Mal wirklich in der Fremde, vor allem, da die Juden hier keinen Spitzhut trugen, sondern den gelben aufgenähten Flecken, mit Ausnahme einiger Privilegierter, zu denen die beiden Bankiers gehörten, die unter dem Schutz des Herzogs Lionel d'Este standen. Dank seiner Lateinkenntnisse verstand er ein paar Brocken dieser schnellen, singenden Sprache, der er fasziniert in den Gäßchen um den Dom herum lauschte. Die Bankiers ließen sich einen jüdischen Gasthof zeigen, in dem sie endlich eine normale Mahlzeit einnehmen konnten, das heißt, eine koschere.

Zinatano und seinem Sohn schien einfach alles günstig gesonnen zu sein: die Leute, das Wetter, das Geld. Wenn der Weg sich zwischen noch verschneiten Berggipfeln hindurchschlängelte, wärmte die Sonne die Reisenden, und wenn sie durch die Täler gingen, erhob sich ein leichter Wind und brachte ihnen Kühlung. Offenbar ließ das Glück sie nie im Stich. Oberhalb von Gardone am Seeufer überholten sie ein paar Bauern, die fröhlich singend blaue Karren voll gackerndem Federvieh hinter sich herzogen.

Plötzlich kam einer der Diener, der vorausritt, zurückgaloppiert: »Krieg!« rief er. »Es ist Krieg!«

Sie ritten bis zur nächsten Anhöhe weiter und konnten von dort aus durch einen Einschnitt in der Landschaft beobachten, wie auf dem See Galeeren sich eine Schlacht lieferten, während am nahen Ufer zwei Truppen in leuchtenden Farben miteinander kämpften.

»Sicherlich Kondottieri«, bemerkte Zinatano mit seiner hellen Stimme.

Und er erklärte Gabriel:

»Das sind die Anführer von Söldnern, die sich in den Dienst der Fürsten stellen. Nach den Flaggen zu urteilen, scheint mir, daß dort Piccinino, der Mailand dient, gegen Sforza kämpft, der im Sold Venedigs steht. Beide sind keine leichten Gegner.«

Von ihrem erhöhten Platz aus sahen sie, wie ein Gespann mit großer Mühe etwas zog, das die Bankiers als Kanone bezeichneten. Gabriel wußte, daß es so etwas gab, hatte aber noch nie eine gesehen. Sie ließen sich die Zeit, um neugierig zuzusehen, wie sie aufgestellt und geladen wurde. Es sah fast aus wie ein Ballett. Eine der Gestalten schien mit großen theatralischen Gesten die anderen, die geschäftig hin und her liefen, zu befehligen.

Gabriel konnte diesen Kampf nicht ganz ernst nehmen. Das blaue Wasser des Sees, der tiefe Frieden dieser Berglandschaft, die Wiesen, auf denen schwarzweiße Kühe weideten, die leuchtenden Farben der Uniformen, all das fügte sich zu einem frühlingshaften Bild zusammen, das jedes Drama auszuschließen schien. Ja, man hätte eigentlich denken können, daß die im fetten Gras hingestreckten Körper am Ende des Spiels wieder aufstehen würden.

Plötzlich ertönte ein Kanonenschlag. Eine riesige Rauchwolke stieg auf, und eine Kugel fiel mitten in den eigenen Reihen nieder. Doch der beabsichtigte Zweck war offenbar erreicht, denn die feindliche Truppe löste sich sofort in kleine Gruppen auf und floh in die Berge.

»Wir sollten uns besser davonmachen«, schlug Zinatano vor. »Am besten, wir kehren wieder um, bis zum Abzweig der Straße nach Iseo. Von dort aus kommen wir auch nach Mailand.«

Er hatte sein Pferd bereits gewendet und fügte, sich zu Gabriel umdrehend, hinzu, als wolle er den Vorwurf der Feigheit im voraus entkräften:

»Die Kondottieri sind nur dann großmütig, wenn sie siegreich waren. Hütet Euch vor denen, die noch auf Revanche aus sind.«

Kaum hatten sie die nächste Wegbiegung hinter sich gelassen, als sie mitten auf der Straße die blauen Geflügelkarren entdeckten, denen sie kurz zuvor begegnet waren. Ein paar zerrissene Kleider lagen neben den verstümmelten Körpern der Bauern. In der unheilvollen Stille segelten ein paar weiße Federn durch die Luft.

An einem Montag kamen sie in Mailand an. Die Stadt hatte sich weit über die Stadtmauern hinaus ausgedehnt. Dichtbevölkerte, geschäftige Viertel grenzten an das freie Land. Über eine Zugbrücke, die von Landsknechten in gestreiften Uniformen und Federhüten bewacht wurde, gelangten sie in die Stadt. Was für ein Gewimmel! Was für ein Lärm! Zinatanos Bedienstete bahnten ihnen den Weg, und es war schon ein beeindruckender Anblick, wie die Menge beiseite wich, wenn sich der schmächtige Bankier in seinem prächtigen Aufzug näherte. Via dei Profumieri, Via dei Pennachiari, Via dei Orefici . . . In der letzteren, der Straße der Goldschmiede, suchten sie das Geschäft von Niccolò Malavolti auf, bei dem Zinatano für seine Tochter ein Geschmeide in Auftrag geben wollte.

»Messire Banchiere! Welch eine Ehre!«

»Was macht die Arbeit, Niccolò?«

»Gott sei gedankt, an Arbeit fehlt es nicht. Je mehr die Kriege zerstören, desto mehr kaufen und bauen die Leute . . .«

»Was gibt es Neues?«

»Unser Herzog hat dem Kondottiere Francesco Sforza seine Tochter zur Ehe versprochen.«

»Aber das ist doch sein Feind . . .«

»Gerade deswegen! Habt Ihr schon einmal erlebt, daß die Mächtigen dieser Welt einem Freund etwas versprechen? Der Freund ist jemand, dessen man sich bedient; den Feind muß man kaufen!«

Zinatano deutete mit seinem ringgeschmückten Finger auf den Entwurf, den er gewählt hatte. Dann begaben sich Vater und Sohn auf die Piazza Mercanti, um zu sehen, ob sie einen Bekannten auf der Durchreise träfen. Die Piazza, von der aus sechs Straßen in die wichtigsten Stadtviertel führten, war ein quadratischer, mit Ziegeln gepflasterter Platz, umgeben von vornehmen Palästen mit Arkaden und Säulengängen. Zinatano entschuldigte sich bei Gabriel für einen Augenblick: Er wollte mit seinem Sohn in das Broletto Nuovo gehen. Gabriel nutzte die Gelegenheit, rings um den Platz zu schlendern, sich von der Menge treiben zu lassen und im Vorübergehen ein paar Worte aufzuschnappen, Gerüche, Farben, Gesichter, Blicke wahrzunehmen . . . Welch ein Unterschied zu den Städten im Norden!

Zinatano und Jekutiel kamen bald in Begleitung eines streng aussehenden Mannes mit schwarzem Cappuccio zurück, dessen weißgelocktes Haar auf den aufgestellten Kragen seines roten Mantels fiel. Er war groß und breitschultrig, ganz im Gegensatz zu Gabriels schmächtigen Begleitern. Zinatano stellte ihn vor:

»Samuel aus Speyer, Bankier in Soncino. Gabriel aus Benfeld, Schreiber und Schriftgelehrter, ein Schüler des berühmten Maharils aus Mainz. Er ist auf dem Weg nach Soncino zu einem seiner Vettern.«

Der Bankier Samuel kannte den Vetter Elias:

»Ein tüchtiger Handwerker«, bemerkte er beifällig mit seiner wohlklingenden Stimme, »ein gelehrter Mann und guter Jude.«

Sie brachen alle gemeinsam auf, um noch vor Einbruch der Nacht nach Marignano[66] zu kommen. In Mailand gab es nämlich keine jüdische Gemeinde und infolgedessen keine Synagoge und keine Unterkunft. Deshalb ging man meist nach Marignano, wo ein gewisser Joseph aus Casalmaggiore einen bekannten Gasthof am Flußufer des Lambro führte. Alle Juden, die von Mailand kamen oder nach Mailand gingen, kehrten dort ein, um zu essen oder zu übernachten.

Marignano war ein befestigtes Städtchen, das auf einem Hügel oberhalb des Flusses lag. In der Herberge trafen sie Simon, den Partner von Samuel aus Speyer. Nicht nur, daß auch er aus Soncino kam – sein eigener Vetter arbeitete ausgerechnet mit Gabriels Vetter zusammen. Simon war ein gutmütiger, dicklicher und redseliger Mann, mit dem man rasch warm wurde:

»Warum tragt Ihr eigentlich noch diesen albernen Hut?« fragte er Gabriel. »Ich glaube, ich habe einen blauen Cappuccio in meinem Gepäck. Er wird Euch sicher gut stehen.«

Er gab einem seiner Dienstboten ein Zeichen, der kurz darauf mit dem gewünschten Cappuccio zurückkam. Gabriel setzte ihn auf. Er kam sich darin fast fremd vor.

[66] Das heutige Malegnano (A. d. Ü.)

Sie saßen am Familientisch des Wirtes unter dem weinberankten breiten Laubengang. Der Abend war warm und das Gespräch anregend. Joseph aus Casalmaggiore im Kreis seiner Kinder, von denen einige schon verheiratet waren, brach das Brot, wie man es in Benfeld tat, bestreute es mit Salz und lobte den, »der das Brot aus der Erde zieht«. In diesem Augenblick verspürte Gabriel trotz seiner Begeisterung über all die neuen Erlebnisse einen leichten Stich im Herzen.

Endlich war er in Soncino. Sich vielmals bei ihnen bedankend hatte Gabriel Zinatano und Jekutiel verlassen, die ihm immer wieder versicherten, wie sehr sie sich über einen Besuch freuen würden. Zusammen mit den Bankiers Samuel und Simon, die ihn gleich zu seinem Vetter Elias brachten, war er nach Soncino weitergeritten.

Soncino mit seiner Stadtmauer und den Türmen aus rotem Ziegelstein lag in einer grünen Talmulde, durch die sich, wie mit einem blauen Stift gezeichnet, das Flüßchen Oglio schlängelte. Hinter den Mauern gab es mit Ziegeln gepflasterte Straßen, Häuser mit Spitzbogentoren, ebenfalls aus Ziegelstein, Paläste, die farbige Mosaiken und Basreliefs aus Terrakotta schmückten, Plätze mit plätschernden Brunnen und die Ruinen einer alten Festung. In Soncino schien sich alles Leben auf der Straße abzuspielen.

Elias wohnte in einem einstöckigen Haus mit schmalen Fenstern und Türen in einer kleinen, namenlosen Straße, die man die Judenstraße nannte, weil dort die kleine Gemeinde wohnte. Elias' Vater, Moses, hatte einen Raum des Hauses in eine Synagoge umgewandelt. Selten brachte er mehr als einen Minjan zum Gebet zusammen, selbst zu den großen Festtagen nicht, und zwar einfach deshalb, weil die Gemeinde trotz ihrer mehr als dreißig Mitglieder nur aus zwei Familien, vorwiegend mit Frauen und Kindern bestand. Zwar hatten schon andere Familien den Wunsch geäußert, sich in Soncino niederzulassen, aber der Rat der Stadt hatte sie immer abgewiesen. Die nächste Gemeinde in Orzinuovi, auf der anderen Seite des Flusses, hätte genausogut am anderen Ende der Welt sein können: Zwischen Soncino und Brescia gab es ständig Streit wegen der Rechte an der Brücke, die über den Fluß führte.

Gabriel fand bei Elias Unterkunft, dessen Familie ihn empfing, als sei er der größte Gelehrte aller Zeiten. Elias war ein rundlicher, aber lebhafter Mann und flink wie eine Eidechse. Das Meißeln der Grabsteine – seine Werkstatt befand sich im Hof – ging ihm erstaunlich rasch und geschickt von der Hand. Das war auch nötig, denn trotz der Vorhaltungen seines Partners Giacobo pflegte er meist seine Arbeit in dem Augenblick anzufangen, in dem er sie hätte abliefern müssen. Übrigens arbeitete Gabriel einige Zeit mit ihm und Giacobo zusammen. Wenn er mit dem Meißel den Stein bearbeitete, erinnerte er sich an all die Stunden, die er in Gutenbergs Keller verbracht hatte, um die Hohlformen der Lettern herzustellen. Das Meißeln war ihm offenbar zum Schicksal geworden! Damals beschloß er, die erste Seite, die er zusammenstellen und drucken würde – denn er bezweifelte keinen Augenblick lang, daß er eines Tages Bücher drucken würde –, müßten die Verse Hiobs sein: »Ach daß meine Reden geschrieben würden! Ach daß sie in ein Buch gestellt würden! Mit einem eisernen Griffel aus Blei und zu ewigem Gedächtnis in einen Fels gehauen würden!«

Elias war es gar nicht recht, daß ein Gelehrter wie Gabriel sich in den lehmfarbenen Staub kniete, mit Hammer und Meißel in der Hand. Deshalb schlug er ihm vor, bis sich seine anderen Pläne realisierten, die Mitglieder der Gemeinde, die sich dafür interessierten, Kinder und Erwachsene, in der Thora und dem Talmud zu unterweisen. Eines Tages bat ihn ein Laienbruder, Ambrosino da Tormoli, der in Soncino eine Werkstatt mit Brennofen besaß und bekannt für seine Kirchenfenster war, um Hebräischunterricht, »um die Bibel im Urtext lesen zu können«. Bald sprach sich das herum, und Hebräisch wurde in Soncino Mode.

Gabriel suchte allerdings immer noch nach Wegen, um eine Druckerwerkstatt zu finanzieren. Sein Vetter Elias zeigte zwar rasch Interesse an einem solchen Projekt, aber er hatte auch nicht einen Dukaten auf der hohen Kante. Davon abgesehen verzögerte er die Realisierung des Planes noch erheblich, indem er es fertigbrachte, Gabriel mit Estelina, der Tochter seines Partners Giacobo, zu verheiraten. Gabriele di Strasburgo, wie er jetzt hieß, gab seinem ersten Sohn den Namen Abramo.

Da Elias' Haus allmählich zu eng wurde, zogen Gabriel und Estelina an die Ecke der Via Orefici und der Via San Antonio, wo ihnen ein Goldschmied eine Etage vermietete. Gabriel hatte den Eindruck, noch nie hätte es für ihn etwas so Wichtiges gegeben wie dieses Kind. Seit Abramos Geburt war er wie verwandelt.

»Die Väter sollen nicht für die Kinder noch die Kinder für die Väter sterben, sondern ein jeglicher soll für seine Sünde sterben.« Wie oft hatte Gabriel diesen Vers aus dem Deuteronomium abgeschrieben. Daß ein Kind nicht für die Sünde seines Vaters sterben sollte, leuchtete ihm ein, aber er glaubte fest, ein Vater sei für die Fehler seines Kindes verantwortlich. Denn warum wäre es sonst eine Mizwa, einen Sohn zu zeugen und ihn auf den Weg des Ewigen – gepriesen sei sein Name – zu führen, wie er auf dem Berg Sinai verkündet und in der Thora niedergelegt war? Ja, dachte er, ganz gewiß, ein Vater ist für seinen Sohn und für die Söhne seines Sohnes verantwortlich. So bewahren sich die Völker – denn auch sie welken dahin, wie die Menschen, wenn sie nicht gar sterben.

Abrahams Rolle fehlte ihm jetzt. Die Dinge waren einfach nicht in Ordnung, solange nicht der Name seines Sohnes hinter dem seinen, hinter denen von Vifelin, Abraham und Matis stand . . .

Erst als Israel-Nathan, Sohn des Bankiers Samuel, aus Padua zurückkehrte, nahm Gabriels großer Plan konkrete Formen an. Israel-Nathan war ein hagerer, strenger Mann mit durchdringendem Blick unter den schweren grauen Lidern. Als Arzt und Talmud-Gelehrter teilte er mit Gabriel manche seiner Leidenschaften und Überzeugungen, unter anderem in bezug auf die *Kabbala*. Beide bedauerten sehr, daß in einem Augenblick, in dem die Welt sich der Zukunft öffnete und zugleich die Vergangenheit wiederentdeckte, die Juden sich hinter ihrer jüdischen Mystik verschanzten und von ihr betören ließen. Sie sahen nur einen Weg, die Werte lebendig zu erhalten, dank derer sie die Jahrhunderte hatten überstehen können: Bücher herzustellen, sie bekannt und so vielen wie möglich zugänglich zu machen.

Israel-Nathan überredete seinen Vater, die für die Aufstellung einer Presse und den Kauf von Metallen nötige Summe vorzuschießen. Dem weißhaarigen Bankier kam dabei ein um so größeres Verdienst zu, als er nicht an die Druckkunst glaubte. Gabriel beschloß, die Werkstatt in Elias' Keller unterzubringen, so daß die Nachbarn nicht belästigt wurden. Elias selbst und Giacobo boten ihm ihre Hilfe an – ihre Fertigkeit, Buchstaben zu zeichnen und zu meißeln, kam ihm sehr zustatten. Die Presse fertigte der Schreiner Jesajas nach Gabriels Anweisungen an. Alles, was Gutenberg nach jahrelangem Experimentieren gelungen war, mußte Gabriel jetzt neu erfinden. Sicher hatte er gegenüber dem Meister aus Mainz den Vorteil, zu wissen, daß die Druckkunst kein Traum war, aber er kannte sich in der Technik des Schmelzens und Legierens von Metallen nicht aus. Alles, woran er sich erinnerte, war, daß er Blei, Zinn und Antimon mischen mußte. Hätte er doch nur die Experimente verfolgt, über die Hans Dünne so sorgfältig Buch führte.

Bei seinen ersten Versuchen kamen zu empfindliche Lettern heraus, die beim ersten Druck der Presse zerbrachen. Die Presse selbst war auch zu unbeweglich. Er mußte ihr mit Hilfe von Lederriemen einen größeren Spielraum geben, was die Handhabung sehr erleichterte. Nach ein paar Monaten brachte er noch immer keine tauglichen Lettern zustande – nur Elias' Kinder fanden Verwendung dafür: Sie spielten Drucker, bevor der Beruf überhaupt existierte.

Im Jahre 1446 der christlichen Zeitrechnung zog eine Armee von fünftausend Reitern und tausend Mann Fußvolk unter ihrem Anführer, dem Kondottiere Francesco Piccinino, vor die Tore von Soncino, das sich noch vor dem ersten Kanonenschlag ergab. Piccinino stand damals im Dienste des Herzogs von Mailand.

Der richtige Krieg fand jedoch innerhalb der Stadt – ohne Waffen und ohne Soldaten – zwischen den Anhängern von Mailand und denen von Venedig statt, den Covis und den Barbos. Die beiden Parteien bespitzelten sich, beschuldigten sich gegenseitig höchst theatralisch oder brachten heimlich häßliche Gerüchte in Umlauf. So verbreiteten die »Mailänder« bald das Märchen, dieses ständige Kommen und Gehen bei den jüdischen Letterngießern, diese giftigen Rauchwolken, die aus dem Kellerfenster drangen, dieser Lärm, der niemandem vertraut war, sprächen eine deutliche Sprache: Ein Komplott der »Venezianer«. Israel- Nathan und Gabriel mußten »den Laden schließen«, wie Elias sagte, und bessere Tage abzuwarten.

Ein paar Monate später eroberte der Kondottiere Michele Attendolo Soncino für die »Venezianer« zurück, und Gabriel glaubte, er könne sich wieder an die Arbeit machen. Aber jetzt beschuldigten ihn die »Venezianer«, höchst undurchsichtige Geschäfte zugunsten der »Mailänder« zu betreiben, und er mußte erneut »den Laden schließen«.

Die Zelte in den Farben Venedigs standen zwischen dem Fluß und den Stadtmauern. Die Handelsstraße zwischen Bergamo und Cremona, die durch Soncino führte, bevor sie sich teilte – in der einen Richtung nach Bologna und Ancona, in der anderen nach Florenz –, brachte erneut den Strom der Kaufleute, Handwerker und Reisenden in die Stadt. Samuel und Simon waren die einzigen Bankiers der Stadt, und ihre Geschäfte blühten, ihr Einfluß wuchs. Sie erreichten es, daß sich in Soncino ein jüdischer Fleischer und ein jüdischer Bäcker niederlassen durften, der Fleischer, damit man nicht immer aus Lodi das koschere Fleisch holen mußte, der Bäcker, um den Frauen die Mühe zu ersparen, ihr eigenes Brot, ihre Osterfladen und die Kuchen für Rosch-ha-Schana zu backen. Der Fleischer kam aus Pavia und der Bäcker, auf Gabriels Vorschlag, aus Benfeld: Es war sein Vetter Borack.

Borack kam nach Soncino im Sommer 5207[67] nach der Schöpfung der Welt durch den Ewigen – gepriesen sei sein Name. Er hatte Benfeld zum ersten Mal verlassen, und die Sonne, die italienische Lebhaftigkeit und der Lärm auf den Straßen verwirrten ihn zunächst, zumal er keinen Backofen vorfand und erst einen bauen mußte. Aber nachdem er sein erstes Brot aus dem Ofen gezogen hatte – die ganze Gemeinde stand dabei andächtig um ihn herum –, fand auch Borack wieder zu sich selbst.

Für Gabriel war Boracks Kommen vor allem deswegen wichtig, weil der Bäcker die Truhe mit Abrahams Rolle mitgebracht hatte, das »Zeugnis« eines anderen Abrahams, jenes aus Hippone, und den Teil der Narbonner Geschichte, der auf Pergament abgeschrieben und gebunden war.

An diesem Abend las er zwischen der untätigen Presse und dem erkalteten Schmelztiegel die ganze Rolle von Anfang bis Ende und machte nur dann eine Pause, wenn die Buchstaben vor seinem Blick verschwammen. Er hatte schwache Augen, aber die Tränen, die ihm über die Wangen liefen, waren keine Tränen der Erschöpfung, son-

[67] 1447

dern einer tiefen Bewegtheit. Die Achtung der Tradition, die Pflicht, Zeugnis abzulegen, der Wille jedes einzelnen, das empfangene Erbe weiterzugeben, die Hoffnung, mit der dieses Werk über die Jahrhunderte hinweg weitergeführt worden war und die durch jede Zeile hindurchschimmerte – all das empfand er als einen erschütternden Sieg des Menschen über die Geschicke seines Daseins: die Barbarei, den Tod, das Vergessen. Gleichzeitig bestärkte es ihn in seinem Entschluß, durch den Druck das Wort zu verbreiten.

Der Bankier Samuel, der es lieber gesehen hätte, sein Sohn Israel-Nathan wäre seinem Beruf als Arzt nachgegangen, finanzierte seine Experimente nicht mehr. Gabriel hatte vor, Zinatano und Jekutiel, die Bankiers aus Reggio nell'Emilia aufzusuchen. Sie waren Männer von Bildung und Geschmack, und er bedauerte, daß er ihnen nicht schon damals von der neuen Erfindung erzählt hatte. Da seine Frau Estelina kurz vor der Entbindung stand und er bei der Geburt seines zweiten Kindes dabei sein wollte, verschob er seine Abreise.

Eines Tages, als er seinem Vetter Elias dabei half, die Inschrift auf einen Grabstein zu meißeln, kam der kleine Giuseppe, Elias' ältester Sohn, herbeigerannt. Er war ein zehnjähriger, aufgeweckter und beherzter Junge, der sich wie alle Kinder von Soncino gelegentlich ein paar Münzen verdiente, indem er Reisenden ohne Dienstboten gefällig war. Sein Gesicht, das ebenso rund wie das seines Vaters und über und über mit Sommersprossen bedeckt war, flammte vor Erregung. Ganz atemlos erzählte er den beiden Männern, er sei nach Gabriels Unterrichtsstunde wie gewöhnlich mit seinen Spielkameraden auf den Platz hinter der San-Giacomo-Kirche gelaufen, wo die Barbiere im Freien rasierten. Die Kinder nutzten die Gelegenheit, solange die Kunden dort sitzen mußten, um ihnen die Beinkleider zu bürsten oder ihre Degenscheiden blank zu putzen. Während er also zu Füßen eines Mannes saß, der auf einem Hocker darauf wartete, an die Reihe zu kommen, belauschte Giuseppe eine Unterhaltung zwischen einem jungen Herren und einem Mann, der eher wie ein Straßenräuber aussah. Es handelte sich um eine Belohnung von vierzig Dukaten für etwas, das in der folgenden Nacht getan werden sollte. Giuseppe, überzeugt davon, daß es dabei um nichts Gutes gehe, folgte dem jungen Ritter in grünem Wams, der im Palast der Barbos, der »Venezianer«, verschwand. Dann kehrte Giuseppe auf den Platz hinter der Kirche zurück. Der Mann mit dem Galgenvogelgesicht ließ sich noch immer rasieren. Als er aufstand, folgte der Junge ihm ebenfalls bis zu einem Wirtshaus in der Via Mercanti.

»Na und?« fragte Elias.

»Aber verstehst du denn nicht, Vater, die haben gewiß etwas Unrechtes vor.«

»Nein«, entgegnete Elias, »daß ein junger Herr jemandem vierzig Dukaten verspricht – eine stattliche Summe, das ist wahr –, beweist noch gar nichts. Wem sollte man in Soncino denn nach dem Leben trachten?«

»Dem Kondottiere Sforza!« rief das Kind.

In der Tat hielt sich Francesco Sforza seit einigen Tagen in Soncino auf. Und zur Verwunderung aller hatte er, der venezianische Kondottiere, es abgelehnt, bei dem Grafen Barbo zu wohnen, dem Vertreter der venezianischen Partei in Soncino. Er hatte den Palast des Grafen Covi vorgezogen, der für seine Sympathien gegenüber den Mailändern bekannt war. Francesco Sforza war eine fast mythische Figur, das Vorbild aller Ritter, der Held aller Kinder und der Traum der jungen Mädchen. Er brillierte nicht nur auf dem Schlachtfeld, sondern auch in den Palästen.

Gabriel und Elias wußten nicht so recht, was sie mit der Neuigkeit anfangen sollten. Das einzige, was sie an dieser Geschichte nachprüfen konnten, war, ob der junge Lorenzo Barbo an diesem Tag tatsächlich ein grünes Wams trug. Elias wollte nicht mitkommen, und so ging Gabriel allein mit Giuseppe zum Palast der Barbos, vor dem sie fast den halben Nachmittag warteten, bis Giuseppe Gabriel am Ärmel zog. Ein junger Mann in grünem Wams mit düsterem Blick und finsterer Miene ritt aus dem Palast, begleitet von einigen livrierten Dienstboten, die ihm einen Weg durch die Menge bahnten.

»Wer ist denn dieser prächtige Herr?« fragte Gabriel einen der Wachtposten. Der musterte ihn voller Verachtung:

»Der Sohn des Grafen Barbo, il Signore Lorenzo.«

Elias, dem Gabriel die Geschichte erzählte, rief ganz aufgeregt:

»Also stimmt es doch? Was sollen wir bloß tun, mein Gott? Nichts sagen, den Kondottiere warnen? . . .«

»Es ist wie in Straßburg«, bemerkte Gabriel.

»In Straßburg?«

»Ja, ich habe es in der Rolle gelesen: In Straßburg gab es auch zwei feindliche Familien, die Müllenheims und die Zorns. Und wir, die Juden, wurden immer, ob wir nun wollten oder nicht, in ihre Streitigkeiten mit hineingezogen.«

»Haben wir je geduldet, daß jemand einen Menschen umbrachte, wenn wir es verhindern konnten?«

»Nein.«

»Also«, beschloß Elias, »müssen wir zum Grafen Covi gehen und den Kondottiere warnen.«

Es wurde langsam dunkel; sie durften keine Zeit mehr verlieren. Da Elias, ein einfacher Steinmetz, im Palast nie vorgelassen worden wäre, zog Gabriel seinen Lucco an, ein langes schwarzes Gewand aus Tuch, das bis zu den Absätzen reichte, und begab sich zu Manfrede Fieschi, einem vornehmen alten Herrn, dessen Enkel er Hebräischunterricht gab.

Manfredo Fieschi verbürgte sich für Gabriel. Falamesca da Castaleone, der Wachoffizier, führte sie in einen reich geschmückten Saal mit Historien- Wandteppichen. Graf Iacopo Covi, ein hagerer Mann mit krummem Rücken und weißem Spitzbart kam ihnen entgegen. Er begrüßte auf das herzlichste seinen alten Freund Manfredo Fieschi, der ihm »den berühmten Schreiber Gabriele di Strasburgo« vorstellte.

Iacopo Covi war gut informiert:

»Ihr seid doch der Mann, der versucht, eine Presse zu erfinden, um Schriften zu drucken?«

Er lachte über Gabriels erstauntes Gesicht, ergriff seinen Arm und führte ihn in den Garten:

»Ich war gezwungen, ein paar Nachforschungen anzustellen, denn man hat ja behauptet, Ihr plantet ein Komplott gegen Mailand . . . Was führt Euch zu mir?«

»Auch ein Komplott, Messire Conte.«

Gabriel erzählte ihm, was der kleine Giuseppe herausgefunden hatte. Der Graf hörte ihm sehr aufmerksam zu.

»Wartet einen Augenblick«, sagte er.

Er kam in Begleitung eines Mannes von beeindruckendem Äußeren zurück, der ein enges rotes Satinwams trug. Seine kräftigen Schenkel umschlossen schwarze samtene Beinkleider. In seinem Gürtel steckte ein orientalischer Dolch, in der Hand hielt er einen goldenen Kelch.

»Das ist der Kondottiere Francesco Sforza«, sagte der Graf. »Wiederholt ihm doch bitte noch einmal die Geschichte.«

Während er sprach, beobachtete Gabriel Sforza, seinen muskulösen Hals, sein kräftiges Kinn, seine Adlernase. Von diesem Mann gingen eine ungewöhnliche Autorität und Stärke aus. Als Gabriel geendet hatte, stellte ihm der Kondottiere keine weiteren Fragen, sondern unterhielt sich mit ihm über die Kabbala und erkundigte sich, warum die Juden keine Cambii, Wechselbriefe, benutzten. Dann fügte er noch hinzu:

»Ich habe vom Grafen gehört, Ihr hättet eine Erfindung gemacht, wie man ohne Feder schreiben kann?«

»Nicht ich habe das erfunden. Ich habe nur mit dem Erfinder, einem Goldschmied aus Mainz, zusammengearbeitet. Ich versuche, sein Experiment zu wiederholen.«

»Wenn Ihr so weit seid, sucht mich auf. Vielleicht in Mailand, vielleicht in Venedig, wer weiß?«

Er schlug dem Grafen Covi auf die Schulter, der etwas gequält lachte.

»Jedenfalls herzlichen Dank, Schreiber! Ich werde Euch nicht vergessen. Könnt Ihr noch einem meiner Männer das Wirtshaus zeigen, in dem mein . . . Mörder verschwunden ist?«

Am nächsten Tag erfuhr man vom Tod des Herzogs von Mailand, Philippe-Marie Visconti. Dem Tapferen stand Mailand offen, und Francesco Sforza ließ in seiner Armee zum Abmarsch blasen.

Bevor er Soncino verließ, besuchte er Elias, um dem kleinen Giuseppe eine pralle Geldbörse zu übergeben und sich bei Gabriel zu bedanken. Der war gerade im Keller damit beschäftigt, eine neue Legierung aus Blei, Zinn und Antimon zu schmelzen. Der Kondottiere sah Gabriel fasziniert bei der Arbeit zu, ließ sich ausführlich die Drucktechnik erklären und die Probleme, die dabei zu lösen waren. Gabriel stellte das Wort »Sforza« zusammen, schwärzte die Lettern, stellte einen Bürstenabzug her und machte ihn dem Kondottiere zum Geschenk, der sich wie ein Kind darüber freute.

Bevor er sich wieder auf sein Pferd schwang, um gegen Mailand zu ziehen, legte Francesco Sforza seine schlanke, aber kräftige Hand auf Gabriels Schulter:

»Nochmals Dank, Freund, ich stehe für immer in Eurer Schuld. Der Mann hat gestanden und auch sein Komplize.«

»Was habt Ihr mit ihm gemacht?«

»Chi e morto non pensa alla vendetta . . .«[68]

»Und der junge Lorenzo?«

»Ich habe mit ihm geredet.«

Gabriels Erstaunen bemerkend, fügte er hinzu:

»Um einen einzelnen zu überzeugen, bedarf es für gewöhnlich nur der Rede, der Willenskraft und der Autorität . . . Was ich jetzt vorhabe, ist sehr viel schwieriger: das Volk erobern. Wünscht mir Glück dazu!«

Es dauerte in der Tat fast drei Jahre, bevor der Kondottiere Francesco Sforza siegreich unter den Rufen der Bevölkerung : »Duca! Duca Sforza!« in Mailand einziehen konnte. Das war im Februar des Jahres 1450 der christlichen Zeitrechnung. Gabriel war damals zweiunddreißig Jahre alt, sein Sohn Abramo stand kurz vor seinem achten Geburtstag. Salomon, sein jüngerer Bruder, war gerade sechs geworden und ihre Schwester Rachel lag noch in der Wiege.

Gabriels Arbeiten machten je nach der Freigebigkeit seiner Geldgeber Fortschritte. Endlich, vier Jahre später, als in Lodi der Friedensvertrag zwischen den »Mailändern« und den »Venezianern« unterzeichnet wurde und Francesco Sforza – diesmal als Herzog von Mailand – die Stadt Soncino erneut in Besitz nahm, war die Druckerei fertig: Sieben komplette Letternsätze waren montiert: vier in Hebräisch und drei in Latein.

Jetzt fehlte nur noch das nötige Geld, um das erste Buch zu drucken. Seit es ein Leihhaus in Soncino gab – diese Art des Wuchers wurde von der Kirche geduldet –, waren die Bankiers Simon und Samuel praktisch ruiniert. Und was das erste Buch betraf, das Gabriel zu veröffentlichen gedachte, so war nicht daran zu denken,

[68] Wer tot ist, denkt nicht an Rache.

durch seinen Verkauf das Geld wieder hereinzuholen, denn es handelte sich um Abrahams Rolle.

Erst nach Samuels Tod investierte dessen Sohn Israel-Nathan die Reste des einstigen Familienvermögens, um genügend Blei und Papier für ein Jahr zu kaufen. Israel-Nathans Söhne, Moses und Giosue-Salomon, hatten für das Bankgeschäft ebenso wenig übrig wie ihr Vater und fanden immer öfter den Weg in Elias' Keller. Sie hatten beide an der Talmud-Akademie von Cremona studiert.

Mose hatte dort geheiratet, und sein erster Sohn, Gerson, war schon von Gabriels Leidenschaft angesteckt.

Als endlich die erste Seite von Abrahams Rolle aus der Presse kam, nahm Israel-Nathan sie als erster in die Hand. Die Buchstaben waren noch nicht ganz trocken. Er warf einen zugleich liebevollen und kritischen Blick darauf, dann gab er das Blatt an die anderen weiter. Es enthielt das Vorwort, das Gabriel verfaßt und dem Text Abrahams des Schreibers vorangestellt hatte:

»Heute, am 2. Tag des Monats Adar im Jahre 5226[69] nach der Schöpfung der Welt durch den Ewigen – gepriesen sei sein Name –, habe ich, Gabriele di Strasburgo, Sohn Aarons des Halters aus Benfeld, das Testament meines Urahns Abraham, Sohn Salomons aus Jerusalem, in der Druckerei Israel-Nathans di Soncino mit Werkzeugen aus Eisen und Zinn in sieben Exemplaren gedruckt. Ich bitte den Allmächtigen, daß diese Schrift für meine Söhne und die Söhne meiner Söhne ebenso heilig sein möge, wie sie es für mich, meinen Vater und die Väter meiner Väter gewesen ist.«

Alle, die jetzt Israel-Nathan zuhörten, wie er laut vorlas, hatten diesen Text mindestens schon ein dutzendmal vor dem Druck gelesen, und doch waren sie tief bewegt. War es die Freude, endlich am Ziel zu sein, oder die Rührung, zum ersten Mal einen Text in der Sprache gedruckt zu sehen, die für sie mehr als nur eine Sprache war?

Israel-Nathan war ganz verwandelt. Sein strenges Gesicht leuchtete: »Wir werden Bücher drucken«, rief er plötzlich, »und sie zu einem so niedrigen Preis verkaufen, daß selbst die Ärmsten der Juden sie kaufen können!«

[69] 8. März 1466

Er hob seinen Zeigefinger gen Himmel, als wolle er den Schöpfer zum Zeugen anrufen und wandelte in feierlichem Ton den Vers aus Jesajas ab:

»Denn von Zion wird das Gesetz ausgehen und des Herrn Wort von Soncino!« Sie klatschten vor Freude in die Hände, während Gabriel die Tränen in die Augen stiegen und er plötzlich das Gewicht jahrzehntelanger Mühen und Enttäuschungen spürte. Elias brachte Wein. »Massel tov! Massel tov!« riefen sie, dann tanzten sie hinter Israel-Nathan her, der das bedruckte Blatt auf dem Kopf trug, wie die Gesetzesrolle. Sie tanzten und lachten und weinten, die jüdischen Drucker. Die *Simchat Thora*-Lieder aus ihrer Kindheit fielen ihnen ein:

Als Gott ihm das Gesetz gab,
freute Abraham sich.
Kommt, laßt uns Kränze winden
zu Ehren der Thora . . .

Ihre Stimmen hallten in dem Gewölbekeller wider, und sie waren nicht nur vom Wein trunken:

Israel-Nathan, Giosue-Salomon
Elias, Giacobo, Gabriel und Mose
freuen sich über das Gesetz.
Kommt, laßt uns Kränze winden
zum Simchat Thora-Fest!

Heute morgen brachte der Briefträger mir ein umfangreiches Paket. Ich erkannte gleich die schräge, elegante Handschrift von M. S. wieder, dem Straßburger Archivar, der mir Gabriels Namen genannt hatte. Es war ein dickes Bündel schlechter Fotokopien, mit einem Gummiband zusammengehalten, auf dem ein großes, in der Mitte durchgeschnittenes Blatt Papier lag: »Lieber Freund. Anbei die Protokolle der wichtigsten Prozesse, die in den Jahren 1434 bis 1439 in Straßburg von oder gegen Gutenberg angestrengt wurden. Ich hatte nicht die Zeit, sie im einzelnen durchzulesen, aber mir scheint, der Name Ihres Gabriel taucht in der Sache Gutenberg gegen den Holzhändler Hans Schultheis und dessen Frau auf (S. 13 und 14).

Soweit es in meiner Macht steht, bin ich Ihnen auch weiterhin gerne behilflich. Mit freundlichen Grüßen, Ihr . . .

P. S.: Bitte überweisen sie die Kosten für die Fotokopien und das Porto in Höhe von Frs. 187, wenn möglich per Postscheck, an die Gerichtskasse.«

Also hatte Gabriel Gutenberg wirklich getroffen. Mir dreht sich der Kopf. Wo ist da die Wirklichkeit? Und wo ist die Fabel?

29

Soncino
Das Haus der Drucker

»Vergreife dich nie an der Frau eines anderen. Schlage nie einen deiner Leute, oder wenn es geschehen ist, schicke ihn weit fort. Reite nie ein Pferd, das ein hartes Maul hat oder leicht sein Hufeisen verliert.« Francesco Sforza hatte diese Lebensregeln von seinem Vater eingeschärft bekommen, der selbst ein geachteter Kondottiere war. Für Leute wie sie, so meinte er, seien dies die drei größten Gefahren. Aber »der Mann, der keine Niederlage kannte«, mußte zwei doch hinnehmen: die erste, als seine Frau seine Geliebte tötete und die zweite, als er mit fünfundsechzig Jahren vor dem Tod die Waffen strecken mußte.

Viele betrauerten ihn, ob nun Mailänder oder nicht. Gabriel war enttäuscht, denn er hatte immer noch damit gerechnet, eines Tages den Herzog um Unterstützung bitten zu können. Aber das war es nicht allein: seine Begegnung mit Francesco Sforza hatte ihn tief beeindruckt. Und nicht nur ihn, sondern alle, die an dem Tag in der Werkstatt waren, als der Kondottiere ihn besucht hatte. Giuseppe, der die Börse bisher noch nicht angerührt hatte, ließ zu seinem Gedenken eine riesige Kerze brennen, und Elias, der gute Elias, weinte wie beim Tod seines Vaters. Galeazzo Maria, Francescos Sohn, gerade zweiundzwanzig Jahre alt, trat die Nachfolge seines Vaters an, dessen beeindruckendes Äußeres, Kraft und Gewandheit er geerbt hatte. Kaum in Mailand angekommen, umgab der neue Herzog sich mit einem glänzenden Hofstaat, der seine Leidenschaften teilte.

Mehrere Bücher, die Gutenberg in Mainz gedruckt hatte, fanden den Weg über die Alpen, insbesondere eine Bibel aus dem Jahr 1454 nach christlicher Zeitrechnung, die Israel-Nathan kaufte. Der Druck war von guter Qualität, aber Gabriel fand, daß die Werke aus der

Druckerei in Soncino einem Vergleich durchaus standhielten. Überall entstanden neue Werkstätten, aber die Drucker mußten erst noch den langen Weg der Experimente zurücklegen. Israel-Nathan und Gabriel, die übereingekommen waren, nur hebräische Texte zu veröffentlichen, hatten einen erheblichen Vorsprung.

1475 druckten sie das Traktat Schiwa Enaim[70], »Die sieben Augen«, von Rabbi Ghedalia ben David ben Jachja. Sie verwandten fast ein Jahr Arbeit und ihren letzten Dukaten auf die Herstellung des Werkes. Sie hatten sich mit der Korrektur besondere Mühe gegeben; Abramo, Gabriels ältester Sohn, hatte diese Aufgabe übernommen. Das dicke Buch, in neunhundertdreißig Exemplaren abgezogen, verkaufte sich wie ein Ritterroman in knapp zwei Wochen, so groß war damals der Wissensdurst.

Israel-Nathan, der sich um die Buchführung und den Verkauf kümmerte, rechnete aus, daß sie zweihundertdreiundvierzig Dukaten Erlös hatten, was dreiundvierzig Dukaten mehr waren, als allein das Papier gekostet hatte. Das war natürlich nicht genug, um den Lebensunterhalt ihrer Familien und alle anderen Ausgaben zu bestreiten – Blei, Kerzen, die Miete für den Keller. Sie arbeiteten jetzt zu sechst in der Casa degli Stampatori: Israel-Nathan und seine beiden Söhne Mose und Giosue-Salomon, Gabriel und sein ältester Sohn Abramo, und schließlich Elias. Elias und Gabriel mußten sich mehr als einmal wieder an das Meißeln von Grabsteinen machen, um die Ihren zu ernähren.

Aber die Veröffentlichung der »Schiwa Enaim« trug dazu bei, ihren Namen bekannt zu machen. Eines Tages brachte man ihnen einen Brief von Guglielmo di Portaleone, Galeazzo Maria Sforzas jüdischem Arzt: Der Herzog von Mailand, so schrieb er, beabsichtige, eine Druckerei einzurichten und wünsche dabei den Rat der Drucker aus Soncino.

»Endlich!« rief Giosue-Salomon, für den der Buchdruck das Wichtigste auf der Welt war und der überhaupt nicht begriff, warum

70 Buch, das die sieben wesentlichen Lehren des Judentums behandelt. Sein Verfasser, Ghedalia ben David ben Jachja, geboren 1436 in Portugal und gestorben 1487 in Istanbul, war ein bekannter Arzt und Philosoph. In den geschichtlichen Quellenangaben über die Druckerei von Soncino wird dieses Buch nicht aufgeführt.

nicht alle Mäzene Italiens ihnen zu Füßen lagen.

»Das ist vielleicht unsere Chance«, meinte sein Vater.

»Wenigstens gibt es jemanden, der uns kennt.«

»Wer hätte das gedacht!« war das einzige, was Gabriel dazu sagte. Er träumte bereits von einer geräumigeren und weniger feuchten Werkstatt, einer neuen Presse, verschiedenen Setzkästen, in die man die Lettern einordnen konnte.

»Bevor wir nach Mailand reisen«, schlug Mose vor, »sollten wir uns vielleicht in den Druckereien von Ferrara und Bologna umsehen.«

Giosue-Salomon runzelte die Stirn:

»Wir haben von niemandem etwas zu lernen, mein Bruder!«

»Mose hat recht«, entschied Israel-Nathan. »Der Hochmut ist eine Sünde, die der Ewige – gepriesen sei sein Name – straft.«

Giosue-Salomon und Mose begaben sich also zunächst nach Ferrara und Bologna und brachten von ihrer Reise Zeichnungen von Werkzeug und Arbeitstischen sowie Informationen über neue Buchpressen mit nach Hause. Und sie hatten außerdem festgestellt, daß sie einen deutlichen Vorsprung vor ihren Konkurrenten hatten, und zwar hauptsächlich dank Gabriels früheren Experimenten bei Gutenberg. Das brachte sie auf den Gedanken, Gerson, Moses Sohn, der mit seinen sechzehn Jahren schon recht begabt war für das Handwerk, für einige Jahre nach Mainz zu schicken. Gutenberg war tot, aber seine Druckerei – seine und die, um die ihn seine Partner gebracht hatten – waren noch immer beispielhaft.

»Auf diese Weise«, sagte Israel-Nathan, »können wir uns unseren Vorsprung bewahren. Jede Technik schreitet fort, jede Kunst entwickelt sich. Solange wir uns nicht auf unseren Lorbeeren ausruhen, werden wir die Besten bleiben. Schön, die Besten von Soncino zu sein, das ist einfach, aber davon haben wir nichts. Jedes Buch, das wir herausbringen, muß schöner und billiger sein als die, die man anderswo zur gleichen Zeit veröffentlicht.«

Damals hatten sie begonnen, an »Massechet Berachot«[71] zu arbei-

[71] Traktat der Segenssprüche. Einleitung zur ersten Ordnung der Mischna und des Talmud. Traktat über die verschiedenen Segenssprüche und ihre Bedeutung.

ten, aber sie konnten nicht das nötige Papier kaufen, und die Reise nach Mailand erschien ihnen deshalb wie eine Fügung des Himmels.

Sie beschlossen, daß Gabriel und Israel-Nathan zusammen reisen sollten. Sie brachen Mitte Dezember auf, nachdem die letzte Kerze des Chanukka-Festes verloschen war. Gabriel verließ Soncino zum ersten Mal, seit er fünfunddreißig Jahre zuvor in die Stadt gekommen war. Er hatte nur noch vage Erinnerungen an diese Zeit: Zinatano, der schmächtige, prächtig gekleidete Bankier, die Schlacht am See – es kam ihm so vor, als wäre das in einem anderen Leben gewesen. Er hatte nicht gemerkt, wie die Zeit verging, und wie alle, die in ihrem Leben auf ein einziges Ziel hingearbeitet haben, hatte er viel von sich selbst auf dem Weg zurückgelassen. Sein Bart und seine Haare waren schon fast weiß, seine Kinder verheiratet, bevor er dazu gekommen war, sie wirklich kennenzulernen. Und ohne daß er es merkte, war seine Frau alt geworden. Aber er neigte nicht dazu, den Dingen melancholisch nachzutrauern. Er hatte seine Lebensaufgabe in der Druckkunst gesehen und, so meinte er, damit nur einen Willen des Allmächtigen befolgt. So kamen die Juden billig zu ihren Büchern und konnten den Namen des Ewigen preisen.

Die Tage unter freiem Himmel, das Reiten, das Alter: Gabriel und Israel-Nathan kamen nicht sehr rasch voran. Zerschlagen und erschöpft beschlossen sie, in dem Wirtshaus von Joseph aus Casalmaggiore einzukehren, an das Gabriel sich noch erinnerte. Damals hatte er dort zusammen mit Zinatano, Jekutiel, Samuel und Simon zu Abend gegessen. Aber Joseph war tot, und sein Neffe Mano führte jetzt das Haus. Am Nachmittag wollte Gabriel sich unbedingt draußen unter dem Laubendach ein wenig ausruhen: Über der blassen Sonne hatte er den Winter vergessen. Aber das war wohl zu viel für einen Mann, der nur selten aus seinem Keller herausgekommen war, und am nächsten Morgen, als er aufstehen wollte, hatte er heftiges Fieber und konnte sich nicht mehr auf den Beinen halten.

Israel-Nathan kehrte nach Soncino zurück, um Abramo zu holen und sich mit seinem Sohn, Giosue-Salomon, zu beraten, der, bevor er Drucker geworden war, Medizin studiert hatte. Draußen war es klirrend kalt. Gabriel, dessen Bett man an einen Kamin gerückt hatte, lag im Delirium. In seinem Fieber wiederholte er immer wieder, man müsse größer setzen; denn für den, der schlecht sehe, seien kleine Buchstaben nur schwer lesbar, während es für einen mit guten Augen einerlei sei. »Größer!« stammelte er, »gießt größere Lettern! Macht das Auge größer und den Schnitt, wenn's sein muß, dafür schmaler! Aber größer!« Ein andermal phantasierte er von Geld, Dukaten und den Papierpreisen.

Abramo konnte nichts weiter tun, als ihm auf die Stirn, das Herz und die Handgelenke Eisstücke zu legen, die man aus einem Teich in der Nähe holte. Gabriel blieb fast sechs Tage in diesem Fieberzustand und sprach von nichts anderem als der Druckerei und den Büchern, außer an einem Abend, an dem er nach der »Frau von Lorenz dem Hausknecht« rief und sie um Bier bat: »Bück dich!« sagte er. »Bück dich noch tiefer!« Israel-Nathan, der gerade bei ihm wachte, wandte den Kopf ab und verstopfte sich die Ohren.

Am Morgen des siebten Tages – die Christen hatten die ganze Nacht lang zur Weihnacht geläutet – erwachte Gabriel und war gesund. Seine Stirn war kühl, sein Auge klar. Er war nur noch sehr schwach:

»Ich weiß«, sagte er, »was uns in unserer Typographie noch fehlt: bewegliche Zeichen, Punkte und Striche oberhalb und unterhalb der Buchstaben, um die Vokale zu bezeichnen. Was meinst du dazu?«

Er hatte sich an seinen Sohn Abramo gewandt, der an seinem Bett saß und ihn überrascht ansah, als begriffe er nicht den Sinn der Worte. Da erst sah sich Gabriel um:

»Aber . . . Wo sind wir denn eigentlich? . . .«

Man mußte ihm erst erzählen, daß er krank geworden war und im Fieber gelegen habe. Und man mußte ihm auch erzählen, daß die Reise nach Mailand keinen Sinn mehr hatte: Herzog Galeazzo Maria Sforza war von drei Adligen ermordet worden, die die Launen und die Verachtung des Fürsten nicht länger ertragen hatten.

»Der Ewige schütze uns vor allem Übel!« sagte Gabriel.

Er blieb noch so lange im Gasthof, bis er völlig wiederhergestellt war und sich auf den Rückweg machen konnte. Abramo begleitete ihn. Zu Hause fanden sie Israel-Nathan, der schon früher heimgereist war, und seine Söhne zutiefst niedergeschlagen vor. Alle drei saßen im Keller und sahen sich schweigend an, als Gabriel eintrat und voll Freude den Geruch nach Druckerschwärze und Blei wieder einatmete.

»Sagt nur, meine Freunde, macht es euch so traurig, mich wiederzusehen?«

Israel-Nathan deutete auf ein Buch, das vor Giosue-Salomon auf dem Marmortisch lag. Gabriel nahm es in die Hand. Es war schwer, gut gebunden und in Hebräisch gedruckt. Eine ordentliche Arbeit, aber ohne viel Phantasie. Es war eine Sammlung religiöser Vorschriften, zusammengestellt von Rabbi Jakob ben Ascher. Gabriel erkannte sofort, daß dieses Buch nicht aus seiner Druckerei kam und versuchte, aus dem Kolophon[72] zu ersehen, wer für den Druck zeichnete. Der Schriftkegel war so klein, daß er das Buch weiter weg halten mußte, um die Schrift lesen zu können: ». . .Ich bin die Krone aller Wissenschaften, ein Geheimnis, das allen verborgen. Ich schreibe klar, doch ohne Feder, man setzt mich zusammen, doch kein Schreiber ist dazu nötig. Ich schreibe gerade, doch brauch' ich keine Linien. Man schwärzt mich nur ein einziges Mal. Ich wundere mich, wie wohl die Prophetin Deborah ihr Lied geschrieben haben mag. Hätte sie mich damals gekannt, da noch niemand von mir wußte, so wäre ich ihr schönster Schmuck gewesen.« Ein Arzt, Meschulam ben Mose Giaccobo Cusi, hatte das Buch in Pieve di Sacco gedruck; als Datum war das Jahr 5235[73] angegeben.

»Aber wir haben doch schon vorher gedruckt!« rief Gabriel.

Die anderen sahen sich an; sie hatten gewußt, daß sich Gabriel über diesen Kolophon ärgern würde.

»Nein, Gabriel«, entgegnete Israel-Nathan. »Unser erstes Buch, Schiwa Enaim, stammt aus demselben Jahr.«

»Aber fast zehn Jahre zuvor hatten wir doch schon Abrahams Rolle gedruckt!«

»In sieben Exemplaren, Gabriel, in sieben! Und nur wir haben es je gesehen . . .« Gabriel war leichenblaß. Er sprang auf:

»Ich werde noch heute den Bankier Zinatano aufsuchen. Ich bete nur, daß er noch am Leben ist. Wenn der Ewige – gepriesen sei sein

[72] Schlußformel mittelalterlicher Handschriften und Frühdrucke mit Angabe über Verfasser, Druckort und -jahr (A. d. Ü.)

[73] 1475

Name – uns gewogen ist, komm' ich mit Geld zurück. Und dann werd' ich ihnen ein paar Dinge zeigen, von denen sie sich nicht einmal träumen lassen.«

Gabriels Plan war, den ungekürzten Text der Bücher der Bibel herauszugeben. Unter die Konsonanten wollte er Zeichen setzen, um die Vokale anzugeben, wie man es schon seit jeher bei den Schriften der Gebete tat. In seinen Fieberphantasien war Gabriel auf diesen Gedanken gekommen. Die hebräische Sprache wird nämlich nur mit Konsonanten geschrieben, und der Leser muß selbst die Vokale hinzufügen, die die Worte in ihrem Sinnzusammenhang verständlich machen. Die neue Schreibweise hatte den Vorteil, die Lektüre zu vereinfachen, also einem größeren Leserkreis zu erschließen und außerdem falsche Interpretationen zu vermeiden. Denn je nach der Wahl des einen oder anderen Vokals konnte ein Wort verschiedene Bedeutungen bekommen: Daled-vav-daled zum Beispiel liest sich entweder als Dod, Dud oder David und heißt außer »David« auch »Onkel« und »Tonne«. Aber wenn es sich um das Wort des Ewigen handelte, durfte es keine Mißverständnisse geben. Israel-Nathan überredete einen bekannten Gelehrten, Rabbi Chaim, sich ans Werk zu machen und den gesamten Bibeltext mit Vokalen zu unterlegen.

Der Rabbi arbeitete mit Abramo, Gabriels Sohn, zusammen, der die Korrektur übernahm. Gabriel hatte das Gießen der Lettern und Akzente übernommen; Giosue-Salomon und Mose stellten Versuche mit Holzschnittillustrationen an, während Israel-Nathan durch das ganze Land reiste, um das nötige Geld aufzutreiben. Zinatano hatte sich zwar großzügig gezeigt, aber von seinem Sohn Jekutiel waren die Drucker eindringlich gebeten worden, ihren Besuch nicht zu wiederholen: Der Vater, so behauptete er, sei nicht mehr recht bei Sinnen.

Rabbi Chaims Arbeit schritt nur langsam voran; seine Schwierigkeiten gingen weit über Fragen der Typographie hinaus, denn bezüglich vieler Worte mit doppelter oder mehrfacher Bedeutung lagen sich seit jeher die Anhänger der verschiedenen Schulen in den Haaren. Und so mußten sie sich dazu entschließen, vor der Bibel, auf die Gabriel und seine Mitarbeiter all ihre Hoffnung setzten, noch ein anderes Buch zu veröffentlichen. Die Wahl fiel auf Massechet Berachot, den Traktat der Segenssprüche, der im Jahre 1484 der christlichen Zeitrechnung fertig wurde. Der Druck war vollkommen: die Druckerschwärze nicht zu reichlich, aber auch nicht zu sparsam aufgetragen; Schutzpapier auf dem Pergament hatte auch die geringste unsaubere Stelle am Rand des Textes verhindert, der sich nicht zu hart, aber klar von dem Papier abhob: »Wie die Streifen auf einem Gebetsmantel«, sagte Vetter Elias. Sie waren übereingekommen, noch nicht die Akzente über den Konsonanten zu verwenden, um den Überraschungseffekt für die Bibel aufzuheben. Aber was das Neue an Massechet Berachot ausmachte, waren die Holzschnitte oder genauer gesagt, die Qualität der Holzschnitte, die man Giosue-Salomons verbissener Arbeit verdankte. Im Kolophon hatte er übrigens der Eitelkeit nicht wiederstehen können und seinen Namen als Akrostichon hineingeschrieben: Man mußte nur die Anfangsbuchstaben der Verse 1, 3, 5, 7 usw. nehmen, um seinen Namen zu lesen.

Das Buch wurde begeistert aufgenommen. Einflußreiche Leute, Gebildete oder weniger Gebildete – zu jener Zeit legte jeder, der Rang und Namen hatte, seine Ehre drein, Latein, hebräisch und griechisch zu sprechen – schickten ihre Dienstboten in das »Haus der Drucker« von Soncino, um ein oder zwei Exemplare dieses Traktats der Segenssprüche zu kaufen, über den man so viel Gutes sagte.

Gabriel erlebte das Erscheinen der Bibel von Soncino nicht mehr: Er starb kurz nachdem Massechet Berachot herauskam. Eines Nachmittags fühlte er sich ein wenig müder als sonst, aber er wollte die Probeabzüge der ersten Seite der Bibel noch fertigstellen. Gerson, der aus Mainz zurückgekommen war, hatte rings um das erste Wort der Genesis: »Bereschit, im Anfang . . .« einen Holzschnitt gezeichnet. Jeder Buchstabe war ausgeschmückt, um den Ewigen zu preisen, der alle Dinge geschaffen hat, und in dem Leser die Ehrfurcht zu wecken, mit der der Text gelesen werden sollte. Gabriel schloß die Form, trug die Druckerschwärze auf, legte ein Blatt Papier darüber und schickte sich an, den beweglichen Teil der kleinen Presse hinunterzudrücken, den er zum Teil selbst entworfen hatte.

Er führte die Bewegung nicht aus. Ein plötzlicher Schmerz zerriß ihm die Brust, und er fiel leblos neben der Presse zu Boden.

Nach Gabriels Tod und der Trauerzeit nahm Giosue-Salomon seinen Platz ein und überließ seine frühere Arbeit seinem Neffen Gerson, der geschickter und phantasiereicher war als alle anderen in der »Casa degli stampatori« zusammengenommen. Rabbi Chaim war mit seiner Ameisenarbeit noch immer nicht fertig, und Abramo hatte noch niemand seinen Ruf als bester Korrektor Italiens streitig gemacht.

Abramo hatte nicht die Persönlichkeit seines Vaters, aber vielleicht nur deshalb nicht, weil dieser ihn stets als einen besseren Dienstboten betrachtet hatte. Er war jetzt über vierzig Jahre alt, hatte drei Kinder, Meschulam, Daniel und Jochanan. Sein einziger Ehrgeiz im Leben war, von Zeit zu Zeit der tyrannischen Herrschaft seiner Frau Deborah zu entgehen.

Deborah war ein Jahr älter als er, eine schöne, beeindruckende Frau, aber eine von denen, die alles wissen, alles beherrschen wollen und ständig ihrer Familie und vor allem den Männern den Eindruck vermitteln, nur die Sorge für die Familie habe sie daran gehindert, auf der Leiter von Ruhm und Erfolg ungeahnte Höhen zu erklimmen. Deborah kannte den Talmud und die Kommentare dazu, kannte Vergil, Horaz und Petrarca auswendig, ganz so wie die Gebildeten damals. Aber ihr Traum, das »Haus der Drucker« in einen literarischen Kreis zu verwandeln, war stets an der Gleichgültigkeit, ja der Ablehnung der »stampatori« gescheitert, die viel zu sehr mit ihren Metallegierungen, der Druckerschwärze und den Herstellungskosten beschäftigt waren, um an den Ruhm zu denken.

Ihrem Schwiegervater Gabriel hatte sie eine gewisse Achtung entgegengebracht, aber sicherlich weniger um seiner Erfolge willen, als weil er mit Gutenberg persönlich zusammengearbeitet hatte. Die anderen jedoch waren für sie um keinen Deut besser als ihr Mann: gerade gut genug, um in die Straße der Goldschmiede einen Buchhändler aus Mailand oder einen Rabbi zu locken, der neugierig auf diese Druckerei in hebräischer Sprache war. Abramo, das ist wahr, gab sich schon lange keine Mühe mehr, ein Interesse an griechischen und lateinischen Zitaten zu heucheln, die ihn ziemlich kalt ließen.

Jede freie Minute verbrachte er im Keller, um einen Probeabzug zu korrigieren, oder bei Rabbi Chaim, der immer noch an dem Bibeltext saß. Dort konnte er sein einzigartiges Talent, den geringsten Fehler ausfindig zu machen, zur Geltung bringen. Er hatte ein »scharfes Auge«, wie sein Vater sagte. Deborah mochte der Meinung sein, diese Kunst sei nicht viel wert, er dagegen wußte sehr gut, daß es kein gutes Buch ohne einen guten Korrektor gibt; und Giosue-Salomons oder Gersons Anerkennung genügte ihm völlig.

Eines Tages kam Mose aus Speyer, der mit venezianischen Seidenstoffen handelte, nach Soncino, und da er sich sehr für Bücher interessierte, besuchte er die Druckerei. Israel-Nathan, der ihm sein Leid geklagt hatte, nicht mehr investieren zu können, gab er den Rat, einige ihrer Drucke einem einflußreichen Bankier in Venedig zu zeigen, Chajim Meschulam del Banco, der Künstlern gern unter die Arme griff. Aber zu der Zeit waren sie alle sehr beschäftigt, und Israel-Nathan selbst fühlte sich zu alt, um eine solche Reise zu machen. Und so hatte man Venedig vergessen.

Kurz darauf kamen aus Spanien, wo eine neue Verfolgungswelle eingesetzt hatte, viele Juden nach Italien. Natürlich kümmerte sich Deborah, neben all ihren anderen Aktivitäten, um die Flüchtlinge in der Stadt und nahm selbst einen Arzt aus Toledo, Don Jakob Senior, und dessen Tochter Sarah bei sich auf. Der Arzt, seine Frau und seine Tochter waren zum Christentum übergetreten, um ihr Leben zu retten. Aber selbst vor den »*Marranen*«, wie man die neuen Christen nannte, machten die Verfolger nicht halt. Sie selbst übrigens nannten sich lieber *Anussim*, die Gezwungenen, weil man sie zwang, in der Lüge zu leben. Die Frau des Arztes hatte man denunziert und zwar deswegen, weil sie nie eine Mahlzeit mit Milch- und Fleischspeisen gleichzeitig auf den Tisch brachte, so wie es die Kaschrut-Gesetze verlangen. Man zog daraus den Schluß, sie habe nur ein Lippenbekenntnis abgelegt, das nicht von Herzen kam. Auf alle Fragen antwortete sie nur, der Geschmack von Milch und Fleisch zugleich sei ihr zuwider. Dabei blieb sie auch, bis sie unter der Folter starb.

Während Don Jakob Senior Deborah diese Geschichte erzählte – man wandte sich immer an Deborah, wenn man Geschichten erzählte –, konnte Abramo seinen Blick nicht von Sarah lassen, einem jungen Mädchen mit traurigen Augen. Am liebsten hätte er ihre Hand ergriffen. Er hörte kaum, was die anderen sagten. Als der Arzt und seine Tochter sich zurückzogen, lächelte Sarah ihm melancholisch zu.

Deborah bat Abramo, am nächsten Tag Don Jakob Senior und Sarah zum Pferdeverleiher am San Giuseppe-Tor zu begleiten, mit dem sie eine Spazierfahrt für die beiden ausgehandelt hatte. Abramo faßte Sarahs Ellenbogen, um ihr auf den weißen Zelter zu helfen. Aber einer von beiden machte eine falsche Bewegung, und Aramos Hand bekam eine zarte, warme Brust zu fassen, die wie eine Taube bebte. Don Jakob Senior sah gerade woanders hin. Das junge Mädchen errötete, Abramo öffnete die Hand und ließ die Taube fliegen.

»Das ist nicht recht«, sagte Sarah leise.

Aber das Lächeln, das ihre Worte begleitete, verwirrte ihn noch viel mehr.

Don Jakob Senior und Sarah reisten nach Venedig ab, wo sie ein guter Freund, Jakob Mancino, aufnehmen wollte. Abramo konnte sich nicht einmal mehr von ihnen verabschieden.

Damit seine Frau Deborah nicht etwa hellhörig wurde, wartete Abramo ein paar Tage, bevor er erklärte, Rabbi Chaim, dessen Arbeit er allein verfolgte, sei nun bald fertig – eine sehr verfrühte Äußerung.

»Dann müssen wir unbedingt Geld auftreiben«, sagte Giosue-Salomon. »Wie hieß denn bloß dieser Stoffhändler aus Speyer, der einen Bankier in Mailand kannte?« fragte Abramo.

»Mose. Mose aus Speyer. Und es handelte sich nicht um Mailand, sondern um Venedig.«

»Wir sollten ihn einmal aufsuchen«, schlug Gerson vor.

Giosue-Salomon und Großvater Israel-Nathan waren sich rasch einig: Sie setzten zwar wenig Hoffnung in diesen unbekannten Bankier, aber wer nichts wagt, gewinnt nichts.

»Und wer reist nach Venedig?« fragte Giosue-Salomon.

Genau nach seinem Plan schlug Abramo vor:

»Gerson und ich, wenn es euch recht ist. Er bringt dem Bankier am besten ein Exemplar der ›Berachot‹ mit, und ich werde ihm einen der sieben Abzüge von Abrahams Rolle zum Geschenk machen. Die Perfektion des einen Buches und der Treuesinn, der sich im anderen offenbart, müßten ihn hinreichend überzeugen, daß uns zu helfen ein frommes Werk ist.«

Dagegen war nichts einzuwenden, und selbst Deborah konnte Abramo nicht daran hindern, mit Gerson nach Venedig zu reisen, obgleich ihre Miene deutlich ausdrückte, daß ihr armer Mann bei dem venezianischen Bankier . . .

Mose von Speyer, der Seidenhändler, der eine Casa Fontago, ein Handelshaus, mit zwei anderen jüdischen Händlern aus Deutschland teilte, brachte sie in dem bescheidenen Palazzo am Ende des Campo San Canciano unter, in dem er selbst wohnte. Gerson und Abramo waren mitten in den Karneval hineingekommen.

Diese seltsame Stadt mit ihren Wasserstraßen war von vermummten Gestalten bevölkert: weiße Masken, schwarze Kapuzen, Tänze, Lieder: ein ausgelassenes Treiben. Gerson und Abramo, denen Mose von Speyer die Stadt zeigte, hätten sich nur zu gern in dieses Festgetümmel geworfen, das vielleicht den Geruch nach Schlamm und Tod vergessen machen sollte, der einen überall hin verfolgte.

Abramo jedoch schützte die Müdigkeit der Reise vor und ließ Mose und Gerson den Karneval genießen. Er erkundigte sich nach Jakob Mancinos Haus. Es lag im Campo San Polo, hinter der Casa Bernardo, am Ufer des Canale Grande. Bei dem Gedanken, Sarah ganz nahe zu sein, schlug sein Herz schneller. Aber wie konnte er sie wissen lassen, daß er in Venedig war, nur ihretwegen, und auf sie wartete?

Mose von Speyer hatte ihnen von den »Liebesboten« erzählt, die in der Begleitung von Kurtisanen unter den Bogenhallen der Prokurazien auf und ab gehen. »Prudentissima signorina, schalom!« schrieb er. »Ich teile Euch mit, daß ich in Venedig bin und den dringenden Wunsch habe, Euch zu sehen . . .« Dann beauftragte er, errötend vor Verlegenheit, einen »Liebesboten« damit, seinen Brief der Angebeteten zu überbringen und auf Antwort zu warten.

Der junge Mann sollte ihn an der Rialto-Brücke wiedertreffen. Eine dichte Menge drängte sich dort, und die Düfte des Orients vermischten sich mit dem Geruch nach Salz und Jod. Von Barken, Schleppkähnen und Lastschiffen wurden Waren aller Art auf- und abgeladen. Aus den Gondeln mit den verzierten Vorder- und Hintersteven, ausgeschlagen mit Stoffen in leuchtenden Farben, stiegen maskierte Passagiere aus, die sich von der Menge mitreißen ließen. Er sah jüdische Händler aus Deutschland, die wie Mose aus Speyer lange Samtmäntel und schwarze, breitkrempige Hüte über den purpurnen Kappen trugen. Plötzlich sah er seinen Boten:

»Hast du ihr den Brief übergeben?«

»Si, Signore.«

»Hat sie nichts dazu gesagt?«

»No, Signore.«

»Hat sie ihn gelesen?«

»In meiner Gegenwart.«

»Wie reagierte sie?«

»Sie schien verwirrt, Signore.«

»Was hat sie mit dem Brief gemacht?«

»Sie hat ihn in den Falten ihres Kleides versteckt.«

»Ist das alles?«

»Das ist alles.«

»Könntest du ihr noch einen Brief bringen?«

»Natürlich, Signore, wenn Ihr zahlt.«

Sie gingen zusammen bis zum Campo San Canciano, wo Mose von Speyer wohnte, und der Bote wartete unten, während er selbst hastig ein paar Worte niederschrieb, die sein Gefühl ihm diktierte: »Perfetta colomba, signorina mia carissima, schalom! Mein Herz ist betrübt. Warum habt Ihr mir nicht ein paar Zeilen geantwortet, damit ich Mut fassen kann? Warum? . . .«

Dieser Brief blieb wie der vorige ohne Antwort. Er dachte schon daran, sie selbst aufzusuchen, aber da kamen gerade Mose von Speyer und Gerson zurück. Sie hatten für den nächsten Tag eine Verabredung mit dem Bankier getroffen.

Am Morgen schrieb Abramo seinen dritten Brief: »Diletto del cor mio, schalom! Ihr könnt nicht ahnen, wie übermächtig mein Wunsch ist, Euch zu treffen. Warum schweigt Ihr? Wenn ich daran denke, daß wir nach dem Sabbat Venedig wieder verlassen werden. Habt Mitleid, colomba mia!« Er konnte ihn doch nicht selbst hinbringen; denn er wollte es vermeiden, Sarahs Vater zu treffen. Aber diesmal mußte sie reagieren, denn er hatte nicht mehr so viel Geld.

Gegen Mittag erwachte der Karneval wieder: weiße Masken, schwarze Kapuzen. Man tanzte auf den Plätzen und in den Calli, jenen krummen Gassen, die sich entweder als Sackgassen entpuppten oder zu Kanälen führten. Abramo hatte seinen »Liebesboten« wiedergetroffen, aber Sarah hatte noch nicht geantwortet.

Am Nachmittag führte Mose von Speyer seine Drucker zu Chajim Meschulam del Banco in die Casa Bernardo. Sie fuhren in einer Gondel hin, und Abramo bedauerte sehr, daß Sarah nicht an seiner Seite saß. Sie betraten das Palais durch ein reichverziertes Holztor, das dunkelgrün angestrichen war, in genau der gleichen Farbe wie das Wasser der Lagune. Weiße Marmorstufen. Im ersten Stock erwartete sie der Bankier, ein freundlicher Mann in grünem Brokatgewand, der ihnen sehr herzlich für die beiden Bücher dankte, die sie ihm hatten überbringen lassen, ganz besonders aber für Abrahams Rolle, die er, so versprach er, von Anfang bis Ende lesen werde, so sehr habe ihn diese Geschichte gerührt.

Er führte sie in ein geräumiges Zimmer mit Flügeltüren, die sich zur Lagune hin öffneten: Marmorsäulen, kostbare Wandteppiche, Bilder, hohe Fenster mit Glasmalerei . . . Selbst die Decke war überreich geschnitzt . . . Abramo dachte nicht ohne Schadenfreude an Deborah: Was hätte sie darum gegeben, statt seiner hier zu sein.

Der Bankier stellte sie den Gästen vor, die miteinander plauderten: »Das sind die Drucker aus Soncino, deren Werke ihr hier seht«, sagte er.

Ein junger, eleganter Mann mit gelocktem Haar und gelocktem Bart trat auf sie zu:

»Graf Pico della Mirandola«, erklärte der Bankier. »Man sagt, er wisse alles, was ein menschlicher Geist heute wissen kann.«

Pico della Mirandola bewegte graziös die Hand, wie um das Kompliment von sich zu weisen, dann beglückwünschte er Gerson und Abramo:

»Eure Arbeit ist bemerkenswert. Ich habe gehört, einer von euch hat in Mainz studiert?«

»Das bin ich«, erwiderte Gerson, »aber Abramos Vater hat selbst mit Gutenberg zusammengearbeitet.«

»Nein?!«

»In Straßburg«, warf Abramo ein, der sich ganz und gar nicht gehemmt fühlte. Ein anderer Mann mit breitem, ernsten Gesicht und langem Haar sah Abramo voller Sympathie an:

»Euer Familienbuch«, sagte er, »hat mich sehr beeindruckt. Der, der seine eigene Geschichte nicht kennt, ›vivit et est vitae nescius ipse suae‹– der lebt, ist sich seines Lebens aber nicht bewußt.«

»Ovid!« warf ein anderer junger Mann ein, der nun seinerseits eine lange Passage auf griechisch zitierte.

Abramo hatte Mühe, diesem Dialog in mehreren Sprachen zu folgen, und er hatte auch Mühe, all die Namen der bedeutenden Männer zu behalten, die man ihm vorstellte: Elia del Medigo, der einzige Jude, der an der Universität von Padua lehrte, Antonio Zerliga, Protonotar an der Markuskirche, Aldus Manutius, der ihm die Bilder, die an der Wand hingen, erklärte: eine Ansicht Venedigs von Vittore Carpaccio, das Portrait eines Kondottiere von Gentile Bellini, dem Konservator am Palazzo Ducale.

Abramo dachte an sein Weib, und vor allem ihretwegen versuchte er sich all diese Namen zu merken. Er war sicher, sie würde vor Neid erblassen.

Graf Pico della Mirandola unterhielt sich mit ihm gerade über die Kabbala und behauptete, er sehe darin sozusagen die Quintessenz des Christentums, als Elia del Medigo sich von ihnen verabschiedete:

»Der Herr der Welten segne Eure Arbeit«, sagte er zu Abramo und drückte ihn an seine Brust. »Euer Werk ist heilig.«

»Und warum sollte die Druckkunst heiliger sein als alle anderen Künste?« fragte Pico della Mirandola.

»Weil sie den Anstoß dazu gibt, die Weisheit zu verbreiten. Wie denkt Ihr darüber?«

Er hatte diese Frage an Abramo gerichtet.

»Ich kann dazu natürlich nur meine eigene Meinung sagen«, entgegnete dieser. »Aber jahrhundertelang haben meine Väter immer dieselben Texte mit dem gleichen Zeitaufwand kopiert, einen nach dem anderen, mein eigener Großvater – Gott sei seiner Seele gnädig – ebenso wie Abraham der Schreiber aus Jerusalem vor mehr als tausend Jahren.«

Um ihn, den Drucker aus Soncino, hatte sich ein Kreis illustrer Zuhörer gebildet. Er wußte nicht, ob das, was er zu sagen hatte, sie so sehr interessieren würde, aber er fuhr fort:

»Heute können wir, dank Gutenberg aus Mainz und dank meinem Vater – der Allmächtige schenke ihm Frieden –, der mit ihm zusammenarbeitete, in ein paar Monaten und in Hunderten von Exemplaren eine Schrift herstellen, für die man früher ein ganzes Leben brauchte . . . Und wenn unser Leben auf Erden ein ständiger Kampf zwischen Gut und Böse ist, zwischen Dunkel und Licht, dann ist es wohl richtig, so rasch wie möglich das Wort Gottes zu verbreiten.«

Gerson sah Abramo ganz erstaunt an. Und Abramo beendete seine Ausführungen mit der Feststellung:

»So kann die Welt gerettet werden.«

Pico della Mirandola wußte darauf nichts zu antworten. Elia del Medigo umarmte Abramo noch einmal:

»Ihr habt, besser als ich es könnte, erklärt, warum die Druckkunst eine heilige Kunst ist. Gott möge Euch behüten!«

Glücklich wie die Kinder kehrten sie mit Mose von Speyer zurück. Gerson, weil der Banchiere del Banco ihnen für die Druckerei von Soncino eine erhebliche Summe übergeben hatte, Abramo, weil er fest an sein Glück, das heißt an ein Treffen mit Sarah glaubte.

Tatsächlich, sie hatte ihm geantwortet. »Ihr seid verrückt«, schrieb sie ihm. »Ich werde heute abend gegenüber der San Marcuala-Kirche beim Fondaco dei Turqui zur Stunde der Vesper auf Euch warten.«

Als brenne die Ungeduld ihm an den Fußsohlen, war er weit früher als nötig aufgebrochen, hatte den Kanal an der Rialtobrücke überquert und sich unter die vermummten Gestalten gemischt, die unermüdlich tanzten, hüpften und sangen.

Er sah, wie sie aus einer Gondel stieg. Sie trug einen schwarzen Seidenumhang und einen ebenfalls schwarzen Seidenschal, der ihr Gesicht verdeckte. Aber er erkannte sie sofort: »Prudentissima signorina«, rief er. »*Beesrat ha Schem*, Ihr seid gekommen!«

»Sprecht nicht so laut«, flüsterte sie. »Mein Vater hat Eure Briefe gefunden.«

Abramo hörte gar nicht hin.

»Signorina! Vita che ami da morte . . .!«

»Ich bin gekommen, um Euch zu bitten, mir nicht mehr zu schreiben.«

»Amor mio! Amor mio!«

Er konnte sich nicht mehr beherrschen, nahm sie in seine Arme und drückte sie an sich. Einen Augenblick lang gab sie nach, dann schob sie ihn sanft von sich weg: »Das ist nicht recht«, sagte sie, wie an jenem Tag in Soncino.

In diesem Augenblick stellte sich ein Riese von einem Mann zwischen Abramo und Sarah. Er trug einen schwarzen Umhang und eine weiße, traurige Maske:

»Ihr belästigt die signorina!«

»Ihr irrt Euch! Laßt uns! Wir gehören zusammen!«

Der Mann zog seinen Degen. Leute schrien auf. Sarah wich bis zu der Gondel zurück, die sie gebracht hatte, und stieg ein.

»Sarah!«

Der Mann mit der weißen traurigen Maske richtete die Spitze seines Degens auf Abramos Brust, der zusehen mußte, wie die Gondel sich vom Quai entfernte. Mit einer heftigen Bewegung stieß er den Degen beiseite, überrannte den Mann und lief an der Fondamenta entlang. Als er auf der Höhe der Gondel angelangt war, schaute er zu seiner Angebeten hinüber, nahm einen Anlauf und sprang.

Als er sah, daß er nicht auf dem Deck landen würde, ruderte er hilflos mit den Armen, als wolle er wieder zurück, und versank dann im grünen Wasser des Kanals. Er bespritzte dabei die Tänzer und die weißen Masken, die dem Abgang des Artisten applaudierten.

»Was ist dir bloß eingefallen, ins Wasser zu springen?« fragte ihn Gerson schon zum zehntenmal.

»Gerson, ich bin nicht ins Wasser gesprungen! *Chajecha*, bei meinem Leben! Ich bin gesprungen, das ist was ganz anderes. Und ich bin ins Wasser gefallen, das ist noch mal was anderes.«

»Du sollst der erste in diesem Jahr seit Beginn des Karnevals gewesen sein.«

»Irgend jemand muß ja mal anfangen.«

Am nächsten Tag verließen sie Venedig. Als sie wieder in Soncino waren, hörten sie, daß gleich nach ihrer Abreise Venedig dem Herzog von Ferrara, den Mailand, Neapel und Florenz unterstützten, den Krieg erklärt hatte. Am Leben im Haus der Drucker änderte das kaum etwas. Das Geld des venezianischen Bankiers nutzten sie gut: Sieben Bücher erschienen nacheinander, unter anderem ein theologisches Werk von Joseph Albo und der »Traktat der Väter«[74].

Abramo hatte seinen Platz und seine Rolle wieder eingenommen. Die Namen, die Abramo seinem Weib genüßlich aufgezählt hatte, steckten wie Pfeile in ihrem Fleisch. Mit schmalen Lippen hatte sie nur verächtlich dazu bemerkt: »Margaritas ante porcos! Perlen vor die Säue!«

Inzwischen hatte man begonnen, die Bibel zu drucken. Rabbi Chaim legte gerade letzte Hand an den Text. Abramos drei Söhne waren zurückgekehrt, Meschulam und Daniel aus Padua, wo sie auf Drängen Deborahs bei dem berühmten Rabbi Minz studiert hatten. Meschulam heiratete gleich darauf die schüchterne Rachel, Giosue-Salomons Tochter. Der jüngste der drei Söhne, Jochanan, hatte zwei Jahre bei dem Maler David de Lodi verbracht und sich in Donatellos Werkstatt mit dem Holzschnitt vertraut gemacht. Er zeichnete und schnitt fast alle Zierbuchstaben und Frontispizien für die Bibel, die Gerson noch nicht ausgeführt hatte.

Eines Tages erhielten sie den Besuch eines jüdischen Schriftsetzers aus Bologna, Abraham ben Chaim, der sich ihre Arbeiten ansah und anschließend darum bat, mit ihnen zusammenarbeiten zu dürfen: Er war wenig gesprächig, legte aber in seine Arbeit etwas hinein, das weit mehr war als Talent, Technik oder Fleiß: Liebe.

»Wer Gottes Wort mit solchem Eifer und solcher Fertigkeit verbreitet«, sagte der alte Israel-Nathan und nickte mit dem kahlen Kopf, »dem steht die Schechinah zur Seite.«

Druck und Einband – fünfhundertachtzig Seiten mit je zwei Spalten zu dreißig Zeilen – waren zu Rosch-ha-Schana des Jahres 5248[75] nach der Schöpfung der Welt durch den Ewigen – gepriesen sei sein Name – fertiggestellt.

Es war an einem Nachmittag, und das Licht der untergehenden

[74] Auf hebräisch: Pirkei Abot. Traktat der Mischna. Eine Sammlung moralischer Sprüche und Lebensweisheiten, die in die hebräische Liturgie Eingang gefunden haben.

[75] 1488

Sonne drang durch das Kellerfenster.

Giosue-Salomon breitete ein weißes Tuch über die eine Hälfte des Marmortisches und legte darauf das erste gebundene Exemplar der – wie sie von nun an heißen sollte – »Bibel von Soncino«. Alle, die daran mitgearbeitet hatten, standen regungslos und staunend davor. Trotz ihrer Arbeitskleidung sahen sie aus, als gingen sie zu einem Fest.

Der alte Israel-Nathan wollte das Buch in die Hand nehmen, aber es war zu schwer für ihn. Er strich mit den Fingerspitzen darüber, dann hob er die Hände und segnete die anderen.

Er beugte sich über das Buch und küßte es mit seinen blassen Lippen, richtete sich wieder auf, dankte dem Ewigen – gepriesen sei sein Name – für seine Barmherzigkeit und schlug den dicken Ledereinband um. Als er die erste Seite sah, über der Gabriel gestorben war, und den prächtigen Holzschnitt um das Wort »Bereschit, im Anfang . . .«, brach Israel-Nathan in Tränen aus.

Ich hatte schon einen Teil des nächsten Kapitels geschrieben, als der Himmel mir ein Paket aus Italien sandte: bibliographische Unterlagen über die in Soncino von 1484 bis 1492 gedruckten Werke. Die meisten kannte ich, nicht nur dem Namen nach, sondern auch ihre Beschreibung: In der sehr gelehrten Abhandlung von Professor Di Rossi zum Beispiel fand ich das Akrostichon erwähnt, das Giosue-Salomons Namen ergab. Aber ich hatte den Kolophon zu Massechet Berachot noch nicht selbst gelesen und wußte nicht, daß er eigentlich aus drei Teilen bestand.

Jetzt, da ich den Text auf hebräisch vor Augen hatte und daneben die lateinische Übersetzung, konnte ich feststellen, daß der erste Teil, in Prosa, Gott lobte und ihm Dank sagte. Der zweite Teil, in Versen, enthielt die Anspielung auf Giosue- Salomons Namen und der dritte Teil, wieder in Prosa, beschrieb die Arbeit, die diese Ausgabe der Segenssprüche erfordert hatte. Dieser Teil war mit »Gabriel, Sohn des Aaron aus Straßburg« unterschrieben . . .

Ich konnte nicht mehr stillsitzen. Ich stand auf, lief gedankenlos auf und ab, machte mir einen Kaffee. Dann ging ich, ohne mich noch einmal an den Schreibtisch zu setzen, hinunter auf die Straße, um mir ein wenig die Beine zu vertreten. Ich aß ein Sandwich im Petit Béarn. Ich war der einzige an der Theke. Durch die offene Tür beobachtete ich einen Augenblick, wie die Gendarmen von der Kaserne gegenüber ein- und ausgingen. Ich hatte das deutliche, fast physische Gefühl, genau an der Kreuzung zweier Geschichten zu stehen: der horizontalen Geschichte der heutigen Zeit und der vertikalen Geschichte der früheren.

Plötzlich wollte ich mir unbedingt noch einmal diese italienische Fotokopie ansehen. Erst jetzt überkam mich eine Art Euphorie: Also bestätigte mir die Realität ohne die geringste Einschränkung, was die Logik meines Vorgehens oder meine Intuition oder mein Gedächtnis – aber was wirkt in unserem Gedächtnis wohl alles zusammen? – sozusagen ins Werk gesetzt hatten.

Ich las es immer wieder: »Gabriel, Sohn des Aaron aus Straßburg«. Ja, auf der letzten Seite des Traktats der Segenssprüche, einem der beiden ersten uns bekannten, in Hebräisch gedruckten Bücher, wartete Gabriel auf mich seit fünfhundert Jahren. Ich konnte nicht anders, ich mußte sofort ein paar gute Freunde wie Robert Laffont anrufen, so sicher war ich jetzt, daß sich das schwierige Werk, in dem sie mich durch ihr Zutrauen bestärkt hatten, plötzlich als begründet erweisen würde.

Ich machte mich mit neuem Mut an die Arbeit und beschloß, meinen Plan zu ändern und an dieser Stelle den ersten Teil meines Romans enden zu lassen. Ein erster Kreis schloß sich hier, der von Jerusalem über Alexandria, Hippone, Toledo und Cordoba, Narbonne, Troyes und Straßburg bis Soncino reichte ... Das zur Hälfte fertige Kapitel würde dann das erste des zweiten Teils werden. Der Korrektor Abramo, der sowohl Abrahams Rolle als auch das Buch verwahrte, sollte die verbindende Gestalt werden.

Mein Blick blieb unwillkürlich an dem hebräischen und lateinischen Text des zweiten Teils des Kolophons hängen. Und obgleich ich sonst für Wortspiele nicht viel übrig habe, entdeckte ich plötzlich, daß die sechs ersten Verse der lateinischen Übersetzung mit folgenden Worten begannen:

Opportune veniens ...
Memoratam ...
Mentis addita conjunctis ...
Robore suo tradetur ...
Brakhot tractatum ...
Ad erudiendum ...

Von unten angefangen ergaben die sechs Anfangsbuchstaben zusammen: ABRMMO, und wenn man einfach die beiden ersten Worte der dritten Zeile (addita mentis statt mentis addita) umkehrte: ABRAMO.

Meine Vorfahren und Ahnen, alle hatten sie sich in den Worten versteckt und warteten zwischen den Zeilen, daß man sie erweckte, wie in jenen Märchen, in denen man nur das rechte Wort zum rechten Zeitpunkt sagen muß, um eine Kröte in einen Prinzen zu verwandeln. Oder wie jene grauen, trockenen Pflanzenknollen, die man nur begießen muß, und schon öffnen sie sich und leben wieder; ich glaube, man nennt sie Rosen aus Jericho.

Diesmal eilte ich gleich zum Telefon, um Rabbi Szteinzaltz in Jerusalem anzurufen und berichtete ihm von meiner Entdeckung. »Äußerst interes-

sant«, erwiderte er. »Sehen Sie, es war schon richtig, wie wir es angefangen haben. Jetzt brauchen Sie sich nur noch von Gabriels Nachkommen führen zu lassen.«

Ich konnte ihn mir richtig vorstellen, mit seiner sanften Miene, seinem spärlichen roten Bart und seinen Eichhörnchenaugen.

»Und dann?« fragte ich.

»Ja, dann, Marek Halter, holen Sie sich vielleicht am Ende selbst ein, wenn alles gut geht.«

Zweiter Teil

30

Soncino
Briefe an den Vater

Die »Bibel von Soncino« wurde in humanistischen Kreisen enthusiastisch aufgenommen. Man lobte nicht nur den Druck, die Holzschnitte, die äußerst sorgfältige Korrektur, sondern die meisten – und das war ein besonderer Erfolg – begrüßten auch die Neuerung, die in der Akzentuierung der Konsonanten bestand. Pico della Mirandola, der ein Exemplar gekauft hatte, schrieb an Abramo und Gerson, wie begeistert er sei – Deborah traute ihren Augen nicht.

Das Problem, das sich den Druckern jetzt stellte, war, zu entscheiden, welche Werke in den nächsten Jahren erscheinen sollten. Gerson träumte davon, Petrarca und Abstemius herauszugeben; sein Vater Mose und sein Onkel Giosue-Salomon waren jedoch dagegen.

»Jeder kann heute in Latein drucken«, sagten sie. »Wir haben die Pflicht, weiterhin billige Werke in Hebräisch herauszubringen.«

»Aber eine Druckerei muß mit der Zeit gehen«, entgegnete Gerson. »Kann man unter den Völkern leben, ohne ihre Freuden, ihre Leiden, ihre Weisheit und ihre Leidenschaft zu teilen?«

»Aber wir teilen sie doch!« rief Giosue-Salomon. »Nur sind wir heute die einzigen, die auch die unseres Volkes teilen können.«

»Das ist eine sehr einseitige Sicht, mein Onkel.«

Diskussionen dieser Art wurden immer häufiger. Und es wurde offenbar, daß die »Drucker von Soncino« sich trennen mußten. Sie trafen die Entscheidung gemeinsam, nach gründlicher Erwägung all dessen, was sie trennte und was sie gemeinsam hatten und bewahren wollten. An diesem Tag brachte Abramo einen großen Krug kühlen Weins, und sie tranken auf das Leben – Lechaim! –, wohl wissend, daß für jeden von ihnen ein neuer Abschnitt begonnen hatte.

Am gleichen Abend wusch Abramo sich und zog seine Sabbatkleider an. Deborah, die ihn fragte, ob er den Verstand verloren habe, würdigte er keiner Antwort. Er holte vier der sechs restlichen Exemplare von Abrahams Rolle, die sein Vater Gabriel gedruckt hatte. – »Meine Kinder«, sagte er, »bevor das Leben uns trennt, übergebe ich euch dieses Buch . . .«

Seine Stimme zitterte, aber nicht deshalb, weil er an die Trennung dachte. Er war gerührt von dieser Beständigkeit, dieser Dauer, diesem Sieg über Zeit und Vergessen, die zu wahren seine Aufgabe vor seiner Nachkommenschaft war.

». . .Ich übergebe euch dieses Buch«, fuhr er fort, »damit es euch leite. Meschulam, da ist deines. Daniel, Jochanan und Esther, da ist das eure. Achtet es, und das Leben wird euch achten.«

»Amen!« erwiderten seine Kinder.

Abramo hätte sicher noch mehr dazu sagen können, aber ihm schien, daß das Wichtigste damit ausgedrückt war. Jetzt lag es an jedem von ihnen – Meschulam dem Drucker, Daniel dem Kabbala-Gelehrten, Jochanan dem Architekten und schließlich Esther, die Nachfolge zu sichern, jeder nach seinem Gewissen und seinem Schicksal und unter dem Blick des Ewigen – gepriesen sei sein Name.

Die »Drucker von Soncino« veröffentlichten gemeinsam noch einige Werke, fünfzehn im ganzen, zwischen 1486 und 1489 der christlichen Zeitrechnung. Dann starb Mose, und es war wie ein Zeichen für sie. Giosue-Salomon zog nach Neapel, wo er die Druckerei Joseph Gunzerhausers, eines ihrer Konkurrenten, übernahm und mit der Veröffentlichung des Pentateuchs begann. Gerson, der große Reisende, begab sich nach Frankreich und wurde kurz darauf von dem Grafen Martinengo gebeten, in Brescia eine Werkstatt zu eröffnen. Abramo wäre gern zu ihm gezogen, aber Deborah weigerte sich, Soncino zu verlassen. Sein Sohn Meschulam entschloß sich, mit Gerson zusammenzuarbeiten. Jochanan dagegen reiste nach Florenz, wo sein Freund, der Bildhauer und Architekt Luca Fancelli, den er in Mantua kennengelernt hatte, im Auftrag der Medicis an einem Bauwerk arbeitete und dazu um seine Hilfe gebeten hatte.

Geblieben waren nur der alte Israel-Nathan, Abramo und sein zweiter Sohn Daniel, der sich mehr für die Kabbala als für die

Druckkunst interessierte. Israel-Nathan und Abramo gaben noch mit der Hilfe eines Schriftsetzers auf der Durchreise »Jad ha-Chasaka«[76] von Maimonides heraus. Kurz darauf starb der alte Drucker, und Abramo mußte den Plan aufgeben, als nächstes die Gedichte von Jehuda Halevi zu veröffentlichen. Er gab jetzt, um leben zu können, den Söhnen reicher Familien in der Stadt hebräische Grammatikstunden.

Deborah erhob sich kaum noch von ihrem Lager. Man wußte nicht, ob sie wirklich krank war – sie beklagte sich über Schmerzen im Rücken, an den Füßen, am Herzen – oder ob es ihre Art war, ihrem Bedauern darüber Ausdruck zu verleihen, nicht das Leben gehabt zu haben, für das sie sich geschaffen glaubte. Gelegentlich ließ Abramo sie erst ein paarmal rufen, bevor er sich nach ihren Wünschen erkundigte: ein zusätzliches Kissen, das sie bald wieder beiseite legte, ein zu schweres Buch, das sie nicht weiterlas, eine Kompresse, die sie als zu heiß oder zu kalt empfand . . .

Wenn Daniel oder Esther, seine Tochter, einmal zu Hause waren, nutzte Abramo die Gelegenheit, mit bedächtigen Schritten – wie ein alter Mann, der er eigentlich noch nicht war – rings um die Stadtmauer zu gehen. Er blieb vor dem Stall des Pferdeverleihers am San Giuseppe-Tor stehen, und jedesmal glühte seine Hand; manchmal sah er sie dann an, als müsse er auf ihr noch die Spur jenes Wunders sehen, das sie umfaßt hatte. Dann ging er glücklich wieder heim. Deborah mochte ruhig rufen.

Oft nahm er, vorwiegend des Nachts, denn Deborah hatten einen tiefen Schlaf, eine Kerze und stieg hinunter in die verlassene Werkstatt, wo alles vor sich hin moderte, sogar die Druckerschwärze, so dachte er manchmal. Er las die alten Probeabzüge wieder durch oder schaffte ein bißchen Ordnung in einem Setzkasten. Er störte dabei nicht einmal die Spinnen. Und dennoch hatte er dann den Eindruck, als lebte die Druckerei wieder. Ach, die schönen, aufre-

[76] Jad ha-Chasaka: Auch unter dem Namen Mischna Thora bekannt. Dieses Werk, ein jüdisches Gesetzeskompendium, ist neben dem »Führer der Unschlüssigen« eines der bedeutendsten von Mose ben Maimon, genannt Maimonides oder Rambam (1135– 1204), einem judeo-spanischen Philosophen und Theologen, dessen neu-aristotelische Gedanken innerhalb der jüdischen Welt zu einer erbitterten Kontroverse führten.

genden Stunden, die sie hier verbracht hatten, die Drucker von Soncino!

Wieder einmal ergoß sich ein Strom von jüdischen Flüchtlingen aus Spanien über Italien: Nach dem Fall von Granada hatte ein einfaches königliches Dekret sie vertrieben. Unter ihnen waren viele Anhänger der Kabbala. Einer von ihnen – der mit vielerlei Argumenten das baldige Anbrechen des messianischen Zeitalters verkündete, der frühere Schatzmeister des portugiesischen Königs Alphons V., Isaak ben Juda Abrabanel, kam mit dem Schiff in Neapel an und reiste von dort aus weiter nach Venedig. Daniel, der einer seiner glühenden Verehrer war, beschloß, alles zu verlassen und ihn aufzusuchen. So lebten jetzt drei Söhne in der Fremde.

Von Zeit zu Zeit brachte ein Reisender einen Brief, in dem sie ihm von den Neuigkeiten der Welt berichteten. Jochanan zum Beispiel erzählte ihm eine sonderbare Geschichte: Der spanische König habe Schiffe ausgeschickt, um die andere Seite des Ozeans zu erkunden, und der Anführer der Expedition, ein Genuese namens Christoph Columbus, habe »neue Inseln entdeckt und vor allem im Osten eine sehr große Insel, mit breiten schönen Flüssen, düsteren Bergen und ungeheuer fruchtbarem Land. Die Männer und Frauen dort seien sehr schön, obgleich sie völlig nackt gingen, nur einige bedeckten ihr Geschlecht mit einem Stück Baumwolle.«

Christoph Columbus, berichtete Jochanan weiter, habe einen Brief an seinen Freund, den Geldhändler Gabriel Sanchez, einen Marranen, geschrieben, in dem er Einzelheiten seiner denkwürdigen Reisen erzähle, unter anderem, daß »das Land reich an Gold und die Bevölkerung freigiebig mit ihren Gütern sei«, daß »es Palmen die Fülle, mehr als sechs Gewürze, Bäume von unvorstellbarer Höhe und viele Inseln gebe, von denen fünf schon einen Namen hätten und eine fast so groß wie Italien sei«. Daß »die Flüsse Gold führten, man viel Kupfer fände, aber kein Eisen und viele andere Wunderdinge«.

Diesen Brief, so fuhr Jochanan fort, habe Gabriel Sanchez an seinen Bruder Juan geschickt, der in Florenz wohne. Der wiederum habe ihn seinem Vetter Leonardo de Coscon weitergegeben, der ihn übersetzt und dem Bildhauer Luca Fancelli zu lesen gegeben habe. Auf diese Weise habe auch er von ihm Kenntnis bekommen. Sein erster Gedanke sei gewesen, ihn an Gerson oder Giosue-Salomon zu schicken, damit sie ihn druckten und veröffentlichten. Aber Luca Fancelli habe sowohl diese Idee als auch den Brief seinem Gönner, dem Marchese von Mantua, weitergegeben, der ihn eiligst von einem Florentiner Drucker habe herausgeben und in einer stattlichen Anzahl verkaufen lassen. Jochanan habe, gekränkt durch diese Taktlosigkeit, Luca Fancelli verlassen. Er lebe jetzt in Rom, von wo er auch schreibe, und er wünsche seinen Eltern, noch lange bei guter Gesundheit zu bleiben, mit der Hilfe des Ewigen – gepriesen sei sein Name.

Manchmal kam also ein Brief und unterbrach die Eintönigkeit der Tage. Abramo las ihn zuerst selbst, gab ihn an Deborah weiter und schloß ihn dann in die kleine Truhe mit Abrahams Rolle und den beiden restlichen Exemplaren von Abrahams Buch ein. Er hatte vor, wenn genug zusammen seien, sie vor seinem Tod zu veröffentlichen. Dazu würde er die Hilfe eines Schriftsetzers benötigen, aber er selbst würde das Format auswählen, das Papier, das Schriftbild und die Korrektur übernehmen: Schließlich hatte er noch immer seinen »scharfen Blick«.

Brief von Meschulam aus Brescia an seinen Vater Abramo in Soncino:

»An meinen Vater Abramo, Sohn des Gabriel. Der Ewige – gepriesen sei sein Name – gebe, daß dieser Brief ihn und meine Mutter bei guter Gesundheit antrifft. Nachdem ich Euch verlassen habe, bin ich zunächst nach Mailand gereist, wo ich durch Zufall miterlebte, wie Herzog Lodovico, Galeazzo Marias Bruder, Beatrice d'Este am Stadttor empfing. Was für ein Schauspiel! Der Herzog trug ein Wams aus goldenem Stoff. Rings um ihn der höchste Adel war mit nicht minderer Pracht gekleidet. Die Häuserwände, die Mauern waren, wenn sie keine Malerei trugen, mit reichen Brokatstoffen und Blumengewinden geschmückt. Zu beiden Seiten der Straße, durch die der Herzog ritt, standen Reiterfiguren, in den schönsten Rüstungen, die je geschmiedet wurden: Ich schwör Euch, man hätte sie für Menschen aus Fleisch und Blut halten können.

Die Abgeordneten von Bologna standen auf einem Triumphwagen, der von Hirschen und Einhörnern, den Wappentieren der Este, gezogen wurde. Lodovico il Moro ritt umgeben von zwölf

Rittern in schwarz-goldenen Maurenkostümen. Der Kopf des Mohren schmückte ihre Schilde. Galeazzos Soldaten, die als Wilde verkleidet waren, zogen, als sie sich den Herzögen und Herzoginnen vorstellten, ihre Kostüme aus: Darunter trugen sie die prächtigsten Rüstungen. Dann trat ein riesiger Mohr vor und feierte in Versen die Schönheit Beatrices. Die Kostüme waren von Leonardo da Vinci entworfen.

Es ist jetzt lange her, daß ich dieses Schauspiel sah, aber ich weiß noch immer jedes Detail, jede Farbe. Von Mailand aus bin ich dann nach Brescia weitergereist, wo Gerson mit der Unterstützung des Grafen von Martinengo, einem sehr liebenswürdigen Mann, begonnen hatte, eine Werkstatt einzurichten. Ich schicke Euch – durch den Kaufmann Nathan aus Mantua, der einen Umweg über Soncino macht, um Euch diesen Brief zu übergeben – ein Exemplar der Bibel, die wir gerade gedruckt haben. Du wirst die Arbeit am besten beurteilen können, und ich hoffe, daß Du nicht zu viele Fehler darin findest!

Wir haben jetzt vor, Originaltexte zu veröffentlichen. Deshalb haben wir uns entschlossen, nach Chambéry in Savoyen zu reisen, wo es eine Sammlung rabbinischer Schriften geben soll, die niemand kennt, die aber von tiefer, alles überstrahlender Weisheit sein sollen. Der Ewige – gepriesen sei sein Name – behüte Euch, Mutter, Esther und Dich, Vater!

Euer Sohn Meschulam.
Geschrieben in Brescia am Tage vor Pessach,
das heißt, am dritten Tage des Monats April
im Jahre 1497 der christlichen Zeitrechnung.«

Brief von Jochanan aus Rom an seinen Vater Abramo in Soncino:
»An meinen Vater, meine Mutter, denen ich ein langes, ehrenreiches Leben wünsche.

Ich habe Euch lange nicht geschrieben, Vater, denn mein Umzug von Florenz nach Rom war nicht gerade einfach. Du weißt, wie wenig ich mich um die Zukunft sorge (»Miserum est enim nihil proficientem angi!« wie Cicero sagt. »Es ist ein Elend, sich grundlos zu ärgern!«), aber ich kannte nichts und niemanden in Rom. Dabei fühlte ich mich in der Stadt gleich wie zu Hause: Felder und Weinberge ziehen sich durch alte Ruinenstädte, Ziegenherden laufen glockenklingend durch das Labyrinth der engen Gassen, Buden und Stände nehmen beinahe die Hälfte der Straßen ein, die von weitausladenden Balkonen überdacht sind, und oberhalb des Tibers stehen die prächtigsten Paläste und Standbilder.

Aber ich wußte nicht einmal, wohin ich meine Schritte lenken sollte, und so fragte ich nach der Synagoge. Auf dem Weg entdeckte ich ein sonderbares Haus in deutschem Stil, von einem Turm überragt, der die Inschrift »Argentina« trug, was Straßburg heißt. Die Armen haben nichts zu verlieren, sagte ich mir und ließ mich von dem Diener an der Tür als Jochanan, Sohn Abramos di Strasburgo, Künstler, melden.

Der Hausherr empfing mich sofort. Er war groß, ein würdiger Mann, und trug ein schwarzes, hermelingesäumtes Samtgewand. Ich erzählte ihm, meine Familie komme aus Straßburg und Benfeld, sprach von meinem Großvater Gabriel, der mit Gutenberg zusammengearbeitet habe, und den Werken, die wir in Soncino gedruckt haben.

Er erkundigte sich, was ich gelernt habe und zu tun gedächte, und bat mich, ihn nach ein paar Tagen wieder aufzusuchen. Stell Dir vor, in diesem Augenblick wußte ich nicht einmal, wer er war. Das erfuhr ich erst später, als ich mich danach erkundigte: Er hieß Sire Burchard und war Zeremonienmeister bei Papst Alexander VI.!

Und jetzt kommt das Erstaunlichste: Er wurde zu meinem Gönner und empfahl mich einem bekannten Bildhauer, Bramante d'Urbino, für den ich augenblicklich arbeite. Ich überwache für ihn die Arbeiten am Palazzo de la Cancelleria, dessen Pläne er gezeichnet hat. Indem er einen Juden wie mich unter seinen Schutz nahm, ging Messire Burchard sozusagen mit der Zeit: Der Papst selbst läßt sich von Obadia de Sforno Hebräischunterricht geben, und der Kardinal von Viterbo studiert bei Elia Levita, auch ein Elsässer, soviel ich weiß, die Kabbala. Dieser Levita ist ein bemerkenswerter Mann, er kennt Cicero und Petrarca nicht weniger gut als den Talmud, versteht sich auf Musik und spricht fließend Latein. Er hat das berühmte Heldenepos von Bevis, dem Ritter von Hampton, ins Jiddische übertragen, die Sprache unserer Vorfahren in Benfeld (ich verstehe kaum ein Wort davon). Es heißt »Bove-Buch«, und er rechnet damit, es veröffentlichen zu können.

Ich treffe hier oft bekannte Persönlichkeiten, und es tut mir leid, daß unsere Mutter – der Ewige möge sie schützen – nicht bei mir sein kann. Ich wohne bei jüdischen Goldschmieden spanischer Herkunft, sehr frommen und sehr braven Leuten, die mich unbedingt verheiraten wollen. Vielleicht gelingt es ihnen. Ich hätte Euch noch so viel zu erzählen, aber ›die echte Kunst des Schreibens besteht darin, aufhören zu können‹. Ich grüße Euch also und bitte den Herrn, Euch Gesundheit und Glück zu schenken.

Euer Sohn Jochanan.

Gegeben zu Rom am fünfzehnten Tag des Monats Kislew des Jahres 5260[77] nach der Schöpfung der Welt durch den Ewigen – gepriesen sei sein Name!«

Brief von Meschulam aus Fano an seinen Vater Abramo in Soncino:

»An meinen Vater Abramo, Sohn des Gabriel. Der Ewige – gepriesen sei sein Name – gebe, daß dieser Brief Dich bei guter Gesundheit antrifft. Ich habe von Jakob ben David, dem Korrektor, der vor ein paar Monaten kurz in Soncino war, erfahren, daß unsere Mutter nicht mehr lebt. Ich habe sie sehr beweint. Friede ihrer Seele! Das Haus muß Dir jetzt sehr leer vorkommen. Rachel und ich würden uns freuen, wenn Du zu uns kämst, aber wir können uns vorstellen, daß Du Soncino nicht gern verlassen willst. Und außerdem sind wir auch nicht gerade seßhaft.

Seit kurzem sind wir, Beesrat ha Schem, wieder in Italien, mit ein paar Manuskripten und einem Kind mehr. Lea, unsere Tochter, ist während der Reise bei einem christlichen Rechtsgelehrten geboren. Aimon Brunier-Fontanelle – der Ewige möge ihn behüten –, der uns aufnahm, als wir gerade ein Wagenrad verloren hatten und Rachel die ersten Wehen verspürte. Eine Generation geht, die andere kommt. Mit der Hilfe des Ewigen – gepriesen sei sein Name – hast Du nun drei Enkelkinder von mir, Abbaku, Lea und Isaak. Gerson hat drei Söhne – der Ewige schenke ihnen ein langes Leben –, Mose, Giosue und Eleasaro.

[77] 1500 n. Chr.

Was für Abenteuer wir erlebt haben! Wir kamen durch Städte, aus denen die Juden verbannt waren, in Genf hat man uns aus der Stadt gewiesen, und wir haben drei Jahre lang in Chambéry gelebt. Es gibt dort einen See nicht weit von der Stadt, den die Bewohner den »Judensee« nennen. Du mußt wissen, vor ein paar Jahrzehnten befahl der Herzog von Savoyen Amadeus, der achte dieses Namens, der später als Felix V. zum Papst der Christen wurde, den Inhalt unserer heiligen Schriften zu prüfen. Der Herzog hatte diese Aufgabe dem Apostaten Louis von Nizza, einem Arzt, übertragen, und dessen strenges Urteil fürchtend, haben einige Juden der Gemeinden von Montmélian, Yenne, Aiguebelle und Saint-Genix damals viele Manuskripte versteckt, die ich, Beesrat ha Schem, wiederfinden konnte.

Wir wohnen jetzt in Fano am Meer, zwischen Ancona und Rimini, und sind dabei, die Schriften zu sichten, die wir während unserer Reise gesammelt haben. Als erstes haben wir ein Werk von Abstemius gedruckt, »Vita epaminundae«, das nächste wird Petrarcas »Buch der Lieder«, Canzoniere, sein, das Gerson schon immer veröffentlichen wollte. Danach planen wir Kimchis Grammatik herauszugeben, die wir aus Chambéry mitgebracht haben.

Francesco von Bologna, der beste Holzschneider Italiens, arbeitet mit uns zusammen. Er hat für uns neue Schrifttypen gezeichnet, die leicht geneigt sind und die Gerson ›kursiv‹ genannt hat. Damals konnten wir nicht ahnen, was für ein Streit daraus entstehen würde. Aldus Manutius nämlich, den Gerson und Du damals in Venedig getroffen und dessen Interesse für die Druckkunst Ihr geweckt habt, hat selbst eine Werkstatt eröffnet und, als er unser neues Schriftbild entdeckte, es als seine eigene Erfindung ausgegeben und »Aldin«, nach seinem Namen, genannt. Du kennst ja Gerson, seine Empfindlichkeit und seinen hitzigen Charakter. Du kannst Dir seine Wut und seine Drohbriefe vorstellen. Er hat nicht nur an Aldus Manutius geschrieben, sondern auch an den Fürsten Borgia (ich habe für Dich einen Auszug aus diesem Brief abgeschrieben).

Soweit wir wissen, hat der Fürst versprochen, sich um die Angelegenheit zu kümmern, und der Gesandte von Florenz ist bei dem Dogen von Venedig deswegen vorstellig geworden. Aber dieser Aldus Manutius hat sich nicht nur nicht bei uns entschuldigt, er hatte auch noch die Stirn, sich über uns vor dem Senat von Venedig zu beklagen! Was für eine *Chuzpe*!

Gerson möchte Fano wieder verlassen, sobald wir mit Kimchis Grammatik fertig sind. Ich habe ihn noch nie so unversöhnlich gesehen. Er hat vor, sich in Saloniki niederzulassen. Nur der Ewige weiß, von wo aus ich Dir meinen nächsten Brief schreiben werde!

Ich habe erfahren, daß Daniel in Venedig wohnt und Jochanan in Rom. Vielleicht werde ich sie wiedersehen. Möge der ewige Gott uns alle beschützen und Dir, unserer Schwester Esther und ihrem Mann Lazzaro Gesundheit und ein langes Leben schenken!

Dein Sohn Meschulam.
Geschrieben in Fano
Am 27. Tag des Monats Dezember
im Jahre 1503.«

Auszug aus dem Brief Gersons von Soncino an Herzog Cesare Borgia:

»Erhabener und höchst siegreicher Fürst. Da mir Deine fromme Stadt Fano, ihr Klima, ihre Lage und ihre Wohlhabenheit wie auch die Offenheit und die Geschicklichkeit ihrer Bewohner gut gefielen, beschloß ich vor jetzt zwei Jahren, mich hier niederzulassen und meine Kunst auszuüben, die im Drucken von Büchern besteht.

... Auf mein Betreiben sind nicht nur einige der bekanntesten Setzer und Korrektoren Italiens hierhergekommen, sondern auch ein höchst würdiger Mann, Francesco da Bologna, der lateinische, griechische und hebräische Buchstaben schneidet und dessen Talent so bemerkenswert ist, daß er sicherlich nicht seinesgleichen hat. Meister Francesco hat für mich einen neuen Typ von Buchstaben erfunden und gezeichnet, den ich »kursiv« genannt und den sich Aldus Manutius und andere zu eigen gemacht haben. Ich darf Euch versichern, daß Francesco da Bologna der einzige Erfinder aller Schrifttypen ist, die Aldus Manutius je benutzt hat, der im übrigen höchst unfähig ist, so viel Anmut und Schönheit hervorzubringen.

Und da wir alle demütige und untertänige Diener Eurer Fürstlichen Gnaden sind, gestatten wir uns in aller Bescheidenheit, unseren allergnädigsten, erlauchtesten Fürsten zu ersuchen, Gerechtigkeit zu üben . . .«

Gegeben zu Fano
im Monat Juli 1503.

Brief Daniels aus Venedig an seinen Vater Abramo von Soncino:

»An meinen Vater Abramo, Sohn Gabriels, möge ihm ein langes Leben beschieden sein.

Ich habe gerade erfahren, daß Menachem, Sohn des Abner, der berittene Bote des Bankiers Nathan, dem ich in den letzten Jahren mehrere Briefe für Dich übergeben habe, sie nie nach Soncino gebracht hat: Er ist gestern gestorben und man hat sie bei ihm gefunden. Seine Frau hat mir Bescheid gesagt. Wäre er noch am Leben, würde ich ihm die Pest an den Hals wünschen! Sicherlich hast Du gedacht, ich sei ein undankbarer Sohn.

Ich bin, Baruch ha Schem, bei guter Gesundheit und lehre in der Jeschiba von Venedig. Dagegen ist alles, was in der Welt geschieht, recht traurig. Zunächst der Krieg mit seinen Tausenden von Opfern. Ein Glück noch, daß Soncino von dem Kampf der Franzosen gegen Maximilian Sforzas Armeen und der großen Schlacht von Marignano verschont geblieben ist.

Sollte dieser Krieg ein Zeichen sein? Ganz gewiß aber ist ein solches Zeichen – und wahrscheinlich wißt ihr das in Soncino noch gar nicht –, daß der Senat ein Gesetz beschlossen hat, nach dem die ganze jüdische Gemeinde von Venedig sich auf ein einziges Viertel, das Ghetto Nuovo in der Kirchengemeinde von San Girolamo, zu beschränken hat. Es ist eine düstere, armselige Insel im Norden der Stadt, rings von Kanälen umgeben. Nur die Ärzte sollen das Recht haben, nach Sonnenuntergang dieses Viertel zu verlassen.

Möge der Allmächtige uns schenken, daß dies die letzte unserer Nächte sein und das Licht endlich erscheinen möge! Welches ist das Licht, das sich das ganze Volk Israel erhofft, fragt der Talmud. Und er antwortet: Es ist das Licht des Messias, denn es steht geschrieben: ›Und Gott sah, daß das Licht gut war.‹ Daher wissen wir, daß der Ewige – gepriesen sei sein Name –, noch bevor er die Welt geschaffen hat, den Messias und seine Taten voraussah.

Ich denke an das, was Rabbi Jochanan gesagt hat: ›Die Generation, der der Sohn Davids erscheint, wird mit vielen Schwierigkeiten zu kämpfen haben, und böse Dekrete werden wie vor alters schon beschlossen werden; und bevor nur ein Unheil überwunden ist, wird das nächste bereits vor der Tür stehen.‹ Mein Lehrer Abrabanel hatte recht: Die Zeit ist gekommen.

Weißt Du, Vater, wie es meinem Bruder Jochanan geht, der Standbilder für die Tempel der Gottlosen entwirft? Gott möge sich seiner erbarmen!

Seid gesegnet, Du, unsere Schwester Esther und ihr Mann Lazzaro!

Dein Sohn Daniel. – Gegeben zu Venedig
am 28. Tag des Monats Nissan
im Jahre 5276[78] nach der Schöpfung der Welt durch den
Ewigen – gepriesen sei sein Name.«

Brief Daniels aus Venedig an seinen Vater Abramo in Soncino:

»An meinen Vater Abramo, Sohn des Gabriel, den der Herr des Universums schützen möge!

Wirklich sonderbare Zufälle stellen sich zwischen Dich und mich. Vor zehn oder zwölf Jahren glaubte ich, ich hätte Dir regelmäßig geschrieben und mußte erfahren, daß der Bankbote, dessen Namen ich vergessen habe, meine Briefe einfach behalten hat. Kurz darauf, es ist schon lange her, erfuhr ich von jemandem auf der Durchreise, Du seist gestorben. Unglaublich, aber wahr! In Kummer und Schmerz hielt ich die Schiwa! Und seitdem zünde ich jedes Jahr in frommem Gedenken eine Ner-Sikaron für Dich an. Erst heute morgen erfuhr ich voller Freude durch den Sohn des Goldschmieds, der uns sein Haus vermietet hat, daß der »Drucker von Soncino«, dessen Tod ich erfuhr, in Wirklichkeit Giosue- Salomon war.

Gewiß trauere ich um ihn, andererseits habe ich doppelten Grund, glücklich zu sein, denn ich schreibe Dir aus frohem Anlaß: Er ist gekommen. Mein Lehrer Abrabanel hat sich nicht getäuscht.

› . . .und in Deinem Licht sehen wir das Licht‹, sagt der Psalmist. Ich habe ihn gesehen. Ein Segelschiff brachte ihn aus Ägypten; am Molo orientale ging er an Land. Er ist dunkelhäutig, denn er

[78] 1516

kommt aus dem Orient, und seine schwarzen Augen spiegeln die Sonne wider. Er ist immer weiß gekleidet, wie es sich für den Wegbereiter des Messias ziemt, und er spricht das rauhe Hebräisch unserer Vorväter. Seine Diener nennen ihn ›Sar David Rubeni‹ und sagen, er stamme aus einem fernen Königreich.

Als ich mich ihm endlich nähern konnte, wußte ich, daß er es ist, der Wegbereiter, so groß war die Kraft, die von ihm ausging. Er schritt in der Mitte seiner Diener, die weiße Fahnen trugen, auf denen mit goldgestickten Anfangsbuchstaben die Worte standen: ›Herr, Gott Zeboath, wer ist wie Du ein mächtiger Gott?‹

Du weißt, Vater, wie ich auf ihn gewartet habe. Von dem Augenblick an, in dem er in Venedig an Land ging, verließ ich ihn nicht mehr. Ich folgte ihm bis zu dem großen Saal neben der Synagoge, wo sich die bedeutendsten Juden der Stadt versammelten, um ihn zu befragen. Ihr Mißtrauen und ihre Respektlosigkeit verletzten mich in tiefster Seele. Ich erinnerte mich an einen Satz aus dem Traktat Sanhedrin: ›Der Messias wird nicht kommen, solange in Israel noch ein einziger eitler Mensch ist‹, und einen Augenblick lang (möge Adonai, der Gott Israels, mir verzeihen!) wünschte ich ihren Tod. Aber der Mann aus der Fremde blieb ruhig und würdig, wie ein Fels. Was er sagte, war höchst erstaunlich, und selbst die Notabeln zuckten unter dem Klang seiner Stimme zusammen: Er heiße David, Sohn des Salomon, aus dem Stamm Ruben. Er komme aus dem Land Gosan und sei geschickt von den siebzig Ältesten eines Reiches, in dem sein Bruder Jossef König sei. Er habe eine geheime Botschaft für den Papst. Denn, so fügte er hinzu, die Zeit sei bald erfüllt.

Einige weigerten sich, ihm noch weiter zuzuhören. Aber Rabbi Simeon ben Ascher Meschulam bot ihm an, ihm eine Eskorte von Landsknechten zu stellen, die ihn durch die vom Krieg heimgesuchte Romagna begleiten sollte. Er lehnte das ab: Er sei für alle Juden gekommen, sagte er, und wolle keine Hilfe, die sich gegen den Willen eines Teils der Gemeinde richte.

Er bemerkte wohl meinen Eifer und beauftragte mich, ihn in Pesaro zu erwarten. Noch am selben Tag brach ich mit meinem Weib und meinen Kindern auf. In Pesaro benachrichtigte ich die Gemeinde, die vollzählig anwesend war, um ihn zu begrüßen, als er auf einem blendend weißen Schiff erschien. Was für eine Begeisterung! Man schob und drängte sich nach vorn, um das Kleid dessen, der den Messias verkündete, zu berühren, um den Staub seiner Füße zu küssen. Er schlug alle Einladungen aus: ein paar Pferde und Maultiere nahm er jedoch an: Für sich wählte er ein weißes Pferd, mir gab er ein Maultier.

Ohne Müdigkeit erreichten wir Rom. Ganze Familien schlossen sich uns an. Vertriebene aus Spanien, die mit der Genehmigung des Papstes in den Marken lebten, eilten in Scharen herbei. Sie bedrängten ihn mit ihren Fragen, und der Wegbereiter erwiderte, er habe kein Geheimnis. Aber je schroffer er war, desto mehr fürchteten sie ihn und desto größer war ihr Glaube. Ich erinnerte mich an jene Sätze aus dem Sohar: ›Rabbi Simeon bar Jochai setzte sich und weinte, dann sagte er: »Weh mir, wenn ich diese Geheimnisse enthülle, und weh mir, wenn ich sie nicht enthülle!« Seine Begleiter, die anwesend waren, schwiegen, dann stand Rabbi Abba auf und sagte: »Wann unser Meister diese Dinge enthüllen will, steht nicht geschrieben: Das Geheimnis des Herrn liegt bei denen, die ihn fürchten?‹«

Vater, ich nehme erst jetzt meinen Brief wieder auf, den ich vor langer Zeit unterbrochen habe. Er hat mich in vielen Heimsuchungen begleitet. Jeden Tag nahm ich mir vor, ein paar Zeilen hinzuzufügen, doch dann riß mir die Zeit die Stunden und Tage aus den Händen.

Vor allem möchte ich Dir sagen, daß es mir und den Meinen dank dem Ewigen – gepriesen sei sein Name – sehr gut geht. Möge der Herr mir in seiner Barmherzigkeit immer beistehen und mich für würdig erachten, die Ankunft des Messias zu erleben, damit sich an uns der Vers des Jesaja bestätigt: › . . .freuet euch mit ihr alle, die ihr über sie traurig gewesen seid!‹ Amen, Amen!

Wir kamen also nach Rom, wo Tausende von Männern und Frauen uns im Regen erwarteten. Der Verkünder wurde sofort von den Fattori, das heißt den drei Obersten der Gemeinde, empfangen: Obadia de Sforno, bei dem Papst Alessandro Hebräisch und die Kabbala studiert, dem Arzt Giuseppe Zarfati und dem Rabbiner und Bankier Daniel von Pisa. Alle waren von seinen Antworten beeindruckt, die er ohne jeden fremden Akzent sowohl in Latein wie auf italienisch formulierte. Zwei Tage später wurde er von Papst Clemens aus der Familie der Medici empfangen.

Ich erfuhr später, daß der Wegbereiter dem Führer der Christenheit ein Bündnis mit seinem Bruder Jossef, dem König von Gosan, gegen den Türken Suleiman vorschlug. Er verlangte Geschütze – die es in Gosan noch nicht gibt – und das Recht, eine Armee von Juden, die in christlichen Ländern wohnen, aufzustellen. Dafür versprach er dem Papst, ihm Konstantinopel und ganz Griechenland wiederzugeben. Er wollte von seinen Eroberungen nur Jerusalem und das Heilige Land behalten.

Du weißt, Vater, wie sehr ich das Schwert verabscheue. Ich billige Gewalt nur, wenn, wie es im Vierten Buch Mose steht, ›ihr in einen Streit ziehet in eurem Lande wider eure Feinde, die euch bedrängen . . .‹ Ich wurde also von Zweifeln geplagt, aber die Unterstützung, die der Verkünder von seiten der berühmtesten Rabbiner erfuhr, und die Geschenke, die ihm aus Neapel von Benvenida, der Schwiegertochter meines verehrten Lehrers Isaak Abrabanel (möge er in unserer Erinnerung weiterleben!) gesandt wurden, haben bald meiner Unschlüssigkeit ein Ende bereitet.

Der Papst, von David Rubeni und seinem Plan eingenommen, gab ihm Empfehlungsschreiben für Seine Majestät Joao mit, den König von Portugal. Ich gehörte zu denen, die ihn begleiten durften. Ich will Dir die Aufzählung aller Widrigkeiten und Abenteuer der Reise ersparen. Aber eins sollst Du wissen: als in der Ferne Almeria von Sonne durchflutet vor uns auftauchte, bekam ich Angst und mußte an einen Vers aus den Königen denken: ›Wenn wir gleich gedächten, in die Stadt zu kommen, so ist Teuerung in der Stadt, und wir müßten doch daselbst sterben.« Aber da die Hoffnung stets über den Zweifel siegen soll, sagte ich mir sogleich: »So laßt uns nun hingehen und zu dem Heer der Syrer fallen. Lassen sie uns leben, so leben wir.‹ Siehst Du, Vater, solange der Messias uns nicht erlöst, wird unser Leben immer von dem Wohlwollen der Völker abhängen.

Die Minister des Königs versprachen dem Wegbereiter ihre Hilfe; sie verpflichteten sich, die portugiesischen Juden freundlich zu behandeln und sie auf ihren eigenen Schiffen bis an die Küsten Palästinas zu bringen. Es stand also alles zum Besten. Aber die Wege dessen, der unser Schicksal bestimmt, sind unerforschlich. Ein schöner, edler junger Mann, Diego Pires, der die Aufgaben eines königlichen Notars versah, entbrannte in Liebe zu David Rubeni. Er hatte Visionen, lernte Hebräisch, studierte die Kabbala, nahm an sich selbst die Beschneidung vor und wählte den Namen Salomo Molcho.

Der Verkünder begriff sofort die Gefahr und bat den jungen Mann, so bald wie möglich in die Türkei abzureisen, um unsere Ankunft vorzubereiten. Aber es war schon zu spät. Unsere Feinde beschuldigten uns, Christen bekehren zu wollen und forderten die Einrichtung eines großen Inquisitionstribunals in Portugal. Statt also eine jüdische Legion anzuführen, mußten wir wie die Übeltäter flüchten und unser ganzes Gepäck zurücklassen. In meinem befand sich auch das Exemplar von Abrahams Buch, das Du mir in Soncino gegeben hast – mögen meine Vorfahren und Du selbst, Vater, mir verzeihen!

Während dieser ganzen Zeit reiste Salomo Molcho durch die Lande und verkündete die Ankunft des Messias, sobald Rom gefallen sei. Nun ergab es sich, daß Kaiser Karl V. in jenen Tagen Rom einnahm. Kannst Du Dir vorstellen, Vater, was für einen Empfang man von Stund an David Rubeni bereitete, wenn er sich, stets in weißem Gewand, in den noch rauchenden Ruinen zeigte. Die Menschen waren wie besessen. Ich sehe noch immer, wie Salomo Molcho, ebenfalls weißgekleidet, den Verkünder vor der Synagoge von Castelnuovo empfing. Tatsächlich begriff ich damals, daß er sich selbst für den Wegbereiter hielt, und David Rubeni, der der Versuchung des Ruhms nicht widerstehen konnte, sich als Messias sah. Ratlos flüchtete ich zu meinem Bruder Jochanan, der mir zuredete, David Rubeni und Salomo Molcho nicht nach Avignon zu begleiten.

Wenn ich jetzt diesen Brief wiederlese, ermesse ich erst ganz, wieviel zwischen meiner anfänglichen Begeisterung und meiner Enttäuschung heute liegt. Aber ich tröste mich mit den Worten, die geschrieben stehen: ›Das Volk, das im Finstern wandelt, sieht ein großes Licht.‹

An diesem Abend vor Rosch-ha-Schana des Jahres 5289 nach der Schöpfung der Welt durch den Ewigen – gepriesen sei sein Name –

bete ich erneut, dieser Brief möge Dich, Esther, ihren Mann Lazzaro und, wenn Gott sie ihnen geschenkt hat, ihre Kinder bei guter Gesundheit antreffen. So sei es. Amen!

Dein Sohn Daniel
Zu Ende geschrieben in Rom
am 28. Tag des Monats Elul
des Jahres 5288 nach der Schöpfung der Welt
durch den Ewigen – gepriesen sei sein Name.«

Brief Jochanans aus Rom an seinen Vater Abramo in Soncino:

»An meinen Vater Abramo, Sohn des Gabriel, Friede sei mit Dir.

In seinem letzten Brief hat mein Bruder Daniel Dir auch von mir Nachricht gegeben. So will ich Dir jetzt zunächst von ihm erzählen: Es geht ihm sehr gut, trotz seiner Enttäuschung. Jedenfalls hat er es David Rubeni zu verdanken, daß er während der Belagerung durch Karl V. nicht in Rom war. Als er aus Portugal zurückkam, war alles zu Ende, der Hunger vergessen und auch die Toten.

Daniel denkt ständig über diesen David Rubeni nach. Er erinnert mich an jenen Jäger, von dem Aristoteles spricht, der den Hasen trotz Kälte, trotz Hitze über die Berge und durch die Schluchten verfolgt; er begehrt seine Beute nur, solange sie flüchtet und verachtet sie, wenn er sie gefangen hat. Vor ein paar Tagen habe ich ihm, allerdings ohne ihm vorher etwas davon zu sagen, zu der Statue des Moses geführt, die Michelangelo geschaffen hat. Es ist, als lebe der Stein. Ich glaube, er war wie wir alle von dem Bild dessen, der das Antlitz des Schöpfers sah, beeindruckt, aber anschließend hat er lange gefastet, um sich zu reinigen.

Was ich Dir heute zu berichten habe, interessiert Dich sicherlich. Ich erzähle am besten der Reihe nach. Ich habe Dir gegenüber bestimmt schon einmal Hans Reuchlin erwähnt, einen deutschen Gelehrten, der Hebräisch gelernt und in Rom die Kabbala studiert hat. Als er in sein Land zurückkehrte, erhob er seine Stimme gegen die Dominikaner, die wieder einmal die Juden und den Talmud bekämpfen wollten. Er erreichte, daß die Schriften nicht verbrannt wurden, und forderte die Berufung von zwei Hebräisch-Professoren an jede Universität. Unsere Feinde veröffentlichten gegen ihn ein gehässiges Pamphlet, den ›Handspiegel‹, den er mit dem ›Augenspiegel‹, einer bemerkenswerten Schrift, beantwortete.

Die Kirche und die Universitäten beteiligten sich an dieser Polemik. Kaiser Maximilian sprach sich für Reuchlin, der französische König Ludwig XII. gegen ihn aus. Alle Humanisten hingegen, eben die, die unser Kabbalist Daniel so sehr verachtet, verteidigten die Juden, alle, von Erasmus bis Martin Luther, einem Mönch, der ein Buch mit dem Titel ›Daß Jesus Christus ein geborner Jude sei‹ geschrieben hat. Papst Leo X. weigerte sich, trotz wiederholter Bitten seines jüdischen Arztes und Freundes Bonet de Lattès, den Streit zu schlichten, aber er beauftragte einen christlichen Verleger aus Antwerpen, Daniel Bomberg, der eine Druckerei in Venedig besitzt, eine vollständige Ausgabe des Talmud zu veröffentlichen.

Dieser junge Luther macht im Augenblick viel von sich reden. Er hat die Bibel in Vulgärsprache übersetzt, damit jeder sie lesen kann. Und weißt Du, auf welchen Text er sich dabei gestützt hat? Er erwähnt es ausdrücklich in dem Kolophon: die Bibel von Soncino. Und nicht irgendein Exemplar, sondern eben das, welches Graf Pico della Mirandola von Dir gekauft hat. Es kam später in den Besitz von Hans Reuchlin, der es Martin Luther geschenkt hat. Ein Beweis, daß alle Wege recht sind, um das Wort des Herrn zu verbreiten, damit es, wie Jesajas sagt, ›bleibe für und für ewiglich‹.

Doch jetzt zu der Neuigkeit, von der ich sprach; das Beste habe ich für den Schluß aufgehoben. Meine Wirtsleute haben ihren Willen durchgesetzt und mich verheiratet. Sie heißt Monika, und wir haben zwei Söhne, Elchanan und David, die der Ewige – gepriesen sei sein Name – beschützen möge. Im übrigen geht es mir gut; ich bereite eine Serie von Holzschnitten vor, die für eine neue Ausgabe von Vergils Gedichten bestimmt sind.

Gott behüte Dich, Vater, unsere Schwester, ihren Mann Lazzaro und ihre Kinder!

Euer Sohn Jochanan.
Gegeben zu Rom
am 4. Juni des Jahres 1528.«

Brief von Meschulam aus Rimini an seinen Vater Abramo in Soncino:

»An meinen Vater Abramo, den der barmherzige Gott beschützen möge.

Teurer Vater, meine Frau Rachel hat mich verlassen – gesegnet sei die Erinnerung an eine fromme Frau. Es bedurfte dieses traurigen Ereignisses, um mir bewußt zu machen, daß ein Leben vergangen ist. O Vater, vergib mir, wenn es noch nicht zu spät ist, meine kindlichen Pflichten vernachlässigt, Dir nicht öfter geschrieben und mich nicht um Deine Einsamkeit gesorgt zu haben. Wie sehr mußt Du mir gram gewesen sein! Ich bestreue heute mein Haupt mit Asche und werfe mich vor Dir auf die Knie.

Ich habe keine Entschuldigung, aber Du kennst ja die Druckkunst, Du weißt, wieviel Zeit sie in Anspruch nimmt, wie sehr sie einen ausfüllt, und Du wirst auch verstehen, wie ein Buch dem anderen folgt und einem weder Zeit noch Muße läßt. Ich habe kaum meine eigenen Kinder aufwachsen sehen, und jetzt hat mein ältester Sohn Abbaku Dir schon Deinen dritten Urenkel geschenkt – möge ihm ein langes Leben beschieden sein, Amen!

Gerson und ich haben uns jetzt in Rimini niedergelassen, das am Meer liegt, zwischen Ancona und Ravenna. Der Rat der Stadt war sehr darum bemüht, eine Druckerei, die ihm und der Stadt zur Ehre gereicht, hier ansässig zu machen. Er hat uns viele Privilegien gewährt: Wir sind vom Zehnten und der Salzsteuer befreit, während des San-Giuliano-Festes bekommen wir kostenlos auf der St.-Peter-Brücke einen Stand zugewiesen, und er zahlt uns zwölf Dukaten pro Jahr, so daß die Miete für unser Haus gedeckt ist. Fast vierzig Werke haben wir hier inzwischen veröffentlicht, unter anderem den Kommentar des Raschi zum Pentateuch und ein Traktat von Elia Levita, demselben, der Kardinal Egidio aus Viterbo, diesem großen Freund der Juden, gesegnet sei sein Angedenken, Hebräischunterricht gab.

Insgesamt haben Gerson und ich an die hundert Werke gedruckt, zwanzig davon in hebräischer Sprache. Wie Du Dir vorstellen kannst, ist Gerson mit dem Alter keineswegs sanftmütiger geworden. Er ist mit fast allen Druckern Italiens verfeindet. Nur Daniel Bomberg, der Schriftsetzer aus Antwerpen, entging, Gott sei es gedankt, bisher seinem Zorn. Er hat uns versichert, wie sehr er unsere Arbeit und die aller Drucker von Soncino schätzt. Das Kompliment gilt also auch Dir.

In Padua haben wir einen sehr liebenswürdigen Mann getroffen,

Rabbi Mordechai Joffe, der aus Lublin in Polen stammt. Er hat uns viel über dieses Land erzählt, in dem die Juden, so sagt er, in Frieden leben. Er hielt es für sehr wünschenswert, dort ein paar große Druckereien anzusiedeln, aber Gerson will von Polen nichts wissen. Er sagt, man müsse schon ein Barbar sein, um im Schnee zu leben, und er sei zu alt, um sich zu den Barbaren zu gesellen. Er denkt manchmal daran, nach Saloniki zu ziehen, wo sein Ältester, Eleasaro, offenbar eine sehr schöne Werkstatt hat.

Davon abgesehen, droht Gerson ständig, dieses Handwerk einfach aufzugeben, in dem man, so sagt er, nicht geachteter sei als wenn man Krapfen auf dem Jahrmarkt verkaufe und nur Feinde habe, die einem überall Fußangeln legten. Ich muß ihn oft ermahnen und ihn an Rabbi Tarfons Worte aus dem Traktat der Väter erinnern: ›Es ist euch nicht auferlegt, die Aufgabe zu Ende zu führen, aber ihr habt nicht das Recht, euch ihr zu entziehen.‹ Vater, ich habe nachgerechnet, daß Du etwa achtzig Jahre alt sein mußt. Möge der Allmächtige geben, daß Du diesen Brief noch lesen kannst und mir verzeihst. Möge er Dich noch lange am Leben erhalten, ebenso wie unsere Schwester Esther, ihren Mann Lazzaro und ihre Kinder!

Dein Sohn Meschulam.

Geschrieben in Rimini

am Tage vor Rosch-ha-Schana im Jahre 5286 nach der Schöpfung der Welt durch den Ewigen – gepriesen sei sein Name.«

Dieser Brief ist der letzte, den Abramo di Soncino, Sohn Gabrieles di Strasburgo, lesen konnte. Er lebte schon seit vielen Jahren bei seiner Tochter Esther, und Generationen von Kindern waren es inzwischen gewohnt, ihn neben der Schwelle auf der Steinbank sitzen zu sehen, wie ein unverrückbares Element der Landschaft. Er war einer jener fast durchsichtigen Greise, die man für gebrechlich und hinfällig hält, die jedoch eine geheimnisvolle Kraft besitzen.

Abramo hatte von weitem das Leben seiner Söhne verfolgt, das jedem von ihnen bestimmt zu sein schien: Meschulam im Schatten von Gerson, Daniel in den Fängen der Kabbala, als stünde nicht schon im Talmud, daß Israel, damit der Messias erscheine, zwei Sabbate hintereinander einhalten müsse, und sei es nur ein einziges Mal – was im Exil unmöglich ist –, und schließlich Jochanan, der wie ein Korken im Meer der Heiden schwamm . . . Ihre Briefe waren für ihn der Anlaß zu endlosen Träumereien, die ihn immer wieder zu jenem kurzen, verrückten venezianischen Abenteuer führten, das in seiner verworrenen Erinnerung noch immer strahlend klar war.

Eines Morgens fand man ihn tot. Er war sechsundachtzig Jahre alt geworden. Esther und ihr Mann Lazzaro baten ihren jüngsten Sohn, den Goldschmied Giacobbo, der selbst schon Familienvater war, nach Rimini zu reisen, von wo aus Meschulam den letzten Brief geschrieben hatte. Er sollte ihm das übergeben, was ihm als dem ältesten von Abramos Söhnen zukam: die Truhe mit der Rolle, ein paar Manuskripten und den beiden letzten Exemplaren von Abrahams Buch.

In Rimini kam Giacobbo gerade noch rechtzeitig, bevor Meschulam und Gerson ihre Zelte dort abbrachen. Sie hatten beschlossen, nach Saloniki zu ziehen.

31

Saloniki
Zwei ganz gewöhnliche Juden

Gütiger Gott, was für ein Chaos! Was für ein fröhliches Durcheinander! Gerson, Meschulam und dessen Sohn Abbaku hatten noch nie auf ihren Reisen solch ein Gedränge und solch ein Geschrei erlebt. Kaum standen sie auf dem Kai, wurde ihr Schiff von einem Wirbelsturm von Baumwollballen, Käfigen mit flügelschlagendem Federvieh, schreienden Kindern, Trägern, fliegenden Händlern, Bettlern und Taschendieben überzogen. Unbekannte umarmten sie, schlugen ihnen auf die Schulter, andere griffen ihnen in die Taschen. Ein Meer von Gesichtern mit bunten Turbanen, Kappen und Filzhüten. Ein großer, fast schwarzer Stier an der Spitze einer Karawane teilte diese Fluten wie eine stolze Galionsfigur. Goldfarbener Staub stieg in den blauvioletten Himmel Salonikis auf. Meschulam und Gerson verloren sich aus den Augen und fanden sich an einer Tiertränke am Hafeneingang wieder, aber ohne Abbaku. Schon ganz benommen von dem Lärm und den durchdringenden Gerüchen hatten sie sich einfach von den vorwärtsdrängenden Pferden, Kühen, Eseln und Schafen treiben lassen.

»*Bruchim habaim*. Vater! Meschulam! Friede sei mit euch!«

Eleasaro, Gersons Sohn, schloß die beiden Reisenden in seine Arme. Hinter ihm tauchte gleich ein ganzer Schwarm von Juden auf, die ihnen vorschlugen, sie jeweils in ihre Synagoge aufzunehmen. In diesem Augenblick tauchte Abbaku mit dem Gepäck auf, das Eleasaro gleich an die eifrigen Anwerber verteilte:

»Jetzt haben wir einen Augenblick lang Ruhe«, sagte er augenzwinkernd zu seinem Vater. »In Saloniki kann niemand ohne Hände reden!«

Mit gerunzelter Stirn und hochgezogenen Schultern betrachtete Gerson angewidert dieses Treiben:

»Eine *Kasbah!*«, ließ er sich schließlich vernehmen. »Ich wußte nicht, daß mein Sohn in einer Kasbah lebt!«

Als Abbaku Frau und Kinder wiedergefunden hatte, gingen sie, gefolgt von einem Schwarm Neugieriger, der im Verlauf des Weges immer größer wurde, nach Hause zu Eleasaro. Sie durchschritten eine kleine Tür, die einzige Öffnung in einer hohen, strengen Hausmauer. Dahinter entdeckten die »Italiener« einen riesigen Patio unter freiem Himmel, in dem Springbrunnen zwischen Feigenbäumen, Speierlingen und Brustbeerbäumen plätscherten. An den Mauern rankten sich Rosen und Geißblatt empor. Im Erdgeschoß führten hohe Flügeltüren in den Garten hinaus, im ersten Stock lagen große Loggien mit Laubengängen. Einige Fenster waren mit breit ausladendem Gitterwerk geschmückt.

Joseph, Sarah und Abraham, Abbakus Kinder, waren wie verzaubert. Nur diese gewichtigen Männer in litzenbesetztem Wams und Beinkleidern mit breitem Gürtel, die ihre Onkel sein sollten, schüchterten sie etwas ein. Man reichte süßes Brot und Halbgefrorenes. Gerson rührte beides kaum an. Sein Entschluß stand schon fest. Eine Druckerei in einer Kasbah kam für ihn nicht in Frage.

»Aber Vater, in Saloniki leben mehr als zwanzigtausend Juden! Zwanzigtausend!«

»Juden, sagst du? Aber was für Juden!«

»Zugegeben, die meisten sind arme Leute. Aber war es nicht das Ziel der Drucker von Soncino, billige Bücher zu machen, damit auch die ärmsten Juden an der Weisheit Israels teilhaben können?«

Gerson schüttelte den Kopf und brummte abfällig. Vergebens führte man ihn am nächsten Tag durch die Stadt, von der Synagoge zur Druckerei, vom Basar zur Via Egnatia, der parallel zum Meer verlaufenden Hauptstraße. Er hatte nur eins im Sinn, das nächste Schiff zu nehmen. Und bereits zwei Tage später, nach dem Sabbat, schiffte er sich nach Konstantinopel ein. Meschulam folgte ihm, wie er es nun schon seit dreißig Jahren tat, sowie sein jüngster Sohn Giosue. Nur Abbaku, seine Frau Ruth und ihre Kinder Joseph, Sarah und Abraham blieben: Eleasaro hatte ihm vorgeschlagen, mit ihm in der Druckerei zu arbeiten. Er hatte sie zusammen mit seinem Partner Mose gegründet, der erst vor kurzem fortgezogen war. Abbaku bezog in Eleasaros Haus die Räume, die eigentlich für Meschulam bestimmt gewesen waren.

Abbaku war zu jener Zeit ein fünfunddreißigjähriger Mann mit blassem Gesicht, sanften braunen Augen und dichtem langem Bart. Er übte seinen Beruf mit einer etwas melancholischen, aber bedingungslosen Leidenschaft aus. Doch obgleich er viel von Gerson gelernt hatte, trug der mürrische, herrschsüchtige alte Drucker die Schuld daran, daß er sich, im Gegensatz zu seinem Vater Meschulam, noch nicht zu einer eigenen Persönlichkeit hatte entwikkeln können. Er hoffte, sich mit Eleasaro gut zu verstehen, der ein gutmütiger Mann war, vielleicht nur etwas phantasielos in seiner Arbeit. »Nimm dich in acht«, hatte ihn seine Frau Ruth gewarnt. »Dieser Mann ist nicht fähig, dem Mißgeschick die Stirn zu bieten. Wenn es Schwierigkeiten gibt, stehst du allein da.« Abbaku hatte zwar großes Vertrauen in Ruths Menschenkenntnis, aber wer schon mußte im Leben nicht kämpfen? Und die Möglichkeit, sich von Gersons allesbeherrschendem Einfluß freizumachen, war für ihn eine große Verlockung.

Er brauchte mehrere Tage, bis er sich mit dieser Stadt vertraut gemacht hatte, die in Zukunft die seine werden sollte. Türken, Griechen und Juden teilten sich die Unterstadt, wo die Geschäfte lagen und die kleinen Leute wohnten, und die inmitten von Gärten wunderschön auf einem Hügel gelegene Oberstadt. Die große jüdische Gemeinde setzte sich aus mehreren Einwandererschichten zusammen: Die ersten waren die Bayern gewesen, die eine Aschkenase- Gemeinde gebildet hatten, später waren die Spanier und Portugiesen gekommen und mit ihnen sehr viele Marranen, was häufig Probleme in bezug auf die *Halacha* mit sich brachte: Das Rabbinergericht von Saloniki hatte beschlossen, die Marranen, was Ehe- und Scheidungsfragen betraf, als Juden zu betrachten.

Die Juden, fast ausschließlich Händler und Handwerker, pflegten ein intensives Gemeindeleben. Etwa dreißig berufsständige Vereinigungen waren in einem großen Gemeindeverband zusammengefaßt. Besondere Verwaltungsbeamte hatten die Aufgabe, die Last der Steuern, die an die Türken abzuführen waren, gerecht unter den verschiedenen Gemeinden zu verteilen. Und was es für Steuern gab! Staunend erfuhr Abbaku, wofür man alles zahlen mußte: die jährliche Steuer, einen Beitrag zur Unterhaltung der Armee, eine Erbschaftssteuer, eine Grundsteuer, eine Fleischsteuer, einen Beitrag zur Unterhaltung der Falknerei, eine Steuer für den Oberrabbiner, eine Steuer für die Befreiung vom Kriegsdienst, eine Steuer für die Unterhaltung der kaiserlichen Truppen, eine Steuer für die Unterhaltung der kaiserlichen Post, eine Steuer für die Pelzbekleidung des Sultans . . . »Dafür«, sagte Eleasaro, »können wir in Frieden unserer Religion nachgehen, und unsere Gemeinden wachsen und gedeihen.«

Zwei Tage später, am Tag vor Tischa be Aw, dem Jahrestag der Zerstörung des Tempels, nahm Abbaku an der langen Prozession teil, die von der Oberstadt hinunter zum Hafen führte. Voran gingen vier Rabbiner, die eine Bahre mit einem Kind darauf trugen. Tausende von Juden folgten ihnen in Trauer und Schmerz. Jeder trug eine Stange mit einem ausgehöhlten und durchlöcherten Kürbis, in dem eine Kerze brannte.

»Sie gehen dahin, die sieben Brüder«, sangen die Rabbiner auf spanisch.

Und die Menge antwortete:

»Weh, welch ein Schmerz.«

»Sie gehen dahin zum Galgen.«

»Weh, welch ein Schmerz!«

Auch die Griechen und Türken, die am Straßenrand standen, wo der Zug vorbeikam, fielen in den langsamen, traurigen Gesang ein. Und diese vielen Stimmen, die sich vereinten, all die Lichter, die vor dem violetten Himmel schaukelten, brachten den Juden im Innersten zu Bewußtsein, daß sie in der Fremde lebten.

»Weh, welch ein Schmerz.«

Abbaku und seine Kinder kehrten tiefbewegt nach Hause zurück. Am nächsten Tag versammelten sich in Eleasaros Garten Nachbarn und Freunde. Sie setzten sich auf ihre Fersen und rezitierten bis zum Abend im Sprechgesang die Klagelieder des Jeremias, die Leidensgeschichte Hiobs und die Psalmen der Trauertage. »Vergesse ich dein, Jerusalem, so werde meiner Rechten vergessen . . .«

Rabbi Benjamin Halevi Eschkenasi, ein kräftiger und lebhafter Mann, lud Abbaku ein, ihn in der Aschkenase-Synagoge zu besuchen:

»Ich werde Euch zeigen«, sagte er, »wo die Seelen der Gerechten sind, die erschaffen wurden und unter uns weilen, sowie die Seelen der Gerechten, die noch nicht erschaffen sind.«

Verständnislos runzelte Abbaku die Stirn. Der Rabbi legte ihm die Hand auf den Arm:

»Das war ein Henoch-Zitat. In Wirklichkeit vermag allein der Ewige – gepriesen sei sein Name – all diese Dinge. Besucht mich einmal!«

Eleasaros Druckerei war eine etwas unordentliche kleine Werkstatt, in der es sich aber gut arbeiten ließ. Sie lag unterhalb der Via Egnatia, zwischen der Talmud-Thora und Francomahalla, dem ehemaligen Viertel der Franken, wo sich die reichen Kaufleute aus Venedig, Genua und Marseille angesiedelt hatten. Es gab noch eine andere Druckerei in Saloniki, die Judah Gdalia gehörte, einem Portugiesen, der erst seit ein paar Jahren in der Stadt lebte.

Während Eleasaro und Abbaku einen *Machsor*, eine Gebetssammlung, veröffentlichten, gab Judah Gdalia die Predigten Salomo Molchos heraus, eben jenes Mannes, den Daniel, der Kabbalist, in Portugal getroffen hatte und der sich für den Wegbereiter des Messias hielt. Anfangs verkaufte der Machsor sich sehr gut, und der Buchhändler Samuel Achemeoni hatte keine Mühe, Bestellungen hereinzubekommen. Dann erfuhr man von Salomo Molchos Tod: David Rubeni und er waren nach Deutschland gegangen, um Karl V. zu bitten, sie bei der Befreiung Palästinas zu unterstützen. Anfänglich, so schien es, hatte der Kaiser sein Interesse an dem Plan bekundet, bis Molcho, von allen guten Geistern verlassen, ihm vorschlug, zum Judentum überzutreten. Zornentbrannt hatte Karl V. David Rubeni und Salomo Molcho gefangen setzen lassen und sie in Ketten dem Bischof von Mantua ausgeliefert, wo ein Kirchentribunal Salomo Molcho wegen Ketzerei und Gotteslästerung zum Scheiterhaufen verurteilte. Die Kirche fürchtete seine Worte so sehr, daß er mit einem Knebel im Mund zur Hinrichtung geführt wurde. Er starb, ohne den Namen des Ewigen – gepriesen sei sein Name – anrufen zu können.

In Saloniki, wohin er auch gekommen und wo sein Name noch allen lebhaft in Erinnerung war, stürzten sich die Juden, als sie von seinem Tod erfuhren, auf die von Judah Gdalia veröffentlichte

Sammlung seiner Predigten. Der Buchhändler Samuel Achemeoni verkaufte keinen einzigen Machsor mehr:

»Rabbi Nathan hat einmal gesagt«, erklärte er Eleasaro und Abbaku, »ein jeder Mensch wiege für sich allein die ganze Schöpfung auf. Nur leider kann er nicht zwei Brote gleichzeitig essen!«

Die Druckerei der »Italiener« erlebte damals harte Zeiten. Sie mußten Geld leihen, um Kimchis Grammatik drucken zu können, die die Schulen brauchten und durch deren regelmäßigen Verkauf sie sich über Wasser halten konnten.

Abbaku gefiel es in Saloniki. Er hatte sich an das hier übliche Geschrei und Gestikulieren gewöhnt, an den violetten Himmel, an den Wind vom Wardar her und an den *Kahve*, ein schwarzes Getränk, das wie verbrannt schmeckte und in das man Nelken tat.

Er hatte sich mit Rabbi Benjamin Halevi Eschkenasi befreundet, den er oft besuchte und gebeten hatte, einen Mann für seine Tochter zu finden. Tatsächlich heiratete Sarah David, den Sohn von Rabbi Joseph ben Lev, einem kleinen, dürren, leicht erregbaren Mann, der in seinen viel zu großen Kleidern wie ein Kleiderständer aussah und ständig den Zeigefinger ausstreckte, um seinen schrecklichen Bibelzitaten mehr Gewicht zu verleihen. Zu Sarahs Glück war sein Sohn ein friedlicher Mensch, der sich um das Sekretariat des Gemeinderates kümmerte.

Joseph, Abbakus Ältester, wollte nicht Drucker werden. Für ihn lag das Wesentliche der Familientradition nicht in der Wiedergabe der unzähligen Kommentare zum Gesetz, sondern in der Weitergabe des Gesetzes selbst. Er war Schreiber geworden und fuhr fort, wie so viele seiner Vorfahren, die Thora-Rollen zu kopieren. Die Buchstaben, die er mit Sorgfalt und Geschmack auf Pergament schrieb, glichen, so behaupteten Kenner, kostbaren Reihen von Perlen und Saphiren. Sein jüngerer Bruder Abraham wurde Abbakus Mitarbeiter in der Werkstatt.

Einige Zeit darauf erfuhren sie aus Konstantinopel, daß Gerson und nach ihm Meschulam gestorben waren – auch diese Reise hatten die beiden unzertrennlichen Alten gemeinsam gemacht. Und so hielten Abbaku und Eleasaro kurz nacheinander die Schiwa für ihre Väter. Ein venezianischer Kaufmann auf der Durchreise brachte ihnen bald darauf die Truhe mit Abrahams Rolle und Buch sowie eine Ausgabe der »Mikhlol«[79], »Ornamente«, von David Kimchi, die Gerson, Meschulam und Giosue gedruckt hatten. Der alte Gerson hatte mit der Hand auf die letzte Seite des Bandes geschrieben: »Unter großer Mühsal bin ich von meiner Jugend bis zu meinem Alter gereist, um wertvolle hebräische Manuskripte zu finden, die ich durch den Druck erst bekannt gemacht habe: Die meisten dieser unschätzbaren Werke lagen verstaubt und vergessen in einer Ecke. Eine große Zahl talmudistischer Werke, dreiundzwanzig Traktate mit den Raschi-Kommentaren, die man an unseren kleinen Akademien zu studieren pflegt, habe ich gedruckt. Die Schriftsetzer von Venedig haben sie schamlos kopiert und hätten mich sicherlich ruiniert, wenn nicht der Ewige – gepriesen sei sein Name – mir zu Hilfe gekommen wäre. Der, der alle Dinge kennt, wird sich an die Opfer erinnern, die ich gebracht, die Gefahren, die ich überwunden habe – und an meine Bemühungen, meinen Brüdern aus Spanien und Portugal beizustehen, die die Religion unserer Väter aufgeben mußten. Und so setze ich am Abend meines Lebens in Gott und seinen geheiligten Namen all mein Vertrauen.«

Gerson und Meschulam, Abramos Söhne, wurden auf dem Friedhof von Egri Capu außerhalb der Stadtmauern, zur Balat-Seite hin, beerdigt, wo auch Mose Kapsali ruht, der letzte der großen Rabbiner byzantinischer Zeit. Gott bewahre die Erinnerung an die Gerechten!

Eleasaro und Abbaku nahmen sich vor, so bald wie möglich zum Grab ihrer Väter zu reisen. Aber nur Abbaku konnte sein Versprechen halten; Eleasaro kam nicht mehr nach Konstantinopel. Denn kurz darauf wurden sie in ein dramatisches Ereignis verwickelt, das wenige in Saloniki unangefochten überstanden.

Für Abbaku begann alles an einem Abend, an dem Eleasaro, wie häufig, die Werkstatt verließ, um ein bestelltes Buch in eine Buchhandlung oder eine Jeschiba zu bringen. Aber an diesem Abend vergaß er, die bereitgelegten Exemplare mitzunehmen. Als Abbaku

[79] Mikhlol: Philologische Abhandlung über die hebräische Sprache, verfaßt von David Kimchi (1160?–1235?), auch Maistre Petit oder Radak genannt. Dieser Sprachforscher, Kommentator und Gelehrte aus Narbonne faßte die Grammatikregeln der klassischen hebräischen Sprache zusammen und ließ als erster die Unterscheidung von langen und kurzen Vokalen zu.

es bemerkte, lief er hinter ihm her, in Richtung der italienischen Synagoge, wohin er gehen wollte. Doch er traf seinen Partner unterwegs nicht. In der Synagoge hatte man ihn auch nicht gesehen. Als er sich nachdenklich auf den Weg zurück in die Druckerei machte, sah Abbaku Eleasaro in lebhafter Unterhaltung mit Nissim dem Aragonesen, einem stadtbekannten Gauner, in einer Ecke stehen. Unwillkürlich versteckte Abbaku sich in einer Toreinfahrt und sah, wie Eleasaro dem Banditen eine Börse zusteckte. Sollte er eingreifen? Durfte er sich in die Geschäfte seines Partners mischen? War es nicht eine Sünde, einen Freund so zu bespitzeln?

Zutiefst beunruhigt ging Abbaku zurück in die Werkstatt. Der Himmel war bedeckt, die Luft feucht. Die Muezzims riefen zum Abendgebet. Isaak Pinto, ihr Nachbar, stand auf der Schwelle und verschaffte sich etwas Abkühlung. Abbaku blieb stehen, um ihn zu begrüßen und mit ihm ein paar Worte über die Hitze zu reden. Isaak fächelte sich Luft zu:

»Bald wird dein Blei von allein schmelzen, Drucker!«

Isaak Pinto war ein umgänglicher Mann, ein ehemaliger »Reeder«, wie er sich nannte. Er hatte sein einziges Boot verkauft und lebte bescheiden von dem bißchen Geld, das er damit verdient hatte. Abbaku setzte sich einen Augenblick neben ihn auf die warme Steinschwelle:

»Ich habe eben Nissim den Aragonesen gesehen«, sagte er. »Ich dachte, er sei im Gefängnis.«

Isaak Pinto spuckte in den Staub:

»Da gehört er auch hin«, erwiderte er. »Aber er ist nicht ohne Schutz.«

»Du meinst, die Türken halten ihre Hand über ihn?«

»Nicht nur die Türken!«

Isaak Pinto lachte nicht mehr. Er schaute vorsichtig nach links und rechts und fügte dann leise hinzu:

»Er gehört zu Baruchs Männern, Gott möge ihn verfluchen.«

Baruch war Kaufmann, Lieferant der türkischen Armee, und genoß deshalb das Wohlwollen vieler Offiziere und Beamter. Aber seine offizielle Tätigkeit diente nur als Deckmantel für eine andere: Baruch hatte eine mächtige Organisation aufgebaut, die den Handwerkern und Geschäftsleuten versprach, sie gegen entsprechende

Bezahlung »vor den Banditen« zu schützen. Sein Trick bestand darin, daß er sich nur an die Juden wandte, die nicht wagten, ihn vor die türkischen Gerichte zu bringen. Die Türken dagegen drückten beide Augen zu. Die Juden sollten ihre Händel unter sich austragen!

Abbaku hatte zwar schon von diesem Baruch gehört, sich aber weiter nicht darum gekümmert, da man von ihm noch kein Geld gefordert hatte. Er wunderte sich lediglich darüber, daß es Juden gab, die andere Juden bestahlen. Isaak Pinto rückte noch ein wenig näher an ihn heran: »Sprich nie über diesen Baruch, Drucker. Er bekommt immer Wind davon und rächt sich dann. Entweder erhöht er die Gebühr, oder er steckt das Geschäft in Brand. Aber . . .«

Der »Reeder« unterbrach sich. Im gleichen Augenblick wie Abbaku war ihm ein Licht aufgegangen. Es war höchst ungewöhnlich, daß die Druckerei von Forderungen verschont geblieben war. Oder aber . . .

»Abbaku, ich bitte dich, nimm dich in acht!«

Abbaku war schon aufgesprungen. Er sah Eleasaro an diesem Abend nicht und verbrachte die Nacht damit, sich auf seinem Lager zu wälzen. Am nächsten Morgen ging er gleich zu seinem Freund, dem Rabbi Eschkenasi. Es hatte noch immer nicht geregnet. Die drückende Hitze verlangsamte die Schritte und Gesten. Die Tiere lagen matt im Schatten der Häuser, und man mußte sie schon mit Fußtritten dazu bewegen, Platz zu machen. Über der Stadt kreisten die Geier.

Rabbi Benjamin sprach gerade vor seinen Studenten über das Verhalten des Menschen im Gegensatz zu dem Ewigen – gepriesen sei sein Name –, dem Herrn der Welten. Er zitierte einen Absatz von Rabbi Josse Hagligi aus dem Talmud: »Wenn ein Mensch seinen Nächsten beleidigt hat, mag es geschehen, daß dieser ihn in seinem Zorn erschlägt. Aber der Ewige – gepriesen sei sein Name – handelt nicht so: Er hat die Schlange verflucht, aber wenn die Schlange auf das Dach steigt, findet sie immer noch Nahrung, und wenn die Schlange auf die Erde hinuntergleitet, findet sie auch dort Nahrung. Gott hat Kanaan verflucht und es zur Sklaverei verdammt, aber Kanaan ißt, was sein Herr ißt, und trinkt, was sein Herr trinkt . . . Gott hat die Frau verflucht, und doch begehren sie alle Männer . . . Gott hat die Erde verflucht, und doch nähren sich alle Geschöpfe von ihr . . .«

Ein noch ganz junger, blasser Mann stand auf:

»Wenn ein Mensch einen anderen zu Recht verflucht«, fragte er, »wer führt dann den Spruch aus?«

»Der, der alles beschließt, der Herr der Schöpfung«, erwiderte Rabbi Eschkenasi mit seiner ruhigen Stimme.

Er gewahrte Abbaku an der Tür und lächelte ihm zu.

Ja, bestätigte er ihm wenig später, als sie miteinander sprachen, er habe schon von diesem Baruch gehört, aber niemand habe je gegen ihn Klage geführt. Gewiß könne man diese Frage bei der nächsten Versammlung des Rats der Gemeinde aufwerfen; aber auch dazu bedürfte es genauer Anschuldigungen und Beweise: »Weh den Schriftgelehrten«, zitierte er, »die unrechte Gesetze machen und die unrechtes Urteil schreiben!«

Abbaku ging zurück in die Werkstatt. Er beobachtete Eleasaro, der gerade den Winkelhaken auf den Rand des Setzkastens stellte. Sollte er mit ihm reden? Er dachte an die Worte aus der Genesis: » . . .so ruhet die Sünde vor der Tür, und nach dir hat sie Verlangen; du aber herrsche über sie.« Mußte er es also Eleasaro überlassen, allein mit diesem Problem fertig zu werden? Aber sie waren schließlich Partner, und Eleasaros Problem war auch das seine.

»Eleasaro«, begann er, » . . . hat Baruch eigentlich nie versucht, uns seinen Schutz zu verkaufen?«

Der arme Eleasaro wurde ganz verlegen. Fast wäre ihm der Satz vom Setzschiff gerutscht.

»Baruch?«

»Der Räuber.«

»Der Räuber?«

Abbaku hatte Mitleid mit seinem Vetter.

»Eleasaro«, sagte er, »ich habe dich beobachtet, wie du Nissim dem Aragonesen eine Börse zugesteckt hast. Und nachdem ich mit Isaak Pinto gesprochen habe, war mir klar, daß auch du Baruch bezahlst.«

Eleasaro wischte sich die Hände an seiner weißen Hose ab. Sein Kinn zitterte, als er erwiderte:

»Ja, ich bezahle! Ich bezahle, um weiterarbeiten zu können! Und ich zahle auch, damit du weiterarbeiten kannst! Ich bezahle, damit man uns nicht diese Werkstatt in Brand setzt, die ich gegründet habe und in der wir Bücher zum Ruhm des Ewigen – gepriesen sei sein Name – drucken! Ich habe dir nichts gesagt, damit du nicht die gleichen Sorgen hast, die mich quälen. Jetzt wirst du ebenso wie ich darauf warten müssen, daß ein Kind oder eine alte Frau oder wer auch immer dir eine Summe und einen geheimen Plan nennt . . .«

Eleasaro weinte. Abbaku gab den Lehrlingen hinten in der Werkstatt zu verstehen, daß sie gehen sollten.

»Und außerdem ist es schrecklich heiß«, fügte Eleasaro kläglich hinzu.

Zwei Tage später brannte Isaak Pintos Haus.

Abbaku rannte zu Rabbi Benjamin Halevi Eschkenasi:

»Rabbi«, sagte er, »ich habe keinen Beweis, niemand hat einen Beweis, aber ich weiß es. Wenn wir Baruch schon nicht verhaften lassen können, weshalb sprechen wir nicht wenigstens den Cherem über ihn aus? Wir, die *Rayas*, haben zumindest diese Waffe, nicht wahr, Rabbi? Es ist unsere einzige . . .«

Rabbi Eschkenasi stand reglos vor seiner Bibliothek, eine der schönsten Salonikis:

»Im Namen des Ewigen – gepriesen sei sein Name – beruhigt Euch, Abbaku! ›Ein Ungeduldiger handelt töricht‹, sagen schon die Sprüche.«

Zum ersten Mal klang seine Stimme streng. Aber Abbaku ließ sich nicht beschwichtigen.

»Und was tut man dann, Rabbi, mit einem Verbrecher, den die Menschen nicht richten können?«

»Der oberste Richter, der König der Welten, wird ihn richten!«

Seine hellen Augen blitzten auf, während er diese Worte sprach, und Abbaku bewunderte seinen Glauben.

»Abbaku«, fuhr der Rabbi fort, »kommt morgen wieder. Wir werden in aller Ruhe darüber nachdenken. ›Wer geduldig ist, der ist weise . . .‹«

Ausgerechnet an diesem Abend wurde bekannt, daß Baruch von der türkischen Verwaltung zum *Kahya* ernannt worden war, das heißt, zum Steuereinnehmer der Juden von Saloniki und zu ihrem Verbindungsmann bei den Behörden. Abbaku war außer sich vor

Entrüstung. Er wollte nicht einmal etwas essen, und seine Frau Ruth bemühte sich, ihn wieder zur Vernunft zu bringen:

»Du wirst dich doch nicht gegen den Lauf der Dinge stellen, mein Lieber! . . . Dieser Baruch – Gott möge ihn verfluchen – hat die Türken auf seiner Seite, was willst du dagegen tun? . . . Mach es wie die anderen, akzeptiere nach außen hin sein Gesetz und behalte deinen Zorn für dich!«

Als er am nächsten Tag zu Rabbi Eschkenasi kam, war dieser nicht allein. Ein anderer Rabbi, David Benveniste, war bei ihm, ein hagerer, weißhaariger strenger Mann, der ein schwarzes, mit einem Ring verstärktes und mit geblümtem Stoff besetztes Toledanerkäppchen trug. Rabbi Benveniste dachte wie Abbaku, daß man etwas tun, und wie Rabbi Eschkenasi, daß man Vorsicht walten lassen solle.

Er schlug vor, einen langen Brief an Mose Hamon zu schreiben, mit dem er zusammen aufgewachsen und der der Leibarzt Suleimans des Prächtigen und der persönliche Freund des Großwesirs Rustem Pascha geworden war. Zunächst einmal solle man nur seinen Rat einholen. Rabbi Benveniste fügte hinzu, sein Vetter Jeremias, den seine Geschäfte ständig nach Konstantinopel führten, könne den Brief gleich mitnehmen.

So geschah es. Jeremias brachte einen Monat später Mose Hamons Antwort. Der Arzt verurteilte mit strengen Worten Baruchs erpresserische Tätigkeit und riet den Rabbinern, einen letzten Versuch zu machen: »Ladet ihn vor Euch«, schrieb er, »und ermahnt ihn zur Ordnung. Wenn es sein muß, droht ihm, daß er vom Sultan die schlimmsten Strafen zu erwarten habe.« Er fügte hinzu, er habe zwei Männer damit beauftragt, die Aktivitäten des Kahyas genau zu überprüfen. Dann sei er wenigstens in der Lage, eine einwandfreie Anklageschrift aufzusetzen. »Fürchtet nicht das Gift der Gottlosen«, so endete sein Brief. »haltet Eure Pfeile bereit und straft den Übeltater. Ich werde stets mit all meinen Kräften dafür kämpfen, daß die Gerechtigkeit triumphiert.«

Die beiden Rabbiner empfingen also den Kahya Baruch. Mit gleichmütiger Stimme erklärte dieser, er verstünde gar nicht, wessen man ihn beschuldigte. Er übe, so sagte er, sein Amt nach bestem Wissen und Gewissen aus und bemühe sich, auftauchende Probleme zwischen den jüdischen Gemeinden und der türkischen Verwaltung aus dem Weg zu räumen. Drohungen? Erpressungen? Brandstiftungen? Er? Wer bloß könnte ihn derart verleumdet haben?

»Glaubt Ihr denn«, so fragte er, »mehr als zwanzigtausend Juden würden es dulden, daß ein einziger unter ihnen allen anderen sein Gesetz aufzwingt? Und was diese Brände angeht, sind sie doch fast unvermeidlich: Die Holzhäuser, die Trockenheit der Luft und eine kleine Unachtsamkeit . . .

Wenn ich diese herrliche Bibliothek so ansehe, Rabbi, da braucht es nicht viel, ein Funke, ein Kind, das eine Kerze umwirft . . .«

Rabbi Eschkenasi berichtete Abbaku von dem Gespräch.

»Was für eine Art Mensch ist er eigentlich?« fragte dieser zum Schluß.

Rabbi Eschkenasi ließ seinen Blick über seine Bücher schweifen, unter denen sich auch ein Exemplar der Bibel von Soncino befand:

»Ein ganz gewöhnlicher Jude, mein Freund, wie Ihr ein gewöhnlicher Jude seid. Er schickt seine Kinder in die Talmud-Thora und ißt kein Lamm in der Milch seiner Mutter . . . Ja, ihr seid beide ganz gewöhnliche Juden, aber Euch hat der Ewige – gepriesen sei sein Name – den Geist des Guten eingepflanzt und ihm den Geist des Bösen.«

Rabbi Eschkenasi und Rabbi Benveniste schrieben erneut an Mose Hamon und berichteten ihm auch von Baruchs verschleierter Drohung. Da außerdem die beiden von Hamon beauftragten Männer vernichtende Beweise gegen Baruch zusammengetragen hatten, gab der Großwesir Rustem Pascha dem Kadi von Saloniki den Befehl, Baruch in Konstantinopel vorzuladen. Die Rabbiner Eschkenasi und Benveniste, die die Untersuchung eingeleitet hatten, wurden als Zeugen geladen.

Die Gemeinde atmete auf. Während der Abwesenheit des Kahyas verschwanden auch seine Handlanger. Man legte zusammen, um Isaak Pintos Haus wieder aufzubauen. Eleasaro, den das schlechte Gewissen plagte, bat seinen Nachbarn um Verzeihung: Er selbst hatte Nissim Isaak Pintos Unterhaltung mit Abbaku hinterbracht.

»Warum um alles in der Welt hast du das getan?« fragte ihn Abbaku.

»Ich dachte, er würde dann die Druckerei in Frieden lassen . . .

Und er ist ja auch tatsächlich nicht wiedergekommen.«

In diesen paar Wochen war der arme Mann ganz abgemagert, sein Haar war grau geworden und hatte sich gelichtet.

Das Urteil von Konstantinopel wurde bald bekannt: Baruch war zum Tode verurteilt, dann aber begnadigt worden. Als Rabbi Eschkenasi und Rabbi Benveniste zurückkamen, erfuhr man mehr. Es war ein Prozeß nach Recht und Ordnung gewesen, aber nach dem Urteilsspruch hatte Baruch einen demutsvollen Kniefall getan. Ein Rabbi von Saloniki, Salomon ibn Hasson, ein angesehener Talmudist, hatte sich schließlich für ihn eingesetzt.

»Und Ihr, Rabbi?« fragte Abbaku Benjamin Halevi Eschkenasi.

»Ich auch, Abbaku, ich habe auch für Baruch um Gnade gebeten.«

»Aber Ihr wißt doch genau . . .«

»Man muß zu strafen wissen, Freund, aber man muß auch lernen zu verzeihen.«

Abbaku zitierte Jesajas:

»Ich aber sprach: Herr, wie lange? Er sprach: Bis daß die Städte wüst werden ohne Einwohner und die Häuser ohne Leute und das Feld ganz wüst liege.«

Rabbi Eschkenasi sah Abbaku mit jener leuchtenden Gewißheit an, die dieser schon einmal an ihm bewundert hatte:

»All unsere Hoffnung ruht auf dem Ewigen, gepriesen sei sein Name.«

Eines Morgens kam Eleasaro völlig niedergeschlagen in die Werkstatt:

»Sie sind wiedergekommen.«

»Wer – sie?«

»Ein Bettler. Wenn ich nicht morgen zahle, wollen sie die Druckerei anzünden.« Abbaku war es, als ob sein Herz plötzlich bleischwer würde. Er ließ seinen Blick über die Werkstatt wandern, die Setzkästen, die Formen, die Presse, die Papierstapel, die Tinte, die Probeabzüge des Buches, das sie gerade druckten . . .

»Wieviel verlangen sie?«

»Nicht viel, Abbaku, es hält sich in Grenzen . . .«

Abbaku schämte sich, diese Frage überhaupt gestellt zu haben. Er überließ Eleasaro sich selbst und begab sich zu Rabbi Eschkenasi, aber er traf seinen Freund nicht an. Bei jedem, dem Abbaku unterwegs begegnete, fragte er sich, ob er wohl auch zahle . . . Vielleicht bestand die Welt aus lauter Leuten, die sich ihre kleine Sicherheit so erkauften . . . Er lenkte jetzt seine Schritte zu dem Schwiegervater seiner Tochter, Rabbi Joseph ben Lev, einem alten, etwas kauzigen und jähzornigen Gelehrten, mit dem er nicht oft zusammenkam.

Rabbi Joseph, der einen viel zu weiten bunten *Feradsche* über einem schwarzen Satindolman trug, hörte Abbaku an, dann richtete sich der kleine, schmächtige Mann auf und streckte seinen Zeigefinger zum Himmel:

»Erhebe Dich, Du Richter der Welt«, zitierte er, »vergilt den Hoffärtigen, was sie verdienen! Herr, wie lange sollen die Gottlosen, wie lange sollen die Gottlosen prahlen . . .?«

Er unterbrach sich plötzlich, um dem Ruf des Muezzims zu lauschen, als sei er damit gemeint, und fuhr fort:

»Komm mit.«

Der alte Rabbi beabsichtigte, das Rabbinergericht mit Baruchs Fall zu befassen. Am nächsten Tag, so sagte man ihnen, solle das Gericht zusammentreten. Abbaku gab man auf, als Zeuge auszusagen.

Als er in die Werkstatt zurückkam, schien Eleasaro erleichtert, aber er wagte ihm nicht in die Augen zu sehen. Abbaku war klar, daß er gezahlt hatte, aber er sagte nichts.

Am nächsten Tag gingen Abbaku und Rabbi Joseph gemeinsam zum Rabbinergericht. Vor der Tür versperrte ihnen ein kräftiger Mann den Weg: Es war Rabbi Salomon ibn Hasson, von dem schon seit einiger Zeit das Gerücht ging, er sei von Baruch gekauft.

»Es wäre für die Gemeinde das Beste«, sagte er zu Joseph ben Lev, »wenn Ihr Eure Klage zurückziehen würdet. Wir machen uns nur wieder zum Gespött der Heiden, und sie werden uns Übles nachsagen.«

Der alte Joseph ben Lev wurde rot vor Zorn. Er streckte seinen Zeigefinger aus und reckte sich, um neben Salomon ibn Hasson nicht allzu klein zu erscheinen: »Herr, wie lange sollen die Gottlosen, wie lange sollen die Gottlosen prahlen?« Dann schob er ihn beiseite und trat ein. Abbaku folgte ihm.

Vor den versammelten Rabbinern verlangte er, daß der Fall Baruch in aller Ruhe, aller Unparteilichkeit und ohne Angst vor Erpressungen untersucht und nach Recht und Gerechtigkeit ein Urteil gefällt werde. Er persönlich sei für den Cherem, den Bann.

Das Gericht verhandelte mehrere Tage lang. Die Argumente beider Seiten wurden in allen Familien immer wieder erörtert. Die jungen Leute, unter ihnen auch Abraham, Abbakus jüngster Sohn, forderten Baruchs Tod: Man müsse der Gewalt mit Gewalt begegnen.

Abbaku war darüber ungehalten:

»Steht nicht geschrieben ›Du sollst nicht töten!‹?«

»Aber Vater, steht nicht auch geschrieben ›Du sollst nicht begehren deines Nächsten Haus, Acker . . . noch alles was sein ist!‹?«

Jedenfalls standen Abraham und seine Freunde Wache vor der Druckerei und Rabbi Josephs Haus: Sie machten sich keine Illusionen. Nur auf die drängende Frage: »Wie kann man das Böse in Baruchs Gestalt bekämpfen?« fanden auch sie keine Antwort.

Das Rabbinergericht entschied sich schließlich für einen förmlichen Verweis Baruchs. Es weigerte sich, über ihn den schrecklichen Cherem zu verhängen: Jeder Mensch, so lautete die Begründung, muß Gelegenheit zur Reue haben, um erneut auf dem Weg Gottes zu wandeln.

Zwei Tage später wurde die Leiche von Rabbi Josephs Sohn und Abbakus Schwiegersohn, David ben Joseph, bei Tagesanbruch mit eingeschlagenem Schädel auf der Straße nach Livadia gefunden. Am Abend zuvor hatte er das Haus verlassen, um in die Synagoge zu gehen, und seitdem war er nicht mehr gesehen worden.

Die Polizei des Kadi nahm an, es handle sich um ein zufälliges Verbrechen irgendeines griechischen Straßenräubers. Aber in Wirklichkeit wußte jeder Bescheid, und in den jüdischen Vierteln herrschte tiefe Bestürzung. Die Leute unterhielten sich nur noch flüsternd. Niemand wagte den Namen Baruchs auszusprechen. Abbaku schloß sich zu Hause ein. Er hätte gern gebetet, aber es war, als ob die Worte vor ihm flohen. Er öffnete die Truhe, in der Abrahams Rolle und Buch lagen, zog seinen Gebetsmantel über und vertiefte sich mit Tränen in den Augen in die Geschichte der Seinen. Er las das Testament seines Urahns wieder, der den Ewigen –

gepriesen sei sein Name – bat, seinen Söhnen ein verständiges Herz zu schenken, damit sie Gut und Böse voneinander unterscheiden lernten. Hatte er unrecht gehabt, Baruchs Gesetz zu akzeptieren? Und sollte er recht gehabt haben, warum mußte dann dieser arme David mit seinem Leben dafür zahlen? »Siehe, ich habe dir heute vorgelegt das Leben und das Gute, den Tod und das Böse . . .« So stand es im Deuteronomium geschrieben.

Während er all die Namen las, wurde ihm eines bewußt: Wenn der eine oder andere seiner Vorfahren in Karthago enthauptet oder in Blois verbrannt worden war, so stets deshalb, um etwas Höheres und Wichtigeres zu verteidigen als den Frieden seiner Tage. Und wer weiß, ob nicht ohne Männer wie sie die Menschheit schon längst in Kains Barbarei zurückgefallen wäre?

Abbaku war traurig und niedergeschlagen: Er fühlte sich nicht zu einem solchen *Gibor Israel* berufen. Aber er wußte jetzt, daß er recht gehabt hatte. Und er wußte auch, daß er nicht aufgeben durfte.

Seine Frau Ruth hatte ihre Tochter Sarah, die kurz vor der Niederkunft stand, nach Hause gebracht. Der Tod ihres Mannes hatte sie so getroffen, daß sie zu keiner Bewegung, keinem Wort fähig war. Abbaku, der sich trotz allem sehr schuldig fühlte, beschloß, sich ein Bußfasten aufzuerlegen. Dann ging er zu Rabbi Joseph ben Lev, um mit ihm die Schiwa zu halten.

Sarah gebar unter Schmerzen einen Sohn, den sie Daniel nannte. Das Leben in Saloniki ging weiter, als sei wieder alles, wie es sein sollte. Abbaku wunderte sich, wie rasch die meisten Menschen vergessen konnten – aber vielleicht war es auch nur Feigheit. Rabbi Joseph, den er jetzt sehr oft besuchte und mit dem zusammen er in die Synagoge oder zum Friedhof ging, blieb gelegentlich stehen, warf einen Blick auf die Vorübergehenden und zitierte den Psalm: » . . .die Narren werden an ihrer Torheit sterben!«

Eines Tages, als sie an dem Geschäft des Apothekers Abraham Catalano vorbeigingen, kam gerade Baruch mit einigen seiner Mordgesellen heraus. Er sah Joseph ben Lev:

»Welch ein Zusammentreffen!« sagte er.

Abbaku war immer wieder von neuem erstaunt, daß dieser Mann wie ein ganz normaler Mensch wirkte, sich in nichts von anderen unterschied. Joseph ben Lev wollte in seinem Zorn auf Baruch losgehen und ihm irgendeinen Fluch ins Gesicht schleudern, aber ein Mann, der hinter ihm stand, stellte ihm ein Bein, und der alte Mann stürzte zu Boden. Einige Umherstehende lachten. Abbaku kniete sich neben Rabbi Joseph, der das Bewußtsein verloren hatte. Er sah auf Baruch und seine Helfershelfer.

»Wenn die Gerechtigkeit der Menschen dich nicht straft, Baruch, so möge dich die Rache Gottes ereilen!« rief er aus dem Grunde seines Herzens.

»Amen«, sagte eine Stimme aus der Menge, die sich inzwischen versammelt hatte.

Die Pest hielt einen Monat später während des Osterfestes ihren Einzug. Sie machte vor keinem Viertel der Stadt, ob arm oder reich, halt: Francomahalla, Eski Serai, Achmet Subaschi, Aktche Medschet Dschami. Am ersten Tag zählte man allein unter den Juden dreihundertvierzehn Tote, und die Kabbalisten verkündeten bald an allen Ecken, dreihundertvierzehn sei der numerische Wert von einem der Namen Gottes: Schaddai. Mehrere Familien verließen die Stadt in Richtung der benachbarten Dörfer Hortiah oder Livadia, aber die Pest holte sie ein, bevor sie nur den Berg erreicht hatten. Man begrub die Toten in öffentlichen Gruben, ohne Zeremonie und ohne Gebet. Bald wurde der Kalk knapp.

Und als ob das noch nicht genug sei, stolperte im Frühsommer der Apotheker Abraham Catalano, seine Lampe fiel ihm aus der Hand und setzte seinen Laden – eben jenen, vor dessen Tür Rabbi Joseph ben Lev hingefallen war – in Brand. Das Feuer griff mit atemberaubender Schnelligkeit um sich. Alle Überlebenden der Pest waren auf der Straße und reichten einander die – nutzlosen – Wassereimer. Innerhalb von sechs Stunden wurden fast fünftausend Häuser und achtzehn Synagogen ein Raub der Flammen.

Niemand zweifelte mehr daran, daß Gottes schreckliche Rache über Saloniki gekommen war: Er mochte so mächtig gewesen sein, wie er wollte, jetzt lag Baruch mit allen anderen in der öffentlichen Grube.

Rabbi Benjamin Halevi Eschkenasi, dessen Bibliothek verbrannt war, verfaßte eine Elegie, die in den rituellen Klagegesang eingefügt wurde, den die Aschkenasim am Jahrestag der Zerstörung des Tempels rezitieren: »Stolz wie Zypressen waren sie, die gefallen sind, und wir, die Überlebenden, elende Schiffbrüchige, sind von nun an preisgegeben dem Verderben, führer- und priesterlos. Unsere Häuser und unser Reichtum sind uns genommen, und wir irren umher ohne Zuflucht und ohne Besitz, ohne Kleider und ohne Nahrung . . .«

Abbaku jedoch kam nicht mehr dazu, Rabbi Eschkenasis Elegie zu singen. Er begrub Eleasaro und die Seinen, die in den Trümmern ihres brennenden Hauses umgekommen waren, und schiffte sich mit seiner Frau, seinen Kindern und Rabbi Joseph ben Lev, dem Schwiegervater seiner Tochter Sarah, nach Konstantinopel ein.

32

Konstantinopel
Doña Gracia Mendes

Der Drucker Abbaku wurde in Konstantinopel nie heimisch. Die Pest, mit der Saloniki gestraft worden war, und der Brand, der die Stadt gereinigt hatte, verfolgte ihn noch immer. War er, Abbaku, Sohn des Meschulam, der Anlaß gewesen, der den Fluch des Ewigen herausgefordert hatte? Hätte er schweigen sollen? Hätte er Baruch und seine Helfershelfer weiter die braven Bürger erpressen lassen sollen? Er hatte keine Antworten auf die Fragen, die schwer auf seinem Gewissen lasteten. Gelegentlich beruhigte er sich damit, daß einige auserwählt sind, gewisse Dinge zu sagen und zu tun, und man diese Wahl hinzunehmen habe. Jeder andere Wichtigtuer, jeder andere Fanatiker hätte sich an seiner Stelle an diesem Gedanken berauscht, aber Abbaku war ein bescheidener Mann, der durch das Erlebte wohl ganz einfach überfordert war.

Das erste, was er in Konstantinopel tat, war zusammen mit seinem Sohn Abraham zum Grab seines Vaters Meschulam auf dem Egri Capu-Friedhof jenseits des Kalligaria-Tors zu gehen. Es war eine sehr alte Ruhestätte mit verwitterten Steinblöcken und hebräischen Inschriften, von denen viele nicht mehr entzifferbar waren.

Dort holte Abbaku aus der Truhe, die er mitgenommen hatte, das brüchig gewordene Familienpergament und las stehend neben seinem Sohn, den Gebetsmantel über der Schulter, mit bewegter Stimme:

»Sei gepriesen, ewiger Gott und Gott unserer Väter . . .«

Er dachte daran, daß er das Testament seines Urahns schon seit einiger Zeit nicht mehr gelesen hatte und bedauerte es.

»Unser Gedächtnis ist der Aufenthalt Deines Gesetzes«, fuhr er mit festerer Stimme fort. »Durch den Buchstaben und das Wort, durch Gebet und Fasten bewahren wir uns die Furcht und die Liebe Deiner Gebote und geben sie weiter. Und damit niemand meines

Stammes Deinen Namen in der Bitternis des Exils verleugnet, damit niemand am Tag der Versöhnung vergessen werde, schreibe ich gleich wie ein Gebet die Namen meiner Söhne in diese Rolle und wünsche, daß sie nach meinem Tod bewahrt und weitergeführt werde von meinen Nachkommen, von Generation zu Generation, bis zum Tag Deiner Versöhnung . . .«

Als er geendet hatte, spürte er, wie eine Träne über seine Wange lief. Er wischte sie nicht ab, und sie blieb an seinem Bart hängen.

Abraham sah seinen Vater schweigend an. Dieser legte Abrahams Rolle wieder in die Truhe zurück und nahm ein Exemplar des Familienbuches heraus, das Gabriel in Soncino gedruckt hatte. Abbaku öffnete es feierlich, und der alte Friedhof hallte von den Namen ihrer Vorfahren wider: »Und Gabriel zeugte Abramo und Abramo zeugte Meschulam und Meschulam zeugte Abbaku und Abbaku zeugte Abraham . . .«

Ein leichter Wind vom Meer her bewegte die Schaufäden an ihren Gebetsmänteln und legte die trockenen Gräser um. Abraham, der in Rimini geboren und in Saloniki aufgewachsen war, hatte plötzlich den Eindruck, in diesem Friedhof von Konstantinopel, unter diesen Steinen und diesen Namen, Zeugen der Geschichte der Menschen, zu Hause zu sein. Die Türken hatten die Stadt von den Griechen erobert, diese hatten sie den Franken und die wiederum den Griechen genommen, während Stein sich zu Stein gesellte und Namen zu Namen. Da sagte Abbaku, als hätte er seine Gedanken erraten:

»Der Ewige möge uns lehren, unsere Tage gut zu zählen, damit wir unser Herz mit Weisheit füllen.«

»Amen«, erwiderte Abraham.

Abbaku war schließlich doch nicht der Einladung von Gersons zweitältestem Sohn Giosue gefolgt, mit ihm in der Druckerei zu arbeiten, die dieser nach dem Tod seines Vaters und seines Onkels Meschulam weiterführte. Er wollte lieber studieren, beten und vor allem den Rest der Zeit, die der Ewige ihm noch schenken würde, dazu nutzen, wie seine fernen Vorfahren mit Feder und Tinte auf Pergament zu schreiben. Nicht, daß er plötzlich ein Gegner der Druckkunst geworden wäre, aber da die Drucker es übernommen hatten, die Erkenntnisse und Kommentare der Menschen zu verbreiten, erachtete er es für seine Pflicht, das zu bewahren, was Gott an Weisheit der ganzen Menschheit überliefert hatte. »Die ewige Thora«, so sagte er, »darf man nicht gleichsetzen mit irgendeiner dieser Ideen, die entstehen, wieder untergehen oder sich je nach den Jahreszeiten oder dem einen oder anderen Hügelrücken ändern.«

Abbaku fand also zum Beruf des Schreibers zurück. Sein Sohn Abraham nahm seinen Platz ein und zog in den Raum über Giosues Werkstatt, während sein Vater, seine Mutter, seine verwitwete Schwester und deren kleiner Sohn Daniel zusammen mit Rabbi Joseph ben Lev in das Gebäude zogen, das man dem Rabbi zur Verfügung gestellt hatte, um dort eine neue Jeschiba einzurichten. Abbaku wollte ihm dabei helfen und die Kleinsten unterrichten.

Aber selbst diese Aufgabe belastete ihn. Und während Joseph ben Lev eine zweite Jugend zu erleben schien, wurde Abbaku immer abweisender. Jeder neue Tag schnitt ihn ein wenig mehr von dieser Welt ab, deren ständiger *Rischrusch* ihm ebenso bedeutungslos erschien wie Wellengeplätscher. Er zog sich immer mehr in eine von Gebeten und Schweigen erfüllte Einsamkeit zurück. Als Giosue, der Witwer war, seine verwitwete Tochter Sarah heiratete, wußte Abbaku, daß Gott ihn nicht verlassen hatte. Das Leben ging weiter.

Aber er änderte nicht mehr seine Lebensgewohnheiten. Und so ging er auch nicht zu Doña Gracia Mendes, einer sehr einflußreichen Dame in der Stadt, die ihn sowie Joseph ben Lev eingeladen hatte. Er bat seinen Sohn Abraham, ihn zu vertreten.

Im Gegensatz zu seinem Vater fühlte Abraham sich in Konstantinopel sehr wohl. Sein Zimmer über der Werkstatt war geräumig, hatte zwei Fenster mit Blick auf das Goldene Horn sowie im Hintergrund das Arsenal und die Flußwerft; gelegentlich trug ihm der Wind den Geruch von Teer herüber. Morgens stand er beim ersten Ruf des Muezzims auf, verrichtete sein Gebet, aß und machte sich dann mit fröhlichem Herzen an seine Arbeit. Giosue wandte sich – wie sein jüngerer Bruder Mose, der Rabbiner geworden war – immer mehr von den Pflichten des Alltags ab, um sich dem Studium zu widmen, und überließ ihm mehr und mehr die Verantwortung für die Druckerei, was ihm nur recht war.

Er war gerade fünfundzwanzig Jahre alt geworden, besaß ein heiteres Naturell, war fleißig in der Werkstatt und fröhlich in seiner Freizeit. Wenn ihn kein Familientreffen zurückhielt und auch kein galantes Abenteuer, ging er gern in dieser faszinierenden Stadt spazieren, entdeckte Dinge und Menschen, besuchte Isaak Akrèche, der mit seltenen Büchern handelte, schlenderte durch Büjük-Tscharschi, den großen Basar, oder lief gar bis Beschiktasch hinunter, wo man sich zum asiatischen Ufer des Bosporus einschiffte. Die Art, wie Türken, Griechen und Juden hier miteinander lebten, war ungefähr die gleiche wie in Saloniki, und er fühlte sich nie als Fremder.

So waren ein paar Jahre vergangen, seit die Familie nach Konstantinopel gekommen war, als Doña Gracia Mendes Rabbi Joseph ben Lev und Abbaku zu sich bat und Abraham, anstelle seines Vaters, der Einladung folgte.

Doña Gracia war eine Marranin, die noch nicht lange in Konstantinopel lebte. Von Geburt Spanierin hatte sie einen Portugiesen geheiratet, der einen umfangreichen Handel mit Edelsteinen betrieb und ein Bankhaus besaß, das in Antwerpen ansässig war. Nach dem Tode ihres Mannes hatte sie Lissabon verlassen und war nach Antwerpen gezogen. Dort hatte sie eine Organisation gegründet, die den portugiesischen Marranen bei der Flucht half und der Tätigkeit der Inquisition entgegenwirkte. Beim Tode ihres Schwagers Diego war das Familienvermögen teilweise konfisziert worden, aber sie hatte Antwerpen heimlich verlassen können. In Venedig, wohin sie zuerst gegangen war, klagte ihre Schwester Reyna sie öffentlich an, noch den jüdischen Glauben zu praktizieren.

Sie ließ sich daher in Ferrara nieder, fuhr fort, den Marranen aus Portugal zur Flucht zu verhelfen, und kehrte offen zum Judaismus zurück. Auf persönliche Einladung des türkischen Herrschers war sie mit einem Gefolge von vierzig Rittern und einem ganzen Hofstaat von spanischen Damen und Dienstboten nach Konstantinopel gekommen. Vierzig Wagen reichten kaum für ihren ganzen Hausstand. Ihr Zeremonienmeister war kein geringerer als ein spanischer Herzog. Sie hatte vom Sultan die Erlaubnis erwirkt, daß ihr Gefolge nicht die vorgeschriebene jüdische Kleidung tragen mußte. In dem eleganten Viertel von Pera, wo die meisten Franken[80] wohnten,

[80] Zu jener Zeit bezeichnete man mit »Franken« allgemein die westlichen Völker.

hatte sie sich niedergelassen: Sie zahlte einen Dukaten pro Tag Miete für ein prächtiges Anwesen, wo sie mit dem Adel, den Diplomaten und Gelehrten regelrecht Hof hielt . . . Die Armen nicht zu vergessen: Jeden Tag, so sagte man, empfing sie achtzig Bedürftige, die sie wie die Fürsten bewirtete, während angesehene Besucher im Vorzimmer warteten.

Joseph ben Lev, den sie bereits mehrmals empfangen hatte, sagte von ihr:

»Sie ist eine *Zaddika*, eine Gerechte.«

Und er fügte hinzu:

»Gepriesen sei sie unter den Frauen.«

Die Straßen von Galata am anderen Ufer des Goldenen Horns waren breiter als die in Stambul: sogar zu Pferd konnte man hindurchreiten. Die Häuser standen weniger dicht zusammen. Deshalb sah man auch keine *Baltadschis*, die Brandwachen mit der Axt, die jedesmal, wenn irgendwo Feuer ausbrach, die umstehenden Häuser einrissen. Je nach der Geschwindigkeit, mit der das Feuer um sich griff, und der Windstärke begannen sie zehn, zwanzig oder dreißig Häuser von dem Brandherd entfernt.

Doña Gracias Anwesen lag auf einem Hügel, von dem aus man auf der einen Seite den Blick zum Bosporus und auf der anderen zum Serail und dem Marmarameer hin hatte. Hinter dem schweren, schmiedeeisernen Tor sah man Gärtner bei der Arbeit.

Doña Gracia stand regungslos wie eine antike Statue auf der Schwelle des halbrunden Saals, in dem sie Rabbi Joseph ben Lev und Abraham erwartete. Trotz ihrer jugendlichen Züge verbarg sie hinter ihrem mit seltenen Perlen bestickten Schleier ein eindringlich ernstes Gesicht. Sie bedeutete ihnen mit einer Handbewegung einzutreten.

»Der Allmächtige Gott Israels segne Euch, daß Ihr so rasch gekommen seid.«

Sie sprach ein singendes Hebräisch. Nachdem sie Abraham einen forschenden Blick zugeworfen hatte, fuhr sie mit ihrer sanften Stimme fort:

»Seid Ihr der Sohn des Druckers Abbaku? Ihr arbeitet zusammen mit Giosue von Soncino, nicht wahr? . . .Schickt Euer Vater Euch an seiner Stelle? . . .«

Ganz verblüfft fand Abraham keine Worte.

»Ich bewundere sehr den Mut, den Euer Vater und Rabbi Joseph in Saloniki bewiesen haben. Ich weiß, wie schwierig es ist, dem Bösen die Stirn zu bieten.«

Man mußte schon sehr nah bei ihr stehen, um die feinen Falten zu bemerken, die ihr Gesicht überzogen. Sie wandte sich an Rabbi Joseph:

»Kennt der Rabbi diesen Text?« fragte sie, nahm ein Blatt Papier von einem Tisch und hielt es ihm hin. »Es ist die Bulle ›Cum nimis absurdum‹, die der neue Papst veröffentlicht hat.«

Rabbi Joseph las laut vor: »Es ist nur allzu absurd und ungebührlich, daß die Juden, die Gott für ihre Sünde zu ewiger Sklaverei verdammt hat, sich, nur weil die Christen sie freundlich behandeln und ihnen erlauben, in ihrer Mitte zu leben, derart undankbar zeigen und sie beleidigen, statt es ihnen zu danken. Sie sind dreist genug, sich als Herren aufzuspielen, wo sie untertan zu sein hätten. Man hat uns berichtet, in Rom und anderswo trieben sie die Frechheit so weit, daß sie unter den Christen in der Nähe von Kirchen lebten, kein Erkennungszeichen trügen und Häuser in eleganten Straßen und an den Plätzen der Städte und Dörfer mieteten, in denen sie lebten. Sie würden Grundstücke erwerben und besitzen, sich christliche Kammerzofen und Ammen halten sowie andere bezahlte Dienstboten und sich noch viele andere Missetaten zuschulden kommen lassen, zu ihrer Schande und den Christen zum Spott ...«

Rabbi Joseph, dessen Stimme sich vor Zorn fast überschlug, unterbrach sich plötzlich, streckte seinen Zeigefinger gen Himmel und donnerte: »Mögen all Deine Feinde vertilgt werden, o Ewiger!«

Doch dann ergriff ihn eine Art Niedergeschlagenheit:

»Was können wir tun, Señora, was können wir tun? Nichts, als uns dem anzuvertrauen, der alles vermag ... Steht nicht geschrieben: ›Wirf dein Anliegen auf den Herrn; der wird dich versorgen.‹«

Ein Diener brachte drei Tassen Kahve auf einem Silbertablett, und sie setzten sich rings um den niedrigen Tisch. Doña Gracias Gewand, dessen hoher Kragen mit Edelsteinen besetzt war, ließ am Ansatz des Halses ein rechteckiges Stück weißer Haut sehen, auf das

Abraham fasziniert starrte.

»Aufgrund dieser Bulle«, sagte sie, »wurden gegen die Juden in allen Städten unter bischöflicher Herrschaft strenge Maßnahmen ergriffen: Zwangswohnsitz in Gettos, die nur ein Tor als Ein- und Ausgang besitzen, obligatorisches Tragen des gelben Hutes, Verbot, christliche Dienerschaft zu behalten, ausschließlicher Gebrauch der lateinischen oder italienischen Sprache in den Rechnungsbüchern ...«

In ihrer Stimme lag nicht so sehr Entrüstung, wie bei Rabbi Joseph, sondern Trauer:

»In Ancona hat der Beauftragte des Papstes unumschränkte Vollmacht erhalten, die portugiesischen Marranen zu verfolgen, die wie ich zum Gott Israels zurückgekehrt sind. Etwa hundert wurden verhaftet. Ich kenne sie alle: Ich selbst habe es ihnen ermöglicht, aus Portugal zu fliehen und sich in Ancona niederzulassen. Die früheren Päpste, Paul III. und Julius III., hatten ihnen dort Schutz und Freiheit der Religionsausübung garantiert ... Und jetzt das ...«

Doña Gracia fügte noch hinzu, sie sei tags zuvor vom Sultan empfangen worden, der ihr versprochen habe, die Freilassung aller Gefangenen zu fordern, die türkische Untertanen seien oder für eine ottomanische Handelsniederlassung arbeiteten. Aber Abraham hörte ihr nur mit halbem Ohr zu. Er beobachtete draußen im Garten eine noch sehr junge Frau in kurzärmeliger, dunkelblauer Tunika über einem langen Kleid, das in der Taille von einem breiten Stoffgürtel zusammengehalten wurde. Sie trug eine blaugrüne Haube, von der zwei Spitzenbänder herabhingen. Ihr zur Seite lief ein kleines Kind. Sie war anmutig und zugleich tief in Gedanken versunken, wie jemand, der sich nicht beobachtet fühlt. Abraham sah sie an und wußte, daß er sie liebte. Er spürte nicht jene Erregung, die ihn normalerweise dazu trieb, die Frauen zu erobern. Im Gegenteil, eine tiefe Ruhe und Gewißheit erfüllten ihn: Er würde sie nie vergessen.

»Ich erwarte von Euch, Rabbi«, sagte Doña Gracia, »daß Ihr zu Gebeten aufruft und alle Juden in Konstantinopel von dem Geschehenen unterrichtet. Wenn die Bemühungen des Sultans keinen Erfolg haben, müssen wir selbst entsprechende Schritte unternehmen.«

Unvermittelt wandte sie sich an Abraham:

»Was meint Ihr dazu, Abraham ben Abbaku?«

Abraham, dessen Gedanken im Garten waren und der nur wußte, daß Ancona ein Hafen ist, trat sozusagen die Flucht nach vorn an: »Ancona ist ein Hafen«, sagte er. »Wir sollten einfach keine Schiffe und keine Waren mehr hinschicken.«

Doña Gracia richtete ihre dunklen Augen auf ihn und runzelte die Stirn:

»Das müßt Ihr erklären, junger Mann.«

»Nun, mir scheint, da die Juden in Ancona sowieso Gefangene sind, schaden wir ihnen nicht, wenn wir aufhören, mit der Stadt Handel zu treiben.«

Plötzlich begeisterte er sich selbst an seiner Idee:

»Mein Vater Abbaku und Rabbi Joseph – Gott möge sie beschützen – haben uns in Saloniki bewiesen, daß der Ewige denen beisteht, die sich selbst helfen, und nicht denen, die unter Ach und Weh und Tränen die Hände in den Schoß legen.«

Doña Gracia lächelte kurz:

»Ihr habt nur allzu recht. Aber wir sollten noch abwarten, ob der Sultan etwas ausrichten kann . . .«

Als sie sich von Doña Gracia verabschiedet hatten, ließ Abraham Rabbi Joseph plötzlich stehen und ging zu der jungen Frau, die er vom Fenster aus gesehen hatte. Überrascht sah sie ihn auf sich zukommen. Die paar Schritte bis zu ihr erschienen ihm wie eine Ewigkeit:

»Schalom«, begrüßte er sie schließlich.

»Möge der Schöpfer und König der Welten Euch beschützen«, erwiderte sie mit einer warmen Stimme, die so sanft war wie ihre gebräunte Haut.

»Wer seid Ihr?«

»Ich bin vor ein paar Wochen aus Portugal gekommen, und Doña Gracia nahm mich in ihrer Güte auf.«

»Aber wie heißt Ihr?«

»Beatrice«, erwiderte sie.

Abraham dankte ihr, als hätte er die schönste Neuigkeit der Welt erfahren und ging zurück zu Rabbi ben Lev, der unverständliche Flüche in seinen dünnen Bart murmelte.

Am Nachmittag schickte er einen der Schriftsetzer aus der Werkstatt, der selbst aus Portugal stammte, zu Doña Gracia Mendes mit dem Auftrag, sich diskret umzuhören. Und so erfuhr er noch am selben Abend, daß seine Beatrice eine *Aguna* sei. Sie hatte sich zum Christentum bekehrt, um den Verfolgungen zu entgehen und einen ebenfalls konvertierten, sehr viel älteren Mann geheiratet. Als sich dank Doña Gracias Hilfsaktion die Gelegenheit bot, Portugal zu verlassen, hatte sie nicht gezögert, obgleich ihr Mann entschlossen war, Christ zu bleiben. Mit einer Gruppe von Marranen war sie nach Ferrara und von dort aus nach Konstantinopel gekommen, wo sie sich öffentlich wieder zum Glauben ihrer Väter bekannte. Das Kind, das er gesehen hatte, war nicht das ihre; es stand nur unter ihrer Obhut.

Dem weisen Giosue, der an diesem Abend in der Werkstatt arbeitete, setzte Abraham den Fall auseinander und fragte ihn, ob Beatrice frei sei, sich wieder zu verheiraten.

»Natürlich nicht, Abraham! Eine Frau kann nicht zwei Männer haben!«

»Aber wenn der eine kein Jude mehr ist?«

Giosue zitierte den Talmud: »Eine Frau kann verstoßen werden mit oder ohne ihr Einverständnis, ein Mann kann nur mit seinem Einverständnis verstoßen werden.«

»Der Ewige hat die Gesetze gegeben, an den Menschen ist es, sie auszulegen.«

»Das Gesetz ist das gleiche für alle Menschen, Abraham, und keiner von uns hat das Recht . . .«

Abraham suchte fast alle Rabbiner der Stadt auf, aber es fand sich kein einziger bereit, die Hochzeit zwischen ihm und Beatrice zu vollziehen:

»Bringt uns Zeugen«, erwiderte ihm Rabbi Meschulam Halevi, »die uns versichern, daß der Ehemann einwilligt oder gestorben ist.«

»Aber wir wissen nicht einmal, ob er lebt, Rabbi!«

»Das Gesetz ist das Gesetz.«

Elieser ben Nachmias, Mitglied des Rats, der für die Gemeinde die Scheidungsurkunden aufsetzte, erklärte ihm, man könne Beatrices Heirat nicht für nichtig erklären, auch wenn sie nach dem Ritus einer Religion vollzogen sei, die man ihr aufgezwungen hatte.

»So sagt es das Gesetz.«

Das Gesetz, das Gesetz ... Schließlich machte Abraham einen griechischen Kaufmann aus Galata ausfindig, einen gewissen Nikos Polyandrou, der in ein paar Tagen nach Portugal reisen wollte, wo er geschäftlich zu tun hatte. Er konnte ihn überreden, Beatrices Ehemann zu suchen und ihn die Scheidungsurkunde unterzeichnen zu lassen, die Meschulam Halevi vorbereitet hatte:

»Wo wohnt er denn?« fragte der Grieche. »Wie heißt er?«

Abraham, der Beatrice nicht mehr wiedergesehen hatte, wußte es nicht. Er beschloß, sogleich nach Pera zu gehen; aber diesmal blieb er vor dem schmiedeeisernen Tor stehen und bat einen Gärtner, Beatrice zu holen. Sie kam, wieder in Begleitung des kleinen Kindes und genauso, wie er sie in Erinnerung hatte. Sie erkannte ihn wieder und lächelte ihm zu.

»Beatrice«, fragte er, »ich muß den Namen Eures ersten Gatten wissen.«

»Ersten? Ich habe doch nur einen gehabt.«

Ihre Augen hatten einen Goldschimmer – wieso hatte er das nicht schon beim ersten Mal bemerkt?

»Ich werde der zweite sein«, erwiderte er.

Und, etwas schüchterner, fügte er hinzu:

»Wenn Ihr einverstanden seid.«

Durch Rabbi Joseph, den er regelmäßig besuchte, der sich aber in seine Heiratsgeschichten nicht einmischen wollte, erfuhr Abraham regelmäßig, wie der Stand der Dinge in Ancona war. Der Sultan hatte in der Tat die Befreiung der jüdischen Gefangenen gefordert, die mit türkischen Niederlassungen in Beziehung standen. Die nichtjüdischen Kaufleute von Ancona schickten daraufhin einen Abgesandten, Giulio de Bonibus, zum Papst, der ihrer Besorgnis Ausdruck verleihen sollte, die Türken könnten den Handel mit ihnen abbrechen. Es war noch nichts entschieden, als etwa dreißig der hundert Gefangenen ausbrechen und in die benachbarte – mit Ancona im Streit liegende – Stadt Pesaro fliehen konnten.

Der Papst ernannte einen neuen Gesandten, Cesare della Nave, einen Fanatiker, der den anderen Gefangenen nach den Regeln der Inquisition den Prozeß machte: Unter der Folter gestanden einige der Marranen, sie hätten sich nur bekehrt, um ihr Leben zu retten. Vierundzwanzig wurden verurteilt, erwürgt und danach verbrannt.

Es war Frühling, als diese Nachricht Konstantinopel erreichte. Die Gemeinde war zutiefst betroffen. Doña Gracia Mendes' Schwiegersohn, Joseph Nassi, begab sich sogleich zu Rustem Pascha, dem Großwesir. Dieser berief den Vertreter der Kaufleute von Ancona zu sich und bedeutete ihm, all diese Unruhen schadeten den Geschäften des Sultans ungemein. Er forderte die sofortige Freilassung der türkischen Juden und der Gesandten von Doña Gracia. Sollte man ihm das nicht gewähren, würde er zu Gegenmaßnahmen greifen. Als erstes gab er allen Kaufleuten von Ancona, die sich auf türkischem Territorium befanden, den Befehl, ihre Schiffe zum Auslaufen bereit zu halten.

Die Florentiner und die Franzosen in Konstantinopel, die die Auswirkungen dieser Angelegenheit auf den internationalen Handel befürchteten, griffen nun ein. Der Botschafter des Königs von Frankreich schickte seinen Sekretär, Pierre Cochard, zum Papst, der einen Brief des Sultans persönlich überbrachte. Pierre Cochard machte sich eiligst auf den Weg.

Abraham war dabei, als er sich einschiffte. Kaum hatte er ein wenig freie Zeit, lief er zum Hafen und wartete dort auf die Rückkehr seines griechischen Kaufmanns aus Portugal. Abraham war schon ganz ungeduldig; er erinnerte sich daran, was Nikos Polyandrou ihm zum Abschied gesagt hatte:

»Ich werde sicherlich nicht länger als sechs Monate fort sein ... Vielleicht ein Jahr ... Es sei denn, wichtige Geschäfte hielten mich noch länger zurück ...«

Eine sehr vage Zeitbestimmung! In der Druckerei – in der sich Giosue kaum noch sehen ließ – war er gerade damit beschäftigt, »Amadis de Gaula« zum Druck vorzubereiten: eine Sammlung von spanischen Liebesgeschichten und Abenteuern, in der Übersetzung von Rabbi Jakob, Sohn des Mose al-Gave. Da er Beatrice nicht wiedergesehen hatte, fügte er gelegentlich dem Text des Rabbi das hinzu, was er ihr, die er als seine Verlobte betrachtete, gerne gesagt hätte. Zwischen zwei Sätzen des Autors erklärte er ihr so seine heiße

Liebe. Und er fand das, was er schrieb, eigentlich sehr viel besser als den Originaltext.

Nikos Polyandrou tauchte eines Tages, an dem er ausnahmsweise nicht zum Hafen hinuntergegangen war, überraschend in der Werkstatt auf. Der Grieche sah ihn betrübt an: Nein, er habe Beatrices Ehemann nicht dazu bringen können, die Scheidungsurkunde zu unterzeichnen. Aber – und plötzlich wechselte sein Gesichtsausdruck – er habe zwei Zeugen aufgetrieben, die seinen Tod beeiden würden. Nach diesen Worten sah er wieder so aus, als kämen ihm gleich die Tränen. Aber als Abraham vor Freude einen Luftsprung machte und anfing, wie ein Kind in der Werkstatt hin und her zu hüpfen, brach er in schallendes Lachen aus.

»Er ist tot!« jubilierte Abraham. »Er ist tot!«

Er riß dem Griechen das auf portugiesisch aufgesetzte Dokument aus der Hand, warf ihm die Börse mit der versprochenen Belohnung zu und rannte dann, drei Stufen auf einmal nehmend, hinunter auf die Straße. Er lief zu Menachem Bachar Samuel, dem Oberrabbiner, einem kräftigen, hochgewachsenen, würdigen Mann mit dichtem, quadratisch geschnittenem Bart, den er in seiner Meditation störte. Er hielt ihm seine Urkunde hin. Der Oberrabbiner las sie und drehte dann das Blatt um, als suche er, wo es weiterginge. Erst dann sah er Abraham mitleidig an:

»Wo ist das Zeugnis, daß der Verstorbene keinen Bruder hatte?«

Abraham fiel aus allen Wolken. Gewiß, das Gesetz verpflichtete die Witwe, dem Bruder ihres Gatten den Vorzug zu geben, wenn sie sich wieder verheiraten wollte, aber unter den gegebenen Umständen war das doch mehr als absurd! Er versuchte, das zu erklären, jammerte, wurde heftig, vergebens: »Das Gesetz ist das Gesetz«. Der Oberrabbiner ließ sich nicht erweichen – wie im übrigen auch die anderen Rabbiner der Stadt nicht, ob sie nun gebürtige Portugiesen, Italiener, Ungarn oder Deutsche waren: »Das Gesetz ist das Gesetz«. Wenn man sie so hörte, gewann man den Eindruck, der Ewige würde Blut und Asche auf die Erde regnen lassen, wenn sie Abrahams und Beatrices Hochzeit vollzögen. Ja, die Welt würde ohne den Halt des Gesetzes mit Sicherheit einstürzen!

Zur gleichen Zeit erfuhr man, daß etwa die Hälfte der Gefangenen von Ancona hingerichtet worden war.

Pierre Cochard war mit dem Brief des Sultans und dem des Botschafters des Königs von Frankreich in Konstantinopel zu spät gekommen. Allerdings hatte er doch noch einen gewissen Erfolg: Der Papst erwiderte dem Sultan, alle noch in Ancona gefangenen türkischen Untertanen würden entlassen und Doña Gracias Besitztümer freigegeben werden. Aber was die verurteilten Marranen anging, darunter auch Doña Gracias Agent in Ancona, Jakob Mosso, zeigte er sich unerbittlich: Sie blieben Gefangene. Auch alle weiteren Bemühungen nutzten nichts; er ließ den Henker sein Werk tun: Am 6. Juni 1556 wurden acht wegen Abfalls vom christlichen Glauben verurteilte Marranen verbrannt, und die drei letzten, unter ihnen Jakob Mosso, bestiegen den Scheiterhaufen eine Woche darauf.

Doña Gracia Mendes berief alle Rabbiner von Konstantinopel und die angesehensten Juden der Stadt zu sich nach Pera. Die Señora, wie man sie nannte, oder auf hebräisch Cha Gevereth, trug ein Trauergewand. Sie stand auf einem leicht erhöhten Podium gegenüber der Versammlung:

»Meine Meister und meine Freunde«, begann sie fast tonlos, »hört die Stimme der Juden von Ancona: ›Wer steht bei mir wider die Boshaften? Wer tritt zu mir wider die Übeltäter?‹, und diese Stimme ist noch nicht verstummt . . . Vierundzwanzig der Unseren kamen um – der Allmächtige möge ihnen die ewige Ruhe schenken. An wem wird sich der Mann aus Rom als nächstes vergreifen? Wie lange noch wollen wir warten, ohne uns zu wehren? Müssen die Juden sich vor einem Papst fürchten?«

Keiner sagte ein Wort. Der Oberrabbiner Menachem Bachar Samuel wischte sich seine feuchten Hände an einem Stück Stoff ab, das er wie die Türken unter seinem Hemd auf der nackten Haut trug. Der Dichter Salomon ben Masaltov verbarg sein Gesicht in seinen Händen. Rabbi Joseph ben Lev schnaufte heftig; keiner wußte, ob er gleich in Tränen oder in Wut ausbrechen würde.

»Wir haben an den Führer der Christen«, fuhr Doña Gracia fort, »Briefe, Bittschreiben und Gesuche gerichtet; der Sultan persönlich – Gott schütze ihn – hat uns unterstützt. Weder Bitten noch Drohungen vermochten ihn umzustimmen. Die Scheiterhaufen von Ancona waren die einzigen Antworten dieses Mannes – verflucht sei er unter den Verfluchten!«

Die Señora sprach leise, aber es ging eine solche Überzeugung und innere Kraft von ihr aus, daß man keines ihrer Worte verlor. Abraham, der mit Joseph ben Lev gekommen war und sich bescheiden im Hintergrund hielt, war wie am ersten Tag ihrer Begegnung fasziniert von dieser Frau, die zu bezaubern und gleichzeitig zu befehlen verstand.

»Einer von denen«, sagte sie, »die aus Ancona fliehen und nach Pesaro flüchten konnten, ist gestern in Konstantinopel angekommen. Ich bitte euch, seinen Bericht anzuhören. Sein Name ist Judah Faradsch.«

Ein untersetzter, rundlicher und behäbiger Mann – man fragte sich, wie gerade er hatte entkommen können – stellte sich neben die Señora auf das Podium und erzählte, was die Marranen in Ancona seit der Wahl des neuen Papstes erlebt hatten. Er schilderte es stokkend, mit einfachen Worten, wodurch er nur um so beeindruckender wirkte. So viel Grausamkeit und so viel Bosheit!

Als Judah Faradsch geendet hatte, war kaum noch jemand unter seinen Zuhörern, dessen Augen trocken geblieben waren.

»Meine Meister, meine Freunde«, sagte Doña Gracia, » . . . Ihr habt gehört, was ich gehört habe. Wollen wir uns mit unseren Tränen begnügen? Wir müssen handeln. Wir haben keine Armee, um Ancona anzugreifen, aber wir können es ruinieren. Ein Hafen ohne Schiffe wird zu einer Wüste, und ein leeres Schiff ist nichts als ein schwimmendes Wrack . . . Die Völker, die sich mit unserer Hilfe bereichern wollten, haben uns damit gleichzeitig eine Waffe gegen sie geliefert. Wir müssen sie nur zu nutzen wissen. Ich schlage vor, daß von heute an kein jüdischer Kaufmann mehr Ancona aufsucht, daß zwischen einem Juden und einem Kaufmann von Ancona kein Geschäft mehr abgeschlossen wird. Wir werden über die Stadt Ancona die Quarantäne verhängen, als hätte sie die Pest.«

Nach einem Augenblick der Verblüffung wurde es laut im Saal: Rufe des Erstaunens, der Zustimmung, Furcht und Begeisterung mischten sich. Der Oberrabbiner Menachem Bachar Samuel zog sein Taschentuch hervor.

Doña Gracia Mendes hob die Arme, und langsam wurde es wieder ruhiger. Auf einige Fragen hin schlug sie vor, daß die Quarantäne acht Monate lang dauere, bis zum nächsten Pessachfest. Dann solle eine neue Versammlung darüber beschließen, wie es weitergehen würde. Sie regte an, den ganzen Schiffshandel statt wie bisher über Ancona nun über Pesaro abzuwickeln. Dessen Herzog, so versicherte Judah Faradsch, hätte sich den Juden allgemein und insbesondere den Marranen gegenüber freundlich gezeigt. Die, die sich dem Beschluß widersetzten, sollten mit einer Geldbuße belegt werden und im Wiederholungsfalle damit rechnen müssen, daß man sie mit dem Cherem, das heißt mit dem Bann, belegte.

Und so beschlossen die Juden von Konstantinopel, Saloniki, Andrinopolis und Brussa[81] in Kleinasien, über Ancona die Quarantäne zu verhängen. Alle Rabbiner des türkischen Reichs erhielten einen Brief von der Señora, in dem sie bat, darauf zu achten, daß kein Kaufmann dem zuwiderhandelte. Abraham übernahm es, den Aufruf zu drucken. Er wurde in allen Gemeinden veröffentlicht.

Für ihn war das eine Gelegenheit, mehrmals nach Pera zurückzukehren und Beatrice zu sehen. Die junge Frau hatte ohne übermäßigen Schmerz die Aussage der beiden Portugiesen gelesen, daß ihr Mann tot sei: Sie kannte einen der beiden Zeugen und war überzeugt davon, er würde für ein paar Silberlinge zu allem bereit sein und jeden Wisch unterschreiben. Sie wußte zwar genau, daß ihr Mann keinen Bruder hatte, aber sie konnte es nicht beweisen.

Doña Gracia hatte von Abrahams und Beatrices Idylle erfahren. Eines Tages, als der Drucker ihr einen Probeabzug zur Korrektur brachte, sprach sie ihn darauf an:

»Wie, glaubt Ihr, könnt Ihr Euch die fehlende Zeugenaussage verschaffen, um Beatrice zu heiraten?« fragte sie.

Abraham gab zu, entmutigt zu sein. Er verstünde einfach nicht, wie uneinsichtig die Rabbiner seien.

»Selbst Rabbi Joseph«, sagte er, »der ein Freund meines Vaters und für mich wie ein Onkel ist, wiederholt mir immer wieder, er könne das Gesetz nicht übertreten.«

»Wenn ein Rabbi das Gesetz übertritt, wer wird es dann achten?« fragte Doña Gracia.

Sie hob ihre ringgeschmückte Hand:

[81] Das heutige Bursa (A. d. Ü.).

»Schön, das sagen sie. Aber manchmal kann man auch mit dem Gesetz paktieren. Wir Marranen, die von einer Gemeinde zur anderen, von Exil zu Exil geworfen wurden, haben das gelernt, denn oft war das für uns eine Frage von Leben und Tod . . . Zum Beispiel sind die Verordnungen über die Rechte und Pflichten der Marranen nicht überall die gleichen. Habt Ihr zum Beispiel gewußt, daß in Saloniki Hochzeiten zwischen Marranen für nichtig erachtet werden?«

In ihren dunklen Augen tanzte eine fröhliche Flamme, als sie sah, daß Abraham verstanden hatte.

Die ersten Auswirkungen des Boykotts wurden in Ancona in der Mitte des Sommers spürbar. Reisende, die aus Italien kamen, berichteten von zahlreichen Bankrotten, erzählten, daß Stapel von für die Türkei bestimmten Kleidern auf den Kais oder in den Fabriken verstaubten, während Produkte türkischer Herkunft wie Felle und Mineralien schwindelerregende Preise erreichten.

Der Rat der Stadt Ancona sah sich gezwungen, an den Papst einen Brief zu schicken, in dem er um Hilfe bat. Die Marranen von Pesaro dagegen schrieben an Doña Gracia Mendes und baten sie, den Juden des ottomanischen Reichs ihren Dank zu sagen; sie hätten es vermocht, so erklärten sie, »den Barbaren, die in dieser Stadt des Blutes leben, die Arme zu brechen«.

Rabbi Joseph ben Lev ließ sich von Abraham zu einer kurzen Reise nach Saloniki überreden. Sie schifften sich zu dritt ein: Abraham und Beatrice, um zu heiraten, Rabbi Joseph, um sie zu trauen. Der alte Mann hatte sich nicht allzulange bitten lassen. Saloniki war schließlich seine Geburtsstadt, und er war neugierig zu sehen, was aus ihr geworden war.

Voller Rührung ging er durch die alten Straßen, in denen noch das gleiche Chaos und das gleiche laute Stimmengewirr herrschten wie früher. Die zehn Jahre zuvor zerstörten Viertel waren wieder aufgebaut. Beatrice und Abrahams Hochzeit wurde in einer neuen Synagoge gefeiert; ein paar entfernte Vettern nahmen an der Zeremonie teil. Aber nach ein paar Tagen zog es Rabbi Joseph doch wieder zurück. Seine Schüler fehlten ihm, und er wollte auch die Entwicklung der Dinge in der Quarantänefrage miterleben.

Nach Rosch-ha-Schana begann die schöne Einmütigkeit der Juden abzubröckeln. Die Juden von Ancona, die keine Marranen waren und daher ihre Geschäfte wie eh und je betreiben durften, standen vor dem Ruin. Ihr Rabbi, Mose Bassaola, schrieb an alle türkischen Rabbiner und bat sie, die Quarantäne aufzuheben. Die Geschäftsleute von Brussa dagegen argumentierten, man habe zunächst den Umfang der materiellen Interessen, die auf dem Spiel standen, unterschätzt. Der Hafen von Pesaro sei nicht dazu geeignet, um große Schiffe aufzunehmen. Bald stellte man die ersten Zuwiderhandlungen gegen den Beschluß fest. Vor allem ein Kaufmann aus Saloniki, Salomon Bonsenior, hielt sich überhaupt nicht mehr daran.

Die Juden von Pesaro schrieben besorgt an Doña Gracia: Der Herzog hätte sie nur deshalb aufgenommen, so erklärten sie, weil sie ihm versprochen hatten, zur Entwicklung der Stadt beizutragen. Daraufhin habe er umfangreiche Arbeiten unternommen, um den Hafen zu vergrößern. Es stünden beträchtliche Kredite dafür auf dem Spiel. Wenn die Quarantäne von Ancona nicht durchgehalten würde, fügten sie hinzu, müßten sie für ihre eigene Sicherheit fürchten.

Doña Gracia Mendes, die noch immer für die Quarantäne und ihre Verlängerung war, konnte sich auf die spanische und portugiesische Gemeinde stützen, während die italienische, deutsche und griechische sich eher für die Juden von Ancona und für die Wiederaufnahme des Handels engagierte. Sie bat Judah Faradsch, eine Erklärung aufzusetzen und besprach sich mit den Rabbinern von Konstantinopel, denen sie immer wieder auseinandersetzte, die jüdische Solidarität würde ihre Glaubwürdigkeit verlieren, wenn sie nicht einmütig und tatkräftig sei. Sie beauftragte Rabbi Joseph ben Lev damit, Unterschriften der Würdenträger der Stadt und der jüdischen Händler für Judah Faradschs Aufruf zu sammeln.

Rabbi Joseph zog in den Kampf. Jede neue Unterschrift war für ihn ein Sieg über die Mächte des Bösen: Den Rabbi der griechischen Gemeinde, Abraham Jeruschalmi, überredete er sogar auf dem Totenbett dazu. Der Oberrabbiner Menachem Bachar Samuel vermied es, Partei zu ergreifen. Als Doña Gracias Hauptgegner erwies sich der Rabbiner der größten Synagoge, Mose, der jüngste Sohn des

Druckers Gerson, den man Soncino nannte. Nicht nur, daß er nicht unterschreiben wollte, er ließ sogar von seinem Bruder Giosue einen Text drucken, in dem er seine Gründe dafür auseinandersetzte. Die Quarantäne, so erklärte er, sei gegen das jüdische Gesetz, denn ein Mensch solle sich nicht auf Kosten eines anderen zu schützen suchen. Man dürfe nicht die Marranen von Pesaro unterstützen und die Juden von Ancona im Stich lassen. Wenn die Marranen von Pesaro wirklich in Gefahr seien, könnten sie sich schließlich im ottomanischen Reich niederlassen, einem Land der Toleranz, statt weiter unter dem Gesetz der Christen zu leben.

Zu Ostern versammelten sich Anhänger und Gegner des Boykotts in Pera bei Doña Mendes. Sie hatte all die, die ihr in Freundschaft zugetan waren oder ihr Dankbarkeit schuldeten, zusammengerufen. Da sie jedoch selbst zu engagiert war, mußte sie es dem Oberrabbiner Menachem Bachar Samuel überlassen, die Diskussion zu leiten, so daß dieser es wieder vermeiden konnte, Partei zu ergreifen.

Die Diskussion dauerte den ganzen Tag lang. Sie brachte nichts Neues: Die Argumente waren bekannt und die Positionen verfestigt.

»Ich bitte tagtäglich den Ewigen, Gott Israels, den Gott der Rache, er möge die Schuldigen strafen«, sagte Rabbi Mose von Soncino. »Wie das der Doña Gracias so blutet auch mein Herz, wenn ich die Schilderung der Leiden unserer Brüder höre, und ich vergesse nicht die Flammen, in denen ihr gefolterter Leib starb. Aber wenn man in das Feuer bläst, um es auszulöschen, kommt es auch vor, daß man den Brand erst entfacht . . . Den Führer der Christenheit anzugreifen kann leicht dazu führen, daß wir die Juden in allen christlichen Ländern der Welt gefährden.«

Rabbi Joseph sprang auf:

»Schande!« rief er. »Schande! Was will Mose von Soncino denn noch retten? Unsere kümmerlichen Privilegien? . . . Sklave! Sklave wie all die, die so denken wie er und wie unsere Vorfahren in Ägypten! Ihr seid noch nicht befreit und schon weint Ihr über Eure verlorenen Ketten!«

Er stotterte vor Erbitterung. Judah Faradsch verteidigte mit bewegten Worten die Solidarität mit den Märtyrern von Ancona.

Rabbi Mose widersprach ihm sogleich:

»Begreift Ihr denn nicht, daß der Herzog von Pesaro aus Eurem Munde spricht? Ihr sagt, was er selbst nicht zu sagen wagt. Auf dem Ruin von Ancona will er seinen Reichtum aufbauen.«

Judah Faradsch, ebenso bedächtig in seinen Worten wie in seinen Gesten, zitierte daraufhin den Talmud: »Mit aller Heiterkeit meiner Seele und aller Freude meines Herzens nehme ich diese Leiden auf mich, damit niemand in Israel sein Leben verliert.«

»Ich auch«, rief Rabbi Mose, »auch ich würde alle Leiden auf mich nehmen, wenn ich sicher wäre, daß unser Vorgehen niemanden in Israel das Leben kostet. Aber ich fürchte, wenn wir unseren Krieg fortsetzen, kostet es Israel sehr viel mehr Menschenleben, als die Scheiterhaufen von Ancona je verbrennen können.«

Im Saal wurden Rufe der Zustimmung und Beifall laut.

Doña Gracia erhob die Stimme:

»Ich bin enttäuscht. Rabbi Joseph ben Lev hat es ganz richtig gesagt: Ihr seid noch in Ketten, und statt die Gelegenheit zu ergreifen, Euch davon zu befreien, fragt Ihr Euch voller Sorge: Wer wird uns zu essen geben? Erinnert Euch an Baruch, den Räuber, der die armen Leute in Saloniki erpreßte. Es genügte, daß zwei Männer gegen ihn aufstanden, um ihn zu Fall zu bringen.«

Abrahams Brust schwoll vor Stolz. Seiner Ansicht nach hatte die Señora tausendmal recht. Er schämte sich der ängstlichen Haltung dieser Rabbiner, denen der Wohlstand ihrer Gemeinden wichtiger war als die Gerechtigkeit.

»Ich bin enttäuscht«, fuhr Doña Gracia fort. »Aber ich werde den Kampf fortsetzen. Wenn es sein muß allein, mit der Hilfe des Ewigen.«

Der Boykott wurde also nicht verlängert, und bald herrschte im Hafen von Ancona das gleiche geschäftige Treiben wie früher. Nur die Schiffe und die Agenten der Señora Doña Gracia Mendes fehlten.

Rabbi Joseph spürte ganz plötzlich sein hohes Alter und sank immer mehr in sich zusammen. Abraham nahm in der Druckerei seine alltägliche Arbeit wieder auf. Beatrice und er wohnten über der Werkstatt, und sie wären das glücklichste Paar der Welt gewesen, hätten nicht böse Zungen – wahrscheinlich Doña Gracias Gegner – den nicht ganz einwandfreien Charakter der von Rabbi Joseph in Saloniki vollzogenen Hochzeit angeprangert. Im Basar, an den Brunnen mußte Beatrice Anspielungen, verschleierte Bosheiten und Beleidigungen über sich ergehen lassen. Eines Tages kam sie völlig aufgelöst nach Hause:

»Abraham«, rief sie, »ich will in dieser Stadt nicht mehr bleiben. Ich halte es nicht länger aus!«

»Beim Ewigen, beruhige dich, meine Liebste.«

»Sie sagen, ich würde tagtäglich Ehebruch begehen . . .«

»Hör nicht auf sie, meine Lilienblüte . . . Klatschgeschichten . . . Die hat man hier bald vergessen. In ein paar Tagen redet niemand mehr darüber . . .«

Beatrice brach in Tränen aus:

»Du irrst dich, mein Gatte. Du weißt nicht, was Haß ist. Du hast dich nie vor jemandem verstecken müssen wie wir, die Marranen. Auf dich hat nie jemand mit dem Finger gezeigt. Ich weiß, daß der Haß nie aufhört. Er verbeißt sich im Herzen und gräbt seine Spuren hinein . . .«

Abraham verstand. Mußte er jetzt auch vor den Juden fliehen? Er nahm seine Frau in die Arme:

»Wir werden weggehen, meine Taube, wir werden weggehen, wenn du willst.«

»Wann? Und wohin willst du gehen?« – »Weit fort.«

Eine Woche später verließen sie die Stadt. Abraham mußte nur noch mit Giosue die finanziellen Dinge regeln, die die Druckerei betrafen, einen langen Brief an Doña Gracia schreiben, die gerade auf Reisen war, den Sabbat im Kreise der Familie verbringen und sich von Abbaku verabschieden, der seine selbstgewählte Einsamkeit nicht mehr verließ. Abraham sah seinen Vater voller Rührung an. Dieser alte, dürre Mann mit der fast durchsichtigen Haut hatte es verstanden, der Versuchung der Feigheit zu widerstehen.

Sie sprachen gemeinsam das Gebet und umarmten sich. Dann ging der Vater mit kurzen, schleppenden Schritten zu der Truhe mit Abrahams Rolle und Buch. Er legte beides auf den Tisch. Abraham entrollte das Pergament. Er tat es voller Andacht, denn es war für ihn das erste Mal. Ganz am Ende der Rolle erkannte er überrascht die Schrift seines Vaters. Er beugte sich darüber und las:

»An diesem neunten Tag des Monats Aw, 1486 Jahre nach der Zerstörung Jerusalems, 1425 Jahre nachdem der erste Abraham meines Stammes seinen Namen und die seiner Söhne Elias und Gamaliel auf dieses Pergament schrieb und nach 1486 Jahren des Exils, der Liebe und der Gebete sind die Steine des Tempels noch immer gespalten. Wie lange noch, Herr, wie lange?

Haben wir denn so sehr gesündigt, daß wir bis zu diesem Tag noch kein Zeichen deiner Versöhnung empfangen durften? Oder hast du vielleicht, ohne daß wir es wissen, dem sichtbaren Tempel aus Stein und Holz einen unsichtbaren Tempel vorgezogen, dessen Umrisse sich aus den Worten Deiner Heiligen Schrift erkennen lassen? Haben vielleicht wir, die Schreiber, den Platz der Priester als Hüter Deines Hauses eingenommen? Aber wie lange noch, Herr, wie lange?

Gebete reihen sich an Gebete, Kommentare an Lobgesänge, Seiten füllen sich und Bücher, Bibliotheken sind voll der Weisheit, und Dein neues Haus wird schöner und geräumiger als das alte sein. Aber wie schwer ist es, Herr, es von einem Exil zum anderen zu tragen und wie bitter, es gegen Deine Feinde zu verteidigen und gegen die Niedergeschlagenheit Deines Volkes.

Und doch fahren wir fort, nach Deinem Willen die Zeichen Deines Gesetzes niederzuschreiben und sie unter den fremden Völkern zu bewahren. Aber gib uns ein bißchen Hoffnung, Herr, erscheine uns in Deiner Herrlichkeit, daß die Söhne meiner Söhne und die kommenden Generationen nie die Verzweiflung erfahren müssen. Heilig, heilig, heilig ist der ewiglebende Gott. Amen!«

»Ich behalte eines der beiden letzten Exemplare des Buches«, sagte Abbaku leise, als Abraham wieder aufschaute. »Ich möchte damit begraben werden. Nimm du alles andere.«

»Aber Vater . . .«

»Ich bin eigentlich gar nicht mehr so recht von dieser Welt . . . Und außerdem . . . Wenn der Ewige – gesegnet sei sein Name – es will, wirst du es brauchen, um die Namen meiner Enkel hineinzuschreiben.«

Nachdem sie Konstantinopel verlassen hatten, ließen Abraham und Beatrice sich in Italien nieder, wo Abraham geboren war. In Venedig fand er Arbeit in der Druckerei von Giovanni da Gara, die am Fondamente Prescaria, an der Ecke des Ghetto Vecchio lag. Dieser Giovanni da Gara war kein Jude, aber da die großen hebräischen Druckereien verschwunden waren, hoffte er, diese Lücke auszufüllen und ihren Platz einzunehmen.

Abraham und Beatrice blieben dort einige Jahre und bekamen zwei Söhne, Isaak und Jeremias. Dann brachen sie, aus mir unbekannten Gründen, nach Polen auf. Vielleicht hatte ihr Ruf als illegitimes Paar sie auch hier eingeholt? Die jüdische Welt ist eng, ständig werden kleine und große Neuigkeiten hin und her getragen, und Abrahams Engagement für Doña Gracia Mendes mochte ihm so manche zähe Feindschaft eingetragen haben.

Was übrigens Doña Gracia betraf, so hatte sie zwei Jahre nach dem Ende des Boykotts die bittere Befriedigung, recht gehabt zu haben: Der Herzog von Pesaro verbannte tatsächlich die Marranen aus seinem Land. Einige fanden Zuflucht in Italien selbst, andere in der Türkei, wieder andere irrten heimatlos durch die Lande, aber allen blieb ihr Leben lang die Hafenstadt Pesaro verschlossen.

Petitionen, Unterschriften, Boykotte, Aufrufe jeder Art: Wie nah mir diese Geschichte erscheint, und wie ich sie kenne, die guten Gründe derer, die »nicht unterschreiben«.

Bei Doña Gracia Mendes fällt mir noch ein, daß ich vor ein paar Jahren mit Pierre Mendès France über unserer beider Vorfahren gesprochen habe; die seinen waren nämlich portugiesische Marranen, die in Bordeaux lebten. Ich hatte die Vermutung geäußert, vielleicht seien sich meine Straßburger Schreiber und seine Kaufleute aus Bordeaux einmal begegnet. Er sprach leidenschaftlich gern über diese Periode seiner Familiengeschichte; sein Gesichtsausdruck belebte sich, seine blassen Hände tanzten auf und ab:

»Mein lieber Marek Halter«, hatte er mir geantwortet, »vergessen Sie

nicht, daß die Sefardim zu jener Zeit die Aristokratie des jüdischen Volkes darstellten. Ich kann mir schlecht vorstellen, daß meine Vorfahren mit Ihren bescheidenen elsässischen Schreibern je etwas zu tun hatten.«

Seine Augen blitzten vor Ironie. Als ich auf den Spuren Abbakus und Abrahams nach Konstantinopel kam, wo Doña Gracia Mendes sich gerade niedergelassen hatte, schrieb ich an Pierre Mendès France, unsere Ahnen hätten sich vielleicht zwischen dem Bosporus und dem Goldenen Horn einmal begegnen können, wenn sie sich schon nicht zwischen Bordeaux und Straßburg getroffen hätten. Seine Antwort erreichte mich vier Tage später; sie datierte vom 6. April 1981:

»Mein teurer Freund,

Ihr Brief vom 2. April hat mich sehr berührt. Gewiß, es ist durchaus möglich, daß unsere Familien sich in einer fernen Vergangenheit einmal getroffen haben. Aber, und da muß ich Sie enttäuschen, ich bin kein Nachkomme von Doña Gracia Mendes, die zu einer bestimmten Epoche eine wichtige Rolle gespielt hat. Die Ähnlichkeit unserer Namen ist reiner Zufall, was mir eigentlich ein wenig leid tut . . .«

Offenbar amüsiert über meine Hartnäckigkeit, wünschte er mir, das »letzte Wort« zu haben. Aber ich glaube tatsächlich, daß unsere Familien sich nur ein einziges Mal begegnet sind. Und das war in Paris, im 20. Jahrhundert, genauer gesagt, im Mai 1967, das heißt, kurz vor dem israelisch-arabischen Krieg. Er und ich, unter vielen anderen, sprachen vom Frieden.

33

Lublin
Eine Liebesgeschichte

Lublin war eine befestigte Stadt, umgeben von Feldern und Sümpfen. Die Paläste am Bosporus, das violette Meer und sogar die alten, ockerfarbenen Fassaden des Ghetto Vecchio waren nur noch eine Erinnerung. Es war an einem Frühjahrsnachmittag. Es war schon dunkel, und es regnete. Abraham und Beatrice sahen sich traurig an. Am liebsten hätten sie geweint.

Rabbi Mordechai Joffe, auf der Durchreise in Venedig, war es gewesen, der Abraham überredet hatte, nach Polen zu ziehen. Er erzählte, es lebe sich gut dort unter dem alten König Sigismund, der die Juden nicht einmal zwinge, ein besonderes Zeichen zu tragen. Mordechai Joffe lebte in Lublin und versah dort seit dem Tod des berühmten Salomon Luria – der Ewige – gepriesen sei sein Name – sei seiner Seele gnädig – die Funktionen des Rabbi und des Leiters der Jeschiba.

Er hatte Abraham von den Messen in Lublin erzählt, zu denen Dutzende von Rabbinern mit ihren Schülern aus den Dörfern von Klein- und Großpolen kämen, manchmal sogar aus Litauen. Und jedesmal zögen sie wieder davon, ohne ein einziges Buch gefunden zu haben, außer denen, die man aus Krakau oder dem fernen Prag kommen ließ. Abraham begann zu überlegen. Dann hatte der Rabbi noch hinzugefügt, daß sein Sohn Kalonymos gern eine Druckerei gegründet hätte, aber dazu einen Partner brauche, der etwas vom Handwerk verstand. Das hatte Abraham schließlich überzeugt. Und jetzt, nachdem sie durch eine graue Vorstadt mit kleinen, windschiefen, auf lehmiger Böschung stehenden Holzhäusern gezogen waren, warteten Abraham und Beatrice vor dem Stadttor. Vor ihnen drängten sich Pferde mit breiter Kruppe, niedrige Karren, Männer in verwaschenen Kaftanen, denen der Regen nichts auszumachen schien. Sollte das Polen sein?

Polen. Kaum habe ich dieses Wort niedergeschrieben, überfallen mich die Gerüche und die Laute meiner Kindheit. Als ich dort vor dem Krieg geboren wurde, war jeder zehnte Pole ein Jude (3 250 000 Juden bei einer Gesamtbevölkerung von 32 183 000). Einige Dörfer und Gegenden waren fast ausschließlich jüdisch, und die Juden lebten dort seit tausend Jahren.

Warschau, meine Geburtsstadt, hatte fast eine Million Einwohner, davon 368 000 Juden, mit ihren dreizehn Grundschulen und zehn Jeschibot, ihren sechs Theatergruppen, zwei Filmstudios, sechs Tageszeitungen, mehr als zehn Wochen- und Monatszeitschriften, ganz abgesehen von einem guten Dutzend Verlagen und mindestens ebenso vielen politischen Parteien. Und all das auf jiddisch, der Sprache, die meine Vorfahren in Benfeld im 15. Jahrhundert lernten und die meine Muttersprache ist.

Aber es gab auch zwei jüdische Tageszeitungen auf polnisch, ein Dutzend politischer und Literaturzeitschriften und eine Fülle von Schriftstellern, Gelehrten und Forschern, die, wenn sie von den Universitäten kamen – trotz des Numerus clausus, den es damals gab –, durch ihre schöpferische Arbeit das kulturelle Leben Polens, ihres Vaterlandes, bereicherten.

In Warschau sahen die jüdischen Straßen wie alle jüdischen Straßen in den mitteleuropäischen Städten und Dörfern aus. In den Häusern roch es nach frischem Brot und Salzheringen. Auf den Plätzen, in den Gärten gaben die Männer gestenreich ihren Kommentar zu den Ereignissen des Tages. Die Frauen mit bunten Kopftüchern über dem Haar wuschen die Wäsche in den Höfen, wo die Kinder spielten. In den Cafés, den Klubs, den Bibliotheken diskutierte eine begeisterte, wissensdurstige Jugend, und vor den Jeschibot spielten die Jungen unter großem Gelächter Fangen, so daß ihre Schläfenlokken auf und ab tanzten. In der Nalewki, der Geschäftsstraße, drängte sich alles; die Zeitungsverkäufer riefen ihre Zeitungen aus, und die Hühner gakkerten. Ich erinnere mich an einen alten, buckligen Juden, der dort, seit ich denken konnte, stand und versuchte, einen Käufer für zwei verschiedene Schuhe zu finden. An einem 1. Mai sangen Tausende, Zehntausende bärtiger Juden auf der Straße die Internationale in Jiddisch. Es gab unter ihnen Bundisten, Kommunisten und Zionisten. Zweitausend von ihnen kämpften gegen den Faschismus in Spanien, wie früher andere auf den Barrikaden von St. Petersburg gekämpft hatten, in Paris während der Revolution oder während des amerikanischen Bürgerkriegs.

Diese Juden existieren nicht mehr. Man hat sie ausgelöscht, und ihre Spuren hat die Volksrepublik aus der Geschichte Polens getilgt. So hören die seltenen Besucher, die heute noch zum Konzentrationslager Auschwitz kommen, von den Führern nur etwas über die drei Millionen Polen, die von den Nazis umgebracht wurden, und nichts von den Juden. Als wolle man diese Juden auch noch ihres Todes und ihres Platzes in unserem Gedächtnis berauben.

Meine Freunde wundern sich, daß ich, seit ich 1950 nach Paris kam, nie den Wunsch verspürt habe, nach Polen zurückzukehren. Sie begreifen nicht, daß Polen für mich ohne diese lebendige und lebhafte, warme Welt, in der meine Erinnerungen wurzeln, wie ein farbloses Land ist, ein Körper mit vertrockneten Gliedern, ein namenloses Wesen. Und es fällt mir selbst in Gedanken schwer, jetzt mit diesem Abraham und dieser Beatrice aus Konstantinopel und mit all diesen Druckern, die nach ihnen jahrhundertelang dort gelebt, gearbeitet und gehofft haben, dorthin zurückzukehren.

Wenn ich an die Dörfer denke, die von antisemitischen Banden im 17., 18. oder auch im 19. Jahrhundert angezündet wurden, so sehe ich immer das brennende Warschau des zweiten Weltkriegs vor mir. Und jedesmal, wenn ich ein Pogrom oder einen Mord an Unschuldigen beschreiben muß, taucht vor meinen Augen das Bild jenes alten Mannes mit weißem Bart auf, den meine Mutter zu Anfang der Besatzungszeit vor einer Razzia hatte schützen wollen. Die feldgrauen Männer stürmten in das Haus und zerrten ihn aus dem Schrank, in dem er sich versteckt hatte, und zogen ihn an den Füßen über die Marmorstufen, wo sein Hirn gelbliche Spuren hinterließ.

Deshalb habe ich so große Mühe, mit der polnischen Periode meiner Familiengeschichte zu beginnen. Aber ohne sie wäre diese Erzählung nicht das, was sie sein sollte, und ich sicherlich auch nicht der, der ich bin.

33 (Fortsetzung)

Lublin
Eine Liebesgeschichte (Fortsetzung)

Endlich konnte Abrahams und Beatrices Wagen, in dem ihre beiden Kinder Isaak und Jeremias dicht aneinandergeschmiegt schliefen, durch das verstopfte Tor fahren. Über lose Pflastersteine holperten sie über die Bramowastraße um den leeren Marktplatz herum, bogen in die Grodzkastraße ein und kamen zu einem anderen überfüllten Tor, dem Judentor. Die wartende Menge dort war ganz anders gekleidet, alle in schwarzen Kaftanen, mit Scheitelkäppchen und Pumphosen über den kurzen Stiefeln.

Vor dem ersten Wagen, dem von Rabbi Mordechai Joffe, wich die Menge beiseite:

»Laßt den Rabbi vorbei! Macht dem Rabbi Platz!«

Hinter dem Judentor führte eine Brücke über einen breiten Graben, den die Bewohner von Lublin, so erklärte der Kutscher – der aus Radom stammte –, für einen Fluß hielten und Bystrzyca nannten.

Die jüdische Stadt war von einem hohen Holzzaun umgeben. Die Straßen hier waren schmaler und lehmiger als die in der christlichen Stadt. Nur die Hauptstraße war gepflastert. Die Pferde wateten durch eine unbeschreibliche Kloake. Die Holzhäuser lehnten sich eng aneinander an, wahrscheinlich um sich gegenseitig zu stützen, damit sie nicht zusammenstürzten. Ein kahler Hügel mit einem flachen Gebäude und einem viereckigen Turm, auf dem der niedrige Himmel zu liegen schien, überragte die Stadt.

Sie folgten dem Ufer eines kleinen Rinnsales, der Czechowka, in der die Frauen die Wäsche zu waschen pflegten. Die hebräischen Ladenschilder schaukelten unter den heftigen Windstößen, Blitze zuckten durch den Himmel, unsichtbare Hunde bellten in den Höfen, die Eimer, die hinter den Wagen aufgehängt waren, schlugen laut aneinander. An einigen Stellen drang schon das Wasser durch die Plane. Endlich langten sie an:

»Willkommen«, begrüßte sie ein hochaufgeschossener, magerer junger Mann mit einem fächerförmigen Bart und gelben Augen wie eine Katze. »Ich bin Kalonymos, Rabbi Mordechais Sohn. Tretet ein. Hier seid ihr zu Hause.«

Abraham wurde von einem Sonnenstrahl geweckt, der in sein Zimmer drang. Er stand geräuschlos auf. Isaak und Jeremias schliefen dicht neben ihrer Mutter. Abraham trat auf den Balkon hinaus, über den das Strohdach vorgezogen war. Die Erde dampfte. Es roch nach Baumrinde. Der Wind, der den Schlamm trocknete, pfiff um die Häuserecken. Hoch am Himmel zog ein Schwarm Wildgänse vorbei. Auf der Straße umringten Kinder in schwarzen Kaftanen lachend einen Wasserträger; die Stange, die über seiner Schulter lag, bog sich unter der Last der beiden Eimer. Vom Erdgeschoß, wo die Küche war, drang ein fröhliches Lied auf jiddisch und der Geruch nach warmen Brotfladen herauf. Alles war neu für Abraham, und dennoch fühlte er sich nicht wirklich fremd hier.

Das Haus, das Kalonymos gehörte, war ganz in der Nähe der Jeschiba. Geräumige Nebengebäude gehörten dazu: Eines davon, neben dem Hühnerstall, war als »Druckerei« eingerichtet; eigentlich war es nur eine primitive, alte Werkstatt, in der ein blauer Kachelofen stand. Der Schriftsetzer, Elieser ben Izhak, war ein kleiner, gutmütiger Mann, rund wie eine Tonne und ein unermüdlicher Schwätzer:

»Baruch haba! Seid willkommen. Wißt Ihr, warum die Juden ein Gebet haben, das sie vor der Reise sprechen, aber keins für die Ankunft? Nein? Ganz einfach, weil die Juden immer im Aufbruch, aber noch nie irgendwo angekommen sind! . . . Wartet, das war noch nicht alles . . . Kennt Ihr die Verse aus der Genesis: ›Jakob aber zog seinen Weg; und es begegneten ihm die Engel Gottes. Und da er sie sah, sprach er: Es sind Gottes Heere; und hieß die Stätte Mahanaim.‹ Das bedeutet das ›doppelte Feld‹. Und wißt Ihr, daß dieser Vers zu dem Gebet gehört, das man vor Antritt einer Reise spricht? Und wißt Ihr auch, wo dieses Mahanaim, das ›doppelte Feld‹, ist? Hier in Lublin. Haben wir nicht zwei Städte, eine jüdische und eine christliche, zwei Städte Gottes? Und wißt Ihr auch . . .«

Da kam Kalonymos Abraham zu Hilfe. Seine beiden Söhne, Zwi-Hirsch und Chaim, begleiteten ihn:

»Was haltet Ihr von der Werkstatt?« fragte er. »Wir sind gekommen, damit Ihr über uns verfügen könnt.«

»Gott segne Euch«, erwiderte Abraham.

Die zehn Jahre, die auf Abrahams und Beatrices Ankunft in Lublin folgten, waren friedlich und also dank des Ewigen – gepriesen sei sein Name – glücklich. Abraham und Kalonymos richteten nach und nach eine Werkstatt ein, die einem Vergleich mit der von Venedig durchaus standhielt. Sie druckten dort auf hebräisch, aber auch auf jiddisch, einer Sprache für sich, die Abraham erst lernen mußte. Seine Kinder sprachen sie bald fließend, aber Beatrice die Portugiesin konnte sich nie recht an sie gewöhnen.

Sie hatten die Gewohnheiten der Juden von Lublin angenommen, ihre Kleider, ihre Lieder und ihr Essen. Ihre Geschichten erzählten sie sich nicht mehr auf der Schwelle vor dem Haus, sondern rings um den Kachelofen. Sie kannten das Schweigen der tiefen, verschneiten Nächte und die unbändige Lebenslust, die die Menschen ergreift, wenn im Frühling das Tauwetter die Erde wieder erweckt ... Isaak – man nannte ihn jetzt Izhak – und Jeremias, die als Kinder nach Polen gekommen waren, unterschieden sich in nichts von den anderen, in Lublin geborenen jungen Leuten.

Zehn Jahre! Sie feierten diesen Jahrestag, und Abraham brachte alle zum Lachen, als er ihnen erzählte, am ersten Abend wären Beatrice und er durchnäßt und enttäuscht am liebsten gleich wieder umgekehrt, ohne überhaupt aus dem Wagen zu steigen. Man sprach von Rabbi Mordechai, Kalonymos' Vater, den ein Winterfieber hinweggerafft hatte; man sprach von Abbaku, Abrahams Vater, der drei Jahre zuvor in Konstantinopel gestorben war; man sprach von dem geschwätzigen Eleasaro, der nach Safed im weitentfernten Palästina gezogen war ... Auf Kalonymos' Bitte zündete man Kerzen an, und Abraham las Abschnitte aus dem Buch seiner Vorfahren, des Schreibers aus Jerusalem. Hippone, Cordoba, Narbonne ... Magische Worte der Erinnerung ... Wurzeln ... Sicherheit ...

Wie zehn Jahre zuvor schmolz der Schnee bald zu Schlamm, den die Sonne und der Wind trockneten. Die Straßen belebten sich. Aus allen Himmelsrichtungen rollten zur großen Messe von Lublin die Wagen heran: Das Vieh kam aus der Gegend um Moskau, aus den Vereinigten Provinzen[82] brachten Pferdekarawanen die schönsten Stoffballen und aus Ungarn quietschende Karren große Fässer mit fast schwarzem Wein. Vieh- und Pferdehändler feilschten, Heringsverkäufer schoben sich durch die Menge.

Izhak, der jetzt siebzehn Jahre alt war, liebte diese Marktatmosphäre, die lauten Gespräche auf polnisch, jiddisch, türkisch, hebräisch, den bitteren Geruch nach Schweiß und frischgegerbtem Fell, den Duft nach Zimt oder Nelken, der aus der Kapanica drang, dem Gebäude, wo die königlichen Beamten die Ware, die die jüdischen Händler aus der Türkei und Griechenland mit sich führten, auf ihre Echtheit untersuchten.

An diesem Tag war er auf der Suche nach irgendeinem Reisenden aus Konstantinopel, der Neuigkeiten von der Familie hatte, von Tante Sarah und Onkel Joseph. An der Ecke der Oleina-Straße hatte ein Schlaukopf eine Zielscheibe aufgestellt. Wer auch immer sich üben oder mit seinen Freunden messen wolle, der solle, so rief er, seinen vortrefflichen Bogen zur Hand nehmen. Izhak, von seinen Anpreisungen angelockt, mischte sich unter die Zuschauer. Zwei *Szlachcicy* – polnische Adlige, ein junger und ein alter –, hatten gerade gewettet. Auch für die Szlachcicy war die Messe eine Gelegenheit, sich zu treffen, einzukaufen oder beim königlichen Gericht, das in Lublin seinen Sitz hatte, Prozeßangelegenheiten zu regeln. Sie kamen aus Danzig, Posen, Lemberg, Krakau oder Warschau, ernste und lautstarke Männer mit dichtem Schnurrbart, deren Gestalten durch ihre pelzgefütterten Seidenmäntel noch breiter wirkten. Als Erkennungszeichen trugen sie ihren Streithammer in der Hand und an der Seite einen Säbel mit edelsteinverziertem Griff. Sie legten ihn, so erzählte man sich, höchstens im Bett ab, und auch da nicht immer. Izhak, der ihnen nur auf Messen begegnet war, hatte noch nie mit einem von ihnen gesprochen.

[82] Die zur Utrechter Union zusammengeschlossenen niederländischen Provinzen (A. d. Ü.).

Der Alte zielte sorgfältig, aber seine Hand zitterte, und der Pfeil blieb außerhalb des Kreises stecken. Der Junge dagegen schoß sehr rasch, fast gleichgültig. Sein Pfeil traf ein wenig außerhalb des Mittelkreises. Man applaudierte ihm.

»Na schön«, sagte der Alte, »aber du mußt mir einmal Gelegenheit zur Revanche geben, wenn wir beide betrunken sind!«

Der junge Szlachcic lachte fröhlich auf. Er war groß, reichgekleidet und trug mitten auf seinem rasierten Schädel ein Büschel blondes Haar, das im Wind wehte. Mit seinem ausgestreckten Bogen beschrieb er einen Kreis vor der Menge:

»Will jemand versuchen, es besser zu machen?«

Die Gaffer wurden plötzlich verlegen, schauten woanders hin und hüpften von einem Bein auf das andere.

»Niemand? . . . Ihr Feiglinge! Ihr Duckmäuser! Was riskiert ihr schon? . . . Du, da hinten!«

Der Mann, auf den er deutete, und der direkt vor Izhak stand, errötete vor Verlegenheit und machte, daß er wegkam. Der Blick des Szlachcic fiel jetzt auf Izhak:

»Wie ist es mit dir, komm!« forderte er ihn auf.

»Ich?« fragte Izhak.

»Wie heißt du?«

»Izhak, Sohn des Abraham.«

»Bist du Jude?«

»Ja.«

»Hast du noch nie mit dem Bogen geschossen?«

»Nein.«

»Dann komm mal her.«

Der junge Adlige musterte ihn von Kopf bis Fuß:

»Du bist ein hübscher Bursche«, sagte er. »Wenn du so geschickt wie kräftig bist, wirst du's schon können. Sieh mir zu!«

Izhak verfolgte aufmerksam die Lektion, nahm dann den Bogen in die Hand – er war weniger schwer, als er gedacht hatte. Angst hatte er keine. Er gab sich Mühe, denn er wollte sich nicht schämen müssen. Die Ärmel seines Kaftans störten ihn; er krempelte sie hoch. Dann hob er den Bogen, setzte den Pfeil an und bemühte sich, genau die Haltung und die Gesten des Polen nachzuahmen. Plötzlich löste der Pfeil sich, er schloß die Augen. Laute, anerkennende

Rufe, eine Hand legte sich Izhak auf die Schulter. Er sah die Zielscheibe: Der Pfeil saß genau in der Mitte und zitterte noch.

»Der Ewige sei bedankt«, murmelte er.

Der junge Szlachcic lachte schallend:

»Bravo, Jude! Bravo, du hast mich geschlagen! Der Schüler übertrifft den Lehrer bei der ersten Lektion, bravo!«

Er setzte seinen Pelz-*Kolpack* auf und zog Izhak aus dem Kreis der Zuschauer:

»Du bist nicht wie die anderen Juden«, sagte er. »Was machst du?«

»Ich bin Drucker. Warum soll ich nicht so sein wie die anderen Juden?«

»Drucker? Bist du aus Lublin?«

»Ich bin in Venedig geboren, in Italien.«

»Kannst du italienisch?«

»Ja, ein wenig.«

»Und Latein?«

»Auch.«

Der junge Pole musterte Izhak voller Überraschung.

»Du weißt aber eine Menge! Wie alt bist du?«

»Siebzehn.«

»Ich achtzehn. Ich heiße Jan Ostrowski. Kennst du Ostrow?«

»Nein.«

»Es ist nicht weit von Leczna. Wir haben auch Juden auf unserem Besitz. Du solltest mich einmal besuchen, hast du Lust?«

Izhak und Jan Ostrowski sahen sich erst im nächsten Winter wieder. An einem sehr kalten Tag ging Izhak mitten auf der vereisten Straße, als hinter der Dreifaltigkeitskirche unter ohrenbetäubendem Schellengeläute ein Schlitten auftauchte. Zwei prächtige Pferde zogen ihn. Izhak mußte mit einem Sprung zur Seite ausweichen, rutschte aus und fiel hin. Die Kufen knirschten im Schnee.

»Der Teufel soll euch holen!« rief Izhak und stand auf.

Ein Mann in grauem Pelz sprang aus dem Schlitten:

»Nanu, das ist ja mein Sieger im Bogenschießen!«

Izhak erkannte Jan Ostrowski wieder. Der junge Mann ging auf ihn zu:

»Verzeih mir. Aber es war sehr unvorsichtig von dir, mitten auf der Chaussee zu gehen . . . Komm, ich will dich meiner Schwester vorstellen.«

Sie gingen beide zum Schlitten, wo ihn aus einer grauen Pelzdecke und einer weißen Pelzkappe zwei schwarze, fröhliche Augen neugierig ansahen:

»Elena«, sagte Jan, »das ist Izhak, du weißt, der jüdische Drukker, von dem ich dir erzählt habe, der mich im Bogenschießen besiegt hat.«

Elena antwortete mit einer Stimme, die Izhak wie himmlische Musik vorkam: »Das stimmt, Jan hat mir von Euch erzählt. Er hat mir gesagt, Ihr seid in Venedig geboren. Ich würde Euch gern näher kennenlernen.«

»Komm«, rief Jan, »steig auf. Wir bringen dich nach Hause.«

Izhak zögerte, dann stieg er auf. Er saß zwischen Bruder und Schwester, die Beine unter einer dicken Felldecke.

»Auf geht's«, befahl Jan dem Kutscher.

In einer weißen Schneewolke überquerten sie die Krakauer Allee und fuhren hinaus in die weite, unberührte Ebene, wo der Schlitten immer schneller wurde. Die Glöckchen läuteten, die Kufen knirschten leise, aus den Nüstern der Pferde drangen Dampfwolken. Izhak spürte Elenas warmen Körper an dem seinen. Er wagte sich nicht zu rühren, als fürchte er, aus einem Traum aufzuwachen.

»Ich liebe die Geschwindigkeit«, sagte Elena. »Und Ihr?«

In der jüdischen Stadt wirbelte die Geschichte viel Staub auf: Der Sohn von *Jan* Ostrowski hatte in seinem Schlitten den Sohn des Druckers Abraham bis nach Hause in die Breite Straße bei der Synagoge gebracht. Damals stand die Gemeinde noch ganz unter dem Eindruck vom Tod des Gastwirts Mordche: Man hatte ihn beschuldigt, zusammen mit seinem Sohn Aaron, seinem Schwiegersohn Aisik und dem Schankgehilfen Joachim ein christliches Kind getötet zu haben, den Sohn des Müllers aus Szymanowo. Er war vom königlichen Gericht verurteilt und lebendig gevierteilt worden, trotz der Aussage von Hirten, sie hätten die Leiche des Kindes von Wölfen zerfetzt gefunden.

Seitdem hatte die Gemeinde sich zurückgezogen. Die Juden von Lublin verbrachten mehr Zeit als früher in den Synagogen, gingen nur aus, wenn sie dazu gezwungen waren und bemühten sich, kein Aufsehen zu erregen.

Izhaks Spazierfahrt konnte unter diesen Umständen entweder als einmalige Dummheit, als Provokation oder auch als eine Art Verrat aufgefaßt werden.

Abraham sprach darüber nicht beim Abendessen, aber am nächsten Tag, am Abend vor dem Sabbat, als sie gemeinsam in die Synagoge gingen, bemerkte er kurz zu Izhak:

»Mein Sohn, es ist nicht gut, sich mit den Polen einzulassen, nachdem Mordche lebendig gevierteilt wurde – Gott schenke seiner Seele Frieden –, und zwar nur deshalb, weil er Jude war.«

»Aber Vater, nicht alle Polen sind . . .«

»Ich weiß, ich weiß«, unterbrach ihn Abraham.

Es schneite. Aus allen Türen strömten die Juden. Und auf dem Weg zur Synagoge begrüßten sie sich gegenseitig:

»*Sabbat Schalom!* Sabbat Schalom!« Der Schnee knirschte unter ihren Schritten.

Zwei Wochen später hielt Jan Ostrowskis Schlitten vor der Druckerei. Der junge Szlachcic trat ein. Abraham, Kalonymos, Izhak, Zwi-Hirsch und Chaim unterbrachen ihre Arbeit und wandten sich nach ihm um. Etwas verlegen blieb er stehen.

»Dzien dobry. Guten Tag«, sagte er.

Izhak ging auf ihn zu und stellte ihn seinem Vater und den anderen vor, die ihn begrüßten.

»Ich bin gekommen, um dich zu den Kuligi einzuladen«, sagte er. »Du weißt, diese Schlittenfahrten mit Musik. Es ist die nächste Woche. Ich werde dich abholen.«

Auf der Straße hatte sich ein Auflauf um den Schlitten gebildet. Gesichter preßten sich an die Fensterscheiben.

»Wenn Ihr gestattet«, sagte Jan Ostrowski noch zu Abraham, »möchte ich gern einmal vorbeikommen, um zu sehen, wie man Bücher druckt. Aber heute habe ich keine Zeit.«

Izhak begleitete ihn bis zur Schwelle, wo ihm die eisige Kälte entgegenschlug. Jan beugte sich zu ihm hinunter:

»Nicht ich habe dich eingeladen«, sagte er, »sondern Elena.«

Er lachte und sprang in den Schlitten, der sich rasch in Bewegung setzte. Jan Ostrowskis lautes fröhliches Lachen mischte sich mit dem Klang der Glöckchen.

Der Schlitten glitt leise knirschend über den Schnee. In anderen Schlitten vor und hinter ihnen spielten Musikanten – Juden – jedes gewünschte Musikstück. Wie beim ersten Mal saß Izhak zwischen Jan und Elena. Der Wind, die unendliche Weite, der glitzernde Schneepuder, der von den Pferden aufgewirbelt wurde, die Fetzen der herüberklingenden Musik stimmten die jungen Leute traurig und heiter zugleich.

»Wie sind die Mädchen in Venedig?« fragte Elena Izhak.

Sie lachte ein klein wenig herausfordernd.

»Wißt Ihr, als ich Venedig verließ, war ich erst sieben«, erwiderte er. »Mädchen interessierten mich damals nicht sehr.«

»Und heute?«

Er wußte nicht, was er antworten sollte. Unter der Pelzdecke spürte er Elenas warmen Schenkel dicht an dem seinen.

»Warum seid Ihr so ernst? Sind die Juden denn nie lustig? Hört nur die Musikanten, ihre Musik ist auch so melancholisch . . .«

»Aber nein, kleine Schwester«, unterbrach sie Jan. »Sie klingt traurig, weil sie langsam ist, und sie ist langsam, weil alle kalte Finger haben, das ist alles.«

»Gott sei Dank«, rief Elena, »ich bin fröhlich genug für drei!«

Sie kamen vor eine einsame kleine Kirche mit zwei von Reif bedeckten Türmen, die in der blassen Sonne glitzerten. Die Tür stand weit offen. Kerzenlicht drang heraus. Die Frauen stiegen von den Schlitten und knieten im Schnee nieder, bevor sie in die Kirche traten. Die Männer begnügten sich damit, sich zu bekreuzigen und warteten auf dem Vorplatz. Die Musikanten hörten auf zu spielen. Jan schlug die Pelzdecke zurück und sprang in den Schnee:

»Ich will sehen, ob Vater schon da ist. Fahrt noch eine Runde und kommt mich dann holen.«

Die Glöckchen bimmelten wieder.

»Gefalle ich dir?« fragte plötzlich Elena, als der Schlitten weit genug von der Kirche entfernt war.

»Das weißt du genau«, erwiderte Izhak.

»Wirklich?«

»Wirklich.«

»Sehr?«

»Sehr. Und du, magst du mich?«

»Du ziehst mich sehr an«, sagte sie, »ich weiß nicht warum. Ist das vielleicht die Liebe?«

Ihre Augen glänzten wie zwei Flammen.

»Kennen die Juden eigentlich auch Liebesgeschichten?«

»Wie schön bist du, meine Freundin, wie schön! Deine Augen glänzen wie Tauben hinter deinem Schleier hervor . . . Deine Brüste sind gleich zwei Böcklein, Zwillingen der Gazelle, die auf Lilienauen weiden.«

Elena errötete tief und rückte ein wenig von ihm ab:

»Wo hast du das gelesen?«

»In der Bibel.«

»In der Bibel?«

»König Salomo besingt darin ein Hirtenmädchen, Sulamith.«

»Und was geschieht mit ihnen?«

»Sie lieben sich, und dann trennen sie sich wieder.«

»Warum?«

»Weil alles sie trennt.«

»Das ist aber traurig. Ich wußte ja, die Juden sind traurig.«

Sie schmiegte sich wieder an ihn. Er roch ihr Parfum.

»Nicht die Juden sind traurig«, sagte er, »sondern die Liebesgeschichten.«

Er nahm Elena in seine Arme, und sie hielt ihm ihr Gesicht hin. Sie schloß die Augen. Ihre Lippen fanden sich, und die Zeit stand still. Unter der Pelzdecke drängte sie ihren Körper gegen den seinen.

Dann hörten sie Glockengeläut: Der Schlitten war wieder zur Kirche zurückgekehrt. Der Vorplatz war jetzt schwarz von Menschen. Die Menge sang geistliche Lieder und hielt Holzkreuze und Heiligenfiguren empor.

Izhak ließ Elenas Hände los. Er zögerte auszusteigen: Diese Zeremonie ging ihn nichts an. Da sah er Jan, der in Begleitung eines großen, breitschultrigen Mannes in einem Hermelinmantel auf sie zukam:

»Vater«, sagte er, »das ist unser jüdischer Drucker.«

»Ich hab' gehört, du bist so gut im Bogenschießen? Du mußt einmal kommen und gegen mich kämpfen. Jan wird dich abholen.«

Krzysztof Ostrowski hatte eine beeindruckende, tiefe und klangvolle Stimme, die in seiner Brust wie unter einem Gewölbe dröhnte. Er wandte sich jetzt an Elena: »Und du meine Tochter, geh zu deiner Mutter in die Kirche.«

Er zwinkerte Izhak kurz zu, als wolle er ihn, von Mann zu Mann, zum Zeugen für seine Autorität über die Frauen machen. Dann drehte er sich um und entfernte sich mit seinem Bärengang.

»Gott schütze die Polen!« sang eine Gruppe junger Szlachcicy, die im Schnee kniete.

Als Jan Izhak drei Wochen später abholte, sahen ihm Abraham und Beatrice mit gemischten Gefühlen nach, teils mit Sorge, teils voll Stolz: Ihr Sohn war nicht irgendwer, denn die Herren luden ihn ein, aber beide erinnerten sich an das türkische Sprichwort: »Wer mit den Großen verkehrt, macht sich auch großen Ärger.«

Es war weniger kalt, und der Schnee glitt in großen Placken vom Dach des stattlichen Anwesens der Familie Ostrowski. Hier und da sahen schon die Schindeln hervor. Jan führte Izhak in einen riesigen Saal, die Sien, wie die Polen sagen. Izhak war unangenehm überrascht: Er sah sich einer großen Schar von Gästen gegenüber. Rasierte Gesichter, reiche Kleidung, Stimmengewirr. An den Wänden hingen Waffen aus aller Herren Länder, Keulen, Lanzen und Dolche. Neben dem großen Kamin, in dem ein Baumstamm knisterte, sah er Elena, die mitten in einer Gruppe junger Leute stand. In ihrem leuchtendroten, engen Oberteil, die beiden blonden Zöpfe artig über den Schultern hängend, wirkte sie ganz anders als die leidenschaftliche Elena im Schlitten ...

Plötzlich hörte Izhak das dröhnende Organ von Pan Ostrowski: »Ach, da ist ja unser junger Jude!«

Die Hälfte des Saales verstummte plötzlich. Izhak fragte sich, was er eigentlich hier zu suchen habe.

»Izhak ist Drucker«, erklärte Jan. »Er ist in Venedig geboren und spricht mehrere Sprachen.«

»Versteht er sich auf die Bärenjagd?« fragte ein Mann, dessen kleiner, geröteter Kopf auf einem massigen Körper saß. Hier und da ertönte Gelächter.

»Ich weiß nicht, ob er Bären jagt«, erwiderte Jan, »aber auf der Messe von Lublin hat er mich im Bogenschießen besiegt.«

Pan Ostrowski legte seine schwere Hand auf Izhaks Schulter:

»Komm und trink ein Glas mit und probiere ein Stück Wurst!«

»Verzeiht mir, *Panie* Szlachcic«, mußte Izhak daraufhin erwidern, »aber meine Religion verbietet mir das.«

»Das steht im Talmud«, erklärte ein großer, hagerer Mann, in dessen blondem Schnurrbart Honigweintropfen hingen.

»So so«, mischte sich wieder der dicke Bärenjäger ein, »die Juden dürfen also mit den Christen Geschäfte machen, sie wenn möglich bestehlen, aber sie dürfen nicht einmal ein Stück Wurst mit ihnen teilen.«

Jan zog Izhak am Ärmel:

»Komm, ich zeige dir das Haus.«

»Laß den jungen Juden antworten!« protestierte der Bärenjäger. »Wir wollen ihm doch nichts tun!«

Izhak sah ihn ernst an; der andere zwinkerte nervös mit den Augen:

»Der Talmud sagt nichts über die Christen«, erwiderte er sehr ruhig und gelassen.

»Von wem redet er denn sonst?«

»Er spricht von den Götzendienern.«

»Aha, und für Euch ist das dann wohl das gleiche! Übrigens frage ich mich, warum die Juden, die sonst so schlau sind, so töricht waren, den einzigen Sohn Gottes zu verleugnen. Haben sie denn nicht begriffen, daß die Zukunft den Christen gehört?«

»Jedem seine Religion«, erwiderte Izhak, »so soll es doch sein.«

Er hatte inzwischen gemerkt, daß all diese Leute schon ziemlich viel getrunken hatten und versuchte, einer Diskussion aus dem Weg zu gehen. Er dachte an den gevierteilten Mordche und fragte sich einen Augenblick lang, ob er nicht in eine Falle gelaufen war. Pan Ostrowski meinte, man solle Izhak erst einmal etwas verschnaufen lassen, aber der Bärenjäger war hartnäckig:

»Ich möchte, daß dieser Sohn Abrahams mir erklärt, warum seiner Meinung nach die Christen die Juden verfolgen?«

»Das ist die Angelegenheit der Christen, nicht meine«, erwiderte Izhak. »Ich tue mein Bestes, um das Gesetz zu achten, das ich von meinen Vätern empfangen habe.«

»Befiehlt dieses Gesetz den Juden auch, die Christen zu verachten?«

»Diese Diskussion ist sinnlos!« mischte sich ein älterer Mann mit breitem, fächerförmigem Bart ein.

Der Mann, der vom Talmud gesprochen hatte, tunkte seinen Schnurrbart in sein Glas und gab ihnen dann zu verstehen, daß er noch eine ganze Menge mehr wisse:

»Wenn man so die Geschichten hört, die sich die Juden erzählen«, sagte er . . .

Die übrigen Gäste hatten inzwischen einen Kreis um die Diskutierenden gebildet. Elena stand neben Jan. Beide waren sehr verlegen. Sie lächelte Izhak kurz zu, vielleicht um sich zu entschuldigen, vielleicht um ihm Mut zu machen.

»Vor ein paar Tagen«, fuhr der große hagere Mann fort, »brach mir eine Schlittenkufe und ich mußte in einer *Karczma* warten, die Juden gehörte. Von dem gräßlichen Gestank und dem Geschrei ihrer Kinder will ich euch gar nicht erzählen . . . Es saßen dort auch noch zwei jüdische Hausierer aus Lublin. Sie achteten nicht weiter auf mich. Plötzlich hörte ich, wie sie über das Andreaskloster neben dem jüdischen Friedhof von Grozyska sprachen . . .«

Der Mann leerte sein Glas, ohne sich zu beeilen. Die Polen lieben Geschichten, und er spürte genau, daß er die Aufmerksamkeit seiner Zuhörer erregt hatte. Er wischte sich den Schnurrbart mit einem Taschentuch und steckte es wieder in seinen Gürtel.

»Einer der Juden«, fuhr er fort, »erklärte dem anderen, warum das Kloster sich direkt unterhalb des jüdischen Friedhofs befindet. Das ganze Land, so erzählte er, gehörte einst zwei Brüdern. Der eine vermachte seinen Teil den Mönchen, die ein Kloster dort bauten, und der andere den Juden, die dort ihren Friedhof anlegten. Die Mönche, die gern das ganze Land für sich gehabt hätten, läuteten jedesmal die Glocken, wenn die Juden einen der Ihren begruben. Die Juden beklagten sich darüber beim Woiwoden und sogar beim König, aber nichts half.«

Wie gebannt hingen jetzt die Gäste an den Lippen des Erzählers.

Izhak nutzte die Gelegenheit, um sich unauffällig aus der Mitte des Kreises zu entfernen und sich Elena zu nähern.

»Eines Tages, als die Mönche wieder einmal während der Beerdigung eines Juden läuteten, hob sich der Sargdeckel, und der Tote stand auf. Es war ein Rabbiner. Er bat einen seiner Schüler, ihm ein Buch aus seiner Bibliothek zu holen. Und als der Junge zurück kam, nahm der tote Rabbi das Buch und las ein Gebet, das niemand verstand. Und je lauter die Glocke läutete, desto rascher wurde das Gebet. Plötzlich wankte das Kloster in seinen Grundfesten und begann, in die Erde zu versinken, bei jedem Wort des Gebetes ein bißchen mehr . . .«

Der Erzähler unterbrach sich und wischte sich langsam den Schnurrbart.

»Die grüne Tür«, flüsterte Elena Izhak im Vorübergehen zu. »Komm!«

»Und?« fragte eine Stimme gespannt. »Und was geschah dann?«

Der Erzähler lächelte befriedigt:

»Da hörten die Mönche auf, die Glocke zu läuten, so erzählte der Jude, rannten zum Friedhof und warfen sich neben dem offenen Sarg auf die Knie. Sie baten den Rabbi um Verzeihung. Der Rabbi gab seinem Schüler das Buch zurück und legte sich in den Sarg. Sogleich hörte das Kloster auf zu versinken, aber es blieb immer niedriger als der Friedhof. Noch heute, wenn ihr dort vorbeikommt . . .«

Izhak lächelte und schlich sich hinaus.

Elena saß auf einer geschnitzten Truhe, lehnte sich gegen einen Wandteppich und weinte leise im Halbdunkel vor sich hin. Er ging auf sie zu und nahm ihre Hand.

»Ich schäme mich so«, sagte sie.

»Das mußt du nicht. Es ist nun einmal so.«

»Aber warum denn?«

Er zog sie an sich. Sie stand auf. Sie umarmten sich, küßten sich, bewegten sich mit geschlossenen Augen hin und her. Sie waren wie zwei Zwillingsbäume im Wind. In diesem Augenblick wurde die Tür aufgerissen.

»Wo sind sie? Wo sind sie?« dröhnte die Stimme Pan Ostrowskis.

Er sah sie und stürzte auf sie zu:

»Meine Tochter mit einem Juden! Unter meinem Dach!«

Er erstickte fast vor Wut. Er packte Izhak vorn an seinem Rock, aber Elena warf sich dazwischen:

»Vater! Vater, es ist meine Schuld! Vater, ich war es!«

Mit dem Handrücken stieß er sie so heftig zurück, daß sie zu Boden fiel. Izhak sah fast kaltblütig in das breite, gedunsene Gesicht dicht vor sich und roch den Honigweinatem. Er dachte an seine Eltern und fragte sich, ob er kämpfen solle. Er war bestimmt weniger stark als der dicke Mann, aber dafür gewandter und zäher. Er hatte keine Angst. Er wollte sich von Pan Ostrowski losreißen und Elena aufheben . . .

Da kam Jan gerannt und stellte sich zwischen seinen Vater und seinen Freund. Pan Ostrowski keuchte laut:

»Bring ihn fort, Jan. Daß er mir nie wieder vor Augen kommt!«

Izhak sah, daß Elena vom Boden aus die Szene mit angsterfülltem Blick verfolgte. Er reichte ihr die Hand, um ihr aufzuhelfen, aber Krzysztof Ostrowski brüllte:

»Verschwinde! Verschwinde, hast du gehört! Raus mit dem Juden!«

Er knirschte mit den Zähnen:

»Hau ab! Du hast Glück, daß ein Ostrowski nie einen Gast unter seinem Dach umbringt.«

Jan führte Izhak zu einer Hintertür und drückte ihm kurz den Arm. Dann schloß sich die Tür hinter ihm.

Es schneite, und es war schon dunkel geworden. Izhak wußte nicht, wohin er gehen sollte. Draußen würde er die eisige Nacht nicht überleben, denn sein gefütterter Kaftan war im Haus geblieben. Sollte er sich in einem Nebengebäude verstecken? Zurückgehen und um Verzeihung bitten? Er ging auf die Schlitten der Gäste zu, deren Pferde man ausgespannt hatte. In einigen lagen Pelzdekken. Er bat den Ewigen – gepriesen sei sein Name – um Verzeihung und nahm sich rasch zwei: Schließlich handelte es sich darum, ein Menschenleben zu retten. Er hüllte sich darin ein und schlug den Weg ein, von dem er glaubte, daß er nach Ostrow führte.

Ein Wind kam auf, dann hörte es auf zu schneien, und der Himmel wurde hell. Kaltes Sternenlicht fiel auf eine riesige Ebene, in der vereinzelt ein paar Baumgruppen standen. Izhak hatte Hunger und ihm war kalt. Er murmelte Sätze aus dem *Tefilat ha-derech*, dem Gebet der Reisenden, vor sich hin: »Mögest Du es in Deinem heiligen Willen beschließen, o ewiger Gott und Gott unserer Väter, daß ich die Straße in Frieden ziehe . . . Ich vertraue auf Deine Hilfe, o Ewiger!« Um sich nicht völlig zu verirren, folgte er der vereisten Spur der Schlittenkufen, so konnte er wenigstens sicher sein, daß er irgendwo ankommen würde, selbst wenn er nicht wußte wo.

Ihm schien, als zeichneten sich noch weit entfernt dunkle Umrisse ab – ein Dorf? Ein Wald? Er schöpfte wieder etwas Mut. »Mögest Du es in Deinem heiligen Willen beschließen, o Ewiger . . . Was wohl Elena jetzt gerade tut? Vielleicht ist sie hinter mir hergelaufen? . . . Ich vertraue auf Deine Hilfe, o Ewiger? . . . Im Grunde genommen habe ich nie daran geglaubt, daß Elena und ich uns lieben könnten. Es ist schon besser, daß es so rasch zu Ende ging . . . Und Gott unserer Väter, daß ich die Straße in Frieden ziehe . . . Elena, ich liebe dich . . . Elena, ich liebe dich . . . Elena, ich liebe dich . . .«

Der Rhythmus seiner Worte ließ ihn schneller laufen; er fühlte ein wenig das eisige Schweigen. Plötzlich blieb er stehen und lauschte. Wölfe. Die schwarzen Umrisse an dem glitzernden Horizont waren nicht mehr weit, und er rannte darauf zu. Es war ein Wald. Er keuchte. Der starke Geruch der Birken lag in der Luft, aber auch noch ein anderer: Rauch. Es gab also in dieser Wüste irgendeine menschliche Ansiedlung. Das Heulen der Wölfe näherte sich, und Izhak suchte nach einem Ast, der stark genug war, um als Prügel zu dienen.

Im Wald war es weniger hell, und er verlor die Schlittenspur. Er ging dem Geruch des Rauchs nach. »Elena, ich liebe dich«, wiederholte er, »Elena, ich liebe dich.« Es war wie eine Zauberformel, um die Wölfe fernzuhalten oder um den Augenblick zu verzögern, in dem ihm endlich klar werden mußte, daß ein jüdischer Drucker die Tochter eines Szlachcic nicht lieben darf.

Plötzlich, als hätte ihn irgend etwas gewarnt, drehte er sich um: Ein schwarzer Schatten sprang ihn an. Er holte aus und schlug mit seinem Prügel zu. Er hörte ein lautes Knacken, und der Wolf fiel tot um. Izhak fing an zu rennen, aber dabei konnte er sich nicht mehr umdrehen. Einen Augenblick blieb er doch stehen und rief so laut er konnte:

»Zu Hilfe! Zu Hilfe! Die Wölfe! Die Wölfe!«

Sie hatten sich lautlos herangeschlichen und umringten ihn jetzt geduldig und gewissermaßen endgültig. Izhak lehnte sich gegen einen dicken Baumstamm und sah ihnen entgegen. Er hätte zwar versuchen können, auf einen Baum hinaufzuklettern, aber andererseits hatte er immer gehört, gerade das solle man nicht tun: Jeden Frühling holte man die Leichen derer aus den Bäumen, die den Wölfen zwar entkommen, dafür aber erfroren waren.

Von Zeit zu Zeit schwang er seinen Knüppel um sich, damit die Meute nicht näher herankam. Plötzlich hörte er Rufe in der Ferne. Er antwortete, so laut er konnte. Die Wölfe hatten es auch gehört und wohl begriffen, daß ihre Zeit begrenzt war. Sie verengten ihren Kreis und begannen, um Izhak herumzulaufen, der nicht wußte, ob er Gott oder Elena um Hilfe anrufen sollte. Und dann griffen sie ihn an, mehrere auf einmal, und er setzte sich zur Wehr.

Es mußte eine Kerze sein, ja, es war das Licht einer Kerze. Eine gelbliche, erstaunlich reglose Flamme. Izhak schloß die Augen. Ihm war warm, er fühlte sich wohl und hatte keine Lust, sich Fragen wegen einer Kerze zu stellen. Er genoß die wohlige Müdigkeit seines Körpers und schlief erneut ein.

Als er erwachte, war die Kerze erloschen. Er wollte sich umdrehen, stöhnte jedoch gleich darauf vor Schmerz.

»Der Ewige sei gepriesen!« sagte eine Frauenstimme.

»Er sei in Ewigkeit gepriesen! Amen, amen!« erwiderte eine Männerstimme.

Izhak hob vorsichtig den Kopf und sah neben dem Herd einen kräftigen, rotbärtigen Mann und ein junges blondes Mädchen mit blassem Gesicht stehen. Als erwache jetzt plötzlich alles im Haus, fingen die Gänse im Stall an zu schnattern. Izhak wollte fragen, wo er sei, aber er brachte keinen Ton heraus.

»Ihr seid bei Freunden, junger Mann«, sagte die Männerstimme. »Bei guten Juden, fürchtet nichts.«

In diesem Augenblick ging die Tür auf, und ein kalter Luftzug ging durch den Raum. Eine Frau trat ein, stellte einen Eimer ab, zog die dicke Männerjacke aus, die sie trug, und schüttelte den Schnee ab.

»Mama, sieh doch«, sagte das junge Mädchen, »er ist aufgewacht.«

»Es ist gut so, wenn er aufgewacht ist. Aber ich habe dir schon mal gesagt, Deborah, es ist eine Sünde, Männer anzusehen. Mach lieber ein bißchen Milch warm. Das wird ihm gut tun.«

Izhak bewegte sich, um festzustellen, wo es ihm weh tat. Sein Strohsack knarrte. Er räusperte sich:

»Danke«, sagte er. »Dank für eure Gastfreundschaft.«

»Dank lieber dem Ewigen«, entgegnete der Mann. »In seiner Barmherzigkeit hat er mir einen leichten Schlaf geschenkt. Ich hab' dich rufen gehört. Mein Bruder Schamai hat seine Axt genommen und ich meinen alten Begleiter . . .«

Er zeigte auf einen riesigen, knorrigen Knüppel, der neben der Tür an einem Lederriemen hing.

»Es wurde auch Zeit, daß wir kamen«, sagte er. »Du hattest vier erschlagen, aber die anderen hatten sich schon in deinen Armen und Beinen verbissen. Du hast viel Blut verloren.«

Das junge Mädchen trat mit einem dampfenden Napf an sein Bett.

»Woher kommt der Jude?« fragte der Holzfäller.

Izhak antwortete nicht. Er war wieder eingeschlafen.

Er war sehr schwach und blieb es noch einige Tage lang. Dann kehrten seine Kräfte nach und nach wieder zurück. Er sah die Verletzungen an seinen Armen und Beinen, auf die man Heilblätter gelegt hatte, und erfuhr, daß er sich bei Waldarbeitern in der Nähe von Parczew befand. Der Mann, der ihn gerettet hatte, hieß Mardochai. Im Auftrag eines Besitzers, den er seit zehn Jahren nicht mehr gesehen hatte, versah er die Aufsicht über den Wald, der sich zwischen der Tysmienica und den Kalinka-Sümpfen erstreckte. Seine Brüder und Vettern waren alle Holzfäller; starke, einfache Männer, die, so sagte Mardochai, besser die verschiedenen Baumarten als die Verse der Heiligen Schrift kannten. »Aber gute Juden«, sagte er immer wieder.

Endlich, eines Morgens, konnte Izhak aufstehen, sich die Hände in einer Wasserschüssel reinigen und ein Gebet sprechen. Der Augenblick war gekommen, Abschied zu nehmen.

Schamai brachte ihn nach Lublin. Man mußte sich beeilen, um noch vor dem Tauwetter hinzukommen. Die Pferde und der Schlitten waren schwerer als die von Jan Ostrowski und die Pelzdecken rauher – Bärenfelle? Wolfsfelle? Schamai war ein wortkarger Mann, er machte nur zweimal den Mund auf. Das erste Mal, um ihm einen farblosen Trank anzubieten, der einen warmhalte, wie er sagte, und in Izhaks Kehle wie Feuer brannte. Das zweite Mal handelte es sich ganz offensichtlich um eine von langer Hand vorbereitete Überlegung.

»Wir im Dorf«, sagte er, »sind einfältige Leute. Uns fehlt ein Melamed, ein gelehrter Mann, der unseren Kindern das Alphabet und die Liebe zur Thora beibringen könnte.«

Er sah beharrlich geradeaus. Durch eine Art weißlichen Dunst brach gelegentlich ein fast grelles Licht. »Wenn jemand unsere Kinder unterrichten würde«, fügte er hinzu, »könnten wir ihm vielleicht beibringen, wie man einen Baum an seinem Rauschen erkennt ... Kann ein junger Mann aus Lublin das verstehen?«

Der junge Mann aus Lublin wußte nicht mehr so recht, wer er war, was er wollte und was er überhaupt in diesem Schlitten zu tun hatte, mit diesem Juden, der nie einen Schritt ohne seine Axt und seinen Krug tat. Die Druckerei? Pan Ostrowski? Elena? Das Andreas-Kloster? Die Wölfe? All das lag für ihn in einer sehr wirren, sehr fernen Vergangenheit, als hätte das Erlebnis des nahen Todes sein Leben in zwei Hälften geteilt: die vor den Wölfen und die danach. Und ganz gewiß gehörte seine Liebe zu Elena in sein voriges Leben.

Abraham, Beatrice und Jeremias schlossen ihn unter Freudentränen in die Arme. Sie hatten ihn bereits totgeglaubt. Jan Ostrowski hatte sich bereits mehrmals nach ihm erkundigt. Die ganze Straße versammelte sich in der Druckerei, um Izhaks Abenteuer zu hören. Jan selbst kam zwei Tage später.

»Richte Pan Ostrowski aus«, sagte Izhak zu ihm, »daß ich es ihm nicht nachtrage und Gott bitte, er möge ihn vor sich selbst schützen!«

»Und . . . und Elena?«

Izhak hätte jetzt fast geweint; aber so wie er über Adam und Evas Sündenfall im Garten Eden geweint hätte:

»Ich habe sie geliebt«, antwortete er.

Jan lachte ein wenig verwundert:

»Du redest wie ein Greis!«

»Ich bin auch älter geworden.«

»Fragst du mich nicht einmal, wie es ihr geht?«

»Es steht geschrieben: › . . . so ruhet die Sünde vor der Tür, und nach dir hat sie Verlangen; du aber herrsche über sie.‹«

»Aber Izhak, mein Freund . . . Willst du sie nicht einmal sehen?«

»Es steht geschrieben: ›Laß deine Augen nicht fliegen nach dem, was du nicht haben kannst; denn dasselbe macht sich Flügel wie ein Adler und fliegt gen Himmel.‹«

»Izhak!«

»Schön«, entgegnete Izhak, »also, wie geht es ihr?«

»Ich glaube, sie ist unglücklich. Vater schickt sie nach Frankreich.«

»Möge Gott sie schützen.«

»Ist das alles, was du mir für sie zu sagen weißt?«

»Sag ihr, daß ich recht hatte. Nicht die Juden sind traurig, sondern die Liebesgeschichten. Sie wird schon wissen, was ich meine.«

Im Frühjahr kam der Waldaufseher Mardochai nach Lublin und begab sich geradewegs in die Druckerei: Einen Menschen zu retten, so sagte er, lege einem auch Verantwortung auf. Er und Abraham sprachen lange hinter verschlossenen Türen. Als er wieder auftauchte, wirkte er höchst vergnügt. Er beobachtete Izhak, der an der Buchpresse stand, eine Weile bei der Arbeit, ließ sich Jeremias vorstellen und segnete alle. Dann verließ er die Werkstatt mit einem dröhnenden *»Schalom aleikhum«!*

Izhaks Hochzeit mit der blonden Deborah wurde im Hochsommer in dem kleinen Dorf der jüdischen Holzfäller im Wald von Parczew gefeiert. Rabbi Meir ben Guedalia, »Maharam« genannt, kam eigens aus Lublin, um das junge Paar zu segnen.

Nach der Zeremonie ließ man über den Köpfen der Neuvermählten einen Hahn und eine Henne kreisen, Symbole der Fruchtbarkeit, und Abraham las laut vor den versammelten Gästen Passagen aus dem Familienbuch vor. Diese Waldbewohner, die achthundert Jahre alte Bäume kannten, wußten wohl, was Beständigkeit und Dauer bedeutet. Dann tanzte man zum Klang der Geigen in den Häusern, den Scheunen und später nachts noch im Licht der Fackeln auf den Waldlichtungen. Es ist wohl doch nicht wahr, daß alle Juden und alle Liebesgeschichten traurig sind.

Die Gäste, die mit dem Rabbi aus Lublin nach Parczew gekommen waren, fanden alle, es sei wirklich eine sehr schöne Hochzeit gewesen.

34

Amsterdam
Der Exkommunizierte

Jeremias, Izhaks jüngerer Bruder, der in der Druckerei geblieben war, heiratete die sanfte Rachel, Rochele genannt, mit der er fünf Kinder hatte: Asariah, Ruth, Lea, David und Herschel. Asariah heiratete die Tochter eines Eierhändlers, verließ nach dem Tod seines Schwiegervaters die Druckerei, um dessen Handel zu übernehmen, und zog selbst auf die Märkte. Wenn die Drucker sich deswegen über ihn lustig machten, antwortete er ihnen stets mit einem Abschnitt aus den Berachot, dem Traktat der Segenssprüche, worauf sie nichts mehr zu sagen wußten: »Das Ei ist ein Nahrungsmittel, das allen anderen von gleicher Größe oder Gewicht weit überlegen ist. Ein weiches Ei ist besser als sechs Maß feinstes Mehl. Ein hartes Ei ist besser als vier Maß feinstes Mehl. Ein gekochtes Ei ist also besser als alle Nahrungsmittel, die seine Größe haben, mit Ausnahme des Fleisches.«

Ruth und Lea heirateten früh und gingen aus dem Haus. Herschel nahm in der Druckerei den Platz seines Großvaters Abraham ein. Jeremias leitete die Werkstatt zusammen mit Zwi-Hirsch, Kalonymos' Sohn. Die beiden Familien veröffentlichten ihre Bücher, setzten Kinder in die Welt und schlugen sich rechtschaffen als gute polnische Juden durch das Leben, von tausend Ängsten und tausend Hoffnungen bewegt. Wenn eine Sorge sie drückte, so beteten sie zum Ewigen – gepriesen sei sein Name – und trösteten sich mit dem alten hebräischen Sprichwort: *Jihje tov*, es wird schon gutgehen. Und wenn dann wirklich alles gut gegangen war, riefen sie: *»Sof tov, ha kol tov!«* Ende gut, alles gut. Diese einfachen Leute wollten nicht mehr als das, was ihnen zuteil wurde: ein einfaches Schicksal. Alle, außer Herschel, Jeremias' jüngstem Sohn.

Er war von allen Geschwistern am wenigsten für das Abenteuer gemacht und hatte doch ein gerüttelt Maß davon. Er war nicht gern unterwegs, aber er verbrachte fast sein ganzes Leben in der Fremde. Nichts wünschte er sich so sehr wie ein gemütliches Zuhause mit seinen Büchern, einer friedlichen Frau und braven Kindern, aber auch das war ihm nicht vergönnt: Er heiratete ein herrschsüchtiges, kaltes junges Mädchen, das ihm nacheinander drei Kinder schenkte. Kinder, deren Zähne nur des Nachts wuchsen und deren Gebrüll offenbar nur der Vater besänftigen konnte.

Herschel konnte nämlich ganz einfach nicht nein sagen. Er war intelligent, empfindsam, verträumt und verabscheute allein schon den Gedanken, jemandem weh zu tun. Er war durchaus fähig, das Für und Wider abzuwägen, wenn man ihm einen Vorschlag unterbreitete. Aber zum Schluß akzeptierte er ihn doch immer, weil er sich einfach nicht entschließen konnte, jemandem eine Absage zu erteilen.

Seine großen Abenteuer begannen an dem Tag, als ein entfernter Vetter an die Druckerei schrieb und anfragte, ob nicht jemand aus der Familie zu seiner Hochzeit kommen und ein paar Abschnitte aus Abrahams Buch vorlesen könne. Er erhoffe sich dadurch für seine eigenen Nachkommen »ein langes Leben in Treue und Beständigkeit«. Der Brief stammte aus Polonnoje, was mehrere Tagesreisen entfernt lag. Jeremias war damit beschäftigt, die *Toharot*, »Reinheiten«, die sechste Ordnung der Mischna, zu drucken; Asariah wartete auf den Neumond, um seine Hennen brüten zu lassen: Also bat man Herschel, sich auf den Weg zu machen. Und natürlich sagte er nicht nein.

Man packte ihm seinen Wagen mit Büchern voll, die er unterwegs verkaufen sollte, und Jeremias vertraute ihm das letzte Exemplar von Abrahams Buch an – das vorletzte hatte Izhak mit in sein Dorf im Wald genommen. Herschel verabschiedete sich von seiner Frau und seinen Kindern, als käme er noch am selben Abend zurück.

Den Jahrestag der Zerstörung des Tempels, den neunten Tag des Monats Aw, einen Fastentag, verbrachte er in Rowne bei Rabbi Elchanan, dem Neffen von Meir ben Gedalia aus Lublin. Bis tief in die Nacht hinein las er Abrahams Buch, das er bei sich trug und das genau am Tag der Zerstörung des Tempels begann.

Am nächsten Tag kehrte er in einem Gasthof ein, der einem

einäugigen Juden gehörte. Er traf dort zwei Kabbalisten aus Prag, die durch ganz Polen bis an die Grenzen Wolhyniens gereist und jetzt auf dem Rückweg waren. Da sie ihm unbedingt ihre Theorien auseinandersetzen wollten, wagte er nicht schlafen zu gehen. Am nächsten Morgen brach er auf, ohne jedoch verstanden zu haben, warum »jede Vereinigung und jede Vollkommenheit am Ende zum unbekannten Geheimnisvollen führen, dem Gegenstand all unseres Verlangens«. Unterwegs suchte er noch Rabbi Samson in Ostrog auf, um ihm einen Packen Bücher dazulassen. Am Tag darauf besuchte er die Jeschiba von Zaslaw. Sie hatte drei Exemplare des Talmuds bestellt, den sein Großvater Abraham und Zwi-Hirsch Joffe gedruckt hatten.

Hinter Zaslaw begann die Steppe, eine flache, mit Gras bewachsene Ebene. Die Stille hier war so tief, daß die harmlosesten Geräusche sich auf seltsame Art verstärkten und in bedrohliche Rufe verwandelten. Einen Reiter oder ein Kamel konnte man schon Meilen entfernt erkennen. Die Einsamkeit lastete schwer auf Herschel. Für ihn hatten die Reisen nur einen Sinn: andere Menschen zu treffen. Er liebte nämlich die Menschen, er liebte sie alle, die bösen wie die guten, diese Geschöpfe, die so verschieden und zugleich einander so ähnlich waren und alle, wie Rabbi Jehuda im Midrasch Bereschit Rabba lehrt, »von Seinem Wort angerührt« sind.

In Polonnoje herrschte ein unbeschreibliches Chaos. Auf den Straßen beluden die Leute ihre Wagen und packten voller Hast Möbel, Töpfe und Pelze hinein: Die Kosaken, so erklärte man Herschel, hätten losgeschlagen, und noch nie habe man einen so schrecklichen Anführer wie den ihren gesehen, einen gewissen Pawluk. In Bialacerkow seien zweihundert Männer, Frauen und Kinder niedergemetzelt worden und in Korsun noch weit mehr. Der Gouverneur von Polonnoje war schon geflohen, und für viele Leute bedeutete dies das Zeichen zum Aufbruch: »Wenn der Blitz in die stolze Tanne schlägt«, sagten sie, »was geschieht dann mit dem bescheidenen Efeu?« Herschel hatte gar nicht erst die Zeit, nach seinem Vetter zu suchen. Er wurde ganz einfach von dem Zug der Wagen mitgerissen, die über die Steppe nach Zaslaw flohen. Er hatte selbst Angst; und er erinnerte sich daran, was sein Großvater Abraham immer gesagt hatte: »Die Furcht mag große Augen haben, sie hat vor allem ein ganz kleines Herz.«

Am Morgen trafen die ersten Wagen auf die, die ihrerseits aus Zaslaw geflohen waren, wo die Kosaken vor dem Tor standen. Die Flüchtlinge hatten das Gefühl, in einer absurden und tödlichen Falle gefangen zu sein. Sie weinten, klagten und beteten und warfen schließlich ihre armseligen Schätze aus dem Wagen, die sie in aller Eile hineingepackt hatten: Truhen, Familienerbe, Wäschekoffer, Geflügelkäfige . . .

Herschel betrachtete gerade dieses Bild im Bewußtsein der Lächerlichkeit all dieser Geschäftigkeit im Angesicht der Wüste. Da sah er, wie die beiden Kabbalisten aus Prag auf ihn zukamen. Sie unterbrachen ihre endlose Diskussion und fragten ihn, ob er sie in seinem Wagen mitnehmen könne.

»Steigt auf«, sagte er.

Trotz der sommerlichen Hitze trugen sie Pelzkappen. Gegenüber ihrer Umwelt schienen sie völlig gleichgültig zu sein. Sie setzten sich so gut sie konnten zwischen die Bücher, ihr Bündel auf den Knien.

»Da seht nur«, sagte einer der beiden, »seht, wie die Drohungen, die unseren Vätern galten, sich jetzt an uns erfüllen!«

Mit seiner blassen Hand und den langen schwarzen Fingernägeln deutete er auf das sinnlose Karussell der Wagen in der Steppe:

»Steht nicht geschrieben: ›Sie werden ihr Silber hinaus auf die Gassen werfen und ihr Gold wie Unflat achten?‹«

»Ich kehre nach Lublin zurück«, sagte Herschel.

»Lublin? Du hast wohl den Verstand verloren! Während wir hier reden, besetzen die Kosakenbanden Zaslaw – der Ewige gieße seinen Zorn über sie aus, wie er es an Amalek tat! Die Straßen nach Lemberg, Berestetschko und Luck sind ganz sicherlich abgeschnitten . . .«

»Also«, fragte Herschel, »was sollen wir tun?«

»Deine Frage ist eine gute Frage, aber du darfst sie nicht den Menschen stellen. Sondern dem, der da ist und der alles weiß und sieht.«

Der andere zog sogleich aus der Innentasche seines Kaftans ein Buch, dessen Einband dünn und abgegriffen war. Er zeigte mit seinem knochigen Zeigefinger darauf:

»Die Thora! Sie wird uns den Weg weisen.«

»Wie denn das?« fragte Herschel in aller Unschuld.

Da sprangen die beiden Kabbalisten auf die Füße, hoben die Arme gen Himmel, zerrauften sich den Bart und schrien im Chor:

»Gotteslästerer! Ungläubiger, Gottloser!«

Sie führten sich derart auf, daß der Wagen beinahe umgefallen wäre. Dann setzten sie sich wieder hin und sahen Herschel mit großen Augen an, wie erzürnte Onkel ein Kind:

»Die Thora, junger Mann, ist ein Licht, das die Welt erhellt.«

»Die Quellen«, fuhr der andere fort, »die Flüsse, die Blumen und die Meere haben ihren Ursprung bei Dir und breiten sich aus bis in alle Enden der Welt. Durch Dich lebt alles, in den Tiefen wie in den Höhen!«

»Thora! Thora!«

In diesem Augenblick tauchten drei Reiter in raschem Galopp auf. Es waren Juden mit vor Angst und wohl auch vor Erschöpfung aufgelösten Zügen. Sie nahmen sich kaum die Zeit, anzuhalten und zu rufen:

»Flieht, beim Ewigen! Die Kosaken sind in Polonnoje!«

Und schon gaben sie ihren keuchenden Pferden die Sporen und ritten weiter nach Zaslaw, ohne zu wissen, ob die Kosaken nicht auch dort waren.

Die beiden Kabbalisten schienen das alles nicht gehört zu haben. Sie beugten sich über den *Tanach*.

»Das ist es«, sagte der eine.

»Laß mich durch Dein Land ziehen«, las der eine, jedes Wort betonend, »ich werde der großen Straße folgen, ohne nach rechts oder links abzuweichen . . .«

Der andere las weiter:

»Das Essen, dessen ich bedarf, magst Du mir gegen Silber verkaufen, und Silber will ich Dir auch für das Wasser geben, das ich trinke . . .«

»Bis ich den Jordan überquert habe.«

Herschel sah sie verdutzt an. Wäre der Text, den sie lasen, nicht ein frommer gewesen und die Situation so dramatisch, hätte man die beiden schlicht für zwei Kumpane halten können, die auf den Messen von Lublin die Dummen anlockten, um ihnen irgendeine Medizin zu verkaufen oder sonst einen Streich zu spielen. Sie wandten sich an ihn:

»Seht Ihr, junger Mann, jetzt ist alles klar«, sagte der eine.

»So strahlend wie Schnee in der Sonne«, fuhr der andere fort.

»Die große Straße ist die von Proskurow und Kamjeniec Podolsk.«

»Und der Fluß ist der Dnjestr.«

»Damit steht unser Weg fest: Transylvanien, Ungarn, Mähren und Böhmen.«

»Aber ich hab' dort nichts zu suchen!« rief Herschel. »Ich muß nach Lublin zurück.«

»Lublin? Weh dir! Sieh dich doch nur einmal um: Es sieht schon jetzt wie ein Schlachtfeld aus, und die Kosaken sind noch nicht einmal hier. Nathan Prager und ich, wir haben gesehen, wie diese Barbaren den Männern bei lebendigem Leib die Haut abzogen und ihr Fleisch den Hunden vorwarfen, wie sie den schwangeren Frauen die Bäuche aufschlitzten und die ungeborenen Kinder herausrissen. Glaub mir, junger Mann, die Thora irrt sich nicht. Besser lebend in Prag, als tot in Lublin.«

Herschel sah, wie am endlosen Horizont der Steppe die drei Reiter aus Polonnoje verschwanden. Der Wind blätterte die Seiten seiner Bücher auf. Raben zogen ihre Kreise über ihnen. Er dachte an die Druckerei, an seinen Vater Jeremias, der sich sicher schon Sorgen um ihn machte, an seinen Bruder Asariah, den Eierhändler, an seine beiden Schwestern, an sein Weib und seine Kinder. Wie um Mut und Sicherheit zu finden, tastete er durch den Leinenbeutel hindurch, den er stets bei sich trug, nach dem Einband von Abrahams Buch:

»So sei es denn«, murmelte er, »wenn es Dein heiliger Wille ist, oh Ewiger, unser Gott und Gott unserer Väter.«

Dann schnalzte er mit der Zunge, und der Wagen setzte sich in Bewegung.

Sie kamen nach Prag an einem regnerischen Herbsttag im Jahre 5398[83] nach der Schöpfung der Welt durch den Ewigen – gepriesen

[83] 1638

sei sein Name. Die beiden Kabbalisten führten Herschel in der Judenstadt herum wie einen lebenden Beweis für ihre Prophezeiungen: Die Kosaken fielen in Polen ein, und die Ankunft des Messias stünde unmittelbar bevor. Um seinen Bericht zu hören, baten ihn die Parnassim in das jüdische Stadthaus, ein düsteres Gebäude mit einem angebauten Turm, wie die Eustachius-Kirche in Lublin.

Solange er noch nicht nach Hause zurückreisen konnte, fand er Arbeit bei den einzigen jüdischen Druckern von Prag, Joseph und Judah Bak. Er wohnte in der Cervena-Straße, nicht weit von der alten Synagoge. Als er einmal das Judenviertel verlassen wollte, um die Stadt zu besichtigen, befahl man ihm am Tor, die jüdischen Erkennungszeichen anzulegen: den gelben Spitzhut, die Rota auf der Brust und die kleine schmale Rüsche, die man statt der Halskrause trug.

So angetan besichtigte er eine der größten Sehenswürdigkeiten von Prag: die Rathausuhr. Eine Menge von Neugierigen stand davor und betrachtete mit zurückgelegtem Kopf den Reigen der Figuren. Er sah, wie der Tod in Form eines Skeletts hervorkam und mit einer Glocke läutete, dann erschien ein Jude, der seine Börse schwenkte. Er wurde in seiner Seele traurig und beschloß, nach Lublin zurückzukehren, wie groß das Wagnis auch sei.

Als es sich von den beiden Druckern verabschieden wollte, traf er in der Werkstatt einen Besucher, der aus Amsterdam kam, und unterhielt sich mit ihm eine Weile. Der Mann, ein Schriftsetzer, der ein paar Jahre im »Jerusalem des Nordens« gelebt hatte, wollte sich jetzt in Prag, seiner Heimatstadt, niederlassen. Dazu suchte er einen Drucker, der fähig war, seinen Platz in der Werkstatt von Rabbi Menasse ben Israel in Amsterdam einzunehmen. Nur so, klagte er, könne er bei seinen alten Eltern bleiben und das junge Mädchen heiraten, das bereits seit allzulanger Zeit auf ihn warte. Herschel dachte an Lublin, an seinen Vater Jeremias, der sich sicherlich schon Sorgen um ihn machte, an seinen Bruder Asariah den Eierhändler, an seine beiden Schwestern, an sein Weib und seine Kinder. Und wieder einmal, ohne direkt ja, aber auch ohne nein gesagt zu haben, fand er sich inmitten eines Abenteuers, das er eigentlich gar nicht gewollt hatte. »Ich müßte wirklich einmal lernen«, sagte er sich, als er sich auf den Weg nach Amsterdam machte, »auch manchmal einen Vorschlag abzulehnen.«

Er bereute seine Reise nicht. Von Anfang an mochte er diese riesige und zugleich zusammengedrängte, wohlhabende Geschäftsstadt, die von Kanälen und kleinen Straßen durchzogen war, über denen das sanfte Licht des niedrigen Himmels lag. Menasse ben Israel, ein bedeutender Rabbi, hieß ihn höchsterfreut willkommen: Die jüdischen Schriftsetzer, erzählte er, zogen es vor – welch eine Niedertracht! – für die Gojim zu arbeiten, mit der Begründung, sie verdienten bei ihnen mehr als bei ihm. Er hatte zwar zwei Polen aus Krakau eingestellt, die Brüder Jakob und Abraham ben Sevi, aber sie waren noch Anfänger, und er brauchte jemanden, der etwas von der Druckkunst verstand, damit ihm genügend freie Zeit für seine zahlreichen Verpflichtungen blieb.

Menasse ben Israel, der hochbegabte Sohn eines portugiesischen Marranen, dessen Erziehung die Gemeinde in Amsterdam übernommen hatte, war bereits mit achtzehn Jahren Rabbi geworden. Inzwischen war er der zweite Assistent Saul Levi Mortaras, des geistigen Führers der Gemeinde, die gerade zu jener Zeit zu einer gewissen Einigung gefunden hatte. Er war bei Gericht tätig und lehrte an der Grundschule. Er sprach acht Sprachen – portugiesisch, spanisch, hebräisch, lateinisch, griechisch, holländisch, italienisch und englisch –, kannte alle römischen und griechischen Klassiker, schrieb selbst – sein »großes Werk« Conciliador hatte er 1632 angefangen zu veröffentlichen –, gab Hebräischunterricht, unterhielt eine beachtliche Korrespondenz, half den Marranen, sich in Amsterdam einzuleben und war mit zahlreichen Nichtjuden befreundet. Das alles hinderte ihn nicht daran, sich in der Ostindischen Handelskompanie zu engagieren, denn seine Einkünfte waren ziemlich mager. Sein Bruder Ephraim hatte sich gerade nach Pernambuco in Brasilien eingeschifft, um die Geschäfte aus der Nähe zu überwachen. Er war ein sonderbarer, hitziger, kämpferischer, sentimentaler kleiner Mann, dessen untersetzte Gestalt jeder in Amsterdam kannte. Eiligen Schritts sah man ihn fast täglich mit seinem kurzen Mantel und dem spitzen Hut die Kanäle entlanggehen.

Seit Herschel da war, der wie selbstverständlich Rabbi Menasses

Bedingungen akzeptiert hatte, brauchte er nur noch zwei Stunden täglich in der Druckerei vorbeizuschauen, um Probeabzüge zu korrigieren oder die Buchhaltung zu prüfen.

Solange er noch keine Unterkunft gefunden hatte, schlief Herschel in der Werkstatt auf einer Fensterbank, die tagsüber der Platz der Korrektoren war und auf die er einen dünnen Strohsack legte. Die Arbeit war interessant, und bald unternahm er in Amsterdam das gleiche, was sein Vater Jeremias in Lublin getan hatte: Mit dem Einverständnis von Menasse ben Israel baute er die Werkstatt um, und zwar so, daß sie fast die genaue Kopie der Druckerei von Lublin wurde.

Er war bereits zwei Wochen da, als er eines Nachts kurz nach dem Trommelwirbel, der die Wachen zum Appell rief, hörte, wie jemand an die Tür klopfte. Er zündete die Laterne an und sah durch die Türklappe: Im winterlichen Nebel zeichnete sich verschwommen eine Gestalt ab.

»Im Namen des Allmächtigen«, sagte eine Stimme auf hebräisch, »öffnet mir, habt keine Angst!«

Herschel zog den Riegel zurück. Der Mann war groß und hager. Sein graues Haar wallte unter dem weißen breitkrempigen Hut hervor und fiel auf eine häßliche violette Tunika. Er ging geradewegs auf Herschels Fensterbank zu und setzte sich:

»Ihr gestattet doch?«

Herschel fragte sich, wie all diese Leute es bloß verstanden, ihn ausfindig zu machen: Er wußte schon, daß ihn dieser Mann mit dem fiebrigen Blick um seine Nachtruhe bringen würde. Aber was sollte er sagen? Er konnte sich doch nicht weigern, ihm zuzuhören, ihn gar in seine Einsamkeit zurückstoßen.

»Ich heiße Uriel da Costa«, sagte der Mann. »Kennt Ihr mich?«

»Möglich«, gab Herschel zu, »aber . . .«

»Ihr habt einen exkommunizierten Juden vor Euch . . . Man hat den Cherem über mich verhängt, ich bin verbannt, ausgestoßen, geächtet, man schreckt vor mir wie vor einem Leprakranken zurück . . .«

Der fiebernde Blick dieses Mannes war nicht der eines Wahnsinnigen, eher der eines Verzweifelten.

»Was habt Ihr getan?« fragte Herschel.

»Nichts Böses. Ich wollte nur nicht ein Affe unter Affen sein.«

»Ein Affe? Was meint Ihr damit?«

»All diese religiösen Riten verstoßen gegen die Vernunft, und ich habe mich ihnen widersetzt.«

»Aber die Riten sind doch die Religion!«

»Wenn Ihr wüßtet, was ich alles um der Religion willen erduldet habe! . . . Zuerst als Marrane in Portugal, dann als Jude in Amsterdam . . .«

»Aber wie könnt Ihr Euch als Jude bezeichnen, wenn Ihr die Religion Israels ablehnt?«

»Ich bin Jude, weil ich mich Jude nenne! Versteht Ihr? Die Religion Israels bedeutet für mich nicht diese elende Knechtschaft der Riten, der Gesten, der sinnlosen Litanei der Worte . . . Das Judentum . . .«

Er holte tief Luft und streckte seine Arme aus, als wolle er etwas Unermeßliches umfassen: »Das Judentum, das ist . . .«

Herschel fand den Mann allmählich ganz sympathisch:

»Seid Ihr jemals um die Gesetzesrollen herumgetanzt?« fragte er, »zum Simchat-Thora-Fest? Auch das ist Tradition . . . Wir haben in unserer Familie ein Buch, in das wir seit mehr als fünfzehnhundert Jahren unsere Namen, die wichtigsten Daten unseres Lebens und die Namen unserer Kinder schreiben, und das vom Vater auf den Sohn weitergegeben wird . . . Ich weiß nicht, was Ihr von mir erwartet, aber etwas anderes kann ich Euch nicht sagen: Das Judentum ist vor allem Tradition und Erinnerung.«

Uriel da Costa warf Herschel einen dankbaren Blick zu:

»Ich verstehe, was Ihr meint. Aber die anderen, die mich verurteilt haben, die verstehe ich nicht. Wenn Ihr wüßtet, was sie mir mit ihren tugendhaften Mienen alles angetan haben!«

Er stand plötzlich auf, als habe er noch eine wichtige Verabredung und fürchte jetzt, zu spät zu kommen:

»Dank, daß Ihr mir zugehört habt. Ihr seid der erste seit langer Zeit.«

»Aber warum versöhnt Ihr Euch nicht mit der Synagoge?« fragte Herschel.

Uriel da Costa richtete sich stolz auf, und der arme Mann wirkte plötzlich fast furchterregend:

»An ihr ist es, sich mit mir zu versöhnen, denn sie hat mich ja verstoßen!«

Er ging ein paar Schritte auf die Tür zu, dann drehte er sich plötzlich um:

»Ich werde wiederkommen, wenn Ihr es erlaubt. Gott segne Euch!«

Als er hinausging, drang ein feuchter kalter Wind in das Zimmer.

In den darauffolgenden Nächten wartete Herschel vergebens auf Uriel da Costa. Er setzte damals gerade *Schewet Jehuda*, eine Chronik der Judenverfolgungen, die der Typograph Juda Leib Setzer in Seiten faßte. Von diesem Juda erfuhr er ein wenig mehr über Uriel da Costa. In Oporto als Sohn einer adligen Marranenfamilie geboren, hatte er Kanonisches Recht studiert und dann das Priestergelübde abgelegt. Später fand er zum jüdischen Glauben seiner Vorfahren zurück, verließ Portugal und trat in Amsterdam zum Judentum über.

»Aber«, sagte Juda Leib Setzer, »der Glaube Israels, den er sich vorgestellt hatte, war in Wirklichkeit ein ganz anderer. Und so glaubte er, er müsse die Religion Israels verändern.«

»Und die Gemeinde hat das wohl nicht gutgeheißen?«

»Natürlich nicht. Damals hatte er gerade ein äußerst provozierendes Werk veröffentlicht, ›Examen das tradiçoens Phariseas conferidas con à Ley escrita[84]‹. Die Gemeinde hat ihn daraufhin ausgeschlossen und seine Bücher verbrannt.«

»Seine Bücher verbrannt?«

»Ja, die meisten Juden aus Amsterdam sind nämlich Portugiesen, und sie haben jene Inquisition, vor der sie geflohen sind, sozusagen in ihrem Gepäck mitgebracht. Wie schon der Prediger sagt: ›Wenn die Schlange vor der Beschwörung beißt, so hat der Beschwörer von seiner Kunst keinen Vorteil . . .‹«

Herschel war von dem Verbannten von Amsterdam seltsam fasziniert. Auch er hatte sich gelegentlich gefragt, inwieweit die Gemeinde tatsächlich Mittlerin der Wahrheit Gottes ist. Aber er hatte ganz bewußt seine Überlegungen nicht weitergeführt. Uriel da

[84] Untersuchung über die Traditionen der Pharisäer im Vergleich zum schriftlichen Gesetz. (A. d. Ü).

Costa hatte gesagt, er würde wiederkommen; aber der Winter verging, ohne daß er in der Druckerei auftauchte.

An Besuchern fehlte es sonst nicht. Menasse ben Israel kam oft – wie immer in Eile – mit Kunden, Kaufleuten oder Freunden, wie dem Arzt Ephraim Bueno. Eines Tages waren die beiden, Menasse ben Israel und Ephraim Bueno, in Begleitung eines kleinen rundlichen Mannes mit langem rotem Haar und einem Federhut, der ein grünes Samtwams und braune Beinkleider trug. Der Rabbi begann, ihm die verschiedenen Phasen des Setzens und des Druckens zu erklären. Der Mann stellte viele Fragen, aber er begriff rasch. Plötzlich fiel sein Blick auf Herschel, der über seinen Winkelhaken gebeugt saß:

»Ihr seid der, den ich suche! Ich habe einen Platz für Euch . . . Hinter Samson . . . Zusammen mit den Musikanten . . .«

Menasse ben Israel, der Herschels bestürzte Miene sah, klärte ihn auf:

»Unser Freund Rembrandt van Rijn ist Maler«, sagte er. »Er hat schon mehrere Skizzen für ein Portrait Ephraim Buenos und seiner Tochter gemacht.«

Der Maler ergriff jetzt wieder das Wort und schilderte das Bild, an dem er gerade arbeitete. Er nahm selbst die Haltungen seiner Figuren ein – er war ein vorzüglicher Schauspieler:

»Rechts sitzt Samson, von Helligkeit umgeben . . . Hinter ihm stehen vier Musikanten und hören Samson zu, der ihnen halb zugewandt ist . . . Dalila sitzt in der Mitte des Bildes . . . Undurchdringlich . . . Ja, so . . . Aber seht Ihr, zwischen der Gruppe der Männer hinter ihr . . . und Dalila dort . . . Da ist zuviel Raum, nicht wahr? . . . Deshalb will ich noch einen fünften Musikanten dazuhaben . . . Bisher fehlte mir ein Gesicht, jetzt habe ich es gefunden . . .«

Er ging drei Schritte zurück, reckte sich, kniff die Augen zusammen und sah Herschel prüfend an:

»Jedes Gesicht ist eine Schöpfung Gottes«, sagte er, »ein Licht im Dunkeln . . . Dem Maler ist es gegeben, das zu entdecken, was, wie Hiob sagt, vor den Augen aller Lebendigen verhohlen ist . . . Übrigens spielt auch Ihr in gewisser Weise mit Licht und Schatten . . . Diese schwarzen Tintenstriche je nach der Zeichnung der Buchstaben und dieses Weiß rings um die Lettern . . .«

Er unterbracht sich, runzelte die Stirn, und von einem Gedanken zum anderen springend zitierte er:

»Der Unendliche schlug die Leere mit dem Klang des Wortes . . .«

Er drehte sich auf dem Absatz um, als wolle er gehen, doch kam dann wieder zurück:

»Vajomer Elohim . . . Und Gott sagte . . . Gott ist das Wort. Der Same wurde zum Wort. Und da er zum Wort wurde, machte er ein Geschrei, daß man ihn in allen Gassen hörte . . .«

Er stülpte seinen schwarzen Hut mit der zarten weißen Feder auf seinen roten Haarschopf und fügte, zu Herschel gewandt, hinzu:

»In der Kabbala ist alles.«

Und schon war er draußen. Juda Leib Setzer ging zu Herschel, der noch immer bestürzt dastand und nicht ein einziges Wort hatte sagen können:

»Nun faß dich wieder, mein Freund, faß dich wieder. Und sorg dich nicht wegen des Gesetzes, das den Juden verbietet, das menschliche Gesicht darzustellen: Du wirst nie der fünfte Musikant sein und dein Gesicht nie ein leuchtender Fleck im Dunkeln . . . Ein dutzendmal pro Tag findet er genau den, den er sucht und vergißt ihn sofort wieder . . . Das ist typisch Rembrandt van Rijn!«

Herschel fand, zwischen dem Maler und Uriel da Costa gebe es eine gewisse Ähnlichkeit, obgleich alles sie zu unterscheiden schien. Das war wahrscheinlich der Grund, weshalb er ein paar Tage später gegenüber Rabbi Menasse den portugiesischen Verbannten erwähnte. Aber der Rabbi unterbrach ihn höchst ungehalten:

»Warum redet Ihr mit mir über diesen Mann? Den Namen eines Exkommunizierten auszusprechen besudelt einen ebenso als berühre man einen Leichnam. Der Ewige – gepriesen sei sein Name – bewahre uns davor!«

Herschel sprach nicht mehr über Uriel da Costa. Doch wenn er ihn auch fast ein Jahr lang nicht sah, vergaß er ihn nicht. Während dieses Jahres tauchten eines Tages zu seiner großen Überraschung seine Frau Kaila und seine drei Kinder auf: Da er nach Lublin geschrieben hatte, ohne etwas von einer Rückkehr zu erwähnen, hatte Kaila beschlossen, zu ihm nach Amsterdam zu ziehen. Einerseits war er gewissermaßen erleichtert: Er mußte kein schlechtes Gewissen mehr haben; aber Kailas zänkischer Charakter war mit der Zeit kaum sanfter geworden. Sie zogen in ein großes Haus nicht weit von Rembrandt von Rijns Atelier. Kaila persönlich ging zu Rabbi Menasse und verhandelte mit ihm wegen einer Gehaltserhöhung für ihren Gatten.

Eines Tages, als Kaila mit den Kindern ausgegangen war, tauchte Uriel da Costa in Herschels neuer Wohnung auf. Er trug immer noch seine violette Tunika. Sein Blick wirkte ebenso fiebrig wie bei ihrer ersten Begegnung, und seine Wangen waren noch hohler geworden:

»Es war nicht leicht, Euch zu finden«, sagte er voller Erleichterung.

Er warf seinen Hut auf eine Truhe und ließ sich auf die Bank fallen:

»Ich wollte Euch sagen, daß ich Euch nicht vergessen habe. Ich war die ganze letzte Zeit damit beschäftigt, die Geschichte meines Lebens zu schreiben. Ist sie nicht exemplarisch? . . . Wenn die Menschen mir nicht Gerechtigkeit widerfahren lassen wollen, werden es zumindest kommende Zeiten tun.«

»Habt Ihr schon einen Titel?« fragte Herschel, nur um irgendetwas zu sagen. »Exemplar humanae vitae. Was haltet Ihr davon?«

Herschel wußte nicht, was er sagen sollte. Er schwankte zwischen Gereiztheit, Mitleid und einer gewissen Bewunderung für die Unnachgiebigkeit und Unerschrockenheit dieses Mannes. Und plötzlich, völlig überraschend und heftig, brach der Zorn bei ihm durch, die Waffe der Schwachen:

»Ich habe genug von Eurem Jammern! Niemand zwingt Euch, so zu leben. Wenn Ihr Jude seid, achtet die Gesetze der Juden. Sonst werdet doch Christ und lebt nach den Gesetzen der Christen!«

Uriel da Costa nickte traurig mit dem Kopf, als kenne er sowohl diese Heftigkeit als auch diese Argumente:

»Ihr versteht mich nicht«, sagte er. »Meiner Ansicht nach verhalten sich die Christen um keinen Deut besser als die Juden . . . All unser Übel kommt daher, daß wir nicht dem Weg der Vernunft und den Gesetzen der Natur folgen.«

»Was erzählt Ihr da wieder?«

Herschel hatte sich noch nicht beruhigt. Dieser Mann rührte offenbar an tief verborgene Gedanken in ihm.

»Ich wollte sagen, daß der Mensch seinen Nächsten lieben soll, nicht weil Gott es befiehlt, sondern aus Achtung vor seiner Menschenwürde. Die Liebe ist älter als Mose. Die Liebe verbindet die Menschen miteinander, während Moses Gesetz sie trennt.«

Herschel starrte ihn fassungslos und entsetzt an. Was er da soeben gehört hatte, war ganz eindeutig eine Gotteslästerung, und die Erde bebte nicht, der Himmel öffnete sich nicht, und kein Schwefel- und Feuerregen ergoß sich über Amsterdam. Die einzige Erklärung dafür war, daß der Ewige – gepriesen sei sein Name – ihn, Herschel, Sohn des Jeremias aus Lublin, auf die Probe stellte, daß er es ihm überließ, diesem Ausgestoßenen die rechte Antwort zu erteilen. Und so rief er mit erstickter Stimme:

»Verlaßt dieses Haus! Ihr lästert Gott, verlaßt dieses Haus!«

Zu seiner großen Überraschung stand Uriel da Costa traurig und niedergeschlagen auf, murmelte: »Ihr versteht mich nicht, niemand versteht mich« und wandte sich zur Tür, ohne auch nur zu versuchen, sich zu rechtfertigen.

Kaum hatte er das Haus verlassen, wäre Herschel ihm am liebsten nachgerannt und hätte ihn um Verzeihung gebeten, aber er fand nicht die Kraft dazu. Als seine Frau zurückkam, weinte er.

Herschel sah Uriel da Costa erst ein paar Monate später wieder. Es war zu *Sukkoth*, dem Laubhüttenfest. Die Straßen und die Brücken im ganzen Viertel waren mit Zweigen geschmückt, wie es der Brauch war. Herschel, der gerade auf dem Weg in die Beth-Jaakov-Synagoge am Oude Schans war, ging am Kanal entlang, als er auf dem gegenüberliegenden Ufer die große, leicht nach vorn gebeugte Gestalt des ausgestoßenen Portugiesen erblickte. Unwillkürlich lief er rascher, überquerte die nächste Holzbrücke und ging auf Uriel da Costa zu. Er traute seinen Augen nicht: Der Exkommunizierte wirkte ausgesprochen heiter.

»Das solltet Ihr nicht tun«, sagte Uriel da Costa und drückte ihm flüchtig den Arm . . . »Es ist nicht gut für Euch, wenn man uns zusammen sieht . . . Hier, in der Öffentlichkeit!«

»Ich wollte nur wissen, wie es Euch geht«, entgegnete Herschel.

»Dank sei Gott, Dank sei Gott, es geht mir gut.«

Er sah sich nach allen Seiten um, als fürchte er, jemand könne das Geheimnis seines neuen Glücks entdecken, und fügte hastig hinzu:

»Ich habe eine Frau getroffen, die mich so nimmt wie ich bin. Ich glaube, wir werden heiraten. Aber jetzt geht!«

Doch er hielt Herschel am Ärmel zurück:

»Wenn Ihr wollt, können wir uns morgen abend in der Roten Taverne treffen, am Ende der Uilenburgstraat am Oude Schans. Ich werde dort sein.«

Den ganzen nächsten Tag lang fühlte Herschel sich elend: Er wagte seiner Frau Kaila nicht zu gestehen, daß er sich mit einem ausgestoßenen Juden in einer verrufenen Schenke treffen wollte. Andererseits ertrug er den Gedanken nicht, Uriel da Costa könne vergebens auf ihn warten. Zur verabredeten Stunde sagte er plötzlich, er müsse noch einmal in die Synagoge, nahm seinen Gebetsmantel und verschwand, ehe Kaila noch etwas dazu sagen konnte.

In dem Schanksaal kratzten die Geigen; ein undefinierbarer schwerer saurer Geruch hing in der Luft, und Herschel erstickte fast. Dralle Dirnen saßen entlang den Wänden auf Holzbänken und warteten darauf, daß Männer sie mit auf die Tanzfläche schleppten, die die ganze Mitte des Saales einnahm. Herschel, der am liebsten umgekehrt und davongerannt wäre, stieg die drei Stufen zum Schankraum hinunter, als sei er der Vorhof zur Hölle. Er hatte seinen Gebetsmantel unter seinem Wams versteckt und drückte ihn wie einen Schild gegen seine Brust. Uriel da Costa saß an einem kleinen Holztisch. Im Gegensatz zum Vortag wirkte er niedergeschlagen. Ein dickliches Mädchen mit halbnacktem Busen streichelte ihm mit seinen Wurstfingern den Nacken. Seine Verlobte? Als er Herschel sah, stieß er das Mädchen mit heftiger Geste beiseite:

»Ich heirate nicht«, sagte er, noch bevor er Herschel begrüßt hatte. »Sie will mich nicht mehr. Die Gemeinde hat ihre tugendhaftesten Frauen zu ihr geschickt, um sie vor mir zu warnen. Sie hat die Stadt bereits verlassen.«

Herschel wußte nicht, was er sagen sollte. Er fragte:

»Wie heißt sie denn?«

»Janthe.«

»Und wenn Ihr in die Synagoge zurückkehren würdet?« schlug Herschel ihm behutsam vor.

Uriel da Costa sah Herschel überrascht an, als nehme er erst jetzt seine Gegenwart wahr.

»Daraus kann nichts Gutes entstehen«, entgegnete er, »nur die Traurigkeit der Seele.«

Die üppige Schöne kam mit einem Krug Bier zurück und setzte sich wieder neben Uriel da Costa. Der jedoch achtete gar nicht auf sie.

»Wenn die Synagoge die Gläubigen nicht zu retten vermag«, sagte er, »kann sie sie nur der Verzweiflung preisgeben. Das Heil durch die Unsterblichkeit ist ein Betrug, wenn es die Liebe durch die Furcht ersetzt . . . Man muß den Geist von der Furcht befreien, die nur den Aberglauben schürt, man muß . . .«

Er unterbrach seinen Satz unvermittelt und sah Herschel an.

»Ist doch der Mensch gleich wie nichts, seine Zeit fährt dahin wie ein Schatten . . .«, murmelte dieser.

»Was sagt Ihr da?«

»Ich zitiere den Psalm.«

»Ach so.«

Herschel stand auf und wollte gehen.

»Wartet einen Augenblick.«

»Ich weiß nicht, was ich für Euch tun kann, es sei denn, Euch zu versichern, daß ich Euch nicht verachte, selbst wenn ich es sollte.«

Uriel da Costa trank einen Schluck Bier aus dem Krug des Mädchens.

»Ich glaube«, sagte er, »ja, ich glaube, ich werde tun, was Ihr mit geraten habt.«

»In die Synagoge zurückkehren?«

»Ich werde die gleichen Gesten tun wie sie, das ist alles. Ich werde ein Affe unter Affen sein.«

»Nein«, entgegnete Herschel. »Ihr werdet ein Mensch unter Menschen sein.«

Gleich am nächsten Tag sprach Herschel mit Rabbi Menasse ben Israel darüber, der einwilligte, sich mit dem Exkommunizierten zu treffen. Dieser erklärte sich bereit, den Widerruf zu leisten und die öffentliche Buße auf sich zu nehmen. Die Zeremonie wurde auf

Anfang des Jahres 5400[85] nach der Schöpfung der Welt durch den Ewigen – gepriesen sei sein Name – festgesetzt.

An diesem Tag schneite es in Amsterdam, und die Juden, die in die aus gebotenem Anlaß schwarz verhängte große portugiesische Synagoge kamen, hatten weiße Bärte. Das Schweigen war geradezu bedrückend, als Uriel da Costa ganz in Schwarz den Saal betrat und auf das Podium geführt wurde, wo ihn der Führer der Juden von Amsterdam, der *Chacham* Saul Levi Mortara, und hinter ihm die Parnassim erwarteten. Der Chasan zündete eine schwarze Kerze an und überreichte sie dem Bußfertigen. Dann erhob sich die klare deutliche Stimme des Vorbeters, und seine Worte schienen sich wie ein Spruchband um die schweren Marmorsäulen zu rollen: »Lobe den Herrn, meine Seele!« Ein Schauder ging durch die dichtgedrängte Schar der Männer, die in schwarzweißen Gebetsmänteln rings um das Podium standen, und die der Frauen, deren Platz auf der Empore war.

»Stehe auf, Herr; Gott, erhebe Deine Hand; vergiß der Elenden nicht! Warum soll der Gottlose Gott lästern und in seinem Herzen sprechen, Du fragtest nicht danach? . . . Zerbrich den Arm des Gottlosen . . . Daß der Mensch nicht mehr trotze auf Erden!«

»Daß der Mensch nicht mehr trotze auf Erden«, wiederholte die Schar der Gläubigen wie mit einer Stimme.

Zutiefst erschüttert hörte Herschel, wie Rabbi Mortara Uriel da Costa dazu aufrief, abzuschwören und Buße zu tun. Mit der Kerze in der Hand bekannte dieser daraufhin stehend seine Sünden. Ja, er hatte gegen das Gebot der Sabbatruhe und die Speisegesetze verstoßen. Ja, er hatte mehrere Glaubensartikel geleugnet, vor allem die Unsterblichkeit der Seele. Ja, er hatte mehrere Marranen aus Portugal davon abgehalten, zum jüdischen Glauben zurückzukehren.

»Gelobt Ihr, nicht mehr in Eure Irrtümer zurückzufallen?«

»Ich gelobe es.«

»Gelobt Ihr, in Zukunft als guter Jude zu leben?«

»Ich gelobe es.«

Uriel da Costa sprach jetzt die dreizehn Artikel des Glaubensbekenntnisses nach Maimonides: *»Ani maamin*, ich glaube fest und

[85] 1640

wahrhaft, daß der Schöpfer – gepriesen sei sein Name – ist Schöpfer und Leiter aller Erschaffenen; daß er allein alles schafft und wirkt, was war, ist und sein wird. Ani maamin . . .

Ani maamin . . .«

»Amen«, antwortete die Menge, als er geendet hatte.

»Amen«, sprach Herschel im Chor mit den anderen. Er hatte nicht das Gefühl, ein Affe unter Affen zu sein. Er war ein Teil dieser Menschen, die zueinander gehörten, Teil eines Leibes mit tausend Gliedern, und er sprach dieselbe Sprache, sagte dieselben Worte und bewegte sich im gleichen Rhythmus. War das nicht wie ein Wunder? Und war diese Vereinigung im Geist nicht auch die, die die beiden Kabbalisten aus Prag meinten, wenn sie von dem »unbekannten Geheimnisvollen, dem Gegenstand all unseres Verlangens« sprachen?

Nach dem Glaubensbekenntnis kam jetzt die Buße. Uriel da Costa entblößte seinen mageren Oberkörper, der im Halbdunkel einen hellen, auffallenden und fast unnatürlichen Fleck bildete.

Er folgte dem Synagogendiener in eine Ecke des Saales, wo zwei Gehilfen ihn so an eine Säule banden, daß er seinen nackten Rücken dem Schamasch darbot, der einen Lederriemen in der Hand hielt.

Beim ersten Peitschenhieb schrie die Schar der Gläubigen auf. »Zwei«, zählte sie mit, »drei . . . vier . . .« Herschel litt wie in seinem eigenen Fleisch und bis in seine tiefste Seele. Diese Zeremonie schmerzte ihn zutiefst. »Zwölf . . . dreizehn . . .« Der Lederriemen riß die Haut des Büßenden auf. »Sechsundzwanzig, siebenundzwanzig . . .« Herschel wäre am liebsten davongerannt. Die Strafe war auf neununddreißig Peitschenhiebe festgesetzt, und Uriel da Costa ertrug sie bis zum Schluß ohne einen Klagelaut.

Danach führte ihn der Synagogendiener zurück zum Podium, wo er sich wieder anzog. Er schien offenbar nicht zu leiden. Rabbi Saul Levi Mortara verkündete jetzt mit lauter Stimme das Ende des Cherems für Uriel da Costa.

Dann stimmte der Vorbeter feierlich den Psalm an: »Er aber war barmherzig und vergab die Missetat und vertilgte sie nicht . . .« Dann begleitete der Synagogendiener Uriel da Costa bis zur Eingangstür, wo dieser sich auf den Boden legte. Die Männer nahmen ihre Gebetsriemen ab, falteten ihre Mäntel zusammen und verließen einer nach dem anderen die Synagoge. Dabei stiegen sie über den Unglücklichen hinweg, dem besonders Eifrige im Vorübergehen einen Fußtritt versetzten. Als Herschel vor ihm stand, sah er, daß Uriel da Costa die Augen geschlossen hatte.

Herschel weigerte sich, am nächsten Tag in der Werkstatt über die Bußzeremonie zu reden, und er hatte noch lange einen bitteren Geschmack im Mund. Es war noch nicht Sommer, als man erfuhr, daß Uriel da Costa sich das Leben genommen hatte. Denen, die versuchen würden, ihn zu verstehen, und den anderen gewissermaßen als Abrechnung hinterließ er jene Biographie, von der er Herschel erzählt hatte, »Beispiel eines menschlichen Lebens«.

35

Amsterdam – Lublin
Die Sintflut

»Ihr habt Euch verändert«, sagte ein paar Tage später der Maler Rembrandt van Rijn zu Herschel. »Euer Gesicht wirkt nicht mehr so strahlend. Habt Ihr Ärger gehabt? Sorgen? Einen Tod in der Familie?«

»Ja«, sagte Herschel.

»Jemand, der Euch nahestand?«

»Ja«, sagte Herschel.

»Ein Freund?«

»Ja, das war er wohl, ein Freund.«

Der Maler, der seine zahlreichen Porträts hervorragend verkaufte – zum Preis von fünfhundert Gulden –, schien plötzlich irgendeinen bestimmten Zug, Ausdruck oder Schatten auf Herschels Gesicht zu entdecken:

»Wollt Ihr mir Modell stehen?« fragte er, als hinge sein Künstlerschicksal davon ab. »Ihr seid der Mann, den ich suche. Ich habe einen Platz für Euch. Direkt hinter der Jungfrau Maria . . . In der Mitte, in einem Lichtkreis . . .«

Er lächelte plötzlich:

»Das Licht! . . . Im Sohar steht geschrieben, als Jakob diese Welt verließ, leuchtete der Mond, und die Sonne ergriff ein heftiges Verlangen nach ihm. Seitdem erscheint jedes Mal, wenn die Sonne verschwindet, eine andere Sonne. Und durch ihre Vereinigung mit jeder Sonne erhellt sich der Mond.«

Auch Herschel lächelte jetzt.

»Seht Ihr«, sagte der Maler, »auch Euer Gesicht hat sich erhellt! . . . Also, in meinem Lichtkreis sieht man eine Frau, die ein aufgeschlagenes Buch in der linken Hand hält. Sie dreht sich zu einem schlafenden Kind in einer geflochtenen Wiege um . . . Seht Ihr? . . . Hinter der Frau soll der Mann stehen, ihr Gatte. Er schneidet einen frischen Zweig zurecht ... Ihn stelle ich mir genauso wie Euch vor, mit einem Bart und mit hellem Gesicht ... Ihr kommt zu mir ins Atelier, nicht wahr?« Hinten in der Werkstatt versuchte Juda Leib Setzer schon seit einer Weile, seine Heiterkeit zu verbergen, aber jetzt brachen er und die Brüder Jakob und Abraham ben Sevi in ein schallendes Gelächter aus. Rembrandt van Rijn drehte sich überrascht und verärgert um:

»Worüber lacht Ihr?«

Juda Leib hielt sich den Bauch vor Lachen, und dieses unbändige Lachen war so ansteckend, daß Herschel mit einstimmte und selbst der Maler zu kichern begann. Als man ihm endlich erklären konnte, daß er Herschel bereits als Musikanten hinter Dalila malen wollte, wurde ihre Heiterkeit noch größer. Aber Rembrandt van Rijn nahm es nicht übel, im Gegenteil: »Bei Euch fühle ich mich wohl«, sagte er kurz darauf. »All dies würdige Gehabe und anspruchsvolle Geschwätz ermüden mich bloß. Ich liebe nichts so sehr wie den Frieden des Geistes und die Ungezwungenheit.«

Herschel erschien auf keinem von Rembrandt van Rijns Bildern, im Gegensatz zu Ephraim Bueno, dessen Bildnis dieser ein paar Jahre später malte. Er nannte es »Der jüdische Arzt«. Man erzählte sich, der Anlaß für dieses Werk sei vor allem Stella Bueno gewesen, eine seiner zahlreichen Mätressen.

Herschel sah dieses Bild nie: Denn kaum war es fertig, da trafen aus fast allen Ecken der Welt Nachrichten von neuen Judenverfolgungen ein. Menasse ben Israel, dessen Lieblingssohn gerade gestorben und der nach dem Zusammenbruch der indischen Handelskompanie fast ruiniert war, erklärte all diese Anfechtungen als notwendige Läuterung vor der Ankunft des Messias: Verkündete der Sohar sie nicht für das Jahr 5408[86] nach der Schöpfung der Welt durch den Ewigen – gepriesen sei sein Name?

In Smyrna hatte sich gerade ein gewisser Sabbatei Zwi einer Schar von Jüngern als der Messias zu erkennen gegeben, nachdem er eines Tages, entgegen einem jahrhundertealten Brauch und trotz des Verbots des Talmuds, die vier Buchstaben des geheiligten Namen Gottes ausgesprochen hatte. Zur gleichen Zeit hörte man

[86] 1648

von einem neuen Aufstand der Kosaken in Polen, einem noch sehr viel blutigeren als dem, vor dem Herschel geflohen war. Viele sahen darin die Bestätigung von Rabbi Isaaks Prophezeiungen im Talmud: »Der Sohn Davids wird nicht erscheinen, bevor sich nicht die ganze Welt zum Glauben der Ketzer bekannt hat.«

Die Geburtswehen, so sagte man, sind die Vorstufe der Erlösung. Aber es waren bittere Geburtswehen! Bogdan Chmielnickis Kosaken hatten sich mit den Tataren verbündet, um die Städte östlich des Dnjepr zu überfallen und sie zu verwüsten. Die Unglücklichen, die den Kosaken in die Hände fielen, wurden grausam hingemetzelt; die Tataren dagegen machten Gefangene, die sie als Sklaven auf der Krim und in der Türkei verkauften. Es ging die Kunde, die Kosaken seien nicht bis nach Lublin gekommen, sondern wären kurz vor Samosc aufgehalten worden.

Herschel machte sich daher keine Sorgen über das Schicksal seiner Familie; dennoch fand er keine Ruhe mehr: Angesichts der Gewalttätigkeit der Menschen erschienen ihm die Vereinigten Provinzen wie eine Insel des Friedens innerhalb einer Welt, die ein Opfer des Chaos geworden war. Er fragte sich, wann auch sie überflutet werden würde. Das hinderte ihn nicht daran, sich jeden Morgen mit der gleichen Gewissenhaftigkeit und dem gleichen Eifer an seine Arbeit zu begeben. Er befolgte damit einen Rat von Jochanan ben Sakkai: »Wenn du gerade einen Olivenbaum pflanzt und man dir die Ankunft des Messias verkündet, pflanze erst deinen Olivenbaum und gehe erst dann dem Messias entgegen.«

Im Herbst desselben Jahres, 1648 nach christlicher Zeitrechnung, tauchte in Amsterdam ein Jude aus Konstantinopel auf, Jakob Amaradschi, Sohn des Rabbi Mose von Saloniki. Er bat die Gemeinde, eine Sammlung zu veranstalten, um die im Hafen von Galata als Sklaven verkauften polnischen Juden auszulösen. Die Großzügigkeit der portugiesischen Juden aus Amsterdam für ihre polnischen Brüder war so groß, daß Herschel ihnen in seiner Rührung fast den Tod Uriel da Costas verzieh. Die Frage war nur noch, wer Jakob Amaradschi nach Konstantinopel begleiten sollte, um dort das gesammelte Geld zu übergeben.

»Herschel, mein Gatte«, sagte Kaila eines Abends zu ihm, »du solltest dich eigentlich zu dieser Reise bereit erklären. Deine Familie lebt in Polen, du sprichst polnisch, und ein Teil deiner Vorfahren hat in Konstantinopel gelebt ...«

»Aber ...«

Und so verließ er wider Willen das »Jerusalem des Nordens« und bestieg kurz nach Jom Kippur im Jahre 5408 nach der Schöpfung der Welt durch den Ewigen – gepriesen sei sein Name – ein venezianisches Schiff. Seine Frau und seine Kinder begleiteten ihn.

Staub, Fliegen, Minarette aller Art, gleißendes Licht und die Farbe des Meers: Wie weit entfernt war man hier von dem verschneiten Lublin und dem nebligen Amsterdam!

Sie blieben auf dem Galata-Quai stehen, bis ein Kind den Oberrabbiner Jomtov ben Jaeche herbeiholte, der zwar eine würdige Miene aufgesetzt hatte, aber offenbar gerade in seiner Siesta gestört worden war. Er begrüßte sie und sprach ihnen seinen Dank aus. Herschel antwortete im Namen der Gemeinde von Amsterdam. Dann bestiegen sie alle eine Barke, die sie nach Balat brachte, wo das Gewühl und Gedränge nicht minder groß waren als in Galata.

Herschel hatte während der endlosen Reise Zeit genug gehabt, Jakob Amaradschi von seinen Vorfaren, den Druckern aus Soncino, zu erzählen. Und so führte ihn dieser jetzt in das Fener-Viertel in der Vorstadt zu denen, die seine entfernten Vettern sein mußten. Ein von Zypressen umgebenes Haus. Zwei Dutzend Pantoffeln in Reih und Glied vor der Haustür. Ein kleiner kahlköpfiger Mann mit rundlichem Gesicht begrüßte sie: Er hieß Scheschet Albrabez, arbeitete bei Abraham Franco als Drucker und hatte tatsächlich schon einmal von einem Familienbuch gehört, es aber noch nie gesehen. Nicht gerade begeistert, schlug er seinen entfernten Vettern vor, die Nacht bei ihm zu verbringen, was keineswegs eine reine Freude war. Man hatte ein paar Strohmatten auf den staubigen Boden gelegt, auf denen sie sich hin- und herwälzten, bis der letzte der Gäste – man feierte bei Scheschet gerade die Beschneidung eines Enkels – gegangen war, nicht ohne wilde Verwünschungen gegen die auszustoßen, die nur an ihren Schlaf denken, obgleich sie dazu auch noch im Grab Zeit haben.

Während er darauf wartete, die Gefangenen freikaufen zu können, bat Herschel Scheschet, ihn auf den Egri-Capu-Friedhof zu führen, wo er am Grab seiner Vorfahren ein Gebet sprechen wollte. Scheschet schien überrascht zu sein, tat ihm aber seinen Willen, ohne etwas dagegen zu sagen.

Der Friedhof diente nur noch als Pilgerstätte, die die Juden aufsuchten, um die Fürsprache der Seelen der hier begrabenen heiligen Rabbiner zu erbitten, wenn sie ein Unglück getroffen hatte. Herschel entdeckte die Gräber von Meschulam, Abramos Sohn, und dessen Sohn Abbaku, dem Vater jenes Abraham, der als erster der Familie nach Lublin in Polen gekommen war. Die Inschriften waren kaum noch lesbar, und Herschel begriff, daß das, was in den Stein gemeißelt, vergänglicher ist als das, was in unser Gedächtnis eingegraben ist. Er sprach das Kaddisch und las laut Passagen aus Abrahams Buch vor. Die Worte seiner Geschichte wurden eins mit dem ewigen Gesang des Windes in den Disteln und den trockenen Gräsern.

Er wäre gern noch länger dort geblieben, aber Vetter Scheschet, der etwas abseits auf einem Grabstein saß, wurde ungeduldig, und Kaila wartete sicherlich auch schon auf ihn.

Die Mitglieder der Gesellschaft zum Freikauf der Sklaven jüdischer Nation in Konstantinopel begaben sich feierlich nach Galata, wo die Schiffe mit den polnischen Gefangenen vor Anker lagen. Die Juden der Stadt waren in großer Zahl erschienen, um bei der Befreiung ihrer Brüder dabei zu sein: Auch das war ein gutes Werk. Ganz atemberaubende Summen, was die Höhe der Amsterdamer Sammlung anbelangte, gingen von Mund zu Mund, und jeder behauptete, er wisse es von Jakob Amaradschi persönlich. Sie sprachen ein mit Spanisch vermischtes Hebräisch, das Herschel kaum verstand. Schwarzhaarig und dunkelhäutig, ähnelten sie in ihren Feradsches eher Türken als polnischen Juden, und doch erkannte Herschel in ihnen die Brüder im Geist.

Jakob Amaradschi wurde die Ankunft des türkischen Beamten, der mit der Übergabe betraut war, gemeldet. Er war ein Hüne von einem Mann mit breitem Schnurrbart; in seinem Gürtel steckten zwei riesige Dolche. So wie er sich bewegte, schien er das türkische Reich höchstpersönlich zu sein.

»Salam elyom aleikum«, begrüßte Jakob Amaradschi ihn ehrerbietig.

»Aleikum as-salam fi rachmat Allah! Friede sei mit Euch sowie die Gnade Allahs«, erwiderte der Beamte und warf Jakob Amaradschi einen prüfenden Blick zu, als stünde er als Sklave zum Verkauf.

Beide begannen eine lange verwickelte Diskussion, doch wohl eher aus Prinzip: Es handelte sich lediglich um die Erlaubnis, an Bord der beiden Schiffe gehen zu können, um die Gefangenen zu zählen und zu identifizieren. Die Ladungen waren bereits von türkischen Sklavenhändlern aufgekauft, mit denen die jüdische Gesellschaft jetzt noch den Gesamtpreis auszuhandeln hatte.

Schließlich zog Jakob Amaradschi ein paar Münzen hervor, die der türkische Beamte mit einem häßlichen Lächeln um seine fleischigen dunklen Lippen einsteckte. Aber jetzt durften die Abgeordneten der jüdischen Gesellschaft und auch Herschel an Bord gehen.

Zuerst der Gestank. Dann das Klirren der Ketten. Dann der grauenhafte Anblick dieser zusammengepferchten, halb verhungerten Menschen, die seit Wochen in ihren eigenen Exkrementen und ihrem Erbrochenen hockten. Hände streckten sich ihnen entgegen. Die klagenden Rufe, wie das Miauen von Katzen, zerrissen ihnen das Herz.

Schreiber begannen, ihre Namen und ihre Heimatorte zu notieren. Herschel erkundigte sich, ob auch Gefangene aus Lublin dabei seien. Ja, erwiderte man ihm, sie seien zusammen mit denen aus Zaslaw unten im Frachtraum. Er wollte hinuntersteigen, aber der Gestank war so groß, daß ihm fast die Sinne schwanden – nicht so sehr wegen des Gestanks selbst, sondern weil er an das Elend der Männer und Frauen dachte, die in diesem schwarzen Loch gefangen waren. Er wartete also an Deck und unterhielt sich kurz mit denen, die ihm als Vertreter der Gemeinde von Amsterdam dankten.

Als die Zahl der an Deck geketteten Juden feststand und von den Mitgliedern der jüdischen Gesellschaft der Preis gezahlt worden war, den sie mit den Sklavenhändlern ausgehandelt hatten, tauchten Türken mit glattrasiertem Schädel auf, die mit großen Zangen und Hämmern die Ketten zertrennten. Kaum waren sie frei, kümmerte sich die Gemeinde um die Gefangenen und verteilte sie unter die Familien der Stadt. Sie waren bleich, mager, schmutzig, kraftlos und konnten sich kaum auf den Beinen halten. Und doch leuchteten ihre Blicke vor Glück, wieder in den Schoß dieser Gemeinde zurückzukehren, die wie sie den Sabbat achtete und zum ewigen Gott Israels betete.

Inzwischen hatte man die geteerte Bohle heruntergelassen, die den Frachtraum verschloß und als Brücke zwischen Schiff und Quai diente. Diese Gefangenen, zu denen weder Wind noch Sonne hinuntergedrungen waren, sahen noch jämmerlicher aus. Herschel hielt nach denen von Lublin Ausschau – vielleicht kannte er einen von ihnen? Aufgelöste Gesichter, hinfällige Gestalten. Einer dieser Schatten, die an ihm vorbeiwankten, blieb plötzlich stehen:

»Euch kenn' ich doch«, sagte er. »Ihr seid der Sohn des Druckers Jeremias, dem Bruder von Asariah dem Eierhändler.«

Der Mann brach in Tränen aus: Herschel erinnerte sich plötzlich:

»Ihr seid . . . «

Aber der Mann war nicht nur zehn Jahre älter geworden, sondern von der Gefangenschaft so gezeichnet, daß Herschel zögerte.

»Ihr seid Rabbi Elchanan aus Rowne«, fragte er. »Der Neffe von Meir ben Gedalia aus Lublin?«

»Ihr habt mich wiedererkannt«, sagte der andere unter Tränen. »Also habe ich noch ein menschliches Gesicht . . .«

Plötzlich fügte er hinzu:

»Wißt Ihr, daß Euer Vater hier ist?«

»Mein Vater? Mein Vater?«

Herschel wiederholte verständnislos die Worte. Und plötzlich sah er ihn, seinen Vater Jeremias, ein bleiches Phantom, der sich auf den Arm von Asariah dem Eierhändler, seinem Bruder, stützte, der ein alter Mann mit verwüstetem Gesicht geworden war. Er lief auf sie zu und warf sich vor ihnen auf die Knie.

Jakob Amaradschi persönlich nahm sie bei sich auf. Herschel hatte auch seine Schwester Ruth wiedergefunden. Man hatte ihr die Zähne ausgeschlagen, und sie war halb von Sinnen.

»Wer ist denn noch in Lublin geblieben?« fragte Herschel.

»Dein jüngerer Bruder David«, antwortete sein Vater. »Möge ihm ein langes Leben beschieden sein.«

»Sollten wir nicht ein Gebet sprechen?« meinte Herschel.

Sein Vater warf ihm einen unendlich liebevollen Blick zu, und so begann er: » . . . die zum Herrn riefen in ihrer Not, und er errettete sie aus ihren Ängsten . . .«

Noch vor dem Ende des Gebets schlief Jeremias ein, als könne er sich jetzt endlich Ruhe gönnen. Und so erzählte ihm Asariah der Eierhändler, wie es kam, daß sie, als die Kosaken in Zaslaw eindrangen, gerade zur Hochzeit ihres Vetters Nathan in der Stadt weilten.

»Und ich«, sagte Herschel, »war vor zehn Jahren auch gerade zu einer Hochzeit in Polonnoje, als sie vor den Toren standen.«

»Gott, der unsere Wege lenkt, hatte es so beschlossen.«

Asariah hatte seine Frau und die Kinder sterben sehen, aber er sagte darüber kein Wort. Auch ihre Schwester Lea und ihr Mann Bunim waren tot. Sollten sie weinen? Beten? Fluchen?

»Wo war unser Gott während dieser ganzen Zeit?« fragte Herschel am nächsten Tag, als sein Vater, der mit Fieber zu Bett lag, ihm von all dem Grauenvollen berichtete, das sie erlebt hatten: schwangere Frauen, denen man die Bäuche aufschlitzte, verbrannte Kinder, geschlachtete Männer.

Doch dann unterbrach sich der Drucker Jeremias:

»Mein Sohn, lästern wir nicht Gott! Danken wir lieber dem Schöpfer für seine Barmherzigkeit, die uns am Leben erhalten und uns dieses Wiedersehen beschieden hat.« An diesem Tag redete Jeremias sehr viel. Er beschrieb, wie die Kosaken eingefallen, dann jedoch geflohen waren, wie ein gerechter Mann, Fürst Wisniowiecki, sie aufgenommen hatte, bis Chmielnickis Banden die Festung zwischen Zaslaw und Schitomir gestürmt und mehr als zweitausend Menschen massakriert hatten. Zum Glück waren Jeremias und die Seinen nicht ihnen, sondern den Tataren in die Hände gefallen. Sie waren endlos gelaufen . . . Das Gewicht der Ketten . . . ihr Rasseln . . .

Am Abend war Jeremias ruhiger geworden:

»Jetzt können wir nach Lublin zurückkehren«, sagte er vor dem Einschlafen. »Mit der Hilfe des Ewigen werden du, David und ich die Druckerei wieder in Gang bringen.«

Am Morgen fand man ihn tot auf seinem Lager. Offenbar hatte er all seine Kräfte erschöpft, um zu überleben. Herschel und Asariah begruben ihn neben ihren Vorfahren Meschulam und Abbaku auf dem alten Friedhof von Egri Capu.

Nach einer Trauerzeit von dreißig Tagen erfüllten sie den letzten

Willen ihres Vaters – seine Seele ruhe in Frieden – und kehrten nach Lublin zurück.

Herschel erkannte Lublin nicht wieder. Das jüdische Viertel von Podzamsze, die Häuser, die Synagogen, alles stand noch wie früher, aber eine Stadt ist nicht nur eine Architektur, nicht nur Bretter und Steine. Die Menschen hatten sich verändert. Sie trugen alle Trauer, gingen mit schleppenden Schritten, sprachen mit leiser Stimme. David selbst, das lachende Kind, das Herschel verlassen hatte, war wie ausgelöscht.

Asariah gab seinen Eierhandel auf, und die drei Brüder eröffneten die Werkstatt wieder. Herschel zog mit seiner Frau Kaila und seinen drei Kindern in das Haus von Jeremias. Aber seinen inzwischen sechzehn und fünfzehn Jahre alten Söhnen gefiel es nicht in Lublin, und sie träumten ständig von Amsterdam.

»Sobald wir groß genug sind«, sagten sie, »kehren wir dorthin zurück.«

»Ist denn Lublin für euch nicht gut genug?« fragte sie ihr Vater.

»Wir folgen nur deinem Beispiel, Vater, du hast schließlich auch Lublin verlassen und bist nach Amsterdam gezogen.«

Herschel begriff jedoch sehr bald, daß es ihre Mutter war, die ihnen diese Gedanken in den Kopf gesetzt hatte. An tausend Zeichen erkannte er, daß Kaila sich in Polen langweilte. Sie forderte mehr Haushaltsgeld, protestierte gegen den Unrat auf den Straßen, ärgerte sich über die ständigen Klagen der Nachbarn . . .

Eines Tages hatte er in ihrem Schlafzimmer einen Text vergessen, den man in der Druckerei brauchte, und Herschel kam noch einmal zurück. Als er in seiner Eile die Tür aufriß, war es ihm, als öffne sich vor ihm eine böse Traumwelt: Seine Frau Kaila lag nackt mit einem Mann im Bett! Der Mann sprang auf die Füße und zog sich hastig an – da erst erkannte Herschel ihren Nachbarn, den Drogisten Leibuch.

Ein Meer von Zorn und Schmerz breitete sich in ihm aus:

»Hinaus!« rief er plötzlich.

Leibuchs Gesicht verzerrte sich, als hätte man ihn geschlagen. Der Drogist duckte sich und stürzte dann die Treppe hinunter.

Kaila schien nicht einmal verlegen zu sein. Sie hatte die Decke bis zu den Schultern hochgezogen. Ihr Gesicht unter dem Häubchen, das ihren glattrasierten Schädel[87] bedeckte, war wie eine Maske des Trotzes. Er ging auf das Bett zu und ohrfeigte sie. Sie wurde blaß:

»Dazu habt Ihr kein Recht«, schrie sie. »Ich bin nicht Eure Sklavin.«

»Ihr seid meine Frau.«

»Und weil ich Eure Frau bin, muß ich mich in Lublin lebendig begraben lassen! Die Juden hier sind Wilde! Sie haben schon ihre Toten vergessen und denken nur ans Geschäft.«

»Man muß schließlich leben«, entgegnete Herschel.

»Leben? Habt Ihr gesehen, wie unser Gemeindehaus aussieht? Wie eine Markthalle!«

»Es ist ganz normal, daß die Menschen weiter ihren Geschäften nachgehen.«

»Auch die Überlebenden?«

Herschel begriff, daß er sich da auf eine Diskussion einließ, der er nicht gewachsen war; deshalb ging er nicht weiter darauf ein.

»Ich frage mich«, sagte er, »ob Ihr nicht unter dem Bann der bösen Lilith seid. Ich verstehe nicht, was mit Euch los ist.«

Kaila lachte bitter:

»Ihr seid freundlich und schwach, Ihr akzeptiert alles von allen. Sogar, daß Ihr mich hier mit Leibuch überrascht habt. Ihr versucht immer zu verstehen und versteht doch nie etwas . . . Ich will auch nach Amsterdam zurückkehren«, fügte sie hinzu.

Herschel entgegnete nichts. Er nahm das Buch, das er hatte holen wollen und ging zurück in die Druckerei. Das Abendessen in Gegenwart der Kinder verlief wie gewohnt. Im Bett wollte Herschel etwas sagen, aber er spürte neben sich im Dunkeln eine unüberwindbare Mauer und schwieg. Er wußte sehr wohl, daß sein Weib das Gefühl hatte, ihn besiegt zu haben. Aber zumindest das war ihm gleichgültig. Sein Leben war kein Kampf.

Am nächsten Tag hatten sie ebenfalls keine Gelegenheit, über den Vorfall zu sprechen. Es war nämlich der Tag vor dem christlichen Himmelfahrtsfest, und wie jedes Jahr mußten die Juden einem

[87] Fromme jüdische Frauen mußten sich früher den Kopf kahl scheren oder zumindest im Bett eine Haube tragen, die ihr Haar verdeckte. (A. D. Ü.).

Dekret des Woiwoden entsprechend sich auf dem Marktplatz in der Oberstadt die Predigt des Bischofs anhören.

Es war eine Art jahreszeitlicher Brauch. Der Priester setzte der gelangweilten Menge der Juden die Fehler der jüdischen Religion auseinander. Die jedoch wartete nur darauf, daß alles zu Ende sei und man wieder nach Hause gehen könne. Diesmal war es eine leidenschaftliche Predigt. Der Bischof war einer jener Eiferer, die davon träumen, Tausende von Ungläubigen – notfalls mit Gewalt – zum christlichen Glauben zu führen. Jedes seiner Worte war wie eine Flamme, und er verzweifelte fast an dieser Menge, die darauf überhaupt nicht reagierte. Nicht ein Ruf, keine Geste, nicht ein Blick, die seinen Zorn und Eifer hätten nähren können.

»Wie ertragt ihr bloß meine Worte, ohne in eurem Herzen zu zittern?« rief er. »Seid ihr nicht stolz darauf, Juden zu sein? Oh, ihr macht eurem Gott alle Ehre!« Nichts, kein Raunen, nicht einmal eine Handbewegung ließ vermuten, daß irgendeiner in der Menge die Provokation des Bischofs überhaupt gehört hatte. Dieser schien inzwischen nahe daran, vom Podium hinunter auf die erste Reihe zuzuspringen, um zumindest auf diese Weise jemanden zu einer Reaktion zu veranlassen.

Da bahnte sich ein alter Mann einen Weg durch die Menge, indem er seinen knorrigen Stock hob. Er war wie ein Holzfäller gekleidet und hielt sich sehr aufrecht. Mit festem Schritt stieg er die drei Stufen zum Podium hinauf, und während sich der Bischof unter seinen roten Seidenbaldachin setzte, ergriff er das Wort: »Juden!« begann er . . .

Ein frommer Schauder lief durch die Menge.

»Juden! . . .«

Wie selbstverständlich zog der Greis seine Zuhörer in den Bann. Härte und Weisheit, ein unbeugsamer Wille gingen von ihm aus.

»Juden! Ich weiß nicht, ob ihr damit einverstanden seid, daß ich in eurem Namen spreche, aber zumindest will ich im Namen meiner Väter und in meinem eigenen sprechen.«

Und mit lauter Stimme begann er, Punkt für Punkt, in ausgezeichnetem Polnisch mit gelegentlichen hebräischen Zitaten, die Argumente des Bischofs zu widerlegen. Die Juden, die sich anfangs kaum getraut hatten, den Blick zu heben, wagten auch jetzt kein

Wort des Beifalls laut werden zu lassen, während der Bischof und die polnischen Würdenträger sich hüteten einzugreifen, um sich keine Blöße zu geben. Nachdem er geendet hatte, verließ der Greis das Podium und verschwand in der Menge, wie er gekommen war.

Die anwesenden Christen behaupteten, Satan persönlich hätte sich gegen den Bischof erhoben. Einige Juden vermuteten in ihm den Propheten Elias, der das Erscheinen des Messias verkünden soll. Herschel, Asariah und David gingen gemeinsam zurück nach Hause. Wie groß war ihre Überraschung, als sie den alten Mann mit seinem knorrigen Stock in der Hand auf den Stufen vor der Druckerei sitzen sahen.

»Gesegnet sei Adonai, unser Gott, der Herr der Schöpfung«, sagte er.

»Amen!« erwiderten die drei Männer.

»Wißt ihr nicht, wer ich bin?«

Asariah erkannte ihn als erster wieder:

»Onkel Izhak!«

Man hatte ihn nicht mehr in Lublin gesehen, seit er fortgezogen war, um sich dort, in dem Wald, in dem er fast von den Wölfen zerrissen worden wäre, zu verheiraten. Er erzählte, wie früher die ganze Straße zusammengelaufen war, wenn Jan Ostrowskis Schlitten vor dem Haus hielt. Lange redete er darüber, was ihn die Holzfäller gelehrt hatten. Zum Schluß kam er zum Grund seines Besuches: Sein ältester Sohn war fortgezogen, niemand wußte wohin, und hatte das letzte Exemplar von Abrahams Buch, das in seinem Besitz war, mitgenommen. Und so wollte er fragen, ob es nicht möglich sei, ein paar Exemplare neu zu drucken. Natürlich machten sie sich sofort an die Arbeit. Sie benutzten ein dünneres Papier und Lettern mit kleinerem Schriftkegel – Zwi-Hirsch hatte sie in Hanau in Deutschland gekauft –, damit das Buch nicht zu dick und unhandlich wurde. Die ganze Familie arbeitete mit: » . . . damit niemand am Tag der Versöhnung vergessen werde, schreibe ich gleich wie ein Gebet die Namen meiner Söhne . . .« Diese Worte waren wie Fleisch von ihrem Fleisch, Geist von ihrem Geist und wie ein Teil ihrer selbst . . .

Bald verbreitete sich das Gerücht, der seltsame Alte, der öffentlich dem Bischof und dem Woiwoden die Stirn geboten hatte, sei ein geheimnisvoller Rabbiner. Er drucke jetzt insgeheim das Werk, in dem er das genaue Datum der Ankunft des Messias enthüllen werde. Die Juden des Viertels versammelten sich vor der Tür und drangen in den Hof ein, den sie nur widerwillig bei Einbruch der Nacht verließen, so groß war ihre Angst, das Erscheinen des ersten Exemplars zu versäumen.

Es kam der Tag, an dem Abrahams Buch vollständig gesetzt und korrigiert war. Durch das Fenster sahen die Neugierigen, wie die Seiten unter die Presse gelegt wurden. Die Neuigkeit verbreitete sich rasch in ganz Lublin. Man belagerte jetzt das Haus auch die Nacht über, und Benjamin, Davids Sohn, ein blasses Kind mit fiebrigen Augen, wagte sich nicht mehr auf die Straße hinaus. Als endlich die Blätter gefaltet und geheftet waren, stieg ein Gesang aus der Menge empor:

Herr Gott, wir loben Dich!
Dein Name ist in all unser Mund
Und wir preisen Deine Wunder . . .

Der alte Izhak war bestürzt. Bei dieser vom Warten zermürbten Menge mußte man auf alles gefaßt sein. Er nahm ein paar geheftete Seiten von Abrahams Buch, um diesen Ungeduldigen zu beweisen, daß es keine mystischen Enthüllungen enthalte. Die Blätter in der einen Hand, seinen knorrigen Stock in der anderen ging er hinaus auf den Hof. Verzückt tanzten und drehten sich dort einige mit geschlossenen Augen und zum Himmel erhobenen Händen. Die Enden ihrer langen Gewänder flatterten wie Vogelflügel.

Als Izhaks aufrechte Gestalt auf der Terrasse erschien, ging ein lautes »Ah!« durch die Schar der Wartenden. Die, die ihm am nächsten standen, wurden gegen die Stufen gedrängt und drückten das Holzgeländer ein. Izhak teilte mit seinem Knüppel ein paar kräftige Schläge nach links und rechts aus:

»Juden!« rief er. »Lästert Gott nicht! Folgt nicht den heidnischen Bräuchen! Lobt lieber den Ewigen, unsern Gott, der unseres Lobes würdig ist.«

»Er sei gepriesen, immer und ewiglich!« antworteten die, die ihm überhaupt zugehört hatten.

Izhak hob jetzt Abrahams Buch hoch:

»Juden! Dieses Buch hat nichts Geheimnisvolles. Es ist ganz einfach die Geschichte meiner Familie! . . . Hört!«

Er schlug aufs Geratewohl eine Seite auf und las: »Und Abraham zeugte Hannah, Myriam, Aurelia und Salomon. Salomon zeugte Sarah, Ruth und Jonathan. Sarah und Ruth wurden in dem schrecklichen Jahr 4295 nach der Schöpfung der Welt durch den Ewigen – gepriesen sei sein Name – zwangsgetauft. Möge ihre Erinnerung in der Familie und im Schoß des Hauses Israel bleiben!«

Ein alter Jude in braunem Gewand, der dicht neben Izhak stand, rief mit kreischender Stimme:

»Fluch dem Geist, für den eine Rede keinen anderen Sinn hat, als den der Worte!« Ein Murmeln lief durch die Menge.

»Er hat recht!« rief eine Stimme von hinten. »Es ist eine Geheimsprache!«

»Diese Namen verbergen den Namen des Messias«, fuhr ein anderer fort.

»Und dieses Datum ist der Tag seiner Ankunft!«

Der alte Mann im braunen Gewand riß plötzlich dem überraschten Izhak die Seiten aus der Hand. Andere wiederum versuchten, sie ihm wegzunehmen. Ein allgemeines Gerangel und Geraufe begann. Die Hefte gingen auseinander, man kämpfte wütend um die einzelnen Seiten.

»Juden!« rief Izhak. »Juden!«

Niemand hörte auf ihn. Er schwieg und betrachtete voller Mitleid dieses Schauspiel: Männer liefen hinter Papierfetzen her, die ihnen der Wind streitig machte. Asariah der Eierhändler, der herausgekommen war um seinen Onkel zu beschützen, hörte ihn vor sich hinbrummen:

»Der Talmud hat schon recht. Der Mensch ist eine wandelnde Kloake.«

»Man muß sie verstehen«, versuchte Asariah ihm zu erklären . . . »Die Kabbala hat sie um den Verstand gebracht! Der Ewige – gepriesen sei sein Name – schütze uns vor dem Wahnsinn! . . .«

Sobald die zwölf Exemplare, die sie gedruckt hatten, gebunden waren, kehrte Izhak in seinen Wald zurück. Er nahm drei für sich und wickelte sie sorgfältig in ein weißes Tuch ein, bevor er sie in seinen Beutel steckte. Mit einem Kanten Brot und einem Stück Käse in der Tasche seines Kaftans machte er sich auf den Weg nach Parczew. Er lehnte es ab, im Wagen hingefahren zu werden.

Herschel sah im lange nach. Sein Schritt war fest. Sein eisenbeschlagener Stock tönte auf dem Straßenpflaster wider. Man wäre ihm gerne gefolgt.

Herschel ging nicht aus Lublin weg und auch seine Frau Kaila nicht, die weiterhin heimlich den Drogisten traf. Aber Herschel tat so, als würde er es nicht merken. Ihre beiden Söhne waren, als der Jüngste achtzehn Jahre alt war, nach Amsterdam gezogen, von wo aus sie einen begeisterten Brief schrieben. Ihre Tochter hatte den Chasan der großen Synagoge geheiratet. Und so ging das Leben weiter, voller Sehnsucht und Bedauern, guter und böser Tage, guter und böser Erinnerungen . . .

Der Messias war nicht, wie es der Sohar prophezeit hatte, im Jahre 5408[88] nach der Schöpfung der Welt durch den Ewigen – gepriesen sei sein Name – erschienen. Und so mußte man jetzt von neuem warten, ohne sich an einer Zahl festhalten zu können.

Sechs Jahre später gab es in Lublin eine Sonnenfinsternis, was einhellig als ein schlechtes Zeichen gewertet wurde. Rabbi Jakob Hesekiel Halevi aus Plaszow erklärte, er habe Tote weinen und klagen gehört, während der Schamasch der großen Synagoge erzählte, er habe gesehen, wie längst verstorbene Kinder unter der Bundeslade gestanden hätten. Im Herbst desselben Jahres raffte eine Epidemie Hunderte von Menschenleben dahin.

Die, die in den Ereignissen warnende Hinweise sahen, hatten nicht unrecht: Das Jahr war noch nicht vergangen, da tauchten die Kosaken des blutgierigen Bogdan Chmielnicki wieder auf. Wie eine Geißel fiel er in die vorwiegend jüdischen Orte im Westen Polens und in Litauen ein. Die Gemeinde von Wilna wurde schlichtweg ausgerottet.

Der Winter war früh gekommen, und die Kinder liefen schon auf der vereisten Bystrzynka und sogar auf der Czechowka, neben der

[88] 1648

Druckerei, Schlittschuh. Als man von den Kosakenüberfällen erfuhr, unterbrachen die drei Brüder ihre Arbeit – eine vorwiegend für die Frauen bestimmte Ausgabe der Bibel auf jiddisch, *Ts'ena Ur'ena* – und beratschlagten, ob es nicht vernünftiger sei, die Stadt zu verlassen. »Wir könnten nach Parczew gehen«, sagte Asariah. »Vielleicht ist Onkel Izhak noch am Leben.«

»Oder nach Amsterdam«, schlug Herschel vor. »Die Juden werden dort gut behandelt, ich kenne dort viele Leute und spreche ihre Sprache.«

Doch jetzt, da er einmal von sich aus eine Reise vorschlug, beschloß man, noch ein wenig zu warten. Am nächsten Tag verkündeten öffentliche Ausrufer, der Fürst und der Woiwode untersagten jedem, die Stadt zu verlassen oder irgendwelche Besitztümer hinauszuschaffen. Weitere zwei Tage später traf die Kunde vom Überfall auf Samosc ein. Die Kosaken rückten näher. Am nächsten Tag, dem 15. Oktober, standen sie vor den Toren des Viertels auf der Straße nach Krakau.

Ein paar Juden konnten sich zu befreundeten Christen flüchten oder ein Versteck erkaufen, dann aber wurde die christliche Stadt abgeriegelt, und die Wachen wurden verstärkt. Nur das jüdische Viertel, das sich außerhalb der Stadtmauer befand, war den Kosaken auf Gnade und Ungnade ausgeliefert. Die Juden versammelten sich in den Synagogen, um das Ergebnis der Verhandlungen zwischen den Mitgliedern des Stadtrats und den Russen abzuwarten, die diesmal den Kosaken dicht auf den Fersen waren.

Asariah, Herschel, David und ihre Familien waren in die kleine Saul-Wahl- Synagoge in der Podzamsze-Straße gegangen, mit Ausnahme von Davids Sohn Benjamin, der Fieber hatte und mit seiner Mutter zu Hause geblieben war. Plötzlich kam Pessach der Schuhmacher mit wichtiger Miene hereingestürzt. Er bahnte sich einen Weg bis vor zum Pult des Vorbeters: *»Rabotai!«* rief er.

In dem Schweigen, das nun eintrat, hörte man den Ofen knistern.

»Rabotai, der Ewige – gepriesen sei sein Name –, der Gott Israels, stehe uns bei, denn ich bringe schlechte Nachrichten.«

»Sag uns, was geschehen ist!« drang man von allen Seiten auf ihn ein. »Nun red doch!«

»Laßt ihn reden!«

Pessach holte tief Luft: »Die Gesandten des Stadtrats haben nichts erreicht. Die Fürsten Bortschinski und Poniatowski hat man gefangengesetzt und den Jesuiten, der sie begleitete, nackt in die eisige Kälte hinausgeschickt.«

Ein bedrücktes Murmeln ging durch die Schar der Gläubigen. Sollte das denn nie aufhören? Der alte Rabbi Abraham ben Jehuda stimmte, auf den Schamasch gestützt, mit seiner zittrigen Stimme den Psalm an: »Herr, wie lange willst Du Dich so gar verbergen ...« Einige Stimmen fuhren fort: » ... und Deinen Grimm wie Feuer brennen lassen?« Bald fiel die ganze Gemeinde in den Gesang mit ein: »Herr, wo ist Deine Gnade, die Du David geschworen hast in Deiner Wahrheit? Gedenke, Herr, an die Schmach Deiner Knechte ...«

In der Stille, die sich wie ein Vorhang niedersenkte, hörte man die Stimme des Schuhmachers Pessach:

»Die Russen verlangen von der Stadt dreißigtausend Gulden, mehrere Wagenladungen Satin, Seide und Brokat, tausend Ballen englischen und holländischen Stoff, alle Waffen und alle Juden.«

»Weh uns!« rief jemand mit durchdringender Stimme.

Rabbi Abraham ben Jehuda bedeckte sein Haupt mit dem Gebetsmantel, schloß die Augen und stimmte das Schema Israel an:

»Höre, Israel, der Herr, unser Gott, ist ein einiger Herr ...«

Die versammelten Gläubigen hatten ebenfalls ihr Haupt bedeckt und bewegten sich jetzt alle im gleichen Rhythmus. Der Chasan legte das Gebetbuch auf das Pult. Pessach, der Schuhmacher, berührte mit seinen Lippen den Vorhang, der die Bundeslade verbarg, und zog ihn auf. Dann öffnete er die Flügeltüren, nahm die erste Thorarolle heraus, die in einer dunkelblauen Samthülle steckte, und küßte sie.

In diesem Augenblick wurde die Tür aufgerissen. Alle Gesichter wandten sich um. Es war Benjamin, Davids Sohn:

»Die Kosaken zünden unsere Häuser an!« rief er.

David war einer der ersten, die aufsprangen; er rannte, gefolgt von seinem Sohn, in die Druckerei. Asariah und Herschel blieben im Strom der hinausdrängenden Menge stecken.

»Juden«, rief der alte Rabbi, »rennt nicht davon! Bleibt hier! Laßt uns zum Ewigen beten!«

Ganz Podzamsze brannte. David und sein Sohn Benjamin betraten die Werkstatt. Welche Sicherheit, die vertrauten Dinge, der Geruch nach Druckerschwärze. Bei dem entsetzlichen Gedanken, all dies würde bald nicht mehr sein, wankten Davids Knie. Doch er lief zu der Truhe, in der, zusammen mit Rechnungen und Schuldscheinen, die Exemplare von Abrahams Buch sowie die uralte Rolle aus Jerusalem lagen. Er nahm eine Holzkassette, leerte ihren Inhalt aus, legte die Rolle und ein Exemplar des Buches hinein und schüttete zuletzt einen Setzkasten aus: einen kompletten Satz Lettern. Er wickelte die Kassette in ein Tuch voller schwarzer Flecken, das ihm gerade in die Hand fiel und reichte sie seinem Sohn: »Benjamin, hast du gesehen, was ich da hineingetan habe?«

»Ja, Vater.«

»Verlier nie diese Kassette, Benjamin.«

Schritte dröhnten auf dem vereisten Boden des Hofes, Männer lachten grölend auf.

»Flieh dort hinaus, Benjamin. Versuch, nach Parczew zu kommen. So Gott will, finden wir uns dort wieder.«

Er legte seinem Sohn die Hände auf den Kopf, segnete ihn und sagte:

»Amen, amen, amen! Und jetzt lauf! Gott schütze dich!«

Benjamin kroch durch die enge Luke, die hinaus auf den Hügel führte. In diesem Augenblick wurde die Haustür eingetreten.

Herschel war noch in der Synagoge, als dort das Feuer ausbrach. Ein Balken fiel vom Dach und begrub Pessach den Schuhmacher unter sich, der die Thora-Rolle an sich gepreßt hielt. Herschel ging hinaus auf die Straße. Der rote Widerschein der Flammen zuckte über den Schnee, dunkle Gestalten rannten in alle Richtungen. Kälte und Rauch schlugen Herschel entgegen. Und zugleich erkannte er, daß niemand entkommen würde. Vergebens rief er seine Frau. Er hielt nach seinem Bruder Asariah Ausschau, der eben noch bei ihm gewesen war, aber er sah ihn nicht mehr. Rufe wurden laut, und er wandte sich um. Männer zu Pferd. Er sah deutlich, wie die eisenbeschlagenen Hufe den vereisten Schnee aufwirbelten, dann spürte er eine Art Brennen im Rücken. Sein Blick verdunkelte sich, und er fiel zu Boden. Er dachte an den Maler Rembrandt van Rijn und was er über das Licht gesagt hatte. Wieder rief er seine Frau, aber er hörte nicht einmal den Klang seiner eigenen Stimme. Er fragte sich, ob er schon tot sei. Er hatte keine Schmerzen.

Nach und nach schien es wieder heller um ihn zu werden. Er sah seinen Vater Jeremias auf dem Sklavenschiff in Konstantinopel und wollte ihm entgegengehen. Und jetzt Kaila, in einem milchigen Nebel, Kaila nackt und über ihr der Drogist Leibuch, Kaila, die auf ihn zukam, aber von einem Reiter gepackt und auf seinen Sattel geworfen wurde. Leibuch, den Gebetsmantel über den Schultern, klammerte sich am Pferd des Kosaken fest. Sein Kopf rollte in den Schnee, während sein Körper etwas weiter entfernt zusammensackte. Herschel sah, wie der Kosake Kaila zwei anderen Barbaren, die zu Fuß gingen, zuwarf. Sie rissen ihr das Kleid über den Kopf. Eine eigenartige Wärme stieg in Herschel hoch. Er hörte Kaila schreien. Einer der Kosaken hielt sie fest, während ein anderer ein riesiges Glied aus seiner Hose holte. Was machte Leibuch bloß?

»Herr, wo ist Deine vorige Gnade?« sagte Herschel oder glaubte er zu sagen. »Deine vorige Gnade . . . Deine vorige Gnade . . .«

Er nahm alles zusammen, was an Leben noch in ihm war und richtete sich, auf die Ellbogen gestützt, auf. Und er sah deutlich das Gesicht des Reiters, der ihm mit einem wilden Schrei seine Lanze in die Kehle stieß.

An diesem Tag und den folgenden Tagen wurden zweitausendsiebenhundert Juden umgebracht. »Einigen von ihnen«, so berichtet die Chronik, »zogen sie die Haut ab und warfen ihr Fleisch den Hunden vor. Anderen wurden Hände und Füße abgehackt, und man warf sie auf die Straße, wo sie von Wagen überfahren und von den Pferden zu Tode getrampelt wurden. Andere ließ man verbluten oder begrub sie lebendig. Schwangeren Frauen schlitzten sie die Bäuche auf, steckten lebende Katzen hinein und ließen sie so am Leben, nachdem sie ihnen die Hände abgehackt hatten, damit sie die lebende Katze nicht herausholen konnten . . .«

Diese Episode ihrer Geschichte nannten die polnischen Juden die Sintflut[89].

[89] Man nennt sie auch Geserot Ta ve Tat, das Strafgericht von 1648–1649.

Dieser Benjamin landete in einem Weiler, weit ab von Lubartow, dem nächsten Dorf: Kamionka – ein Dutzend Häuser, ein Ententeich, sechs Monate im Jahr zugefroren, ein Rabbi, der zugleich Schullehrer war, etwa sechzig Einwohner, davon gut die Hälfte Juden. Halb erfroren nahm ihn Nathan Peretz, ein Viehhändler, bei sich auf. Ein paar Jahre später heiratete er dessen Tochter und wurde nach Nathans Tod der reichste Mann von Kamionka.

Benjamin suchte ebensowenig die Zuneigung seiner Nachbarn wie die seiner Frau. Er war ein menschenscheuer, mißtrauischer, habsüchtiger Mann, der höchstens noch mit seinen Pferden redete. Ich wollte zunächst versuchen zu erzählen, wie er sich in Nathan Peretz' Vertrauen eingeschlichen hat und mit welcher Überheblichkeit er sich später als reicher Mann aufführte. Aber ich kann der Schilderung »böser Figuren« ebensowenig abgewinnen wie anfangs der ausführlichen Beschreibung der Kämpfe der Juden gegen das römische Imperium.

Dabei, und das weiß ich sehr gut, gab es unter meinen Vorfahren wie überall ungerechte Menschen, Betrüger, Dummköpfe, Gewalttätige, nicht sehr erfreuliche Zeitgenossen. Muß man sie unbedingt hier vorführen? Ich erinnere mich an eine Bemerkung Robert Laffonts, als wir wieder einmal über dieses Buch sprachen: »Hüten Sie sich davor«, sagte er, »all Ihre Figuren als gute, freundliche Menschen zu zeichnen.« Ich bin mir sehr wohl darüber klar, was er damit meinte. Aber so viele Schriftsteller so vieler Generationen haben sich bemüht, die Juden in der niedrigsten und gemeinsten Weise darzustellen, daß ich ein ruhiges Gewissen haben kann: Durch mich wird das Gleichgewicht bestimmt noch nicht wieder hergestellt.

Und außerdem: Ich liebe sie, diese Juden, meine Väter, meine Brüder, mit ihren lebhaften Zügen und dem unruhigen Blick, der auf Jahrhunderte des Elends gerichtet ist. Ja, ich glaube, ich liebe sie alle, die Juden meiner Kindheit natürlich, aber auch die, die mir an allen Ecken der Welt der Zufall über den Weg schickt.

Bilder tauchen auf – jener rothaarige schüchterne Synagogendiener inmitten seiner rothaarigen wilden Katzen vor der Synagoge des Ghetto Vecchio in Venedig, jene Dominospieler, die sich auf jiddisch in einem Cafe auf der Avenida Corrientes in Buenos Aires beschimpften, jene jüdischen Gauchos, die bei Mosesville durch die staubige Pampa zogen. Ich liebe sie, wie ich jene zerlumpten Juden liebe, die vor der alten Synagoge von Kairo saßen und mich freundschaftlich und scheu zugleich ansahen, während der Führer mir völlig ernsthaft erlärte, Moses selbst habe dort gebetet; und jene jungen Vegetarier sefardischen Ursprungs, die in einem Restaurant von New York, in das mich Bashevis Singer geführt hatte, »gefilte fish« aßen; oder jene Studenten der Yeshiva University, die mit dem Scheitelkäppchen auf dem Kopf im Central Park gegen den Vietnamkrieg demonstrierten . . .

Und jenen buckligen Goldschmied aus der Mellah von Rabat, der vor seinem niedrigen Tisch hockte und seit Urzeiten seinen Kupferteller auszuhämmern schien.

Und jenen Bettler aus Djerba, der, wie ein Araber gekleidet, mich auf hebräisch segnete.

Und jene Chassidim, jene frommen Juden, die es immer eilig haben und geschäftig, Bart und Schläfenlocken vom Wind zerzaust, die Rue des Rosiers in Paris hinunterlaufen.

Und jenen kleinen Dieb, der mir in Amsterdam meine Geldbörse entwendet hat.

Und jene Neureichen mit zweifelhaftem Geschmack zu Besuch in Tel-Aviv . . . Und all die, denen ich tagtäglich begegne, auf der Straße oder in diesem Buch, und die ich an ihren ein wenig zu nervösen Bewegungen, an ihrem ein wenig zu fiebrigen Blick, an einer ganz bestimmten Rastlosigkeit erkenne, die ein Teil der Menschen mit zu empfindlichem Gedächtnis ist.

Sie alle sind Überlebende, die wie ich der größten »Sintflut«, die das jüdische Volk je erlebte, wie durch ein Wunder entkamen. Ein einziges Wort symbolisiert sie heute: Auschwitz. Ich blättere in Abraham Shulmans Fotoband, »The Old Country«. Da sind sie alle, meine Juden, die Wasserträger in ihren abgewetzten Kaftanen, die fliegenden Buchhändler mit ihrem schlauen Blick, die blassen Kinder, die sich über einen heiligen Text beugen, die Frauen, die die Sabbatkerzen anzünden, die Menge, die auf einem Dorfplatz um die Thora-Rollen tanzt, die bärtigen Arbeiter mit viereckigem Käppchen auf dem Kopf vor den Toren einer Fabrik, die Familien, die an einem Pessachtisch sitzen.

In Warschau versammelten wir uns zu Pessach regelmäßg bei meinem Großvater Abraham in der Nowolipie Straße. Obgleich zwei seiner Söhne damals im Ausland lebten – mein Onkel David in Paris, mein Onkel Samuel in Brüssel, meine Tante Regina in Buenos Aires –, waren wir immer noch mehr als zwanzig: mein Vater und meine Mutter, meine Tante Topcia, ihr Mann Moniek und deren Kinder, aber auch Vettern und Cousinen meines Großvaters.

Wir waren immer schon vor ihm da, und wenn er aus der Synagoge kam, warteten wir bereits seit geraumer Zeit auf ihn. Er stieg langsam die Treppe hinauf, hüstelte auf jedem Absatz, um sich bemerkbar zu machen. Wir, die Kinder, hörten dann auf, in der Wohnung herumzutollen, unsere Eltern brachten hastig unsere Kleidung wieder in Ordnung, und alle setzten sich an den großen Tisch. Als er endlich die Tür öffnete und die ganze Familie beisammen sah, lächelte er glücklich. Er zog seinen Mantel aus, setzte sich auf das Kissen, das nur auf seinem Stuhl lag und sagte: »Git Jom Tov! *Schönes Fest!*«

Dann begann Pessach.

Nebelhafte Erinnerungen. Verwackelte Bilder, Doppelbelichtungen. Plötzlich taucht das Gesicht meines Großvaters Abraham ganz deutlich wie gezeichnet vor mir auf. Sorgfältig gekämmte weiße Schläfenlocken und weißer Bart, ein dunkler und zugleich fröhlicher Blick, eine hohe, breite Stirn unter dem viereckigen Käppchen. Für mich ist er die Verkörperung des ganzen Reichtums dieser untergegangenen Welt. Zutiefst religiös, war er mit dem berühmten Rabbi von Gora befreundet, den er oft besuchte, um mit ihm gelehrte Streitgespräche zu führen. Aber er war auch ein Anhänger des Bundes, der sozialistischen Partei der Juden. Eine Mischung aus Autorität und Sanftmut, aus Zurückhaltung und Neugier auf seine Mitmenschen, war er als Oberhaupt des Familientisches ebenso an seinem Platz wie in der Synagoge, über sein Gebetbuch gebeugt, oder bei dem Aufmarsch am 1. Mai hinter der roten Fahne des Bundes.

Er war Drucker. Ich erinnere mich noch an die Bewegungen, mit denen er am Freitagabend die Werkstatt ausfegte, die Maschinen und die Setztische mit weißem Papier bedeckte und sich anschließend die Hände und Arme wusch und mit den anderen Arbeitern, fromm und bärtig wie er, das Gebet sprach. Ich wich ihm kaum von den Fersen. Er hatte gebeten, mich nach seinem eigenen Vater Meir-Ikhiel zu nennen.

Doch jetzt bin ich schon bei meinem Großvater in Warschau, obgleich mich noch zweieinhalb Jahrhunderte von ihm trennen. Vielleicht ist es die Ungeduld, das begonnene Werk hinter mich zu bringen – aber ich weiß schon jetzt, daß es mir dann fehlen wird. Oder es ist einfach meine Abneigung gegenüber diesem Benjamin, der sich aus dem brennenden Lublin rettete und in jenem abgelegenen Dorf in eine andere Existenz hineinschlüpfte. Ein harter und ungerechter Mann, wie ich bereits sagte, der seinen Knecht Jankel und den Wasserträger Faivel schindete, der den Müller Jacek verachtete, gleichgültig gegenüber seiner Frau Baile und schroff und ungeschickt zu seinem Sohn Abraham war, der sich mehr fürs Studium als für die Pferdezucht interessierte. Der einzige, mit dem er nicht so umzuspringen wagte, war Rabbi Lasard, ein ruhiger und weiser Bauer, der jedesmal, wenn sich jemand über Benjamin beschwerte, mit einem Jesajas- Zitat antwortete: »Der Gottlose lasse von seinem Wege und der Übeltäter seine Gedanken und bekehre sich zum Herrn, so wird er sich seiner erbarmen, und zu unserem Gott, denn bei ihm ist viel Vergebung.«

Wenn ich an dieses Dorf Kamionka denke, an das Leben in diesen zahllosen Stetlech, von denen eines dem anderen glich, diesen so typischen, pittoresken Flecken, wie für die Ewigkeit errichtet, zieht sich mein Herz zusammen, denn die Stetlech sind von der Erdoberfläche so gründlich verschwunden wie prähistorische Siedlungen.

Kaum hatte ich angefangen, in Frankreich ein bißchen Geld zu verdienen, ermunterte mein Vater mich – der wie viele, ohne es zu wissen, dem Glauben an die eigene Scholle nachhing –, ein »Stückchen Land« zu kaufen. Offenbar hatte ich aber wohl den gleichen Wunsch wie er, denn ich erstand das, was die Makler ein »renovierungsbedürftiges Landhaus mit guter Bausubstanz« nennen. Die Autobahn war nicht weit, der Nachbar hatte Hühner und dicke behäbige Kühe, ein kleiner Bach floß hinten durch den Garten, des Nachts hörten wir die Hunde bellen und die Käuzchen schreien. Ich begriff jedoch sehr rasch, daß dieses Mißverständnis zwischen meinem Vater und mir total war: Für mich war dieses Haus nichts weiter als ein Landhaus, für meinen Vater ein Zeichen der Verbundenheit mit unserer neuen Heimat. Mein Vater vergaß, daß, wenn auch ein Teil unserer Vorfahren dieses Land praktisch nie verlassen hat, unsere Verwurzelung in der Heiligen Schrift in gewissen kritischen Augenblicken der Geschichte ein ausreichender Grund war, uns als »Fremde« auszustoßen. Und fordert man uns nicht auch heute noch immer wieder auf, zwischen dem Land und dem Buch zu wählen, als beweise unsere Anwesenheit nicht, daß man gleichzeitig dem einen wie dem anderen treu sein kann?

In Kamionka lebten zu jener Zeit – Anfang des 17. Jahrhunderts – die Juden, ob gute oder böse, ihre eigene kleine Ewigkeit von einem Tag zum anderen. Die Jahreszeiten, die Feste, die Nachrichten von mehr oder weniger weit entfernten Pogromen und die Verkündigung vom Erscheinen des Messias begleiteten ihr Dasein. Jeden Morgen beteten sie zum Herrn der Schöpfung, er möge ihre Kinder in Frieden aufwachsen lassen, zur Freude ihrer Eltern und des ganzen Volkes Israels, Amen!

Abraham, der Sohn von Benjamin dem Pferdehändler, ergriff jede Gelegenheit, um Kamionka zu verlassen. Eines Tages brachte er einen großen, blonden blauäuigen Burschen mit nach Hause, breitschultrig wie ein Holzfäller, der einen kleinen weißen Tallith *direkt über dem Hemd und unter seinem langen grauen Leinenkittel trug, wie es die Heilige Schrift vorschreibt.*

»Vater«, sagte er, »ich habe einen Vetter getroffen.«

Da man kurz vor dem Versöhnungsfest stand, ergriff Benjamin die Gelegenheit, doch einmal seiner Pflicht zur Barmherzigkeit nachzukommen und lud den »Vetter« ein, die Nacht bei ihm zu verbringen. Der junge Mann behauptete, der Sohn von Ruth zu sein, der unglücklichen Schwester Asariahs, Herschels und Davids, die auf dem Sklavenschiff von Konstantinopel halb um den Verstand gekommen war. In Lublin hatte sie ein Kosake vergewaltigt. Aber es war ihr gelungen, sich nach Parczew durchzuschlagen, dem Dorf der Holzfäller, in dem Onkel Izhak lebte. Dort hatte sie dieses blonde Kind geboren, dem sie den Namen Abraham gab, das alle Welt aber bald nur noch Kosakl nannte.

Als er seine Geschichte beendet hatte, forderte ihn Benjamin, der fürchtete, der Fremde wolle ihn vielleicht ausnutzen, mißtrauisch auf, seine Worte zu beweisen. Da zog Kosakl aus seinem Ranzen ein Buch mit abgegriffenem Einband:

»Das ist Abrahams Buch«, sagte er, »die Geschichte unserer Familie. Sicherlich wißt Ihr davon.«

Benjamin stand auf und holte das Exemplar, das sein Vater David ihm übergeben hatte, als die Kosaken die Druckerei stürmten. Die Exemplare waren identisch: Zwei der zwölf, die 1655 in Lublin gedruckt worden waren. Benjamin, überzeugt davon, der Ewige habe ihm ein Zeichen gesandt, verbrachte das Kippur-Fest im Gebet, bat um Vergebung für alle Missetaten, die er begangen und für alle guten Taten, die er unterlassen hatte. In dieser Stimmung konnte er nicht gut Kosakls Vorschlag ablehnen, in Zolkiew, wo es eine Druckerei gab, ein paar neue Exemplare von Abrahams Buch drucken zu lassen und es gleichzeitig um die Namen der Nachgeborenen und die Massaker von Lublin zu ergänzen.

Benjamin mußte ein bißchen Geld herausrücken, aber er schickte seinen Sohn mit, um die Verwendung zu kontrollieren. Und so verließen die beiden Abrahams, Kosakl und sein kleiner Vetter, der damals siebzehn Jahre alt war, Kamionka.

Ich bin darüber doppelt erleichtert: Einmal werden wir den bösen Benjamin kaum noch erleben, und außerdem war es dringend notwendig geworden, Abrahams Buch wieder zu drucken, von dem jetzt nur noch die Exemplare von Kosakl und Benjamin übrig waren – aber wer weiß, was ein Mann wie er damit gemacht hätte.

36

Zolkiew
Braindl »Meine Heimat«

Abraham, Kosakl genannt, war ein guter Jude. Die Holzfäller von Parczew hatten ihn aufgezogen, und seine väterliche Abstammung kümmerte ihn nicht im geringsten. Sein Glaube und die Geschichte, in der er verwurzelt war, bedeuteten ihm mehr als das Blut, das in seinen Adern floß. Seine erste Lebensregel schöpfte er aus dem Traktat der Väter: »Dort, wo es keine Menschen gibt, bemühe dich, ein Mensch zu sein.« Und wenn es – sehr oft sogar – vorkam, daß man in seiner Gegenwart etwas über die Kosaken sagte, erwiderte er ganz einfach: »Verurteile nicht deinen Nächsten, bevor du nicht in der gleichen Lage warst wie er.«

In Parczew hatte er nach Izhaks Tod unter dessen Sachen einen Band mit den Kommentaren von Raschi entdeckt und ein Exemplar des Sohar. In jenem lernte er zu träumen; von den Kommentaren schrieb er jeden Tag einzelne Passagen ab, um sich in ihrem Verständnis zu üben. Seine arme Mutter Ruth, die jede Nacht im Schlaf schrie und die beiden Massaker, die sie im Abstand von zehn Jahren erlebt hatte, miteinander verwechselte, hatte in sein Kinderhirn die eine Gewißheit gesenkt: Diese blutigen Zuckungen der Menschheitsgeschichte könnten keinen anderen Sinn haben als den, die Erde vor der Ankunft des Messias zu läutern. Wie anders konnte man dies sonst auch nur in Gedanken ertragen? Hatten nicht die Kabbalisten behauptet, aufgrund der hebräischen Schreibweise des Namens Chmielnicki könne man ein eindeutiges Akrostichon bilden: »Die Geburtswehen der Messiaszeit kommen über die Erde.«

Man redete zu der Zeit viel über Sabbatai Zwi, der aus Smyrna stammte und in dem die Gemeinden im Orient den Messias erkannt hatten. Wie man sich vorstellen kann, drangen nur gelegentlich Nachrichten darüber bis nach Parczew, und noch dazu waren sie manchmal widersprüchlich und hoben einander auf. Sabbatai Zwi, so erzählte ein Reisender, habe sich im Angesicht der versammelten Gläubigen der Thora vermählt. Aber nein, so schwor ein Kaufmann aus der Gegend, Sabbatai Zwi habe in Wirklichkeit eine junge polnische Jüdin geheiratet, die den Massakern entkommen sei. Und das sei ein sehr gutes Zeichen für alle polnischen Juden. Dann erfuhr man von Sabbatai Zwis Verhaftung durch den Großwesir von Konstantinopel und daß er in Gallipoli gefangengehalten werde. Einen langen Winter hindurch mußte man mit dieser bedrückenden und zugleich hoffnungsvollen Nachricht leben: Wenn er der Messias war, dann würde er sich aus seinen Ketten befreien. Und so war man auch der Freude voll, als im Frühjahr seine Schüler in die ganze bekannte Welt ausschwärmten, um die Befreiung Sabbatai Zwis zu verkünden. Obendrein hatte er inzwischen beschlossen, Tischa be Aw, den Jahrestag der Zerstörung des Tempels, in ein Freudenfest zu verwandeln. Die braven polnischen Juden waren darüber höchst bestürzt. Aber das war noch nichts im Vergleich zu ihrer Bestürzung, als sie kurz nach Rosch-ha-Schana im Jahre 5426[90] nach der Schöpfung der Welt durch den Ewigen – gepriesen sei sein Name – die schreckliche Nachricht von der Bekehrung des Messias zum Islam erfuhren!

Manche sahen dadurch ihre Zweifel bestätigt. Andere weigerten sich ganz einfach, daran zu glauben. In allen Stetlech und allen jüdischen Vierteln der Städte kam es zu Streitigkeiten, so daß König Jan Kasimir eigens ein Dekret veröffentlichen mußte, das den Juden verbot, mit ihren Demonstrationen für oder gegen Sabbatai Zwi die öffentliche Ordnung zu stören. Kosakl, der damals knapp zehn Jahre alt war, schwor sich, selbst in die Türkei zu reisen, sobald er alt genug sei, um in die Fremde zu gehen.

Als er achtzehn war, machte er sich also auf den Weg. Er nahm drei Bücher mit: den Sohar, die Kommentare von Raschi und Abrahams Buch, das er von Izhak geerbt hatte. Nach vielen Abenteuern kam er in die Türkei. Er reiste auf dem Schiff zusammen mit einem gewissen Nehemia Cohen, einem polnischen Juden, der ebenfalls den Titel des Messias für sich in Anspruch nahm und Sabbatai Zwi

[90] 1666

die Stirn bieten wollte. Kosakl wurde Zeuge ihrer Begegnung. Er war zutiefst enttäuscht.

Ernüchtert, aber nicht im mindesten verzweifelt, wiederholte er sich die Worte der Weisen: »Wenn Gott sieht, daß Israels Seele auf den Tod krank ist, bedeckt er sie mit dem bitteren Tuch der Armut und des Elends, und er breitet über sie den Schlaf des Vergessens, damit sie den Schmerz ertragen kann. Aus Sorge jedoch, ihr Geist möge völlig erlöschen, erweckt er sie von Zeit zu Zeit durch die falsche Hoffnung eines Messias, dann läßt er sie wieder im Schlaf versinken, bis die Nacht vorbei ist und der wahre Messias erscheint.«

Kosakl kehrte nach Polen zurück und lehrte in der Talmud-Thora von Zolkiew in Galizien südlich von Samosc, bevor der Zufall es fügte, daß er durch Lubartow kam, wo er Abraham, den Sohn des Pferdehändlers Benjamin aus Kamionka, traf.

Während Kosakl und sein kleiner Vetter jetzt gemeinsam auf dem Weg nach Zolkiew waren, lernte der Jüngere die Persönlichkeit seines Begleiters immer mehr schätzen. Diese Art, die er an sich hatte, langsam im Rhythmus des Gebets seine Holzfällerschultern zu bewegen, seine breiten Wangenknochen, sein ruhiger Blick, seine Schläfenlocken, die hinter dem Kopf zusammengebunden waren, und vor allem diese sonderbare Mischung aus Kraft und Demut, die von ihm ausging: alles an ihm zog Abraham an. Aber was ihm am besten an Kosakl gefiel, war die Antwort, die er den Fremden gab, denen sie begegneten.

»Woher kommt der Jude?« fragte man ihn unterwegs oder im Gasthof.

»Aus dem Wald«, sagte Kosakl.

»Und wohin geht der Jude?«

»Wie alle Blinden auf die Suche nach dem Licht.«

Und wenn der andere die Stirn runzelte, fügte er hinzu:

»Wie es im 5. Buch Mose geschrieben steht: › . . .und wirst tappen am Mittag, wie ein Blinder tappt im Dunkeln . . .‹«

»Warum verbringt Ihr eigentlich so viel Zeit mit dem Studieren«, fragte man ihn gelegentlich.

Dann richtete er seinen ruhigen Blick auf sein Gegenüber und antwortete:

»Weil der Ewige – gepriesen sei sein Name – die Stimme derer hört, die sich dem Studium des Gesetzes widmen, und aus jeder ihrer Entdeckungen ein neuer Himmel geboren wird.«

In Zolkiew trafen sie den Drucker Uri Faibuch in ausgesprochen abscheulicher Laune an: Er hatte gerade erfahren, daß »ehrlose« Händler das Verbot des »Landtags der Vier Länder«[91], im Ausland gedruckte Bücher in Polen zu verkaufen, mit Füßen traten: Hatte er doch gerade eine in Amsterdam herausgegebene Bibel und eine aus Prag stammende medizinische Abhandlung entdeckt. Er drohte, sein Handwerk aufzugeben, und es bedurfte der ganzen Überzeugungskraft Kosakls, daß er sich bereit erklärte, Abrahams Buch neu zu drucken: Nachdem Abraham ihm seine Hilfe angeboten hatte, beauftragte er seinen Sohn Chaim David mit dem Satz.

Kosakl und Abraham fügten am Ende des Bandes eine genaue Beschreibung der Ereignisse von Lublin sowie die Namen derer hinzu, die seit dem letzten Druck geboren oder gestorben waren. Und so schrieben sie denn nicht ohne Rührung auch ihre eigenen Namen nieder:

»Siehst du, da steht dein Name, Halter«, sagte Kosakl zu seinem Vetter.

»Deiner auch, Halter.«

»Meines Wissens sind wir die beiden letzten.«

Kosakl verbrachte die ganze Zeit, die die Druckarbeiten in Anspruch nahmen, in der großen befestigten Synagoge der Stadt. Abraham dagegen, als hätte er es von seinem Großvater David und seinen beiden Großonkeln Herschel und Asariah – möge ihnen der ewige Frieden zuteil werden – geerbt, interessierte sich leidenschaftlich für die Druckkunst. Als der Text gesetzt war, druckten sie

[91] Landtag der Vier Länder oder Vierländersynode (auf hebräisch Waad Arba Arasot): Gemeinsame oberste Verwaltung der Juden in Großpolen, Galizien und Wolhynien von der ersten Hälfte des 16. Jahrhunderts an bis 1764. Diese jüdische »Synode«, die von den polnischen Behörden durchaus als autonome Institution der jüdischen Selbstverwaltung anerkannt wurde, erließ Verordnungen und Gesetze in bezug auf das Leben innerhalb der jüdischen Gemeinden, die durch ihre Kahal-Gemeinderäte vertreten wurden. Unter anderem hatte sie auch das Steuerwesen zu regeln.

zwölf Exemplare, die sie in Lemberg binden ließen. Kosakl nahm ein Buch in seine breiten Hände, sah es an und atmete den Geruch von Leder, Druckerschwärze und Papier ein: »Ist ein gebundenes Buch nicht wie ein Kind im Bauch seiner Mutter«, fragte er. »Es lebt schon und wartet darauf, sich zu erkennen zu geben.«

Er schien vollkommen glücklich zu sein, während der junge Abraham zutiefst bedauerte, daß dieses Abenteuer nun vorbei war.

Kosakl machte sich schon am nächsten Tag auf den Weg, mit seinen sechs Exemplaren im Ranzen:

»Wenn der Ewige – gepriesen sei sein Name – es fügt, werden wir uns wiedersehen«, sagte er. »Vergiß nicht, Vetter, die Thora zu studieren. Denn die, die sich der Geheimnisse des Gesetzes würdig erweisen, werden, wie in Abot geschrieben steht, wie eine Quelle sein, die ständig reicher sprudelt, oder wie ein Strom, der nie versiegt . . .«

Die beiden Vettern umarmten sich.

»Kosakl«, bat Abraham, »Kosakl, bitte sag mir doch zum Abschied noch ein anderes Zitat.«

Kosakl lächelte, wie Abraham ihn noch nie hatte lächeln gesehen.

»Ein Wort zu seiner Zeit ist sehr lieblich«, erwiderte er, »das ist ein Vers aus den Sprüchen.«

Und schon hatte er sich umgedreht. Abraham, der seiner großen breitschultrigen und kräftigen Gestalt mit dem Gang, als gelte es, die Welt zu durchqueren, noch lange nachsah, dachte, der Ewige – gepriesen sei sein Name – müsse wohl an seiner Seite gehen.

Abraham verließ Zolkiew nicht: Uri Faibuch, der seinen Fleiß und sein Interesse für das Handwerk schätzen gelernt hatte, wollte ihn gern in seinen Dienst nehmen. Er schrieb also an seinen Vater und schickte ihm eines der zwölf Exemplare von Abrahams Buch. Er teilte ihm mit, er wolle gern das Druckerhandwerk erlernen, um die Familientradition fortzusetzen. Er sei sicher, so fügte er hinzu, daß sein Vater nichts dagegen einzuwenden hätte. Er erhielt keine Antwort.

In der Judenstraße fand er Unterkunft bei Rabbi Hillel ben Naphtali. Der Rabbi hatte zwei Töchter, die fünfzehnjährige Slata und die dreizehnjährige Braindl. Ihre Mutter war ein paar Jahre zuvor gestorben, und so führten sie den Haushalt, kümmerten sich um das Essen und die Wäsche. Den damals fast achtzehnjährigen Abraham verwirrten die Blicke sehr, die ihm die beiden Mädchen, vor allem die ältere, Slata, zuwarfen. Slatas Gesicht war zwar etwas ausdruckslos, aber ihre Brüste um so provozierender. Er fragte sich, ob er sie nicht heiraten solle, aber, nachdem Kosakl ihn verlassen hatte, wußte er nicht, wen er um Rat fragen konnte.

Eines Abends, als er in der Dachkammer, wo er schlief, sehr fror, ging er hinunter in das Zimmer im Erdgeschoß, wo der große Ofen stand und der Rabbi hinter einem Vorhang schlief. Er verlängerte den Docht der Öllampe, setzte sich neben den Ofen auf die Holztruhe und beschloß, noch ein paar Kommentare der Rabbiner zu lesen, bis er sich aufgewärmt hätte. Offenbar von der Wärme und Rabbi Hillels kräftigem Schnarchen betäubt, schlief er ein. Ein Geräusch weckte ihn auf: Slata, nur mit einem Hemd bekleidet, stand am Ofen und legte nach.

Abraham dankte der Vorsehung, sie zu ihm gesandt zu haben und beobachtete sie einen Augenblick lang, ohne sich zu rühren. Es war vor allem ihr Busen, der seinen Blick fesselte. Hatte sie bemerkt, daß er wach war? Er wußte es nicht. Jedenfalls bückte sie sich, um das Buch aufzuheben, das er im Einschlafen fallen gelassen hatte. Unwillkürlich, gewiß vom Teufel getrieben, streckte er die Hand nach dieser prallen Brust aus, die er so dicht vor sich sah. Slata richtete sich wieder auf. Sie machte ihm keinen Vorwurf, weder mit Worten noch mit Blicken. Dann ging sie zurück in ihr Zimmer.

In der nächsten Nacht stieg er hinunter, sobald Rabbi Hillels Schnarchen ihm verriet, daß der Weg frei war. Sein Herz klopfte zum Zerspringen. Er setzte sich wieder hinter den Ofen, wie am Abend zuvor, und legte sein Buch auf den Boden. Himmel, wie endlos kam ihm die Zeit vor! Endlich erschien Slata; sie tat, als sei er nicht da oder schliefe. Sie stocherte im Ofen herum und bückte sich dann, um das Buch aufzuheben. Diesmal verweilte Abrahams Hand ein wenig länger, bevor Slata sich wieder aufrichtete. Er hörte sie seufzen, dann entfernte sie sich.

Am nächsten Tag geschah das gleiche. Aber diesmal tat Abraham nicht mehr so, als ob er schliefe. Und als sie sich bückte, um das Buch mit den Talmud- Kommentaren aufzuheben, kreuzten sich ihre Blicke. Slata, die vor ihm kniete, fragte ihn flüsternd:

»Wollt Ihr sehen?«

Abrahams Mund war so trocken, daß er keinen Ton herausbrachte.

»Ich hab' sie noch niemandem gezeigt«, sagte sie.

Dann knüpfte sie ihr violettes Kleid auf und löste die Schnüre an ihrem Leibchen. Abraham fest in die Augen blickend, holte sie eine hinreißende Brust heraus, ein Wunder, ein Kleinod, eine Sünde. Sie lag da auf ihrer Hand wie eine Gabe, und Abraham näherte ihr ganz langsam sein Gesicht, als seien seine Hände einer solchen Pracht nicht würdig. Er spürte Slatas sanfte warme Haut an seiner Wange. Zu seiner großen Überraschung wurde die dunkle Brustwarze plötzlich steif. Das junge Mädchen wich zurück.

»Wollt Ihr auch die andere sehen?« fragte sie.

Abraham nickte bloß in seiner Sprachlosigkeit. Slata lächelte wie ein kleines Mädchen, das gerade einer Heuschrecke ein Bein ausreißt:

»Die andere«, antwortete sie, »ist für morgen.«

Abraham griff mit der Hand nach ihr, aber sie machte sich los und verschwand. Rabbi Hillel schnarchte.

Aber es war nicht »für morgen«. Eine Schwester von Rabbi Hillel, seit einigen Jahren verwitwet, kam an diesem Tag für zwei Wochen zu Besuch und schlief im Zimmer der beiden Mädchen. Nach zwei Wochen schneite es, und sie mußte ihren Aufenthalt verlängern. Abraham war zerstreut und nervös. Slatas Brüste geisterten durch seine Tage und Nächte.

Und so faßte er sich eines Morgens ein Herz:

»Rabbi«, fragte er, »wie alt soll ein junger Mann sein, wenn er heiratet?«

Rabbi Hillel sah ihn forschend an:

»In *Kidduschin* steht geschrieben: Der einzig lebende Gott – gepriesen sei sein Name – trägt Sorge, daß ein Mann nicht später als mit zwanzig Jahren heiratet und verflucht ihn, wenn er es bis dahin nicht getan hat. Wie alt bist du denn, Abraham?«

»Ich werde bald achtzehn, Rabbi.«

»Und du willst gern heiraten?«

»Ja, Rabbi.«

»Kennst du ein junges frommes und fleißiges Mädchen?«

»Ja, Rabbi.«

»Kenne ich sie auch?«

»Gewiß noch besser als ich, Rabbi.«

»Wohnt sie unter diesem Dach?«

»Seit sie geboren ist.«

»Gott sei gelobt, Abraham. Du hast gut gewählt. Sie ist ein braves arbeitsames Mädchen, meine kleine Braindl.«

»Aber Rabbi . . .«

Rabbi Hillel rief bereits seine Schwester, um ihr die gute Nachricht mitzuteilen, und so heiratete Abraham, ohne es gewollt zu haben, Braindl, noch bevor der Winter zu Ende ging. Slata, so hatte er in der Zwischenzeit erfahren, war mit einem Nachbarn verlobt, der in Deutschland studierte. Wegen des Schnees konnte Abraham nicht einmal seine Eltern verständigen, aber er hoffte, daß sie wenigstens zur Geburt seines ersten Kindes kommen würden.

Braindl war damals noch nicht einmal vierzehn Jahre alt, und ihr Busen war mit dem ihrer Schwester nicht zu vergleichen. Sie war lebhaft und lustig, gewiß auch fleißig, aber ihre Brüste waren nun einmal mit Slatas nicht zu vergleichen. Sie betete Abraham an, und er hätte sich wirklich keine bessere Frau wünschen können, wenn nur ihre Brüste . . .

In der ersten Nacht, die sie zusammen verbrachten, löschte er die Kerze, und sie zogen sich im Dunkeln aus. Braindl lag schon im Bett, als er sich behutsam neben sie legte. Er hörte ihren leichten Atem und fragte sich, was sie wohl von dem »ehelichen Leben« wußte. Er zögerte, sich diesem Mädchen zu nähern, das seine Frau war. Im Augenblick der ehelichen Vereinigung, erinnerte er sich, sollte man sich irgendeinen Abschnitt aus der Thora vorsagen, um nicht der Sünde zu verfallen. Aber sobald er nach einem Zitat suchte, erschien Slata vor seinem Blick.

»Braindl?«

»Ja«.

»Schläfst du?«

»Nein.«

Er zog sie an sich, spürte ihren schmächtigen, warmen Körper neben sich. Er legte seine Hand auf Braindls Hüfte, und sie schmiegte ihren Kopf in seinen noch spärlichen Bart. Und so schliefen sie ein, keusch wie die Kinder.

Slata kniete nackt über ihm, die beiden Brüste auf ihren Handflächen. »Siehst du«, sagte sie, »ich habe dir die andere gebracht.« Plötzlich hatte er das Gefühl, alle Flüssigkeit, die in ihm sein mochte, zu verströmen. Angsterfüllt erwachte er. Braindl schlief. Er fühlte sich befleckt, stand auf, goß im Dunkeln ein wenig Wasser in eine Schüssel, reinigte sich und sprach das vorgesehene Gebet: »Herr der Welt, ich habe dies getan, ohne es zu wollen, aber meine bösen Gedanken waren schuld daran. Mögest Du deshalb, ewiger Gott und Gott unserer Väter, in Deiner großen Barmherzigkeit diese Sünde von mir abwaschen. Mögest Du die bösen Gedanken und Neigungen für immer fern von mir halten. So sei es. Amen!«

In den nächsten Nächten geschah zwischen Abraham und Braindl kaum viel mehr. Und so kam es, daß er seine vorehelichen Gewohnheiten wieder aufnahm: er ging hinunter, sobald Braindl schlief und der Rabbi schnarchte. Er legte sich auf die Holztruhe und wartete. Manchmal kam Slata, manchmal kam sie nicht. Manchmal entblößte sie ihre Brüste, manchmal durfte er sie anfassen, manchmal forderte sie ihn auf, die steife Brustwarze zu küssen. Sie war es, die das Spiel lenkte, nach ihren Wünschen und Träumen.

Es kam, wie es kommen mußte. Ein graues Licht fiel bereits durch das Fenster, es war Morgen. Abraham und Slata konnten sich nicht voneinander trennen. Sie hatte ihr Hemd ausgezogen und nur noch einen weißen Unterrock an. Plötzlich dröhnte Rabbi Hillels Stimmte:

»Was macht ihr denn da?«

Slata wich zurück, griff sich ihr Hemd und verschwand eiligst. Abraham bemühte sich, seine Kleider in Ordnung zu bringen. Er schämte sich sehr, war aber im Grunde genommen wenig überrascht, daß der Ewige – Lob und Dank seien ihm – auf diese Weise seinen Ausschweifungen ein Ende setzte.

»Was macht ihr denn da?« fragte der Rabbi erneut, als fiele ihm nichts anderes ein. »Nichts«, stammelte Abraham, »nichts Böses, Rabbi. Wir haben nichts Böses getan . . .«

Der Rabbi, mit wirrem Haar und Bart, runzelte die Stirn, als traue er seinen Ohren nicht:

»Was? Ist der Ehebruch vielleicht nichts? Du gottverlassener, schlechter Jude!« Abraham sah zu Boden. Er hörte das Geräusch einer Ohrfeige und spürte auf seiner linken Wange ein heftiges Brennen.

»Fluch über dich!« rief der Rabbi und stampfte mit dem Fuß. »Du böser Dämon! Verlaß mein Haus! Verschwinde!«

Abraham wich der zweiten Ohrfeige aus, stieß sich dabei am Ofen und lief zur Tür. Im Vorübergehen nahm er seinen Pelzmantel vom Haken und rannte hinaus auf die Straße.

»Schande über dich«, hörte er hinter sich. »Du schlechter Jude. Schande über dich!«

Abraham schlenderte durch die Straße, die langsam erwachte. Die große befestigte Synagoge war hell erleuchtet. Sie ähnelte einer jener polnischen Burgen aus roten Ziegeln.

»Guten Morgen«, begrüßten ihn alle, denen er begegnete.

Die Juden von Zolkiew begaben sich zum Schachrit, dem Morgengebet, in die Synagoge.

»Der Ewige«, antwortete er, »möge uns einen schönen Tag schenken.«

»Uns und dem ganzen Volk Israels!«

»Amen!«

Er blieb den ganzen Tag über in der Druckerei und ging zum Mittag nicht nach Hause. Das kam gelegentlich vor, wenn er eine Arbeit zu Ende bringen mußte. Aber als der Abend nahte, wurde Abraham ratlos. Nach dem, was geschehen war, wagte er nicht, Rabbi Hillel, seinem Schwiegervater, noch einmal zu begegnen.

Er verließ die Werkstatt und schlug den Weg in die Oberstadt ein. Der Abend war mild. Es war das erste Mal, daß er so aufs Geratewohl durch die Stadt lief, und alles kam ihm etwas fremd vor. Im Halbdunkel fiel ihm eine Kirche auf, an die er sich überhaupt nicht erinnern konnte. Er trat beiseite, um einen Schlittenzug vorbeizulassen und hörte das Gelächter von Frauen. Von weitem drang Musik an sein Ohr. Er überquerte einen Platz und konnte jetzt das Schloß sehen. Rauchende Fackeln warfen ihren Schein auf den imponierenden Bau.

Abraham blieb stehen, ganz beeindruckt von dem Bild, das sich ihm bot. Im rötlichen Licht, das der Schnee widerstrahlte, standen livrierte Diener auf der Freitreppe und empfingen die Gäste, die aus den Schlitten stiegen. Ein Orchester spielte, und Soldaten präsentierten das Gewehr. Abraham trat näher heran, um besser sehen zu können. Neben dem schmiedeeisernen Portal mit dem königlichen Wappen darüber unterhielten sich mehrere berittene Adlige miteinander und lachten dröhnend, wahrscheinlich schon ein wenig angetrunken. Abraham erinnerte sich daran, was man ihm immer über die Szlachcicy gesagt hatte:

»Hüte dich vor ihnen. Wenn das Unglück nicht anfängt, wenn sie kommen, dann aber bestimmt, bevor sie gehen.«

Plötzlich ertönte ein Trommelwirbel. Aus den königlichen Gärten schritten Männer mit Fackeln. Sie kamen auf Abraham zu, der hastig in den Schatten zurückwich und sich gegen ein Gitter preßte. Im Dunkeln hörte er eine Stimme: »Wenn es dem jungen Pan beliebt, mag er die Tür suchen und zu mir hinaufkommen. Das Schauspiel lohnt, gesehen zu werden.«

Die Stimme, die polnisch sprach, klang sympathisch – wahrscheinlich die eines alten Mannes. Abraham fand die Tür und kam zu einer Treppe, deren Holzstufen er hinaufstieg.

»Möchte sich der junge Pan setzen?« lud die Stimme ihn ein.

Abraham spürte eine Bank hinter sich und ließ sich nieder.

Wieder fuhren mehrere Schlitten vor.

»Was geschieht hier?« fragte Abraham.

»Ist der Pan nicht von hier?«

»Ich bin aus Kamionka«, erwiderte Abraham.

»Bei der Schwarzen Jungfrau, den Namen habe ich noch nie gehört.«

»In der Nähe von Lubartow.«

»Ach so . . . Man erwartet heute abend Fürst Radziwill, den Woiwoden von Wilna. Er ist ein Verwandter des Königs. Wenn er reist, ist es, als ob der gesamte Adel sich auf den Weg macht. Kann der junge Pan auch alles sehen?«

Schritte knirschten im Schnee. Im rauchigen Licht der Fackeln schritten die Standartenträger vorbei. Die Stimme neben Abraham erklärte:

»Das dort ist die Infanterie . . . Dahinter die Kavallerie . . . Ihnen folgt die persönliche Wache des Fürsten . . . Es sind alles heruntergekommene Adlige. Der Pan schaue sich genau ihre Kleider an, selbst im Traum könnte ein *Chlop* sich so etwas kaum vorstellen . . . Dort kommt das Musikkorps . . . Dann die Artillerie auf Schlitten . . .«

»Gehört denn diese ganze Armee einem einzigen Fürsten?« fragte Abraham.

»Geduld, junger Pan! Das ist erst der Anfang. Die Armee des Fürsten Radziwill besteht aus mehr als zehntausend Soldaten! . . . Das lohnt gesehen zu werden! . . . Da, dort kommt der Fürst selbst!«

Mehrere Schlitten, auf denen Soldaten standen, folgten dicht aufeinander. Dann wieder ein Musikkorps. Endlich näherte sich eine mit Kufen versehene Karosse, gezogen von sechs schwarzen Pferden.

»Das lohnt, gesehen zu werden«, wiederholte die Stimme im Dunkeln.

»Aber wer sieht ihn denn überhaupt?« fragte Abraham.

»Wer ihn sieht? Die ganze Stadt steht an den Fenstern! . . . Das heißt, die Männer . . . Denn die Frauen . . .«

Die Stimme lachte häßlich:

»Wenn der junge Pan irgendwo in der Stadt eine Frau hat, möge er sich beeilen, sie zu verstecken, bevor es zu spät ist! Wehe denen, die dem Fürsten in die Arme laufen, schön oder häßlich, sauber oder schmutzig, dick oder mager . . .«

Abraham spürte, wie plötzlich die Unruhe in ihm wuchs. Er war noch nie Opfer oder Zeuge einer Judenjagd gewesen, aber seine Mutter Baile hatte ihm erzählt, betrunkene Männer, die auf Frauenjagd gingen, würden oft zur Judenjagd übergehen.

»Ich danke Euch für Eure Freundlichkeit«, sagte er, »aber ich glaube, ich muß jetzt gehen.«

»Weder der Fürst noch die Soldaten sind schlechte Kerle«, fuhr die Stimme fort, »aber der fremde Pan muß das verstehen: Die Männer wollen sich ein bißchen amüsieren, sie trinken, sie . . .«

Abraham nahm eine Abkürzung durch die Gärten und fing an zu rennen. Er war schon fast bei Rabbi Hillel – und sozusagen zu Hause – angelangt, als er wieder umdrehte und den Weg zur großen Synagoge, die noch immer beleuchtet war, einschlug. Rings um eine der vier mächtigen Säulen, die die gemalte Decke stützten, beteten drei oder vier Minjanim.

Abraham ging auf sie zu.

»Sssst!« flüsterte einer.

»Juden!« rief er leise.

Niemand rührte sich.

»Juden!« wiederholte er.

Der Chasan Mosche hob den Kopf:

»Was geht hier vor? Wer macht solchen Lärm? Wer hat gerufen?«

»Fürst Radziwill zieht mit zehntausend Soldaten durch die Stadt.«

»Wer bist du?«

»Abraham, Sohn von Benjamin dem Pferdehändler aus Kamionka. Ich habe die Tochter von Rabbi Hillel geheiratet.«

Bei diesen Worten zog sich ihm das Herz zusammen.

»Mach dir keine Sorgen, Abraham. Der Ewige verläßt seine Kinder nicht. Wir haben unsere Späher. Wir werden die Türen rechtzeitig verbarrikadieren, und wenn es sein muß, haben wir auch Waffen. Geh nach Haus zurück und wache über die Deinen.«

Als er wieder hinausging, bemerkte er, daß wirklich einige Männer im Schatten der Mauer standen, bereit, die schweren Torflügel zu schließen. Durch die Nacht klang die Musik vom Schloß her und das Gebimmel der Schlitten. Abraham rannte, so rasch er konnte, über den vereisten Schnee. Er kam gerade noch rechtzeitig, bevor die ersten Männer des Fürsten Radziwill in der Judenstraße auftauchten. Hinter dem Gartengitter sah er flüchtig in einem Lichtschein die Silhouette einer Frau. Mit einem Satz war er über dem Zaun, packte die Gestalt an den Schultern und warf sie zu Boden. Beide rollten miteinander im Schnee. Die Laterne war ausgegangen.

»Abraham«, flüsterte eine Stimme. »Gott sei gelobt! Ich habe auf Euch gewartet!«

»Ssst!« warnte Abraham.

Er spürte, wie dieser Körper unter ihm sich langsam bewegte. Eine wundersame Wärme stieg ihm in Kopf und Glieder.

Die Soldaten waren jetzt ganz nah. Es waren Reiter. Sie machten einen Teufelslärm, grölten und fluchten, verlangten zu trinken und riefen nach den »Schönen«.

»Abraham«, murmelte die Frau wieder.

Es klang so sanft und zärtlich, daß Abraham unendlich gerührt war. Und plötzlich wußte er, wer sie war.

»Mein Weib«, sagte er.

Sie drückten sich einander, so fest sie konnten. Furcht war in dieser Umarmung, Verlangen und vielleicht auch schon jene Liebe, die sie ihr ganzes Leben lang miteinander verbinden sollte.

Als der letzte der Soldaten vorüber war, ging plötzlich die Haustür auf. Die untersetzte Gestalt Rabbi Hillels erschien auf der Schwelle: »Braindl!« rief er. »Braindl!«

Von fern hörte man Schüsse.

Abraham und Braindl standen auf, schüttelten den Schnee von ihren Kleidern und traten Hand in Hand vor Rabbi Hillel. Der sah sie einen Augenblick lang stirnrunzelnd an. Doch dann schien er plötzlich vergessen zu haben, was er am Morgen gesehen hatte, denn er sagte: »Kommt herein und macht die Tür zu, damit es nicht so kalt wird.«

In dieser Nacht erkannte Abraham sein Weib Braindl. Und nie mehr kam ihn der Wunsch an, hinunterzugehen und sich am Ofen zu wärmen.

Abraham war fünfundfünfzig Jahre alt – der Ewige, gepriesen sei sein Name, schenke ihm hundertzwanzig! – als Braindl starb. Schon viele unter denen, die ihm nahe standen, waren vor das Antlitz des Ewigen getreten: sein Vater Benjamin, seine Mutter Baile, Rabbi Hillel, Uri Faibuch und sogar, trotz seiner jungen Jahre, Chaim David Faibuch . . . Aber die Trauer, die er bei ihrem Tod empfunden hatte, ließ sich mit diesem Gefühl der Trostlosigkeit nicht vergleichen.

Abrahams Herz in seiner Brust war groß und schwer wie die befestigte Synagoge von Zolkiew. Die Kleider zum Zeichen der Trauer zerrissen, wiederholte er sich immer wieder die Worte der Weisen aus dem Talmud: »Wenn ein Mann seine Frau verloren hat, verdunkelt sich für ihn die Welt.« Aber Rabbi Jossis Satz schien ihm noch zutreffender zu sein: »Nie habe ich meine Frau anders genannt als »meine Heimat«.

Der Ewige möge Braindls reine Seele behüten.

37

Zolkiew
Trauer und Fröhlichkeit

Zolkiew war, solange Abraham lebte, von den Stürmen der Geschichte verschont geblieben: Die Schweden waren in Polen eingedrungen und hatten Warschau besetzt, Lublin hatte wieder einmal gebrannt, Johann Sobieski, der polnische König, der Wien vor den Türken gerettet hatte, war gestorben, und Frankreichs König Ludwig XIV. hatte versucht, einen Fürsten auf den Thron zu bringen, dessen Namen man nicht einmal kannte . . . Im Alter hatte Abraham es sich angewöhnt, jeden Abend ein paar Freunde bei sich zu Hause zu empfangen, um die Neuigkeiten der Welt zu besprechen und gemeinsam herauszufinden, was »gut für die Juden« sein könnte.

Braindl hatte stets Nachsicht gegenüber diesen endlosen Männerdiskussionen gezeigt. Sie war klug genug, es lieber zu sehen, wenn man bei ihr zu Haus die Dinge wieder ins Lot zu bringen versuchte, als daß es in der Stadt drunter und drüber ging. Sie dankte jeden Tag dem Ewigen, daß ihre fünf Kinder in Frieden hatten aufwachsen dürfen. Die drei Töchter waren gut verheiratet. Der älteste der Söhne, Salman, arbeitete als Buchhändler für eine Druckerei. Der jüngere, Mendel, hatte mit seinem Anteil am Erbe seines Großvaters Benjamin der Pferdehändler, eine Karczma gepachtet. Das war nicht nur eine Herberge, in der die Reisenden einkehrten, sondern auch eine Art Gemischtwarenladen, in dem man Getreide, Salz, Honigwein, Bier, Schnaps oder Felle kaufen konnte. Jeden Monat suchte ihn der Verwalter des Szlachcic auf, dem der Gasthof und die umliegenden Ländereien gehörten, um seinen Gewinnanteil einzutreiben. Er war so hoch, daß Mendel mit dem, was ihm übrigblieb, gerade wieder seine Vorräte auffüllen, aber nicht daran denken konnte, das Dach zu reparieren oder sich gar zu vergrößern.

Abraham beklagte sich nicht. Er war ihm zwar ein wenig gram, daß er die Familientradition nicht fortgeführt hatte. Aber seine Hoffnung ruhte jetzt auf Mendels Sohn Joseph, der mit seinen dreizehn Jahren tatsächlich schon fast ein kleiner Gelehrter war. Seine Intelligenz und sein frommes Wesen waren weit über die Stadt hinaus bekannt, und es fehlte nicht an Besuchen reicher Kaufleute oder Geldverleiher, die für ihre Tochter einen gebildeten Mann suchten. Mendel hatte sie stets abgewiesen.

Eines Tages schlug der Verwalter Berich aus Wilna – der auch im Gasthof das Geld eintrieb – vor, seine gerade elfjährige Tochter Schaine mit Joseph zu verheiraten: Abgesehen von der stattlichen Mitgift verpflichtete er sich, zumindest in den ersten sechs Jahren das junge Paar zu unterhalten, ihm eine Wohnung zu stellen und Mendel von seinen Schulden zu befreien. An einem anderen Tag hätte Mendel vielleicht auch ihn abgewiesen, aber diesmal erklärte er sich einverstanden. Der Vertrag wurde unterzeichnet, und die Hochzeit fand drei Monate nach Josephs Bar Mizwa statt.

Das junge Paar zog bei Berich ein, in ein großes, tristes, ständig feuchtes Holzhaus, in dem selbst die Möbel sich zu langweilen schienen. Joseph hatte sich zwar widerspruchslos dem väterlichen Willen gebeugt, aber für ihn hatte diese Heirat keinen großen Sinn: Es war vereinbart, daß er schon am nächsten Tag nach Lemberg abreisen sollte, um dort zwei Jahre lang zu studieren.

Etwa zur gleichen Zeit kam Slata nach Zolkiew zurück. Der über den Lauf der Dinge entscheidet, hatte es so gefügt, daß sie verwitwet und kinderlos war. Sie schlug Abraham vor, mit ihm das Haus, in dem sie aufgewachsen war, zu teilen. Dafür verpflichtete sie sich, ihm den Haushalt zu führen und sich um die Wäsche zu kümmern. Sie hatte noch immer das gleiche ausdruckslose Gesicht, aber ihr Körper war füllig und schwer geworden, und ihre Brüste würden niemanden mehr zur Sünde verführen. Abraham fragte seine Söhne und Töchter nach ihrer Meinung. Sie hatten nichts dagegen einzuwenden. Also zog Slata ein, und um Abrahams Frieden war es von nun an geschehen. Sie begann, die Möbel zu verrücken, die Wände neu zu weißen, über die Einkäufe zu bestimmen. Dann legte sie sich mit Abrahams Freunden an, die mit ihm über die Tagesereignisse diskutierten. Sie hörte ihnen zwei- oder dreimal zu, dann erklärte sie, in einer Welt, in der die von Gott erfundene Stufenleiter nur dazu diente, die einen hinunterzustoßen und die anderen zu erheben, führten solche Gespräche zu nichts anderem, als den Tisch und den Fußboden zu beschmutzen.

Zur gleichen Zeit stritten sich zwei Könige um den polnischen Thron, Stanislaus Leszczynski, der von Frankreich unterstützt wurde, und August von Sachsen, hinter dem die Armeen Österreichs, Preußens und Rußlands standen. Derartige Ereignisse mußte man doch einfach tagtäglich miteinander besprechen! Und so trafen sich die des Hauses Verwiesenen nun in Mendels Herberge. Das ganze Anwesen bestand aus einem Schuppen, der den Pferden als Stall diente; außerdem war noch Platz genug, um dort die Wagen unterzubringen und das Holz zu stapeln. Darüber lag der Heuboden, neben dem Mendel und die Seinen wohnten. Die Reisenden tranken, aßen und schliefen rings um einen hohen Ofen in einem einzigen großen Raum im Anbau. An den Werktagen fanden Abraham und seine Freunde immer eine kleine Ecke für sich; aber sonntags und an den christlichen Feiertagen, wenn das ganze Dorf zum Zechen und Tanzen kam, mußten sie in die Synagoge ausweichen.

Abraham ließ sich so wenig wie möglich im Hause sehen, und Slata, die anfing, sich zu langweilen, schlug ihm vor, doch wieder seine Freunde mitzubringen, aber jetzt wollte er nicht mehr. Er dachte oft und voller Trauer an seine Frau Braindl. Seine einzige Freude war sein Enkel Joseph, dem er nach seiner Rückkehr vorschlagen wollte, seinen Platz in der Druckerei einzunehmen.

Mit einem Rabbi den Talmud zu studieren, um sich Klarheit über schwerverständliche Passagen zu verschaffen, allein für sich nachzudenken, die Kommentare der Gelehrten zu lesen – für all das begeisterte Joseph sich wie an einer Art Geschicklichkeitsspiel. Aber der *Pilpul*, das heißt, die Suche nach allen möglichen, selbst den absurdesten Deutungen, um einen Text zu interpretieren, langweilte ihn. Die Dispute zwischen den Schülern der Jeschiba, diese unsinnigen Haarspaltereien, nur um einen Buchstaben durch einen anderen ersetzen zu können, brachten ihn in Harnisch. Eines Tages fragte Rabbi Saddok ihn nach dem Grund für seine feindselige Haltung. Er antwortete ihm mit einem Zitat aus dem Traktat Baba Metsia[92]:

92 Traktat des Talmud.

»Wer wenig weiß, macht mehr Lärm darum als der, der viel weiß. So wie eine Münze in einem Glas lauter klingelt als ein Glas voller Münzen.«

Rabbi Saddok schlug Joseph zur Strafe für seine Überheblichkeit mit einer Rute, die er stets bei sich trug, auf die Finger, und gab ihm mehrere Kapitel aus der Gemara zum Auswendiglernen auf. Joseph nahm dies gern hin; zum einen, weil ihm das Lernen nicht weiter schwerfiel, und zum anderen, weil er sich des Unrechts seiner Handlung durchaus bewußt war und fand, die Sühne dafür sei nicht allzu hart ausgefallen. Aber er setzte nie wieder einen Fuß in die Jeschiba von Rabbi Saddok.

In Lemberg gab es zu jener Zeit zwei Jeschibot, die russische, also Rabbi Saddoks, und die deutsche, in der Rabbi Saul lehrte. Joseph ging von nun an in die deutsche Jeschiba, die der russischen gegenüberlag. Die Methoden waren dort nicht wesentlich anders. Aber der Sohn des Rabbi ging bei einem Stoffhändler in die Lehre, der regelmäßig nach Königsberg reiste und deutsch sprach. Von ihm lernte er das Alphabet der Gojim und lieh sich ein paar weltliche Bücher aus. Welch eine Offenbarung! Die beiden ersten Werke, die er auf deutsch lesen konnte, waren Abhandlungen über die Optik und die Physik. Er hatte das Gefühl, durch sie, wie durch die Kabbala, den verborgenen Sinn aller Dinge zu erkennen, aber aus einem neuen Blickwinkel heraus: So lernte er, woher der Wind kommt, was den Regen verursacht und wie sich Schnee bildet . . .

Eines Tages behauptete er im Verlauf eines Gesprächs mit einem Talmudisten, die Erde sei rund wie eine Kugel, und unter ihren Füßen liefen sicherlich andere Menschen wie sie. Der Talmudist erwiderte, das sei unmöglich, diese Leute würden ja sonst ins Leere stürzen. Joseph versuchte ihm daraufhin zu erklären, was er selbst gerade erst gelernt hatte, daß sie nämlich magnetisch vom Erdmittelpunkt angezogen würden:

»Deshalb können wir uns gar nicht von der Erde lösen«, so schloß er, »an welcher Stelle wir uns auch immer befinden, selbst wenn wir es wollten.« Der Talmudist sah Joseph voller Grausen an, stammelte ein paar verwirrte Worte und machte sich eiligst davon. Es dauerte nicht lange, da ging in Zolkiew ein Gerücht her, der Junge *Iluj* Joseph, der Enkel des Druckers Abraham, sei ketzerischen Theorien verfallen. Bald darauf traf in Lemberg einer der Knechte aus Mendels Herberge ein: Sein Vater, sein Großvater und sein Schwiegervater, so richtete er Joseph aus, erwarteten ihn in Zolkiew und verlangten eine Erklärung. Am frühen Morgen, als der Knecht, den er begleiten sollte, noch schlief, stand Joseph auf und verließ die Stadt in entgegengesetzter Richtung von Zolkiew. Er kam durch einen Wald voller ungewohnter, beängstigender Geräusche. Als er ihn endlich durchquert hatte, setzte er sich auf einen Baumstamm, um auszuruhen. Er war sich darüber klar, davongelaufen zu sein, aber er sah keinen anderen Ausweg: Er wollte sich weder in die Karczma seines Vaters einsperren lassen noch in das große triste Haus, in dem eine Frau auf ihn wartete, die er nicht gewählt hatte. Er ging ein Stück weiter auf dem Weg, von dem er nicht wußte, wo er hinführte.

Als ihm die Füße weh taten, machte er wieder Rast. Ein Bauer, der in einem Wagen vorbeifuhr, blieb stehen und bot ihm an, aufzusteigen. Er war auf dem Weg nach Rawa Ruska und schlug ihm vor, ihn am Anfang des Dorfes in der »Herberge zum Juden« abzusetzen. Der Wirt, Mosche-Jankel, war ein etwa fünfzigjähriger, ungewaschener Mann. Er sprach weder hebräisch noch jiddisch, sondern einen russischen Dialekt, den Joseph kaum verstand. Er fragte ihn nicht groß, wer er sei noch wohin er wolle. Aber da er zehn Kinder, darunter neun Söhne hatte, fragte er Joseph, ob er nicht einen Winter bei ihm bleiben und ihnen das Lesen beibringen wolle.

Ein unvergeßlicher Winter. Die Herberge bestand aus zwei übereinanderliegenden Räumen. Wegen des Rauches, der ständig wie eine graue Wolke unter der Decke hing, setzten sich die Bauern mit ihrem Glas Schnaps und einem Stück Wurst einfach auf den Boden. Und auch Joseph hockte hinter dem großen quadratischen Ofen auf dem nackten Boden, um seinen »Schülern« die Anfangsgründe des Lesens in einem alten Pentateuch beizubringen, den Mosche-Jankel weiß der Himmel wo aufgetrieben hatte.

Manchmal verspürte er den Wunsch, nach Zolkiew zurückzukehren. Aber er fragte sich, wie er seiner Familie unter die Augen treten könne. Als der Frühling anbrach, machte er sich wieder auf den Weg und schlug die Straße ein, die, so hatte man ihm gesagt, nach

Belz führe. Er kam dabei durch Uhnow, wo er eine kleine Synagoge aufsuchte.

Ostern rückte näher, und Joseph fragte sich besorgt, wo er den Seder verbringen solle. Er betete inbrünstig, wie ein Kind, das er mit seinen fünfzehn Jahren ja auch noch war. Als er die Synagoge verließ, trat ein breitschultriger Jude auf ihn zu:

»Ich heißte Baruch Benjamin«, sagte er. »Ich bin Schmied und wohne auf dem Weg nach Laszczow. Wenn der junge Mann hier keine Familie hat und die Festtage im Haus von Freunden feiern möchte, so steht ihm das meine offen.«

Joseph dankte dem Ewigen – gepriesen sei sein Name – von ganzem Herzen und willigte mit Freuden ein. Während der paar Tage bis Ostern half er dem Schmied, das Haus zu weißen, die alten Ziegelsteine am Ofen zu ersetzen und in allen Ecken nach Resten von *Chamez* zu suchen. Am Vorabend des Festes begleitete er Baruch Benjamin und seine Söhne ins Badehaus und anschließend in die Synagoge. Am Abend, als man die Haggada las, bat ihn der Schmied, sie zu übersetzen und seiner Familie zu erklären.

»Ihr seid ein gelehrter junger Mann«, bemerkte er am nächsten Morgen nach dem Gebet. »Wohin führt euch der Weg?« »Irgendwohin«, erwiderte Joseph.

»Oh«, sagte der Schmied fast entschuldigend, »was für eine unüberlegte Frage. Jeder Mensch kommt auf die Welt, um irgendeine Aufgabe zu erfüllen und seinen Teil zur Ordnung der Dinge beizutragen. Und mit diesem Ziel reist der Mensch auch von Ort zu Ort.«

Joseph sah den Schmied überrascht an. Der Mann gefiel ihm, und nach den Feiertagen fragte er ihn, ob er nicht eine Weile bleiben und ihm in der Schmiede helfen könne.

»Nur, wenn ich Euch dafür bezahle«, erwiderte der Schmied.

Während der paar Wochen, in denen er in der Schmiede arbeitete, beobachtete Joseph Baruch Benjamin. Er stand an seinem Amboß, schlug das Eisen und sang Psalmen dabei, war zuvorkommend und freundlich zu den Kunden, die ihm ihre Wagen zum Reparieren oder Pferde zum Beschlagen brachten, und fand doch stets noch Zeit, um sich mit Juden auf der Durchreise ein wenig zu unterhalten und ihnen einen Becher frisches Wasser zu bringen. Joseph fragte ihn eines Tages, warum er sich eigentlich das Geschwätz all dieser

Leute anhöre und dadurch mit der Arbeit in Verzug gerate. Der sonderbare Schmied antwortete ihm, daß »jeder Gedanke eine Stufe zu einer höheren Ebene« und der »der einen Gedanken töte, einem Mörder vergleichbar« sei.

»Wo habt Ihr denn das gelernt?«

»Indem ich den Leuten zugehört habe, Joseph.«

»Denen, die in der Schmiede vorbeikommen?«

»Die Weisen sagen, man könne mit dem Kopf, aber auch mit dem Herzen lernen.«

»Welche Weisen sagen das?«

»Die Chassidim.«

»Die Schüler des Baal Schem Tov?«

Im Jahr davor war ein Rabbi nach Lemberg gekommen, um die Lehre des Rabbi Israel Baal Schem Tov zu verbreiten. Aber die Schüler der Jeschiba, die sich nur für ihren langweiligen Pilpul interessierten, hatten ihm nicht einmal zugehört. »Die Leute sagen, der Rabbi Baal Schem Tov sei wie Sabbatai Zwi und hielte sich für den Messias.«

Der Schmied lachte schallend:

»Sabbatai Zwi behauptete, selbst der Messias zu sein, während der heilige Rabbi sagt, daß alle Söhne Israels ein Teil des Messias seien und ein jeder seinen Beitrag zur Schaffung des Messias leiste.«

Dieser Mann war so warmherzig, so offen und so freundlich, daß Joseph ihm gestand, er sei aus Lemberg davongelaufen, um nicht nach Zolkiew zurückkehren zu müssen.

»Und jetzt?«

»Jetzt fürchte ich mich, meiner Familie unter die Augen zu treten.«

»Hattet Ihr die Absicht, ihnen weh zu tun? Sie zu verletzen?«

»Warum?«

»Weil es die Absicht ist, die zählt, Joseph.«

»Nein, ich wollte ihnen nicht weh tun.«

»Dann kehrt unbesorgt nach Zolkiew zurück.«

»Aber sie werden mich . . .«

Der Schmied legte seine breite Hand auf Josephs Schulter:

»Nein, man wird Euch gewiß nicht bestrafen. Der Ewige schlägt nicht den Körper; er sieht nur das Herz. Und das Eure ist rein. Geht nach Hause zurück, bittet Euren Vater und Euer Weib um Verzeihung, und sie werden Euch vergeben!«

Ein paar Tage später verabschiedete sich Joseph von ihm. Baruch Benjamin schloß ihn wie einen Sohn in seine Arme:

»Und vergeßt nicht«, sagte er. »Das Herz und die Bestimmung ... Die unsere, die der Juden auf dieser Welt, ist es, den Messias zu erschaffen!«

Während Josephs fast zweijähriger Abwesenheit hatte Zolkiew sich verändert. Schaine war fast zu einer Frau herangewachsen, und im Judenviertel wehte ein neuer Wind. Viele Juden hatten sich handwerklichen Arbeiten zugewandt. Manch einen sah man bei der Gartenarbeit, beim Dachdecken, in der Schmiede oder der Schreinerei, wo sie mit Dingen beschäftigt waren, die sie früher einem gelernten Handwerker überlassen hätten. Sie schienen ernst und fröhlich zugleich. Ja, bei der geringsten Gelegenheit fingen sie an zu tanzen:

»Die Juden ändern sich«, erklärte Mendel seinem Sohn Joseph, »dank der Lehre des heiligen Rabbi Baal Schem Tov.«

»Seid Ihr auch ein Chassid, Vater?« fragte Joseph.

»Der Chassid ist jemand, der traurig ist, weil die Traurigkeit etwas ganz Normales ist und ein jeder von uns seinen Teil daran trägt, aber er verzweifelt nicht. Der Chassid ist traurig über die Reinheit der Freude, und er freut sich an der Reinheit des Schmerzes.«

»Habt Ihr die Kabbala gelesen?« fragte Joseph, der sich über diese Sprache wunderte. »Nein, mein Sohn. Was ich eben sagte, hat nichts mit der Kabbala zu tun. Sie macht das Göttliche menschlicher, während für den Chassid das Menschliche göttlich ist.«

Joseph, der von seiner Familie freudig empfangen worden war und alle um Verzeihung gebeten hatte, begriff plötzlich, wie sehr er die Seinen geringgeschätzt hatte. Er war glücklich, das Wirtshaus und seinen Geruch nach Heu wiederzufinden, und er fand sogar, daß das große Haus des Verwalters Berich, in dem Schaine auf ihn wartete, nicht mehr so feucht war. Am Abend seiner Rückkehr näherte er sich zum ersten Mal seinem Weib. Ein paar Tage später kam ein Schüler des Baal Schem Tov nach Zolkiew. Es war ein Rabbi mit hellem Blick und einem fächerförmigen Bart. Er ließ sich in Mendels Herberge nieder, in die die Juden in Scharen strömten. Während sie darauf warteten, daß er zu sprechen beginne, fingen sie an zu tanzen, klatschten in die Hände und stampften mit den Füßen den Rhythmus.

Mendel stellte den »Rabbi Ichte-Meir aus Medziborz, wo er den heiligen Rabbi Baal Schem Tov gesehen hat«, vor. Er sei gekommen, »auf die Fragen der Juden zu antworten«. Die erste ließ nicht lange auf sich warten:

»Wie kann man zugleich und am besten dem Schöpfer und seinen Kindern dienen?«

Der Rabbi lächelte:

»Eine gute Frage, eine gute Frage . . . Denn es ist wirklich nicht ganz einfach, dem Ewigen – gepriesen sei sein Name – und seinen Geschöpfen zu dienen. Wenn man das einmal gelernt hat, dann ist man ein Weiser geworden.«

»Aber wie wird man zu einem Weisen?«

Der Rabbi neigte sich einen Augenblick vor und zurück:

»Wer ein Weiser werden will«, sagte er, »muß von jedem etwas lernen, denn es steht geschrieben: ›Ich bin weise geworden durch das, was ich von anderen gelernt habe.‹«

Die Zuhörer nickten beifällig. Faivel der Wasserträger fragte: »Können denn alle weise werden und von allen etwas Gutes lernen?«

»Eine berechtigte Frage. Der heilige Rabbi Israel Baal Schem Tov sagt, die Seele des Menschen sei das Licht Gottes . . .«

Er warf einen ernsten Blick in die Runde:

»Wer aber Licht sagt, sagt auch Schatten. Das Licht kann wohl mit der Seele und der Schatten mit dem Körper verglichen werden.«

Zustimmende Worte wurden laut.

»Der Baal Schem Tov erklärt«, fuhr Rabbi Ichte-Meir fort, »wenn wir mit einem gerechten Menschen zusammen seien, so spürten wir seinen Einfluß. Eine Art Lichtstrahl ginge von ihm aus, den seine Seele aussende, und entzünde in uns den Wunsch, gute Taten zu vollbringen.«

Die Stimme des Rabbi wurde etwas leiser:

»Und auf die gleiche Weise werden wir durch unseren Umgang mit den Sündern geprägt. Sie verstärken das Böse in uns und bringen uns auf Gedanken, die zum Bösen führen.«

»Oje, oje, oje!« tönte es von allen Seiten. »Wie wahr ist das, was der Rabbi sagt!«

»So lernen wir also von dem Gerechten, seinem Leitspruch zu folgen: ›Tu Gutes!‹, während wir vom Sünder die Lektion erhalten: ›Wende dich ab von dem Bösen!‹«

Unter dem beifälligen Murmeln und befriedigten Seufzen der Zuhörer schloß der Rabbi:

»Und so bewahrheitet sich das Sprichwort: ›Wer weise sein will, muß allen sein Ohr zuwenden!‹«

Joseph war tief von ihm beeindruckt. Die Argumentation des Rabbis kam ihm zwar ein wenig simpel vor. Aber es waren ergreifende Worte, die auf seine Zuhörer zugeschnitten waren. Nach der Lehre des Baal Schem Tov konnten all die, die nicht gebildet und nicht an der Verwaltung der Gemeindeangelegenheiten beteiligt waren, trotzdem zu Wort kommen.

»Aber wenn wir wirklich sündigen«, fragte einer der Stallknechte des Gasthofs, »steht uns dann Gott in seiner Barmherzigkeit bei? Das würde bedeuten, daß bei ihm Gnade vor Gerechtigkeit ginge . . .«

So ging es weiter bis tief in die Nacht: Fragen und Antworten über den Menschen und sein Leben und den allmächtigen Gott. Vom Stall her drang der starke Pferdegeruch herüber. Und zum Schluß schob man die Bänke beiseite und tanzte, um die Freude darüber zu zeigen, daß man sein Leben in die Hände des Ewigen, des Gottes Israels legen durfte.

Dem Verwalter Berich war von einem schweren Schlitten ein Bein abgefahren worden, und so konnte er seine Verpflichtung, sechs Jahre lang für Josephs und Schaines Unterhalt aufzukommen, nicht einhalten. Joseph mußte Abschied nehmen von der sorglosen Zeit seiner Studien und eine Arbeit suchen. Vor allem, da seine Frau, die inzwischen vierzehn Jahre alt war, ein Kind erwartete.

Abraham überließ ihm seinen Platz in der Druckerei Faibuch, die jetzt von Gerson und dessen Sohn Wolf geleitet wurde. Der Großvater lehrte seinen Enkel nicht nur das Handwerk, sondern auch die Liebe dazu. Auf diese Weise war die Familientradition wieder gewahrt. Und als alles geregelt und der kleine Berl geboren war, starb

Abraham, in Frieden nicht nur mit seinen Ahnen, sondern auch mit seinen Nachkommen und in der Sicherheit, daß das Familienbuch, das er seinem Sohn Mendel übergab, weitergeführt wurde.

Als Abraham starb, lieh Joseph sich von seinem Vater einen Wagen und fuhr nach Uhnow in Baruch Benjamins Schmiede.

Der Schmied schien sich nicht verändert zu haben, obgleich sein Bart weiß geworden war. Als er Joseph kommen sah, ließ er den Hammer fahren, legte seine schwere Lederschürze ab, wusch sich rasch die Hände und umarmte ihn von Herzen:

»Baruch haba! Baruch haba! Sei mir willkommen!«

»Ich habe Euch nicht vergessen«, entgegnete Joseph verlegen.

»Das Exil kommt vom Vergessen, sagt der Baal Schem Tov . . .«

»Aber die Erinnerung ist die Wurzel der Befreiung«, fuhr Joseph fort.

Arm in Arm gingen sie in das Haus des Schmiedes und setzten sich vor einen Krug mit Schnaps. Joseph redete lange, und es war, als befreie er sich damit von jener geheimnisvollen Last, die auf den Schultern des Menschen ruht und ihm gelegentlich das Herz schwer macht:

»Nun kommt schon, Joseph«, munterte ihn Baruch Benjamin auf, »werft diese Traurigkeit von Euch ab. Wir glauben nicht an die Traurigkeit, sondern an die Freude!«

Am nächsten Tag, nachdem sie viel getrunken hatten und der Morgen schon dämmerte, erzählte der Schmied ihm, wie er ein paar junge Leute in der Synagoge ermutigt hatte, zu singen und zu tanzen: zur großen Empörung der höchstweisen und höchstfrommen Juden, die ihn der Respektlosigkeit gegenüber der Thora ziehen.

»Und?«

»Nun ja, nach einer tiefernsten Diskussion beschlossen sie, daß man bei so gewöhnlichen Arbeitern wie mir diese Art, Gott zu preisen, dulden könne.«

Er brach in dröhnendes Gelächter aus, dann gestand er Joseph – was dieser schon geahnt hatte –, er sei ein Rabbiner.

Als der Baal Schem Tov seine Anhänger aufgefordert hatte, sich in den Städten und Dörfern Polens bis hin nach Litauen und Weißrußland niederzulassen, um seine Lehre zu verbreiten, war Baruch

Benjamin nach Uhnow gezogen und hatte das Schmiedehandwerk erlernt. Er liebte seine Arbeit aufrichtig, die wie jedes Werk der Hände eine höhere Stufe der Vollendung zu Gott hin bedeute. Aber die Schmiede war auch einer der Treffpunkte des Ortes, und so hatte er die Lehre des Baal Schem Tov unter die Leute bringen können.

Neu gestärkt kehrte Joseph nach Hause zurück und nahm seine Arbeit in der Druckerei wieder auf. Er vergaß nie den Schmied und Rabbi. Jedesmal, wenn ihn in seinem Leben der Anflug von Traurigkeit oder Empörung ankam, sah er sein breites Gesicht mit den klaren Augen vor sich, und sein Herz füllte sich mit der Erinnerung an jene berauschte Nacht nach Abrahams Tod.

Er selbst beteiligte sich nie aktiv an der Bewegung der Chassidim, aber immer, wenn er die Gelegenheit dazu hatte, verteidigte er diese gegen die *Mitnagdim*, ihre Gegner, die sie beschuldigten, die Juden von der Thora abzubringen.

Ein paar Jahre später starb der Baal Schem Tov – im Jahre 1760 der christlichen Zeitrechnung. Sein Sohn Sevi, ein Mann von großer Güte, dessen Intelligenz aber weit hinter der seines Vaters zurückblieb, trat sein geistiges Erbe an. Bald ging die Kunde, Sevi habe am ersten Todestag des Baal Schem Tov seinen Vater im Traum gesehen; dieser habe ihn gebeten, Rabbi Dov Bär aus Miedzyrzecz[93] die Führung der Bewegung zu überlassen.

»Rabbi Bär soll deinen Platz am Kopfende des Tisches einnehmen«, hatte der Vater zu seinem Sohn gesagt, »und du nimm den seinen ein!«

So geschah es. Rabbi Sevi, so erzählten die Zeugen, habe seinen Mantel ausgezogen und ihn mit freundlichen Worten Rabbi Bär umgelegt. Nachdem sie ihre Kleider gewechselt hatten, wechselten sie ihre Plätze, und auf diese Weise wurde der Rabbi von Miedzyrzecz zum Führer der Chassidim.

Berl, Josephs ältester Sohn, empörte sich, als er davon hörte:

»Diese Chassidim lästern Gott! Wie können sie nur diese kindischen Parabeln mit der Thora vergleichen!«

[93] Mesritsch (A. d. Ü.)

»Die Chassidim sagen, jede Geschichte sei ›eine Lehre des Lebens‹, und sie haben nicht unrecht«, erwiderte Joseph. »Und du, Berl, hast auch nicht unrecht. Das beweist, daß es nicht nur eine Wahrheit gibt, außer bei dem Schöpfer, gepriesen sei sein Name.«

Berl nahm die Lektion hin, aber er änderte nicht seine Meinung über die Behauptung der Chassidim, das Licht der Geschichten sei so leuchtend wie das der Thora. Dieser Berl erinnerte in vielem an Joseph in seinem Alter. Er lernte mühelos, seine Kenntnisse der Thora, des Talmud und der rabbinischen Kommentare waren verblüffend, und er las begierig alle Neuerscheinungen, die aus der Welt der Heiden den Weg nach Zolkiew fanden: Rousseau, Voltaire und Leibniz. Aber es fehlte ihm an Geduld und Toleranz.

Berl arbeitete in der Druckerei. Er war mit Jente verheiratet, einer Freundin aus der Kinderzeit, und mit seinen achtzehn Jahren schon Vater eines Sohnes, Noe. Er bewohnte ein einfaches kleines, aber gemütliches Holzhaus, das sein Schwiegervater dem jungen Paar zur Hochzeit geschenkt hatte. Dieses Häuschen lag gegenüber dem Wirtshaus, das Nathan, Josephs Bruder, nach Mendels Tod übernommen hatte. Wäre es von dem Gasthof nur ein wenig weiter entfernt gewesen oder hätte ein anderes Gebäude dazwischen gelegen, würde Berls Schicksal zweifellos einen anderen Verlauf genommen haben.

Der die Geschicke der Welt regiert, beschloß nämlich, wieder einmal die Menschen zu prüfen. König Stanislaus August Poniatowski ergriff neue Maßnahmen gegen die Juden: die Auflösung der Vier-Länder-Synode – des jüdischen Parlaments – sowie die Beschränkung der Zahl der jüdischen Bewohner in den Städten. Zur gleichen Zeit teilten Preußen, Österreich und Rußland einige polnische Gebiete unter sich auf.

Die russischen Truppen zogen durch Zolkiew in der einen Richtung, die österreichischen in der anderen. Dann besetzte die österreichische Armee das umliegende Land. Von diesem Augenblick an wurde Nathans Schenke nicht mehr leer. Tag und Nacht mußte man den Betrunkenen zu Diensten stehen, die drohten, Fackeln in den Heuschober zu werfen und oftmals fortgingen, ohne zu zahlen.

An jenem Tag trat am frühen Morgen ein schon betrunkener

Offizier die Tür von Nathans Wohnung ein und verlangte zu essen. Riwka, Nathans Weib, stand hastig auf, während Nathan das Feuer im Kamin schürte. Der österreichische Offizier hatte seinen Säbel auf den Tisch gelegt.

Riwka wärmte den *Borschtsch* aus Hühnerklein und brachte ihn in einem Napf. Der Offizier verlangte Brot und Butter. Nathan brachte ein Stück selbstgebackenes Schwarzbrot, aber nicht die Butter dazu: Für einen Juden war es undenkbar, Fleisch und Butter auf denselben Tisch zu stellen. Da griff der Österreicher nach seinem Säbel und schlug damit heftig auf das Regal, auf dem die Becher und Näpfe standen. Wortlos holte Nathan die Butter. Der Offizier leerte seine Schale, rülpste laut, stand auf und ging zur Tür. Nathan rief ihn zurück und forderte ihn auf zu zahlen.

Da wurde der andere wie toll vor Wut. Er fing an zu brüllen, schlug mit seinem Säbel alles zusammen, was ihm vor die Augen kam, stieß die Bänke um und warf das Geschirr auf den Boden. Dann packte er Nathan an der Nase und rasierte ihm mit seinem Säbel den Bart ab. Mit einem Ruck riß er Riwkas graues Kleid auf und schnitt ihr mit jäher Bewegung eine Brust ab.

Die Gäste der Herberge, die durch den Lärm geweckt worden waren, liefen hinzu. Einige machten sich aus dem Staub, andere riefen um Hilfe und brachten den Wütenden durch ihr Schreien nur um so mehr auf. Im Häuschen gegenüber weckte Jente Berl, der sich hastig anzog und hinauslief, bevor seine Frau ihn zurückhalten konnte. Er sah, wie Leute aus der Schenke flüchteten und stürzte hinein. Seine Tante Riwka lag in einer Blutlache, seinem Onkel Nathan war das Gesicht zerschnitten.

Der österreichische Offizier hatte Chana, Nathans Tochter, auf den Boden geworfen. Er hielt sie mit einem Knie fest und bemühte sich, seinen Gurt zu öffnen. Da sah Berl den Säbel auf dem Tisch liegen. Er sprang darauf zu, ergriff die Waffe und spaltete damit den Schädel des Offiziers. Der sackte langsam zur Seite weg. Chana schrie, dann war es plötzlich totenstill.

Von allen Seiten kamen die Juden zusammengelaufen. »O wei, o wei«, rief der Schamasch der großen Synagoge.

»Oje, oje, Herr der Schöpfung . . .«

»Rabotai«, rief der Schuhmacher Jakob Sandler, »wenn man diesen Offizier hier findet, sind wir verloren. Packen wir ihn in Säcke und lassen ihn verschwinden.«

»Im Teich«, schlug einer vor. »Oder wir begraben ihn«, sagte ein anderer.

Berl wurde es speiübel.

»Du solltest besser rasch aus Zolkiew verschwinden«, meinte Jakob Sandler.

»Ja, aber wohin soll ich denn gehen«, fragte Berl.

Ein junger Mann mit dunklem Lockenkopf trat ein paar Schritte auf ihn zu.

»Ich bin Marcus Chelmer. Ich habe die Nacht hier verbracht und alles gesehen. Aber ich habe nicht gewagt einzugreifen. Ihr wart mutiger als ich. . . Morgen früh reise ich nach Königsberg weiter. Wenn Ihr wollt, nehme ich Euch mit.«

38

KÖNIGSBERG – STRASSBURG
DER KAFTANJUDE

Marcus Chelmer war ein polnischer Jude, der wie sein Name sagt, aus Chelm kam. Sein Vater, ein wohlhabender Getreidehändler, war gestorben und hatte ihm ein kleines Vermögen hinterlassen. Statt den väterlichen Handel zu übernehmen, beschloß er zu studieren. Zunächst war er nach Wilna gegangen und hatte dort zwei Jahre in der berühmten Jeschiba verbracht. Nach der Lektüre von »Phädon oder über die Unsterblichkeit der Seele«[94] faßte er eine so tiefe Bewunderung für den Autor, Moses Mendelssohn[95], daß er sich nach ihm auf die Suche machte. »Euer Mendelssohn«, erfuhr er, »lebt in Berlin.« Marcus Chelmer war also nach Berlin gefahren, umsonst: denn Moses Mendelssohn war tags zuvor nach Königsberg[96] in Ostpreußen abgereist. Marcus hatte sich wieder auf den Weg gemacht. Aber ein paar Zwischenfälle unterwegs hatten ihn aufgehalten, und als er schließlich ankam, mußte er sich sagen lassen, daß der Philosoph Moses Mendelssohn nach Berlin zurückgekehrt sei. Und so beschloß der Student, da nun einmal das Schicksal gegen ihre Begegnung zu sein schien, in Königsberg zu bleiben und schrieb sich an der dortigen Universität ein.

[94] Eine Schrift, die Moses Mendelssohn 1767 nach Art der gleichnamigen Abhandlung Platons verfaßte. Der Autor entwickelt darin Leibniz verwandte Gedanken über die Unsterblichkeit der Seele und die Existenz einer unbegrenzten Zahl von Monaden im Weltraum.

[95] Deutscher jüdischer Philosoph (1729–1786) des Zeitalters der Aufklärung, geistiger Vater der Haskala, der jüdischen Aufklärungsbewegung, und Anhänger einer politischen, intellektuellen und moralischen Reform des Judentums. Dieser Autor zahlreicher Werke und einer Bibelübersetzung ins Deutsche wird als Begründer des liberalen Judentums und einer der Wegbereiter jüdischer Emanzipation angesehen. Er ist der Großvater des Komponisten Felix Mendelssohn-Bartholdy.

[96] Das heutige Kaliningrad in der Sowjetunion.

Er war ein charmanter, intelligenter und kultivierter Reisebegleiter. Seine Art sich zu kleiden allerdings – Spitzenhemd, Gehrock, Kniehose aus Samt und Schnallenschuhe – und die Tatsache, daß er weder Bart noch Pajes trug, erweckten zunächst Berls Mißtrauen. Marcus bemühte sich sehr, Berl von seinen Schuldgefühlen zu befreien, die ihn verfolgten:

»Wenn Ihr diesen toten Offizier schon nicht vergessen könnt«, sagte er, »denkt wenigstens daran, daß der Ewige – gepriesen sei sein Name – Euch erwählt hat, damit Gerechtigkeit werde.«

»Vielleicht hatte dieser Mann eine Familie . . .«

»Um so besser, dann ist sie ihn los! Nein, Berl, glaubt mir, niemand kann Euch vorwerfen, was Ihr getan habt!«

»Was wollt Ihr in Königsberg bloß mit mir anfangen? Ich kenne niemanden dort, hab' kein Geld und nichts weiter gelernt als drukken . . .«

»Nun macht Euch mal keine Sorgen, wir werden schon sehen. Es geht doch nur darum, einige Zeit abzuwarten, bis Ihr wieder nach Hause könnt.«

Königsberg war eine Stadt nahe am Meer, deren Mittelpunkt die hohe Kathedrale war. Auf den grüngrauen Wellen schaukelten große schwere Schiffe mit englischer, holländischer, dänischer oder schwedischer Flagge. Sie brachten, so erklärte ihm Marcus, Metalle und tropische Erzeugnisse und nahmen hier einheimische Produkte aus Polen und Litauen wie zum Beispiel Getreide und Leinen an Bord.

Berls erster Eindruck von Königsberg war gut. Aber als er, um in die Stadt zu kommen, durch ein sogenanntes Judentor gehen und eine besondere Abgabe entrichten mußte, wie für das Vieh, war er etwas ernüchtert. Marcus nahm ihn mit zu sich. Er wohnte, zusammen mit mehreren jungen Juden, die wie er an der Albertus-Universität studierten, in einem dreistöckigen Fachwerkhaus in der Brodbänkenstraße. Marcus erzählte ihm, der Eigentümerin des Hauses, der Witwe Gerlach, gehöre auch das Englische Haus, in das der Philosoph Kant des öfteren zum Mittagessen käme. Ob Berl schon von Immanuel Kant gehört habe?

Berl hatte »Die Religion innerhalb der Grenzen der bloßen Vernunft« gelesen, aber nicht alles verstanden. Bei dem Gedanken, die gleiche Luft zu atmen wie ein so bekannter Philosoph, wurde er ganz ungeduldig.

»Meint Ihr, wir können Kant eines Tages persönlich sehen?«

Berl und sein Freund betraten das Haus in der Brodbänkenstraße zusammen mit ein paar anderen Studenten, die wie Marcus gekleidet und ebenso glattrasiert waren. Außerdem trugen sie auch noch einen Degen. Die jungen Leute brachen bei Berls Anblick, der mit seinem schwarzen, abgewetzten Kaftan, seinem runden, breitkrempigen Hut und seinem von der Reise wirren Bart aussah, als gehöre er zu einer anderen Menschenrasse, in schallendes Gelächter aus.

»Ein Kaftanjude, haha!« rief einer.

»Wo hast du den denn aufgetrieben?« fragte ein anderer Marcus.

»Das ist mein Freund Berl«, erwiderte dieser auf deutsch. »Er kommt aus Polen wie ich.«

»Kann er Deutsch?«

Sie wandten sich jetzt an Berl, der einerseits am liebsten davongelaufen wäre, andererseits aber auch zeigen wollte, wer er war.

»Ich habe nie deutsch gesprochen«, erwiderte er auf deutsch, »aber ich kann es lesen.«

Prustendes Gelächter war die Antwort. »Was hat er gesagt?«

»Was soll denn das für eine Sprache sein?«

Einer von ihnen, ein kleiner untersetzter Blondschopf, der vor Lachen Tränen weinte, hielt Berl ein Buch hin:

»Da, lies uns doch mal einen Abschnitt vor.«

Für Berl war ein Buch wie eine Zuflucht. Er las den Titel: Es war ein Werk von Kant. Er schlug aufs Geratewohl auf und begann laut vorzulesen. Doch bald mußte er damit aufhören: Die anderen lachten so, daß die Fensterscheiben klirrten. »Ich hab' kein Wort verstanden«, rief der kleine Blonde.

»Ich habe alles verstanden«, erwiderte Berl mit sanfter Stimme.

»Dann beweis das mal«, schlug ein anderer vor.

Wann ist der Augenblick zu fliehen, wann der Augenblick zuzuschlagen? Berl, der eine kalte Wut in sich hochsteigen fühlte, sah Marcus an, wie um seinen Rat einzuholen. Im Blick seines Freundes lag eher Mitleid als Zorn. Nein, es ging weder darum zu fliehen noch darum zuzuschlagen.

»Der Kaftanjude fordert euch heraus«, sagte Berl. »Jeder von uns soll sich eine Seite dieses Buchs auf deutsch vornehmen und sie laut auf hebräisch lesen. Dann werden wir sehen, wer am meisten lacht.«

Er schlug das Buch wieder auf, und als sei es das Einfachste von der Welt, als seien die Strukturen der beiden Sprachen völlig identisch, übersetzte er direkt eine Seite ins Hebräische. Im Raum herrschte betretenes Schweigen. Jeder der anwesenden Studenten war durchaus fähig, die Leistung dieses kleinen polnischen Bauern anzuerkennen. Als er geendet hatte, gab er das Buch an den kleinen Blonden weiter, der mit einer Handbewegung ablehnte.

»Bravo, Kaftanjude, du kannst was.«

»Unglaublich«, bemerkte ein anderer.

»Mein Vater kann das noch viel besser als ich«, erwiderte Berl bescheiden.

Marcus lächelte höchst befriedigt: »Mein Freund Berl«, sagte er, »muß für einige Zeit in Königsberg bleiben. Er hat weder Unterkunft noch Geld. Ich schlage vor, wir kümmern uns um ihn, bis er Arbeit gefunden hat. Er ist Schriftsetzer. Vielleicht kann er auch Unterricht geben . . .«

»Aber nicht in Deutsch«, unterbrach ihn Berl. Diesmal hatte er die Lacher auf seiner Seite.

Berl wurde von den Studenten rasch als einer der Ihren angenommen. Bald verbrachte er wie sie seine Tage mit Feiern, Studieren, endlosem Debattieren und Disputieren. Er hatte sich an der Universität nicht einschreiben können, weil die Studienplätze für die Juden schon alle vergeben waren, dafür aber am Friedericianum, dem Gymnasium, eine Stelle als Aushilfslehrer für Hebräisch gefunden, was ihm ein paar Taler im Monat einbrachte.

Er trug nicht mehr seinen alten schwarzen Kaftan. Seine Freunde hatten ihn überreden können, sich wie sie zu kleiden und ihm die komplette Ausstattung eines damaligen Studenten geliehen: ein Hemd mit Spitzenärmeln, einen bis zur Taille geknöpften Gehrock, unter dem die Kniehose aus Samt hervorsah, und Schnallenschuhe. Er hatte sich allerdings geweigert, sich den Bart abzuschneiden und einen Zopf ins Haar zu stecken. Inzwischen hatte er auch die Witwe Gerlach kennengelernt, die ihn mit dem Philosophen Kant bekannt machen wollte, und er war sogar schon einmal ins Theater gegangen, denn, anders als in Polen, war den Juden der Theaterbesuch hier nicht verwehrt: In Königsberg schätzte man die Gesellschaft eines gebildeten Mannes mehr als die eines – wenn auch reichen oder adligen – Dummkopfs. Vorausgesetzt, sie vergaßen, daß sie Juden waren.

Berl dachte kaum noch an den österreichischen Offizier mit dem zerspaltenen Schädel und, um der Wahrheit die Ehre zu geben, noch weniger an seine Frau Jente und seinen kleinen Noe.

Eines Abends nahmen ihn seine Freunde zu den Eltern eines Studienkollegen, Heinrich Friedländer, mit, um ein Kammerkonzert zu hören. Er saß inmitten von Männern mit gepuderten Perücken und Frauen mit tiefem Dekolleté und fragte sich, was er eigentlich hier zu suchen hatte auf diesem unbequemen Stuhl und mühevoll einer Musik ohne Worte folgend, deren Sinn ihm verborgen blieb. Am Ende des Konzerts umringte man die Musiker und sparte nicht mit Komplimenten. Berl begrüßte ein junges Mädchen, das er schon einmal getroffen hatte: es war die Schwester von Mendel Bresselau, der auch im Kreis der Studenten verkehrte.

»Mögt Ihr Musik?« fragte sie. »Ich weiß nicht«, erwiderte er ehrlich. »Ich hab' so etwas noch nie vorher gehört.« Sie lachte herzlich: ein offenes, perlendes Lachen. Berl sah ihre großen dunklen Augen, ihre gerade Nase, ihren vollen Mund, ihre nackten Schultern – er wurde plötzlich ganz verlegen: Er sprach zum ersten Mal allein mit einer ihm fremden und dazu noch derart entblößten Frau.

»Der Komponist ist ein Herr Händel«, sagte sie. »Warum legt Ihr eigentlich Euren Bart und Eure Schläfenlocken nicht ab?«

»Es muß doch schließlich ein Zeichen bleiben!«

»Ein Zeichen?«

»Ein Zeichen, daß ich . . . Jude bin.«

Sie lachte wieder, und ihr Lachen gefiel ihm:

»Aber wir sind doch hier fast alle Juden!« erwiderte sie fröhlich. »Ihr kommt aus Polen, hat mir mein Bruder gesagt. Wie heißt Ihr?«

»Berl.«

»Und weiter?«

In Königsberg trugen die »aufgeklärten« Juden alle noch einen andern Namen hinter ihrem Vornamen. Berl wurde ganz verlegen, dachte an seinen Freund Marcus, der seinen Namen einfach von seinem Geburtsort abgeleitet hatte, erinnerte sich dann an das Familienbuch und den Namen, den die Schreiber seiner Familie im Elsaß trugen. Und so erwiderte er, als hätte er des Rätsels Lösung gefunden: »Berl Halter.«

Und so hieß er auch von nun an. Er sah das junge Mädchen, Judith, nun häufiger. Ihr Bruder, Mendel, gehörte einer Gruppe von jungen Leuten an, von denen einer eine alte Druckerei geerbt hatte. Er war auf die Idee gekommen, sie wieder in Betrieb zu nehmen, um eine aktuelle Zeitschrift in Hebräisch herauszugeben. Ihr Titel stand bereits fest: »Ha-Meassef«[97]. Allerdings hatte keiner dieser Studenten auch nur die blasseste Ahnung davon, wie eine Druckerei funktioniert; Berl schien ihnen also wie vom Himmel gesandt. Der konnte ihnen zwar ein paar Ratschläge geben, fühlte sich aber mit seinen achtzehn Jahren und seiner geringen Erfahrung als Schriftsetzer unfähig, ein so kompliziertes Gebilde wie eine Druckerei einzurichten und zu führen. Er riet ihnen, seinen Vater Joseph kommen zu lassen. Sie waren damit einverstanden und übergaben ihm einen Wechsel, um die Ausgaben für Josephs Reise und den Ankauf von Lettern zu bestreiten.

Als Berl an diesem Tag in das Haus Gerlach zurückkehrte, traf er dort einen Kaufmann aus Lemberg an, einen dicken, kurzatmigen Mann, der auf ihn wartete und ihn gleich zweimal fragte, ob er wirklich Berl, Sohn von Joseph dem Drucker aus Zolkiew, sei: Er war ganz offensichtlich überrascht vom Aussehen des jungen Mannes.

»Also«, sagte er schließlich, »Eure Frau bittet Euch, sie entweder kommen zu lassen oder sofort nach Zolkiew zurückzukehren. Sonst verlangt sie den Get, die Scheidung.«

Jente! Er konnte sich kaum noch vorstellen, wie sie aussah.

»Habt Ihr meinen Vater gesehen?« fragte er den Kaufmann.

»Nein. Ich habe Eure Frau bei ihren Eltern getroffen . . . Sie schien . . . hm . . . ziemlich entschlossen zu sein . . .«

[97] »Der Sammler«. Eine Zeitschrift, die in Berlin und Königsberg von 1783–1797 in unregelmäßiger Folge erschien. Ihre Herausgeber waren Anhänger der Aufklärung die *Maskilim*.

»Sind die Österreicher noch immer in Zolkiew?«

»Ja, aber Euer Weib läßt Euch ausrichten, Ihr hättet nichts mehr zu befürchten.«

Berl erklärte dem guten Mann, seine Situation erlaube es ihm nicht, seine Familie kommen zu lassen. Wie er selbst sehe, teile er ein winziges Zimmer mit einem anderen Studenten, und die Kleider, die er trüge, seien nur geliehen. Nach Zolkiew zurückzukehren, sei ihm allerdings im Augenblick auch nicht möglich: Er solle nämlich eine Druckerei in Königsberg einrichten. Der dicke Kaufmann aus Lemberg schüttelte immer wieder den Kopf, als halte er von diesem ganzen Gerede nicht viel. Berl bat ihn, einen Augenblick zu warten. Er will nur rasch einen Brief an seinen Vater schreiben, um ihm den Vorschlag von Mendel Bresselau und dessen Freunden zu unterbreiten. Dann brachte er den Mann in die Synagoge der »tolerierten Juden« am Löbenicht und zahlte ihm ein Bett in einem billigen Gasthof in der Nähe des Schloßteiches.

Langsam ging er durch die Altstadt zurück und dachte über den Sinn dieser Mitteilung nach, die ihm ganz offenbar das Schicksal sandte. Er spürte plötzlich eine vage Bitterkeit. Zwischen den Läden liefen geschäftig bärtige Juden in schwarzen Kaftanen hin und her, das ewige kleine Volk der Käufer und Verkäufer. War er denn noch einer der Ihren? Er, der auch heute, wie so oft, zu einem jener Abende eingeladen war, wo er die »privilegierten Juden« traf, frisch rasiert, gekleidet wie die Christen – wie diese Christen, die sie auch zu den Beschneidungen, den Hochzeiten, den jüdischen Oster- oder Pfingstfesten einluden . . .

Wie um noch Salz in seine Wunde zu streuen, ging er auf einen dieser Juden am Straßenrand zu: Er hatte ein müdes, faltiges Gesicht, den ihm nur allzu vertrauten, gutmütigen, traurigen Blick und trug zwei Fische in einem Weidenkorb. Er fragte ihn auf jiddisch: »Woher kommt der Jude?«

Der Mann sah Berl mißtrauisch an:

»Von überall her und nirgends«, erwiderte er. »Und Ihr?«

Schon umgab sie ein Kreis von Neugierigen. »Aus Zolkiew«, erwiderte Berl.

»Aus Zolkiew bei Lemberg?«

»Ja.«

Die Juden sahen ihn ungläubig an. Einer von ihnen fuhr mit der Hand und den schmutzigen Fingernägeln über die Spitzenmanschetten. Und wie auf ein Stichwort hin, verließen sie ihn schweigend.

Was war bloß mit ihm geschehen, ihm, den man noch ein paar Monate zuvor als Kaftanjuden verlacht hatte? Hatte er eine Tradition verraten, etwas Wesentliches geleugnet? Nein, denn man konnte schließlich nicht das Judentum mit diesen schmutzigen Bärten, diesen Hundeblicken, diesen abgewetzten Kaftanen gleichsetzen. Gewiß, seine Rührung angesichts dieser Überbleibsel der Vergangenheit war durchaus normal, suchte er sich selbst zu überzeugen. Aber man mußte sich auch davon frei machen können, wollte man nicht an der Gegenwart und der Zukunft vorbeigehen – wie jene englischen Bauern, die – von einem gewissen Ned Ludd angestachelt – die Maschinen zerstörten.

Er kam gerade noch rechtzeitig zu dem geselligen Abend, der sehr gelungen war, abgesehen davon, daß der Philosoph Kant, den man erwartet hatte, sich hatte entschuldigen lassen. Aber Judith war da, und Berl, der nicht wagte, ihr offen den Hof zu machen, bemühte sich, sie durch geistreiche Gespräche zu beeindrucken. Man zitierte gerade Kant, der natürlich immer ein Gesprächsthema bei den geselligen Abenden von Königsberg war, und Berl wunderte sich, als er hörte, daß der christliche Philosoph jiddisch zu sprechen verstehe, als sei er im Schtetl geboren.

»Wir sind eben hier nicht in Polen«, erwiderte ihm Heinrich Friedländer. »Die Religionskriege haben die Menschen Vernunft und Toleranz gelehrt . . . Leibniz, Wolf, Baumgarten, Locke aus England . . . Sie alle legen das Gewicht nicht auf die Riten, sondern auf die Prinzipien.«

»Welche Prinzipien?« fragte Berl.

»Die Existenz Gottes, die Unsterblichkeit der Seele, das Jüngste Gericht . . . Das sind die Prinzipien, die allen Religionen gemeinsam sind.«

»Dabei hält Kant das Judentum nicht für eine Religion, sondern für eine eigenständige Nation«, warf Berl ein.

Mit einem kurzen Blick vergewisserte er sich, daß Judith dem

Gespräch folgte. Er fuhr fort: »Im Gegensatz zu Voltaire, der als Antiklerikaler das Judentum als eine Religion ansieht.«

»Das kommt doch aufs gleiche hinaus, nicht wahr?« fragte ein großer, pickliger junger Mann, der seinen Arm um Judith gelegt hatte; er hieß Abraham Euchel. »Gewiß«, erwiderte Berl, »nur daß Voltaire, soviel ich weiß, nicht jiddisch spricht.«

Höchst befriedigt hörte er aus dem allgemeinen Gelächter auch Judiths Lachen heraus. Abraham Euchel war pikiert. Herausfordernd wandte er sich an Berl:

»Erklärt uns doch einmal, wie man sich zugleich nach der Stadtmode kleiden und seinen Bart nach Schtetl-Brauch behalten kann.«

»Ich trage den Bart«, erwiderte Berl ganz gelassen, »um daran zu erinnern, daß die Menschen in ihrer Unterschiedlichkeit einander gleichgestellt sind. Wenn die Christen, um uns akzeptieren zu können, von uns die totale Anpassung forderten, würden sie uns nicht mehr für ebenbürtig halten. Und wir würden wahrscheinlich aufhören, wir selbst zu sein.«

Mendel Bresselau bemerkte in versöhnlichem Ton:

»Genau das bemühen wir uns, in unserer Zeitschrift zu sagen. Maimonides war ein fortschrittlicher Mann, der arabisch und griechisch sprach, aber es keineswegs versäumte, die jüdische Tradition zu vertiefen und aufrechtzuerhalten . . .«

Berl erinnerte sich an seine Überlegungen am Nachmittag, als er die Kaftanjuden getroffen hatte. Wie schwer es doch war, sich selbst treu zu bleiben!

Auf dem Nachhauseweg verstellte ihnen eine Gruppe baltischer und polnischer Studenten den Weg, die offensichtlich schon auf sie gewartet hatten. Zwischen ihnen und den Juden kam es ziemlich regelmäßig zu Schlägereien, die manchmal auch blutig endeten. Auf beiden Seiten zog man die Degen, deren Klirren bald die Nacht erfüllte. Berl, der nicht focht, blieb mit den jungen Frauen im Schatten einer Hauswand stehen. Er suchte nach Judiths Hand und hielt sie fest. Das Herz schlug ihm bis zum Hals, und er beobachtete den Kampf wie eine Art weitentferntes, unwirkliches Ballett. Passanten blieben stehen, Fenster gingen auf.

Plötzlich fiel ein Jude zu Boden. Mit gezogenem Degen stürzte ein Schatten auf ihn zu. In Gedanken sah Berl den österreichischen

Offizier wieder, der seine Cousine Chana in Zolkiew vergewaltigen wollte. Auch jetzt zögerte er ebensowenig wie damals. Er sprang den Feind von hinten an und packte ihn an der Kehle. Beide fielen zu Boden. Fast gleichzeitig erhoben sie sich auch wieder. Der andere hatte seinen Degen verloren. Berl sah ihn im Dunkeln aufblitzen, und er stellte seinen Fuß darauf. Der andere suchte das Weite.

Berl beugte sich über den Juden, der noch immer auf dem Pflaster lag. Er erkannte Marcus, der vor Schmerz die Zähne zusammenbiß. Er half ihm auf die Beine. Marcus hinkte; er hatte einen Degenstoß in den Schenkel erhalten, und Berl brachte ihn zu Heinrich Friedländer, um seine Wunde versorgen zu lassen. Marcus wollte den Helden spielen:

»Nun beeil dich schon«, ermahnte ihn Berl. »Die Wunde blutet.«

»Laß sie bluten, laß sie bluten, ich werde mich schon rächen!«

Leise fügte er hinzu:

»Laß mich bei Heinrich bleiben. Dann hast du das Zimmer für dich. Nimm Judith mit . . .« Berl lud Judith in das Gerlachsche Haus ein, und es brauchte dazu auch nicht viel Überredung.

Joseph, Berls Vater, kam einen Monat nach Kippur im Jahre 5543[98] nach der Schöpfung der Welt durch den Ewigen – gepriesen sei sein Name – mit der Postkutsche an und begab sich direkt in das Gerlachsche Haus. Als er das Zimmer seines Sohnes betrat, das man ihm gezeigt hatte, fand er sich gegenüber einem wie die Gojim gekleideten jungen Mann und einer jungen Frau mit einer Art Leibchen, das viel zu eng war und den Brustansatz sehen ließ. Er blieb, mit seinem Bündel in der einen und einem Weidenkorb in der anderen Hand, völlig verdutzt stehen. Berl war ebenso überrascht: Was hatte dieser Jude mit Schläfenlocken und flachsblondem Bärtchen, mit schwarzem Scheitelkäppchen und Schaufäden an dem ebenfalls schwarzen Kaftan, bei ihm zu suchen? Doch dann sprang er plötzlich auf:

»Vater!«

Joseph stellte sein Gepäck ab und nahm seinen Sohn in die Arme. Dann warf er einen mißtrauischen Blick auf die junge Frau. Berl

[98] 1783

stellte sie vor:

»Das ist Judith Bresselau. Ihr Bruder Mendel hat den Wechselbrief ausgestellt. Er ist auch einer der Begründer der Zeitschrift Ha-Meassef. Es wird der Beginn unseres großen Kampfes um die Anerkennung der Rechte der Juden ...«

Joseph unterbrach seinen Sohn.

»Weiß sie, daß du verheiratet bist und einen Sohn hast?«

»Darüber reden wir später«, erwiderte Berl hastig. »Setzt Euch, ruht Euch ein wenig aus.«

Joseph sah sich im Zimmer um:

»Sucht Ihr etwas, Vater?«

»Wasser, um mir die Hände zu reinigen. Ich möchte das Mittagsgebet sprechen.«

Judith sah Berl nie wieder. Aber auch in der kleinen Schar der Studenten sorgte Josephs Ankunft für einige Unruhe. Er weigerte sich, auch nur das geringste an seinem Aufzug, seinen Gewohnheiten und Prinzipien zu ändern und etwas anderes als jiddisch oder hebräisch zu sprechen. Er hatte ein paar komplette, von der Druckerei Faibuch gekaufte Letternsätze mitgebracht und machte sich sogleich daran, die stillgelegte Werkstatt wieder funktionsfähig zu machen. Eigentlich hatten die Juden nicht das Recht, Druckerwerkstätten in Königsberg zu eröffnen, aber hier handelte es sich um eine ehemalige christliche Druckerei. Er widersetzte sich der Ungeduld der jungen Leute, vergewisserte sich immer wieder, daß alles zum vorgesehenen Datum in Betrieb genommen werden konnte und weigerte sich standhaft, auch nur den kleinsten Artikel zu setzen, bevor alles fertig war. Er antwortete ihnen stets mit dem alten Sprichwort:

»Wenn der erste Buchstabe mißlungen ist, taugt der ganze Text nichts.«

Seine Entgegnungen, seine moralischen Diskurse, seine Talmud-Zitate, seine Art, jegliches Geschehen von sich wegzurücken und eine Lehre daraus zu ziehen, machten ihn paradoxerweise beliebt bei diesen Studenten, die doch mit ihrem Kaftan zugleich jene Denkweise abgelegt hatten.

Eines Abends, als sie fleißig einen Probeabzug ihrer Zeitschrift korrigiert hatten, zeigte er ihnen, sozusagen als Belohnung, das Exemplar von Abrahams Buch, das er ihnen mitgebracht hatte. Die

Studenten waren ganz hingerissen.

»Bei welchen Gelegenheiten lest Ihr es?« fragte Marcus.

»Jedesmal, wenn wir in einer schwierigen Situation sind, beim Tode eines nahen Verwandten, bei einer Geburt, in den Zeiten der Verfolgung oder wenn wir eine wichtige Entscheidung zu treffen haben ... Ihr wißt doch, der Baal Schem Tov sagte, die Geschichte sei uns eine Lehre.«

»Aber kommt für Euch nicht die Geschichte vom Himmel?« fragte ihn Mendel Bresselau.

»Gewiß, der Allmächtige hat uns das Leben und die Intelligenz geschenkt. Er hat uns auch das Gesetz gegeben und uns mit ihm in die Geschichte geworfen.«

Die kleine Schar umringte jetzt Joseph, und Berl sah seinen Vater erstaunt an. »Was wollt Ihr damit sagen?« fragte Joel Löwe, ein blasser junger Mann mit hoher Stirn unter einer weißgepuderten Perücke.

»Ich meine damit, daß es jetzt an uns ist, nach dem Gesetz zu handeln, nach unserer Deutung des Gesetzes, selbst wenn es dann eine Fülle von Auslegungen geben sollte.«

»Steht das nicht im Widerspruch zum Talmud?«

Joseph lächelte in seinen Bart:

»Nein. Der Talmud entscheidet nie etwas. Habt ihr überhaupt je den Talmud gelesen? Ich hatte den Eindruck, ihr verachtet mich deshalb ein wenig. Ihr habt unrecht ... Erinnert ihr euch an das Streitgespräch zwischen Rabbi Elieser und Rabbi Josua, nach dem Traktat Baba Metsia ...«

Ein wohliges Seufzen ging durch die kleine Schar: Joseph würde eine seiner Geschichten erzählen. Berl war stolz und zugleich auch etwas verärgert über diese Bewunderung. Gewiß, sein Vater verkörperte eine gewisse Tradition und eine reiche Vergangenheit, aber er wiederholte doch auch nur, was er gelernt hatte.

Joseph fuhr sich gemächlich mit den Fingern durch seinen Bart und erzählte, eines Tages habe Rabbi Josua die Interpretation angegriffen, die Rabbi Elieser von einer Regel gegeben hatte. »Da wurde der letztere wütend und sagte: ›Möge dieser Johannisbrotbaum entscheiden, ob nicht die Regel so ist, wie ich sie lehre!‹ Und der Johannisbrotbaum wich um hundert Ellen zurück. Aber die Weisen wandten ein, die Wandelbarkeit eines Johannisbrotbaums beweise noch nichts. Daraufhin sagte Rabbi Elieser: ›Möge das Wasser dieses Bachs entscheiden, ob nicht die Regel so ist, wie ich sie lehre!‹ Und das Wasser des Bachs begann, aufwärts statt abwärts zu fließen. Aber die Weisen wandten ein, auch die Launen eines Baches bewiesen noch nichts. Da rief Rabbi Elieser: ›Mögen die Mauern des Lehrhauses entscheiden, ob nicht die Regel so ist, wie ich sie lehre!‹ Und die Mauern des Lehrhauses neigten sich zu Boden und wären fast eingestürtzt. Da sprang Rabbi Josua wütend auf und beschimpfte die Mauern: ›Wenn die Weisen untereinander über eine Regel diskutieren, geht euch das denn etwas an?‹ Und aus Achtung vor Rabbi Josua stürzten die Mauern nicht ein. Aber aus Achtung vor Rabbi Elieser richteten sie sich auch nicht wieder auf. Da ertönte eine Stimme vom Himmel: ›Wozu das alles? Warum kränkt ihr Rabbi Elieser? Die Regel ist immer so, wie er sie lehrt.‹ Da stellte Rabbi Josua sich auf die Zehenspitzen und antwortete: ›Sie ist nicht im Himmel!‹«

Joseph unterbrach sich, ließ seinen Kaftanjuden-Blick über diese »aufgeklärten Juden« schweifen, die alle Bücher außer dem Talmud kannten, und fragte:

»Habt ihr die Geschichte verstanden?« Niemand antwortete, und so fuhr Joseph fort: »Es bedeutet, daß das Gesetz nicht mehr im Himmel ist. Es wurde uns ein für allemal auf dem Berg Sinai gegeben, und für himmlische Ratschläge ist jetzt keine Zeit mehr. Hat nicht Gott selbst im Levitikus gesagt: ›So haltet nun alle meine Satzungen und meine Rechte und tut darnach.‹«

Die Studenten klatschten Beifall, als habe er ein Kaninchen aus dem Zylinder gezaubert, aber Joseph wußte, daß nie ein Wort ganz verloren ist. Er kam jetzt auf den Ausgangspunkt ihrer Diskussion zurück: Abrahams Buch. Er legte seinen Gebetsmantel über die Schultern und las andächtig, den Oberkörper vor- und zurückbeugend, aufs Geratewohl ein paar Sätze daraus:

». . . aber wir bleiben Dein Volk, Kämpfer Gottes, und das Zeichen des Bundes ist in uns eingebrannt. Unser Gedächtnis ist der Aufenthalt Deines Gesetzes. Durch den Buchstaben und das Wort, durch Gebet und Fasten bewahren wir uns die Furcht und die Liebe Deiner Gebote und geben sie weiter . . . An diesem 9. Tag des

Monats Aw, ein Jahr nach der Zerstörung Jerusalems, zerreiße ich mein Gewand zum Zeichen der Trauer. Möge bis zu dem Tag, an dem die gespaltenen Steine des Tempels sich wieder zusammenfügen, die Anrufung dieser Namen, die ich hier aufgezeichnet habe und die andere nach mir aufzeichnen werden, das Schweigen brechen und Deinen geschändeten Namen wiederherstellen. Heilig, heilig, heilig ist der ewiglebende Gott. Amen.«

Die erste Nummer von »Ha-Meassef« wurde zwei Wochen nach dem Simchat-Thora-Fest des Jahres 5543 nach der Schöpfung der Welt durch den Ewigen – gepriesen sei sein Name – gedruckt, das heißt am 21. Oktober des Jahres 1783 nach der christlichen Zeitrechnung.

Joseph arbeitete noch an den drei nächsten Nummern mit, dann kehrte er zurück nach Zolkiew, genauso wie er gekommen war, mit seinem Bündel in der einen und dem Weidenkorb in der anderen Hand. Das einzige, was er zu Hause vermissen werde, so sagte er, sei die Gesellschaft von Joseph Haltern, fast einem Namensvetter, der Racine ins Hebräische übersetzt und ihn in Französisch unterrichtet hatte. Aber das jüdische Leben von Königsberg befriedigte ihn nicht sehr: Ihm fehlten die Andacht des Sabbats und der Festtage, der frohe Eifer bei den Talmud-Debatten, jene Selbständigkeit des Lebens und Denkens im Schtetl, das in seinen Augen eine Art Fortdauer Jerusalems bedeutete, das zerstört, doch immer noch gegenwärtig war, selbst auf fremdem Boden. Sein Sohn Berl war jetzt in der Lage, allein »Ha-Meassef« zu setzen und zu drucken. Er verabschiedete sich von ihm, ohne ein Wort über seine Frau und seinen Sohn zu verlieren. Es war ihm klargeworden, daß Berl nicht nach Zolkiew zurückkehren würde, bevor er nicht noch eine Weile seine ziellose Suche – sein »Haschen nach Wind«, wie der Prediger sagt – fortgesetzt hatte. Er begnügte sich damit, ihm das Exemplar von Abrahams Buch dazulassen, das er mitgebracht hatte: Es war seine Art, ihm sein Vertrauen zu beweisen.

Berls Frau kam ein Jahr später nach Königsberg, als der erste Schnee einsetzte. Eisschollen trieben langsam die Pregel hinunter. Jente hatte ihren Sohn Noe mitgebracht, einen vierjährigen Knaben, der, als er seinen Vater sah, vor Angst schrie und sich in den Rockfalten seiner Mutter versteckte. Jente war nicht mehr das junge Mädchen, das er geheiratet hatte. Sie war wie er inzwischen über zwanzig Jahre alt, und die schwierigen Jahre, die hinter ihr lagen, hatten sie gezeichnet. Sie hatte leicht hervorquellende hellblaue Augen, eine üppige Brust, den Gang einer Bäuerin in Holzschuhen. Aber was am meisten an ihr auffiel, war zweifellos jene Energie, die von ihr ausging. Wenn diese Frau sich etwas in den Kopf gesetzt hatte . . .

Sie stellte ihrem Mann keine Fragen über sein Leben und sein Auskommen und zeigte auch keinerlei Interesse für die Stadt oder die Zeitschrift »Ha-Meassef«. Sie machte lediglich eine beißende Bemerkung über jene jüdischen Frauen, die ihr Haar in der Öffentlichkeit zeigten, und forderte ihn auf, sich entweder um sie zu kümmern oder ihr den Get, die Scheidung zu gewähren:

»Es ist nicht normal, daß eine Frau so lange fern von ihrem Mann lebt.«

Berl fand, er habe weder mit dieser Frau noch mit diesem Kind etwas gemeinsam. Er war durchaus einverstanden mit einer Scheidung, wußte aber nicht, wo er das nötige Geld dafür hernehmen sollte. Sein Leben in Zolkiew beschränkte sich für ihn auf ein paar Kindheitserinnerungen. In Königsberg hatte er, seit Judith von ihm gegangen war, ein paar kurze Abenteuer mit anderen Frauen gehabt, bei denen das Gefühl keine große Rolle gespielt hatte. Hier mit Jente zusammen zu leben kam für ihn ebensowenig in Frage wie mit ihr nach Zolkiew zurückzukehren.

Zunächst einmal mietete er für sie ein Zimmer bei dem Schuhmacher Jakobi, das ihm der Rabbi der Löbenicht-Synagoge vermittelt hatte. Aber Jente war eine entschlossene Frau, und schon am nächsten Morgen tauchte der Rabbi in der Druckerei auf, mit dem Auftrag, so schnell wie möglich die Scheidung zu regeln. Er hatte ein Exemplar des »Schulchan Aruch«[99] mitgebracht, aus dem er Berl

[99] Wörtlich »Der gedeckte Tisch«, ein von Josef Karo im 16. Jahrhundert geschriebenes Werk, eine Kurzfassung der jüdischen Gesetze und der rabbinischen Rechtsprechung. Vom 17. Jahrhundert an wurde es von allen jüdischen Gemeinden als geltendes Recht angenommen.

in Gegenwart der Studenten vorlas:

»Ein Vagabund, der seine Frau verläßt und ihr nicht genügend Geld zum Leben schickt, soll, falls man seiner habhaft wird, vom *Beth-Din* gezwungen werden, in die Scheidung einzuwilligen.«

»Mit der Scheidung bin ich einverstanden«, erwiderte Berl.

»Was verlangt sie als Entschädigung?«

»Hundertzwanzig Dukaten.«

»Hundertzwanzig?!«

Berl blieb fast die Luft weg. Das war eine astronomische Summe.

»Mir scheint das in der Tat übertrieben«, bemerkte Mendel Bresselau. »Ich kann Euch höchstens vierzig leihen, und Ihr werdet dann für lange Zeit verschuldet sein.«

Der Rabbi überbrachte Jente diesen Vorschlag. Aber schon am gleichen Abend kehrte er zurück, um Berl auszurichten, seine Frau nehme seine vierzig Dukaten nicht an: Unter hundert würde sie nicht gehen.

Eine Woche verging, ein Monat, zwei Monate. Jente blieb in Königsberg. Sie hatte sich mit der Frau des Rabbi befreundet, und während sie auf das Scheidungsgeld wartete, verbrachte sie ihre Tage mit Küchengeschwätz. Berl zahlte dem Schuhmacher Jakobi die Miete, der Frau des Rabbiners das Essensgeld, die »Toleranz«, die Zwangsgebühr, die die Juden für die Aufenthaltsbewilligung zu zahlen hatten, an die Stadt und die Pflichtabgabe an die *Chewra Kadischa,* die in Königsberg wie anderswo für das Gesundheits- und Bestattungswesen zuständig war und einen eigenen Krankensaal unterhielt. Das war eine ganze Menge, und er war inzwischen bei all seinen Freunden verschuldet.

Jente war seit etwa vier Monaten da, als er im Abstand von ein paar Tagen zwei Briefe erhielt, die an den Drucker von »Ha-Meassef« gerichtet waren. Der eine kam aus Metz von einem gewissen Abraham Speyer, der Schriftsetzer suchte, um eine Zeitschrift in Jiddisch herauszubringen. Der andere war von einem Bankier geschrieben, Hirtz von Mendelsheim, dem Schtadlan[100] der Juden im Elsaß und in Lothringen, der in Straßburg eine Druckerei gründen wollte.

[100] Fürsprecher oder offizieller Repräsentant der Gemeinde. (A. d. Ü.)

Damit hatte Berl die Lösung gefunden: Wenn Jente hierbleiben wollte, gut, dann würde er eben fortgehen. Es müßte mit dem Teufel zugehen, wenn sie ihn quer durch Europa verfolgen würde.

Er antwortete unverzüglich. Seine Wahl war auf Straßburg gefallen, weil, wie er aus Abrahams Buch wußte, seine Vorfahren dort gelebt hatten. Und aus dem Elsaß stammte der erste Buchdrucker der Familie. Hirtz von Mendelsheim bestätigte ihm kurz darauf seine Einstellung: Er erhielt den Brief einen Tag nach Pessach. Der Bankier gab darin seiner Freude Ausdruck, einen fähigen Drucker gewonnen zu haben, dessen Vorfahre mit Gutenberg persönlich zusammengearbeitet habe, und fügte einen Wechsel über die stattliche Summe von fünfhundert Talern bei, die für die Reisekosten bestimmt waren. Berl behielt nur die Hälfte davon. Er zahlte zunächst seine Schulden von den restlichen zweihundertfünfzig; was danach noch übrig war, ließ er seinem Freund Marcus für Jente da.

Am Abend seiner Abreise gaben Heinrich Friedländer und Marcus Chelmer ein Fest für ihn, das die ganze Nacht lang dauerte und diesmal nicht von den Balten gestört wurde. Am frühen Morgen, als es für ihn Zeit war, die Postkutsche zu nehmen, umarmte Berl seine Freunde und seine augenblickliche Gefährtin, der er schwor, ihr gleich nach seiner Ankunft zu schreiben und sie nachkommen zu lassen.

Als der Wagen sich auf dem holprigen Pflaster in Bewegung setzte, hörte er hinter sich laute Schreie. Er beugte sich aus dem Fenster. In den ersten Strahlen der aufgehenden Sonne sah er Degen aufblitzen. Die Balten waren doch noch gekommen. Marcus kämpfte wie ein Wilder und stieß auf jiddisch fürchterliche Verwünschungen aus. Berl lächelte und ließ sich in das Polster zurückfallen. Bald lag das Meer vor ihm.

Was für eine Reise! Berl glaubte schon, er käme nie mehr aus der Postkutsche heraus. Das Geholpere über die steinigen Fahrrinnen, der Staub, die Poststationen, der Aufbruch bei Morgengrauen, das schlechte Essen in den Gasthöfen . . . Mit der Zeit hätte die Reise trotzdem angenehm, unterhaltsam und lehrreich sein können. Aber dazu konnten nur seine Reisebegleiter beitragen, und darin hatte

Berl kein Glück. Offenbar wollte das Schicksal die Überraschung für ihn bis zum Schluß aufheben: In Weissenburg, zwei Tagesreisen von Straßburg entfernt, stieg ein Jude in einem Kaftan zu. Berl begrüßte ihn. Der Reisende war der Rabbiner von Hagenau, Jakob Gugenheim. Er sprach jiddisch, aber mit einem ganz anderen Akzent als Berl. Er war ein eher freundlicher und gefälliger als kultivierter Mann. Schon kurz darauf war Berl dabei, ihm seine fünfhundert Jahre zurückliegende elsässische Familiengeschichte zu erzählen:

»Von ihnen«, sagte er, »stammt mein Name, Halter.«

Der Rabbi überlegte:

»Halter? Halter? Ich glaube, ich habe diesen Namen schon irgendwo in Hagenau gesehen. In einem alten Register oder . . . auf einem Grabstein . . . Ihr müßt unbedingt den Judenfriedhof von Hagenau besuchen!«

Berl, dem es schließlich nicht auf einen Tag mehr oder weniger ankam, stieg also zusammen mit dem Rabbiner aus. Dieser führte ihn zum Friedhof. Auf den beiden Säulen des Eingangstors war ein verwitterter Davidstern eingemeißelt. Sie gingen hinein. Die Grabsteine aus rosa Sandstein schienen zu schlafen in diesem verwilderten Garten. Die Zeit hatte die scharfen Kanten der Steine abgerundet, und während Schmetterlinge sie umflatterten, spürte Berl fast physisch die unendliche Sanftheit dieses Ortes und seine ergreifende Melancholie. Er versuchte die eine oder andere alte hebräische Inschrift zu entziffern, aber sie waren kaum lesbar.

»Dieser Sandstein ist nicht sehr widerstandsfähig«, bemerkte Rabbi Gugenheim.

Bei dem Gedanken, einer seiner Vorfahren sei vielleicht hier beerdigt, kam Berl plötzlich ein unerwarteter Ernst an. Schweigend versank er in Andacht.

Als sie gingen, zeigte ihm der Rabbi an der Tür eines kleinen Gebäudes ein Schild: »In Ansehung der Bitten und Gebete unseres Pachtherrn und um ihm ihre Freundschaft zu beweisen, haben uns Bürgermeister und Rat gestattet, unsere Ruhestätte zu erweitern. Dafür verpflichten wir uns, in diesem Friedhof alle Juden zu begraben, wo immer sie herkommen und wo sie gestorben sind.« Berl las diesen Text mehrmals und hatte dabei das Gefühl, über die Jahrhunderte hinweg eine Brücke zu den Nathans, den Menachems, den Mosselins, den Zipporas und den Gabriels von einst zu schlagen . . .

»Was wollt Ihr in Straßburg machen?« fragte ihn der Rabbiner.

Berl erwiderte, der Schtadlan der Juden im Elsaß und in Lothringen, Hirtz von Mendelsheim, habe ihn in seinen Dienst genommen:

»Aha!« rief der Rabbiner, »Cerf-Berr!«

Er erklärte ihm, so nenne man hier überall diese wichtige Persönlichkeit, den einzigen Juden, der dank der Vermittlung eines königlichen Ministers das Recht hatte, in der Stadt zu residieren.

»Seine Familie und seine Dienerschaft«, fügte der Rabbi hinzu und lächelte, als erzähle er einen guten Witz, »bestehen aus nicht weniger als siebzig Personen! . . . Bei den Gebeten sind sie mehr als drei Minjanim!«

Schon am nächsten Tag fühlte Berl sich in Straßburg so wohl wie ein Fisch im Wasser. Er erkundigte sich nach dem Finckwiller-Quai, und man sagte ihm, er solle nur an der Ill entlanggehen. Es war nicht sehr weit, in der Nähe von der St. Thomas-Brücke. Cerf-Berrs Besitz erstreckte sich vom Quai bis zur St. Elisabeth-Straße und umfaßte außer dem Hotel de Ribeaupierre selbst noch mehrere Nebengebäude. Das Tor stand weit offen, das Fallgitter war hochgezogen. Auf dem Hof standen zwei Kutschen, dessen Kutscher sich auf jiddisch unterhielten. Frauen mit schwarzem Umhang und Halskrause waren mit den Hühnerställen beschäftigt. Berl zögerte einen Augenblick. Er fragte sich, welche Wendung sein Leben wohl nehmen würde. Dann trat er ein.

Cerf-Berr empfing ihn sogleich. Er war von seinem Schneider und seinem Perückenmacher umgeben und bat Berl, ihn zu entschuldigen, aber er müsse so bald wie möglich nach Versailles reisen, um mit dem König über die Toleranzpatente zu sprechen, die dieser den elsässischen Juden gewähren wolle. Er erkundigte sich nach Berls Reise und fragte ihn nach den Verkaufsziffern der Zeitschrift Ha-Meassef.

Er war ein etwa sechzigjähriger, zur Korpulenz neigender Mann mit hoher fliehender Stirn und durchdringendem Blick. Über ein

Spitzenhemd zog man ihm gerade einen dunkelblauen Gehrock aus Samt und setzte ihm eine gepuderte Perücke auf. Er drehte sich erst nach der einen, dann nach der anderen Seite, hob einen Arm, dann den anderen. Währenddessen unterhielt er sich mit Berl, der jedoch seinem Ballett nicht folgte, sondern einfach stehen geblieben war.

Cerf-Berr erklärte ihm, er wolle gern eine Setzerwerkstatt einrichten, solange er noch keine offizielle Verlagserlaubnis habe. Während seiner Abwesenheit solle Berl zusammen mit seinem Sohn, seinem Schwiegersohn und seinem Sekretär den Kommentar zum Traktat Aboda Sara[101] von Schlomo ben Abraham Algasi setzen. Er, Cerf-Berr, wolle das Vorwort dazu schreiben . . .

Als die Anprobe beendet war, nahm Heym Wolff, ein junger Mann etwa im gleichen Alter wie Berl, ihn unter seine Fittiche und stellte ihn Samuel-Alexander, dem Schwiegersohn, und Marx, dem Sohn, vor. Der Schwiegersohn sollte eigentlich die Druckerei leiten. Wie all die, die mit einem Titel leicht zufriedenzustellen sind, brüstete er sich damit, obwohl er nichts vom Handwerk verstand. Der Sohn dagegen war ein strammer Bursche mit rötlichem Gesicht, der nicht den Eindruck erweckte, seine Tage mit dem Thora-Studium zuzubringen:

»Was macht die Aufklärung?« fragte er. »Was die Juden betrifft, so macht sie Fortschritte«, erwiderte Berl. »Schade, daß sie nicht von ihnen abhängt.«

Marx lachte schallend. In diesem Augenblick kam ein junges Dienstmädchen mit einer atemberaubenden Figur vorbei; sie grüßte und schlug die Augen nieder.

Marx bemerkte Berls Blick: »Das ist Jeras«, sagte er. »Sie steht in meinem Dienst. Hübsch, nicht wahr? . . . Leider denkt sie nur ans Heiraten . . .«

Dann brachte Heym Wolff Berl in der Kutsche bis nach Bischheim, etwa eine halbe Meile von Straßburg entfernt. Hier sollte er bleiben, bis Cerf-Berr für ihn die Erlaubnis eingeholt hätte, direkt in Straßburg zu wohnen. Als Heym Wolff sich von ihm verabschiedete, drückte er ihm noch einen sogenannten Breithaupt in die

[101] Traktat des Talmud, den Götzendienst betreffend.

Hand, eine Art breitkrempigen Filzhut, den er wie alle elsässischen Juden zu tragen verpflichtet war.

In Bischheim war Berl bei dem Futtermittelhändler Meyer untergekommen, der vier Töchter hatte, die ständig wie die Hühner flatterten und gackerten. Sie waren noch zu jung, um Berl zu interessieren, der übrigens nichts anderes im Kopf hatte, als möglichst bald das Dienstmädchen Jeras wiederzusehen, das ihn tief beeindruckt hatte.

Des Morgens fuhr er mit der öffentlichen Postkutsche nach Straßburg und kam abends, wie vorgeschrieben, vor zehn Uhr wieder zurück. Manchmal begleitete er Marx Berr, mit dem er sich rasch befreundet hatte, zu Empfängen oder politischen Versammlungen, die meist in den hinteren Sälen der damals beliebtesten Kabaretts stattfanden, der »Charrue« im Faubourg de Pierre oder der »Couronne d'Or« im Faubourg de Saverne. An diesen Abenden schlief er im »Hotel zum Raben«, in das Marx Berr gelegentlich mit dem – reichlich belohnten – Einverständnis des Wirts seine heimlichen Mätressen mitbrachte.

Berl liebte diese Nächte im »Raben«, die er übrigens nicht immer allein verbrachte. Aber ob in Gesellschaft oder nicht, er stand jedesmal auf, sobald er die alten Männer aus dem Armenhaus mit ihren Schubkarren, Besen und Schaufeln auf der Straße hörte, wie sie den Unrat wegräumten. Er stand auf, sprach das Morgengebet und wanderte dann am Fluß entlang. Er mochte diese neblige Dämmerung, in der die Laternen an den Wagen, die aus der Toreinfahrt des Hospitals kamen, sonderbar gedämpfte Lichtflecken bildeten. An diesen Morgen bemühte er sich, mit sich selbst ins reine zu kommen. Und fast immer beschloß er seine Gedanken mit jenen Worten Akabjas, Sohn des Mahalalel: »Betrachte drei Dinge, dann kommst du nicht zur Sünde: Wisse, woher du gekommen bist und wohin du gehst und vor wem du einst Rechenschaft abzulegen hast.« Er sagte sich, wenn er erst die Antwort auf die zweite Frage wüßte, wäre auch alles andere kein Problem mehr.

An einem dieser Morgen beschloß er, an seinen Vater in Zolkiew zu schreiben und ihm vorzuschlagen, mit ihm in Straßburg zu arbeiten. Cerf-Berr hatte nicht die offizielle Erlaubnis erhalten, eine Druckerei unter seinem Namen zu gründen, aber er war mit dem

Drucker Jonas Lorenz ein für beide Teile befriedigendes Abkommen eingegangen: In seiner Werkstatt sollte Berl für Lorenz Bücher in Latein setzen; dafür druckte dieser von Zeit zu Zeit Werke auf hebräisch, um Cerf-Berrs Eitelkeit zu befriedigen.

Dieser Jonas Lorenz, ein ausgezeichneter Drucker, beklagte sich ständig über den mangelnden Fleiß und Eifer der Schriftsetzer, die er beschäftigte: Er würde es gewiß nicht bedauern, wenn er Joseph einstellte.

Und wahrhaftig, eines Tages tauchte Joseph, wie schon damals in Königsberg mehr Kaftanjude denn je, mit seinem Bündel in der einen und dem Weidenkorb in der anderen Hand auf. Aber diesmal war er nicht allein: Er hatte sein Weib Schaine mitgebracht, eine schmächtige alte Frau mit runzligem Gesicht. Als sie ihren Sohn sah, wurde ihr Blick so zärtlich und liebevoll, daß Berl die Tränen in die Augen stiegen.

»Wo gibt es hier Wasser?« fragte Joseph. »Ich muß mich waschen, bevor ich das Gebet spreche.«

So vergingen drei Jahre. Obgleich Berl inzwischen das Recht hatte, in Straßburg zu wohnen, lebte er meist bei seinen Eltern in Bischheim. Nur von Zeit zu Zeit verbrachte er eine Nacht im Gasthof zum Raben: Jeras, Marx Berrs Dienstmädchen, füllte nämlich sein Liebesleben aus. Er hatte ihr die Ehe versprochen und dadurch sein Ziel erreicht: Aber zunächst einmal mußte er ja noch seiner Ehefrau Jente die hundert Taler zahlen, die sie für die Scheidung verlangte.

Er begnügte sich mit kurzen Umarmungen, die sein Verlangen nicht erkalten ließen. Der schüchterne und doch stolze Blick der jungen Frau und ihr fester wohlgeformter Körper hatten es ihm angetan; aber er wußte, daß er sie nicht heiraten wollte und fragte sich bereits, wie er ihr das begreiflich machen sollte.

Joseph und Schaine gefiel es in Bischheim sehr gut. Jonas Lorenz hatte Joseph eingestellt; er arbeitete an der Buchpresse. Er druckte zwar nur wenige hebräische Texte – in drei Jahren waren es nur drei Werke gewesen –, aber er setzte seinen ganzen Ehrgeiz daran, die französische Übersetzung eines Buches zu drucken, das einige Jahre zuvor in Berlin auf Kosten von Cerf-Berr veröffentlicht worden war: »Über die bürgerliche Verbesserung der Juden in Deutschland« [102] von Christian Wilhelm Dohm.

Wenn Joseph abends nach Bischheim zurückkam, verbrachte er oft den Abend bei Leon Kuppenheimer, dem Schullehrer, oder bei Rabbi David Sintzheim, Cerf-Berrs Schwager, um eine Seite des Talmuds auszulegen und zu kommentieren. Er wußte noch nicht, ob er endgültig in Bischheim bleiben oder wieder nach Zolkiew zurückkehren sollte, wo sein einziger Enkel, Noe, Berls Sohn, seit seiner Rückkehr aus Königsberg lebte. Er war inzwischen fast zehn Jahre alt. Joseph vertraute dem Ewigen – gepriesen sei sein Name –, daß er ihm ein Zeichen senden würde.

Berls Hauswirt, Meyer Bloch, hatte unterdes die unglückliche Idee, seinen Mieter zu fragen, ob er nicht eine seiner vier Töchter heiraten wolle: Er hielt Berl nämlich für einen gelehrten Mann und wäre glücklich gewesen, ihn zum Schwiegersohn zu haben. Berl allerdings verabscheute diese vier blonden Schnattergänse, die sich so albern wie Fünfjährige aufführten. Aber die Wege des Herzens sind sonderbar: Meyer Blochs Vorschlag brachte ihm zu Bewußtsein, daß ihn zwar die Töchter nicht interessierten, jedoch die Mutter, Brintz; ihr reifer Frauenkörper, ihre sinnlichen Lippen und ihre verträumten grauen Augen weckten in ihm eine Unruhe, die er mied und gleichzeitig suchte.

Hatte Brintz es verstanden? Empfand sie die gleiche Verwirrung? Eines Morgens, kurz nach Schawuot im Jahre 5548[103] nach der Schöpfung der Welt durch den Ewigen – gepriesen sei sein Name –, als ihr Mann Meyer gerade in Metz war, bat sie ihn, ihr bei einigen Verrichtungen im Haus zu helfen, bis die Postkutsche fort war. Sie bot ihm an, ihn selbst nach Straßburg zu fahren, und er sagte nicht nein.

Unterwegs saßen sie nebeneinander; sie hielt die Zügel. Er warf ihr ab und zu einen Blick zu und sah eine Ader an ihrem Hals

[102] Der Verfasser des Buches, ein preußischer Beamter, Christian Wilhelm Dohm, war einer der Vorkämpfer der Emanzipation der Juden. 1782 übersetzte der Mathematiker Jean Bernoulli, Mitglied der Berliner Akademie der Wissenschaften, sein Werk ins Französische. Mirabeau wurde dadurch zu seiner Abhandlung »Über Moses Mendelssohn oder Die politische Reform der Juden« (1787) angeregt.

[103] 1788

schlagen. Sie hielt die Augen starr auf die Straße und das Pferd gerichtet, als wäre angesichts der Gedanken, die sie beschäftigten, schon ihn anzuschauen Sünde. Er fragte sich, was für eine Farbe wohl ihr Haar unter dem mit einem kleinen Schleifchen verzierten Kopftuch haben mochte, das ihre Stirn freiließ.

»Ihr habt Euch meinetwegen verspätet«, sagte sie plötzlich. »Ich bringe Euch bis zu Cerf-Berr.«

»Ich muß erst noch einmal im Hotel zum Raben vorbeigehen, um ein Buch zu holen«, log er.

Sie antwortete nicht. Seit sie fortgefahren waren, hatte sie ihn nicht mehr angesehen. Doch beide wußten, wie sehr sie einander begehrten, und eigentlich war diese Erwartung ein viel stärkeres Erlebnis als die Erfüllung selbst.

Brintz bog in den Faubourg de Pierre in Richtung des bischöflichen Palastes und des Flusses ein.

Brintz' Haar auf dem weißen Laken war schwarz. Berl fuhr zärtlich mit den Fingern hindurch.

»Berl«, flüsterte sie, »ich muß gehen . . .«

Sie hatte graue Augen, schwere feste Brüste, lange schlanke Beine, und Berl wollte sie noch nicht gehen lassen. Plötzlich hörten sie, wie die Tür in den Angeln quietschte. Berl begriff erst nicht, dann wandte er erschrocken den Kopf. Das Dienstmädchen Jeras stand auf der Schwelle: »Berl«, sagte sie, »du bist nicht in die Druckerei gekommen, deshalb dachte ich . . .«

Plötzlich sah sie hinter ihrem Verlobten eine andere, noch dazu nackte Frau. Schreie, wütende Beschimpfungen, Verfolgungsjagden. Der dicke Wallraff, der Portier des Gasthofs, kam atemlos die Treppe herauf und bat sie, das Hotel zu verlassen. Neugierige standen auf dem Flur herum. »Der Jude hatte zwei Frauen bei sich«, rief ein Mann mit einer spitzen Nase, als sie aus dem Zimmer traten, und Jeras verabreichte ihm eine schallende Ohrfeige.

Kaum waren sie draußen, rannte Jeras in Richtung Finckwiller-Quai davon. Als sie weit genug weg war, daß Berl sie nicht mehr einholen konnte, drehte sie sich um und rief:

»Du hast mich belogen! Ich werd' es dem Rabbi sagen! Allen werd' ich es sagen!«

Berl begleitete Brintz zum Wagen: »Es ist besser, ich fahre allein nach Bischheim zurück«, sagte sie mit erstickter Stimme. »Gott schütze Euch!«

Berl sah dem Wagen nach, wie er sich in Richtung des Stadttors entfernte. Es war heiß. Er fühlte sich unendlich müde, als sei er hundert Jahre alt: Eine lange Vergangenheit und wenig Hoffnung. Er ging über die Hauptstraße hinunter zum Fluß und fragte sich, ob jeder Mensch wohl ein eigenes Schicksal habe und seines darin bestünde, ewig fliehen zu müssen. Denn wie die Dinge standen, sah er keine andere Möglichkeit, als wieder einmal sein Heil in der Flucht zu suchen . . .

Andererseits war er auch ganz erleichtert. Er wollte sich nur noch von Cerf-Berr verabschieden und seine Eltern umarmen, bevor er sich mit ungewissem Ziel auf den Weg machte.

Zu seinem Bedauern traf Berl Cerf-Berr nicht an. Als die beiden Männer das letzte Mal zusammengekommen waren, hatten sie über eine Zeitschrift diskutiert, die der Schtadlan herausgeben und »Die jüdische Nation« nennen wollte. Berl wandte dagegen ein, der Ausdruck »jüdische Nation« könne vermuten lassen, daß die Juden nicht auf ihren Partikularismus verzichten wollten. Cerf-Berr hatte darauf geantwortet, es ginge darum, für die französischen Bürgerrechte zu kämpfen, ohne gleich die Strukturen jüdischen Lebens über Bord zu werfen. Er sah zwar den Vater nicht, traf aber den Sohn. Marx Berr hatte eine strenge Miene aufgesetzt, die Berl nicht an ihm kannte:

»Bei dem ewigen Gott Israels, Ihr macht schöne Geschichten!« rief er. »Diese kleine Närrin hat die ganze Gemeinde alarmiert, sie will den Beth-Din anrufen und beschuldigt mich, Euch zur Sittenlosigkeit verführt zu haben . . .«

Er wurde plötzlich ruhiger und fragte mit dem Blick eines enttäuschten Lehrers:

»Warum bloß die Mutter, Freund Berl? Warum die Mutter und nicht die Töchter?«

Berl lächelte traurig und zuckte wortlos mit den Schultern.

»Habt Ihr ihr wirklich die Ehe versprochen?«

»Hm«, erwiderte Berl ausweichend.

»Aber Ihr seid doch verheiratet!« – »Fast geschieden.«

Marx Berr schüttelte ein paarmal den Kopf:

»Ihr habt Glück, daß man bei uns die Sünder am Leben läßt. Aber nehmt Euch trotzdem in acht! Ihr kennt doch das Sprichwort: ›Denn schlimmer als der Teufel selbst im Leib, das ist ein rasend eifersüchtiges Weib!‹«

Er riet ihm, zunächst einmal nach Metz zu dem Drucker Abraham Speyer zu gehen, der ihm nach Königsberg geschrieben hatte. Wenn über die Sache erst mal Gras gewachsen sei, könne er ja wieder zurückkommen.

Berl verließ das Hotel de Ribeaupierre durch die Gärten und begab sich in die Druckerei von Jonas Lorenz. Joseph wußte schon von dem Skandal, aber er machte ihm keine Vorwürfe.

Er hatte von dem Prediger gelernt, »wo viel Sorgen sind, da kommen Träume; und wo viel Worte sind, da hört man den Narren.«

»Ich werde dir schreiben«, sagte Berl, »damit du mir mein Exemplar von Abrahams Buch schicken kannst, das unter meinen Sachen in Bischheim ist.«

Vater und Sohn umarmten sich. Berl machte so viele Umwege, um nicht an den Plätzen vorbei zu kommen, wo er bekannt war, daß er die Postkutsche nach Metz versäumte. Da gerade eine nach Hagenau fuhr, erinnerte er sich plötzlich an Rabbi Jakob Gugenheim und beschloß, ihn zu besuchen.

Der Rabbi von Hagenau war ein braver, freundlicher Mann mit schütterem weißen Spitzbart. Sein langes graues Haar war hinten zusammengebunden und fiel auf seinen schwarzen Kaftan.

»Gott segne Euch!« begrüßte er Berl. »Ihr habt wahrscheinlich von dem Wettbewerb der königlichen Gesellschaft der Wissenschaften und Künste in Metz gehört, der die jüdische Frage betraf?«

»Nein«, erwiderte Berl, der daran dachte, wie wohl Brintz ihrem Mann und ihren vier Töchtern vor die Augen trat.

»Das genaue Thema lautete: ›Gibt es einen Weg, die Juden in Frankreich zu nützlicheren und glücklicheren Menschen zu machen?‹ Da, lest die Zeitung. Darin stehen auch die Namen der Gewinner.«

Er reichte Berl eine Nummer der »Nachrichten der Bistümer und ganz Lothringens«, datiert vom 28. August 1788. Die Preisträger waren ein nach Paris emigrierter polnischer Jude, Salkind Hurwitz, ein Abbé aus Embermesnil, Baptiste-Henri Grégoire und ein junger Anwalt aus Nancy, Claude-Antoine Thiéry.

»Salkind Hurwitz und den Abbé Grégoire habe ich selbst getroffen«, sagte Rabbi Gugenheim. »Ich gebe Euch die Adresse von Salkind Hurwitz, falls ihr einmal nach Paris kommt . . . Ich kenne zwar niemanden, der sich so vernachlässigt wie er, aber was für eine Intelligenz! Er hat ein winziges Zimmer im Croix-de-Fer in der Rue Saint-Denis . . .«

Kurz darauf saß Berl, mit dem Empfehlungsschreiben des Rabbi von Hagenau versehen, in der Postkutsche nach Paris.

Paris . . . Ich kannte Paris schon lange, bevor ich hinkam – eigentlich schon von jeher. Meine Führer waren Hugo, Dumas, Flaubert, Balzac, Eugène Sue gewesen . . . Ich war aus Warschau noch nie herausgekommen, da konnte ich bereits jedes Detail von Quasimodos Notre-Dame beschreiben, die Rue Picpus und die Rue Plumet, den Faubourg Saint-Germain, in dem Cosette lebte; die Rue des Fossoyeurs nicht weit vom Luxembourg, wo d'Artagnan wohnte, oder die Rue Langlade, in der Esther Gobseck, genannt die »Torpille«[104]*, zu Hause war. Wie oft ging ich mit Coralie von der Rue de Castellane zu den Tuilerien und begleitete Bouvard zu Pecuchet von der Rue de Bethune bis zur Rue Saint- Martin. Oder ich besuchte den alten Saul und seine Frau Bathseba in der Rue Saint-François nicht weit von der Rue Saint-Gervais im Marais.*

Als wir damals entgegen jeder Wahrscheinlichkeit dem Tod im Getto von Warschau entronnen waren, kamen wir, mein Vater, meine Mutter und ich, 1945 nach vielen Irrfahrten zwischen der Ebene von Moskau und den Steppen von Kasachstan nach Kokand im tiefsten Usbekistan. In der Stadt herrschte Hungersnot, und um meinen an Typhus erkrankten Eltern etwas zu essen bringen zu können, erzählte ich, der nicht stehlen konnte, gleichaltrigen kleinen Dieben, die nicht lesen konnten, für eine Handvoll Reis von Paris. Wir trafen uns irgendwo auf freiem Feld. Dort entwarf ich meine beliebtesten Szenerien, die Place de la Bastille und die Place Royale für die Duelle der Drei Musketiere . . . Ich war damals neun Jahre alt.

Fünf Jahre später kam ich an der Gare de l'Est in Paris an. Es war im Januar 1950, es war bitterkalt, und Paris war nicht mehr Paris. Die Rue Langlade war der Avenue de l'Opera gewichen, in der Rue de Castellane stand ein riesiges Hotel, und die Rue Saint-François habe ich nie wiedergefun-

[104] Wörtlich der Zitterrochen (A. d. Ü.).

den. Ich war so lange in meinem persönlichen Paris zu Hause gewesen, daß ich mich in dem, das sich mir bot, absolut fremd fühlte. Dazu kam, daß der Nazismus und der Stalinismus mich nicht auf ein Leben in Freiheit vorbereitet hatten. Ich irrte durch das Menschengewühl auf den großen Boulevards und starrte verständnislos auf all die offenen Buden, die Verkäufer von Türkischem Honig, die Auslagen von Obst und Gemüse, die Zeitungsverkäufer, die Lichtreklamen. Diese doppelte Fremdheit – der Westen ähnelte nicht dem Osten und dieses Paris nicht dem meinen – verwirrte mich derart, daß ich unfähig war, französisch zu lernen.

Da ich nicht mit Worten kommunizieren konnte, begann ich zu malen. In Kokand war ich in einer kleinen Straße in der Altstadt auf einen Maler gestoßen, der mit peinlicher Genauigkeit eine Landschaft abzeichnete. Diese Begegnung hatte in mir ein etwas zwiespältiges Gefühl ausgelöst: Einerseits war ich voller Bewunderung darüber, daß man das Sichtbare in ein anderes Sichtbares versetzen konnte, andererseits sehr unsicher, weil ich dieses Sichtbare anders sah. Dieses Spiel der Farben und Formen war für mich wie eine Offenbarung gewesen. In Paris wurde es meine einzige Ausdrucksform.

Um Farben und Leinwand kaufen zu können, arbeitete ich des Nachts in einer Jiddisch-Druckerei in der Rue Elzevir – zur großen Freude meines Vaters. Tagsüber malte ich oder stand stundenlang im Louvre vor Uccellos »Schlacht von San Romano«. Dann begann ich an der Akademie der Beaux-Arts zu studieren, und mit der Zeit wurde mein Paris ein anderes: Der Pont des Arts, Saint Germain und seine Cafés, wo ich die »Sartre-Bande« neugierig beobachtete, Montparnasse, der Treffpunkt der Maler, das Luxembourg . . . Endlich konnte ich auch französisch lernen und auf französisch fand ich Paris in Hemingways, Sartres, Fitzgeralds und Prousts Büchern wieder.

Meine Eltern mieteten eine kleine Wohnung an der Porte de la Chapelle, und ich versäumte keinen der Demonstrationszüge, die von der Bastille zur République oder von der République zur Bastille zogen. Und so hörte Paris nach und nach auf, nur das Paris der anderen zu sein, und ich, der Fremde, fand darin endlich meine eigenen Bezugspunkte, Gewohnheiten, Lieblingsplätze, je nach der Farbe des Himmels und meiner augenblicklichen Stimmung.

Um erzählen zu können, wie Berl Halter nach Paris kam, stellte ich ein paar Nachforschungen an und entdeckte, daß es von jeher ein jüdisches Paris gegeben hatte, von dem sonderbarerweise kein Stadtführer berichtet. So zum

Beispiel jene Synagoge auf dem heutigen Kirchplatz von Notre-Dame, die 582 Gregorius aus Tours beschrieb; so jener »Judenhof«, wo später die Gare de la Bastille erbaut wurde, der bis zu ihrer Vertreibung durch Philipp August im Jahr 1182 das Viertel der Pariser Juden bildete ... Die Rue de la Harpe hieß im Mittelalter die Jüdische Rue de la Harpe; dort, im Schatten des Heiligen Ludwig, befand sich die berühmte Jeschiba von Rabbi Jechiel. Zu jener Zeit lag der jüdische Friedhof an genau der gleichen Ecke am Boulevard Saint-Germain wie heute die Librairie Hachette: Bei größeren Erdarbeiten im Jahre 1849 hat man Grabsteine mit hebräischen Inschriften gefunden. Im 13. Jahrhundert, als der Schreiber Abraham, Sohn des Jochanan, aus Troyes nach Paris kam und auf der Place de Grève die jüdischen Schriften brennen sah, stand dort, wo sich heute in der Rue le la Cité die Sainte-Madeleine-Kirche erhebt, die große Synagoge: Sie wurde nach der zweiten Vertreibung der Juden aus Paris – diesmal durch Philipp den Schönen – im Jahre 1306 zerstört.

Es ist nicht leicht, die Wege der Vergangenheit zurückzuverfolgen, wenn jede Spur von ihnen getilgt ist. Ich hoffte, beim Paris des 18. und 19. Jahrhunderts mehr Glück zu haben. Wieder eine Enttäuschung! Aus meiner Lektüre wußte ich, daß es einen jüdischen Gastwirt in der Rue Michel le Comte gab; das einzige, was ich dort fand, war ein chinesisches Restaurant, »Die Perle des Orients«. Vergebens suchte ich nach der Synagoge, die, wie einige Autoren berichten, in der Rue des Bouchers gewesen sein soll, und nach dem Croix-de- Fer-Haus in der Rue Saint-Denis, in dem Salkind Hurwitz gewohnt hatte ...

Wie um sicher zu sein, daß er nichts für sich behielt, was unwiederbringlich verloren wäre, bereitete mein Vater vor seinem Tod all seine Erinnerungen vor mir aus. Und so erzählte er mir auch von jenem Vorfahren, der aus Polen stammte, jenem Berl Halter, der als Schriftsetzer in der Druckerei von Simon Jakob in der Rue Montorgueil gearbeitet hat. Er wiederum wußte das alles von seinem eigenen Vater ... Bisher hatte mich dieser Hinweis nicht sehr interessiert. Aber vor ein paar Tagen bin ich in die Rue Montorgueil gegangen, in der ich schon seit Jahren nicht mehr gewesen war.

Es kam mir so vor, als hätte die Straße die Bewohner gewechselt. An den Türen blitzten moderne Sicherheitsschlösser. Die Nummer 24 hatte eine alte baufällige Treppe und einen mit großen unregelmäßigen Steinen gepflasterten Hof. Sie schien mir den entsprechenden Rahmen für eine Druckerei vom Ende des 18. Jahrhunderts abzugeben. Ich sah mich ein wenig um. Im

Erdgeschoß befand sich ein Konservenlager. Eine alte Frau kam die Treppe herunter und starrte mich mißtrauisch an:

»Sie suchen?«

»Eine Druckerei.«

»Hier gibt es keine Druckerei.«

»Früher war einmal eine in der Rue Montorgueil, und da dachte ich, sie könnte hier gewesen sein.«

»Eine Druckerei hier? Vor längerer Zeit?« erkundigte sich die alte Dame verdutzt.

»Während der Revolution.«

Sie schien fast erleichtert: Ihr Gedächtnis hatte ihr doch keinen Streich gespielt.

»Tja, dann weiß ich es nicht. Ich wohne hier erst seit 60 Jahren!«

Aber den eigentlichen Hintergrund für diesen Berl Halter, der auf der Flucht vor seinen Frauen nach Paris kam, bildete die Revolution.

39

Paris
Die Revolution

»Es lebe der König! Es lebe Necker! Es lebe der König!«

Die Postkutsche, die die Schranke von Charenton hinter sich gelassen hatte, hielt als erstes vor dem Findelhaus, wo ein Straßenausrufer der zusammengelaufenen Menge verkündete, der König habe Necker erneut zum Minister ernannt und werde die Parlamente wieder einsetzen.

»Warum schreien die so?« fragte Berl seinen Nachbarn.

»Wahrscheinlich, weil sie denken, daß Neckers Rückkehr die Brotpreise senken wird.«

»Es ist der Brotpreis«, bestätigte ihm ein wenig später Salkind Hurwitz, »von dem alles abhängt. Er verursacht die ganzen Unruhen, und an ihm scheitern die Regierungen. Heute kosten vier Pfund vierzehneinhalb Sous. Wenn der Preis auch nur um einen Sou steigt . . .«

Salkind Hurwitz hob seine Hand mit den schmutzigen Fingernägeln:

» . . . haben wir die Revolution. Und keiner weiß, wie das noch enden wird.«

Berl war am Grand Châtelet, der Endhaltestelle, ausgestiegen und hatte sich nach der Rue Saint-Denis durchgefragt. Das Croix-de-Fer war ein ziemlich baufälliges Haus, in dessen drittem Stock Salkind Hurwitz ein mit Büchern, Zeitungen und Manuskripten vollgestopftes Zimmerchen bewohnte. Er selbst war noch heruntergekommener, als der Rabbi von Hagenau es geschildert hatte. Er schien seine Tage in einem krummbeinigen Sessel zu verbringen und wirkte sehr viel älter, als er wahrscheinlich war. Nachdem er Rabbi Gugenheims Brief gelesen hatte, musterte er Berl von Kopf bis Fuß und fragte ihn:

»Habt Ihr Geld?«

»Ein wenig.«

»Dann werdet Ihr mich zum Essen einladen. Eßt Ihr koscher?«

»Ja.«

»Gut, gehen wir zu Meyer Lion in die Rue Michel Le-Comte.«

Und dort, vor dem üblichen Fisch, erzählte Salkind Hurwitz ihm, wie er, nachdem er Lublin verlassen hatte, nach Berlin gekommen war, wo er Mendelssohn kennengelernt hatte, und weiter nach Nancy, Metz, Straßburg und – vor drei Jahren – nach Paris. Er war auf der Suche nach dem nötigen Geld, um sein in Metz ausgezeichnetes Manuskript, die »Verteidigung der Juden«, drucken zu lassen. Trotz seines wenig einnehmenden Äußeren war er eine fesselnde Persönlichkeit. Er sprach ein wortreiches, rasches, oft mangelhaftes Französisch mit starkem jiddischen Akzent. Aber er bestand darauf, sich in Französisch über die Situation zu unterhalten, über seine Sorge, das Elend treibe die Leute auf die Straße und verleite sie zu irgendwelchen Gewalttätigkeiten, die sich nicht rückgängig machen ließen. Bei Meyer Lion stopfte er sich voll, als äße er für mehrere Tage auf einmal, und Berl begriff, daß er praktisch ohne einen Pfennig Geld lebte. Über seine schon vor mehreren Wochen eingereichte Bewerbung um die Stelle eines Bibliothekars für orientalische Manuskripte an der Königlichen Bibliothek hatte man noch immer nicht entschieden.

Er schlug Berl vor, solange er noch keine Bleibe und keine Arbeit habe, das Bett mit ihm zu teilen: ein Strohsack und eine schmutzige Decke, unter der er völlig angezogen schlief. Er brachte Berl zu einigen jüdischen Treffpunkten von Paris, so zum Beispiel ins Café de la Renommée in der Rue Saint-Martin, wo man sich beim Dominospielen über das Schicksal der Welt unterhielt.

Dort traf Berl einen Drucker, Jakob Simon, dessen Schriftsetzer gerade verhaftet worden war, weil er »Tod dem König!« geschrien hatte. Er mußte ihn so bald wie möglich ersetzen, denn ständig kamen neue Aufträge für Nachrichtenblätter, Flugschriften, Gazetten. Er nahm Berl für zwei Tage auf Probe, dann stellte er ihn für ein Gehalt von vierzig Sous pro Tag ein. Es war ein unverhofftes Glück: Tausende von Menschen suchten damals nach Arbeit. Höchstens Facharbeiter wie Berl hatten noch eine Chance, etwas zu finden. Und es war auch Zeit. Salkind Hurwitz und er hatten seit drei Tagen nichts mehr gegessen.

Der Winter war schrecklich. Auf der Seine schwammen Eisschollen. Die Bäcker umgingen die Verordnung des Parlaments, die es ihnen verbot, das Brot in Paris teurer als zu dem vom stellvertretenden Polizeipräfekten festgesetzten Preis zu verkaufen. Das Leben wurde immer teurer und die Menschen immer gieriger. Tausende von Arbeitslosen, halb Verhungerten, in Lumpen Gekleideten drängten sich vor den Bäckereien in der Hoffnung, bei Ladenschluß würde man ihnen ein bißchen altes Brot zuwerfen, oder sie belagerten die Armenhäuser. Wenn Berl selbst nichts mehr hatte, um es mit ihm zu teilen, begab Salkind Hurwitz sich am Sabbattag zu der kleinen Synagoge in der Rue des Bouchers, die an die Bedürftigsten Kleidung und Nahrung ausgab. Schaurige Gestalten tauchten in ganzen Banden aus den umliegenden Landstrichen auf, überrannten die Wachen an den Schranken und irrten durch die Stadt. Sie zündeten große Feuer an, um sich zu wärmen. Ihr Elend war unbeschreiblich.

Der Drucker Jakob Simon, der Mitglied im Club der Freunde der Freiheit geworden war, lachte höhnisch:

»Worauf warten sie denn? Sie betteln und müssen noch Dankeschön sagen für einen Kanten Brot und Wassersuppe. Warum bedienen sie sich denn nicht?«

»Sich bedienen, aber wo?« fragte Berl in seiner Naivität.

»Na bei den Reichen natürlich, dort, wo es was zu holen gibt!«

Salkind Hurwitz teilte Jakob Simons Ansichten ganz und gar nicht. Die beiden Männer sprachen nicht mehr miteinander, bis man von der Einberufung der Generalstände zum 27. April erfuhr. Jene Verordnung, die dem dritten Stand ebenso viele Abgeordnete wie Adel und Geistlichkeit zusammen zugestand, befriedigte sowohl Jakob Simon, der darin den Anfang einer Revolution sah, als auch Salkind Hurwitz, der erleichtert darüber war, daß die Dinge auf legalem Weg geregelt wurden.

Berl hatte Jakob Simon um eine Gehaltserhöhung gebeten, aber der Drucker, der ihm nicht mehr zahlen konnte, bot ihm dafür eine Dachkammer über der Werkstatt an. Berl war damit mehr als einverstanden: Zum einen, weil Salkind Hurwitz' nächtliche Gesellschaft allmählich zu einer Belastung wurde, zum anderen, weil er auf diese Weise eine junge Arbeiterin, Marie, bei sich empfangen konnte, deren Eltern nicht weit von der Druckerei entfernt wohnten.

Er hatte sich inzwischen ganz an sein neues Leben gewöhnt. Wenn er eines Tages Paris wieder verließe, so dachte er manchmal, würde er den Geruch, den Lärm, die Farbigkeit der Stadt sicherlich vermissen. An Hunger und Elend gewöhnte er sich, ohne viel darüber nachzudenken. Er betete nur darum, nicht länger als einen Tag ohne Brot sein zu müssen. Die Hetzreden seines Arbeitgebers gegen die Reichen und den Adel beunruhigten ihn eher. Erst als Maries Arbeitgeber, der Fabrikant der Reveillon-Tapeten, davon sprach, den Lohn der Arbeiter auf fünfzehn Sous pro Tag senken zu wollen, begann er, über das Ausmaß der sozialen Ungerechtigkeit nachzudenken. Aber sollte man nun alles zusammenschlagen oder zu verhandeln versuchen?

In diesen Tagen erhielt er einen Brief seines Vaters aus Straßburg: Joseph teilte ihm in seiner schönen, regelmäßigen Handschrift mit, Jente und Noe seien in der Stadt aufgetaucht. Das Geld für die Reise, so schrieb er, sei von der Gemeinde von Zolkiew vorgestreckt worden. Es solle von den hundert Talern, die Jente als Scheidungsentschädigung geltend mache, zurückerstattet werden. Joseph fügte hinzu, er sei sich nicht sicher, ob er Jente daran hindern könne, nach Paris zu reisen.

Bestürzt las Berl den Brief seinen Freunden Salkind Hurwitz und Jakob Simon vor. Der Drucker hielt die Entscheidung der Rabbiner für völlig unsinnig und Jentes Anspruch für unbegründet:

»Schick sie einfach nach Polen zurück«, schlug er vor, »wenn sie dir hier auf die Nerven geht.«

Und Salkind zitierte spöttisch den Talmud:

»Ich danke Gott tagtäglich, daß er weder einen Goj noch einen Sklaven noch eine Frau aus mir gemacht hat!«

Jente tauchte am Abend des 26. April in der Rue Montorgueil auf. Und unwillkürlich empfand Berl eine gewisse Bewunderung für die Hartnäckigkeit dieser Frau. Dann dachte er an den Satz: »Wer Mitleid zeigt in einem Fall, in dem es unangebracht ist, wird dann, wenn er Mitleid haben müßte, grausam sein.« Er entschloß sich, unnachgiebig zu bleiben.

Sie stand aufrecht neben ihrem Sohn, der inzwischen elf Jahre alt und ebenso groß war wie sie. Er steckte in viel zu kurzen Kleidern. Den Weidenkorb, ihr einziges Gepäckstück, trug er. Als sei die Szene schon im voraus geplant gewesen, stellte er ihn langsam ab und richtete sich wieder auf. Beide, Mutter und Sohn, standen schweigend wie zwei Racheengel nebeneinander. Berl hätte am liebsten sein Heil in der Flucht gesucht, wenn es sein mußte, über die Dächer, aber sie versperrten ihm den Weg. Plötzlich wurde dieses Schweigen ihm unerträglich:

»Setzt euch«, sagte er, »ruht euch aus. Hattet ihr eine gute Reise?«

»Uns ausruhen?«

Jente hatte eine so harte, beherrschte Stimme, daß es ihm ganz kalt den Rücken herunterlief.

»Uns ausruhen? In Zolkiew kennen wir dieses Wort nicht. Wir sind schließlich keine Prinzen. Und setzen werde ich mich erst, wenn Ihr mir mein Geld gegeben habt.«

Noe nickte zur Bestätigung. »Aber Ihr seht doch, wie ich lebe«, verteidigte sich Berl. »Ich hab' ein Bett und eine Waschschüssel! Und esse nicht alle Tage!«

»Wovon lebt man denn in dieser Stadt, in der die Frauen mit halbentblößtem Busen gehen und die Männer auf unzüchtige Weise anstarren? Von Gebeten? Von Versprechungen?«

Berl, der den Ton, die Worte und den Akzent seiner Kindheit wiedererkannte, konnte ein leises Lächeln nicht unterdrücken.

Empört rief Jente ihren Sohn zum Zeugen an:

»Hast du gesehen, Noe? Hast du gesehen, er lacht! Er kann nicht mal seine Frau und seinen Sohn ernähren, aber er lacht, dieser Schamlose!«

Plötzlich schien sich irgendeine Spannung in ihr zu lösen. Sie setzte sich auf das Bett:

»Sehr sauber ist es bei dir nicht«, sagte sie. »Wie sollen wir hier schlafen?«

Berl dachte daran, daß glücklicherweise Marie an diesem Abend nicht kommen wollte. Er überlegte sich, ob er bei Salkind Hurwitz schlafen sollte, ließ es aber dann doch: Nachdem sie nun erst einmal da war, würde er so rasch nicht von ihr loskommen. Schließlich teilten sie miteinander den Kanten Brot, der eigentlich für den nächsten Tag bestimmt war, und ein Stück trockenen Käse, den Noe aus dem Weidenkorb hervorholte. Dann legten sie sich zusammen ins Bett; ihren Sohn nahmen sie in die Mitte. Da es nur einen Strohsack und eine Decke gab, war das sicherlich die beste Lösung.

Berl träumte in dieser Nacht vom Paradies. Er lag unter einem großen Baum. Vier Flüsse flossen in der Nähe vorbei, der eine mit Milch, der andere mit Wein, der eine mit himmlischer Labe und der letzte mit Honig, wie es in der Beschreibung von Rabbi Josua ben Levi heißt. Achthundert verschiedene Rosen und Myrten wuchsen an ihren Ufern. Man begann gerade, das Fleisch des Leviathans aufzutischen. Engel sangen dazu mit ihren süßen Stimmen, und die sanfte Marie kam und sagte: »Mein Geliebter komme in seinen Garten und esse von seinen köstlichen Früchten.«

Berl nahm sie in seine Arme. Eine zunehmende Wärme breitete sich in ihm aus. Er antwortete wie Salomo im Lied der Lieder:

»Ich kam in den Garten meiner Schwester und Braut . . .«

Bei dem Wort »Braut« wachte er plötzlich auf. Es war noch dunkel. Aber diese Haut . . . Dieser Geruch . . . Dieser Arm, der ihn umfaßt hielt . . . Er sprang aus dem Bett. Mit den nackten Füßen auf dem kalten Kachelboden stehend sah er auf die in die Decke eingewickelten beiden Gestalten hinunter und begriff voller Entsetzen, daß er seine Frau erkannt hatte. Und in demselben Bett, in dem ihr Sohn schlief! Er reinigte sich und betete vor Kälte zitternd bis zum Sonnenaufgang. Als Jente morgens erwachte, sprach sie mit keinem Wort darüber. Sie warf ihm nur vor, er habe im Schlaf nach einer gewissen Marie gerufen. Diese Heuchlerin! Wie war er denn neben sie zu liegen gekommen? Doch nur, weil sie selbst den Platz gewechselt und zu ihm gekommen war.

Sie sprach weder davon zu bleiben noch wieder abzureisen. Er ließ sie mit Noe in seinem Zimmer und ging hinunter in die Werkstatt. Jakob Simon lief ihm ganz aufgeregt entgegen:

»Komm, Berl!« rief er. »Komm und sieh dir das an! Da geht die Revolution!«

In kleinen Gruppen marschierten Arbeiter in Richtung Faubourg Saint-Antoine durch die Straße. Die Frauen schrien; aber die Männer blieben schweigsam in ihrem Zorn. Wortlos schlossen Berl und Jakob Simon sich ihnen an. Plötzlich bemerkte Berl ein Transparent, auf dem in ungeschickter Schrift stand:

»Tod den Besitzenden! Tod Reveillon!«

»Siehst du, Berl!« rief Jakob Simon. »Aus ist es mit den Reichen!«

Berl zog ihn mit sich fort bis zu Reveillon. Ein paar Dutzend Soldaten hatten eine Barrikade vor der Fabrik errichtet. Aber trotz ihrer Gewehre wurden sie von der Menge überrollt wie von einer riesigen Welle. Ein Fabrikfenster nach dem anderen öffnete sich. Möbel, Papiere, Waren wurden hinaus auf den Hof geworfen, wo die Leute sich gierig darauf stürzten, um sie zu zerbrechen, zu zerreißen, zu zerstören. Berl fürchtete diese Gewalttätigkeit.

»Wir müssen Marie suchen«, sagte er zu Jakob Simon.

Plötzlich wurde es still. Und in dieser Stille hörte man sich näherndes Pferdegetrappel: die Armee.

Eine Stimme befahl: »Feuer!«

Die Kugeln vermochten die Menge nicht zu zerstreuen; sie schlugen nur Lücken. Bald lagen überall Tote und Verletzte auf dem Pflaster. In ihrer Wut sprangen die Aufständischen ohne Furcht vor den Gewehren den Pferden an den Hals, schlugen die Soldaten nieder, entwaffneten sie und wandten die Gewehre gegen sie selbst. Wäre nicht das Regiment Royal-Cravate[105] zur Verstärkung herangerückt, hätten sie die Sieger sein können.

Die Polizei zählte an diesem Tag dreihundertfünfzig Verletzte und hundertdreißig Tote. Unter ihnen entdeckten Berl und Simon die Leiche der sanften Marie. Man hatte ihr den Schädel eingeschlagen. Berl bat Simon, ihm zu helfen, sie nach Hause zu bringen. Aber Simon entgegnete, man müsse sie zusammen mit den anderen Opfern von Reveillon lassen, die ihre Kameraden gerade auf Karren luden, um sie im Trauerzug durch die Straßen zu geleiten:

»Da seht ihr die Verteidiger des Vaterlandes«, riefen sie mit finsterer Entschlossenheit. »Spendet für ihr Begräbnis.«

105 Königliche Kroaten (A. d. Ü.).

Berl entriß ihnen Maries Leiche. Stolpernd und tränenüberströmt brachte er sie zu ihrer Mutter in der Rue Montorgueil. Dann begab er sich, ohne noch einmal in sein Zimmer hinaufzugehen, zu Salkind.

Am nächsten Tag erfuhr man, daß niemand das Recht hatte, welchen Standes er auch sei und in welcher Eigenschaft auch immer, sich in der Stadt, den Faubourgs und den Vororten von Paris zu Gruppen zusammenzurotten. Und noch am selben Tag wurde verkündet, der König verbiete den Druck, die Veröffentlichung und die Verbreitung aller Zeitungen und Flugschriften ohne seine Erlaubnis.

Nachdem er eine Nacht bei Salkind verbracht hatte, ging Berl zurück nach Hause. Er fand Jente und Noe auf dem Bett sitzend vor, den Weidenkorb zwischen ihren Füßen.

»Man kann auf alles verzichten«, sagte Jente, »außer auf das Essen. Wir kehren nach Straßburg zurück, Euer Sohn und ich. Aber wir werden wiederkommen, wenn die Zeiten besser sind. Glaubt nicht, Ihr wärt mich nun los, mein Gatte.«

Jentes Stimme klang weniger hart als die Tage zuvor. Hatte sie von Maries Tod erfahren? War es die Erinnerung an jene Nacht? Jedenfalls war Berl mehr als erleichtert, als er sie am Ende der Rue Montorgueil verschwinden sah. Das nächste Mal hätte er vielleicht mehr Geld und Zeit, um sich diesem Sohn zu widmen, der kein Wort mit ihm gesprochen hatte.

Die Generalstände versammelten sich am 5. Mai in Versailles. Wie Tausende von Parisern begab auch Jakob Simon sich dorthin; aber er brachte weiter nichts in Erfahrung. Das einzige, wovon er berichten konnte, waren die schwarzen Gewänder der Adligen, ihre golddurchwirkten Schärpen und ihre Hüte mit den weißen Federbüschen. Erst als man sich die Neuigkeiten auf der Straße erzählte, erfuhr man, daß der Antrag des dritten Standes auf gemeinsame Wahlprüfung von Adel und Klerus[106] abgelehnt worden war. In

[106] Was eine Abstimmung nach Köpfen und nicht nach Ständen und damit die Mehrheit für den dritten Stand bedeutet hätte (A. d. Ü.).

jenen Tagen eilten Jakob Simon und Berl jeden Abend nach der Arbeit sogleich ins Palais Royal; dort verbreiteten sich nämlich die Nachrichten – die wahren und die erfundenen – am raschesten, und dort wurden sie auch am leidenschaftlichsten diskutiert: Was in den Cafés von Foy, Valois und Correza gesagt wurde, machte kurz darauf die Runde in der Stadt.

An einem dieser Abende traf Berl dort auch seinen Freund aus Straßburg, Marx Berr, wieder, der gekommen war, um die Deputierten aus dem Elsaß und Lothringen zu treffen, die bei den Generalständen tagten. Denn den Juden aus diesen Provinzen hatte man gestattet, eine Liste ihrer Beschwerden aufzustellen. Er drückte Berl an seine breite Brust: »Unser Frauenheld!« rief er. »Wie geht es den Schönen von Paris?«

Er hatte sehr laut gesprochen, und Berl wußte vor Verlegenheit nicht aus noch ein. Er entschuldigte sich, sagte, er müsse gehen, und lud ihn ein, Jakob Simon in der Rue Montorgueil zu besuchen. Er hätte doch sicherlich irgendeinen Text oder eine Aufstellung zu drucken. Marx Berr versprach es und hielt Wort.

Als er kam – es war inzwischen Ende Juni – waren die Dinge schon sehr weit fortgeschritten. Die Deputierten des dritten Standes hatten sich – in Anbetracht der Tatsache, daß sie sechsundneunzig Prozent der Nation repräsentierten – zur »Nationalversammlung« erklärt und geschworen, sie würden nicht auseinandergehen, bevor sie Frankreich eine Verfassung gegeben hätten. Man erzählte sich, Mirabeau habe den König praktisch in der Hand.

Auf den Straßen stieg die Erregung von Tag zu Tag.

»Welche Veränderungen, meine Freunde«, rief Marx Berr strahlend, als er in die Werkstatt kam.

Er erzählte, der Abbé Grégoire habe ihn tags zuvor empfangen und versprochen, unverzüglich vor der jungen Nationalversammlung einen Antrag zugunsten der Juden zu stellen.

»Und die Abgeordneten haben von uns ohne jede Feindschaft gesprochen. Wenn das kein Beweis ist, daß die Dinge sich ändern . . .«

»Eine höchsterfreuliche Botschaft!« entgegnete Jakob Simon spöttisch.

Marx Berr wandte sich an den Drucker, als habe man ihn beleidigt: »Beruhigt Euch, mein guter Freund, Ihr versteht eben nichts von Politik.«

»Aber Ihr dagegen . . .«

»Jedenfalls weiß ich, daß man, um einen Antrag durchzubringen, die Mehrheit der Deputierten auf seiner Seite haben muß. Ich weiß auch, daß es für die Sicherheit der Juden keine Garantien geben wird, solange die Mehrheit der Deputierten gegen sie stimmt.«

»So so, das sagt also der bedeutende Sohn des noch bedeutenderen Schtadlans der elsässischen Juden. Und ich, ein einfacher Drukker, behaupte, daß die einzigen dauerhaften Garantien für die Juden die sind, die sie sich selbst erkämpft haben.«

»Erkämpft? Es geht darum, ein Volk davon zu überzeugen, das andere zu achten.«

Berl hörte sich die Argumente des einen und des anderen an. Überzeugt davon, daß jeder auf seine Weise recht habe, hoffte er, die Diskussion würde nicht diese heftige Wendung nehmen. Aber seit sich für ihn alles um die Revolution drehte, war Jakob Simon nicht mehr aufzuhalten:

»Was redet Ihr da?« entgegnete der Drucker. »Es geht nicht darum, ein Volk zu achten, sondern Menschen!«

Mit seinen von Druckerfarbe schwarzen Händen hämmerte er auf den Marmortisch, um seinen Worten mehr Nachdruck zu verleihen:

»Wir fordern Achtung, weil wir Menschen sind!«

Marx Berr sah Berl kopfschüttelnd an, als suche er nach einem Verbündeten gegen die Überspanntheit dieses Fanatikers.

»Wenn die Zeiten ruhiger sind, unterhalten wir uns wieder einmal darüber. Übrigens, reist Ihr bald nach Straßburg zurück?«

»Morgen oder übermorgen. Aber ich bleibe nicht lange. Hier entscheiden sich die Dinge.«

»Könnt Ihr meinem Vater sagen . . .«

Er zögerte und fügte dann hinzu:

»Daß ich an ihn denke.«

Neckers Entlassung, die Bildung eines revolutionsfeindlichen Ministeriums unter dem Vorsitz des alten Marschalls de Broglie, die Zusammenziehung ausländischer Truppen in Paris waren Themen, die endlos diskutiert wurden. Die französische Armee, die sich nicht rührte, war Zielscheibe scharfer Kritik. Und so kam es auch, daß das ungarische Husarenregiment de Bercheny von der Menge beschimpft, mit Steinen beworfen und mit Pistolen angegriffen wurde. Der Offizier, der das abkommandierte Bataillion befehligte, verlor die Nerven und befahl zu laden.

In der Druckerei in der Rue Montorgueil erfuhr man von dem Zwischenfall fast unmittelbar danach durch den Papierlieferanten Pierre Sombreil, der den Zusammenstoß miterlebt hatte.

»Hat es Tote gegeben?« fragte Jakob Simon.

»Ich hab' Leute fallen sehen.«

»Dann ist das die Revolution!« Und schon hatte der Drucker seine Arbeitsschürze ausgezogen und erklärte, er schließe für diesen Tag:

»Komm«, sagte er zu Berl, »die Juden müssen beim Volk sein!«

Im Palais Royal, das schwarz vor Menschen war, trafen sie den Dichter Molina, der stets auf dem laufenden war, und den Goldschmied Jonas Nathan, einen von denen, die bei allem immer wissen wollen, ob es »gut für die Juden« ist. Molina winkte ihnen zu, ihm zu folgen und brachte sie zu einem jungen Mann in schwarzem Gehrock, der auf einem Tisch stand und die Menge anfeuerte:

»Bürger!« rief er, »heute abend noch werden alle deutschen und schweizerischen Regimenter auf dem Marsfeld ausrücken, um uns niederzumetzeln! Verteidigen wir uns dagegen! Zu den Waffen!«

»Gut gesprochen! Bravo!«

»Tod den Schweizern!«

»Wie sollen wir uns aber untereinander erkennen?«

Alles rief durcheinander. »Stecken wir uns doch einfach eine Kokarde an! Das soll unser Zeichen sein«, erwiderte der junge Mann im schwarzen Gehrock.

»Was für eine Farbe wählt ihr? Das Grün der Hoffnung? Das Blau der amerikanischen Demokratie?«

»Grün!« erwiderte die Menge um ihn herum, die ständig größer wurde. »Wir wählen grün!«

Da nahm der junge Mann eine grüne Schleife von seinem Rock und steckte sie an seinen Hut. Er griff nach seiner Pistole und hob die bewaffnete Hand.

»Wer ist das?« fragte Jakob Simon Molina.

»Es ist ein Anwalt, Desmoulins.«

»Der Mann gefällt mir! Er kann reden!«

Überrascht sah Berl, wie die Leute grüne Taschentücher, Schleifen und Bänder aus ihren Taschen zogen. Die, die keine hatten, nahmen Blätter von den Lindenbäumen. Plötzlich trugen alle Männer und Frauen etwas Grünes an ihren Röcken und Kleidern. Es lag Gewalttätigkeit in der Luft, aber auch eine Art Festtagsstimmung.

Das war am 12. Juli. An diesem Abend entschloß sich Berl, der Jakob Simons Revolutionspathos satt hatte, Salkind Hurwitz zu besuchen. Man hatte ihn als Berater für orientalische Sprachen an die Königliche Bibliothek berufen, und seitdem wartete er darauf, daß man ihm Arbeit – und Geld gab. Weder die baufällige Treppe im Croix-de-Fer-Haus noch das wüste Durcheinander in Salkinds Mansardenzimmer noch er selbst hatten sich irgendwie verändert. Er saß in seinem Sessel wie immer, mit einer Decke auf den Knien, als sei es mitten im Winter:

»Das ist schön, daß Ihr mich besucht«, sagte er. »Habt Ihr Geld? Dann gehen wir zu Meyer Lion. Ihr könnt mir dann dort erzählen, was in der Stadt geschieht.«

Als Berl in die Rue Montorgueil zurückkam, erfuhr er von Jakob Simon, zwölfhundert französische Gardisten seien mit ihren Waffen übergelaufen.

»Wer hat sie befehligt?« fragte Berl. »Niemand, mein Freund, niemand. Das ist die Revolution!«

»Der Talmud sagt: ›Bete für das Heil der Regierung, denn lebten die Menschen nicht in ihrer Furcht, würden sie sich untereinander zerfleischen.‹«

Jakob entgegnete spöttisch:

»Altes Geschwätz! Es wird wohl noch einige Zeit dauern, bis die Juden sich von diesem Geist freigemacht haben.«

Am nächsten Morgen wurden sie vom Geläut der Sturmglocken geweckt. Berl versuchte, sein Gebet zu sprechen. Je wirrer die Zeiten waren, desto mehr bemühte er sich, diese jahrtausendalte Regel zu achten.

Jakob Simon stand zusammen mit ein paar aufgeregten Nachbarn im Hof: »Das Volk versammelt sich im Hôtel de Ville!« teilte der Drucker Berl feierlich mit. »Wir machen uns auch auf den Weg. Zieh die Aufrufe für den Club der Freunde der Freiheit ab und komm uns nach!« Berl hatte seine Arbeit gerade beendet, als ein Reisender in der Werkstatt auftauchte. Er kam aus Straßburg und brachte einen Brief für Berl Halter. Berl erkannte die Handschrift seines Vaters.

»Wo steht die Revolution?« fragte der Mann.

»Heute morgen«, erwiderte Berl, »war sie im Hôtel de Ville.« Joseph schrieb, er habe zu seiner großen Freude von Marx Berr erfahren, daß es ihm gut gehe und er immer noch Arbeit habe. Er teilte ihm mit, Brintz' Mann habe ihr verziehen und das Dienstmädchen Jeras sei inzwischen verheiratet: Er könne also, wann immer er wolle, nach Straßburg zurückkehren. Jente und Noe wohnten immer noch bei ihm. Er nehme Noe jetzt mit in die Druckerei: Ein Pole von elf Jahren sei fast schon ein Mann! Irgendwie klang dieser Brief anders als sonst. Berl machte sich deswegen Sorgen und beschloß, sobald wie möglich nach Straßburg zu reisen.

Er räumte noch die Werkstatt auf. Als er gerade hinausgehen wollte, stieß er fast mit Jakob Simon zusammen, der, eine rotblaue[107] Kokarde an seinem Rock, in größter Erregung hereingestürzt kam.

»Na endlich! Es wird Zeit, daß du dich auf den Weg machst!«

»Was ist denn los?«

»Was für eine Frage! Das Volk hat den Vorsteher der Kaufmannschaft, Flesselles, gezwungen, in die Schaffung eines ständigen Ausschusses einzuwilligen und Lafayette zum Vizepräsidenten ernannt. Eine Miliz soll aufgestellt werden . . .«

Plötzlich unterbrach er sich und warf einen Blick auf Berl:

»Du hast ja keine Kokarde! Paß auf, daß du nicht verhaftest wirst.« Sie arbeiteten bis in die Nacht hinein und hörten erst auf, als sie nichts mehr sahen: Sie hatten kein Geld, um Kerzen oder Öl zu kaufen: Seit der Hungersnot waren auch diese Dinge unerschwinglich geworden. Sie hatten zwar eine Unmenge Aufträge für Plakate, Listen, Programme und Bekanntmachungen. Aber die meisten ihrer Kunden konnten nicht zahlen. Jakob Simon ruinierte sich von Tag zu Tag mehr im Namen der Revolution.

Bei Morgengrauen stand Berl auf, aber Jakob Simon war schon

[107] Rot-Blau waren die Farben der Stadt Paris (A. d. Ü.).

fort. Die Kunden drängten sich bereits in der Werkstatt, improvisierten fieberhaft Texte für Flugblätter und Anschläge, berichteten die unwahrscheinlichsten Dinge, die sie irgendwo aufgeschnappt hatten, und setzten gleich im Stehen auf einer freien Tischecke neue Erklärungen auf. Berl arbeitete pausenlos.

Es galt als sicher, daß das Invalidenhaus gestürmt worden war und die Menge Tausende von Gewehren erbeutet hatte – übrigens hörte man überall Schüsse. »Sie sind an der Bastille!« schrie jemand auf der Straße. »Auf zur Bastille!« Jakob Simons Frau kam in die Werkstatt hinunter und sagte, sie wolle auch zur Bastille gehen. Berl verstand nicht so recht, ob sie am Sturm mit teilnehmen oder nur ihren Mann nach Hause holen wollte. Er fragte sie auch nicht danach. Auf seine Art, so fand er, diente auch er der Revolution.

Erst am Abend verließ er die Werkstatt, völlig erschöpft, mit schmerzendem Rücken und Flimmern vor den Augen. An der Ecke der Rue Montorgueil zog ihm eine Schar mit Stöcken bewaffneter Kinder entgegen:

»Uns nach Bürger!« rief ihm ein Junge zu. »Die Bastille ist gefallen!« Pulvergeruch und Rauch erfüllten die Luft. Berl ging in Richtung Hôtel de Ville. Unterwegs begegnete ihm ein Zug von Männern und Frauen, die einen blutigen Kopf aufgespießt auf einer Pike trugen; er wußte nicht, wo sie hinwollten.

Berl geriet in einen Menschenauflauf. Er hörte Schreie, es roch nach saurem Schweiß. Der betäubende Klang der Trommeln überall, die Menschenmassen, die sie einschlossen, machten die Leute wie toll. An allen Ecken wurden Straßenredner ausgepfiffen oder mit Beifall überschüttet. »Euer erster Gedanke, Bürger, ist die Rache«, hörte Berl. »Dabei sollte er der Menschlichkeit gelten!« Er wollte sehen, wer so gesprochen hatte, aber schon wurde er weitergezogen.

»Wäre unser Freund Jonas hier«, hörte er eine Stimme hinter seinem Rücken, »würde er sich fragen, ob das alles gut für die Juden ist.« Es war der Dichter Molina, der gleich zwei Kokarden trug, eine an seinem Hut, die andere auf der Brust.

»Habt Ihr Jakob Simon gesehen?« fragte ihn Berl.

»Er ist mit der Revolution beschäftigt. Ich hab' gesehen, wie er mit der Todesliste in die Druckerei ging . . .«

»Der Todesliste?«

Molina fuhr sich mit der Handkante über die Kehle: »Der ganze hohe Adel!«

Berl befreite sich aus dem Gedränge und schlug den Weg zu den Boulevards ein. Hier war es erstaunlich ruhig. Menschen gingen ihren Geschäften nach, Reisende kamen mit Kutschen an, Karren wurden beladen. Es war wie eine andere Stadt.

In der Werkstatt dagegen herrschte das reinste Chaos. Bewaffnete Männer – Berl erkannte einige Mitglieder des Clubs der Freunde der Freiheit – debattierten hitzig den Text eines Plakats und stritten sich über ein Komma mehr oder weniger:

»Ach, da bist du ja!« rief Jakob Simon, als er Berl hereinkommen sah. »Nie bist du da, wenn das Volk dich braucht!«

Berl hätte am liebsten geantwortet, daß er nicht vom Volk über sich verfügen lasse, aber er schwieg und griff nach seiner Schürze.

Noch am selben Abend versammelten sich einige Juden in der Werkstatt, um zu beraten, ob man im Namen der Gemeinde etwas unternehmen solle. Der Dichter Molina war dabei sowie einige Abgesandte der verschiedenen jüdischen Vereinigungen von Paris. Salkind Hurwitz war zwar auch da, erklärte aber gleich zu Anfang, er spreche nur für sich selbst.

Ein schmächtiger, blasser Mann, Jakob Goldsmidt, von Geburt Holländer, führte die hitzigsten Reden: »Beim Ewigen!« rief er mit schneidender Stimme, »bisher kannten wir in diesem Land nur Pflichten. Fordern wir jetzt auch unsere Rechte!«

»Und um welche Rechte sollen wir nachsuchen, Monsieur Goldsmidt?« erkundigte sich schüchtern ein dicklicher Mann mit blondem Bart.

»Nicht nachsuchen, Monsieur Trenelle. Fordern!«

»Aber wie sollen wir denn etwas fordern?« fragte der Vertreter der Portugiesen, Abraham Lopez Laguna. »Mit welchen Mitteln? Und wer soll darauf eingehen?«

»Ich schlage vor«, erwiderte Goldsmidt, »wir setzen im Namen aller in Paris lebenden Juden ein Schreiben an die Nationalversammlung auf.«

»Und wer soll es aufsetzen?«

»Wir.«

Ein Ausschuß wurde gebildet mit Goldsmidt als Vorsitzendem und Abraham Lopez Laguna als dessen Stellvertreter. Beide wurden beauftragt, sich mit den verschiedenen Gemeinden von Paris ins Benehmen zu setzen, um eine Delegation zusammenzustellen, die die Petition in Versailles überbringen sollte. Berl bat Salkind Hurwitz, einen Textvorschlag auszuarbeiten. Salkind dankte seinem Freund mit einem Lächeln, vielleicht dem ersten, seit sie sich kannten. Gegen Mitternacht schieden die Männer voneinander in dem Gefühl, ein wichtiges Werk in Gang gesetzt zu haben.

Ein paar Tage später jedoch wurde die Hoffnung der Pariser Juden hart auf die Probe gestellt: Sie erfuhren, daß sich im Elsaß die Wut des Volkes hauptsächlich gegen ihre Brüder richtete. Anderswo rächte man sich an dem Adel, dem Klerus, den vom König eingesetzten Beamten, aber im Elsaß hielt man sich an den Juden schadlos: geschändete Synagogen, zerstörte Häuser, verbrannte Schuldscheine. Zu Hunderten flohen die Juden nach Basel, wo, wie es hieß, die Gemeinden zu Spenden aufriefen, um sie zu unterstützen.

Berl war voller Sorge. Er fragte sich, ob er nach Straßburg reisen sollte, als Marx Berr mit einer Delegation von elsässischen Juden in Paris eintraf, um den König um Schutz zu bitten. Er beruhigte Berl: Seine Familie sei in der Schweiz in Sicherheit. Berl dachte an seinen Vater und war erleichtert. Dann dachte er an seinen Sohn und war unglücklich.

Der Sturm auf die Bastille hatte der Monarchie einen harten Schlag versetzt. Necker wurde wieder in sein Amt berufen. Bailly zum Bürgermeister von Paris und Lafayette zum Befehlshaber der Bürgermiliz, der späteren Nationalgarde, gemacht. Dem Rot-Blau der Kokarde fügte man noch Weiß hinzu. Aber dadurch wurde der Hunger nicht weniger. Dieser schreckliche Hunger, über den man manchmal in der Werkstatt witzelte, aber nur, um ihn leichter ertragen zu können.

»Wohin führt man in Paris ein hübsches Gänschen aus? – In die Pfanne.«

»Bei einem kalten Huhn ist man besser zu zweit: ich und das Huhn.«

Variationen über immer das gleiche Thema, die Jakob Simon stets mit dem Ausspruch beendete: »Man stirbt nicht vor Hunger, meine Freunde. Aber an der Demütigung!« In den Straßen verhafteten Patrouillen die Passanten unter dem geringsten Vorwand. Ein Bäcker aus der Nachbarschaft wäre fast gehenkt worden, weil sein Brot nicht weiß genug war. Eine Wache, die einen Wagen mit Mehl begleitete, wollte man kurzerhand erschießen, nur weil jemand behauptet hatte, es handle sich um verkleidete Diebe. Die Ärmsten der Armen, die Wasserträger, die Schuhputzer, niedere Dienstleute, rächten sich jetzt für ihr Elend. Am 5. August brach ganz Paris in einen Freudentaumel aus: Auf Antrag des Vicomte de Noailles beschloß die Nationalversammlung die Abschaffung aller Privilegien. In Zukunft waren alle Franzosen gleich.

Am 22. August schlug Graf Castellane vor, in die »Erklärung der Rechte« folgenden Satz aufzunehmen: »Niemand darf um seiner Meinung willen belästigt werden, auch wenn es sich um religiöse handelt . . .« Damit war der Anlaß gegeben, endlich von den Rechten der Juden zu sprechen. Gleich am nächsten Tag verschaffte Jakob Simon sich den Text von Rabaut Saint-Etiennes Rede und zog sie auf Plakate ab: »Ich fordere also, meine Herren, für die französischen Protestanten, für alle Nichtkatholiken des Königreichs, was Ihr für Euch selbst verlangt: die Freiheit und die Gleichheit der Rechte. Ich fordere sie für dieses entwurzelte Volk Asiens, das seit achtzehn Jahrhunderten geächtet und verfolgt umherirrt. Es würde unsere Sitten und Gebräuche annehmen, wenn unsere Gesetze es ihnen erlaubten, sich in unser Land einzugliedern. Und vor allem haben wir kein Recht, ihm seine Moral vorzuwerfen, weil sie das Ergebnis unserer eigenen Barbarei und der Demütigung ist, der wir es ungerechterweise unterworfen haben.«

»Da haben wir einen Mann, der uns wohl gesonnen ist, uns aber nicht kennt«, meine Salkind Hurwitz, als er den Text gelesen hatte.

»Und was habt Ihr dagegen einzuwenden?« fragte Jakob Simon, als hätte man ihn persönlich angegriffen.

»Ganz einfach, unsere Moral ist nicht das Ergebnis irgendeiner Barbarei . . . Die Barbarei hat uns lediglich in unserer Neigung bestärkt, gegen unsere Moral zu handeln . . . Aber lassen wir das beiseite und danken wir dem braven Rabaut Saint-Etienne.«

Er hielt den Text der Petition in der Hand, mit deren Abfassung man ihn beauftragt hatte. Er las ihn laut vor etwa zwei- oder dreihundert Menschen, die sich in der Druckerei und im Hof versammelt hatten: »Gewiß«, begann er, »bedarf es weder des Anstoßes durch unsere Bitten und dieses Gesuchs, damit Ihr Gerechtigkeit walten laßt, davon sind wir überzeugt . . .« Er sprach laut und ohne zu stocken. Nur sein jiddischer Akzent war noch stärker als sonst.

»Als Ihr dem Menschen seine ursprüngliche Würde wiedergegeben, ihn in den Genuß seiner natürlichen Rechte eingesetzt habt, gedachtet Ihr keinen Unterschied zwischen ihm und seinem Nächsten zu machen. Und wie allen anderen Mitgliedern der Gesellschaft kommt dieser Titel auch uns zu. Die Rechte, die sich daraus ergeben, sind also auch die unseren.«

Einige der Zuhörer klatschten Beifall. Einer der Anwesenden jedoch, Joseph Pereyra Brandon, schlug vor, den Gedanken noch zu unterstreichen, daß die Juden der französischen Nation angehörten.

»Aber das ist doch selbstverständlich«, erwiderte Jakob Goldsmidt.

Joseph Pereyra Brandon bestand darauf:

»Wir sollten nicht den Eindruck erwecken, als hätten wir uns bisher nicht als Franzosen betrachtet.« Es wurde lange diskutiert, bevor man einen Satz hinzufügte, den Tranelle Senior vorschlug:

»Wir sind Franzosen. Und es ist nur eine schlechte Angewohnheit des Volkes, uns als nicht zur Nation gehörig zu betrachten.«

Drei Tage später, am 26. August, dem Tag, an dem die »Erklärung der Menschenrechte« beschlossen wurde, überbrachte man diese Schrift der Nationalversammlung.

Am nächsten Tag tauchte Marx Berr wieder einmal in der Druckerei auf. Er kam aus Straßburg und wollte sich nähere Kenntnis von dem Text des Schreibens verschaffen: Er billigte ihn voll und ganz. Die Situation der Juden in Straßburg habe sich gebessert, erzählte er Berl, so daß seine Familie wieder zurückgekehrt sei. Dann fügte er hinzu: »Ach ja, fast hätte ich es vergessen . . . Eure Frau ist schwanger, mein Freund, bravo! . . . Haben Euch Eure Mätressen denn nicht genügt?«

Er lachte schallend, als sei Berl wirklich ein toller Witzbold.

40

Strassburg – Paris
Leopoldine

In Straßburg erfuhr man die Neuigkeiten aus Paris mit einer gewissen Verspätung. Und so konnte man die Ereignisse, die sich geradezu überstürzten, mit etwas mehr Gelassenheit zur Kenntnis nehmen: Die vom Volk erzwungene Rückkehr des Königs nach Paris, die Verstaatlichung der Kirchengüter, die Schaffung von dreiundachtzig Departements, die Zivilkonstituierung der Geistlichkeit, das Le Chapelier-Gesetz gegen die berufsständischen Vereinigungen von Arbeitgebern und Arbeitern, die – mißlungene – Flucht des Königs, die Schießerei auf dem Marsfeld, der Treueid des Königs auf die Verfassung ...

Zwei Jahre waren seit dem Sturm auf die Bastille und jener Petition der Pariser Juden vergangen. Berl war damals nach Straßburg zurückgekehrt, nachdem er erfahren hatte, daß Jente schwanger war. Sie hatte gewiß mit keinem anderen Mann geschlafen, dessen war er sich sicher. Das Kind mußte sie also in jener Nacht in der Rue Montorgueil empfangen haben, als er vom Garten Eden geträumt hatte. Er kehrte also zurück, aber ohne recht zu wissen, warum: um sich seiner väterlichen Verantwortung zu stellen oder um in den Augen seines eigenen Vaters nicht als ein Schuft dazustehen? Die Situation war jedenfalls höchst merkwürdig, denn die Frau, von der er sich scheiden lassen wollte, trug ein Kind von ihm! »Bai tog tzu get, bai nacht tzu bett«, sagt ein jiddisches Sprichwort.

Joseph und Schaine, seine Eltern, hießen ihn voller Freude willkommen. Nur Jente, seine Frau, beschimpfte ihn wie üblich: Er käme ziemlich spät, sagte sie. Sie wohnte inzwischen in Bischheim neben dem Haus ihrer Schwiegereltern, nicht weit von der Jeschiba und direkt gegenüber von Brintz. Cerf-Berr, der stark gealtert war, erlaubte ihm, seine Arbeit in der Druckerei wieder aufzunehmen und in einer der Mansarden zusammen mit den Dienstboten zu wohnen.

Das Kind wurde Ende des Jahres 5550[108] nach der Schöpfung der Welt durch den Ewigen – gepriesen sei sein Name – geboren und Lazarus nach seinem Großvater mütterlicherseits genannt. Noe, der inzwischen dreizehn Jahre alt war, arbeitete ohne sonderliche Begeisterung als Lehrling in der Druckerei. Ständig drängte er, man solle ihm etwas von Zolkiew erzählen. Wenn er erst groß sei, so sagte er, würde er dahin zurückkehren.

Joseph war keineswegs gewillt, Frankreich zu verlassen: Hier geschahen Dinge von grundlegender Bedeutung für die Zukunft der Menschheit. Er schnitt aus den Gazetten die Texte der Reden über die Juden aus, wie zum Beispiel Robespierres Worte vor der Nationalversammlung, die er fast auswendig kannte: »Man hat euch über die Juden Dinge erzählt, die maßlos übertrieben sind und oft im Widerspruch zur Geschichte stehen. Wie kann man ihnen die Verfolgungen anlasten, deren Opfer sie in den verschiedenen Ländern geworden sind? ... Im Gegenteil, es sind nationale Verbrechen, die wir sühnen müssen, indem wir ihnen jene unverzichtbaren Menschenrechte wiedergeben, die ihnen keine Macht der Welt hätte nehmen dürfen. Man sagt ihnen noch immer – und in übertriebenem Maße – üble Eigenschaften, Vorurteile, sektiererischen Geist und Gewinnsucht nach. Aber wem könnte man daraus einen Vorwurf machen, wenn nicht unserer eigenen Ungerechtigkeit?«

Joseph wollte darüber alle anderen Schmähungen und Anschuldigungen, den Haß und das Mißtrauen vergessen. Und als man am 27. September 1791 erfuhr, daß die Nationalversammlung den Juden von Elsaß-Lothringen die Rechte »aktiver Bürger« zuerkannt habe – die șefardischen Juden von Bordeaux besaßen diesen Status bereits seit dem 28. Januar 1780 – strahlte der alte Joseph vor Freude: »Stellt euch vor, Berl, mein Sohn, und du, Schaine, mein Weib, stellt euch vor«, wiederholte er immer wieder auf jiddisch, »ich bin der Bürger eines Landes!«

In Straßburg hatten sich die fünfzehn befragten, paritätischen Verwaltungsbezirke fast einstimmig dagegen gewandt, den Juden

[108] 1790

den Status von Bürgern zu verleihen. In Paris dagegen hatten sich die – achtundvierzig – Sektionen mit Ausnahme von einer einzigen, jener der Mathurins, für die Bürgerrechte der Juden ausgesprochen. Joseph hatte an diesem Ergebnis keinen Augenblick gezweifelt.

Und so leerten Vater und Sohn zu Beginn des nächsten Sabbats – Berl kam jeden Freitag nach Bischheim – ihr Glas, um auf das Leben, Lechaim, und die Revolution zu trinken. Jente fragte ihn daraufhin:

»Aber wenn die Armen den Reichen alles nehmen, werden die Reichen arm, und es beginnt alles wieder von neuem.«

Joseph lächelte still in seinen Bart und zitierte als Antwort aus dem Traktat der Väter: »Es gibt unter den Menschen vier verschiedene Charaktere. Den, der sagt: Was mir gehört, gehört mir, und was dir gehört, gehört dir. Dann den, der sagt: Was mir gehört, gehört dir, und was dir gehört mir; das ist ein ungehobelter Mensch. Der, der sagt: Was mir gehört, gehört dir, und was dir gehört, soll dir auch gehören – das ist ein Heiliger. Wer aber sagt, was dir gehört, gehört mir, und was mir gehört, auch, der ist ein Schuft.«

Der alte Mann dachte einen Augenblick lang nach:

»Glaubst du«, fragte er Jente, »der allmächtige Gott würde es lange dulden, daß die Schufte und die Flegel triumphieren?«

Dieser Herbst 1791 war kalt und neblig. Die Gastwirte und die Kabarettbesitzer zündeten die Öllaternen an und hingen sie über ihre Türen. Man wußte zwar nicht recht, was die Zukunft bringen würde, aber das Leben ging weiter.

Zwei- oder dreimal ging Berl zusammen mit Marx Berr zu den Versammlungen der Gesellschaft der Freunde der Verfassung. Eines Abends, gegen Ende der Diskussion, als alles langsam aufbrach, sah er, wie Marx Berr sich mit zwei jungen Männern und einem Mädchen angeregt unterhielt. Sie war . . . Berl hätte sie nicht zu beschreiben gewußt, und doch hatte er, als er sie sah, das Gefühl, sein Herz bliebe stehen. Und als sie in Begleitung der beiden Männer den Saal verließ, war ihm, als risse man ihn entzwei.

Am nächsten Tag erkundigte er sich wie beiläufig bei Marx Berr, wer denn die beiden jungen Leute gewesen seien, mit denen er sich am Abend unterhalten habe:

»Das waren Junius Frey und sein Bruder«, erwiderte Marx.

»Deutscher Landadel, wie man sagt. Die Liebe zur Verfassung habe sie nach Frankreich getrieben, um dort die Rechte französischer Bürger zu erwerben ... Mag sein ... Ich glaube eher, es sind Juden ... Warum interessiert Ihr Euch ...«

Plötzlich sah er Berl aufmerksam an:

»Berl, mein Freund, interessiert Euch Junius Frey oder seine Schwester?«

»Seine Schwester?« wiederholte Berl.

Marx Berr schlug sich auf die Schenkel.

Die Freys wohnten in einem herrschaftlichen Haus in der Rue des Serruriers, ein paar Schritte von der alten Wärmestube der Kaufleute entfernt, in der sich jetzt die Freunde der Verfassung trafen. Berl machte es sich zur Gewohnheit, immer wieder dort vorbeizugehen, in der Hoffnung, das junge Mädchen zu sehen.

Eines Tages brachte Marx Berr Junius Frey und seine Schwester in die Werkstatt, führte sie überall herum und bat Berl anschließend um eine kleine Vorführung des Setzens. Da man meistens den Besuchern auch etwas zur Erinnerung mitgab, fragte Berl Junius Frey, wie sein Name sich genau schreibe. Dann nahm er die Buchstaben aus dem Setzkasten, reihte sie in den Winkelhaken ein, hob den Satz auf das Satzschiff, schloß die Form, trug die Farbe auf und legte ein Papier darüber. Ein Bürstenstrich und er drehte das Blatt um, in dessen Mitte die beiden Worte standen: JUNIUS FREY!

Das junge Mädchen klatschte in die Hände:

»Und ich?« rief sie. »Ach bitte, druckt auch meinen Namen!«

Und da Berl sich nicht rührte:

»Wollt Ihr nicht?« bat sie.

»Ich kenne Euren Namen nicht.«

»Leopoldine Frey.«

Für sie wählte er eine Kursivschrift, die ihm besser zu einem weiblichen Namen zu passen schien. *LEOPOLDINE FREY.* Sie freute sich wie ein Kind und dankte ihm mit einem Lächeln. Erst als sie sich beide, ihr Bruder und sie, zum Gehen wandten, löste sich der Nebelschleier vor seinen Augen, und er nahm jede Einzelheit an ihr wahr: Sie war noch sehr jung, hatte mandelförmige, haselnußbraune Augen, eine schmale Taille und eine hohe, feste Brust, die durch den Schnitt ihres Kleides noch hervorgehoben wurde. Sie war eine Mischung aus Frau und Kind, unschuldig und wissend zugleich.

Berl hatte die Lettern, mit denen er ihren Namen zusammengesetzt hatte, noch nicht weggeräumt, und am Abend, als er allein in der Werkstatt war, nahm er die Zeile *LEOPOLDINE FREY*, schwärzte sie und drückte sie sich unter dem Ärmel innen auf das Handgelenk, wo die Haut zart und blaß ist. Dann dachte er nach, öffnete sein Hemd und bedruckte sich auch das Herz. *LEOPOLDINE FREY; LEOPOLDINE FREY; LEOPOLDINE FREY.* Es war, als schreie er ihren Namen in die stille Nacht hinaus.

Von nun an ging er jeden Tag zur Rue des Serruriers. Einmal sah er sie aus dem Haus kommen. Sie begrüßte ihn:

»Ich kenn' Euch doch. Seid Ihr nicht der Drucker von Marx Berr? Was macht Ihr hier?«

»Ich komme jeden Tag hier vorbei«, erwiderte er, »weil ich hoffe, Euch zu sehen.«

Sie lachte kurz auf, dann wurde ihr Blick ernst:

»Liebt Ihr mich denn?«

Berl hob die Arme und ließ sie mit einer resignierten Geste wieder fallen.

Etwas ihm völlig Fremdes widerfuhr ihm. Leopoldine war sechzehn Jahre alt, er war einunddreißig, fast doppelt so alt wie sie, und alles trennte sie. Und doch zweifelte er nicht, war nicht unglücklich, nicht einmal ungeduldig. Er ging weiter jeden Tag vor dem Haus der Freys auf und ab, war glücklich, wenn er sie sah, und wenn sie nicht kam, tröstete er sich mit dem Gedanken, daß er sie vielleicht morgen . . .

Im darauffolgenden Frühjahr – 1792 –, als die Gironde dem König Dumouriez als neuen Außenminister aufzwang und Frankreich Österreich den Krieg erklärte, wurde die Stadt durch den Prozeß Jean-Charles Laveaux' erschüttert. Laveaux war der Chefredakteur des »Courrier de Strasbourg«, des Organs der lokalen Jakobiner. Man warf ihm vor, die »von der Verfassung eingesetzten Volksvertreter« geschmäht und während einer Versammlung der Gesellschaft der Freunde der Verfassung »zu Mord und Bürgerkrieg« aufgerufen zu haben.

Junius Frey war einer seiner eifrigsten Verteidiger. Und als ihn einen Monat später die Geschworenen des Strafgerichtshofs freisprachen, übergab Frey den Jakobinern von Straßburg die hübsche Summe von sechzehneinhalb Louis d'Or und vierhundert Pfund in Assignaten, um zwanzig Medaillen prägen zu lassen, die den Verteidigern seines Freundes gewidmet sein sollten.

Aber man hatte in der Zwischenzeit Jean-Charles Laveaux so viel Übles nachgeredet, daß dieser sich entschied, Straßburg zu verlassen. Die Freys schlossen sich ihm an. Berl erfuhr die Neuigkeit durch ein Briefchen, das ein Unbekannter ihm in die Druckerei brachte. Er brach das Siegel auf. Die kindliche Handschrift war ihm unbekannt: »Mein lieber Berl Halter, wir werden in den nächsten Tagen nach Paris abreisen. Ich bin neugierig auf diese Stadt, von der ich schon so viel gehört habe. Wenn Ihr einmal hinkommt, versäumt nicht, unter meinem Fenster vorbeizugehen. Ich würde mich darüber freuen. Leopoldine.«

Am 10. August traf Berl in Paris ein. Er hatte mehr als zwei Monate gebraucht, um ein bißchen Geld zu sparen, das er zur einen Hälfte für sein Weib, zur anderen für die Postkutsche brauchte. Jente bedankte sich bei ihm auf ihre Art:

»Eine Frau mit einem Kind alleinzulassen hat dir wohl noch nicht gereicht? Jetzt läßt du gleich eine Frau mit zwei Kindern im Stich!«

»Ich komme zurück, um Lazarus das Lesen beizubringen«, sagte er. »Und dann werden wir auch Noes Bar Mizwa feiern.«

Er glaubte fest an seine Versprechen, obwohl er keine Ahnung hatte, was während seines Aufenthalts in Paris geschehen würde. Aber vor allem verließ er sich auf seinen Vater, für alles zu sorgen, Jente beizustehen und Noe die Thora zu lehren.

Als er aus der Postkutsche stieg, schlug er den Weg zur Rue Montorgueil ein. Es war sehr heiß. Das ganze Viertel schien sich im Aufstand zu befinden. Eine Frau mit einer roten Mütze auf dem Kopf schwang einen Säbel und befahl, ihr zu folgen. Die Leute liefen ziellos in alle Richtungen auseinander:

»Zu den Tuilerien!« schrie sie.

»Nieder mit dem Tyrannen!«

»Es lebe die Nation! Es lebe die Freiheit!«

Je weiter er sich von den Quais entfernte, desto menschenleerer wurden die Straßen. In der Rue Montorgueil war fast niemand mehr. Jakob Simon begrüßte ihn und lachte:

»Der typische Pole! Zehn Tage will er wegbleiben und nach einem Jahr kommt er wieder!«

Er wischte sich die Hände ab und klopfte Berl freundschaftlich auf die Schulter. Er schien magerer geworden zu sein und sein Rücken krummer: wahrscheinlich der Hunger, zuwenig Schlaf und zuviel Arbeit.

»Du kommst mir wie gerufen: Ich kann mich vor Aufträgen kaum retten.«

»Ich hab' den Eindruck«, meinte Berl, »als ob die Menge . . .«

»Das Volk, Berl, das Volk! . . . Nicht die Menge . . .«

Er lachte:

»Worte sind alles! Weißt du, daß man uns jetzt die ›Sansculotten‹ nennt? Abbé Maury, übrigens ein eingeschworener Feind der Juden, hat zwei Marktweiber damit beleidigen wollen, die ihn am Reden hinderten. Die Leute auf der Straße haben diesen Ausdruck aufgegriffen, und so ist der Spottname zu einem Ehrentitel geworden . . . Aber was wolltest du sagen?«

»Das Volk läuft in die Tuilerien.«

»In die Tuilerien? Und wir stehen hier und schwatzen. Komm, beeil dich!«

Man hörte Kanonen- und Gewehrschüsse, Pferdegetrappel: In den Tuilerien wurde gekämpft.

»Das Schloß brennt!«

»Es lebe die Nation!«

Berl und Jakob Simon verloren sich in dem Gedränge aus den Augen, und Berl wollte gerade nach Hause gehen, als er dem Dichter Molina in die Arme lief. Von seinem runden Hut hing kläglich eine blau-weiß-rote Kokarde herunter. Er war völlig verschwitzt und staubig.

»Ach, da bist du ja wieder«, sagte er.

Er bemerkte Berls Überraschung:

»Entschuldige, aber das Duzen ist jetzt obligatorisch.«

Und da ein Mann in Stulpenstiefeln und mit einer roten Mütze ihnen neugierige Blicke zuwarf, rief er:

»Es lebe Marat! Nieder mit dem Tyrannen!«

»Ich suche einen Bürger aus Straßburg«, sagte Berl, »Junius Frey. Er muß vor zwei Monaten nach Paris gekommen sein. Man sagt, er sei Jude.«

Molina nahm ihn beiseite, suchte in der Tasche seines Gehrocks herum und zog eine zerdrückte Kokarde hervor:

»Da, steck sie dir an, dann haben wir Ruhe . . . Junius Frey ist in Mähren geboren . . . Zum Katholizismus übergetretene und vom Kaiser geadelte Juden, so behauptet man.«

»Was will er denn hier?«

»Was alle wollen. Revolution machen.«

»Und wo wohnt er?«

»In der Rue d'Anjou, am Faubourg Honoré.«

Ein Trupp Männer und Frauen zogen an ihnen vorüber.

»Der König ist in der Versammlung! Alle zur Versammlung!«

»Der Ewige möge uns schützen!« sagte Molina leise. »Ich fürchte, es brechen neue Zeiten an.«

Berl bezog wieder sein Zimmer über der Werkstatt. Am nächsten Morgen verließ er für eine Stunde seine Arbeit und ging zum Faubourg Honoré. Auf frischgeklebten Anschlägen konnte man die neuen Gesetze lesen: Das eine gestattete jedem Bürger die Verhaftung mutmaßlicher Verschwörer, das andere gab die Freilassung der wegen Verunglimpfung des Königs, der Königin und Lafayettes verurteilten Gefangenen bekannt. In der Rue d'Anjou erkundigte er sich nach dem von Junius Frey gemieteten Haus. Er ließ sich als »Berl Halter, der Drucker von Marx Berr« melden.

»Der Bürger Junius Frey erwartet dich, Bürger«, teilte ihm ein Dienstbote mit dem Gehabe eines Zeremonienmeisters mit.

Er führte ihn durch lange Flure mit den Büsten von Julius Brutus und Cicero und Bildern von Benjamin Franklin, Jean-Jacques Rousseau und Voltaire an den Wänden. Leopoldines Bruder saß in einem großen, fast kahlen Zimmer an einem Tisch, die Feder in der Hand.

Er stand auf. Er war ganz nach der Mode der Revolution gekleidet: Gehrock aus schwarzem Tuch mit kurzem Revers und weiten Rockschößen, enge Hosen, Stulpenstiefel, rote Mütze: Ein hübscher junger Mann. Aber sein stechender Blick verwirrte seinen Besucher.

Unwillkürlich mußte Berl an einen Todesengel denken.

»Bürger Berl«, sagte Junius Frey. »Sei mir willkommen. Was führt dich zu mir?«

Die Zweige eines Baumes vor dem Fenster bewegten sich im Wind.

»Ich möchte gern Leopoldine sehen«, erwiderte Berl.

»Leopoldine? Was willst du von ihr?«

»Ich möchte sie vielleicht heiraten«, meinte Berl voller Naivität. Junius Frey machte eine unwillige Geste:

»Sie hat mir erzählt, daß du in Straßburg jeden Tag unter ihrem Fenster auf und ab gegangen bist.«

»Das stimmt. Ist das verboten?«

Berl spürte in Junius Freys Charakter irgendeinen Bruch, einen Zwiespalt. Normalerweise war er voller Sympathie für die Schwächen der Menschen. Aber diesmal empfand er eine ganz spontane Abneigung.

»Leopoldine ist verlobt«, erklärte Junius Frey betont kühl. Berl nahm diese Neuigkeit ohne große Gemütsbewegung hin.

»Stimmt es, daß Eure Familie jüdischen Ursprungs ist?« fragte er.

»Das stimmt. Ich heiße eigentlich Mose Dobruska. Meine Familie ist in Wien zum katholischen Glauben übergetreten, ich wurde geadelt und heiße jetzt Franz Thomas von Schönfeld. Junius Frey dagegen engagiert sich für die Revolution.«

»Und wozu all diese Namen?« fragte Berl.

Junius Frey drehte sich zum Fenster um. Der vom Wind bewegte Baum davor erschien Berl wie ein Bild der Beständigkeit.

»Mose«, sagte Frey wie zu sich selbst, »der große Mose, unser Herr, hat die Wahrheit mit einem so dichten, so undurchdringlichen Schleier bedeckt, daß wir nur ihn vor Augen haben. An uns, den freien Menschen, ist es, ihn zu zerreißen.«

Er wandte sich wieder an Berl:

»Versprich mir, daß du nicht versuchen wirst, Leopoldine wiederzusehen.«

»Ich kann nicht etwas versprechen, was ich nicht halten kann.«

»Das wirst du noch bereuen.«

Am selben Abend wurde Berl in der Druckerei verhaftet, auf Betreiben der Revolutionskomitees der Sektionen von Bondy und la

Montagne. Man beschuldigte ihn der unerlaubten Korrespondenz mit Emigranten in Österreich. In seinem Zimmer fand man Briefe seines Vaters auf jiddisch, mit denen man den Vorwurf untermauerte. Von der Schwelle der Werkstatt aus sah Jakob Simon ihm nach: Mit hängenden Armen, wie ein Fisch nach Luft schnappend, ging er davon: Er fand sich in seiner Revolution nicht mehr zurecht.

Trotz aller Bemühungen von Jakob Simon und Salkind Hurwitz blieb Berl sechs Monate im »Ecossais«, dem Gefängnis der Rue des Fossés-Victor. Schließlich stellte der Bürger Kommissar, ein gewisser Teyssier, fest, daß nichts zum Nachteil gegen den Bürger Berl Halter vorgebracht werden könne, dessen »aufrichtiger Wunsch es sei, tatkräftig an einer neuen Gesellschaft mitzuarbeiten«. Der Inhalt der bei ihm gefundenen Briefe erwies sich nach ihrer Übersetzung als durchaus mit den Tugenden der Revolution vereinbar. Berl wurde am 19. Februar 1793 wieder freigelassen.

Im Gefängnis hatte er von der Errichtung der Republik erfahren, von den September-Morden, den Siegen von Valmy und Jemmapes und schließlich – ein paar Wochen vor seiner Entlassung – von der Hinrichtung des Königs: Wie Falten grub es sich im Gesicht der Geschichte ein. Auch er, Berl, war gealtert. Er war hager und wortkarg geworden, und seine Schläfen waren weiß. Doch er hatte sich noch nie entmutigen lassen. Zwei Feuer brannten in seiner Seele, die ihn am Leben hielten: seine Liebe zu Leopoldine und sein Haß gegenüber Junius.

Nach seiner Entlassung aus dem Gefängnis wanderte er ziellos durch die Stadt.

Es regnete. Er lief bis zur Erschöpfung, sah jedem, der ihm begegnete, ins Gesicht, wie um die Zukunft darin zu lesen. Dann erst ging er in die Rue Montorgueil, wo Jakob Simon ihn zur Begrüßung umarmte. Sie weinten beide.

»Höchste Zeit, daß du zurückkommst, Poche Israel, du Sünder Israels, ich weiß vor Arbeit nicht aus noch ein«, sagte der Drucker.

Sechs Monate später, nach der Schaffung des Wohlfahrtsausschusses, der Verhaftung der Girondisten, der Einführung des republikanischen Kalenders, dem Abschluß der neuen Verfassung und der Zwangsanleihen der Bürger zur Finanzierung des Krieges wurde offenbar, daß die Revolution noch lange nicht zu Ende war. Jakob Simon und Berl verließen nur noch selten die Werkstatt. Und sie bemühten sich, bei dem, was sie druckten, die Spreu vom Weizen zu scheiden.

Junius Frey war inzwischen zu einer wichtigen Persönlichkeit im Jakobinerklub geworden. Er hatte ein Buch veröffentlicht, »Der Antiföderalist«, und war ein vertrauter Freund Dantons sowie eines gewissen François Chabots, einem ehemaligen Kapuziner. Dieser hervorragende Redner, aber zur Gewalttätigkeit neigende Mann heiratete im September Leopoldine. Junius Freys rascher Aufstieg verschaffte ihm notwendigerweise so manchen Gegner. Bald lief das Gerücht, dieser Österreicher sei ein feindlicher Agent, er habe Chabot gekauft ... Berl war im Innersten überzeugt davon, daß Junius Frey sich auf seinem Weg den Hals brechen würde.

Am 20. Oktober, vier Tage nach der Hinrichtung der Königin, berichteten die Gazetten, Chabot habe sich durch seine Heirat mit einer Ausländerin den Unwillen des Konvents zugezogen. Jakob Simon unterhielt sich mit Berl darüber und meinte abschließend:

»Das ist sein Ende ... Vor einem Monat noch hielt man ihn für ›den größten Franzosen nach Robespierre‹! ...«

»Du hast dich sehr verändert, Jakob.«

Unwirsch erwiderte der Drucker:

»Ich? Nein, die Revolution hat sich verändert. Sie verkörperte die Hoffnung. Jetzt zeigt sie nur noch das Gesicht des Schreckens.«

Jeden Tag rollten unter der Guillotine körbeweise die Köpfe. Freiwillige Henkersknechte warfen die verstümmelten Leichen auf blutige Karren, die sie in öffentliche Gruben auskippten.

»Warum sagst du, das sei Chabots Ende?« fragte Berl. »Weil er die Aussteuer seiner Frau für sich verwandt hat?«

»Weil Robespierre sich nicht die Gelegenheit entgehen lassen wird, Dantons Freunde unschädlich zu machen. Eine Österreicherin zu heiraten ist heute ein politischer Fehler. Selbst wenn man François Chabot heißt.«

Eine Woche später wurde François Chabot aus der Gesellschaft der Freunde der Verfassung ausgeschlossen. Dann kamen die »ausländischen Barone« an die Reihe. Berl verfolgte die Ereignisse, die sich nun überstürzten, mit kaltem Grauen. Als Chabots Prozeß begann, fing man an, diese Freys unter die Lupe zu nehmen, die »sich mit Chabot nur deshalb verbündet haben, um mit seiner Hilfe leichter ans Ziel zu gelangen«. Ihr Ziel? Der »Mercure universel« und die »Annales de la Republique Française« veröffentlichten die Biographie der österreichischen Brüder. Ein anonymer Artikel warf Junius Frey vor, er sei ein »von Kaiser Joseph II. gekaufter Spion; es sei ja allgemein bekannt, daß die Kinder Israels alle anderen Nationen in diesem Metier bei weitem übertreffen«.

Anfang November wurden alle, die Robespierre der Korruption, der Ausschweifung oder antirevolutionärer Umtriebe beschuldigten – Jakobiner wie er –, verhaftet, Chabot wurde ins Palais de Luxembourg gebracht, Junius und Emmanuel Frey ins Port-Libre-Gefängnis. Leopoldine Chabot hielt man in den »Anglaises« gefangen; Berl versuchte vergeblich, sie dort zu besuchen. Einen Monat später wurde sie auf Bitten von François Chabot wieder freigelassen. Berl eilte sofort in die Rue d'Anjou, aber er wurde nicht empfangen. Er schrieb einen Brief, den er am nächsten Morgen hinbrachte. Acht Tage später erhielt er eine Antwort: »Danke, mein guter Berl, für deine so menschlichen Worte. Ich habe keinen anderen Wunsch, als daß meine Brüder und mein Gatte gerettet werden. Sie sind unschuldig. Ich hoffe, die Revolution ist ihnen gegenüber ebenso großherzig, wie sie gerecht und stark ist. Leopoldine.« Der Brief war nicht versiegelt, und Berl zog es vor zu glauben, daß er vor allem für den Kommissar bestimmt war, der Leopoldine zu überwachen hatte.

Am 2. April 1794 begann der Prozeß gegen die »Verschwörer« Chabot, Frey, Danton, Camille Desmoulins, Fabre d'Eglantine und ihrer Freunde vor dem Konvent. Drei Tage später wurden sie zum Tode verurteilt und hingerichtet.

»Da kommen sie!«

Auf dem Revolutionsplatz bahnten sich die Karren einen Weg durch die Menschenmassen, die dort schon seit Stunden auf die Hinrichtungen des Tages warteten. Man hatte »Ça ira« und die »Marseillaise« gesungen, hatte gegessen und getrunken und sich um die besten Plätze gestritten, damit einem ja nichts von dem Schauspiel entging. Vor allem, da es an diesem Tag um die Hinrichtung von Danton, Chabot, Desmoulins und Frey ging, Namen, die alle kannten und vor denen Paris einmal gezittert hatte.

Berl stand zu weit entfernt, um das Schafott sehen zu können, aber das interessierte ihn auch nicht. Eigentlich wußte er gar nicht, warum er überhaupt gekommen war. Es war, als hätte eine unbekannte Gewalt ihn hierhergetrieben.

Immer neue Zuschauer strömten aus der Rue Honoré und der Rue Nationale auf den Platz. Die Reihen wurden immer dichter, und die Menge drängte sich zusammen, als sei sie nur noch ein einziger riesiger Körper, ein einziges Herz, eine einzige Stimme.

»Da kommen sie!«

Die Karren fuhren ziemlich dicht an Berl vorbei, und er erkannte Danton, Camille Desmoulins und Junius Frey. Er schloß die Augen.

Aus dem Bauch der Menge stieg ein ungeheurer Schrei empor.

»Es lebe die Republik!«

Der Zug war jetzt an den Stufen des Schafotts angelangt. Alles ging sehr rasch. Eine Gestalt zeigte sich auf dem Gerüst, eine Art Zweikampf spielte sich ab, und der Henker hob den Arm mit dem Kopf in der Faust.

»Es lebe Samson!« rief einer aus der Menge.

Samson war der Henker.

»Und es lebe Jacot!« rief ein anderer.

Jacot kehrte auf dem Revolutionsplatz, und sein blutiger Besen war berühmt.

Jedesmal, wenn das Fallbeil fiel, lief eine Art Schauder durch die Menge. Plötzlich flüsterte dicht neben Berl eine Stimme auf hebräisch: » . . . und siehe, da waren Tränen derer, so Unrecht litten, und hatten keinen Tröster!« Es war der Dichter Molina, der den Prediger zitierte. Als Berl eine Gestalt die Stufen zum Schafott hinaufgehen sah, die Junius Frey sein konnte, spürte er einen Aschegeschmack im Mund, und er sprach das Kaddisch, das Totengebet: »Es sei erhoben und geheiligt sein großer Name in der Welt, die er nach seinem Willen geschaffen hat . . .«

Er ging die Rue Montorgueil zurück und schloß sich in seinem Zimmer ein. Unwillkürlich griff er nach Abrahams Buch und schlug es auf: »Möge bis zu dem Tag, an dem die gespaltenen Steine des Tempels sich wieder zusammenfügen, die Anrufung dieser Namen, die ich hier aufgezeichnet habe und die andere nach mir aufzeichnen werden, das Schweigen brechen und Deinen geschändeten Namen wiederherstellen. Heilig, heilig, heilig ist der ewiglebende Gott. Amen.«

Da begriff der französische Bürger Berl Halter, daß sein Platz bei seinem Vater und seinen Söhnen war. Er verabschiedete sich von Jakob Simon, übergab ihm einen Brief für Leopoldine und bestieg noch am selben Abend die Postkutsche nach Straßburg.

41

Strassburg – Warschau
Die Rechte der Juden

Auch Straßburg wurde nicht von der Enttäuschung, dem Mißtrauen und dem Schrecken verschont, in denen die Revolution endete. Cerf-Berr, der gerade gestorben war, hatte man heimlich in Rosenweiler beerdigen müssen. Marx Berr war im Gefängnis. Das Revolutionstribunal tagte jeden Tag in einem Raum der Gemeindeverwaltung im ehemaligen Palais Rohan. Die Guillotine stand auf der Place d'Armes, vor dem Aubettegebäude[109]. Der alte Joseph empörte sich über die Schließung der Religionsstätten:

»Hatte man uns nicht versprochen, niemand würde seiner religiösen Meinung wegen belästigt werden?«

Er deutete grimmig zum Sitz der Commune, der Gemeindeverwaltung, hinüber und rief:

»Wer den Namen Gottes oder seine Stätte entweiht, entgeht nicht der Strafe!«

Berl, der Bedenken hatte, wieder das Zimmer zu beziehen, das Marx Berr ihm das letzte Mal im Wirtschaftsgebäude des Hôtel Ribeaupierre zugewiesen hatte, zog nach Bischheim, in das Haus, in dem sein Weib und seine beiden Söhne wohnten. Jente begrüßte ihn ohne jedes Erstaunen. Sein Sohn Noe, der inzwischen ebenso groß war wie er – er war sechzehn Jahre alt! –, hatte wenig für ihn übrig und schüchterte ihn eher ein. Der jüngere, Lazarus, der nun schon vier Jahre alt war – was Berl mit Verwunderung feststellte –, ein strohblonder Junge, fragte ihn, ob er sein Vater sei. Es war ein neugieriges, ernsthaftes Kind, und Berl, der es auf Anhieb mochte, begann gleich am ersten Tag, ihm das Lesen beizubringen.

Er fand eine Stelle bei Jonas Lorenz in der Rue des Petites-

[109] Die alte Hauptwache; in den oberen Räumen befanden sich zwei Konzertsäle und das städtische Konservatorium.

Arcades, während Joseph und Noe noch immer bei Marx Berr arbeiteten. Aber die Werkstatt war vom Revolutionskomitee beschlagnahmt worden. Alle drei nahmen am Morgen die öffentliche Kutsche und kamen mit der letzten am Abend zurück. Und so verlebte Berl, weit entfernt von den Unruhen in Paris und ohne sentimentale Abenteuer ein paar im großen und ganzen friedliche Jahre.

Die Jahreszeiten und die Menschen gingen dahin. Es kamen die ersten Fesselballons, die sogenannten Laufräder und die Telegraphie. Und es kam Napoleon. Ein anderes nationales Abenteuer begann, das jeder auf seine Weise erlebte.

Berl lebte jetzt in Bischheim allein mit seinem Sohn Lazarus. Joseph und Schaine waren am Abend ihres Lebens friedlich eingeschlafen. Er solle nur ja nicht den größenwahnsinnigen Träumen dieses Napoleon trauen, hatte Berls Vater ihn immer wieder eindringlich gewarnt. Jente dagegen hatte nur darauf gewartet, daß Lazarus seine Bar Mizwa feierte, um, eigensinnig wie sie war, mit ihrem ältesten Sohn nach Zolkiew zurückzukehren, wovon Noe ja schon immer geträumt hatte. Ob sie wiederkäme, hatte Berl sie gefragt. Sie wüßte es nicht, war ihre Antwort gewesen, aber jetzt sei wohl die Reihe an ihm, die Bitterkeit des Wartens und des Zweifelns zu spüren.

Sie kam nicht wieder, und Berl, der mit seinem Sohn Lazarus überglücklich war, vermißte sie auch nicht. Vor seinem Tod hatte Joseph Berl noch eines ans Herz gelegt, was dieser nicht vergessen hatte: »Nur durch den Geist der Schüler lebt die Welt. Wir haben nicht das Recht, ihnen den Unterricht zu entziehen, und sei es auch um des Tempelbaus willen. Eine Stadt, in der kein Schüler mehr ist, wird zerstört werden.« Er hatte sich bemüht, Lazarus die Freude am Studium zu vermitteln, auf das er selbst auch immer mehr zurückkam. Doch von Rabbi David Sintzheim, dem Leiter der benachbarten Jeschiba, der auch am »Großen Sanhedrin« von Paris teilnahm, bekam Lazarus beigebracht, wie Napoleon sich die »Organisation der mosaischen Religion« im Staat vorstellte.

Eines Tages – er war inzwischen etwa vierzehn Jahre alt – lobte Rabbi Gugenheim, der aus Hagenau zu Besuch gekommen war, ihn wegen seiner guten Kenntnisse. Lazarus antwortete bescheiden mit einem Zitat: »Wenn du dir ein großes Wissen in der Thora erworben hast, so halte es dir nicht zugute, denn dafür bist du geschaffen worden.« In diesem Kind wohnte der Geist Abrahams, Isaaks und Jakobs, und wenn Berl sich an die Umstände seiner Empfängnis erinnerte, so war er zutiefst davon überzeugt, daß jener Traum vom Garten Eden nicht bloßer Zufall gewesen war.

Obwohl Lazarus ein hervorragender Schriftsetzer war, hätte er ebenso gut ein großer Schriftgelehrter werden können. Aber in diesen Jahren brauchte der Kaiser Männer, viele Männer, immer mehr Männer für seine Kriege. »Es lebe der Kaiser!« riefen junge zwanzigjährige Bauern, wenn sie auszogen. Berl beobachtete seinen Sohn mit einiger Unruhe. Eines Abends las er Lazarus seinen Vers Hoseas vor: »Und ich will zur selben Zeit ihnen einen Bund machen mit den Tieren auf dem Felde, mit den Vögeln unter dem Himmel und mit dem Gewürm auf Erden und will Bogen, Schwert und Krieg vom Lande zerbrechen und will sie sicher wohnen lassen.«

Berl war noch nie so glücklich gewesen wie jetzt mit seinem Sohn, und er bemühte sich, die Lehren an ihn weiterzugeben, die er aus seiner zerstreuten Existenz zog und deren wesentliche Ereignisse von zwei Österreichern bestimmt worden waren: dem, den er in Zolkiew getötet hatte und dem, den er auf dem Schafott in Paris hatte sterben sehen.

»Kein König«, sagte er, »kein Kaiser, keine Überzeugung sind den Tod wert. Weder das Töten noch das Sterben.«

»Es steht auch geschrieben«, erwiderte Lazarus, »wer ein einziges Menschenleben rettet, der rettet die ganze Welt, und wer ein Menschenleben auslöscht, dem wird es angerechnet, als habe er eine ganze Welt ausgelöscht ...«

Napoleon brauchte ständig neue Rekruten; durch das Dekret vom 17. März 1808, von den Juden das »Décret infame« genannt, verbot er ihnen sogar, einen Ersatzmann zu kaufen. Berl schlug seinem Sohn vor, fortzugehen, Frankreich zu verlassen und zum Beispiel nach Amerika auszuwandern, diesem Kontinent freier Menschen, wo sich die Juden, so erzählte man, nur niederzulassen brauchten, um im Wohlstand zu leben. Aber Lazarus weigerte sich. Frankreich, so sagte er, habe ihm einen Zivilstand gegeben, ihn zum Bürger gemacht und deshalb müsse er auch das Los ziehen. Er bekam eine schlechte Nummer und wurde dem 57. Regiment der »Grande Armée« zugeteilt.

Am Tag seiner Abreise las Berl mit tränenerstickter Stimme seinem andächtig lauschenden Sohn einige Abschnitte aus Abrahams Buch vor, dann übergab er ihm sein eigenes Exemplar. Es war das letzte, denn Josephs Buch hatte Noe bekommen, der übrigens keine besondere Rührung gezeigt hatte. ›Wenn mein Sohn auf dem Schlachtfeld stirbt‹, dachte er, ›wird es niemanden mehr geben, den ich in dieses Buch eintragen könnte, was hat es dann noch für einen Sinn? Aber wenn ihn irgendetwas vor einem so willkürlichen Tod bewahren kann, dann dieses tausendjährige Zeugnis unseres Überlebens inmitten aller Widrigkeiten.‹ Er gab ihm auch ein *Siddur* mit, das seines Vaters Joseph.

Berl folgte dem Regiment seines Sohnes bis zum Rhein und kehrte unter Tränen zurück. Das war am 7. Juni 1813, das heißt im Jahre 5573 nach der Schöpfung der Welt durch den Ewigen, gepriesen sei sein Name.

Napoleon wollte sich für seinen demütigenden Rückzug aus Moskau rächen, aber Preußen, Österreich, Rußland und Schweden hatten gegen ihn fast eine Million Soldaten aufgestellt. Der größte Teil der französischen Armee wurde durch den Winter in der Nähe von Leipzig festgehalten; nur wenige Regimenter waren bis Dresden vorgedrungen oder sogar – wie das 57. – bis nach Görlitz. Berl erfuhr das alles aus den Gazetten. Aber er wartete auf einen Brief, um zu erfahren, ob sein Sohn fror, ob er hungerte, ob er ein paar Socken oder warme Kleidung brauchte. Mehr als sieben Monate wartete er vergeblich auf diesen Brief, so daß er völlig überrascht war, als er dann wirklich einen bekam.

»Vater«, schrieb Lazarus, »schelten Sie mich nicht, aber durch meine Schuld ist ein Mann umgekommen. Ich hatte mir geschworen, das Gebot ›du sollst nicht töten‹ selbst um den Preis meines Lebens zu achten, aber der Ewige und Allmächtige hat es anders gefügt. Wir waren in einem Wald, es war kalt, und die Zweige an den Bäumen brachen unter dem Gewicht des Eises. Die Russen und Preußen marschierten uns entgegen. Unser Offizier befahl uns, auszuschwärmen und ließ zum Sturmangriff blasen. Nie werde ich dieses Kriegsgeschrei vergessen, Vater. Wir rannten. Plötzlich stand ich vor einem jungen Preußen, der sein Gewehr auf mich richtete. In meiner Todesangst rief ich: ›Schema Israel!‹ Plötzlich veränderte sich die Miene des Preußen, und ich hörte, wie auch er rief: ›Schema Israel!‹ Ein Kamerad ganz in der Nähe glaubte, ich sei in Gefahr und stieß ihm sein Bajonett ins Herz. Mein Vater, mein Vater, ich habe ihn sterben gesehen. Das Blut quoll aus seinem Mund, seiner Nase. Der Angriff ging weiter. Mir war sterbenselend. Ich bin an seinem Tod schuld. Warum nur mußte er ausgerechnet auch noch ein Jude sein? Ich habe mein Regiment verlassen. Ich bin so lange gerannt, bis ich keine Kanonen und keine Trommeln mehr gehört habe. In der Nacht wäre ich vor Kälte fast umgekommen. Am nächsten Morgen lief ich einer Patrouille der polnischen Armee in die Arme; die Polen sind, von allen Verbündeten des Kaisers, die einzigen, die ihm treu geblieben sind. Ich behauptete, ich hätte mich verlaufen. Sie gaben mir zu essen und brachten mich über die vereiste Lausitzer Neiße. In einem kleinen Dorf, Deutsch Ossig, ließen sie mich zurück. Einer der Juden dort erzählte mir, ich sähe seinem Enkel so ähnlich, der irgendwo in der Armee diente, und lud mich zu sich ein. Er heißt Wolff und ist ein frommer Mann. Ich weiß nicht, ob ich lange hierbleibe, denn ich bin ja nun ein Deserteur, aber ich werde Ihnen wieder schreiben. Bis dahin bete ich jeden Tag zu dem Ewigen, er möge Ihnen langes Leben und Gesundheit schenken. Beten Sie für mich, er möge mir verzeihen. Amen! Ihr treuer Sohn Lazarus.«

Nach Napoleons Abdankung und der Unterzeichnung des ersten Pariser Friedensvertrages vom 30. Mai 1814 zwischen König Ludwig XVIII., dem Zar Alexander und dem König von Preußen, kamen bald wieder die ersten jüdischen Händler aus Polen ins Elsaß. Einer von ihnen brachte Berl einen zweiten Brief von Lazarus. Er erzählte darin, wie er, um nach Zolkiew zu kommen, zu Fuß das vom Krieg verwüstete Schlesien durchquert habe. Fast immer, so schrieb er, habe er in den Dörfern, durch die er kam, einen Juden gefunden, der ihn übernachten ließ und trotz des Elends eine Zwiebel und einen Kanten Brot mit ihm teilte. So sei er, zusammen mit den Störchen, bis nach Piotrkow gekommen. In dieser großen, zur Hälfte jüdischen Stadt habe er sich erkundigt, ob es dort eine Drukkerei gebe, in der er arbeiten könne:

»Der Chassid, den ich gefragt hatte«, schrieb Lazarus, »führte mich in einen dunklen Hof. Dort stand ein Stiebl, eine kleine Synagoge, wo der Rabbi mit seinen Schülern betete und studierte. Der Rabbi wollte wissen, woher ich käme und warum ich nach einer Druckerei suche. Ich erzählte ihm, unsere Familie schriebe und drucke seit der Zeit Abrahams des Schreibers und zeigte ihm Abrahams Buch. Er sah mich an, dann schloß er mich in seine Arme und rief: ›Gepriesen seist Du, Herr unser Gott, König der Welten, der Du uns bis hierher erhalten und geleitet hast.‹ Dann lief er in sein Zimmer und brachte ein anderes Exemplar von Abrahams Buch! Es ist kaum zu glauben, aber dieser Rabbi war der Urenkel von jenem Kosakl. Das Buch berichtet von ihm, er sei zur gleichen Zeit nach Zolkiew gekommen wie der Großvater Deines eigenen Vaters Joseph.

Wir haben die ganze Nacht miteinander geredet. Er sagt, Napoleon sei ein ›gemeiner Mensch‹, der viel Böses getan habe: ›Die Menschen, die die Völker in falscher Hoffnung wiegen, sind Verbrecher und werden der Strafe des Ewigen nicht entgehen.‹ Er hat ihm nicht verziehen, daß man den polnischen Juden die Bürgerrechte wieder entzogen hat. Nach dem Morgengebet gab mir Rabbi Mosche ein paar Zlotys und einen Brief für einen Warschauer Drucker mit auf den Weg. Bei ihm arbeite ich jetzt. Er heißt Zevi-Hirsch ben Nathan, stammt aus Lutomiersk und hat auch eine Grabrede meines Vetters für den Rabbi Meir- Ikhiel aus Ostrowiec gedruckt.

Warschau, mein Vater, ist eine Stadt, die an der Weichsel liegt. Es gibt hier mehrere Viertel, in denen nur Juden leben. Die Werkstatt liegt im zweiten Stock eines Hauses, in dem Kinder lärmen und es nach Küche riecht. Wir haben Gott sei Dank genügend Arbeit. Zevi-Hirsch wäre bereit, Dich anzustellen. Willst Du nicht nach Warschau kommen? Bald ist Rosch-ha-Schana des Jahres 5571[110] nach der Schöpfung der Welt durch den Ewigen, gepriesen sei sein Name. Ich bitte den Herrn der Welten, er möge uns vergönnen, das neue Jahr gemeinsam zu feiern. Amen. Dein treuer Sohn Lazarus.«

Berl schrieb seinem Sohn, er werde mit Freuden kommen. Im Frühjahr, so sagte er, wolle er sich auf den Weg machen.

[110] 1815

Lazarus Halter wohnte in einem winzigen Zimmer im fünften und obersten Stock eines Hauses an der Ecke der Mila- und Nalewki-Straße.

Von seinen beiden schmalen Fenstern aus sah er auf ein Labyrinth von kleinen Innenhöfen hinunter, die wieder mit anderen Innenhöfen verbunden waren. Eine Werkstatt lag hier neben der anderen. Die zahllosen Toreinfahrten waren durch Wetterdächer geschützt, und gleich am Morgen begann hier der Markt. Entlang der Häuserwände standen die Bettler reglos mit eingezogenem Kopf wie schlafende Reiher und verfolgten einen mit ihrem Singsang: »A nedove, Jidh! Ein Almosen, Juden!« Es war eine laute, lebhafte Gegend: Die fliegenden Händler lockten die Kunden an, und die Arbeiter sangen bei der Arbeit vor sich hin.

Es herrschte ein ständiges Gedränge: Chassidim in ihren Kaftanen, türkisch gekleidete Träger, Leierkastenmänner, die kleine Affen tanzen ließen. Eine ganz bestimmte, fast ungeduldige und gleichzeitig unbestimmte Erwartung lag in der Luft. Lazarus liebte dieses bunte Treiben, diese geschäftigen bärtigen Männer, die im schrulligsten Anzug herumliefen, diese blassen Studenten mit den langen Schläfenlocken und dem runden Hut, diese hübschen, dunkelhaarigen Mädchen, die mit ihren bunten Tüchern mühsam ihre zerlumpten Kleider verdeckten. Es roch nach Leder, Moder, Hefe und Salzhering.

Jeden Morgen ging Lazarus die Nalewki-Straße hinunter, schlenderte durch die engen Gassen und entdeckte immer wieder verborgene Winkel, eine bisher unbekannte Schule oder eine winzige Synagoge. Er kannte alle Läden in der Kupiecka- und der Franciszkanska-Straße, jeden Stein in der Swieto-Jerska- Straße und wußte genau, aus wieviel schmiedeeisernen Stäben das Gitter am Krasinskigarten bestand.

Die Druckerei von Zevi-Hirsch – einem der bekanntesten polnischen Drucker, den man auch den »Schriftgießer« nannte – lag direkt neben der Synagoge in der Tlomackie-Straße. Von Freitagmittag an wimmelte es dort von Männern in abgewetzten Gehröcken mit schwarzweißen Gebetsmänteln. Und Lazarus, der niemanden näher kannte, glaubte in einigen von ihnen Gestalten aus Abrahams Buch wiederzufinden. Und so nannte er sie Gamaliel, Nomos,

Bonjusef, Meir-Ikhiel . . . Es ging ihm dabei weniger darum, seine Vorfahren wieder lebendig werden zu lassen als um das Zeugnis der Beständigkeit von Gesichtern, Wissen und Schicksalen. Es kam ihm so vor, als sei ihm dieses Viertel, in dem er erst ein knappes Jahr lebte, seit jeher vertraut. Und wenn er die Geborgenheit in einer Familie vermißte, öffnete er einfach Abrahams Buch. Es zog ihn nicht in irgendwelche fernen Länder; er war noch nicht einmal bis hinunter zum Weichselufer gegangen.

»Ich liebe dieses Viertel wie das Dorf, in dem ich geboren bin«, sagte er eines Tages zu Zevi-Hirsch.

Der Drucker, ein kleiner untersetzter Mann, dessen speckiger Gehrock über dem rundlichen Bauch nicht mehr schloß, hob belehrend den Zeigefinger:

»Weißt du, was der Prediger sagt: ›. . . und alles, was meine Augen wünschten, das ließ ich ihnen und wehrte meinem Herzen keine Freude, daß es fröhlich war von aller meiner Arbeit . . .‹ «

Lazarus lächelte. Dieser Zevi-Hirsch erinnerte ihn manchmal an seinen Großvater.

Sein Vater Berl jedoch sollte Warschau nie kennenlernen. Durch einen Brief von Rabbi Gugenheim aus Hagenau erfuhr Lazarus, daß sein Vater eines Tages vor seiner Abreise bei ihm gestorben war: Er hatte sich noch von ihm verabschieden wollen. Auf dem alten Friedhof, den sie vierzig Jahre zuvor zusammen besucht hatten, als er aus Königsberg gekommen war, hatte man ihn begraben. »Seine letzten Worte«, schrieb Rabbi Gugenheim, »galten seiner Familie. Er bittet Sie alle, ihm zu verzeihen, und wünscht, daß Sie seiner Frau Jente die Nachricht von seinem Tod überbringen. Der Ewige sei seiner Seele gnädig. Amen.«

Lazarus schrieb sofort nach Zolkiew an seine Mutter und seinen Bruder Noe, von denen er seit ihrer Abreise aus Straßburg vor dreizehn Jahren nichts mehr gehört hatte. Mehrere Monate waren vergangen, da tauchte eines Tages in der Druckerei ein Mann mit einem dichten grauen Bart auf, der einen langen schwarzen Mantel und eine polnische Mütze mit glänzendem Schirm trug. Er musterte Lazarus aufmerksam, dann fragte er:

»Bist du Lazarus Halter, Berls Sohn?«

»Ja«, erwiderte Lazarus.

Der Mann umarmte ihn:

»Ich bin dein Bruder Noe.«

Sein Weib und sein Sohn warteten draußen mit einem Bündel in der einen und einem Weidenkorb in der anderen Hand.

Noe berichtete Lazarus, daß auch ihre Mutter Jente nicht mehr unter den Lebenden weile und ihn also in Zolkiew nichts mehr zurückgehalten habe. Noe war ein Chassid des wundertätigen Rabbis von Kock, der schon seit Jahren keine Schüler mehr annahm, sein Zimmer kaum noch verließ und sich ganz dem Studium der Kabbala widmete. Das hielt Noe jedoch nicht davon ab, regelmäßig unter seinem Fenster auf und ab zu gehen. In Warschau fand er rasch eine Anstellung als Melamed, das heißt als Lehrer, in einer der zahlreichen »Schulen an der Straßenecke«, wie man sie nannte. Sie waren von den verschiedenen Chassidim-Vereinigungen gegründet worden, und man konnte in ihnen sozusagen im Vorbeigehen rasch eine Seite aus der Gemara lernen.

Lazarus überredete Zevi-Hirsch, Noes Sohn Jankel, seinen Neffen, einen zwölfjährigen Jungen mit feingeschnittenem Gesicht und großen hellen Augen mit langen schwarzen Wimpern, als Lehrling in die Druckerei aufzunehmen.

Im Oktober dieses selben Jahres, ein paar Tage vor dem Laubhüttenfest, redete ganz Warschau von der neuen Verfassung des Königreichs Polen – oder dem, was davon übrig geblieben war, nachdem die Russen, Preußen und Österreicher sich das Land geteilt hatten. Die Juden, die gehofft hatten, man würde ihnen wie den französischen Juden dieselben Rechte wie anderen Bürgern gewähren, wurden enttäuscht: »Wer nicht Bürger des Landes ist, hat keinen Anspruch auf politische Rechte«, stellte die im November veröffentlichte Verfassung fest. Und da die Juden nicht den Status von Bürgern besaßen, konnten sie folglich auch nicht die damit verbundenen Rechte erwerben. Dagegen forderte man sie auf, zum katholischen Glauben überzutreten, und ganze Scharen ungeduldiger Polen begannen, durch das »Viertel« zu streifen, um die Bekehrungen zu beschleunigen.

Eines Abends kehrten Lazarus und sein Neffe Jankel von der Druckerei nach Hause zurück. Es schneite ein wenig, aber es war noch nicht sehr kalt. Oft nutzte Jankel diesen gemeinsamen Nachhauseweg, um seinem Onkel ein paar Fragen zu stellen. An diesem Abend unterhielten sie sich über die Ereignisse, die der Zerstörung des Tempels von Jerusalem durch Nebukadnezar im Jahre 3174[111] nach der Schöpfung der Welt durch den Ewigen – gepriesen sei sein Name – vorausgegangen waren.

»Erinnerst du dich daran, daß der erste Tempel um dreier Übertretungen willen zerstört wurde«, sagte Lazarus. »Weißt du, welche das waren?«

Jankel war ein fleißiger, begabter Junge:

»Es waren der Götzendienst, die Hurerei und das Blutvergießen, nach dem Traktat Joma[112].«

»Richtig, und warum wurde der zweite Tempel zerstört, obwohl das Volk sich dem Thora-Studium widmete und getreulich alle Gebote erfüllte?«

Lazarus blieb plötzlich stehen und sah sich um.

»Weil ein grundloser Haß unter dem Volk herrschte«, fuhr Jankel fort, »und dieser Haß allein dem Götzendienst, der Hurerei und dem Blutvergießen gleichzustellen ist.«

In diesem Augenblick hörte man laute Schreie. Die Juden in ihren Kaftanen und mit ihrem Scheitelkäppchen, die vor ihnen hergingen, wichen plötzlich zurück und verschwanden in den Gassen und Toreinfahrten.

Am Anfang der Straße tauchten Fackeln auf. Die Händler packten hastig ihre Waren ein und schlossen die Holzläden. »Polaken!« hörte man, »die Polen kommen!«

Lazarus und Jankel versteckten sich eng aneinander gedrückt in einer dunklen Ecke. Ihnen gegenüber auf der Straße mühte sich im Schneetreiben ein alter Stoffhändler mit einem festgeklemmten Laden ab. Lazarus zögerte. Sollte er ihm helfen? Rasch über die Straße rennen und Jankel allein stehen lassen? Der Alte stellte sich so ungeschickt an, daß er keine Chance hatte, sein Geschäft je zu schließen.

»Wart hier auf mich, Jankel. Bleib auf jeden Fall da. Ich bin gleich zurück.«

[111] 586 v. Chr.

[112] Traktat des Talmud, den »Tag«, das heißt den Versöhnungstag betreffend.

Lazarus rannte los. Die Polen näherten sich bereits in Scharen. Lazarus riß dem alten Mann den Laden aus der Hand, aber es war zu spät.

»Bekehrt euch, Juden!« hörte er. »Zieht eure schmutzigen Kaftane aus und laßt ab von euren Schweinereien!«

Er erhielt von hinten einen Schlag auf den Kopf und fiel zu Boden.

Als er wieder zu sich kam, sah er als erstes Jankels tränenüberströmtes Gesicht über sich. Er richtete sich auf. Auch der alte Mann stand neben ihm. Seine bleichen Lippen zitterten. Eine junge Frau war noch hinzugekommen. Lazarus tat sein Kopf zum Zerspringen weh.

»Ich danke Dir, Ewiger, Herr der Schöpfung«, murmelte er, »daß Du mir den Mut gegeben hast.«

Er sah sich um. Stoffballen und Kleider aus dem Laden lagen verstreut auf der Straße. Die Schneeflocken bedeckten sie schon halb.

»Sind sie fort?« fragte Lazarus.

»Ja«, erwiderte der alte Mann. »Die Verfluchten! Kommen Sie herein und ruhen Sie sich etwas aus.«

Das junge Mädchen, das bei ihnen stand, hieß Deborah, aber man nannte sie nur Deborele. Die Wege des Allmächtigen sind unergründlich. Lazarus heiratete sie drei Monate später. Sie fanden eine kleine Zweizimmer-Wohnung in einem Hinterhof am Muranowskiplatz. Innerhalb von drei Jahren wurden ihm drei Söhne geboren, Salomon-Halevy, Jonas und David. Lazarus druckte ihre Namen und den seiner Frau auf einen neuen Bogen, den er hinter die letzte Seite von Abrahams Buch klebte: Er hatte beschlossen, mit dem Druck einer neuen Ausgabe so lange zu warten, bis seine Kinder groß genug waren, um ihm dabei zu helfen.

Im Jahre 5590[113] nach der Schöpfung der Welt durch den Ewigen – gepriesen sei sein Name – wurde Lazarus vierzig Jahre alt; sein ältester Sohn war sechzehn. Jankel war schon verheiratet und hatte selbst Kinder.

113 1830

An diesem Freitag schlossen Zevi-Hirsch und Lazarus wie an jedem Freitag die Druckerei um drei Uhr nachmittags. Die Straßen wurden langsam leer. Nur noch ein paar Verkäufer versuchten die letzten Passanten in ihren Laden zu locken und wurden streng gerügt: Die Stunde des Sabbats ist heilig.

Zu Hause umarmte Lazarus Deborele, wusch sich die Hände, tauschte sein zerdrücktes Käppchen gegen ein anderes, festeres aus Samt aus. Dann rief er seine Söhne, die bereits fertig angezogen im Nebenzimmer auf ihn warteten. Frisch gewaschen, mit dem Gebetbuch in der Hand kamen sie herein. Er umarmte sie alle drei und dankte, wie schon oft, dem Ewigen für diesen Segen, denn es steht geschrieben: »Wenn auch die Welt nur mit Geschöpfen zweierlei Geschlechts weiterbestehen kann, so ist doch der glücklich, dessen Kinder Söhne sind.«

Lazarus setzte sich und nach ihm seine Söhne. Er schlug das Gebetbuch auf, und sich langsam vor- und zurückneigend, begann er das Lied der Lieder zu singen: »Oh daß er mich tränkte mit Küssen seines Mundes! Deine Liebe ist süßer als Wein . . .« Deborele sah mit über der Brust verschränkten Armen vom Alkoven aus zu, wie ihre Männer den Sabbatabend begingen. Als sie verstummten, zündete sie die Kerzen an und sprach den Segen: » . . . und uns geboten hat, die Lichter anzuzünden . . . Gut Schabbess, Kinder, einen guten Sabbat!«

Lazarus stand auf:

»Gehen wir zum Gottesdienst.«

Nichts machte ihm solche Freude, wie in Begleitung seiner drei Söhne die Nalewki-Straße hinunterzugehen.

»Einen guten Sabbat!« wünschte man ihm. »Einen guten Sabbat!«

Jetzt füllte sich die Straße wieder. Männer in langem Satin-Überrock, mit weißen Socken und sorgfältig gekämmtem Bart, strömten aus allen Häusern und allen Höfen, um sich eiligen, aber würdigen Schrittes in eine der zahlreichen Synagogen des Viertels zu begeben.

In der Synagoge schlugen Lazarus und seine Söhne ihr Siddur, das Gebetbuch, auf. Eine Stimme rezitierte: »Danket dem Herrn, denn er ist freundlich . . .« Andere Stimmen stimmten in das Gebet ein. Bald hörte man nur noch ein einziges, lauter oder leiser werdendes Murmeln, begleitet von den rhythmischen Bewegungen der betenden Juden: wie eine Art Dünung von Anbeginn der Zeiten her.

Nach dem Ende des Gottesdienstes wünschte man sich einen guten Sabbat und kehrte heim.

Jankel wartete zu Hause auf sie, begleitet von zwei seiner Freunde, die mit Lazarus sprechen wollten. Lazarus hatte sie alle zum Sabbatessen eingeladen. Jankel, inzwischen ein dreißigjähriger Mann, hatte ein langes schmales Gesicht. Seine Stirn begann sich bereits zu lichten. Er stellte seine beiden Freunde vor, Joseph Berkowicz, ein Hüne mit breitem Gesicht, Schnurrbart und einem kleinen Haarbüschel oberhalb des Kinns, und Chaim Szmulewicz, der eher rundlich, blond und vollbärtig war.

Lazarus begrüßte sie und sprach das Gebet nach dem Gottesdienst:

»Friede über euch, Engel des göttlichen Amtes, Engel des höchsten Gottes, des Königs der Könige, des Königs aller Könige, des Heiligen, gepriesen sei sein Name!«

»Friede sei mit euch!« sprachen die Gäste.

Dann schenkte Lazarus den Wein für den Kiddusch ein.

Erst nach dem Essen und der Danksagung wandte er sich an Jankel:

»Nu?«

Dieses »Nu«, das auf jiddisch alles bedeuten kann, hieß diesmal:

»Schön, kommen wir zur Sache, was wollt ihr von mir?«

»Es geht um die Revolution, Onkel Lazarus.«

Dieses Wort stieg im Augenblick wie ein Phönix aus der Asche auf. Aus Paris erfuhr man vom Protest der Arbeiter gegen die Schließung von Druckereien durch den König. Sie hatten Waffenfabriken geplündert und den Monarchen vertrieben. Er war nach England geflohen . . . Die Bewegung schien jetzt auf ganz Europa überzugreifen: Belgien hatte sich gegen die Niederlande erhoben, Italien gegen den Papst und Österreich . . .

»Die Revolution?« fragte Lazarus.

Jankel räusperte sich. Die Kinder sahen ihn an, als würde er gleich ein Gewehr aus seinem Gehrock ziehen.

»Onkel Lazarus«, sagte er, »wenn es in diesem Land einen Aufstand gegen die Russen gibt, müssen wir, die Juden, dabei sein.«

»Dabei sein? Wozu denn? Was hätten wir davon?«

»Unsere Rechte.«

»Wer in Polen interessiert sich denn für unsere Rechte?«

»Die Demokraten. Joachim Lelewel, zum Beispiel. Er sagt, nach einem Sieg über den Zaren würden die Juden in Polen alle Rechte erhalten. Wenn sie wollten, könnten sie sogar mit Hilfe der Polen nach Erez Israel zurückkehren.«

Lazarus schüttelte den Kopf:

»Ich frage mich, ob deine Demokraten uns lieber in Polen oder in Palästina sähen.«

Jankel schien schmerzlich berührt von der Skepsis seines Onkels. Er sah seinen Freund Berkowicz an, der näher an den Tisch rückte:

»Wir glauben, der Kampf gegen die Tyrannen ist auch unsere Angelegenheit«, sagte er in fast schroffem Ton. »Deshalb sind wir der Meinung, man sollte jüdische Einheiten in der Nationalgarde aufstellen. Dann sind wir dabei, wenn die Polen sich gegen die Russen erheben, und niemand kann uns mehr vorwerfen . . .«

»Aber«, unterbrach ihn Lazarus, »kein Pole wird bewaffnete jüdische Einheiten in Polen dulden!«

»Pan Lazarus hat zwar für den Augenblick recht. Aber vor allem deshalb, weil die Vertreter der Gemeinde Angst haben und bisher noch keiner der jüdischen Notabeln der polnischen Regierung vorgeschlagen hat, am Tag des Aufstands an ihrer Seite zu kämpfen . . . Wenn wir nicht wie eine Gruppe von Fanatikern dastehen wollen, müssen uns die geachteten und ehrbaren Juden unterstützen. Das wird für all die Juden das Signal sein, die bereit sind, für ihre Rechte zu kämpfen, aber auch keine Abenteurer sein wollen und sich nicht . . .«

»Pan Lazarus«, ergriff jetzt Chaim Szmulewicz das Wort, »alle Juden der Gemeinde, ob nun Chassidim oder Mitnagdim, schätzen Ihre Weisheit. Sie sind ein von allen geachteter Mann. Jeder hier weiß von Abrahams Buch und fühlt sich eingedenk seiner Bedeutung für uns auch ein wenig mit Ihnen verwandt . . . Man weiß auch, daß Sie mit Rabbi Itche-Meir Rothenberg befreundet sind, dem Sohn des verehrten Israel, dem Rabbi von Gora . . .«

Chaim Szmulewicz schwieg. Weder Jankel noch Joseph Berkowicz fügten dem etwas hinzu. Man hörte den Docht der Kerzen knistern.

»An wen haben Sie sich noch gewandt?« fragte Lazarus.

»Joseph Joselewicz ist auf unserer Seite. Sie wissen schon, der Sohn von Berek Joselewicz, einem der Helden des Aufstands von Kosciuszko. Er hat bei den polnischen Husaren gedient, am Feldzug Napoleons 1812 teilgenommen und ist mehrmals ausgezeichnet worden.«

Lazarus erinnerte sich an sein eigenes Abenteuer in der Großen Armee und vermied das Thema. Er fand, diese jungen Leute hätten nicht ganz unrecht: Es ist hart, ohne die elementaren Rechte jedes Menschen zu leben. Aber wie viele unter ihnen würden sterben müssen, damit die anderen ihr Ziel erreichten?

Er bat seinen Sohn Salomon-Halevy, ihm Abrahams Buch zu bringen, das er auf das weiße Tischtuch legte. Feierlich schlug er es auf. Deborele goß ein wenig Öl in die Lampe und rückte sie etwas näher. Schweigend las Lazarus eine Seite nach der anderen. Nichts rührte sich im Zimmer, nur sein Körper unterstrich mit seinen langsamen Bewegungen vor und zurück den Rhythmus dessen, was er las. Niemand wußte, was er beschlossen hatte, als er bedächtig das Buch wieder schloß, sich ein Glas Wein einschenkte, seine Fingerspitzen benetzte und sagte: »Lechaim! Auf das Leben!«

»Lechaim!« erwiderten die anderen und hoben ihr Glas.

»Auf die Revolution!« fügte Lazarus statt vieler Worte hinzu.

»Auf die Revolution!«

Am Abend des 29. November 1830 stürmte eine Gruppe Aufständischer das Lustschloß Belvedere, die Residenz des Großfürsten Konstantin, des russischen Militärgouverneurs. Gleichzeitig griffen Truppenverbände der polnischen Militärakademie Kasernen der russischen Kavallerie an.

Am nächsten Morgen befand sich das Zentrum Warschaus – die Altstadt – in der Hand der Aufständischen. Der Großfürst, der mit einem Kavallerieregiment aus Belvedere hatte fliehen können, war in die südlichen Stadtviertel zurückgewichen.

Es hieß, vor allem junge Juden hätten in großer Zahl an den

Kämpfen teilgenommen, aber die Führer des Aufstands weigerten sich noch immer, eine bewaffnete jüdische Einheit in ihre Truppen aufzunehmen. »Man mag uns nicht, weil man behauptet, wir kämpften nicht gern«, entrüstete man sich in der Nalewki-Straße, »aber man mag uns ebensowenig, wenn wir uns als Soldaten anbieten.« Einige folgerten daraus, daß niemand die Juden wolle, sollten sie doch einfach zuschauen, wie Polen und Russen sich gegenseitig umbrachten. Aber viele waren auch weiterhin der Überzeugung, der Platz der Juden sei in den Reihen der Kämpfer für die Freiheit, die unter anderem auch die Rechte der Juden miteinschloß.

Am 5. Dezember erhielt ein General der napoleonischen Armee, Joseph Chlopicki, den Oberbefehl über die Armee; er hatte an den Feldzügen von Italien, Spanien und Rußland teilgenommen. Er sorgte dafür, daß Warschau von der russischen Besatzung geräumt wurde, erlaubte aber dem Großfürsten Konstantin, Polen mit seinen Regimentern zu verlassen und schickte einen Unterhändler nach St. Petersburg. Zar Nikolaus jedoch weigerte sich, mit den »Rebellen« zu verhandeln.

Unterdes hatte auf Drängen von Lazarus der berühmte Rabbi Itche-Meir Rothenberg aus Gora, einer der geistigen Führer der Chassidim in Polen, ein Komitee zur Unterstützung der jüdischen Freiwilligen gegründet. Schlomo Ajger, der Großrabbiner von Warschau, hatte sich ihm angeschlossen. Ein Aufruf zur Solidarität, den dieses Komitee verfaßt hatte, wurde von Lazarus und Zevi-Hirsch gedruckt und in Hunderte von jüdischen Gemeinden der ganzen Welt geschickt. Bald trafen von überall her Sympathiebeweise, Spenden und sogar Freiwillige ein. Der Dichter Heinrich Heine schickte einen langen Brief voller Anteilnahme und Ermutigung.

Chlopicki befreundete sich schließlich mit dem Gedanken an eine jüdische Truppeneinheit, jedoch unter der Bedingung, daß sie von »polonisierten« Juden, das heißt glattrasierten, gebildet wurde. Vor allem bei den Chassidim, die zu Hunderten Freiwillige gestellt hatten, es jedoch ablehnten, sich zu rasieren, rief diese Entscheidung größte Bestürzung hervor. Proteste, Verhandlungen. »Besser ein Jude ohne Bart als ein Bart ohne Jude«, meinten die, die auf dieses Attribut nicht so großen Wert legten oder, wie Jankel, Berkowicz und Szmulewicz, der Revolution gern dieses Opfer brachten. Schließlich schlug der Generalstab der Aufständischen einen Kompromiß vor: Die bartlosen Juden sollten der Nationalgarde zugeteilt, die anderen, die Chassidim, zu einer Spezialeinheit zusammengefaßt werden und die städtische Garde bilden. Die jüdischen Soldaten und ihre Familien, so wurde ausdrücklich zugesichert, sollten automatisch Bürger Polens werden.

Die Juden akzeptierten diesen Vorschlag. Lazarus druckte in jiddisch und polnisch einen Aufruf an die jüdische Jugend, den Joseph Berkowicz verfaßt hatte. Mehr als tausend Freiwillige meldeten sich daraufhin in der Rabbinerschule, wo Joseph Berkowicz, Jankel Halter und Chaim Szmulewicz sie empfingen.

Am 12. März 1831 konnte man an der Ecke der Franciskanska- und der Nowiniarska-Straße die erste Patrouille der ersten jüdischen Militäreinheit beobachten: die bärtigen Chassidim der städtischen Garde. Die Truppe der »polonisierten« Juden war zur Verteidigung der beiden Weichselbrücken abkommandiert worden, die der Feind passieren mußte.

Abwarten. Man hatte inzwischen erfahren, daß der Aufstand in Litauen von den Russen niedergeschlagen worden war. Der russische General Paskewitsch, der die Armee des Zaren befehligte, sollte, so hörte man, an der Spitze mehrerer Regimenter in Richtung Warschau marschieren. Abwarten.

Und so feierte man Ostern in dieser Atmosphäre der Unsicherheit, der Hoffnung und auch der Furcht. Bei den Halters ereignete sich zudem an einem Sabbatabend ein merkwürdiger Zwischenfall. Kurz nach Ostern war Noe aus Kock zurückgekommen. Er hatte dort mehrere Monate in der frommen Betrachtung der Stätte zugebracht, wo der heilige Rabbi, sein Lehrmeister, gewirkt hatte. Sein Bart und sein Haar waren weiß geworden, sein Blick war wie verschleiert und beinahe furchterregend. Er sagte, der Krieg der Juden gegen den Zaren aller Russen werde nicht durch Waffengewalt gewonnen, sondern durch die Tränen, »denn eine einzige Träne sei, nach dem heiligen Rabbi von Kock, tiefer als der große Ozean des Unendlichen«. Und als sein Sohn Jankel über die Ausbildung der jüdischen Truppeneinheiten sprach, hob Noe seine beiden mageren

Arme zu der rußgeschwärzten Decke empor und rief:

»Ich flehe euch an meine Väter, Abraham, Isaak und Jakob, steigt herab von eurem goldenen Thron im Paradies und eilt den Kindern des auserwählten Volkes zur Hilfe!«

Dann wandte er sich plötzlich völlig übergangslos an Lazarus, der ihm einen besorgten Blick zuwarf:

»Wie ein Spiegelbild im Wasser ist gegenüber dem Angesicht, also ist eines Menschen Herz gegenüber dem andern«, zitierte er. »Aber warum heißt es in den Sprüchen ›im Wasser‹ und nicht ›im Spiegel‹? Weil der Mensch im Wasser sein Bild nur dann sieht, wenn er ganz nahe herangeht. Und so ist es auch mit dem Herzen: Er muß sich gewissermaßen dicht über das Herz beugen, ihm ganz nahe sein, um sich darin zu sehen. Unser Vater – seine Seele ruhe in Frieden – hat mir nie erlaubt, so vertraut mit ihm zu werden.«

Noes Züge schienen sich aufzulösen, sein Blick wurde leer. Lazarus erinnerte sich plötzlich an das, was ihr Vater ihm über Jentes und Noes Ankunft in Paris während der Revolution erzählt hatte. Da hob er die Faust und schlug so heftig auf den Tisch, daß das Geschirr klirrte. Alle Blicke waren jetzt auf die beiden Brüder gerichtet.

»Warum hast du das getan?« fragte Noe mit dumpfer Stimme.

Lazarus antwortete nicht gleich.

Er schien plötzlich erschöpft.

»Hieß dein Vater Berl?« fragte er Noe.

»Mein Vater? Es war doch auch deiner. Ja, er hieß Berl. Was soll die Frage?«

»Ich habe wohl bemerkt, daß du den Geist unseres Vaters in den himmlischen Gefilden gesucht hast. Ich weiß nicht, was du vorhast. Ich wollte dich nur wieder auf die Erde zurückbringen. So etwas tut niemand ungestraft.«

»Hast du daran gedacht, daß du den Sabbat entheiligst?«

»Ja, ich habe daran gedacht. Und man hat sicherlich das Recht dazu, um ein Leben zu retten. Hat nicht der heilige Baal Schem Tov erklärt, für die Zaddikim, die Gerechten, bedeute es eine Art Tod, von einer Stufe seiner geistigen Höhe herabzusteigen?«

Am nächsten Tag kehrte Noe nach Kock zurück. Jankel war darüber sehr betrübt, aber er konnte doch nicht die Ausbildung der jüdischen Soldaten aufgeben, um sich seinem Vater zu widmen! Er nahm sich vor, es zu tun, wenn die Russen erst einmal geschlagen waren.

Am Ende des Sommers rückten die Russen von Westen her heran. Die Befestigungen vor der polnischen Hauptstadt geboten ihnen zwar zunächst Einhalt; aber am 6. September gingen sie zum Angriff über. Es waren fast achtzigtausend Mann, und sie besaßen eine Artillerie, die der der Polen bei weitem überlegen war. Die Schlacht dauerte zwei Tage. Am Morgen des dritten Tages zogen sich die polnischen Regimenter nach Modlin zurück. Als die Russen sich anschickten, die Weichselbrücken zu überqueren, standen dort nur noch die jüdischen Freiwilligen, um Warschau gegen sie zu verteidigen.

Berkowicz und Jankel befehligten von einem Sattelwagen herab die Soldaten. Die Kanonen gegenüber waren auf ihre Positionen gerichtet. Die Kugeln pfiffen an ihnen vorbei. Plötzlich tauchte russische Reiterei auf der Brücke auf.

»Feuer!« rief Berkowicz.

Die Kanone, die die Brücke unter Flachfeuer nahm, spuckte eine Kugel aus, die zwei russische Reiter traf.

»Feuer!« befahl Berkowicz wieder.

Ein kleiner Chassid, dessen lange rote Schläfenlocken wie angenäht an seine hohe Kappe der städtischen Garde schienen, näherte sich Berkowicz und grüßte vorschriftsmäßig.

»Herr Hauptmann«, sagte er, »wir haben nur noch ganz wenig Munition.«

Jankel sah die Kugel kommen, aber er hatte keine Zeit mehr, ihn zu warnen: Sie traf den kleinen Chassid in den Rücken. Er wurde von ihr ein Stück nach vorn gerissen, und als er mit verdrehten Gliedern zu Boden stürzte, schien er sich in einen langen Schrei wie in einen Gebetsmantel einzuwickeln.

»Feuer!« rief Berkowicz.

Die Russen auf der Brücke wichen zurück. Auf beiden Seiten wurde unablässig geschossen. Dann traf eine russische Kugel drei Soldaten an der jüdischen Kanone, die die Brücke unter Beschuß hielt. Panik ergriff die anderen, und sie flüchteten in Richtung Stadt.

Jankel sprang von seinem Sattelwagen und versuchte, sie zurückzuhalten:

»Juden!« schrie er. »Haltet durch! Haltet durch!«

Aber die Juden rannten davon, so schnell sie konnten. Jankel blieb neben der verlassenen Kanone stehen. Schon rückten die Russen auf der Brücke wieder vor; er hörte, wie sie sich gegenseitig anfeuerten. »Und warum wurde der zweite Tempel zerstört, obwohl das Volk sich dem Thora-Studium widmete und getreulich alle Gebote erfüllte?« glaubte er ganz deutlich zu hören, und wie einst als Kind antwortete er und war überrascht, seine eigene Stimme in diesem Kriegslärm zu hören: »Weil ein grundloser Haß unter ihm herrschte.«

»Feuer!« befahl Berkowicz.

Lazarus war in der Synagoge und betete, als sein ältester Sohn Salomon-Halevy hereingerannt kam:

»Vater! Jankel ist an der Brücke getroffen worden, ich glaube aber, er lebt noch.«

Lazarus packte seinen Sohn an den Schultern:

»Was hattest du denn dort zu suchen? Ich dachte, du seist zu Hause. Wo sind deine Brüder?«

»Sie errichten eine Barrikade auf dem Zamkowyplatz, Vater.«

Draußen auf der Straße rannten die Juden aufgeregt hin und her.

»Die Russen kommen! Die Russen kommen.« Der Gefechtslärm näherte sich. Ein durchgegangenes Pferd zog hinter sich die Trümmer eines Sattelwagens.

Gegenüber dem königlichen Schloß, am Anfang der Boczna-Straße, stapelten ein paar Kinder Möbel, Pflastersteine, herausgerissene Türen und Zaunpfähle übereinander.

»Jonas! David!« rief Lazarus. Seine beiden jüngsten Söhne waren gerade dabei, eine Truhe, die sie irgendwo aufgetrieben hatten, heranzuschleppen. Sie sahen ihren Vater schweigend an.

»Gott sei gelobt!« murmelte Lazarus. »Jetzt lauft rasch nach Hause, ich komme gleich nach. Du, Salomon-Halevy, bist mir verantwortlich für deine Brüder!«

Dann drehte er ihnen den Rücken zu und rannte zum Fluß hinunter. Tote und Verletzte lagen auf der Straße. Plötzlich entdeckte er Rab Judl, den Trödler, einen Nachbarn, mit dem er stets freundschaftliche Beziehung unterhalten hatte, bevor er vor ein paar Jahren aus Warschau verschwunden war.

»Rab Judl!« rief er, »was machen Sie denn hier? Ach bitte, helfen Sie mir doch! Mein Neffe ist verletzt und muß hier an der Brücke liegen!«

Der Trödler legte einen Finger auf die Lippen:

»Sst! Ich bin nicht mehr Rab Judl, Panie Halter. Ich heiße jetzt Leon Rosenberg und handle mit britischen Waffen . . . Aber wir bleiben besser nicht hier stehen, Panie Halter!«

Sie gingen auf die Brücke zu und sahen dort gleich Jankel neben der Kanone in seinem Blut liegen. Die Russen, die die Brücke inzwischen überquert hatten, wandten ihnen den Rücken zu; sie waren damit beschäftigt, die andere jüdische Kanone zum Schweigen zu bringen. Lazarus und Rab Judl packten Jankel unter den Achseln und an den Beinen und trugen ihn so Richtung Zamkowyplatz.

»Als Engländer, Panie Halter, komme ich leicht über jede Grenze. Und wissen Sie, Waffen braucht jeder, das ist nicht so wie mit dem Trödel.«

Jankel stöhnte.

»Der arme Junge! . . . Ich erinnere mich noch, als er nach Warschau kam . . . Sie wollen wahrscheinlich gern wissen, Panie Halter, wie ich englischer Bürger wurde, nicht wahr? Das erzähle ich Ihnen gleich, wenn wir erst einmal mit Gottes Hilfe heil nach Hause gekommen sind.«

Jankel starb drei Wochen später. Die Russen hatten inzwischen Warschau wieder besetzt. Und die Juden, die nicht geflohen waren, hielten sich versteckt. Selbst Rabbi Itche-Meir verschwand für eine Weile wieder in seinem Geburtsort Gora und änderte seinen Namen in Alter. Lazarus, der Vergeltungsmaßnahmen fürchtete, vertraute seinen Sohn Jonas Rab Judl-Leon Rosenberg, dem Engländer, an, der ihn in Samplawa an der deutschen Grenze bei einem Vetter ließ. David ging zusammen mit Joseph Berkowicz nach London.

Entgegen allen Erwartungen schienen die Besatzer jedoch keine Rache an denen nehmen zu wollen, die geblieben waren. Im Gegenteil, man versuchte, die Sympathie der jüdischen Gemeinde zu gewinnen, indem man einen Entschädigungsfonds gründete, um die während der Eroberung der Stadt erlittenen Schäden auszugleichen. Aber das Viertel begann sich zu ändern. Die Läden und Fabriken blieben geschlossen; dagegen blühte der Straßenhandel. Schon frühmorgens stellten sich die Händler mit ihren schmalen Karren vor die Häuser, schlugen ihre fliegenden Läden auf und lockten die Kauflustigen an. Die Russen waren gute Kunden. Ein paar Monate später, im August 1832, verkündete der Zar sein erstes antijüdisches Gesetz: Es verbot den Juden, in Häusern an der Ecke von jüdischen und katholischen Straßen zu wohnen.

Bis zu den Bürgerrechten war es noch ein weiter Weg für die polnischen Juden.

42

Warschau
Ein alter Mann

Zehn dauerhafte Dinge wurden auf dieser Welt geschaffen, sagt der Traktat Baba Bathra[114]: »Ein Berg ist dauerhaft, aber das Eisen vermag ihn auszuhöhlen; das Eisen ist beständig, aber das Feuer vermag es zu schmelzen; das Feuer ist verheerend, aber das Wasser vermag es zu löschen; das Wasser ist eine gewaltige Kraft, aber die Wolken können es davontragen; die Wolken sind mächtig, aber der Wind vermag sie zu vertreiben; der Wind ist stark, aber der menschliche Körper kann ihm widerstehen; der menschliche Körper ist kräftig, aber die Furcht vermag ihn zu lähmen; die Furcht ist gewaltig, aber der Wein vermag sie zu betäuben; der Wein vermag vieles, aber der Schlaf kann ihn aufheben; und der Tod ist stärker als alles.«

Sein ganzes Leben lang hatte Lazarus den Tod am Werk gesehen. Er war inzwischen neunzig Jahre alt, und die, die er hatte sterben sehen, waren Legion – seit dem Tag, an dem in jenem schneebedeckten Wald ein Bajonett das Herz des jungen jüdischen Soldaten durchbohrt hatte, der sein »Schema Israel« nicht mehr hatte vollenden können . . . Jankel, der kurz nach dem Aufstand von 1830 gestorben war, Zevi-Hirsch, den eine Lungenentzündung hinweggerafft hatte. Tot auch Avigdor ben Joel, genannt Lebensohn, der Drucker, bei dem er nach Zevi-Hirschs Tod gearbeitet hatte. Tot seine Söhne Salomon-Halevy und David. Tot sein geliebtes Weib Deborele. Und tot auch der Bankier Meir-Anschel Rothschild, trotz all seines Reichtums.

Lazarus trug sein Alter ohne Murren. Da das Leben und die Verlängerung unserer Tage von unserer Liebe zum Ewigen und unserem Gehorsam gegenüber seinem Gesetz abhängen, achtete er gewissenhaft alle Gebote. Während seiner letzten fünfzig Jahre war

[114] Traktat des Talmud, die Eigentumsrechte betreffend.

er tagtäglich morgens und abends in die Synagoge gegangen. »Der, dessen gute Werke größer sind als sein Wissen«, sagte man von ihm und zitierte den Traktat der Väter, »gleicht einem Baum, der wenig Äste, aber viele Wurzeln hat. Alle Winde der Welt mögen sich gegen ihn entfesseln. Er aber wird nicht wanken.«

Die Winde der Welt . . . Dabei war er dem Tod schon einmal sehr nahe gewesen, bei einer jener Demonstrationen, zu denen sein Sohn Salomon-Halevy ihn ständig mitnahm. Aber er hatte vergessen, ob das 1848 oder 1861 war – gelegentlich verwischten sich für ihn die Ereignisse seiner späten Jahre. Es hatte damals Zusammenstöße mit den Soldaten gegeben. Einige waren dabei ums Leben gekommen, unter anderem der Mann, der neben ihm marschierte. Er war mit zur Beerdigung der Opfer gegangen. Die Juden hatten sich in der Rimarskastraße versammelt: die berufsständischen Vereinigungen mit ihren Wappen, die Studenten, die Rabbiner . . . Er war dicht hinter den Rabbinern Itche-Meir Alter und Meisels gegangen. Die Juden hatten sich dem Trauerzug der Polen angeschlossen; und Salomon-Halevy hatte gesagt, dies sei ein großer Augenblick, und von nun an würden Juden und Polen gemeinsam gegen die Russen kämpfen. Lazarus jedoch fand, die Juden sollten sich weder um die Polen noch um die Russen kümmern. Sie sollten ganz einfach das Unrecht bekämpfen, denn das Böse ist der Feind Gottes.

Er sah, wie sich Warschau, seine Stadt, veränderte: Die Juden kleideten sich wie die Gojim und spazierten des Nachts durch die von Gaslaternen erleuchteten Straßen. Es gab Wagen mit gräßlich zischenden und pfeifenden Maschinen, die auf Straßen oder auf Schienen fahren konnten. Ja, es sollte jetzt sogar einen Apparat mit einer Kurbel geben, um sich mit jemandem zu unterhalten, der meilenweit entfernt war. Alles Dinge, die seine Väter und die Väter seiner Väter nicht gebraucht hatten. Manchmal fürchtete Lazarus, der Herr werde Warschau wie Sodom und Gomorrha vertilgen, zur Strafe für all diese neumodischen Dinge.

Als er noch in der Druckerei Lebensohn arbeitete, kam aus England eine riesige Schnellpresse, die unter einem Höllenlärm die fertig gedruckten Bogen auswarf. Jeden Morgen wählte man unter den Armen, die in der Werkstatt Arbeit suchten, die Kräftigsten aus und ließ sie den ganzen Tag in bestimmtem Rhythmus die Trethebel bedienen. Durch das Spiel von Treibriemen und Zahnrädern wurde der Druckzylinder zum Umdrehen gebracht. Gewiß, die Produktion war erheblich größer als mit der alten Handpresse, aber wozu eigentlich? »Denn was kriegt der Mensch von aller seiner Arbeit und Mühe seines Herzens, die er hat unter der Sonne?«

Die göttliche Gerechtigkeit würde sich zur rechten Zeit schon erweisen. Übrigens konnte man das tagtäglich feststellen. Hatte nicht der französische Konsul in Damaskus, der die Juden wie im Mittelalter eines rituellen Verbrechens beschuldigt hatte, schließlich die Waffen strecken müssen? Und hatte man nicht Mohammed Ali, den ägyptischen Herrscher, am Ende gezwungen, die gefangenen Juden freizulassen? Und hatte nicht die Revolution von 1848 alle Feinde Israels hinweggefegt und die Gleichheit der Rechte für die Juden in Westeuropa gebracht? Und Zar Nikolaus – sein Name sei verflucht –, der während seiner ganzen Herrschaft die Juden verfolgt hatte, war er nicht am Tag vor Purim auf geheimnisvolle Weise ums Leben gekommen? Gerade vor jenem Fest, das daran erinnert, wie ein anderer Feind Israels, Haman, bestraft wurde, der das jüdische Volk in den hundertsiebenundzwanzig Provinzen des persischen Reichs vertilgen wollte? »Wer das Gesetz ehrt«, hatte Rabbi Josse einmal gesagt, »den wird man selbst ehren. Und wer es mißachtet, den wird man selbst mißachten.«

Mit siebzig Jahren hatte sich Lazarus mit einer kleinen Cousine seiner teuren Frau Deborele wieder verheiratet. Sarahle, die noch nicht einmal vierzig Jahre alt war, hatte ihm noch einen Sohn geschenkt, Meir-Ikhiel, den er das Druckerhandwerk gelehrt hatte, und zwar in einer kleinen Werkstatt, die er selbst im Auftrag von Rabbi Itche-Meir Alter eingerichtet hatte. Die Werkstatt war mit der Zeit immer größer geworden. Der Rabbi hatte sie nach ein paar Jahren an Mordechai Zisberg, einen wohlhabenden Juden, verkauft. Es dauerte nicht lange, und aus der kleinen Werkstatt war eine der bedeutendsten Druckereien Warschaus geworden. Und es dauerte auch nicht lange, da heiratete Meir-Ikhiel die Tochter von Mordechai Zisberg, der, wie es der Ehevertrag vorsah, seinen Schwiegersohn kurz darauf zu seinem Partner machte. Lazarus war darüber sehr froh: Es wurde Zeit, daß ein Halter einmal Herr in der eigenen Druckerei wurde.

Dieser späte Sohn, den Gott Lazarus geschenkt hatte, und der jünger als manche seiner Enkelkinder war, zeichnete sich durch seine Frömmigkeit und Gelehrtheit aus, obgleich in ihm auch etwas Undefinierbares steckte, gewissermaßen ein Hang zum Weltlichen. Aber er war da und tröstete seine alten Tage.

Von Zeit zu Zeit bekam Lazarus einen Brief von seinen Enkeln: einer, der Sohn von David, dem Bäcker aus Samplawa, war mit seiner ganzen Familie nach Liverpool in England gezogen. Den letzten Nachrichten zufolge hatte er vor, sich von dort nach Australien oder Winnipeg in Kanada einzuschiffen. Meir-Ikhiel hatte Lazarus auf der Landkarte gezeigt, wo Kanada lag: ein bißchen höher als die Vereinigten Staaten von Amerika. Aber Lazarus begriff nicht so recht, warum man immer weiter nach oben gehen wollte, wenn doch ein bißchen tiefer genauso gut wäre.

Sein anderer Sohn Jonas und dessen Sohn Gerson lebten in London und schrieben ihm einmal im Jahr. Dieser Gerson, der Vorbeter in einer Synagoge war, hatte ihm ein Foto von sich geschickt: ein freundlich blickender Mann mit gestutztem Bart, der einen Zylinder trug und die Hände auf die Armlehnen seines Sessels gelegt hatte. Lazarus hatte das Bild stundenlang angeschaut. Ein Vorbeter in der Familie, wer hätte das gedacht?

Er hatte Abrahams Buch nicht wieder gedruckt, sondern begnügte sich damit, mit der Hand die Namen seiner Enkelkinder in das zwölfseitige Heft einzutragen, das er selbst fünfzig Jahre zuvor hineingeklebt hatte. Warum? Er wußte es selbst nicht. Keinem seiner Kinder und Enkelkinder schien etwas daran gelegen zu sein, ein Exemplar zu besitzen. Dabei hätte man doch gerade in diesem weitentfernten Amerika eines brauchen können. Nur der Ewige weiß, welcher seiner Samen Früchte tragen wird. Und so blieb Lazarus der Hüter des Familiengedächtnisses, die einzige Festung gegen Vergessen, der, der eine Brücke zwischen Gestern und Morgen schlug. Er bildete das unentbehrliche Band zwischen Vorfahren und Nachkommen. Er war die Gegenwart, er war das Leben. Solange er auf diese Weise nützlich war, so dachte er, würde ihn der Engel mit der Sichel wohl verschonen.

An jenem Tag im Jahre 5641[115] nach der Schöpfung der Welt durch den Ewigen – gepriesen sei sein Name – feierten die Christen in Warschau Weihnachten. Die Heiligkreuzkirche in der Krakauer Vorstadt konnte die Gläubigen kaum fassen.

Mitten während des Gottesdienstes rief eine Stimme: »Es brennt!« Panik brach unter der Menge aus, alles stürzte zu den Portalen. In dem entsetzlichen Gedränge wurden neunundzwanzig Menschen zu Tode getrampelt. Einige dem Pfarrer der Heiligkreuzkirche unbekannte Personen beschuldigten jetzt die Juden: Wer konnte wohl »Es brennt« geschrien haben, wenn nicht diese Juden, die Christus ans Kreuz geschlagen haben? Mit der Fackel in der Hand machten sich einige Eiferer sogleich auf den Weg, um das Judenviertel zu stürmen. Geschäfte brannten, die Synagoge in der Nalewki-Straße wurde verwüstet.

Lazarus war wie jeden Abend dort, um das Gebet zu sprechen. Auf der Straße packten die Polen den Greis, der nicht davonrennen konnte, und versetzten ihm mit einem Knüppel einen Schlag auf den Schädel.

Blut schoß aus Lazarus' Mund, ihm wurde schwarz vor Augen. Aber er glaubte so sehr an das Leben, daß er nicht gleich starb. Meir-Ikhiel, den man verständigt hatte, brachte ihn nach Haus. Lazarus hatte gerade noch Zeit, ihm Abrahams Buch anzuvertrauen, bevor der große Schnitter ihn in den Himmel geleitete und zu den Erzengeln brachte, die den Eingang zum Paradies bewachen.

[115] 1881

43

Warschau
Olga

Slata, Meir-Ikhiels Frau, ermahnte ihn, sich vor diesen sogenannten literarischen Kreisen in acht zu nehmen, die in Wirklichkeit entweder Lasterhöhlen oder Schlupfwinkel der Revolutionäre seien. Hatte nicht die Polizei des Zaren gerade erst in einem literarischen Salon alle Führer der sozialistischen Arbeiterpartei verhaftet? Aber Meir-Ikhiel war zu einem dieser geselligen Abende von einem Verleger aus Odessa gebeten worden, der die Druckerei besucht hatte, und so konnte er schlecht absagen. Außerdem sah der Verleger, ein gewisser Plotnizki, weder wie ein Lebemann noch wie ein Terrorist aus.

Und doch zögerte er erst in der Lesznostraße, bevor er anklopfte. Die Tür ging auf. Eine ältere Frau begrüßte ihn auf russisch. Er fragte nach Plotnizki und blieb im Vorzimmer stehen, bis der Verleger mit ausgebreiteten Armen auf ihn zukam. Er lächelte auf eine eigentümliche Weise, die seinen blonden Schnurrbart über dem herzförmigen Mund spaltete.

»Endlich«, rief er, »endlich!«

Er schüttelte ihm die Hand und zog ihn gleich mit sich fort in einen großen Raum nebenan, in dem etwa ein Dutzend junger Leute zwischen zwanzig und dreißig in einer Ecke auf einem Sofa und auf ein paar Stühlen saßen. Er selbst nahm auf einem Hocker Platz. Man fragte ihn, ob er russisch spreche, was er bejahte.

Fast alle Anwesenden waren »Litvaks«, Juden aus Litauen, die wahrscheinlich auf Arbeitssuche nach Warschau gekommen waren. Sie unterhielten sich über die Notwendigkeit, einen Fortbildungskurs für Arbeiter zu schaffen und eine Bibliothek einzurichten, wo sie sich von der Zensur verbotene Bücher beschaffen konnten: Marx, Lassalle, Plechanow, Herzen . . .

»Nur durch die Schulung kann die Arbeiterklasse sich ihrer Situation, aber auch ihrer Kraft bewußt werden«, bekräftigte einer.

»Aber es gibt kaum Arbeiter in Rußland«, bemerkte errötend ein junger Mann. »Nur Bauern . . .«

»Aber nach Plechanow wächst die Zahl der Arbeiter ständig.«

»Arbeiter oder Bauern, an das Volk muß man sich wenden«, rief ein dritter.

Meir-Ikhiel fühlte sich nicht ganz wohl in seiner Haut. Warum hatte Plotnitzki ihn eingeladen? Warum interessierten sich diese Leute für das Schicksal der russischen Arbeiter? Unter den Anwesenden waren auch zwei Frauen: außer der, die ihm die Tür geöffnet hatte, eine sehr junge mit klaren blauen Augen, die kein Kopftuch über ihrem blonden Haar trug: Also war sie keine Jüdin.

»Was meint eigentlich unser Drucker zu all dem?« fragte plötzlich Plotnitzki.

»Hmm!« erwiderte Meir-Ikhiel. »Ich kenne mich in diesen Fragen nicht so aus . . . Wer ist eigentlich dieses Volk, von dem die Rede ist?«

»Die jüdischen Arbeiter«, erwiderte die ältere Frau.

Meir-Ikhiel war überrascht. Die junge Frau warf ihm einen erstaunten Blick zu, als bemerke sie erst jetzt seine Gegenwart. Übrigens schien es Meir-Ikhiel, als habe bisher überhaupt niemand weiter von ihm Notiz genommen.

»Und wie wollen Sie mit ihnen reden? In welcher Sprache?«

»Natürlich russisch.«

»Dann werden Sie bei den polnischen Juden nichts ausrichten. Nehmen Sie zum Beispiel die dreihundert Arbeiterinnen, die im Augenblick in der Tabakfabrik an der Bonifraterskastraße streiken. Wenn Sie denen auf russisch etwas von Marx und Plechanow erzählen . . . Ohne jiddisch bleiben Sie in Warschau immer Fremde . . .«

Ein junger, sehr gepflegter Mann mit einem roten Schal um den Hals beugte sich leicht nach vorn:

»Aber es existiert keinerlei Material auf jiddisch!«

»Dann muß man eben welches beschaffen«, erwiderte Meir-Ikhiel.

»Aha, und Sie wollen es dann drucken, nicht wahr«, entgegnete der andere spöttisch.

Meir-Ikhiel stand auf:

»Ich muß gehen. Ich werde erwartet.«

Er ging zur Tür, und Plotnitzki kam ihm in den Vorraum nach: »Ich habe mich über Ihren Besuch gefreut. Was Sie gesagt haben, wird die anderen sicherlich nachdenklich stimmen. Sie sind voller Tatendrang, aber sie haben keine Erfahrung.«

Er legte Meir-Ikhiel seine Hand auf die Schulter:

»Wie finden Sie meine Freunde?«

Meir-Ikhiel war sehr verlegen:

»Der Messias wird wohl noch einige Zeit auf sich warten lassen«, erwiderte er.

»Was wollen Sie damit sagen?«

»Der Talmud lehrt uns, ›der Sohn Davids wird erst erscheinen, wenn eine Generation entweder ganz und gar tugendhaft oder ganz und gar schlecht ist . . .‹«

»Und Sie meinen, diese Generation ist weder das eine noch das andere? Sie irren sich, mein Freund. Es ist eine großartige Generation . . . Übrigens ist es doch auch die Ihre!«

Um seine Mundwinkel spielte wieder dieses eigenartige Lächeln. Meir-Ikhiel ging langsam nach Hause zurück und fragte sich, warum er eigentlich so schlecht gelaunt gewesen war. Er wußte zwar sehr wohl, daß die junge blonde Frau schuld daran gewesen war, aber er wollte es sich nicht eingestehen.

Die Tage darauf hatte er in der Druckerei besonders viel zu tun, weil sein Schwiegervater mit einer Erkältung zu Bett lag, und er bemühte sich, den Abend zu vergessen.

Meir-Ikhiel liebte seine Arbeit und seine Werkstatt über alles. Die Stunden, die er dort verbrachte, waren für ihn die glücklichsten. Die Arbeiter, alle bärtige Chassidim mit Scheitelkäppchen auf dem Kopf und dem Hut darüber, in langem Überrock mit einem schmalen Schal als Gürtel, beugten sich über die Setzkästen wie über ein Gebetbuch. Gelegentlich stimmte einer ein chassidisches Lied an, das von den anderen sogleich aufgenommen wurde. Sie arbeiteten fleißig und in dem Bewußtsein, daß »auf jeder Hände Arbeit ein Segen ruht«. Meir-Ikhiel hätte an diesen letzten Tagen noch einen Satz aus dem Traktat der Väter hinzufügen können: »Denn über der Arbeit vergißt man die Sünde.«

Aber eines Nachmittags tauchte die junge blonde Frau in der Werkstatt auf. Die Arbeiter hörten ganz plötzlich auf zu singen, als hätte sie ihnen gewissermaßen ihr chassidisches Lied abgeschnitten. Schockiert über die Anwesenheit einer Frau an ihrer Arbeitsstätte wandten sie sich ab und taten so, als sei sie gar nicht da. Meir-Ikhiel ging fast widerwillig auf sie zu:

»Guten Tag«, sagte sie. »Ich merke, ich störe.«

»Das heißt . . .«

»Wann sind Sie fertig?«

»So gegen sechs oder sieben, je nachdem . . .«

»Ich warte draußen auf Sie. Ich wollte Ihnen nur sagen, Sie haben recht gehabt an dem Abend.«

Und schon war sie wieder fort.

An diesem Tag wurde es besonders spät. Als die Maschinen endlich stillstanden, wuschen sich die Schriftsetzer die Hände und die Arme, schlugen ihr Siddur auf und sprachen wie immer das Abendgebet gemeinsam. Meir-Ikhiel war der letzte, der die Werkstatt verließ.

Sie wartete ganz in der Nähe und kam gleich auf ihn zu:

»Entschuldigen Sie«, sagte er, »aber . . .«

»Das macht nichts. Ich habe mich nicht gelangweilt, Meir. Ich sehe gern zu, wie die Juden leben. Sie haben es alle so eilig! Wollen sie die Zeit einholen oder versuchen sie, ihr voraus zu sein?«

»Wahrscheinlich beides. Wie heißen Sie eigentlich?«

»Olga. Oder Vera, das kommt darauf an.«

»Das kommt darauf an?«

»Vera ist die Heldin in Tschernyschewskijs Roman ›Was tun?‹. Haben Sie ihn gelesen?« – »Nein.«

Sie standen mitten auf der Straße und bildeten ein Verkehrshindernis für die Leute, die es eilig hatten, nach Haus zu kommen. Sie gingen deshalb in Richtung Krasinskigarten.

»Meir«, sagte sie, »mein Onkel bat mich . . .«

»Ihr Onkel?«

»Ja, Plotnitzki, der Verleger. Er hat ein paar Texte ins Jiddische übersetzen lassen und läßt Sie fragen, ob Sie bereit wären, sie zu drucken.«

»Was für Texte?«

Sie standen jetzt vor dem Gartentor.

»Natürlich zwingt Sie niemand dazu. Es handelt sich um sogenannte subversive Literatur. Es kann für Sie gefährlich sein. Wenn Sie sie lesen wollen, bringe ich sie Ihnen morgen. Sonst reden wir nicht mehr darüber.«

Meir-Ikhiel war siebenundzwanzig Jahre alt, verheiratet, leitete mit seinem Schwiegervater eine angesehene Druckerei, und seine Frau Slata hatte ihm drei Kinder geschenkt. Er war intelligent, verläßlich, ein Mann rascher Entscheidungen und bemühte sich, gerecht zu sein. Aber vor dieser jungen Frau Olga oder Vera, die von ihm erwartete, daß er für sie ins Gefängnis ging und ohne Kopfbedeckung herumlief, vergaß er, wer er war. Er sah sie an und versank einen Augenblick in dem tiefen Meer ihrer Augen. Als er wieder zu sich kam, sagte sie ihm auf Wiedersehen:

»Bis morgen, Meir. Ich werde auf Sie warten, wie heute.«

Am nächsten Tag brachte Plotnitzki die Texte selbst in die Drukkerei. Meir- Ikhiel, der sich um einen Buchhändler aus Lublin kümmern mußte, der ein Gebetbuch bei ihm bestellen wollte, hatte nicht allzuviel Zeit für ihn. Aber Plotnitzki, der noch am gleichen Tag nach Danzig fahren mußte, versprach ihm, ihn gleich nach seiner Rückkehr zu besuchen.

Der Nachmittag wollte kein Ende nehmen. Meir-Ikhiel war zerstreut, ungeschickt, unfähig zu arbeiten und sprach leise für sich mehrmals den Psalm: »Ich habe den Herrn alle Zeit vor Augen; steht er mir zur Rechten, so wanke ich nicht.« Und bevor er die Werkstatt verließ, betete er leise: »Bewahre mich, oh Gott, denn ich vertraue auf Dich.«

Es regnete in Strömen. Meir-Ikhiel stellte den Kragen seines Kaftans auf und sah sich nach Olga um. Sie war nicht da.

»Handl! Handl! Gute Geschäfte! Gute Geschäfte!« rief ein Krüppel unter einem Torbogen.

»Alte *Challes*! Wer will alte Brote!« rief eine dicke Frau unter einem Regenschirm.

Das Wasser rann Meir-Ikhiel den Hals hinunter, er hatte nasse Füße, war auf sich selbst wütend und beschloß, nach Hause zu gehen. In diesem Augenblick sah er sie durch den Regenvorhang hindurch. Sie war außer Atem und ebenso naß wie er: »Sie sind spät dran«, brummte er.

Sie sah ihn aufmerksam an, als sehe sie bis auf den Grund seines

Herzens. »Kommen Sie«, sagte sie.

»Wohin denn?«

»Irgendwohin. Zu mir, wenn Sie wollen . . . Nun schauen Sie mich doch nicht so an, Meir. Wir können doch nicht die ganze Nacht im Regen rumrennen.«

Sie liefen in Richtung Krasinskigarten. Dort blieben sie wie am Tag zuvor stehen. Olga lehnte sich wie selbstverständlich an ihn, und durch die durchnäßten Kleider hindurch spürte er ihren Körper. Sie gingen noch eine Weile weiter, aber an der Kreuzung der Tlomackiestraße winkte er eine Droschke heran.

Olga wohnte in einem kleinen Hotel, das außerhalb des Judenviertels in der Jerozolimskaallee gelegen war. Die Straßen, die Bürgersteige, die Häuser, alles schien hier breiter, neuer, besser beleuchtet zu sein. Der Regen war der gleiche, aber sein Geruch war ein anderer. Vor dem Hotel ergriff sie Meir-Ikhiels Arm. Zwei patroullierende russische Polizisten drehten sich nach ihnen um, aber der Portier, der gerade dabei war, sich einen Schnaps in eine henkellose Tasse zu gießen, achtete nicht weiter auf sie.

Das Zimmer war winzig. Das Bett, ein Stuhl und eine Kommode füllten es ganz aus. Olga zog die schweren gelben Vorhänge zu und verschwand hinter einem Wandschirm, der eine Ecke des Zimmers abteilte.

»Meir!« rief sie.

»Ja.«

»Erzählen Sie mir etwas von sich!«

»Hmm! . . .«

Olga erschien in einem weiten Bauernkleid, mit einem groben roten Tuch über den Schultern. Sie sah ihn an: Er stand reglos mitten im Zimmer, und seine Kleider tropften aufs Parkett.

»Meir«, sagte sie, »Sie sollten sich auch umziehen.«

Er spürte, wie er errötete. Die Schamlosigkeit dieser Russin kannte keine Grenzen.

»Ich glaube, ich muß jetzt gehen«, sagte er.

»Warum?«

»Weil es eine Sünde ist.«

»Aber jeder Mensch sündigt doch einmal, Meir! Ihr Vater wahrscheinlich ebenso wie Ihr Großvater und Ihr Urgroßvater . . .«

»Mein Großvater ja, das weiß die ganze Familie.«

»Erzählen Sie, Meir. Gehen Sie hinter den Wandschirm und ziehen Sie diesen Pelz von meinem Onkel an. Ich werde nicht hinschauen.«

Meir-Ikhiel erzählte ihr, was er von den Abenteuern jenes Berl wußte, den sein Weib von Zolkiew bis nach Straßburg über Königsberg und Paris verfolgt hatte. Olga lachte schallend. Als er in dem viel zu großen schwarzen Pelz hinter dem Wandschirm wieder vorkam, sah sie ihn belustigt an: »Man sieht ja gar nicht, wo der Bart aufhört und der Pelz anfängt!«

Sie stand auf und schmiegte sich an ihn.

»Sie zittern ja, Meir. Haben Sie keine Angst!«

Sie hörten, wie es Mitternacht schlug. Sie lagen nebeneinander. Meir-Ikhiel seufzte tief, und sie legte eine Hand auf seine nackte Brust, wie um ein unglückliches Kind zu trösten.

»Ich hab' immer gehört, die Juden seien gute Liebhaber«, sagte sie. »Das kann ich durchaus bestätigen.«

Meir-Ikhiel war verlegen und geschmeichelt zugleich:

»Und warum sind die Juden gute Liebhaber?«

»Sie sollen währenddessen Psalmen rezitieren, hab' ich gehört, und deshalb die ganze Nacht durchhalten.«

Er war schrecklich verlegen.

»Glauben Sie an Gott, Meir?« fragte sie.

»Ja.«

»Sie glauben, daß der Mensch sein Geschöpf ist?«

»Ja.«

»Und glauben Sie, daß er von Natur aus gut ist?«

»Wären alle Menschen von Natur aus gut, würde der Messias schon erschienen sein, und die Geschichte hätte sich längst erfüllt.«

Olga setzte sich auf das Bett.

»Und hat Gott auch ein Mittel gegen das Böse geschaffen?«

»Sein Gesetz.«

»Ist es für alle das gleiche?«

»Natürlich. Gott wollte, daß alle Menschen von einem einzigen Urvater, Adam, abstammen, damit niemand zu seinem Vorteil behaupten kann, sein Vorfahr sei der erste gewesen. Das steht schon im Talmud.«

Sie lachte.

»Dann ist euer Gott gegen den Zaren! Jetzt begreife ich, warum Plechanow behauptet hat, die Juden seien die Vorkämpfer der Revolution . . . Haben Sie das ›Manifest‹ von Marx und Engels gelesen?«

»Nein.«

»Dabei war doch Marx ein Jude.«

»Um von den Antisemiten gehaßt zu werden, reicht es, als Jude geboren zu sein. Aber das genügt doch nicht, um Jude zu sein.«

»Was muß denn noch dazu kommen, um Jude zu sein?«

»Man muß das Gesetz achten, die Gerechtigkeit lieben und alle Gebote befolgen.«

»Aber Sie haben doch eben gesagt, das Gesetz sei für alle das gleiche . . .«

»Ja, aber wenn ein Russe es übertritt, bleibt er trotzdem Russe, während der Jude aufhört, ein Jude zu sein.«

»Und Sie, Meir, achten Sie es?«

»Ja, ich achte das Gesetz. Manchmal verstoße ich leider gegen ein oder zwei Gebote . . .«

»Wie heute abend?«

»Ja.«

»Haben Sie dann heute aufgehört, ein Jude zu sein?«

»Nein, aber heute bin ich zu einem schlechten Juden geworden.«

Sie schmiegte sich unter der Decke ganz fest an ihn:

»Begehrst du mich noch?«

»Sie dürfen nicht so reden!« erwiderte er.

»Meir, Sie müssen uns helfen. Es ist so wichtig, daß die Juden von der Notwendigkeit unseres Kampfes überzeugt werden. Dazu müssen Flugblätter und Broschüren in jiddisch gedruckt und verbreitet werden. Das haben Sie uns doch selbst erklärt. Wenn die Juden sich erheben, wird die ganze Welt ihrem Beispiel folgen. Sie sind wie die erste Welle des Ozeans.«

»Warum sollten sich die Juden als erste erheben?«

»Ganz einfach, Meir, weil sie am meisten dadurch zu gewinnen haben. Sie sind doppelt unterdrückt, als Arbeiter und als Juden. Und außerdem . . .«

Sie nahm Meir-Ikhiels Gesicht in ihre Hände, und trotz der Dunkelheit spürte er, daß sie wie am Nachmittag bis auf den Grund seines Herzens sah.

». . . und außerdem verteidigen sie das Gesetz!«

Meir-Ikhiel druckte die jiddischen Texte, die ihm Plotnitzki gebracht hatte, in Form von Flugblättern und Anschlägen. Zwei Unbekannte kamen, holten sie im Namen von »Vera« ab und zahlten die Rechnung. Meir-Ikhiel mußte ja die Arbeitsstunden und das verbrauchte Papier irgendwie rechtfertigen, denn sein Schwiegervater prüfte jeden Freitag die Bücher.

Dreimal hatte Olga ihn inzwischen wieder am Abend von der Werkstatt abgeholt, und dreimal hatten sie die Nacht im Hotel Jerozolimska verbracht. Slata sagte kein Wort, wenn er erst morgens nach Hause kam, und das war eigentlich sehr viel schlimmer, als wenn sie geschrien, geweint und die Nachbarschaft zusammengerufen hätte, wie es die betrogenen Ehefrauen in den Hinterhöfen unten manchmal machten. Er wußte nicht, was er tun sollte, aber wenn er bemerkte, wie die Arbeiter in der Werkstatt anfingen, ihm den Rücken zuzudrehen und, kaum war er in der Nähe, zu singen aufhörten, wurde ihm klar, daß diese Situation langsam unerträglich wurde. Nur fühlte er sich unfähig, etwas daran zu ändern.

Eines Tages kam sie nicht mehr. Er wartete bis in die Nacht hinein. Am nächsten Tag wartete er wieder, vergeblich. Er lief zu dem literarischen Kreis in der Lesznostraße, aber die Tür war verschlossen. Hatte man die Litvaks vielleicht verhaftet? Er ging bei einem Vetter vorbei, Itzik, einem Dieb und Polizeispitzel, dem schwarzen Schaf der Familie – man lud ihn nur zu Ostern ein und auch da setzte man ihn ans Ende des Tisches und redete kaum mit ihm.

»Meir-Ikhiel! Baruch haba!«

Er war ein kleiner untersetzter, freundlicher Mann, der einen Schneidezahn aus Metall hatte und mit einer großen hageren Frau, Chadassa, zusammenlebte:

»Wie kommen wir zu der Ehre?«

Meir-Ikhiel überwand seine Verlegenheit und fragte Itzik, ob er nicht seine Beziehung spielen lassen könnte, um herauszufinden, ob eine gewisse Olga Plotnitzki verhaftet worden sei. Chadassa, die in der Küche beschäftigt war, drehte ihnen den Rücken zu, aber sie ließ sich kein Wort entgehen. Plötzlich wandte sie sich an Meir-Ikhiel:

»Ist das eine Hure?« fragte sie.

Mit dieser Bemerkung rächte sie sich für alles, was die Familie ihr jahrelang angetan hatte. Meir-Ikhiel errötete heftig:

»Es ist . . . es ist eine Kundin«, sagte er.

Und machte auf dem Absatz kehrt.

Am nächsten Tag suchte Itzik ihn in der Werkstatt auf. Olga Plotnitzki, so berichtete er, sei in die große Kaserne in der Gesiastraße gebracht worden, die man vor kurzem in ein Gefängnis umgewandelt habe. Er trug unter dem Arm einen Spazierstock mit Silberknauf. Meir-Ikhiel sah ihn aufmerksam an und fragte sich, wie es kommt, daß jemand zu einem schlechten Menschen wird. Aber gleich darauf schämte er sich seiner Gedanken.

Der russische Gefreite in der Gesiastraße, der Meir-Ikhiel empfing, stank nach billigem Schnaps. Er saß in einer Art Gitterkäfig.

»Was willst du, Jude?« fragte er ihn unwirsch.

»Ich suche eine Freundin, Olga Plotnitzki.«

Der Gefreite griff nach einem Bündel von Protokollen.

»Na mal sehen. Wie heißt die Person, die du suchst?«

»Olga Plotnitzki.«

»Plotnitzki . . . Plot-nitz-ki . . .«

Durch das Gitter konnte Meir-Ikhiel sehen, wie er mit seinem nikotingefärbten Zeigefinger die Listen durchging.

»Und wer bist du?« fragte ihn der Gefreite.

»Ein Freund.«

»Ein Freund? Wie heißt du denn?«

»Halter.«

»Und was machst du?«

»Wieso?«

»Na, was bist du von Beruf? Fabrikant? Küster? Händler?«

»Ich bin Drucker.«

Der Gefreite nahm seinen Blick von der Liste und sah Meir-Ikhiel interessiert an. »Drucker, so so. Da, schreib mal deinen Namen auf dieses Pamphlet.«

Er schob Meir-Ikhiel ein Blatt zu, das dieser sofort erkannte. Es war ein jiddisches Flugblatt, das er selbst gedruckt hatte: Aufruf an das jüdische Volk. Er spürte, wie er über und über errötete und gleichzeitig vor Angst Herzklopfen bekam.

»Da, schreib deinen Namen und deine Adresse«, wiederholte der Gefreite und stellte ihm Tinte und Feder hin.

Meir-Ikhiel gehorchte. Der Gefreite nahm das Blatt, warf einen wohlgefälligen Blick darauf und bemerkte dann:

»Deine Freundin hat man nach Odessa zurückgeschickt. Dort wird sie ein Jahr Gefängnis absitzen, wegen umstürzlerischer Tätigkeit . . . Auf Wiedersehen, Jude. Und sieh dir immer genau an, was du druckst.«

Zwei Tage später holte die Polizei Meir-Ikhiel in der Druckerei ab. Man zeigte ihm das Flugblatt, unter das er seinen Namen gesetzt hatte, warf ihm Störung der öffentlichen Ordnung vor und verurteilte ihn zu fünf Jahren Verbannung. Meir- Ikhiel fand, das sei ein teurer Preis für seine Sünden. Aber er traute seinen Ohren nicht, als er hörte, wie der Richter mit eintöniger Stimme die Liste der Städte verlas, in denen er seine fünf Jahre verbringen durfte: Kiew, Berditschew, Odessa . . .

»Odessa!« sagte er ganz erleichtert.

Slata wollte nichts davon wissen, mit ihren drei Kindern in Warschau bei ihrem Vater zu bleiben. Sie würde mit ihrem Mann nach Odessa, und wenn es sein müßte bis nach Sibirien, gehen. Für sie gab es da keinen großen Unterschied: Ein Exil ist ein Exil. An ihrem letzten Abend in Warschau gab es zum Essen eine in Fett gekochte Suppe aus Gerste, Champignons und Bohnen: das Lieblingsessen der Kinder.

»Eßt nur«, sagte sie. »Nehmt euch noch. Niemand weiß, ob ihr so bald wieder etwas bekommt.«

Meir-Ikhiel aß kaum einen Löffel voll. Als er das Gerichtsgebäude verlassen hatte, mit dem Befehl, sich am übernächsten Tag zur Abreise bereit zu halten, war er von einem Bettler am Ärmel in eine Ecke gezogen worden, wo der junge Mann mit dem roten Halstuch auf ihn wartete, den er an jenem literarischen Abend getroffen hatte. Sich vorsichtig nach allen Seiten hin umblickend, hatte dieser ihm ein Paket, kaum größer als zwei Bücher, aber wesentlich schwerer, übergeben:

»Das ist für Plotnitzki«, hatte er ihm zugeflüstert. »Jemand wird es in Odessa abholen kommen.«

»Aber . . .«

»Ihnen kann nichts geschehen. Die Polizei begleitet Sie doch. Es lebe die Revolution!«

Und damit ließ er Meir-Ikhiel einfach stehen. Dieser hatte das Paket unter seinem Gehrock versteckt und es zu Hause dann zu seinen Büchern gestellt. Am nächsten Tag packte er es unter Abrahams Buch in den großen Reisekoffer zusammen mit Kleidern und Töpfen.

Zur verabredeten Zeit erschienen zwei Polizisten. Sie begleiteten ihn, seine Frau und die drei Kinder zum Bahnhof. Ein dicker jüdischer Träger ging ihnen voran, balancierte den Koffer auf seinem Rücken und bahnte sich mit kurzen energischen Rufen, die wie Hundegebell klangen, seinen Weg. Alle Nachbarn standen auf der Straße: reglos, mit abweisenden Mienen. Ihre Mißbilligung bezog sich dabei ebenso auf die Polizisten wie auf Meir-Ikhiel, diesen Sünder, der seine Familie, seine Schwiegerfamilie, seine Nachbarn und, wer weiß, auch das ganze Volks Israels mit Schande bedeckt hatte.

Auf dem Bahnsteig wimmelte es von Polizisten. Meir-Ikhiels Begleiter brachte ihn in einen Waggon, in dem ein anderer Polizist, ein kleiner Blonder, zwei Bänke besetzt hatte. Meir-Ikhiel fragte sich, wann sie ihn wohl auffordern würden, den Koffer zu öffnen. Warum hatte er sich bloß darauf eingelassen, diese Flugschriften mitzunehmen? Um nicht als Feigling dazustehen? Um Olga wiederzusehen? Weil er an diese Revolution glaubte? Wahrscheinlich ließ sich das eine vom anderen gar nicht trennen. Er sagte sich, so sei es wohl meistens, wenn man glaube, eine Entscheidung treffen zu müssen.

Die Polizisten tauschten Papiere aus. Der dicke Träger stellte den Reisekoffer mit Ächzen und Schnaufen neben das Fenster.

Meir-Ikhiel in seiner Angst sprach das Reisegebet: »Mögen wir in Frieden des Weges ziehen, mögen wir in Frieden, bei guter Gesundheit und mit Freuden an das Ziel unserer Reise gelangen.«

»Amen«, erwiderten Slata und die Kinder.

Die Polizisten warfen einen Blick auf den Koffer und fragten sich womöglich, ob nicht noch Zeit sei, ihn zu durchsuchen. In seiner

Panik fuhr Meir-Ikhiel einfach mit den ersten Worten fort, die ihm gerade einfielen: »Möge bis zu dem Tag, an dem die gespaltenen Steine des Tempels sich wieder zusammenfügen, die Anrufung dieser Namen, die ich hier aufgezeichnet habe und die andere nach mir aufzeichnen werden, das Schweigen brechen und Deinen geschändeten Namen wiederherstellen. Heilig, heilig, heilig ist der ewiglebende Gott. Amen.«

»Amen«, erwiderten Slata und die Kinder.

In diesem Augenblick kam der Bahnhofsvorsteher am Waggon vorbei und rief: »Die Reisenden nach Lublin, Chelm, Kowel, bitte einsteigen! Die Reisenden nach Lublin, Chelm . . .«

Die beiden Polizisten, die Meir-Ikhiel begleitet hatten, stiegen aus. Der kleine, blonde Beamte, der sie bis nach Odessa bringen sollte, warf den Reisenden einen forschenden Blick zu. Er lutschte geräuschvoll an seinen Zähnen. Dann sagte er seinen Spruch auf:

»Jede Art von Kontaktaufnahme mit revolutionären Elementen während der Reise oder der Versuch dazu verwandelt deine fünf Jahre Verbannung in lebenslange Zwangsarbeit.«

Ganz erschrocken sahen die Kinder ihren Vater an. Der lächelte ihnen aufmunternd zu, dann warf er einen Blick auf den Bahnsteig: Die Menge war von einer dichten Dampfwolke eingehüllt. Man hörte ein lautes Keuchen, und dann setzte der Zug sich langsam in Bewegung.

Vor ihnen lag eine endlose Reise, mehr als tausend Kilometer. In Kowel mußten sie umsteigen. Meir-Ikhiel beobachtete seine Familie: Slata, die in dem Weidenkorb wühlte, in den sie etwas zu essen und zu trinken eingepackt hatte, seine drei Kinder: Abraham, der fast vierzehn Jahre alt war, den zehnjährigen Judl und seine neunjährige Tochter Lea. Er beobachtete sie und versuchte, den Ablauf der Ereignisse zu rekonstruieren, der sie hierher gebracht hatte, in diesen eisigen Zug auf dem Weg in die Fremde. Und plötzlich dachte er mit Schrecken daran, daß dieses Paket im Reisekoffer sie alle ins Gefängnis bringen konnte. Hätte er sich nicht doch weigern sollen? Und wenn der Inhalt dieses bleischweren Pakets dazu bestimmt war, die Sache der Gerechtigkeit in der Welt voranzutreiben? Abraham lächelte seinem Vater zu. Er war Meir-Ikhiels Liebling, aber gerade deswegen kümmerte er sich immer mehr um die beiden Jüngsten. Er lächelte zurück. Wußte Abraham Bescheid wegen Olga? Das ganze Viertel hatte darüber geredet.

Der Zug fuhr nicht sehr schnell; gelegentlich mußte man den Schnee von den Gleisen wegräumen. Die Kinder schliefen. Als Lea aufwachte, klagte sie über Halsweh. Der Polizist, der immer noch an seinen Zähnen lutschte, zog eine flache Flasche aus seiner Manteltasche.

»Geben Sie das der Kleinen. Es ist Schnaps. Das nimmt die Schmerzen.«

Meir-Ikhiel nahm die Flasche.

»Trinken Sie ruhig auch einen Tropfen«, bot ihm der Russe an. Um ihn nicht zu verärgern, nahm Meir-Ikhiel einen Schluck aus der Flasche. Das Zeug brannte wie Feuer. Slata wühlte in ihrem Weidenkorb, nahm einen Becher heraus und reichte ihn ihrem Gatten:

»Da«, sagte sie streng auf jiddisch, »trink nicht wie ein Pole.«

Meir-Ikhiel goß ein wenig von dem Schnaps in den Becher und gab ihn Lea. Die probierte und verzog das Gesicht:

»Das schmeckt nicht!«

Der Polizist lutschte an den Zähnen: »Man gewöhnt sich dran, mein Herz, man gewöhnt sich dran!«

Eingeschläfert von dem gleichmäßigen Keuchen der Lokomotive ebbte Meir-Ikhiels Angst nach und nach ab. Doch sie kam sofort wieder, als der Zug langsamer wurde und in Kowel hielt. Der enge Gang zwischen den Bänken füllte sich plötzlich mit Reisenden, Kisten, Hühnerkäfigen, Säcken. Meir-Ikhiel, der einen Träger rufen wollte, mußte warten, bis alle anderen vor ihm ausgestiegen waren. »Geh schon«, sagte der Polizist, »ich pass' auf deine Familie auf.«

Meir-Ikhiel kletterte hinunter auf den Bahnsteig; als erstes fiel ihm die große Anzahl von Soldaten auf, die besonders wachsam zu sein schienen. In den dichten Dampfwolken, die die Lokomotive auszischte, suchten sich die Leute, verloren sich wieder, umarmten sich, riefen einander.

»Suchst du einen Träger, *Barin*?«

Meir-Ikhiel drehte sich überrascht um. Ein dicker kurzbeiniger Mann sah ihn aufmerksam an.

»Hab keine Angst, Barin«, fügte er hinzu.

»Angst?«

»Ich vermag die Furcht zu erkennen, wenn ich sie vor mir sehe. Aber mach dir keine Sorgen.«

»Bist du ein Jude?« fragte Meir-Ikhiel diesen Mann, der mit seinem Bärengesicht eher gutmütig wirkte.

»Jude? Gott beschütze mich! Ich bin Zigeuner, das reicht für ein Menschenleben.«

»Ich habe einen großen Reisekoffer in diesem Waggon.«

»Na dann los, Barin. Wohin soll die Reise gehen?«

»Odessa.«

Der Gepäckträger ließ ein langgezogenes, sehnsüchtiges »Oh« hören:

»Ein Schmuckstück, Odessa, ein Paradies, Barin! Ich hab' dort unten einen Vetter, er ist auch Träger. Wanja heißt er. Du kannst ihn leicht erkennen: Wenn du ihn siehst, glaubst du, ich stünde vor dir. Also ganz einfach. Bestell ihm einen schönen Gruß von seinem Vetter aus Kowel . . . Es ist immer besser, Barin, einen Zigeuner für sich als gegen sich zu haben!«

»Und du, wie heißt du?«

»Auch Wanja, Barin. Da brauchst du dir nicht viel zu merken!«

Der Träger hievte den Koffer auf seinen Rücken, und unter dem wachsamen Blick des blonden Polizisten stiegen sie in den Zug nach Odessa um, der mit seinen einzelnen Abteilen sehr viel bequemer war. In dem Abteil, das sie sich aussuchten, saß schon eine dicke, freundliche Dame. Der Träger, der gesehen hatte, daß Meir-Ikhiel von einem Polizisten begleitet wurde, zwinkerte ihm zu und flüsterte:

»Keine Angst, Barin!«

Zwei Beamte der politischen Polizei, Ochrana, die den ganzen Zug kontrollierten, blieben in dem Abteil, tauschten mit dem jungen blonden polnischen Polizisten Papiere aus und warfen einen Blick auf den Reisekoffer:

»Was hast du da drin?«

»Kleider«, erwiderte Meir-Ikhiel.

»Und Töpfe«, fügte Slata hinzu. »Wenn man für fünf Jahre wegfährt, muß man ja wohl alles mitnehmen.«

»Haben sie mit jemandem seit Warschau gesprochen?« fragten sie den blonden Polizisten.

»Nein, nur mit dem Träger. Ich hab' sie nicht aus den Augen gelassen.«

»Gute Reise!«

Meir-Ikhiel atmete tief auf.

»Odessa-Odessa-Odessa«, schien das Rattern der Räder auf den Gleisen zu bedeuten. Lea hustete. Nach einer Nacht in diesem Abteil hatte Meir-Ikhiel den Eindruck, all seine Glieder seien erfroren. Die dickliche Dame, die bei jeder Gelegenheit zu kichern begann, stand auf, als der Zug sein Tempo verlangsamte. Aber sie fiel sogleich dem Polizisten auf die Knie und gluckste:

»Na sowas, daß man in diesem Zug doch immer bei irgend jemandem auf dem Schoß landet.«

Als der Zug endgültig hielt, bat Meir-Ikhiel den Polizisten um die Erlaubnis, etwas *Kipjatok*, heißes Wasser, holen zu dürfen, das man in den Bahnhöfen ausgab.

»Ich komm' mit dir«, sagte der Polizist.

»Ich pass' auf den Koffer auf, Vater«, beruhigte ihn Abraham.

Slata nutzte die Gelegenheit, um mit ihren beiden Jüngsten das Abteil zu verlassen: Seit sie in Kowel umgestiegen waren, hatten sie keinen Schritt mehr getan. Vor dem Wasserausschank hatte sich bereits eine Schlange gebildet. Männer und Frauen mit vor Kälte gerötetem Gesicht stampften mit den Füßen auf den gefrorenen Boden. Meir-Ikhiel füllte die Teekanne und kehrte in sein Abteil zurück, wo jeder einen Becher heißen Tee bekam – sie boten auch dem Polizisten welchen an, weil er so freundlich gewesen war, ihnen seinen Schnaps zu geben.

Die schneebedeckte Ebene wich langsam einem bräunlichen, flachen Land. Gelegentlich öffnete sich der bisher einförmig graue Himmel und ließ einen Flecken Blau durchschimmern.

Der Bahnhof von Odessa war klein, aber dafür um so lebhafter. Es war ein einstöckiges Gebäude, das zu Ehren einer Delegation aus Petersburg mit lauter Fahnen geschmückt war. Meir-Ikhiel suchte vergebens auf dem Bahnsteig nach Wanja dem Zigeuner. Der blonde Polizist rief zwei seiner Kollegen, die den Koffer nahmen, während Abraham den Vorratskorb seiner Mutter trug. Sie begaben sich alle zum Bahnhofskommissariat, einem winzigen überheizten Raum, wo ein paar Männer rings um einen Samowar saßen. Gegen eine »Empfangsbestätigung« übergab der blonde Polizist die Gefangenen dem wachhabenden Offizier.

»Wo wollt ihr hier wohnen?« fragte dieser, ein kleiner Mann mit platter Nase.

»Ich weiß noch nicht. Ich werde mich an die jüdische Gemeinde wenden.«

Der Leutnant grinste: »Da wende dich mal lieber an Brodsky, dem gehört ein Drittel von Odessa! . . . Und wo willst du arbeiten?«

»Das weiß ich auch noch nicht. Ich bin Drucker. Ich werde schon was finden. Ich kenne den Verleger Plotnitzki.«

»Mach mal deinen Koffer auf!«

Meir-Ikhiel beugte sich über den Kofferriemen. ›Herr der Schöpfung . . .‹ dachte er. Der Deckel quietschte. Meir-Ikhiel schloß die Augen. Als er sie wieder öffnete, sah er, wie ein Polizist über den Koffer gebückt darin herumwühlte. Das Paket war verschwunden. ›Herr der Schöpfung, gepriesen seist Du, der Du dem Bedrängten in der Stunde der Angst zu Hilfe eilst . . .‹

Der Polizist griff nach Abrahams Buch und reichte es dem Polizeileutnant. Der blätterte es flüchtig durch und warf es wieder in den Koffer:

»Das ist ein Gebetbuch, du Dummkopf!«

In diesem Augenblick ging die Tür einen Spalt auf, und ein dunkler Kopf mit einem Fez schaute herein. Kein Zweifel, das war Wanja aus Odessa, von dem Wanja aus Kowel gesprochen hatte. Er kam herein: »Na da sind ja meine Kunden! Und ich such' sie auf dem ganzen Bahnhof! Ich hoffe, Sie machen ihnen keine Schwierigkeiten, Chef! Es sind Freunde meiner Familie.«

Und während er noch sprach, ging er auf den Koffer zu, schloß ihn und lud ihn sich auf den Rücken: »Können wir gehen, Chef?« fragte er.

»Geht zum Teufel!« erwiderte der Polizeileutnant.

Meir-Ikhiel und die Seinen wandten sich zur Tür.

»Und vergeßt nicht«, warnte sie der Leutnant, »keine Verbindung mit revolutionären Kreisen. Sie stehen unter Beobachtung.«

Draußen ging Wanja auf die wartenden Droschken zu und stellte den Koffer ab: »Die Hurensöhne!« sagte er und spuckte auf den Boden.

»Vetter Wanja läßt Sie grüßen«, bemerkte Meir-Ikhiel. »Aber woher wußten Sie eigentlich, daß wir kommen?«

»Die Telegraphie!« erwiderte der Zigeuner. »Mein Vetter Wanja meinte, Sie brauchten . . . einen guten Träger, das war alles, Barin.«

Meir-Ikhiel gab ihm zwei Silberstücke. Der Zigeuner biß auf eins und lächelte. »Danke, Barin. Wenn Sie mich wieder einmal brauchen . . .«

Und damit watschelte Wanja der Gepäckträger mit seinem Bärengang davon.

Meir-Ikhiel sah sich um: Sie waren allein. Die Droschkenkutscher konnten sie nicht hören:

»Sagt mal«, wandte er sich an die Seinen. »Als wir aus Warschau wegfuhren, befand sich in diesem Koffer ein Paket, das jetzt nicht mehr drin ist. Hat es jemand . . .«

Abraham konnte sein Geheimnis jetzt nicht mehr länger für sich behalten:

»Das war ich, Vater. Ich hab' doch gemerkt, daß der Koffer Ihnen Sorge machte. Deshalb hab ich einfach das Paket in Mutters Korb gesteckt, als Sie ausgestiegen sind, um heißes Wasser zu holen. Und damit sie das Gewicht nicht stutzig macht, hab' ich ihn dann getragen. Das war's.«

Er lächelte und wurde vor Erleichterung ganz redselig:

»Im Bahnhofskommissariat hab' ich ganz schön Angst gehabt. Gott sei Dank, daß Wanja gekommen ist.«

Meir-Ikhiel legte seinem Sohn voller Stolz die Hand auf die Schulter.

»Seid willkommen«, sagte der Verleger Plotnitzki, während sein Schnurrbart sich unter seinem Lächeln spaltete. »War die Reise gut?«

»Ja«, erwiderte Meir-Ikhiel, »aber Lea hat sich erkältet.«

Dieser Abraham, Meir-Ikhiel Halters Sohn, ist mein Großvater. Ich erinnere mich an ihn. Ich kenne seine Stimme, seinen Blick; er nahm mich auf seinen Schoß, um mir Geschichten zu erzählen und zumindest einmal, wahrscheinlich 1939, habe ich ihm zu Ostern die vier vorgeschriebenen Fragen gestellt. Ich glaube, er mochte mich gern. Bei meiner Geburt hatte er darum gebeten, mich nach seinem Vater Meir-Ikhiel zu nennen. Ein polnischer Standesbeamter hat das dann mit »Marek« übersetzt. Daß ich in meiner Geschichte zu ihm komme, macht mich fast verlegen. Dabei war es doch von Anfang an klar, daß ich, wie Rabbi-Szteinzaltz aus Jerusalem einmal sagte, »mich am Ende selbst einholen« würde. Von nun an werde ich in meiner Erzählung weniger auf die Phantasie als auf mein Gedächtnis zurückgreifen müssen. Die Familienalben, die Berichte von Vettern und Freunden, persönliche Erinnerungen werden die Karteikarten und Akten ersetzen. Wie sehr bedaure ich jetzt, daß ich nicht immer so aufmerksam zugehört habe, wenn meine Eltern mir aus der Vergangenheit erzählten. Ja, ich habe mich sogar manchmal gewundert, welchen Wert sie darauf legten.

Das Paket, das mein Großvater Abraham vor der polizeilichen Durchsuchung gerettet hatte, enthielt übrigens hebräische Bleilettern, um jiddische Flugblätter und Anschläge zu drucken. Damals war es in Rußland verboten, ohne Erlaubnis Druckmaterial zu besitzen, und wer Erlaubnis sagt, sagt gleichzeitig Kontrolle. Mit diesen Lettern wurden die ersten Aufrufe der russischen Sozialdemokraten an die jüdischen Arbeiter in Rußland gesetzt.

Meir-Ikhiel und die Seinen waren nun also in Odessa, einer Hafenstadt, die hundert Jahre zuvor, als das 18. Jahrhundert zu Ende ging, auf Veranlassung Katharinas II. gegründet worden war. Ich weiß, daß sie in einem Haus an der Ecke der Dolnitzkaja- und der Balchowskajastraße wohnten, in einem Hof, in dem Juden und Christen zusammenlebten. Meir-Ikhiel arbeitete in

Plotnitzkis Druckerei in der Nähe des Zollamts in einem Gebäude, von dem aus man das Meer sehen konnte.

Ende April des Jahres 1903 fanden in Kischdinew blutige Judenverfolgungen statt. Als man in Odessa von den neunundvierzig Toten, den fünfhundert Verletzten und den verwüsteten Synagogen hörte, marschierten die jüdischen Studenten die Gretschkaja-Straße hinunter und riefen: »Freiheit!« Die Geschichtsschreibung berichtet nicht sehr ausführlich über die genauen Ereignisse an diesem Tag: Es gab eine Schießerei, und die Arbeiter der Schargorodbäckerei verfolgten mit Knüppeln und Schaufeln bewaffnet die Studenten. Bald machte man so ziemlich überall in der Stadt Jagd auf die Juden. Man stürmte und plünderte ihre Geschäfte und Häuser.

Meir-Ikhiel befand sich zu dieser Zeit in der Druckerei. Er wollte gerade nach Hause gehen, aber er konnte sich kaum einen Weg durch die Menge bahnen. Krugliak, ein Jude, dem ein Lagerhaus gehörte, wurde vor seinen Augen mit Eisenstangen ermordet. Als er sich endlich bis zu seiner Straße durchgeschlagen hatte, sah er, daß an seinen Fenstern ein Kruzifix und Ikonen hingen. Die wilde Meute, die Jagd auf die Juden machte, hatte in den Nachbarwohnungen alles kurz und klein gehauen, aber die seine verschont, die so offensichtlich unter dem Zeichen des Kreuzes stand. Verwundert trat er ein. Olga war da, zusammen mit seiner Frau Slata. Diese Tarnung war ihr Einfall gewesen. Jeder in der Familie kennt diese Geschichte, und noch heute sagen wir manchmal, wenn wir unerwünschten Besuch erwarten: »Wollen wir nicht Ikonen ins Fenster hängen?«

Olga war zweifellos eine merkwürdige Person. Wenn ich glauben kann, was meine Eltern mir später erzählten, als ich für solche Dinge alt genug war, brach sie damals die Beziehung zu Meir-Ikhiel ab. Sein Nachfolger in ihrem Herzen und in ihrem Bett wurde ... Abraham, sein damals sechzehnjähriger Sohn, der fast schon ein Mann war. Das dauerte so lange, bis Olga, die eine verantwortliche Stellung in ihrer Partei einnahm, Odessa verließ, um Propagandaaufgaben wahrzunehmen.

Angesichts der neuen Welle des Antisemitismus, die ganz Europa ergriff, waren die Juden in verschiedene Lager gespalten. Einige wollten nach Amerika auswandern, andere nach Palästina und wieder andere begannen von

Selbstverteidigung zu reden. Die letzteren waren zum größten Teil Sozialisten, die jedoch untereinander auch uneins waren. Die einen, Anhänger des Bundes, der jüdischen sozialistischen Partei, die im Oktober 1897 in Wilna gegründet worden war und sowohl die nationale Integrierung wie die kulturelle Assimilierung ablehnten, verteidigten das Prinzip des revolutionären Kampfes hier und jetzt in Zusammenarbeit mit anderen nationalen Gruppen. Die anderen, die sozialistischen Zionisten, die sich zunächst aus einigen zerstreuten Gruppen zusammensetzten, gründeten drei Jahre später, im Februar 1906, die Poale-Zion-Partei. Ihr Führer war ein Theoretiker, Ber Borochow. Ihr Ziel war die Errichtung eines sozialistischen jüdischen Staates in Erez-Israel, das noch immer unter ottomanischer Herrschaft stand. Aber bis dahin akzeptierten sie zumindest auch den gemeinsamen politischen Kampf in Rußland. Aus dieser Partei, der unter anderem Ben Gurion und Golda Meir angehörten, ging die israelische Arbeiterpartei hervor. Die nichtsozialistischen Parteien lehnten auf dem sechsten Kongreß jede andere Lösung für das jüdische Volk als die Rückkehr in das Land ihrer Väter strikt ab. Achtzig Jahre später sollten sie sich in einer Regierungskoalition unter der Führung von Menachem Begin wiederfinden. Meir-Ikhiels Sympathien galten eher der Poale-Zion-Partei.

Nach fünf Jahren Verbannung, im Dezember 1904, kehrte die Familie schließlich nach Warschau zurück. Mein Großvater Abraham war damals neunzehn Jahre alt. Sie alle, Meir-Ikhiel eingeschlossen, fanden, daß ihnen die von den »Litvaks« an jenem literarischen Abend propagierte Revolution teuer zu stehen gekommen war. Aber, wie meine Urgroßmutter Slata zu sagen pflegte: »Wer die Bootsfahrten liebt, muß darauf gefaßt sein, eines Tages rudern zu müssen.«

44

Warschau
Olga *(Fortsetzung)*

Als Meir-Ikhiel aus der Verbannung zurückkehrte, schlug ihm sein Schwiegervater und Partner Mordechai Zisberg vor, den Verleger Eisenstein als Teilhaber aufzunehmen, um die Druckerei zu vergrößern. Die Werkstatt wurde in die Nalewki-Straße verlegt, und die Familie bezog die Etage darüber. Im Viertel schien man Meir-Ikhiels Eskapaden und Slatas Unglück vergessen zu haben. Fünf Jahre sind eine lange Zeit.

Aber die Erinnerung an Olga blieb zwischen Meir-Ikhiel und seinem Sohn gegenwärtig. Dieser zog es deshalb vor, sich von der Familie zu lösen. Er nahm eine Stelle bei der hebräischen Zeitschrift »Hazefira«, »Die Zeit«, an, die in Zukunft als Tageszeitung erscheinen sollte und Mitarbeiter für den Umbruch suchte. Er wohnte in einem Zimmer nicht weit von seiner Arbeitsstätte entfernt, ebenfalls in der Nalewki-Straße. Aber man sah ihn praktisch nur noch zum Sabbat.

Warschau hatte sich verwandelt. Ganze Viertel waren ausschließlich von Juden bewohnt. Der ständige Verkehr der Droschken, Wagen und Straßenbahnen hörte ganz plötzlich von Freitagnachmittag bis Samstagabend auf. Nicht selten sah man die Umzüge von Gewerkschaftlern und Politikern, die, mit den roten Fahnen voran, mehrmals täglich durch die Straßen zogen.

Am 23. Januar 1905 verbreitete sich in Warschau die Nachricht von der Erschießung unbewaffneter Arbeiter, die vor dem Winterpalais in Petersburg demonstriert hatten. Abraham nahm an dem Streik teil, der sogleich gemeinsam von den beiden polnischen sozialistischen Parteien und dem Bund, der jüdischen sozialistischen Partei, ausgerufen wurde. Er gehörte sogar zu dem Hilfskomitee, das mit der Sammlung von Lebensmitteln für die Streikenden beauftragt wurde. Und während berittene Patrouillen von Kosaken mit Fackeln in der Hand durch die Straßen zogen, diskutierten Abraham und sein Freund David Pasirstein tagtäglich über diese sich immer mehr ausbreitende Revolution, an deren Ende die Herrschaft der Gerechtigkeit stehen sollte, wie sie Jesaja prophezeit.

Als man die Arbeit wieder aufnahm, wurde in der Druckerei von Meir-Ikhiel und dessen Schwiegervater eine neue, aus England gelieferte Maschine installiert, die ihr neuer Partner, der Verleger Eisenstein, bestellt hatte: eine Linotype, der letzte Schrei der Technik, die ganze Maternzeilen komplett gießen konnte. Abraham kam, begleitet von seinem Chefredakteur, Nahum Sokolow, den Meir-Ikhiel eingeladen hatte, um sich diese Neuheit anzusehen.

Die Linotype, die man in einem kleinen Raum neben der Werkstatt aufgesattelt hatte, war eine beeindruckende Maschine, die über eine Tastatur, einen Transportriemen, einen Sammelbehälter und einen Schmelztiegel mit einem Gasbrenner darunter verfügte. Oben befanden sich die in den Rinnen eines Magazins gespeicherten Matern. Wenn der Setzer die Tastatur bediente, fielen sie durch die Leitkanäle auf einen schnellaufenden Transportriemen hinunter, der sie zu dem Sammelbehälter führte. Dort reihten sie sich in der gewünschten Ordnung auf. Sobald eine Maternzeile zusammen war, übernahm sie der Transporteur, der sie bis vor die Gießform führte. Sie wurde dann ausgeschlossen und abgegossen. Nach dem Erkalten wurde die erstarrte Typenzeile in ein Schiff für die nacheinander gegossenen Zeilen befördert, wobei sie gleichzeitig durch Messer sauber bearbeitet wurde. Die Maternzeile dagegen trat zunächst in den Ablegeapparat über, wo die Lettern voneinander getrennt wurden; durch einen Schieber wurden sie erst in ein Gehäuse und von dort aus in eine gerippte Leiste transportiert, um anschließend in die Behälter des Magazins zurückzugelangen.

Nahum Sokolow war begeistert:

»Seit Gutenberg hat sich viel verändert!« sagte er. »Und was für ein Gegensatz selbst zu der Werkstatt nebenan!«

Und wirklich – in der Kleidung, in ihrem frommen Eifer strahlten die bärtigen Arbeiter, die gleich nebenan an den Setzkästen beschäftigt waren, etwas Uralt- Zeitloses aus, wenn sie, sich wie zu einem Gebet vor- und zurückbeugend, in ein Lied einfielen, das einer von ihnen anstimmte.

»Die Maschine wird bald wieder veraltet sein«, bemerkte Meir-Ikhiel, »die Menschen jedoch bleiben.«

In diesem Augenblick kam ein breitschultriger Mann mit grauem Schnurrbart in einer Reisepelerine herein, der Schriftsteller I. L. Peretz:

»Schalom aleikum, Rab Meir-Ikhiel«, sagte er. »Da schau, Herr Sokolow bei seinem Konkurrenten! Und wer ist dieser junger Mann?«

»Mein Sohn, Abraham«, erwiderte Meir-Ikhiel.

»Drucker wie sein Vater?«

»Und wie mein Großvater und mein Urgroßvater«, fügte Abraham hinzu.

»A goldene Keit«, rief I. L. Peretz. »Das müssen Sie mir einmal erzählen, vielleicht mache ich einen Roman daraus. Aber ich muß heute abend noch nach Wilna. Ich wollte nur sehen, ob Sie ein paar Kapitel von meinem Buch zum Korrigieren haben.«

»Wir sind durch die Streiks ein bißchen in Verzug gekommen«, entgegnete Meir-Ikhiel. »Aber wenn Sie zurückkommen, können Sie sicher etwas mitnehmen.«

»Gut, dann beeil ich mich, meine Kutsche wartet. Seit gesunt!«

»Ich muß auch gehen«, sagte Nahum Sokolow. »Danke für die Führung.«

Er nahm Meir-Ikhiel beiseite:

»Ich bin mit Ihrem Sohn sehr zufrieden. Ein guter Schriftsetzer und ein guter Jude!«

Er setzte seinen runden Hut auf und ging hinaus. Abraham, von der Begegnung mit dem großen Schriftsteller Peretz noch ganz beeindruckt, wollte sich nur noch von seinem Vater verabschieden und ihm dann folgen. Da blieb er plötzlich wie versteinert stehen: Auf der Schwelle der Tür, durch die Nahum Sokolow gerade hinausgegangen war, stand die schöne Olga.

»Nanu, der Vater mit dem Sohn, was für eine Überraschung!« rief sie fröhlich.

Die beiden Männer hatten nie über Olga gesprochen, aber sie wußten natürlich von ihrer Beziehung – und weder der eine noch der andere hatte sie vergessen.

»Wie ich sehe, haben Sie sich beträchtlich vergrößert, Meir. Und modernisiert. Ich suche meinen Onkel. Haben Sie ihn zufällig gesehen?«

Abraham wandte sich zur Tür:

»Ich muß jetzt gehen«, sagte er.

Am Freitag darauf verspätete Abraham sich zum Sabbatmahl. Die Familie saß schon am Tisch. Auch Mordechai Zisberg, Slatas Vater, war da. Abraham entschuldigte sich und wusch sich die Hände. Meir-Ikhiel sprach den Segen über Brot und Wein. Slata trug die Brühe auf.

»Ich werde heiraten«, verkündete Abraham unvermittelt.

Sein Bruder Judl hätte sich fast verschluckt:

»Massel tov!« brachte er schließlich heraus. »Und wen?«

»Rachel, die Schwester meines Freundes Pasirstein.«

Meir-Ikhiel runzelte die Stirn:

»Willst du uns das nicht erst einmal erklären«, sagte er zu Abraham.

»Da gibt's nichts zu erklären, Vater. Ich werde Rachel Pasirstein heiraten.«

»Ich kenne die Familie«, schaltete sich Mordechai Zisberg vermittelnd ein. »Es sind ehrbare Leute. Der Vater ist ein Chassid des Rabbi von Gora.«

Meir-Ikhiel sah seinen Sohn einen Augenblick schweigend an, als hoffe er, noch etwas mehr zu erfahren. Dann hob er sein Glas:

»Lechaim!« rief er. »Auf das Leben!«

Am nächsten Tag unterhielt sich Meir-Ikhiel mit Rachels Vater: Die Hochzeit sollte einen Monat später, im Mai, stattfinden. Die Ereignisse jedoch wollten es anders.

Ende April nämlich verbreitete sich in Warschau ein Gerücht, daß die zaristische Regierung die allgemeine Mobilmachung in Polen ausrufen würde: Die russische Armee mußte vor den Japanern immer weiter zurückweichen. Die jüdischen Revolutionsparteien gaben die Parole aus: »Geht nicht ins Schlachthaus!« Zahlreiche junge Leute suchten ihr Heil in der Flucht. Meir-Ikhiel hoffte, Abraham und Judl würden zu einem von Slatas Vettern nach Grodzisko gehen, aber Abraham weigerte sich: Die Flucht, meinte er, sei keine Lösung, und die Polizei würde ihn auf dem Land genauso gut ausfindig machen. Er zog es vor, sich zu seinen Freunden zu schlagen, die sich – auch wenn sie nicht Mitglied einer politischen Partei waren – in Kampfgruppen organisierten. Sie hatten zwar keine Waffen, kannten sich aber in der Mechanik einer Browning, einer Mauser oder einer Nagant hervorragend aus.

Am 1. Mai 1905 gingen in den Geschäften der jüdischen Straßen die Läden herunter, wie zu Jom Kippur. Aber, im Gegensatz zum Tag der großen Versöhnung, begab sich die Gemeinde nicht in die Synagogen. Die Straßen belebten sich; eine fröhliche Menge zog zur Marszalkowskastraße, wo Fahnen und Spruchbänder enthüllt wurden.

An der Ecke der Nalewki- und Tlomackie-Straße trafen Abraham und David Pasirstein Mordechai Zisberg. Abraham begrüßte seinen Großvater, der wütend mit seinem Spazierstock auf den gepflasterten Bürgersteig schlug:

»Also du auch!« rief der alte Mann. »Was hast du bloß dort zu suchen?«

»Großvater, hast du schon jemals so viele Hoffnungen auf einem Fleck gesehen?«

»Hoffnungen! . . . Mein Junge, das ist nur ein verzweifelter Ausbruch von Hoffnung!«

»Siehst du nicht, Großvater, daß die Revolution unmittelbar bevorsteht? Daß die Juden bald das Ende ihres Leidensweges erreicht haben?«

Er glaubte, den alten Mann damit umzustimmen, aber Mordechai Zisberg schüttelte betrübt den Kopf:

»Hm . . . Ich hab' noch nie gehört, daß man die Ankunft des Messias mit Fahnen oder Gewehren beschleunigt. Erinnere dich an eines, mein Sohn: Wer versucht, der gegenwärtigen Welt ein Ende zu setzen, wird in der zukünftigen keinen Platz haben.«

»Aber Großvater . . .«

»Weißt du, mein Junge«, fuhr der alte Mordechai Zisberg fort, »du solltest einmal Abrahams Buch wieder lesen. Die Geschichte sollte uns eine Lehre sein. Eine Lehre.«

Er legte seine altersgefleckte Hand auf den Arm seines Enkels:

»Paß auf dich auf, mein Junge, und der Allmächtige – gepriesen sei sein Name – schütze euch, dich und deinen Freund.«

Abraham und David hatten den Demonstrationszug noch nicht ganz erreicht, als sie Schüsse fallen hörten. Nicht weit vom Theaterplatz entfernt hatte die Armee geschossen. Es gab Tote und Verletzte.

Gleich darauf wurde der Generalstreik ausgerufen. In Lodz errichteten die jüdischen Arbeiter vor den Webereien Barrikaden. In Warschau demonstrierten die Kampfgruppen, zu denen Abraham gehörte, auf den Straßen. Vier Monate lang wechselten sich Streiks und Demonstrationen ab.

Im Oktober lähmte ein Generalstreik das ganze Reich. In Petersburg und in Moskau brachen Aufstände aus. Zar Nikolaus II. akzeptierte einen Kompromiß. Im sogenannten »Oktobermanifest« wurden die Schaffung einer Verfassung sowie die Einberufung einer Reichsversammlung, der Duma, zugesagt.

Abraham und seine Freunde, die fast ihre ganze Freizeit auf der Straße verbrachten, von ihnen verfaßte Flugblätter verteilten, an der Aufstellung von Selbstverteidigungsgruppen und deren Ausbildung beteiligt waren und an den Arbeiterdemonstrationen teilnahmen, erschien dieser Beschluß des Zaren wie das Versprechen eines neuen, freiheitlichen Zeitalters. Sie hatten gesiegt! Abraham lebte in einem ständigen Freudentaumel. Zumindest so lange, bis eine neue Schießerei, wieder auf dem Theaterplatz, weitere Tote forderte.

Abraham begriff nichts mehr. In Odessa hatte Olga ihm erklärt, die Revolution müsse siegen, weil das Volk unbesiegbar sei, und doch hörte das Morden nicht auf. Bald hörte man von neuerlichen Pogromen in Rußland: In keiner Stadt, keinem Dorf waren die Juden mehr sicher. Also? Hatte Großvater Mordechai Zisberg doch recht gehabt?

In Warschau allerdings schien die Freiheit gesiegt zu haben. In der Arbeitsbörse gab es eine ständige Arbeiterversammlung, ohne daß die Polizei einschritt. Wenn man es für nötig hielt, wurden Wirtschaftsstreiks ausgerufen, und man konnte völlig ungehindert Flugblätter und Druckschriften der revolutionären Parteien verteilen. Deshalb glaubte Abraham auch zunächst, als die ersten Anschläge gegen Synagogen erfolgten, es handele sich um Akte russischer Provokateure. Es gab sogar polnische Arbeiter, die sich den jüdischen Selbstverteidigungsgruppen anschlossen. In der Pawiastraße, in dem Hof, wo die Familie Pasirstein wohnte, lebten Nichtjuden, die sogar in der Mehrzahl waren, in guter Nachbarschaft mit den Juden. Einer von ihnen, ein Medizinstudent namens Mietek, gab Abraham und David nächtens manchmal Französischunterricht.

Aber die polnischen Antisemiten rotteten sich zu Banden zusammen und traten bald darauf in Aktion. Sie gehörten größtenteils der polnischen nationaldemokratischen Partei an. Sie bildeten schlagkräftige Kommandos und handelten schnell und brutal, nahmen sich zum Beispiel eine Straße vor, knüppelten jeden auf ihrem Weg nieder und verschwanden, bevor die Verteidigungskomitees eingreifen konnten.

Kurz vor Sukkoth, dem Laubhüttenfest, hatte Meir-Ikhiel in der Nalewki-Straße 7 ein großes Zelt aus Zweigen aufgebaut und es mit indischen Tüchern aus Kanada geschmückt, die ihnen ihr Vetter Maurice, der Enkel des Bäckers aus Samplawa, geschickt hatte. Am ersten Tag des Festes kamen die Arbeiter aus der Druckerei, tranken ein Glas Schnaps, und Slata tischte gefüllten Fisch auf. Aber es wollte keine rechte Freude aufkommen. Wo würden die Antisemiten das nächste Mal zuschlagen?

»Hierher kommen sie bestimmt nicht«, beruhigte sie Abraham. »Die Selbstverteidigungsgruppen sorgen schon dafür.«

»Man hat sogar Juden auf dem Friedhof verprügelt!«

»Wir sind hier nicht auf dem Friedhof!«

»Im Sächsischen Garten hat es auch eine Schlägerei gegeben.«

Großvater Mordechai Zisberg war düsterer Stimmung denn je:

»Wenn man Juden auf dem Friedhof und im Sächsischen Garten verprügelt hat und sie sich nicht verteidigt haben, leisten sie auch hier keinen Widerstand.«

»Die jungen Juden haben sich verändert«, versuchte Abraham ihn zu überzeugen.

»Mein Junge, mag sein, daß sie sich verändert haben, aber unsere Situation hat sich nicht verändert. Eine kleine Schar Schiffbrüchiger, die sich inmitten eines Meers von Feindseligkeit an einem morschen Floß festklammert. Für uns kann der Sieg nur im Überleben bestehen.«

»Aber glauben Sie nicht, Großvater, daß es mehrere Arten gibt zu überleben?«

»Für uns gibt es nur eine einzige: in der Achtung vor dem Gesetz. So wie es geschrieben steht: Mose hat das Gesetz auf dem Berg Sinai empfangen und es an Josua weitergegeben. Und Josua hat es an die Ältesten weitergegeben. Und die Propheten haben es an die Mitglieder des Großen Sanhedrins weitergegeben. Diese haben uns drei Dinge gelehrt: Seid vorsichtig in eurem Urteil, bildet viele Schüler aus und schützt das Gesetz.«

»Sie kommen! Achtung!« schrie jemand vor dem Hof.

Alle sprangen auf. In den Blicken der einen stand blanke Furcht, Entschlossenheit in denen der anderen.

»Sollen sie ruhig kommen! Dann werden sie schon merken, was eine Selbstverteidigungsgruppe wert ist! Ihr da, bewaffnet euch! Alle auf den Posten!« befahl Abraham seinen Gefährten.

Im Handumdrehen tauchten eisenbeschlagene Knüppel auf, Sensen, Säbel, Heugabeln, Küchenbeile.

Slata versuchte ihren Sohn am Ärmel festzuhalten:

»Du wirst doch nicht etwa kämpfen, Abraham, sag, das hast du doch nicht vor? Abraham, bei meinem Leben . . .«

Meir-Ikhiel schob Slata sanft beiseite:

»Slata, bitte geh hinauf in die Wohnung und kümmere dich um Lea. Abraham hat recht. Wir können uns nicht einfach umbringen lassen, ohne uns zu verteidigen.«

»Alle Flüsse fließen zum Meer hin«, murmelte der alte Mordechai Zisberg, »und doch füllt sich das Meer nicht . . .«

Die Selbstverteidigungsgruppe stand jetzt in der Toreinfahrt.

Die Gesichter der Männer waren blaß; sie wirkten wie ausgehöhlt von der Spannung, der Angst, der Entschlossenheit. Es waren Gesichter, wie sie Männer kurz vor der Schlacht haben, wenn der Todesengel an ihrer Seite geht.

Abraham hielt eine Art Bajonett in der Hand; Meir-Ikhiel einen großen Knüppel, der wie eine Keule aussah.

»Juden, jetzt ist es aus mit euch!« kreischte eine Frauenstimme weiter oben auf der Straße.

»Gehen wir!« befahl Abraham.

Sein Vater folgte ihm. ›Es ist das erste Mal‹, dachte er flüchtig, ›daß ich meinem Vater einen Befehl gebe.‹

Die Arbeiter aus der Druckerei folgten ihnen. Mehrere Chassidim mit wehenden Schläfenlocken rannten an ihnen vorbei:

»Juden, verteidigt euch!« rief Abraham ihnen zu. »Lauft nicht davon!«

»Sie kommen!« rief ihnen ein Chassid mit schreckensbleichem Gesicht zu. »Sie kommen uns nach!«

Hinter ihnen überquerte ein blutender Mann taumelnd die Fahrbahn und stürzte vor der Fleischerei zu Boden. Dann tauchte in der plötzlich leergewordenen Straße ein Trupp von etwa dreißig mit Knüppeln, Brechstangen, Schaufelstielen und Hacken bewaffneten Männern auf.

Abraham und Meir-Ikhiel schritten voran, die anderen folgten ihnen. Dann stellten sie sich geschlossen auf, reglos, kampfbereit. Die Polen ihnen gegenüber warteten ebenfalls. Plötzlich sah man, wie sich Haustüren erst einen Spalt breit, dann weit öffneten. Heraus kamen mit Besen, Brettern oder Sukkoth-Ästen bewaffnete Juden, die sich der Selbstverteidigungsgruppe anschlossen.

Abraham und Meir-Ikhiel sahen sich an: Ja, sie durften jetzt nicht mehr zögern. Und so marschierten sie vorwärts, gemeinsam mit den anderen, die jetzt Eisenstangen von den Fensterläden rissen, Pflastersteine aufhoben und sie warfen.

Die Polen wichen geschlossen in Richtung des Militärgefängnisses zurück. Aber von den Balkonen warfen ihnen Frauen und Kinder Blumentöpfe und Briketts auf die Köpfe und gossen heißes Wasser über sie aus. Eine wilde Entschlossenheit ergriff die Juden, die immer schneller vorwärts drängten.

»Achtung!« rief plötzlich jemand. »Bleibt stehen! Sie sind bewaffnet!«

In der Höhe der Stawkistraße waren etwa hundert mit Gewehren und Revolvern bewaffnete Polen gerade dabei, eine Barrikade zu errichten.

Eine Frau löste sich aus dem Schatten einer Häuserwand, stellte sich mitten auf die Straße und hob winkend die Arme, wie um den Zug aufzuhalten:

»Bleibt stehen! Bleibt stehen!«

Abraham sah sie früher als sein Vater:

»Olga!« rief er.

»Olga!« rief sein Vater.

»Bleibt stehen!« wiederholte Olga. »Ihr seid verrückt, sie werden schießen!«

Aber nichts konnte diese Juden mehr aufhalten, die dem Feind entgegenmarschierten und diesmal jenseits der Angst waren.

Abraham sah ganz deutlich, wie die Polen hinter der Barrikade die Gewehre hoben. Kurz darauf hörte er ein Krachen, wie von einem gefällten Baum. Kugeln pfiffen ihnen um die Ohren.

Olga war tödlich getroffen.

Das letzte Bild, das sie von dieser Erde, die sie erneuern wollte, wahrnahm, waren Meir-Ikhiels und Abrahams Gesichter, die sich tränenüberströmt über sie beugten.

45

Warschau
Es lebe das freie Polen

Niemand weiß, was Olga für Abraham bedeutete und was mit ihr für ihn an diesem Tag starb: die Liebe, die Revolution oder die Hoffnung, das jüdische Volk zu befreien. Aber er veränderte sich. Er kapselte sich mehr und mehr ab, gab seine ganzen politischen Aktivitäten auf, kehrte zum Studium der Talmudtexte zurück und begab sich nach Gora Kalwarja, dem »Kalvarienberg«, zum heiligen Rabbi Abraham Mordechai Alter, dem Urenkel von Rabbi Itche-Meir. Der berühmte Rabbi empfing ihn in Erinnerung an seinen Großvater Lazarus und besprach sich mit ihm mehrere Stunden lang allein, zum großen Verdruß von mehreren Dutzend Schülern, die aus allen Ecken Polens zu ihm gepilgert waren und schon seit Tagen vor seiner Tür warteten.

Nach seiner Rückkehr nach Warschau begab er sich sofort in die Pawiastraße, um die Einzelheiten seiner Hochzeit mit Rachel zu besprechen. Aaron Pasirstein versprach ihm eine erhebliche Mitgift, die er ablehnte, trotz des Drängens seiner zukünftigen Schwiegerfamilie, die daraus eine Ehrensache machte. Meir-Ikhiel akzeptierte einen Kompromiß: Die Pasirsteins kauften für die Jungverheirateten ein Ladenlokal, das er als Druckerei nutzen konnte, und Meir-Ikhiel übernahm die Einrichtung.

Und so eröffnete Abraham einen Tag nach seiner Hochzeit in der Nowolipiestraße 29 seine Druckerei. Im Gegensatz zu seinem Vater, der gerade I. L. Peretz' gesammelte Werke herausgab, beschloß Abraham, sich nur auf das Drucken zu beschränken. »Zu drucken und zu verstehen, was ich drucke«, pflegte er zu sagen, »das reicht mir.« Er stellte nur junge Chassidim ein, die in ihrer Arbeit die Fortsetzung jener *Awodat hakodesch* sahen, der heiligen Aufgabe der Schreiber. Mit dem Gebetsmantel über dem Kopf hatten sie sich jahrhundertelang jedesmal, wenn sie den heiligen

Namen des Ewigen auf eine Papyrusrolle schrieben, erst die Hände gewaschen.

Die meisten unter ihnen stammten aus Piotrkow, Opatow und Josefow. Sie waren nach Warschau gekommen, um Arbeit zu finden, aber gleichzeitig auch, um zu studieren. Abraham spezialisierte sich bald auf den Druck rabbinischer Texte, unter anderem so schwieriger wie Raschis Kommentaren: Eifrig und voller Andacht beugten alle diese Chassidim sich über ihre Setzregale und die Montagetische und bedienten die Tastatur der Linotype. Den runden Hut schief aufgesetzt, mit wallenden Schläfenlocken beugten sie sich heftig vor und zurück – sie ähnelten einer »Versammlung junger Propheten, auf dem Vulkan der Erkenntnis stehend«.

Abrahams jüngerer Bruder, Judl, heiratete ein Jahr später die Tochter eines kleinen Sockenfabrikanten und stieg in das Geschäft seines Schwiegervaters ein: »Du arbeitest für den Kopf der Juden«, pflegte er Abraham zu sagen, »und ich für ihre Füße.« Ihre Schwester Lea heiratete einen Arzt aus Wilna, den sie im Hospital in der Marszalkowskastraße kennengelernt hatte, Dr. Joseph Fainberg.

1913 starb Slata an einer bösartigen Angina, kurz vor der Eröffnung des Prozesses gegen einen Juden aus Kiew, Beilis, den die Polizei des Zaren des Ritualmordes beschuldigte. Zahlreiche Versammlungen, Demonstrationen und Petitionen waren die Folge. Die jüdische Welt war wie ein aufgestörter Ameisenhaufen: ein Ritualmord, wie im Mittelalter! Abraham, der sich schon seit längerem nicht mehr für Politik interessierte, den die Nachrichten von der Auflösung der ersten Duma sowie der Wahl der zweiten und der dritten und die Meinungsverschiedenheiten zwischen den beiden Flügeln des russischen Marxismus, den Bolschewiken und den Menschewiken, ziemlich kalt ließen, war von Beilis' Prozeß zutiefst erschüttert. Er hatte großes Verständnis dafür, daß zahllose junge Zionisten nach Palästina auswanderten. »Unsere Probleme«, so meinte er, »werden wir ganz allein in Erez-Israel, dem Land unserer Väter, lösen.«

Aber er, Abraham, blieb. Warschau war seine Stadt. Doch er vergrub sich immer mehr in seine Arbeit, in das Studium der Weisen des Talmud und vor allem des großen Gelehrten Jehuda ha-Nasi, nach dem der Mensch den Weg suchen soll, »der ihm in seinen eigenen Augen zur Ehre gereicht und ihm die Achtung der Menschen sichert«. Und konnte es für einen Drucker etwas Verdienstvolleres geben als die Schriften der Weisheit zu drucken? Abends, wenn er die Werkstatt verließ, traf er sich häufig noch mit ein paar Freunden, alles Chassidim des Rabbi von Gora, in einem kleinen Lehrhaus in einem Hinterhof. Den Sonnabend verbrachte er in der Familie. Seit ihrer Heirat hatte Rachel ihm in fünf Jahren fünf Kinder geboren, drei Söhne und zwei Töchter. Und sicherlich hätte er den Rest der Zeit, die der Ewige – gepriesen sei sein Name – ihm zugemessen hatte, in Frieden weiter so verbracht, hätte nicht der Krieg die Schicksale von Millionen von Menschen – darunter auch das seine – erschüttert.

In der Nacht vom 4. auf den 5. August 1914 bekam die Stadt ein anderes Gesicht. Am Morgen marschierten bewaffnete russische Soldaten in Reih und Glied durch die Straßen, während jüdische Flüchtlinge in Scharen in die Stadt strömten: Auf Befehl des Oberkommandierenden, Großfürst Nikolaj Nikolajewitsch, dem Onkel des Zaren, waren sie aus ihren Dörfern vertrieben worden. Die Tausenden von Obdachlosen drängten sich so gut es ging in den Höfen zusammen; jedes Dorf oder jede Gemeinde sammelte sich um ihren Rabbi.

Von dieser Flüchtlingswelle überrollt, forderten die Polen angeblich von den russischen Behörden, alle Juden aus Warschau auszuweisen. Die Polen waren in zwei Lager gespalten: Die einen waren für General Pilsudski und setzten ihre Karte auf die Deutschen und die Österreicher, in der Hoffnung, sie würden Polen zur Unabhängigkeit verhelfen; die anderen blieben wie eh und je treue Gefolgsleute des Zaren. Aber, wie Judl sagte, als er seinen Neffen und Nichten Socken brachte, das einzige, worauf die Polen sich immer einigen konnten, war, was mit den Juden zu geschehen hatte.

1915 erreichten die polnischen antisemitischen Gruppen, daß das Jiddisch verboten wurde, unter dem Vorwand, es handle sich um einen deutschen, also feindlichen Dialekt. Gemäß einem Erlaß der russischen Regierung durften keine jiddischen Zeitungen und Bücher mehr erscheinen. Abraham und Meir-Ikhiel mußten daher ihre Druckerei schließen.

Lebensmittel waren selten und teuer. Abraham verdingte sich als einfacher Umbruchsetzer bei einer polnischen Zeitung, und seine älteren Söhne schlugen sich mit kleineren Arbeiten durch: der eine wurde Laufbursche bei dem Hersteller von Carlsberg-Würstchen – er wurde dafür in Naturalien bezahlt –, der andere, Salomon, konnte als Austräger in Abrahams Zeitung unterkommen: Er war erst zehn Jahre alt. Jede Kopeke zählte.

Endlich, am Morgen des 5. August 1915, zwei Wochen nach den Schlachten von Tarnow und Görlitz und nach tagelangen Gefechten, zogen sich die Russen besiegt aus Warschau zurück. Alle Straßen, die zur Weichselbrücke führten, waren von Militärkolonnen, Lastwagen, Pferdefuhrwerken und Karren versperrt. Die flüchtenden Soldaten verkauften ihre Ausrüstung; überall schossen Schwarzmärkte aus dem Boden: Man verkaufte Zivilkleidung gegen Mehl, Hafergrütze, Fett. Dann zogen die Deutschen in Warschau ein, und die Juden schöpften Hoffnung: Die neue Regierung hob das Verbot jiddischer Presseerzeugnisse auf.

Die jüdischen Sozialisten des Bundes richteten im Hof der Nowolipiestraße 7 eine Druckerei ein, um ihre Wochenzeitschrift »Lebensfragen« zu drucken. Abraham wurde als Schriftsetzer eingestellt, Salomon als Lehrling. Für Vater und Sohn war das eine schöne Zeit. Sie arbeiteten gern zusammen: »Der Apfel fällt nicht weit vom Stamm«, pflegte Abraham lächelnd zu sagen.

Salomon, der noch keine zwölf Jahre alt und sowieso etwas klein geraten war, zeigte sich fleißig und anstellig; er lernte rasch. Nach einem Jahr durfte er bereits die ersten einfachen Texte selbst setzen. Es war schon ein komischer Anblick, wenn der Junge, auf einer Kiste stehend, am Setzregal arbeitete. Seine Finger bewegten sich dabei so geschickt und flink, daß manche Erwachsenen ihn beneideten. Wenn sein Schichtdienst beendet war, versuchte er oft noch, sich mit anderen Arbeitsvorgängen vertraut zu machen. So lernte er die Tastatur der Linotype auswendig, brach in der Schriftgießerei die Angüsse ab oder lernte, mittels des Durchschusses einen zu engen Zeilenabstand zu vergrößern.

Er blieb so oft noch über die Arbeitszeit hinaus in der Druckerei, daß man sich nicht weiter wunderte, als er eines Abends im August 1916 nicht gleich nach Hause kam. Aber zum Abendessen war er auch noch nicht da. Man begann, ihn zu suchen. In der Druckerei war er nicht, auch nicht im Hof. Es wurde Schlafenszeit, es wurde Morgen, und immer noch keine Spur von ihm.

Rachel, seine Mutter, die ein schwaches Herz hatte, mußte das Bett hüten. Bald versammelte sich die ganze Familie bei Abraham: Brüder, Schwestern, Vettern und Cousinen. Die Männer sprachen das Gebet.

Während Meir-Ikhiel zur Polizei ging, beschloß Abraham, die Gewerkschaft der jüdischen Drucker aufzusuchen. In der Leszno-straße traf er Moshe Skliar, einen der Verantwortlichen. Er könne sich das Verschwinden seines Sohnes einfach nicht erklären, erzählte er ihm. Und es sei ganz und gar ausgeschlossen, daß er sozusagen durchgebrannt sei.

»Vielleicht steckt die Polizei dahinter?« meinte Moshe Skliar.

»Die Polizei?«

»Vielleicht hat man revolutionäre Schriften bei ihm gefunden?«

»Salomon hat noch nie über Politik mit uns gesprochen«, erwiderte Abraham.

»Der Vater ist manchmal der letzte, der weiß, was sein Sohn treibt«, bemerkte ein Kollege, der das Gespräch mit angehört hatte.

Moshe Skliar stand auf:

»Am besten, wir lassen uns von einem Anwalt beraten.«

Also gingen sie beide in die Krolewskastraße zu Jan Slonimski, einem Anwalt, der gelegentlich die Gewerkschaft vertrat und versprach, sich sofort um den Fall zu kümmern. Die Presse griff die Nachricht auf. Aber es vergingen mehrere Tage, ohne daß man etwas Neues erfuhr.

Endlich, zehn Tage nach Rosch-ha-Schana, suchten Moshe Skliar und der Anwalt Jan Slonimski Abraham auf. Sie berichteten, man habe Salomon gefunden.

»Gelobt sei Gott! Wo ist er?«

»Im Mokotowska-Gefängnis.«

Abraham machte sich sofort auf den Weg. Der Anwalt begleitete ihn. Eisentor, Gitter, abbröckelnde Mauern. Er mußte lange warten, bevor er sich an einen deutschen Offizier wenden konnte. Dieser teilte ihm mit, der junge Salomon Halter sei verhaftet worden, weil man eine Sammlung revolutionärer polnischer Gedichte bei ihm gefunden habe, »Czervony Sztandar«, »Die rote Fahne«. Der Offizier klemmte sein Lorgnon ins Auge und studierte die Akte:

»Wir haben ihn auch in Verdacht, des Nachts am Druck der verbotenen jiddischen Zeitung ›Zum Kampf‹ dem Organ der jüdischen Kommunisten, mitzuarbeiten.«

»Das ist ganz und gar unmöglich, Herr Offizier. Er ist doch noch ein Kind . . . Ich bin sein Vater. Ich weiß, daß Salomon jede Nacht zu Hause schläft.«

»In meinem Bericht steht etwas anderes.«

Das Lorgnon hatte einen fast bläulichen Ring unter seinem Auge hinterlassen.

»Ich bin der Anwalt des jungen Mannes«, stellte sich Jan Slonimski mit dröhnender Stimme vor. »Kann ich ihn sehen?«

»Aber gewiß doch. Nur nicht heute.«

Die Argumente des Anwalts hatten keinen Erfolg. Salomon blieb noch zwei Wochen im Gefängnis und wurde nur nach einer heftigen Pressekampagne von Wladimir Medem in der Zeitschrift des Bundes freigelassen, der heftig gegen die Inhaftierung eines zwölfjährigen Kindes protestierte.

Als der Anwalt schließlich einen Salomon nach Hause brachte, der noch magerer und kleiner denn je wirkte, liefen gleich alle Nachbarn und Freunde neugierig herbei und erkundigten sich, ob es denn wahr sei, daß er dies oder jenes getan habe. Auf alle Fragen antwortete er nur, daß er tatsächlich an jenem Abend eine Sammlung revolutionärer Lieder bei sich gehabt habe. Und als man wissen wollte, was er denn im Gefängnis getan habe, erwiderte er lediglich:

»Ich hab' geschlafen.«

Rachel überlebte die Aufregung nicht; sie starb zwei Wochen später und wurde auf dem Gesia-Friedhof beerdigt. Abraham blieb allein mit seinen fünf Kindern.

Der Krieg ging weiter. Die Deutschen, die Soldaten brauchten, zogen wie schon die Russen vor ihnen die jungen Polen und die jungen Juden zwangsweise ein. Meir-Ikhiel erhielt einen Brief aus Kanada: Vetter Fred, der Bruder von Vetter Maurice, schrieb aus einer Stadt namens Kamsack, wo er einen »Saloon« besaß. Durch die kanadische Presse habe er von der schwierigen Situation der polnischen Juden erfahren: Er fragte, ob er helfen könne und fügte seinem Brief zunächst einmal zweihundert Dollar bei. Er meinte, der unmittelbar bevorstehende Kriegseintritt Amerikas würde rasch zum Frieden führen.

Im Februar 1917 brach in Rußland die Revolution aus. Die polnischen Tageszeitungen brachten widersprüchliche Informationen. Der Sieg der Revolutionäre, der an einem Tag Schlagzeilen machte, wurde schon am nächsten Tag wieder dementiert. In Warschau überraschte die Kunde vom Sieg der Revolution deshalb jeden; aber die Nachricht wurde am Abend des 11. März bestätigt.

Der Krieg ging deshalb doch weiter; an der russischen Front tobte er sogar heftiger denn je, bis zur Unterzeichnung des Brester Friedens im März 1918. Die Deutschen konnten daraufhin ihre Westfront verstärken. Warschau füllte sich mit Krüppeln und Deserteuren. Israel, ein Schuhmacher aus der Nachbarschaft, kaum älter als Salomon, kam ebenfalls nach zwei Jahren Krieg zurück. Abraham lud ihn zum Essen ein. Von allen Seiten wurde Israel gleich mit Fragen bombardiert:

»Warst du dabei, als der Zar abdankte?«

»Was macht die Revolution?«

»Hast du Trotzki gesehen?«

»Bist du Bolschewik geworden?«

»Wo warst du, als die Revolution ausbrach?«

»In einem kleinen Dorf in der Nähe von Woronesch.«

»Und was ist da passiert?«

»Die Deutschen sind vor der Roten Armee geflohen. Ich wurde als Verwalter von einer jüdischen Familie angestellt, die nach der Bildung der Kerenski-Regierung ein Landgut gekauft hatte.«

»Warum Verwalter?«

»Weil man keinen Schuhmacher brauchte!«

»Wann hast du gemerkt, daß die Revolution gesiegt hatte?«

»Als die Bolschewiken das Gut beschlagnahmten. Danach gründeten die Bauern Komitees und Sowjets und erschossen mehrere Offiziere. Als dann Drozdows Banditen und schließlich die Österreicher in das Land einfielen, floh ich in ein anderes Dorf. Das ganze Gebiet wurde erst von Denikins Truppen besetzt, dann von Machnos . . . Zum Schluß kamen die Bolschewiken wieder. Ich kannte mich überhaupt nicht mehr aus.«

»Israel, wie ist denn das bei den Bolschewiken?«

»Jeder gegen jeden.«

»Warst du bei den von Petljura organisierten Massakern dabei?«

»Ja«, erwiderte Israel. »Aber ich möchte lieber nicht darüber sprechen.«

»Ihr solltet Israel jetzt mal ein bißchen in Ruhe lassen«, entschied Abraham.

Er mochte den jungen Schuhmacher gern, und als er merkte, daß diesen mehr als nur Freundschaft mit Regina, der ältesten seiner Töchter, verband, war er darüber hoch erfreut. Trotz seines eher bescheidenen Handwerks hatte er viel in heimlichen Studienzirkeln gelernt, wo die Studenten Marx und Hegel auf die gleiche Weise kommentierten wie die Rabbiner an den Straßenecken Abschnitte aus der Gemara. Aber seit er von der Front zurückgekehrt war, schien Israel diesen Dingen keine große Wichtigkeit mehr beizumessen. Wenn Abraham versuchte, ihn wegen seiner Tochter auszuhorchen, wich er den Fragen aus oder beantwortete sie mit talmudistischer Spitzfindigkeit:

»Seien Sie mir nicht böse, Rab Abraham«, erwiderte er. »Sie kennen doch die Schriften: ›Der Mensch ist das einzige unvollkommene Geschöpf auf Erden. Deshalb muß jeder Mensch seine eigene Natur selbst entwickeln.‹ Und die meine, Rab Abraham, ist noch zu unfertig. Sie wollen doch sicherlich nicht, daß Ihre Tochter einen Mann heiratet, der sich noch nicht selbst gefunden hat. Lassen Sie mir noch ein bißchen Zeit . . .«

Er kam fast jeden Tag zu Besuch. Eines Abends schien er besonders nervös zu sein und bat, über Nacht bleiben zu dürfen. Man legte ihm eine Matratze auf den Boden. Am nächsten Morgen war er schon weg, als Abraham aufstand. Am Nachmittag berichteten die Zeitungen von der Ermordung des Chefs der deutschen Militärpolizei von Warschau. Salomon und sein Bruder David fragten sich, ob Israel an dem Attentat beteiligt gewesen sei. Beide versuchten von ihrer Schwester Regina zu erfahren, ob er Mitglied des Militärausschusses der sozialistischen Partei sei, denn nach den Pressekommentaren mußte man die Schuldigen in diesen Kreisen suchen.

Die Ermordung des Chefs der Militärpolizei rief die deutsche

Armee auf den Plan. Die Polizei führte zahlreiche Razzien durch. Die beiden Linotypisten, die in der Druckerei von »Lebensfragen« arbeiteten, wurden verhaftet. Salomon, der ganz allein gelernt hatte, wie man die Maschine bediente, meldete sich für den Posten und bekam ihn auch. Ein paar Tage später rief ein Wohnungsnachbar – der einzige im Haus, der Telefon hatte – Regina: Es war Israel, der sie bat, ein paar Sachen zusammenzupacken und ihn am Bahnhof zu treffen.

Als sie fertig gepackt hatte, war Abraham noch immer nicht zu Haus.

Regina schrieb ihm einen kurzen Brief und machte sich auf den Weg zum Bahnhof.

»Lieber Vater«, las Abraham, als er nach Hause kam, »ich habe auf Sie gewartet, aber Sie kamen wohl später. Israel wird von der Polizei gesucht. Man wirft ihm vor, er sei an dem Attentat gegen den Offizier der deutschen Militärpolizei beteiligt gewesen. Er kann sich nicht länger verstecken. Er will das Land verlassen, und ich glaube, er hat recht. Deshalb begleite ich ihn. Ich bin sicher, daß Sie mich verstehen werden.

Vater, ich bitte Sie um Verzeihung für den Kummer, den ich Ihnen vielleicht mit meiner plötzlichen Abreise bereite, aber wir sehen uns bestimmt bald wieder. Ich bitte den Himmel, Ihnen Gesundheit und ein langes Leben zu schenken.

Ihre treue Tochter Regina.«

Abraham fragte sich, ob er noch Zeit habe, zum Bahnhof zu rennen und seine Tochter zurückzuholen, aber seine Söhne redeten es ihm aus. Erst zu Sukkoth hörten sie etwas von Israel und Regina: Sie waren in Danzig und wollten sich dort auf einem schwedischen Dampfer nach Frankreich einschiffen. Von dort aus hatten sie vor, gemeinsam mit anderen Juden nach Argentinien auszuwandern, »einem neuen Land, in dem man die Emigranten, von wo sie auch herkommen, nicht als Fremde betrachtet«. Fremde? Unbekannte schlugen in Warschau Plakate an, die die Bevölkerung zum Pogrom aufriefen.

Die Abdankung des Zaren am 15. März 1917 und die deutsche

Niederlage im November 1918 bereiteten für Polen den Weg zur Erklärung seiner Unabhängigkeit. Es konnte endlich seine eigene Regierung bilden. In jenen Tagen veranstalteten die Juden und die Nichtjuden Festumzüge in den Straßen und riefen: »Es lebe das unabhängige Polen! Es lebe das freie Polen!« General Pilsudski, Präsiodent der neugegründeten polnischen Regierung, empfing eine Abordnung der zionistischen Organisationen, um mit ihnen gemeinsam die Probleme der polnischen Juden zu diskutieren. Und die polnischen Juden schöpften wieder Hoffnung.

Meir-Ikhiel, der bald sechzig Jahre alt wurde, war einer der wenigen, die sich skeptisch zeigten:

»Während der Besatzungszeit«, meinte er, »trat der Haß der Polen gegen die Juden gelegentlich in den Hintergrund. Jetzt dagegen ...«

»Aber Großvater«, erwiderte ihm Salomon, »kann es nicht auch sein, daß der Haß der Polen einmal aufhört? Meine Gojimfreunde kümmert es nicht, ob ich Jude bin oder nicht.«

»Vater«, wandte Abraham ein, »ich glaube, Salomon hat recht. Die Juden gehören seit Jahrhunderten zu diesem Land. Sie sind eine der lebendigsten Kräfte der polnischen Nation. General Pilsudski weiß das genau: Würde er uns ausschließen, könnte er kein freies Polen aufbauen ...«

»Ich wünschte nichts sehnlicher, als daß ihr recht habt, meine Kinder«, erwiderte Meir-Ikhiel.

Aber an seiner Miene konnte man sehen, daß er nicht daran glaubte. Ein paar Wochen nach der Unabhängigkeitserklärung und dem Rückzug der deutschen Besatzung aus den letzten Gebieten, die sie noch hatten halten können, breitete sich eine neue Welle des Antisemitismus im Land aus. Massaker in Lemberg, Krakau, Kjelze, Lublin, Lida, Wilna, in allen Städten von Galizien. Auf dem Bahnhof von Lapy zerrten Gendarmen Juden aus dem Zug nach Bialystok, um sie auszupeitschen. Sogar in Warschau, im Zentrum der Stadt, in der Przejazdstraße, schleppten polnische Soldaten jüdische Passanten in die Kaserne, wo man sie prügelte und zu demütigenden Arbeiten zwang. In den Dörfern beschuldigte man die Juden wieder einmal der Ritualmorde, in Warschau warf man ihnen vor, Polen zu verraten und beschimpfte sie als Bolschewiken.

Die Geduldigeren suchten noch immer nach Entschuldigungen für die Polen: »Das sind die Schmerzen der Geburt«, meinten sie. »Jeder Staat wird aus den Wirren heraus geboren, aber bald werden diese Gewalttätigkeiten vergessen und die Juden Bürger wie alle anderen sein.« Aber durch einen Regierungserlaß teilte man ihnen den Status einer religiösen Minderheit zu. Aus allen Ecken der Welt trafen Solidaritätsbezeugungen ein. »Lebensfragen« veröffentlichte jeden Tag Listen mit den bekanntesten Namen: Anatole France, Henri Barbusse, Charles Seignobos, Ernest Lavisse ... Das war zwar Balsam auf die Herzen der Juden, änderte aber nichts an ihrer Situation.

In den Höfen bildete man erneut Selbstverteidigungsgruppen aus. Und wieder einmal erlebten die Söhne, was schon ihre Väter hatten durchmachen müssen. Es ging darum, »sich verteidigen zu können«. Kinder hatten in einem ehemaligen Depot der deutschen Armee Waffen entdeckt. Waffen! Die Selbstverteidigungsgruppen beschäftigten sich endlos damit, sie zu zerlegen und wieder zusammenzusetzen. Etwas anderes konnten sie auch gar nicht tun: sie hatten nämlich keine Munition.

Nur Salomon gehörte zu dieser Zeit nicht der Selbstverteidigungsgruppe der Mitbewohner seines Hauses an. Aber wegen seines Gefängnisaufenthaltes sah man ihm das nach. Seine ganze Freizeit verbrachte er mit ein paar Freunden, die sich über Musik, Malerei oder die Revolution unterhielten. Das Herz dieses Kreises war ein großes, dunkelhaariges Mädchen von fast achtzehn Jahren, Hinda. Sie arbeitete als Linotypistin wie Salomon – übrigens als einzige Frau von ganz Warschau –; trotz ihres Alters und des Größenunterschiedes war er leidenschaftlich in sie verliebt. Sein Rivale war gleichzeitig sein Freund, Leibele Hechtmann, ein sensibler Junge, angeblich ein Kommunist, der jedoch in der Druckerei der religiösen Tageszeitung »Der Jid« arbeitete. Wenn sie zu dritt ins Konzert gingen, Hinda in der Mitte, verbrachten Salomon und Leibele ihre Zeit damit, den jeweils anderen mißtrauisch zu beäugen und aufzupassen, daß er nicht zu nah neben dem jungen Mädchen saß oder ob sie ihn nicht etwa auf die eine oder andere Art vorzog.

Aus diesem Grund waren für Salomon diese Konzerte immer etwas anstrengend, obwohl er ein leidenschaftlicher Musikliebhaber war. Sein Idol damals war der Geiger Bronislaw Huberman, den Leibele Hechtmann dagegen nicht besonders mochte. Salomon hatte ihn im stillen in Verdacht, nur mit zu den Konzerten zu kommen, damit er nicht allein mit Hinda sein konnte:

»Schön, schön«, sagte eines Tages Leibele, als sie gerade das Concerto von Brahms gehört hatten, »dein Broniman Huberslaw spielt ja ganz brav, aber mit Geigen wirst du kaum die Antisemiten bekämpfen können, wenn sie eines Tages vor deiner Tür stehen.«

Der kleine Salomon reckte sich und rief:

»Es soll nicht durch Heer oder Kraft, sondern durch meinen Geist geschehen, spricht der Herr Zebaoth . . .«

»Also wenn dir sonst nichts mehr einfällt . . .«

Meir-Ikhiel, der bei dem Streit zufällig dabei war, dachte im stillen, es gebe wirklich nichts Neues unter der Sonne.

»Aber Huberman nutzt seine Berühmtheit, um für die Rechte der Juden zu kämpfen«, protestierte Salomon. »Er hat so bekannte Deutsche wie Konrad Adenauer, einen so namhaften Franzosen wie Aristide Briand und den Nobelpreisträger Romain Rolland für sich gewonnen . . .«

»Salomon, Salomon«, seufzte Meir-Ikhiel. »Romain Rolland ist ein guter Schriftsteller, ich habe ihn auch gelesen. Aber unser Schicksal hängt vor allem von uns selbst ab, von unseren eigenen Werten, unseren Traditionen und auch von unseren eigenen Autoren. Deshalb habe ich auch I. L. Peretz herausgegeben.«

Er zögerte und fügte dann hinzu:

»Und warum nicht auch von unseren Kräften! . . . Aber auch von unserem Glauben. Du rennst fast jeden freien Abend zu deinem Geiger. Aber hast du einmal diese Schar der Gläubigen gesehen, die sich am Freitagabend und Samstagmorgen vor der Synagoge in der Tlomackie- oder der Twardastraße versammeln? Hunderte, Tausende von Juden, die dort stundenlang warten, ob es regnet oder schneit, um den Chasan Lewensohn aus Minsk oder den Chasan Mosche Kusowicki zu hören.«

Meir-Ikhiel bedauerte, daß seine Enkel nicht öfter zum Gebet gingen. Diese neue Generation, die nichts als Flugblätter, Plakate und Revolutionsmanifeste kannte, erschien ihm irgendwie fremd. Er fragte sich, wie sie, wenn es sein mußte, ihren Mann stehen würden, und ob sie dann zu der einzigen Wahrheit, die zählte, zurückfinden würden, der des Ewigen, gepriesen sei sein Name.

Hinda war schwanger. Sie teilte es ihren Freunden Leibele und Salomon eines Mittags mit, als sie im Sächsischen Garten spazierengingen. Es war an einem Sonntag. Die Regierung zwang zwar die Juden nicht, am Freitagnachmittag und Samstag zu arbeiten, aber dafür mußten sie am Sonntag auch müßiggehen. Da ihnen vier Tage Arbeit in der Woche nicht reichten, um ihren Lebensunterhalt zu verdienen, verkauften die Händler am Sonntag heimlich ihre Waren auf der Straße oder im Sächsischen Garten. Hinda, Leibele und Salomon amüsierten sich immer über ihre Tricks, ihre Art, so zu tun, als gingen sie nur spazieren, während sie versuchten, die Passanten anzulocken. Hinda wurde mit einem Mal ernst, fast vorwurfsvoll, und sagte ihnen, sie erwarte ein Kind und sie müßten sehen, wie sie das Geld für sie aufbrächten.

Als sie beide allein waren, schworen sich Salomon und Leibele, daß sie unschuldig daran waren und liefen zum Vierten im Bunde, dem Maler Janek Kobyla, von dem man sagte, er sei nur deshalb Maler geworden, um die Modelle in sein Atelier zu locken. Aber Janek hatte auch nie mit Hinda geschlafen, obgleich er, wie er zugab, es durchaus versucht hatte.

Die drei jungen Leute – Kobyla, der älteste, war gerade neunzehn, Salomon nicht einmal fünfzehn Jahre alt – machten Überstunden, sparten, wo sie konnten, und borgten sich den Rest, um die Summe zusammen zu bekommen, die Hinda für ihre Abtreibung brauchte. So einig, wie sie sich jetzt in ihrem Haß gegenüber dem Unbekannten waren, der ihnen Hinda gestohlen hatte, waren sie sich noch nie gewesen.

Es gab Komplikationen. Hinda bekam starke Blutungen, mußte mehrere Tage das Bett hüten, und Salomon rief seinen Onkel, den Arzt Joseph Fainberg. Als Hinda endlich wieder aufstehen konnte, hatte sie sich verändert. Ihr Blick war hart geworden.

Salomon konnte das, was geschehen war, nicht verwinden. Er war jetzt fünfzehn Jahre alt und fand, daß das Leben ihm alles schuldig blieb, was er sich erwartete. Seine Arbeit in der Druckerei war für ihn nur noch ein Gelderwerb. Fortgehen. Dieser Gedanke kam ihm eines Tages, als er in der »Volkszeitung« die kleine Anzeige einer Druckerei aus Danzig las, die jiddische Linotypisten suchte. Die Bewerber sollten sich im Hotel Bristol vorstellen.

Salomon wanderte ziellos durch die Straßen. Einen Augenblick lang blieb er in der Zelaznastraße stehen und hörte einem Blinden zu, der ein altes jiddisches Volkslied sang. Gegenüber auf der anderen Straßenseite warteten Gläubige unter einem Torbogen. Salomon trat auf sie zu. Ein junger Chassid begrüßte ihn. Er ging durch die Toreinfahrt und gesellte sich zu der auf dem Hof versammelten Schar. Ein alter Mann, der eine breite Pelzkappe auf dem Kopf trug, sagte irgend etwas zu ihm, das er nicht verstand. Er setzte ihm ein Scheitelkäppchen auf und legte ihm einen Gebetsmantel um die Schultern. Er krempelte seinen linken Ärmel zurück und band ihm die Gebetsriemen um den Arm. Salomon ließ es geschehen. Dann führte er ihn vorsichtig, als sei er zerbrechlich, in ein Vorzimmer, in dem sie stehen blieben, um sich die Hände in einer Bronzeschale zu waschen.

Der Gebetssaal war dunkel. Eine einzige Kerze in der *Menorah* warf ein flackerndes Licht auf die Regale voller Bücher und die paar jungen Leute, die sich über ihrer Gemara vor- und zurückbeugten. Neben der Bundeslade bemerkte Salomon die Inschrift: »Gott ist Anfang und Ende« und am Gesims der Lade zwei geschnitzte goldene Löwen, die die Gesetzestafeln hielten.

Als er nach Hause zurückkam, ging er zu seinem Vater und teilte ihm mit, daß er nach Danzig fahre. Man hatte ihm nämlich im Hotel Bristol seine Anstellung bereits zugesagt. Abraham fiel aus allen Wolken: nach Regina nun Salomon. Wenn seine Kinder vor ihrer Heirat das Haus verließen, überlegte er sich, so vielleicht deshalb, weil sie sich dort nicht glücklich fühlten. Doch er stellte seinem Sohn diese Frage nicht. Wie der Prediger sagt, man mußte die Jugend tun lassen, was ihr Herz gelüstete und ihren Augen gefiel. Er schlug ihm allerdings vor, wenn er schon wegwolle, solle er doch zusammen mit einem seiner Vettern, Mordechai, nach Erez-Israel auswandern. Dieser hatte vor, sich mit einer ganzen Gruppe junger Leute, die sich *Chaluzim*, Pioniere, nannten, nach Palästina einzuschiffen, um dort eine landwirtschaftliche Siedlung zu gründen, wie es bereits einige gab. Man nannte sie *Kibbuzim*.

Aber Salomon hatte keine Lust, nach Israel zu gehen. Sein Vater begleitete ihn zum Bahnhof. Überall Soldaten. Der russisch-polnische Krieg stand auf seinem Höhepunkt, und der Vorsprung der Roten Armee löste eine Haßkampagne gegen die sogenannten Judeo-Bolschewiken aus. Zwei Plakate waren an die Bahnhofsmauer geschlagen. Das eine zeigte den Bolschewismus, verkörpert durch einen roten Dämon mit semitischen Zügen, der auf einem Schädelberg saß; das andere Soldaten der Roten Armee, die blau-weiße Fahnen mit dem Davidsstern schwenkten. Auf der Titelseite der Zeitungen erwähnte man die Führer der Bolschewiken nur noch mit ihrem eigentlichen Nachnamen: Trotzki war »Trotzki-Bronstein«, Sinowjew war »Sinowjew-Apfelbaum«, Radek war »Radek-Sobelsohn« . . .

»Es fängt schon wieder an«, bemerkte Abraham nur.

»Diese Schweine«, stieß Salomon zwischen den Zähnen hervor.

Im Vorübergehen riß er eine Ecke des Plakates ab. Ein kleiner, eher schüchtern wirkender Mann begann sofort zu zetern, als wolle er ganz Warschau alarmieren:

»Der da reißt Plakate ab! Ein Spion! Ein Bolschewikenagent!«

»Gott schütze uns«, murmelte Abraham.

»Bleiben Sie hier, Vater. Allein kann ich schneller davonrennen. Ich werde Ihnen schreiben.«

Der kleine Salomon küßte die Hand seines Vaters und tauchte dann in der Menge unter. Eine dicke Frau schrie:

»Hier ist er! Hierher!«

Ein Polizist, der gerade in die entgegengesetzte Richtung schaute, drehte sich um, begriff nicht so recht, worum es ging, und packte erst einmal für alle Fälle einen Soldaten am Kragen, der gerade vorüberging.

»Der ist es nicht!« brüllte die dicke Frau, als schnitte man ihr die Kehle durch. »Der ist es nicht! . . . Es ist der kleine Jude!«

Sie allein schuf so viel Verwirrung, daß der »kleine Jude« unbemerkt entwischen konnte. Abraham sah einen Augenblick lang dem Getümmel der Reisenden zu. Vom Bahnsteig her hörte er:

»Die Reisenden nach Gdansk bitte einsteigen!«

Der Zug keuchte, quietschte und setzte sich schließlich in einer dichten Dampfwolke in Bewegung. Der Bahnsteig leerte sich langsam. Salomon war fort. Abraham verließ den Bahnhof. Als er an dem halbabgerissenen Plakat vorbeikam, murmelte er die Segenssprüche: »Sei gepriesen, ewiger Gott, König der Welten, der Du aufrichtest, die da niedergeschlagen sind . . .«

46

Warschau
Perl und Salomon

Salomon kehrte erst sieben Jahre später nach Warschau zurück. Es war im März des Jahres 5668 nach der Schöpfung der Welt durch den Ewigen – gepriesen sei sein Name – das heißt, im Frühjahr 1928. Er war inzwischen zweiundzwanzig Jahre alt. Bei den Juden bereitete man sich darauf vor, Pessach zu begehen, und bei den Polen den zweiten Jahrestag des Staatsstreichs Marschall Pilsudskis, von dessen bevorstehender Abdankung als Ministerpräsident man seit kurzem munkelte.

Abraham erkannte seinen Sohn kaum wieder: Salomon war groß geworden, trug eine Brille, wirkte noch nachdenklicher als früher. Nur sein Bart war noch immer nicht dichter geworden.

Salomon sah seinen Vater eigentlich zum ersten Mal mit vollem Bewußtsein. Er entdeckte einen Mann in den Fünfzigern, groß, mit einem etwas krummen Rücken, wie viele Drucker, einem schon grauen Bart und ruhigem Blick. Abraham berichtete ihm, Meir-Ikhiel sei zwei Monate zuvor gestorben und auch die beiden jüngsten Söhne hätten inzwischen das Haus verlassen. David, den die Polizei wegen seiner Gewerkschaftsarbeit für die Arbeiter in der Lederindustrie suchte, war nach Frankreich geflohen und lebte in Paris. Samuel, ein großer Bewunderer des kurz zuvor verstorbenen Dr. Zamenhofs, versuchte irgendwo in Europa die neue Universalsprache, das Esperanto, zu verbreiten.

Abraham arbeitete jetzt in der Druckerei der jüdischen Volkszeitung »Der Moment« und wohnte in der Nowolipiestraße 35, nicht weit von seinem früheren Haus entfernt. Die neue Wohnung war dunkler, aber sehr viel geräumiger als die alte: Er lebte hier bei seiner jüngsten Tochter Topcia und ihrer Familie. Die gute Topcia, die sich jahrelang geopfert hatte, um zuerst die tote Mutter, dann auch noch Regina, die älteste Schwester, zu ersetzen, war doch noch unter die Haube gekommen: sie hatte zwei Kinder, die Abrahams ganze Freude waren. Sie halfen ihm über seinen Kummer hinweg, daß seine Familie in alle vier Winde zerstreut war.

Topcia bot Salomon an, bei ihr zu wohnen, bis er Arbeit . . . und eine Frau gefunden habe. Am ersten Tag nach seiner Ankunft wanderte Salomon erst einmal ausgiebig durch die Stadt. Es war schönes Wetter. Von der Nowolipiestraße zum Sächsischen Garten und die Krolewskastraße hinunter . . . Salomon sah mit Erstaunen, wie viele Juden es hier gab. Eigentlich ausschließlich Juden. Mit ihren Schildern auf jiddisch, dem Geruch nach Salzgurken, Zwiebeln und warmem Brot. Er fragte sich, wie es wohl in Israel sein mochte. Fühlten die Juden sich dort ebenso »zu Hause« wie in Warschau? Auf dem Grzybowskiplatz blieb er eine Weile stehen und sah einem Händler zu, der Kartoffelpuffer verkaufte, Rosinen, warme Kichererbsen und – Hosenträger. Ein wunderliches, rührendes Volk – was würde ihm wohl die Zukunft bringen? Wo war sein Platz in der Welt? Ob sich der Händler das überhaupt fragte?

Salomon ging in die Twardastraße, aber Hinda war umgezogen. Also besuchte er erst einmal den Maler Janek Kobyla. Als Salomon eintrat, zog sich gerade ein Mädchen hastig an: Janek umarmte Salomon und stellte eine Flasche Schnaps auf den Tisch. Sie stießen auf die Freundschaft an, erzählten sich, was sie in der Zwischenzeit alles erlebt hatten: Der Maler schien recht erfolgreich zu sein.

»Und Hinda?« fragte Salomon. »Und Leibele?«

Janek wurde verlegen.

»Ich sehe sie nicht mehr sehr oft«, sagte er. »Sie sind nicht mehr dieselben . . . Vor ein paar Monaten bekam Leibele eine Kugel in die Brust. Er war bei sich zu Hause, es klopfte, er machte auf und jemand hat geschossen. Er sagt, er habe seinen Angreifer nicht erkannt . . . Ich hab' ihn im Krankenhaus besucht, aber seither nicht mehr gesehen.«

»Eine Kugel in die Brust!«

Salomon war bestürzt. Er wußte, daß fast überall in der Welt Menschen für nichts und wieder nichts erschossen wurden, aber Leibele, sein Jugendfreund!

»Und Hinda?« fragte er.

»Sie ist verheiratet und arbeitet als Sekretärin im jüdischen Zentralbüro der Kommunistischen Partei. Eine Hundertprozentige, nach dem, was man hört. Aber weißt du, die Kommunisten, die Politik . . .«

Er deutete auf die Bilder, die überall im Atelier auf dem Boden lagen, die Staffeleien, die Tuben mit Farbe, die Lappen, das große Glas mit den vielen Pinseln:

»Die Menschen behaupten, sie kämpften gegen die Unterdrükkung und bringen sich dabei gegenseitig um. Für mich ist die Kunst die einzige Form des Widerstandes, die ich kenne. Meine Politik ist Malen . . . Das Schöne erkennen, es auf meinen Bildern festhalten, es allen vor Augen führen . . .«

Wie schon früher immer fand Salomon auch diesmal eine Wendung, um abschließend seine Meinung dazu zu sagen:

»Nicht das Schöne ist Gott gefällig, sondern was Gott gefällt, ist schön.«

»Na endlich, kleiner Jude, du bist ja doch noch der alte! Lechaim!«

Salomon war neugierig geworden und besuchte als nächstes Leibele Hechtman. Sie schüttelten sich in alter Freundschaft die Hand. Leibele trug unter seinem gestreiften Jackett eine Samtweste und einen weißen Schal um den Hals. Sein Gesichtsausdruck war nicht mehr der gleiche: um sein Kinn und seine Schläfen lagen dunkle Schatten, die durch seine erschreckende Magerkeit noch deutlicher hervortraten.

»Komm«, sagte er. »Gehen wir ein bißchen spazieren. Du wirst sehen, in diesem Land gibt es bald nur noch Juden. Wenn das so weitergeht, wird jiddisch hier bald die offizielle Sprache sein.«

»Bist du immer noch Kommunist?« fragte Salomon.

Leibele erwiderte mit einem bitteren Lächeln um die Mundwinkel:

»Ja, aber heutzutage in Polen ein Kommunist zu sein, ist nicht leicht. Wir werden überall verfolgt. Man hat Angst vor uns.«

»Vielleicht fürchtet man das böse Beispiel Rußlands.«

Leibele seufzte, als sei ihm diese Unterhaltung lästig. Wahrscheinlich hatte er das alles schon tausendmal gehört und gesagt:

»Vergiß nicht, immerhin hat man bisher nur in Rußland den Sozialismus verwirklicht. Ich schäme mich nicht, ein Land zu verteidigen, das innerhalb von ein paar Jahren praktisch aus dem Mittelalter in das Zeitalter der Industrialisierung hineingewachsen ist ... Wer hat diesen Arbeitern und Bauern, die gestern noch Sklaven waren, die Freiheit gegeben und sie die Würde der Arbeit gelehrt?«

Ein Chassid mit seiner Pelzkappe auf dem Kopf trat zu ihnen:

»Juden«, sagte er, »laßt die Politik bis nach den Feiertagen.«

»Auch die Politik gehört zum Fest«, entgegnete Leibele.

»Komm, laß uns weitergehen«, meinte Salomon. »Sonst gibt es hier noch einen Menschenauflauf.«

An der Kreuzung der Karmelickastraße blieb Leibele erneut stehen:

»Und du«, fragte er Salomon, »womit beschäftigst du dich?«

»Ich? Ich weiß nicht ... Es gibt so vieles, was mir Sorgen macht ...«

»Du meinst die Konterrevolution?«

»Nenn es wie du willst. Ich meine damit die Krise, die Gewalttätigkeit, vielleicht sogar den Krieg.«

»Du bist ein Pessimist!«

»Hast du Barbusse gelesen?«

»Natürlich.«

»Erinnerst du dich an diesen Satz in ›Das Feuer‹? Warte ... ›Zwischen zwei finsteren Wolkenmassen dringt ein ruhiges Licht ...‹«

»› ... dieser Lichtstreifen aber verkündet uns, daß es dennoch eine Sonne gibt‹«, schloß Leibele. Sie klatschten fast fröhlich in die Hände, wie einst, in der Zeit ihrer Unschuld.

»Leibele«, sagte Salomon jetzt, »ich hab' gehört, jemand hat auf dich geschossen?«

»Ach, du weißt es also schon?«

Sie bogen jetzt in die Nowolipiestraße ein. Leibele sah verlegen zu Boden.

»Ich hab' die Tür aufgemacht, und jemand hat geschossen. Das ist die ganze Geschichte. Ich habe nichts gesehen.«

»Hatte es politische Gründe?«

»Wahrscheinlich irgend jemand wie du, der die Kommunisten nicht mag. Komm, wir wollen auf unser Wiedersehen anstoßen!«

Abraham wollte, um Salomons Rückkehr zu feiern, daß in diesem Jahr der Seder besonders festlich begangen wurde. Moniek, Topcias Mann, hatte den Tisch ausgezogen, der jetzt fast so lang war wie der ganze Salon. Topcia deckte ihn wie früher ihre Mutter – Gott hab sie selig –, als alle Kinder noch zu Hause waren.

Über einem weißen Tischtuch ein Teller mit einem Spitzendeckchen. Auf dem Teller lagen drei ungesäuerte Brotfladen, die das Haus Aaron – die Kohanim –,[116] das Haus Levi und das übrige Volk Israels darstellten. Daneben der Meerrettich, dessen bitterer Geschmack die Juden an die Zeit der Sklaverei erinnern sollte; eine Mischung aus zerstampften Nüssen, geriebenen Äpfeln und Wein, als Symbol des Mörtels, den ihre Väter zur Errichtung der Pyramiden benutzt hatten; ein verbrannter Knochen, zum Gedächtnis an das Opfer, das einst an diesem Tage dargebracht wurde; harte Eier in Salzlauge, als Zeichen der Tränen und der Trauer über die Zerstörung des Tempels.

Salomon kannte noch nicht alle, die um den österlichen Tisch herum Platz genommen hatten: Onkel Judls und Tante Leas Familien, Vettern und deren Verwandte. Onkel Judls Sohn, Fischel, war zusammen mit seiner Verlobten Perl gekommen, der Tochter von Abraham Rotstein, der wie Judl eine kleine Sockenfabrik besaß – die beiden Konkurrenten hatten beschloßen, Partner zu werden. Außerdem war da noch Vetter Mordechai, der sieben Jahre zuvor nach Palästina ausgewandert war. Er wollte in Polen bei der Ausbildung junger Chaluzim mitwirken. Seine Freundin, Drosa, die in einem Kibbuz in Galiläa geboren war, begleitete ihn: Zu ihrer aller Überraschung sprach sie nur hebräisch.

Abraham las die Pessach-Haggada. Das Licht der Kerzen tanzte in seinen Augen, und er wirkte ausgesprochen heiter. Nach dem Essen stimmte er ein paar chassidische Weisen an, in die Topcia und Moniek mit einfielen. Mordechai erzählte von dem Leben »im Land« und sang auch ein paar Pionier-Lieder. »Wir sind gekommen, um das Land aufzubauen und von ihm selbst aufgebaut zu werden«, hieß es in einem dieser Lieder. Salomon fand den Ausdruck beeindruckend.

[116] Priester des Tempels, die Nachkommen Aarons (A. d. Ü.).

»Aber wie stellt man es bloß an«, fragte er sich, »einen Juden wieder aufzubauen?«

Dann stand Abraham auf und holte Abrahams Buch. In das Heft am Ende dieses Exemplars, das noch vom alten Lazarus stammte, hatten Meir-Ikhiel und Abraham die Namen, die Daten und die Ereignisse ihres polnischen Lebens niedergeschrieben. Sie hatten, da sie ja beide als Drucker arbeiteten, den handschriftlichen Text gesetzt und einen Probeabzug gemacht, den sie hinten dazugeklebt hatten. Abraham bedauerte, daß er nicht eine neue Ausgabe des Buches in vielleicht zwanzig Exemplaren gedruckt hatte, damit jedes der Kinder und Vettern sein eigenes Buch bekommen konnte. Und er schwor sich, er werde seine alten Tage darauf verwenden. Andächtig las er ein paar Seiten vor. Der letzte Satz erwähnte Salomons Rückkehr aus Danzig.

Salomon spürte in diesem Augenblick den Blick von Perl, Fischels Verlobter, auf sich ruhen. Er sah sie an, aber sie wandte die Augen nicht von ihm. Da drehte er sich um, aus Rücksicht auf Fischel. Als der Abend zu Ende ging, alles sich verabschiedete und gegenseitig »Ein gutes Fest!«, »Nächstes Jahr in Jerusalem!« und »Gute Nacht!« wünschte, trat sie auf ihn zu:

»Fischel hat mir gesagt, Sie seien ein großer Musikliebhaber.«

»Das stimmt. Ich gehe gern ins Konzert, wenn ich Gelegenheit dazu habe.«

»Wie wäre es, wenn Sie mich das nächste Mal dazu mitnehmen würden?« bat sie.

»Ein schönes Fest!«

»Ein schönes Fest!« erwiderte er verlegen.

Salomon machte sich auf die Suche nach Arbeit. Er klapperte die Zeitungsdruckereien und die Verlagshäuser ab. Im Augenblick gab es keine freie Stelle. Er möge doch öfter einmal vorbeikommen, sagte man ihm, vielleicht würde ja in der nächsten Zeit . . . An einem dieser Tage ging er auch zu Hinda. Leibele hatte ihm erzählt, sie wohne jetzt in der Chmielnastraße, ganz in der Nähe vom Hauptbahnhof über einer Bäckerei.

Vielleicht, weil er einmal in sie verliebt gewesen war, hatte er keine große Lust, sie in ihrer Wohnung zu besuchen und ihrem

Mann zu begegnen. So wartete er eines Morgens auf der Straße vor dem Haus. Als er sie sah, kam sie ihm kleiner als in seiner Erinnerung vor. Sie trug einen Knoten im Nacken, hatte dunkle Ringe unter den Augen und einen grauen Teint – wie alle politisch Engagierten, die die Nächte in rauchigen Parteibüros verbringen, um Anträge zu diskutieren und Parolen auszugeben. Sie hatte ein langes, dunkelrotes Wollkleid an, das im Rhythmus ihrer Schritte um ihre Waden wippte.

»Hinda!« rief er leise.

Sie sah überrascht auf, runzelte die Stirn, erkannte ihn dann aber sofort:

»Salomon! Der kleine Salomon! Du bist im Exil ganz schön gewachsen.«

Plötzlich wünschte er, er wäre nicht hergekommen. Er wußte nicht, was er mit dieser Frau reden sollte. Sie küßten sich burschikos wie Männer auf die Wangen.

»Leibele hat mir erzählt, du seist verheiratet . . .«

»Du hast Leibele getroffen?«

Irgendwie schien ihr das unangenehm zu sein.

»Ich habe Leibele und auch Janek besucht. Du siehst, ich wandere auf den Spuren der Vergangenheit.«

»Ich muß mich beeilen«, sagte sie. »Kommst du ein Stück mit?«

Sie gingen nebeneinander. Salomon fragte:

»Hast du Kinder?«

Sie warf ihm einen fast feindseligen Blick zu:

»Ich kann keine Kinder haben«, erwiderte sie brüsk. »Aber für jemanden, der aktiv in der Partei arbeitet, ist das wahrscheinlich besser . . . Und du, eine Frau, Kinder?«

»Nein, noch nicht.«

Er wollte wissen, was eigentlich Leibele passiert sei. Sie reagierte ausweichend:

»Man weiß es nicht«, sagte sie. »Aber die Partei macht im Augenblick eine schwierige Phase durch. Es gibt Abrechnungen politischer Art . . . Agenten des Komintern . . . Hat er dir nichts davon gesagt?«

»Nein. Er hält mich für einen gefährlichen Gegenrevolutionär.« Er hatte sie eigentlich fragen wollen, ob sie damals auch ein klein wenig in ihn verliebt gewesen war. Aber das hatte jetzt keine Bedeutung mehr, und er sagte, er habe eine Verabredung in einer Druckerei.

»Komm uns doch einmal besuchen«, lud ihn Hinda ein, als sie sich verabschiedeten. »Du lernst dann auch meinen Mann kennen, Tomasz. Er wird dir sicher gefallen.«

Zu Hause in der Nowolipiestraße war sein Vater gerade damit beschäftigt, zwei Briefe zu lesen, die er an ein und demselben Tag bekommen hatte: Einer kam aus Argentinien, von Regina; sie teilte darin die Geburt eines Sohnes, Marcos, mit. Der andere stammte von Vetter Maurice aus Kanada. Diesen reichte er Salomon:

»Da, lies, aber laut, damit Topcia es auch hört.«

Salomon faltete den Brief auseinander:

»Mein teurer Onkel, liebe Vettern,

ich muß Euch eine traurige Nachricht mitteilen: Mein Bruder Fred ist gestorben – Gott hab ihn selig. Er war ein fleißiger, gutherziger Mann. Bevor er sich zwei kleine Geschäfte, das eine in Saltcoats und das andere in Stornoway in Saskatchewan, kaufen konnte, übte er alle möglichen Berufe aus. In Kamsack, wo er mit seiner Familie wohnte, hat er sogar einmal einen Saloon gehabt. Sein damaliger Partner, Sam Bronfman, brachte meinen Bruder dazu, ins Alkoholgeschäft einzusteigen. Das war ein großer Fehler. Denn noch im gleichen Jahr verbot die amerikanische Regierung den Ausschank von Alkohol in der Öffentlichkeit. Mein Bruder, der, wie Ihr wißt, ein gesetzestreuer Mann war, lehnte den Vorschlag seines Partners ab, ihren Alkohol nach Nord-Dakota zu schmuggeln. Fred und dieser Bronfman trennten sich. Sein früherer Partner ist jetzt einer der reichsten Juden Amerikas! Nach diesem Abenteuer fing mein Bruder mit dem Pelzhandel an. Er machte mit den Indianern Geschäfte, die ihn gern mochten und ihm Minkfelle, Hermelin- und Silberfuchs verkauften. In Europa habt Ihr so etwas sicherlich noch nie gesehen. Sie lieferten ihm auch Arzneikräuter und Pflanzen.

Bei meinem Leben, mein Bruder war ein guter Jude. Ein Sabbat war für ihn ein Sabbat. Er sammelte für die Juden in Palästina und steuerte auch aus eigener Tasche sein Scherflein bei. Sein Haus war das gastfreundlichste weit und breit; ganz einfach, es hieß überall das »Halter-Hotel«.

Seine Hobbys waren Musik und Tanzen. Er war selbst ein sehr guter Tänzer und hat mehrere Preise bei Wettbewerben gewonnen. Übrigens ist er dabei auch gestorben, eines Sonntags, als er mit Freunden zum Tanzen in einen Saloon gegangen war.

Ich erzähle Euch das alles, mein teurer Onkel und liebe Vettern, weil ich weiß, wie sehr mein Bruder an Euch hing. Er war stolz darauf, zu einer der ältesten jüdischen Druckerfamilien zu gehören. Er erzählte sogar den Indianern von einem Familienregister, das Ihr weiterführt. Er hat sehr bedauert, es nie gesehen zu haben. Wenn Ihr eines Tages einmal neue Exemplare druckt, wäre ich Euch dankbar, wenn Ihr an mich denken würdet. Ich fühlte mich dann weniger in der Fremde.

Ich hoffe, daß ich, so Gott will, in Zukunft bessere Neuigkeiten für Euch habe. Sollte mein Brief noch rechtzeitig ankommen, so wünsche ich Euch gute Osterfeiertage.

Euer Vetter
Maurice.«

»Es stimmt«, sagte Salomon. »Wir hätten zusehen müssen, daß er ein Buch Abrahams bekommt. Armer Fred!«

»Jetzt tut es mir leid, daß ich nicht damals, als ich noch meine eigene Druckerei und die besten Schriftsetzer Polens hatte, diese neue Ausgabe herausgebracht habe. Aber . . . Erinnere dich, Salomon: ›Wir wünschen uns immer, das Leben sei wie ein Schatten, den eine Mauer oder ein Baum wirft, aber es ist wie der Schatten eines Vogelflugs.‹ Sag mal, mein Sohn, denkst du eigentlich ans Heiraten?«

Ein paar Tage später dachte Salomon tatsächlich ans Heiraten. Ihm war gerade eine Stelle als Linotypist in der Druckerei einer neuen jüdisch-orthodoxen Tageszeitung »Dos Jiddische Togeblat« angeboten worden. Voller Freude, jetzt nicht mehr von seinem Vater und seiner Schwester abhängig zu sein, schlenderte er auf dem Nachhauseweg durch die Smoczastraße. Ein paar Dutzend Leute schienen dort gerade den Eingang stürmen zu wollen: Die Vorstellung fing wohl gerade an. Unter einer Toreinfahrt nebenan schlug ein alter Mann mit seinem Holzbein auf das Pflaster:

»Pistazien! Kauft Pistazien!«

Die Frauen blieben vor dem Theatereingang stehen, während die Männer auf den Greis zugingen, ihm eine Münze zusteckten und eine Tasche ihres Jacketts aufhielten: Er schüttete dann ein oder zwei Maß Pistazien direkt hinein. Im Hof saß ein blasser Angestellter hinter der Kasse und wiederholte unablässig in einem Jiddisch mit litauischem Dialekt, daß es nur noch im letzten Rang Plätze gebe.

»Salomon! Was machen Sie denn hier?«

Er war von dem Schauspiel auf der Straße so gefangengenommen, daß er Perl, die Verlobte seines Vetters Fischel, gar nicht bemerkt hatte. Er fand sie sehr elegant: Sie trug ein hellgraues Kostüm, dessen gerader enger Rock ihre Hüften betonte:

»Perl!«

Sie sahen sich einen Augenblick lang schweigend an. Dann fragte Perl:

»Wollten Sie gerade ins Theater gehen?«

»Nein . . . Doch . . . Möchten Sie . . .?«

»Ja«, sagte sie. »Was gibt es denn?«

»Ich weiß nicht, ist das wichtig?«

»Nein. Überhaupt nicht.«

Salomon kaufte zwei Karten im letzten Rang. Das Theater war in einer ehemaligen Lagerhalle mit geweißten Wänden. Nackte Birnen hingen an langen Drähten und warfen phantastische Schatten an die Wand, wenn sie sich bewegten. Es roch nach Schweiß und Parfum. Alles lachte, rief laut durcheinander, knackte Pistazienkerne. Salomon und Perl fanden zwei Plätze auf einer einfachen Holzbank. Als der Saal voll war, wurden die Zuschauer ungeduldig, klatschten, trampelten mit den Füßen und pfiffen. Endlich läutete eine Glocke dreimal, worauf ein erleichtertes »Ah« ertönte. Das Licht ging aus; plötzlich wurde es auch ruhig. Der Vorhang ging auf.

Als sei dies ein Signal, fing es im Saal wieder an, unruhig zu werden. Einige Zuschauer beschlossen, den Platz zu wechseln, stiegen über ihre Nachbarn hinweg, stolperten über die, die im Mittelgang auf den Stufen saßen. In der Nähe des Souffleurkastens fing ein Paar einen lauten Streit an. Auf der Bühne warteten zwei Schauspieler, ein Mann und ein grellgeschminktes Mädchen, darauf, anfangen zu können. Da das Tohuwabohu aber offenbar kein Ende nehmen wollte, trat der Schauspieler jetzt an die Rampe. Schweißtropfen standen ihm auf der Stirn. Der Saal applaudierte.

»Gestatten Sie jetzt, daß ich spiele?« fragte er. »Ich habe zwei Kinder – mögen sie hundertzwanzig Jahre alt werden! –, und ihre Mutter wartet auf meine Abendgage.«

Gelächter, Beifall. Vor Salomon und Perl standen Leute plötzlich auf, so daß sie gezwungen waren, sich andere Plätze zu suchen. Nach langem Hin und Her fanden sie auch welche, und zwar inmitten der Zuschauer, die offenbar regelmäßig herkamen, denn sie kannten die Schauspieler mit Namen.

Auf der Bühne bemühte sich gerade ein Heiratsvermittler, den Mann und das Mädchen zusammenzubringen.

»Möchten Sie Pistazien?« fragte Salomons Nachbar zur Linken. »Da, nehmen Sie, in meiner Tasche.«

»Nein, danke.«

»Dann nehmen Sie doch welche für Ihre Frau. Da, zieren Sie sich nicht!«

Eine Dame, die hinter Salomon saß, stieß ihm die Knie in den Rücken:

»He da, ihr zwei, seid ihr zum ersten Mal im Theater? Macht nicht solchen Lärm!«

Auf der Bühne stritten sich die Eltern des Liebespaares um die Aussteuer, aber das Liebespaar war sich noch gar nicht so sicher, ob es heiraten wollte. Dann tauchte der Rabbi auf und bemühte sich, die Verlobung auseinanderzubringen, damit sein eigener Sohn das junge Mädchen heiraten konnte. Diese Machenschaften empörten das Publikum, und das tat es auch lauthals kund. Der Saal feuerte den Heiratsvermittler an. Eine Frau beschimpfte einen Zuschauer, der den Platz gewechselt hatte.

»He, Sie, Sie treten mir auf die Füße . . . Da ist jemand, der den Heiratsvermittler ablösen will!«

»Sst! Sst!«

»Dieses Stück dauert wohl so lange wie das jüdische Exil!«

Die verärgerten Schauspieler versuchten dem Publikum gestenreich klarzumachen, daß sie gern weiterspielen würden.

»Dieser Heiratsvermittler taugt nichts!« rief einer aus dem Saal.

»Wenn ihr endlich mal still wärt, hätte ich vielleicht Erfolg«, entgegnete der Schauspieler.

Der Saal bog sich vor Lachen. Salomon und Perl jedoch, die Hand in Hand nebeneinander saßen, erfuhren nie, ob der Heiratsvermittler des Theaters in der Smoczastraße schließlich zum Ziel kam. Sie hörten nichts mehr, so sehr waren sie in einander vertieft.

Perl löste ihre Verlobung mit Fischel, was einen Streit zwischen den beiden Brüdern Abraham und Judl zur Folge hatte und die Familie in zwei Lager spaltete. Die beiden Väter unterhielten sich über die Heirat. Noch nie war Salomon so glücklich gewesen. Er las die Gedichte, die Perl schrieb, und lernte die Familie Rotstein kennen, die in der Swietojerskastraße wohnte: Perl hatte zwei Schwestern und einen Bruder sowie eine Stiefschwester aus der zweiten Ehe ihres Vaters. Die Sockenfabrik lag direkt neben ihrer Wohnung, und Salomon hörte oft den Arbeiterinnen zu, wenn sie ihre Volkslieder sangen, die meist traurig und irgendwie resigniert klangen, ganz anders als die Kampfgesänge der Arbeiter aus der Druckerei.

Salomon besuchte Leibele und erzählte ihm die Neuigkeit. Er freute sich darüber und wünschte ihm von Herzen Glück. Da es ein sonniger Tag war, beschlossen sie, spazierenzugehen, was sie schon immer gern getan hatten. An diesem Tag schlenderten sie durch die Franciszkanskastraße hinunter zur Weichsel. Vom Brückengeländer sahen sie hinab auf den grauen Sandstrand, auf dem sich Juden in langen Gewändern und mit chassidischen Kappen sonnten. Kinder mit wehenden Schläfenlocken planschten in den Wellen am Ufer.

»Ich habe Hinda gesehen«, sagte Salomon.

»Hat sie auch von mir gesprochen?«

»Sie hat mich gefragt, was du über sie gesagt hast.«

Leibele setzte sich auf das Brückengeländer und vergewisserte sich, daß niemand ihnen zuhörte:

»Salomon«, sagte er, »ich habe Ärger mit der Partei . . . Wahrscheinlich war es falsch, daß ich so offen meine Meinung gesagt habe . . .«

»Deine Meinung worüber?«

»Über Stalin. Seit Stalin an die Macht gekommen ist, hat die Partei sich verändert. Alles, was nicht auf seiner Linie ist, ist gleich faschistisch. Er empfiehlt den Boykott der Wahlen zum Komitee der jüdischen Schriftstellergewerkschaft, weil er ihnen Faschismus vorwirft. Und bei dem Kongreß der jüdischen Grundschulen war es das gleiche. Ich habe gesagt, man könne doch nicht die ganze jüdische Kultur als faschistisch bezeichnen. Daraufhin haben sie mich einen Abweichler genannt. Soweit sind wir schon.«

»Aber das kann doch wohl nicht der Grund sein, weshalb man dich erschießen wollte! Das ist eine Auseinandersetzung, kein Krieg!«

»Eine Auseinandersetzung, die die Stalinisten mit dem Revolver führen. Seit alle Sozialisten für die Partei Faschisten sind, gibt es mit den Gewerkschaften des Bundes keinen gemeinsamen Streik mehr. Und weißt du, was daraufhin das Zentralbüro beschlossen hat? Man müsse alle anderen Gewerkschaften zwingen, sich ihm anzuschließen. Und mit welchen Mitteln? Mit der Waffe in der Hand!«

Leibele Hechtman war bitter und traurig. Er fühlte sich in dem verraten, was sein Lebenskampf gewesen war. Seine Stimme klang jetzt sehr hart:

»Hast du von dem Bäcker Luxembourg gehört?«

»Ich glaube nicht.«

»Also dann paß auf. Unsere Gewerkschaft und die des Bundes stritten sich um die Mehrheit in einer Brotfabrik. Als ich hörte, daß unsere Leute Gewalt anwenden wollten, ging ich selbst in die Zelle der Bäcker, um sie davor zu warnen, die Sache mit dem Revolver auszutragen. Aber niemand wollte auf mich hören. Und Luxembourg, ein Genosse aus unserer Zelle der Bäcker, schoß einen bundistischen Bäcker am hellichten Tage nieder. Daraufhin ließ der Bund seine Kampfgruppe auf uns los. Um ein Haar hätte es ein Blutbad gegeben.«

»Und was ist aus diesem Luxembourg geworden?«

»Unsere Leute haben ihn zwei Tage lang versteckt, aber aus Angst, die Polizei könne ihn doch aufspüren und zum Reden bringen, wurde beschlossen, ihn zu liquidieren. Doch die Polizei ist ihnen zuvorgekommen. Luxembourg wurde verhaftet und gefoltert. Man hat ihm die Knochen gebrochen. Er hat zwar niemanden verraten, aber die Partei hat ihn ausgestoßen und erklärt, Luxembourg sei ein Provokateur.«

»All das ist eigentlich genauso schlimm wie die Verhältnisse, die die Partei zu bekämpfen behauptet.«

»Warte, das ist noch nicht alles. Jeden Freitagabend organisieren die Poale-Zion-Smol, die linken Zionisten, einen literarischen Abend im Arbeiterheim in der Karmelickastraße. Wir haben dort fast immer ein Störkommando hingeschickt. Vor zwei Wochen gab es dabei aber Schwerverletzte. Als ich bei Pinje deswegen vorstellig geworden bin, einem der Leiter des Kommandos, weißt du, was er mir da geantwortet hat: Du machst dir aber viel Gedanken wegen ein bißchen Zionistenblut.«

»Aber warum das alles?«

»Befehl des Komintern. Stalin will die kommunistischen Parteien der ganzen Welt beherrschen. Er hat zwei seiner Agenten nach Polen geschickt, um hier die entsprechenden Maßnahmen zu ergreifen.«

»Und, was ist nun mit deinem russischen Paradies?«

»Stalin ist nicht die Sowjetunion, das weißt du genau. Er ist ein Diktator, der die kommunistische Idee für seine Zwecke ausnutzt.«

»Glaubst du, es waren diese zwei Stalin-Büttel, die versucht haben, dich umzulegen?«

Leibele senkte den Kopf:

»Nie hätt' ich es für möglich gehalten, daß nach so vielen Jahren gemeinsamen Kampfes die Kameraden die Waffe gegen einen der Ihren richten. Und doch ist es so, Salomon. Es war einer von unseren Leuten, der auf mich geschossen hat.«

Am Ufer der Weichsel spielten die Chassidim-Kinder, bespritzten sich gegenseitig und stießen dabei kurze helle Schreie aus wie die Vögel.

»Komm«, sagte Leibele und sprang vom Brückengeländer. »Komm! Ich glaube, ich habe jetzt genug geredet. Jetzt bist du an der Reihe. Erzähl mir von Perl.«

Die Hochzeit fand Anfang Mai 1932 statt, am Tag von *Lag Baomer*. In der Wohnung der Rotsteins, die man fast leer geräumt hatte, drängten sich Vettern, Cousinen, Onkel und Tanten, die zu diesem Ereignis aus Grodzisk, Zyrardow und den benachbarten Dörfern gekommen waren. Der Hochzeitsbaldachin war im Salon aufgestellt worden.

Als der Rabbi eintraf, zündete man die Kerzen an und füllte einen Becher mit Wein. Topcia und Zosia, Perls Schwester, begleiteten die Braut, die sich siebenmal um den Bräutigam drehte. Dann sprach der Rabbi den Segen. Als Salomon Perl den Ehering über den Finger streifen sollte, wurde er plötzlich von Panik ergriffen: Er erinnerte sich nicht mehr, wo er den Ring hingesteckt hatte, um ganz sicher zu sein, daß er nicht verloren ging. Perl schaute ihn fragend an. Salomon wurde so nervös, daß er gar nicht mehr nachdenken konnte. Abraham riet seinem Sohn schließlich, in der Innentasche seiner Weste nachzusehen. Und dort fand sich der Ring auch, zur großen Erleichterung aller Anwesenden. In der Familie redete man noch lange darüber. Einer rief »Massel tov!«, und alle anderen schlossen sich ihm an. Nachdem Salomon seiner Braut den Ehering an den Zeigefinger der rechten Hand gesteckt hatte, sprach er die traditionellen Worte:

»Siehe, mit diesem Ring gehörst du mir durch das Gelöbnis der Ehe an, nach dem Gesetz Moses und Israels.«

Eigentlich wollte man den Tisch in der Wohnung decken, aber weil es so schön war, schlug jemand vor, doch auf dem Hof einfach Brettertische aufzustellen und weiße Tischtücher drüber zu legen. Man brachte die Kerzen hinunter, die Kuchenplatten, Obstkörbe, Wein- und Schnapsflaschen.

Abraham Rotstein schickte die Kinder, um die Nachbarn zum Fest einzuladen. Sie brachten auch noch Kuchen, Obst und Wein mit. Erst trank man auf die Gesundheit der jungen Frau, dann prostete man Salomon zu. Als der Geiger und der Akkordeonspieler eintrafen, bat man zum Tanz. Perl ließ nicht einen einzigen aus. Offenbar hatte sie sich vorgenommen, mit allen anwesenden Männern zu tanzen. Salomon war eigentlich ein bißchen eifersüchtig.

»Hast du Kobyla nicht eingeladen?« fragte ihn Leibele.

»Doch, aber er meinte, ein Goj unter so vielen Juden, das wäre unsittlich.«

»Und das Gegenteil?«

»Du meinst, ein Jude unter lauter Gojim?«

»Das wäre eine Tragödie!«

Sie lachten beide auf. Perl kam auf sie zu. Es war inzwischen Nacht geworden, eine warme Mainacht, und in ihrem weißen Kleid wirkte die Braut wie eine Geistererscheinung:

»Bist du nicht müde?« fragte Salomon sie.

»Aber nein, man heiratet doch nicht alle Tage!«

Abraham Rotstein mietete für das junge Paar eine Wohnung in einem schönen hohen Steingebäude in der Smoczastraße, gegenüber der St. Augustin-Kirche, ganz in der Nähe des Theaters, in dem sie sich gefunden hatten. Eine Woche später lud Perl ihre Freunde zur Einweihung ein. Es wurde ein rauschendes Fest.

Perls Freunde waren Dichter, Schriftsteller, Journalisten. Sie kamen bald ständig ins Haus; man unterhielt sich über die Tagesereignisse – die Zukunft sah düster aus. Ganz Europa litt unter einer schweren Wirtschaftskrise, die ein unbeschreibliches Elend, aber auch ein Wiederaufleben des Antisemitismus zur Folge hatte. In Deutschland kam Hitler an die Macht, und die Demokraten fanden sich damit ab, da er sich innerhalb der Legalität hielt. Der Komintern hatte es erreicht, daß die deutschen Kommunisten protestlos seiner Linie treu blieben: Auf diese Weise zersplitterten sie sich nicht. Durch die Ereignisse in Deutschland ermutigt, regten sich auch die Nationaldemokraten in Polen. Es gab neue Gewalttätigkeiten gegen die Juden in Michalin, Radom, Lublin, Grodzisk. In Warschau überfielen bewaffnete Banden die Juden auf der Straße. Die Kommandos des Bundes und der Poale-Zion-Partei holten in der Nähe des jüdischen Viertels zum Gegenschlag aus, und einige der Raufbolde mußten anschließend ins Krankenhaus. Erst jetzt griff die Polizei ein. Am nächsten Tag erfolgte ein erneuter Überfall gegen die Juden. Diesmal gab es zwei Tote. Die Juden schlossen aus Protest ihre Läden. In Genf, Paris, London, Antwerpen und sogar in Kanada gab es Solidaritätskundgebungen.

»Nicht in der Not erkennt man seine Freunde«, bemerkte Abraham am nächsten Sabbat beim Familienessen.

Salomon wunderte sich über diesen Widerspruch.

»Verstehst du das nicht? Stell dir vor, ein Weißer schlägt gerade einen Sklaven. Was tust du, um dem Sklaven zu helfen? Du hinderst den Mann, ihn zu schlagen, und dann kümmerst du dich höchstbefriedigt wieder um deine eigenen Dinge. Aber der Sklave bleibt in der Sklaverei.«

Während der beiden folgenden Jahre – 1933–1934 – kam es, wie die Historiker sagen, zu einer Verdichtung der Gefahr. Die Folgen der großen Wirtschaftskrise, die immer stärkere Opposition zwischen Theoretikern der »Linken« und denen der »Rechten« deuteten bereits auf kommende, größere Auseinandersetzungen hin. Aber man hatte die »große Schlächterei« von 1914–1918 noch nicht vergessen und wollte jetzt ein bißchen leben.

1935 starb Henri Barbusse, der mit seinem Buch »Das Feuer« auf Salomons Generation großen Einfluß gehabt hatte. Perl hielt ihn nicht für einen großen Schriftsteller – sie zog den Iren Joyce oder Thomas Mann, Van Loon und Georg Brandes vor. Aber was Barbusse über den Krieg geschrieben und wie er sich selbst für den Frieden eingesetzt hatte, beeindruckte Salomon sehr. Deshalb beschloß er, als er von seinem Tod hörte, nach Paris zu fahren, um an der Beerdigung teilzunehmen. Es war auch eine Gelegenheit, seinen Bruder David wiederzusehen.

Salomon stellte einen Antrag für ein Visum, das sofort und ohne jede Erklärung verweigert wurde. Er suchte den alten Slonimski auf, den Gewerkschaftsanwalt, der seine Verbindungen zum Innenministerium hatte. Aber der Anwalt erhielt weder das Visum noch eine Erklärung. Offenbar war Salomon Halter als gefährliches Element aktenkundig, seit man ihn als Zwölfjährigen ins Gefängnis gesteckt hatte, weil er im Besitz einer Sammlung revolutionärer Gedichte gewesen war.

Er ließ jedoch von seinem Plan nicht ab und suchte einen kommunistischen Schriftsetzer auf, den er aus Danzig kannte und der jetzt bei der jüdischen Zeitung polnischer Sprache »Nasz Przeglad«, »Unsere Meinung«, arbeitete. Er hieß Josph Majnemer, und Salomon wußte, daß er Wege kannte, um Polen ohne Papiere zu verlassen.

Majnemer gab ihm die nötigen Informationen und Adressen. Unter diesen Umständen konnte Perl ihn natürlich nicht begleiten.

Übrigens hatten sie beide sehr wenig Geld, und sie wollte lieber warten und dann eine »richtige Reise« nach Paris machen.

Abraham gab seinem Sohn deutlich zu verstehen, daß er den Plan nicht guthieß.

»Ein solches Risiko einzugehen«, meinte er, »ohne daß dich etwas dazu zwingt.«

Er schien wirklich sehr besorgt zu sein und fügte halb vorwurfsvoll hinzu:

»Und das Ganze wegen der Beerdigung eines Mannes, den du nicht einmal kennst!«

Wie einige Jahre zuvor ließ er es sich nicht nehmen, seinen Sohn zusammen mit Perl zum Bahnhof zu begleiten. Leibele Hechtman war auch mitgekommen. Er hatte tiefe Ringe unter den Augen und sah noch hohlwangiger aus denn je. Auf dem Bahnsteig nahm er Salomon einen Augenblick beiseite:

»Salomon, ich muß dir etwas sagen . . . Ich bin in ziemlicher Gefahr. Wenn unsere Fraktion nicht aus der Partei ausgeschlossen wird, werden sie mich wohl aus dem Weg räumen . . . Wenn du zurückkommst und mich nicht mehr findest, weißt du, was geschehen ist.«

»Was kann ich für dich tun?«

»Nichts. Du sollst es nur wissen. Und an dem Tag für mich Zeugnis ablegen, wenn jemand bereit sein wird, deine Aussage anzuhören.«

Leibele schien den Tränen nahe zu sein. Er ergriff Salomons Arm:

»Und noch etwas wollte ich dir sagen . . . Weißt du, wer kaltblütig auf mich geschossen hat, als hätten wir uns nie gekannt? . . . Es war Hinda, Salomon, es war Hinda . . .«

Er schniefte, Tränen stiegen ihm in die Augen:

»Unsere Hinda, weißt du noch? . . . Die Konzerte mit deinem Geiger . . .«

Salomon wollte seinen Freund nicht weinen sehen.

»Versteck dich, bis ich zurückkomme«, sagte er. »Dann sehen wir weiter.«

Leibele wandte sich ab und trocknete seine Tränen. Abraham rief in diesem Augenblick:

»Der Zug fährt gleich ab!«

Perl trug wieder dasselbe hellgraue Kostüm wie an dem Abend in der Smoczastraße, als Salomon und sie sich wiederbegegnet waren. Seither waren sie immer zusammengewesen, und ihm wurde plötzlich ganz weh ums Herz. Er nahm sie in die Arme. Der Bahnhofsvorsteher pfiff. Abraham murmelte das Reisegebet und segnete seinen Sohn. Ein Mechaniker lief den Bahnsteig entlang und schwang eine Fahne. Die Lokomotive zischte und stieß dichte Dampfwolken aus. Salomon sah noch einmal nach, ob er auch seinen Fahrschein nach Zakopane hatte und umarmte ein letztes Mal Perl:

»Paß auf dich auf«, sagte sie. »Und komm bald zurück.«

Erst als er sich einen Platz in einem Abteil gesucht hatte, konnte er in Ruhe darüber nachdenken, was Leibele ihm erzählt hatte. Wie hatte Hinda, »unsere Hinda«, wie sie sein Freund nannte, einen derartigen Auftrag nur annehmen können? Weil die Partei es ihr befohlen hatte? Er hätte gern gewußt, wie das wohl vor sich gegangen war. Hatte man sie gewählt, weil sie die Sekretärin des Parteibüros war, oder war das Los auf sie gefallen oder hatte sie sich freiwillig gemeldet, um mit gutem Beispiel voranzugehen? Nach seiner Rückkehr, das nahm er sich fest vor, würde er versuchen, Licht in die Angelegenheit zu bringen. Der Gedanke, man müsse sich als Mitglied einer politischen Partei mit einer »Rüstung des Gehorsams« umgeben, wie ein Ritter im Mittelalter, schockierte ihn zutiefst. Daß Menschen, und noch dazu so intelligente, eine solche Moral vertreten konnten! Es ging ihm einfach nicht in den Kopf. Und dieser Barbusse, der trotz der »Säuberungsaktionen«, der Prozesse, des Polizeiterrors und der Deportationen offenbar unbeirrt in Moskau geblieben war. Aber wonach sollte man einen Schriftsteller beurteilen? Nach dem, was er tat? Oder was er nicht tat? Oder einfach nach dem, was er schrieb? Barbusse hatte auch einen langen freundschaftlichen Brief der Verbundenheit mit dem jüdischen Volk geschrieben . . . Warum überhaupt urteilen!

In Zakopane suchte Salomon Joseph Majnemers Freund auf, einen gewissen Jaciek. Dieser Jaciek, ein Grenzgänger, von dem Salomon praktisch nur den Rücken sah, kletterte mit ihm den ganzen Tag lang in den Bergen herum. Am Abend erreichten sie eine kleine Holzhütte, in der sie ein paar Stunden rasteten, bevor sie bei

Morgengrauen den anderen Bergrücken bis zur tschechischen Grenze hinunterstiegen. Salomon überschritt sie ohne jede Schwierigkeit. Jaciek, der ihm keine einzige Frage gestellt hatte, wollte nicht einmal Geld annehmen.

Mit einer Fähre überquerte Salomon einen nebligen Fluß. Nach einer knappen Stunde landete er in einem slowakischen Dorf. Da es Freitagabend war, quartierte er sich in einer jüdischen Herberge ein. Am Sonntagmorgen fuhr er mit dem Zug nach Prag und von da weiter nach Breslau.

In Breslau verschaffte ihm ein »junger polnischer Freund« einen Passierschein und setzte ihn in den Nachtzug nach Wien.

In Wien begab er sich zu der angegebenen Adresse und suchte dort einen Geschichtsprofessor, Hans Fuchs, auf, einen kleinen lebhaften Mann mit einem Mardergesicht. Majnemer hatte ihn bereits verständigt. Salomons Papiere und der Fahrschein nach Paris via Basel lagen für ihn schon bereit. Was für eine Reise! Endlich kam Salomon am Morgen des 6. Septembers in Paris an. Sein Bruder David, dem er aus Wien telegraphiert hatte, erwartete ihn an Bahnhof:

»Willkommen in Paris, kleiner Bruder!«

David hatte sich einen Tag Urlaub genommen und seinen besten Anzug angezogen: graue Weste, graugestreifte Hose, Lackschuhe und eine Melone auf dem Kopf. Um zu Davids Wohnung in der Rue des Pyrénées zu kommen, nahmen sie zu Salomons großem Staunen die Metro. Sie stellten nur rasch sein Gepäck ab, und er begrüßte Hélène, Davids Frau. Dann besichtigten sie Paris.

Der dichte Verkehr, die breiten Straßen, die auf den Boulevards flanierende bunte Menge, die luxuriös dekorierten Schaufenster und das reiche Warenangebot – Salomon kam sich vor wie in einer anderen Welt:

»Das ist was anderes hier als die Nowolipiestraße, nicht wahr, kleiner Bruder?« sagte David.

An der Oper setzten sie sich auf eine große Caféterrasse, und Salomon mußte erst einmal Davids Fragen nach seinem Vater, seiner Schwester Topcia und seiner neuen Schwägerin Perl beantworten. David stellte Brieftaschen und Ledergürtel in einer kleinen Werkstatt in der Rue de Lancry her. Er schien sich in Frankreich wohl zu fühlen und hier zu Hause zu sein. Salomon dagegen erzählte ständig von Polen: Ihm begann Warschau bereits zu fehlen! Gewiß, Paris war eine Stadt, die jeden anzog; aber konnte man deswegen Warschau vergessen?

Sie gingen übrigens auch in die Rue Montorgueil, wo ihr Vorfahre Berl während der Revolution gearbeitet hatte; aber sie fanden dort keine Druckerei mehr. Dann schlenderten sie noch die Champs-Elysées hinunter, die »schönste Allee der Welt«. Ins Quartier Latin kamen sie gerade, als eine Gruppe junger Leute mit Schlagstöcken bewaffnet und schwarzen Mützen auf dem Kopf durch die Straßen zog: »Frankreich den Franzosen!« schrien sie. »Tod den Volksfremden!« Sie kamen vom Panthéon, blieben vor der Terrasse des Cafés »Capoulade« stehen, wiederholten dort mehrmals ihre hetzerischen Schlagworte und bogen dann in den Boulevard Saint-Michel ein.

»Das sind Anhänger der ›Action française‹ und der ›Jeunesses patriotes‹ «, erklärte David. »Sie sind ausländerfeindlich und antisemitisch. Hitlers Machtübernahme gibt ihnen neuen Auftrieb.«

»Wie verteidigt ihr euch?«

»Es gibt eine Liga gegen den Antisemitismus. Wir werden von den Linksparteien unterstützt, von antifaschistischen Komitees . . .«

»Kämpft ihr? Stammt deine Narbe von den Faschisten?«

David hatte dicht neben dem rechten Ohr eine rötliche, schlecht verheilte Narbe. Unwillkürlich berührte er die Stelle mit den Fingerspitzen:

»Das«, erwiderte er, »ist eine Erinnerung an ein Meeting . . .«

»Erzähl!«

»Etwa hundert Kameraden von der Gewerkschaft der Lederarbeiter hatten sich in der Arbeitsbörse versammelt. Jemand warnte uns, die Faschisten riegelten mit Unterstützung der Polizei das Gebäude ab . . . Es gab eine Panik . . . Einige versuchten zu fliehen . . . Zu zweit oder zu dritt haben wir uns vor die Tür gestellt, um sie daran zu hindern, aus dem Saal zu laufen und sich draußen verprügeln zu lassen. Um sie einzuschüchtern, hab' ich ihnen zugerufen, sie müßten schon über mich hinwegsteigen . . .«

»Nu? Und dann?«

»Das haben sie auch getan. Ich mußte für eine Woche ins Krankenhaus.«

Der große Platz von La Villette war schwarz von Menschen. Männer und Frauen mit feierlich ernster Miene . . . Trikoloren und rote Fahnen, Kränze, Tausende und Abertausende von Kränzen, die rings um den Sarg niedergelegt waren . . . Und der Strom riß nicht ab: Aus allen benachbarten Straßen wurden immer neue Fahnen und Blumen herbeigetragen. Salomon hatte noch nie eine solche Menschenmenge gesehen und auch noch nie ein solches kollektives Erlebnis gehabt. Er war erschüttert, und gleichzeitig erfüllte ihn eine Art Stolz. Zum ersten Mal in seinem Leben begriff er, daß er nicht nur Teil seines Volkes, sondern der Menschheit war.

Der Zug setzte sich gegen elf Uhr in Bewegung, endlos, schweigend, feierlich. Von den äußeren Boulevards zur Rue de la Chapelle, zur Rue Louis-Blanc, der Place du Combat und schließlich zum Père-Lachaise. Überall standen Männer und Frauen, zum Teil mit roten Fahnen in der Hand; auf den Balkonen, vor den Haustüren, ja sogar auf den überirdischen Querstreben der Metro hockten einige.

David und Salomon wurden von der Menge bis zur Mauer der Fedérés mitgezogen. David zeigte seinem Bruder ihm unbekannte Männer und nannte ihm Namen, die er noch nie gehört hatte: Viktor Basch, Marcel Cachin, Francis Jourdain . . . André Malraux verlas eine Grußbotschaft von Romain Rolland . . . Ihn kannte Salomon. »Johann-Christoph« und »Der freie Geist« hatte er mehrmals gelesen.

Nach den Trauerreden, deren Worte der Wind über die Grabsteine wehte, schritten alle an dem offenen Grab vorbei. Als Salomon an der Reihe war, legte er mitten zwischen die Blumen feierlich sein Exemplar von »Das Feuer«, das er seit seinem zwölften Lebensjahr stets bei sich getragen hatte.

Am nächsten Tag brachte David Salomon auf seinem Weg zur Arbeit zum »Pariser Haint«, dem »Pariser Tag«, einer zionistischen Tageszeitung auf jiddisch. Salomon mußte nämlich noch etwas Geld verdienen, um seine Rückfahrkarte zahlen zu können. Er hatte zwar weder einen Ausweis noch eine Arbeitserlaubnis, aber er durfte illegal arbeiten, um in der Nachtschicht einen Linotypisten zu vertreten, der eine Woche Urlaub hatte. Nach einer Woche wurden ihm vierhundertzehn Francs ausbezahlt, was für ihn ein kleines Vermögen war. Er schickte sogleich zum jüdischen Neujahrsfest zwei Telegramme, eines an Perl, das andere an Abraham. Dann lud er David und seine Frau Hélène ins Restaurant ein. Anschließend gingen sie auf den Boulevards in ein Lichtspieltheater und sahen »Tartarin von Tarascon« mit Raimu. Unvergeßliche Erinnerungen.

Salomons Frau und sein Vater warteten auf ihn am Bahnsteig. Er kletterte aus seinem Abteil und umarmte sie mit einer Rührung, als käme er von einer Weltreise zurück. Auf dem Bahnsteig gegenüber versuchte eine jüdische Familie in den Zug nach Lodz einzusteigen, aber polnische Reisende verstellten ihnen den Weg. Eine Frau, die ein Kind auf dem Arm hielt, rief irgendetwas auf jiddisch. In dem Handgemenge verlor sie ihre Perücke. Ein eleganter Stutzer, der die Szene beobachtet hatte, spießte sie mit seinem Spazierstock auf und hob sie zur allgemeinen Belustigung hoch. Salomon war weiß vor Wut. Er ballte die Fäuste.

Sein Vater legte ihm die Hand auf den Arm:

»Diese Gojim, mein Sohn«, sagte er, »sind deinen Zorn nicht wert. Danke lieber dem Ewigen, daß sie uns trotz ihrer Dummheit nicht umbringen!«

Salomon konnte sich ein paar Tage lang nicht beruhigen. Er wanderte durch die Stadt und beobachtete erbittert diese Juden mit ihren Bärten und ihren Pelzkappen, die geradewegs aus Rembrandts Bildern, die er im Louvre gesehen hatte, entsprungen zu sein schienen. Stets in Bewegung, aber immer unsicher, versuchten sie durch fromme Gebete und eifriges Studium die Ankunft des Messias zu beschleunigen. Alle oder fast alle, ob arm oder reich, fromm oder gottlos, schienen in einem anderen Jahrhundert zu leben und von vornherein angesichts der Gewalttätigkeit zu resignieren. Am liebsten hätte er sie geschüttelt, sie auf die Gefahren aufmerksam gemacht, die sich über ihren Köpfen zusammenbrauten, aber wie? Im Sejm[117] war die Gruppe der jüdischen Abgeordneten gespalten: Die

[117] Polnischer Reichstag (A. d.Ü.)

einen stimmten mit der Opposition, die anderen mit der Regierung, so daß der Einfluß, den sie hätten haben können, sich jedesmal wieder aufhob.

Doch nach all der ohnmächtigen Erbitterung verrauchte Salomons Zorn auch wieder und wich nach und nach einem fast zärtlichen Verständnis. Er erinnerte sich an das, was sein Vater ihm schon seit langem begreiflich zu machen suchte: daß die Haltung der polnischen Juden auf einer bestimmten Kultur beruhte. Wenn ein Fürst früher durch ein Schtetl ging und zum Spaß von seinem Pferd aus einem Juden einen Peitschenhieb versetzte, empörte sich der Jude nie. Höchstens betrachtete er den Fürsten voller Mitleid und sagte sich: »Der arme Mann! . . .« Und er hatte tatsächlich Mitleid mit diesem Fürsten, der einen kleinen Juden auspeitschen mußte, um sich selbst seine Macht zu beweisen.

Und als Perl ihm in diesen Tagen mitteilte, sie erwarte ein Kind, nahm er sich vor, diesen noch ungeborenen Juden das zu lehren, was seine Eltern ihn gelehrt und diese wiederum von ihren Eltern erfahren hatten: die Gewißheit, daß der Geist stets über die Gewalttätigkeit siegt.

Das Kind wurde im Januar geboren. Es war ein Junge. Abraham bat, ihn Meir-Ikhiel nach seinem Vater zu nennen.

47

Warschau
Der Keller

Zu Meir-Ikhiels drittem Geburtstag im Januar 1939 gab Perl ein Fest. Die Familie und die Freunde waren eingeladen, und man tanzte bis spät in die Nacht hinein. Gegen drei Uhr morgens tauchte Leibele Hechtman auf. Er war in Begleitung eines schlecht rasierten Mannes mit einem Rucksack, einem deutschen Flüchtling, den er nicht bei sich aufnehmen konnte, weil seine Wohnung von der Polizei beobachtet wurde.

Niemand war mehr in Feststimmung. Perl stellte die Musik ab. Die wenigen Gäste, die noch da waren, belagerten den Flüchtling und fragten ihn aus. Er hieß Hugo und kam aus Berlin. Sein Jiddisch hatte einen starken deutschen Akzent.

»Die Nazis werden bald in Warschau sein«, erklärte er düster. »Ihr müßt euch zum Widerstand entschließen oder fliehen. Ihr habt nicht mehr viel Zeit.«

Man hörte ihm zwar aufmerksam zu, blieb aber skeptisch: Hitler konnte kein Interesse daran haben, sich mit Polen anzulegen. Es bestand kein Zweifel, daß Frankreich und England entschlossen waren, Polen im Falle eines Angriffs zu verteidigen. Was die Situation der deutschen Juden betraf, so übertrieb Hugo vielleicht: die Verfolgungen, denen sie ausgesetzt waren, erinnerten höchstens an die zaristischen Pogrome, und solche Pogrome waren für die Juden nichts Neues. Nein, eigentlich fühlten die polnischen Juden sich im Augenblick nicht bedroht. Dagegen waren alle Anwesenden sich bald darüber einig, man solle so bald wie möglich Geld und Lebensmittel für die deutschen Juden sammeln.

Hugo verbrachte bei Salomon und Perl in der Smoczastraße nur zwei Nächte. Dann entschloß er sich, in die Sowjetunion weiterzureisen: das war die einzige Grenze, die die Deutschen noch nicht unter Kontrolle hatten. Er hatte bereits seinen Rucksack auf dem

Rücken und stand schon mit einem Fuß auf der Schwelle, als er noch einmal wiederholte:

»Geht, solange es noch Zeit ist. Wenn ihr ein bißchen Geld habt, schifft euch nach Amerika ein. Glaubt mir! Die Entfernung zwischen ihnen und euch kann gar nicht groß genug sein!«

Es waren noch keine drei Monate vergangen, da kündigte Hitler den deutsch-polnischen Nichtangriffspakt und forderte die Rückgabe der umstrittenen polnischen Territorien. In Polen herrschte eine düstere Stimmung, und man atmete erst wieder auf, als der britische Premierminister vor dem Unterhaus eine englisch-französische Garantieerklärung für den Fall eines Angriffs auf Polen abgab.

Auch die Juden begannen sich jetzt auf den Ernstfall vorzubereiten. Am 28. März 1939 erklärte die Führung des Zentralkomitees der zionistischen Organisation in Polen: »Angesichts der Gefahr sind die polnischen Juden bereit, ihr Blut zur Verteidigung und Unabhängigkeit des polnischen Staates zu vergießen.« Gleichzeitig erfuhr man in Warschau, daß eine Delegation des Bundes polnischer Juden in den Vereinigten Staaten Polens Botschafter, Potocki, davon in Kenntnis gesetzt habe, seine Mitglieder seien entschlossen, persönlich für die Verteidigung des Landes zu kämpfen. Auch die polnischen Juden aus Palästina bekundeten ihren Willen zurückzukehren.

Aber die Mobilmachungskommission, die in Warschau tagte, entschied sich mehrheitlich dafür, die Juden nicht in die polnische Armee einzugliedern. Als Grund nannte man, sie sollten keinen Zugang zu Militärgeheimnissen erhalten. Die katholische Tageszeitung »Maly Dziennik«, »Die kleine Tageszeitung«, veröffentlichte sogar einen Artikel, der zu beweisen versuchte, Hitler liehe mit seinem Kampf gegen die Juden der göttlichen Vorsehung seinen Arm . . .

Am 1. September 1939 überschritt die deutsche Armee bei Morgengrauen die Grenze. Es war der Tag vor dem Sabbat, drei Wochen vor Jom Kippur, dem Versöhnungstag.

Abraham war für ein paar Tage in ein Hotel in Otwock, einem Kurort, gefahren. Salomon war in der Druckerei, als er im Radio von den ersten Luftangriffen und den ersten Opfern hörte. Zwei Bomben, sagte der Sprecher, seien auf Otwock gefallen; ein Pensionat und ein Hotel seien zerstört. Salomon stürzte zum Telefon, aber die Leitung war unterbrochen. Der Zug nach Otwock sollte eine halbe Stunde später gehen. Er bat einen Freund, ihn an der Setzmaschine zu vertreten und sagte Perl Bescheid. Er konnte gerade noch auf den Zug aufspringen, der völlig überfüllt war: Koffer, Kisten, Säcke. Die Warschauer verließen die Stadt.

In Otwock dagegen war der Bahnhof voll von Juden, die auf den Zug warteten, um nach Warschau zurückzukehren. Einige waren verwundet und trugen einen Verband. Salomon suchte vergebens nach seinem Vater, dann verließ er den Bahnhof. Schwarzer Rauch zog über den Himmel. Es roch nach Ruß und Staub. Die Straße, in der Abrahams Hotel gestanden hatte, war nur noch ein Ruinenfeld. Die Häuser waren aufgerissen, und man sah wie in einem Bühnenbild die halboffenen Zimmer mit ihrem Mobiliar. Zwischen verkohlten Kiefern schaukelte ein Ladenschild auf einer Halde von Schutt und Glasscherben. Salomon ging zu der Rettungsmannschaft, die die Trümmer durchsuchte. Er hatte Angst zu fragen. Schweiß stand ihm auf der Stirn.

Ein kleiner Jude in einem viel zu langen Kaftan, der auf der Erde schleifte, trat auf ihn zu:

»Wo der Herr nicht die Stadt behütet, so wacht der Wächter umsonst«, sagte er. »Suchen Sie jemanden, junger Mann?«

»Ja, meinen Vater. Er . . . er hat in diesem Hotel gewohnt . . .«

»Oi-oi-oi, der Herr der Schöpfung schenke ihm ein langes Leben! Wenn er nicht am Bahnhof ist, ist er im Krankenhaus, und wenn er weder am Bahnhof noch im Krankenhaus ist . . . Oi-oi-oi!«

»Wo ist denn das Krankenhaus?«

Glücklicherweise war es nicht zerstört worden, und Salomon fand dort auch seinen Vater. Er half als Dolmetscher zwischen dem Oberarzt und den verwundeten Juden, die kein polnisch konnten. Er selbst hatte nur ein paar Kratzer abbekommen. Er habe gerade gebetet, erzählte er seinem Sohn, als die erste Bombe fiel. Alles um ihn herum sei in Schutt und Asche gefallen. Er wunderte sich nicht darüber, noch am Leben zu sein, denn »wer die Thora um Gottes willen und nicht seines Vorteils wegen studiert, wird reichen Lohn empfangen«. Seine ganzen Sachen waren verbrannt, und er fuhr zurück, ohne sich umzuziehen.

Ganz Warschau war verdunkelt. Männer mit Armbinden patrouillierten in den Straßen. Es fuhren keine Wagen und keine Straßenbahn mehr. Innerhalb von einem Tag hatte sich der Krieg ausgebreitet. Abraham und Salomon gingen zu Fuß in die Nowolipiestraße. Kaum waren sie zu Haus, fingen die Sirenen an zu heulen. Es war ein markerschütterndes, gräßliches Geräusch. Sie hörten es zum ersten Mal. Auf der Straße, im Hof und im Treppenhaus wurde es plötzlich lebendig. Schatten huschten im Dunkeln hin und her. Hier und da sah man ein paar Lichter: die Flamme eines Streichholzes, der flüchtige Schein einer Laterne. Man belagerte bereits die Eingänge der Luftschutzkeller und der Unterstände.

Salomon und sein Vater ließen den Ansturm erst einmal vorbei und gingen dann in den ersten Stock hinauf. Moniek, Topcia und ihre Kinder kamen ihnen auf der Treppe entgegen:

»Vater!« rief Topcia. »Gott sei gelobt! Komm mit hinunter in den Keller!«

Nach der Entwarnung machte Salomon sich auf den Weg nach Hause in die Smoczastraße zu seiner Frau und seinem Sohn. Abraham begleitete ihn noch ein Stück. Er sah ihm nach, wie er in dem grauen, feuchten Nebel verschwand. Es war bald Morgen, und er ging hinauf in die Wohnung, um das Schachrit, das Morgengebet zu sprechen.

Die Zeitungen erschienen noch, und am nächsten Tag ging Abraham wie immer zur Arbeit. Vor der Bäckerei und den Lebensmittelläden standen lange Schlangen. Einige Leute hatten sich Gasmasken umgehängt. Im Verlauf des Tages kamen die ersten Flüchtlinge an, in Lkw oder auf Pferdekarren, in die man rasch das Nötigste gepackt hatte. Unter ihnen waren auch viele Juden, die sich wie immer um den Rabbi ihres Dorfes scharten. Abraham hatte den Eindruck, sie seit langem zu kennen, sie wiederzuerkennen, mit ihren Bündeln und ihrer Verzweiflung im Blick. »Was ist's, das geschehen ist? Eben das hernach geschehen wird. Was ist's, das man getan hat? Eben das man hernach wieder tun wird; und geschieht nichts Neues unter der Sonne.« Diese Geschichte, dachte Abraham, war Teil einer anderen Geschichte, einer sehr viel älteren, die ihm anvertraut war.

Am Abend versammelte sich die Familie in der Nowolipiestraße, Salomon mit Perl und Meir-Ikhiel, die Vettern und sogar Judl, der sich endlich mit seinem Bruder wieder versöhnt hatte. Abraham segnete alle und öffnete das Buch. Topcia hatte die Fenster mit blauem Papier abgedunkelt, aber man schaltete trotzdem nicht das Licht an. Beim Schein einer Kerze begann Abraham zu lesen: »Sei gepriesen, ewiger Gott und Gott unserer Väter. Du hast Dich von uns, die wir gesündigt haben, abgewandt. Du hast uns verlassen. Die Welt, die Du für uns geschaffen hast, lebt weiter, und wir, für die Du sie geschaffen hast, vergehen . . .«

Dann kamen die Namen: »Abraham, Sohn Salomons des Leviten, wohnte in Jerusalem, und der Name seiner Frau war Judith. Elias war sein erstgeborener Sohn und wurde Schreiber wie sein Vater. Gamaliel war der Name seines Zweitgeborenen.

Elias zeugte Simon, Thermutorion und Esra. Der Name seiner Frau war Myriam. Sie wohnten in Alexandria im Exil.

Gamaliel zeugte Theodoros, Judith, Rachel und Absalom. Der Name seiner Frau war Sarah. Sie wohnten in Alexandria im Exil . . .«

Abraham dachte plötzlich, eigentlich gebe es gar keinen Grund, daß diese Kette eines Tages abrisse, die allen Zeiten zu trotzen schien. Er faßte wieder Mut, schloß das Buch und bat Topcia, das Abendessen aufzutragen. Moniek stellte das Radio an.

Der Sprecher berichtete von einer Blockade der Nordsee durch die britische Flotte, die sich anschickte, sie auch auf die Ostsee auszudehnen, sowie von einem französischen Blitzangriff auf das Ruhrgebiet. Die Deutschen hätten allerdings einen Flüchtlingszug in der Nähe von Kutno bombardiert. Den Nachrichten folgte ein Aufruf an die Bevölkerung: Man brauche Freiwillige, um Unterstände auszuheben und in den Krankenhäusern zu helfen. Man suche Wohnungen für die Obdachlosen, Lebensmittel und Kleidung . . .

Am Nachmittag des 4. September wurde in Warschau bekannt, die Regierung habe ihren Sitz nach Lublin verlegt. Kurz nach dieser Nachricht fanden mehrere Bombenangriffe statt; auf den Straßen herrschte Angst und Schrecken. Es waren noch drei Wochen bis Jom Kippur.

Am 5. September wurde der nördliche Teil von Warschau bombardiert, in dem vorwiegend Juden wohnten. Eine Bombe fiel auf das Haus Nowolipiestraße 22. Das jüdische Krankenhaus konnte die Verwundeten kaum noch aufnehmen. Am Abend begab sich Abraham trotz des Fliegeralarms mit seinem Gebetsmantel und dem Siddur in der Hand in die Synagoge. Er war bei weitem nicht der einzige. Das Außergewöhnliche war bereits zur Gewohnheit geworden. Topcia und Moniek, Salomon und Perl lösten sich die ganze Nacht hindurch in der Schlange vor der Bäckerei ab, um morgens Brot zu haben. Manchmal zwangen die Luftangriffe sie, rasch in den Luftschutzkeller zu rennen.

Am 18. September, vier Tage vor Jom Kippur, brachten die Zeitungen eine ganz und gar unglaubliche Nachricht. Die Sowjetarmee habe die Grenze überschritten, um Warschau im Kampf zu unterstützen. Außer sich vor Freude liefen die Leute aus den Häusern, tanzten und sangen auf den Straßen und fielen einander in die Arme. Es war zu früh. Im Radio hörte man, die russische Armee schicke sich an, einen Teil Polens zu besetzen – entsprechend dem Zusatzprotokoll zum deutsch-sowjetischen Nichtangriffspakt. Den anderen Teil hatte sich Hitler vorbehalten. Die Luftangriffe gingen weiter.

Am 23. September, dem Kippur-Tag, griffen Sturzkampfflugzeuge pausenlos die Stadt an. Hitler hatte anscheinend beschlossen, für die Warschauer Juden ein Feuerwerk abzubrennen. Explosionen, Feuersbrünste. Häuser stürzten ein, ganze Viertel brannten. Die frommen Juden, die aus den brennenden Synagogen fliehen mußten, liefen durch die aufgerissenen Straßen und riefen nach Verletzten. Abraham wußte nicht, was er tun sollte: sich um die Verwundeten kümmern, die Kinder, die ihre Eltern suchten, um sich sammeln oder nach Hause zurückkehren. Er zögerte einen Augenblick und ging dann heim. Die Seinen waren noch dabei, das Ende von Jom Kippur zu feiern. Ohne auf ihre Fragen zu antworten, schloß er sich in sein Schlafzimmer ein und dankte inbrünstig dem Ewigen, daß er sie verschont hatte.

Die Luftangriffe hielten noch ein paar Tage lang an; dann hörten sie plötzlich auf. Die Druckerei, in der Salomon arbeitete, war abgebrannt. Eines Morgens ging er zusammen mit seinem Sohn Meir-Ikhiel zum Bahnhof. Er trug eine Holzkassette und das Kind eine kleine Schaufel. Die Häuserfassaden waren vom Feuer geschwärzt, und die Ruinen brannten noch. Sie nahmen erst den Zug, dann ein Taxi, das sie hinaus aufs Land und ans Weichselufer brachte. Salomon wählte einen großen Kastanienbaum an der Böschung und grub ein Loch zwischen seinen riesigen Wurzeln. Dort legte er die Kassette hinein und bedeckte sie sorgfältig wieder mit Erde. Das Kind sah ihm zu. Als er, Hand in Hand mit seinem Sohn, das Ufer verließ, wandte er sich noch mehrmals um, wie um sicherzugehen, diese hundertjährige Kastanie, der er seinen Schatz anvertraut hatte, nicht zu vergessen.

Am 1. Oktober schien eine warme Herbstsonne in Warschau. Die Verleger des »Moment« hatten beschlossen, ihre Zeitung wieder erscheinen zu lassen, um die Juden zu informieren, was in der Welt vor sich ging. Abraham, der auf dem Weg zur Arbeit durch die Karmelickastraße kam, sah, wie eine schweigende Menge in Richtung der Lesznostraße lief. Er schloß sich ihr an.

In der Lesznostraße fuhren dicht hintereinander olivgrüne Panzerfahrzeuge, in denen behelmte Soldaten saßen. Abraham hatte noch nie deutsche Soldaten gesehen, aber er wußte sogleich, daß sie es waren. Er wunderte sich über seine eigene Ruhe. Aber steht nicht geschrieben: »Herr, wenn ich gleich mit Dir rechten wollte, so behältst Du doch recht; dennoch muß ich vom Recht mit Dir reden. Warum geht's doch den Gottlosen so wohl und die Verächter haben alles in Fülle?« Er drehte sich um, lief, bis das Knirschen der Panzerketten auf dem Kopfsteinpflaster langsam verstummte. Und dann druckten sie die letzte Nummer des »Moment«.

Die Deutschen hatten sich ganz offensichtlich auf Dauer eingerichtet. Spezialeinheiten der Besatzungsarmee patrouillierten ständig durch die Stadt. Die Soldaten kommandierten Männer zum Straßenfegen ab. Gelegentlich vergnügten sie sich damit, alten Juden die Bärte anzuzünden. Abraham hatte es einmal mit angesehen. Während zwei von ihnen ihr Opfer festhielten, nahm der dritte sein Feuerzeug heraus. Als das Gesicht des alten Mannes brannte, ließen sie ihn gehen. Nachbarn stürzten hinzu. Es war zu spät. Von diesem eben noch menschlichen Antlitz war nur noch eine verkohlte Fleischmasse übrig geblieben.

An diesem Abend schlug er der Familie, die sich in der Nowolipiestraße zusammengefunden hatte, vor, Warschau zu verlassen. Es war nämlich noch möglich, in den Teil Polens zu fliehen, den die Sowjets besetzt hatten. Die Grenzführer waren teuer, aber gut organisiert. Judls Sohn Fischel, Perls ehemaliger Verlobter, der aus Spanien zurückgekehrt war, wo er gegen Franco gekämpft hatte, neigte auch zu dieser Lösung. Aber die Frauen zögerten. Und Judl dachte eigentlich, es sei eine müßige Debatte, denn der Krieg müsse ja bald zu Ende sein.

In der Zwischenzeit hatte man dem jüdischen Rat befohlen, eine Liste aller in Warschau wohnhaften Juden zwischen sechzehn und sechzig Jahren aufzustellen, was nichts Gutes verhieß: Einige Juden hatte man bereits zur Zwangsarbeit nach Deutschland abkommandiert. Über eins war man sich einig: Die Männer waren am meisten gefährdet. Und so beschloß man, daß sie als erste aus der Familie sobald wie möglich die Stadt verlassen sollten. Sie sollten erst wieder zurückkehren, wenn die Deutschen unter dem Druck der Franzosen und der Engländer Warschau wieder aufgeben mußten.

In der Nacht vom 15. auf den 16. November machten sich Salomon, Leibele Hechtman, Majnemer, Fischel und Perls Geschwister Felek und Zosia auf den Weg. Die Zurückgebliebenen verspürten eine Leere im Herzen.

Am nächsten Tag wurde bekannt, daß die Juden in einem Getto zusammengetrieben werden sollten. Zunächst redete man von einem kleinen Getto mit fünfundfünfzig Straßen für etwa hundertsechzigtausend Juden. Dann wieder hieß es, man plane ein großes Getto mit siebzig Straßen. Aber noch war nichts sicher, nicht einmal das Gerücht, die Warschauer Juden müßten in Zukunft ein bestimmtes Zeichen tragen, wie diese gelben Sterne, die einige Flüchtlinge aus der Gegend von Sierpc auf ihre Kleider genäht hatten.

Das Getto, die Rota – auch seine Vorfahren hatten das alles schon erlebt, so dachte Abraham. Und das war eher eine gute Nachricht, denn wenn die Geschichte sich wiederholte, würden auch die Juden weiter existieren. Zu überdauern, war das nicht die menschlichste Form des Widerstands? Vetter Mordechai, der in Polen geblieben war, um junge Pioniergruppen auszubilden, die nach Palästina auswanderten, widersprach ihm heftig:

»Ja, aber um zu überdauern, muß man auch zum Kampf bereit

sein. Wir müssen Kontakt mit Polen aufnehmen und den Widerstand organisieren, aber den bewaffneten Widerstand.«

»Die Polen werden uns nicht wollen. Und uns helfen werden sie auch nicht.«

»Also müssen wir allein kämpfen.«

Abraham dachte an die Deutschen und an die Römer, er dachte an die Zeloten und an die Zerstörung des Tempels, aber er sagte nichts, um Mordechai nicht den Mut zu nehmen.

Ein paar Wochen später kehrte Fischel aus dem sowjetisch besetzten Gebiet zurück. Die Russen deportierten viele Juden nach Sibirien oder Zentralasien, und er wollte nicht unbedingt dort den Rest seines Lebens verbringen. Außerdem glaubte er an ein baldiges Ende des Krieges. Salomon, berichtete Fischel, arbeite in einer jüdischen Druckerei in Bialystok, das von der Roten Armee besetzt sei. Jeden Tag bringe man heimlich Hunderte von Exemplaren seiner Zeitung hinüber in das von den Nazis eroberte Polen. Auch die Information sei eine Form des Widerstands.

Die Schaffung des Gettos wurde erst ein Jahr später befohlen, am Tag vor dem Neujahrsfest des Jahres 5700[119]. Die Juden, die in anderen Stadtteilen lebten, hatten sich in das vorgesehene Viertel zu begeben. Die Woche zwischen dem neuen Jahr und dem Versöhnungstag wurde zu einer Woche des Exodus. Ein endloser Zug von Männern, Frauen und Kindern, beladen wie die Packesel mit allen möglichen Haushaltsgegenständen, sammelten sich in den Synagogen, den Schulen, den Hinterhöfen und klagten ohne Unterlaß.

Abraham verbrachte den Kippur-Tag in der kleinen Synagoge der Nowolipiestraße, in die er immer zum Gebet ging. Am Abend schickte sich der Rabbi – in das rituelle Festgewand gehüllt und mit dem Gebetsmantel bedeckt – gerade an, die *Ne'ila*, das Schlußgebet, zu sprechen, mit dem sich die Pforten des Himmels schließen, als ein kleiner Junge gerannt kam: Die Deutschen, so berichtete er, selbst erschrocken über den Ernst seiner Nachricht, würden das Getto mit einer Mauer und Stacheldraht umgeben. Die Männer brachen in lautes Klagen aus. Einige rannten sogar, von Panik ergriffen, auf die

[119] 9. Oktober 1940

Straße. Der Rabbi weigerte sich, das Gebet zu sprechen. Denn, so meinte er, wie könne man denn beten, wenn sich die »Tore der Gnade« schlössen.

Die Weigerung des Rabbi, Jom Kippur zu beenden, beunruhigte Abraham zutiefst. Zu Hause schickte er eines von Topcias Kindern zu Mordechai, dem Vetter aus Palästina. Mordechai kam sofort. Er war abgemagert und schlecht rasiert:

»Ich bin nur froh, daß Drora und die Kinder im Kibbuz sind«, sagte er. »Hätten die Juden auf uns, die Zionisten, gehört, wären sie jetzt in Sicherheit im Land . . .«

Abraham lächelte:

»Möchtest du etwas Tee? Das heißt, ein paar Teeblätter in viel heißem Wasser ohne Zucker?«

»Ja, danke.«

Sie setzten sich einander gegenüber an den Tisch.

»Haben Sie schon gehört?« fragte Mordechai. »Ein paar von uns wollten heimlich ins andere Warschau fliehen. Die Polen haben sie festgenommen und an die Deutschen ausgeliefert.«

»Tja, so ist das«, seufzte Abraham. »Wenn wir aus dem Kohlebekken springen, fallen wir ins Feuer.«

Abraham sah Mordechai nachdenklich an.

»Mordechai«, sagte er, »ich denke . . . es ist Zeit zu handeln.«

Mordechai runzelte die Stirn, als habe er nicht recht gehört:

»Sie, Rab Abraham? Sie wollen zu den Waffen greifen?«

»Wozu Waffen? Wer redet von Waffen? Weshalb sollten wir zu den gleichen Mitteln greifen wie unser Feind, Amalek?«

»Sie sagten doch etwas von Handeln, Rab Abraham . . .«

Abraham wartete, bis Topcia den Tee eingeschenkt hatte:

»Und wenn wir eine Zeitung drucken würden?« fragte er.

»Eine Zeitung? Um zum Widerstand aufzurufen?«

»Um zu informieren.«

»Und wie sollen wir sie drucken? Das ist ziemlich gefährlich, Rab Abraham.«

»Ich hab' im Keller noch etwas Material von unserer früheren Druckerei. Aber ich brauche Papier, Mordechai.«

»Nu?«

»Das Papier hab' ich schon gefunden. In der Volksküche in der

Zamenhofstraße. Ich hab' mit den Verantwortlichen gesprochen. Kurz vor dem Krieg haben sie noch einen ganzen Schwung Papier gekauft, um die Tische zu decken. Heut brauchen sie es nicht mehr. Die Hauptsache ist, es gibt überhaupt noch etwas zu essen ... Du müßtest nur deine Pioniere mobilisieren, um es hierher zu transportieren und mir zu helfen, alles einzurichten.«

Mordechai setzte seine Tasse ab:

»Sie sind schon ein komischer Jude, Rab Abraham!«

Zu Sukkoth herrschte in dem übervölkerten Getto Trauer und Elend. Jenes Elend, das Schrecken und Abscheu erweckt. Trotz des Verbots der Kommandantur beschloß eine Gruppe von Chassidim, die Thora zu ehren. Und ausgerechnet in der Zamenhofstraße, vor der Volksküche, fingen sie an sich zu drehen und zu tanzen. Sie drehten sich immer rascher und sangen immer lauter. Bald gerieten sie in eine solche Ekstase, daß sie gar nicht mehr aufhören konnten. Sie waren jenseits von Elend und Stacheldraht. Eine alte, in Lumpen gekleidete Jüdin brachte sie in die Wirklichkeit zurück:

»Juden!« rief sie. »Sein Leben zu retten ist ein Gebot der Thora. Heute zu singen ist gefährlich! Hört auf!«

Sie blieben stehen; ihr Gesang verstummte nach und nach, wie eine kaputte Mechanik. Sie schwankten leicht, fanden ihre menschliche Schwerkraft und die armselige Straße wieder.

Mordechais Pioniere brachten heimlich die Papierrollen in die Nowolipiestraße, machten den Keller sauber, stellten die kleine Handpresse auf, die man früher nur für die Probeabzüge genommen hatte, beschafften sich ein paar Flaschen mit Tinte und schlossen ein altes Radio an, mit dem ein kleiner Rotschopf, Nathan, schließlich sogar Radio London und Radio Moskau bekam.

Die erste Nummer von »Jediess«, »Neuigkeiten«, die in Jiddisch herauskam, erschien am 15. November. Vier Seiten, deren dreihundert Exemplare im Handumdrehen vergriffen waren. Am selben Tag riegelte die Gestapo das Viertel ab – offenbar war sie von der jüdischen Polizei benachrichtigt worden, deren Sitz nicht weit von Abrahams Haus entfernt war, in der Lesznostraße 13. In mehreren Häusern der Nowolipiestraße gab es Durchsuchungen, die jedoch ergebnislos verliefen. Die jungen Pioniere fanden den Sieg imponierend, und sie verhehlten nicht ihre Bewunderung für Abraham, den sie auf hebräisch »He-Saken«, »den Alten«, nannten.

Am übernächsten Tag erhielt Abraham ein Paket und einen Brief aus Argentinien. Der Brief, von Regina, war geöffnet worden, hier und da hatte die Zensur ein Wort oder einen Satz gestrichen. Das Paket war fast leer: Es enthielt nur noch eine Büchse Ölsardinen und eine Tafel Schokolade, die Abraham unter seinen Enkeln aufteilte. Noch am gleichen Tag schrieb er eine Antwortkarte. Es war auch die letzte Gelegenheit. Denn an diesem Abend, am 17. November 1940, wurde das Getto zugemauert.

Von diesem Augenblick an wurde die Versorgung noch schwieriger. Da man sich nichts mehr auf dem Land besorgen konnte, tauschte man über die Mauer das Familiensilber gegen ein paar Kartoffeln, Möbel oder Pelze gegen ein Brot oder ein bißchen Reis. Und dabei mußte man sich noch vor der Polizei in acht nehmen. Sie waren obendrein zu dritt, die jüdische, die deutsche und die polnische, die man »die Blauen« nannte, wegen der Farbe ihrer Uniform. Es war kalt. Der Kohlepreis stieg von fünfzig auf tausend Zloty pro Sack. Dann kamen die Läuse, und man fragte sich, wann die Epidemien folgen würden.

Die Pioniere, die einen Riß in einer der Kellerwände ausbessern wollten, nutzten ihn, um einen Durchgang zu schaffen, der schließlich, von Keller zu Keller, in ein Haus in der Lesznostraße führte. Von dort konnte man weiter in die Ogrodowastraße gelangen, die genau zwischen dem großen und dem kleinen Getto lag. Durch Kanäle und unterirdische Gänge kam man so bis zum Hinterhof eines Hauses an der Ecke der Chlodna- und der Wroniastraße, auf der »arischen« Seite. Dort konnten sie sich Lebensmittel kaufen – sie hatten einen regelrechten Schwarzmarkt mit Schweinefleisch aufgebaut, das die Rabbiner ausnahmsweise gestatteten, da es um die Rettung von Menschenleben ging. Den Speck, den sie außerhalb des Gettos für elf Zloty das Kilo kauften, boten sie für achtzehn an: Mit dem Gewinn konnten sie Tinte und Papier kaufen und, was Abraham allerdings nicht wußte, auch Pistolen.

Abraham verließ den Keller kaum noch: Die Familien seiner Vettern drängten sich in der Wohnung zusammen, und um auf die

Straße zu gehen, war es zu kalt. Der Keller war für ihn das geworden, was für Rabbi Simeon bar Jochai, den angeblichen Autor des Hauptwerks der Kabbala, zur Zeit der Verfolgungen durch die Römer seine Höhle war: das perfekte Versteck und der ideale Ort der Besinnung. Aber würde er auch, wie der berühmte Rabbi, die Stimme des Propheten Elias vernehmen – sein Andenken sei gesegnet –, die ihm den Tod des Tyrannen und das Ende des Leidens verkündete?

Mehrere Keller, die die Juden als geheime Schulen verwandten oder um Vervielfältigungsmaschinen zu verstecken, waren entdeckt und von der Gestapo unter Wasser gesetzt oder mit Flammenwerfern ausgebrannt worden. Deshalb bemühte Mordechai sich, Abrahams Keller zu befestigen und auszubauen. Heniek, ein blonder, vierschrötiger Junge, der wie ein Arier aussah und von Beruf Maurer war, dachte sich ein einfaches und stabiles Abschlußsystem aus: eine bewegliche Betonplatte, mit der man den Eingang jederzeit praktisch zumauern konnte. Dann zapfte er das Wassernetz an und installierte ein Waschbecken. Ein paar Tage später gab es sogar elektrisches Licht.

Im Keller redigierte und druckte Abraham »Jediess«. Die Erscheinungsweise war unregelmäßig und völlig willkürlich, damit man etwas sicherer vor Hausdurchsuchungen war. Außerdem verfaßte er eine kleine tägliche Chronik, die für Abrahams Buch bestimmt war. Und wenn er dann noch Zeit hatte, studierte er. Er hatte sich die Kabbala vorgenommen. Wie viele Juden damals empfand er das starke Bedürfnis, den Ratschluß des Ewigen zu ergründen. Am Sabbat waren die Synagogen überfüllt. Und auch die Kirche in der Lesznostraße, die einzige Kirche im jüdischen Viertel, die es noch gab, war nie leer: Die Kinder der zum Christentum übergetretenen Juden, die die Nazis trotzdem für Juden hielten, kamen hierher mit ihrem aufgenähten gelben Stern und suchten einen Funken Hoffnung bei einem Priester, der selbst den gelben Stern trug. Zu jener Zeit begann man fast überall in Europa, die Juden endgültig auszumerzen; und die übrige Welt schien sich ganz einfach heraushalten zu wollen. Und wenn man das nicht versteht, muß man sich wohl mit der Rolle des Scheeno jodea lischol begnügen, dem, der keine Frage zu stellen weiß, wie einer der vier Söhne aus der Pessach-Haggada.

Die Pioniere besuchten Abraham regelmäßig im Keller, um sich mit ihm zu unterhalten und ihm ein paar Neuigkeiten zu erzählen.

»Es ist soweit«, berichtete ihm eines Tages der rothaarige Nathan, »wir haben es geschafft: Alle politischen Gruppen bringen jetzt eine Zeitung heraus.«

Mordechai lachte bitter auf:

»Die Juden machen Fortschritte«, sagte er. »Sie haben ein Hilfswerk für Kinder und Waisen geschaffen, überall entstehen Volksküchen, ja, es gibt sogar Hausausschüsse, die sich um die Hygiene, die Kleidung, die Lebensmittel und die Finanzen der Bewohner kümmern. Ich hab' sogar von einer Organisation gehört, die die geheimen Schulen und Bibliotheken verwaltet. Ein Staat für sich! Und damit niemand über unsere Identität im Zweifel ist, tragen wir alle eine Marke!«

Er deutete auf den gelben Stern an seiner Brust:

»Wir Juden sind schon bemerkenswerte Leute. Die Deutschen schaffen ein Getto, und wir organisieren es auch noch!«

»Und wie vortrefflich!« fügte der Maurer Heniek hinzu. »Die Deutschen besuchen uns jetzt sogar in ganzen Gruppen. Erst heute morgen hab' ich eine in der Karmelickastraße gesehen. Sie wurden von einem Führer begleitet und machten Fotos.«

»Die Juden haben Angst«, unterbrach ihn ein Mädchen und warf seine schwarzen Zöpfe zurück. »Wenn sie Waffen hätten, wären sie mutiger.«

Abraham holte tief Luft: »Wir haben Waffen«, erwiderte er.

»Wo denn? Was sollen das für Waffen sein?«

»Ich denke an unsere alte Rüstung, das Wort. Mit dem Wort hat der Ewige – gepriesen sei sein Name – die Welt erschaffen. Und weshalb durfte Mose nicht mehr in das Land Kanaan ziehen? Weil er, statt mit dem Fels zu sprechen, damit er ihm Wasser für sein dürstendes Volk gebe, ihn mit seinem Stab geschlagen hat . . .«

»Rab Abraham!« unterbrach ihn Mordechai. »Kommen Sie in die Wirklichkeit zurück. Wir stehen nicht vor einem Felsen, sondern haben die Nazis gegen uns!«

»Sogar einen Mörder kannst du mit der Stimme entwaffnen.

Erinnere dich an Bileam, der Israel verfluchen sollte und es schließlich segnete . . .«

In diesem Augenblick hörte man Schritte auf der Steintreppe, die hinunter in den Keller führte. Heniek und Mordechai schoben die Betonplatte vor die Öffnung und machten vorsichtshalber das Licht aus. Sie lauschten angestrengt: Zwar hörten sie Männerstimmen, aber sie konnten nichts verstehen. Wer waren sie? Arme Leute, die Obdach suchten? Die jüdische Polizei, die Jagd auf die Geheimdruckereien machte?

»Der Ewige möge uns schützen«, murmelte Abraham.

Am nächsten Tag näherten sich drei von Mordechais Pionieren, die deutsch sprachen, einer Gruppe deutscher »Touristen« und unterhielten sich mit ihnen über dies und jenes, sogar über Nietzsche. Die Deutschen, so erzählten sie, hätten sich sehr gewundert.

»Vater«, warf Topcia Abraham vor, »mit deinem Gerede schickst du diese Kinder noch in den Tod.«

Abraham sah sie erstaunt an: »Aber Topcia, wer vermag die Sünden des Menschen zu tilgen, wenn nicht der Mensch? Und wer vermag die Welt und Gott zu retten, wenn nicht der Mensch?«

Topcia aber entgegnete mit einer ganz ungewohnten Härte:

»Ich will nur, daß meine Kinder überleben.«

Die Juden hatten es sich jetzt zur Gewohnheit gemacht, auf die Deutschen zuzugehen, ihnen Fragen zu stellen, sie in Gespräche zu verwickeln. Als Abraham das erfuhr, war er so stolz auf seine Freunde, daß er trotz der Arthritis, die ihm sehr zu schaffen machte, beschloß, selbst einmal hinauszugehen.

Es war bitterkalt. Abraham atmete ganz vorsichtig, weil die eisige Luft in den Lungen brannte. Ihm war schwindlig. Ganze Familien irrten wehklagend in viel zu dünnen Kleidern durch die Straßen. Sie bettelten nicht einmal. Vermummte Gestalten gingen gesenkten Kopfs an ihm vorbei. Abraham sah einen Schubkarren, den zwei Männer zogen, direkt auf sich zukommen. Er war voll mit Leichen. Die Arme und Beine hingen, steif von der Totenstarre, an den Seiten herunter. Ein armseliger Mensch, der offenbar seine Sinne nicht mehr beisammen hatte, folgte dem Karren und fragte unablässig: »Haben sie noch eine Brotkarte? Haben sie noch eine Brotkarte? Haben sie . . .«

Abraham ging nicht weiter. Er stieg wieder in den Keller hinunter, setzte sich auf das Bett, und zu Nathans Überraschung, der gerade die Nachrichten hören wollte, verbarg er seinen weißhaarigen Kopf in den von der Kälte geröteten Händen und weinte.

Am 1. April 1941 konnte Abraham in »Jediess« ein paar gute Nachrichten bringen: Der Aufstand der Jugoslawen, die Siege der Briten in Afrika, eine Seeschlacht, bei der die italienische Flotte eine schwere Niederlage erlitten hatte. Und außerdem konnte er über etwas berichten, das für ihn eine Art Sieg bedeutete, vielleicht den ersten Sieg der Juden über die Nazis: Himmler hatte durch Sonderverordnung den Deutschen verboten, das Getto zu besuchen und mit den Juden Gespräche zu führen.

Aber am 9. April, einem Tag vor Ostern, wurde der Maurer Heniek, als er gerade mehrere Kilo Speck bei sich hatte, von der polnischen Polizei verhaftet. Die »Blauen« brachten ihn zur Gestapo. Da jedem Juden, der sich außerhalb des Gettos aufhielt, die Todesstrafe drohte, wurde Heniek erschossen.

Am nächsten Tag, dem 10. April, geriet Topcias Mann, Moniek, in der Nalewkistraße in eine Razzia, wurde zum Güterumschlagplatz an der Kreuzung der Nizka- und Stawkistraße mitgenommen und von dort aus zusammen mit ein paar hundert Männern und Frauen zum Bahnhof gebracht. Topcia suchte den Leiter der jüdischen Polizei auf, bot zwei käuflichen Anwälten, die angeblich Beziehungen zur polnischen Polizei hatten, ihr ganzes Silber an und schleppte Abraham zum Präsidenten des Judenrates, dem Ingenieur Czerniakow, den er von früher kannte. Als Abraham ihn sah, hatte er den Eindruck, den verzweifelten Kapitän eines sinkenden Schiffes vor sich zu haben. Es war hoffnungslos. Topcia weinte die ganze Osternacht hindurch.

Als sie am frühen Morgen endlich zur Ruhe gekommen war, ging Abraham wieder hinunter in seinen Keller. Junge Leute schliefen auf den Feldbetten; einer von ihnen hielt Wache. Abraham zündete eine Kerze an und begann zu schreiben:

»Pessach des Jahres 5701[120] nach der Schöpfung der Welt durch den Ewigen – gepriesen sei sein Name. Zum ersten Seder gab es fast nichts zu essen und zu trinken, keinen Matzen, keinen Wein. Die Juden sind erschöpft. Dieses Pessachfest im Warschauer Getto wird, wie das Pessachfest in Ägypten, den zahllosen Generationen nach uns als Beispiel in Erinnerung bleiben . . .« Er sagte sich, daß er vielleicht die Wirklichkeit nur unvollkommen wiedergebe, aber er fuhr mit seiner winzigen Schrift fort: »Ich bitte den König der Welten und den Herrn der Schöpfung, er möge uns, bevor er uns aus diesem Leben nimmt, Zeit geben, um Zeugnis abzulegen. Jemand muß das Böse aussprechen.«

Es klopfte einmal, zweimal und noch einmal. Es war Mordechai. Er wurde immer magerer. Um den Hals trug er einen alten grauen Schal, den er mit einer großen Sicherheitsnadel zusammengesteckt hatte. Er schien schlechter Laune zu sein.

»Wer hat dir denn einen Zahn ausgeschlagen?« fragte Nathan.

»Ein jüdischer Polizist. Er wird ihn bestimmt nicht mit ins Paradies nehmen!«

Er wandte sich an Abraham: »Und wie sieht das Programm aus?«

»Weitermachen . . . Wir dürfen nicht aufhören, Zeugnis abzulegen . . . Dokumente und Fotos zu sammeln . . . zu berichten . . .«

»Berichten? Was denn? Daß die Friedhöfe voll sind?«

»Zeugnis ablegen, Mordechai, Zeugnis ablegen. Für uns und vor der Geschichte.«

Abraham fühlte sich durch Mordechais bittere Bemerkung verletzt. Er ging hinauf in die Wohnung, um zu sehen, ob Topcia inzwischen wach war. Dann sprach er das Morgengebet zusammen mit den Vettern und Neffen Rachels, seiner teuren verstorbenen Frau. Sein Blick fiel auf ein Foto von Jerusalem in einem zerbrochenen Rahmen. Draußen fiel ein Sonnenstrahl wie ein Scheinwerfer auf die Straße voller Schlaglöcher, auf die Abfallhaufen, auf die abgezehrten menschlichen Gestalten, die über das Pflaster zu kriechen schienen. Plötzlich wurde Abraham von Panik ergriffen. Dieses Licht . . . diese Menschen . . . diese unbestimmte Angst vor dem hereinbrechenden Unglück . . . Er ging wieder in den Keller hinunter. Er brauchte Dunkelheit.

Am 23. Juni brachte Abraham in »Jediess« die Nachricht vom

Ausbruch des deutsch-sowjetischen Krieges. Die Juden im Getto zögerten, sich darüber zu freuen, denn alles, was draußen geschah, schlug sich im Innern als vermehrte Gewalttätigkeit nieder. Die polnischen Sendungen des deutschen Rundfunks kündigten die Niederlage der Russen wie eine feststehende Tatsache an.

Perl und ihr Sohn Meir-Ikhiel zogen in die Nowolipiestraße. Abraham freute sich, Salomons Sohn bei sich zu haben. Manchmal nahm er ihn, allein oder mit seiner Mutter, mit in den Keller hinunter und las ihm Abschnitte aus Abrahams Buch vor, wie um daraus Hoffnung zu schöpfen.

Eines Abends, als sie zu dritt unten waren, hörten sie Schritte auf der Kellertreppe. Abraham versuchte, die Betonplatte vorzuschieben, aber sie hatte sich verklemmt. Er konnte sie weder in die eine noch in die andere Richtung bewegen. Perl wollte ihm helfen. Aber auch das nützte nichts. Jemand klopfte an die Tür.

»Öffnen Sie!« rief eine Stimme auf polnisch. »Öffnen Sie!«

Perl und Meir-Ikhiel klammerten sich an Abraham fest.

»So öffnen Sie doch! Ich bin es, Janek Kobyla! Der Maler!«

»Das stimmt!« flüsterte Perl, »es ist Janeks Stimme.«

Meir-Ikhiel fing an zu weinen.

»Der Ewige – gepriesen sei sein Name – möge uns schützen«, sagte Abraham und öffnete.

Draußen stand Janek Kobyla zusammen mit zwei Unbekannten.

»Janek!« rief Perl, »was machst du denn im Getto?«

»Salomon wartet auf euch etwa zwanzig Kilometer von hier entfernt, bei Majdan. Ich nehme euch mit. Ihr müßt euch beeilen.«

Er deutete auf seine beiden Gefährten:

»Das sind unsere Führer, mein Vetter und ein Freund.«

Wieder hörte man Schritte auf der Treppe. Diesmal waren es Mordechai und die Pioniere, mit der Pistole in der Hand. Man hatte ihnen berichtet, drei Unbekannte hätten das Haus betreten.

»Beeilt euch!« wiederholt Janek Kobyla.

Er erklärte Mordechai, er sei durch die Kanäle gekommen und wolle Salomons Vater, seine Frau und seinen Sohn mitnehmen.

»Ihr könnt nicht mehr weg«, erwiderte Mordechai. »Sie sind dabei, das Viertel abzuriegeln.«

Zwei seiner jungen Leute hatten gerade die Betonplatte wieder gangbar gemacht und schoben sie nun vor die Tür.

»Ihr schließt uns ja ein!« rief Janek.

Schweigen. Die Männer sahen ihn abwägend an. Plötzlich sagte Abraham in diese Stille hinein:

»Es gibt einen Gang.«

Widerwillig schob Mordechai eins der Feldbetten beiseite, hob ein paar Bretter aus: Darunter kam ein schwarzes Loch mit einem Durchmesser von etwa sechzig Zentimetern zum Vorschein. Ein kalter Luftzug drang in den Keller. Ungläubig blickte Janek hinunter. Man versicherte ihm, er könne durch die Kanäle bis zur Wroniastraße kommen.

»Ich kenne diesen unterirdischen Gang von der Lesznostraße zur Wroniastraße«, bestätigte der Vetter.

»Aber . . .«

Janek Kobyla begriff das alles immer noch nicht:

»Aber wenn ihr hier wegkönnt, warum bleibt ihr dann?«

»Wozu«, sagte Mordechai, »die Feindseligkeit der Polen hält uns hier genauso gefangen wie die deutschen Wachen.«

»Alle Polen sind nicht so, wie ihr glaubt«, erwiderte Janek Kobyla leise. »Der Beweis! . . . Perl, beeil dich! Kommen Sie, Panie Abraham!«

»Nein«, entgegnete Abraham, »ich bleibe. Nehmen Sie Perl und den Jungen mit. Und umarmen Sie meinen Sohn. Gott segne euch!«

»Wir müssen jetzt durch unterirdische Gänge laufen«, erklärte Perl Meir-Ikhiel. »Du darfst keine Angst haben und nicht weinen. Versprichst du mir das? Wir gehen jetzt zu Papa.«

Janek Kobyla warf Mordechai einen eigentümlichen Blick zu.

»Wenn wir alle zusammen gehen«, meinte er schließlich, »ist es zu gefährlich.«

Mordechai lachte bitter auf.

»Wir bleiben, mein Freund. Mach dir um uns keine Sorgen. Wir bleiben . . . Um Zeugnis abzulegen, nicht wahr, Rab Abraham?«

Abraham suchte auf dem Tisch unter den Papieren nach einer bedruckten Seite: die Kopie, die er vom Testament seines Vorfahren Abraham gemacht hatte. Dann beugte er sich zu Meir-Ikhiel hinunter und zeigte sie ihm:

»Hör mir gut zu. Erinnerst du dich an das, was ich dir aus unserer

Familiengeschichte vorgelesen habe? Siehst du, dieses Papier hat unser Vorfahr Abraham der Schreiber für uns geschrieben ... Du weißt doch, der mit seiner Frau Judith und seinen beiden Söhnen Elias und Gamaliel aus Jerusalem geflohen ist ... Erinnerst du dich?« ...

Er faltete das Blatt und steckte es Meir-Ikhiel in die Tasche. Dann sprach er das Reisegebet: »Mögest Du es in Deinem heiligen Willen beschließen, oh ewiger Gott und Gott unserer Väter ...«

Ich erinnere mich nicht mehr, wie wir durch die Kanäle gelaufen sind, ich erinnere mich nur noch, daß ich Angst hatte. Wir trafen meinen Vater. Später griff uns eine Patrouille der Roten Armee in den schneebedeckten Ebenen der Ukraine auf. Man brachte uns zunächst nach Moskau, in dem Tag und Nacht die Bomben fielen, dann schickte man uns nach Kokand in Usbekistan.

Auf dem Speicher des Hauses, in dem wir damals wohnten, entdeckte ich einen Atlas und in diesem Atlas die Namen mir unbekannter und doch vertrauter Städte: Jerusalem, Safed, Tiberias, Jericho, Jaffa . . . Sie waren mir sehr viel näher als die Städte, die ich kannte: Taschkent, Buchara, Samarkand. Ich war acht Jahre alt und entdeckte Israel.

»Warum nicht eine jüdische Republik in Palästina?« schrieb ich in einem Artikel, den die Prawda in einer Ausgabe veröffentlichte, die den Pionieren von Usbekistan gewidmet war. Die Briten hielten das Land besetzt? Dann mußte man eben gegen diese imperialistische Besatzung kämpfen. Auf diese Weise konnte man das jüdische Problem lösen und zugleich würde der Sozialismus im Nahen Osten Fuß fassen. Ich merkte gar nicht, daß ich aufgrund meiner sowjetischen Erziehung den Zionismus neu erfand.

Mein Artikel fand nicht das Echo, das ich mir wünschte. Die Sowjetunion interessierte sich damals noch nicht für den antikolonialistischen Kampf der Juden in Palästina. Es stand auch noch nicht zur Debatte, die Araber zum Sozialismus zu bekehren, und die Briten waren Verbündete – sie hatten soeben Rommels Armee geschlagen! Was blieb von meiner Theorie übrig? Daß es offenbar für die Juden unmöglich war, ihr nationales Problem im Rahmen der Sowjetunion zu lösen. Der Chefredakteur der Zeitung wurde kaltgestellt, und meine Eltern wanderten in ein Lager.

Als wir nach dem Krieg nach Polen zurückkehrten, wurde unser Zug von polnischen Bauern gestürmt. Sie warfen mit Steinen nach uns und beschimpften uns.

»Dreckige Juden!« schrien sie. »Raus! Geht nach Palästina!« Der Antisemitismus überraschte mich nicht: Er hatte sich in meinem Gedächtnis festgefressen. Aber deshalb gab ich noch lange nicht auf. Während in Erez-Israel die Juden für einen eigenen Staat kämpften, war mein Platz hier in diesem Land: Ich wurde einer der Verantwortlichen der Borochow-Jugend, einer linken zionistischen Bewegung: ein ernstes Kind unter vielen ernsten Kindern.

Eines Tages organisierten wir zur Einweihung eines Denkmals für die Kämpfer des Warschauer Gettos zusammen mit anderen jüdischen – auch nicht-zionistischen – Gruppen einen Zug durch die Stadt. Mit Speziallastwagen und Zügen hatten wir alles, was von den drei Millionen polnischer Juden noch übrig war, nach Warschau kommen lassen: Fünfundsiebzigtausend Überlebende der Konzentrationslager und des Widerstands – einer von vierzig.

Es war im Mai, und das Wetter war schön: Die Sonne spiegelte sich in den zerbrochenen Fensterscheiben der wenigen noch unzerstörten Häuserfassaden. Wir hatten uns einen Durchgang durch die Straßen voller Schutt geschaffen. Wir schritten schweigend durch die Gänge dieses Friedhofs, zu dem Warschau geworden war. Ich erinnere mich deutlich an die Stille, die nur von dem Geräusch unserer Schritte und dem Flattern der Fahnen unterbrochen wurde – rote und blau-weiße Fahnen. Die Polen, die aus ihren unversehrten Vierteln herauskamen, sahen uns vorüberziehn. Sie schienen überrascht zu sein, daß wir nicht alle tot waren. Einige spuckten vor uns in den Staub: »Wie die Ratten«, hörten wir hier und da, »sie sind wie die Ratten. Man kann von ihnen umbringen so viel man will, sie sind immer noch da.« Wir ballten die Fäuste. Die Parole war, nicht zu antworten. Schweigen.

Ich schritt an der Spitze des Zuges und trug eine für mich viel zu schwere große Fahne. Ich sah auf unsere Leute, die auf den Trümmern unserer Häuser standen oder saßen: Treppenhäuser, Mauerreste, verkohlte Kamine, und am liebsten hätte ich das Lied der jüdischen Partisanen gesungen:

Von dem grünen Palmenland bis zum fernen Land des Schnees
Kommen wir mit unserer Pein, mit unserem Weh,
Und wo ein Tropfen von unserem Blut geflossen ist,
Wird unser Heldentum sprießen, unser Mut.
Sage niemals, daß du den letzten Weg gehst,
Wenn auch bleierner Himmel den blauen Tag verdeckt,

Kommen wird noch unsere erträumte Stunde,
Dröhnen wird unser Schritt: Wir sind da.

Ich lag mit einer bösen Lungenentzündung zu Bett, als sich meine Freunde von der Borochow-Jugend auf der von jüdischen Flüchtlingen überfüllten »Exodus« nach dem »Gelobten Land« einschifften. In der Nähe der palästinischen Küste wurden sie von britischen Zerstörern angegriffen. Sie leisteten Widerstand, und die Engländer schickten sie zurück nach Europa. In Deutschland kamen sie wieder in ein Lager.

1951 reiste ich zum ersten Mal nach Israel. Und als nach fünf Tagen auf dem Meer der Berg Karmel und die Stadt Haifa in einem flimmernden Hitzeschleier vor uns auftauchten, kamen mir vor Rührung die Tränen. Ich wanderte kreuz und quer durch das Land, arbeitete in einem Kibbuz, und der einzige Grund, weshalb ich nicht dort geblieben bin, war, daß ich Maler werden wollte und mir nur vorstellen konnte, in Paris zu malen.

Ich bin Franzose geworden, aber das hat meine Verbundenheit mit Israel nicht gemindert. 1967, als zahllose Armeen das Land umzingelten, fühlte ich mich ebenso aufgerufen wie 1948 während des Unabhängigkeitskrieges. Mir schien, ich könne auf meine Weise helfen, indem ich einen Beitrag zu dem leistete, was mir für Israels Überleben wesentlich schien: der Frieden. Ich habe Jahre mit dem Versuch verbracht, Palästinenser, Israelis und Araber zu überzeugen, zwischen ihnen zu vermitteln und sie einander näher zu bringen. Mal in Kairo, mal in Israel und mal in Beirut habe ich an die Tore der Mächtigen geklopft, habe Staatsmänner und Terroristen getroffen, habe an ihr Gewissen und an ihre Programme appelliert. Ich weiß nicht, wie oft ich in Flugzeuge gestiegen bin, die mich nirgendwohin brachten, Begegnungen organisiert habe, die ergebnislos verliefen, Treffen ermöglicht habe, bei denen ich schließlich allein dastand. Ich weiß nicht, wie viele Stunden ich damit verbracht habe, mit Leuten zu verhandeln, die überhaupt nicht verhandlungsbereit waren, wie viele Nächte hindurch ich an Texten gearbeitet habe, von denen ich nicht wußte, wer sie lesen und ob sie überhaupt jemand lesen würde.

Hat das alles wohl einen Sinn gehabt? Habe ich die Sache des Friedens auch nur um einen Schritt weiter gebracht? Die, die sich wie ich aufgerufen fühlen, »etwas zu unternehmen«, kennen dieses Gefühl der Einsamkeit und gelegentlich auch der Bitterkeit.

Zur Zeit Abrahams des Schreibers konnten weder der Tempel noch das Schwert das Volk vor dem Exil bewahren. Und man muß es sich wohl eingestehen, daß auch das Buch und die Stimmen, die sich jahrhundertelang erhoben haben, es nicht sehr viel besser vor der Barbarei zu schützen vermochten. Wahrscheinlich gibt es kein Heil, wenn eines dieser Prinzipien auf Kosten des anderen triumphiert. Und es bleibt die Hoffnung. »Die Verzweiflung ist keine Lösung«, sagten die Israelis nach dem schwierigen Jom-Kippur-Krieg 1973. »Nicht für uns.«

48

Warschau
Schema Israel

»Meir-Ikhiel zeugte Abraham, Lea und Judl.

Abraham zeugte Salomon, Regina, David, Samuel und Topcia.

Salomon zeugte Meir-Ikhiel.«

Abraham betete für seine Tochter Regina in Argentinien und für seinen Sohn David in Paris . . . Was machte man mit den Juden in Paris? . . . Er betete für Samuel, der jetzt in Brüssel war . . . Was machte man mit den Juden in Brüssel? . . . Er betete für Salomon, für Perl und Meir-Ikhiel . . . Wo mochten sie jetzt wohl sein? . . . Er betete zum Ewigen, er möge sie am Leben erhalten, damit die Kette nicht abriß.

In der Nacht vom 17. auf den 18. April 1942 wurde Abraham von Mordechai und einigen seiner Pioniere geweckt. Die deutsche Polizei hatte eine Razzia gemacht, um endlich mit der jüdischen Geheimpresse aufzuräumen. Einer der Mitarbeiter des bundistischen »Bulletins«, der noch rechtzeitig entkommen war, hatte Mordechai informiert.

Sie blieben eine ganze Woche lang im Keller, ohne sich herauszuwagen. Sie aßen wenig, denn der Lebensmittelvorrat war knapp. Ihre Notdurft verrichteten sie in den Kanälen. Fast die ganze Zeit verbrachten sie damit, die englischen, französischen, russischen und deutschen Sender zu hören. Die Nachrichten waren niederschmetternd: Rommel stand praktisch vor den Toren Alexandrias. Sebastopol war gefallen. Die Deutschen hatten eine Offensive entlang der ganzen russischen Front begonnen, die, so berichtete Radio Berlin, Hitler zum Sieg führen würde.

Mordechai und seine Freunde waren zutiefst beunruhigt. Wenn der Suezkanal bedroht war, war auch Palästina in Gefahr. Und wenn Tel-Aviv erobert würde, gingen die, die diese Stadt erbaut hatten, und ihre Kinder in die Verbannung oder in den Tod. Dann war die

Zerstörung vollständig – nicht nur die eines Volkes, sondern auch seiner Hoffnung.

Am 24. April stürmten die Deutschen in die Nowolipiestraße 22. Man hörte ihre Stimmen und die Tritte ihrer Stiefel im Treppenhaus. Am Abend schlugen sie mit ihren Gewehrkolben gegen die Betonplatte vor dem Kellereingang. Aber sie glaubten offenbar, es handele sich um eine Mauer und ließen bald davon ab.

Am nächsten Tag verließ Mordechai als Kundschafter ihr Versteck. Die Deutschen, so berichtete er bei seiner Rückkehr, hätten alle Männer des Hauses mitgenommen. Ein paar Dutzend Juden waren hingerichtet und mehrere heimliche Druckereien mit Flammenwerfern zerstört worden. Deshalb beschloß Abraham, zur Vorsicht ein oder zwei Wochen lang »Jediess« nicht erscheinen zu lassen.

Abrahams Tagebuch

28. April 1942. Im Jahre 5702 nach der Schöpfung der Welt durch den Ewigen, gepriesen sei sein Name. Da ich sonst nichts mehr zu tun habe, will ich hier niederschreiben, was ein alter Mann in einem Keller erlebt, in der Hoffnung, meine Erzählung möge ein Zeugnis sein, so wie es die Chronik eines anderen Abrahams, einem meiner Vorfahren, jenem Sohn des Nomos, in der fernen Stadt Hippone einst gewesen ist.

1. Mai. Mordechai – möge er hundertzwanzig Jahre alt werden – hat mir berichtet, die Juden im Getto seien dabei, heimlich Archive für die kommenden Generationen anzulegen. Mein armes Herz hüpfte vor Freude: »Endlich haben sie begriffen!«

3. Mai. Nach den »Sprüchen« bringt »hingehaltene Hoffnung Herzeleid«. Mein Gott, ist es da erstaunlich, daß die Juden ganz krank davon sind? Gestern verbreitete sich die Nachricht, Mussolini sei tot. Es stimmte nicht. Es ging auch das Gerücht, der Judenrat würde Hunderte von Visa für Palästina ausstellen. Sofort bildeten sich Schlangen vor dem Gebäude des Judenrats. Tausende von

Unglücklichen haben dort offenbar die ganze Nacht verbracht. Es stimmte auch nicht.

6. Mai. Wir feiern Schawuot, das Fest der Gabe des Gesetzes. Mordechai hat mir erzählt, es sei auch das Fest der Ernte. Er hat Sehnsucht nach Palästina und seinem Kibbuz, wo seine Frau auf ihn wartet. Den Polen ist jetzt der Eintritt in den Sächsischen Garten verboten worden. Wer würde darin nicht die Hand der Vorsehung erblicken?

7. Mai. Ich habe schlecht geschlafen. Ich weiß, daß Mordechais Chaluzim mir nicht alles erzählen, was im Getto vor sich geht, um mich zu schonen. Aber Baile, eine Kusine von Nathan, hat mir berichtet, wie die Nazis plötzlich im Gettofriedhof aufgetaucht sind und den Juden befohlen haben, einen Kreis zu bilden und um einen Karren mit nackten Leichen zu tanzen. Das Ganze wurde gefilmt. »Herr, wende Dich doch wieder zu uns und sei Deinen Knechten gnädig!«

30. Mai. Esra, Topcias ältester Sohn, ist krank. Möglicherweise ist es Typhus . . ., »und sei Deinen Knechten gnädig!«

31. Mai. »Und wäre auch der Himmel aus Pergament und alles Schilf Federkiele«, so könnte ich doch nicht das Grauen schildern, das mich überkommt, wenn die jungen Leute mir von draußen berichten. Tote, Tote, Tote. Manchmal dringen die Schreie dieser Unglücklichen bis hinunter zu mir.

4. Juni. Die vierzigtausend Juden von Lublin sind, so sagt man, für immer vom Erdboden vertilgt. Der Ewige – gepriesen sei sein Name – erbarme sich ihrer Seelen. Mordechais Freunde kommen jetzt jeden Abend zu mir in den Keller. Ihre Mienen sind dunkel vor Trauer. Draußen: die Zerstörung. Hier drinnen: die Angst. »Eile, mir beizustehen, Herr, meine Hilfe!«

17. Juni. Im Jahre 5702 nach der Schöpfung der Welt durch den Ewigen, gepriesen sei sein Name. Ein Unglückstag. Tränen am

Morgen und Wehklagen am Abend. »Ach, daß ich Wasser genug hätte in meinem Haupte und meine Augen Tränenquellen wären . . .« Topcias ältester Sohn, Esra, ist heute am frühen Morgen gestorben. Mosche, der jüngere, ist ihm am Nachmittag gefolgt. Gedenke ihrer Unschuld, oh mein Gott, und eile uns zu helfen um Deines Namens willen.

24. Juni. Im Jahre 5702 nach der Schöpfung der Welt durch den Ewigen, gepriesen sei sein Name. Eine Woche lang hat meine Tochter Topcia ihren Mann und ihre Kinder beweint, sie hat geschrien und geklagt. Am Ende der Schiwa brach sie in Bitternis und Zorn aus. »Warum?« rief sie. »Warum?« Kurz darauf gab auch sie ihren Geist auf.

26. Juni. Im Jahre 5702 nach der Schöpfung der Welt durch den Ewigen, gepriesen sei sein Name. Auf dem Friedhof der Gesiastraße waren die Leichenbestatter erschöpft vor Müdigkeit, und es gab keinen Rabbi. O Herr, warum mußte ich meine Höhle verlassen! Weh den Augen, die diese Leichen auf den staubigen Straßen haben liegen sehen. Weh den Augen, die die Trauer ausgetrocknet hat wie der Wind die Wüste. Überdauern ist unser Sieg. Nur dieser Gedanke hilft mir, die Verzweiflung meines Herzens zu ertragen.

1. Juli 1942. Im Jahre 5702 nach der Schöpfung der Welt durch den Ewigen, gepriesen sei sein Name. Wie lange noch? »Herr, wie lange soll ich schreien, und Du willst nicht hören?« Ich habe keine Kraft mehr. Jede Minute ist wie tausend Jahre, jeder Tag wie eine Ewigkeit. Ich weiß, daß die Stunde nah ist, in der die kleine Flamme meiner Seele verlöschen wird.

Mordechai und seine Freunde haben mit den Polen Kontakt aufgenommen, um von ihnen Waffen zu kaufen. Sie halten mich über ihre Schritte nicht auf dem laufenden, weil sie meinen Widerspruch fürchten. Möge der allmächtige Gott uns helfen, diese neue Prüfung zu bestehen!

21. Juli. Im Jahre 5702 nach der Schöpfung der Welt durch den Ewigen, gepriesen sei sein Name. Oh großer, schrecklicher Gott!

Gestern war der 9. Tag des Monats Aw, der Jahrestag der Zerstörung des Tempels. Niemand der Meinen ist mehr da, um der Lesung unseres Familienbuches zuzuhören. »Möge bis zu dem Tag, an dem die gespaltenen Steine des Tempels sich wieder zusammenfügen, die Anrufung dieser Namen, die ich hier aufgezeichnet habe und die andere nach mir aufzeichnen werden, das Schweigen brechen und Deinen geschändeten Namen wiederherstellen. Heilig, heilig, heilig ist der ewiglebende Gott. Amen.« Wird nach mir noch jemand übrig bleiben? Werde ich der letzte sein? Weh uns!

22. Juli. Im Jahre 5702 nach der Schöpfung der Welt durch den Ewigen, gepriesen sei sein Name. »Es gab zehn Generationen zwischen Adam und Noah«, sagt der Traktat der Väter, »damit wir die Langmut Gottes erkennen sollten. Und all diese Generationen fuhren fort, ihn zu erzürnen, bis die Wasser der Sintflut sie verschlangen.« »Die Langmut Gottes«: Deshalb besteht die Welt auch weiter trotz all des Bösen in ihr.

23. Juli. Im Jahre 5702 nach der Schöpfung der Welt durch den Ewigen, gepriesen sei sein Name. Czerniakow, der Leiter des Judenrats, hat sich den Tod gegeben. Nachdem Topcia und ich ihn damals vergeblich aufgesucht hatten, mußte ich noch oft an ihn denken. »Gott weiß alles im vorhinein«, sagt Rabbi Akiba, »aber dem Menschen ist der freie Wille gegeben.« Gott sei Czerniakows Seele gnädig.

11. August. Im Jahre 5702 nach der Schöpfung der Welt durch den Ewigen, gepriesen sei sein Name. Jetzt wissen wir es: Wir werden alle sterben. Nach einer – allzulangen – Unterbrechung haben wir beschlossen, »Jediess« wieder erscheinen zu lassen. Was nützt uns schon in Zukunft die Vorsicht? Auf der ersten Seite haben wir heute die Schlagzeile gebracht: »11. August 1942. Der Jude Salbe, aus Treblinka geflohen, hat sich bis nach Warschau durchgeschlagen. Er erzählt: eine Baracke, fünf Minuten, Schreie, Stille, gräßlich aufgetriebene Leichen.«

10. September. Im Jahre 5702 nach der Schöpfung der Welt durch den Ewigen, gepriesen sei sein Name. Morgen ist Rosch-ha-Schana, der erste Tag des Jahres 5703. Eine Großrazzia hat fast das ganze Getto geleert. Auch Nathan, unseren Nathan, der für mich wie ein Sohn geworden war, haben sie mitgenommen. Er wird nicht mehr nach Palästina gehen. Meine Augen haben keine Tränen mehr.

20. September. Im Jahre 5703 nach der Schöpfung der Welt durch den Ewigen, gepriesen sei sein Name. Gestern war Jom Kippur. Und an diesem Tag der Trauer haben diese Ungeheuer die kleine Baile umgebracht. O Herr der Waffen, du allzeit gerechter Richter, ich flehe Dich an: Mach, daß ich noch den Tag erlebe, an dem Du den Tyrannen ausrottest, denn in Dich habe ich mein Vertrauen gesetzt.

2. Oktober. Im Jahre 5703 nach der Schöpfung der Welt durch den Ewigen, gepriesen sei sein Name. Mordechai und Hersch sind durch den unterirdischen Gang hinüber auf die andere Seite gegangen. Sie haben eine Pistole mit einem Magazin für sieben Patronen für zweitausend Zloty gekauft und vier Schachteln Dynamit für fünftausend Zloty. Ich hatte ihnen meine ganzen Ersparnisse dafür mitgegeben. Denn jetzt darf es kein Zaudern mehr geben.

Wir haben Widerstand geleistet wie nie jemand zuvor: Durch das Wort, das der Ewige uns gegeben hat, damit es das Herz unserer Henker erfülle; durch das Zeugnis, das, so der Herr Zebaoth es will, unseren Odem in Ewigkeit unter den Völkern bewahren wird. Und jetzt – heilig, heilig, heilig ist Dein Name – bleibt uns nichts anderes, als denen, die den Tod bringen, den Tod entgegenzusetzen, das Schwert denen, die uns mit dem Schwert schlagen, damit Dein Name, o Herr, und der Name Deines Volkes auf immer verherrlicht sei. Amen!

27. Oktober. Im Jahre 5703 nach der Schöpfung der Welt durch den Ewigen, gepriesen sei sein Name. Mordechai und seine Freunde verlassen kaum noch die Milastraße, wo sich Mordechai Anielewicz' jüdische Kampforganisation versteckt hält: Flüchtlinge aller Völker und aller Parteien, die darauf warten, den Aufstand zu entfachen.

Man hat mir eine Handgranate gegeben und erklärt, wie sie funktioniert. »Du Allerheiligster, zu dessen Thron die Lobgesänge Israels dringen, Dir haben sich unsere Väter anvertraut. Sie haben auf Dich gebaut, und Du hast sie erlöst.« Warum nicht uns? Warum nicht uns, Herr?

16. Januar. Im Jahre 5703 nach der Schöpfung der Welt durch den Ewigen, gepriesen sei sein Name. Wie sehr bedaure ich, daß ich nicht eine neue Ausgabe von Abrahams Buch gedruckt habe, solange noch Zeit dazu war. Dann hätte jedes meiner Kinder sein eigenes Buch gehabt, und ich könnte heute ruhiger sein. Denn wer weiß . . .?

Ich habe gerade ein paar dieser Eintragungen noch einmal gelesen und kenne mich darin nicht wieder: Verändert das Unglück uns denn so sehr?

17. Januar. Im Jahre 5703 nach der Schöpfung der Welt durch den Ewigen, gepriesen sei sein Name. Die jüdische Kampforganisation hat beschlossen, morgen loszuschlagen. Auf Mordechais Bitten habe ich ein Flugblatt gedruckt, das heute nacht im Getto verteilt werden soll: »Juden! Der Feind hat mit dem zweiten Akt unserer Vernichtung begonnen. Geht nicht widerstandslos in den Tod! Wehrt euch! Nehmt Äxte, Eisenstangen, Messer! Verbarrikadiert euch in euren Häusern! Kämpft!« Ich habe etwa hundert Abzüge mit der Hand gemacht. Wir haben fast keine Tinte mehr und kein Papier. Oh Ewiger, hab Erbarmen, straf unsere Verfolger, mach, daß die, die auf unseren Untergang sinnen, in der Hölle enden. Amen!

18. Januar. Im Jahre 5703 nach der Schöpfung der Welt durch den Ewigen, gepriesen sei sein Name. Hersch ist vorbeigekommen, um zu sehen, ob ich irgend etwas brauche. Gott segne ihn. Mordechai und seine Kameraden halten sich jetzt in der Zamenhofstraße 58 auf. Sie sind bereit. Hersch hat mir erzählt, die Deutschen hätten das Krankenhaus geräumt. Sie haben die Kranken erschossen und die anderen durch den Schnee bis hin zum Umschlagplatz geschleppt.

Schüsse, Schreie, eine Explosion. O Herr!

Abraham verließ den Keller in der Hoffnung, seine Henker besiegt zu sehen. Er taumelte vor Schwäche. Bevor er hinaus auf die Straße ging, stieg er noch rasch hinauf in seine Wohnung, um Abrahams Rolle zu holen, die er aus Angst, die Feuchtigkeit könne dem Papyrus schaden, nicht mit in den Keller genommen hatte.

Die Wohnung war leer. Die Türen waren aus den Angeln gerissen, die Möbel umgeworfen, die Sachen verstreut. Abraham nahm die kostbare, in ein weißes Tuch gehüllte Rolle aus dem Versteck in der Wand.

Stimmen und das Hallen von Stiefeln dröhnten durch das Treppenhaus. Abraham wich zu der Glastür zurück. Er hielt die Rolle, Abrahams Buch und die Handgranate fest an sich gepreßt. »Hände hoch!« schrie eine Stimme auf deutsch. »Laß deine Sachen fallen!«

Abraham wich noch weiter zurück. Er stand jetzt auf dem Balkon. Direkt unter ihm auf der Straße hielt ein Panzerwagen.

»Jude! Hände hoch!«

Abraham wandte sich ab, um den Ring der Handgranate abzuziehen, wie Mordechai es ihm beigebracht hatte. Er schrie:

»Schema Israel, höre, Israel . . .«

Er erkannte seine eigene Stimme nicht wieder.

Und sprang auf den Panzerwagen.

So starb mein Großvater Abraham Halter, der Drucker in Warschau war.

Nach dem Krieg kehrten meine Eltern und ich nach Lodz in Polen zurück. Eines Tages besuchten uns zu Haus ein paar Leute. Sie wollten eine jüdische Zeitung herausgeben, hatten aber keine Drucklettern dazu. Am nächsten Tag fuhren mein Vater und ich nach Warschau. Erst der Zug, dann das Taxi bis zur Weichsel, dann die große Kastanie mit den jahrhundertealten Wurzeln. Mein Vater grub mit der kleinen Schaufel, die er mitgebracht hatte, die Erde um. Die Kassette war lehmig und ein bißchen vermodert.

»Weißt du, was da drin ist?« fragte mich mein Vater und versuchte, sie sauber zu machen. Er öffnete sie: Es waren Drucklettern. Die erste jiddische Nachkriegszeitung in Polen wurde mit diesen Lettern gedruckt.

Unsere Geschichte ging weiter. Meine Eltern erzählten mir oft von Abrahams Buch, den Müllern von Narbonne, den Schreibern von Straßburg, den Druckern von Soncino, aber ich hörte ihnen kaum zu. Um eine bessere Welt zu schaffen, wollten wir »mit der Vergangenheit reinen Tisch machen«.

Dann starben meine Eltern. Und ich glaubte auch nicht mehr so recht an die bessere Welt hier und jetzt. Meine Familie begann mir sehr zu fehlen. Und nicht nur meine Eltern, Perl und Salomon und mein Großvater Abraham, sondern auch die Drucker von Soncino, die Schreiber von Straßburg und die Müller von Narbonne. Alleingelassen irrte ich zwischen den beiden Polen meiner jüdischen Geschichte hin und her: Auschwitz und Israel. Auf meinem Schreibtisch begannen sich die Bücher zu stapeln, und ich fing an, Karteien anzulegen.

Doch ich hätte dieses Werk sicher nicht zu Ende geführt, ja vielleicht wäre ich über die ersten Anfänge gar nicht hinausgekommen, hätten sich nicht seit Kriegsende einige sehr wichtige Änderungen ergeben, hätte nicht das Abendland sein Verbrechen an sich selbst eingestanden und die Kirche, anläßlich des Zweiten Vatikanischen Konzils, ihre Verblendung. Und würde nicht der Islam inzwischen die Notwendigkeit einsehen, Israel zu akzeptieren, wenn er es schon nicht zerstören kann. Und schließlich, aber das steht auf einem anderen Blatt, hätte ich nicht auch den Beweis antreten wollen, daß meine Geschichte die Geschichte aller Menschen ist. »Die Geschichte von Menschen nicht mit den Menschen teilen zu wollen«, sagte der berühmte Rabbi von Gora, »heißt, die Menschheit zu verraten.« – Ich habe keine Kinder. Und so ist dies für mich der einzige Weg, das Zeugnis Abrahams des Schreibers weiterzugeben, das mir über die Jahrhunderte hinweg anvertraut ist.

Glossar

A

Abot (hebr.): Väter.

Adar (hebr.): Monat des jüdischen Kalenders, in dem man Purim feiert.

Aguna (hebr.): Bezeichnung des Talmudrechts für die verheiratete verlassene Frau, deren Mann verschwunden ist, ohne daß sein Tod mit eindeutiger Sicherheit festgestellt werden konnte. Eine Aguna-Frau darf sich erst wieder verheiraten, wenn der Tod ihres Mannes erwiesen ist oder er in die Scheidung einwilligt, falls er wieder auftaucht.

Alcazar (mozarab.): Palast, Schloß.

Aleph (hebr.): Erster Buchstabe des hebräischen Alphabets.

Aleph-beth (hebr.): Bezeichnet die beiden ersten Buchstaben des hebräischen Alphabets und übertragen das ganze Alphabet.

Allah akbar (arab.): »Allah ist groß.«

Allahhu akbar (arab.): Anfang des muselmanischen Glaubensbekenntnisses. (Schahada): »Allah ist groß und Mohammed ist sein Prophet.«

Amoraim (aramäisch): Bezeichnet die Schriftgelehrten, die zwischen der Redaktion der Mischna (etwa 200 n. Chr.) und der Abfassung des palästinischen und babylonischen Talmuds (5. Jahrh. n. Chr.) im Anschluß an die Tannaim die mündliche Überlieferung erklärten

Ani maamin (hebr.): »Ich glaube.« Anfang des von Mose Maimonides verfaßten Glaubensbekenntnisses in dreizehn Artikeln.

Anussim (hebr.): Bezeichnung für die Juden, die unter Zwang konvertieren mußten und oft noch heimlich an der Religion ihrer Väter festhielten. Wurde vor allem von den Rabbinern dem Ausdruck »Marranen« (siehe dort) vorgezogen.

Aschkenas (hebr.; Plural: Aschkenasim): Wörtlich: Deutschland. Später bezeichnete man die Juden aus Mittel- und Osteuropa als Aschkenasim, im Gegensatz zu den Sefardim, den Juden aus den Mittelmeerländern.

Awodat hakodesch (hebr.): Heilige Arbeit.

Aw (hebr.): Monat des jüdischen Kalenders. Der 9. Aw (Tischa be Aw) ist ein Trauertag, denn er entspricht den beiden Jahrestagen der Zerstörung des Tempels und dem der Vertreibung aus Spanien 1492.

Azymon (griech.): Ungesäuert, s. Mazzoth.

B

Baltadschis (türk.): »Die Leute mit der Axt«, Feuerwehrleute.

Barin (russisch): Herr.

Bar Mizwa (hebr.): Wörtlich: Gebotsverpflichteter. Bezeichnung eines Knaben, der das 13. Lebensjahr vollendet hat und damit gebotspflichtig geworden ist. Später auch mit einer (gleichnamigen) Feier in der Synagoge verbunden, bei der das Kind einen Absatz aus der Schrift lesen mußte.

Baruch haba (hebr.; Plural: Bruchim habaim): »Gesegnet sei, der da kommt«, hebräischer Willkommensgruß. *Baruch ha Schem (hebr.):* »Gepriesen sei der Ewige.« »Dank sei Gott.«

Beesrat ha Schem (hebr.): »Mit der Hilfe Gottes.«

Beth (hebr.): Zweiter Buchstabe des hebräischen Alphabets.

Beth-Din (hebr.): Rabbiner-Gericht.

Beth Hamedrasch (hebr.): Lehrhaus, Akademie (höhere) Schule, Rabbiner- Schule.

Britmilla (hebr.): Beschneidung.

Borschtsch (poln.): Rote-Rüben-Suppe.

C

Chacham (hebr.): Gelehrter. In einigen sefardischen Gemeinden bezeichnet der Ausdruck Chacham auch den Oberrabbiner.

Chaluz (hebr.; Plural: Chaluzim): Pionier. Bezeichnet die ersten zionistischen Einwanderer, die nach Erez-Israel kamen, um dort jüdische landwirtschaftliche Siedlungen und Kibbuzim zu gründen.

Chajecha (hebr.): »Auf dein Leben!«

Challes (jiddisch; Singular: Challe): Brotzopf, zum Sabbat und für die Festtage.

Chamez (hebr.): Bezeichnung für jedes Backwerk, das Gesäuertes enthält und während der acht Pessach-Feiertage in keinem jüdischen Haushalt vorhanden sein darf. Am Tag vor Ostern findet die »Bedikat Chamez«, die Suche nach Sauerteig, statt.

Chanukka (hebr.): Fest der Lichter, zur Erinnerung an den Sieg der Hasmonäer über die Seleukiden, die Reinigung des Tempels von Jerusalem und die Rückkehr zur religiösen Freiheit. Bei diesem Fest ist es Brauch, in einem besonderen Leuchter (chanukkiah) am ersten Abend eine Kerze anzuzünden, am zweiten Abend zwei und so fort bis zum achten Tag.

Charadj (türkisch): Besondere (Grundeigentums)-Steuer, die die nicht-muslimischen Untertanen des Sultans zu zahlen hatten.

Chasan (hebr.): Vorbeter.

Chassid (hebr.; Plural: Chassidim): Wörtlich »der Fromme«. Nach einer ersten ähnlichen Bewegung im Mittelalter im Rheinland entwickelte sich diese mystische Lehre in Polen ab 1740 unter der Führung des Bescht, genannt Baal-Schem-Tov (Meister des guten Namens). Seine Schüler, die Chassidim, messen dem Gebet größeres Gewicht zu als dem Studium und sammeln sich um die Zaddiks (Gerechten), d. h., die erleuchteten Rabbiner.

Chazot (hebr.): Gebet um Mitternacht.

Cherem (hebr.): Bann, Ausschluß aus der jüdischen Gemeinschaft.

Cheschwan (hebr.): Monat des jüdischen Kalenders.

Chewra Kadischa (hebr.): Heilige Bruderschaft. Bezeichnet eine Vereinbarung zur gegenseitigen Hilfe mit sozialer, religiöser und barmherziger Zielsetzung, die in jeder jüdischen Gemeinde bestand. Sie kümmerte sich vor allem um das Bestattungswesen, es wurden aber auch Armen- und Krankenhäuser von ihr betrieben.

Chlop (polnisch): Bauer.

Chumasch (hebr.): Pentateuch. Die fünf Bücher Moses.

Chuppa (hebr.): Der Hochzeitsbaldachin, der das Heim symbolisiert, das das junge Paar gründen soll.

Chuzpe (hebr.): Anmaßung, Dreistigkeit.

D

Dhimmi (arab.): Geschützter. Bezeichnet die Angehörigen der »buchbesitzenden« Religionen, denen es erlaubt ist, in islamischen Ländern zu leben, soweit sie sich verpflichten, besondere Steuern zu entrichten und bestimmte Verbote zu achten.

Dschisja (arab.): Sog. Kopfsteuer. Die (personengebundene) Steuer der Dhimmis.

E

Elul (hebr.): Monat des jüdischen Kalenders, unmittelbar vor dem Monat Tischri und den Hohen Feiertagen.

Elohim (hebr.): Einer der Namen Gottes.

Emir (arab.): Militärischer Anführer mit Befehlsgewalt. Auch Fürst, hoher Offizier oder Würdenträger.

F

Fattori (ital.): Offizielle Bezeichnung für die drei Obersten der jüdischen Gemeinde in Rom.

Feradsche (türk.): Mantel mit weiten Ärmeln, der in der Türkei über dem Dolman (Leibrock) getragen wird.

Funduk (arab.): Herberge, Karawanserei, auch Warenumschlagsplatz.

G

Gaon (hebr.; Plural: Geonim): Ehrenbezeichnung, die die Leiter der Talmudakademien von Sura und Pumbedita in Babylonien vom Ende des 6. und bis zur Mitte des 11. Jahrhunderts trugen. Auch ein Ehrentitel, den man einigen für ihre Gelehrsamkeit berühmten Rabbinern verlieh, wie dem Gaon von Wilna im 18. Jahrhundert.

Gemara (aramäisch): Wörtlich »Beenden«, dann aber auch als »Vervollständigung« der Mischna verstanden. Bezeichnet einen der Teile des Talmuds, und zwar die Kommentare der Amoraim zu der Mischna. Es gibt eine Gemara zum palästinischen und eine andere zum babylonischen Talmud.

Gerusia (griech.): Versammlung der Ältesten, die in der römischen Antike die Aufgabe hatten, der Synagoge vorzustehen und das Leben der jüdischen Gemeinde zu lenken.

Get (hebräisch): Scheidungsurkunde, auch Scheidung allgemein.

Gibor Israel (hebr.): Held Israels.

Gimmel (hebr.): Dritter Buchstabe des hebräischen Alphabets.

Git Jom Tov (jiddisch): »Schönes Fest!«

Goj (hebr.; Plural: Gojim): Nicht-Jude.

H

Haggada (hebr.): Erzählender Teil des Talmuds; auch die Geschichte des Auszugs aus Ägypten, die anläßlich des Oster-Seders vorgetragen wird.

Halacha (hebr.): Wörtlich »Gehen, der Weg«. Bezeichnet die Gesamtheit der religiösen Gesetze, die auf der Bibel, dem Talmud und der Auslegung durch die Rabbiner beruhen.

Har habait bejadenu (hebr.): »Der Tempelberg ist in unserer Hand.«

Haskala (hebr.): Aufklärungsbewegung innerhalb der jüdischen Welt, begründet im 18. Jahrhundert von Moses Mendelssohn in Deutschland; ihr Organ war die Zeitschrift »Ha-Meassef«. Später breitete diese Bewegung sich in Polen und Rußland aus, wo ihre Anhänger, die Maskilim, in schroffem Gegensatz zu den Chassidim standen.

I

Ijar (hebr.): Monat des jüdischen Kalenders, in dem man weder Hochzeiten noch Bar Mizwas feiert.

Iluj (hebr.): Genie.

J

Jeschiba (hebr.; Plural: Jeschibot): Talmud-Akademie, Lehrhaus.

Jiddisch: Jüdische Sprache, die sich im 11. Jahrhundert im Rheinland entwickelte und auf dem Mittelhochdeutschen basiert, vermischt mit Hebräisch und auch mit hebräischen Buchstaben geschrieben. Sie wurde von den mittel- und osteuropäischen Juden gesprochen. Heute noch ist sie in Amerika, Rußland und Israel verbreitet sowie in anderen jüdischen Gemeinden der Welt. Eine blühende Literatur entstand in dieser Sprache.

Jihje tov (hebr.): »Es wird schon gutgehn.«

Jom Kippur (hebr.): Versöhnungstag. Fest, das 10 Tage nach dem jüdischen Neuen Jahr gefeiert und mit einem 24 Stunden langen Fasten begangen wird.

K

Kabbala (hebr.): Wörtlich »Empfang, Erhalt«. Bezeichnet eine mystische Bewegung, die in Spanien und Südfrankreich im 12. Jahrhundert zugleich mit dem »Sohar« von Moses de Leon (früher auch von einigen dem Rabbi Simeon bar Jochai zugeschrieben) entstand. Die Kabbala, die nicht nur in den jüdischen Gemeinden, sondern auch in humanistischen Kreisen eine große Rolle spielte, erfuhr mit der von Isaak Luria im 16. Jahrhundert in Safed gegründeten Schule eine erstaunliche Verbreitung.

Kaddisch (aramäisch): Wörtlich: »Heiligung«. Gebet, das am Ende der wichtigsten liturgischen Abschnitte gesprochen wird. Es ist auch ein Gebet der Waisen und wurde deshalb als Totengebet verstanden, obgleich in ihm an keiner Stelle vom Tod gesprochen wird. Das christliche Vaterunser lehnt sich eng an den Kaddisch an.

Kadi (arab.): Religiöse Richter der Muslims.

Kahya (türkisch): Beamter, der die Steuer eintrieb.

Karäer: Von »Bene Mikra«, d. h., »die Söhne der Schrift«. Die Karäer (Caraiten) waren eine Sekte, die die heiligen Texte wörtlich interpretierte und die Vermittlung durch Kommentare ablehnte.

Karczma (poln.): Herberge, Wirtshaus.

Kasbah (judeo-arabisch): Stadt, Stadtteil.

Kaschrut (hebr.): Bezeichnet die Gesamtheit der jüdischen rituellen Gesetze, die sich auf die Reinheit beziehen.

Ketuba (hebr.): Ehevertrag, der in aramäisch abgefaßt wurde.

Khave (türk.): Kaffee.

Kibbuz (hebr.; Plural: Kibbuzim): Landwirtschaftliche Siedlung in Israel, die nach dem sozialistischen Prinzip der Selbstverwaltung betrieben wird.

Kiddusch (hebr.): Heiligung. Bezeichnet den Segen über den Wein, der am Sabbat und zu den Feiertagen gesprochen wird.

Kidduschin (hebr.): »Antrauung«. Traktat des Talmud, die Eheschließung betreffend. Auch die Hochzeitszeremonie wird als Kidduschin (Heiligung) bezeichnet.

Kikayon (hebr.): Rizinusbaum. Um die Übersetzung dieses Wortes entbrannte ein heftiger Streit zwischen dem Heiligen Augustin und dem Heiligen Hieronymus.

Kipa (hebr.): Rituelle Kopfbedeckung (Scheitelkäppchen).

Kipjatok (russisch): Kochendes Wasser.

Kislew (hebr.): Monat des jüdischen Kalenders, in den das Chanukka-Fest fällt.

Kolpack (türk.): Hohe Lammfellmütze der Tartaren. Die französischen Tambour- Majoren haben den Colback noch bis zum 19. Jahrhundert getragen.

L

Lag Baomer (hebr.): 33. Tag zum Omer (Bar Kochba-Tag). Omer bedeutet den Zeitabschnitt zwischen Pessach und Schawuot, Ostern und Pfingsten, gerechnet vom zweiten Pessachtag an, dem Tag, an dem man im Tempel von Jerusalem eine Garbe der Erstlinge opferte.

Lechaim (hebr.): »Auf das Leben!«

M

Maariw (hebr.): Abendgebet.

Machsor (hebr.): Ritual der Festgebete, im Gegensatz zu Siddur, dem Ritual der Alltagsgebete.

Malechet hakodesch (hebr.): Heilige Arbeit. Die Tätigkeit des Schreibers wird als Malechet hakodesch betrachtet.

Marakib (arab.): Bezeichnung für die Handelsschiffe des Mittelalters.

Marranen: Wort spanischen Ursprungs, das die zwangsgetauften Juden bezeichnet, die weiterhin heimlich ihren Glauben praktizierten. Man nannte sie so, weil sie nichts vom Schwein (marrano) aßen.

Maskilim (hebr.; Singular: Maskil): Anhänger der Aufklärung, der Haskala.

Massel tov (hebr.): Alles Gute, Glückwunsch.

Ma taam (hebr.): Warum? Wozu das alles?

Mazzoth (hebr.): Matzen; ungesäuertes Brot, das während des Pessach-Festes in Erinnerung an das »Brot des Leidens« der Hebräer während der Knechtschaft in Ägypten gegessen wird.

Medina (arab.): Stadtzentrum.

Megilat Esther (hebr.): Die Rolle Esther, die jedes Jahr während des Purimfestes in der Synagoge gelesen wird.

Mellah (arab.): In Marokko z. B. Name des jüdischen Viertels. Muslimische Entsprechung für Getto.

Menorah (hebr.): Leuchter.

Meturgeman (hebr.; Plural: Meturgemim): Wörtlich: »Dolmetscher«. Zu talmudischer Zeit Übersetzer des Textes der Thora-Vorlesung in der Synagoge in die Volkssprache (aramäisch) und Sprecher (Interpret) des Meisters des Lehrhauses, des Rosch Jeschiba.

Midrasch (aramäisch): Auslegung der Bibel; rabbinischer Kommentar zu einem Buch der Bibel.

Midrasch Bereschit Rabba (aramäisch): Rabbinischer Kommentar zu der Genesis (1. Buch Moses).

Midrasch Kinnoth (aramäisch): Midrasch zu den Klageliedern.

Midrasch Tanchuma (hebräisch): Midrasch zum gesamten Pentateuch, verfaßt von Rab Tanchum im 4. Jh.

Mincha (hebr.): Opfer, Nachmittagsgebet.

Minjan (hebr.; Plural: Minjanim): Versammlung von zehn erwachsenen Männern, die zur öffentlichen Feier des jüdischen Gottesdienstes nach religiösem Brauch erforderlich ist.

Mischkenot schaananim (hebr.): Gästehaus der Stadt Jerusalem, im Montefiore- Viertel in der Nähe der Altstadt gelegen.

Mischna (hebr.): Sammlung des mündlich überlieferten Gesetzes in sechs Ordnungen, die um 200 n. Chr. von Rabbi Jehuda ha-Nasi redigiert wurde. Die Mischna ist ein Teil des Talmud.

Mitnaged (hebr.; Plural: Mitnagdim): Gegner. Man bezeichnet so die Gegner der chassidischen Bewegung, der sie ihre naive Frömmigkeit, ihre Verachtung für das Studium und die Verehrung der Zaddikim vorwarfen. Die Mitnagdim waren besonders zahlreich in Litauen.

Miz Tapusim (hebr.): Orangensaft.

Mizwa (hebr.): Gebot, religiöse Vorschrift. Die Bibel enthält 613 Mizwot.

Mohel (hebr.): Der den Ritus der Beschneidung vornimmt.

Muezzim (arab.): Mitglied der muslimischen Priesterschaft, der die Aufgabe hat, vom Minarett mit lauter Stimme an die Gebetsstunde zu erinnern.

N

Nassi (hebr.): Patriarch, Exilarch, »Fürst«.

Ne'ila (hebr.): Gebet, mit dem die Liturgie am Versöhnungstag endet.

Ner tamid (hebr.): Das ewige Licht, das in der Synagoge über der Bundeslade, in der die Gesetzesrollen liegen, brennt.

Ner Sikaron (hebr.): Das Licht, das zur Erinnerung an einen Toten angezündet wird, das sog. Jahreszeitlicht.

Nissan (hebr.): Monat des jüdischen Kalenders, in den Ostern fällt.

P

Pan (poln.; Vokativ: Panie): Herr, gnädiger Herr.

Pajes (jiddisch): Die Schläfenlocken der frommen Juden.

Parnass (griechisch; Plural: Parnassim): Der Oberste einer jüdischen Gemeinde.

Pessach (hebr.): Ostern.

Pilpul (hebr.): Spitzfindige Diskussion, Kontroverse, Kasuistik. Eine dem Talmud eigene Art der Beweisführung, die darin besteht, möglichst zahlreiche Einwände gegen eine Antwort auf beliebigem Gebiet vorzubringen.

Purim (aramäisch): »Fest der Lose«, zur Erinnerung an Hamans Niederlage und Esthers und Mardochais Triumph. Fröhliches Fest, das gewisse Parallelen zum Karneval (Verkleidung, Spiele) aufweist, und bei dem man sich so betrinken darf, bis man die Namen Hamans und Mardochais nicht mehr unterscheiden kann.

R

Rabat (arab.): Vorstadt.

Rabotai (hebr.): »Ihr Herren! Gnädige Herren!«

Rayas (türk.): Bezeichnet die Gesamtheit nichtmuslimischer Untertanen im ottomanischen Reich, die eine bestimmte Kopfsteuer zu entrichten hatten und vom Kriegsdienst befreit waren.

Ribono schel Olam (hebr.): »Herr der Welt«.

Rischrusch (hebr.): Rascheln.

Rosch-ha-Schana (hebr.): Das jüdische Neujahrsfest.

Sabbat (hebr.): 7. Tag des jüdischen Kalenders, der Ruhetag. Verschiedene Gebote (das Verbot, Feuer zu machen, zu arbeiten, zu rauchen, zu reisen) sind mit dem Sabbat verbunden.

Schachrit (hebr.): Morgengebet.

Schalom aleikhum (hebr.): »Friede sei mit Ihnen!« Begrüßungsformel.

Schamasch (hebr.): Synagogendiener, Küster.

Schana towa (hebr.): Gutes Neues Jahr!

Schawuot (hebr.): Fest der Wochen oder Pfingsten, wird am 6. und 7. Tag des Monats Siwan gefeiert, zur Erinnerung an die Übergabe des Gesetzes an das Volk Israel. Eines der drei Pilgerfeste im alten Israel, währenddessen man die Erstlingsfrüchte in den Tempel brachte. Während des Schawout- Festes werden in der Synagoge die zehn Gebote gelesen.

Schechinah (hebr.): Gegenwart Gottes.

Schema Israel (hebr.): »Höre Israel!« Anfang des Hauptgebetes der Juden: »Schema Israel, Andonai elohenu adonai ehad«, »Höre Israel, der Herr, unser Gott, ist ein einiger Herr.«

Schewet Jehuda (hebr.): »Der Stamm Jehuda«. Werk des judeo-spanischen Historikers Salomo Ibn Varga, verfaßt um 1520. Eine Beschreibung der Verfolgungen, die die Juden seit der Zerstörung des 2. Tempels erlitten haben.

Schiwa (hebr.): Sieben. Bezeichnet die absolute Trauerzeit, die man nach dem Tod eines nahen Verwandten einzuhalten hat, und während der die TrauernÜden zu Hause bleiben und sich ihrer normalen Tätigkeiten enthalten.

Schofar (hebr.): Widderhorn, das man zum Neufahrsfest, zum Versöhnungstag, aber auch während der Cherem-(Ausschließungs-)Zeremonie bläst.

Schormer (jiddisch-elsäßisch): Wunderheiler. Kommt vom französischen charmer = bezaubern.

Schtetl (jiddisch; Plural: Schtetlech): Stadt. Bezeichnet die ländlichen Ortschaften mit stark jüdischer Bevölkerung in Rußland und Polen.

Seder (hebr.): Wörtlich: »Ordnung«. Bezeichnet das Pessachfest, währenddessen man die Geschichte des Auszugs aus Ägypten vorliest.

Sefardi (hebr.; Plural: Sefardim): Ursprünglich Bezeichnung für Spanien, die später für die aus dem Mittelmeerraum stammenden Juden verwandt wurde, im Gegensatz zu den Aschkenasim aus Mittel- und Osteuropa.

Sefer Chassidim (hebr.): »Buch der Gerechten«. Mittelalterliche moralisch- sittliche Schrift, die im 12. Jh. im Rheinland von Samuel ben Kalonymos, dessen Sohn Jehuda ben Samuel und einem Verwandten, Eleasar ben Jehuda, verfaßt wurde.

Siddur (hebr.): Buch der Alltagsgebete.

Simchat Thora (hebr.): »Die Freude an dem Gesetz«. Fest, das zum Abschluß des Sukkoth-Festes gefeiert wird; Tag, an dem man den jährlichen Zyklus der Thora-Lesung beendet, um gleich darauf von neuem zu beginnen. Die Thorarollen werden in den Synagogen in Prozessionen umhergetragen, und die Gläubigen tanzen um sie herum.

Siwan (hebr.): Monat des jüdischen Kalenders, in den das Schawuot-Fest fällt.

Sof tov, ha kol tov (hebr.): »Ende gut, alles gut.«

Sohar (hebr.): »Buch der Erleuchtung.« Ein kabbalistisches Werk, das gelegentlich Rabbi Simeon bar Jochai zugeschrieben wird, aber von Mose de Leon im 13. Jh. verfaßt wurde. Es ist das grundlegende Werk der Kabbala.

Strea: Frau, die von den Toten besessen ist.

Streimel (jiddisch): Pelzkappe, die von den Chassidim während der jüdischen Feste getragen wird.

Sukkoth (hebr.): Laubhüttenfest. Zu diesem Fest pflegte man aus Zweigen Hütten zu bauen, in denen man die Mahlzeiten einnahm, um an die Zelte zu erinnern, in denen die Juden auf der Wanderung zum Sinai nach dem Auszug aus Ägypten lebten.

Szlachcic (poln.; Plural: Szlachcic): Adliger.

T

Tallith (hebr.): Gebetsmantel, den die jüdischen Männer während des Morgengebets und an den Festtagen trugen.

Talmud (hebr.): Sammlung des mündlich überlieferten Gesetzes, die zwischen dem 2. und 5. Jh. n. Chr. in Palästina und Babylonien erfolgte. Es gibt zwei Talmude, den palästinischen und den babylonischen, wobei nur der letztere verbindlich für alle Juden ist. Der Talmud besteht aus zwei Teilen: der Mischna und der Gemara und ist wiederum in Halacha (Gesamtheit der religiösen

Gesetze) und Haggada (den erzählenden Teil der rabbinischen Tradition) unterteilt. Er ist in aramäisch verfaßt.

Talmud Thora (hebr.): Jüdische religiöse Kinderschule.

Tamus (hebr.): Monat des jüdischen Kalenders. Der 17. Tag des Tamus ist ein Fastentag.

Tanach (hebr.): Sammlung der Thora (das Gesetz), Nebiim (die Propheten) und Ketubim (hagiographische Bücher). Bezeichnet den Kanon der hebräischen Bibel.

Tannaim (aramäisch): Bezeichnet die Schriftgelehrten vor der Sammlung der Mischna, die Meister der mündlich weitergegebenen Lehre.

Taqqanot (hebr.; Singular: Taqqana): Gesetze und Vorschriften, die die jüdischen Gemeinden erließen, um das Leben ihrer Mitglieder zu lenken.

Tefilat ha-derech (hebr.): Gebet, das bei Antritt einer Reise gesprochen wird.

Tewet (hebr.): Monat des jüdischen Kalenders.

Thora (hebr.): »Das Gesetz«. Bezeichnet im engeren Sinn den Pentateuch (die fünf Bücher Moses). Im weiteren Sinn versteht man darunter jedoch auch die jüdische religiöse Literatur.

Tischa be Aw (hebr.): 9. Tag des Monats Aw, ein Fastentag zur Erinnerung an die beiden Zerstörungen des Tempels von Jerusalem, die jeweils an einem 9. Aw stattfanden. Die Vertreibung aus Spanien begann ebenfalls an diesem Tag. Nach einer Legende wird der Messias an einem 9. Aw erscheinen.

Tischri (hebr.): Monat des jüdischen Kalenders, in den das jüdische Neujahrsfest und der Versöhnungstag fallen.

Toharot (hebr.): »Reinheiten«. Sechste Ordnung der Mischna.

Tosafisten (von dem hebräischen Tosafot, Zusätze): Bezeichnung der Raschi- Schüler, die in einzelnen Punkten die Kommentare des Rabbi aus der Champagne ergänzten.

Ts'ena Ur'ena (hebr.): Bezeichnet die jiddische Bibelübersetzung, die im 16. Jh. für die Frauen geschaffen wurde. Eines der weitestverbreiteten Werke in der jüdischen Welt.

V

Vajomer Elohim (hebr.): »Und Gott sagte.«

W

Wali (arab.): Gouverneur einer Stadt oder einer Provinz.

Zaddik (hebr.; fem.: Zaddika, Plural: Zaddikim): Gerechter. In der chassidischen Bewegung ist der Zaddik ein erleuchteter Rabbi, Mittler zwischen Gott und den Gläubigen, der Gegenstand besonderer Verehrung ist.

Zizith (hebr.): (Tsitsit) Die sog. Schaufäden am Saum des Tallith (Gebetsmantel) oder auch des Kleides, die an die göttlichen Gebote erinnern.

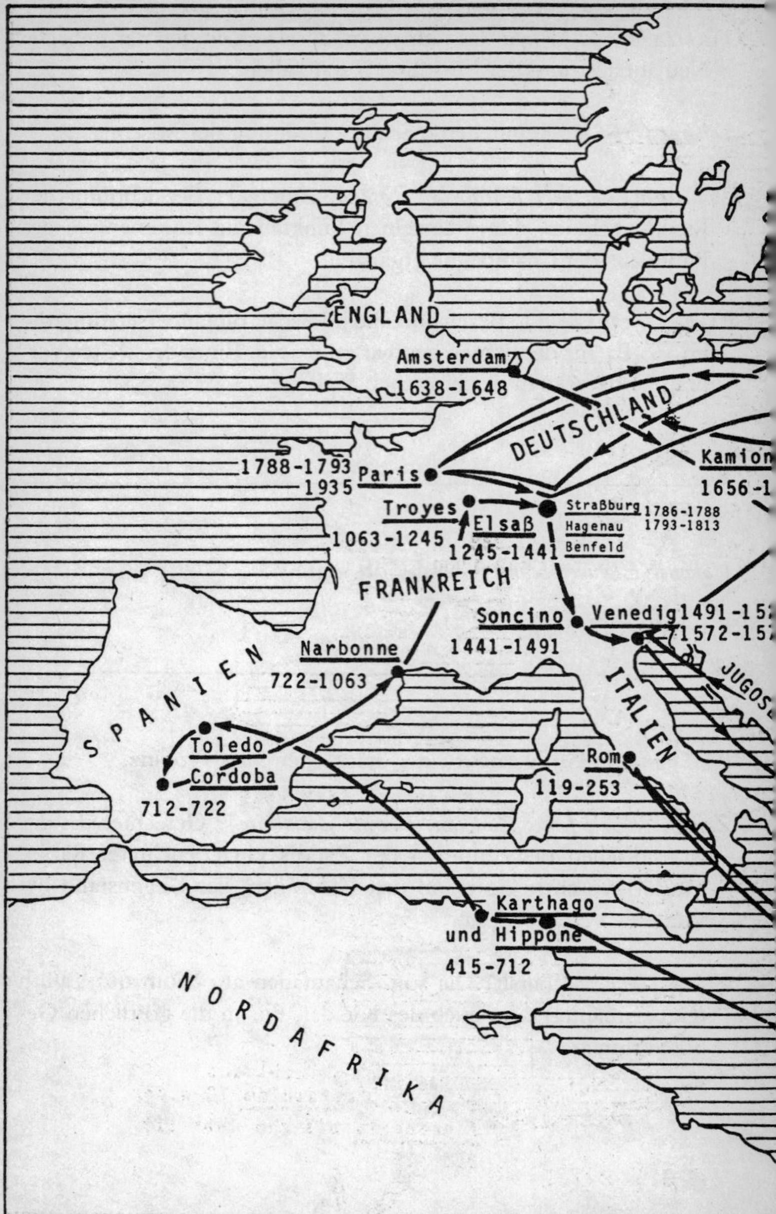
ENGLAND
Amsterdam
1638-1648
DEUTSCHLAND
1788-1793
1935
Paris
Troyes
1063-1245
Elsaß
1245-1441
Straßburg
Hagenau
Benfeld
1786-1788
1793-1813
FRANKREICH
Soncino
1441-1491
Venedig
Narbonne
722-1063
SPANIEN
Toledo
Cordoba
712-722
ITALIEN
Rom
119-253
Karthago
und Hippone
415-712
NORDAFRIKA

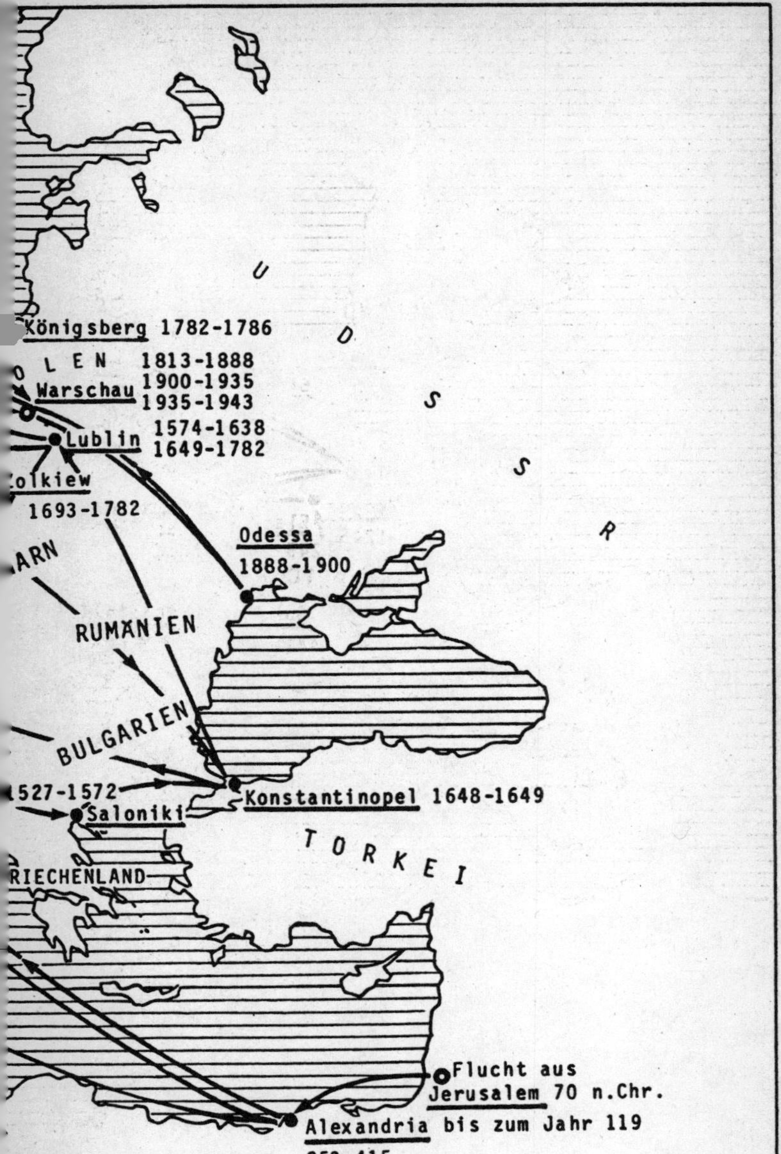
U D S S R
Königsberg 1782-1786
OLEN
Warschau 1813-1888
1900-1935
1935-1943
Lublin 1574-1638
1649-1782
Zolkiew
1693-1782
Odessa
1888-1900
ARN
RUMÄNIEN
BULGARIEN
1527-1572
Saloniki
Konstantinopel 1648-1649
TÜRKEI
RIECHENLAND
Flucht aus
Jerusalem 70 n.Chr.
Alexandria bis zum Jahr 119
253-415
ÄGYPTEN

INHALT

Erster Teil

Zweiter Teil